国服男神的小[illegible]

硬骧文化
HARDCORE CULTURE

# 许你万丈光芒好

全三册

第一册

·初遇篇·

囧囧有妖 著

江苏凤凰文艺出版社
JIANGSU PHOENIX LITERATURE AND ART PUBLISHING

**图书在版编目（CIP）数据**

许你万丈光芒好. 初遇篇 : 全三册 / 囧囧有妖著
. -- 南京 : 江苏凤凰文艺出版社，2023.3
ISBN 978-7-5594-7443-8

Ⅰ. ①许… Ⅱ. ①囧… Ⅲ. ①长篇小说—中国—当代
Ⅳ. ①I247.5

中国国家版本馆CIP数据核字（2023）第002918号

**许你万丈光芒好．初遇篇：全三册**

囧囧有妖　著

---

责任编辑　白　涵
特约编辑　田　云　伊　诺　刘莹莹
封面设计　宗　介
责任印制　刘　巍
出版发行　江苏凤凰文艺出版社
　　　　　南京市中央路165号，邮编：210009
网　　址　http://www.jswenyi.com
印　　刷　三河市中晟雅豪印务有限公司
开　　本　700毫米×970毫米　1/16
字　　数　1085千字
印　　张　57
版　　次　2023年3月第1版
印　　次　2023年3月第1次印刷
标准书号　ISBN 978-7-5594-7443-8
定　　价　108.00元（全3册）

---

江苏凤凰文艺版图书凡印刷、装订错误，可向出版社调换，联系电话025-83280257

目录 CONTENTS

# 第一章
## 以身相许

火山岩浆般的温度似乎要将她的身体烧干，求生的本能最终让她放弃了抵抗，她犹如置身于炽热火海中的孤舟上……

“嗨，快醒醒……这里冷气足，别睡感冒了。”

肩膀上的压力让宁夕骤然醒了过来，双眼迷惘地对上面前护士关切的眸子，顿时小脸涨红，避开了护士的眼神。

该死，已经过去好久了，那晚醉酒之后的混乱，还时不时出现在她的梦里。

亏得她醉得不省人事，对当时发生的事情没什么记忆，要不然真不知道要怎么面对衍哥哥。

护士看她清醒过来，将手里的单子交给她：“你的孕检报告忘记拿了，张医生让你下周再过来一趟！”

宁夕接过报告，甜甜一笑，将单子小心地放进自己的包包里。

苏衍在国外考察，今天就要回来了。

宁夕想着晚上的见面，不由就紧张了起来。

因为苏衍所在的地方太闭塞，所以直到孩子七个多月了她才终于联系上他。

想起苏衍知道她怀孕时的震惊，宁夕有点紧张。难道是因为孕期会格外敏感？宁夕总觉得苏衍并不像自己这样开心。

医生安慰她说，男人在有第一个孩子时，心态一时难以扭转，都这样！

可……总不能结婚这样的事情，也由她主动开口吧？

从医院出来，烈日当空。

宁夕吃力地扶着腰，正要招手拦出租车，突然一辆红得刺眼的小跑向她冲了过来。

宁夕心下一凛，往后连退好几步。

只听得一声刺耳的刹车声，红色小跑擦着她的衣角而过，戛然停住。

宁夕吓得心跳都快停了，堪堪站稳，便见甩着大波浪卷发、穿着贴身红裙曲线毕露的宁雪落从车上下来。

“宁雪落，你疯了？”

宁雪落看着她，笑得别有深意，抱着手臂，踏着猫步，走得摇曳生姿，直到站在宁夕面前，才仗着高跟鞋的优势，骄傲地俯视着大腹便便的宁夕：“怎么？怕我撞到你？”

宁夕下意识地护住小腹，往后退了一步，警惕地看着她：“宁雪落，你别太过分了！”

即便知道宁雪落一直跟她不对付，宁夕也没想到她能说出这样恶毒的话来。

“我过分？我说你才过分！喝醉酒怀了陌生人的孩子，还想让苏衍背黑锅？”

宁夕一怔：“你胡说什么？！”

“哟，你该不会真的相信那天的人是苏衍吧？”宁雪落笑得前俯后仰，“口口声声说跟苏衍是从小一起长大，青梅竹马，你连他的身材是什么样都不知道？”

宁夕越听脸色越苍白，站在烈日之下，竟浑身冰冷。

没错，那天的男人……她只当是苏衍成年之后，兴许比自己想象中健壮了一些。如今被宁雪落恶意提醒，才忽然想起，除了体格之外，那人似乎确实有太多地方与苏衍不同……

“实话跟你说吧！那晚你喝了我准备的酒，醉得昏昏沉沉，竟闯进了陌生人的房间……”宁雪落一副嫌恶的口吻，“衍哥哥就是心地太善良，怕你醒过来接受不了，才说那晚是他！”

“你……”宁夕气得浑身发抖，听到这里，再也忍不住，一把掐住了宁雪落的手腕，“为什么你要这样对我？为什么！你害我害得还不够多吗？”

宁雪落原本柳眉倒竖，正要推开宁夕，却在瞧见宁夕身后的苏衍时，声音立即软了下去，神情也楚楚可怜：“姐姐，我知道我错了，你要打要骂，冲着我来就好了，千万不要怪衍哥哥……”

宁夕一愣，下一秒，却见宁雪落陡然摔倒在地上，那姿势……就好像是她推的一般。

“宁夕！你做什么——”叱责声从耳后响起。

宁夕诧异转身，便看见了面色冷漠的苏衍。

苏衍擦身而过，扶起宁雪落：“雪落，你没事吧？”

宁雪落几乎将整个人挂在苏衍身上：“衍哥哥，我不是故意的，我真的知道错了……现在造成这种后果，都是我对不起姐姐……”

“好了，一切有我！”苏衍拍拍宁雪落的肩膀，让她上车，“我来跟宁夕讲清楚。”

宁夕脑中一片空白，看着苏衍向自己走来，看着苏衍嘴巴开开合合。

他说了很久。

讲他们青梅竹马的时光，讲他爱上宁雪落的挣扎，讲他在知道宁雪落陷害她时的气怒，讲他知道宁夕怀孕时的震惊和愧疚，讲他接受了宁雪落的道歉……最后，他说：“宁夕，对不起，我不能娶你。不是因为那晚的事和这个孩子嫌弃你，而是因为我不能再辜负雪落，也不想再欺骗自己的感情。”

这几个月他是带着宁雪落一起出国的，朝夕相处之后更是难舍难分。即便他为了挽回伤害，承认那晚是他与宁夕发生的关系，可在心里，他早就选择了宁雪落。所以得知宁夕怀孕的消息后，他即使不忍还是立即去宁家跟二老说明了一切，并且将实情告诉宁夕。

“也就是说……苏衍……你一开始就知道是宁雪落毁我清白？是为了袒护她，才告诉我那晚的人是你？”终于找回自己声音的宁夕，失魂落魄地看着冷静的苏衍。

“宁夕，雪落她不是故意的，她年纪小，脾气冲动……”

“那我呢？”宁夕仰头看着苏衍，满脸绝望，“你们有没有为我考虑哪怕一点点？”

苏衍不言，过了好久，才伸手去拉宁夕：“这里太阳大，我们先回家……”

“别碰我——”宁夕一把打开苏衍的手，忽而大笑了起来。

活到现在，宁夕觉得自己就像一个笑话。

为了来到苏衍的城市，她做题做到休克考上B大。为了讨好苏衍，她放弃了演戏的梦想。为了与他门当户对，她抛下养父母回到宁家，终日笨拙地讨好这些所谓的名流。到最后，只换来一句：“我不能辜负雪落。”

宁雪落，不仅抢占了她的身份，抢走了她的亲生父母，如今，还抢走了她的心上人！

宁雪落年纪小，犯错可以原谅？那么，谁来为她的人生买单？

她甚至，连那晚的人是谁都不知道！

宁夕捂住脸，身体如抖筛一般颤动着，绝望到了极限。

苏衍看见宁夕神情恍惚没头没脑地走向马路，丢了指缝间夹的烟，刚要追上去，却被身后的宁雪落一把拉住袖子：“衍哥哥，你要去哪里？”

就在苏衍犹豫的瞬间，只听一声巨响，行走在斑马线上的宁夕被抛了出去，重重落在地上。

“救人——救人啊——撞上孕妇啦——”

一片刺目的光亮中，宁夕看见晃动的人影和那两张令她作呕的面孔，肚子传来的紧缩和疼痛，让她的意识一点点流失，她只眨了一下眼睛，额头的鲜血便肆意冲刷过她的眸子……世界陷入一片黑暗……

五年后。

伊顿酒吧，顶楼无人的走廊。

宁夕陪着投资商喝了一晚上酒，头疼欲裂，本来准备找个清静的地方醒醒酒，没想到常莉会跟过来，于是只能打起精神应付她：“常姐有事？”

“宁夕，我问你，你是不是报名参加了《天下》女一号的试镜？”

“是，怎么？”

“你明天不许去！”常莉作为她的经纪人，反而阻止她去试镜这个各大娱乐公司挤破头的角色。

对此宁夕倒是不意外，只略挑了眉头问：“理由？”

“你瞒着我自作主张还敢问我理由？公司已经安排了雪落去试镜，她比你更适合这个角色！”

“比我更适合？”宁夕似笑非笑地看着她，“宁雪落让你来找我的？难道她是怕我一个名不见经传的十八线小演员演技比她好，导演选我不选她？”

“你的演技会比雪落好？简直痴人说梦！”

“既然如此，你这么紧张做什么？”

“你是我手下的艺人，就要听我的安排！”常莉一副理所当然的语气。

“呵，原来常姐也知道我是你手下的艺人。”

“宁夕，我没空跟你斗嘴，你先好好反省反省你的错误吧！”

话音刚落，宁夕就被关进了旁边的酒吧仓库里，手机也被拿走。

“砰”的一声，门被重重关上，门外的脚步声也渐行渐远。

知道喊叫也没用，宁夕一言不发，面色漠然地顺着门板滑坐在地上。

她刚进公司的时候，宁雪落还知道有所收敛，顶多让常莉给她安排一些恶毒的反派龙套，最近是越来越过分，连这么低级的手段都使了出来……如果这次的角色再拿不到，她必须想办法离开星辉娱乐了……思绪纷乱间，耳边突然传来一阵细微的声响。

难道有老鼠？

宁夕顺着声音传来的方向看去，然后愣住了。

她竟在一堆箱子后面看到了一个小男孩，那小家伙四五岁大的模样，长得粉雕玉琢，跟只又白又软的小包子似的，正躲在角落里瑟瑟发抖，漆黑的眸子里满是防备和警惕。

呃，这酒吧的仓库里怎么会有小孩子？

应该不会有这么不靠谱的客人把孩子带来酒吧的吧？

“喂，小包子，你是谁？怎么进来的？”

“偷溜进来的？”

“也是被人关的？”

“吃糖吗？”

问了半天，那孩子一声不吭，只是抖得更厉害了，如同受惊的小兽。于是宁夕也没再继续说话，反正与她无关。

一大一小两人就这么相安无事地各自占据一个角落待着。

这时，头顶的灯泡突然闪烁了一下，灭了。

黑暗之中，宁夕隐约听到咯吱咯吱的声音，仔细辨别了一下，才发现貌似是牙齿打战的声音。

宁夕失笑，朝着对面的小包子开口：“怕黑啊？”

咯吱咯吱的声音停顿了一秒，然后响得更厉害了。

呵，怎么胆子这么小？

宁夕拍了拍屁股站起身，朝着那小家伙走去……小包子被她吓得整个人都在哆嗦。

然而宁夕一屁股在小包子旁边坐下，什么也没做，直接闭上眼睛睡觉。

今晚她被常莉拉着到处陪人喝酒，这会儿头疼得不行。

等宁夕睡了一会儿醒来，感觉腿侧热乎乎的，一低头就看到小包子不知什么时候蹭到了她腿边，小手还揪着她的衣角。

宁夕失笑。

以前在乡下的时候，她养过一只猫，胆子特别小，特别怕人，见到人就跑。但是，只要你不注意它，让它放松下来，感觉你没有威胁，它又会自己偷偷蹭到你身边，甚至爬到你的膝盖上睡觉。

小包子察觉到她的视线，小脸有些泛红，不过这次眼中倒是没有惊慌了，大大的眼睛里满是好奇。

真是太像小奶猫了，连眼神都像。

宁夕唇角微勾，特别手痒，最后终于忍不住伸出手揉了揉那颗毛茸茸的脑袋。

这一摸，她却立即变了脸色。

额头怎么这么烫！

“你发烧了？”

常莉至少会把她关到明天试镜结束甚至更久。

但这孩子这么烧下去，怕是有危险。

正焦急间，她发现不对劲，灯泡明明坏了，为什么屋里还有亮光？

一抬头，这才发现头顶有个小小的天窗，点点星光从那窗外洒落下来。

宁夕找了一圈，搬了个梯子过来：“小包子，过来，我帮你出去！”

小家伙第一次对她的话有了反应，却是摇了摇头，目光坚决。

宁夕看懂了他的意思，笑着捏了捏他的脸：“还挺讲义气的嘛，想跟我同甘共苦啊？上去吧，窗口太小了，我出不去，你先出去，然后找人来救我。”

见小家伙还是犹豫，宁夕直接抱起他把他放上梯子：“快！是男人就别磨叽，我在下面护着你！”

好不容易把那孩子送出去，宁夕脑袋一阵晕眩，脚下一软，竟一骨碌从梯子上摔了下去……窗口边上，小包子看着这一幕，一直呆滞无神的小脸上浮现巨大的惊恐……

宁夕强撑着说了一个字：“走……”

星光下，女人的面容苍白憔悴，却难掩令人惊艳的美丽。尤其是那一双眼睛，清润灵秀，如同盈盈汲着一汪倒映星辰的海。

她早已不是当年的乡巴佬和丑小鸭。可是，又有什么用呢？

宁夕苦笑，大仇未报，她就要这么摔死在这里了，不过，临死前救了一只小包子，也算做了件好事。

如果当年她的孩子没死的话，大概也有这么大了吧。五年前的那次车祸后，宁家嫌她丢人，把她送到了M国一所专门接收纨绔子弟的三流大学，任由她自生自灭。

她退学重新申请了南加大，近乎疯狂地汲取各种知识。

因为她要打败宁雪落，夺回属于自己的一切！

最重要的是，演戏是她此生最大的梦想。

回国后，凭借这张脸以及扎实的表演功底，她被常莉看中，成功进了业界最大的经纪公司星辉娱乐。

星途本该一片坦荡，可宁雪落紧跟着也进了星辉，买通常莉对她处处打压……

与此同时，伊顿酒吧会客室，气氛异常凝重。

酒吧老板、经理、保安，以及相关工作人员等战战兢兢地站成一排，全都是一副大难临头的表情。

因为，陆氏集团的小太子，陆霆骁的宝贝儿子在他们酒吧失踪了。

沙发上，陆霆骁的面容一如既往的冷硬，如同冰雕一般没有丝毫多余的表情，但属于上位者的威压却让在场的每一个人双腿发软汗如雨下，大气都不敢出一声。

他的脚边跪着一个青年，正哭得一把鼻涕一把泪："哥，对不起，都是我的错！我不该把小宝带来酒吧！要是小宝有什么三长两短，我也不活了！"

话音刚落，当胸一脚踹了过来，现场的人纷纷颤抖。

陆景礼捂着胸口一阵猛咳，立即爬起来，又重新挺直脊背跪好。

现在爸妈在国外度假，还不知道小宝丢了，要是他们知道，就不是被他哥踹一脚这么简单了。

陆景礼正心如死灰，会客室的门突然被拍响。

离门口最近的酒吧老板顺手打开门，看门口没人，正奇怪呢，一低头，呆了："小……小少爷！"

"小宝？天哪！小宝！二叔的心肝！你到底跑到哪里去了？"陆景礼一骨碌爬起来，把小家伙死死搂住，激动得痛哭流涕。

一屋子人全都是一副劫后余生的表情。

陆霆骁几步走到门边，提着陆景礼的后衣领随手把他扔开，然后在儿子跟前蹲下来："怎么了？"

终于摆脱了二叔的魔爪，小宝一把拉住陆霆骁的手，焦急不已地要把他往外拉。

陆霆骁刚一靠近儿子，就闻到了小宝身上有一股酒气，除此之外还有一丝隐约的香气，不是浓烈刺鼻的香水味，倒像是冰川上开出的小花，散发着一股幽幽的冷香，让他莫名觉得熟悉，甚至有一刹那的心悸。

见陆霆骁不动，小宝小手指着一个方向，小脸满是焦急。

陆霆骁将儿子抱起来，径直朝着儿子指的方向走去。

身后的陆景礼还有一干人等见状，全都面面相觑地跟了上去。

五分钟后，一群人在顶楼的仓库门口停下。

小宝扭着身体从爸爸身上下来，用力拍打着仓库的门，神情无比焦急。

“小宝这是怎么了？这里面有什么啊？”陆景礼一头雾水。

陆霆骁面无表情地命令：“开门。”

“是是是！”酒吧老板点头不迭，然后扭头呵斥身旁的女经理，“叶经理，你还愣着干什么，快开门啊！钥匙呢？”

“啊……开、开门？”女经理僵住了。

糟糕！宁夕那女人还关在里面呢！她答应了常莉至少要把宁夕关到试镜结束的！

可是，有陆家这两尊神和老板在等着，她哪能说“不”，只能哆哆嗦嗦地掏出钥匙把门给打开了。

门刚一打开，就见一个女人倒在地上昏迷不醒。

“这是怎么回事？里面怎么会有个女人？”老板暴怒。

“我、我也不知道啊！我之前检查的时候还没人的！”女经理强压着心虚解释。

“快！先救人再说！”

刚有人走过去企图靠近宁夕，小宝立即一头扑到宁夕身上，小脸狰狞，不许任何人接近。

“陆总，这……”酒吧老板一脸无措，完全搞不懂这到底是个什么情况。

陆霆骁的目光掠过满脸心虚的女经理，又扫了眼地上倒塌的梯子和头顶只能容纳一个小孩大小的天窗，大致已经猜到发生了什么。

他抬手将所有人挥退，然后走过去，亲自将那女人抱了起来。

怀抱中那股幽幽的冷香更加清晰了。

见陆霆骁去抱了，小宝才没拦着，只是小脸上也并不是很情愿，一副“要不是我人太小，肯定要自己去抱”的小表情。

B市第一人民医院。

宁夕醒来的时候，已经是第二天早上。

一睁眼，就看到对面窗边的椅子上坐着一个男人。

修长的双腿随意交叠，剪裁得体的西装勾勒出宽阔的肩膀和劲瘦的腰身，白色衬衫的扣子一丝不苟地系到领口，明明是在清晨的阳光之下，他的身上却好像笼罩着一层亘古不化的寒冰，冷漠矜傲的表情如同中世纪古堡里的国王……男人似乎察觉了她的视线，突然抬起那双深海似的眸子，冷冽的目光径直朝着她穿射而去。

那目光太具侵略性，如同锋利的手术刀，将她一寸一寸解剖开来，令人毛骨悚然。

宁夕打了个冷战，也顾不得眼前这个陌生男人的目光让她很不舒服，神色焦急地问道："这位先生，请问一下，我是怎么来这里的？您有没有看到一个小男孩？四五岁大，不喜欢说话，长得白白软软，看起来呆萌呆萌的！"

呆萌……男人对于宁夕这个形容微挑了一下眉头，随即目光移到她的右侧，声音和他的人一样冷："你说小宝？"

宁夕急忙顺着冰雕男的视线看过去，只见一只又白又软的小包子正躺在自己旁边的小床上熟睡，手背上打着点滴："对，就是他！他叫小宝？"

宁夕总算是舒了口气，倾身过去摸了摸小包子的额头，已经退烧了。

先前她救这孩子出去之后就有些后悔，毕竟孩子年纪太小，又发着烧，在酒吧那种混乱的地方，让他一个人出去，万一出了什么事怎么办。

宁夕重新看向对面气场超级可怖的冰雕男："您是这孩子的？"

话刚问出口，宁夕发现自己似乎白问了。

这一大一小长得简直是一个模子里刻出来的，绝对是父子，亲生的。

果然，冰雕男回答："父亲。"

"嗨，美人儿，你醒啦，我是小宝的二叔！"

斜刺里突然一张大脸凑过来，宁夕下意识地往后一退，等看清男人的脸之后呆了："陆、陆景礼？"

陆氏集团二公子，盛世娱乐老板，因为其出色的外表和风流的个性，出现在报纸杂志娱乐版的次数比艺人还要多。

这张脸她绝对不可能认错。

冰雕男是小宝的父亲，陆景礼是小宝的二叔……那冰雕男岂不是陆景礼的哥哥陆霆骁？

陆霆骁，华都商业巨擘！

万万没想到，她救的竟然是陆霆骁传说中的私生子，金光闪闪的小太子爷……

陆霆骁探究地打量着病床上的女人，似乎在判断她脸上意外的表情是真是假。

半晌后，大概是终于相信了她事先对小宝的身份并不知情，于是清冷地开口："你的要求。"

"呃，什么要求？"宁夕不懂这没头没尾的四个字是什么意思。

"我哥的意思是感谢你救了小宝，让你提要求呢！"陆景礼一副"你撞了大运"的表情。

宁夕闻言大脑飞速转动，随即谨慎地开口道："其实你们不用感谢我的，我是救了小宝没错，但是他也救了我。要不是小宝先出去叫人，我这会儿肯定还被关在里面呢，所以算是两清了。"

虽然她这回运气爆棚救了小太子，但她哪敢邀功。越是有钱被迫害妄想症越严重，更何况是陆家这样的超级豪门、顶级世家，不怀疑她自导自演、别有所图什么的就不错了。没见陆霆骁刚才一直是一副防贼的眼神看她吗。为免后患无穷，还是跟他们撇清关系的好。

宁夕自认这个回答没有任何问题，可是陆霆骁却脸色不豫，看得她一阵心惊胆战。

她没说错什么吧？脸色这么可怕是什么意思？

“哥，你的表情别这么吓人啦，知道的当你是要报恩，不知道的还当你是要报仇呢！”陆景礼看不过去美人受惊，忍不住开口解围，然后对宁夕说道，“我哥他不喜欢欠人情的，你还是提个要求吧！别客气！”

还有逼着人家提要求的？

宁夕嘴角微抽：“不是我客气啊，是确实不用，我说的都是实话，不信你们可以查……”

“不必。”陆霆骁言简意赅，神色已经略有不耐。

陆景礼开口道：“酒吧仓库有监控，我看过了，小宝是自己跑进去的，至于你，酒吧经理承认了是她把你关进去的，所以你不用担心，我们没有怀疑你的意思，确实是你救了小宝，你还是提个要求吧！”

得，又绕回去了！

最后宁夕没办法，只能在陆霆骁越来越迫人的目光下硬着头皮开口：“不然……你们给我钱？”

有钱人不都喜欢这种直接干脆的报答方式吗？

以陆霆骁的个性，应该也喜欢用钱解决问题吧！

要是她不要钱，搞不好还以为她是别有所图，不图钱，难道是图人？

就在宁夕笃定这是最合适的要求时，陆霆骁的脸色却更加难看了。

宁夕已经快哭了，为啥非要这么惜字如金，有什么话咱好好说出来行不行，你说几句话难道能累死吗？

陆景礼牌翻译机摸了摸鼻子：“我哥是觉得给钱太侮辱人了。”

宁夕在心中嘶吼：没关系的，来侮辱我吧！

陆家身份太特殊，她一时真的不知道提什么要求比较合适，就在场面陷入僵局的时候，陆霆骁开口了：“嫁给我。”

宁夕呆滞了一秒，然后剧烈咳嗽起来，差点没被自己的口水呛死：“咳咳咳……您说什么？”

好不容易止住咳嗽，她立即十万火急地朝着陆景礼看过去：二少，求翻译啊！

然而，这一次不仅是宁夕，陆景礼也蒙了：“哥，你几个意思啊？这回我可翻译不了！”

这时，宁夕突然福至心灵，颤巍巍道：“难道是因为我救了您儿子，所以您决定对我以身相许？”

陆霆骁微微颔首，略一思索，然后点头：“可以这么说。”

宁夕看着眼前顶着一张面无表情的冰山脸却出口惊人的男人，虚弱地扶了扶额头：“医生……医生在哪里？我觉得我可能真的是摔坏了脑子，都产生幻觉了……”

旁边的陆景礼一脸无辜：“难道我没摔，脑子也坏了？”

此时此刻，以宁夕被虐千百遍后强大的心理素质也无法接受眼前的事实。

她救了一只“小包子”，“小包子”的爹表示要以身相许？

这要是其他人也就算了，稍微帅点的，还能当是艳遇。

但这人可是陆霆骁，陆霆骁啊！

论外貌，她是长得还不错，但陆霆骁是什么人，什么样的绝世美女没见过。

要只是看上她，她也没这么惊吓，陆霆骁看上她的脸想跟她玩玩也可以理解，但他说的是“嫁给我”，这就惊悚了。

陆霆骁缓缓从椅子上站起身，迈着修长的双腿一步步朝宁夕走近：“景礼，你带小宝出去。”

“啊？哥，你想做什么？”

陆霆骁慢条斯理地整理着袖口：“向宁小姐证明一下，我的诚意。”

看着对方可怕的脸色，还有令人不寒而栗的眼神，宁夕吓得一骨碌摔下床，缩到小宝身后，就差钻到床底下。

“陆先生，您是真的不需要感谢我，如果您一定要让我提要求，那么我的要求就是请您不要再让我提要求了……啊，抱歉，我待会儿有个非常重要的试镜，必须得先走了！咱们有缘再见！”

宁夕语速飞快地说完，然后就要开溜。

结果，刚跑没几步，身后传来陆霆骁清冷的声音：“我准你走了？”

宁夕吓得小腿肚子直打哆嗦。

吾命休矣！

几秒钟后，在宁夕赴死般的目光中，陆霆骁递给她一张纸和一支钢笔：“麻烦宁小姐给小宝留张字条，以免他醒来看不到你担心。”

就、就这样？简直劫后余生！

“好的好的没问题！让我写万字信都没问题！”宁夕猛地松了口气，拿起笔唰唰唰写了起来。

写完后生怕还有什么变故，赶紧狂奔而去。

看着女孩离开的背影，男人目光深沉，如同看着已经被打上印记的猎物。

宁夕离开后，陆景礼立即蹭到亲哥旁边上蹿下跳：“哥，我是在做梦吗？你真的看上宁夕了？这么多年，你都没有看上过一个姑娘，连我这个做亲弟的都快怀疑你是不是……”

陆景礼话还没说完，就遭到了亲哥的封杀：“闭嘴。”

“哦。”陆景礼噎住。

因为正值高峰期，路上严重堵车，宁夕赶到的时候还是迟了。

常莉跟宁雪落满面春风地从面试大楼里出来，旁边围着一群人道贺。

远远看到宁夕满头大汗地赶来，宁雪落看着她的目光跟五年前一模一样，是俯瞰蝼蚁般的眼神。

看着宁雪落坐上了保姆车绝尘而去，宁夕没有离开，而是飞快地往大楼里跑去。

现在也不算晚！

跑到一半，迎面撞上一行人谈笑风生地走来，正是《天下》剧组的评委们。

“对不起，我迟到了！”宁夕深深地弯下腰。

看着突然拦住他们去路的宁夕，几个评委面面相觑，表情都有些不高兴。

谁也不喜欢迟到这种行为。

副导演板着脸：“试镜已经结束了，你这会儿才赶过来有什么用？现在的年轻人真是越来越不靠谱了！”

“我不是来试镜女一号的！”宁夕开口。

“哦？你不是来试镜女一号的？那你是来试镜什么的？”编剧饶有兴趣地问。

“我来试镜女二号，孟长歌！据我所知，上次女二号的试镜中，你们并没有找到合适的人选！”话音刚落，宁夕抬起头。

宁夕抬起头来的瞬间，现场至少静默了有五秒，刚才语气不善的副导演眼睛都直了。

只见女孩唇红齿白、乌发及腰，一身大红色一字领连衣裙，如此强烈的色彩，竟都压不住她的艳色，沦为她的陪衬。

她只是静静地站在那里，却仿佛站在满是缥缈雾气的森林，若一只修行千年的灵狐，虽道行颇深，却似从未涉足凡尘，眸底一片澄净清澈……

“你叫什么名字？”直到导演郭启胜开口，几个评委才清醒过来，仿佛做了一场奇幻的梦。

“宁夕。”

郭导跟身旁的副导、编剧、制片人等对视了一眼，然后开口道：“有点印象，星辉的艺人是吧？你回去准备一下吧，女二号就你了！开机时间到时候会通知你。”

“谢谢导演，我会好好准备！”宁夕鞠躬感谢。

宁夕一开始的目标就是女二号。为了这个角色，她琢磨了整整三个月，努力理解孟长歌的感觉和气质，力求只要一眼就能让评委心动。

虽然几经波折，还好，她成功了……

宁夕离开后，郭导连连感叹：“这可真是踏破铁鞋无觅处，得来全不费工夫！这女孩虽然签了星辉，但资历太烂，这样的条件居然来试镜女二号，我根本没放在心上，结果没想到本人比照片里漂亮这么多！”

编剧叶玲珑也压抑不住激动：“最重要的还是她的气质，这女孩刚才的眼神太到位了。孟长歌在成为祸国妖姬之前可是个正气凛然的女将军，她可以妖艳，却绝对不能庸俗，甚至要保持一份纯真和超脱世外的清醒。之前来试镜的那些艺人愣是给演成了青楼花魁，真快把我气死了！”

“哈哈哈，别气别气，这不是终于等到你的长歌了吗！”

与此同时，B市第一人民医院。

小包子所在的VIP病房正一片人仰马翻。

小家伙赤着脚蜷缩在窗台上，情绪异常激动，无论医生、护士怎么说也不下来。

陆景礼在下面“心肝宝贝”地哄着，无奈人家压根不买他这个亲叔叔的账。

没办法，陆景礼只好一通电话赶紧把刚被公司那边叫走的陆霆骁又给叫了回来。

“哥，你可来了，你家小宝好端端的突然就暴走了！”

“怎么回事？”陆霆骁沉声问。

“我也不知道怎么回事啊，他醒来以后到处找人，我就想着他是不是在找宁夕，就跟他说别找了，漂亮阿姨已经走了。话刚说完，他就暴走了。小宝好像挺喜欢宁夕的，但也不至于一听人走了就激动成这样啊！”

而且小宝已经很久没有过这么激烈的情绪波动了。

听完事情的经过后，陆霆骁径直朝着儿子走去。

小家伙发现陆霆骁接近，立即警惕地往后面缩了缩，满眼防备和排斥，连亲爹也不认了。

陆霆骁在距离儿子三步远的地方停住，语气平静无波地开口：“你二叔告诉你阿姨走了是字面上的意思，她的身体没有任何问题，已经出院回家，而并非去世，不是跟你太奶奶一样走了就永远都不回来了，明白？”

大概只有面对儿子的时候，陆霆骁才会这么有耐心，一口气说这么长的话。

陆景礼瞠目结舌：“有没搞错啊！我就说了两个字‘走了’，他就脑补了这么多？”

其实小宝亲眼看到宁夕摔下去，本来就受了惊吓，情绪不稳定的情况下会误会他的话也不奇怪。

听完陆霆骁的解释后，小宝还是埋着头缩在窗台上一动不动。

于是陆霆骁掏出一张纸条：“她给你的，看吗？”

小宝身体一顿，紧接着就跟被按下了开关一样，瞬间抬起头，张开小手，示意要爸爸抱。

陆景礼和现场的医生、护士一时间愣在原地，他们一屋子人被折腾得差点崩溃，结果陆霆骁一张纸就搞定了？

陆景礼本来还觉得他哥跟宁夕要张字条的举动挺多此一举，现在是完全服了。

陆霆骁抱着儿子在沙发上坐下，然后将纸条递给他。

小家伙迫不及待地接了过来，他早就已经认字，可以自己阅读。

“宝贝，谢谢你救了我，你很棒哦！”

看着纸条上面的字，还有后面画的爱心，小家伙眼睛亮晶晶的，小脸似乎有些泛红，虽然矜持地抿着嘴唇，嘴角却还是忍不住微微翘起，小模样别提多可爱。

陆景礼一脸见鬼的表情：“我刚才是眼花了吗哥？咱小宝居然笑了！我都不记得上次看他笑是多久之前的事了！宁夕到底写了啥呀？”

陆景礼要去偷看，小宝立即像藏宝贝一样藏了起来。

不过陆景礼眼快已经看到了，挺普通的留言嘛，竟然能让小宝这么开心？这个宁夕可真是不简单！

陆霆骁没有说话，看着儿子，目光温柔。

小宝醒后，陆霆骁便直接将他接回了家，并且推掉了公司所有的事情留在家里陪他。

夜晚，铂金华府 8 号。

偌大的客厅冷冷清清，一大一小两个人隔着餐桌相对而坐，脸色一个比一个冷。

陆霆骁：“吃饭。”

小宝充耳不闻。

陆霆骁：“我最后说一次。”

小宝动都不动一下。

陆霆骁：“你认为绝食这种幼稚的威胁对我有用？”

小宝如同老僧入定，完全沉浸在自己的世界中，对外界没有任何反应。

父子继续对峙。

一个小时后。

陆霆骁拨通陆景礼的电话：“把宁夕的住址发给我。”

好吧，事实证明，绝食还是挺有用的。

陆景礼效率超高，立即将宁夕的具体地址发到了亲哥的手机上，后面还附带一大堆八卦，当然，被陆霆骁直接无视了。

这回不用陆霆骁开口，小宝一见爸爸拿起外套和车钥匙，立即亦步亦趋地跟了上去。

陆霆骁垂眸看了脚边的儿子一眼，无奈地俯身将他抱了起来：“下不为例。”

宁夕从试镜大楼回来之后先是补了一觉，然后去了趟超市，买了火锅底料、配菜还有啤酒。

首战告捷，自己在家涮个火锅就当庆祝吧！

一个人吃火锅，真是寂寞的最高境界……还好她一向独来独往，倒也习惯了。

刚弄好汤锅准备下菜，敲门声响了起来。

这个时候会是谁来？

宁夕狐疑地拉开门，然后呆住了。

门外，陆霆骁西装笔挺，外面套着一件黑色大衣，怀里抱着小包子，小包子怀里捧着一个五颜六色的水果篮。

这……这是什么诡异的组合？

“陆先生？”宁夕吓得咽了口唾沫，“您怎么会来这里……这么晚了，是有什么事吗？”

“探病。”陆霆骁削薄的唇吐出两个字。

探病？大晚上的，亲自跑一趟，还带着小包子一起？

她不过是摔了一下，活蹦乱跳的啊……

“呃，陆先生您太客气了，快请进！不好意思，屋里有点乱……”宁夕也来不及多想，受宠若惊地把人请进屋，飞速把房间整理了一下，沙发上的杂物搬走，床上乱七八糟的衣服塞进床底下……

“随便坐，你们喝点什么？茶水和牛奶可以吗？”宁夕一边忙碌一边挖空心思地猜陆霆骁的来意，可惜陆霆骁道行太深，任由她怎么猜也猜不出来。

“可以。”陆霆骁点头，一脸真诚。

宁夕只能一头雾水地给陆霆骁泡了杯茶，又给小包子端了杯牛奶。

陆霆骁长手长脚地坐在空间有些逼仄的客厅沙发上，小包子坐在他旁边。

父子俩不仅长相酷似，连表情也是一模一样，全都是面无表情，也不说话。

然后就这么冷场了。

宁夕坐在对面，简直欲哭无泪。

这俩人到底是来干吗的？

这时，锅里传来咕噜咕噜的声音，空气中开始弥漫开诱人的香辣味。

宁夕为了打破沉默，随口寒暄道：“那个，你们吃过晚饭了吗？我正准备涮火锅，要不要一起吃点？”

陆霆骁：“好。”

小包子点头。

宁夕心想：我不过是随便客气一下而已，你们俩答应得这么干脆是闹哪样？

一个大总裁，一个小少爷，什么山珍海味没吃过，跑来跟她一小老百姓一起吃寒酸的家庭小火锅？

宁夕自己都觉得拿不出手，但话已经说出去了，只能硬着头皮把人请上桌，又多添了两副碗筷。

“我买的底料还挺辣的，你们能吃辣吗？”宁夕不放心地问。

陆霆骁：“可以。”

小包子点头。

好吧……宁夕把洗好的配菜端过来。

陆霆骁吃得不多，大部分时间在帮他们烫菜，倒是小包子跟她一样挺喜欢吃辣的，辣得直吐舌头却一直没停。

最后连宁夕都有些担心了：“小孩子吃太多辣会不会不太好？”

要是这位小太子在她这儿出什么问题，她可担待不起。

“没这么娇弱。”陆霆骁倒是不以为然。

于是宁夕也不好再说什么了。

“试镜怎么样？”沉默的制冷机陆霆骁突然主动开口说话了。

宁夕愣一下才反应过来，接话道：“还算顺利，所以今天才做了顿火锅算是庆祝！”

陆霆骁举杯：“恭喜。”

宁夕真没想到收到的第一声道贺居然来自陆霆骁……

她拿起手里的饮料跟他轻轻一碰，露出一个发自内心的微笑：“谢谢！”

女孩绽放笑容的刹那，陆霆骁不易察觉地恍了恍神。

宁夕说完看向旁边的小宝：“这次要特别感谢小宝，要不是他，我也没法及时赶去试镜，来宝贝，我敬你一杯！”

小宝看看自己的牛奶，又看看宁夕和爸爸的饮料，似乎有点不情愿，最后还是端起牛奶跟宁夕碰了碰，咕噜咕噜把剩下的全喝光了。

宁夕被他一本正经的小模样逗得直笑。

中途陆霆骁去阳台接了个电话。

宁夕立即凑到小宝旁边，把自己没有什么度数的碳酸饮料递给他：“嘿嘿，好奇什么味道吧？快快快，趁着你爸不在，尝一小口！不过只能一小口啊！”

小宝的眼睛亮得像天上的星辰，低下头小心翼翼地抿了一小口。

虽然那味道真是一点都不好喝，但是他觉得开心极了。

等陆霆骁打完电话回来，宁夕立即坐直身子，装作什么都没发生过。

小宝更专业，慢条斯理地喝着牛奶，一点异样都没有。

陆霆骁看起来是没发现，神色如常地坐了下来，只是眸底飞快地隐没了一丝暖意。

三个人战斗力还不错，她买了很多菜，结果全都吃光了。

宁夕见时间不早，正想着他们是不是该回去了，这时天际突然划过一道闪电，接着轰隆隆的雷鸣声炸响起来，窗外开始狂风大作……

“我之前看天气预报说今晚好像有暴雨，还有台风来着……”

宁夕头疼地看着窗外倾盆而下的大雨，小包子看着宁夕，陆霆骁也看着宁夕……最后被一大一小盯着的宁夕只能开口：“这么晚了，天气又不好，陆先生您带着小宝赶回去恐怕有点危险，不然……你们将就着在我这儿住一晚？”

出于礼貌她还是客气了一下，她觉得陆霆骁肯定不会答应的。

结果陆霆骁说：“好。”

小包子点头。

咋又同意了……陆霆骁未免也太好说话了吧！

她怎么有种他俩挺期待她说这句话的错觉啊。简直要疯！

最后，陆霆骁和小宝就这么留了下来。

公司给她安排的这间宿舍不大，只有一室一厅，晚上怎么睡实在是个问题。

“晚上我睡客厅，陆先生您跟小宝睡我的房间可以吗？我去把床单换一下……”

“不必，我睡客厅，你跟小宝睡卧室。”陆霆骁的语气不容拒绝。

宁夕觉得自己很作孽，不仅请陆大总裁吃了廉价火锅，还要让他睡客厅。

如果今晚只有陆霆骁的话，就算是下冰雹，她也不会把人留下来的，尤其是在白天陆霆骁还说过那种话的情况下，可是没办法，还有一个小包子。

这天气让他带着孩子赶回去确实太危险了……

宁夕只能认命：“我看下能不能找到让你们换洗的衣服……”

一阵翻箱倒柜，居然还真让她找出来了。

有一套她之前做兼职的时候厂家送的皮卡丘造型的儿童睡衣，她随手塞在柜子里了，小宝正好能穿。

陆霆骁比较好办，她弟还有几件衣服落在她这里。

认了亲生父母之后，宁夕觉得对不起养父母，没脸面对他们，所以很少跟那边联系，只跟弟弟唐诺还有些来往。

找好衣服后，宁夕又去屋里给陆霆骁拿了一床新的被子和枕头。

客厅的沙发不大，陆霆骁那大长腿都不够放，她只能搬了一张凳子加长了一下。

小宝倒是挺让人省心，自己洗好澡，自己穿上萌萌的睡衣，然后自觉地躺到床上去了。

宁夕洗完澡后换了一件比较保守的上下两件套睡衣，确定自己没有任何不合适的地方后才走了出去。

“那……陆先生，我先去睡了，如果有什么需要的就叫我。”

“嗯。”看着刚沐浴完的宁夕，陆霆骁的目光有一瞬间的失焦，随即眸底的暗色铺天盖地。

女孩的头发扎成了一个丸子头，穿着最普通的上下两件式睡衣，脸上未施粉黛，凝脂玉般的肌肤带着水汽蒸腾后的自然红晕。

看得出宁夕的刻意避嫌，她的形象没有任何问题。

可是陆霆骁此刻的内心却有些难以形容。

宁夕进了卧室后，骤然看到自己的床上多了一只小萌物，心情很奇妙。

从昨晚开始，很多事情的发展都有些出乎她的意料。

“快睡吧。”她在小包子身边躺下，关了大灯，留下了一盏床头灯。

小包子眨巴着眼睛，没有丝毫要睡觉的意思。

宁夕又开始头疼了，貌似小孩子睡觉是要讲故事哄的……

宁夕无奈摊手：“我可不会讲故事，不然给你唱个歌？”

小包子点点头，表情挺期待。

于是宁夕轻轻拍着小包子的背，轻声唱了起来：

半冷半暖秋天

熨贴在你身边

静静看着流光飞舞

那风中一片片红叶

惹心中一片绵绵

半醉半醒之间

再忍笑眼千千

就让我像云中飘雪

用冰清轻轻吻人脸

带出一波一浪的缠绵

留人间多少爱

迎浮生千重变

……

宁夕唱到这里卡壳了，因为下一句是“跟有情人做快乐事”……这歌词貌似有些不适合给小朋友听啊？还是换一首吧……“咳，后面阿姨不会唱了，阿姨给你换一首啊！”

小包子很乖巧地点头同意。

宁夕绞尽脑汁换了一首儿歌：

快乐的池塘里面有只小青蛙

它跳起舞来就像被王子附体了

酷酷的眼神没有哪只青蛙能媲美

总有一天它会被公主唤醒了

我相信奇迹就在身上

自信成长有你相伴

啦啦啦啦啦……

足足唱了三遍《小跳蛙》，旁边终于传来香甜的呼吸声。

带孩子可真不容易！

宁夕突然有点佩服陆霆骁这个单亲爸爸了。也不知道小包子的妈妈到底是谁，为什么生下了小包子却没有跟陆霆骁在一起？因为身份低微陆家不接受？还是跟陆霆骁有什么不为人知的纠葛？

在这样的胡思乱想里，宁夕也渐渐进入了梦乡……睡到半夜，宁夕被客厅传来的一声闷响惊醒。

小包子睡得很熟，她轻手轻脚地挪下床去看出了什么事。

推开卧室的门，只见陆霆骁正在倒水，一只手捂着胃，脸色看起来很苍白。

宁夕急忙走过去："陆先生，您没事吧？"

"无碍。"

"呃，您是不是胃疼？"

陆霆骁没说话。

宁夕知道自己猜对了。

原来陆霆骁不能吃辣，不能吃干吗还要吃？

"等等，我去给您拿胃药。"

还好常用药家里都有准备。

宁夕急匆匆地拿来胃药："两粒都要吃。"

"谢谢。"陆霆骁从她的掌心拿走药丸。微凉的指腹轻轻划过，那感觉，竟像是划在她的心尖上。

看着陆霆骁吃下药，她也不好立即就走，便陪了他一会儿。

"好些了吗？需不需要去医院？抱歉，不知道您不能吃辣……"

本来她担心的是小包子，结果小包子没事，陆霆骁倒是出事了，这叫什么事啊……

"不碍事。"

两人沉默了一会儿，陆霆骁突然开口："今晚叨扰，是因为小宝想见你。"

宁夕闻言意外："小宝想见我？"

"小宝在仓库里受了惊吓，你救了他，他现在很依赖你。"陆霆骁解释。

宁夕发现，只要小宝在身边，或者提到有关小宝的问题时，陆霆骁身上森冷瘆人的气息就会收敛很多，不再像白天时那么吓人。

“原来是这样……”宁夕点点头。

大概因为这样的夜晚很容易让人放下防备和顾虑，宁夕问出一直以来都有些在意的问题：“那个，冒昧问一句，小宝他是不会说话吗？”

她至今都没听到小宝说过一个字，小家伙只会点头摇头。

“不是不会说，是不想说。”陆霆骁回答。

“那就是心理上的原因了？”宁夕蹙眉。

“是的。”陆霆骁没有隐瞒。

“这样……”跟她猜测的差不多，至于到底是什么意外刺激得孩子心理出了问题不愿意说话，这种豪门秘辛，她自然不敢再深入问下去。

“宁小姐。”陆霆骁突然专注地凝视着她，那目光明明冷冷清清，却给她一种炙热得要将人燃烧殆尽的错觉。

“嗯？”宁夕被盯得一怔。

“我们是不是在哪里见过？”陆霆骁问。

如果这话是别人问的，宁夕绝对断定对方是在搭讪，而且还是老掉牙的搭讪，但此刻说话的人是陆霆骁，而且他眼中的困惑是真实的。

“应该没有吧，像陆先生您这样的人，如果我见过，绝对不可能没印象的……那个，有什么问题吗？”宁夕的语气还算肯定，以她的身份，就算她还是宁家大小姐的时候，也没可能见到陆霆骁。

“没什么。”陆霆骁移开目光，目光倒映着窗外深沉的夜色，看上去竟有些寂寥。

“陆先生，您要是没事了，那我就先去睡了？”宁夕小心翼翼地说。

陆霆骁看穿她似的，抬了抬手：“不急，坐。”

不急啥！她很急好吗！

宁夕哭丧着脸乖乖坐下，坐姿规矩得好像小学生。

陆霆骁支着脑袋：“你很怕我？”

深夜里的陆霆骁跟白天的冷漠比起来多了几分邪肆，也更加危险。

宁夕把头摇得像拨浪鼓，然后又点头如捣蒜：“整个华都应该没人不怕您吧？”

陆霆骁修长的手指转动着水杯，悠悠道：“只因为其他人都怕我，所以你也怕？那么，其他女人都想嫁我，为什么你不想？”

这个问题吓得宁夕差点从椅子上摔下去。

白天她还以为逃过一劫了呢，果然还是太天真。

这杀千刀的问题她要怎么回答？

宁夕颤巍巍地举起手：“在回答这个问题之前，我可以问一个问题吗？”

陆霆骁点头：“可以。”

“为什么是我？难道是因为小宝很依赖我？我想这只是暂时的，等他情绪稳定就好了，就算他一直这样，您也不用……不用这么委屈自己啊……”宁夕苦口婆心地劝道。

陆霆骁放下手里的杯子，抬起眼眸注视着她：“宁小姐，我以为我一开始就说得很明白，如果你还是不明白，我不介意再说一次。因为你救了小宝，所以我决定以身相报。”

就是这个理由太瞎了，我才一直无法接受的好吗？宁夕在心中咆哮。

宁夕感觉这个问题上已经跟对方说不通了，只能满脸抱歉道：“陆先生，非常感谢您的好意，其实我是个不婚主义者，所以……”

陆霆骁挑眉：“所以，你不想对我负责，也不想嫁我？”

“是这样没错……啊呸！不是不是不是……我不是这个意思！”宁夕已经快给他跪了。

“真遗憾，我只接受婚姻为前提的性关系。”

“谁信啊……”宁夕闻言忍不住小声嘀咕，心想你都未婚有子了好吗？

陆霆骁看向窗外，面色看起来有些失神：“小宝是个意外，我并不知道他的母亲是谁。”

宁夕心想：这话听起来怎么这么渣呢？

“你是介意我有个儿子？”陆霆骁突然问。

“怎么可能！”如陆霆骁所说，全华都的女人都想嫁给他，哪轮到她来介意啊！

“那是为什么？”

看样子陆霆骁今晚是不问明白这个问题不会放过她了。

宁夕无奈地扶了扶额头，深吸一口气道：“陆先生，婚姻不是儿戏，不管是为了报答还是其他什么，我们毕竟才刚认识，您了解我这个人吗？知道我的过去吗？”

“我要娶的是现在的你，你的过去，与我无关。”不愧是陆霆骁的回答，够霸道。

宁夕的脸色渐渐冷了下来：“但是，对我而言，过去的我也是我的一部分，我没办法剥离我的过去嫁给您。陆先生，道不同不相为谋，我真心建议您还是收回那个荒唐的想法。”

接下来便是冷凝的沉默。

就在宁夕觉得对方再一次被拒绝会恼羞成怒大发雷霆的时候，陆霆骁语气平静地开口：“我知道了。”

宁夕绷紧的神经终于放松下来：“那我去睡了，晚安。”

“晚安。”

男人看着那抹单薄的背影，目光深沉似海，不变的是海底炙热的温度。

第二天早上，宁夕是被客厅里男人低沉的说话声吵醒的。

听到身后的脚步声，陆霆骁放下手机，语气温柔："吵醒你了？"

宁夕盯着眼前的男人，眼珠子瞪得像铜铃。

陆霆骁没有穿上衣，冲击力太大。

她摸了摸鼻子，还好没丢脸。

陆霆骁似乎没有注意到她的异色，淡定地拿起沙发上自己的衬衣换上，一边系扣子一边开口道："公司有急事，我得走了，麻烦你去叫醒小宝。"

"哦，好的！"宁夕点点头，赶紧去叫小宝。

结果，不等她去叫人，她一转身便看到卧室门口站着一只软软萌萌无比可爱的皮卡丘，正眼睛一眨不眨地盯着他亲爹陆霆骁，神情很是不悦。

"小宝，去换衣服。"陆霆骁套上外套，然后命令儿子。

得到的回应是"砰"的一声，卧室门关上了。

非常无情。

陆霆骁去拧门锁，结果门从里面被反锁了，于是看向宁夕："有钥匙吗？"

宁夕尴尬地摇头："有倒是有，可钥匙也在屋子里啊！"

陆霆骁捏了捏眉心，语气森冷："我给你三分钟时间，如果你不出来，以后你都别想来这儿。"

三分钟过去了，里面安静得没有一点儿声音。

"出来！如果等我逼你出来，我就没这么好说话了。"

还是没动静。

小包子丝毫不给他爹面子。

宁夕在旁边看得想笑又不敢笑："我等下还有工作，不然让小宝留在这里玩一会儿也没什么。"

陆霆骁脸色难看，掏出手机准备打电话。

宁夕偷偷瞥了一眼，发现他是打给心理医生，顿时有些无语，这点小事就打给心理医生，会不会太小题大做了一点？

宁夕轻咳一声，建议道："要不让我试试吧？"

陆霆骁犹豫了一下，然后点头。

宁夕贴在门板上，尽量放柔语气："小宝，阿姨待会儿还要去上班，没办法照顾你，你先跟爸爸回家好吗？"

里面依旧毫无反应。

"这样，我们交换手机号码，我们随时联系好不好？还可以视频哦！"

里面似乎传来一阵踟蹰的脚步声。

"阿姨要是迟到的话，领导会骂我的，我们领导可凶了，阿姨好可怜的。"

“咔嗒”一声，门开了。

已经准备打持久战的陆霆骁眸子里闪过一丝错愕，然后目光复杂地看着身旁的女人。

她居然只说了三句话就让小宝乖乖出来了。

要知道上次小宝像这样把自己关在阁楼阳台的时候，他们一家四口，管家、用人、心理医生，甚至谈判专家都出动了，磨破嘴皮子说了一下午都没用，最后只能把门给拆了，后果就是小家伙一整个月没有搭理他们。

宁夕当然不知道这些，她只是觉得这孩子真是乖惨了，抱起满脸失落又不忍心让她被骂的小包子夸奖道：“小宝真乖，谢谢宝贝！”

被夸奖了的小包子情绪稍微好了些，默默地递给她一张纸条，纸上写着一串数字。

宁夕接过纸条：“咦，这是你的手机号码吗？好的，我存一下，等我忙完了一定给你打电话！”

陆霆骁有些奇怪，小宝没有手机，哪来的手机号码？

借着身高优势探过去看了一眼，是他的手机号码。

不错，果然是亲儿子！

星辉娱乐。

办公室里，常莉一脸气急败坏：“宁夕试镜上了女二号！”

“女二号？”宁雪落闻言眉头紧蹙，“她当时不是在一个不知道什么剧的剧组跑龙套吗？怎么可能有时间去试镜女二号！”

“我本来也奇怪呢，问了才知道是昨天试镜女一的时候，评委们试镜结束都准备走了，结果意外看到了宁夕，觉得她非常适合女二号的人物设定，居然这么一眼就定下来了。难怪你这么提防她，这个宁夕实在是太有心计，试镜都结束了还在评委跟前晃荡……”

还有些话常莉没敢说，宁夕这相貌简直是利器，要说那些评委一眼就看中她，真是一点都不奇怪。

想当初她把宁夕签过来的时候，原本是准备重点培养的，谁知道突然空降了一个宁雪落。

宁雪落面色阴鸷：“虽然不是女一号，但这部片子可是个大制作！”

听这话音，明显心有不满。

常莉有些为难：“这次恐怕有些麻烦，毕竟这次公司也在这部剧上投了不少钱，得知女一号、女二号都定了我们公司的人后，老板很高兴。”

宁雪落也不知道想到什么，倒是突然镇定了，抚着修剪精致的指甲，嗤笑了一声：“算了，既然她上赶着要去演狐狸精，那就让她去演好了！呵，祸国妖姬，倒确实挺适合她的！”

宁夕很快就接到了常莉的电话，通知她出演《天下》女二号的事情已经确定了，让她好好准备。

《天下》这部剧里，女一号各种深明大义、聪明勇敢，帮助男主角登上帝位，女二号祸国殃民、阴险狡诈，受人唾弃，最后被女一逼得跳崖，大快人心。

这样的人物设定，也难怪宁雪落这次这么大方没有搞破坏。

虽然得到了《天下》的女二号，该做的工作还是要做完，宁夕今天还有一个剧组要跑，角色是一个抢人老公的小三，今天还剩下最后五分钟的戏，大太阳底下被一群人围着暴打五分钟。

实际演完这五分钟花了两个多小时，因为群众演员没经验，动作、表情不统一，她就要反复被打。

回到家里，宁夕随手打开电视机，精疲力竭地躺在沙发上。

躺了一会儿，她总觉得自己好像忘了什么事。

此时电视里正在播放新闻，画面中竟出现了一个熟悉的身影。

这盛世美颜，这宽肩窄臀大长腿，这气质……不是小包子他爹陆霆骁是谁！

陆霆骁好像是在一个签约仪式上，正跟几个老外握手。

主持人语气激动地介绍说，陆氏集团携手意大利DR品牌进军欧洲市场，市值或将翻一番。

看着看着宁夕终于想起来了，她忘了给小宝打电话了！

铂金华府。

陆家二老从国外回来了，一家五口正在聚餐。

陆氏集团谈了三年的大单子终于谈下来，陆老爷子非常开心，对陆霆骁表示了高度的赞赏和勉励，连带着把陆景礼也夸了一通。

不过，说到最后，重点就来了。

大意就是，工作很重要，但他宝贝孙子更重要！

陆老爷子：“霆骁，工作是很重要，但也不能忽略了小宝，这段时间你也忙完了，多花点时间，好好陪陪小宝！”

陆老夫人：“要是你实在没时间，就找个人帮你照顾嘛！小宝也这么大了，你也该考虑考虑个人问题了！”

陆老爷子：“你妈妈说得在理！”

陆景礼暗搓搓地给亲哥使眼色：瞧，咱爸妈又开始唱双簧了。

陆霆骁埋头吃饭，一言不发。

陆小宝捧着手机，一动不动。

陆老夫人看到这一大一小俩木桩子，真是操碎了心：“霆骁，我说话到底你听到了没有啊？还有小宝是怎么了，一晚上一口饭都没吃，一直捧着个手机当宝贝！”

陆景礼嚼着糖醋排骨，吐字不清道：“小宝在等漂亮阿姨电话呢！”

陆老夫人一头雾水：“什么漂亮阿姨？”

陆景礼摆摆手：“哎哟爸妈，你们就别瞎操心了，我哥他已经有喜欢的人了！”

陆老夫人惊疑未定：“你说的都是真的？老二，你可别骗我们呀！”

这时陆老爷子也表情郑重地放下了筷子，探究地看向陆景礼。

“我骗你们干吗呀，千真万确的事情，不信你们自己问我哥嘛！”陆景礼说着看向自家亲哥。

“霆骁，景礼说的是真的？”陆老爷子沉声问。

“霆骁，你倒是说话呀？”陆老夫人催促。

陆霆骁：“嗯。”

陆老夫人都快急死了，结果等半天就听到一声“嗯”，顿时一肚子火：“你个死孩子，你就不能多说一个字啊？跟你说话怎么就这么费劲呢！”

陆霆骁：“真的。”

陆家二老心想：好嘛，真的只多说了一个字。

陆老夫人还是不放心，神情犹豫地问：“霆骁啊，你喜欢的那人……是哪家姑娘呀？多大了，哪里人，做什么的，家里都有什么人，你怎么也不告诉我们一声……”

陆景礼急忙打断：“妈，您冷静点！八字还没一撇的事呢，我们不告诉您就是怕您乱插手弄巧成拙！”

万一被他们知道宁夕的身份，知道宁夕的名声不好又混娱乐圈，事情恐怕要黄。

这时，陆老爷子也开口了：“霆骁看上的人不会有错，你就别瞎操心了。”

“什么我操心啊，难道你就不操心？是谁整天愁得三更半夜睡不着在阳台抽烟的？”陆老夫人毫不留情地拆穿丈夫。

不过听了丈夫的话她还是安心多了：“霆骁眼光这么高，他挑的女孩子自然不会差的，最难得的是小宝也喜欢她！”

话音刚落，小宝捧了一晚上的手机突然响了起来。

这是陆霆骁的私人电话，知道的人很少。

陆景礼凑过去一看，果然是宁夕的号码。

“是不是那个女孩子打来的啊？”陆老夫人激动地问，跟马上就要见儿媳妇似的。

陆景礼连连点头，然后帮小宝接通电话。小宝不是很会用手机，之前陆霆骁给他买过手机，但是他不喜欢用，不知道给丢哪儿去了。

顿时，一桌子人的注意力全都集中在了小宝的手机上。

陆景礼脸皮最厚，直接凑到了手机旁边偷听。

宁夕纠结了半天要不要打，最后还是拨通了电话。

因为五年前的那件事情，其实她是不太喜欢小孩子的，甚至有些排斥接近他们。

那会让她想起一些不好的回忆，想到自己失去的那个孩子——那个孩子曾承载着她最温柔的期盼，却也代表着她最肮脏的过去。

但不知道为什么，小包子完全不会让她有不舒服的感觉，反而让她打心眼里喜欢，甚至忍不住想要亲近。

真是奇怪。

“喂、喂？”手机接通了却没有声音。

宁夕知道肯定是小宝了，于是轻笑一声：“是小宝吧？对不起啊，阿姨刚忙完，这才想起来打给你。”

小宝不会说话，没法回应她，宁夕只好自言自语，没话找话说。

“宝贝，你吃过了没有呀？你太瘦了，一定要多吃点知道吗？

“小孩子不可以挑食，这样才可以长得快，而且胖乎乎的多可爱啊！虽然你现在已经够可爱了……

“哦对啦，我刚在电视上看到你爸爸啦，他谈成了一个大生意，真厉害，帮我恭喜他呀！”

十分钟后，小宝放下手机，拿出自己已经许久没用的写字板，一笔一画地写下：Congratulations（恭喜）。

小宝虽然不会说话，但无论是中文还是英语都很好。

不过他已经很久很久没写过了，因为他完全没有表达欲。

二老见状直接惊呆了。

陆景礼因为之前已经见识过，所以还算淡定。

陆霆骁隐约听到了手机里宁夕说的话，看着那个单词，冰山脸上难得露出一丝微笑，摸了摸儿子的小脑袋：“谢谢。”

小宝写完之后二话不说开始吃饭，以一种极其认真的姿态，甚至还吃了他最讨厌的胡萝卜。

这会儿二老还在呆滞中。

老大刚才好像笑了，乖孙主动写字了，乖孙主动吃饭了，乖孙还吃了胡萝卜……陆老夫人终于回过神来，迫不及待地问：“景礼，刚才那个女孩子到底在电话里对小宝说什么了？”

陆老爷子也是一脸求知欲。

被爹妈众星拱月的陆景礼慢悠悠道：“也没说啥呀，就跟小宝说让他多吃点，别挑食，还让小宝帮她跟我哥道贺一下。”

陆老夫人满脸不可思议："就这样？"

陆景礼耸肩："还能怎样啊？"

陆老爷子的脸色异常欣慰："这个女孩子一个电话做到的，比小宝的心理医生一年做的都要多。"

"可不是嘛！"陆老夫人又惊又喜，"这姑娘真不错，霆骁你一定要好好把握！"

陆霆骁："嗯。"

陆老夫人嫌弃地看了大儿子一眼，转向小儿子："老二啊，你哥他是个木头桩子，哪里会追女孩子，你一定要帮帮他知道吗？"

"现在知道我多有用了吧！"陆景礼得意地哼哼，"放心吧，我一定用我毕生绝学帮我哥！不过我们约法三章啊，你们俩都不许插手，要知道这个阶段家长插手最容易坏事了！"

二老自然连连应声："知道了知道了，我们不过问！"

晚饭结束后，二老刚走，陆景礼就摇着大尾巴找他哥邀功去了。

"哥，我刚才棒不棒？"

尾巴摇到一半，一个小东西"嗖"的一声从他哥手里朝着他扔过来。

陆景礼一抬手接住："什么玩意儿？"

等看清楚之后，眼睛都直了。

居然是一把车钥匙。

那辆他觊觎已久的，百年纪念版布加迪跑车！

"我亲爱的小宝贝儿！"陆景礼抱着车钥匙狂亲了一口，"哥我爱你！"

之前怎么磨他哥都不给，没想到这次随便在爸妈面前帮着说了几句话就直接扔给他了。

这宁夕在他哥心中的地位比他想象中的还要高啊！

陆景礼越想越担忧："那个，哥，你确定是宁夕吗？而且不是玩玩，是要结婚？"

"结婚。"陆霆骁的语气毫无第二种可能。

陆景礼闻言叹了口气，以过来人的身份语重心长道："那我得提醒你做好心理准备。这追女人跟打游戏差不多，也分难易等级。简单模式，普通模式，困难模式，地狱模式。而宁夕，绝对是地狱模式！

"是个女人就有弱点，可是宁夕呢，你用钱？从她长成这样却混得这么惨来看，她肯定是不接受包养以及潜规则的。

"用情？你自己去瞅瞅她在国外的时候甩过多少男人，前男友遍布娱乐圈而且一个个的身份都不一般，当时看到那一串名单的时候我都服了，这方面我还真没服过谁！

“至于用娃？奉子成婚你就更别想了，她一心都在事业上，压根没打算要小孩。

“就算是小爷我亲自出马都八成会失败，你这个情商为负数的新手简直就是去送经验的！”

陆霆骁冷冷地看他一眼：“十成。”

陆景礼无语地抽了抽嘴角：“好好好，我十成会失败，不要注意这种小细节，好吗？总之我最后的结论就是，我敢打赌宁夕跟我一样，是个实打实的不婚不育主义者。这种人对待感情玩世不恭，视自由为生命。如果你想玩玩，容易。想结婚？非常难！”

“那是因为你们还没有遇到让你们愿意缔结婚姻、共同孕育生命的人。”

月光透过窗户洒进室内，陆霆骁一向冷硬的脸此刻看上去竟有些温柔。

陆景礼一边数他哥这次说了多少字，一边满脸不可思议：“啊，果然恋爱中的人就是不一样啊，情感白痴都能给我上课了！不过你说的也确实有点道理啦！怎么样？需要你亲爱的弟弟帮忙吗？”

陆霆骁给了他三个字：“不需要。”

陆景礼急了：“怎么会不需要呢！追女人跟你混商场可不一样，你想清楚了，真的不需要一位聪明睿智又帅气的神级导师吗……”

陆景礼正卖力地安利着自己，书房的门突然“吱呀”一声被人推开。

两人同时扭头一看，竟在门口看到穿着睡衣的小宝。

陆霆骁的眸底闪过一丝讶异。

“咦，小宝……”陆景礼也是满脸惊讶。

小宝这个时间居然会出现在他自己卧室以外的地方？

要知道小宝极其喜静，平时一吃完饭就一个人躲进房间，家里的用人们做完事情之后都必须回到自己屋里不出来，不能发出一点声音，否则稍微被打扰小宝都会情绪特别烦躁甚至失控。

之前陆老夫人不过是心疼小宝多进了几次他的房间给他送吃的，小宝就把自己关进了阁楼……为此二老这么疼小宝都不敢搬过来跟他们一起住。

可是现在，小宝居然主动出来了？

不仅如此，只见小宝径直朝着陆霆骁跑去，一把抱住了他的腿。

陆景礼“噗”地笑出声：“小宝这是在干吗？抱大腿？”

陆霆骁低头看着儿子，一眼看出他想做什么，毫不犹豫地拒绝：“不行，你昨晚已经去过。”

于是小宝的目光落在他的手机上。

“你晚饭的时候已经打过一次电话。”陆霆骁再次拒绝。

一旁的陆景礼懂了，原来是小家伙想宁夕了。

小宝见他爸爸那儿说不通，“噔噔噔”地跑到陆景礼跟前，故技重施，一把抱住他的腿。

陆景礼简直受宠若惊：“别别别，宝贝儿你别跟我来这一招，你明知道你二叔最受不了你卖萌！”

虽然小宝贝平时呆呆的，但一旦他有求于人的时候，那小表情，那小神态，简直萌得不行。

当他仰着小脑袋用那双漂亮得跟星辰似的大眼睛瞅着你的时候，你简直恨不得把天上的星星都摘下来给他。

家里唯一能抵挡他这一招的只有陆霆骁了。

陆景礼无奈摊手：“小宝，你跟我卖萌也没用啊，我又打不过你爹！”

话音刚落，小宝立即松开了陆景礼，非常果断。

看见小家伙委屈的小表情，陆景礼扶着墙笑得不行：“小宝啊，其实你不用这么着急的，有句话说得好，两情若是久长时，又岂在朝朝暮暮，等以后你爹娶了小夕阿姨，你就天天都能见到她了！”

劝说无效，小家伙摔门跑了出去。

陆景礼耸肩：“怎么办？”

“他今晚吃了不少东西。”陆霆骁说。

言外之意，短时间内用不了绝食这个必杀技了。

陆景礼听他哥这么说也安下心来。

然而，他们还是低估小宝了，他是小孩子，才不需要什么计策，只要一个字“闹”就可以了。

这不，话音刚落，楼下客厅里就传来“砰”的一声巨响。

陆景礼跟他哥对视一眼，两人赶紧往楼下跑去。

就这么一会儿工夫，楼下客厅里已经一片狼藉，角落里一人高的古董大花瓶倒在地上摔得粉碎，所有能推倒的、能摔掉的，全都未能幸免于难……

“陆擎宇！”

一般陆霆骁只有动真怒的时候才会叫小宝的全名。

那慑人的威压一释放出来，连陆景礼都受不了，别说小宝了。

小宝被父亲可怕的脸色吓得瑟瑟发抖，情绪却也更加激动了，声嘶力竭地尖叫着到处跑，到处搞破坏。

陆景礼赶紧跟在后面追，又不敢追得太急，地上那么多碎片，一个不小心摔上去的话，后果不堪设想。

“哥，这样下去不行啊，还是叫宁夕过来一趟吧？”

“不许叫。”陆霆骁冷斥。

陆景礼苦口婆心地劝：“哥，小宝还是个孩子，又不是你的下属，你对他也太严厉了，稍微惯着他点又能怎样啊？哪有小孩子不任性不胡闹的？”

“轮不到你来置喙我的教育方式。”陆霆骁面如寒霜，看样子是打定主意绝对不会助长小宝这样通过胡闹来达到目的的坏习惯了。

陆景礼夹在这对父子中间两边为难，真是头疼死了。

事情万一闹大了惊动到二老，深究下去，很可能他带小宝去酒吧的事情就要曝光了。

神啊，来个人救救他吧！

趁着陆霆骁去抓小宝了，陆景礼赶紧摸出手机偷偷拨通了宁夕的电话……

晚上，宁夕正在家里一边看剧本，一边有一搭没一搭地跟人在网上聊天。

巫妖王：咳，我下个月回国，来机场接我！

糖小夕：不去，没空。

巫妖王：来接我！

糖小夕：都说了没空！

巫妖王：你到底来不来？

糖小夕：不跟你扯了，我还要看剧本。

巫妖王：一个女二号而已，有什么好看的！咱俩好歹也算好过， 你真要对我这么绝情？

糖小夕：跟我好过的人海了去了，你算老几？

巫妖王：宁小夕！你给我等着！

宁夕关了电脑，专心看剧本。

看了一会儿，手机突然响了起来，是一串陌生的号码。

她担心是剧组的电话，所以立即接了。

“喂，宁夕，救命！”

“你是……”

“我陆景礼，你赶紧来铂金华府一趟，小宝出事了！”

“什么？小宝怎么了？”宁夕立即心头一紧。

“总之十万火急，你赶紧过来赶紧的……哥哥哥，你冷静点啊……孩子还小……小宝小宝，那个不能摔……啊……”

陆景礼说得这么严重，手机那头又不时传来东西撞倒和碎裂的声音，宁夕更加紧张，急忙一边换衣服一边应道：“我马上过来！”

她也不知道自己是怎么了，一听小宝出事便完全坐不住了。

明明才认识没几天，心里却一直记挂着放不下。

这边距离铂金华府还蛮远的，打车过去至少要四十分钟，宁夕担心这么长时间会出事，便从车库里把她的摩托车给推了出来，风驰电掣地赶了过去。

原本要四十分钟的路途，宁夕只花了十几分钟。

应该是陆景礼给保安打过招呼，宁夕报了名字之后，保安直接就放她进去了，到了 8 号别墅之后，门外也早有小女佣等着给她领路。

为了骑车方便，宁夕穿的是黑色紧身皮衣皮裤。匆匆赶到后，她摘下头盔和手套，长发瀑布一般洒落在肩头，整个人帅气潇洒，简直美得嚣张。

看着她这一身出现，陆景礼差点没忍住吹个口哨。

“陆擎宇，你真以为我不敢动你？”客厅的角落里，陆霆骁一把抓住无路可跑的儿子，小家伙在他怀里激烈挣扎着，如同一只怒极的小兽，疯狂地亮着稚嫩的小爪子。

“不要！”宁夕见状赶紧冲过去，一把将小宝抢过来。

小宝仰着小脑袋看着来人，神情呆了一秒，接着大大的眼睛一红，一头扎进宁夕的怀里，黏着再也不放开。

看着昨天还又萌又软又可爱的小包子此刻眼眸里满是恐惧，全身发着抖，宁夕心疼到不行。

火气一上来，她也顾不得对方是可怕的大BOSS（老板）了，噼里啪啦道：“陆先生，我知道我是个外人，没立场说什么，但是我还是想要说一句，您的教育方式实在是很有问题，孩子这么小，正是需要温暖的时候，更何况小宝情况特殊，受过刺激，又没有妈妈在身边，您更应该对他耐心一点、包容一点才对，怎么可以对他这么凶，您没看到他多害怕吗？您居然还想跟他动手！”

陆霆骁：“是我的错。”

听着自家哥哥干净利落地认错，陆景礼满脸嘲笑。我说你教育方式有问题的时候你不接受，人家宁夕说你就乖得跟什么似的！

宁夕来了之后，小宝就跟看到了主人的小狗，那叫一个听话，跟刚才发狂的小狮子样简直判若两人，乖乖被宁夕牵着回房间去了。

沙发上，宁夕安抚地轻轻摸着小宝的脑袋：“到底出什么事了？今天早上不是还好好的吗？”

陆景礼叹气：“还能是什么事，小宝想你了，想见你，我哥不让。想给你打电话，我哥也不让，怕打扰你。结果小宝就开始闹了，到处乱跑，把客厅里的东西砸得乱七八糟，我哥不想纵容他这种坏习惯，两人闹僵了，然后就变成你来的时候看到的样子了……”

“仅仅是因为不让见我，不让跟我打电话？”宁夕有些难以理解。虽然陆霆骁之前说了小宝目前挺依赖她，但她的影响力有这么大？

“你以为呢？你也太低估自己的影响力了！”陆景礼见她闹不明白，一一给她列举，“记得那天在仓库里吗，你昏过去的时候，小宝不准任何人碰你，最后还是我哥亲自抱你去医院的！”

宁夕下意识地朝着陆霆骁看了一眼，呃……陆霆骁亲自抱她去医院的？

“还有在医院的时候，小宝醒来看你不在，以为你死掉了，当场暴走，我哥拿了你给小宝留的字条给他看，他才冷静下来。昨天晚上小宝为了见你，用绝食威胁我哥。至于今晚，因为你一通电话，他吃得太饱了，万能绝食计用不了，所以就有了这一出……”

呃，吃得太饱？今晚她确实在电话里跟小宝说了让他多吃点，这还成她的错了？

陆景礼的这番话信息量太大，宁夕好半天才消化掉。

她看着旁边紧紧黏着自己的小包子：“小宝，你是因为想见我，所以才乱砸东西的吗？”

小宝点头。

宁夕蹙眉：“你知道这样做是不对的吗？”

小宝摇头。

宁夕总算是知道陆霆骁为什么这么严厉了，这孩子估计是在家里被宠得太过，觉得什么都应该顺着自己的意是理所当然的。

宁夕的目光变得严肃起来：“那阿姨现在告诉你，你这么做是不对的，这是坏孩子才会做的事情。以后不要再这样了好吗？”

小宝点头。

陆霆骁脸上的表情有些难以形容。

小宝虽然顽劣，但只要是他点头同意的事情，他就一定会做到。

为了小宝这个一不如意就绝食威胁、把自己关起来，甚至乱砸东西的坏习惯，心理医生什么办法都用过，小宝却丝毫不买账。

至于强制纠正，家里那两个老的哪里舍得，每次都是坚持到一半就“心肝宝贝”地千依百顺去了。

宁夕对小宝的影响力，似乎比他想象中的还要大。当然，对于这一点，他自然是乐见其成。

宁夕给小宝讲完道理之后，便柔声哄他睡觉：“今天给你换一首歌好吗？”

小宝乖巧地点点头。

“咳咳，我想想唱什么啊……有了！葫芦娃葫芦娃，一根藤上七朵花，风吹雨打都不怕，啦啦啦啦啦……”

斜倚着门框的陆景礼一个踉跄差点摔倒：“以咱小宝的智商，怎么可能喜欢这种幼稚到爆的儿歌啊！”

结果，他发现小家伙听得津津有味，更不可思议的是，他亲哥也听得津津有味……

终于哄睡小宝，宁夕伸了个懒腰：“我快把我这辈子会的儿歌都唱了个遍……”

陆景礼哭笑不得：“你干吗非要唱儿歌，唱其他的也行啊！这些儿歌都雷死我了！”

宁夕用手腕上的皮筋随手将长发扎了起来，明媚的凤眼微微上扬：“其他的？除了儿歌，我会的其他歌小宝都不能听！”

话音刚落，陆霆骁的脑海中瞬间浮现她那首软糯缠绵的《流光飞舞》……陆景礼一听兴奋了：“哈哈哈，真的真的？什么歌啊，唱给我听听！”

陆霆骁轻轻一眼瞥过去，陆景礼吓得立即规矩了，腹诽他哥也忒小气！

“你刚才在附近？”陆霆骁问。否则她不可能来得这么快。

“不是啊，我在公寓呢，骑摩托车过来的，快吧！”宁夕得意。

难怪穿成这样。

今天这一身比昨天那身还要令人惊艳，昨天的她像个固守法则的精灵，而今天的她像个自由潇洒的妖精。

“很危险。”陆霆骁满脸不赞同，然后目光冷冽地瞪了自作主张叫来宁夕的陆景礼一眼。

“没事啦，我骑车技术很好的！”宁夕不在意地摆摆手，打了个哈欠道，“既然小宝没事了，那我就先走啦！”

说完正准备离开，陆霆骁突然开口：“宁小姐，我有个不情之请。”

怒气值清空后，宁夕立即恢复了尿样，恭恭敬敬道：“陆先生您请说，只要我能办到。”

陆家有权有势，陆大魔王还是个一言不合就发怒的主。

陆霆骁看着屋内的儿子，目光凝重：“小宝的情况宁小姐也看到了，希望宁小姐可以暂时搬过来住一段时间。”

听完陆霆骁的话后，宁夕愣了：“啥？搬来这里……住？”

“是的。”

宁夕为难地抓抓头发：“这个……不太合适吧？要是小宝想见我，我随时过来看他就是了！”

陆霆骁神色疲惫地捏了捏眉心。

“不确定因素太多，尤其是晚上，万一有突发状况，你再像这样骑车赶过来太危险。以我的身份，也不方便频繁带小宝去找你。我知道这个请求很强人所难，只是作为小宝的父亲，我还是想争取下。希望你能同意。”

宁夕头疼。

要是陆霆骁以权压人逼她的话，她肯定甩头就走，可偏偏他这样的身份、地位却这么诚恳地请求她，尤其这盛世美颜当前，对着这么一张脸，实在是拒绝不出口啊！

此时，一旁的陆景礼正用膜拜的目光盯着自家亲哥。

绝了啊！真没想到他哥居然会用这么高端的方式，愣是在通往宁夕的路上开辟了一条化劣势为优势的血路。小宝的存在没有成为他的阻碍，反而成了他最大的助力。

就在这时，“砰”的一声，床头柜上的台灯被撞倒，小宝突然一脸惊慌地跳下床冲了出来。直到看到了宁夕，小家伙眼底的恐惧才褪去，离弦的箭一样扑到了她的腿上。

那无比恐惧的眼神，看得人揪心地疼。

宁夕急忙蹲下身：“宝贝，怎么醒了啊？”

小家伙将脑袋埋在她身上，软乎乎的小手死死搂着她的脖子不放。

“乖啊，阿姨在呢，不怕不怕……”宁夕轻拍着小家伙的后背，闻着小家伙身上甜甜的奶香味，心情特别复杂。

她明明那么排斥小孩子，为什么对小宝就是讨厌不起来呢……

宁夕只能又把小宝哄睡了，然后才轻轻带上房门走出来。

楼下原本一团乱的客厅已经被用人们收拾得整整齐齐。

不愧是陆家的用人，不仅做事效率快，而且训练有素，对于宁夕的到来，虽然全都好奇得要死，但没有一个人多看她一眼，更不敢窃窃私语，事情一做完就立即安安静静地离开了。

见她出来，陆霆骁只是静静地看着她，没有说话，没给她任何压力。

宁夕面色踌躇，可想着小宝揪着她衣角不放的样子，最终还是心软了，深吸一口气道：“好吧陆先生，这个忙我帮了，就当报答小宝之前救我出去。”

陆霆骁神色微松：“多谢。”

“小宝随时可能醒，看样子我今晚也走不成，可我东西都还在公寓那边……”宁夕为难。

“无碍，我让人帮你去取。”陆霆骁说着就吩咐管家派人去安排了。

从头到尾一句话都没插上嘴的陆景礼看着这神一样的发展目瞪口呆。

“你还有事？”陆霆骁朝着陆景礼斜睨了一眼过去。

“我这就滚！”被亲哥嫌弃的电灯泡麻溜地闪了。

本来还以为宁夕实力碾压，现在看来他哥也不是省油的灯。

他终于知道了，他哥压根不是不会追人，只是过去没有解除封印……

陆霆骁将宁夕带进小宝卧室隔壁的一间屋子里：“以后你就住在这里，喜欢什么风格，我回头让人重新装饰。”

宁夕急忙摆手：“不用不用，我住几天就走又不是一直住，重装也太麻烦了！”

“不麻烦。”

陆霆骁从管家手里接过一大串钥匙，然后交给她：“这是家里的钥匙，你可以随意出入任何地方。大门是密码锁，密码是591414。这把是阁楼的钥匙，须贴身放好，小宝有时喜欢拿走钥匙躲在里面。这把是……”

眼见着陆霆骁就差把自家保险柜的钥匙都给她了，宁夕赶紧打断他：“等一等……陆先生，您对我未免也太放心了吧！您就不怕我偷偷把您家给搬空了？”

“你想要什么？我让人帮你搬。”陆霆骁一本正经，完全没有开玩笑的意思。

“咳咳咳……”宁夕简直被陆霆骁的脑回路打败了，急忙解释：“我只是开玩笑……开玩笑的……”

陆霆骁给钥匙给上了瘾，随手又给了她一把：“这边不好打车，你工作不方便，这辆车你拿着开。”

宁夕心想：为什么……为什么她只是暂住一段时间而已，却有一种成为女主角人的感觉？呃，还是新婚夫妇的那种啊……她莫名就想到了第一次见面的时候，陆霆骁突如其来的求婚……对于男人，她自认还是挺了解的，可是面前这位，就跟装了高级防火墙的电脑系统，她竟完全看不透分毫。

这一时心软答应了住下来，也不知道是福是祸……

这天晚上，因为小宝的状态实在是有些糟糕，以防万一，宁夕便直接陪着小宝一起在他的小床上睡了。

深夜，房门毫无声音地被人轻轻推开。

男人脚步轻缓地走进来，在床沿坐下。

昏黄的床头灯光下，女人保持着轻拍小宝的姿势，呼吸清浅，眉目温柔，樱桃般的红唇轻启……过了一会儿，那片宁静的光亮突然落下一片阴影，男人的身影缓缓朝着那瓣红唇靠近……呼吸相闻的距离，只要稍一动作就能够到，他却突然克制地停下，微凉的吻转而落在女人的额头。

宁夕，我们来日方长。

第二天早上。

宁夕以为自己会认床，没想到睡得相当好，一觉睡到自然醒，连梦都没做一个。

她醒过来的时候，发现小宝已经醒了。

小家伙正抱着本书坐在她旁边认认真真地看着，没有发出一点声音。

明明这么乖啊，真想象不出小包子发飙的样子……

“宝贝，早安。”宁夕抱着被子坐起来，热情地打了个招呼。

小宝立即惊喜地从书本间抬起头，虽然没有说话，表情也没啥变化，但宁夕已经清楚地从他仿佛会说话的眼睛里感受到了他的好心情。

宁夕好笑地伸手弹了弹小包子头顶一撮凌乱的呆毛：“今天阿姨没工作哦，可以在家陪你一整天！”

话音刚落，小家伙明显更开心了，甚至微微扬起了嘴角。

宁夕简直被萌得出血，忍不住抱住他的小脸蛋揉了揉：“宝贝，多笑笑吧，你笑起来实在是太可爱了！”

洗漱完之后，楼下已经准备好了早餐。

宁夕没有看到陆霆骁，管家和用人也没提要等他一起吃，所以宁夕判断他肯定是已经去公司了。

早饭后，宁夕本来还有些担心怎么照顾小孩子，要是她照顾不好怎么办……结果，她担心的所有事情都没有发生。

一早上，她窝在沙发上看剧本，小宝就趴在旁边的桌上埋头看书或是画画，两人互不打扰，相处得异常和谐。

中间用人只出现了一次，过来送点心和水果，并且动作非常轻，似是生怕会吵到他。

看样子小宝平时非常喜静。

角落里，老管家正默默注视着客厅里一大一小两个人。

他发现宁夕并没有如同他猜想的那样费尽心机去讨好孙少爷，而是专心致志地看了一早上剧本。而孙少爷跟往常一样看书画画，看似没什么不同，仔细观察却能发现他时不时去偷看一眼宁夕，小脸上的表情生动又安心。

大概是因为长得太漂亮的女人总容易让人很没安全感，老管家第一眼看到宁夕就很不放心，生怕大少爷被她骗了。

根据目前的观察来看，倒是还算安分，就是不知道她能忍到什么时候，要知道这华都有多少女人虎视眈眈地盯着陆太太的位置，想方设法想做小宝的后妈。为此两年前甚至还发生了那么恶劣的事件，害得孙少爷……所以这次眼看着大少爷居然对那个女人这么信任，二少爷也不拦着，甚至孙少爷都挺喜欢那女人的样子，他真是提心吊胆，不得不帮着防备。

不知不觉两个多小时过去了。

宁夕的剧本看得差不多了，小宝的画也画好了，“噔噔噔”抱着拿了过来给她看。

宁夕抬头一看，满脸惊讶：“这、这画的是我吗？”

真看不出来，小宝看起来安安静静，画风居然是野兽派的。

野兽派画家的特点是喜欢运用鲜艳、浓重的色彩，以直率、粗放的笔法，创造出强烈的画面效果以表达内心想要表达的情感……虽然这幅画人物比例奇怪、构造奇特，但精准地抓住了人物的特点，所以宁夕一眼就认出了画里的是自己。

小宝抱着画点点头，看上去有些紧张，好像在担心她不喜欢。

“实在是……太好看了！我可以拍下来当手机桌面吗？”宁夕不是刻意夸小宝，

而是她本身就特别喜欢野兽派的画风，喜欢那种强烈的色彩对比。而以她对画作还算有些了解的目光来看，小宝已经有大师级水准了！

小宝有些害羞地抿了抿唇，直接把画塞进了她的怀里。

宁夕指着自己："要送给我？"

小宝点头。

"谢谢！我太喜欢了！"宁夕抱住小包子，在他软乎乎的脸蛋上亲了一口。

小包子呆了呆，然后小脸通红，那双呆木的眸子更加有生机了。

一大一小正温馨相处着，宁夕听到头顶传来一阵脚步声。

她顺着声音传来的方向抬头一看，竟看到陆霆骁穿着家居服，顶着一头刚睡醒后不修边幅的发型，神情慵懒地从楼梯上走下来……陆霆骁平时虽然很迷人，但这副慵懒的样子跟平时的样子反差太大，所以杀伤力更大。

宁夕晃了半天神才反应过来："陆先生，您今天没去上班？"今天不是周一吗？

"嗯，今天我休息。"陆霆骁点头。

宁夕想了想也难怪，他刚费心费力地谈完一个大单子，好好休息段时间也是正常。原来陆大 BOSS 也是会睡懒觉的啊，莫名地感觉距离拉近了些……

"小宝第一次画人像。"陆霆骁眼角余光瞥到宁夕手里的画后说。

"真的？那还真是荣幸！"宁夕挺开心。

"中午想吃什么？"陆霆骁问。

看样子不仅是住在这里，还要包吃的节奏……宁夕正要开口，她的手机突然响了起来。

是常莉打来的，不会又要安排她跑龙套吧？

"喂，常姐。"

"宁夕，中午十二点，《天下》举行开机仪式，明珠大酒店，别迟到。"

"什么？中午十二点？今天中午十二点？"

"对，今天。"

"常姐，你为什么不提前通知我？这都已经快十一点钟了！"

"怎么没提前，我不是已经提前一个小时通知你了吗？"

"一个小时，我连路上的时间都不一定够，更何况我还要换衣服、化妆……"

"这些是你自己的事，别来烦我，我现在很忙，挂了。"

说完竟直接啪的一声挂了电话。

"姓常的！"宁夕吼完骂了一句脏话，接着摔了手机。

话音刚落，宁夕愣了。

小宝和陆霆骁也愣了。

宁夕抹了把脸，恨不得挖个洞把自己埋进去。

太激动，忘了自己还在陆宅，并且旁边还有祖国的花朵……她倒是无意在陆霆骁面前装什么淑女，只是带坏小宝就不好了。

“咳咳，小宝啊，咱刚才就当没听到啊！你不可以学阿姨骂人，因为阿姨刚才骂的不是人！”宁夕一本正经地解释。

小宝眨巴着眼睛，似懂非懂地点点头。

陆霆骁的眸底闪过一丝笑意：“怎么了？”

宁夕咬牙切齿：“《天下》的开机仪式今天中午十二点开始，结果这都快十一点了，我经纪人才打电话来通知我，从这里到明珠大酒店至少要五十分钟，难道让我直接素颜出镜？”

“为什么不？你素颜足够。”

宁夕愣了一下，没想到陆霆骁居然这么会说话，不好意思地挠挠头道：“咳，谢陆先生夸奖，不过这种场合出于礼貌多少还是要化个妆的，最重要的是我一时也没有合适的衣服，到时候那么多媒体，啊啊啊，烦死我了……”

“稍等。”陆霆骁抬手示意她少安毋躁，然后就拿着手机去院子里打了个电话。

十分钟后，一人气喘吁吁地赶到。

“陆总，您要的东西全都带过来了，是现在就开始吗？”来人穿着破洞牛仔裤，灰色棉麻上衣，左耳一颗标志性的深蓝色耳钉。

宁夕惊讶地发现，来人竟然是熟面孔。

当然，熟面孔的意思是，宁夕认识他，但他不认识宁夕。

盛世娱乐旗下化腐朽为神奇的圣手，影后苏以沫的御用造型师Arthur。

是她这样的小虾米只能远远看着的大牛人！

“这位是？”宁夕满脸狐疑。

“你不认识？”陆霆骁问。

“大名鼎鼎的Arthur我当然认识啊！可您叫他过来是什么意思……”

“自然是给你做造型。”陆霆骁一副理所当然的语气。

宁夕顿时满头黑线，附耳过去压低声音道：“您、您居然让盛世娱乐的人来给我做造型？有没有搞错！您不知道我是星辉娱乐的艺人？盛世娱乐跟星辉娱乐是竞争关系好吗！”

“那又怎样？”陆霆骁一副霸道总裁的表情。

那又怎样？！宁夕无语凝噎：“陆大BOSS，您这么胳膊肘往外拐帮别家公司艺人，您的员工们知道吗？”

看样子肯定是不知道的，她现在又没名气，这位大神肯定不认识她。

真是被陆霆骁打败了，盛世娱乐好歹也是你陆氏集团旗下的子公司啊！如今虽然是陆景礼掌管着盛世，可盛世幕后的大BOSS却是陆氏集团总裁陆霆骁。

陆氏集团从五年前开始涉足娱乐业，收购了盛世娱乐，飞速发展，后来居上，其地位直逼历史最悠久，也是目前业界龙头老大的星辉娱乐。

所以可见如今两家的竞争有多激烈，两家公司从艺人到经纪人到助理、化妆师、造型师全都很不对付，只要一个片场同时存在这两家公司的艺人，一准会掐起来。

陆霆骁抬手看了一眼手表："保姆车在门口，可以在去的路上化妆做造型，时间还来得及，去不去随你。"

宁夕纠结得肝疼，最后用力咬了咬牙："去！"

既然陆霆骁都不在乎了，她还有什么好在意的！

见陆霆骁也跟了上来，宁夕惊讶："您也一起去？"

"不然谁来开车？而且小宝想跟你多待一会儿。"又是理所当然的语气，好像他说的都是真理，而她问的都是傻问题。

一旁的小宝用力点点头。

"好吧……"

最后，加上造型师 Arthur，四人一起上了保姆车。

陆霆骁连衣服都没换，依旧穿着那身家居服，在前面开车，宁夕和 Arthur 在后座，小宝则是趴在椅背上好奇地看着他们。

Arthur 仔细打量了宁夕一番，目光中流露出浓浓的赞赏："这位小姐五官比例完美，皮肤底子也非常好，基本不用怎么动，画个淡妆就可以了，只是不知道小姐您今天要出席的是什么样的场合，我好为您选择衣服搭配。"

"是一个电影的开机仪式……"

宁夕生怕对方多问，然后知道了她是星辉的艺人把她暴打一顿，还好 Arthur 没多问，点点头表示明白，就继续给她化妆了。

到开机仪式现场附近的时候，宁夕全套造型刚好做好，时间掐得非常准。

陆霆骁熄火停车，手臂横在椅背上，目光流转地看着车后已经做好造型的女人。

"怎么样？"宁夕有些紧张地问。

"不错。"

能从陆霆骁这么苛刻的人口中说出"不错"，那可是非常不容易的，更何况还有小宝仰着小脑袋用一脸惊叹的目光盯着她。

宁夕顿时觉得信心十足，然后有些抱歉地抱了抱小宝："宝贝，很抱歉失言了，不过阿姨答应你一定会快点结束工作回来陪你的！"

小宝依依不舍地在宁夕怀里黏了一会儿，知道她赶时间，很快便松开她跟她挥挥手。

看着身后一大一小两人，宁夕心头鼓胀着，满满当当的……孤军奋战这么久，第一次有这样温暖的感觉。

宁夕走后，开车的人自然换成了 Arthur。

Arthur 再也压抑不住八卦之心，一边开车一边小心翼翼地问："BOSS，刚才那位小姐是谁啊？我们公司新招的艺人吗？之前怎么没见过？"

妈呀！他们的大 BOSS 身边居然有女人了，这可是特大新闻啊！

陆霆骁斜支着下巴，不紧不慢地回答："星辉娱乐的艺人。"

那一瞬间，Arthur 脸上的表情十分憋屈。

BOSS 大人！您居然让我去给星辉的艺人做造型！

老大带头叛国通敌是闹哪样啊！如果坐在这里的是二少，Arthur 绝对可以义正词严地一顿怒骂。

但偏偏这位是大魔王陆霆骁……于是他只能憋屈到死却连一个屁都不敢放。

更让他心塞的是，这位星辉的不知名艺人该不会是他们未来的老板娘吧？

毕竟这可是能让小太子都好脸相对的女人……不简单啊……

《天下》的开机仪式现场。

剧组的主创人员悉数到场，闪光灯此起彼伏，媒体如云，外围还有一大堆闻风而来的粉丝。

大部分媒体都在围着女主角的扮演者宁雪落和男主角的扮演者赵思洲。

一个是星辉当家花旦，一个是金像奖影帝，强强联手。俊男美女的组合，自然惹人注目。

"雪落，我们都知道这次你跟思洲合作的是一对情侣，这已经是你们第二次合作情侣了，不知道现实生活中你会不会对思洲这样的男人倾心呢？"

"哈哈，思洲确实很有魅力，不过不会啦，我已经没有多余的心倾给他了！"

话音刚落，所有媒体都开始起哄。

宁雪落一年前公布了自己有男友的消息，各路人马纷纷去挖内幕，结果挖出对方竟是亿丰集团老总苏弘光的儿子，身家不菲，且长相俊逸，是个不折不扣的高富帅，一时之间惹得所有人都钦羡不已。

粉丝们虽然很伤心，但如今的粉丝已经不像过去那样对偶像结婚恋爱那么排斥，大部分人都还是祝福偶像觅得良人。

宁雪落公开恋情后人气不减，反而热度节节攀升。

旁边的赵思洲也很会接梗，当场捂着胸口做心痛状："上官小姐你好狠的心，本王可是一颗心都给了你！"

宁雪落这次扮演的女主角叫上官映蓉，赵思洲扮演的是一位皇子。

记者们闻言纷纷大笑揶揄着赵思洲，气氛非常热烈。

这次除了男女主角的扮演者之外，最受人瞩目的莫过于女二号的扮演者了，所以郭启胜那边也是围了一群人。

“郭导，怎么没看到孟长歌的扮演者？她今天会到现场吗？”

“当然会。”

“据传之前连贾青青来试镜都没成功，原因是您觉得贾青青不够漂亮，这件事是真的吗？”

这问题问的，分明是要挑事啊。

不过郭导也是老江湖了，说话滴水不漏：“孟长歌这个角色对演员的外貌要求确实很高，但外貌并非唯一的标准，贾青青的外貌肯定是没问题的，只是感觉上距离我们的要求还有一定的差距！”

“听说孟长歌的扮演者是个新人是吗？既然孟长歌这个角色的要求这么高，贸然起用新人，她是否能够完全驾驭？”

今儿是怎么回事，记者的问题一个比一个犀利，且全都是针对女二号。

“这个问题就等我们的剧出来后，大家拭目以待吧！”

记者们还是不肯放过这个问题，咄咄逼人道：“郭导，孟长歌的扮演者外貌是不是比贾青青更出色？”

还没完了！

“这个嘛，各有千秋，各有千秋……等人来了你们就知道了……”

郭启胜已经被问得快有些不耐烦了，就在这时，他越过一群记者看到红毯尽头出现了一人，硬生生被惊艳了三秒才回过神来，然后笑道：“这不，说曹操，曹操就到！”

郭启胜说完之后便是一副看好戏的表情。

果然，所有记者顺着郭启胜所指的方向看去之后，第一反应都是直接傻住。

今天宁夕穿着一身玫红色镂空蕾丝小礼裙，腰身恰到好处的设计完全展示了她迷人的腰线，领口露出了优美的锁骨。这样的颜色比正红色还要难驾驭，又是蕾丝质地，虽然设计极美，但一般人上身后一个穿不好就是俗或者雷人。

但这条裙子就像是为宁夕定制的，把她衬得明媚动人，漂亮得晃人眼。

当时造型师给她选这条裙子的时候，宁夕自己都觉得驾驭不了，然而上身以后却非常惊艳。

不愧是盛世传媒的点金手，眼光太毒，才见过一面，就比她自己还要了解她。

至于走红毯，虽然这是宁夕第一次正式出席这样的场合，但她毕竟是个演员，揣摩过各种性格、各种行业的人物，自然也包括大明星，在戏中也扮演过好几次，走个红毯根本难不倒她。

每一个步伐，每一个微笑，每一个动作，全都恰到好处，并且能精准地找到摄像机的机位，给出最美的表情。

记者们愣的时间比郭导还要久，好半天才回过神来。

这、这就是孟长歌的扮演者宁夕？一个名不见经传没有任何代表作的小新人？长得也太漂亮了吧！没有其他词能来形容，就是漂亮！

他们刚才一个个的居然都在追问郭导贾青青跟宁夕到底谁漂亮，难怪郭导当时表情不对，他们这个问题问得简直是可笑。

在宁夕这样的绝色面前，贾青青这个一向以美貌著称的女星简直是泯然众人。

不仅是长相，这个新人的气场也挺足，完全不像是个新人，举手投足之间优雅又大方，甚至散发出一种与生俱来的高贵。

宁夕走到红毯中央，随意摆了几个姿势让媒体拍照，然后转过身去，拿起托盘里的签字笔，在签到墙上签名。

这一转身，又是一阵此起彼伏的惊呼和快门按下的声音。

这条裙子是露背设计，造型师当时选这条裙子时，露背也是很重要的一个原因。

因为宁夕的蝴蝶骨实在是太美了，可以说是她全身上下最性感的部位，要是不露出来简直是暴殄天物。

以往女星走红毯为了博人眼球大多喜欢露胸，宁夕可谓是另辟蹊径，高端了不止一个档次。

在耗费了无数胶卷之后，终于到了采访环节。

今天的记者朋友们挺惨的。

因为本来他们准备好的问题都是关于宁夕样貌的，现在所有这些问题都用不到了。眼睛没瞎的都知道，不存在什么黑幕，这张脸太有说服力。

她就是最适合的孟长歌。

于是记者们现场发挥开始提问。

“宁小姐，请问一下，你身上的衣服是出自设计师卡尔·拉格菲尔德之手的手工高级定制吗？”

宁夕傻眼了：这裙子是卡尔·拉格菲尔德的高定？几百万的裙子就这么让她随随便便穿身上了？陆大魔王要不要这么坑！

然而，更可怕的还在后面，紧接着这个记者又一一列出了她身上所有物件的来历，然后问了一句：“宁小姐，你的造型师是 Arthur 吗？”

这都能看出来？火眼金睛啊！

“不对，应该是我看错了……”还好，不等宁夕回答，这个记者又自己否定了自己的提问。大概是终于想起来宁夕明明是星辉的艺人，造型师怎么会是盛世娱乐苏以沫的御用造型师 Arthur 呢！

宁夕长舒了一口气，生怕他们再问类似问题，赶紧主动开口道：“今天毕竟是《天下》的开机仪式，大家还是问点跟电影有关的问题吧！”

“那么，宁小姐，请问这是你第一次拍戏吗？”人群中有人问。

“当然不是，我大学就开始跑剧组，不过之前的戏份都不多，所以大家都不认识我。”宁夕如实回答，丝毫不介意自己的履历单薄。

这些情况媒体全都能挖到，还不如自己谦逊交代。

“不知道宁小姐之前都演过什么角色呢？”

这个问题很正常，对宁夕而言却有些尴尬，但既然对方问了，她也不好不回答。

“我之前出演过……”宁夕开始一一细数她回国后演过的角色。

在国外读书的四年里，她课余时间全都在跑剧组，在不少挺有名气的剧里面跑过龙套，也有过戏份不少的角色，在国外普遍不喜欢用华人的情况下，宁夕能有这样的履历已经很不容易。

她之所以不把国外的经历拿出来说，还是因为她刚去国外那段时间荒唐的感情史，虽然都是不违背道德的正常交往，但她的前男友们的身份貌似都有点太惹眼。

她现在最需要的是一部拿得出手的作品，如果刚出道身上就全是花边新闻，让公众的目光全都集中在她的私事上，或许能得到一时的曝光，但太不利于她的长远发展。

宁夕已经很努力在回忆自己回国后出演过哪些还算能说得出口的角色，但说出来以后还是令记者们无语了。

这演的都是些啥啊……小三，妖女，恶毒老太婆……这么一个大美人，这是什么爱好？咋总喜欢演那么磕碜的角色。

然后果然就有人问了：“为什么你演的全都是反派角色？”

宁夕当然不可能在这样的场合揭露常莉，淡然开口道：“这个我倒是没注意，对我而言，演戏是我最深爱的事业，每个角色都有他的生命，并无大小贵贱之分。”

接下来媒体又问了好几个问题，在完全没有经纪人事先指点的情况下，宁夕完美应对。

一旁的郭启胜看得连连点头：“这姑娘确实不错！这样的资质和情商，入行一年了，居然只混到这个地步……老王，你怎么看？”

制片人王泰和意味深长道：“要么是星辉娱乐的高层们眼睛瞎了，要么是……”

说完给了他一个“你懂的”的眼神。

分明是星辉有人故意压制她。

郭启胜一脸惋惜：“可惜了这么个好苗子！”

“是金子总会发光，再说她不是有你这个伯乐吗？”王泰和呵呵笑道。

此刻，一旁的宁雪落指甲掐断在手心里，脸色已经难看到在这样的场合都快挂不住了。

宁雪落万万没想到，故意让常莉临时通知宁夕，好让她在开机仪式上出丑，结果竟然让她压轴出现，惊艳全场。

该死的，宁夕这一身行头，光那件衣服就好几百万，她哪来的那么多钱？

衣服、首饰倒是可以租，她这身造型又是谁给她做的？

倒真是小看她了！

“雪落，宁夕是你的小师妹，对于她参演孟长歌这个角色，你有什么想说的？”这时，有记者针对宁夕的问题对宁雪落做出了提问。

宁雪落瞬间切换回从容高雅的表情，神情真诚道：“小师妹非常有实力，我想她绝对不会让大家失望的……”

对于记者有关宁夕的问题，宁雪落全都是大肆夸赞。

不知情的人都当她是在提携小师妹，宁夕却清楚地知道宁雪落的险恶用心。

宁雪落这不是帮她，而是想要“捧杀”她。

尚未开机就把她捧到了天上，使外界对她的期待值这么高，到时候她若稍有不慎就会被炮轰得很惨。

只可惜，她是不会让宁雪落的计划有实现的机会的。

养精蓄锐整整五年，论演技，她有信心让所有人心服口服。

想捧杀我？那就走着瞧！

媒体采访环节终于结束，宁夕刚准备缓口气，却被常莉截住。

“宁夕，你这身行头哪来的？别指望公司会给你买单！你一个女二号，谁让你这么高调喧宾夺主？”常莉一来就是开骂。

宁夕拨了拨自然微卷的乌黑长发，悠悠道：“我也不想的，谁让常姐非要让我压轴出场呢？”

“你……”鉴于这会儿人多口杂，常莉强忍着怒气，“待会儿吃饭的时候你给我安分点，别乱说话给公司丢脸！”

宁夕忍不住嗤笑，不再搭理常莉。

常莉跟宁雪落沆瀣一气，就算宁夕再卑躬屈膝也没有任何用处，所以压根不用买她的账。宁夕若硬气一点，常莉反而有所顾忌，不敢做得太过。

常莉被她气得不轻：“宁夕，你可真是长本事了，不过是拿到一个女二号，是不是都不知道自己姓什么了？”

宁夕没有耐心再应付她，直接转身离开。

常莉看着宁夕离开的背影，即使是一个背影，已能让人魂牵梦萦。

她莫名地心慌。

比这更早之前她就有预感了，她恐怕是压不住宁夕了。

这个女人，天生就是为演戏而生的。

她若起来了，以后的成就绝对不是宁雪落可比的。

但事已至此，也只能狠狠压住宁夕，不给她任何翻身的可能。

开机仪式结束之后是晚宴。

所有剧组相关人员齐聚一堂，一边吃饭喝酒，一边互相认识攀谈，气氛轻松多了。

见宁夕来了，编剧叶玲珑第一个站起来，把她拉到了自己身边坐下，可见对她有多满意。

“说起来还真是巧，我们这部剧的两位大美女来自同一个公司，还都姓宁！”一旁的副导演张锐感叹道。

宁夕心中冷笑：呵呵，是挺巧。

同一个公司，同一个经纪人手下。可待遇却是千差万别。一个已经是星辉一姐，一个还在娱乐圈最底层摸爬滚打。

说话间，制片人、导演等突然都站了起来往门口迎去，原来是这部戏最大的投资方宁氏国际的董事长宁耀华来了。

“没想到宁董日理万机还有空来我们的开机仪式，真是荣幸之至！”郭导热情地寒暄道。

“来，宁董这边坐！”王制片让出自己的位置，让宁耀华坐在宁雪落旁边。

宁耀华满脸慈爱地看着宁雪落：“郭导客气了，小女承蒙照拂。”

“宁董虎父无犬女，令千金这么优秀，可不用我照拂！”

“这孩子，平时总是忙得见不着人影，若不是来这儿一趟，我这个做父亲的都见不到她！”宁耀华气恼道。但他虽然板着脸，眸子里却没有一丝怒意，分明是宠爱至极。

“哈哈哈，雪落工作这么勤奋，您该高兴才是，不过雪落你也不对，工作再忙也应该常回家看看！”郭导嗔怒。

“知道了导演，这事是我不对！爸，您别生气了，我明晚就回家吃饭！”宁雪落抱着宁耀华的胳膊撒娇，一副乖女儿的姿态。

“你们看看，还要导演帮我老人家说话，她才能抽空回来一趟！”

“爸，这么多人在呢，给我点面子啦！”

“是是是，你现在是功成名就了，我都说不得了！”

宁夕以为自己早已经是百炼成钢，却没想看到这一幕父慈女孝，胸口竟还是一阵阵窒息，几乎想要立即夺门而逃。

虽然她内心无法控制，表面却能掩饰到完美，风轻云淡地跟一旁的编剧讨论着剧情，仿佛丝毫没有注意对面的热闹。

她可以无视，无奈某人却不这么想，宁耀华的目光如同刀子一般割在她的身上，仿佛看到她在公开场合出现是一件多么丢脸恶心的事情。

宁夕最终还是借口上洗手间离开了包厢，走到走廊尽头的窗户前透气。她从包里摸出烟和打火机，在细长的烟身上摩挲了半天，最终还是又放了回去。

她正在戒烟。今晚还是第一次失控到忍不住。

夜风胡乱地吹在脸上，稍稍让她好受了些。

这时，身后突然传来一阵脚步声。

宁夕脊背一僵，但一转过身，脸上的表情便像戴了一层面具，无懈可击："宁董来找我？"

宁耀华目光沉沉地瞪着她，极为不满地看着她这一身招眼的打扮。

宁夕垂眸浅笑："呵，宁董，刚才在包厢里您就这么一直盯着我看，难道就不怕人家误会您对我有某些不好的想法？"

毕竟在外人眼中，他的身份是投资方，她的身份是漂亮的小女星，最容易产生暧昧的一种关系。

"混账东西，你说的这都是什么话？"宁耀华勃然大怒。

宁夕挑眉："当然是人话了，宁董听不懂人话吗？"

"你……"宁耀华蓦地扬起手掌。在落下去之前，被一只纤细的手腕稳稳扼住。

她怎么可能让宁耀华再有机会打她？他可没有资格。

宁耀华被她气得半死，狠狠抽出手："你给我退掉这个角色，别在外面给我丢人现眼！"

宁夕脸色冷凝："我正大光明凭实力得到这个角色，哪里丢人现眼了？"

"雪落要做什么，你就偏要跟着做什么，也不管自己是什么模样，能不能跟雪落比。上赶着进娱乐圈，是恨不得人家挖出你当年那些事情让我宁家颜面全无吗？"宁耀华看着她的眼神厌恶至极。

直到现在圈子里偶尔还有人把他宁耀华的女儿拿洗手的柠檬水当饮料喝、穿A货去晚宴的事情当笑话说，要是再被人知道当年那件丑事，他的脸往哪儿搁？

宁耀华话音一落，宁夕顿时白了脸色。

那一夜、那个陌生男人、那个孩子……这是她的死穴。

虽然当年宁家害怕丢脸把这件事瞒得严严实实，宁雪落也怕事情闹大被人查出真相在外面乱说，但这始终是她最深的梦魇。

"我给你面子才让你自己辞演，既然你不要，那就别怪我不顾父女之情了。"

"呵，原来我们之间还有父女之情这种东西……"

"爸，小夕……你们这是怎么了？"身后传来宁雪落惊讶的声音。

看到宁雪落后，宁耀华立即换了一副慈爱的表情："没事，你不用管。回去之后，你让你们公司找找还有没有什么合适的女二号人选。"

言外之意，是要把宁夕换下来了。

宁雪落心中一喜，面上却做焦急状："爸，为什么啊？女二号已经定下小夕了啊！”

“她顶多跑跑龙套就不错了，哪能演这么重要的角色，这部戏我投了这么多钱，不是给她拿来玩的！”

“可是，爸，这部戏小夕她费了不少精力才得到……”

“雪落，你不用替她说话了，我之前跟你说过什么？让你不要帮她，你偏不听！你居然还在记者面前帮她说好话！她承受得起吗她？”

“可是，小夕她毕竟是您的……”

“住口，这种事永远也不要再提，我早就说过，我宁耀华只有你一个女儿！”

“爸，您别生气了，我不说了还不行吗？”

“我待会儿还有事，先走了，你有空就帮我好好劝劝她，让她别再执迷不悟！”宁耀华给了宁夕一个好自为之的眼神，就冷着脸转身离开。

宁耀华走后，宁雪落脸上的不忍和乖巧悉数退去，一副无辜的表情开口道：“宁夕，这次可不是我要为难你了，本来我是想要给你一个机会的，只可惜……”

“呵……”宁夕忍不住轻笑出声，那一声里，是无尽的悲凉。

谁能想到，最后让她功亏一篑，再一次将她扯进尘埃里的，竟然是她的亲生父亲。

她努力了这么久，争取了这么久，准备了这么久的角色……就这么没了……

开机饭结束后已经是晚上十一点多。

都说心情不好的时候喝酒容易醉，看来是真的。宁夕感觉自己今晚也没喝多少，起身的时候却站都站不稳了，太阳穴也一阵一阵地抽痛。

偏偏在这个时候，又看到了让她更加难受的人——苏衍。

身旁的一些剧组成员尤其是小姑娘们看到来人已经全都惊呼起来。

“啊！是苏少！好帅啊！真人比传闻中的还要帅一百倍！”

“他是来接宁雪落的吧！真是太羡慕她了，戏路这么顺，家世这么好，男朋友还这么帅，果然是人生赢家！”

“这种人从出生开始就赢在了起跑线上，我们是羡慕不来的啦！”

……

宁夕扶着墙，有些愣神地看着那个一步步朝着宁雪落走去的男人。

近几年苏家发展得不错，苏衍的身家也水涨船高，宁夕在他的身上几乎已经看不到当年的影子。当年那个因为肺病在乡下养病的少年，那个捧着书温柔地给她讲故事的衍哥哥，早已死在时光的洪流里……

“衍哥哥，你怎么来了？不是说了不用来接我吗？”宁雪落小鸟一样欢快地朝着男人小跑过去。

“不放心，外面下雨了。”苏衍脱下外套给她披上，目露不悦，“怎么穿这么少？”

宁雪落一脸甜蜜："你真是的，我都多大的人了，还一直把我当小孩子看！"

宁夕步伐不稳地靠着冰冷的墙壁，觉得自己真是倒霉。这一晚上，不是看宁雪落秀亲情，就是看她秀恩爱，秀这些从她这里抢走的东西……

光是秀还不够，宁雪落又故意挽着苏衍的手臂走到她跟前，热情道："小师妹，我看你好像喝得有点多，不然你跟我们一起走吧。我让我男朋友顺道送你一程！"

宁雪落刻意加重"男朋友"三个字。

苏衍此刻才发现宁夕就在身后，看到女孩的那一刹那，瞳孔蓦然紧缩了一下。

宁夕……已经多久没见了。她出国的那几年没有见过一面，回国后也只有去公司接雪落的时候远远看到过她几次。猝不及防这么近距离地看到她，陌生得他竟差点认不出来了。当年那个扎着麻花辫穿着花裙子的小姑娘，不知什么时候已经长成了一个能让所有男人心动的女人……

见苏衍看着宁夕恍神，宁雪落的眸底闪过一丝阴鸷，拉着他的手臂晃了晃："衍哥哥，你说好不好啊？"

苏衍骤然清醒，仓促地点点头："嗯，一起走吧。"

"宁师妹……宁师妹？你还好吧？"宁雪落一脸关切。

宁夕用手背抚了抚额头，在酒精的作用下，她的大脑已经越来越不清醒，心脏越跳越快，血液都仿佛倒流，身体里面似乎有一头野兽，咆哮着想要钻出来，想要将面前两张虚伪的面孔全都撕得粉碎……

"不必……"在彻底失控之前，宁夕踉跄地转过身朝着洗手间的方向走去。

看着宁夕近乎狼狈逃离的身影，宁雪落总算是露出一个畅快的微笑，但转向苏衍时立即换了一副无比伤心的表情："衍哥哥，小夕好像还是不愿意原谅我……我已经很努力在弥补她了，在公司里也一直尽我所能地照顾她，可她还是一直都这个样子，我真的不知道该怎么办了……"

"别在意，小夕就是那个性格，时间久了她会原谅你的！"苏衍柔声安慰。

酒店楼下，剧组一群小姑娘正在兴奋地研究着苏衍开来的豪车。

"我刚搜了一下，这辆玛莎拉蒂好贵呢！"

"我也好想找个这样的男朋友！"

正八卦着，只见苏衍和宁雪落一起从酒店里走了出来。两人男的俊女的俏，站在一起简直赏心悦目。

众人满眼钦羡地看着肩上披着苏衍外套的宁雪落进了那辆车，直到车子都看不到了还在回味和感叹……

就在那辆车离开没多久，突然一声悦耳的引擎声疾速传来，伴随着一道银白色的车影，一辆跑车在那么快的速度下竟稳稳当当地停在了酒店门口。

最重要的是，这辆车……这辆车也太拉风了吧！帅气的低底盘车型、流畅的车身、炫酷的剪刀门、如同艺术品一般的质感……

“哇，布加迪威龙 Super Sport……我的妈呀……”

车里，小宝盯着没有回应的手机，一脸苦大仇深。

陆霆骁解开安全带：“我进去看看，你在这儿等我。”

小宝立即揪住爸爸的衣角，表示想一起去。

陆霆骁看着儿子：“万一她喝醉了，我是抱你还是抱她？”

小包子鼓了鼓腮帮子，表示不服气，他才不需要人抱。

陆霆骁脸色微沉：“很不幸，上次的事已经让你在我心中的信用降低，我无法相信你能够照顾好自己。万一你再丢一次，连我也无法承受这个后果。明白？”

小包子耷拉着脑袋，满脸落寞。

意识到自己的话太重了，陆霆骁揉了揉儿子的脑袋：“我很快回来。”

“老张，把车开去地下车库。”

“是，大少爷。”

在酒店门口围观群众激动的目光之下，车门缓缓打开，从车上走下一个男人。

一身铁灰色西装，长身玉立，气场强大。

“啊——是陆、陆霆骁啊！刚才还在想这会是谁！没想到竟然是他！我就说嘛，除了他，谁会开这样帅的车！跟骁爷一比，苏家简直完全不够看！”

“天哪，扶我一下，我激动得快要晕倒了……我只在杂志上看到过一次，没想到居然会在这里遇到真人！好想上去要个签名啊！签在我的衣服上！”

“那些个什么‘小鲜肉’、大影帝，在陆霆骁面前都不够看，要是陆霆骁进娱乐圈，哪还有他们的事儿啊！”

“想得美，能这么近距离看到一眼真人已经耗尽一辈子的好运了，还肖想人家进娱乐圈天天给你看？”

直到陆霆骁已经进了酒店，门口的人依旧迟迟不肯散去，还在热烈地八卦着。

“陆大 BOSS 哪次出现不是前呼后拥，今天这么晚了还单独一人来酒店是做什么？”

“谁知道呢，反正不可能是来找女人的！”

“真可惜啊，这么出色的男人却不近女色！你们说陆霆骁到底为什么不近女色啊？”

“我觉得骁爷肯定是个痴情种，对孩子的母亲一往情深，所以这么多年来一直为她守身如玉！”

……

陆霆骁上楼后发现剧组的人已经全都走光了，刚才在酒店门口的应该是最后一批人，但唯独不见宁夕。

他一边顺着走廊找人，一边再一次拨打宁夕的电话。手机那头依旧是无人接听。路过洗手间的时候，陆霆骁突然顿住脚步，从洗手间的方向似乎传来了一阵手机铃声。

他站定听了一下，发现是从女厕的方向传来的。陆霆骁挂了手机，女厕里的声音也停了。

终于找到人了，陆霆骁松了口气，随即又微微拧眉。

女厕，他没法进去找人。

刚才手机响成那样她都没反应，看样子肯定是醉得不轻。

“宁夕？”陆霆骁试探着叫了一声，果然里面一点回应都没有。

陆霆骁站在男厕和女厕中间的洗手台跟前，抬起修长的手指捏了捏眉心，脸上的表情如同在做事关十几亿的重大合作案的决定。

几秒钟之后，他迈开修长的腿朝着女厕的方向走去。

所幸陆大总裁的运气不错，因为已经太晚了，女厕里面没有其他人，他一眼便看到宁夕喝得烂醉靠着一扇门瘫坐着。高跟鞋踢得东一只西一只，包里的东西也扔了一地，头发凌乱地遮在脸上，跟她离开时艳光四射的模样判若两人。

陆霆骁的眸子里闪过一丝疼惜，走过去将她的包捡起来，把散落的东西一一装进去，然后拎起她的鞋子，手臂自她的腰部和膝弯伸进去。

正要抱她起来，宁夕突然死死抓住旁边的门把手不放，撑起满是醉意的眼睛，无比警惕地瞪着来人：“你是谁……”

“陆霆骁。”

“陆霆骁……”宁夕神情恍惚，然后陡然大怒，“你骗人！当我是白痴吗！这里是女厕所！”

陆霆骁心想：这丫头到底是真醉还是假醉？挺聪明的啊。

“没骗你。”

“骗子……我不走……我不跟你走……”醉后的宁夕就像一只受过惊吓的小刺猬，全身上下都充满了防备。

宁夕死活不走，陆霆骁只能暂时把手里的东西放下来哄她：“那要怎样你才信？”

“身份证拿来！”宁夕的表情活像警察查酒驾。

陆霆骁嘴角略一抽搐，姿态乖乖地掏出皮夹，拿出身份证递给她。

宁夕摇摇晃晃地捏住那张小卡片，眼睛几乎都要黏上去，然后一字一顿地念：“陆霆骁，你是陆霆骁……”

陆霆骁满意地点点头：“现在可以走了吗？”

“不走！我不跟你走！你是大魔王……我不走不走不走……”宁夕顿时更激

动了。

“大魔王……”陆霆骁脸色黑沉。原来自己在她心目中是这样的形象？他自认对她已经够温柔。

两人正僵持着，门口突然传来一阵脚步声。

“宁夕……宁夕你在里面吗？”

陆霆骁瞬间脊背一僵，若是被人看到他出现在女厕，那他在华都可以不用混了。

来人的脚步声越来越近，眼见着已经能看到对方的衣角，陆霆骁低咒一声，迅速拿起宁夕的包包和鞋子，一把扯着她往门后塞去。

门外来找人的是编剧叶玲珑。

宁夕是个新人，在剧组里谁都不认识，只有叶玲珑发现她进了洗手间后好像一直没出来，于是折返回来找她。

隔间里，突然被扯进来的宁夕受到了惊吓，用力在男人的怀里挣扎着，里面的动静不小，外面的叶玲珑自然听到了。

“宁夕，是你吗？”

听着外面越来越近的声音，陆霆骁的脸黑如锅底，偏偏这时，他捂着宁夕嘴巴的手突然被小丫头用力咬了一口，疼得他眉心都皱了起来。

陆霆骁的眉宇间隐隐有崩溃的迹象，他曾几何时如此狼狈过？

深吸一口气后，陆霆骁用压抑沙哑的语调缓缓开口：“别急……”

叶玲珑正准备敲门，隔间里面竟然传来一个男人的声音，她愣了一下，顿时明白了什么，双颊一红，赶紧跑了出去。

没想到竟然会撞上这场面，女厕所里也没有宁夕，她到底跑到哪里去了……

叶玲珑丝毫没有想到，里面的女主角正是她要找的宁夕。

听着门外的脚步声渐渐走远，陆霆骁松了口气。

他坐在马桶盖上，松了松领带，一把将闹腾的小女人压坐在自己的腿上，然后冷声呵斥：“不许闹！”

男人的语气太可怕，宁夕吓得一愣，然后开始打嗝，小脸上满是委委屈屈的表情。

陆霆骁刚吓完人家，只能无奈地轻拍着她的后背哄：“抱歉，不该凶你。”无奈怀里的人更加伤心了，豆大的泪珠不要钱一样顺着眼眶“啪嗒啪嗒”坠落下来。

陆霆骁顿时手足无措地想：这丫头怎么比小宝还难哄？

“一个个的以为自己是谁啊！”宁夕突然咒骂一声，边说边激动地挥了一拳头，要不是陆霆骁反应快，以这一拳的力道，他的下巴估计会脱臼。

“女孩子不应该说脏话。”陆霆骁蹙眉。虽然她说脏话的样子也很可爱。

宁夕醉得很厉害，但大概人是有潜意识的，她感觉得到此刻抱着她的人没有恶意，而且非常温柔，于是渐渐放松下来，坐着男人的腿，靠在他的怀里不再挣扎，醉醺醺地说着醉话：“我不屑而已……不然……不然我早就……去找个大……大粗腿抱……你以为你们压得住我……我现在就去找……现在就去……”

陆霆骁听得眉头微微上扬，略粗糙的手掌轻轻抓起女人的手，放在自己的腿上：“华都最粗的腿就在这里，你还想去哪儿找？”

宁夕胡乱地在那肌肉紧实的大腿上摸了摸，然后勃然大怒：“不粗！一点都不粗！”

陆霆骁的腿居然被嫌弃不够粗，这无疑是他无法接受的。

更糟糕的是，她的手乱动碰到了不该碰的地方：“这是什么呀……”

非常嫌弃的语气。

陆霆骁的脸都绿了。再让她这么折腾下去，他恐怕会做出违背原则的事情。

外面的人应该已经走远，于是陆霆骁迅速打开门，一把抱着宁夕走了出去。到了地下车库，屁颠屁颠跑着给他开门的是陆景礼。

“怎么是你？”陆霆骁蹙眉。

“我去你那儿找你，结果你跟小宝都不在，于是就过来这里找你们了！哥你也太不够义气了，什么时候买的这辆车，比你送我的那辆还拉风，我都不知道！”陆景礼一脸哀怨。

陆霆骁没搭理他，径自抱着宁夕进了后座。

陆景礼在前面的副驾驶探着头用炙热的目光盯着陆霆骁和宁夕，一脸八卦：“你在哪儿把她捡回来的啊？怎么去了这么久？瞅瞅咱小宝望眼欲穿这样！”

小宝本来贴着车窗玻璃的小脸一看到宁夕立即黏了过去。

陆霆骁本来还担心宁夕发酒疯，没想到小宝靠近后，她却没有激烈的反应，而是摸索着一把将小家伙搂在怀里，抱枕一样舒舒服服地抱着。

陆霆骁自然不会满足某人八卦的欲望，慢条斯理地摘掉领带，脱掉外套：“今天发生了什么事？”

一提到这个，陆景礼立即兴奋道：“根据我的消息，一切顺利，你连Arthur都召过去了，小夕夕自然成功惊艳全场，媒体对她的评价都很好！”

“今晚她见过哪些人？”陆霆骁又问。

陆景礼回忆了一下：“除了剧组成员，只有宁耀华，除此之外就是……”他瞅了眼他哥的表情，又斟酌了下措辞才开口道，“苏衍……我估摸着她醉成这样是看到旧情人如今成了死对头宁雪落的男人，心里不好受吧……”

虽然陆景礼已经很小心斟酌措辞了，但陆霆骁的脸色还是一瞬间就阴沉了下来。

真是吓死个人。

“咳，不过这也是难怪，宁夕在国外的时候跟那些人全都是玩玩的性质，玩完就甩，潇洒得很，而这个苏衍，应该算是她唯一真心爱过的男人。”

不解释还好，这一解释，陆霆骁的脸色更难看了。

陆景礼见状有些无语，心想你们俩这八字都没一撇呢，你有啥立场摆出这么一副表情啊？

“哥，就算你准备日久生情，但至少先把宁夕挖到盛世吧，不然让她在死对头星辉那儿多不方便啊！据我所知，她在那边被宁雪落针对得很惨！”陆景礼咕哝道。

陆霆骁神情莫测地看着抱着小宝后变得无比安静的女孩：“时机未到。”

好不容易把人接回了别墅，下车后，又出问题了。

宁夕看到旁边停着的银白色超跑后，双眸陡然迸发出饿狼一般的光亮，然后死活趴在车身上不肯走了，那表情跟小女生看到了梦中情人似的：“小白！我的小宝贝儿！”

陆霆骁的面瘫脸上赤橙黄绿青蓝紫走马灯一样变幻。

他不顾一世英名辛辛苦苦跑去女厕把她接回来，她一个好脸都没有，还说他是大魔王，结果现在居然抱着一辆车叫小宝贝？

“哈哈哈……哥，你不会是在跟一辆车吃醋吧！谁让你没事非要开这辆车出来的，小夕夕在国外的时候可是职业赛车手的水平，特别喜欢跑车，自然对这辆超跑没有抵抗力了！”陆景礼在一旁幸灾乐祸。

然后他发现还有人比陆霆骁更吃味，那就是小宝。

看着自己独有的“宝贝”称谓居然给了一辆车，小家伙的表情已经快哭了。

然而身为罪魁祸首的宁夕还在对着那辆车左摸摸右摸摸，一脸迷恋：“宝贝你好帅好帅……太迷人了！好想嫁给你！”

陆霆骁的手指关节捏得咯吱咯吱作响，有一种爆粗口的冲动。他跟她求婚，她如同遇到洪水猛兽，现在她居然在对着一辆车求嫁？

陆霆骁将衬衣的袖子一点点卷上去：“老张，拿锤子来。”

陆景礼正笑得上气不接下气，闻言急了：“别啊！哥你冷静一点！这车可贵呢！你不要给我也好啊，我这就开走，保证不让它在你面前碍眼！”

话音刚落，陆景礼整个人天旋地转，居然被看似身形娇柔的宁夕一个过肩摔摔倒在地。

“谁敢动我的小白！”宁夕绝美的小脸上一副遇神杀神遇佛杀佛的表情。

陆景礼扶着腰：“好汉饶命，我错了……”

这丫头貌似练了好几年柔道，被她摔一下简直摔掉了半条命！

宁夕摔完人后立即一骨碌钻到了驾驶座里，死死抱着方向盘不放：“小白乖，别怕……”

“大少爷，这……”被挤走的老张一脸发蒙。

陆霆骁无比头疼地挥了挥手，示意司机离开，然后看向儿子：“小宝，很晚了，你先回去睡觉。”

正沉浸在失宠中的小宝立即把头摇得像拨浪鼓。

陆霆骁也不生气，只是淡淡地说了一句：“要知道，女孩子都不喜欢自己糟糕的一面让最在乎的人看到。”

唔，最在乎的人……小宝沉思了几秒钟，然后乖乖转身走了。

陆景礼瞪大双眼：“哥，你太无耻了吧，居然连小孩子都骗！”

“你还有事？”

“我有事，我想让你感受一下我这个大电灯泡炙热的温度！”

然后他就感受到了亲哥冰冷刺骨的温度。

“得，我走了我也走了……”陆景礼临走前回头看了一眼。

这一男一女，还有一辆超跑……啧啧，他刚买的63倍破纪录长焦相机终于派上用场了！

“你……你想做什么？”见陆霆骁突然坐到了副驾上，宁夕抱着方向盘，一脸护食的小表情。

陆霆骁靠着椅背，目光瞬间暗了下去。

此刻陆霆骁的上身已经只剩下一件白色衬衣，他窝着火扯开了领口的扣子……宁夕始终在警惕地注视着身旁的男人，渐渐看得失了神，竟然连最爱的小白都忘了……陆霆骁没有注意到她的眼神，勉强克制着自己的荒唐情绪，今晚竟然可笑地为一辆车吃醋，他摸出一根烟点上，狠狠吸了一口，长长地吐出一口烟雾。

陆霆骁掏出烟的刹那，宁夕再也忍不住了，双眼一眨不眨地盯着他，盯着那缓缓升腾的烟雾……

旁边的视线太过强烈，陆霆骁终于偏过头去，然后便看到了宁夕一脸渴望的表情。

陆霆骁一个恍神，差点被她的目光所欺骗，然后便注意到她的眼中根本没有自己。让她渴望的不是他，而是他唇间的烟。

陆景礼那家伙别的不行，收集资料的功夫一流，在他送来的有关宁夕的背景资料里面，从身世到经历到爱好事无巨细，甚至包括她最近在戒烟这样的小细节。

陆霆骁立即明白，她这是烟瘾犯了。

不如旧情人不算什么，不如车不算什么，现在连根烟也不如了。

陆霆骁这辈子还没这么挫败和自我怀疑过。

见到她的第一眼便想要占为己有，却顾忌她的感受小心翼翼步步斟酌，可是她却从未将他看入眼中，并且一直在跟他划清界限。她宁愿想着去抱别人的大腿，也不愿意做他的妻子。

有人说忘不了旧爱是新欢不够好，难道他还不够好？她竟然为了那个抛弃她的旧情人买醉至此？

他清楚地知道对待她最好的方法是循序渐进，并一直在忍耐着遵循这个原则，却没想到，不知何时他的理智脆弱到此种地步，一点点不值一提的小火苗都能摧毁。

陆霆骁心绪翻腾地夹着烟，目光里映着一点烟蒂的红色，低沉的声音在车厢里低空飞行：“想抽？”

宁夕毫不犹豫地点点头，已经分不清自己到底是被烟味所吸引，还是被眼前的男人所蛊惑。

陆霆骁弹了弹烟灰，在宁夕炙热的目光中又吸了一口，下一秒，骤然倾身过去，夹杂着烟草味的薄唇准确无误地压在了女孩的唇上。宁夕瞪大了眼珠子，只感觉浓烈的烟草味伴随着冷冽的气息铺天盖地而来，接着一口烟雾渡了进来。

宁夕一个不察，呛得连连咳嗽。

指尖的烟只剩下一半，陆霆骁神色淡然地又抽了一口，看着身旁因为咳嗽不止而眼睛里渗出泪水，看起来更加楚楚可怜的小家伙，问：“还要吗？”

被呛到的宁夕气呼呼地瞪了男人一眼，一副看大坏蛋的表情。

“呵……”那小表情看得陆霆骁低笑出声，笑意涟漪一样荡漾在眼底，他掐了烟蒂，吐净了口中的烟，然后再次倾身过去，侧过头，贴着她的唇。

宁夕下意识地想逃，却被一只手掌扼住，低哑的嗓音响起：“这次不呛你了。”话音刚落，一个带着烟味的吻激烈地席卷她的所有神志……

宁夕被亲吻得浑浑噩噩，大脑一片混沌，如同在云雾中飘浮。唯一清醒明白的是，这个男人，比烟危险。

“砰”的一声，身后的椅背被放了下来，男人覆身而来。

胸腔里的呼吸一点点被掠夺，宁夕感觉神智越来越昏沉，然后彻底沉入了海底……

小家伙突然一动不动没了反应，陆霆骁抬起头来，就看到某人睡得没心没肺，甚至发出轻微的鼾声……

陆霆骁心口翻涌的怒气也散了个干干净净。呵，真是疯了，他跟个醉鬼计较什么……才三天。

他们才认识三天而已。他到底在急些什么？

这小丫头对他的吸引力，来得毫无道理。当初第一眼见到她时，他有种失而复得的狂喜。

与君初相见，犹如故人归。

在那个酒吧的仓库里，当他抱起她的瞬间，竟让他有残缺的人生终于圆满的错觉，好像她是他不知何时遗失的珍宝。

想让她属于自己，一刻都不想等。

可也不想彻底失去她，所以只能等。

陆霆骁从后面拿了一条毯子和枕头，调整了一下空调温度，然后躺在她旁边，亲吻她的额头：“晚安，我的女孩。”

次日清晨。

宁夕在一个温暖的怀抱里醒来。

她抬起手揉了揉眼睛，竟透过头顶的玻璃窗看到一片绿茵茵的树叶，明媚的晨光从枝叶的缝隙间流淌下来，暖暖地照射在身上，耳边还有悦耳的鸟鸣声……唔，她这是在哪儿？

打量了一下四周，她惊讶地发现自己竟然睡在一辆车里，准确来说，是睡在陆霆骁的怀里。

天哪！

宁夕几乎是连滚带爬地直起身来，然后脑袋撞到车顶，疼得她龇牙咧嘴。

她……陆霆骁车里……该死的，昨晚到底发生了什么？为什么一醒来会是这种情况！

眼前的情景让她想不误会都不行啊！

“在想什么？”

宁夕焦急地咬着手指，大脑一片混乱，下意识地答道：“在想我昨晚该不会跟大魔王酒后乱性了吧，这也太可怕了……”

“大魔王？酒后乱性？若如你所说，你以为你还有力气一大清早就上蹿下跳胡思乱想？”男人的声音咬牙切齿。

“啊！”宁夕这才发现陆霆骁不知道啥时候醒了，吓得整个人弹跳起来，差点又碰到脑袋，还好陆霆骁早有准备似的用大掌护在了她的头顶。

“陆、陆先生……”

“叫我名字。”陆霆骁语气微凉。她虚伪的时候叫他“陆先生”，怕他的时候叫他“骁爷”，他都不喜欢。

不知道是不是她的错觉，一夜之间，宁夕觉得陆霆骁好像有哪里变了。又或者说，不是他变了，而是他隐藏得太好，她从未了解过他。

宁夕的目光无意间落在他手背深深的血痕上，下意识地问：“陆、陆霆骁，你的手怎么了？”

陆霆骁瞥了眼那一圈小巧的牙印，似笑非笑地看着她：“你说呢？”

宁夕咽了口唾沫：“这牙印，看着有些眼熟……”

陆霆骁面露赞赏：“眼力不错。”

“咳，谢谢夸奖。”宁夕干笑，然后小心翼翼地问，“我咬的？”

“觉得我栽赃你？你可以再咬一次对比一下。”陆霆骁建议，并且真把手伸给了她。

宁夕尴尬得连连摆手：“不用了不用了，我认！我认罪还不行吗！话说……昨晚到底发生什么事了？我喝断片了，只记得我进了洗手间，后面的事情就没印象了……我是怎么回来的？”

“你醉倒在女厕，我进去抱你出来，你不肯跟我走，并且咬了我一口。”陆霆骁简略又精准地回答。

宁夕满脸蒙圈：“你、你进了女厕……”

她真是罪孽深重啊！大魔王牺牲太大了……

“那我又为什么会睡在车里？”宁夕硬着头皮继续问。

“因为你跟你的小宝贝难舍难分。”陆霆骁风轻云淡地加重了“小宝贝”三个字。

宁夕瞅了眼这辆自己心仪已久的“男神”，立即相信了陆霆骁的话。

“真的很抱歉，给你添麻烦了！”宁夕弱弱地道歉。

才住过来第二天晚上就出了这么多事，她实在是觉得过意不去。

陆霆骁没有应她的话，反而问了一个不相干的问题：“昨晚为什么喝那么多酒？”

宁夕闻言，脸色瞬间黯淡下去。

看着她骤然变化的脸色，陆霆骁心底蛰伏的野兽也一点点冒头。

宁夕没有跟人分享心事的习惯，大概是这些事憋在心里实在是太难受了，她无力地仰靠着椅背，仰着脑袋看着头顶的绿荫，喃喃道：“孟长歌这个角色，怕是吹了……”

陆霆骁的眼里划过一丝错愕：“什么？”

“不过是个小小的女二号而已，我知道就算说出来你大总裁也不会理解的，你不知道我为了这一天付出了多少努力，你不知道我有多开心能得到这个角色，你们都不知道……”宁夕说着说着仓促地抬起手遮住了眼睛。

陆霆骁一直以为她那么失态是为了苏衍，没想到竟然会有隐情。她不是因为苏衍而伤心，而是因为失去了那个角色？

陆霆骁阴郁了一晚上的心情瞬间放晴，看到女孩难过的模样又揪紧了心脏。

他怎么会不明白，她有多么重视她的梦想。否则她不会明明有捷径却不走，偏要倔强地一步一步脚踏实地往上爬。

“别难过，你已经做得很好。”陆霆骁扶着女孩的脑袋，轻轻靠在自己的胸口。

原来罪魁祸首不在苏衍，而是在……宁耀华。宁耀华是《天下》这部戏最大的投资方，有角色罢免权。

欺负他的女孩，无论是谁，都不行。

宁夕情绪平静后才发现自己居然趴在陆霆骁的怀里哭了小半个钟头。

真是见鬼了，除了拍戏必要的情况下，她应该有整整五年没哭过了吧？

“呃，对不起，你的衣服被我弄脏了……”宁夕看着陆霆骁身上被她哭湿的衬衫，一脸尴尬。

陆霆骁嘴角微勾：“它的荣幸。”

宁夕呆立当场，心脏狂跳，被吓到了。她一直以为陆霆骁是那种高智商低情商类的天才，万万没想到，大魔王安慰起人来简直逆天啊！

嫉妒！居然比她还会！

陆霆骁极其自然地伸手理了理她微乱的头发：“你接下来准备怎么办？找大腿？”

宁夕眨了眨眼睛，满脸不解：“啥？找什么大腿？”

“昨晚你说要找个大粗腿抱，还嫌弃我的腿不够粗。”陆霆骁意味深长地看着她。

“咳咳咳……”宁夕差点没被自己的口水给呛死。

昨晚到底发生了多少神奇的事情……

“骁爷您别听我胡说，我醉昏头了，您的大腿怎么可能不粗，全华都最粗的就是您了！”宁夕一脸谄媚，说完发现自己这话说得貌似有点歧义啊？

陆霆骁被拍马屁拍得心情不错，眸子里荡漾着笑意：“那你为什么不抱？”

“我我我……”宁夕“我”了半天也“我”不出下文来。

陆霆骁揉了揉她的脑袋，终于饶过她：“好了，不逗你了。下车回屋睡吧，休息好才能有精力应对困难。或者你还想跟你的小宝贝多待一会儿？”

“不了不了，还是回屋吧！”宁夕自然巴不得赶紧下车。

下了车后，陆霆骁站在车门边上，突然顿住不动。

宁夕挠挠头：“怎么了？”

陆霆骁迈着大长腿朝着一个草丛走去。

宁夕好奇也跟了上去，然后就看到：陆二少怀里抱着个照相机，四仰八叉地躺在草丛里呼呼大睡。

她知道盛世旗下不仅有一个经纪公司，还有三百多家传媒，陆二少算是狗仔们的老大。可是这家伙也太夸张了吧，连亲哥的八卦都不放过……

宁夕嘴角微抽：“二少这……要不要叫醒他？这么睡会感冒的吧？”

陆霆骁点头，然后一脚踹过去。

陆景礼惊醒了，刚一醒就开始哭：“太过分了，为啥这辆车的玻璃这么不科学，我啥方法都用了，就是看不见里面！”

陆霆骁居高临下地俯视着自己的弟弟：“等下来我书房，有事交代你。”

“哦。”陆景礼揉揉眼睛拍拍身上的灰爬了起来。

回到陆霆骁给她准备的客房后，宁夕彻底无语。短短半天加一晚上的时间，他居然真的让人把客房全都重新装饰了一遍。

原本屋子的风格是干净利落的冷色调，现在变成了温馨的暖色调，不仅如此，橱柜里满满一排衣服，全都是她的尺码，从睡衣到休闲服到晚礼服到搭配用的首饰、包包，应有尽有，且全都是顶级限量版……

“怎么？不满意？”陆霆骁站在她身后。

宁夕扶额：“这不是满意不满意的问题……”

“那是什么问题？”

“陆总……”

“叫我的名字。”

“好吧，陆霆骁，你不觉得你对我……太好了一点吗？”好得她想不想歪都不行。

“你终于知道我对你好了。”陆霆骁一副孺子可教的表情。

见女孩神色纠结，陆霆骁的眸子黯淡了一秒，但很快便恢复如常：“你救了小宝，并且今后很长一段时间内小宝可能都需要你的帮助，我对你好有什么问题？”说到这里，陆霆骁顿了顿，然后看着她，“或者，你更希望我用其他报答方式？”

原来是她自作多情了，宁夕心中的大石头总算是落了下来，然后赶紧摆手道：“没有没有，就这样挺好……挺好的……”

其他报答方式什么的，还是算了。陆霆骁这样的人，跟她怎么可能是一个世界的人，若他知道了自己肮脏的过去，或许连小宝都不会再让她见了。

“时间还早，你休息会儿，等下下楼吃早餐。”

“好的。”

陆霆骁离开后，宁夕躺在舒适的大床上，毫无睡意。

一个正在等待噩耗的人，怎么可能睡得着？就算导演们对她很满意，最后能抵得住投资方的压力吗？不能再坐以待毙下去了。

宁夕翻身坐起，打开电脑登录社交账号。

糖小夕：在吗？

巫妖王：哟，宁大明星怎么有空主动找我等刁民？

糖小夕：有钱吗？能不能借我八百万？

巫妖王：出什么事了？

糖小夕：能别问原因吗？

巫妖王：余钱刚投了一个酒庄，可能需要点时间。

糖小夕：多久？

巫妖王：三天。

糖小夕：谢谢。

巫妖王：呵呵，亲爱的，这还是你第一次求我。

糖小夕：你哪天回国？我去接你。

巫妖王：宁夕，你可真无情！

看着巫妖王暗下去的头像，宁夕心里堵得慌。如果不是逼不得已，她不想欠任何人人情，尤其这个人还是她曾经交往过的对象。

她知道自己这种等价交换的做法伤了对方的感情，可是她没办法。感情这种东西，她早就没有了，也不想有。

至于为什么不跟陆霆骁借，她跟陆家已经牵扯够多，实在不想牵扯更深，尤其是钱这种东西。

一个小时后，宁夕终于等到了一通电话。是常莉打来的。

宁夕捏紧了掌心，深吸一口气接通："喂？"

"早上九点开机别忘了，你自己打车过去，我这边还要照顾雪落，没空顾你。反正你这么有能耐，也用不着我！"常莉还是那么尖酸，唯一的区别是今天的语气尤其不好，跟宁夕欠了她八百万似的。

"什么？开机？"宁夕愣了愣。

"你是不是睡糊涂了？快点，第一天不许迟到！"常莉语气不耐，说完直接挂了电话。

宁夕拿着手机，迟迟回不过神来。

怎么回事？她没有被换？

宁夕一骨碌爬下床，在屋子里走来走去，最后拨通了导演的电话："喂，郭导，抱歉这么早打扰您，有件事情想问您一下！"

"你是想问宁董准备换你的事情吧？"

"是的。"宁夕心头一紧，宁耀华果然去说了。

"宁夕，我和王制片还有叶编剧都对你非常满意，但是，现实很残酷，拍戏不是有情怀就够了，资金也很重要，有时候角色这种事情，真不是我们能决定的。最后谁说了算？投资方也有很大的话语权。"

宁夕听得心脏渐渐沉入谷底，她还是被换了吗？那常莉为什么还通知她去拍戏？

"昨晚宁董确实找过我，他认为你是新人，不同意用你，不过……"郭启胜顿了顿。

宁夕真是急得恨不能把导演从手机那头拽过来晃晕他，说话就不能一次性说完吗？

"不过宁夕，你运气不错，另一位投资方很看好你，表示孟长歌非你不可。好好干吧！"

"真的？"宁夕狠狠摔下去的心脏又一下子悬空，不要太刺激，她感觉自己好像被导演耍了，"郭导，您故意的吧！我心脏病都快被您吓出来了！"

"哈哈哈，年轻人怎么这么沉不住气！"

"您倒是给我个准话啊，我到底有没被换啊？"

"没换没换，那位投资方投了不少钱呢，是宁家和星辉投资额的总和，所以他说了算！"

"这部戏的投资方不是只有宁家和星辉吗？怎么又冒出一个？"宁夕有些奇怪。

"是刚追加的投资，你以后就知道了。"郭启胜的语气意气风发。

突然凭空多了这么多钱的投资，现在投资额加起来简直是巨额，而且他最满意的宁夕也不用被不懂行的投资方乱换了，他能不高兴吗？

"好的，谢谢导演！"

宁夕挂了电话，房门突然被人推开，是睡眼惺忪的小包子。

宁夕开心地尖叫一声，然后扑过去抱着小包子狠狠亲了一下："宝贝儿！你果然是我的幸运星！每次都能让我化险为夷！"

门外大魔王看着被女孩热情亲吻的儿子表示心塞。明明是他的功劳……不过，算了，看着女孩明媚的笑容，什么都不重要。

陆霆骁踱步过去："怎么这么开心？"

宁夕抱着被她突如其来的热情弄得晕晕乎乎的小包子："刚导演跟我说我不会被换了，这部剧最大的投资方很看好我！"

"是吗？恭喜你！"陆霆骁煞有介事地道贺。

宁夕思索着摸了摸下巴："不过导演没告诉我那位投资方到底是谁，反正肯定是个特别特别有品位，眼光特别特别好，特别特别帅的人！"

陆霆骁轻笑："你真这么觉得？"

"那是一定啊！"宁夕一脸维护，然后突然想起一件事，"这样的话，我未来这段时间白天可能都要拍戏，有时候还有夜戏，小宝怎么办？"

陆霆骁没回答，而是看向儿子。

被宁夕热情亲吻拥抱后的小包子心情非常好，听到了这个坏消息后小脸上依旧洋溢着幸福，然后跑去自己屋里了。

宁夕还以为他又要把自己关起来，正紧张呢，没想到他很快又回来了，手里还拿着一块写字板。写字板上写着：Fighting（加油）！

宁夕感动得快哭了："谢谢你宝贝，你真是我的天使！"

陆霆骁看着相拥的一大一小，目光前所未有地温柔。

今天正式开机，地点在郊外的影视城。

第一场戏是宫宴，皇上接见外来使臣，七皇子楚北辰和七皇妃上官映蓉机智应对使臣的各种挑衅，宁夕扮演的德妃没什么戏份，只需要妖娆地在皇帝身旁坐着当花瓶。

不过即使是这样，这么热的天，穿着层层叠叠的古装也是够呛。尤其宁夕的装扮最为烦琐，衣服最厚不说，头上的装饰都有好几斤重。一场戏下来，外面看不出来，但里面已经完全湿透了。

导演刚喊“咔”，宁雪落的两个小助理立即殷勤地迎了上去，一个给她扇风，一个给她递水，椅子上也早就铺好了冰垫。

宁夕身边一个助理都没有，拍完后连口水都没得喝，因为下面还有她的戏份，身上的衣服还不能脱，只能把领子解开几颗纽扣透下气。

所有人都在夸赞宁雪落的表现，导演也是赞赏有加，不过转过头去却在反复观看宁夕的几个画面。

虽然没有台词，镜头也只有几个，但宁夕的眼神太到位了，妖娆慵懒，百无聊赖，还带着几分俯瞰众生的轻蔑，因为她正准备亲手毁掉这江山。

不错，他总算是可以放心了。

这时，场务小李突然兴奋地叫了一声：“宁老师，你男朋友来探班啦！”

这声“宁老师”自然叫的是宁雪落。

只见苏衍一身清爽的休闲装走了过来，身后跟着两个手下，抬着一个大大的盒子，正在给大家发冰激凌。

“哇！是哈根达斯！谢谢苏少请客！”

“宁老师也太幸福了，第一天就有男朋友过来探班！”

“天哪！不带这么秀恩爱的！”

“有吃的还堵不住你们的嘴！”宁雪落娇嗔一声，然后拿了一盒冰激凌走到宁夕跟前。

“宁师妹，你也吃啊！”

“谢谢。”宁夕礼貌性地接过。

这女人每次在外人面前，尤其是在苏衍面前都要装天使，她不累，宁夕都看累了，好在她的专业就是演戏，不介意陪宁雪落演。

回到位子上后，宁雪落看着苏衍，欲言又止，最后还是犹豫着开口道：“衍哥哥，我有些担心小夕……”

“嗯？小夕怎么了？”苏衍立即问。

“昨天晚上不是开机宴吗？我爸也来了，然后跟小夕遇上了，小夕也不知道跟爸说了什么，惹得他大发雷霆，要把她的角色给换了……”

“怎么会这样？”苏衍蹙眉。

“我也不知道，我去的时候只看到爸被气得脸都青了！”

“后来呢？小夕好像没有被换啊？”苏衍朝着宁夕的方向看了一眼，只见女孩虽然满头大汗，但依旧在认认真真地看剧本，阳光下的小脸虽然狼狈，却无比光彩夺目。

宁雪落为难似的继续开口道："我爸回家后就给剧组打电话了，剧组在电话里也答应会换人，可是没想到，今天早上，突然有人匿名给这部戏投了五千万，唯一的要求是女二号必须是宁夕……我担心……"

苏衍越听脸色越难看，最后沉声道："我了解小夕，她绝对不会做那种事！"

"衍哥哥，你太天真了，娱乐圈是什么地方？进来这个圈子的人哪有不变的？我是因为幸运，有爸爸和你支持我，但宁夕，她跟家里闹得这么僵，又不肯接受我们的帮助，很容易走歪路。"

苏衍微微一愣，露出若有所思的表情。

"宁夕，有人找！"这时，场务突然朝里面喊了一声，语气非常兴奋的样子。

一时间，所有人的目光都看了过去。因为太惹眼。

红玫瑰！铺天盖地的红玫瑰陆续被人送了进来……

等所有人反应过来的时候，整个片场已经成了红色的海洋。而宁夕捏着一张卡片，整张脸都黑了。

卡片上写了一行字："记得来机场接我哟——巫妖王。"

"宁小姐，请您签收。"

"那个，能不签吗，全堆在这里太影响人工作了！"宁夕尽量态度和缓地拒绝。

"不行啊，我们答应了顾客，必须看着您签收才能走！"送花小哥一脸为难。

这时，旁边的道具师急忙趁机劝道："宁夕，收下嘛收下嘛！正好我们回头有一场戏要用到玫瑰花，就托你的福不用再费那工夫准备了！"

既然道具师这么说了，宁夕也不忍心为难人家工作人员，只能捏了捏眉心，然后"唰唰唰"写上自己的名字。

此时，一旁的所有人都在满脸歆羡地窃窃私语。

"天哪！这么多玫瑰！好浪漫啊！谁送的啊？"

"这还用问吗？肯定是追求者喽！果然美女的待遇就是不一样，开机第一天就有人送花！还是一整片！"

这时，宁雪落的小助理崔彩静状似不经意地说了一句："看着这么多，其实也花不了多少钱！"

话音刚落，突然又有人过来，说要找宁夕。这次没那么夸张，来人只小心翼翼地交给她一个小盒子。

所有人都八卦不已地探着脑袋偷看着，这次又是什么？

宁夕满脸狐疑地打开，只见里面躺着闪闪发光的一枚大钻石，附带一张纸条，纸条上写着四个字：好久不见。落款是：YS。

盯着那两个字母，宁夕的脸色更难看了。

这一个两个的商量好了吗？她不过是想低调点，怎么就这么难？这短短半天工夫，又是鲜花又是钻石的，整个剧组都已经炸锅了。

“我的天哪！那颗钻石也太大了吧！”

“宁夕的追求者好疯狂！”

这次崔彩静终于说不出话了，只不甘心地嘀咕了一句“谁知道真的假的”。

而宁夕跌坐在椅子上，满脸生无可恋。该来的总会来，躲也躲不掉……没办法，宁夕只能去跟导演道歉：“抱歉郭导，给剧组添麻烦了……”

郭启胜倒是不在意，笑呵呵地摆摆手道：“窈窕淑女，君子好逑嘛！这有什么！没事没事！再说我们不还蹭了你的花嘛！”

不远处，宁雪落表面上脸色淡定，实际已经恨得快把牙都咬碎了。

怎能不嫉恨，当初那个土得掉渣的乡下丫头，如今居然如此让男人疯狂，可以轻易得到她要费尽心机才能得到的东西……

趁着下一场戏还没开始，宁夕迅速找了个角落拨了一通电话。

“喂，亲爱的，东西收到了吗？”手机那头的声音很是悠闲。

“江牧野！你成心的是不是？”对比起来，宁夕就火暴多了。

“啧啧，你还是第一个收到我的玫瑰不谢我的！”

“少跟我转移话题！你到底想怎样？”

“没想怎样啊，就是提醒你来机场接我啊，你已经答应过我了哦！”

“你还敢让我去接你，就不怕我带把四十米的砍刀过去砍你吗？”宁夕强压着打人的欲望。

“你这是要反悔？”手机那头的声音一冷。

“我去接你的前提是你借我八百万，但是现在我已经不需要了，不是发信息跟你说过了吗？”

“我不管，反正你已经答应过我了，虽然最后没借成，但你一开口我就同意，还是这么大笔钱，这份情意总不假吧？你不是最讨厌欠人人情吗？这份人情就不是人情？”

宁夕扶着额头，青筋跳动：“你送花坑我的事情我就不提了，但你明知道你下个月回国的消息已经透露出去了，到时候机场全是你的粉丝还有媒体！我怎么去接你？江牧野，你不就被我甩了一次？至于这么整我？”

“我有吗？我这可是免费给你出名的机会，多少小明星求都求不来！”

“不需要！”

“好啊！你不来是吧，你不来我就告诉全世界的人你把我甩了！反正我也不在乎丢脸了，我要让大家给我讨个公道！”手机那头的人一副死猪不怕开水烫的语气。

“你……”宁夕肺都快被气炸了，这辈子她做过最傻的事情就是招惹了江牧野这个祸害。

小样，还以为我对付不了你了？

宁夕的嘴角缓缓勾起，轻笑一声：“行，去接你是吧？到时候你可别后悔！”

江牧野这边其实倒还好，他就是第一次被人甩，心里不痛快想找事，等他闹够了也就罢了，最让她头疼的还是送钻石的那个妖孽。算了算了，不管了，兵来将挡水来土掩吧！

“宁夕，有人找——”

宁夕刚从角落里出来，就听到场务小李的催命夺魂音，吓得她恨不得拔腿就跑。

这又是谁啊？还没完了！

剧组众人顿时都来了精神，这次难道还有更劲爆的？

角落里，崔彩静神情不屑：“这些暴发户就只会砸钱！也太没品位了吧！”

“小夕小姐，您、您好！”这次来的是一个怯生生的小姑娘，见宁夕脸色不好，还以为自己做错了什么，正满脸忐忑。

面对这样一个女孩子，宁夕再有火也发不出来了：“没事，你找我有事吗？”

“我是来送东西的。”那个小姑娘说着打开一个白色的像保温箱一样的东西，里面顿时冒出层层沁凉的白气，然后就看到里面放着红、黄、绿三瓶果汁一样的东西。

“这是？”宁夕嘴角微抽，宫斗戏看多了，第一反应是不会有人想毒死她吧？

“这是我家孙少爷亲手榨的，有西瓜汁、柳橙汁，还有绿豆汤。”小姑娘回答。

“你家孙少爷是谁？”宁夕狐疑，努力回忆自己招惹的人里面有没有一个什么爱榨果汁的孙少爷。

小姑娘示意她看瓶身上贴的纸条。

宁夕揭下来一看，只见上面写着一个英文单词：Fighting，后面还画了一颗爱心。

宁夕都能想象出对方画这颗爱心时害羞地抿着小嘴的样子。

“是小宝啊……”宁夕的目光刹那温柔，乱七八糟的心情一瞬间就平静了下来。

原本她最担心的就是她刚起步，如果太高调，会惹来不必要的麻烦和闲言碎语。现在想想，干吗要在意那些不在意她的人的目光呢？在这一行如果时时在意别人的目光，她还不得累死？

当年她就是因为太在意那些所谓名流、贵族鄙夷的目光，太在意所谓的亲生父母的态度，太在意苏衍的想法，才活得越来越自卑，越来越失去自我。这样的道理她早就明白，竟一时心烦乱了阵脚。

她做好自己，问心无愧便好，总有一天她会用实力证明自己。

“东西你放下吧，帮我谢谢你们家孙少爷！”宁夕说着掏出手机给小宝发短信。

剧组的人看似在各忙各的，其实全都在盯着宁夕那边，都好奇这次送过来的又是什么。结果他们好像看到了三瓶……果汁？

第一次送的玫瑰宁夕看上去很为难，第二次送的钻石看宁夕的样子似乎也不怎么惊喜，可这次宁夕却一副幸福的表情，还在开心地发短信。

众人纷纷感叹——

“哎呀，果然这年头对美人用钱都不行了，用心才最有用！”

“是啊，没听小姑娘刚才说是人家亲手打的果汁吗！多甜蜜啊！”

“我赌送果汁的这位最后能得美人心！”

“那我赌钻石好了！”

“为啥没人赌送花的？”

……

喝完果汁和绿豆汤之后，宁夕满血复活，继续上场。

与此同时，正在家里休假陪儿子的陆霆骁手机叮的响了一声。提示有一条新短信，来自宁夕。

陆霆骁点开，然后微微勾起嘴角。

“宝贝，谢谢你的果汁和绿豆汤，超级超级好喝！撒浪嘿哟！”

陆霆骁自顾自地看了许久，才招手叫正一动不动看着窗外发呆的儿子：“小宝，过来。”

小宝不搭理他。

陆霆骁轻叹一声：“有你小夕阿姨的短信。”

小宝火箭一样蹿了过来，跳着要去够手机。

陆霆骁将手机举高：“给你看可以，叫一声爸爸。”

小包子满脸抗议，拒不合作。

直到儿子急得快哭了，陆霆骁才终于心软把手机递给他。

看着心满意足抱着手机一个劲看的儿子，陆霆骁面色忧虑。大概是因为这世间极少有让他烦恼的事情，所以上帝才将小宝送来他的身边考验他吧。

小宝非常聪明，六个月就会说话，虽然性子喜静说得不多，但自从那件事之后，他再也没有开过口。

小宝的童年他错过了太多，等他想要弥补，却发现太迟了。也不知道哪天才能听到他再次叫自己一声“爸爸”……

小宝盯着手机看了半天，好像有什么地方看不懂，然后凑到了爸爸跟前，小手指着“撒浪嘿哟”几个字，大概是问他什么意思。

“语气词，没什么特殊意义。”陆霆骁一本正经地回答。

“噗——你没文化不要教坏小宝嘛！‘撒浪嘿哟’是韩语‘我爱你’的意思好不好！”陆景礼蹦跶着跑过来，手里还摆了一个爱心。

小宝闻言给了爸爸一个鄙夷的眼神，然后跑了，继续榨果汁去了。

陆霆骁会十二国语言，若是宁夕直接写韩语，他自然认识，但写成这样，他肯定不懂了。

“你不用上班？”陆霆骁冷睨了陆景礼一眼，一副老板管手下的表情。

陆景礼立即满脸亢奋地搬了个椅子坐到他跟前：“BOSS，我有非常重要的事情跟你汇报！”

陆霆骁懒得开口，一副“有话快说”的表情。

陆景礼挥舞着双手，激动不已：“你知道我刚得到了什么消息吗？今天有小夕夕的爱慕者去剧组给她送了礼物！”

“那是小宝给她送的果汁和绿豆汤。”陆霆骁一脸淡定。

“我知道啊，但在咱小宝给她送东西之前，还有人也给她送了，而且是两个人，一个送了整整一个片场的红玫瑰，一个送了一颗大钻石！”

陆霆骁的脸色渐渐冷了下来，炎炎夏日，很是解暑。

“查到是谁了吗？”陆霆骁一脸严肃。

陆景礼敲敲桌子：“这就是我要跟你说的重点，以我的关系网，居然愣是没查出那两人是谁，看样子只能等他们再次出手才有机会查了。”

大魔王现在的目光就已经十分凶狠了，他还能等到他们再次出手？

陆霆骁当即拨了一通电话，语气冷得跟冰川上吹来的风一样：“程锋，帮我查两个人。”

陆景礼一脸惊叹：“哇哦，连程锋都出动了啊！”

他哥的亲信自然不是他的关系网可比的，一点蛛丝马迹也能挖到你的老底。

“哥，我早就跟你说了，宁夕的过去不简单，现在你信了吧？我看你还是顺便让程锋把宁夕也好好查查清楚吧！”陆景礼语重心长地建议。

“没必要。”每个人都有自己不想示人的过去，她不想别人碰触的那部分，他不会动。若她想告诉他，自然会自己告诉他。

下午六点，拍摄终于结束。

今天的主要戏份全都是男主角和女主角的，宁夕没什么镜头，但还必须出场当布景，做足了一整天的花瓶。做花瓶也是很累的，背负着那么一身行头，她脖子都快要断了，身上也捂出了一身痱子。

换好衣服卸了妆后，她戴上口罩，准备去坐地铁。她现在又不红，没什么人认识，坐地铁很方便，还不会堵车。

正往车站的方向走，一辆黑色的玛莎拉蒂在她身旁停下。车窗降了下来，苏衍微笑地看着她：“小夕，我送你吧！”

宁夕心想：怎么又是前男友，还能不能让她消停一会儿？

“不用了。”宁夕径直往前走，不想面对这张让她作呕的脸。

苏衍却缓缓开车跟着她，不肯离开：“小夕，我们谈谈好吗？”

宁夕冷笑：“我跟你有什么好谈的？你是嫌我今天绯闻还不够多吗？想被人拍到再送他们一条更大的？”

苏衍蹙眉，有些不适应曾经对自己千依百顺的小女孩竟这么一副冷言冷语的态度：“小夕，我不是这个意思，我是真的有重要的事情找你！”

再这么跟他在马路上纠缠下去，恐怕真要被拍到了。他的车这么显眼。

宁夕左右看了看，确定没人，便迅速拉开车门上了车。

半个小时后，某饭店包厢。

苏衍叫来服务员点了一堆菜，大部分都是她喜欢吃的：“小夕，好久不见了，也不知道你口味有没有变，这些年你在国外还好吗？我给你打了钱，可你全都退了回来，最后连账号都换了……”

“有事说事。”宁夕撑着脑袋，埋头给小宝发短信，告诉他自己要晚点回去。

苏衍无奈，推了一张支票到她跟前。

宁夕眼角余光瞥了眼那张八百万的支票，双眸微眯：“什么意思？”

苏衍目光严厉：“小夕，别做让自己后悔的事情。”

宁夕放下手机，似笑非笑地看着他：“哦？你倒是说说，我做什么了？”不等苏衍回答，她双臂环胸靠在椅子上，漫不经心地继续问，“你认为我是怎么来的？”

苏衍似是忍无可忍，用力一拍桌子：“宁夕！为什么你非要蹚娱乐圈这浑水！”

“呵，我这样的女孩……”宁夕轻笑，“不知道苏少爷今天是以什么样的身份来跟我说这番话？”

若是当年的她，此刻听到这番话估计会歇斯底里。当年苏衍口口声声不希望未来的妻子进娱乐圈，可轮到宁雪落却全力支持，事到如今竟还在这里对她的人生指手画脚。

“小夕，即使分手了，我也一直把你当成妹妹，我只是想帮你而已，你能不能不要这么倔？你拿着这些钱跟星辉解约，离开娱乐圈吧！”苏衍苦口婆心地劝。

“呵，帮我？”宁夕懒散的目光陡然变得冰冷刺骨，“说起来，我倒确实有个忙需要苏少爷帮呢！希望苏少爷能帮我告诉宁家的人真相，在法庭上指证宁雪落污我清白，这个忙，你帮吗？”

“小夕，我……”苏衍脸色煞白，“如果我这么做，雪落就完了……而且当年雪落顶多算未遂，你进错了房间，后来你跟其他人……”

尽管是意料之中的回答，宁夕的心脏还是抽痛了一下，满脸嘲讽道：“所以你的意思是，当年你们什么错都没有了？都是我的错！”

苏衍蹙眉：“小夕，我不是这个意思！这件事我跟雪落都已经跟你道过歉了，这么多年也一直在尽量弥补你，为什么你就是不能释怀？”

宁夕拿了包站起身：“呵，你让我释怀？等你的雪落发生同样的事了，你还能跟对方乐呵呵地握手言和，再来要求我吧！”

苏衍倏忽变了脸色：“宁夕！你怎么能说出这种话！”

“哟，我不过是口头说说你就这么心疼，事情不发生在自己身上不知道疼是吧？指望我原谅你们？我没那么圣母！”宁夕扔下一句，就大步离开。

真够倒霉！就不该跟苏衍啰嗦的，恶心得她今晚饭都吃不下去了。赶紧回家抱抱小包子治愈下。

宁夕刚走到陆宅门口，就看到一只白乎乎软萌萌的小包子一路朝着自己跑过来。看样子是一早就趴在窗口等着她了。

宁夕果然瞬间被治愈，照例亲了一下小包子的脸。

“宝贝，你吃过没有啊？我发了短信让你不用等我乖乖吃饭的，有没有听话？”

小包子点点头。

“真乖！”宁夕又亲了小包子一下表示奖励。

“你先自己玩啊，阿姨上去换个衣服洗个澡！”

小包子点头。

两人手拉着手一起朝着大门走去。

二楼窗口处，看着窗下的一幕，陆霆骁的脸色颇有些惆怅，他从来不知道自己居然是这么善妒的人。他竟然连儿子都开始嫉妒了。

宁夕一回来就亲了儿子，还是两下，而他只能远远看着。

回到自己的房间后，宁夕做的第一件事就是脱内衣！

大夏天的，戴这玩意儿简直是酷刑好不好？她伸手解开后面的扣子把内衣往外拉，拽到一半的时候，“吱呀”一声，身后的房门被人推开。

“宁……”陆霆骁刚说出一个字便愣住了，手依旧保持着推门的姿势，错愕地看着屋内的情形。

宁夕保持着那个别扭的姿势，拽出来不是，塞回去也不是，真是无比悲催。更悲催的是，今天她穿的内衣上印了一个三角形的超人标志，非常显眼。

陆霆骁显然是注意到了，眉峰极细微地上挑了一下，但很绅士地没有表示出更多的震惊，轻咳一声道：“抱歉，我看门没关……”他说完便准备退出去回避。

“没事没事，我的错，是我忘关门了！”宁夕故作淡定地直接把衣服给拽了出来，塞到了被子下面，用手扇了扇风，“咳，大夏天的太热了，属于女人的烦恼你们男人是不会懂的！那个，你找我有事吗？”

“怎么这么晚回来？有约会？”陆霆骁状似不经意地问。

“什么约会啊！遇到一个特别讨厌的人，就随便聊了几句！”宁夕一脸晦气地咕哝。

听这语气肯定不是约会了，陆霆骁脸色稍缓："给你留了饭菜，洗完澡下来吃。"

"其实吃饭的问题我可以自己解决的……"宁夕不好意思道。

"不多你一张嘴。"

"好吧。"

陆霆骁走后，宁夕赶紧把门给反锁上了。一时没反应过来不是在自己家里，居然犯了这种低级错误，以后必须得注意了。

洗完澡吃完饭后，宁夕舒舒服服地窝在床上开始上网刷新闻，小包子则趴在桌上，抱着本大部头在啃。

"宁雪落当众表白高富帅男友，赵影帝当场醋意大发"。

"宁雪落盛赞小师妹宁夕美貌与实力并存"。

"宁夕当之无愧娱乐圈第一美女，碾压贾青青"。

"《天下》开机仪式孟长歌艳压群芳（图）"。

"《天下》开机第一天，宁雪落高富帅男友体贴探班"。

"细数新晋小花宁夕的追求者，开机第一天红玫瑰堆满片场（组图）"。

……

看到这里都还算正常，但后面就越来越不对劲，用词也越来越夸张。

在片场的时候宁夕就已经早有准备，所以现在看到这些还算平静。她知道，就算今天没有江牧野和 YS 的事件，她这样的形象、定位也迟早会招上这些绯闻。那些八卦新闻全都是用模棱两可的字眼，也没有确凿的证据，怕就怕一件事情次数说得多了，不管真的假的，都会让人信以为真。

"需要帮忙吗？"耳边传来陆霆骁的声音。

宁夕抱着笔记本电脑爬起来，托着下巴笑道："陆大 BOSS，你要给我'开挂'啊？"

"有何不可？"陆霆骁分别递给她和小宝一杯牛奶，"你那杯是低脂的。"

"谢谢！"宁夕受宠若惊地接过杯子，开口道，"谢谢你的好意，不过不必了，我相信时间会证明一切。"

"我相信你。"陆霆骁说。

宁夕怔了一下，然后无奈扶额："陆霆骁，有没有人跟你说过，你真的很会讨好女孩！"

"讨好女孩？"陆霆骁眼里划过一丝狐疑。

"嗯……"

陆霆骁闻言眸子里漾起一丝笑意："很高兴你的评价，这说明你有被我取悦？"

话音刚落，气氛立即变得暧昧。

宁夕顿时双颊一热，心中懊恼，叫你嘴贱！叫你嘴贱提这个危险的话题！

还好陆霆骁每次都是见好就收："我去书房看文件，你们俩记得早点休息。晚安。"

宁夕："晚安！"

小包子虽然没说话，但包子脸上明显写着"快走，别打扰我跟小夕阿姨"。

第二天早上，宁夕离开后，陆霆骁不放心地给陆景礼打了个电话。

"剧组那边派个人盯着。"

"哥，你担心有人欺负嫂子啊？其实这些都是成名路上必须经历的，让她锻炼锻炼有好处！不经历这些，以后哪能独当一面！"陆景礼学着陆霆骁平时教育自己时的语气。

陆霆骁："她不需要。"言外之意，有他护着。

对于亲哥的区别待遇，陆景礼心头一阵凄凉。心想，当年你二话不说就把小爷踢到盛世那个烂摊子，还不许任何人帮我的时候，你可不是这么说的。

"行行行，我这就派个人去盯梢，保证她一根头发都不会少！"

"下个月给你一周假期。"陆霆骁突然说。

"啥……哥你刚才说啥？"陆景礼以为自己出现了幻听，"你居然要给我假期，还是整整一周！你都三年没给我放假了啊！"

"不想要？"

"要要要！当然要了！可是……为什么突然对我这么好啊？"陆景礼百思不得其解，把自己刚才说的话仔细回忆了一遍。最后觉得，问题应该是出在两个字上面——嫂子。

就因为他叫了宁夕一声"嫂子"？这个假期真是让他又开心又心酸……

"大少爷，秦医生来了。"书房外传来女佣通报的声音。

女佣旁立着一个身材修长的男人，一身简单的休闲装，长相温润，笑容如沐春风，看上去很有亲和力。

陆霆骁挂了电话，转身看向来人："来了，坐。"

秦沐风放下手里的包，在沙发上坐下："怎么了？小宝的状态不好？"

"你可以自己去看，他在厨房。"陆霆骁回答。

"厨房？"秦沐风挑眉，然后起身踱步去了厨房。

片刻后，秦沐风回来了，笑道："小宝什么时候多了个榨果汁的爱好？而且我看他貌似心情挺不错！是发生了什么事吗？"

"这段时间确实发生了一些事情。几天前，我工作太忙没顾得上小宝，结果景礼偷偷把他带去了酒吧……"

陆霆骁简单跟他解释了一番。

秦沐风听得脸色变了又变，最后欣喜道："小宝这算是因祸得福了！我之前就说过，小宝现在的状态无欲无求，如果能有一个让他感兴趣的驱动力，对他的病情会大有帮助，更何况现在还是个大活人！你没把那女孩子留下来给小宝做保姆或者做家教？"

陆霆骁："她会是小宝未来的母亲。"

"咳咳咳……"秦沐风惊讶地看着陆霆骁那张面无表情的脸，"你说什么？你是为了小宝，还是你自己……"

陆霆骁冷漠的表情似有融化，看着窗外，缓缓道："秦医生，我想你之前的结论是对的。"

"你……你喜欢上这个女孩了？"秦沐风闻言激动不已，"我就说我的判断不会错，你怎遇不到喜欢的人呢！快跟我说说具体是什么情况，你看到她会心跳加快血液沸腾想接近她吗？"

陆霆骁垂眸认真思索了一会儿，然后点头："基本正确！"

曾经他问过秦沐风，喜欢一个人是什么感觉，秦沐风说，等你遇到那个人你就知道了。当时他觉得这话太虚无，等遇到宁夕后才知道，是真理。

"真是恭喜你！"秦沐风由衷地跟老朋友道贺。

五年前的陆霆骁，对任何亲密关系都没有兴趣。为了他这个毛病，五年前他母亲甚至撺掇着陆景礼把他灌醉……

"这算是双喜临门吧，什么时候喝你的喜酒？"秦沐风揶揄。

"正在努力。"提及这个问题，一贯无往不胜的陆霆骁脸上难得出现一丝不确定。

秦沐风惊讶："居然是现在进行时，我还以为陆大总裁出马肯定是过去完成时。能让你看上的女孩子果然不一般！所以你这次找我来，是想让我教你怎么追女孩子？虽然实践经验比不上二少，但理论经验我还是很丰富的！"

为什么所有人都想教他追女孩子？

陆霆骁脸色微黑："这个就不劳烦了，找你来主要是想确定下她的出现对小宝的影响。"

玩笑过后，秦沐风开始说正事："是这样的，任何事情都有两面性，这件事虽然是件好事，但你之前也说了，小宝为了见她，把家里都给砸了，所以重点还是要看你怎么引导。不管你是出于私心还是什么，把她暂时留在家里的对策就挺正确的。下一步我建议你请那个女孩帮帮忙，多带小宝出去走动走动，甚至等时机成熟了还可以送他去上学，让他一步步过上正常人的生活。这件事我花费了两年都没办到，说不定她可以……"

"知道了，我会试试。"

## 第二章
## 调虎离山

影视城。

宁夕刚一进片场，周围窃窃私语的声音立即停了，所有人都目光异样地看着她。看来是那些八卦新闻已经传开了。

角落里，有人阴阳怪气地嘀咕：“什么啊，一个新人而已，居然这么晚才来，没见宁老师都这么早就到了吗？”

其实宁夕今天来的时间没有任何问题，而是宁雪落来得太早了。

“宁老师，您和宁夕在一个公司，网上传的那些八卦是不是真的啊？”

“还有人说她为了这个角色要了很多小手段呢！”

“太不要脸了吧！这种非正当竞争星辉不管的吗？”

面对众人的追问，宁雪落的脸上浮现着淡淡的无奈，叹道：“各凭本事罢了，公司不会管的……”说完突然意识到自己说错话似的补充道，“我的意思不是小师妹真的做了那些事，网上传言不能信的！”

然而，此刻再说这句话就跟欲盖弥彰似的，众人更加肯定那些事是真的了。

直到导演过来催促大家各就各位赶紧开工，闲聊的人才散去。

宁雪落脸上纯真无辜的表情也瞬间退去，叫来一旁的助理，低声询问：“让你办的事情怎么样了？”

“雪落姐你放心，已经做好了！你不是说她金属过敏吗？我趁着没人注意在化妆师的粉扑里放了金属粉，保准她整张脸都花掉……”

今天宁夕要拍的是一场跳舞的戏，不同于昨天厚重的宫装，今天的衣服很轻薄，总算是可以缓口气了。

进了化妆间，宁夕愣了一下，没想到会看到贾青青。她还以为贾青青不会来了。

之前贾青青试镜女二号被刷了下去，导演便邀请她演女三号贤妃。女三号也是个祸国妖妃，只是戏份比宁夕少多了，而且在戏里面被宁夕折磨得很惨。虽然经纪人帮贾青青接受了邀请，但她本人极其不满，开机仪式都没有出席，甚至一度传出要弃演。

宁夕估摸着她大概是听到剧组又多了笔大投资的风声，今天还是乖乖来了。毕竟是投了这么多钱的大制作。

贾青青正在化妆，从镜子里看到宁夕后立即横眉冷目，丝毫不掩饰对她的厌恶。

跟宁雪落一样，贾青青家境不错，所以在片场一向嚣张跋扈，风评极差，不过她的团队厉害，把她的性格找补成了快人快语真性情，还给她打造了一个娱乐圈第一美人的噱头。

所以，对于抢了她的角色，又抢了她名头的宁夕，贾青青自然是恨之入骨。

“哟，这不是我们的娱乐圈第一美人吗？那么多人捧你，还跑来跟我们这些小艺人挤一个化妆间？”贾青青满脸恶毒地嘲讽。

宁夕老神在在，径自找了把椅子坐了下来，开始看剧本，丝毫没有被影响。

她这个人有个特点，一旦到了片场，就全副心思都放在工作上，任何人任何事都别想影响她的状态。

“宁夕你什么意思，无视我吗？”贾青青啪地摔了手里的梳子。

宁夕继续看剧本，好像压根没听到。

这时，一旁的化妆师看不下去了，轻咳一声道：“宁夕戴着耳机呢，估计是没听到！”

贾青青这才看到宁夕塞在耳朵里的两个小小的白色耳机，顿时有种一拳砸到了棉花上的感觉。

谁知道她是没听到还是故意的！

宁夕当然是故意的。早在一看到贾青青的时候，她就立即拿出了耳机塞上，装听不到。因为这种情况下，只要起了冲突，不管谁对谁错，都对她没好处。现在多省事！

“贾小姐，已经好了，您满意吗？”化妆师的语气小心翼翼，显然也知道这位主不好相处。

“不满意！给我重画！”贾青青看都没看一眼就说道。

“不知道是哪里不满意呢？”化妆师问。

“哪儿都不满意！”

化妆师顿时脸都僵了，但也只能乖乖地给她卸妆重画。

贾青青见宁夕完全无视她，心里的火更大，便不停地找化妆师的碴。

化妆师不敢给贾青青摆脸色，只能满脸怨气地看了眼角落里的宁夕。她也清楚贾青青针对的是宁夕，她只是被牵累的。

除了男主角和女主角有单独的化妆间，其他人都是共用一间，所以贾青青不画好，宁夕只能在那儿干等着。

最后，直到贾青青的经纪人进来催了，贾青青才终于不情不愿地离开，临走前也不忘狠狠瞪她一眼。

要给宁夕化妆的时候，化妆师把东西摔得砰砰响，冷着脸大声喊：“宁夕，过来上妆了！”

宁夕放下剧本走过去：“麻烦您了。”

化妆师正要不情不愿地给她上妆，宁夕在她的化妆工具上扫了一眼，突然抬手隔开她。

“你干吗呀？”

宁夕态度谦和道：“Amy 姐，我可以用我自己的化妆品吗？因为我的皮肤比较敏感，用其他的牌子可能过敏……”

“不行，没这规矩，画出来的效果不好你负责？你昨天不是好好的吗？”Amy 满脸不耐烦，一副她事多的表情。

宁夕从包里摸出一个红色的纸包，从下面悄悄覆上 Amy 的掌心：“Amy 姐，拜托您通融通融，毕竟我们这一行是靠脸吃饭，我也是以防万一……”

Amy 捏了捏红包的厚度，轻咳一声，状似不情愿道：“好吧！可回头要是画出来导演说有问题，你负责！”

“那是当然，绝对不会连累 Amy 姐的！”

这个圈子里哪有永远的敌人，收到大红包的 Amy 立即心情好多了，给宁夕化妆的时候也多用了几分心，最后的效果比昨天还好。

化妆师离开后，宁夕双臂环胸上上下下打量了一遍今天要穿的戏服，然后从包里掏出一大块磁铁，安检似的仔仔细细地顺着衣服过了一遍，过完之后把鞋子也过了一遍。

还好，都没什么问题。

宁夕把磁铁装回去，啧啧咋舌，心下暗道，真不专业啊！这衣服里应该缝一根小针，刺得你到处疼，你又找不到问题到底在哪里；这鞋底里应该嵌个小图钉，平时走路没感觉，一旦动作一大，那绝对酸爽……比起一直被保护不食人间烟火的宁雪落，她可是在圈子底层摸爬滚打了很多年，看得多了，怎么可能连这点小把戏都揭不穿。

虽然化妆品她刚才没法检验，但宁雪落知道她的皮肤对金属过敏，八成会在这上面做文章。

宁夕换好衣服后，导演给她请的舞蹈老师已经在外面等着了，拍摄其他人的戏份时，宁夕便跟在老师后面学舞蹈动作。

等那边拍完了，导演走了过来查看成果：“宁夕，学得怎么样了？我看你资料上写你有学过舞蹈，所以觉得半天应该差不多了，要是不行可以多给你几天时间。”

“应该没问题了吧……”宁夕也不好把话说得太满。

郭启胜看向舞蹈老师：“郑老师，你觉得怎么样？”

舞蹈老师呵呵笑道：“待会儿您自己看就知道了！”

“好，那咱这就开始！”

第十三场：德妃醉舞。

出场人物：皇帝，德妃，贤妃，秀女、妃子、太监、龙套若干。

最近刚选秀，进来了一大批鲜嫩的少女，皇帝召集了一干秀女、宠妃在寝宫饮酒作乐。

皇帝一心在新人们身上，甚至连最受宠的德妃也遭到了冷落。

在德妃之前，最受宠的是贤妃，贤妃此刻见德妃也遭了冷落，满脸幸灾乐祸："在这后宫里，向来是新人笑旧人哭，她以为自己有几分姿色，皇上的心就能一辈子在她身上？本宫倒要瞧瞧她还能得意几天！"

大概是因为德妃是宁夕扮的，演技一向不怎么样的贾青青扮演的贤妃，这次竟演得挺不错，看得导演很是满意。

宁夕斜倚在贵妃椅上饮酒，四周热闹喧嚣，她却仿佛身处在另一个世界。

烈酒顺着她殷红的唇滑过秀美修长的脖子，滚入衣襟……

那画面极美，看得现场的人全都目不转睛。

摄像师特意拉近镜头给了一个特写。

"风卷江湖雨暗村，四山声作海涛翻……"宁夕一边醉意朦胧地念诗，一边摇摇晃晃地站起来。

下一秒，她"咣当"一声扔了酒杯，脚步凌乱地开始起舞："溪柴火软蛮毡暖，我与狸奴不出门……"

那细腰软得似柳枝，一弯到底，然后又猛地弹起来，朦胧的轻纱随风起舞，目光流转间媚眼如丝。

"僵卧孤村不自哀，尚思为国戍轮台……"她直接拿起桌上的酒壶，一饮而尽。

那令人眼花缭乱的动作与其说是舞步，更像是战场上的战舞，瞬间从妖精化作了征战沙场的将军，比方才还要令人惊艳。

德妃的真实身份是女将军孟长歌，孟家世代为国征战，最后却落得个满门抄斩的下场，只剩下她一人。她潜入深宫，不仅要报仇，更要颠覆这天下……

不远处，皇帝丝毫没有意识到危险，他沉浸在美色中，端着酒杯迟迟不动，直接看呆了。

看到皇帝眸子里重新燃起的狂热和痴迷，贤妃和一干新人、宠妃们都是满眼嫉恨。

"夜阑卧听风吹雨，铁马冰河入梦来……铁马冰河入梦来……铁马冰河入梦来……"

最后一句，宁夕念了三次，一次恍惚，一次悲怆，最后一次是尘埃落定的坚决。

话音刚落，她便妖娆地倚在了皇帝的怀里蛊惑君心，继续坚定她的复仇之路……

一幕戏结束，导演差点忘了喊"咔"。

"咔！非常好！"郭启胜率先鼓起掌，"宁夕的舞不错，很专业，最难得的是全程表达出了我想要的那种东西。大家的表情也都很好。老冯你就不用说了，难得的是青青，刚才那个表情非常到位！"

贾青青脸色黑如锅底，能不到位吗，她那是真真切切的嫉恨。

皇帝的扮演者冯亦博是个老戏骨，皇帝专业户，合作过的美女无数，此刻也忍不住笑道："郭导，刚才我那是真呆了，可不是演的！"

"我早说过小师妹很有实力了！"旁观的宁雪落也跟着夸赞，实际却已经快把牙齿都咬碎了。

刚一散场，宁雪落就把小助理叫到了一旁质问。

"怎么回事？这都一上午了，一点反应都没有！"

小助理满脸惊慌："我亲手放进去的，而且在腮红、眼影、高光粉里都放了一点！会不会是时间还没到？"

宁雪落瞪了她一眼："不可能，她如果碰到这些东西，半个小时内就会开始起小红点！"曾经她还用这个方法让宁夕在生日宴上出了丑。

"那……只可能是她压根没有用那些化妆品了……"小助理弱弱道。

"废物！"

宁雪落强压下怒意，这次是意外而已，反正以后还有的是机会，或许都不用等她动手，刚才贾青青看宁夕的眼神都快恨不得把宁夕吃了。呵，宁夕，你以为这个角色是这么好拿的？

这次宁夕虽然证明了她的演技，但她的名声却丝毫没有挽回，反而因为她表现太好，更让人觉得她狐媚，他们甚至认为这不是演技，而是她本色出演。

导演担心她心态不稳，临走前跑去安慰她："宁夕，别急，下个月你的男二号就进组了，好戏还在后头呢！"

宁夕苦笑："导演，我家男二号的扮演者到底是谁啊？你从开机就一直瞒着，一点风都不透，为了噱头不告诉媒体也就算了，难道连我们也不能说？"

"不能说，万一你们说漏嘴怎么办？反正我能告诉你的是，男二号是个大咖！"郭启胜一脸神秘。

一旁的贾青青路过听到这话，满脸不屑地嘀咕："一个男二号而已，能是什么大咖？再大的咖能有影帝赵思洲大吗？雪落姐你说是不是？"

宁雪落笑了笑，没说话，显然内心也觉得导演在夸大其词。

宁夕没理睬贾青青的嘲讽，黏在郭启胜后面追问："那帅不帅呀？这个总能说吧？剧本里的男二号可是个帅到让全华都的千金小姐都装病的神医呢！"

她在戏里跟男二号有不少亲密戏份，不仅要对男二号各种调戏，亲亲抱抱更是家常便饭，所以难免要多关心下。

"当然帅，包你满意！到时候你别激动得晕过去就好！"

"真的假的，郭导你可别骗我！我会当真的！"

日子一晃而过，转眼就到了八月，宁夕在陆宅已经住了两个星期，跟小宝的关系越来越好，在剧组的进程目前也还算顺利。

宁雪落和贾青青结成了联盟，隔三岔五玩一次小把戏，虽然全都被宁夕一一识破，不过每天这样防着还是太累了，她准备找个适当的时机一劳永逸地解决。

说来有些奇怪，宁夕总觉得剧组里似乎有人在暗中帮她，好几次她有所遗漏的情况下，都得到了很微妙的提示。大概是有人看不惯贾青青嚣张跋扈的作风吧，宁夕也没多想。目前让她最头疼的事情，莫过于今晚要去机场接某个烦人的家伙。

今天一天在剧组的时候，她就被一个接一个的电话提醒了足足十几遍。

收工后，宁夕先回了一趟陆宅，她要回家拿装备。

“回来了。最近新开了一家不错的火锅店，晚上带小宝一起去吃？”陆霆骁坐在沙发上看报纸，见她回来，一副无比自然的语气询问，就像是询问妻子。

宁夕为自己这样的想法惊了一下，明明才半个多月的时间而已，她竟然已经如此习惯跟陆霆骁这样的相处方式。两个人带着小宝，好像真的是一家三口在过日子。

宁夕晃了晃脑袋，挥去那些奇奇怪怪的想法，为难道：“今晚恐怕不行，我马上要去机场接一个人，估计会很晚回来。小宝想吃火锅了？不然你带小宝去吃？”

“如果你不在，他不肯跟我出门。”

“咳……好吧，那下次我们一起吧！”

陆霆骁放下报纸，看向她，目光讳莫如深：“接朋友？”

“算是吧……”宁夕有些艰难地点头。

“男人还是女人？”

“呃……”这个问题就有点越界了吧？

宁夕不是没有感觉到陆霆骁对自己不同寻常的态度，但陆霆骁每次都是恰到好处地点到为止，她若表现得太过激，未免显得太自作多情。于是，宁夕就像听到了一个很普通的问题一样正常回答道：“男的！”

陆霆骁幽邃的眸子微不可察地眯了眯：“晚上回来吗？”

这话问得怎么越来越……

宁夕发挥演技，装作没有意识到这个问题的暧昧似的，若无其事道：“这个我还不确定，到时候给你打电话吧！时间快来不及了，我先上楼啦！”

今晚注定会有很多突发状况，而且万一她忍不住揍江牧野那小子一夜呢！

宁夕匆匆上楼拿了一个巨大的黑色挎包，然后飞快地抱住小包子亲了一口道别。

看着女孩飞奔而去的背影，陆霆骁的脸瞬间八月飞雪。

小包子除了宁夕，对外界的一切事物都不关注，包括他亲爹。此刻看着亲爹压抑阴沉的表情，却难得埋下头唰唰地在纸板上写着什么，然后伸出小手指戳了戳他。

感觉到手臂上小小的力道，陆霆骁垂下眸子，然后便看到儿子的写字板上写了一个问号。

“问我为什么不高兴？”陆霆骁挑眉，沉思似的顿了顿，然后幽幽道，“如果有一天你的小夕阿姨成了别人的，叫别人‘宝贝’，跟别人早安吻、晚安吻、告别吻，陪别人吃火锅，而你又不是她的什么人，连质问生气的资格都没有，你高兴吗？”

小宝呆了呆，然后瞬间一副天崩地裂的表情。于是某位亲爹终于平衡了些。

小宝泫然欲泣地抢过无良爸爸的手机，跟小夕阿姨告状。他给宁夕发了一个哭泣的表情包。

正在赶去机场路上的宁夕看到后，以为小包子因为吃不到火锅而难过，赶紧搜罗了一大筐甜言蜜语哄小包子：哎呀宝贝儿怎么啦，不高兴啦？不要难过啊，你一难过阿姨也会难过的！今天阿姨是因为真的有事，明晚一定陪你去吃火锅好不好？最喜欢宝贝的微笑了！

小宝看着宁夕的回复，顿时破涕为笑，还得意地把手机递给爸爸看。

陆霆骁瞥了眼宁夕发的那些甜言蜜语，受到了会心一击……

两个小时后，B 市机场。

尽管来之前宁夕已经有所准备，但还是被此刻的画面给震惊了。

“啊啊啊！江牧野！江牧野！江牧野！”

“老公看这里！老公我爱你！”

“牧野牧野你最帅！椰子永远支持你！”

“牧野牧野你最棒！椰子永远守护你！”

现场的少女粉最多，她甚至还看到了好几个阿姨粉。

“老婆们，安静点好吗？不要影响到他人哦！嘘！”

人群中一个性感的声音响起，粉丝们顿时噤声，满脸兴奋。

宁夕远远地躲在一根柱子后面看着，满头的黑线。这个杀千刀的，果然是想害死她！她这个时候出现去接他，还能活过今晚吗？还好她早有准备……

宁夕一溜烟跑到身后的洗手间，拉开一个隔间钻进去，打开那个巨大的黑色挎包，掏出工具，开始化妆。等再次从洗手间出来的时候，宁夕已经是个白发苍苍的老婆婆。

手机短信铃声响了起来。宁夕掏出手机一看，果然是江牧野发来的。

巫妖王：宁小夕！限你五分钟内出现在我面前，否则我就立即公布我们的关系！

宁夕最后检查了一遍自己的妆容，然后赶紧朝着人群最拥挤的地方跑去。

宁夕的神情是一脸的无助和焦急：“咳咳，让一让让一让……咳咳，各位好心的闺女，能让我老太婆看一眼阿野吗？”

“啊！大家不要挤啊！这里有一位年纪很大的老婆婆！”

“婆婆，你为什么要见我们牧野？难道你也是牧野的粉丝！”

“天！咱牧野不愧是老少通杀！居然连奶奶粉都有！大家快给婆婆让让路！”

“婆婆您多大了啊？”

宁夕佝偻着腰，捶着后背，连连道谢：“闺女，谢谢，谢谢你们！我八十了。我啊，特别喜欢这个小伙子，因为啊，他长得特别像我孙子！我孙子在很远的地方工作，我一年到头都见不到他几次面……”说着就开始抹眼泪。

“牧野！牧野！这里有一位你的奶奶粉！你见一见她吧！”

“是啊，见见她吧！很可怜的……”

在粉丝们的热情帮助下，宁夕很快就顺利挤到了里面。

人群包围的中心，江牧野用手指往后梳了下不羁的金色头发，摘下墨镜，俊脸上划过一丝狐疑：“奶奶粉？”

“是啊是啊！老人家都八十岁了！大热天的特意来机场看你！说是特别喜欢你，因为你长得很像她远在外国工作的孙子！”

粉丝的话音刚落，江牧野顺着人群让出的一条通道，看到了一个穿着灰扑扑的粗布衣服、拄着拐杖、满脸皱纹的老婆婆。

江牧野的表情一瞬间变得无比扭曲：“我……”他用尽最后一丝理智咽回了那个脏字，瞪着那个“老婆婆”的表情几乎想要把她给活活掐死。

当然，所有的这一切都发生在瞬间，粉丝们都没有发现他的异常。

“啊……孙子……乖孙子……奶奶好想你啊……”宁夕一个箭步扑到江牧野的身上，手上胡乱蹂躏着他的黄毛，哭得那叫一个肝肠寸断。

现场的小姑娘们看着这温馨感人的一幕，全都跟着哭得稀里哗啦，媒体记者按下快门的声音也是此起彼伏。

“宁小夕！你今晚给我等着！”江牧野在她耳边咬牙切齿地压低声音道。

“啊孙子，孙子！你怎么又瘦了啊！奶奶好心疼哟！”宁夕演得很是入迷，江牧野最重视的发型已经被揉成了鸡窝。

眼见着江牧野就要忍不住当场爆发，经纪人雷明赶紧出来解围：“咳，大家让一让，这位奶奶悲伤过度，身体有些虚弱，我们会负责送她回家！”

江牧野保持着温柔体贴的表情，却在暗中狠掐着某人的手，迅速离开机场。

黑色的保姆车里。

“乖孙子，你知道奶奶家住在哪儿吗？”

“宁夕，你再叫一声‘孙子’试试？”

“孙子！我就叫了怎样？”

“我……我跟你拼了！”

“来啊！我还就怕你不来呢！”

“啊！该死的女人，你真打！”

后车厢一阵哐哐乱响，前面开车的经纪人雷明一脸无语：“牧野，我早就说过你玩不过她的，偏不信，现在好了吧？明天的头条要从大美女接机变成老婆婆接机了……”

被宁夕反手拧住胳膊的江牧野满脸气急败坏：“闭嘴！”

雷明从后视镜里看着后面的战况，满头黑线地抽了抽嘴角：“宁夕，你轻着点行吗？算哥求你！他这个月还有一部戏、一支广告、一个杂志封面……”

“知道啦！明哥，我不打脸的……给我老实点！”

江牧野这会儿哪还有半点在机场时的英俊潇洒意气风发，正被绑着双手压在车座上挨揍，一脸颓废。

“宁夕……这可是你逼我的……”

宁夕揍得正欢呢，江牧野猝不及防地将绑着的两只手环到了她的脖子后面，然后用力往下一压……

看着眼前突然放大的俊脸，宁夕下意识地往后仰了仰，脸上挂着一丝漫不经心的笑：“干吗，打不过就用美人计啊？”

就在快要贴上对方的唇时，江牧野突然猛地别开头去：“呕……”

“哈哈哈……”宁夕笑得捂着肚子滚作一团，“来啊来啊！亲，往这里亲！奶奶今天这妆容是不是很美？”

看着宁夕的满脸皱纹和麻子，江牧野生无可恋地躺在那里。

宁夕终于笑够了，喘着气爬起来：“干吗呀，真生气啦？谁让你先陷害我的！还不准我报复回来啊？”

“浑蛋，这么久没见，你就一点都不想我吗？居然一见面就揍我！”江牧野满脸愤然地瞪她，眸底还有一丝丝委屈。

宁夕笑：“想啊，我之前在机场不就说了吗，奶奶好想你啊！”

为免被气死，江牧野终于放弃跟她的沟通，举起被绑的两只手，怒气冲冲道：“还不快给我解开，你哪儿来的这东西？”

宁夕摸了摸下巴：“这个啊，在淘宝上买的！打八折，只要九块九！”

担心两人又要打起来，雷明赶紧转移话题：“记者和粉丝已经甩开了，现在去哪儿？”

江牧野掏出小镜子拯救自己的发型，闻言头也不抬道：“回我城郊的别墅。”

宁夕立即直起身：“那你们把我在路边放下啊，我自己打车回去！”

“呵，你今晚还想跑？我看你还能往哪儿跑！”江牧野阴森森地咬着牙，按下中控直接把车门锁死了。

宁夕无奈，就知道会这样。

一路上，车子越开宁夕越觉得不对劲，这方向咋这么熟悉呢？

“江土豪，你在B市还有产业？你那别墅该不会是在铂金华府吧？”宁夕试探着问。

江牧野哼了一声：“是啊，怎样？现在才想来抱我大腿已经来不及了我跟你说！除非你叫我一声爷爷！”

宁夕这会儿有些失神。

这么巧，江牧野的别墅也在铂金华府？

不知为何，她的大脑突然开始嘟嘟嘟地报警，让她有种不太妙的预感……

车子开进大门后，宁夕随口问了一句：“江牧野，你住几号啊？”

“6号。”

宁夕闻言神色微惊，竟然是6号。

铂金华府的别墅也是分三六九等的，最好的无疑是陆大魔王所在的8号别墅，后面一大片湖泊、花园，还有私人高尔夫球场，占地面积最大。其次是隔壁陆景礼的7号别墅，跟7号规格相同的是6号。

6号的主人是谁，之前一直没人知道，没想到竟然是江牧野这家伙。

见雷明要往右边开，宁夕下意识地开口提醒：“明哥，别走这边，这边路不通……”

“你怎么知道这边路不通？”江牧野立即问。

宁夕心里咯噔一下，面上镇定地白了他一眼：“没看到旁边有警示牌吗！”

其实那段路的围栏被一个人给撞烂了，还是她昨天路过的时候亲眼看到的。

江牧野看了眼路边“前方道路维修”的警示牌，哦了一声。

宁夕暗暗松了口气。

虽然她住在陆霆骁那儿是有正当理由的，但这事说起来太麻烦也太难说得清了，多一事不如少一事吧！

到了地方之后，宁夕满脸幽怨，好想直接偷溜回家抱小宝啊！

雷明下了车，问江牧野：“这边一直都有人打扫，所以是可以直接住的，你回国后是要住这边，还是住公司安排的公寓？住这边的话，交通可能有点不方便。”

一旁的宁夕心想，千万别住这边！不然哪天撞上了怎么办？

“看情况吧，回头再说！”江牧野不耐烦地摆摆手，眼神催促地看了雷明一眼。

雷明叹了口气看着两人，不放心地叮嘱道：“你们俩别闹得太晚，牧野，别忘了你明天还要……”

“知道了知道了！”江牧野直接当耳旁风，跟土匪一样拉着宁夕一溜烟进了屋里。

雷明已经不抱希望这两人明天早上能起得来了。

进去之后，江牧野一脸磨刀霍霍的表情掰着手指：“别听明哥扯，宁小夕，今晚你必须陪我大战三百回合！看我不虐死你！”

宁夕一脸鄙视地斜睨他一眼：“呵呵，来就来，手下败将，居然还敢口出狂言！

我让你心服口服地叫奶奶！”

“想得美！肯定是你叫我爷爷！”江牧野埋着头在他那个巨大的旅行箱里一阵翻找，“我从国外带回来的最新装备，便宜你了！”说完满脸惨不忍睹地瞅了她一眼，“你快去给我把这一身洗了，简直辣眼睛！你想用这招降低我战斗力吗？无耻！输了我不认的我跟你说！”

“降低个锤子，降低我自己还差不多，你以为我弄成这样我就好受？”宁夕一把扯下头上厚重的假发，解开领口。她这完全是伤敌一千自损八百。

江牧野打开客厅里的大屏电视，开始连接线路：“我房间里有衣服，你看哪件能穿自己找！快点快点！我的战斗之魂已经在熊熊燃烧了！”

宁夕满脸无语地瞅着他那激动的小模样。

这货一回国，就拖着她打游戏，还要通宵！简直神经病！

江牧野熟练地把游戏设备安装好，从不知道哪个角落里掏出了几袋果冻、薯片、小鱼干，又哼着歌从酒窖里拿了瓶好酒。

一切准备就绪，他盘腿坐在地上，正摩拳擦掌地准备先试试流畅度，外面门铃声突然响了起来。

江牧野立即黑了脸，也没去开门，直接火暴着脾气给雷明回了个电话：“别按了！我保证明早准时到还不行吗？天天使唤我，现在连个游戏都不准打，信不信我撂挑子不干了……”

“啊？按什么啊？”手机那头被喷了半天的雷明一头雾水。

江牧野顿时噎住：“不是你在外面按我家门铃？”

“我都走出好远了，正开车呢！”雷明一脸无辜。

“那会是谁……也没几个人知道我住这儿啊……”江牧野狐疑地嘀咕。

“不会是地址泄露了吧？你小心点，千万别乱开门，万一是媒体呢！宁夕还在你那儿呢！”雷明立即警惕道。

江牧野嘁了一声，毫不在意道：“是就是呗！看到了她在又怎样？”

雷明无奈：“牧野，不是我说你，就算你是好意想帮她，也得人家接受才行啊！人家宁夕摆明了不想上你的贼船……”

江牧野顿时炸毛：“什么贼船！你说谁贼船呢！”

门外的门铃声还在响，每隔五秒钟响一次，非常有规律。

“不跟你说了，我去开门！这大晚上的，到底是谁啊……”江牧野挂了电话，不耐烦地往客厅走去。

江牧野特意先凑过去从电子监控里看了眼外面的人是谁，结果，这一看就傻眼了，简直跟见了鬼一样。

“陆霆骁！他怎么来了……”

只见大门口，男人穿着一身灰色的家居服，脚上是一双拖鞋，手里拎着不知道什么东西。虽然是一身极其随便的打扮，但江牧野莫名就感觉一阵冷风飕飕飕吹进了他的脖子根里，冷得他一个哆嗦。

江牧野跟兔子看到狼一样慌得团团转，等门铃又响了两次，才深吸一口气，把门打开。开门的一瞬间，那原本吊儿郎当的态度顿时变得恭谨起来："呃，您怎么来了……"

"看你。"男人面无表情地回答。

"您快请进！请进！"江牧野忙把人迎进来。

陆霆骁目光随意地扫了眼地上的游戏手柄，还有零食和酒，然后在沙发上坐了下来。

注意到陆霆骁的视线，江牧野轻咳一声解释："咳，这个工作太累了，难得放松下。"

陆霆骁倒是没有在意这个问题，随口问道："什么时候到的？"

"刚到没多久。"江牧野找了半天终于找到了一袋茶叶，可是没有热水，于是只能从冰箱里拿了瓶矿泉水，"家里还没烧水，喝这个行吗？"

"不用忙，我坐会儿就走。"陆霆骁说着指了下自己带过来的几个盒子，"你妈妈给你的。"

"这些随便派个人给我送来就行了啊，怎么还麻烦您大晚上的亲自跑一趟！"江牧野在心里把亲妈埋怨了一百遍，好端端的非让陆霆骁送来干吗呀！不知道他最怵这人了吗？好吧，不用说了，他亲妈肯定是明知道才让陆霆骁来查岗的……

"准备待多久？"陆霆骁一副长辈兼老板的询问语气。

江牧野坐直了腰，规规矩矩地回答道："不出意外的话，这次回来应该会在国内定下来了吧。虽然这年头圈子里所有影视从业者都在往国外挤，但其实这几年国内影视业发展很快，而且市场非常大，去国外学习学习是有必要的，但我觉得不能本末倒置，根本和重点还是应该放在国内！"

"嗯。"陆霆骁对他的话难得肯定地点了下头。

江牧野舒了口气，然后关心地问："小宝最近还好吗？"

陆霆骁："不错。"

"对了，我给他带了玩具，给您也带了点小礼物。本来准备明天登门拜访的，没想到您先过来了……"江牧野赶紧去把箱子里准备好的礼物掏出来。

陆霆骁："谢谢。"

然后……然后就冷场了。于是，此刻浴室里传来的水声一下子变得清晰起来。

江牧野有些尴尬地挠挠头。

陆霆骁自然也明白了什么，简单交代了几句便站起身："我走了，你有空多回去看看你母亲。”

“好的好的，我送您！”

江牧野正如蒙大赦地把人往外送呢，身后突然传来一个暴跳如雷的声音：“江牧野——你这什么烂衣服啊！后面破了这么大一个洞，让我怎么穿！”

已经起身准备离开的陆霆骁伴随着这个声音，整个人都跟被点了穴般顿了一下，一秒钟后，他才缓缓转过身，冰刃般的目光顺着声音传来的方向穿射过去……

只见女孩赤着脚，头发湿漉漉的，双颊因为刚沐浴过染着自然的红晕，正气急败坏地站在浴室门口，她的身上穿着一件宽大的男士T恤，那件T恤靠近右侧腰部的位置破了一大块，露出白皙如玉的肌肤。

江牧野没有注意到陆霆骁的表情，他只是想死的心都有了，眼瞅着这尊神就要走了，这死丫头就不能等一会儿再出来？

“这件是我骑车摔坏的忘了扔，那么多衣服你不选，干吗非要挑一件破了洞的！”江牧野无语地回了宁夕一句，然后尴尬地转过身去看向陆霆骁，介绍道，“咳，这位是我朋友，宁夕……”

话说完后，江牧野突然发现宁夕的表情有些奇怪，她直勾勾地盯着陆霆骁，跟没了魂儿一样。这死丫头，就算陆霆骁长得还不错，她也不用没出息成这样吧，眼睛都直了。

江牧野见宁夕这个样子，心中顿时非常不快，板着脸道：“宁夕，这是我舅舅，陆氏集团总裁陆霆骁。傻愣着干啥？叫人啊！”

此刻，头发滴着水，手里还揪着衣服上破掉的那一块的宁夕总算是找到了自己的声音，以极其玄幻的表情，干巴巴地一字一顿道：“舅舅？”

宁夕“舅舅”两个字的语气是疑问的，但听在陆霆骁的耳中却像是肯定句，好像是宁夕在叫他舅舅，于是那张脸一瞬间就像是大魔王刚血洗了十八层地狱，满身的森冷恐怖气息，吓得两人俱是一抖……

不知这样诡异的气氛持续了多久，陆霆骁那能将人冻结成冰的目光落在了宁夕的身上：“你说要接的人，是牧野？”

旁边的江牧野听到这话一呆：“宁夕，你跟我舅认识？”

宁夕这会儿简直快疯了，压低了声音道：“我还要问你呢！你为什么会认识陆霆骁？！”

江牧野：“都说了他是我舅啊！”

宁夕：“那你为什么不早告诉我！”

“你也没问啊！你和我舅又是怎么认识的？”江牧野的目光在两人之间来回看着，越看越觉得不太对劲，但又说不出哪里不对劲。

“说来话长……”宁夕身心疲惫地抚了抚额头，这四个字是对江牧野说的，也是回答陆霆骁的。

江牧野一副满肚子问题想问，但碍于陆霆骁在场不好开口的表情。

刚沐浴完的女孩身上有一股好闻的气息，空荡荡的大T恤下面两条白晃晃细长的腿，一只手还欲盖弥彰地捂着衣服上的破洞，这样的画面，令人血气翻涌，然而一想到这个样子的她竟然在另一个男人的家里，陆霆骁就有种毁灭一切的冲动。纵使内心已经毁灭了好几次，但也只在让人几乎无法察觉的毫秒之间。陆霆骁的面上略有些冷淡，睨了眼宁夕道："你是准备继续待在这里，还是跟我一起回去？"

平平淡淡的一句话，却仿佛含着千钧的压力。

江牧野闻言，顿时满脸震惊和不可思议地看向宁夕。这话是什么意思？这两人不仅认识，还住在一起？

宁夕看看冷冰冰的陆霆骁，又看看双眼冒火的江牧野，艰难地咽了口唾沫："我、我还是回去吧……"

陆霆骁周身的冷意顿时消减了一两分。

江牧野却是当场暴走了，顿时一把扼住宁夕的手腕，那双极好看的淡蓝色眸子里满是紧张和受骗的愤然："你答应今晚陪我的！"

话音刚落，宁夕简直想一拳送他上天，别说这么暧昧好吗，少年！

她抬头一看陆霆骁，果然那厮可怕的表情已经到了都快压抑不住的地步了，就像只差最后一根铁栅栏，野兽就会猛地冲出来……

宁夕一边抽回自己的手，一边耐着性子劝道："牧野，我明天还要拍戏，明哥不是说你明早也有事吗？等改天我们俩都有空的时候，我再陪你打游戏好吗？"

宁夕特意加重了"打游戏"三个字。说完赶紧拿起自己的大黑包，挡住自己腰部的洞，连衣服都来不及换一件，就逃命一样逃出了这个是非之地。

陆霆骁深深看了江牧野一眼，跟上了宁夕。

看着两人一前一后离开的背影，还有陆霆骁临走前那个宣示所有物般的眼神，江牧野的眸底一片火烧连天。该死的！难怪那女人知道那条路不通呢。宁夕，你到底有多少事瞒着我！

此刻宁夕正战战兢兢地往回跑，手里突然一轻，原来是陆霆骁帮忙接过了她手里的大包。接着，肩头一重，陆霆骁将他的外套脱下来披在了她的肩上。

"谢谢！"宁夕尴尬地道了声谢。

陆霆骁冷着脸，毫无反应。

他要是有反应倒还好，只要有反应，她就有办法应对，就是这个样子才最让人犯怵啊！

陆宅。

回房间换上自己的睡衣后，宁夕以迅雷不及掩耳之势飞奔跑去找小包子了。

“小宝，今晚阿姨有点怕黑，可以跟你一起睡吗？”

小包子自然是非常欢喜的，开开心心地给她让出了大半边的位置。

“谢谢宝贝，宝贝晚安！”

阿姨的保命符啊，今晚就靠你保命了！今天发生的事情实在是太刺激了，她的小心脏到现在还扑通扑通跳得飞快。

她能感觉到，她跟陆霆骁之间那层朦胧的膜经过今天之后，已经脆弱得一碰就破。万一真说破了，到时候她还真不知道该怎么应对。还好怀里的小包子安眠作用超强，她扑通了小半个小时也渐渐睡着了。

宁夕有小包子安眠，某人却是孤枕难眠，深夜书房里的烟雾重得已经能腾云驾雾。

呵，难怪程峰查了这么多天都没查出来那天在片场给宁夕送礼物的两个人是谁，其中一个竟然还是“内奸”。巫妖王！他此时才回想起来，他们有一个家族群，江牧野这小子在群里的昵称正是这个古怪的名字，只是之前他从未作此联想。至于落款为 YS 的男人，至今没有丝毫线索……

黑暗中，男人掐了烟蒂，起身走了出去。

轻轻推开客房的门，里面空无一人，陆霆骁眉宇微动，转而去了隔壁。果然，宁夕抱着小宝睡得正香。这丫头，倒是聪明。不过，她以为这样就没事了吗？

陆霆骁走到小床前，轻轻拿开小宝抓着她衣角的小手，换成了一只毛绒玩偶，然后直接将宁夕整个人抱走了。

小宝在睡梦中皱了皱眉头，小手探了探，抱住了玩偶。

骗完儿子后，陆霆骁直接将人抱到了主卧。他动作极轻地把宁夕放在了床上，然后坐在床沿……如同进食前的野兽，极其耐心，又享受这进食前的时刻。

终于，他叹息一声，覆上那两片柔软的唇。和他想象中的一样甜美。然后滑过颈脖，在锁骨处流连不去……

过去的三十二年里，他没有爱上过任何人，也不觉得爱情对他而言有什么意义。对他来说，爱情这种东西大概是最没用处的，所以，就算无欲无爱又如何？他从未想过，有朝一日，爱情会以这样汹涌的方式席卷而来，这个比他小八岁的小丫头，让他成为一个完全陌生的自己。生活对他而言，不再是冷硬的计划表和数据，而是柔软、憧憬、温暖、甜美、充实……但同时伴随的，还有易怒、暴戾、冲动……

一想到在江牧野那里看到她时的那一幕，陆霆骁心中的暴戾之气立即便蹿出了牢笼，不自觉便用了力，下一秒，唇齿间弥漫着血腥的气息。身下的女孩蹙了蹙眉头，陆霆骁脊背一僵，却见她咂了一下唇，复又沉沉睡了过去，一副没心没肺的模样。

陆霆骁眸子里星火燎原，有种不顾一切后果，干脆吻醒她的冲动。

次日清晨，宁夕一觉睡到自然醒。昨晚睡得挺好，就是似乎哪里不对劲。她舌尖有块地方怎么这么疼呢？难道是她睡着了做梦自己咬的？自己咬自己也太凶残了吧……

早饭的时候，一切如常。

陆霆骁看样子今天要开始上班了，正西装革履一派矜贵地坐在那儿喝咖啡看报纸，表情一如既往地高冷疏离，就好像昨晚什么都没发生过。

宁夕松了口气，不由觉得自己太敏感了，陆霆骁或许是对她有点朦胧的好感，但也不至于到为了她吃醋的地步吧？还是跟自家外甥吃醋。

陆霆骁的表情挺正常的，但小包子的表情就有点奇怪了。

一早上，小包子一直板着个脸闷闷不乐，就跟被人抢了什么东西似的。

宁夕给小包子夹了一个汤包，关心地询问："宝贝，你怎么了啊？不高兴吗？"

小包子朝着若无其事的亲爹的方向看了一眼，小表情更加生气，但一想到小夕阿姨最喜欢自己的微笑，还是努力扬了扬唇角，表示自己没事。

好生气哦，可还是要保持微笑！

宁夕这才放心，飞快地吃完早餐："那我先走啦，你们慢慢吃！"

今天男二号进组，她早点到比较好。

正要拿包走人，小包子不知为何走到她旁边，小手扯了扯她的衣角。

宁夕不解："怎么了？"

见她不明白，小包子满脸委屈，一副失宠的表情，几乎要哭出来了。

宁夕抓耳挠腮地想了半天都不懂自己哪里做错了，最后只能求助地看向餐桌旁的陆霆骁。

陆霆骁瞥了她一眼，语气淡淡地提醒："你忘了道别吻。"

"哦哦哦，抱歉！"宁夕一拍脑门，这才想起来。这个习惯也不知道是怎么养成的，小包子挺喜欢，于是她每天临走前都会亲亲他的小脸蛋，今天太匆忙居然搞忘了。

补了一个道别吻后，宁夕这才离开。

小宝挥别小夕阿姨，一转身对上亲爹，呆萌的小脸上立即挂上了无比生气的表情，一副"别以为你刚刚帮了我，我就会原谅你"的表情。

陆霆骁没有看到儿子的怒视似的，泰然自若地抿了口咖啡："抱歉，我看不懂你表达什么，想跟我对话，自己开口，或者写出来。"

小宝闻言顿时更生气了。

即使有宁夕的帮助，他目前也只停留在可以写单词、表情、符号而已，从未写过太长的句子，更别提开口说话了。

最后，他怒气冲冲地在写字板上写了一个单词："thief"（小偷）。

陆霆骁眼角余光瞥了眼那个单词，故作不解："怎么？家里遭贼了？"

小宝这回气得腮帮子都鼓起来了，埋着小脑袋"唰唰唰"写了好几个字，还是中文的："昨晚你偷走了小夕阿姨！"

看着那行句子，主谓宾齐全，陆霆骁终于满意了，放下报纸看向儿子，意味深长地问："你不希望小夕阿姨成为我的妻子？"

"我的！"小宝在纸板上写。

陆霆骁挑眉："很不幸地告诉你，你们俩不般配，你小她十九岁，难道你要人家女孩子等你长大等那么多年吗？"

小宝埋头画呀画，画了一个坏掉的鸡蛋。

看着那个栩栩如生的坏蛋，陆霆骁脸上浮现一丝笑意："可我说的是事实不是吗？"说完后他顿了顿，又语气非常蛊惑地开口，"但是，如果她成为我的妻子就不一样了，她会变成你的妈妈。"

妈妈……听到这两个字，小包子愣了一下，沉默地埋着头，小脸上有些挣扎和动摇……

今天的剧组跟往常一样，并没有因为男二号会进组而有任何改变。

男一号赵思洲身边围着一群小姑娘，正满脸崇拜地听他扯自己在娱乐圈的光辉史，贾青青跟宁雪落的关系最近越来越好，正在兴致勃勃地谈她爹刚给她买的钻石手链。

只有宁夕望眼欲穿，毕竟她跟男二号的戏份太多，男二号的质量如何对她的影响非常大。

贾青青摆弄着手腕上闪闪发光的钻石链子，一脸鄙夷的表情："雪落姐，你看她那副样子，还把导演的话当真了，她还以为她能等出个潘安来？"

宁雪落闻言一脸无奈，嗔道："你呀，别老针对宁夕了，她跟男二号戏份最多，比我们多关注一些也是正常的呀！"

"呵呵，是挺多的，那么多亲密戏！幸亏我当初没接这个角色。"贾青青一脸庆幸道，说完羡慕地看着宁雪落，"还是雪落姐你最好，男朋友这么帅，搭档也这么帅……"

这时，片场门口响起导演郭启胜兴致勃勃的声音："来来来，大家都过来，我们的男二号，神医孙涣卿的扮演者到了！大家都过来打个招呼吧！"

剧组里的回应稀稀拉拉，赵思洲丝毫没有起身之意，小姑娘们也依旧围着他，争先恐后地要让他给自己看手相。

贾青青不屑一顾地嘁了一声，看都没往外面看一眼。宁雪落补了个妆起身劝道："还是去打个招呼吧，毕竟都是同事。"

贾青青这才不情不愿地跟着走出休息间。

宁夕自然是第一时间就飞奔过去了，正探着头往外看呢，下一秒，整个人如同被九天神雷当头劈了下来。导演旁边的那人是……那一头惹眼的金毛，就算她想欺骗自己的眼睛说她看错了，也不可能……为什么男二号会是那人……这不是真的……

门口的方向，场务小李突然没命似的大声尖叫起来："啊啊啊……"

贾青青眉头紧蹙："神经病哪！瞎嚷嚷什么呢？"

话音刚落，她的眼角余光看到了门口跟在导演身后的男人……她也失声尖叫了一声。

"怎么了？"宁雪落问。

"江、江牧野！雪落姐！居然是江牧野啊！"贾青青激动地掐着宁雪落的手臂。

"什么？"宁雪落顺着她视线的方向看过去。

只见导演乐呵呵地走在前面，态度非常殷勤小意，而他的旁边跟着一个金发男人，一身非常潮流的撞色系短裤、T恤，单手插在口袋里，脸上挂着他独有的嚣张和坏坏的雅痞，微笑的时候露出非常可爱的小虎牙……

江牧野！男二号居然是江牧野……连宁雪落都被这个结果给惊到了。

这会儿，刚才还围着赵思洲的小姑娘们已经跟群饿狼一样扑到了门口。

"江牧野！真的是江牧野吗？我是不是眼花了，快掐我一把！"

"天哪！不愧是行走的荷尔蒙！实在是太帅了！听说江牧野还有奶奶粉呢！连八十岁的老婆婆都不放过！"

要论当今娱乐圈最火的小鲜肉是谁？不管是谁都会告诉你这个名字，江牧野！

贾青青直到现在还无法接受这个事实，暴走道："是不是哪里搞错了？江牧野不是在国外拍片吗？就算他回国了，怎么可能出演男二号？"

宁雪落沉吟："江牧野之前都是演男主角的，怎么会来咱们剧演男二？而且，这部剧的主要投资方是星辉，为什么他一个盛世的艺人会来出演？"

刚才还庆幸自己不用演亲密戏的贾青青这会儿整个人都已经快疯了："该死的！为什么会这样！凭什么宁夕的运气这么好！江牧野本来该是我的，是我的！都怪她不要脸抢我的角色！"

围观的其他人看着贾青青的表情都有些同情，对她的抓狂也不意外。因为娱乐圈里所有人都知道贾青青喜欢江牧野，曾经还在微博公开表白过，虽然江牧野并没有理她，她还是经常在微博转发跟江牧野相关的信息，一副迷妹的样子。

郭启胜费了九牛二虎之力才总算把那群疯狂的小姑娘给安抚下来，忍不住揶揄道："牧野啊，你瞅瞅你把我们剧组小姑娘给迷的！帅哥的待遇就是好啊！"

江牧野顺着导演的话开玩笑："导演您没听到她们的话吗？您可一定得保护好我！"

"哈哈哈……没事，你的搭档可是战神孟长歌呢，有她保护你！对了，宁夕呢？之前就一直追着我问她家男二号是谁，这会儿怎么不见人了？"说着，郭启胜到处找人。

江牧野似笑非笑地勾着唇角：“不会是被我吓跑了吧？”

“还真有可能，几乎全国的小姑娘都是你的粉丝，搞不好宁夕也是，或许是看到偶像受到了惊吓！”郭启胜笑道。

两人正说着，宁夕朝这边来了。

短短的时间里，宁夕的表情已是无懈可击，微笑地朝着对面的人伸出了手：“江前辈，您好，我是宁夕，很荣幸能跟您合作。”

虽然宁夕跟江牧野同龄，但江牧野入行比她早，是她的前辈，所以态度理应尊敬点。

“你好！”江牧野勾着唇，伸出手与她轻轻一握，下一秒却差点不顾风度地把她的手扔开。这死丫头，快把他的骨头都给捏碎了。

江牧野强撑着帅气的表情，突然做恍然大悟状：“啊，宁夕，原来是你……”

“怎么？你们认识？”一旁的郭启胜闻言惊讶道。不仅是导演，这会儿剧组上上下下所有人的目光都集中在江牧野身上。

江牧野笑得意味深长：“自然认识。”

听着对方惹人遐想的暧昧语气，看着所有人盯着她的异样眼神，宁夕气得手都已经开始抖了，她快要克制不住体内想揍他的洪荒之力了！

见对面宁夕小脸都气白了，江牧野终于缓缓开口：“之前演《青鸟》的时候有过合作。”

“哦？怎么没听宁夕说过？”郭启胜意外。

宁夕感觉自己刚死里逃生一般，背后都汗湿了，谦和答道：“郭导，我当时只是女主角的武术替身而已，难为江前辈还记得我。”

郭启胜一听乐了：“想不到你们俩还有这样的缘分，那太好了，既然有过合作，也都认识，应该也不需要太多磨合了，今天咱们直接来一场激烈点的对手戏吧？”

宁夕：“呃……”对手戏？激烈点的？导演不要啊！我们不熟！

江牧野笑得挺开心：“好啊！”

那邪恶的小虎牙，看得宁夕非常想伸手去拔了。

“别急别急，我来看看选哪场好啊！”郭启胜兴冲冲地翻着剧本。

宁夕在一旁急吼吼地想：导演导演，选第四十六场吧！现在让我演这场的话，我肯定能演得特别好！

那场戏是孙涣卿在军营的时候救回来一个妹子，然后那个妹子对他有想法，孟长歌脾气火暴，误会他劈腿，就揍了他一顿……

江牧野如同看穿了她心中所想，微微弯了腰倾在她的耳畔低声道：“亲爱的，你是不是很想演揍我的那场啊？”

宁夕触电一样闪出一米："浑蛋，离我远点！"

托这家伙的福，她现在的仇恨值已经稳得十头牛都拉不走。她已经能想象到接下来贾青青和宁雪落，尤其是贾青青，该会用怎样的狂风暴雨迎接她。

日子已经够艰难了，现在简直是雪上加霜。

宁夕注定要失望，导演不可能在江牧野第一天来就安排她揍他的那场戏，思索片刻后开口道："就第三十七场吧！"

剧本宁夕已经倒背如流，略回忆了下便想了起来第三十七场是什么剧情，当场脸色便有点黑了。

虽然不是亲密戏份，但也好不到哪里去。这是一场孟长歌调戏孙涣卿的戏……

导演把两人叫了过去，开始给他们讲戏。

"孟家世代为将，积累下了赫赫战功，'功高震主'四个字让将军府岌岌可危。当今圣上平庸昏聩听信谗言，导致了孟长歌的父亲战死，好在孟长歌的大哥孟长风已经能独当一面，接替了父亲的位置，使得小长歌的生活依旧无忧无虑，整日里斗鸡走狗，在长安城是个混世小魔头……"

导演说到"混世小魔头"的时候，江牧野勾着唇角朝宁夕看了一眼，用唇形说道：跟你倒挺像。

宁夕不搭理他，继续认真听戏。

"这个小魔头啊，整天女扮男装，完全没有姑娘家的样子，直到她十六岁那年，在大街上见到了孙涣卿，对他一见钟情，从此就开始天天纠缠他……"

江牧野举起手发言："导演，这不就是个女版的恶霸强抢小白花吗？"

宁夕在心里吐槽：你才恶霸！

郭启胜轻咳一声，夸奖道："牧野，你理解得很好，差不多就是这个意思。所以我要说的重点是，你以往演的角色都是性格比较强势和主动的，但这次却完全相反，所以一定要注意转换……"

听到这里，宁夕也有些担心了，这人以前演的全都是霸道总裁、霸道学长、霸道王爷之类的角色，能驾驭得了孙涣卿这样书生气的柔弱大夫吗？

江牧野煞有介事地点点头表示明白："懂了导演，我是弱势和被强迫的那个！"

郭启胜忧心忡忡地看着两人，其实比起江牧野，他更担心的是宁夕，担心宁夕这么女人会演不出孟长歌那种街头小霸王的泼皮无赖感。

"我选这场戏的原因就是，这场戏最能反映你们俩之间的感觉，戏里面你们大多数时候就是一个玩世不恭、一个温润隐忍，如果这场戏你们能演好，基本上接下来的问题就不大。好了，就说到这里，一切在实践中见真章，你们俩去上妆换戏服吧！"

宁夕最先定好妆出来。一身干净利落红白相间的江湖少侠打扮，扎着帅气的高马尾，眉峰浓黑上挑，英气逼人，跟她要演绎的十六岁时的孟长歌毫无违和感。即使是那些之前一直排斥宁夕的人也不得不承认，她的形象没有丝毫瑕疵。

郭启胜本来还担心宁夕这样太漂亮的女星戏路会很单一，没想到可塑性居然这么强，满意地夸赞了几句，然后不放心地叮嘱道：“宁夕啊，待会儿一定要放开一点，千万不要有偶像包袱知道吗？这场戏你必须得越流氓越好！”

“导演你放心好了，我相信她绝对可以的！”这时，江牧野也换好装从化妆间走了出来。

江牧野撩开帘子走出来的瞬间，现场顿时响起一阵倒抽冷气的声音，连宁夕都有些讶异地扬了扬眉。

定妆后的江牧野整个气质都变了，一身青色竹纹长衫，面如冠玉，眉宇温良，仿佛从一幅古画里走出来。

江牧野得意地瞥了眼发呆的宁夕，低声道：“怎么样？哥这一身是不是帅裂苍穹？”

可惜一开口就毁了……宁夕保持着如同在跟江牧野交流剧情的谦卑表情，嘴里吐出三个字：“很柔弱。”

“你……”

“你什么你？很不幸地告诉你，剧里你全程都在被我压迫！”

“是吗，我怎么记得有一场是我强势的戏呢？好像还是场亲密戏呢……”

不远处，贾青青看着两人时不时在那儿贴着脑袋咬耳朵，嫉恨得快要失去理智了。

江牧野一来就把所有的注意力都放在了宁夕身上，甚至连看都没有往她这边看一眼，她连跟他打个招呼的机会都没有。

旁边的宁雪落一直在柔声“安慰”她：“青青，你别生气了，事情都已经这样了，毕竟在娱乐圈运气也是实力的一部分。宁夕运气倒是确实不错，居然能有江牧野跟她搭戏，我估计这部戏之后，她至少会进入二线演员行列，准一线都有可能……”

“呵，准一线？想都别想！”贾青青原本姣好的面容此刻无比扭曲狰狞。

“青青，你别太冲动了，公司是准备大力培养宁夕的，你若是跟她闹翻恐怕……”

“闹翻了又怎样？难道我还会怕她！”

一听公司准备培养宁夕，贾青青更是怒火中烧，毕竟她和宁夕戏路接近，如果公司捧宁夕，很有可能会冷落她。

看着已经被怒火冲昏头脑的贾青青，宁雪落暗暗勾了勾唇角，她现在只需要坐山观虎斗便好。不过，宁夕最近的运气似乎是有点好过了头，不得不防……

“小崔呢，道具准备好了没有？”郭启胜喊。

“来了来了，导演您看这个可以吗？”道具师拿了一条粗麻绳过来。

“成！”郭启胜点点头，然后招呼江牧野，“牧野啊，要委屈你一下了！”

“不委屈，拍摄需要嘛！”

江牧野一副很敬业的模样，躺到了一张雕花大床上，任由道具师把他的双手双脚都捆绑了起来。

没错，这场戏正如导演所言，很激烈：孟长歌跟孙涣卿告白遭拒，于是直接把他给绑到了府里……

现场的小姑娘们看着这一幕，又开始了新一轮的疯狂。

“啊啊啊！这样的牧野也好帅！”

“你激动啥呀，待会儿又不是你绑牧野！”

“气死了气死了，为什么偏偏是那个讨厌的宁夕！”

“就是啊，真讨厌！”

“咳咳……”郭启胜咳嗽着示意大家全都安静，然后拍着手喊，“好，各部门准备，三、二、一，开始！”

宁夕丝毫没有被周围的议论声影响，导演话音一落，她的眼神瞬间变了。干净澄澈，阳光一般有活力，这是十六岁少女的眼神，面上也恰到好处地挂着懒洋洋吊儿郎当的表情。

她撩起衣服下摆，抬起脚，一脚踹开了自己的房门。

接着镜头切换到江牧野那边。

只见青年手脚被缚地躺在大红色的床上，这颜色衬得他的脸色更加苍白羸弱，真是让人非常有调戏蹂躏的欲望。

听到踹门声，孙涣卿缓缓睁开眼睛，神情略有些恍惚地看着床前逆着光走来的少女。

孟长歌一屁股在床边坐下，从怀里掏出一个油纸包：“福兴楼的糖炒栗子，我排了一个时辰的队才买到的，吃吗？”

孙涣卿偏过头去，闭上眼睛，一副完全不想搭理她的态度。

孟长歌剥开一个栗子扔进嘴里，面上挂着狡黠的笑：“不吃？那我可要喂你了啊！用某种可能会让你害羞的方式……”

“你……”孙涣卿顿时睁开双眼，双眸里三分愤怒七分羞恼，“你一个女孩子家，怎可如此不知羞耻！”

孟长歌斜睨他一眼，挑眉：“羞耻？羞耻能有什么用？能上场杀敌啊，还是能讨到媳妇？”

孙涣卿满脸愤然：“孟家世代忠义，你的祖上皆在战场为国杀敌，你、你却整日里不学无术、欺男霸女，怎么对得起孟家列祖列宗？”

这些话孟长歌早就从周围人那里听得耳朵长茧了，她用手指掏了掏耳朵，嘴里鼓着一颗栗子，扬声道：“你都一把年纪了还未娶妻，不孝有三，无后为大，你又怎对得起你孙家列祖列宗？”

孙涣卿简直快被她的强词夺理气死，一脸凛然道：“这是两码事，更何况孙某志不在此！”

孟长歌一脚踩在床沿，手里的鞭子一下一下甩在孙涣卿的身上，脸上的表情如同一只狡猾又调皮的小狐狸：“孙大夫，不然这样你看可好？我给你当媳妇，等成了你媳妇，我日后什么都听你的，你让我往东，我不往西，让我学好，我也乖乖听你的话，这样我们的列祖列宗岂不是都对得起了？”

孙涣卿一愣，眼里滑过一丝仓促：“你……休得胡言！”

孟长歌如同发现了新大陆，凑近过去，几乎贴上他的脸：“孙大夫，你脸红了！其实你也挺喜欢我的吧？不然我们直接生米煮成熟饭可好？”

“咔！”

直到导演喊“咔”，所有人都还意犹未尽，怎么不演了，怎么不继续演下去了啊啊啊！想继续看啊！想看生米煮成熟饭啊！

两个演员实力相当，表现都非常好，尤其是宁夕的表演，将他们完全带入戏中，以至于他们对宁夕的排斥全都不见了。

江牧野的粉丝们一开始都不希望宁夕碰他们的偶像，最后却嚷嚷着希望她继续，看到她和江牧野的互动，就跟自己调戏江牧野一样兴奋。当然，等回过神来之后，她们依旧不待见宁夕，全都围着江牧野去了，嘘寒问暖，夸他演技爆好。

今天除了贾青青之外，最郁闷的大概就要属赵思洲。本来他在剧组地位最高，又最受女孩子欢迎，江牧野一来，所有的注意力都被吸引过去，他这边顿时冷冷清清。

至于最开心的人嘛，自然是导演。

今天宁夕跟江牧野试的几场戏，全都非常顺利，两人默契得就好像合作过一百次。

而今天对宁夕来说就是八个字：波澜壮阔，劫后余生。

快收工的时候，江牧野被一群人围着要请他吃饭，给他接风洗尘，宁夕正收拾东西呢，包里的手机响了起来。

一看来电显示，是陆景礼。陆景礼的号码还是前几天他强制存进她的手机里的。

这家伙这时候打电话给她做什么？宁夕面露狐疑，忙找了个角落接电话。

“喂，二少？”

“喂……小夕夕……”

手机那头陆景礼的声音有气无力的。

宁夕有些无语：“你这是怎么了？”

“怎么了？我还想问你到底怎么了呢！你昨晚到底怎么我哥了？”陆景礼质问道。

宁夕一头雾水：“啊？什么意思？我能怎么他啊？”

“你没怎么他，那他今天为什么整个人都在暴走状态，从早上八点钟开始开会，一直开到现在，已经整整十二个小时了啊！”

“呃……这个是你们公司的事情，应该跟我无关吧？或许他放假这么久才去上班，要处理的事情比较多？”

“不可能，我认识我哥这么久了，一个眼神我就知道他在想什么，这件事绝对跟你有关！就是你害的我们！现在他都快把公司上上下下所有人都给虐死了！”陆景礼一口咬定就是她的错。

宁夕真是冤枉死了，满脸无奈道：“我真没做什么啊！”

昨晚唯一有可能的事情，就是她去机场接江牧野，然后在他家洗澡被陆霆骁撞上了……难道是因为这个？可是他后来的反应明明都很正常啊？

“我不管我不管！一定是因为你！祸是你闯的，你必须给我搞定他！否则我们死后化成鬼也不会放过你！刚才我们财务部的部长都已经晕过去了，他的阴魂肯定正在去找你的路上……”

宁夕心想：这叫什么事儿啊？她简直是躺着也中枪……现在让她怎么办？她能有什么办法救他们？这不是开国际玩笑吗？

宁夕正愁得不行的时候，收到了一条彩信。

陆景礼给她发了两张图片。

一张是一个男人晕倒被救护车抬走的照片，一张是整个会议室的照片，围桌而坐的所有人都是一副仿佛要被秋后问斩的惶恐表情，主座上的陆大魔王简直活脱脱就像是在审判他们！

隔着照片宁夕仿佛都感觉到了一股阴森森的冷气……

陆霆骁在那边玩“最后的审判”，凭什么让她去救场啊？陆景礼这通电话简直就是莫名其妙！

宁夕本来决定甩手不管，可是不知道为何，内心深处总有那么一点点的心虚。她干吗觉得心虚？

她这厢本来都已经打定主意不管了，陆景礼“叮咚叮咚”又发了一个小视频过来。视频中，陆霆骁的目光冷冽如刀地直直射了过来，害得宁夕吓了一跳，愣了一下才反应过来他应该是在看陆景礼。

“陆景礼，给你半个小时，重新做一份计划书给我，现在，就在这里做，做不出来你自己去财务部结算工资！”

然后视频画面就黑了。

画面晃动着黑掉的那一秒，宁夕仿佛听到了陆景礼那最后的嘶吼和求救，就算是她这个外行也知道，半个小时之内重新做一份计划书，这是完全不可能办到的事情。

可是！她真的真的不知道要怎么救他啊！

宁夕的大脑飞速转动，孙子兵法三十六计轮流在脑海里翻转：以逸待劳？陆景礼的冤魂会杀了她！擒贼先擒王？陆霆骁他自己就是王啊！围魏救赵？哪里有魏给她围？难道……美人计？呸呸……

最后，宁夕一拍脑袋："有了！调虎离山！"

宁夕深吸一口气，稳了一下心神，拨通了陆霆骁的电话……

与此同时，陆氏集团。

会议室里，投影的大屏幕正连接着陆霆骁的手机，播放着一段内部资料。下面一干高层打起了十二万分的精神集中注意力观看着，因为等一下陆霆骁是要提问题的。这简直跟小时候上课老师提问前一样恐怖……

就在这时，陆霆骁的手机突然响了起来。陆霆骁看都没看一眼，随手就滑动接听了，于是，下一秒，连接着手机的音箱里传出了女人清甜软糯的声音："喂，陆霆骁，你在忙吗？"

咦？！刹那间，所有高层的表情都愣住了，简直满脸蒙。什么情况？这是老板的私人电话吧？居然有女人打进来，声音还这么甜腻，还直呼他的名字……

然而更让他们震惊的还在后面。陆霆骁在听到那个声音后，整个人周身的气场都不易察觉地变了一变，就像是一阵来自人间的清风吹拂着奈何桥畔的彼岸花……

正在埋头赶不可能完成的计划书的陆景礼，听到宁夕熟悉声音的那一瞬间，激动得泪流满面。

嫂子，你可来了……

陆霆骁说话的声音只是略一停顿，接着，他拔掉了连接设备的数据线，将手机放置在耳边，表情分毫看不出改变，语气也是一样的冷硬："有事？"

手机那头的宁夕一听到这么可怕的声音就有点想打退堂鼓，最后还是强撑住了，尽量用软一点的、请求一点的语气嗫嚅道："那个，你今晚会回来吗？我们答应了今天要陪小宝去吃火锅的呀！"

陆霆骁冷着脸："在忙，不一定回来。"

拔掉数据线之后，陆景礼就听不到宁夕在说什么了，只能判断她是在叫陆霆骁回去。听到亲哥无情的回复后，顿时在心中嘶吼：不要啊！为什么连宁夕出马都没用啊！难道是天要亡我？

宁夕的声音更软："可是，我一个人带小宝去的话，心里没谱啊，万一出现什么突发情况怎么办？小宝肯定也希望你一起的！回来吧，好不好？好吗？"

陆霆骁沉默了三秒钟，开口："好，我马上回来。"

陆景礼呆了一呆，然后顿时感觉自己被光辉普照，要升天了！

嫂子威武霸气！就知道她一定可以办到！还以为他哥多硬气呢，原来只不过是傲娇一下而已！

挂了电话后，陆霆骁说了两个字：“散会。”

下面所有人都面面相觑，不敢相信自己就这么逃过了一劫！

陆景礼得意地哼哼，都感谢我吧，救星是我叫来的，你们都是托我的福！

刚一散会，陆景礼就被包围了。

“二少啊！刚才我们是听错了吗？竟然有个女人给陆总打电话！”

“那打电话的是谁啊？居然能一个电话把陆总从会议中叫走！”

“就是就是啊！陆总是不是身边有人了？到底是哪家千金？二少你透露下啊！”

陆景礼一脸警惕地瞪着他们：“干吗干吗！全都问我是谁有什么企图？想抱大腿？不可能！我未来嫂子的大腿只能我一个人抱！你们想都别想！”

众人心想：我们只抱脚指头还不行吗？

影视城的角落里，宁夕如释重负地挂了电话。总算是搞定了，这下总没问题了吧？明明跟她无关的事情，她真是无私奉献！

刚准备走呢，手机响了起来，又是陆景礼打来的。

“二少，又怎么了？还不行吗？”

“不不不，小夕夕，你的美人计使得实在是太棒了，完美解除了危机！”

宁夕一听，脸黑了：“什么美人计啊！我用的分明是调虎离山计好不好？有没有点文化！”

“哎哟！我懂的我懂的！就这样了，我挂了！下次有空请你吃饭！”

看着挂掉的手机，宁夕一脸无语地想：这人到底懂什么了？

“宁小夕，你躲在这里做什么？去吃饭了！”江牧野不知道什么时候找了过来。

宁夕急忙紧张地东张西望，确定旁边没人看到他来找自己才放松下来，疲惫地靠着身后的大红宫柱道：“你们去吃吧，我今晚有事，估计去不了了。”

“什么？”江牧野闻言立即变了脸色，“这可是我的接风宴，我可是你的搭档，你居然不来？”

宁夕捏了捏眉心：“我知道我知道，这事是我不对，但我今天确实有很重要的事情，下次单独请你好不好？”

“不好！”江牧野丝毫不被她说动，随即目光凌厉地上下扫视着她，“你有什么重要的事情，你今晚要去见谁？”

宁夕闻言语气微沉：“我去见谁好像跟你没什么关系吧？”

话音刚落，江牧野的脸色瞬间变得无比难看：“你要去见陆霆骁，是不是？”

江牧野拷问般的语气让宁夕不舒服地皱起了眉头：“是又怎样？不是又怎样？”

江牧野暴躁地转悠了一圈，然后死死瞪着她：“宁夕，你真是不要命了，连陆霆骁也敢玩，不怕玩火自焚吗？”

“我乐意玩火，你管得着吗？”因为不满江牧野的语气，宁夕的态度也称不上好。

“你……”江牧野几乎要暴走，最后一拳砸在她身后的柱子上，“宁夕，我不是危言耸听，而是好心提醒你，否则你到时候怎么死的都不知道！你知不知道陆霆骁是谁？你以为他跟你以前交往的那些纨绔子弟一样吗？”

宁夕白了他一眼：“你当我白痴吗？我当然知道！”

“知道你还……”

“我还怎么了？你看到我跟陆霆骁怎样了？”

“你……”江牧野渐渐冷静下来，其实他内心深处也知道，宁夕不可能傻到做这种事情，于是压抑着怒火，深吸一口气道，“那你告诉我，这到底是怎么一回事？”

宁夕也觉得自己跟江牧野抬杠挺幼稚的，实在是今天看到这人受到的刺激太大，心情烦躁，一点就爆。于是也冷静了下来跟他解释：“我之前救了小宝。”

江牧野神色微惊：“你救了小宝？小宝怎么了？”

“半个多月前，小宝被陆景礼带到酒吧，为了逃避嘈杂的人群，不小心躲到了仓库里，被不知情的工作人员锁了起来……”

江牧野嘴角微抽：“带小宝去酒吧？这倒是像我那个不靠谱的二舅做的事情。然后呢？这跟你有什么关系？”

“当时我不是准备来《天下》试镜吗，常莉为了阻止我去试镜，就把我关到那个仓库里了……”宁夕简单解释了一下后面发生的事情。

江牧野耐心地听完：“行，我明白了，你是因为救了小宝才认识的陆霆骁，那么接下来的事情应该是陆家给你一笔钱作为感谢，接着结束游戏，分道扬镳！为什么你跟陆霆骁还有联系？还住在了他的家里！”

宁夕省去了陆霆骁提出要以身相许的那段：“因为小宝受了惊吓，我救了他，他很依赖我，于是陆霆骁拜托我在小宝情绪稳定之前能住在陆宅，随时充当小宝的镇静剂，明白了？”

听到这里，江牧野脸上愤怒的表情终于慢慢散去，但还是有些硌硬，咕哝道：“你确定只是因为这样？多少女人想嫁进陆家，你现在近水楼台先得月，对他就没什么非分之想？”

宁夕扬了扬眉，幽幽道：“要说非分之想的话，我对小宝倒是挺有非分之想的，实在是太萌了！”

江牧野无语地看了她一眼，抚了抚额头道：“反正你最好别有什么不该有的心思，豪门可不是你想象中的那样！”

宁夕冷笑一声：“你又知道我想象中的豪门是怎样？”

她最讨厌的就是那些所谓的上流社会的圈子，虚与委蛇，一个个戴着虚假的面具。现在，她好不容易离开了宁家，怎么可能再往火坑里跳？

看着宁夕厌恶的表情，江牧野略松了口气，他了解宁夕，知道她最讨厌的就是被束缚。陆家这样的背景对她而言，估计就跟洪水猛兽一样可怕……

“好了，你问完了，现在该轮到我问你了吧？”宁夕双臂环胸睨着他。

江牧野耸肩：“你想问什么？”

“陆霆骁不是只有一个弟弟，没有姐妹吗？哪里来的外甥？”宁夕问。

江牧野点了一支烟，缓缓开口道：“我跟陆家没有血缘关系，因为我外公外婆跟陆家是世交，他们在我妈很小的时候出车祸死了，陆家就收养了我妈，认作了义女，所以按照辈分，我得叫陆霆骁一声舅舅！”

“原来是这样。”宁夕说着不满地斜他一眼，“戒烟呢！别诱惑我！”

“好好的干吗戒烟？”江牧野蹙眉。

“戒掉坏习惯需要理由吗？”

“当初也不知道是谁跟我说今朝有酒今朝醉，今朝有烟今朝抽，戒酒戒烟的都是傻子……”江牧野一边吐槽一边把烟给掐了，“我能告诉你的都告诉你了，你还有什么想问的吗？”

“当然有！”宁夕咬着牙瞪他，“你老实告诉我，你到底为什么要接孙涣卿这个角色？不仅是男二号，而且根本就不是你平时喜欢接的角色！”

言外之意，这人就是故意来整她的！

江牧野一脸无辜：“我接男二号怎么了？谁规定我就不能接男二号了？我接孙涣卿又怎么了？我想换换戏路，挑战一下自我不行吗？总是一种风格多没意思？我今天不是演得挺好的吗？你调戏我调戏得多开心！”

“我开心你个头！”最迟明天，她就要哭了……

“行了，我不跟你扯了，我要回去了，答应了小宝今天要陪他去吃火锅。”宁夕急急地看了一眼手机上的时间。

江牧野一脸不高兴：“我舅也一起吗？”

“当然一起了，我可不敢单独带小宝出门，万一出了什么事算谁的！”

江牧野听得气不打一处来：“你还知道啊？小宝可是陆家全家上下的命根子，尤其是二老，疼得跟眼珠子似的，万一有个什么闪失，把你活埋了都有可能！你干吗非要接这个烫手山芋？”

宁夕一听不乐意了：“胡说什么呢，什么烫手山芋，我家小宝这么可爱！”

江牧野冷笑：“我看你是被某人的美色迷昏头了！人家一开口求你，你就什么都忘了！”

宁夕不耐烦地白他：“成了成了，别啰里啰唆的行不？陆大魔王的请求，我敢不答应吗？换你，你敢？瞅瞅你怕的，这么怕我变成你舅妈啊？”

“舅妈……”江牧野成功被“舅妈”两个字硌硬得痛不欲生，再说不出话来。

“乖！”宁夕摸摸某人的头，占完便宜，蹦跶着跑远了。拿了包包，跟导演等人解释了自己今晚有事没法参加后，宁夕告辞离开。

看着女孩匆匆离开的背影，江牧野面上结了一层厚厚的寒霜。

收工后，贾青青终于找到机会献殷勤，更完美的是宁夕不在，于是，她满脸娇羞地凑到了江牧野跟前：“牧野哥，我们去哪里吃啊？去百川大酒店吃海鲜好不好？我爸爸是那儿的会员，去了可以直接进VIP包厢！”

江牧野意兴阑珊地伸了个懒腰：“算了不去了，今天太累了！”

贾青青一听急了：“啊？可是今天是你第一天来剧组，这顿饭怎么也该吃的呀！”

江牧野闻言脸色微沉：“谁规定的第一天就一定要吃饭？这么想吃你自己去吃个够！”

其实众人都知道，江牧野私下里脾气并不算太好。他心情好的时候脾气会很好，要是心情不好嘛，那就……

而现在，这位小祖宗显然心情就不太好。

贾青青被呲了一顿，当场眼眶就红了：“我只是觉得这是礼数啊，牧野哥哥你干吗要这么说……”

谁是你牧野哥哥啊？

江牧野一阵心烦，正要爆发，旁边的郭启胜见情况不妙，及时解围，打着圆场道：“还是改天吧，今天牧野确实太累了。本来第一天应该让他休息一下熟悉一下环境的，没想到直接拍了好几场。大家今天都早点回去休息吧，聚餐也不急在一时！”

“那好吧。”有了台阶下后，贾青青不情不愿地点头，同时心里又把宁夕给恨了一遍，都怪宁夕霸占了牧野哥哥一整天，让他这么累，他才连饭都不想吃了！

贾青青埋着头，暗暗翻了翻手机相册里的几张照片，嘴角勾起恶意的笑。宁夕，你等着瞧好了，我一定会让你付出代价！

陆宅。

“宝贝，我回来啦！”一回到家，宁夕一天的疲惫立即一扫而空。

小宝一听到她的声音就跑过来迎接，手里还捧着一杯冰镇的果汁。

“宝贝你太贴心了！爱你！”宁夕端过来咕噜咕噜一口气喝了，开心道，“快来快来，阿姨带你去换身萌萌的衣服，待会儿咱们要出去吃火锅了！”

从前一听到出门就往阁楼钻的小包子顺从又乖巧地任由宁夕牵着上了楼，到了卧室，又任由她一件一件地给他试衣服。

“这件太素，这件太暗沉，这件太无趣了……我的天！这都是谁给你买的衣服？什么审美啊！不用问了，肯定是你爹！难道他忘了你才五岁而不是三十五岁吗？”宁夕一边吐槽一边翻找，最后终于从柜子最底下翻到了一件满意的，“哇！这件可爱！”

白色的短袖小衬衫，带兜帽，帽子上挂着两个长长的兔耳朵，搭配背带裤，背带裤上还有一个大大的口袋，跟叮当猫似的。

“看这风格，这件肯定是你二叔给你买的！你二叔这点上倒还算靠谱，小孩子嘛，就该穿点可爱活泼的衣服才对！”宁夕自顾自满意地点点头，然后问，“宝贝，怎么样？你喜欢这件吗？要是不喜欢，阿姨再给你重新找！”

宁夕不忘征求小宝的意见，虽然每次小宝都总是同意她的意见。

果然，这次小包子依旧毫不犹豫地点点头。于是宁夕便欢快地帮小包子把衣服换上了。

帮小包子换好后，宁夕自己也钻进了房间换衣服。

非常巧合的是，她也有一件跟小宝那件非常相似的衣服，当即就翻出来穿了，然后也搭配了一件牛仔的背带裤。

宁夕换好衣服出来后，小包子一看到她眼睛就亮了。他看看宁夕，又看看自己，小脸上满是开心和满足，还伸手摸了摸她帽子上的兔子耳朵，显然非常高兴跟小夕阿姨穿一样的衣服。

两人一切准备就绪后，门口响起汽车引擎的声音。

陆霆骁回来了。

室外温度高达三十多摄氏度，陆霆骁却仿佛来自冰川雪原，迈着修长的双腿，神色冷傲地走进了客厅。当他的目光落在沙发上穿着相似衣服，如同穿着母子装一般的一大一小两人，自他冰冷的双眸开始，整个人如同冰川融化：小宝这一身自然是非常的可爱，至于宁夕，可爱的兔耳朵加减龄神器背带裤，使得她看起来年纪更小了，跟小宝并排坐在一起倒是更像姐弟。

看到陆霆骁回来后，宁夕立即牵着小宝站起来：“我们俩都准备好啦，可以出发了吗？”

陆霆骁点点头，目光在女孩的身上停留了好几秒才挪开：“走吧。”

上车后，宁夕兴奋地问：“喂喂，陆霆骁，你看咱们小宝这衣服可不可爱？我找了半天才找到这么一件。”

“可爱。”陆霆骁回答，却是看着后视镜里的女孩说的。

宁夕得意：“我就说！以后应该多给小宝买些可爱的衣服才对！”

陆霆骁嗯了一声，然后从怀里摸出一张黑色的卡，递给她。

“这、这是干啥？”宁夕眨了眨眼睛，不解地看着那张她只在网上才看过的传说中的无限透支黑卡。

陆霆骁：“买。”

宁夕：“呃……”她不是这个意思好吗？咋二话不说就拿钱砸人呢？算了，既然给都给了，回头就去给小宝多买几件好看的衣服吧！

到了地方后，陆霆骁先下了车，然后绅士地帮两人拉开车门，看了眼宁夕问道：“你可以吗？”

相处久了，宁夕也渐渐习惯了陆霆骁简略的说话方式，知道他的意思是问她这样出现在公开场合有没有问题。

宁夕挠挠头：“没事吧！现在没几个人认识我，而且我还穿成这样！”说完从包里掏出一副没有镜片的琥珀色圆形镜框戴上，“这样就好啦！”

“嗯。”陆霆骁点头。

三人一起往火锅店走去。

宁夕对她自己的估算挺正确的，确实没人认出她。然而，她忘记了小包子和陆霆骁。父子俩简直是太惹眼了，尤其是这一大一小站在一起的时候，简直吸引了所有人的视线。

其实宁夕今天也很惹眼，因为她跟小包子的亲子装。

“啊！看那边的父子，颜值太高了吧！大的帅小的萌！”

“旁边的姐姐也好漂亮啊！这一家子颜值都好高！爸爸带姐弟俩出门吗？妈妈呢？”

听到这一句，陆霆骁的脸色明显黑沉了下去。

还好，这时那个女人旁边的男人道：“什么爸爸带姐弟啊！人家那是一家三口好吗？那个女孩子明显是那男人的老婆，小孩子的妈！”

“不会吧！那女孩看起来年纪很小啊！”

“懂什么呀，人家不过是老夫少妻，那个男人看那女孩的眼神一看就不一样好吗？明显是看老婆的眼神！”

宁夕听到这一桌人的议论，顿时心里直打鼓。

大哥啊，有话好好说，你到底是怎么看出陆霆骁看我的眼神不一样的？还看老婆的眼神？

“呵呵，那位大哥可能眼神不太好！”宁夕干咳一声对陆霆骁说道。

宁夕话音刚落，只见那个女人赞同地点点头：“你说得没错，还真是！而且仔细看那个小男孩虽然长得非常像爸爸，但其实眼睛跟妈妈很像，尤其是他笑起来的时候……”

宁夕听得都快崩溃了：“咳，那位大姐，眼神可能也不太好……”

小包子长得怎么可能像她啦！她又不是小包子的妈！

陆霆骁不动声色地看了眼女孩的眼睛，其实，是有些像。之前他就发觉了，小宝笑起来的时候，那眉宇间的神态跟宁夕颇有几分神似。如果是巧合，还真是令人愉悦的缘分。

这个小插曲很快过去。

落座后，宁夕舒服地叹了口气：“啊！大夏天的吹着空调吃火锅最享受了！小宝宝贝，我发誓，你一定会爱上这种感觉！”

这还是两年来小包子第一次在外面吃饭，对什么都有点好奇，东看看西看看，不过小手要始终拉着宁夕的手才安心。

宁夕翻了翻菜单，征求陆霆骁的意见：“你不能吃辣，那我们点个鸳鸯锅吧？”

“你决定。”陆霆骁点头，脱了外套，手臂随意地横在椅子上。

再普通不过的一个动作，但由他做出来却荷尔蒙爆棚，看得宁夕心中没由来地一阵小鹿乱撞。最近也不知道怎么回事，貌似这样的次数越来越多，小鹿都快撞晕了！

陆霆骁他到底是有意还是无意的啊？

很快他们点的锅底和菜就上来了，宁夕顿时食指大动，把一切都抛到了脑后。

陆大魔王吃个火锅都是那么严谨，每样菜，哪个先下哪个后下，每个放多长时间都计算得非常精准，全程都在有条不紊地服务她和小包子，比上次在她家里吃的时候还要专业。

宁夕还从没吃火锅吃得这么省心过，因为只需要吃吃吃就行了，每样菜都烫得恰到好处，不会像她一样，总是一不小心就太生或煮老了。

“你跟牧野在同一个剧组？”正吃着，陆霆骁突然问了一句。

宁夕愣了一下才反应过来，江牧野是盛世力捧的小鲜肉，又是陆霆骁的外甥，所以陆霆骁会知道他的近况并不奇怪，于是点头道：“是啊，他今天进的组，其实我也是今天刚知道，看到他还吓了一跳……”

陆霆骁给她夹了一个鱼丸，语气不经意：“关系不错？”

宁夕挠挠头，觉得这倒是没什么可隐瞒的，于是直接答道：“这个……我跟他的关系有点一言难尽，我们交往过一段时间，不过已经分手很久了，现在算朋友吧！不过估计很快连朋友都做不了了，这家伙回国后差点坑死我……”

“以后他若欺负你，告诉我。”陆霆骁说。

宁夕笑道：“哈哈，不会啦，在戏里都是我欺负他，至于戏外嘛，哼哼，他要是敢欺负我，我就去做他大舅妈，分分钟用辈分压死他！”

话音刚落，宁夕和陆霆骁俱是一愣。

宁夕恨不得找个地缝钻进去：她怎么就管不住这张信口乱说的嘴呢！

宁夕拼命给他夹菜：“呵呵，我……我开玩笑的……你别介意！”

陆霆骁看起来却似乎丝毫没有生气，反而心情不错的样子，唇角微勾道：“不错的主意。”

宁夕傻眼：他竟然觉得这主意不错？！

“宁夕。”陆霆骁突然认真地看着她。

宁夕被那双深邃的眸子注视得一阵紧张："怎、怎么了？"

"如果你改变主意了，随时可以来找我。"陆霆骁说。

宁夕闻言顿时心里咯噔一下，她知道他指的是"嫁给他"那件事。虽然上次明确拒绝后陆霆骁没有再提，但她始终能感觉到陆霆骁对她态度的不同，还有两人之间越来越暧昧的气氛，最糟糕的是她的心，竟然渐渐开始脱离她的掌控……难道真像江牧野说的那样，她被美色所迷了？

经历过五年前那件事之后，她以为自己再也不会爱上任何人，甚至有很长一段时间，她的心理出现了很大问题，极度地排斥和厌恶男人，尤其是当她看到渣男，就完全抑制不住体内的怒气，一心想灭了他们替天行道。虽然近几年她的心态平和了很多，但对于男人这种生物还是敬谢不敏，更别提找个人结婚，这对她而言简直是天方夜谭。可是，眼前这个总是摆着一副面无表情的面瘫脸，气场骇人，甚至经常让她感到畏惧的男人，竟不知不觉在她心脏外厚厚的壳上敲开了一丝缝隙……

吃完火锅后，回家的路上，车子开到半路小宝就睡着了，小小软软的一只，宁夕抱在怀里都舍不得松手。

真是糟糕啊！大包子已经让她够乱了，还有一只小包子。她发现相处得越久就越是喜欢小包子，甚至一日不见就会各种想念，如果今天没有抱抱他，就总会觉得缺了什么。这可不是什么好征兆。

到家后，宁夕小心翼翼地将小家伙抱进了房里。

陆霆骁斜靠在门框上，目光温柔："这些日子麻烦你了。"

宁夕给小宝掖好被子，带上房门走出来："不麻烦，我也挺喜欢小宝的。"犹豫了一下，她做出欣慰的表情笑道，"小宝的状态越来越好，看样子很快就不用我住在这里了！"

陆霆骁的面色陡然一沉："你很想离开？"

宁夕被他凌厉的目光逼得后退一步："这个……本来就是等小宝恢复了我就该走的啊，打扰你们这么久我也挺过意不去！"

陆霆骁："不打扰。"

宁夕没办法，只能仰起头，清亮的目光直视着他："但我会觉得困扰。"

陆霆骁眉头紧蹙："困扰？"

"是的。"宁夕深吸一口气，开口道，"说实话，我并不是一个生活很自律的人，留在这里，我必须时刻注意我的举止言行……"

陆霆骁："你不必注意。"

宁夕扶了扶额头，无奈道："行，就算这个你不介意，但我也是需要私生活的，偶尔我会带朋友来家里玩，平时收工后也需要放松一下，骑骑车泡泡酒吧，万一遇到个合眼缘的帅哥……"

“够了！”陆霆骁听得脸色越来越难看，终于忍无可忍地打断她。

深夜，宁夕躺在床上，大脑中思绪纷乱。

她哪里遇到过合眼缘的帅哥啊，就算遇上想追求她的男人，也全被她拒绝了。

至于亲密关系，说来悲催，仅有的一次竟还是五年前的那一次。估计是阴影太大，对这种事，她总觉得很恶心。

今晚陆霆骁是真被她气到了，可是没办法，这件事她早晚都是要提的，不如在事情发展到她完全无法控制之前早点离开。自己远离，总好过有朝一日最丑恶不堪的一面赤裸裸地揭露在他面前，他才避之不及地离开。

心绪不宁的后果便是半夜里被各种纷杂的梦境缠绕。

迷糊的睡梦里，她的耳边呼啸着各种声音——

“宁夕，你凭什么跟我争？除了那点血脉，你就是个一无是处的废物！”

“你还有脸问那个孩子，你想干什么？难道你还准备生下来养他？”

“孩子早产，生下来就死了，尸体我已经处理掉了！”

“宁夕我告诉你，从今往后我宁耀华就当没你这个女儿！你跟我们宁家再无关系！”

“小夕，对不起，我们分手吧！我不会不管你的，我会把你当成亲妹妹一样照顾……”

……

她拼命地跑，拼命地跑，想要逃离这些可怕的声音。她跑到了医院的顶楼，楼下是万丈深渊，那深渊如同有着魔力，诱惑着她一步步前进。终于，她闭上眼睛，一跃而下。坠楼的瞬间她竟没有和往常一样惊醒，反而坠入另一个旖旎的梦里。

这次倒不是噩梦了，竟好像是个旖旎的梦……以往也做过类似的梦，但每次都是伴随着巨大的恐惧和无助，可这次似乎有些不同。一个又一个吻落下来……

她感觉不到以往的那种恶心和肮脏，反而感觉自己仿佛是对方最珍贵最重要的宝物。他是谁……好疼……他为什么咬她？

尽管陆霆骁已经拼命遏制，最后还是不受控制地走进她的房间，明明知道不能惊醒她，动作还是不自觉地染上了暴戾。

这个女人，总是能够轻而易举地将他逼疯！“万一遇到个合眼缘的帅哥”，这句话就像是一颗急速撞过来的小行星，撞得他的理智碎成尘埃。

唇舌滑至女孩脖颈，他狠狠地咬了下去……

“呃，那个……”血腥味弥漫的瞬间，耳边传来女孩弱弱的声音。

陆霆骁的脊背顿时一僵，整个人如同被一盆凉水劈头盖脸浇下来。

男人还保持着刚才埋首的姿势，脖子上的疼痛让宁夕差点尖叫出声，但只能强忍着，尴尬地提醒道：“咳，那个什么……我只是睡着了，又不是睡死了，你、你动静这么大……我是会醒的呀……”

本来一开始吧，她还想装一下的，最后实在是装不下去了，疼死她了好吧！

此刻，陆霆骁幽邃的眸子已跟夜色融为了一体，他缓缓抬起头，目光锁定她，语气如同魔魅：“嗯，醒了……又怎样？”

话音刚落，一把锁住她的双手重重按在头顶，接着俯下身，毫不犹豫朝着她的唇吻了下去。

宁夕下意识地想要挣脱，可是双手被禁锢……

这是什么情况？难道是她还在做梦压根就没醒？

直到宁夕胸腔里的空气越来越少，几乎快要奄奄一息了，陆霆骁终于暂时饶过了她，抚摸上方才被咬了一口的脖子，似是安抚，却令人更加毛骨悚然。

“喂，陆霆骁，陆霆骁……”宁夕叫了几声，对方毫无反应。

此刻的人没有平日里的绅士克谨，更没有宁夕熟悉的温柔……

“不、不要！”脑海中蛰伏的记忆铺天盖地涌现出来，令她整个身体都在颤抖痉挛。

就在宁夕痛不欲生的时候，突然对方停止了动作，只剩下一个沉重的山，一动不动。那种深陷沼泽几乎要窒息的感觉顿时消失，只剩下了呆愣……

“陆、陆霆骁？”宁夕试探着拍了拍男人的肩膀，没有丝毫反应。等了十多秒，对方依旧一动不动后，宁夕放轻动作，试探着小心翼翼地把人翻到旁边。借着窗外的月光，她看到男人平静地闭着眼睛躺在那里，如同沉睡的国王，就好像刚才那头骇人的野兽根本就不是他。

见鬼了，这到底怎么回事？

“难道……难道是梦游？！”宁夕自言自语地咕哝。

貌似也只有这么一种解释可以说得通了。可陆霆骁梦游的方式也太别出心裁了吧？三更半夜跑到她屋里，居然还能像模像样地跟她对了一句话？

陆霆骁呼吸平稳绵长，现在的样子看起来就像是睡着了。

宁夕不敢叫醒他，生怕他又抽风，但放着他这样又实在是不放心，可这大半夜的，她找谁去？想来想去，她想到了一个人。

拿起手机，她拨通了陆景礼的电话。

“喂小夕夕！哇哦！你居然这个点给我打电话！出什么事了出什么事了？”陆景礼的声音很大，几乎是喊出来的。

宁夕本来还担心这么晚了给他打电话会打扰他，结果手机那头的陆景礼声音无比兴奋，背景是嘈杂的喧闹声，看样子正在通宵开派对。

“陆景礼，我问你一件事！”

“你问啊问啊！”

“你哥他……”

“我哥怎么了怎么了？”

这家伙是复读机吗？说话都要说两遍！

宁夕无语了一会儿，然后焦急地问道：“你哥他有没有梦游的毛病？”

正在打电话的宁夕并没有注意到，躺在她身旁的男人，在她问完这句话后，身体微不可察地僵硬了几分。他不过是临时想的这个主意，却怎么也没想到宁夕会打电话给陆景礼，万一陆景礼那二货说漏了嘴……那就打断他的腿好了！

手机那头的陆景礼突然安静了几秒钟，弄得宁夕心里更是七上八下，催促着追问道：“二少，到底有没有啊？”

如果只是梦游，那应该问题不大，但是万一陆霆骁是有其他什么疾病，她得赶紧把人送医院！这大半夜的突然化身狼人又突然昏睡过去很吓人的好不好？

“哦，我刚只是有点奇怪你怎么会突然问这个，他确实有这个毛病，你怎么知道我哥会梦游的？”手机那头陆景礼回答道，声音听起来没有任何异样。

宁夕闻言总算是松了口气，状似轻松地打着哈哈：“也没什么啦，就是我半夜渴了下来喝水，看到他直愣愣地站在客厅里，被吓到了而已！”

“是吗？”陆景礼的语气相当玩味，然后一本正经地开口道，“没事儿，老毛病了，你别管他，他现在在做什么，你继续让他做，千万别吵醒他，回头他自己会回屋的！”

“啊？让他继续？还不能吵醒？那、那好吧，我知道了！”担心陆景礼听出什么异样，宁夕赶紧挂了电话。

她头疼地看着躺在她旁边的陆霆骁。不吵醒他，难道就让他这么躺在这里吗？万一他又梦游一次怎么办？真是愁死她了！

因为这突如其来的变故，宁夕心中方才那几乎要令她崩溃的恐慌已经彻底不见了踪影。她看着身旁睡得毫无知觉的男人，越看越生气，最后泄愤似的伸出手掐了掐他的脸：“浑蛋，你倒是睡得舒服，我可是差点被你吓死……”

抽完风的陆霆骁还是挺乖的，看起来毫无威胁，她捏了好几下才过瘾地收手。现在看来只有等他自己走了，她听说如果正在梦游的人被吵醒会受到巨大的惊吓的。

分明是她受到的惊吓比较大吧。

宁夕本来准备等陆霆骁走了再睡，但没想到听着耳边规律的心跳声，竟不知不觉睡着了。很久之后，身旁的男人缓缓睁开墨色的眸子，露出松了口气般的表情。随后他失神地注视着女孩，手指轻轻触摸她微皱的眉头，面上露出复杂的神色……

次日清晨，宁夕被一通电话吵醒。她第一反应不是接电话而是扭头看旁边，陆霆骁果然已经不在了。于是她迷迷糊糊地将手机摸过来按下接通键，下一秒，手机里立即传来常莉怒不可遏的声音：“宁夕，你做的好事！我一早就警告过你让你注意自己的言行举止，不要给公司丢脸，你倒好，现在全公司上下的脸都被你丢尽了！”

宁夕立即清醒过来：“出什么事了？”

常莉没好气道：“你自己上微博看！”

宁夕爬下床，迅速打开电脑登录自己的微博。然后她就发现，她的微博炸了！

一般情况下，大部分艺人的微博都由经纪公司帮着打理，当然宁夕是没那个待遇的，她微博上只有三万多点粉丝，连个网红都不如，平时她喜欢分享一些生活中的小事，每次评论点赞都不过百。可是现在，一夜之间突然冒出了上万条评论。

她用最快的速度浏览了一下这些信息，终于搞清楚发生了什么。

有人发了长微博造谣宁夕为了孟长歌这个角色不择手段，还连累了同剧组的其他演员们。

很多人都相信了这条微博。

宁夕最近一条微博下面的评论简直不堪入目，所有人都在喊着“宁夕滚出娱乐圈”……

“看清楚了吗？你给我立即发一封道歉声明挽回公司形象！”常莉怒气冲冲地命令道。

宁夕冷笑：“道歉声明？”

一般签了公司的艺人遇到这种情况，都有经纪公司安排专门的公关团队尽可能地撇清关系，降低影响，可是常莉倒好，哪里是让她挽回形象，而是要彻底抹黑她，因为道歉了，就表示她承认那条微博里所说的一切。

“对，今天晚上八点之前我要看到！最好是录个视频，有诚意一点！否则你就等着被剧组解约吧！到时候连公司都护不住你！”常莉扔下这句威胁便挂了电话。

这通电话之后，宁夕彻底没了睡意。

她早就料到了现在这个情况，只是没想到对方来得这么快。看来贾青青真是一刻都等不了，加上有宁雪落在背后推波助澜，短短一夜的时间，她就被推到了风口浪尖。很好，都来吧！还就怕她们不来呢！

宁夕直接起床洗漱，然后拿出化妆品开始化妆。半个小时后，她看着镜子里经过化妆后变得憔悴苍白无比楚楚可怜的脸，满意地点点头。

刚把桌面收拾好，敲门声响起。宁夕起身打开房门，怔了怔，正是昨晚“梦游”的陆霆骁。昨晚的事情之后，这会儿看到他，感觉还真有点怪怪的。

没等宁夕开口说话，陆霆骁看到她无比苍白憔悴的脸色后，神情立即变得无比冰冷，二话不说就拿起手机，开始翻找联系人。

宁夕眼角余光瞥到他的手指停顿在了“梁飞星”这个名字上面。梁飞星，盛世娱乐公关总监，有一双翻云覆雨手，多次完美解决艺人丑闻，挽回艺人形象，堪称公关从业者们教科书一般的典范。

宁夕见状立即反应过来，当即一个虎扑过去抢过陆霆骁的手机：“陆霆骁，你干吗呀？”

“解决那些东西。”陆霆骁的脸色异常难看，显然他也已经知道网上的事情了。

宁夕满脸无奈地看着一言不合就要给她开挂的敌方大BOSS。上次陆霆骁二话不说把苏以沫的御用造型师叫过来给她救场，她就已经够受惊吓了，还好最后没被人发现，再来一次她可真的是消受不起。如果盛世在这种情况下突然掺和进来，她还会落得个脚踏俩公司的不忠之名。

宁夕语气轻松道：“这点小风浪都受不住，我还怎么混娱乐圈？你上次不是还说相信我的吗？”

“然而你现在的样子并没有说服力。”陆霆骁脸色严肃。

宁夕闻言一脸莫名，然后终于想起自己此刻的妆容，于是解释道：“这惨白的脸色还有黑眼圈是我刚才自己画的，真不是强颜欢笑故作坚强，不信的话要不要我卸个妆给你……”

话未说完，陆霆骁突然伸出手，摸了一下她的脸颊和眼睛。

只是轻轻的一个碰触，宁夕仿佛触了电，忍不住瑟缩了一下。

宁夕的反应让陆霆骁脸色微暗，很快便收回手：“不许逞强。”

宁夕笑道：“不会的，要是我搞不定，绝对会飞扑回来抱你大腿！”

被顺毛的陆霆骁脸色稍缓：“嗯。”

随后，宁夕挠挠头看着他，一副欲言又止的样子。

“想说什么？”陆霆骁问，语气温柔，与昨夜判若两人。

宁夕面色复杂地看了他好半天，最后还是忍不住开口：“咳，那个，陆霆骁啊，你有没有想过找个伴侣啊？”

“你什么意思？”陆霆骁的脸色瞬间冷了下来。

“你别怪我多管闲事啊，我就是觉得……”宁夕努力斟酌了一下措辞，然后语重心长地拍了拍他的肩膀，“我觉得你可能需要一个伴侣，有些事吧，忍着对身体不好的！”

不是有句俗话说，日有所思夜有所梦吗？陆霆骁表面看起来不近女色，但从他昨晚的表现来看，分明很需要的样子啊！

这回陆霆骁的脸色是彻底黑了。该死的女人，你以为是谁害的……

见陆霆骁面色越来越不善，宁夕干咳一声，赶紧开溜：“时间快来不及了，我去跟小宝道个别，然后就去剧组了啊！拜拜！”

城郊影视城。

宁夕刚一出现，门口等待已久的一群江牧野的粉丝立刻跑了过来。

场面一片混乱，只有几个保安在护着宁夕往里面走，剧组的其他人都在围观看热闹，时不时对她指指点点，嘲讽地笑着。那些视线如同刀子一样一寸寸割在她的身上，那些怀着恶意的目光，如同一只只狰狞的毒蛇猛兽，似要将她撕碎。

人群里不知道谁砸了一块石头过来，而且还砸歪了。眼见着那块石头就要砸到正在看热闹的化妆师Amy身上，宁夕面色一变，身形敏捷地跳了起来，在那块石头距离Amy只有半米远的时候及时用手臂挡住。下一秒，手臂被砸到的地方顿时一片鲜血淋漓……

现场群情激奋的粉丝看到这一幕全都蒙了一下，Amy也被吓傻了。

宁夕苍白着脸，目光冰冷地扫过那些粉丝：“你们要闹可以，冲我来，别伤着不相干的人。”

“你、你少假惺惺！”

“就是！少装好人！”

宁夕的目光更加凌厉：“我是好人还是坏人，是由什么决定的？一条无凭无据的微博，还是捕风捉影的谣言？虽然你们年纪小，但是希望你们做事之前过过脑子，别被人利用了还不知道，平白给你们的偶像抹黑！”

宁夕知道，这时候跟他们说什么都是听不进去的，除了说他们在乎的偶像。

“什么时候轮得到你来教训我们！”

“其实我觉得她说的有点道理……刚才扔石头的是谁，站出来！不是说好了不许动用暴力！？”

“就是！谁啊！我们是来讨公道的，不是来给牧野抹黑的！”

……

骚动的粉丝暂时稳定下来，宁夕终于挤进了拍摄地。

郭启胜见她来了，连忙把她叫进了休息室：“宁夕啊，来了！快过来坐！”

“导演，对不起，给剧组惹麻烦了……”宁夕一脸愧疚，深深地弯腰鞠了个躬。

看着女孩憔悴的模样，郭启胜忙安慰道：“惹麻烦的人哪里是你，别人不了解你，我还不清楚吗？光就说你没演技这条，简直是瞎扯淡！至于说……咳，说你和剧组里的人的……我作为当事人还能不明白？这种事我看得多了，谁是谁非，我心里清楚！”

“谢谢导演。”这种时候郭启胜还能站在她这边，她真的非常感激。

“但是，这件事对你造成的影响确实太大了，你看着这脸色憔悴的，不然给你放几天假，你好好休息休息？”郭启胜建议。

宁夕立即道：“不用的！导演，我想继续拍戏！本来因为我的事情就已经给剧组造成很大的影响了，如果再拖累剧组拍摄进度，我真的万死难辞其咎！”

郭启胜见她态度坚决，露出欣慰的神色：“好吧！如果坚持不下来，一定要跟我说！”

从导演那儿出来后，宁夕突然被一股巨大的力道扯到了一个无人的角落里。来人满脸焦急，连那头金毛看起来都有些无精打采：“宁夕，手没事吧？”

“小伤，已经处理过了。”宁夕不在意道。

江牧野一脸暴躁：“我本来准备发声明跟粉丝解释，可是明哥把我微博密码改了不准我登录，说我现在站出来会更害了你……”

宁夕拍拍胸口露出庆幸的表情：“幸亏明哥智商在线。”

江牧野顿时满脸受伤：“没良心的女人，我还不是为了帮你！”

宁夕无奈道：“你如果真想帮我的话，那我提前跟你预警一下，待会儿我要装一下小白花，你配合我不许乱来，否则别怪我真的跟你绝交！”

江牧野掏了掏耳朵，做不可思议状：“刚才你说你要装什么？”

“小白花，有问题？”

“你确定你一朵霸王花能完成这么高难度的挑战？”

“滚！”

今天也是巧了，宁夕要拍的大部分戏份都是跟贾青青的对手戏。

正坐在树荫下研究剧本呢，耳边突然传来一个阴阳怪气的声音：“哟，这不是我们的大明星吗？宁夕，你现在可是出名了，火得所有人都知道你呢！你可真够不要脸的，出了这种事还敢来剧组！”贾青青的表情别提多幸灾乐祸。

只要宁夕滚出了剧组，她就可以趁机顶替宁夕的位置，就可以跟牧野哥哥搭戏了！

宁夕咬着唇，身体微颤，表情难堪地沉默着。

贾青青见状更加得意，嗲声凑到了江牧野的跟前：“牧野哥哥，这种人你还是离她远一点吧！不然名声都要被她带坏了！”

随着贾青青的凑近，一股刺鼻的香水味立即飘过来，江牧野额头青筋跳了跳，当场就要发作，想起宁夕的警告才深吸一口气勉强忍了。

贾青青见江牧野不搭理自己，只当他遇到这种事心情不好，一副体贴入微的模样安慰道：“牧野哥哥你放心好了，剧组迟早扛不住压力会换了宁夕！”

“你很吵。”江牧野用尽自制力才把骂人的话换成了这三个字。

“对不起牧野哥哥，我不打扰你休息了。”贾青青有些委屈地走开。她不满江牧野依旧冷淡的态度，但想了想很快又安心了，反正等她拿到了女二号，有的是机会跟牧野哥哥相处。一想到这里她就抑制不住激动。

话说今天导演干吗还要她过来继续拍跟宁夕的戏啊，真是浪费时间！不过，今天拍的戏她倒是挺喜欢的，有一场是她扇宁夕耳光的戏。哼，到时候一定要让宁夕好看！

“导演，我觉得这场戏的话，我真扇效果会比较好，您觉得呢？”对拍摄从来不上心的贾青青难得主动去找导演说戏了。

郭启胜哪里不知道她在想什么，沉声道：“主要还是借位，顶多擦到一点脸就行了！”

“知道啦！”贾青青嘴上应着，却完全没打算会听，打定主意真扇，而且要多扇个几次，让宁夕多吃点苦头。

各部门准备好后，拍摄开始。

这场戏里，孟长歌刚入宫，化名南无梦，还只是一个小小的宫女，因为皇帝多看了她一眼，贤妃心中嫉妒，便把她叫到了寝宫里为难她。

“不要脸的女人，居然敢在本宫眼皮子底下勾引皇上！”贤妃说罢，重重的一巴掌扇了下去。

贾青青动手的瞬间，宁夕双眸微眯，身体微微侧了侧，巧妙地避开摄像机躲过了贾青青的手，但她的身体却仿佛受到了巨大的力道，整个人狼狈地摔在地上，然后脸一歪，“噗”地吐出一口血来。

“宁夕——”郭启胜吓了一跳，围观的其他工作人员也被这一幕吓到了，纷纷围了上去。

“贾青青，你是第一天演戏吗？连自己的力气都控制不好？”郭启胜平时脾气很好，这一次却是动了真怒。戏外的事情他无法插手，但如果在他的戏里做这种下三烂的事情，他绝对不能容忍！

“我……”贾青青自己也吓了一跳，她刚才确实故意用了力，但绝对没到能把宁夕扇得摔倒吐血的地步，而且刚才她明显感觉宁夕躲了一下，她压根就没怎么碰到宁夕，于是梗着脖子喊冤，“我只是轻轻扇了她一下而已，根本就没用力！她是装的！”

无奈贾青青在业界风评太差，这种事没少做，加上她本来就一直针对宁夕，所以这会儿没有一个人相信她。

“导演，我没事的，就是嘴里破了一点，含会儿冰水就好。青青姐可能只是想拍摄出来的效果更好，您别生气……”宁夕一脸虽然委屈却强撑着，隐忍又懂事的表情。那表情看得不仅是导演，连其他人都有些同情她了。

江牧野在旁边看着，嘴角抽搐，差点被雷死。这家伙，装得还挺像。

贾青青看着她娇弱的样子，顿时气炸了：“宁夕你还装！你分明是故意的！是你自己咬破自己的！你嘴里是不是提前藏了血胶囊？！”

“贾青青，你够了！”郭启胜一声厉斥。

旁边贾青青的小助理怕事情闹大，急忙拉住她劝：“青青姐，算了吧！别惹导演生气了！毕竟这件事咱们也有错……”

显然她也认为是贾青青故意打的，这种事她跟在贾青青身边见得多了。

贾青青反手一个巴掌扇到小助理脸上：“滚开！什么时候轮到你指挥我做事！”

小助理跟宁夕一样被打得摔在地上，嘴角都出血了。围着的剧组工作人员，尤其是跟小助理一样地位不高的人，全都赶紧上前去扶那个小助理，看着贾青青的眼神无比厌恶。

宁夕虽然私生活混乱，但是她从没影响到别人，而且拍戏还敬业，可是贾青青呢，简直就是个泼妇！

贾青青还是第一次被人冤枉，见所有人都不相信她，脸都青了，仿佛下一秒就要被气晕过去。

就在她失控到快要不顾一切去撕宁夕的时候，突然一人走上前来挽住她的手腕：“青青，你也是的，我知道你想好好演让导演刮目相看，但也不用太认真啊，知道的人说你敬业，不知道的人怎么想你？”

说话的是刚赶过来的宁雪落。今天宁雪落没有戏份，本来她是不用来的，但是为了看宁夕倒霉的样子，她还是来了，却没想到，过来之后看到的竟然是这样一幕。这个贾青青到底在搞什么？这么好一副牌，怎么被她打成这样？

眼见着众人因为极度厌恶贾青青都快要同情宁夕了，宁雪落急忙上前解围。

贾青青一见到宁雪落就像见到了亲人，立即拉着她哭诉去了：“雪落姐，宁夕她污蔑我！”

宁雪落生怕她再乱说话惹人厌恶，忙把她拽到了角落里：“你怎么这么沉不住气？宁夕早晚是要被赶走的，你这时候去惹她做什么？”

贾青青气急道：“我一开始是决定教训她一下的，可是我压根还没碰到她，她就自己躲开了，还故意做出一副被我打得吐血的样子！”

宁雪落看了眼对面被导演不停安慰表现得一脸大度状的宁夕，立即看出她要的什么花样，急忙想办法补救道：“青青，我相信你没有，问题是大家不信，现在的情况你解释不清的，最好的办法就是你立刻去给宁夕道个歉……”

贾青青一听就炸了：“什么？让我道歉？！我不去！雪落姐你怎么可以站在她那边，帮着她说话！”

宁雪落简直快被气死了：“你没看因为这件事大家都开始同情她了吗？难道你想让她翻身，让她继续能跟你的牧野哥哥搭戏？”

贾青青略犹豫了一下，仍旧不松口：“总之我不去！让我去跟她道歉不如让我去死！”

这么一件小事怎么可能造成什么影响，回头她买点小礼物打发一下这些人就是了！

宁雪落见她实在是说不通，只能作罢，希望接下来她不要再出什么差错。

宁夕的名声被毁已经成了定局，就算她再有心机，也只能玩玩这些小花招了，难道还能翻了天去？估计过不了多久，那个捧宁夕的人就要把她甩了，谁会要一个声名狼藉的人。想到这里，宁雪落稍稍安下心来。

最后这场戏郭启胜想了想，为免又有冲突也没让她们重拍了，直接用了宁夕被打吐血的画面。

今天要拍的第二场戏是孟长歌被封贵妃，贤妃失宠被打入冷宫，孟长歌去冷宫探望贤妃，跟贤妃道出了她的真实身份。

还好这场戏比较安全，都是表情和对话，没什么动作了。

“三，二，一，开始！”

拍摄开始。

冷宫里，德妃坐在一张宽大的椅子上，看将死之人一般睥睨着狼狈地摔在她脚下的女人：“贤妃，你知道本宫为什么这么恨你？为什么一定要置你于死地吗？”

“你就是嫉妒我！嫉妒皇上喜欢我！嫉妒我得宠！”

德妃“扑哧”一下笑出了声，如同听到了一个天大的笑话：“本宫嫉妒？嫉妒你得那个糟老头的宠？”

“德妃！你、你疯了吗？我要告诉皇上！我要告诉皇上你辱骂……”

德妃陡然一个阴森的眼神射过去，生生逼得贤妃噤声，然后一字一顿道：“贤妃，你可知道本宫是谁？是否还记得‘孟长歌’这个名字？”

“你、你……”贾青青“你”了半天也没“你”出下文。

郭启胜喊了一声：“咔，重来！”

第二次拍摄开始。

“贤妃，你可知道我是谁？是否还记得‘孟长歌’这个名字？”这一次，宁夕的目光比上一次更加凌厉，如同绞刑架一般死死扼住对方的脖子。

“你是、是……”

“停，重来！”

第三次拍摄开始。

“贤妃，你可知道我是谁？是否还记得‘孟长歌’这个名字？”宁夕的情绪一次比一次激烈，这次用厉鬼索命般的语气说出了这一句台词，连围观的人都感受到了她滔滔不绝的愤怒和怨气。

“你、你是孟长歌？你怎么可能是、是……”贾青青收音机卡壳似的，又忘词了。

“停！”这一次，郭启胜终于彻底失去了耐心，摔了剧本，大发雷霆，“贾青青，你怎么回事？连这么简单的台词都背不下来，你到底有没有看剧本！”

实在不能怪郭启胜生气，难得宁夕这次情绪这么好，看得他激动不已，本来能有一个完美的镜头，却被贾青青的低级失误毁了。

围观的工作人员看着这一幕，全都露出鄙夷的表情——

“贾青青是脑子不好吗？来来回回就这么一句话，我都会背了！‘你是孟长歌？你怎么可能是孟长歌！孟长歌分明已经死了！’就这么一句话，很难背吗？”

“那个帖子里还说宁夕演技差呢，他真该看看贾青青，然后就会知道什么才是真正的狗屎！”

“其实宁夕演技挺好的，你没发现至今为止她的戏全都是一遍过吗？就算 NG 也都是因为其他人的错误。”

“好像真的是哦！我本来以为是因为她本色出演，但昨天她演少年孟长歌的那场也非常出彩！虽然她一直在调戏江牧野，但不知道为什么，不会让人有猥琐的感觉，反而看得我小鹿乱撞的！”

“是啊是啊！昨天我看得都激动死了！要是换个人来，我还真不乐意！好像在我心里，孟长歌就是宁夕了！”

宁雪落怎么也没想到还会有更糟糕的情况出现，顿时在心里把贾青青骂了几百遍，面上却还是装作关心的模样走过去。

“青青，你怎么了？今天状态不好吗？”

贾青青整个人都处在暴走状态之中，抓狂道：“我也不知道我是怎么了，我一看着宁夕就会忘词，跟中邪了一样！”

“怎么会这样？”宁雪落其实不太相信贾青青的话，觉得是贾青青演技本来就差平时又不用功的缘故，但还是耐着性子安慰道，“慢慢来会好的，我来帮你对戏！”

宁雪落陪着她对了一遍戏，结果贾青青流畅地说出了台词。

“你看，这不是挺好的吗？”宁雪落鼓励道。

贾青青顿时恢复了自信，主动跑去找导演：“导演，我准备好了！”

郭启胜这会儿已经勉强恢复冷静，略缓和了脸色道：“那就开始吧！”

然而，这一次，贾青青依旧忘词了。她不甘心，一次又一次地重来，结果连续 NG 了二十八次！

就这么一场简单的戏，两人一直拍到晚上都还没过，最后弄得整个剧组的人全都怨声载道。

这是拍电影，不是拍电视剧，是要用胶卷的，NG 那么多次，花费人力不算，还要浪费多少钱啊！

第三十三次 NG 的时候，贾青青呆呆地站在那里，突然发疯一样尖叫了一声，猛地朝着宁夕扑过去：“宁夕，你到底对我做了什么？为什么我记不住台词！为什么我就是记不住台词！是你！肯定是你搞的鬼……”

旁边的小助理等人赶紧去拉她，结果全都被她疯狂地甩开，连宁雪落去劝都被挠了一爪子。

这下真是所有人都把她给嫌恶上了。

“自己记不住台词还能是别人的错？别人还能钻到她脑子里去偷台词吗？连累这么多人忙到这么晚，一点愧疚的意思都没有！”

“宁夕也是挺惨的，招惹了这么一号人物！”

“你们有没有觉得昨晚的事情很蹊跷啊？江牧野刚一进组，转身宁夕就出了这种事！”

“要是宁夕被赶出剧组了，得益最大的是谁？”

“这还用问吗？”

说到这里，所有人都露出心知肚明的表情。

最后大家都收了工，不欢而散。贾青青大闹一场后被导演停了两天戏，让她好好冷静一下。

宁夕卸了妆正准备离开，宁雪落悄然走了进来，双臂环胸，一脸轻视：“宁夕，真看不出来你这么有心机！”

“咦？我有心机吗？”宁夕似笑非笑地瞥了眼宁雪落手臂上被贾青青挠出的血痕，然后眨着眼睛，一脸无辜，“难道不是你眼光太好，太会挑队友？”

“你……”宁雪落咬着牙，气得胸口疼。

她哪里知道贾青青会这么笨，演技又这样差，弄得剧组的人都开始对宁夕改观！接下来宁夕肯定还会有动作，她必须赶紧想办法应对，绝对不能让宁夕翻身。

跟宁雪落短暂交锋后，宁夕正往外走，手机响了一下，收到一条信息。

巫妖王：我在前面巷口等你。

宁夕谨慎地回了他一句：各走各的，回家见，我去你家找你。

一个小时后，铂金华府 6 号。

宁夕刚走到门口，江牧野立即一把将她扯进去，探着脑袋东张西望，跟接头似的。

之前他完全不在意宁夕跟自己扯上关系，甚至恨不得所有人都知道他们关系匪浅，但经历过这一次之后，他不得不重新考虑自己之前做的事情了。

宁夕放下包踢掉鞋子，盘腿坐在沙发上，第一件事就是伸着手问：“视频拍了没有？”

江牧野满脸无语地看着她这副毫无形象的样子，这女人压根就没有把他当男人看吧？为什么每次在他面前都这么随便，一副流氓的样子，简直跟她在戏里一模一样！

“你当我也是猪队友吗？当然拍了！”江牧野没好气地把手机递给她。

她说要装小白花的时候，他就猜到她想做什么了，当然及时拍摄下了所有的精彩画面。

宁夕接过手机挨个点开看了看，满意地点点头："拍得不错！给你加个鸡腿！"说完她打开微博，用自己的大号发了一条微博，内容当然不是常莉要求的道歉，而是四个字——清者自清。

发完之后，她紧跟着登录自己的小号，私信了一个据她所知是隶属盛世的八卦博主，将贾青青连续NG的视频爆料给了他。

这两家不愧是死对头，宁夕私信过去没多久，那个博主立即就把视频给发了出去，还配了很惹人眼球的一句话："NG了33次，娱乐圈第一花瓶让你们见识见识什么是没有演技。"

江牧野瞅了她一眼："就发这一个吗？其他视频不用？我那么辛苦偷拍的！"

宁夕埋着头刷评论："这条足够抛砖引玉，接下来不用我们自己动手，你以为当时只有你一个人拍了视频？"

"话说你干吗不早点用那招对付贾青青啊？早用的话她早就直接被换掉了，哪有这么多屁事，还害得我白忍受了那个女人两天！"江牧野不满地咕哝。

现场没有一个人看明白贾青青为什么不停NG，只有江牧野知道是怎么回事。是因为宁夕在故意"压戏"。所谓压戏一般只有经验非常丰富的演员才能做到，故意飙演技，在心理上压迫对方，让对方发挥失常，不停忘词，严重的甚至会给对方造成一辈子难以逾越的心理阴影。娱乐圈能做到这一点的人非常少，最重要的是这个方法很难被看出破绽，因为你很难判断对方是演技爆发了，还是在故意压戏，所以这招可谓伤人于无形，不留一点痕迹。

宁夕白了他一眼："大招当然不能随便放啦！"

这招也是需要特定情境的，比如今天那场戏就非常适合用来压贾青青，另外就是这招会严重影响到剧组拍摄进程，不到万不得已的时候她绝对不会用。

江牧野不由得回忆起某些不太愉快的过去，撇撇嘴道："那我还真是荣幸啊，作为少数被你放过大招的人！"

当年他也被宁夕用这招压过，不过他可不是贾青青那种垃圾，后来硬是撑过去了，演技反而得到了一个飞跃。

江牧野说完突然目光灼灼地盯着她："晚上一起吃饭吗？你答应过单独请我的！你还答应过改天陪我打游戏！"

这件事上确实是宁夕理亏，于是只能无奈地叹了口气道："行行行，陪你吃陪你玩行了吧？我给陆霆骁发个短信说一下。"

江牧野一听表情立即变了："你不过是暂住的镇静剂，为什么不回去还要发短信汇报？你跟陆霆骁到底算什么关系？"

"虽然我的信息是发给陆霆骁，但发送的对象是小宝好吗？"

宁夕懒得搭理他，埋着头编辑短信："亲亲宝贝，阿姨今天晚上有事要忙，可能会回来很晚，你乖乖吃饭乖乖睡觉，回头等阿姨空了去给你买萌萌的衣服哦！爱你！”

江牧野看着那条短信，气得眼睛都红了：“为啥你对小宝这么温柔，你跟我在一起的时候从没这么温柔过，还总是一言不合就揍我！”

宁夕斜他一眼：“谁让你欠揍来着！小宝这么可爱，你能跟他比吗？”

江牧野漂亮的眼睛里火焰一蹿三尺高：“宁夕！你当初到底有没有喜欢过我？你接近我真的完全只是为了……”

宁夕一副惊讶的表情看着他：“废话，当然没有了。”

“你、你你……”江牧野指着她，好半天都说不出话来。

宁夕托着下巴，笑眯眯地看着他：“怎么样？气饱了没？现在还要吃饭吗？”

江牧野咬牙：“吃！”绝对不能中她的奸计！

# 第三章

## 三月为期

与此同时，陆宅。

陆景礼抱着个枕头坐在沙发上，如果他身后有尾巴的话，一定摇得都快飞起来了：“哥哥哥，你快说快说呀，昨晚到底是怎么回事？”

陆霆骁因为宁夕早上让他去找伴侣的那句话，脸色到现在还有些阴沉，压根没心情去满足陆景礼的八卦之心。

“是不是你克制不住心中的熊熊爱火，一时失控跑去夜袭，结果下手没个轻重，把小夕夕弄醒了，你进退两难，于是索性就装成是梦游？”陆景礼的脑补能力不是盖的。

陆霆骁略抬眸看了他一眼，这家伙的小聪明全都放到这种事情上了吧？

看亲哥的表情，陆景礼就知道猜对了，当即一副快要爱上他自己的表情：“天哪，我简直是太机智了！哥，我是不是你的贴心小棉袄？”

见陆景礼满脸求奖励的表情，陆霆骁大方开口：“假期改为一个月。”

陆景礼激动得差点跳起来原地做一套广播体操，随即又无比遗憾道：“哥，所谓一鼓作气，再而衰，三而竭，你干吗不趁机直接……太可惜了！”

陆霆骁冷睨他一眼：“你认为我这么做的结果是什么？”

陆景礼摸摸下巴，沉吟道：“你一直以小宝为借口才能让她这么毫无防备地被你慢慢温水煮青蛙，要是这时候就露馅的话……小夕夕大概会立即跳出十万八千里吧！”

虽然这是事实，但这样赤裸裸地被陆景礼说出来，还真不是一般的让人心情恶劣。

其实昨晚陆霆骁确实有不顾一切的想法，但宁夕无意中流露出的极度排斥和恐惧的反应，瞬间让他清醒过来。后来事实也证明他的做法是对的，否则那种情况下，宁夕怕是真的会被他吓走。为什么会是那样的反应，她经历过什么……

“哥啊，我可以问你一个问题吗？为什么你最近的情绪起伏这么大？是出什么事了吗？”陆景礼小心翼翼地问。

其实这个说法已经算委婉了，实际上最近的陆霆骁脾气非常暴躁且反复无常。

陆霆骁修长的手指关节有节奏地敲击着座椅上的扶手，幽幽道：“那日送花的是江牧野。”

“你说啥？”陆景礼愣了半天才反应过来陆霆骁的这句信息，随即暴跳而起，“巫妖王居然是江牧野！他不是前天刚回国吗？我还得到消息说他要出演《天下》的男二号来着！没想到他跟小夕夕竟然有这样一层关系，如此看来，那小子好端端的突然回国，回国后接的第一部片子还偏偏是这部，就很值得深思了啊！要知道他在片中可是跟小夕夕有很多亲密戏的啧啧……我想想啊，他最近是不是跟小夕夕见面了？被你撞见了？而且还撞见了某些暧昧的画面？”

陆景礼的猜测，全中。

“我的天，难怪你最近这么不对劲呢！”陆景礼原地暴走，“万万没想到我们之中居然出了一个内奸！那 YS 呢？查出来了吗？”

陆霆骁眸底暗光浮动：“当日送钻石来的人出了剧组就消失无踪，而且钻石来源不可考，很大可能是特殊渠道的走私货。”

陆景礼闻言嘴角微抽，无语道：“又是个头疼的，总不会又是跟陆家有关的人吧？ YS……我们身边有谁的名字缩写是这两个字母的？貌似也没有啊！”

唉，他亲哥谈个恋爱可真够曲折，人家是浪漫偶像剧，他是悬疑侦探剧！

这时，陆霆骁的手机响了一下，是宁夕发来的短信。看完内容后，陆霆骁眸底蛰伏的危险生物蠢蠢欲动。

陆景礼好奇地凑过去：“小夕夕的短信……她说什么？”

为啥他哥的表情就跟被戴了绿帽子一样？

陆霆骁盯了那条短信几秒钟，然后直接拨了一通电话过去。

正在 6 号别墅的宁夕很快接通了：“喂，陆霆骁，有事吗？我刚才发的短信看到了吗？记得给小宝看啊！”

“看到了，你在哪儿？”陆霆骁问。

宁夕看了一眼正在厨房忙碌声称要展示一下厨艺的江牧野：“我在江牧野这里呢，有点事情跟他商量，加上他刚回国，一起吃个饭，算是给他接风洗尘。”

“嗯，知道了，我待会儿过来。”陆霆骁语气平静地说道。

手机那头的宁夕却愣了：“啊？你要过来？！”

“怎么，有问题？”陆霆骁反问，语气微凉。

“没、没吧……”陆霆骁的语气太理所当然，她一时之间竟无法反驳。

见宁夕接完电话后一脸纠结，江牧野探出脑袋问：“怎么啦？谁的电话？”

“你舅，他说他待会儿要过来……”

“你说什么？”江牧野手里的汤勺掉在地上，然后痛心疾首地指着她控诉，“宁小夕，你还说你跟他没猫腻，我们俩吃饭，你干吗把他给叫来啊？”

“你冷静点，别动不动就炸毛行吗？”宁夕头疼地白了他一眼，“哪里是我叫他来的，刚才他问我在哪儿，我很正常地回答他要给你接风洗尘，然后他就说他要过来，大概是作为长辈觉得自己应该关心关心你，所以要过来一起吃饭？这逻辑挺通顺啊！”

江牧野把碗一摔：“通顺个鬼！你觉得陆霆骁是那种平易近人的人吗？还陪我吃饭！我妈有时候想请他吃顿饭排期都要排到半年后去！不近人情就是他的代名词！”

宁夕不耐烦地扔了一个枕头过去：“你这倒霉孩子，就不许人家突然爱心泛滥关心你一下啊！我说你干吗总把我跟陆霆骁扯到一起？我们到底哪里像是能扯到一起的人了？”

江牧野自言自语地嘀咕：“这是男人的直觉……懂什么！”

两人吵吵闹闹的工夫，门铃声响了。

宁夕警告地瞪了江牧野一眼，示意他到时候别乱说话，然后起身过去开门。

刚一打开门，宁夕的眼睛立即惊喜地亮了亮，因为陆霆骁旁边还跟了一只小包子。

小宝一见到她就乳燕投林般张开小手扑过来，宁夕心都化了，赶紧抱起他："宝贝，你也来啦！阿姨刚才还在心痛今晚没办法跟宝贝一起吃晚餐呢！"

屋子里，江牧野看着抱着小宝的宁夕，又看了眼旁边目光宠溺地注视着二人的陆霆骁，有种他们是一家三口的错觉。

他怎么也没想到，宁夕跟小宝的关系居然这么融洽。要知道小宝可是比他爹还难亲近的存在！至于陆霆骁，他对宁夕的态度更是诡异。就算是为了小宝，以陆霆骁的个性也不可能忍受一个陌生女人跟自己住在同一个屋檐下……

"喂喂喂，别把我忘了，还有我呢！"陆景礼手里拿着两瓶酒紧跟着挤进来。

看着陆家的三个人，宁夕立即递给江牧野一个"看吧，人家果然只是组团来关心晚辈的，就你喜欢乱想"的眼神。

"大舅，二舅，小宝也来了，快请进……"即使百般不乐意，江牧野也只能乖乖把三人给请进来，谁让他辈分小……

三人来了之后，基本上就没江牧野什么事了。

陆霆骁请了米其林大厨上门做菜，陆景礼从家里带了两瓶好酒，小宝霸占了宁夕。五个人就这么气氛诡异地围桌而坐。

还好有陆景礼在，倒不至于冷场，大家就这么一边吃，一边有一搭没一搭地闲聊着。

"来，欢迎我们的大明星回国！二舅敬你一杯！"

"谢谢！"

"对了，刚还没来得及问你呢，你跟小夕夕是怎么认识的？"陆景礼状似不经意地替亲哥探听着消息。

听到这个问题，江牧野的脸色有些不太好，似乎不是很想谈论这个话题，含糊回答道："在国外上学的时候认识的，我们是同一届的校友。"

陆景礼眯着眼睛斜他一眼，意味深长道："我看没那么简单吧？该不会又是被你小子追到手就抛弃的前女友吧？毕竟你身边的女人，不是你妈和粉丝，就是你的前女友！"

江牧野的脸色有些难看。

宁夕"扑哧"笑出声，冲着陆景礼竖起大拇指："二少您精辟了！"

"哎呀，看来我猜对了啊！"陆景礼一脸得意，果然这个世界上就没有他猜不到的事情啊啧啧。

"只对了一半！"江牧野青着脸反驳。

"咦？只对一半是什么意思？"陆景礼不解。

"她是我前女友没错，不过是她追的我，也是她甩的我！"江牧野一边说一边用怨妇般的目光瞪着对面的宁夕。

话音刚落，正在帮宁夕和小宝切牛排的陆霆骁清冷的双眸微不可察地闪了闪。

连陆景礼都惊得愣住了，毕竟这还是他第一次估测失误，于是"啪"的一声双手趴到桌上，激动难当道："不会吧？真的假的？这不科学啊！"

宁夕在国外的时候，再怎么也没江牧野这小子荒唐，所以他一直以为这两人之间肯定是江牧野提出分手的，结果万万没想到……

江牧野愤愤地戳着一块排骨："不信你可以问她！"

怎么好端端的又扯到这个问题上了？宁夕满脸无奈："这纯粹是个意外！"

陆景礼已经从单纯为亲哥打听消息演变成被彻底燃起了八卦之魂，好奇不已地打听道："到底是怎么回事？快跟我说说！快快快！"

江牧野一脸无语。

你一个长辈，这么八卦小辈的私事真的好吗？

宁夕见江牧野脸色难看，也无意在他的长辈们面前让他难堪，于是答道："没什么特别的，当时学校里那么多女生喜欢他，我不过是其中一个，至于后来分手，大概是在一起后发现他跟我想象中的不太一样，有点幻灭吧！"

宁夕的话看似没有任何异样，但陆景礼知道事情肯定没这么简单，否则江牧野的表情不会是那个样子。啧，待会儿多灌江牧野那小子一点酒，看能不能套出话来。

因为小宝在，宁夕今晚没有喝酒，她吃完了坐在酒桌前就有些无聊，于是请示道："陆先生，我可以带小宝去玩会儿游戏吗？"

陆霆骁点头："去吧。"

他跟宁夕说话的语气看似没什么不同，但就是让人有种比对别人温柔的感觉。

江牧野一脸哀怨，那分明是他的游戏机，是他特意带回来的最新装备，她居然请示别的男人，带着别的男人去玩了！即使那个男人只有五岁！

两个小时后，陆景礼光荣牺牲，醉倒之前还是没能从江牧野那小子口中套出半个字。

其实江牧野这会儿也已经昏昏欲睡了，因为清楚陆景礼想从他嘴里套话，所以才一直强撑到现在。有个如此八卦的舅舅也真是醉了！他隐隐觉得陆景礼执意要搞清楚这件事似乎还另有什么原因，只是他这会儿大脑一片糨糊，实在是无法思考。

酒桌上唯一还算清醒的只有陆霆骁。

陆霆骁打了个电话让管家来接陆景礼，然后起身朝着客厅走去。

只见巨大的游戏屏幕上显示着"通关"两个大字，宁夕和小宝四仰八叉地躺在沙发上睡得正香。

陆霆骁放轻脚步走过去。

女孩怀里拥着一只白白软软的小包子，甜美的睡容有种让人放下身后一切名利权势，就这么陪她一起静静安睡到天荒地老的冲动。

餐厅里，江牧野迷迷糊糊之间竟然看到陆霆骁朝着宁夕微微倾身，越靠越近，于是双眸骤然紧缩，顿时清醒过来。

陆霆骁差点就情不自禁地去亲吻女孩的睡颜，不过却在最后一刻停止，转而看向小宝，轻声将他叫醒。

小包子揉了揉惺忪的睡眼，头上翘了一簇头发，刚睡醒的样子比平时更呆萌。

陆霆骁揉了揉他的小脑袋："自己可以走吗？"

小包子点了点头。

陆霆骁露出满意的神色，然后俯身将依旧在睡的宁夕轻轻抱起来，垂眸对小包子道："走吧。"

小包子乖乖地跟在爸爸后面，丝毫没觉得有什么不妥。

江牧野使劲揉了揉眼睛，他一定是醉得产生幻觉了吧？一定是！

陆霆骁的行为举止为什么这么玄幻？他让管家来接亲弟弟，把睡得香喷喷的亲儿子摇醒，却小心翼翼地不吵醒宁夕，并且亲自抱她回去？

眼睁睁看着陆霆骁怀里抱着宁夕，身后跟着小包子离开，江牧野依旧在发蒙，最后一头栽倒在餐桌上，终于撑不住醉倒了……

陆宅。

小包子想要跟宁夕一起睡。

陆霆骁："男女授受不亲。"

小包子比出五根手指，意思是我才五岁。

陆霆骁点点头："很好，你还知道你已经不是三岁小孩，而是五岁的大人了，现在回去自己睡吧。"

小包子一脸不可思议。

陆霆骁的脸色变得严肃起来："你还想一辈子做小夕阿姨的宝贝吗？我最多只能再留她三个月，如果到时候我不能娶她，她就会彻底离开你。"

小包子一听终于变了脸色，委屈地扁了扁小嘴，恋恋不舍地看了眼宁夕，终于一步三回头地走了。

陆霆骁轻轻叹息一声。虽然小宝是他最大的助力，同时也是他最大的阻碍，还好目前总算是把小宝说通了。

陆霆骁将宁夕轻轻放到床上，给她脱了鞋子，然后打了个电话让女佣上来帮她换身衣服。

宁夕迷迷糊糊之间感觉到自己回到了柔软的床上，床前还有个模糊的人影……她睡意蒙眬地伸出手朝着那个有些熟悉的影子触摸了过去："陆霆骁……你又梦游了？"

被摸的陆霆骁愣了一下，随即大掌覆上她温热的小手：“嗯。”

宁夕蹙着眉头咕哝：“这是病……得治……”

陆霆骁低哑地轻笑，亲吻她的掌心：“只有你能治。”

深夜，盛世集团公关部。

梁飞星正被苏以沫酒驾撞人的丑闻折腾得焦头烂额，私人手机突然响了起来。

他本不耐烦地准备顺手扔到一旁，下一秒看清来电显示后惊出一头冷汗，立即翻身坐直，手忙脚乱地接通：“喂，陆总，对不起！这件事我们正在处理，最迟明晚之前一定能解决！”

“什么事？”手机那头传来男人冷淡疏离的声音。

“啊？就是苏以沫酒驾的事情……您找我不是因为这个？”梁飞星一头雾水，难道大BOSS深夜打电话过来不是兴师问罪的？

“不是。”

梁飞星顿时松了口气，他真是忙糊涂了，盛世的事务陆总是从不插手的，就算此次涉及盛世一姐苏以沫，在他们眼中是天大的事，在陆霆骁那里怕是也激不起半点涟漪。所以，大BOSS这个时间亲自找他会是为了什么？

梁飞星反而更惴惴不安了：“那么您找我是？”

“二十四小时之内，让贾青青退出娱乐圈。”陆霆骁直接下达了一条命令。

“贾青青？陆总，请问是哪个贾青青？”

“星辉娱乐。”

手机那头话音刚落，梁飞星满脸惊讶，就是那个长相艳俗却被星辉炒作成“娱乐圈第一美女”的贾青青？他还以为是什么大人物呢！

梁飞星满脸惊疑未定，却一个字都不敢多问，连连应道：“好的陆总，我明白了！据我所知，贾青青平时得罪人太多，这次墙倒众人推，估计没那么好脱身。不过要逼到她退出娱乐圈的地步，倒是还需要再加一把火！”

“暗中行事。”陆霆骁叮嘱。

“是，陆总您放心！”

挂了电话之后，梁飞星立即把手头所有的事情都交给了副总监，然后亲自处理这件事。

这次的事情实在是太没难度了，让他来做简直是杀鸡用宰牛刀。目前跟贾青青斗的那个艺人已经完成了百分之八十，他只需要再给予最后一击。

不过是个二流小艺人，到底做了什么，居然能让大BOSS这么生气？

饶是梁飞星怎么猜怕是也猜不到，陆霆骁的真实目的其实是给一个比贾青青还没名气的，他至今连名字都记不住的小演员宁夕撑腰……

第二天早上。

宁夕醒来后有些发蒙，为什么她会躺在陆宅？她分明记得自己带着小宝连续打了两个小时游戏，最后累得躺在江牧野客厅的沙发上睡着了……

正云里雾里，床头的窗户上突然传来“砰”的一声响。宁夕吓了一跳，赶紧爬起来去看怎么回事。然后，一推开窗户就在下面看到一颗金灿灿的脑袋……

宁夕满头黑线：“江牧野，你干吗呢？”

一向最注重形象的江牧野此刻竟然还穿着昨天晚上的那身衣服，现在已经皱巴巴的，头发也乱糟糟的，满脸焦躁道：“宁夕，你给我下来！我有事找你！快点！”

宁夕头疼不已地叹了口气，就知道被这货知晓她住在这里没好事，居然大清早的跑来砸她窗户玻璃……

“直接跳下来，赶紧的！装什么淑女呢！”江牧野火急火燎地催。

宁夕无语地抽了抽嘴角，手往窗台一撑，纵身跃下。

江牧野立即将她扯过来，滴溜溜的眼睛把她看了好几圈，看她身上有没有痕迹，然后目光灼灼地盯着她：“昨晚有没有发生什么事？”

宁夕差点被他转晕过去，没好气道：“江牧野，你大清早的不睡觉发什么神经？我好端端的睡觉能有什么事？”

江牧野额头青筋暴起：“宁夕！你是猪吗？别告诉我你不知道你昨晚是怎么回来的！”

“我还真不知道！”宁夕一脸无辜。

江牧野深吸一口气才让自己冷静下来，咬牙切齿道：“蠢成这样怎么还没被人卖了呢你？昨晚是陆霆骁亲自抱你回来的！”

宁夕闻言略怔忪，随即不以为然道：“那又怎样？肯定是小宝宝贝舍不得叫醒我，才求他爸抱我回来的啊！”

因为在酒吧那次也是，除了陆霆骁，小宝不让任何人碰她，所以她并不觉得这有什么。

江牧野气得半死：“宁夕，你能不能长点心？陆霆骁明显对你有意思好吗？”

宁夕长长地叹息一声，双手搭上江牧野的肩膀，语重心长道：“兄弟，姐的征途是星辰大海，不会为任何花花草草停留，所以就算你跪下来哭着求我做你大舅妈，我也是不会给你这个机会的好吗？拜托不要有被害妄想症，回去洗洗睡吧！”

江牧野听到这话心情无比复杂，松了口气的同时，满脸纠结地盯着她：“难道你真准备一辈子不结婚？万一你遇到喜欢的人呢？宁小夕你这个想法很危险很要不得的你知不知道？我跟你说，虽然事业也很重要，但是对一个女人来说，婚姻才是……啊——”

宁夕忍无可忍地一脚踹过去：“江牧野，你没完了是吧？成心找我碴是吧？我看你是太久没被揍浑身不舒服！”

“你前天刚揍过！”

“上次显然揍得不够，姐今天非把你给打服了，看你还敢不敢整天瞎说！”宁夕撸起袖子就要动手。

江牧野抱头鼠窜，突然看着她身后道：“舅……”

宁夕阴森森地冷笑：“救？今天你叫破喉咙也没人来救你！”

在宁夕的魔爪落下之前，江牧野大喊一声：“不是……是我舅！”

宁夕脊背一僵，机械地扭过头去，然后就看到陆霆骁一身运动服逆着光站在那里，看样子是刚晨跑完。

揍人家外甥结果被现场抓包的宁夕眼珠子一转，立即指着江牧野开口道：“陆先生，这人大清早地跑来砸你家窗户，结果被我发现，我正准备帮你揍他一顿！”

江牧野瞪她：“无耻……”

“你敢说你没砸！”宁夕义正词严。

一旁的陆霆骁伸手将女孩头发上的一根青草拿掉，然后大手掌极其自然地顺势在她的脑袋上揉了揉：“不许胡闹，去洗漱，可以吃早饭了。”

“哦，马上！”宁夕得意地冲江牧野做了个鬼脸，蹦跶着跑了。

此刻的江牧野简直恨不得把宁夕抓过来狂吼一通：一次！两次！三次！陆霆骁都表现这么明显了，你的眼是瞎了吗？

回屋后，宁夕猛然想起自己忘了一件非常重要的事情，昨晚爆料了那个视频后，还不知道后续发展如何。都怪江牧野那货，从回国开始就一直抽风找她麻烦。

宁夕打开电脑，迅速浏览了一下所有的相关信息。

昨晚那条贾青青连续NG了33次的视频迅速被顶上热门，评论区一片骂声，而宁夕让所有人意外的精湛演技得到了一致好评，随即大家纷纷开始质疑之前网上那条说宁夕空有其表靠手段拿角色的微博不实。

紧接着，陆续有小号匿名爆料贾青青公报私仇，在戏中恶意扇宁夕巴掌，私下嚣张跋扈掌掴小助理，在剧组耍大牌为难工作人员等。到了后来，各路平时看不惯贾青青的艺人和工作人员直接开始爆料类似的遭遇，彻底摧毁了贾青青在粉丝面前伪装的假面具。

化妆师Amy：我一开始挺讨厌宁夕的，原因是贾青青平时总针对宁夕，为了为难宁夕，经常迁怒我们这些工作人员，类似为了让宁夕一直等着，不停找碴让我给她重新化妆的事情几乎每天都要发生。我当时觉得我是被宁夕连累的，所以很长一段时间都很讨厌她。其实这件事她根本就没有错。我知道说出这些话，某人肯定会来找我麻烦，但不说出来实在是良心不安，那天江牧野的粉丝来剧组，要不是宁夕直接用自己的手臂帮我挡了一块石头，我的脸都要破相了！

场务小李：什么心直口快、疾恶如仇，贾青青她就是嚣张跋扈耍大牌的剧组毒瘤，三天两头迟到早退不说，还总是颐指气使，完全不把我们这些工作人员当人看，我一天光给她跑腿都要来来回回跑几十趟，当我是她家用人吗？至于宁夕，虽然平时独来独往，看起来有点冷，但她对我们这些工作人员向来都是客客气气的，每次拍完都要跟所有人道谢，就算我们对她存着偏见不回应她，她依旧每次都照做。

导演助理：人微言轻，但还是想说句公道话，只有开机第一天的时候有人来给宁夕送过东西，平时没看到宁夕跟哪个男人有暧昧。长得漂亮的女人身后有几个追求者是再正常不过的事情，没想到后面事情会传成那样！

摄影师：宁夕的专业素养绝对没话说，非常有镜头感，自己会走位，除非是因为别人，她基本都是一条就过，所以每次拍她的时候，我是最轻松的。至于贾青青……大概是每个摄影师的噩梦吧！自己整容整得太过，鼻子形状很奇怪，还一直埋怨是我技术差，难道我还能给你单独修一下吗？

导演郭启胜：网上有关宁夕被潜规则的言论纯属无稽之谈，这不仅是对宁夕的侮辱，也是对我们整个剧组的侮辱。本来想着等我们的电影上映，大家看到宁夕的表现后，是非公道自会清楚，但目前事情的发展已经严重影响到了剧组的拍摄进程，现在提前放出一组花絮，大家自己看吧！（视频）

制片人王泰和：大家都发言了啊，那我也来说一句吧！我看到不少人说我们这部剧突然多了五千万投资是因为宁夕背后的人，为了澄清谣言，我征求了投资者的同意，现在公布他的身份——锦鲤小王子。

……

宁夕料到剧组很多人对贾青青的忍耐都已经到了极致，只要有一个人发声，后面就会源源不绝，但没想到他们声讨贾青青的同时，顺带还把她给夸了一通，算是意外的收获。毕竟努力被肯定是件令人愉悦的事情。

王泰和的微博让她最好奇，她急忙点开那个昵称为“锦鲤小王子”的微博，看看那个投资者到底是谁。下一秒，宁夕满头黑线。

“锦鲤小王子”的微博认证是：盛世娱乐执行总裁陆景礼……堂堂一个娱乐公司的老板，昵称这么逗，简直像一个中二少年！

没想到那个后来追加投资的人竟然是陆景礼，出乎意料，却也在情理之中。毕竟这是江牧野回国后接的第一部片子，盛世自然大力支持。只是参演一个男二号就投了五千万，不愧是业界最有实力的公司。

王泰和这条微博之后，所有疑点都得到解决，宁夕身上的污点算是彻底洗清了，贾青青则是背上了“耍大牌、人品差、演技垃圾”的名声。可惜虽然明眼人都已经看出宁夕这次被黑是贾青青在背后搞鬼，但没有确切的证据。

事情发展到这里，宁夕预期的效果已经达到，但是让她没想到的是，后面还有更劲爆的发展。

今天凌晨，贾青青的经纪人韩颖发了一条微博，直接贴出了贾青青打击宁夕的全过程。更劲爆的是，韩颖竟然曝出贾青青是假千金真小三！

韩颖的微博中还贴出了大量暧昧的聊天记录和大尺度照片，就算贾青青有一万张嘴也抵赖不掉。

目前等待贾青青的只有一条路，雪藏。在娱乐圈这种“沉舟侧畔千帆过”的地方，她再次复出的可能性几乎没有。

韩颖这条违背职业道德暴露手下艺人隐私的微博发出来之后，她作为经纪人的职业生涯也基本上毁了，也不知道她跟贾青青之间到底有什么矛盾，竟然做出同归于尽的事。

事情闹大后，星辉娱乐试图挽回，反而让网民更加愤怒。于是星辉为了平息民怨，只能亡羊补牢地发了一条声明，表示会严厉追究贾青青恶意诽谤宁夕的责任，至于贾青青当小三的事情，公司至今没有松口，模棱两可地表示会做进一步调查，显然还是舍不得放弃花大价钱培养出来的贾青青。

宁夕今天没戏，本来准备在家好好休息一天，无奈事情闹得这么大，她注定消停不了，刚吃完早餐就被一通电话叫到了公司。

会议室里，宁雪落、常莉、贾青青都在，还有一位是公关部总监冯浩洋。

贾青青垂着脑袋，顶着两个重重的黑眼圈，一见到宁夕出现就跟打了鸡血一样站起来：“宁夕，你现在得意了是吗？你等着，我不会放过你的！”

宁夕无奈地掏了掏耳朵，每次都是差不多的台词，她都快听出老茧了。

“闭嘴，还嫌自己闹得不够吗？”冯浩洋不耐烦地呵斥。

贾青青万般不甘，却只能委屈地坐了下来，此刻她的命运全都掌握在冯浩洋手里。

“坐。”冯浩洋招呼了宁夕一声，神色犹豫，似乎正在做什么决定。

这时，一旁的常莉开口道：“宁夕，昨晚发生的事情你应该已经知道了，我就不多做解释。是这样的，待会儿青青会就诽谤你的事发一封道歉信，你回应一下，就说这件事情你也有错，表现得大度一点，说你原谅她了。”

宁雪落紧接着劝道：“宁师妹，我知道你心里不舒服，但这件事归根结底你确实有错，总不能为了你们两个人的恩怨连累公司啊！现在唯一的办法只有把影响降到最低！”

宁夕好整以暇地看着一副顾全大局维护公司模样的宁雪落，悠悠道：“师姐，如果我没记错的话，从头到尾都是贾青青在针对我陷害我，而我时刻谨记常姐教诲不给公司丢脸，一切以公司利益为重，忍气吞声至今，被黑了也不敢麻烦公司，直到有好心的网友和同行站出来才获得清白。现在网友和粉丝抗议抵制的也是贾青青做小三的事情，这分明是贾青青不顾公司利益，陷害同公司艺人，抹黑公司形象吧？难道师姐的意思是一只疯狗追着人乱咬最后掉进沟里摔死了，还能是人的错？”

她要是发了这条原谅贾青青的微博，花了这么大力气好不容易才洗回来的名声，绝对会功亏一篑。

群情激奋的情况下纵容、原谅这种人，这不是傻吗？

宁雪落差点被宁夕这番话给噎死，什么好心网友，分明是她自己爆出去的黑料，亏她能说得这么无辜坦然。

一旁刚安静没多久的贾青青立即被这番话给炸了起来：“宁夕，你说谁是疯狗！你给我说清楚！你……”

眼见着贾青青又要闹，冯浩洋出声打断她：“道歉信不用发了。”

“真的吗？”贾青青立即面色一喜，下一秒却听到冯浩洋继续说道：“青青，你写一封退出娱乐圈的声明吧！”

贾青青顿时尖叫起来：“什么？你让我退出娱乐圈？凭什么让我退出娱乐圈！我才不要写那种东西！”

冯浩洋脸色不耐：“我让你自己写是给你脸！别给脸不要脸！”

“这关我什么事，全都是因为韩颖背叛我！为什么你们不去追究她！”

“她都辞职了，你让我去哪里追究她？韩颖是全公司脾气最好的经纪人，你扪心自问，除了她，谁受得了你的脾气？平时总是对人家大呼小叫也就算了，人家儿子高烧四十度想去一趟医院，你死活不让她去，结果等她半夜赶去的时候，她儿子病得住进了重症监护室，至今没脱离危险！”冯浩洋一件件数落，别说韩颖，他也早已经厌倦了给贾青青处理烂摊子。

贾青青闻言丝毫不认为自己哪里做错了，反而一脸无所谓道：“不是没事吗！那种情况下有医生在，她就算去了又顶什么用！她至于这么把我往死里整？”

贾青青直到此刻还想不明白，一向性格懦弱的韩颖怎么会突然做出这种事，她跟老公离婚了，儿子是个药罐子，每个月都要好多医药费，没了这份工作，她拿什么养家？

她怎么猜怕是也猜不到，会有梁飞星这样的角色亲自出手对付她一个小虾米。

冯浩洋捏了捏眉心，终于放弃了沟通。与傻瓜论长短，绝对是最白痴的事情。公司在贾青青身上花了不少心血，可这次的事情注定已经无法挽回，损失再大也只能弃掉。

见冯浩洋主意已定，贾青青急忙抓救命稻草一样扑向宁雪落：“雪落姐你帮帮我，你让常姐带我吧！我保证一定好好听话！我答应发道歉信！”

常莉闻言立即一脸惊悚，让她接手贾青青？宁雪落该不会这么坑她吧？

宁雪落当然不可能跟贾青青一样，满脸为难和痛惜道：“青青，不是我不帮你，你刚才也听到宁夕的话了，她不愿意出手，再说这是公司的决定，我也没办法。”

这件事一出来，她就知道贾青青完了，不过是想利用贾青青的最后一点价值拖宁夕下水。只可惜冯浩洋早已看清道歉毫无用处，还可能把公司另一个艺人也拖下水，最终还是直接放弃了贾青青。原以为贾青青是一把对付宁夕的好刀，谁知她蠢到把自己栽进去了不说，还让宁夕人气大增，这种人宁雪落怎么可能还会在她身上浪费力气。

“宁夕！你给我等着，我就算是死也要拉着你一起死！”贾青青终于绝望，将满腔愤怒发泄到了宁夕身上，最后被冯浩洋请了保安拉出去才作罢。

对于这种人，宁夕连憎恶都不屑，只有同情，居然直到现在还不知道自己被人利用了。

冯浩洋看向宁夕，神色缓和了不少：“宁夕，这部片子你好好拍，要是效果不错，公司会重点培养你。不过雪落刚才的话也有道理，你平时还是低调一点，不要招惹不必要的麻烦。”

从宁夕深陷丑闻到完全洗清反而让贾青青退出娱乐圈，这整件事情的运作简直就是一场完美的危机公关。

冯浩洋虽然一直怀疑背后有推手，无奈找不到丝毫破绽，只能归结于宁夕运气好。

“谢谢冯总监，我会的。”宁夕装作满脸惊喜和惶恐的样子。

出了会议室后，宁夕去了一趟洗手间，宁雪落紧跟着走了进来。

宁雪落双臂环胸，一脸嘲讽地看着她：“宁夕，你这么挖别人的黑料，就不怕有朝一日自己的老底也被人挖出来吗？”

宁夕双眸微眯，泄出一丝冷光，随即转过身，漫不经心地开口道：“谁还没点黑料？你没有吗？宁大小姐！”

宁夕刻意加重了“宁大小姐”这个称呼，随即做恍然大悟状：“啊！说起来我突然发现贾青青这个假千金真小三的名头也意外地很适合你呢！到时候我爆料你的时候岂不是连标题都可以省了？”

宁雪落被踩到痛脚一般，顿时急怒道：“什么假千金真小三！我从出生起就在宁家，是父亲唯一承认的女儿，至于苏衍，是你自己没用，留不住他的心，你认为你的胡言乱语会有人信？”

宁夕拉长了语气：“那……要不要试试？不然把我那点老底也放出来好了！人海茫茫，当初被你买通的那两个人我至今找不到下落，说不定公开寻人一下能有意外收获呢？”

这次宁雪落的脸色彻底变了，几乎是尖叫出来：“宁夕，你这个疯子！”

她不怕宁夕不自量力想要跟她争抢身份、地位、男人，最怕宁夕豁出去不要一切也要咬死她。

“呵呵……”看着宁雪落吓得脸色惨白的样子，宁夕忍不住低笑起来，神情轻松地拍了拍她的肩膀，“宁大小姐，别担心嘛，开玩笑而已，你这种渣滓，可不值得我跟你同归于尽……”

说到这里，宁夕漫不经心的目光陡然变得无比冰冷，压低了声音，语气如同从地狱里爬出来的魔鬼一般附在她耳边道：“只是，以后你若再用那件事威胁我，就难保我会一时失控做出什么事来了。套用你那位猪队友的话，我就算是死，也会拉着你一起死！贾青青那个草包不过是外强中干嘴上说说，但是我可不一样哦！”

宁夕说完，松开宁雪落的肩膀，转身离开。

宁雪落威胁不成反被威胁，宁夕刚一走，她瞬间整个人都瘫软在地上，随后满脸阴鸷，重重地一脚踹在门上。

不行，她一定要想办法解决掉宁夕！否则只要宁夕存在一日，她所拥有的这一切就随时都可能消失，她绝对不允许这种事情发生！

离开公司后，宁夕看下午没什么事就准备去一趟商场，上次答应了要帮小宝买衣服的。一想到小宝，她阴沉的情绪瞬间万里晴空，开开心心地去买买买了。

到了商场之后，宁夕直奔童装区。满眼都是各式各样的童装，宁夕简直跟打了鸡血一样，一头栽了进去，比平时自己买衣服的时候还要疯狂。

说起来认识小宝之后，她生活的某些方面真的是发生了翻天覆地的变化，以前她路过婴幼儿用品店、童装店等类似的地方全都是绕道走的，如今看到这些联想到的不再是那些令她窒息的回忆，而是萌萌的小包子。这种只要看到可爱的、好玩的东西就想买来送给他的心情，简直就跟恋爱了一样啊！

这个商场里的东西全都是大牌子，普遍很贵，童装也一样，不过是送给小宝的，她自然舍得，少买几套化妆品也就省下来了。

宁夕今天穿的是一个她挺喜欢却没什么名气的设计师设计的裙子，虽然好看，可惜抵不过一个大牌LOGO。导购都喜欢看人下菜碟，所以并没有搭理她，而是一直殷勤地跟在一位穿着全套香奈儿的女士后面。

宁夕东逛逛西逛逛，最后在角落里看到一套让她非常心动的衣服。

这是一套宝蓝色的小西装，不仅颜色超级亮眼，胸口三角形内画着超人图案的徽章更是有爱，最重要的是她有很多带超人元素的衣服，随时可以跟小宝一起穿亲子装。

脑海里突然冒出的“亲子装”三个字让宁夕心里咯噔了一下，她恍然惊觉，这类似恋爱一样总想把最好的给对方的心情，其实也是对待自己孩子时的心情。

宁夕心情复杂地沉默了好一会儿才回过神来，然后去找导购：“小姐，这套衣服我要了，帮我包起来吧。”

导购没有立即回应，而是语气冷漠地提醒了一句：“这套一万二。”

“我知道，看到吊牌了，帮我包起来。”

导购的脸色这才好了点，并且露出一丝微笑，柔声道：“需要帮您包成礼盒吗？”

不及宁夕回应，旁边突然一只戴着玉镯子的手横插进来抢过那件衣服：“哎呀，这件不错！我要了！”

“不好意思，这件衣服旁边这位小姐已经看中了。”导购抱歉地提醒道。

抢衣服的女人正是刚才那位香奈儿女士，闻言满脸不悦地扬起下巴：“那付过钱了吗？”

“这个，倒是没有……”

“没付钱它就是无主的，我就要这件，立刻给我开单子！”香奈儿一副理所当然的语气命令道。

话音刚落，手里突然一空，衣服已经到了宁夕手里。

香奈儿立即怒了：“你干吗抢我的衣服！”

宁夕的语气比她还要理所当然：“不是说没付钱就是无主的吗？你可以抢，别人就不可以？”

“你……”香奈儿正要发作，却突然惊疑不定地盯着宁夕的脸，“宁夕……你是宁夕？”

发现了什么好笑的事情一样，香奈儿一把拉过她的同伴：“萱萱，你快来看这是谁，宁家那个乡下丫头，居然来这种地方跟我抢衣服！”

“你说宁夕？怎么可能……”同伴一脸讶异地看着眼前的女人，一头乌黑自然的长卷发，恰到好处的复古妆容，身上的淡紫色露肩裙虽然不是什么牌子，但特别衬她的气质，整个人透着一股睥睨的矜傲和高贵，哪里有半分当初那个胆小怯弱的乡下丫头的影子。

“就是她！这张脸我不会认错，村姑就是村姑，不过是换了身皮而已，还是一身劣质的皮！”香奈儿语气笃定。

同伴又认真打量了一番，发现那张脸确实是宁夕没错。其实五年前宁夕的底子就不错，只是完全不会打扮，总是土里土气的，当年宴会上那一身明显大了一码，颜色老气，还是A货的裙子，让人印象深刻。

“她没事买小孩子的衣服做什么？没听说她嫁人了啊！”

“谁知道是哪个野男人的，搞不好是未婚先孕呢！当初苏衍甩了她，不就是因为她出轨吗？”

这两个女人一唱一和说了半天，宁夕终于想起来她们是谁。

香奈儿叫应芳琳，同伴叫金萱萱，都是那个圈子里的名媛，宁雪落闺密团的成员，当初嘲笑捉弄她最多的也是这两人。后来她听说应芳琳嫁得不错，而且第一年就给老公生了个儿子，所以气焰更加嚣张，金萱萱也有个家世不错的未婚夫。

没想到逛个童装区也能遇到极品。

这两人似乎还不知道她进了娱乐圈，宁夕不想在大庭广众之下跟人起争执，直接无视了她们，对导购说道：“小姐，帮我买单。”

虽然那两位一看就不好惹，但毕竟是宁夕先看上的，于是导购赶紧给她开单子刷卡。可是，刷卡的时候却出了问题。

导购的脸色有些难看：“不好意思这位小姐，您卡上余额不足。”

“啊？”宁夕傻眼。

宁夕这时才想起来，她上个月给爱车换了一个国外进口的引擎，所以卡上确实没几个钱了……

应芳琳一看这情况立即大肆嘲笑：“哈哈哈，真是笑死我了，没有钱还在这里打肿脸充胖子！”

金萱萱也不屑地耸了耸肩道：“还以为这几年在国外读书能有点长进呢，果然丑小鸭永远也变不成天鹅！”

应芳琳得意地看向导购：“小姐，现在能把这套衣服给我了吧？”

“是的这位太太！”导购说着就要去拿宁夕手里的衣服。

宁夕按住没放。

应芳琳立即叫唤：“干吗，没钱还想明抢啊？你以为这是你们乡下呢？”

宁夕一只手拿着衣服，一只手从包里摸出一张黑色的卡，递给导购：“刷这张。”

宁夕本来准备这次自己付钱，当作是送给小包子的礼物，没想到会出现这么尴尬的情况。这件衣服她实在是喜欢，一想到本来属于小包子的东西会被应芳琳那种人抢走就浑身难受，最后掏出了陆霆骁给她的黑卡付账。

宁夕一掏出卡，瞬间就轮到导购和那两个女人傻眼了。

导购这一行见多识广，自然一眼就认出了这张卡，应芳琳和金萱萱没见过实物，但那个圈子里的女人对这些东西比较关注，于是也立即认出这是有“卡片之王”之称的全球限量版的无限透支黑金卡。这种卡门槛极高，年费吓人，在全球内得到的服务也是一流的。由于它没有公开发行，也不能主动申请，而是在白金卡用户中主动挑选出百分之一的客户，邀请办理，所以有钱都办不到。能得到这张卡的都是各国政要、亿万富豪及社会名流。

应芳琳僵着脸，冷哼一声：“该不会是张假卡吧！小姐，你可要好好检查一下！”

导购虽然见过，但其实也只见过一次，她谨慎地接过了卡，然后开始操作刷卡机。十秒钟后，导购立即换了一张一百分的笑脸，九十度弯腰鞠躬：“小姐，已经可以了，我这就帮您包装起来。”

宁夕点头：“谢谢。”

应芳琳和金萱萱呆愣在原地，面面相觑，看着宁夕的表情跟见鬼了一样。

宁夕拿着包装好的衣服，直接转身离开。

看着宁夕踩着高跟鞋离开的背影，应芳琳咬牙切齿，满脸恶意：“得意什么，肯定是哪个有钱的老男人给她的卡！以为给他生了个儿子就能嫁进豪门了吗？”

“就是，总有一天被原配整死！”金萱萱附和道。

离开童装区后，宁夕下楼的时候路过了男装区。对面貌似是陆霆骁平常穿的牌子。整体风格很陆霆骁，黑白灰为主色调，看起来高冷又禁欲。看了几眼之后，她的目光移到了隔壁一个近几年流行的年轻品牌，相比起来，颜色和款式都年轻活泼多了。

宁夕摸了摸下巴，突然很想给陆霆骁也买套衣服。

女人嘛，就是原本只想买一双鞋子，最后却买了衣服、包包、首饰等一大堆东西来配的生物。所以给小包子买了之后，她越想越克制不住让陆霆骁也统一一下风格的欲望。

犹豫三分钟后，宁夕做出了选择，买！于是她进了店里，直接把门口模特身上的那件跟小宝同色系的宝蓝色西装给买下来了。

与此同时，陆氏集团总裁办公室里，正在听陆景礼汇报工作的陆霆骁连续收到了两条短信。点开一看，是来自银行的消费通知短信。

宁夕刷了他的卡了？陆霆骁冷酷的脸上顿时浮上一抹满足的微笑。

陆景礼一看亲哥的表情就了然道：“嫂子的短信？”

陆霆骁：“不是。”

“不是？”那就奇怪了啊！

陆景礼立即好奇地越过桌子凑过去看，咦，不就是两条银行的短信通知？还是消费通知，不是进账通知！用得着这么一副甜蜜蜜的表情吗？啧啧，恋爱中的男人有时候真是难以理解！

傍晚，宁夕提着战利品直奔陆宅。

见老管家正在门口浇花，宁夕忙打了声招呼：“管家爷爷，小宝宝贝呢？”

老管家一身黑色燕尾服，领结工整，看到宁夕神情恭谨道：“小夕小姐回来了，孙少爷正在花园作画。”

“啊，在画画啊，那我就先不打扰他啦，那陆先生呢？”

“大少爷在楼上。”

“好的，谢谢！”宁夕欢快地往楼上去了。

老管家看着女孩充满活力的背影，心情无比复杂，这段时间相处下来，即使他戒心再重，也忍不住对这个小姑娘产生好感。人美嘴甜注定到哪儿都受欢迎，难得的是行事极有分寸，从没对大少爷表现出任何逾矩的企图，甚至很多时候都很不注意自己的形象。

一个女人对一个男人有没有企图其实是很容易看出来的，能藏得住一天两天，但日子久了，绝对藏不住。同样的，一个男人对一个女人有没有企图也很容易看出来。别人或许不知道，但是他从头到尾看在眼里，所以最清楚。大少爷明显对这姑娘非常上心，她住的那间客房其实是大少爷亲自设计，连床单、窗帘还有满柜子的衣服、首饰都是一样样亲手挑的。不仅如此，人家刚来第一天就将她的饮食习惯一样样交代给厨房，每次她晚归都一定要给她留饭，类似的细节不胜枚举。就算是因为她是孙少爷的救命恩人，大少爷这样无微不至的举动似乎也太过了。

其实只要小姑娘身家清白，若跟大少爷能成的话，倒也不是一件坏事。自从这姑娘住进来之后，大少爷越来越有烟火气，孙少爷也越来越开朗了，他从小看着大少爷和孙少爷长大，看在眼里自然也是高兴的。所以他现在担心的不是宁夕居心不良，反而是担忧她没居心。

上楼后，宁夕迫不及待要分享自己的战果，于是直接拧开了陆霆骁卧室的房门。

"陆……"

刚一推开门，却发现陆霆骁头发湿漉漉的，裸着上身，腰部围着一条白色的浴巾，晶莹的水珠顺着他紧实的腹肌缓缓没入了人鱼线里……

这一幕简直让人本能地无法移开视线，所以宁夕的第一反应不是闭上眼睛，而是瞪大了双眼。她对亲密关系很排斥，但这并不妨碍她欣赏美好的事物。

大概是当年被背叛后受的刺激太大，她也不知道自己怎么不知不觉就长歪了，要知道五年前的她可不会和苏衍之外的任何陌生男人搭话，别的男人再帅也不多看一眼……

大概过了足足五秒钟，宁夕才回过神来，唰地转过身去，抬起拎着两个纸袋子的手捂住眼睛："对不起对不起，我忘敲门了！"

陆霆骁声音低哑地轻笑一声："我的错，是我忘了锁门。"

实际上不是忘了，而是从她住进来开始，他就再也没有锁过门。

"找我有事吗？稍等，我先穿衣服。"

女孩方才短暂却漫长的视线简直如同火一样一寸寸点燃他的肌肤，幸亏她及时转身，否则可能会令他再次露出破绽。

陆霆骁正要打开柜子去拿衣服，身后的宁夕突然大喊一声："啊，不要！不要穿衣服！"

没想到女孩竟然会提出这样的要求，陆霆骁的脸色明显愣了一下，随即他盯着女孩的后背，语气微微上扬："怎么？"

虽然他还挺乐意满足小丫头这样的请求。

意识到自己的话太有歧义，宁夕赶紧呸了一声："你千万别误会啊！我那就是字面上的意思，没有更深层的意思！貌似字面上的意思也很不正经啊……咳，总之我的意思是，我今天逛商场的时候给你买了套衣服，你要不要试试看？现在试就省了你回头穿了又脱再试了嘛，我是不是很机智！"

陆霆骁闻言神色微怔，似乎有些受宠若惊："买给我的？"

他还以为她肯定是给小宝买的。

“对啊，不过，咳咳，我刷的是你的卡！”宁夕尴尬地摸了摸鼻子，“其实一开始我是准备用自己的钱买，当作送给小宝的礼物，谁知道上个月买了个机车引擎，卡上没钱了，所以只好刷了你的卡。后来路过的时候，我发现有一套成人男装跟我买给小宝的那套颜色、款式非常搭，我就忍不住买了下来！”

“这样啊。”虽然不是特意给他买的，也足够令他心情愉悦。

“我问过导购了，如果试着不喜欢可以拿去退的，你赶紧试试喜不喜欢！”宁夕催促道。

陆霆骁毫不犹豫道：“喜欢。”是她亲自买的，是她第一次给他买衣服，他怎会不喜欢。

“你都还没看到什么样子呢！”宁夕咕哝着后退一步，往后伸长了手把其中一个袋子递给他。

陆霆骁接过袋子：“只给我和小宝买了，你自己没买吗？”

宁夕叹气：“唉，囊中羞涩，还是等发了钱再买吧！”

陆霆骁刚想说“你可以刷我的卡”，宁夕从包里摸出一张黑卡：“哦对了，这个还给你吧！别说，用着还挺拉风的！今天把一个想跟我抢衣服的极品女给气死了！”

陆霆骁只能轻叹一声改口道：“你先拿着吧，我平时忙，没什么时间帮小宝买东西，你如果看到合适的直接买，当然，我也很乐意你帮我选东西。”

“你这么放心我的眼光啊？待会儿你试过之后别嫌弃得当场脱下来就好！”宁夕说完也不跟他客气了，直接收回了卡，“那我等走的时候再还给你吧！你快换衣服，我先出去啦！”

刚要迈步，空着的那只手突然被男人从身后拉住。

宁夕吓了一跳，下意识地想转身，但想起陆霆骁还光着身子呢，只能别扭地保持着被反拉住手的姿势：“怎么了？”

陆霆骁微微收紧她纤细的手腕：“宁夕，最近小宝的状态好多了，也不再总是缠着你，他很乖很听话，不会打扰你，不会影响你工作，他只是每天能看到你，每天能等到你回家，每天知道你就睡在他隔壁，就会很开心很安心……我知道我已经没有理由再继续留你，可我这个做父亲的能为小宝做的太少，我真的很希望小宝这样的快乐能够持续久一点。

“三个月，最多再住三个月可以吗？到时候你要走，我绝对不再勉强你留下。而在这期间，你可以把这里当成你自己的家一样，想做什么就做什么，不需要有任何顾忌。

“你可以偶尔气愤飙粗话，可以去酒吧很晚才回来……我对你只有一点要求，这三个月内，不要带异性回来，可以吗？”

前面这段宁夕听得差点感动到飙泪，听到后面则差点吐血三升。咋越听越觉得陆霆骁是个温柔贤惠千依百顺的妻子，而她是个花天酒地的人渣丈夫呢？

宁夕哭丧着脸："陆霆骁，你确定要保持着这样的状态跟我聊天吗？你先穿上衣服咱们再说行吗？"

"好。"身后终于传来陆霆骁的声音。

宁夕如蒙大赦，赶紧一溜烟冲出房门。

唉，陆霆骁肯定是个天生的演说家，三言两语句句戳她心窝子，尤其是关于小宝的那段话。只是，她如果继续再住下去，还是三个月这么久，怕真的有点不太合适啊……

正纠结着呢，突然腿上一软，一低头就看到小宝不知道什么时候跑了过来，和往常一样抱住了她的小腿，手上还拿着一幅画。

宁夕蹲下来抱了抱小家伙："宝贝你画完了啊？"

小宝点点头。

"画的是什么？阿姨可以看看吗？"

小宝立即把画塞给她。

宁夕只看了一眼眼眶就湿润了。

画中的人依旧是她。

这幅画的色彩非常明丽梦幻，她躺在一张小床上，手里拿着一本故事书。只是，小宝画的角度是从他躺在她身边仰视她时的角度。整幅画里，满满都能感觉到小宝黏在她身旁仰着脑袋听她讲故事时的幸福和满足。

"宝贝画得真好！"宁夕内心的天平此刻已经完全倾斜。她深吸一口气才恢复了平静，亲了亲小家伙的额头，开心道，"阿姨给你买了新衣服，要试试看吗？"

小宝眼睛亮晶晶地点点头。

当宁夕帮小宝换好衣服，准备去找陆霆骁的时候，陆霆骁刚好也换好衣服从屋里走出来。

给小宝买的这套衣服宁夕还是蛮有自信的，但是陆霆骁那套心里就完全没底了，毕竟从没看陆霆骁穿过黑白灰之外的衣服，更何况还是宝蓝色这么跳的颜色。但是，看到换上衣服后的陆霆骁，宁夕却彻底傻眼了。

这、这也太合适了吧！她本以为可能会看起来很突兀或者不伦不类，完全没想到上身效果这么好，充分展示出了他的宽肩窄臀大长腿，最重要的是沉闷肃穆的气质瞬间变得明朗轻快起来，连人看起来都年轻了好多。

陆霆骁被女孩眼中毫不掩饰的惊艳给取悦了："怎么样？"

宁夕点头如捣蒜："太帅了！感觉胸口挂朵大红花都能直接去当新郎了！"

陆霆骁心想：这丫头夸人的方式还真够独特。

"小宝你说是不是？你爸爸帅不帅？"宁夕低头问袖珍版陆霆骁小包子。

虽然小宝不咋待见他爹，也不得不承认这样的爹地比平时黑乎乎的样子好看多了，于是很给面子地点了点头。

宁夕立即得意地弹了个响指："真没想到我的眼光居然这么好！当然啦，主要还是陆总您底子好，穿什么都帅！不过我觉得没事您还是多穿穿这样的亮色吧，员工们看到您心情都会变好，办事效率都会变高的！"

听着那句"底子好，穿什么都帅"，陆霆骁忍俊不禁："嗯，以后你要是再看到合适的，帮我买。"

"好啊好啊！交给我了！"宁夕信心十足地拍了拍胸口应下来，随即越看这一大一小越兴奋，"哎呀忍不住了，好想给你们拍照！快过来快过来，站到一起来，站近一点，牵着手……"

父子俩一步一个指令，非常配合地摆起了姿势。

宁夕越拍越上瘾，彻底变身迷妹，在阳台、书房、小花园，连续给父子俩拍了好几组照片。

陆霆骁站在她身旁，倾身凑近了去看，称赞道："拍得很好。"

宁夕谦虚地摆摆手道："我拍照构图技术一般啦，用的又是手机，无奈你们两个模特水平太高，背景也很给力，所以每张拍出来都像是大片一样！对了陆霆骁，你有微信吗？我加你把照片发给你吧！我之前就想说了，这年头还有谁用短信啊，太麻烦了！以后也教小宝用微信吧！"

"有，搜我手机号。"陆霆骁开始庆幸当初被陆景礼逼着开通了微信。

"咦？你的昵称居然就是陆霆骁……太没创意了吧！"宁夕一边吐槽，一边立即加了陆霆骁为好友。

陆霆骁挑眉，下意识地去看宁夕的昵称是什么。

糖小夕？为什么叫糖小夕？是因为很甜吗？

互加好友后，宁夕把所有照片都发给了他。

陆霆骁收照片的时候还无意间注意到，宁夕的个性签名是：有朝一日剑在手，杀尽天下负心人！

宁夕发完照片才发现陆霆骁目光复杂地盯着她的个签看，尴尬地解释道："那个什么，这是我中二病时期的签名，一直忘了改了！是不是很雷人？"

陆霆骁轻笑："还好。"总有一天，他会成为让她改掉这条签名的人。

陆霆骁平时极少登录微信，这次刚登录没多久就看到家族群里弹出来不少信息。

原来是陆家二老在跟亲戚们抱怨好久都没看到乖孙了，因为老大最近似乎有喜欢的女孩子了，正在热烈追求对方，所以他们都不敢去他那边打扰他。

那语气，说是抱怨，其实更像是炫耀！

哼哼哼，咱们老大啊，终于也有喜欢的女孩了！

陆霆骁被爸妈的语气弄得有些哭笑不得，然后随手把宁夕刚才发给他的照片全都发到了群里。于是，几秒钟过后，整个家族群里都炸锅了。

大家的第一反应是，万年潜水的陆霆骁居然出现在家族群里了。

第二反应，天哪，这一大一小父子俩简直了，就跟画报里的人物一样！

“哎呀我乖孙好可爱，哎呀我儿子好帅！”陆老夫人激动得都不知道该先夸谁好了。

“霆骁啊，你跟小宝的衣服是谁给选的啊？是不是你喜欢的那位姑娘？”陆老夫人一眼看出这绝对不是儿子的审美风格。

“嗯。”

“我就知道你不可能选出这种风格的衣服！瞧瞧这颜色多鲜亮，多好看哪！哪像你整天就知道穿得灰扑扑的，把小宝都折腾得灰扑扑的！这家里啊，果然还是需要个女人！”

“照片也是她拍的？”陆老爷子也忍不住发问。

“嗯。”陆霆骁依旧是一字真言。

“不错。”陆老爷子显然也非常满意。

陆霆骁小时候就不爱拍照，小宝就更不爱拍照了，所以这父子俩的照片都极少，合照就更少了，这组照片二老不约而同地默默珍藏了起来。

“我未来嫂子逆天了啊！居然有本事让你穿上这种颜色的衣服，还乖乖给拍照！我之前送了你一套，颜色跟这个差不多，你那眼神鄙视得跟什么似的，还把我的审美一顿批！”这次说话的是陆景礼。

连陆景礼都冒头出来称呼对方为“未来嫂子”了，七大姑八大姨再也按捺不住，全都在追问陆霆骁看上的到底是哪家姑娘。

陆霆骁直接回了两个字：“私事。”

意思是这是我的私事，不允许任何人插手。

于是本来还蠢蠢欲动准备去摸情况的全都不敢轻举妄动了。偌大的陆氏家族，陆霆骁是核心掌舵人，他的话没人敢不听。

此刻，看到了群里的照片和聊天记录的还有一人：江牧野。

江牧野死死盯着那句“是不是你喜欢的那位姑娘”看了半天，立即私戳了宁夕。

“宁小夕，你是不是给陆霆骁和小宝拍照了？”

“是啊，你怎么知道的？你看到我们啦？”宁夕想起江牧野今天也没戏，心想这家伙不会又偷偷跑来了吧！

“哼，我舅都发到家族群里炫耀了！所有人都在夸呢！”

宁夕一看开心了，啪啪啪打着字：“哈哈哈，真的吗？是不是夸我拍得好？”

江牧野气得差点摔了手机：“你的关注重点还能再偏一点吗？”

“那我应该关注什么？”

“我告诉你，刚才……”

江牧野本想说刚才陆霆骁在群里亲口承认了照片是他喜欢的女孩子拍的，但一想到自己已经连续说了三次她都不相信，顿时觉得这个证据也还是不够，最后很可能又是一顿打，于是决定还是下次找到她绝对抵赖不掉的证据再让她心服口服！

“明天有我们俩的戏，别迟到了！”江牧野转移了话题。

“我什么时候迟到过！”

“不出意外的话是吻戏，你要是敢吃大蒜、榴梿你就死定了知道吗？”

吃完晚饭，宁夕犹豫再三后去找陆霆骁了。

静谧的阳台上，陆霆骁也不催促，只默默站在那里，耐心等着她的答复。

宁夕深吸一口气，转身看向身旁的男人，终于下定决心开口道：“陆霆骁，你说的事情我考虑过了。我答应你，可以再留三个月，但三个月之后，我真的必须走了。”

就算他们之间没什么，她一个未婚女人住在别人家里，瓜田李下的，太容易引起不必要的误会。

“谢谢。”陆霆骁露出松了口气的表情，同时眸底划过一丝隐藏得极好的暗芒。

“明天有你的戏份吗？”陆霆骁问。

宁夕长叹一声点点头：“有的。”

陆霆骁见她神色不豫，关心地问道：“怎么，明天的戏份很难？”

宁夕托着下巴，趴在栏杆上沉吟道：“难倒是不难吧，吻戏而已嘛，但对象是江牧野，我实在是怕自己会跳戏啊！万一我演到一半忍不住打他怎么办？笑场也很有可能！”

“吻戏……”陆霆骁双眸微眯，虽然早就知道了这部片子会有这样的戏份，但他一直在刻意回避着这个问题，因为担心控制不住自己做出令她厌恶的事情。

这时，宁夕突然想到什么，一拍脑袋道：“啊对了，陆霆骁，有件事情……要感谢你。”

“什么？”陆霆骁有些心不在焉地问。

“我刚知道上次追加投资的投资人是陆二少，是你私下里交代让我做女二号的吧。所以，谢谢。”宁夕真心地感谢道。

“你不怪我便好。”

“我有那么不识好歹嘛，该感谢肯定还是要感谢的啊！”

“不客气，只是顺便。”而真实情况是，他做这些完全是为了她，江牧野才是真的顺便。

宁夕努力想了想开口道：“顺便我也占了很大的便宜了，嘴上道谢太没诚意，不然我回头空了亲自下厨给你和小宝做顿饭吧？虽然我平时太懒极少自己下厨，但我做菜可好吃了，要是没进娱乐圈，我可能就去当厨子了我跟你说！”

陆霆骁轻笑：“我很期待。”

第二天。

宁夕来到影视城，远远就看到拍摄地附近围着一大群小姑娘，中间一颗特别耀眼的金色脑袋，一看就知道是江牧野和他的粉丝们。

宁夕下意识地就想绕道走，不料刚要溜，人群里就响起一声尖叫：“啊！是宁夕！”

宁夕心想完蛋了，正要先护着脸，没想到那群小姑娘唰唰唰在她面前站成好几排，然后集体弯腰异口同声道：“对不起——”

道完歉之后，小姑娘们一个个满脸星星眼地盯着她，七嘴八舌道：

“宁夕小姐对不起，之前是我们误会你了！请你不要跟我们一般见识，务必要继续演孟长歌这个角色啊！”

“就是就是！你演得实在是太赞了，我们全都非常喜欢你跟牧野的戏！”

“那几十秒的片段我在家循环播放了一整天好吗！”

……

宁夕被这群小姑娘弄得满脸迷茫，下意识地看向江牧野。

江牧野心情颇好地走了过来解释道：“之前郭导不是放了一段拍摄花絮吗，其中有一段就是我们俩那天试戏那段。然后嘛，她们就对你转粉了，真是的，一个个看我被欺负就这么开心吗？”

“呃……”原来如此。

粉丝迷恋明星，极少会想在现实生活中跟明星有什么交集，因为那太不切实际，所以，影视作品等就成了粉丝们幻想的渠道。

如果一个女星要跟你的男神对戏，你的第一反应可能是有一点嫉妒，尤其是当那个女星很矬很糟糕的时候，更是会为偶像不平，产生极大的抵制情绪。但是，若是情况相反，粉丝们却会把跟偶像对戏的人代入成自己，从中获得巨大的满足。

这就是宁夕现在面临的情况。

“牧野牧野，听说你们有很多亲密戏是真的吗？有没有吻戏啊？”有粉丝激动地询问。

江牧野挑眉：“有啊，今天就有。”

“啊啊啊！”现场立即响起一片兴奋的尖叫声。

“我们可以围观吗？可以吗，可以吗？”小姑娘们兴奋地追问。

“今天这场戏在室外，你们到时候在外围应该可以看到吧，不过距离远可能看不太清。”江牧野回答。

“没事没事，我们都带了装备！”小姑娘们纷纷掏出粉丝必备的望远镜。

宁夕无语，这么多人围观，她压力山大啊！

休息室里。

宁夕忍不住问：“说是吻戏，到底是哪场啊？”因为最近发生太多事，排片表变化很大，她只知道大概，还没得到具体通知。

江牧野兴奋地翻着剧本：“花灯节那场，我昨晚问过导演了。”

宁夕立即就回忆起了剧情：“花灯节？不就是孟长歌和孙涣卿初吻那场戏？”

“没错，就是那场！”江牧野说完眉头一跳，警惕地凑近她闻了闻，“你有记得我昨天说的话，没吃什么不该吃的东西吧？”

宁夕一巴掌拍开他：“我像是那么不专业的人吗？”

“这可是你说的，否则你要是坑我，我就告诉导演！”江牧野一脸不信任地盯着她，实在是被这家伙耍太多次了，他完全不敢放松警惕。

宁夕白了他一眼：“多大的人了，还玩告诉老师那一套，幼不幼稚啊你？”

江牧野哼了一声扭过身子：“不跟你说了，我要研究一下怎么拍！”

宁夕一把将他的椅子转过来：“你研究个鬼啊！反正到时候也是我强吻你！过来，我有事问你！”

江牧野心想：我就不能研究下怎么被强吻吗？

“你要问啥？”江牧野没好气道。

“贾青青那个角色现在是怎么处理的？”

“肯定是要换掉的啊，我听明哥说换成了我们盛世的人，好像是一个新晋歌手吧！长得不错，可是压根没演戏经验，我看够呛！对了，贾青青的事情你听说了吗？”

“贾青青又怎么了？”宁夕不解。

“还能怎么了，事情闹得这么大，对方老婆发现了，放出话让她滚出华都，否则见一次打一次！我本来还担心那女人逼急了会对你做什么，现在看来是不用担心了！”江牧野说着说着觉得不对劲，“宁夕，我怎么觉得这件事情的发展顺利得惊人呢？”

这时，外面传来导演的声音：“宁夕，牧野，去上妆吧，下一场就轮到你们了！”

此刻夜幕刚刚降临，光线正合适，道具组已经将现场全都布置好，群演也各就各位。

换好装后，江牧野难得地竟然有些紧张。说起来他虽然跟宁夕交往过，可是却连她的一根手指头都没碰过，更别说接吻了。没想到他们第一次接吻，不是在恋爱的时候，居然是在戏里。

正深呼吸调整情绪，身后突然一个巨大的力道拍过来，一身潇洒劲装扎着高马尾的宁夕吊儿郎当地勾着他的肩膀：“干啥呀金毛，你不会是紧张了吧？”

“滚！谁紧张了！哥拍过的吻戏比你吃过的米还多！”江牧野没好气地推开她，被她拍过的肩膀一阵火烧火燎。

这时，郭启胜不放心地走了过来：“这个场景没办法清场，你们俩没问题吧？”

一般拍这种戏份，为免演员尴尬发挥不好，有时候会清场只剩下工作人员。

宁夕一脸轻松地耸耸肩：“我没问题啊！江前辈说他拍过的吻戏比我吃过的米还多，肯定更不用了！”

郭启胜哈哈大笑：“那咱们这就开始吧！”说完安慰他们俩道，“因为这是全剧最重要的一吻，所以我的要求会比较高，但是你们俩毕竟刚开始磨合，一开始拍不好没关系，我们慢慢来，可以多尝试几次，没关系的！”

听到导演说多试几次，江牧野嘴角微抽，他完全没有被安慰的感觉，反而心脏跳得更快了。

真见鬼了，拍个吻戏而已，你瞎跳什么！

所有人都没有发现，头顶上空有好几枚苍蝇大小的微型高清摄影机全方位盘旋着，而就在距离拍摄地点不到一百米的街口，静静停着一辆黑色的车子。

车内后座前方的屏幕上，正清晰地投射着现场的每一帧画面。

陆霆骁一身深色正装，衬衫纽扣严谨地系到第一颗，修长的手指斜撑着额头，幽暗的瞳孔倒映着屏幕的亮光，正一言不发地看着换好装后出现在屏幕里的女孩。

旁边的陆景礼一会儿从车里探出脑袋往外面张望，一会儿又瞧瞧车内的屏幕，脸色纠结：“哥，你真准备就这么看着，什么都不做啊？那还不如待在家里眼不见为净呢，这不是找虐吗？”说完满脸忌惮地盯着亲哥掩映在昏暗光线中的完美侧脸，自言自语地咕哝，“不在沉默中爆发，就在沉默中灭亡……我咋总有种不好的预感呢！”

他毕竟跟陆霆骁从小一起长大，所以太了解他哥的性子，这家伙表面上看上去特别清冷矜傲特别无欲无求，实际上，只要是被他圈入自己领地的东西，就会有极其可怕的占有欲。

自从宁夕出现以来，陆霆骁所表现出的几乎全都是他光明温暖的一面，但陆景礼知道，只要是他哥想要得到的东西，就绝对没有得不到的，这不过是野兽捕猎前的耐心，这样的表象简直不堪一击，说不定什么时候就会“砰”的一声，炸得粉碎。

这些日子陆景礼的心一直提着，知道江牧野那小子居然跟宁夕有过一段之后，更是为他捏了一把汗。唉，看在那小子是自己外甥的分上，回头找个机会提醒他一下吧！不然到时候怎么死的都不知道！

拍摄开始。

街道两旁到处是卖花灯、猜灯谜的小贩，熙熙攘攘的百姓们手里提着花灯，一片欢声笑语。

孟长歌硬是把闷在医馆看病的孙涣卿给拉了出来。

摄影机跟随二人推动，镜头下，少年少女顺着灯火通明的长安街道飞速奔跑，画面无比唯美……

这场戏的台词不多，主要是场景和主角的眼神变化。

孟长歌兴致勃勃，孙涣卿从一开始的不情愿，到后来也被少女的热情所感染，两人一起穿梭在人群之中。

走了一会儿，孙涣卿突然发现自己的手还被女孩拉着，于是急忙挣扎。

孟长歌却执拗地握紧了不放，一副“这手就是我的所有物”的表情。

孙涣卿急了：“孟姑娘请自重，男女授受不亲！”

孟长歌皱着眉头瞪他：“你个书呆子，万一我松了你的手，我们走散了怎么办？”

“散了便散了！”孙涣卿极度羞恼下口不择言道。

“孙涣卿！你……”孟长歌气得一甩他的手钻进了人群。

看着那一抹红色渐渐湮没在人群里，孙涣卿面上的神情渐渐变得焦急起来，最近传闻有采花大盗出没，已经有好几家的姑娘失踪，今日街上这么乱，她一个女孩子家，万一出了什么事怎么办！

此刻的孙涣卿只剩下对孟长歌的担忧，完全忘了她是个混世小魔王，就算遇上了采花大盗也是他们倒霉。

摄影机的镜头开始跟随孙涣卿的目光不停在人群中寻找着孟长歌，就在他找得快要崩溃的时候，后肩突然被人拍了一下。

一转身便看到一个戴着鬼脸面具的人俏生生地站在他跟前，语气带着几分得意道：“孙大夫，你找我啊！”

听到女孩熟悉的声音，失而复得的狂喜让孙涣卿一把将她搂进了怀里。

孟长歌明显没料到一向迂腐保守的孙涣卿会有这样的举动，顿时僵住了……

接下来要演的便是孟长歌主动亲吻孙涣卿的场景，远远围观的粉丝们激动得屏息凝视，大气都不敢出一声。这一幕中二人的初吻，光是想象也知道绝对唯美到极致！

与此同时，还有个更加大气都不敢出的，是黑色车辆中的陆景礼。

陆景礼蜷缩着身子贴在窗边上，尽可能距离亲哥远一些，甚至吓得都闭上眼睛不敢看了。他绝对不相信他哥会眼睁睁看着什么都不做，光是刚才看到宁夕牵江牧野的手，以及二人拥抱的画面，车厢里的温度就快结冰了好吗？要是真亲上了还得了？待会儿不会出现什么血腥的画面吧？

任由陆景礼想破了脑袋也想不出，他哥到底会怎么做才能既阻止这场戏，又不会得罪宁夕。

陆景礼小心翼翼地从指缝间重新看向屏幕，只见宁夕缓缓摘下面具，深情款款地凝视着江牧野，接着她伸出手一把拉下了江牧野的脖子……完了完了完了！要出人命了！

陆景礼正在心里哀号，突然眼见着周围的花灯一盏一盏灭掉，那效果就跟被他亲哥身上的怒气给扑灭了一样，无比惊悚。

“啊！下雨了——”人群中传来一声惊呼。

因为花灯都是纸糊的，还有一些荷花灯连遮挡都没有，所以瞬间被雨水扑灭。而那边刚要亲下去的宁夕也因为这一突如其来的变故停止了动作，下意识地用手遮住了头顶：“怎么下雨了？哎哟，好疼！怎么好像还有冰雹！”

紧张得心脏都快停止跳动的江牧野硬生生刹车的后果就是差点一口气没喘上来晕过去：“见鬼！最近不是闹干旱吗？都几个月没下雨了！还有这大热天的，下冰雹是闹哪样！”

车子里的陆景礼一脸蒙。

下雨了？好端端的怎么会下雨？等等，听着车顶这砰砰的声响，貌似还夹着大冰雹啊！这时，陆景礼的脑子里灵光一闪，嘴角抽搐地盯着旁边不动如山、脸上丝毫没有意外之色的自家哥哥，极其无语道：“人工降雨的招都使出来了，哥，你这是要逆天啊！而且，你会不会用力过猛了啊？都冰雹了啊！”

看着那边拍摄被迫中止，陆霆骁周遭的低气压潮水一般退去，削薄的唇吐出冷冰冰的两个字：“开车。”

“是，大少爷。”司机发动引擎，夜色中黑色的车辆悄无声息地离开了片场。

郭启胜也没料到会是这么个情况，当场扼腕不止，如果刚才的拍摄继续下去了，一定会是个非常完美的画面。

“算了算了，好事多磨！咱们今天就收工吧！不过大家都先别走，咱们晚上聚个餐！上次没能给牧野接风，今天一定要补上！”郭启胜招呼众人道。

最近剧组波折颇多，这时候聚一聚也当联络感情了。

本来还因为天气突变蔫头耷脑的工作人员瞬间来了精神，全都欢呼起来。

江牧野兴致缺缺地应了一声，明显情绪不太好。

宁夕丢了块毛巾给他：“你这是什么表情？没被我强吻很失望吗？”

“放屁，我那是不满又要跟你再演一次！”江牧野瞪她一眼，然后满脸警告，“你今晚该不会又有事吧？”

“没有啦！我能有什么事！”宁夕一边说着一边跟往常一样给陆霆骁发信息说一声。

宁夕懒得打字，于是直接发了一条语音过去：“陆先生，今晚剧组聚餐，麻烦您转告一下小宝，让他不要等我吃饭了。”

很快，“嗡”的一声，陆霆骁的回复过来了，也是一条语音。

宁夕点开，手机里传来陆霆骁独有的清冷又含着关切的声音：“好，玩得开心点。”

“宁小夕……”旁边江牧野阴森森地叫她的名字。

“干啥？”

“你不仅眼睛瞎了，是不是耳朵也聋了？你就不觉得我舅跟你说话的语气不对吗？”

“江牧野，你是不是又皮痒了？”

江牧野果断地啥也不说了。呵呵，宁小夕你等着，最迟今晚，我一定找到证据，让你心服口服！

明珠大酒店。

这次聚餐剧组里的所有人都到齐了，连今天没有戏份的宁雪落等人也赶了来。大家纷纷表示了对江牧野的欢迎，包厢里的气氛很是热烈。

酒过三巡，Amy突然端了杯酒站起身：“宁夕，之前我对你有所误会，这杯酒敬你，算是跟你道歉，也是跟你道谢！”

“Amy姐您太客气了！”宁夕将杯中的酒一饮而尽。

众人纷纷喝彩，接下来不少人过来敬宁夕酒，宁夕全都来者不拒，算是以酒解恩仇。

看着宁夕跟剧组里的人打成一片，宁雪落满脸欣慰地微笑：“我就说了小师妹不可能是那种人！”

饭局快接近尾声的时候，突然一个修长的身影敲了下门走了进来。

“哎呀，苏少！”

“苏少来了！”

“衍哥哥，你怎么来了啊？”看到来人，宁雪落立即满脸惊喜地迎了上去。

角落里，醉醺醺的江牧野立即一个激灵清醒过来，目光如炬地瞪着门口一身米白色西装、气质儒雅的男人。

苏衍！他就是苏衍？传说中宁夕唯一爱过的男人？

苏衍这个十佳男友每次都在宁雪落需要撑场子的时候出现，此时被宁雪落挽着手臂，一脸温和地跟众人打着招呼：“约了朋友在这里吃饭，听雪落说你们也在这里。你们想吃什么可以随便点，这顿饭记在我的账上！”

众人纷纷起哄——

“哇！苏少太有钱了吧！”

“感觉每次我们都托宁老师的福！”

“那我们就不客气了啊！”

这时，角落里传来一声冷哼：“我的接风宴，凭什么让你付钱？这顿我付！”

大概是前男友见面分外眼红，苏衍刚一出现，江牧野就毫不掩饰地表现出了敌意。

男人对男人的敌意向来都是很敏锐的，苏衍第一时间感受到江牧野对自己不太友好的态度，不过面上依旧挂着温润的笑容，不紧不慢道：“既然是给江先生的接风宴，于情于理都不应该由江先生自己来付才是。”

“是啊，这顿就让我们请吧！算是我们尽下地主之谊。”宁雪落附和道。

江牧野在心里吐槽道：尽个鬼的地主之谊，我是土生土长的华都人好吗？需要你来尽地主之谊！

江牧野借着酒劲正要发作，一旁的宁夕暗暗从后面按住他的肩膀，凑近他耳边道：“你傻啊，有冤大头干吗不用？就让他付！”

江牧野一听脸色更差了：“哼，你确定你不是在帮他说话吗？这可是你旧情人！”

宁夕挑眉：“你不也是我旧情人吗？”

“宁小夕！你别给我转移话题！”江牧野听得心里更酸，心想我算是你什么旧情人，能跟你青梅竹马连梦里都会叫出他名字的衍哥哥比吗？

宁夕无奈：“好好好，我不转移话题，你这么闹起来是恨不得我跟你还有苏衍的关系全部在大家面前曝光是吗？”这家伙到底什么时候能稳重一点！

江牧野终于不说话了。

“你要付就付吧！”最后，江牧野随意地敷衍了一句。

苏衍看着宁夕刚才在江牧野耳边小声低语，眉头微不可察地蹙了蹙，是错觉吗？他总有种宁夕跟江牧野的关系并非仅限于同事的感觉。

见苏衍失神地看着宁夕的方向，宁雪落晃了晃他的手臂唤回他的注意力，娇声道：“衍哥哥，我让你帮我带的东西带来了吗？”

苏衍回过神来：“带来了。”说着递给宁雪落一沓请柬，然后对众人说道，“明天是雪落的生日，明晚的生日宴希望大家都能来！”

“啊！明天是宁老师的生日啊！”

“那一定要去啊！”

“宁老师的生日宴肯定很高大上，我们都去长长见识！”

宁雪落满脸甜蜜地笑着给众人发请柬，发到宁夕的时候，不忘特意叮嘱了一句：“小师妹一定要来哦！”

宁夕有一下没一下地转动着酒杯，面上没什么表情地盯着那张红色的请柬。

递到江牧野的时候，江牧野动都没动：“不必给我了，我不去。”

宁雪落闻言神色微僵，但一刹那后便恢复了温婉，关心地问道：“牧野明天是有什么事吗？可不可以暂时改期呢？我是真的很希望你能来！拜托拜托啦！”

她都已经答应了好几个喜欢江牧野的闺密，说了一定会把江牧野给请到的。

被大美女用这样的语气请求，不管是哪个男人恐怕都无法抗拒。不过江牧野却完全不吃这一套，眸子里甚至划过一丝鄙夷，不耐烦道：“改不了，明天也是我一个朋友的生日！”说完他朝着宁夕的方向看了一眼。

宁夕抿了口酒，没说话。

“啊……这么巧啊？你那个朋友居然跟我同一天生日呢！一定是你很重要的朋友

吧？那真是太遗憾了！如果你朋友那边结束了的话，随时欢迎你能来，我们的生日聚会通宵哦！”宁雪落一脸善解人意地说道。

该死的，请不到江牧野，岂不是让她在那么多姐妹面前丢脸吗？江牧野那个朋友到底是谁，不仅跟她同一天生日，还重要到能让江牧野当着这么多人的面推掉她的邀请！等等，也是明天生日……

宁雪落惊疑未定地朝着宁夕的方向看了一眼。她突然想起来，宁夕的生日跟她同一天，也是在明天！江牧野口中的朋友，该不会是宁夕吧？

这时，她突然想到一件事。后来王泰和公布了追加投资的人是陆景礼，而父亲又告诉她，对方暗中跟导演指定了让宁夕做女二号，为什么盛世的陆景礼要指定宁夕做女二号呢？如果她的猜测没错，宁夕跟江牧野真的关系匪浅，那么肯定是江牧野从中帮宁夕说话的。这么一来，所有的事情都能说得通了。这个宁夕，难道搭上了江牧野？

# 第四章
## 给你撑腰

苏衍走后，江牧野依旧眼睛不是眼睛，鼻子不是鼻子，斜睨着宁夕冷哼道：“那人就是当初让你爱得死去活来的真爱？你眼神果然有问题！”

宁夕慢悠悠地扫了他一眼：“我看你眼神才有问题，苏衍这样的男人，满分10分的话，至少可以打9分好吗？”

江牧野一听就炸了：“为什么是9分这么高，他哪里能打这么多分了！”

宁夕一副理所当然的语气：“就凭他是我爱过的男人，说他差，岂不是在打我脸吗？而且撇开主观因素，从客观角度来说，不可否认的是，他确实值得9分。苏衍的长相不像你似的，一眼就吸人眼球，但他胜在气质，属于温润儒雅型，放在童话世界里就是王子，放在古代是翩翩公子，‘陌上人如玉，公子世无双’，总之是我少女时期最喜欢的类型，一眼就沦陷的那种！”

江牧野听得胸中的火越烧越旺：“宁小夕，你是不是还对人家余情未了呢？瞧你把人都夸上天了！”

宁夕白了他一眼：“真的不在乎了，才能用这么淡定、这么客观的语气跟你说他好吗？什么智商啊你！”

更何况，她形容的不过是那个活在她记忆里的，最鲜活最美好的少年，而非如今的苏衍。有时候正因为回忆太美好，才衬托得现实更残忍。

江牧野好半天才缓了怒气，瓮声瓮气地问道：“那你给我打几分？”

宁夕摸了摸下巴，在江牧野紧张的目光中答道：“9.9分吧！光你这张脸就够这么多分了！”

江牧野一听，立即气顺了不少，摸着自己的脸蛋，面上显现了几分得意：“那是当然！哥怎么说也是靠脸吃饭的好吗？不过，还有0.1分扣在哪里？”

宁夕用看白痴的眼神看着他：“那还用问吗？显然是扣在智商上啊！”

算了算了，看在9.9分的分上，就不跟这死丫头计较了。

江牧野目光闪烁，忍不住又问了一句：“那……陆霆骁呢？你给打几分？在你心目中，他又是什么类型的男人？”

“陆霆骁啊……”这个问题宁夕还真有点难以回答，考虑好久之后才答道，“我可不敢给大魔王打分，要说什么类型的话，一句话形容就是，可远观不可亵玩的类型。海平面看似很平静，但你永远不知道海洋深处有怎样可怕的暗涌。这种男人深不可测，若贸然靠近，搞不好就是个葬身海底的下场！”

江牧野听得脸色缓和了很多：“哼，算你还剩点理智！”

“但是……”宁夕又沉吟。

“但是什么？”江牧野紧张地问。

宁夕支着下巴，勾唇一笑：“但是，‘牡丹花下死，做鬼也风流’啊！”

“宁小夕！”

“哈哈哈，开玩笑开玩笑的嘛，不要这么激动！”

江牧野差点没被气死：“我看你是酒后吐真言！我一开始就怀疑你对陆霆骁存着什么不轨企图了！”

“全国上下有不肖想陆霆骁的女人吗？”宁夕反问。

“那全国上下的女人还都对我有想法呢，怎么也没见你想！”江牧野脱口而出。

宁夕扬声质疑道：“你怎么知道我没想过？”

江牧野一愣，然后耳根子瞬间红到滴血。下一秒，宁夕“扑哧”一声笑了出来。

江牧野意识到自己被耍了，当场恼羞成怒：“宁夕！你给我等着！我跟你没完！”

要不是顾忌到包厢里还有别人，他早就跟她拼命了。

宁夕见终于把人惹毛了，赶紧摆手说要去卫生间。唉，今晚果然喝太多，她一喝多了就喜欢调戏人，尤其喜欢逗江牧野那二货。

解决完生理问题之后，宁夕摇摇晃晃地往回走着，酒店走廊七拐八拐的有点绕，她找了半天才终于找到包厢。可是，一推开门，却傻眼了——一屋子全是陌生人，而且这间包厢明显比他们剧组所在的那间大多了，也奢华多了，说是金碧辉煌也不为过。

“抱歉，走错了……”

宁夕道了声歉，正要离开，突然一只肥腻的手覆在了她的手腕上，接着一股浓烈的酒气几乎凑到了她的脸上：“哎呀，哪里来的迷路的小羊羔，既然来了就是缘分，不如留下来一起喝一杯嘛！”

正抓着她的手不放的男人四五十岁的模样，一身肥肉，双颊通红，不怀好意地上下打量着她……

包厢里响起一阵调笑起哄的声音。宁夕本来下意识地想要一个过肩摔，但无意间扫视过去，竟然发现这个包厢里不少人都是经常出现在财经杂志上的熟脸，这概率，简直就跟小太监走错路误闯正在上早朝的金銮殿一样惊悚！

总之，这屋子里的人没有一个是她得罪得起的，所以宁夕立即便收回了用暴力解决的念头。看来今晚不会那么好脱身，偏偏这会儿她喝了太多酒，脑袋还晕乎着。

“来来来……美女，快进来！”那个胖子一直在把她往包厢里拉，同时不忘在她的身上四处揩油。

宁夕努力挣脱开那胖子的手，客客气气道：“抱歉，这位先生，我是真的进错包厢了，我朋友还在等我！”

那胖子闻言顿时勃然大怒：“你明明是故意走错的，装什么清纯，我看上你是你祖上冒青烟！”

宁夕暗暗骂了声，这些人就这素质？她认出这个胖子似乎是丰瑞地产的董事长朱向成，为人特别好色。

那胖子说着又伸手去拉她，眼见着就要把她往沙发处拖，宁夕正绞尽脑汁地想办法脱身，这时，肩上突然一沉，一股无比熟悉的仿佛来自冰川之上的清冽气息从身后密不透风地将她包裹起来，随后肩上的力道温柔却有力地将她往后一带，下一秒，她便撞进了一个坚硬又温暖的怀抱。

“呃，陆、陆总……”刚才还死缠着宁夕不放的朱向成脸色立即僵住了，不过很快便换了一副谄媚的表情，“这妞儿陆总也看上了？既然如此，那您先您先！”

包厢里，刚才还在看热闹的人目光全都变了，这是什么情况？陆霆骁哪次出来应酬不是冷漠如高岭之花，视女色为无物，今天居然会对一个喝得醉醺醺误闯进来的女人感兴趣？

无视那些人的反应，陆霆骁此刻的眼中只有一人。他眉头紧蹙地看着怀里摇摇晃晃的女孩：“怎么回事？”

“陆……”宁夕及时止住了差点脱口而出的直呼其名，嗫嚅着答道，“我走错地方了……”

包厢里的光线有些昏暗，刚才她居然没有发现陆霆骁也在这里。在一干地中海、啤酒肚中间，陆霆骁的存在简直就是一股清风。

“你们在哪间包厢？我送你过去。”陆霆骁看都没看身后神色各异的众人一眼，径直护着宁夕走了出去。

方才他正在闭目养神，隐约听到包厢里的哄笑声却没有注意，直到听到了宁夕熟悉的声音，一睁眼便看到朱向成竟然正拉着她动手动脚。当时那一瞬间，他便涌上扭断那个男人的手的冲动。但他不能吓到他的女孩，于是强压着森冷的戾气，装作陌生人一样上前为她解了围。

出了包厢，宁夕总算是松了口气：“陆霆骁，谢谢你啊，要不是遇到你，我今晚估计要闯祸了！”如果跟对方好说不行，她难免就要动手。

“闯祸了又怎样？有我替你收拾，以后再遇到这种情况，绝对不许再让自己吃亏！”陆霆骁满脸严肃地教育道。

宁夕笑叹：“有人撑腰的感觉可真好呀！”

等她离开陆家，等小包子再也不需要她，恐怕她和陆霆骁也会成为陌生人了吧？不知道为什么，想到这些她竟然有一丝伤感。

陆霆骁摸了摸女孩的脑袋：“我可以一辈子给你撑腰，只要你愿意。”

宁夕挥去脑子里不该有的想法：“我现在已经没事啦，自己回去就好了！”

“你确定你自己可以？”陆霆骁一脸不放心。

“可以的可以的，你快进去吧！”宁夕一边摆手一边倒退着走。

陆霆骁事先就知道今晚他们剧组会来这里聚餐，所以才会接受那些人无聊的聚会邀请。当然他也清楚宁夕所在的包厢是哪一间，所以眼见着宁夕朝着相反的方向走之后，陆霆骁无比无奈地叹了口气，大步流星地追上前去："算了，还是我送你回去吧！你的包厢是哪间？"

"是 801！"

"801 不是这个方向。"陆霆骁扶着她往正确的方向走去。

直到把人送到了门口，陆霆骁才停下："进去吧，别再乱跑了，如果上洗手间，一定要找个朋友陪你一起。如果找不到人，找江牧野也行。"

噗，找江牧野陪她上厕所吗？

"知道啦！谢谢陆大 BOSS 亲自送我！"宁夕伸手比了个爱心。

陆霆骁唇角上扬，眉宇间暗藏的最后一丝戾气也一扫而空："待会儿走的时候给我发信息，我们一起回去。"

宁夕回来后，江牧野总算是松了口气："怎么去了这么久？我还以为你掉厕所里去了！"

"比掉厕所还可怕，我掉进狼窝了！"宁夕靠进沙发里，一脸心有余悸。

"什么意思？"江牧野蹙眉。

"刚走错了包厢，你是不知道啊，一屋子全是华都的大佬，还有一个猥琐的死胖子，硬拉着我不放，让我陪他喝酒！"

"你说什么？"江牧野立即变了脸色，紧张地上下打量着她，"那你是怎么回来的？"

宁夕哼哼着："因为我运气好，遇到了大佬中的大佬啊！"

江牧野闻言脸色黑了黑："该不会是陆霆骁吧？"

宁夕打了个响指："答对了，陆大 BOSS 可帅气了，及时出现救我于水火，还亲自把我送到了包厢门口！"

江牧野心想：说好的高智商低情商呢？这还是他认识的那个人吗？

聚会结束后，大家一一道别。

"宁夕，你怎么回去？要不要我带你一程？"叶玲珑问。

"谢谢叶姐，不用啦，我有个朋友在附近，会顺道带我一起回去。"

"那我就先走了啊！"

"好的，路上小心！"

"牧野呢？你怎么走？"郭启胜问。

"我等经纪人。"

"行，那咱们明天见了，天气好的话就继续今天的拍摄，你说今天这雨加冰雹下的，也太奇怪了！"郭启胜郁闷地咕哝着。

剧组的人陆续离开后，门口便只剩下了江牧野和宁夕两个人。宁夕又困又醉，明显已经快撑不住了，正眯着眼睛靠着身后的金色柱子。

江牧野斜她一眼："明哥还有一会儿就到了，你等什么朋友，直接跟我一道回去啊！不对，你等的该不会是……"

话未说完，一人西装革履地从酒店大堂走了出来，沉稳的脚步踏着月光，一步步走到正在打盹的宁夕跟前，声音如夏夜的风："宁夕。"

宁夕迷迷糊糊地撑开眼睛："陆霆骁……"眼前这个男人对她而言似乎已经是安全感的代名词，视线中刚一出现他的身影，她最后一丝强撑的清醒终于安心地放下，身体一软便直直地往一旁倒了过去。

一旁的江牧野见状一惊，正要伸手去扶，不过有人比他更快，已经先一步上前，女孩稳稳地倒在了那人的怀里。

陆霆骁目光温柔地替女孩理了理鬓角凌乱的碎发，然后一只手臂伸到她的膝弯，动作轻缓地将她抱了起来。同时，一辆黑色的迈巴赫无声无息地停在门口，司机快速下车打开车门。

江牧野眼见着陆霆骁当他不存在似的，就这么抱着宁夕准备上车，终于再也忍不住，他飞快地点开手机的录音功能，然后在后面喊了一声："舅舅！"

陆霆骁脚步微顿，幅度极小地侧了侧身，以眼神询问他有什么事。

江牧野咬着牙，有什么事，这还用问吗？他要不要这么一副理所当然的表情？

"您对宁夕，到底是什么意思？"江牧野死死盯着他，直接问出了口。

陆霆骁闻言垂眸看了一眼怀里安睡的女孩："我对宁夕……"

"是！您不觉得您对宁夕的态度太奇怪太暧昧了吗？"在男人强大的威压之下，江牧野强撑着继续开口，同时死死捏紧了手里的手机，紧张地等待着男人的答复。

陆霆骁目光淡薄地看着对面的青年："我认为我已经表现得够明显，既然你还是不明白……"

下一秒，江牧野的瞳孔骤然紧缩！

对面夜色中的男人没有直接开口，而是低下头，轻轻覆上了女孩的唇。三秒钟过后，男人带着无比珍惜眷恋的表情离开女孩的唇，然后目光冰冷地凝视着已目瞪口呆的青年："明白了？"

深夜，铂金华府6号。

床上正陀螺似的翻滚着"一只金毛"，嘴里嘀咕着脏话。

雷明坐在对面的沙发上，一脸无奈地打了个哈欠："你已经骂了二百五十八次，今晚到底发生了什么事？"

江牧野立即目露凶光，连小虎牙都闪着冷光："别跟我提二百五这个数字！我就是个活生生的二百五！宁小夕说我最后那0.1分扣在智商上面真是一点都没冤枉我！我简直蠢得无可救药！开个录音有什么用！为什么不偷偷录个视频！为什么为什么为什么……”

雷明嘴角抽搐一头雾水，完全搞不懂他在发什么疯。不过有一点他倒是看得挺明白的，每次他这么抽风都是跟宁夕有关：“牧野，你是不是想跟宁夕复合？”

江牧野整个人跟石头一样僵住了，恶狠狠地哼了一声道：“我疯了吗？想跟那个浑蛋复合！就因为她那件事，我到现在晚上都还会做噩梦！”

雷明无语地看着江牧野脸上那怨妇似的小表情，心里明明喜欢，还一直在那儿嘴硬。其实他一直怀疑江牧野当年就已经假戏真做喜欢上宁夕了，否则那会儿江牧野得知真相之后不会愤怒到那种地步。至于现在江牧野对宁夕的感情嘛，难道是因恨生爱？不过也可能是因为得不到的永远是最好的！

江牧野正继续翻滚呢，放在床头的手机响了起来。

江牧野完全没心情搭理，最后还是雷明拿起他的手机看了一眼：“是你父亲打来的。”

“我爸？”江牧野瞬间弹坐起来。

就因为他进娱乐圈这事儿，他爸和他闹得跟仇人似的，这会儿怎么会主动给他打电话？

江牧野心中隐隐闪过一丝不安，立即接了起来。因为太久没联系，加上心中存着芥蒂，江牧野愣是一句“父亲”都没叫，冷声冷气道：“江董事长这么晚了找我有事？”

手机那头传来一声无奈的叹息，男人语气极其疲惫地开口道：“牧野，回来吧，公司快不行了……”

江牧野立即变了脸色：“什么叫公司快不行了？出了什么事？”

“公司出了内鬼，我们跟HN的合作出了问题。现在我谁都不放心，唯一能依靠的，只有你。难道你真的忍心看着爸大半辈子的基业毁于一旦吗？”江庭光的语气几乎是乞求。

江牧野握着手机的手紧了紧：“我不可能退出娱乐圈！我也说过我不会回去接手你的公司！”

“牧野，我没有让你退出娱乐圈，接不接手公司随你意愿，我只希望你能抽出一点时间回来帮帮我！”

江牧野这人吃软不吃硬，一向在家里跟霸王龙一样独裁专制的老头子，第一次跟他这么低声下气地说话，他难免有些受不了，所以没有立即拒绝，而是模棱两可道：“可是我最近很忙……你让我考虑考虑！”

江牧野挂了电话后，雷明立即关切道：“你爸的公司出事了？家里的事情重要，工作这边的话，我可以帮你协调。”

江牧野头疼不已：“可是我手头的戏怎么办……难道要推掉？”

雷明沉吟片刻，然后分析道：“推掉不至于。《天下》是古装剧，又有不少大场景，拍摄周期比较长，我可以跟导演说把你所有的戏份都调到最后，这期间可能造成的损失可以由我们这边来负责，导演应该会同意的。”

江牧野烦躁地抓了抓头发：“看样子也只能这样了。最近怎么做什么都不顺？HN那个合作案板上钉钉的事情都能出问题，拍个吻戏而已，大夏天的还能下冰雹……”

江牧野越说越觉得不对劲，最后一拍床垫：“陆霆骁！你也太无耻了吧！”

陆宅。

看着爸爸将醉醺醺的小夕阿姨带回来，小宝一脸责备和控诉。

陆霆骁将宁夕放到床上，接触到儿子的目光后挑眉解释道：“不是我让她喝的。”

小宝还是一脸责备和控诉。

陆霆骁无奈：“好吧，还是我的错，我没照看好她。”

见爸爸态度诚恳，小宝才终于收回不满的目光，接着跑去了洗手间，片刻后拿了条热毛巾出来，脱了鞋子，一骨碌爬上床，小心翼翼地跪坐在旁边给宁夕擦拭着脸，擦完了脸又擦手，小模样仔仔细细，认认真真。

看着儿子一副十佳孝子的模样，陆霆骁又是欣慰，又是叹息。要知道，他这个亲爹都从未有过这样的待遇。

“啊……头疼……”

小包子听到宁夕难受得哼哼，心疼得不得了，赶紧过去给宁夕呼呼。

陆霆骁眸光微动，看着儿子说道：“这是你小夕阿姨的工作需要，就算是我也没办法干涉，不过你的话，倒是可以试着劝劝她以后尽量少喝点酒，她比较听你的话。”

这话小包子听得还是挺顺耳的，一脸认真严肃地点了点头，表示接下了这个重要的任务。

第二天早上。

宁夕一醒来就看到小包子趴在她的床沿，严肃地板着小脸，看上去很不开心的样子。

宁夕急忙坐起了身：“宝贝怎么了？出什么事了吗？怎么这副表情啊！跟你爹似的！”说着好笑地捏了捏他的小脸。

小包子迅速从背后拿出写字板，然后一页一页开始翻。

宁夕看到，小包子老师生动形象地画了好些张连环画，图文并茂，从心脏、血液、骨骼、胃、胰腺、肝脏等方面一一讲述了喝酒对身体的危害。翻完之后，小包子继续一脸严肃地看着她，意思很明显。

宁夕轻咳一声：“咳，那个什么，宝贝儿，其实酒没你想的那么可怕，它能降低有害胆固醇，提升自信，激发大脑智能，还能控制体重呢……”

宁夕扳着手指一通乱数。虽然知道小包子是关心她，但她不能随便答应小孩子事情又做不到，她这一行不喝酒怎么可能呢？

小包子一听，漆黑的眼里满是生气和失望，随即一扭头就飞快地跑了出去。

“别走啊……”宁夕尴尬地抓了抓头发。

过了一会儿，宁夕洗漱好下楼，跟以往一样和小包子打招呼：“嗨，宝贝早安！”可是小包子理都不理她，并且傲娇地把小脸扭到了另一边。

宁夕：“呃……”

餐桌旁，正在看报纸的陆霆骁见状讶异地扬了扬眉峰，朝着宁夕投去疑惑的目光：“你们吵架了？”还真是难得。

宁夕摸了摸鼻子：“小宝刚劝我戒酒呢，我跟他说喝酒其实也有很多益处的，然后他就生气了……”

原来如此，陆霆骁了然地点点头。

宁夕眼珠子一转，立即寻求同盟：“陆霆骁，你跟小宝说说嘛，喝酒是不是也有蛮多益处的？”

她觉得陆霆骁平时应酬多也要喝酒，肯定会站在她这边的。

陆霆骁看看右边满脸期待的宁夕，又看看左边满脸愤然的儿子，用拳头抵着唇边轻咳一声：“喝酒确实有益处……”

宁夕立即激动地一拍大腿：“包子，你看，我说得没错吧！”

小包子立即朝着亲爹投去无比鄙夷的目光，昨晚明明是他提议的，现在却被小夕阿姨一求就倒戈了，简直是太没原则了！

接触到儿子看叛徒似的小表情，陆霆骁失笑，转而继续开口道：“但是，喝酒的坏处却远远大于益处，并且益处的前提是在适量的基础上。所以，除非特别难以避免的情况下，还是能少喝就少喝比较好。”说完又补了一句，“我最近已经开始戒酒了。”

话音刚落，宁夕立即一副扑街的表情无精打采地趴在桌上：“BOSS大人，说好的同盟呢……”

半晌后，她终于接受了大小包子才是同盟的事实，举手投降道：“好吧好吧，我知道了，我以后能少喝一定尽量少喝，不逞能，不跟人拼酒，不一喝起来就刹不住！现在可以原谅我了吧，宝贝？”

小宝仔细看了看她的表情，确定她态度诚恳才终于点了点头，并且伸出这些天养得长了不少肉的小胖手，学着她平时鼓励夸奖他时的动作轻轻摸了摸她的脑袋，仿佛在说这样才是好孩子。

宁夕真是哭笑不得，除此之外满心都是被人在意和关心的温暖。她抱起小包子就亲了一口："宝贝连生气都这么可爱，我简直每天都会多爱你一点怎么办？"

小宝眼睛亮晶晶的，很开心。

对面每天都要被虐一遍的陆霆骁忍不住妒忌。

他儿子只要卖萌就能得到的东西，他却要处心积虑上下求索九九八十一难……

丰瑞地产董事长办公室。

朱向成脸上的横肉抖动着，"啪"的一声拍着桌子站了起来："这不可能！以往我们都是这么做的，从未见陆氏那边计较，为什么偏偏这次会出问题？"

经理也是满面焦急："可能是因为陆氏集团内部最近的政策有变化，对质量把关比较严。这种事情全看陆氏那边怎么说，那边睁一只眼闭一只眼，我们就过去了，那边要是较真，那归根结底还是我们的质量问题，是我们违约……"

朱向成暴走着："那现在要怎么办？"

"据说这次是陆霆骁亲自下令驳回的，怕是只能从他身上下手了……"经理沉吟道。

朱向成一听情绪更加暴躁："陆霆骁那人软硬不吃、油盐不进，财和色没一样对他有用，从他身上下手不就等于是死路一条吗！不……或许有个人可以……"

到了剧组，宁夕被告知拍摄计划全部更改，原因是江牧野家里出事请了长假。

那家伙，平时屁大点的事都要在她旁边叨咕半天，这次出了这么大的事情，怎么一点风都不跟她透？

宁夕立即打了一通电话过去问。

江牧野的语气听起来很不好："我跟你说干吗？你不是嫌我给你添麻烦，嫌我多管闲事，不是巴不得我有多远滚多远吗？这下如你的愿了！"

宁夕听得也起了火："江牧野，你吃枪药了？"

江牧野无比气闷，他是生自己的气，气自己太蠢，最后强制自己冷静下来开口道："我正在我爸的公司，今天很忙，肯定没法抽身，你晚上有空登录一下游戏，送了个东西给你，生日快乐！还有，我发了几个东西到你邮箱，你自己去看，信不信随便你！就这样，挂了！"

"这家伙……"宁夕无奈地看了眼挂掉的电话。

这时，郭启胜跑来通知她："宁夕啊，牧野的事情你知道了吧！本来今天是要继续拍你们俩昨天那场吻戏的，现在调整成了你跟雪落的对手戏，新的排片表我待会儿让人拿给你！"

宁夕点点头："知道了导演！"说完便找了个偏僻的角落，窝在树荫下看剧本。正看得出神，耳边传来一阵脚步声，宁夕眼角余光瞥到一抹令她生理性厌恶的身影——是苏衍走了过来。

今天是苏衍送宁雪落过来的，因为是她的生日，苏衍特意请了一天假，一整天都在剧组陪着她。剧组里的小姑娘们一个个嫉妒得都快疯了。

宁夕不耐烦说话，只略抬了下眼皮，示意他有什么事。

苏衍递给她一瓶冰饮，小心翼翼地问道："小夕，雪落的生日你会来的吧？"

宁夕没有接，一副看白痴的表情看着他："你确定要问我这么白痴的问题？"

"小夕，今天也是你的生日，你若能回来，还可以帮你一起庆生！我已经跟伯父伯母说过了，他们已经同意了！"

宁夕翻了个白眼："真是谢谢你们这么顺便地帮我庆生！"

苏衍眉头微蹙，长长地叹息了一声："宁夕，我真的已经快不认识你了，你到底什么时候才能变回从前那个善良又善解人意的小夕……当年的一切归根结底都是我的错，如果不是为了我，雪落也不会做出那种事，你要怪就怪我好了，雪落是无辜的。这些年来她一直都活在内疚里，她最希望的就是得到你的祝福。我真的希望你能来！"

"内疚？"每次跟苏衍说话，宁夕都觉得自己在听笑话，"内疚地霸占着我的身份，内疚地抢走我的父母，内疚地和本该是我男朋友的男人在一起？那她可真够内疚的！还有，别跟我提'善良'两个字，当年我那不叫善良，而是叫傻！"

苏衍脸色难看，随即神色坚定道："小夕，只要你愿意原谅雪落，除了让我上法庭作证，你让我做什么都可以！"

"你确定？"宁夕挑眉。

"我确定。"苏衍点头。

宁夕放下手里的剧本，好整以暇地看着他："好啊，我要你在今晚的生日宴上甩了宁雪落。比起我当年所受的屈辱，只是让她被甩，我是不是已经够善良，够善解人意？"

苏衍脸色微白："小夕，这……"

"宁夕！你怎么可以这样！"身后突然传来宁雪落带着哭腔的声音。

宁夕双臂环胸，语气悠然："我怎样了？"

宁雪落满脸愤怒又怜悯地看着她："你果然还是放不下衍哥哥，所以你才这么恨我，你恨我抢走了他！可是你怎么可以这么自私，用这么卑劣的方式拆散我们！衍哥哥根本就不爱你，你做这种事又有什么意义？"

见宁雪落情绪激动，几乎要喘不过气来，苏衍赶忙轻拍着她的背安抚："雪落，你别激动，我想小夕只是随口说说……"

宁夕笑盈盈地看着两人一副演生死大戏的架势："我可没随口说说，除非你刚才那句让你做什么都可以是随便说说的！"

"衍哥哥，你看她！我们诚心诚意低声下气地求她原谅，可是她呢，一而再再而三地为难我们！你该不会真要答应她这种无耻的要求吧？”宁雪落满脸惊慌和无助地仰头看着苏衍。

“傻丫头，怎么会。”苏衍温柔地摸了摸她的脑袋，然后一脸凛然地看向宁夕：“对不起小夕，这个要求，我没办法答应！”

宁夕终于失去了玩兴，意兴阑珊地嗤笑一声，下一秒目光如刀刃：“那就滚，离开我的视线。”

“宁夕你这是什么态度！有错也是我的错，跟衍哥哥没关系，你凭什么这么对他！”宁雪落满脸维护地替苏衍打抱不平。

宁夕拍了拍手鼓着掌：“二位的感情真是感天动地催人泪下！那么，宁雪落，你肯定也愿意做任何事情赎罪，愿意为了苏衍做什么都可以是不是？”

宁雪落闻言眉头拧得死紧，谁知道这女人又会挖什么陷阱等着她，可是这个问题她却只能有一种回答：“当然了！你又想怎样？”

宁夕故意沉吟了好半天，才在宁雪落警惕的目光中开口道：“既然如此，苏衍不甩你也可以，只要你放弃宁家大小姐的身份，回到春风镇唐家村做你的唐雪落，那我们三人之间的烂账就一笔勾销，怎样？”

宁雪落陡然瞪大双眼，如同听到了什么极其可怕的事情，失控地摇着头道：“不……不可以！宁夕你怎么可以这么残忍！怎么可以逼迫我离开父亲母亲，逼迫我离开生活了二十多年的地方，我……”

宁夕不耐烦地摆摆手打断她：“得了得了，演技这么差，还是别再演了，简直辣眼睛！我早就说过让你们俩有多远滚多远，是你们自己一次次找上门求我原谅让我提要求，还信誓旦旦什么要求都可以。等我提了，又一副‘你好无情好无耻好无理取闹’的表情！呵，什么弥补，说得这么好听，不过是在不损害你们自身利益的情况下无关紧要的施舍而已！你们不觉得虚伪，我还觉得恶心呢！所以，我能给你们的只有一个字，滚！”

苏衍和宁雪落回到化妆间，两人皆是灰头土脸。

宁雪落手足无措地站在苏衍跟前，眼角滑下一滴眼泪：“衍哥哥，你怪我吗？怪我没有同意宁夕的要求……”

苏衍心疼地伸手拭去她的眼泪：“我怎么会怪你呢！”

宁雪落顿时得到了救赎一般扑进他的怀里：“衍哥哥，谢谢你，谢谢你相信我，明白我，我不是放不下宁家的荣华富贵，我只是放不下父亲母亲，一想到要离开他们，一想到再也见不到他们，我就……”

“乖，别哭了，我知道，我都知道的……”苏衍轻拍着她的后背，叹息一声，“是我太天真了，以为她还是从前的小夕。雪落，我答应你，从今往后，我不会再为了她委屈你，不会再让她伤害你半分！”

“衍哥哥……”宁雪落痴迷地看着眼前的男人，滑腻的双臂攀着他的脖子，送上自己的唇。

“这里是剧组，万一被人看到……”

“看到又怎样，你可是我光明正大的男朋友！”宁雪落娇嗔着，干脆坐在了他的大腿，手指抚上他的胸口，一颗一颗解着他的扣子。

呵，宁夕，我就是要和你喜欢的男人在一起，怎样……

片刻后，化妆间里响起暧昧的声音。

论相貌，其实宁夕要更胜宁雪落一筹，只是宁夕太过内向羞怯，尤其在男女之事上完全不懂，更别提主动做些什么让他开心的事情。一开始，他喜欢的确实是她不同于其他女孩的单纯朴素，但时间久了，就显得太寡淡。但是，如今的宁夕却跟当初判若两人，如同一个妖精，明明性格变得那么糟糕，那么不可理喻，却让人无法从她身上移开目光……

男人的喘息声越来越急促，脑海里最后那一瞬间浮现的，竟然是那张漫不经心似笑非笑的脸……

“雪落姐，拍摄快开始了，我可以叫化妆师进来给您化妆了吗？”小助理红着脸，为难地站在门外。她跟在宁雪落身边这么久，对这样的事情已经习以为常。

宁夕那边早就已经准备就绪，足足又等了半个小时，宁雪落才终于慢悠悠地过来。

“抱歉让大家久等了，今天皮肤状态不太好，化妆多花了些时间。”宁雪落抱歉地解释，嗓音沙哑慵懒，看着宁夕的目光带着淡淡的得意和挑衅，经过她的时候还故意拉了拉领子，露出脖子上殷红的吻痕。

这一脸潮红，眼波含春，身上还有一股甜腻的气味，生怕别人看不出她刚做了什么事似的。

宁夕额头青筋微跳，若不是为了拍戏，她简直恶心得一分钟都不想跟宁雪落呼吸同一片空气。

郭启胜拍了拍手：“好，既然人都到齐了就开始吧！大家各就各位，开始！”

黄昏，一片竹海中。

两个女子相对而立，一个红衣艳绝，一个白衣无瑕。

上官映蓉满脸凛然：“孟长歌，我谅你为兄报仇情有可原，可你杀了贤妃还不够，难道还要毁了这天下？”

孟长歌的红色长袖在风中如同火焰般猎猎翻滚，睥睨蝼蚁一般俯瞰着眼前的人：“这天下原本就是我孟家打下的，现在我毁了它又能如何？”

上官映蓉闻言愤怒不已：“你、你简直不可理喻！你也曾为将帅，护一方国土，为何如此心胸狭隘，你难道愿意看到百年之后战火纷飞，生灵涂炭？”

孟长歌一头青丝乱舞，垂眸抚着自己精致的长指甲，语气癫狂："我死后，哪管洪水滔天……"

"太完美了！"郭启胜激动得除了"完美"已经不知道该说什么。

今天这场戏，叶玲珑特意到了现场，看完之后长长舒了口气，露出安心的表情："其实这部剧里，我倾注最多心血的角色不是上官映蓉，而是孟长歌。而且我一开始设置孟长歌的时候就不是作为反派设定的，正派反派，全看观众自己理解。而观众怎么理解，全看演员怎么去演绎。演不到位，她就是个人见人恨的大反派，演到位了，这个角色会非常有深度！"

宁夕显然是后者。

郭启胜满脸兴奋，语气笃定道："我有预感，宁夕这个角色能拿奖！"

王泰和也连连点头："是个好苗子，星辉没了一个贾青青，起来一个宁夕，赚大了！"

"停！很好！休息一下，我们继续下一场！"

这场戏又是一次过，郭启胜本来因为江牧野的变故而郁闷的心情瞬间好了很多。

回到休息区后，宁雪落刚一坐下就叫来了小助理询问："刚才导演他们在那儿说什么？"

小助理欲言又止，一副不知道该怎么说的样子。

"夸宁夕了？"宁雪落冷笑。

小助理点点头："郭导说宁夕演得很完美，叶编剧说宁夕演技太好把孟长歌演成了正派，王制片也夸宁夕了，大意是说她日后的发展会比贾青青还好，郭导还说……"

"还说什么？"

"还说宁夕这个角色能拿奖……"小助理弱弱道。

宁雪落"啪"的一声拍在长椅扶手上："好大的口气，这年头拿奖哪有那么容易，而且就算她拿奖又怎样，不过是个最佳女配，还不是给我做配的！"

小助理连连附和："雪落姐说的是！她一个女二号的，哪能跟您比！观众又不是瞎子！"

宁雪落脸色稍缓，眉宇间的阴鸷却还是没有消散，压低了声音道："之前布置的那件事情，现在就可以去做了！"

小助理惊呼一声，然后急忙捂住嘴。

"真的要做？可是，这太危险了！万一您……"

"废话什么，我让你去你就去！"宁雪落一脸不耐烦。

"知道了，我这就去跟那人说……"

这时，身后传来苏衍关切的声音："雪落，你怎么了？脸色好像不太好？"

宁雪落看到来人立即换了一副娇羞的表情："还不是你害得人家这么累！"

"你啊，明明是你非要招我！"苏衍一脸无奈，随即提起手里的塑料袋，"我买了鸡肉粥，给你好好补补，省得你总喊累！"

"你讨厌！"

第二场戏紧接在前一场后面，是一场竹林里的打斗戏。

上官映蓉见孟长歌已然成魔，什么话都听不进去，短暂的犹豫后，准备就地杀了她以绝后患。

武术指导在旁边指点了两个多小时后，两人终于学得差不多了。

本来导演是准备给她们找武术替身的，但宁夕的身手不错，以前还给人家做过武替，她肯定是不需要的了，而宁雪落也表示了要亲自上。

郭启胜自然也想要更好的效果，于是便同意了。

专业的师傅帮两人吊好了威亚，检查了好几遍，确定万无一失后，拍摄开始。

"孟长歌已死。"上官映蓉闭了闭眼睛，说出这句心痛又惋惜的话。

站在她面前的，只是一具美丽而又危险的躯壳，一把会毁了这天下的凶器。下一秒，上官映蓉的眼中闪过汹涌的杀气，同时骤然出手，抽出腰间的长剑朝着孟长歌袭去。孟长歌似是已经料到了她会这么做，风轻云淡地站在原地，直到剑已经逼近自己的鼻尖了，才骤然伸开双臂，脚尖擦着地面，如同一只鸟儿一般滑行着飞速后退，避开了上官映蓉的攻击。

上官映蓉冷呵一声，再次出剑。

孟长歌不紧不慢地回避着，如同猫逗老鼠，最后反手抽出了红色纱裙腰部的软剑，招式凌厉地主动回击起来。

十几招后，上官映蓉渐渐落了下风，好几次差点被孟长歌从树枝上打落。

就算上官映蓉身手极好，但在曾斩千骑杀万军的孟长歌面前也只能如同稚儿。

上官映蓉自视太高，又以为孟长歌久居深宫身手肯定会退步，谁知道交手下来却完全不敌，无奈此时才察觉自己轻敌已经迟了。

最后，孟长歌终于玩够了，目光一寒，一剑裹挟着万军之气笔直地朝着上官映蓉的胸口袭去。

"扑哧"一声，利器进入血肉的声音。

上官映蓉面色痛楚地捂着胸口，断线的纸鸢一样从竹海云端坠落下来……

接下来还会有一个对孟长歌表情的特写镜头，郭启胜正聚精会神地看着宁夕的表现，却发现宁夕的表情不对劲。

"宁雪落受伤了！救人！快！"还被钢丝吊在半空中的宁夕突然大喊一声。

愣了片刻后，工作人员才反应过来这不是台词，是宁雪落真的受伤了！现场顿时乱成一团，所有人都朝着宁雪落围去。

被放下来之后，宁夕赶紧一把按住宁雪落汩汩冒血的伤口：“快叫救护车！”

话音刚落，她的身体突然被人用力撞开，苏衍大惊失色地飞奔过来，紧紧将宁雪落抱在怀里：“雪落！雪落你怎么样？”

“衍哥哥……我好痛……”

“别怕，有我在！你不会有事的！一定不会有事的……”

宁夕咒骂一声，心想：我按得好好的，你突然把我挤开，然后满脸心疼地看着她血流干，是不是神经病啊！演狗血剧演上瘾了是不是？

要不是场合不对，宁夕真想叉腰骂人。

“怎么回事！”郭启胜满脸怒气地赶了过来。

宁夕捏了捏眉心：“我插过去之后才发现手感不对，剑身并没有缩回去！”

这是一把弹簧剑，遇到阻力就会往回缩，但是没想到竟然会出了这种意外。

郭启胜顿时暴跳如雷：“道具师呢！给我过来！我千叮万嘱道具要检查好，绝对不能出意外，你到底是怎么办事的！”

道具师跌跌撞撞地跑了过来，满头大汗道：“郭导，我检查的时候明明是好好的，绝对不会有问题！”

郭启胜直接把剧本摔在他的脸上，咆哮道：“那你告诉我现在是怎么回事！”剧组一而再再而三地发生问题，他的忍耐真的已经快要到极限了。

这时，一旁的王泰和突然问了一句：“那最后一个接触这把剑的人是谁？”

“应、应该是宁夕吧，我检查之后就把剑交给她了，她一直拿着剑在练习。是我的错，怪我开始拍摄之后没有再拿过来检查一遍！”道具师连连道歉。

听到这话，宁夕的瞳孔骤然紧缩，如果这时候她还不明白发生了什么，她也不用混了。

此时，现场的所有人都神色各异。

郭启胜瞪着道具师，又目光复杂地看了宁夕一眼，最后强压着怒气：“这件事以后再说，赶紧先把人送医院！还有封锁现场，别让消息透露出去了！”

B 市第一人民医院。

苏衍正陪着宁雪落在里面处理伤口，宁夕站在病房门外的走廊，背靠着冰冷的墙壁，大脑飞速转动。

宁雪落不愧是小白花的鼻祖，连苦肉计都是加强级别的，也不怕宁夕一个没收手直接把她给捅死了？可惜那一剑她刚发现不对就立刻收手了，插得不深，宁雪落顶多就是个皮外伤而已，但这件事带来的后续问题就太麻烦了。她的当务之急是必须想办法撇清嫌疑……

宁夕正沉思着，耳边突然传来一阵急促的脚步声。她刚抬起头，“啪”的一声巴掌声响起，脸上传来火辣辣的疼痛。

“畜生！你怎么可以对雪落做出这种事情！你有什么怨冲着我来！是我要把她留在宁家的，是我愿意宠她疼她！雪落她做错了什么？”来人歇斯底里地朝她吼着，眼神如同看着有血海深仇的仇人。

宁夕抹掉嘴角的一丝血腥，缓缓抬起头，一动不动地看着眼前一身奢华、高贵典雅的贵妇，她的母亲。

庄玲玉的身后，是她的父亲宁耀华，眼神同样的厌恶：“如果雪落有个三长两短，我饶不了你！”

眼前的这两个人，一个是她的亲生母亲，一个是她的亲生父亲，从头到尾没有问一句原委，一上来就是责打和威胁。

宁夕有千万句恶毒的话可以气得他们口吐白沫，可是此刻，她却像是被抽干了浑身的力气，一个字也不想说，只是目光森森地看着那二人。

“孽障！你这是什么眼神！”宁耀华大怒。正要发作，病房的门被人从里面推开。

宁耀华和庄玲玉立即暂时忘了宁夕，赶紧迎了上去：“苏衍，雪落她怎么样了？”

“暂时已经没有大碍，你们可以进去看她了。”苏衍面色疲惫地回答，然后目光沉沉地看着门外脸颊红肿的宁夕。

庄玲玉立即扑到宁雪落的病床前，上上下下打量着她：“妈妈的心肝啊，你怎么样了啊？还疼不疼？哪里难受？”

宁雪落虚弱地笑了笑：“妈妈，我已经没事了，医生说只是皮外伤。”

庄玲玉心疼不已地摸着她的头发：“你一个女孩子家的，留这么大个疤还说没事！这剑要是再深一点，你的小命都没有了！那个死丫头，怎么这么狠的心！你好歹叫她一声‘姐姐’！”

“姐姐她对我……”宁雪落神色黯然，随即强撑着开口道，“爸，妈，你们别怪姐姐，不是她的错，是道具出了问题。”

宁耀华闻言冷哼一声：“傻孩子，你怎么这么傻！那道具好端端的怎么可能出问题？”他说完朝着门口的宁夕怒喝道，“畜生，还愣着做什么？还不快给我滚进来给雪落道歉！”

宁夕面上漠然的神色如同一张无坚不摧的面具：“我没什么好跟她道歉的。想让我道歉，可以，拿出证据。有证据，让我把命赔给她都行。”

宁耀华抖着手指着她：“你居然到现在还在嘴硬，我不查是给你面子，你不见棺材不掉泪是不是？你非要把我的脸丢尽是不是？”

呵，在宁耀华眼中，永远是他的面子最重要。

宁夕冷笑：“如果我真想报复她，你现在看到的应该是她的尸体，哪还有机会在这里表现父女情深？”

宁耀华用力一拍桌子：“你少跟我耍嘴皮子！宁夕，你到底道不道歉？你若好好认个错道个歉，然后退出娱乐圈，这件事我可以当没发生过。你要是一意孤行……”

“谢谢，我选择一意孤行！”宁夕轻嗤一声，直接挥了挥手，然后头也不回地转身离开。

庄玲玉一脸无法置信：“你看看她这像什么样子！我简直不敢相信我会生出这种混账东西！”

宁耀华气得团团转：“孽障！孽障啊！真是气死我了！”

宁雪落焦急不已地劝道：“爸，算了吧，我已经没事了，您就别生姐姐的气了，别气坏了身子！”

“上次我已经是放她一马了，结果她居然做出这种事来，这次是动手伤你，搞不好下次真的要犯法，这件事绝对不能这么算了！”

“可是，爸……”

“好了，这件事你就别管了，我会处理的。”

“是啊，让你爸处理去吧，你好好养伤，你爸一定会给你一个满意的交代的！”

宁雪落眼眶泛红，强忍委屈，满脸感动：“谢谢爸妈，其实你们真的不用这样，我没关系的……”

从刚才起一直沉默的苏衍拍了拍她的肩膀：“雪落，你就是太善良了！宁夕这次确实太过分，伯父说得对，绝对不能再这么听之任之下去！”

宁夕走出医院的时候已经是深夜。天空中没有星星，也没有月亮，街上只有零星的车辆和行人。

她承认宁雪落的手段很拙劣，很没技术含量，可是，宁雪落还是成功了。宁雪落总是用她曾经最在乎的东西来打击她，比如苏衍，比如父母。有时候她甚至产生了深深的自我怀疑，是不是一切都是她自己的错，是她太糟糕了，太不堪了，所以他们才全都厌恶她、嫌弃她、抛弃她……她甚至在想自己挣扎着努力至今到底有没有意义。就算有朝一日她达成了目的，得到了一切又怎样，这个世界有谁会在意，她依旧是孤单单一个人。

宁夕失魂落魄、漫无目的地行走在路边，完全没注意到一辆没有牌照的黑色车辆鬼鬼祟祟地跟在她身后，等她走到一个无人的地方，迅速从车里下来两个人，一个人从她背后用湿毛巾捂住她的口鼻，另一个人用绳子一把将她捆住，用力把她拖进了车里。整个过程不到五秒钟，等宁夕反应过来的时候，她已经失了力气，身体也被绑得严严实实，丝毫没有反抗的余地。

宁夕苍白的唇边溢出一丝苦笑，又是被陷害又是被绑架，她这个生日，过得可真够充实的。

车子一路平稳行驶着开了很久，宁夕的眼睛上蒙着一块黑布，不知道这车子到底要开向哪里，更不知道对方到底是什么来头。

宁雪落的人？不像，今天宁雪落大获全胜，没必要再多此一举。那么会是谁？她最近得罪了什么人？

就在宁夕百思不得其解的时候，耳边传来前面其中一个男人打电话的声音：“喂，朱总……是的，人已经搞定了，我们正在路上……对对对，放心好了，一定给您准时送到！这妞儿可真正点，看得我们哥俩都心动了！哈哈哈，我们哪儿敢啊！一定完完整整地给您送过去！”

宁夕心中悚然，朱总？她猛然想起昨天晚上在明珠酒店走错包厢的事情。这个朱总该不会是朱向成吧？难道昨天他没有得逞，事后依旧不死心，所以派人来绑了她？

宁夕越想越有可能，当即暗暗低咒一声，等她准备想办法脱身的时候，无奈她的意识越来越模糊，很快便完全陷入黑暗。

等宁夕稍微恢复了一些意识的时候，发现自己依旧被蒙着眼睛。房间里传来两个女人对话的声音，她神志不清听不太清楚她们说什么，只感觉到她们脱去了她的衣服，又给她换上了一件极其轻薄的睡裙，接着在她的身上撒满了类似花瓣的东西……

宁夕越想越觉得不对劲，以朱向成的性格，哪会这么有耐心……现在他们又是给她换衣服，又是撒花瓣的，她甚至还闻到她们给她喷了香水。死肥猪！老色狼！要杀要剐直接上好了，到底在搞什么？

朱向成打听到今晚有个商业酒会，陆霆骁会到场。他早早就赶了过去，特意做了好几手准备，结果如同他一开始所预想的那样，陆霆骁果然是软硬不吃油盐不进。好不容易弄到手的一幅价值连城的古董字画，人家看都没看一眼，带了一个小姑娘暗示他，人家的表情跟看一棵黄花菜没什么区别。

正焦急难安，他一直在等的电话终于响了起来。

“喂，怎么这时候才打电话过来，你们到底搞定了没有？”

“搞定了，我们已经在路上了！”

“快点！十分钟内必须把人送过来！房号808，别弄错了！”

“放心好了，一定给您准时送到！啧，朱总，您让找的这妞儿可真正点，看得我们哥俩都心动了！”

“你俩要是敢动她，剩下的钱就别想拿了！这女人我有大用！一根毛都不能少！”

……

对面不远处，坐在高脚椅上的陆霆骁垂眸看了眼手表上的时间，理了理袖口站起身，看样子是要告辞离开了。

这时，游泳池里猛地钻出一个男人，头发一甩，扬起一阵清凉的水花，露出健康诱人的小麦色肌肤，肚脐上方六块漂亮的腹肌，下方则是让无数男人歆羡想拥有的人鱼线。男人扬起嚣张俊逸的脸，湿漉漉的手一把抓住了陆霆骁正要迈步离开的小腿，语气不满道："喂喂喂，陆霆骁，今晚好歹是我撺掇的场子，你给点面子成不成？这才待半个小时就走？而且酒会酒会，你来了居然连一口酒都没喝！这么多美酒美人，就没一样能多留你一会儿的？"

"放手。"陆霆骁眉头微蹙，那神情大有下一秒就踩碎他手的意思。

这时，身后的陆景礼手里端着杯酒走了过来，笑嘻嘻道："天哥，你没看出来我哥今晚的心思压根就不在这里吗？能在这儿待半个小时已经是给你面子了！"

莫凌天趴在泳池边缘，脸上挂着吊儿郎当的笑："他心思不在我这儿，那他心思在谁那儿啊？他又没有女朋友！"

陆景礼一副要惊掉他眼球的表情哼哼道："谁说没有的，马上就要有了啊！"

"什么！太过分了吧！"莫凌天果然惊了，"哗啦"一声直接从泳池里跳上来，满脸被背叛的愤怒，"说好的兄弟一生一起走，谁先脱单谁是狗呢！"

陆霆骁面无表情地斜睨了他一眼："我不记得有答应过你这么无聊的事情。"

陆景礼也忍不住吐槽道："天哥，你孤家寡人的想怎么就怎么都没事，我哥可是有儿子的人，肩负着给孩子找妈妈的责任呢！"

"那女人是谁啊？"莫凌天眉头紧蹙地问。

陆霆骁又看了眼手表，神色已经极其不耐，直接大步流星地朝前走去，竟是直接无视他了。

"居然无视我！果然有了异性就没人性了！"莫凌天在后面怒骂。

陆霆骁走了，陆景礼便也跟着跑了，比起无聊的酒会，他更想看他哥是怎么泡妞的。

"嘿嘿嘿，哥，你这么急着回去是要给嫂子过生日吧？快告诉我，你准备了什么惊喜？我给你参考参考！"

陆景礼正喋喋不休地跟在陆霆骁后面，斜刺里突然冲出来一颗"肥球"。

"陆总！二少！"来人满头大汗，看样子是急匆匆追上来的。

陆景礼眉头微挑："哟，朱董啊！你这么急是有什么事啊？"

"我，我找陆总！"朱向成满脸谄媚地看向陆霆骁，双手递过去一张薄薄的烫金房卡，"陆总，这是我的一点心意，请您务必收下！"

意思再明显不过，他在房间里给陆霆骁准备了一个女人。

陆霆骁这会儿懒得应付任何人，为免对方纠缠浪费时间，直接收了门卡，然后继续大步流星地朝前走去。

朱向成看他收下了，总算是松了口气，但又担心他到底会不会去。

陆景礼满脸暧昧地跟在后面："哇哦！哥你艳福不浅啊！朱向成这次被你逼急了，肯定会放大招的，所以给你找的女人肯定不一般！哥你要不要？你已经有嫂子了，肯定看都不会看一眼的！那你房卡给我嘛，我倒是很好奇朱向成到底找了什么天仙过来！"

陆霆骁指尖微动，下一秒那张房卡便径直朝着陆景礼飞了过去。

陆景礼精准地用两根手指接住，满脸喜色："那我去了！"

"哟，808，还是总统套房呢！"陆景礼拿着房卡，哼着歌，欢快地往后面的客房区走去。

电梯直升顶层，陆景礼一只手插在口袋里，径直走向走廊尽头的房间。到了门口，拿出房卡，打开房门。

开门之前，陆景礼为难地想，他只是好奇过来看热闹的，要是待会儿里面的女人迷上他不让他走怎么办呢？虽然他是个不婚主义者，但他可是个正经人，只接受正正经经的恋爱关系。

"吱呀"一声，房门终于被推开。打开门后，一入眼的便是一张撒满了红色玫瑰花瓣的大床，大床中间躺着一个女人，花瓣掩映之间依稀可见穿着极其薄透的睡裙，还有两条又白又直的腿，光是这双美腿就让人想入非非，朱向成这次果然下了血本！

陆景礼一边想着一边继续往里走了两步，然后，他看到了女人的脸——虽然眼睛上蒙着一块白色蕾丝布条，但他还是一眼就认出了床上的女人是谁。

陆景礼如同看到了什么猛兽一样，吓得整个人弹跳起来往后撞去，身体撞在门上发出巨大的声响。紧接着，他"砰"的一声关上房门，然后一阵风似的往楼下疯跑而去。他一路狂奔到车库门口，正好看到陆霆骁的车从里面驶出来，于是他飞扑过去拦住了他哥的去路。

一声刺耳的刹车声之后，陆霆骁险险停下车，脸色极其难看。

陆景礼"砰砰砰"拍着车窗，然后在陆霆骁开口斥责自己之前，一把将他从车里拉出来，家里着火似的催道："哥，快跟我走！"

"什么事？"

"十万火急！十万火急的事！你跟我去就知道了！"

"现在对我而言只有一件事。"

"我知道你现在只想着嫂子，我这件也是跟嫂子有关的事情啦！"

于是陆霆骁立即跟着他走了。就这样，两人匆匆赶回了808总统套房。

陆霆骁扫了眼面前那扇门，面如寒霜，以眼神示意陆景礼最好给他一个解释，突然抽风把他带到这里来到底是什么意思。

陆景礼抹了把脸，“嘀”的一声打开电子锁：“你自己进去看。”

陆霆骁闻言面色微变，几乎立即就反应了过来，难道里面的是……

下一秒，陆霆骁伸出手臂，迅速推开门，然后，只一眼便呆在了原地。空气中迅速弥漫起骇人的冷意，男人的目光如同刀刃般射向一旁的陆景礼：“你看了？”

陆景礼吓得贴在门边上，弱弱道：“我不看怎么知道她是嫂子啊！你不是这也要吃醋吧？她穿着衣服有花瓣遮着呢，我也看不到什么啊！再说要不是我好奇心重发现了是她，谁知道今晚她会怎么样，我怎么着也是功大于过好不好？除了小宝宝贝，你上哪儿找我这么棒的神助攻去，我……”

陆霆骁：“滚！”

“嗻，谢主隆恩！”逃过一劫的陆景礼立即麻利地滚了。都说好奇心害死猫，无奈他都死里逃生一万次了，还是改不了这坏毛病！

陆景礼闪人后，陆霆骁立刻带上房门，大脑一片空白地站在距离那张床十步之远的地方。

纯白的大床，鲜红的花瓣上躺着一个穿着睡衣的女孩，睡衣已经被汗打湿，因为极度惊恐，女孩被蕾丝布条遮盖的睫毛轻轻颤动，脚趾也紧紧地蜷缩着……

此情此景，对于忍耐已久的陆霆骁而言，简直就是酷刑般的考验！他感觉自己的喉咙越来越干涸，领口几乎喘不过气来，于是伸出关节分明的手指，粗鲁地一把将领带拉扯开。

大概是因为动静太大发出了声响，床上的女孩立即惊得整个身体都开始颤抖起来，并且试图小幅度地往床外移动，但她似乎身上没有力气，费了半天的力气也只移动了不到两厘米，反而累得汗水打湿了鬓角的发。

这一幕更是如同滚烫的烈油中溅入了一滴水。

陆霆骁如同被蛊惑一般，脚步完全不受自己控制地一步一步朝着那张床走去，直到站在了床沿。

女孩敏锐地感觉到床边有人，更加用力地挣扎着想要离开。

陆霆骁神情恍惚，缓缓朝着女孩伸出手，那火热的温度，几乎要顺着他的手指将他整个人燃烧殆尽。然而，下一秒，指腹突然传来一阵尖锐的疼痛。

是女孩用力咬住了他的手指。很快他的手指便渗出了一丝鲜红的血液。

女孩面上空洞的绝望，却如同一场倾盆大雨劈头盖脸地淋下来，让他清醒了过来。

该死的！他到底在想什么！明知道她此刻有多害怕！明知道黑暗中的每一分每一秒对她来说都是折磨和煎熬！

陆霆骁迅速伸手解开了她眼睛上的蕾丝布条。

女孩的睫毛剧烈抖动着，然后极其缓慢地一点点撑开，如同慢动作回放下沉睡千年后醒来的美人……

下一秒，女孩彻底睁开眼睛。绝望而又清澈的眸底倒映出男人身影的一瞬间，先是迷茫地一呆，随即迅速弥漫起一阵水雾，化作大滴的泪珠，啪嗒顺着眼眶滚落，一颗又一颗，仿佛无穷无尽……

“宁夕……”陆霆骁彻底因为女孩的眼泪而慌了神，“怎么了？哪里难受？对不起，我来晚了……你别哭，我送你去医院……你别哭了好吗……”他的心脏几乎都要停止跳动了。

宁夕双眼通红，眼泪还是完全止不住地流，她用力地伸了伸双手，却抬到一半就坠落了下去。

“要起来吗？”陆霆骁立即倾身过去扶着她坐起来。正要扶她下床，女孩的双臂突然环住了他的脖子，脑袋紧紧埋在他的肩膀上，身体哭得一抖一抖的，眼泪很快便打湿了他的衣服……

陆霆骁心如刀绞，伸出宽大的手掌碰触易碎的玻璃一般轻轻拍着她的后背：“别怕，已经没事了……没事了，对不起……”

因为极度的惊慌和恐惧，宁夕哭了有十多分钟才停下来，然后一下一下地打着嗝。陆霆骁不厌其烦地帮她顺着气，因为怕惊动她，所以僵着身子一动不敢动。

半晌后，宁夕终于平静下来，沙哑着嗓子以从未有过的又软又无助的声音在他耳边说：“还好是你……”

她说，还好是你。这四个字重重地撞击在他的心上，发出一声声回响。不知什么时候，可能连她自己都没发现，他的女孩，已经这么信任他了。

宁夕强撑着挤出一丝苦笑，断断续续道：“陆霆骁，你不知道，我今天过得多糟糕……在看到你之前，我都已经怀疑人生，都已经快对这个世界绝望了……”

她以为自己坚不可摧，她以为再没有什么可以打倒她，但是当五年前那晚的事情又要发生一次的时候，她却再也承受不住地崩溃了。

她之前想过，朱向成不来，那也一定是送给什么人的，物以类聚，人以群分，跟朱向成混在一起的，肯定是更加恶心的男人。

此刻她无比庆幸自己的猜测失误了，没想到朱向成要讨好的人，竟然是陆霆骁。

陆霆骁的眸底快速闪过一丝怒意，开口时语气却极轻柔：“抱歉，是我连累了你，昨天晚上本想为你解围，却让朱向成产生了误会，我没料到他会做出这种事。”

“怎么能怪你，你是为了帮我。”宁夕说完才发现自己还趴在人家身上，赶紧努力直起身来，尴尬道，“对不起，把你衣服弄脏了。”

女孩满面泪痕地跪坐在那里，失去花瓣的遮挡后，那层薄薄的衣料简直跟没穿一样，什么都挡不住。

陆霆骁轻咳一声，避开视线：“没事。”

宁夕刚直起身就是一阵摇晃，陆霆骁急忙扶住她：“你还好吗？我送你去医院！”

宁夕脸色潮红地摇摇头："去医院也没用啊！那个……陆霆骁，可以拜托你一件事吗？"

"什么？"陆霆骁下意识地绷紧了神经。

"那块蒙眼睛的布条……可以重新帮我蒙上吗？"宁夕小声请求。

陆霆骁面上闪过一丝错愕："为什么？"

宁夕无奈道："因为，眼不见为净啊！"

虽然宁夕的这句话很莫名，但陆霆骁却瞬间便懂了，轻咳一声，拾起扔在地上的白色蕾丝布条，轻轻覆上了她的眼睛，给她重新系上。

陆霆骁靠近的瞬间，宁夕赶紧默念"空即是色、色即是空"，直到他退到安全距离，眼前也一片黑暗，体内的骚动才稍稍安生下来。

要是来的是朱向成那样的猥琐恶心男也就罢了，偏偏是陆霆骁，对于现在的她而言，陆霆骁简直是个会要人命的化学反应。

"可以了吗？"陆霆骁问。

宁夕点点头："还有件事情要麻烦你，我现在全身上下一点力气都没有，可以请你帮我去下浴室吗？我泡个冷水澡就好了！"

"稍等，我先去帮你放水。"

"谢谢。"

浴室里传来哗啦啦的水声，在静谧的房间里清晰可闻。

同样是眼睛看不到的情况下，这一次，她却感觉无比安心。

片刻后，水声停止，耳边传来一阵脚步声。

"可以走吗？"陆霆骁问。

"应该可以，扶我一下就行。"

陆霆骁伸出手臂扶住她，并且很体贴地跟她保持着一段距离，只有手臂碰触到她。

身体终于浸入冰凉的水中，宁夕发出一声叹息："嗯……"

陆霆骁神色一紧："那我先出去了，你有事叫我，还有不要泡太久，小心感冒。"

"好的。"

陆霆骁转身离开，背影透着几分逃跑似的仓促和狼狈。

出去之后，陆霆骁一把拉开酒店的房门，然后只见一个人影因为失去支撑"扑通"一声摔了进来。

陆景礼连滚带爬地拍拍屁股站起来，同时贼头贼脑地往屋里张望着："咳，呵呵……我只是不放心你们，不放心而已……绝对没有要八卦的意思……"

陆霆骁一副早就料到他躲在门口的表情，语气清冷地开口："去车里帮我把文件拿上来。"

陆景礼嘴巴张成"O"形："哥，你有没搞错？这种情况下你居然要看文件？你到底是不是男人啊！”

陆霆骁刀光剑影地扫去一眼：“需要我跟你证明？”

“不不不，不需要！我马上去！马上去！”他哥的证明方法肯定是一顿暴打。

把文件拿上来后，陆景礼听着里面隐约的水声，唉声叹气，痛心疾首：“泡什么冷水澡啊！你亲自出马啊！简直太浪费！太浪费了！”

陆霆骁：“你可以走了。”

“其实不想走，其实我想留，留下来陪你每个春夏秋冬……”陆景礼一边唱一边无比留恋地闪了。

回到房间后，陆霆骁努力忽略着浴室磨砂门之后模糊的人影，强制自己把注意力集中在手中的文件上。嗯，效率还挺高的……半小时看了两页纸。

就在这时，浴室里突然传来宁夕急促的呼喊声：“陆霆骁！陆霆骁！陆霆骁——”

陆霆骁急忙扔下手里的东西跑到浴室门边：“宁夕，怎么了？”

“陆霆骁！”

“我在。”

“你进来！”

陆霆骁心想：进去？

“快点啊！快点快点！啊啊啊……”

“你到底怎么了？”陆霆骁的语气越来越紧张，但他又不敢贸然推门进去。

“我腿抽筋、腿抽筋啊！快帮我一下！哎哟……”

陆霆骁扶额，又是松了口气又是无奈，赶紧推门进去。

因为是冷水，里面没有任何雾气，她身上的衣服已经完全被水打湿，陆霆骁喉结微微滚动，虽然他没事，但此刻的煎熬程度估计丝毫不逊于宁夕。

“陆霆骁？陆霆骁？”

宁夕的催促唤回他的神智，陆霆骁急忙走过去：“哪条腿？”

“右腿右腿！”宁夕疼得脸都白了。

陆霆骁也顾不得那么多了，当机立断一只手握住她的脚踝，另一只手覆在她的大腿，用力帮她拉伸按摩。

“可以吗？”

“不行不行！还是抽！你用力一点啊！”

“现在呢？”

“啊！疼！轻一点！”

“现在可以吗？”

“差不多差不多了……”

短短几分钟里，陆霆骁全身都被汗湿了，精疲力竭地轻轻将她的腿放回去。

下一秒，陆霆骁的眼角余光突然注意到她的身上、腿上有好几处刺目的红色勒痕，于是脸色顿时冷了下来：“你身上是怎么回事？朱向成弄的？”

“我身上？”宁夕下意识地摸了摸自己大腿一处隐隐泛疼的地方，“你说这里吗？这些是我今天吊威亚的时候勒的。”

陆霆骁的脸色这才缓和下来，随即又蹙紧眉头：“我去给你买药。”说完担忧地看着她，“你不可以再泡了，这样下去会生病。”

宁夕下意识地往水里缩了缩，伸出手指比了个十：“十分钟，再给我十分钟，我本来都已经快好了，你一进来又……”

陆霆骁：“好。”

陆霆骁离开浴室，然后再次打开酒店的房门。

果然，陆景礼又骨碌碌滚了进来。

陆景礼一秒钟之内爬起来，弯腰鞠了个躬：“对不起哥，我马上走！”

“等等，下去帮我买个药。”陆霆骁叫住他。

“什么药？”陆景礼摇着大尾巴，一脸暧昧。

“跌打损伤之类的。”

陆景礼的眼睛顿时亮得像灯泡：“哥，你终于发威了？”

陆霆骁冷冷的目光定定地看着他。

陆景礼：“对不起我错了，小的这就去跑腿！”

不到五分钟陆景礼就买好药跑了上来，觍着脸道：“哥，不然你就恩准我直接守在门外好了，随时给你跑腿多好？”

陆霆骁斜睨他一眼：“如果再让我看到你第三次。”

那后果绝对很严重！

陆景礼只好遗憾地叹了口气，随后又贱兮兮地从口袋里掏出一个方形的小盒子：“哥，刚我顺便还买了这个，肯定比酒店里送的那种好，你确定不需要吗？”

陆景礼被一脚踹了出去。

放下药后，陆霆骁正准备敲门去问宁夕好了没有，“哗啦”一声，浴室的门被人从里面拉开。

宁夕身上严严实实地裹着一块巨大的浴巾，毛毛虫似的一蹦一跳地蹦了出来。

“小心！”陆霆骁担心她看不见摔倒，急忙上前扶了她一把。

宁夕叹了口气，语重心长道：“不是我要小心，是你要小心啊陆霆骁！”

“我小心什么？”陆霆骁不解。

宁夕理所当然道：“当然是小心我啊！我泡了一会儿发现我力气差不多快恢复了，这种情况下你还是离我远点吧！万一回头我兽性大发把持不住后果会很严重！我疯起来连我自己都害怕的我跟你说……”

陆霆骁嘴角微勾，被她夸张的措辞弄得哭笑不得。其实，这个后果，他还挺期待的。

“药买来了，需要我帮忙吗？”陆霆骁问。

“果断不需要，为了你的贞操，还是我自己来吧！”宁夕一脸正气。

“我的贞操……”陆霆骁嘴角微抽。

宁夕眨了眨眼睛：“当初你不是说了只接受婚姻为前提的性关系吗？”

如此大海捞针一般的严于律己、三观正直的好男人，她要是破坏了人家的原则，那可就太作孽了。

陆霆骁捏了捏眉心，他现在收回那句话还来得及吗？

宁夕说完支吾道：“那个，我里面没穿衣服。”

陆霆骁点头，把药递给她，然后主动回避：“我出去等你。”

“好的。哦，对了，拜托顺便帮我找一下我自己的衣服还有包包什么的在不在外面啊！”

“好。”

陆霆骁走到客厅，寻找片刻后在角落里发现了一个衣服篓子，宁夕的东西全都在里面。她的包包里发出了一阵亮光，是她开了静音的手机上有一通电话打进来。

陆霆骁随意地扫了一眼，下一秒，瞳孔骤然紧缩。来电显示上清晰地跳动着两个字母——YS。

竟然是那个他至今查不到身份的人。

手机没有挂断，屏幕一直在闪。陆霆骁盯着看了十几秒钟，最后修长的手指拿起手机，按下了接通键。

手机那头响起一阵类似倒酒的细微水声，随即响起一个暗哑的男声：“礼物收到了吗？生日快乐。”

陆霆骁没有开口。

“喂？”

大概过了五秒钟，就在陆霆骁以为对方不会再说话的时候，那个略显邪魅的声音又响了起来：“呵，你不是宁夕？”

陆霆骁依旧沉默。

接着，那头传来酒杯轻轻敲击什么玻璃器皿的规律声响，随即男人颇有兴味地继续悠悠开口：“那你是谁呢？让我来猜猜……肯定是个男人，这个时间还跟她在一起的男人……一夜情？还是正在交往？”男人顿了顿，低哑地轻笑一声，语气里暗藏着危险的恶意，“呵，如果是正在交往中，那她有没有告诉你，她脚踏两只船？嗯，没错，还有一只船就是我。”

什么意思？

就在陆霆骁想要套出更多信息的时候，手机突然一黑，居然没电自动关机了。

他们一直以为YS是宁夕的前男友之一，但听对方刚才在电话里的意思，他跟宁夕依旧是男女朋友关系？否则他为什么要用“脚踏两只船”这样的形容。宁夕有男朋友，只是她从来没有提过？

想到这个可能，陆霆骁的脸色顿时风雨欲来。不过，他很快便冷静下来，因为不排除对方是为了打击情敌而故意这么说的。

“陆霆骁，我药搽好啦！我的东西在吗？”

“在。”陆霆骁回过神来，将她的东西拿了进去。

等宁夕换好衣服后，陆霆骁才重新走进去。

换上自己的衣服之后，宁夕觉得自在多了，气氛也没那么奇怪，于是便把眼罩也摘了。刚一摘掉眼罩，她便看到陆霆骁看着自己时极其复杂的目光，便下意识地摸了摸自己的脸，不解道：“怎么了？”

陆霆骁在床沿坐下：“宁夕，可以跟我说说你的事吗？”

“我的事？我的什么事？”

“不管什么都可以。”

宁夕觉得陆霆骁肯定是故意让她说话好转移她的注意力，于是想了想开口道：“那，我跟你讲讲我的家乡吧！”

虽然不是他预想中的答案，但殊途同归，总会引到那个问题上的。更何况这是唯一一次，也是她第一次在他面前提起跟她自己有关的事情。于是陆霆骁点头：“好。”

“陆霆骁，C市郊外有个小镇子叫春风镇，你知道吗？那种小地方，你肯定不知道！”

“知道，风景不错，《乱世英雄》在那儿取过景？”

宁夕一听激动了：“对啊对啊！原来你也知道啊！《乱世英雄》有场男女主角在麦浪里的戏就是在我们那儿拍的！我们那儿没有经过人为开发，所以环境特别好，空气特别棒！”

“几年前陆景礼有次似乎吵着去那儿钓鱼，不过当时我工作忙，所以没有去成。”陆霆骁的语气有些淡淡的遗憾。如果当时去了，会不会提前一点遇到她？

从某种意义上来说，陆景礼还真算是他和宁夕之间的红线月老。虽然那次他没去，但后来还是遇到了她。也是因为陆景礼把小宝带去酒吧，才有的后来那些事。嗯，回去好好奖励陆景礼一下吧！

“那你有机会一定要去一次，绝对不会失望的！到时候我可以给你当导游！”说到家乡，宁夕一脸兴奋，随即脸色又慢慢变得黯然起来，“二十多年前空气更好呢，当时很多有钱人去那边度假，甚至有不少到那里养胎的，包括二十四年前的宁夫人庄玲玉……”

说到这里，宁夕突然沉默了。

陆霆骁也不催促，静静地等待着她。

宁夕深吸一口气，继续以讲故事的口吻诉说道："本来宁夫人是准备在春风镇养胎，然后回去生产，没想到不小心动了胎气，孩子提前出生了……因为来不及回市里，所以她被送到了春风镇上唯一的小医院。那天晚上，还有另一位产妇紧跟着也被送进来……"

"后来呢？"陆霆骁问，尽管他其实已经大致猜到了后来的事情。

宁夕耸耸肩："后来就狗血了哇！那个小医院人手少、制度乱，俩女娃抱错了，这一错就是十八年！你知道吗？宁雪落就连血型都是跟我一样的，所以这件事一直都没被发现！"

"那后来是怎么发现的？"

宁夕扭头冲陆霆骁笑了笑："这个嘛，还要感谢我那位风流不羁的二叔！"

"宁耀邦？"陆霆骁有些许印象，但了解不多，只知道是当年华都有名的纨绔子弟。

"对啊，我二叔花花公子一个，结婚了依旧在外面到处玩，他前后有一个儿子、三个女儿！宁耀华生不出儿子，所以我二叔那个私生子就成了宁家这一代唯一的男嗣。我二叔那段时间特别嘚瑟，以为能继承家产了，谁知道后来那个唯一的男嗣被发现根本不是他亲生的，是他被外面的女人戴了绿帽子！然后你猜怎么着？"

陆霆骁爱极了她眸子里灵动的光芒，略一思索道："然后你爷爷一怒之下把宁家所有子孙的DNA都验了一遍，结果发现宁雪落也不是宁家的人？"

宁家满头黑线："还能不能好好聊天了……跟你卖关子可真没成就感！"

陆霆骁轻笑："抱歉，下次改进。"

宁夕哼了一声，继续说道："反正一番追查下来，就发现我跟宁雪落当年在医院被抱错的事情了，然后我就被接回宁家啦！"

听着她用如此风轻云淡的语气说出这些话，陆霆骁轻轻摸了摸她的头顶："他们对你不好？"

宁夕本来觉得没什么的，不知道为什么被陆霆骁这么轻轻一拍，顿时就觉得自己委屈得不行。这人啊，果然是有人心疼才会委屈，没人在乎你委屈给谁看。

看着女孩低落的样子，陆霆骁大方地敞开双臂："怀抱可以借你用用。"

宁夕神色微怔，然后扭过头："不要！你这是在诱惑我犯罪你知道吗？"

陆霆骁没说什么，继续目光专注地看着她："你养父母他们呢，他们对你好吗？"

说到养父母，宁夕稍稍提起了一些精神："我奶奶重男轻女，很不喜欢我，我出生的时候差点把我直接扔河里淹死，后来还丢过我一次，不过都被我爸捡回去啦，我妈妈她……对我也很好，我还有一个很懂事、很听话的弟弟！"

听到她差点被淹死丢掉，陆霆骁的心紧了一下，还有她提到妈妈的时候，神色似乎有些不对，但他没有去多追问。

“我很喜欢我原来的家，当他们告诉我不是他们亲生的时候，我觉得天都要塌了。可是以宁家的势力，我根本没有选择的余地。如果我当时拼死反抗，可能也是有一线希望不走的，但是……”宁夕叹气，“但是那时候我爱上了一个男人，需要一个能够匹配他的身份。”

陆霆骁眸光微动：“是苏衍？”

宁夕点头，笑道：“是不是很奇怪我当时那样的身份，怎么会认识苏衍这样的大少爷？”为免又被陆霆骁猜到，宁夕也不卖关子了，直接自问自答道，“因为苏衍小时候肺不好，到我们那儿养病，就住在我家隔壁，而且一住就是七年。第一次见面的时候，我正好遇上他发病，于是帮忙一路把他背回家。后来渐渐就认识了，相遇相知相爱、青梅竹马、两小无猜，多美好的词语啊！呵，不过最后现实却告诉我，这不是灰姑娘与王子的故事，而是东郭先生与狼的故事！”

“别难过，是他配不上你。”陆霆骁安慰。

没想到不知不觉跟陆霆骁聊起了自己的前男友，宁夕挠挠头，不好意思道：“扯远了，继续说宁家……因为宁耀华和庄玲玉都舍不得养育了十八年的宁雪落，所以要回了我之后，却没有把宁雪落还给唐家，宁雪落依旧是宁家的掌上明珠。接下来的事情你应该能想象到了，十八年的差距不是一朝一夕就能弥补的，在受了十八年豪门精英教育的宁雪落面前，我就是个土到爆的村姑。当年的我太单纯，一开始居然还把她当朋友，而她利用我的信任骗我说洗手用的柠檬水是饮料，送我A货礼裙在宴会上穿，用这些小手段一点点把我排挤出宁家，排挤出社交圈……那些圈子里的人早已经跟宁雪落混熟，跟她是一丘之貉，表面上把我当朋友，私下里都嘲笑我，甚至连我的亲生父母也厌恶我的存在，觉得我是他们的污点……再后来就是苏衍……”

苏衍之后，还有女孩最重要的名誉、清白和尊严，一切都被践踏毁灭。

宁夕缓缓抱着膝盖：“今天在剧组，道具出了问题，我的剑不小心伤了宁雪落。在医院里，我的母亲，我的亲生母亲，一句话都没问就打了我一巴掌，我的亲生父亲对我也只有无止境的指责和威胁……”

宁夕呆呆看着窗外如墨的夜色，声音有些缥缈：“当时不知道为什么，脑海中绷紧了五年的神经突然就崩断了，我突然就觉得什么都没意思，觉得我活得挺失败的，是不是因为我太糟糕了，所以才所有人都讨厌我？我努力了这么久，到底有没有意义……”

话音刚落，陆霆骁突然用力扳过她的双肩：“宁夕，看着我。没有所有人都讨厌你，糟糕的是他们，明白吗？”

宁夕眼眶微微泛红。就算她总是一副没心没肺什么都不在乎的样子，到底也不过是个才二十几岁的小姑娘。

陆霆骁将她拥入怀里，轻轻亲吻她的发顶。宁夕只感觉头顶微微一重，却不知道那是什么。

陆霆骁深邃的目光极其认真地盯着她："宁夕，如果你怀疑自己，那么就试着相信我，你很好。"

这世上再没有人比你更好。

宁夕破涕为笑："陆大 BOSS 的话我当然信！"

陆霆骁舒了口气，方才那一瞬间，她眸底的万念俱灰令他无比惊慌。

沉默片刻后，陆霆骁主动开口道："宁夕，可以问你一个问题吗？"

"什么？"宁夕歪了歪脑袋。

是因为喜欢一个人，所以不管她做什么都会觉得她可爱吗？陆霆骁忍不住又揉了揉她歪着的小脑袋："你喜欢钻石吗？"

"啊？"宁夕没料到他会突然问一个这么奇怪的问题，"为什么问这个？"

"今天是你生日，小宝帮你准备了生日礼物，好像是钻石的，担心你不喜欢，我帮他问问。"陆霆骁神色如常地说。

"原来是这样……"宁夕闻言挠挠头，开口道，"这个，应该没有女人不喜欢钻石的吧？不过只是生日而已，他一个小孩子送我这么贵重的东西总归不太好，还是不要了。做点手工制品之类的多好！"

陆霆骁状似不经意道："也不是什么值钱的东西，那天你在剧组收到的那颗才是珍品，只怕你见过那颗之后，其他的就看不上眼了。"

宁夕一听立即扶额："你也知道了啊！果然八卦传千里……你别跟那奇葩比啊，他有神经病的！"

"那人是你男朋友？"陆霆骁问。

宁夕差点被自己的口水呛到："噗——怎么可能！为什么你会有这种可怕的联想？"

"因为你的态度很亲昵。"陆霆骁说，语气略微有些黯然。

宁夕头疼道："我天！我哪里亲昵了，骂他神经病是亲昵吗？"

陆霆骁点头："对我而言是的，你对我就总是很客气，从未对我说过一句重话。"

宁夕简直不知道该说啥好，陆大魔王难道是个隐藏的受虐狂吗？居然喜欢人家对他态度差一点？

"总之那家伙现在跟我没有任何关系啦！他就是神经病，单纯地喜欢拿钻石砸人！哪天见到他我肯定会砸回去的！"宁夕语气轻松地说着，但提起那人时眸底却隐匿着一丝忌惮。

"现在没有，那就是过去有？"陆霆骁精准地抓住重点。

宁夕轻咳一声："那个……大概可能也许算是交往过吧，如果一天也算的话……"

宁夕莫名有些在意陆霆骁对自己的想法，抓了抓头发道："陆霆骁，你会不会觉得我跟那么多男人交往过挺不好的？"

陆霆骁面色肃穆，认真得像是在回答什么特别重要的问题："不会，每个人都有自己的生活方式，也有自己不为人知的故事，任何不知道真相的人都没有理由站在道德制高点制裁和指责别人。"

宁夕心头蓦地一暖，随即轻笑："陆霆骁，我怎么感觉你不管我说什么做什么，你都觉得我对啊？"

陆霆骁略一思索，然后沉吟："嗯，都很对。"

宁夕刻意压抑着什么情绪似的沉默着，半晌后，长长地叹息一声："陆霆骁……你知不知道……"

"怎么？"

"你知不知道你有一种让人情不自禁的魔力！"宁夕说着面色痛苦地扯了扯衣领。

聊了那么久，注意力都白转移了！这家伙怎么一言不合就诱惑人啊！最可怕的是他居然还一脸无辜完全没有意识到这一点！所谓无招胜有招，这简直是最高境界——呸呸呸，她已经大脑混乱不知道自己在乱七八糟地想什么了。

"又难受了？"陆霆骁见状立即露出紧张的神色。

宁夕揉了揉突突直跳的太阳穴，不仅仅是难受这么简单，再次掀起的感觉比一开始还要可怕，此刻在她眼中的陆霆骁简直是少女动漫里出场的男主角一样，自带煽情背景音乐，自带浪漫的粉色樱花特效……内心的理智和他所带来的蛊惑人心粉色光芒形成激烈的冲突，她感觉自己简直快要走火入魔了。

见宁夕短短几秒钟之内满头大汗，陆霆骁顿时变了脸色："到底哪里难受，刚才不是已经好了吗？是哪种难受？"

陆霆骁说着有些尴尬，因为想起了她方才说的那句话，这大概是他听过的最大的赞美。

宁夕双眸泛着红光，一眨不眨直勾勾地盯着他。

陆霆骁被那样的眼神盯着，感觉自己也同样难受。

宁夕用力摇了摇头，然后把自己扔到身后的大床上，无奈地望着头顶的天花板："唉，感觉我今晚还有得熬……陆霆骁，要是待会儿我忍不住的话，你记得一定要把我打晕啊！"

陆霆骁沉吟："其实，我可以……"

宁夕立即打断他："停停停，别说！拜托了 BOSS 大人，饶了我吧，小的我现在真经不起你的诱惑了！"

陆霆骁眉头微扬："你在想什么？我是说，我可以出去。"

"噢……"宁夕尴尬地摸了摸鼻子，支支吾吾道，"可是我一个人待着的话……会、会无聊啦！"她不好意思说出"害怕"那两个字。

陆霆骁却明白了她的不安，柔声问道："不然我们回家？"

回家？宁夕怔了怔，听到这两个字的一刹那，她竟然如此自然地立即想到了陆宅。

"还是算了，我现在这个样子……"她不想把这样的自己带回到那里。

宁夕眼角余光瞥到陆霆骁放在床边的文件和笔记本电脑："你忙你的事吧！我调息打坐会儿。"

陆霆骁轻笑："好。"

安静的客房里，响起手指敲击键盘的规律声响，如同这个世界上最温柔的安神曲。女孩表情安宁，缓缓闭上了眼睛……

感受到身旁平稳绵长的呼吸声，陆霆骁停下手里的动作，小心翼翼地替她盖上被子。女孩咂吧了一下嘴，下意识地抓住他的手指，口中喃喃呓语着："陆霆骁……"

陆霆骁身体一颤，神色变得无比动容。她叫的是他的名字。

"嗯，别怕，我在。"陆霆骁俯下身，温柔地亲吻女孩的唇角。只是那眉宇间的温柔之色，掺杂着错落的阴云。

宁夕，怎么办……我根本没有你想象中的那么好。

有时候真的很害怕你用那么信任的眼光看我。

如果有朝一日，你发现我并非如你所想……你会不会离我而去？

清晨五点多钟的时候，陆霆骁被一阵门铃声吵醒。

一打开门就看到陆景礼焦急地站在外面："哥，先别骂我，这次是真的有急事，你再不回去你家小宝就要把房子都掀了！他们联系不到你，宁夕的电话也不通，只能打到了我这里！"

这时，身后传来宁夕瞬间变得清醒的声音："小宝怎么了？我立刻回去！"说完十秒钟之内拿起包，顺便还帮陆霆骁把东西也给收拾好，"快走快走！"

三人迅速赶回陆宅。

刚进院子里宁夕就傻眼了。

"什么情况啊这是！那些是什么？"宁夕揉了揉眼睛，惊讶地看着那些遍地乱走的闪着银白色金属光芒的人形物体，感觉自己穿越到了异次元空间。

陆景礼眨巴着眼睛："看不出来吗？机器人啊！"

宁夕简直要疯："当然能看出来……可是，怎么会有这么多机器人？"

陆景礼头疼道："这是小宝的爱好之一，只是挺久没拿出来遛了，这下好了，一受刺激全都放出来……"

那些机器人光是现场能看到的就有好几十只，此刻正在到处搞破坏，刨土、疯跑、撞树、摧花，其中一个还把一个小女佣举起来了，用人们一阵惊呼，场面一片混乱。

眼见着那个小女佣就要从机器人手中掉下来，宁夕一把拉开车门扑过去，在那个女孩摔到地上之前接住了她："没事吧弯弯？"

弯弯惊魂未定地拍了拍胸口，然后一脸感激地看着宁夕："谢谢小夕小姐！小夕小姐你可回来了，你快去看看孙少爷吧！"

在陆宅里，那些用人，尤其是女佣，对宁夕都抱着排斥警惕的态度，只是从不敢在宁夕面前表现出来。只有弯弯因为经常去剧组帮小宝给宁夕送果汁，一来二去相处多了，觉得宁夕不仗着大少爷、孙少爷的宠爱盛气凌人，态度谦和又好说话，所以对她印象很好。

看着宁夕动作利落的"英雄救美"，车内陆霆骁的表情颇有些无奈。

陆景礼则脑袋探出了车窗在那儿哀怨地号："小夕夕，不带你这样的啊！你抢了我的活儿！救命——"正说着呢，他一只手臂被其中一个机器人给夹住了。

"哥，救我啊！快关掉这些玩意儿！"刚才还吵着要英雄救美的陆景礼，这会儿自己却要求救了。

陆霆骁一副爱莫能助的表情："小宝上次更改了程序，我就算能破解也要一个小时。"

"一个小时！那我的手都要废了！啊啊啊，疼疼疼……"

"那小宝现在人在哪里？"宁夕急忙问。

"应该在机房。"陆霆骁迅速下了车，"我带你过去。"

"好！"两人赶忙朝着机房的方向走去。

陆景礼看着两人离开的背影："你们俩快着点啊！"

片刻后，陆霆骁让管家准备了一辆类似观光车的那种敞篷小车子，迅速将她带到了高尔夫球场后面的一栋独栋小楼跟前。这栋房子的造型非常奇异，质地看起来像是玻璃又或者是什么不知名的金属，一看就特别高科技，非常有未来气息。

陆宅太大了，宁夕住了这么多天也没全都逛遍过，这地方她还是第一次来。

"这栋房子底部有机械装置，可以跟随太阳旋转，房屋外层的材质是太阳能板，内部所有的能源都来自太阳能，管家和用人都是机器人。"陆霆骁充当起了导游解说。

"好酷啊！"宁夕满脸放光，激动得像个孩子。

"喜欢可以经常过来玩，回头我给你设置进出权限。之前以为你对这些不会感兴趣，所以没带你来过。"陆霆骁说。

"没有没有啊！我可喜欢这些东西了！小时候总幻想有一天能被外星飞船带走，长大后还想过跟机器人谈恋爱！啊，想想都浪漫！"

陆霆骁开始想：还是不要给她进出权限了吧。

两人走到门口，只见一个机器人倒在地上，眼睛突然放出红光，似乎在扫射宁夕和陆霆骁。

扫射到陆霆骁之后，机器人挣扎着发出电流的滋滋声响："主人……主人……"

这个嘴里断断续续呼唤着"主人"，一副想打小报告又说不出话看起来很惨的机器人，估计就是这栋机房的管家了。

陆霆骁叹了口气，打开这个机器人背后的仓门，也不知道操控了什么，然后那个机器人眼睛一暗就没反应了。

宁夕紧张地凑过去摸了摸："它怎么不动了？不会死了吧？哦，不对……不会是报废了吧？"

"没事，回头修一下就好。"

宁夕松了口气："哦哦，那就好，不然可惜了，这个长得还挺帅的！"

陆霆骁心想：还是让它报废吧。

陆霆骁直接刷脸进了主楼，宁夕跟在后面左看右看，满脸着急："小宝到底在哪儿啊？"

大厅里到处是来回巡视穿行的机器人，发现宁夕和陆霆骁之后，立即一齐转动方向对准了他们。接着，它们无视陆霆骁，直接朝着宁夕扑了过来。

"啊啊啊，它们想干吗？为什么全都冲我来了！"宁夕吓了一跳，她身手再好也打不过铜筋铁骨的机器人吧！

陆霆骁双臂伸在她的腋下，轻轻举起她从一边搬到另一边，躲过了其中一个机器人的机械爪子，语气无奈道："因为你没有权限，它们把你当成了入侵者。"

"那现在怎么办？"说话的工夫，宁夕已经被陆霆骁甩来甩去好几次了。

"靠近我。"陆霆骁命令道。

"啊！要靠多近？"宁夕一脸茫然。

"小宝在顶层的总操控室，现在我们有两个选择。第一，打败它们闯进去。"

"这么多个怎么打！第二呢？"这材质，她看着都手疼，她才不要跟它们打呢！

"第二……"陆霆骁垂眸看她一眼，"我抱你上去，因为它们不会攻击我。"

宁夕眨了下眼睛，毫不犹豫地伸出手："抱。"

看着女孩第一次主动朝着自己张开的双臂，陆霆骁冰潭般的眸底泛起阵阵涟漪。

"啊啊啊！又来了！陆霆骁，快啊！"宁夕已经七手八脚地主动往他身上扑了。

果然，她一黏着陆霆骁，那些机器人立即就不敢碰她了。好神奇！

温软馨香的身体陡然扑过来，陆霆骁恍了恍神才反应过来，俯身将她拦腰抱起，然后一步步朝着旋转楼梯的方向走去。

这应该是他第一次在她清醒的时候，这么亲密地靠近她，真希望这条路永远不要走到尽头。如果陆景礼知道此刻他哥的想法的话……

陆霆骁和宁夕两人上楼的同时，那些机器人始终跟在后面，就这么保持着不远不近的距离。

宁夕为了保持平衡环着男人的脖子，她呼吸着男人冷冽好闻的气息，看着身后弯弯转转的楼梯上紧跟着的一大群机器人，莫名觉得这一幕太浪漫了！不过这样的粉色泡沫没有持续多久。就在他们顺利到达了顶楼，准备去打开那扇银白色大门的时候，身后的机器人突然发出“咔啦咔啦”的声响，然后齐刷刷朝着他们伸出了铁臂，手臂一伸一缩之间竟从里面探出一个类似枪口的发射弹道。

宁夕顿时大惊失色：“玩真的？我还以为它们只是玩具啊！”

给才五岁大的孩子玩这么危险的东西真的好吗？

她已经不知道该怎么吐槽陆霆骁的育儿方式了。

“现在又要怎么办？”宁夕已经快哭了。

他们不过是来找小宝而已，为什么还要过五关斩六将，搞得跟游戏里打副本一样？

陆霆骁握着她的双肩，把她推到身后的门板上，然后整个身体都挡在她的身前，一只手臂撑在她身后。

宁夕默了三秒钟，咽了口唾沫，幽幽道：“BOSS 大人，你知道你壁咚的姿势非常标准吗？”

这是一个陆霆骁不了解的词语。

宁夕扶额，无形的吸引，最为致命啊亲！

就在这时，宁夕的眼角余光突然看到对面一个机器人居然径直朝着陆霆骁的后背发射了一枚子弹：“陆霆骁！小心！”可是已经来不及了，陆霆骁密不透风地护着她，嘴里发出一声闷哼。

“陆霆骁——”宁夕彻底慌了神。

“我没事。”陆霆骁缓缓抬起头。

“怎么可能没事！陆霆骁你怎么样？我送你去……呕……”宁夕说到一半胃里突然一阵翻滚，“陆霆骁，你好臭啊！什么东西这么臭？”

陆霆骁黑着脸把自己的外套脱下来，只见他的西装外套的背后有一坨黏糊糊看起来非常恶心的东西。

宁夕捂着鼻子，知道他没事松了口气的同时，满脸无语道：“这什么玩意儿，不会是屎吧？”

陆霆骁伸手把外套远远丢到了楼下，面无表情道：“鲱鱼罐头，据说是世界上最臭的罐头。这是陆景礼的主意。”

宁夕嘴角微抽：“二少可真有才……这何止是臭啊，简直是生化武器！”话音刚落，她身后的门突然自动朝着两边打开来……

“走吧。”陆霆骁牵起她的手往里面走去，动作无比自然。

宁夕看了眼两人交握的手，尽管知道陆霆骁只是怕再有意外，但心里还是泛起一丝异样的情绪。

这间主控室里的光线非常昏暗，只有几十台正在运作的电脑泛着幽幽冷光。宁夕跟着陆霆骁穿梭其间，最后终于在最大的一台机器旁找到了小宝。

只见那台缠着无数线路的庞然大物下面，小宝小小的一只坐在为他特别定制的小椅子上，神情麻木地盯着闪动着无数程序的屏幕，他的旁边站立着一个与他体型接近的小型机器人，手里的枪管正笔直地指着她和陆霆骁的方向。

看着小宝脸上冷漠呆滞的表情，宁夕感觉自己的心脏似乎被一把铁爪紧紧勒住，疼得几乎无法呼吸。

“小宝……”她颤抖地轻轻唤了一声。

小家伙盯着屏幕，没有丝毫反应。

宁夕是真的被吓到了，她之前只从陆霆骁他们口中听到过，但从未亲眼见过小宝发病时的模样。

“怎么办……都是我的错……”

“宁夕，别自责了，没事的，他这样的情况很常见，你多叫他几声就好了。”陆霆骁安慰。实际上，因为对方是宁夕，陆霆骁才会这么说，要换了别人哪有这么简单。

宁夕努力让自己冷静下来，一步一步小心翼翼地靠近他。那个小机器人的脑袋随着她的动作而转动，小宝则依旧没有丝毫反应。

宁夕走到小宝跟前，缓缓蹲下，小心翼翼地拉住他的一只小手：“小宝，阿姨回来了……对不起，阿姨昨晚出了一些事情，所以才没能赶回来……”

宁夕无法跟他解释到底发生了什么，只能难受地垂着头。

不知过了多久，她的视线里突然出现了一个小小的拳头。接着，那个小拳头缓缓张开，只见软乎乎的掌心里静静躺着一只粉色的发夹。那只发夹是用约莫上百颗小小的粉钻拼成的一颗爱心，在机器的冷光下散发着闪烁的光芒。

“这是……”宁夕立即抬起头，又惊又喜。虽然小家伙的脸上还是没有丝毫表情。

一旁的陆霆骁看了眼儿子掌心的发夹，开口：“这是小宝送你的生日礼物。”

“送我的……”还真是钻石啊！宁夕一时之间有些为难。

陆霆骁看出她的心思，及时解释道：“就是普通的水钻，不值钱，不过九十九颗水钻都是小宝一颗一颗亲手粘上去的。”

宁夕听完立即感动得一塌糊涂，她没有去接那只发夹，而是对小宝说道：“帮阿姨戴上好吗？”

小宝有些迟钝地把目光移动到发夹上，然后伸出小手，略显笨拙地将发夹戴在了她耳边。

宁夕摸了摸夹子，一脸开心：“好看吗？”

小宝点点头。

终于得到了小宝的回应，宁夕再也忍不住，一把将小家伙搂进了怀里。与此同时，“砰”的一声，旁边的小机器人发射了一团五彩缤纷的彩条，还放起了生日快乐歌。

宁夕眼眶微湿地仰头看着漫天飞舞的彩条：“谢谢你宝贝，这是我这辈子度过的最浪漫的生日！”

小包子为她精心准备了生日礼物和惊喜，从一开始的满心期望，到期待一点点冰冷落空，再到联系不上她的惊慌害怕，这对他来说该是多么残忍的过程？一想到这些，宁夕就心如刀绞，抱着小宝片刻都不想松手。

陆霆骁本不想打扰两人，但为了仅剩的那点兄弟之情，还是出声提醒道：“宁夕，让小宝把那些机器人召回来。”

“哦哦哦，对……”宁夕这才想起前面还有一群熊机器人在造反拆房子，陆景礼的胳膊还在人家手里呢！于是赶紧对小包子说道，“宝贝，你可以叫它们回来吗？”

小宝点点头，然后面对屏幕，短短的手指灵活地在键盘上操作着。

宁夕简直看得叹为观止，一脸崇拜地赞叹道：“宝贝啊你怎么这么厉害，我还以为你只会画画呢！真的太厉害了！我最近几年已经够学霸了，什么东西都疯狂地去学，但只有这玩意儿死活学不会，什么编程什么C语言啊，简直是我的噩梦，可是你才五岁啊，就玩得这么好！简直是天才！”

小包子的表情还是木木的，但眼睛里流露出的光芒却明亮多了。

可是，一旁的陆霆骁却看不下去了，轻叹一声道：“宁夕，这时候你不应该夸他。”

“呃……是哦！”宁夕终于反应过来小宝闯了大祸的事情，她为难地挠挠头看着陆霆骁，“你不是又要让我教育他别这么做吧？之前他答应我的事情确实都做到了，他不绝食了，也不乱扔东西了，结果呢，他的手段更高级了！万一这次我让他不要这么做了，下次他又使出什么更高端的法子怎么办？”

陆霆骁觉得，这对小宝而言，还确实有可能。

宁夕摊手：“综上所述，我觉得我还是不要说他了。”

其实出于私心，她也是不想在今天这个情况下数落小包子的，太心疼了，疼他都来不及，哪里舍得说他半句重话呀。

还好，陆霆骁最后也没有勉强。基本上在宁夕面前，他的原则也只是浮云。

三人坐着敞篷的观光车回到住宅门口。

宁夕惊讶地看到刚才还闹哄哄的机器人已经全都整整齐齐地站成了两排，就跟在夹道欢迎他们似的，场面非常壮观。

唯一煞风景的是旁边扯着嗓子哀号的陆景礼。

“哥，为什么你们去了这么久！我胳膊都脱臼了啊！”

“胳膊脱臼了也值得你号成这样！”宁夕白了他一眼，跳下车，按住他的胳膊一拽一提，咔吧一声。

“啊——”陆景礼发出杀猪般的喊叫。

宁夕拍了拍他的胳膊：“别号啦！已经好了，你试试！”

“啥？”陆景礼眨了眨眼睛，又动了动胳膊，还真好了，不过还是不放心地咕哝道，“你不会给我接歪了吧？”

“怎么可能！我经验丰富！”宁夕信心十足。

陆景礼一脸怀疑：“请问你为啥会对这种事经验丰富？”

宁夕：“因为以前经常跟江牧野打架，他胳膊脱臼了好几次都是我给他接的啊！”

陆景礼心想：你确定是打架，而不是你单方面殴打他吗？真为他哥的未来担忧，将来不会被家暴吧？算了，他担心个啥，就算是被暴了他哥肯定也是甘之如饴……

自从宁夕回来之后，小包子彻底开启了跟宠模式，宁夕走到哪儿他跟到哪儿，简直寸步不离。

楼下客厅。

陆景礼同样开启跟宠模式，陆霆骁走到哪儿他就跟到哪儿。

“哥啊，哥哥，亲哥！你们、你们俩这一晚上都做什么了啊？”

陆霆骁端着泡好的咖啡，坐到沙发上：“聊天。”

陆景礼噎了噎，失望得如同没有得到肉骨头的小狗：“好吧，就当我没问。”

“让你办的事情怎么样了？”陆霆骁问。

陆景礼立即切换到正经模式，正色道：“已经开始运作了，一个月之内，朱向成的丰瑞地产肯定从华都除名。”

“宁夕的事呢？”

陆景礼理了理头绪，开口道：“因为当时剧组封锁了消息，所以我才没能及时知道这事，至于现在嘛，设局的人自然不可能让消息继续封锁的，目前网上已经传开了。更糟糕的是，那个道具师在采访中亲口指证是宁夕买通他对道具做手脚的。所以已经不光是舆论问题，接下来如果宁雪落那边去立案的话，宁夕搞不好还会被警察带去调查！”

陆霆骁眉宇间的戾气铺天盖地，身下坐的如同不是沙发而是骷髅头堆积的大魔王宝座，一字一顿吐字如冰：“我倒要看看谁敢。”

“没没没……嫂子有你撑腰呢，谁能动她一根汗毛！”陆景礼急忙顺毛，然后积极表现道，“哥你放心好了，我已经让人盯着那个道具师了，这段时间他肯定会跟幕后的人联系，不愁搞不到证据，到时候谁进局子还不一定呢！”

陆霆骁神色似有不满，手指敲了敲茶几：“效率。”

陆景礼一听不服气了，咕哝道：“这方法多好啊，哪里没效率了！”

两人正说着话，头顶传来一阵脚步声。

陆霆骁抬头，目光柔和地看向来人：“小宝睡了？”

“是啊，终于哄睡了！”宁夕一边回答一边急色匆匆道，“那个陆霆骁，我现在有点急事需要出去一趟，已经给小宝留了纸条，我手机的电也充满了，随时可以联系到我，我最多三个小时之内就赶回来！不多说了啊，回见！”说完就一阵风地跑了。

陆景礼摸了摸下巴：“哥，嫂子这么急是准备去哪儿啊？”

陆霆骁神情莫测地看着女孩离开的方向，然后跟陆景礼叮嘱：“去找人跟着她。”

宁夕这时候突然离开绝对不简单，若不是小宝现在不适合一个人留在家里，他肯定会自己去。

“还找什么人啊，我去就是了！”陆景礼立即欢快地接下了任务。

陆景礼回家开了一辆比较低调的黑色车子，险险跟上骑着摩托车一路狂飙的宁夕。二十分钟后，他跟着宁夕在她以前住的小公寓楼前停下，一边注意那边的动静，一边跟陆霆骁实时汇报情况。

宁夕回到公寓后，立即将大衣柜里压在最下面的一个铁皮箱给搬了出来，然后仔细将里面的东西检查擦拭了一遍。看了眼手机上的时间，宁夕随手将东西揣进包里，然后匆匆下了楼。

不远处，陆景礼一边开车一边对着蓝牙耳机那头的人汇报：“宁夕回了一趟公寓，不到五分钟就下来了，现在正往西江路郊外的方向走……”

半个小时后，宁夕终于停了下来。

陆景礼环视了一下四周破破烂烂的房子，然后露出惊讶的神色：“这破地方不就是那个道具师张强住的地方吗？宁夕单枪匹马跑这儿来干吗？不会是准备跟他说理吧？这也太天真了！”

“打开摄像头。”蓝牙耳机那头传来男人冷冽的声音。

“哦哦，”陆景礼打开手机摄像头，对准出租屋的方向，“哥，你等等啊，我用手机视频给你直播！”

张强在剧组的工资还可以，但是因为生性好赌，不仅没有结余还欠了一屁股的债，所以才住在这个郊区的贫民窟。这些都是宁夕之前在剧组听他跟别人喝酒聊天的时候听到的。

“咚咚咚！”宁夕敲了三下门。

门里没有动静。

宁夕继续敲，直到里面传来“砰”的一声响，随即伴随着拖鞋擦着地面的声音，生锈的铁门被人从里面拉开。

“谁啊！大清早的找死……”话说到一半，看清门外的人是宁夕后，张强陡然变了脸色。

“张老师，别来无恙。”宁夕笑盈盈地看着他。

张强本想直接关门，但眼珠子转了转，又改变了主意，懒洋洋道：“我道是谁呢！原来是宁大美女啊！进来吧！”

宁夕刚一进屋就闻到一股恶臭，刺鼻的酒味夹杂着臭袜子还有霉菌的气味混在一起，杀伤力不亚于早上的鲱鱼罐头。

“随便坐。”张强点了一支烟，浑浊的放肆地紧紧黏在宁夕身上。

宁夕在屋里唯一一张还算干净的椅子上坐下，随即开门见山道：“明人不说暗话，我这趟来的用意应该不用我多说了。我需要你的口供，请你如实说明一切，是宁雪落自导自演，而不是我买通你陷害她。”

张强闻言笑呵呵地看着她，一副看穿她的表情：“小丫头，你开录音了吧？想套我的话啊？呵呵，你也太嫩了！不好意思，我跟记者说的那些就是实情！”

张强一副死猪不怕开水烫的表情，眸底闪过一丝精光，冷笑一声：“除非，你出得起价……”

宁夕双眸微眯，她早就料到会这样。这个张强拿到宁雪落给的钱之后绝对不会远走高飞，而是会继续去赌，最终的结果八成就是又输了个精光。这会儿居然还想两头吃！

“如果，我不答应呢？”宁夕似笑非笑地看着他。

张强目光猥琐地在宁夕身上徘徊，摸着下巴道：“没钱啊……没钱也有没钱的办法！要是宁大美女能陪我的话，我倒是可以给你透露一些有意思的事情！”

这话分明就是在暗示她，想要口供，要么给钱，要么出卖自己。而实际上，以张强狡诈的个性，极有可能就算满足了他，他也不会给你口供，到时候就是人财两失。

与此同时，楼下的车子里。

看到这一幕的陆景礼正紧张不已地对着耳机那头的亲哥提醒道：“哥，你别激动！千万别激动啊！”

“进去，立刻！”耳机里的声音命令道。

“是是是！我马上就去！”眼见着张强已经开始一步步朝着宁夕靠近，陆景礼开始狂奔。

与此同时，张强走到宁夕的椅子跟前，双臂撑在扶手上，呼吸都开始变得急促起来：“怎么样？这笔交易划算吧？”

宁夕垂着眸子，表情隐藏在阴影中看不清晰，殷红的唇间溢出一声轻嗤。下一秒，张强感觉自己的腰间抵上了一个冷硬的物什，低头一看，瞬间白了脸——抵着他的，是一把匕首。

“你……你你……”张强第一反应是拔腿就跑。

这时，身后却传来宁夕阴冷的声音：“跑啊。正好试试，是你快，还是我快。”

张强汗如雨下，僵硬地转过身来，随即又轻松地大笑道：“小丫头，我差点真被你吓到！你有本事捅我啊！来，往这里捅！”

宁夕手指微动，匕首划破了张强的衣服。

张强“扑通”一声跪在了地上：“姐！大姐你冷静点！别开玩笑啊！”

“口供。”宁夕扔了一支录音笔过去，看了眼手机上的时间，神色极其不耐。小宝还在家里睡觉，万一提前醒了看不到她肯定又要担心，她还要赶着回去陪小宝。

“我录我录！我这就录！”张强连滚带爬地拿起录音笔，自己打开按钮开始录音，“不是宁夕！根本不是宁夕买通我的！给我钱让我在剑上做手脚的另有其人！但我并不知道对方是谁！我收到了匿名邮件，对方在邮件里让我这么做的，而且还直接往我的账户打了十万定金，说事成之后会再给我十万！”张强一边说一边小心翼翼地偷瞄宁夕。

对面的女人神色极其不耐和阴沉，双眸泛着血红，手指一下一下地抚摸着刀柄，看起来简直就跟有精神疾病的变态杀人狂魔一样，看得人寒毛都快竖起来了。

正要救人的陆景礼眼见着监控中的情况一百八十度大逆转，瞠目结舌地呆在了原地。

“单枪匹马……嫂子厉害啊！”陆景礼满脸不可思议。说完后脑海中冒出一个悲催的念头：他今天的第二次英雄救美又夭折了！

屋内，张强死死盯着宁夕手里的匕首，生怕她跟刚才一样一言不合二话不说就刺，一点让人反应的余地都不留，太凶残了！

“我我我……我说的都是真的！没有半个字虚假！否则我天打雷劈！”

宁夕没说话，也不知道到底信了他没有，手里一下一下转动着匕首，那把匕首都快被她转出花来了。

小姑奶奶！小心啊！张强看得都快吓死了，赶紧战战兢兢道：“要……要我作伪证说是那个谁……那个宁雪落指使的，也是可以的！无条件！无条件满足您的一切条件！您说是谁就是谁！”

伪证？她要的可是铁证！

宁夕点了点下巴，开口道：“把对方给你打钱的银行账户和发送的邮件给我。”

“好的好的，在我电脑里，我这就去拿！不过邮件是匿名的，连账户都是匿名的国外账户，估计给了您也没用……”张强说罢从被子里面捞出一个笔记本电脑，然后把对方的邮件还有汇款明细给她看。

宁夕扫了一眼，确定没问题后开口道：“这电脑归我了，有意见吗？”

张强一阵猛摇头：“没有没有，姑奶奶您尽管拿！想拿什么拿什么！”

宁夕冷笑一声，呵，从大姐到直接叫姑奶奶了。这种泼皮无赖，你跟他好好讲道理他是不可能听的，你跟他谈条件他会得寸进尺，你想玩手段他更加老奸巨猾，所以唯一的办法只有以暴制暴。

回国以来，她还是第一次这么直接，说心里不紧张是不可能的，还好她有演技，只要当成是在演戏，她就能瞬间镇定下来。随手挑了个变态杀人狂的角色演了一下，看样子效果还不错。

演戏是她钟爱的事业，也是她保护自己的手段。

“那，姑奶奶，您还有事吗？”张强见她还是没有离开的意思，紧张得咽了口唾沫。

宁夕目光如凌迟般若有所思地打量着他：“嗯，我考虑一下……”

“考、考虑什么？”

“自然是考虑……要不要灭口了，万一回头你对别人说你的口供是我严刑逼供的呢？”宁夕一副理所当然的语气，而且表情看起来很认真。

张强腿一软差点又给她跪下：“怎么可能！您借我一百个胆子我也不敢啊！”

这句他说的还真是实话，他的性子就是欺软怕硬，宁夕这回算是一次把他吓够本了。他怎么也没想到，看起来柔柔弱弱的一个小姑娘，居然会有这么吓人的一面，他甚至都不敢直视她那双阴森森的眼睛，怕晚上会做噩梦。

宁夕轻笑一声，用匕首拍了拍他的脸颊：“放心吧，我不但不会灭口，还会给你送钱。”

张强的第一反应就是求饶：“我不要我不要！姑奶奶您饶了我吧！之前我是猪油蒙了心乱说话，我哪儿敢要您的钱！”

“谁说我要给你钱了？”宁夕一脚踹过去。

张强一骨碌爬起来，满脸无辜：“可您刚刚不是说……”

他真的快被眼前这人的喜怒无常给折腾疯了。

宁夕冷睨他一眼：“在家等我消息，只要你乖乖的，大把钞票等着你，否则……”

啊？她还要联系他啊？不是所有的东西都给她了吗？不是应该再无交集了吗？为什么还被缠上了啊！他不要钱啊！他更想要命！张强有苦难言，只能千恩万谢地答应着把人给送了出去。

下了楼，宁夕戴上头盔，发动引擎，径直往陆宅的方向驶去。等她到达陆宅，比她跟陆霆骁约定的时间还早了一个小时。

进了客厅，陆霆骁跟她离开时一样，依旧坐在客厅的沙发上，似乎连动作都没变。宁夕也没多想，立即问道：“陆霆骁，我回来啦！小宝宝贝醒了没有？”

“没有。”

“哦哦，那就好，我上去看看他！”

“等等。”陆霆骁突然叫住她。

“呃，怎么啦？”宁夕莫名觉得陆霆骁的语气似乎有些不对劲。

“去哪儿了？”陆霆骁的语气平静无波，却给人一种藏着暗涌的错觉。

宁夕潜意识里意识到了危险，急急回复道：“去处理了一点私事而已，现在已经解决啦！我先上楼去了啊！”

说完正要溜，突然一只手臂伸了过来，下一秒，宁夕猝不及防地被一股大力拉扯过去摔倒在沙发上了。

准确来说，是摔在陆霆骁的怀里。

宁夕吃了一惊，更让她惊讶的是：“陆霆骁！你你……你干吗呢？你手在往哪儿摸！”

陆霆骁理都没理她，直接继续在她身上摸索。

“喂，你再这样我要反抗了啊！到时候伤了你可别怪我！”

“那你动手。”

宁夕简直快崩溃了：“陆霆骁！你到底想做什么？你吃准了我对你下不了手是不是？”

陆霆骁面无表情地盯着她：“为什么对我下不了手？”

“我……因为……”是啊！为什么？这要是别人，她肯定第一反应就是一顿胖揍才对……

就在宁夕绞尽脑汁怎么回答这个问题的时候，陆霆骁的手危险地放在了她裤腰后的一个物体上。

宁夕立即眸光一凛，想要去阻止，但是已经来不及了，藏在腰后的匕首瞬间到了陆霆骁的手里。陆霆骁直接把那把匕首扔到跟前的茶几上，平日里对她总是无比柔和的表情此刻冷若冰霜，吐出来的话也是字字如冰刃：“解释。”

宁夕顿时有种考试作弊被老师当场抓住一般的紧张感，白着脸绞着手指，努力摆出轻松的表情道：“呵呵，这是我演戏道具啦！我买来玩儿的！”

空气陷入一片死寂。

过了好半晌后，宁夕才艰难地咽了口唾沫，语无伦次地转移着话题：“哈哈……BOSS 大人，您真是厉害厉害！”

陆霆骁目光清冷：“不想说可以不说。”

宁夕垂头丧气地耷拉着脑袋：“可你一副我要是不坦白就跟我绝交的表情，简直一点都不诚恳……”

除了坦白从宽，她还有第二条路吗？

宁夕叹了口气，只能跟他解释来龙去脉：“我之前不是跟你说了因为道具出问题，我误伤宁雪落的事吗？现在道具师非说是我买通他对道具做手脚的，这不是把我往死里逼吗？他这一句话，我不仅事业毁了，还要蹲大牢！”

陆霆骁定定地看着她：“所以？”

宁夕轻咳一声，支支吾吾：“所以我就去逼那家伙说实话了啊！”

看着她无所谓的态度，陆霆骁面上的表情风雨欲来：“宁夕，你知不知道你这么做有多危险？你一个女孩子……”

宁夕闷着头道：“我知道我知道！可我不是被逼得没办法了吗？你不知道张强那个人，泼皮无赖一个，对付那种人只能用这种简单粗暴的办法！”

“我说过，你需要帮助可以找我，你宁愿选择这样危险的方式，也不愿意跟我开口？”陆霆骁的眸子里盈满了沉重的失望。

那眼神令她心脏一阵阵莫名的抽痛。这还是陆霆骁第一次对她这么生气，宁夕满脸焦急：“不是不是啦！我……”

最后，她头疼不已地叹了口气：“我只是习惯了……”习惯了什么事情都自己解决，习惯了不去依靠任何人。

两人再次陷入沉默。

“咳，不过，你是怎么知道我身上有匕首的？”宁夕突然想起来这事，满脸狐疑地问。

“直觉。”陆霆骁冷着脸回答。

“呃，这样啊！没想到BOSS大人直觉这么准，呵呵呵……”

陆霆骁的脸色依旧冷得像冰块，还是一千年那种等级的。

拍马屁失败。

宁夕满脸无奈：“陆霆骁，真不是我不跟你开口啊，实在是这种小事哪需要你亲自出马，这不是杀鸡用宰牛刀吗？但目前有件事我还真是特别特别需要你的帮忙！你可一定一定要帮帮我呀！我想来想去，这件事就只能找你了！你就算是不帮我，我肯定也是要死赖着你的！”

这回陆霆骁虽然还是冷着脸，但总算是正眼看她了：“说。”

宁夕略松了口气，急忙开口道：“是这样的！我虽然搞到了张强的口供，还有对方发送的邮件和汇款明细，但这些证据仅仅是可以清洗我的嫌疑，却无法找出背后的人。有仇不报非君子，如果就这么轻易放过对方，未免也太便宜她了！所以我就想，有没有什么办法能破解对方的账户信息和IP地址？”

“小宝宝贝年纪这么小就这么厉害，一定是因为BOSS大人你的优良基因，所以BOSS大人你这方面肯定更加厉害，你一定有办法的对吧？对吧对吧对吧？”宁夕双手合十，满脸期待着闪着星星眼，一方面是为了讨好陆霆骁，另一方面她也确实是非常需要帮忙。

陆霆骁沉默了三秒钟，终于开了尊口：“嗯。”

“真的？你真有办法？”宁夕兴奋得差点跳起来，“那大概需要多长时间？”

“一……”陆霆骁本来想说一个小时，话到嘴边改了口，“一天。”

“这么快！太好了！”宁夕大喜过望，急忙从包里把笔记本电脑掏出来，“这是我从张强那儿拿来的笔记本电脑，你还需要些什么其他东西吗？我帮你准备！”

“不需要。”陆霆骁说着起身径直往楼上走去。

宁夕立即屁颠屁颠地跟了过去。

到了书房，宁夕很有眼力见地小跑过去帮陆霆骁拉开椅子，然后把笔记本电脑放到了陆霆骁跟前的书桌上，又跑去帮他倒了杯水。

陆霆骁瞥了她一眼，在椅子上坐了下来。

只见陆霆骁拿出了他自己的笔记本电脑，又拿了一根数据线将两台电脑连接起来，浏览了一下她说的那些证据后，点开了一个不知道什么软件，然后在屏幕上的框框里输入了一连串复杂的代码。

宁夕好奇地趴在桌子上凑近了去看，结果自然是完全看不懂，只有一脸蒙，但觉得很厉害。

陆霆骁正敲击着，耳畔突然传来一阵轻轻的呼吸，于是手指突然停顿住，眉头也蹙了起来。

“怎么了？有什么问题吗？”宁夕立即紧张地问。

陆霆骁语气微冷：“离我远点。”靠得这么近，太妨碍他集中注意力。

“哦……”宁夕顿时霜打的茄子似的垂下了脑袋，哀哀凄凄地挪到了房间最远角落里的沙发上坐着。

看着女孩可怜兮兮的样子，陆霆骁差点就要开口安慰，最后还是忍住了。

宁夕怀里抱着一个枕头，安安静静地看着陆霆骁认真工作的侧颜，心中暗暗咋舌，都说男人认真的时候最帅，果然如此！

一时间书房里只剩下安静的键盘敲击声。

宁夕一个人坐在那里纠结了半天，终于还是忍不住开口：“陆霆骁……我可以问你一个问题吗？”

“问。”

“你、你为什么不问我啊？”

“问什么？”

宁夕紧了紧握成拳头的手指：“你不觉得我很多地方跟你想象中的不一样，不觉得我……很可怕吗？”

陆霆骁：“不觉得。”

宁夕：“哦……”

# 第五章

# 生日礼物

陆霆骁不问，宁夕心里却过意不去，他一直把她当朋友，毫无保留地帮助她，可是她却什么事都藏着掖着。所以，即使陆霆骁没有追问，宁夕还是主动开口道："你知道的，M 国的治安不太好，我得保护自己，这些都是我一个朋友教我的，万不得已的时候用来防身的……"

陆霆骁停下手里的动作："你那个朋友是什么人？"

听到这个问题，宁夕的神色明显有些为难，挠挠头道："就是我跟你提过的，那个交往过一天的前男友。"

又是那个男人。既然只交往过一天，为什么会有这么多的交集？

陆霆骁的神色顿时变得无比凌厉："你知道你朋友送你的那颗钻石，很大可能不是正规来路……"

宁夕垂着头咕哝："我知道的……"

"你知道？"陆霆骁的脸色更加难看。她知道还跟那种人在一起？她知道对方的底细，也意味着她的处境更危险！

宁夕急忙解释道："他的来历可能是有点危险啦，很抱歉，他具体的身份我没办法跟你解释，但他肯定不会害我的，这点我可以确定……"

话音刚落，她明显发现陆霆骁的脸色难看到了极点。

此时此刻，宁夕感觉自己就像是做错事情被家长发现的熊孩子，紧张地对着手指，大气都不敢出一声。

大魔王生气时的气场太可怕！

过了好半晌陆霆骁才终于开口："匕首给我。"宁夕刚才对那个男人的句句维护差点摧毁他的理智。

"哦……"宁夕立即听话地把匕首交给他，"你要做什么？"

陆霆骁毫不留情地拿了过去："没收。"

宁夕顿时扑过去哀号："啊！不要啊！这是我的护身符！我保证平时不会乱玩的！"

陆霆骁冷睨她一眼，打开抽屉，从里面拿出一个东西递给她："以后用这个。"

看到陆霆骁拿给她的东西，宁夕的眼睛立即亮了亮："这个是……"

"我可以拆开看看吗？"宁夕小心翼翼地问。

对上女孩闪闪发光的眸子，陆霆骁点头。

得到允许后，宁夕立即兴奋了起来，有点爱不释手地摸着那个东西，然后弱弱地瞥了他一眼："能有这个的人很危险，但你居然有，岂不是……"

陆霆骁闻言立即冷了脸色："你认为我危险？"

宁夕把头摇得像拨浪鼓："没有没有没有！怎么可能！BOSS 大人你最好啦！简直是我的小天使！你累不累，肩膀酸不酸？我给你捏一捏啊！你加油加油哦！"说完二话不说就狗腿地跑到他身后，卖力地给他捏起了肩。

听着女孩清甜的软软的声音，虽然知道她是在故意哄他讨好他，陆霆骁风雨欲来的脸色还是立即就缓了下来，不过，很快神情又绷紧了。

女孩柔若无骨的小手力道适中地捏着他的肩膀，还极其专业地帮他按摩起脖子和太阳穴。那温热的触感还有恰到好处的力道都很舒服，也很要命。

“已经可以了。”为免再继续下去会失控，陆霆骁被迫叫停。

“哦。”宁夕也没有多想，继续研究起那个礼物，然后不确定地看向陆霆骁问，“这个东西……你真的要给我？”

陆霆骁：“就当是你的生日礼物。”

这礼物，可真够特别的……

宁夕轻轻摸着这个东西：“谢谢！我很喜欢！”她说完低头看着手里的东西，看着看着，眼眶忍不住有些泛酸：“陆霆骁，谢谢你……从来没有人对我这么好……”

陆霆骁心头微动，正要开口，宁夕感动地说道：“简直有种父亲的感觉！”

这评价……够高的，却也令他哭笑不得。

“都这么晚了，你肯定饿了吧，我去给你做点吃的！”

宁夕殷勤地跑出去后，陆霆骁不动声色地拿起了那把匕首。如他所料，原有的特殊标记已经被抹掉了。不过对方的身份范围倒是又缩小了很多。

十分钟后，宁夕端了一碗热气腾腾的饺子走进来。

“陆霆骁，饺子可以吗？我看厨房冰箱里有上次包的饺子，就给你下了几个！”

“放着。”

“好的！”

看着陆霆骁忙碌的样子，宁夕心里有些过意不去，于是端起了碗：“我喂你吃吧？”

陆霆骁眉头微蹙，本想要拒绝，但竟然没舍得说出口。

“我喂你我喂你！你忙你的就行！”宁夕急忙夹起一只饺子，小心地给吹凉了，然后才送到他嘴边。

陆霆骁神色肃穆地盯着电脑屏幕，面无表情地张嘴吃了那只饺子。

为什么上次吃的时候没发现这么好吃？

宁夕继续一只一只地喂，直到一碗全都喂完。

“你去休息会儿，我这边快结束了。”陆霆骁将张强的电脑还给她，然后开始专心操作自己的电脑。

“哦，好。”宁夕抱着笔记本坐到了角落里的沙发上。

因为闲得无聊，她就翻起了张强的电脑，看看会不会发现什么别的线索。结果还真被她找到了。

她在电脑里面发现了一个被命名为“重要机密”的文件夹，点开之后，发现里面有不少视频文件。

难道那家伙藏了什么证据没告诉她？宁夕一边狐疑一边点开了其中一个视频。

刚一点开，宁夕就觉得有些不对劲，但等她反应过来的时候已经来不及了，下一秒，电脑里传出一阵令人脸红心跳的声音，在寂静的书房里显得异常清晰……

宁夕简直恨不得挖个地洞把自己埋进去，因为太慌乱，点了好几次都没能把那个视频关掉。

最后还是陆霆骁看不下去，走过来伸手帮她给关了。

宁夕一把扔了那个电脑，一副告状的语气：“他电脑里有个命名成‘重要机密’的文件，我还以为是什么证据呢……我早该知道的！”

看着女孩愤愤不平的小模样，陆霆骁捏了捏眉心，极其无奈地叹息一声：“已经弄好了，你过来看看。”

本来是出于私心才说一夜才能弄好，目的是希望能跟她多相处一会儿。但是现在看来，不能再继续被她这么折腾下去……

听到这话，宁夕立即把一切尴尬都抛在了脑后：“弄好了？全部？”

陆霆骁点头，示意她自己过来看。

宁夕一开始还担心自己看不懂，结果发现陆霆骁没有让她看那些复杂的过程，而是直接把结果展示在了她面前。

发送邮件的 IP 地址赫然来自宁雪落所住的公寓珠江华景，国外那个匿名账户的户主是崔彩静，宁雪落的助理。

“我还以为这种黑科技是只有电视里才会有的呢，要破解几乎是不可能的事情……”宁夕激动得好半天都说不出话来，最后一把将陆霆骁抱住，“BOSS 大人，你实在是太棒了！”

此时此刻，陆霆骁发现，他不得不好好正视一个问题了。如今宁夕确实已经完全信赖他，但是，她信赖过头了，甚至已经忘了他作为男人的身份！简而言之就是，她把他当成了良师益友，甚至是父亲，却没把他当男人。这实在是个让人头疼的问题，不过却也是个好的征兆，他所等待的时机，终于快要成熟。

“你准备怎么处理这些证据？”陆霆骁调整好情绪后问。

“先不急着公布，让宁雪落继续闹，她现在闹得越大，到时候被打脸就打得越狠！我准备、准备……”

“准备什么？”

“陆霆骁，你扶我一下，我怎么突然觉得地面在晃……”话音刚落，宁夕眼前一黑，“扑通”一声倒在地上。

“宁夕——”陆霆骁面色骤变，赶紧扶起她。

怀里柔软的身体滚烫得像一颗火球，他伸手一摸她的额头，果然也是热得烫手。之前他也有所察觉，但一直以为这热度是他的心理作用，却没料到是她病了。

陆霆骁抱起怀里的人，一路飞快地跑到楼下："袁叔！备车！"

老管家见状也是吃了一惊："小夕小姐这是怎么了？"

"不知道。"陆霆骁慌得连平日里万年不变的冰山面具也破裂了。不知道！他不知道她到底是因为之前药物的残留作用，还是单纯发烧了，又或者那个朱向成难道还给她吃了什么别的乱七八糟的东西？

此刻的陆霆骁已经快要被自责湮没，他应该第一时间带她去医院检查一遍才对，可是他不仅没有，还拖延了那么长的时间，让她这么忙前忙后这么累。这次发生了这么多的事情，她的压力该有多大，强撑到现在怕已经是极致……

"大少爷，您别太紧张了，我看小夕小姐的样子应该只是发烧了而已，不如叫家庭医生上门来看下……"

陆霆骁此刻已经什么话都听不进去了，司机刚把车开过来，他立即抱着人上了车："去医院！"说完又对车外的管家叮嘱了一句，"通知秦沐风也来一趟！"

"是。"管家无奈，只能连声应下。如果之前他还有一丝丝不确定的话，此刻看着大少爷的表现，真是什么都明白了。

这女孩，八成就是他们未来的大少奶奶了。

管家打电话给秦沐风的时候，秦沐风人在酒吧，正被陆景礼拉着喝酒聊天说八卦。一听宁夕突然晕倒，两人立即匆匆往医院赶去。

华都第一人民医院，顶楼 VIP 病房。

秦沐风和陆景礼刚一赶到就看到宁夕面色苍白地躺在病床上，手背上挂着吊针，坐在病床旁椅子上的陆霆骁则是一脸凝重，表情浓云密布。

陆景礼和秦沐风面面相觑，显然都被陆霆骁的表情给吓到了。

这时，一个小护士端着药走了过来，陆景礼急忙拉住她悄悄地问："病人情况怎么样？是什么问题？很严重吗？"

"病人发烧了，三十九点六摄氏度。"小护士回答。

"哦，发烧……什么？发烧？"陆景礼满脸蒙圈，"你确定是发烧？只是发烧而已？"

"是啊，已经做过全身检查了，没别的问题，你们放心好了。刚才病房里的那位先生都已经问了好多遍了。"小护士回答道，脸上丝毫没有不耐烦的样子，因为不管是里面的那位，还是门口的这两位，都太帅了！再问一百次她也愿意回答啊！

陆景礼虚弱地扶着门框，摸了摸到现在还扑通扑通跳的心口："亲哥啊，你是想活活吓死我吗？她只是发烧而已，你干吗要摆出一副绝症的表情？"

旁边的秦沐风也是满脸无奈："而且还把我也给叫来了，我虽然也是医生，但我是心理医生啊！"

陆霆骁略抬眸子，冷冷地扫了秦沐风一眼："现在宁夕已经取代了你，或许我该节省一笔开支。"言外之意是要辞了他。

陆霆骁每年付给秦沐风的费用可不低。

"咳，别啊！除了这个我还有很多用处呢！我认识这家医院非常有名的一个营养师，我这就去把他叫来亲自帮宁夕调养身体！"

秦沐风也确实是有些心虚，自从宁夕来了之后，他清闲太多了，不管是小宝还是陆霆骁都极少再有需要用到他的时候，连每周一次的心理治疗都停了。

秦沐风走后，陆景礼见陆霆骁一直低着头看手机，忍不住问："哥，你在看什么呢？"

他哥什么时候成网瘾青年了？结果，他一走近就震惊了。他哥居然把之前和他的视频通话录屏保存到了手机里。

"哥，你没事看这个干吗？小夕夕的表情好可怕啊，我当时看的时候就起了一层鸡皮疙瘩！也不知道她到底是演出来的，还是真的……"陆景礼说着打了个寒战。可是现在，他哥居然在循环播放，并且以一副"我老婆真可爱"的神奇表情。真的是，没救了啊！

"不过你们俩还真是心有灵犀一点通，连想的办法都是一样的！都是这么简单粗暴！啧啧，果然是一家人！"陆景礼感叹。

陆霆骁摸了摸病床上女孩的脸颊，眉宇间的神色很是骄傲和自豪。

陆景礼惨不忍睹地扭过头去："对方的身份你肯定知道了吧？接下来是不是公布到网上给小夕夕洗刷罪名？我这就去运作？"

陆霆骁的眸底闪过一丝冷冽的光芒："不急。"

陆景礼摸了摸下巴："也对，反正咱有底牌，让她再闹腾闹腾，到时候更好玩！"

"给宁夕准备一份合同。"陆霆骁交代了一句。

陆景礼闻言顿时眼前一亮："合同？哥，你终于准备把嫂子弄进盛世啦？"

"盛世所有经纪人的资料也整理一份给我。"这话算是间接回答了陆景礼的提问。

"知道啦知道啦！你要亲自帮小夕夕挑经纪人对吧？真是的，你对我要是有小夕夕的千分之一好，我都满足了！"陆景礼语气酸酸地抱怨道。

陆霆骁闻言瞥了他一眼，然后突然朝着他伸出手。

陆景礼以为他要揍人，下意识地往后一躲："我又说错啥了！"

结果，陆霆骁只是伸出手拍了拍他的后颈。这是一个对他哥而言极其亲昵的动作。

陆景礼简直受宠若惊得快要上天了，甚至耳根子都有点泛红："哥，你、你干啥？"

陆霆骁蹙着眉头看着他，语气却挺柔和："别整天只想着玩，好好工作，找个喜欢的人过日子。”

陆景礼表情呆呆的，随即身体狠狠哆嗦了一下：“妈呀！吓死我了！哥你突然对我这么温柔，简直比揍我一顿还可怕！”

“你的终身大事，回头我会帮你留意一下。”陆霆骁开口道。

“不要啊！哥，你还是继续放养我吧！求放过啊！我再也不吐槽你了！你就继续这么高冷下去吧！”陆景礼差点吓死了。

万一他哥给他挑一个跟他哥一样可怕的女人怎么办？万一挑一个像小夕夕那样的，他也绝对吃不消啊！他没那么重口味！他喜欢温柔一点的啊！

这时，陆景礼突然急中生智：“哥，这种事情不是男人该操心的！你还是等搞定了嫂子之后，让我嫂子帮我介绍吧？我嫂子眼光肯定好！”

陆霆骁闻言略一思索：“可以。”

陆景礼拍拍胸口，总算是松了口气，简直九死一生。

他之前换女朋友速度是挺快的，但现在已经空窗大半年了。也不知道怎么回事，觉得越来越没意思，目前他还真是一点都不想交女朋友。尤其是看到他哥跟宁夕之后，更加觉得他之前那样的所谓的恋爱了无生趣。

好吧，他承认，他是嫉妒了。嫉妒他哥虽然等了三十二年，最终还是等来了他的真爱。而他这辈子也不知道能不能等到。陆景礼越想越悲伤，果断不想再继续待着被虐了：“哥，如果没啥其他事情的话我就先走了！你要的东西我会尽快弄好给你送过来的！拜！”

宁夕这一觉直接睡到了第二天的傍晚。再次睁开眼睛的时候，她身体轻飘飘的，神思迷茫，有种恍如隔世的感觉。

陆霆骁推门进来的时候看到的就是这样一幕，窗外夕阳的余晖下，女孩穿着宽松的病床服，一副刚睡醒的表情，懵懵懂懂地坐在纯白的病床上，表情木木的，看起来特别惹人心疼，让人忍不住想要拥入怀里……

“醒了。”陆霆骁生怕惊扰她，放轻了脚步走过去，大掌温柔地揉了揉她微乱的头发。

“陆霆骁……”宁夕有些迟钝地看着来人。

“嗯，身体感觉怎么样？”

宁夕一脸迷茫：“这里是医院吗？我怎么了？”

“你昨天晕倒了，高烧三十九度。”一回忆起她昨天突然晕倒的那一幕，陆霆骁就忍不住沉了脸色。

宁夕挠挠头：“我发烧了？我说怎么身体软绵绵的一点力气都没有呢！”

“你这是饿的，你已经睡了一天一夜。”陆霆骁说着帮她打开餐桌板，然后拿了个靠枕给她靠在身后，“猜到你应该快醒了，刚给你买了晚餐。”

“谢谢……”宁夕看着眼前忙碌的男人，抿了抿唇，忍不住伸出手摸了摸他的下巴。

指尖温热的碰触让陆霆骁怔了怔，看着女孩的目光无比温柔：“嗯？怎么了？”

宁夕蹙着眉头看着他憔悴的脸色和下巴上青色的胡楂：“你照顾了我一天一夜吗？胡楂都出来啦！”

“还好，我有睡一会儿。”实际上是一分钟都没合眼，更没心思去洗漱，直到她醒来，一颗心才放下。

“吃饭吧，因为你现在不适宜吃太油腻，所以只有清粥，等你病好了再给你买好吃的。”陆霆骁将粥碗和勺子拿出来递到她手里，“有气力吃吗？需不需要我帮忙？”

宁夕一声不吭，也没有动作。

陆霆骁狐疑地抬起头去看她：“怎么了？身体哪里难受吗？我去叫医生……”

宁夕急忙拉住他：“我没事，就是没睡醒，恍了下神……”

陆霆骁这才松了口：“你现在最需要的是好好休息，不要胡思乱想。”

“嗯。”宁夕点点头，埋头吃粥，但脸上的表情却极其不在状态，神游天外似的。

陆霆骁对她好得都让她近乎惶恐了。她不是没有察觉的，事实上从一开始他对自己的态度就是如此，只是她一直在刻意忽略，甚至渐渐习惯成自然。眼前这个男人所做的一切，真的只是因为报恩吗？就算是把她当朋友，朋友之间能够做到这种地步？

因为脑海里乱七八糟待处理的事情太多，这样的念头最终只是一闪而过。

吃完饭后，宁夕总算恢复了些精神。她很快挥去脑海里所有杂乱的思绪，开始处理正事：“陆霆骁，我的手机在吗？”

陆霆骁面露不悦：“刚刚还说了要好好休息。”

宁夕双手合十：“睡了这么久，我已经休息够啦，刚又吃饱喝足，这会儿你不让我做点事，我会发霉的！”

陆霆骁见她脸色确实好了很多，又架不住她乞求的眼神，最后还是把手机拿给了她。紧接着他又去拿了温度计过来：“量一下体温。”

“啊……”宁夕乖巧地张嘴含住温度计，然后第一时间打开网页开始刷娱乐版。

《天下》剧组上演宫心计，蛇蝎美人为上位不择手段……

宁雪落受伤，是意外还是蓄意谋杀？

星辉娱乐表示坚决抵制不正当竞争，维护艺人生命安全权益……

宁雪落工作室已发律师函，宁夕人间蒸发，至今未做任何回应……

接着，宁夕打开微博，只见满屏都是谩骂，比贾青青那次还要狠好几倍，毕竟相比贾青青，宁雪落的人气高多了。

“宁夕一直躲着不出现，肯定是心虚了啊！她不会是看到事情败露所以跑路了吧？毕竟她这次已经够得上杀人未遂了！要是打官司，那绝对是要坐牢的！”

“被黑一次是人家嫉妒，三番两次闹出这种事，肯定是她人品有问题吧！更何况这次是人赃并获！”

“雪落在娱乐圈的口碑是出了名的好，还三番两次提携她这个小师妹，没想到宁夕竟然会恩将仇报做出这种猪狗不如的事来！就是因为有她这种人，娱乐圈的风气才会越来越败坏！”

“你们不觉得从一开始这一切都是宁夕的阴谋吗？她先是干掉贾青青坐稳了女二号，然后又准备弄伤宁雪落得到女一号的位置！”

……

陆霆骁眼角余光瞥到她手机上那些恶毒的言论，眉头紧蹙：“别看了。”

宁夕盘腿坐着，嘴里含着温度计含糊不清道：“没事，看看还挺好玩的！”

“好好量，别说话。”

“哦。”分明是你招我说话。

终于量好后，陆霆骁看了眼温度计：“三十七度一。”

宁夕立即得意道：“我就说没事了吧！其实我身体很好的！那我现在是不是可以出院了？”

“再住几天观察一下。”

“啊？还要住啊！可我想小宝宝贝了！”宁夕果断拉出小宝。

“他已经在来的路上。”陆霆骁的语气丝毫没有转圜的余地。

“好吧……”宁夕终于没话说了。

陆霆骁收拾好餐桌板，然后坐在床边的椅子上：“你接下来准备怎么办？”

宁夕立即想起一件事：“我刚还想跟你说呢，你可以把那些证据发一份到我的手机上吗？我准备先转发给一个人！”

陆霆骁瞥了她一眼：“张强？”

宁夕早已习惯了陆霆骁的高智商，但还是忍不住一脸佩服：“不愧是BOSS大人！太机智了！”

宁夕刚兴奋地说完，立即干咳一声，略有些不安地看了陆霆骁一眼：“我这么做……是不是太恶毒了？”

陆霆骁没有回答，而是分析道：“重点是，这样做对你没什么益处，也太便宜了张强。”

宁夕抓了抓头发：“话是这么说没错，可是我的主要目的就是整宁雪落，其他的我倒是没有多想。”

陆霆骁略一思索后开口道：“与其便宜张强，为什么不自己去？”

宁夕闻言一副惊掉眼珠子的表情：“这、这也行？”

“为什么不行？”陆霆骁反问，随即分析道，“根据宁雪落的承受能力，你差不多可以跟她要八百万。这次是你跟星辉解约的最好时机，这钱正好可以用来付违约金。”

听完陆霆骁的一番话后，宁夕处在深深的无语中。

她顶多是指使别人，可大魔王倒好，不仅不唾弃她的行为，居然还直接把她给教得更坏。不过，这招还真是够完美啊！只是，勒索这种事情，亲自去做的话，心里那关还真有些不好过……

宁夕咬了咬唇，回忆着那晚发生的一切，旋即又在心中冷笑一声，呵，有什么不好过的，他们都已经做到这种地步了！

宁夕很快便下定了决心：“好，你发给我，我这就去联系宁雪落！”

“不必这么麻烦，我帮你，这样你的 IP 地址没有任何人可以查到。”陆霆骁说。

这会儿宁夕看陆霆骁的表情基本跟看神差不多了，闪着星星眼道：“陆大神，我发现你这个技能好逆天啊！你收不收徒弟啊？”

女孩崇拜的眼神让陆霆骁心情大好，他轻瞥她一眼：“不收。”

宁夕立即满脸失望：“哦……”果然不收的啊！陆大 BOSS 日理万机，怎么可能收徒弟……

陆霆骁目光深沉地看着她：“想得到这个技能，其实还有个更快捷的方式。”

“什么什么？”宁夕立即来了精神，追问道。

陆霆骁：“嫁给我。”

嫁给他，他的一切都是她的，她还需要学什么？

“咳咳咳……”宁夕差点被自己的口水呛到。这法子，还真不能说他说得不对，只是她是不是又被撩了啊？

陆霆骁欣赏了一会儿女孩窘迫的神色，然后开口问道：“想过解约后去哪家公司吗？”

宁夕摸了摸下巴：“这个嘛……还在考虑中呢。”

陆霆骁状似不经意地开口道：“等这件事过去之后，你的人气几乎已经可以比拟一二线艺人，到时候找下家会很容易。”

宁夕叹气：“其实也挺麻烦的，小公司竞争压力小但前景不行，大公司没背景又很难进去，我现在的曝光度看似很高，但全都是积累在绯闻上面的，连一部完成的作品都还没有，定位也是够尴尬的……陆老师您有什么建议吗？”

对于重要的决定，宁夕已经下意识地开始询问陆霆骁的意见。

陆霆骁给她倒了杯水，回答道：“从我作为商人的角度来看，你是一支很有爆发力的潜力股，我很看好你未来所能创造的价值。所以，我自然希望你可以进盛世。”

宁夕闻言瞪大眼睛，好半天才回过神来：“呃，现在是 BOSS 大人您在亲自挖我吗？”

陆霆骁轻笑：“这么说也没错，我确实想挖你，来吗？”

妈呀！这语气，太犯规了吧！

宁夕咽了口唾沫，稳了稳心神，然后神色认真地开口道：“其实说实话啊，如果这次能顺利离开星辉的话，我最想进的公司就是盛世了。如今盛世早已经赶超星辉，成为业界当之无愧最好的娱乐公司，前景无疑是最好的……”

陆霆骁神色满意地点点头，朝着她伸出手：“那么，合作愉快。”

“啊？”宁夕下意识地伸出手，“合、合作愉快……”什么情况，这就合作愉快了？她就这么跟盛世达成合作意向了？大魔王怎么连挖个人都这么有效率……

“咱们这就算确定合作了？”宁夕还是有些蒙。

“我看好你，你也中意盛世，两情相悦，有什么问题？”陆霆骁反问。

“两情相悦”，这词儿用的……宁夕觉得自己坑谁也不能坑陆霆骁，所以还是极其郑重地询问道，“你不用再考虑考虑吗？我觉得我还挺能惹事的，万一到时候给你添麻烦……”

“如果你能处理好一切，还要经纪公司做什么？这就是我存在的意义。”

“哦……”宁夕摸了摸鼻子。

反正她是发现了，大魔王虽然平时少言寡语，但一旦说话绝对是字字珠玑，她说不过他。

宁夕仔细斟酌了下，如今在星辉三番两次冤枉她的情况下，此时她提出解约也是人之常情，不会落下任何话柄，而且现在她违约金搞定了，澄清也是板上钉钉的事情，所以应该不会给陆霆骁添什么麻烦的。

这么想着，她才终于安心了。

“BOSS 大人，为了报答你的知遇之恩，我以后一定努力给你赚钱，不会让你失望的！”宁夕立即跟老板表明忠心。至少她对自己的实力还是很有信心的！

陆霆骁唇角微勾：“嗯，我很期待。”

这时，宁夕的手机突然响了起来，来电显示“巫妖王”。

之前就有好多通江牧野的未接来电，只是她事情太多又突然病倒了，一直都还没来得及给他回电话。

宁夕也没避讳陆霆骁，直接接通了：“喂，江……”

不等她开口，手机那头立即传来一阵大到快要冲破她耳膜的咆哮：“宁小夕，你到底到哪里去了！你知不知道你都被人黑成什么样了！”

他去陆宅找过她一次，结果被管家告知她不在，而且陆霆骁也不在，那天正好是她的生日，这两人同时消失，他怎么能不多想！

宁夕无语地掏了掏耳朵：“什么呀！我在住院呢！”

江牧野闻言一下子愣住了，声音顿时变得紧张起来：“什么？住院了？你怎么了？

难道被人打了？”

宁夕嘴角微抽：“你才被人打了！发烧了而已！”

“你在哪家医院，我马上过来看你！”

“不用了，你这么忙，还是先忙家里的事吧，我烧已经退了，陆霆骁在呢，小宝待会儿也来。”

手机那头突然沉默了几秒钟，然后就听到江牧野语气阴沉道：“宁夕，你看到我给你发的邮件了吗？”

“还没呢，我哪有空，从前天晚上开始，我就一刻都没闲过！总之说来话长，等回头有空我再跟你说。”

江牧野深吸一口气：“你记得尽快看。还有我问你，宁雪落这件事你准备怎么办？我本来准备帮你去找张强那浑蛋，结果等我找人过去堵他的时候，早就人去楼空了。你是星辉的人，我不能动用我工作室的公关，所以我跟明哥商量了下，私下帮你联系了一个靠得住的公关团队……”

宁夕闻言感激道：“谢谢你啊江牧野，不过不用啦，我弄到证据可以洗刷罪名了。”

江牧野磨着牙：“又是陆霆骁？”

“我自己弄到的好不好！不过陆霆骁后来也确实帮了我个大忙。”

“知道了，你没事就行，我挂了！记得看我邮件！”考虑她还生着病，江牧野强忍了着怒气，也已经没有心情问陆霆骁英雄救美的经过，语气硬邦邦地直接挂了电话。

该死！如果不是陆霆骁那家伙用卑鄙的手段拖住他，此刻陪在她身边的，帮助她渡过难关的，应该是他才对！

无耻！太无耻了！

“江牧野打来的？”陆霆骁随口问了一句。

“是啊，问我需不需要帮忙呢！还说给我发了邮件，也不知道是什么，一直提醒我看，神神秘秘的，估计是什么整人的生日礼物。他去年也是，发了个特别吓人的整蛊视频给我，气得我打了他三顿才消气……”

宁夕咕哝着抱怨，也没急着去看邮件，继续翻着短信和未接来电记录，看有没有其他需要回复的人。

未接来电大部分是陌生号码，肯定是媒体之类打来的，翻到后面的时候倒是看到了一个名字，是她生日那天打来的。

看到那两个字，宁夕的神色蓦然变得温暖柔和起来：“我还以为他忘了我生日呢！”

“谁？”陆霆骁下意识地绷紧了神经。

“我弟弟，唐诺。”

陆霆骁点点头，不动声色地松了口气。还以为又是前男友呢，他都快风声鹤唳草木皆兵了。

宁夕立即回了一个电话过去："喂，小诺！"

"姐，你终于回我电话了！你现在怎么样？还好吗？那些人有没有为难你？我看到报纸上的新闻了……"

"放心好了，我没事啦！"

"可我看到那个女人要告你！"

"你姐也不是吃素的，最后谁告谁还不一定呢！"

"你真的没事？"

"真没事！你再这么爱操心，我都要怀疑你不是十七而是七十了！"宁夕说着顿了顿，"不过，你就这么相信我吗？搞不好真的是我丧心病狂为了上位故意捅了宁雪落一剑的呢？"

手机那头的少年声音清朗："我自己的姐姐不信，难道还去信不相干的人吗？"

这话听得宁夕心里一阵暖流蔓延："臭小子，算你会说话！"

"知道你没事我就放心了，对了，还没跟你说生日快乐，这都过去了……"

"没关系，现在说也一样，谢谢你，我亲爱的又帅又贴心的弟弟！"

"少肉麻，不跟你说了，快开学了，我要赶暑假作业了！"

"去吧去吧！加油啊少年！"

一通电话之后，宁夕的心情顿时晴空万里。

看她心情好，陆霆骁的心情也跟着明媚了不少："你们姐弟关系很好？"

"是啊！虽然我们没有血缘关系，不过我们俩关系一直很好。小时候我奶奶不是重男轻女嘛，那时候家里有什么好吃的，只有小诺可以吃，我吃饭都不能上桌子，可是小诺每次都会藏一些起来拿给我吃。还有每次奶奶看不惯我找我麻烦的时候，他都会出来维护我，可乖了！"宁夕说着说着有些怅惘，"是不是挺神奇？有血缘关系的像是仇人，反而毫无关系的却是亲人。我早该明白的，在那个圈子里，利益永远在亲情之上……"

陆霆骁轻轻拍了拍女孩黯然低垂的脑袋上可爱的小发旋："你会得到更好的。"

每次听她说起小时候的事情，他都忍不住想多疼她一些，再多疼她一些，把她失去的全都加倍补回来。

宁夕看完通话记录后继续看短信，翻到其中一条的时候愣了一下。

"亲爱的，我真是低估你的胆量了。"发件人：YS。

这家伙好端端的发这么一句话给她是什么意思？她做什么了？

陆霆骁删除了通话记录，所以宁夕自然不知道那天晚上两个男人之间有过一次通话。

"怎么了？"见她神色不对，陆霆骁问。

“没事……”只当那人又发神经，宁夕并没有搭理，直接放下手机问道，“小宝什么时候来？”

“应该快到了。”

宁夕闻言立即下意识地摸了摸头发：“小宝送我的发夹呢？”

“在这里，之前帮你收起来了。”陆霆骁拉开床头柜抽屉，将那枚粉色发夹递给她。

宁夕立即美滋滋地戴上了。

看着宁夕头上的发夹，陆霆骁心头掠过一丝后悔，早知道不该送她那个东西的，如果送项链、手镯、耳环之类的，她还能随身佩戴着。

其实他早就准备好了礼物，是一枚戒指，只可惜还不是送的时机。

两人正说着话，敲门声响起。

宁夕一骨碌爬下床去开门，果然是小宝来了。

“宝贝儿你来啦！”

小宝进来后，啥也不做，只急急地用小手拉着她的衣服，好像是想让她低一点。

“怎么啦？”宁夕顺势蹲下身。

小宝立即把自己的小脑袋往她的额头上一磕，一脸的严肃认真。

宁夕忍不住笑出声：“噗，宝贝儿你是在给我量体温吗？放心好啦，我刚用温度计量过了，已经退烧啦！”

小宝还是一脸担忧，心疼地看着她手背上扎吊针后留下的青紫痕迹。

宁夕将小家伙抱在怀里，安抚地拍了拍：“别皱着眉头啦，阿姨一看到你就病痛全消了！”

简直是治愈神器，真想偷回家。

“要下去散散步吗？”陆霆骁建议。

“好啊好啊！”正好她睡了一天想活动活动呢，让小宝陪她在病房里闷着也不好。

三人去坐电梯的时候路过了一间病房，病房门外一片嘈杂，层层叠叠地挤满了长枪短炮的记者，全都在争相采访病房里的女人。

“雪落，请问现在你们联系到宁夕了吗？”

“还没有，一直没有她的消息。”

“宁夕畏罪潜逃，对此你有没有什么想说的？下一步你们准备怎么做？”

“我、我不知道……我到现在都还不敢相信她会做出这种事……”

“听说宁氏国际和星辉娱乐都已经撤资表示抗议了是吗？目前剧组那边有回应吗？会撤换宁夕吗？”

“这个我不清楚，你们可以去问剧组的负责人。”

“如果宁夕出现跟你道歉，你会原谅她吗？”

“如果她是真心悔过，我个人可以原谅她一时糊涂，但她对娱乐圈造成的恶劣影响却不是道歉能够解决的，也轮不到我来原谅！”

……

宁夕意外看到了一场宁雪落的白莲花大戏，忍不住挑了挑眉，她竟然此时才发现，她跟宁雪落住在同一家医院，同一层病房。

就在这时，记者中突然有人注意到了对面电梯口宁夕的方向，顿时惊呼一声：“宁夕——”

“宁夕？在哪里？在哪里？”

“宁夕来了？不会吧！她居然真敢出现？”

“那边那边！”

一时间所有记者都看了过去，并且纷纷扛起摄像机准备拍照抢新闻。

宁夕眉头一皱，第一反应是护着小包子，别让人吓到他，她自己倒是无所谓。但是，不等她去抱小包子，脑袋便突然被一只宽大的手掌按进一个温暖的怀抱里，随后一只手也被小包子软乎乎的小手紧紧握在掌心，似乎在安慰她不要害怕。

至于那些记者，还在十步开外就全都止住了脚步。

不知道从哪儿冒出了两个黑衣墨镜身材高大的男人，表情凶煞，门神一样挡住了他们的去路。

“喂，你们什么人，让开！好狗不挡道！”有记者一心抢头条抢红了眼，想也不想地脱口而出道。

但人群里也有机灵的，一把拉住说话的那人，满脸忌惮如同看到了什么极其可怕的东西：“你疯了！那是陆氏的保镖！”

“陆……陆氏……你该不会是说那个陆氏吧？”

“废话！华都还有几个陆氏？”

“可你怎么知道的？他们脸上又没刻着字！”

“你白痴吗？没看到他们衣服上的族章吗？”

被这么一提醒，所有人都齐刷刷地后退了三步，刚才态度不好的几人满脸惊惧地不停道着歉：“两位大哥，对不起对不起！我们有眼不识泰山！您千万别跟我们计较！”

天哪！这俩是陆氏的私家保镖？那后面的三人会是什么来头？

记者们探头探脑地想去看个究竟，但目光刚小心翼翼地探过去，就全都吓得面无血色地退了回来。

正将女孩搂在怀里的男人身形高大面如寒霜恍如天神，只是目光太过凌厉，气场也太过迫人，稍微有点道行的记者都最是会看人眼色，当即察觉眼前这男人不好惹，同时也冷静下来觉得事情不对劲……

“什么宁夕啊，你看错了吧！人家一家三口呢！那女人怎么可能是宁夕！”

“就是！你是不是想拿头条想疯了？看谁都像宁夕！”

“这人一看就不好惹，你想害死我们啊！”

记者们纷纷开始抱怨最先出声的那人。

“可能是我看错了，不过长得真有点像啊，你们一开始不也认错了吗……”

“像个鬼啊！那个宁夕是个蛇蝎心肠的毒妇，可这位小姐一看就是贤妻良母，气质高贵脱俗，哪里像是一个人了！”

“就是啊！这么软妹这么可爱，怎么可能是妖里妖气的宁夕！”

这时，“叮”的一声，电梯到了。

直到三人已经消失在电梯里，记者们还在原地感叹——

“哎呀，刚才的小男孩你们注意到了没有，长得真是太漂亮了！而且跟那男人一个模子里刻出来的一样，一看就是亲生的！”

“那男人到底是陆家的什么人啊？气场真可怕！”

“我总觉得那个男人有些面熟……我怎么觉着……有点像陆霆骁呢？”

“你别说！还真有点像啊！那小男孩……该不会就是传说中的那位小太子爷吧？”

这个猜测立即一石激起千层浪——

“怎么可能！陆霆骁是单身好吗？虽然有个儿子，但身边绝对没女人！”

“要真是他，那可是个大新闻啊，啧啧……”

“再大又怎样？你敢爆？”

说到这里，众人纷纷歇了那点心思，有手快拍了照片的也全都抖着手开始删照片。

陆霆骁在圈子里是出了名的低调，不接受任何杂志、媒体的采访，小太子更是被保护得密不透风，即使他们再好奇今天的事情还有那个女人的身份，也没有任何一家媒体敢触碰这条线。

电梯里。

宁夕从陆霆骁怀里抬起头来，看看大包子，又看看小包子，心里五味杂陈。原来被人保护，是这种感觉。

“还好吗？我马上给你换家医院！”陆霆骁的脸色还有些阴沉。当时来得匆忙，他也是刚发现这个令人不愉快的巧合。

“不用麻烦了，我的身体真没事了，不然我们还是回家吧？其实我很讨厌在医院待着……”

“好。”

“话说那两个保镖是哪里冒出来的？”宁夕狐疑地问。

“一直在附近，你现在情况特殊，让他们跟着以防万一。”像上次那样她意外受伤的事情，他不允许发生第二次。

“我现在还没正式跟盛世签约呢，就有这样的福利啊？”宁夕受宠若惊，说完突然看到了电梯门上的镜子里的自己，宁夕对着镜子摸了摸自己的脸，“那些记者是不是眼瞎啊？我刚就站在他们面前居然都没认出我！还说什么……我贤妻良母，我清新脱俗，我软妹，我可爱……分明是《白雪公主》里的后妈、《小红帽》里的狼外婆这样的设定比较适合我吧？”

她一边说一边打量着镜子里的自己，然后发现，此刻的自己未施粉黛，穿着宽松的病号服，头发为了方便编成一条松散的麻花辫随意放在脑后，斜鬓上夹着小宝送她的粉色发夹，面上的表情温软又娴静……还真挺软妹的啊！

宁夕自己都被自己震惊了，难道她在大包子和小包子面前的时候，一直都是这副形象吗？一点都不像她了！

这时，听完宁夕的话后，小包子突然掏出随身带着的袖珍小本，埋头写了好一阵，然后急切地递到她跟前。

“宝贝想说什么？”宁夕接过小本子。看完之后，脸红了。

“怎么了？”见宁夕表情奇怪，一旁的陆霆骁问。

宁夕捂着发烫的双颊，满眼控诉：“陆霆骁都怪你！你看看你儿子啊！”

“怎么回事？”陆霆骁被埋怨得挺无辜，于是去看小宝到底写了什么。看完后，他沉默了。

只见小本子上认认真真一笔一画地写着：“你是天空中最明亮的星星，你的眼睛比巧克力还温暖甜美，当我看着你的时候，就像看到了童话里拥有永恒美貌的公主。”

小宝听着宁夕刚才那一番自我贬低的话后，果断放大招了。

宁夕又是感动又是担忧：“陆霆骁，小宝这点一定是遗传你的。也太会讨女孩子开心了吧！长大了可怎么得了！我简直不敢想象他要是会说话得把我迷成什么样子！”

尤其是最后那句，简直往她心窝子里戳。居然把她说成公主，一直以来她想要做的都是女王，因为那样才可以无所畏惧地面对所有艰难险阻。

面对小宝的“公主”时，她满满的藏匿深处的少女心都被勾出来了。试问，哪个女孩子不想做无忧无虑的公主呢，她不过是别无选择。

陆霆骁看着自家儿子，心中感慨，这已经不仅仅是遗传，而是青出于蓝而胜于蓝了。

见小宝站在那儿一脸严肃地仰着小脑袋看着自己，宁夕无奈地轻笑一声，俯身抱了抱他：“好啦好啦！我知道了！知道我在你眼中是最美！以后我再也不妄自菲薄了好吗？”

小宝这才满意，学着她平时奖励自己时做的，在她的脸颊上轻轻亲了一下。

宁夕忍不住又抱着小包子揉了揉：“唉，怎么办，好想趁着你爹不注意把你给偷走！”

小宝眨巴着眼睛，看起来很期待，并且赞同地点了点头，仿佛在说，快偷吧！

宁夕：“噗……”

陆霆骁为什么有种自己才是电灯泡的既视感？

与此同时，宁雪落的病房里。

记者们追宁夕不成，只能又返回去继续采访宁雪落。

现在所有人都在疯狂地找宁夕，但她却好像人间蒸发了，一点儿消息都没有，记者在她住的公寓、剧组、公司，全都没堵到人。

要是他们知道宁夕之前就住在跟宁雪落同一楼层的病房，而且刚才还跟他们擦肩而过，恐怕得疯。

苏衍心疼宁雪落的身体，又放了几个问题后便打断了大家：“不好意思各位，雪落伤病未愈，身体虚弱，今天的采访就到这里吧！”

“是啊，我身体不适，对不起大家了！”

记者们虽然不甘心，但也只能表示理解，说着让她好好养伤，然后配合地离开了。

常莉客气地把记者们送了出去：“感谢大家对我们雪落的关心，我相信公道自在人心，诸位心里也有一杆秤。这么热的天大家来回跑都不容易，这是给大伙儿的一点辛苦费！”

说完，旁边的助理崔彩静开始一一给大家发着红包。

记者们心知肚明，纷纷应着表示一定帮宁雪落讨公道。

病床上，宁雪落不知想到什么，露出狐疑的神色：“衍哥哥，刚才那些记者是怎么回事？怎么突然全都跑出去了？真的是宁夕来了吗？”

“不是，是他们认错人了。”苏衍给她掖着被子，表情有些恍惚。

那些记者大部分没见过宁夕本人，但是他不一样，方才匆匆一瞥之下的那个身影真的像极了宁夕，他几乎能肯定那就是宁夕本人。可是，怎么可能呢？宁夕怎么会跟一个男人那么亲密地在一起，旁边还有个小孩子？

深夜，陆宅。

宁夕上网看了会儿娱乐新闻，本来都已经准备睡了，社交软件上突然连续弹出好几条信息。

是苏衍发过来的。

苏衍：“小夕，你现在到底在哪里？我今天在雪落的医院看到一个人，是不是你？”

苏衍：“这件事确实是你太过分了，你不能仗着我们对你的愧疚，肆无忌惮地消耗我们对你的忍耐！”

苏衍：“逃避不能解决任何问题，你欠雪落一个道歉！”

……

宁夕轻嗤一声，然后打字回了他一句：“你废话真多！”

这时，“咚咚咚”的敲门声响起。

“请进！”

陆霆骁推门走了进来，手里端着一杯热牛奶，看到她还趴在电脑上，立即蹙起眉头：“怎么还在上网？你需要休息。”

“我刚是准备睡呢，结果睡前被恶心了一下。”宁夕抱怨。

陆霆骁走过去，把牛奶递给她：“怎么了？”

宁夕接过牛奶，道了声谢，然后也没什么避讳，直接把聊天记录推给他看。

陆霆骁看了一眼，面色微沉，念出了两个人的聊天内容。

听着陆霆骁这么一本正经地念出这句话，宁夕差点把牛奶都喷出来。

而苏衍那边看到宁夕的回复之后，立即激动地发了好多条信息过来，大意无非是让她“苦海无涯，回头是岸”，宁夕眼不见心不烦地直接退出登录把电脑给关了。

看着宁夕这干净利落又嫌弃的表现，陆霆骁表示心情很好：“我已经帮你联系过宁雪落了。”

“真的？你怎么说的？”宁夕立即问。

陆霆骁掏出手机，打开一封邮件给她看。

宁夕赶紧凑过去看，看完后，无语凝噎。

陆霆骁发给对方的邮件里除了证据和一个收款账户，只有寥寥几个字，连标点符号都没有：“二十四小时之内八百万”。

真是非常有陆霆骁的风格。

“不错不错，越简单越容易引起对方恐慌，挺好的。”宁夕煞有介事地点点头夸赞。

“等钱到账，你就可以去跟星辉谈解约，为免他们故意为难，到时候我会安排律师陪你一起。你跟盛世的签约合同我已经让景礼在准备，明早拿给你看，有什么需要修改的，我们到时候再商量。签约后，盛世会在合适的时机替你召开一场新闻发布会，放出那些证据。之后我们就开始走法律程序……”陆霆骁低哑如大提琴的声音，沉稳地说出接下来的计划和安排。

宁夕听得一愣一愣的，除了点头只有点头，然后下意识地问：“那还有什么是需要我做的？”

“吃饭，睡觉，养好身体。”

“哦……”

华都第一人民医院。

宁雪落惬意地躺在病床上，一手端着红酒，一手刷着微博，看着网上那些咒骂宁夕的话，心情前所未有地愉悦。

崔彩静一边给她按摩小腿，一边语气谄媚道：“雪落姐，你的腿形真好看，又长又直！”

其实也不过是比一般人要好看一点而已，每年花在保养整形上的钱都有好几百万，能不比一般人好看吗。

宁雪落却很喜欢这样的恭维，语气得意道：“这可是天生的。”

一旁的常莉不知为何总有些心神不宁，语气担忧道：“雪落，你说宁夕这么久不出现，该不会是在想什么法子报复我们吧？”

宁雪落闻言不屑地嘲讽道：“你也太高估她了，这件事她翻不了盘！”

“也是，在娱乐圈里，有这种严重劣迹的艺人，后果不亚于贾青青，谁帮她都没用！”常莉稍稍安下心来，“对了，我刚刚已经给宁夕发了一封邮件下最后通牒，通知她明天下午六点之前务必来公司一趟，否则就雪藏她，我就不信她明天还不出现！”

“记得多安排一点记者候着她！”宁雪落笑得开怀。

正回复着粉丝关心她伤势的评论，屏幕上方突然弹出一条新邮件的提醒。

这么晚了谁给她发邮件？而且发的还是她的私人邮箱？宁雪落也没多在意，随手给点开了，只一眼，瞬间呆在当场，手里的红酒也泼洒了一身。

“哎呀，雪落姐，你怎么了？”崔彩静急忙拿了纸巾给她擦拭。

“怎么了雪落？”看着宁雪落如此惊恐的表情，常莉也狐疑地问。

“自己看！”宁雪落抖着手暴怒地把手机扔在崔彩静的头上，“你到底是怎么办事的，居然留下这么大破绽！你为什么要在我的公寓发那封邮件？还有我不是千叮万嘱让你用匿名账户打钱吗？”

崔彩静被砸得晕乎了好半天才回过神来，捂着额头看完手机里的邮件之后也愣住了，满脸慌张道：“雪落姐，这不能怪我呀，我用的确实是匿名账户！至于邮件……我发邮件的时候你也在，你当时也没说什么啊！”

宁雪落一把摔碎了酒杯：“我不说，你自己就不能想到吗？什么都要我说，我要你有什么用？”

常莉看完邮件之后满脸凝重：“我最担心的事情还是发生了！我就怕万一会有什么破绽被人发现……这邮件到底是谁发的？难道是张强？”

宁雪落满脸阴骛，语气笃定道：“不可能！张强不过是个泼皮无赖，小学文化，连 IP 地址和匿名账户是什么都不知道！”

“那这事真是太奇怪了……不管怎样，这事除了我们，只有张强知道，消息肯定是从张强那儿泄露的！难道是他跟什么人合谋的？可是张强早就跑得不见人影，也没处去问啊！”常莉焦急不已道。

宁雪落在病房里暴走：“说那么多废话有什么用？现在的重点是这件事要怎么解决！”

常莉稳下心神安慰道：“雪落你冷静点，邮件上说让我们二十四小时之内往那个账户上打八百万，明显就是冲着钱来的！给钱就是了！只要是能用钱解决的事情，那都不是事！”

宁雪落烦躁道：“八百万！只有一天时间！我哪里去弄那么多现钱？”

她虽然赚得多，但花得更厉害，平时装点门面，讨好宁家还有圈子里的人，什么不要花钱？

“四处凑凑的话……勉强还是能凑出来的！”常莉沉吟。心想对方也真会开价，正好卡在她们的最大承受能力上。

这时宁雪落突然想到了什么：“既然对方能查我们的信息，为什么我们不可以？”

常莉摇摇头：“匿名账户是这么好查的吗？就算是花钱请人，也不是一时半会儿就能找到的！再说了，就算查到了是谁又怎样？我们的把柄在对方手里，这钱……不管怎样还是得给的啊！”

“该死的！”宁雪落恶狠狠地瞪了一眼躲在角落里的崔彩静，“成事不足，败事有余！”要不是因为她手上握着这人的把柄，用起来比较放心，这会儿早就把她给撵走了。

崔彩静想要反驳，却敢怒不敢言，她真的无辜死了好吗。

宁雪落努力从刚才的惊恐中恢复过来，强自镇定地催促道：“常姐，你现在就去帮我筹钱！快！”

“雪落，反正我们有张强的口供，你说我们要不要把她给弄进牢里一劳永逸？”常莉试探着建议道。

“不行，虽然宁家不待见她，但也不至于让她去坐牢。你记着，千万别让她解约，最好让她一辈子留在公司还债，否则万一把她逼急了跑回宁家，到时候我会不好掌控……还有，为防明天有什么变故，我会给你安排一个得力的律师！”

宁雪落绞尽脑汁叮嘱着，确定没什么遗漏了才安下心来。

本来一切顺利，没想到中途会出了这么大的娄子，还好常莉说得也没错，能用钱解决的事情都不是事，接下来的事情，她绝对不允许再出任何差错！

第二天，宁夕顺利拿到了八百万。下午六点整，她在陆霆骁给她安排的律师的陪同下一起前往星辉娱乐。

这会儿正是员工下班的时候，所有人看到宁夕都是一副惊呆的表情，随即就是疯狂地奔走相告，各种发信息、拍照传到群里、网上、微博——人间蒸发的宁夕终于出现了！

“天哪！宁夕！真的是她！她居然真敢出现！”

“是啊！胆子可真够大的！要是我肯定直接跑路了，还回来干吗？”

“就是啊，这件事之后她在娱乐圈肯定没法混了，搞不好还要被告，不如直接跑路呢！”

“你们看到她身边跟着的那个男人没有？一看就是精英啊！什么来头？”

“不像是情人，难道是助理？”

“怎么可能啊！都落魄成这样了，还请得起助理？”

“就不许人家搭上个后台吗？”

“呵呵，我倒想看看什么后台有本事能把她这么大的事都给摆平了！”

会客室。

看到宁夕出现后，常莉露出预料之中的得意表情：“咱们的宁大明星终于舍得出现了！可让我好等啊！”说着有些奇怪地看了眼宁夕身旁跟着的冷面男子，“这人是谁？你不知道公司不可以随便带外人进来的吗？”

宁夕斜她一眼：“我律师。”

“哟，还有律师呢！”常莉只当她是随便请来壮声势的，不屑地冷哼一声，“都到这个时候了，你还跟我摆谱跟我横，你知不知道你这次捅了多大娄子？要不是我三番两次帮你跟公司求情，你早就被雪藏了！”

宁夕眉头微挑，轻笑一声：“呵，你帮我求情？那请问常姐你求情的结果是什么？”

常莉扔给她一份发言稿：“接下来公司会举行一场新闻发布会，只要你在发布会上公开道歉，主动退出《天下》剧组，雪落大人有大量可以不起诉你，给你一次改过自新的机会。只是像你这样品行败坏的艺人，就算我力保你，怕是也没有剧组敢用你了。”

常莉打完一棒子，又给她一颗枣，一副语重心长的神情道：“不过，你也别灰心，如果你诚心悔过的话，公司不会不管你的。要知道有些导演是不计较丑闻的，这不，我刚已经给你接下了另一部片子，也是一部大制作。只要你好好干，还是有东山再起的机会的！”

宁夕似笑非笑地看着她，语气幽幽道：“大制作啊……不知道常姐给我接的是哪部大制作呢？”

见宁夕上钩了，常莉嘲讽地看她一眼，开口道：“你还怕我坑你不成？《笑春风》你总听说过吧？”

宁夕的手指有一搭没一搭地敲击着扶手：“蒋鹏海的新作？”

“没错，正是蒋导！你也知道，蒋导拍出来的片子没有不大卖的，人家在港城拍电影的时候，郭启胜还不知道在哪里呢！”

听着常莉在那儿一本正经地夸蒋鹏海，宁夕差点笑出声来，随即眸光骤然一凛：“常姐，你别以为我不知道蒋鹏海是做什么的……下次有话直说，不用这么迂回！”

这个蒋鹏海是拍不雅的片子起家的。最让人诟病的还是蒋鹏海的为人，这家伙极其好色，他剧组里的女演员都很讨厌他。

真是难为她们了，费尽心机给她挑了这样一部大片、这样一位导演。

常莉闻言蹙眉道：“不就尺度大点吗？怎么，你还不乐意？就你这种的，要不是我力荐，人家还不一定乐意要你呢！你自己想想你这次给公司造成了多大损失？你要是接不了戏，是准备让我们养闲人吗？”

“不好意思，这戏我不接。”宁夕懒得再继续听她在那儿刷新下限，直接拒绝。

常莉当场发作，用力一拍桌子：“宁夕，三番两次不听安排，你眼里到底还有没有我这个经纪人？我告诉你，蒋导的戏，你不接也得接！”

“经纪人？”宁夕冷笑一声，“你很快就不是了。”

“呵呵，你还想换经纪人？那也要看星辉有没有人敢要你！”常莉有恃无恐。

“我要换的，是公司。”

“你要解约？”常莉终于变了脸色，但很快便镇定下来，“宁夕，你少拿解约来威胁我，你知道违约金多少吗？你跟公司的合约还有四年，一年两百万，一共八百万！”

宁夕给了旁边的律师一个眼神。

律师面无表情地拎出一个黑色的箱子，一翻开，哗啦啦全是钱，现金！

宁夕把箱子推到常莉跟前：“这里是八百万，要点点吗？”

“你……”常莉瞠目结舌地看着那些现金，“你哪来的这么多钱？”

宁夕面色不耐：“这个貌似与你无关吧？”

“呵，嚣张什么！你以为八百万就够了？”常莉说完扔给她一沓厚厚的解约协议，看样子是早有准备。

宁夕接过协议，略扫一眼，越看越好笑：“常姐，我怎么不知道我这么值钱？”

六千万违约金！这女人怎么不去抢？她就知道，想解约没那么容易，这些人肯定会想方设法为难她。

常莉又恢复了老神在在：“这是我们专业律师评估出来的，协议里已经说得很清楚，除了八百万的违约金之外，还有你这次的事情给公司带来的损失！因为你，我们的项目搁置，投资中断，我们最赚钱的演员受了重伤……全部算下来，这已经是最低的了！这些钱你要是拿不出来，那咱们就法院见！”

宁夕闻言眉头紧蹙，也不知道这位陈律师业务水平怎么样，能不能搞得定。

陈律师只是略翻看了一眼，神情依旧冷肃，看不出任何情绪起伏。

见宁夕神色犹豫，常莉立即趁机放软了语气道：“宁夕，你好好考虑清楚，真的一定要解约吗？其实这件事我们不是不可以商量。你要是不愿意接《笑春风》，我们可以给你安排别的，我手头有几个剧本，都是大项目，随你挑。”

宁夕心中冷笑，什么大项目，肯定是换汤不换药而已！

宁雪落这么不想自己离开星辉，无非是希望自己在她的眼皮子底下，一辈子受她桎梏，甚至怕把自己逼急了会服软回到宁家……

这时，敲门声响起，是星辉的律师来了。而且一次来了三个，其中一个宁夕还认识，是宁氏集团的高级律师顾问蔡英勇。

宁雪落这是存心要搞死她啊！

宁夕看看自己这边孤零零的陈律师，心里更没底了。

常莉有了依仗后，双臂环胸，满脸冷傲：“宁夕，你现在改变主意还来得及。”

术业有专攻，这方面的知识宁夕还真不懂，只能看向陈律师。

陈律师依旧一声不吭。

宁夕在旁边都快急死了，律师的必备技能不是能言善辩吗？为什么这个不仅面瘫，还跟哑巴一样？到底行不行啊！

然而，接下来的事情，宁夕简直就跟看玄幻剧一样。

陈律师缓缓站起身，从公文包里拿出一沓资料，终于开口了：“第一，据我所知，贵公司撤资是为了威胁剧组，跟我当事人无关；第二，宁氏国际与我当事人毫无关系，它的任何损失都不应该算在我当事人头上；第三，贵公司员工是在剧组受伤，应由贵公司、剧组以及保险公司共同承担，我当事人在尚未开庭定罪的情况下，并不应承担任何责任。而且根据贵公司宁雪落小姐的伤情认定，只是轻度皮外伤，我们最多应赔付二百五十二元四角，其他例如高级病房和养护等额外花费，并不应该由我当事人承担……”

陈律师以一敌三，语速如连珠炮，足足说了半小时都不带喘气儿的，直接说得对面那三个律师哑口无言汗如雨下，成功帮她解了约，除了那八百万，一分钱都没多花……哦不对，多花了二百五十二块四角……

最后的结果是，对方愿意直接私下和解，“上法院”三个字连提都不敢提了。

宁夕满脸蒙圈，敢情陈律师刚才是技能冷却，在等着攒气力值放大招呢？

常莉比她更蒙。同样蒙掉的还有对面三个律师。

就在宁夕和陈律师准备起身离开的时候，对面宁家的那个律师蔡英勇突然激动地站了起来，面色惊疑不定地看向陈律师问道：“等等！冒昧问一句！请问您……您是陈竞陈大律师吗？”

旁边的两个律师听到这话吃了一惊："什么……陈竞？哪个陈竞？该……该不会是陈大状吧！"

方才他们完全没把宁夕请来的这个闷葫芦律师看在眼里，所以也没问他的身份，但现在越想越不对劲。他们虽然没见过陈竞本人，但对他的作风还是早有耳闻的。平时惜字如金寡言少语，不知道的人以为他是哑巴，但一旦开始工作，就跟开启了疯狂模式一样，语速飞快，逻辑清晰，字字如刀刃，战斗力爆表……

陈律师并没有搭理蔡英勇，脚步都没停顿一下，直接走出了会议室。

身后，常莉面如死灰地跌坐在椅子上。

完了！宁雪落千叮万嘱不能让宁夕解约，可是现在，一切都搞砸了。

宁夕请到的这位律师是华都排名第一的金牌律师陈大状？为什么陈大状会跑来给宁夕谈一个小小的解约合同？要知道这位律师按照分钟计费，请他可是天价！难道……难道宁夕和这位陈律师关系匪浅？

宁夕直到走出星辉大楼还有些回不过神来，万万没想到这个看似又闷又面瘫的律师居然这么彪悍。难道盛世娱乐法务部的律师都这么厉害吗？

正沉浸在感叹之中，门口突然拥上来一大群记者。

"宁夕！宁夕！你这次回来是来自首的吗？"

"对于蓄意谋杀宁雪落的事情你有什么想说的？"

"宁雪落始终大度表示只要你道歉，愿意给你改过自新的机会，你是否感到羞愧？"

"请问上次贾青青的事情是否也是你一手策划？"

"听说星辉娱乐要你赔付违约金并且雪藏你，是真的吗？"

……

那些记者疯了一样往宁夕身上挤，宁夕双拳难敌四手，这种情况下也不好跟记者们动手，正想办法脱身，突然斜刺里不知道从哪儿冲出来五个训练有素的黑衣保镖，不到十秒钟就控制了场面，将宁夕密不透风地护在了中间。

记者们面面相觑。

怎么回事？这些人哪里冒出来的？宁夕一个无权无势无背景的落难小艺人哪里来的保镖？还一下就是五个！

因为不想给宁夕带来绯闻和麻烦，这次的保镖身上没有陆氏族徽，不过也足够让那些欺软怕硬的记者忌惮了。

宁夕隔着保镖的护卫，顿住脚步，神情冷静地对着所有记者开口道："第一，我无罪，不需要自首，更没理由羞愧；第二，贾青青的事情早已经清楚明了，请不要混淆视听，否则就是诽谤；第三，我确实跟星辉解约了，就在刚刚，不过，是我提出的，而非被解约；第四，想雪藏我？那就试试。”

说完这些后，无视身后的满场哗然，宁夕直接上了停靠过来的黑色车辆。幸亏陆霆骁安排严密，估计是早就料到今天会遇上记者围攻，保镖、司机都出现得这么及时。

“夕小姐，接下来去哪儿？”司机问。

“回家吧。”宁夕顿了顿，忍不住问了一句，“为什么你们都叫我夕小姐，而不是宁小姐？”

细想起来，不管是陆宅的用人还是陆霆骁身边的手下，似乎全都称呼她夕小姐、小夕小姐……

“是陆总交代的。”司机回答。

“这样……”

这男人也太细心了，是因为知道她不喜欢“宁”这个姓氏吧！

与此同时，陆宅。

陆景礼跟条死鱼一样瘫在沙发上：“哥！你已经挑一整天了！咱公司这么多优秀的经纪人，你就没一个看上眼的？雷明怎么样？从业时间长，经验老到，国内外圈子里都有人脉，跟宁夕也熟悉！”

陆霆骁：“他是江牧野的经纪人。”

陆景礼：“好吧……那郝帅呢？这总跟江牧野没关系了吧？”

陆霆骁：“不要男性。”

陆景礼满脸崩溃：“那赵美馨总行了吧？女性，有男朋友，苏以沫的经纪人，咱公司去年业绩第一！”

陆霆骁：“人品不行。”

陆景礼彻底无语了：“皇帝选妃也没你这么麻烦的！那你到底想要哪样的啊？”

陆霆骁沉吟了片刻，问：“为什么林芝芝的资料没给我？”

“林芝芝休假呢，说短期内暂时不带新人，我估摸着是为了躲江牧野，啧啧……”

“就她吧。”陆霆骁直接拍板定音。

“呃……哥，你也太阴了……”陆景礼不禁在心中为江牧野默哀，完了开始为自己默哀，“你可真会给我出难题！人林芝芝都说了不带新人！”

两人正商量着，门外宁夕回来了：“我回来啦！家里有人吗？”

话音刚落，一条小腿就被一只软乎乎的小包子抱住了，并且小包子脸上一副“三小时不见如隔三秋”的哀怨表情。

宁夕抱着哄了好久，越来越黏人的小包子才露出笑容。

“回来了，解约还顺利吗？”陆霆骁起身走过来问。

一提起这个，宁夕就满脸激动："特别顺利，公司给我安排的律师老厉害了，以一敌三，舌战群雄！本来常莉狮子大开口还想讹我六千万，最后我一分钱都没多花！不对，只多花了二百五十块宁雪落的医药费！简直帅呆了！盛世法务部的律师都这么厉害吗？我听他们都称呼他陈大状……"

这时，身后的陆景礼悠悠开口："什么盛世法务部的律师，陈竞是陆氏集团高级法律顾问！"

"噗……"宁夕直接吓呆了，满脸不可思议地看向陆霆骁，"陆霆骁，你让你动辄打上亿经济官司的御用律师来帮我处理这种八百万的小案子？"

这简直就是皇帝大人派国师帮她一介草民打家里猪被偷了这种小官司啊……

"以防万一。"陆霆骁面色淡定地回答。只要是她的事情，就没有小事。

宁夕已经啥也不想说了，大魔王出手总是这么的不同凡响。

"早上给你的合约看完了吗？"陆霆骁问。

宁夕抓了抓头发："那么厚，我看得头都大了，反正我大致扫了一下，已经签字了，回头拿给你！"

陆霆骁眉头微挑："对我这么放心？"

宁夕摊手："大不了卖给你然后替你数钱呗！"

陆霆骁笑得一脸宠溺。

陆景礼觉得这个家真是没法待了。

"不出意外的话，你后天就可以去公司报到，明天可以在家里休息一天。"陆霆骁说。

"哦，好的呢！"宁夕点头。

陆景礼听得想撞墙，后天？那岂不是只给他一天去说服林芝芝？太没人性了啊！

陆霆骁似乎是看出了陆景礼心里那点小抱怨，看向他开口道："这件事办完你就可以去休假了。"

"好的！我马上就去！"陆景礼原地满血复活。

当晚，华都第一人民医院 VIP 病房。

宁雪落正死死盯着电视屏幕里的女人。

星辉大楼门外，消失多日后出现的宁夕不仅没有虚弱憔悴，反而容光焕发，被五个黑衣保镖密不透风地包围着，神色凛然地面对记者的围攻："第一，我无罪，不需要自首，更没理由羞愧；第二，贾青青的事情……第四，想雪藏我？那就试试。"

听到最后一句话，宁雪落猛地将旁边的台灯砸了过去，屏幕"吱吱"响了几声冒出一阵烟，然后一下子黑掉了。

"常莉！你是怎么回事？崔彩静也就算了，你也犯这种低级错误？我是怎么跟你说的，绝对不能让她解约！”

宁雪落这种一出事就只知道骂别人的性子，常莉早就习惯了，但此刻还是黑了脸：“我很早的时候就跟你说过，凭借宁夕的条件，如果她找个有权有势的后台，就算是我也压不住她！你现在把她逼到这个地步，这个结果其实也是在预料之中的……”

“难道你让我就这么眼睁睁看着她翻身吗？我付出这么大的代价！还白白花了八百万！”宁雪落歇斯底里，无法接受这三番两次的意外。

“雪落，事情没你想的那么糟糕，宁夕的名声在这个圈子里已经彻底臭了，就算找了后台也无力回天，再说咱们星辉雪藏的艺人，谁敢用她？她在这一行也走到头了！不仅如此，你想啊，她这件事闹得这么大，又是随手扔出八百万，又是保镖、名车接送，谁不知道她有新后台了？以后宁家还能对她有好脸色？她还能进上流社会的圈子？”

宁雪落用手机扫了眼最新娱乐头条，只见满屏都是“宁夕口出狂言狗仗人势”“宁夕疑有后台”“宁夕拒不认罪死不悔改”，这才安下心来：“行了，你稳住舆论，绝对不可以再出任何问题了！”

话音刚落，“咚咚咚”的敲门声响起。

宁雪落立即紧张地给常莉使了个眼色。常莉急忙把砸碎的台灯收拾好，电视机也用遮尘布盖了起来，然后才去开了门。

门外，苏衍有些意外地看着常莉这个时间出现在宁雪落的病房里：“在谈事情？”

“刚有点工作上的事情跟常姐商量，已经聊完了。衍哥哥，你怎么这么晚还跑来了？”宁雪落转开话题。

“那你们聊，我就先走了！”常莉告辞，临走前跟宁雪落对了一个眼神。

苏衍没有注意到两人之间的互动，捏了捏眉心，脸色看起来有些阴沉。

宁雪落看他的样子，试探着问道：“是因为宁夕的事情吗？”

苏衍没说话。

宁雪落咬了咬唇，身体微微有些颤抖：“衍哥哥，你是在怪我吗？怪我把宁夕逼到这一步？”

苏衍叹气：“你啊，就爱胡思乱想，这件事本来就是她的错，我怎么会怪你呢？我只是怪我自己……是我没有处理好这一切，才让她走到今天这个地步……”

“我也没想到她宁愿出卖自己也不愿意跟我道歉。为什么她这么恨我？我到底该怎么做才能让她消气？难道真的要我离开你才行吗？”宁雪落满脸痛苦。

苏衍立即变了脸色，神情严肃道：“雪落，不许你说这种话，我们好不容易才走到一起，难道因为这点事情你就要放弃吗？”

宁雪落忙依偎进他的怀里，神情惶恐：“对不起，我以后不会了，我只是怕你会后悔，后悔跟我在一起……”

苏衍神色怔了怔，语气坚定道：“我从未后悔过。”

两人正说着话，敲门声再次响起。

苏衍走去打开门，意外地看到是宁耀华和庄玲玉二人：“伯父伯母……”

“爸，妈……你们怎么来了？”宁雪落面露惊讶，急忙下床迎他们。

庄玲玉按住她的肩膀：“别动了，身上有伤呢，好好躺着。我们没什么事，就是来看看你！”

宁耀华黑着脸：“雪落你放心，我来就是要告诉你，这件事我一定会为你讨回公道，我就算是绑也要把她绑来给你道歉！”

宁雪落眼眶湿润：“谢谢爸妈，其实我无所谓的，我只希望姐姐可以迷途知返，她这个样子，会毁了自己一辈子的啊！”

庄玲玉的脸色异常难看：“没想到她居然做出这么不知廉耻的事情来，我们宁家这是造的什么孽！早知道当初就不该接她回来，我们有雪落就够了，老爷子非不听，现在好了……”

宁耀华脸色烦躁：“行了，别嚷嚷了，这件事我会处理的。还有，千万别让老爷子知道这事！”

现在正是他跟老二争夺继承权的关键时期。

陆宅。

宁夕哄睡了小包子，又做了个面膜，正准备美美地睡一觉，突然手机屏幕一闪，有一通电话打了进来。

来电显示，宁耀华……

宁夕双眸微眯，然后走到阳台，接通了电话。

“喂……”

“喂什么！不知道叫声父亲吗？你的教养呢！”

“你确定又要跟我争辩这个问题？”

“我倒希望宁家没你这个人，可你身上流着我们宁家的血，这点再怎么抹也抹不掉！你在外面做的那些肮脏事，到头来丢的也是我们宁家的脸！”

“呵，我做的肮脏事……又是宁雪落说的是吗？”

“这还用雪落说吗？现在网上到处都在说！说你蛇蝎心肠死不悔改，还不以为耻反以为荣，到处在人前炫耀！

“别又说我冤枉你，我让人在你公寓外面等了你好几天也没见你回来过，你倒是说说这些日子你住在哪里？那些钱又是怎么来的？

“我警告你宁夕，我最后给你一次机会，你给我立即回来给雪落道歉！还有，我给你安排了正经工作，在新加坡分公司，机票已经订好了，你收拾一下，后天就走！”

呵，五年前流放了她一次，五年后居然又想流放她……宁夕一字一顿地开口：“宁董事长，我的身上确实流着宁家的血液，但你除了贡献一颗精子之外，没有教养过我一天，我就算是丢脸丢到太平洋去了，也轮不到你来说我，更轮不到你来插手我的人生！”

“宁夕！你放肆！你考虑清楚惹怒我的后果！你……”

宁夕直接挂了电话，隔绝了手机那头的咆哮声。

这一次，她的心里异常平静，没有愤怒，没有失望，更没有悲伤。

“宁夕……”旁边突然传来一声轻唤。

宁夕扭过头去，然后看到隔壁阳台上，陆霆骁正担忧地看着自己。

宁夕意外道：“陆霆骁……你还没睡啊？”

陆霆骁走到靠近她这边的阳台边缘：“听到阳台有声音就出来看看，你还好吗？”

宁夕神色如常地耸耸肩：“没事，宁耀华的电话，每次都是那一套说辞，我都会背了。”

陆霆骁不太会安慰人，隔着阳台，伸手揉了揉她的脑袋：“别难过。”

宁夕笑了笑，星光下的眉眼间是风轻云淡：“我可没难过。在这个世界上，能伤害我们的，都是我们付出过感情的人，越在意才会越受伤。可是现在，我不会再受伤了。”因为不在乎了。

那次在医院，是她最后一次为那些人难过，以后再也不会。

“好啦！我要去睡觉啦！明天还要早起呢！晚安！”宁夕冲他挥了挥手。

“早起？明天没什么事，你可以多睡会儿。”

“我要早起去买菜的！”

“买菜做什么？”陆霆骁不解。

“当然是做饭了！上次就答应了要给你跟小宝做顿饭的，结果一直耽误到现在还没做呢！”

“你身体刚好些，不急在一时。”

“买个菜做个饭而已，又不累，而且正好明天又有空，就这么说定了啊！对了，记得明早少吃点，多留点肚子，绝对让你们恨不得多长一个胃！”

看着女孩得意的模样，陆霆骁轻笑：“好。”

第二天清早。

宁夕穿了一件淡粉色的长裙，配白色低跟凉鞋，化了一个清爽的淡妆，自然卷的长发拉直了顺帖地散在肩上，发鬓照旧夹着那枚粉色心形发夹，总之看起来非常贤妻良母。

正坐在沙发上看报纸的陆霆骁看到她后，神色微怔了一下：“你这身……”

如果不需要去什么特殊的场合，宁夕平时大多数时候的穿衣风格都是简单轻便的，这还是第一次见她穿得这么……淑女。

宁夕兴奋地蹦到他跟前："怎么样怎么样？看起来是不是很像已婚人妻？"

陆霆骁看着她，眸子里的光芒意味深长："是很像。"

已婚人妻，真是无比美好的四个字。

"嘿嘿，那就好！这样去菜场买菜不会被宰！"宁夕满意地点点头，"那我去啦！"

刚要迈步，腿却没能迈动。

又被小包子抱住了。

宁夕哭笑不得地看着自己的"腿部挂件"："宝贝儿啊！你怎么也起得这么早？"

小宝揉了揉惺忪的眼睛，伸开双臂，示意要抱。

宁夕只好把他抱起来："我只是去买菜呀，很快就回来的！"

小包子依旧抱着她的脖子不放。

"可以和你一起去吗？"这时，一旁的陆霆骁出声询问。

宁夕眨了眨眼睛："咦，你们也要去啊？"

"正好带小宝出去走走。"陆霆骁说。

小包子也卖力地点着头。

宁夕挠挠头："可以当然是可以的啊！就是菜市场那种地方，可能会有点脏乱哦！我去的不是超市，是有点远的一个大市场，那边的食材最新鲜！"

"没事，走吧。"陆霆骁放下报纸，拿起车钥匙。

于是宁夕的一人行就变成了和大小包子的三人行。

地下车库，看着那一排闪瞎人眼的豪车，宁夕垂涎地咽了口唾沫，尤其是看到她的男神"小白"之后。

见宁夕目不转睛地盯着那辆白色的布加迪超跑，陆霆骁问："开这辆？"

宁夕回过神来，赶紧摇头："当然不要了！我们去个菜市场而已，开辆超跑是闹哪样啊！来辆低调点的有没有？"

她略扫了一眼，还真没有……怎么可能有啊……陆霆骁却点头："有。"

说完不知道按下了什么开关，一辆黑色的车子从另一个隔间里被运送了出来。

这是一辆价位在五十万左右的家庭代步车，好像还是全新的。

宁夕看得连连点头："这辆棒！"

不过，为什么陆霆骁这里会有这么格格不入的车子？

陆霆骁好像看出了她的疑问，开口解释道："这是你刚来的时候为你准备的，只是你从没开过。"

"啊……"原来这就是陆霆骁当初为她准备的那辆代步车。

看着陆霆骁略显落寞的表情，宁夕感觉自己好像犯了天大的过错，赶忙解释道："那是因为我平时坐地铁更方便啦，还不堵车！"说完急忙转移话题，"咱们快走吧，再晚点好货就要被人家挑完了，到时候可是会影响我发挥的！”

行驶在路上，宁夕打开了车窗，清晨的风微凉，吹在脸上很舒服，也吹散了连日来郁结的心情。

陆霆骁打开了广播，车子里瞬间飘出轻扬的音乐——

告白气球／风吹到对街／微笑在天上飞

你说你有点难追／想让我知难而退

礼物不需挑最贵／只要香榭的落叶

喔／营造浪漫的约会／不害怕搞砸一切

拥有你就拥有／全世界

亲爱的／爱上你／从那天起／甜蜜的很轻易

亲爱的／别任性／你的眼睛

在说我愿意

……

这首歌的旋律很甜美，有夏日般的明媚轻快，但宁夕听着却总觉得哪里怪怪的。

明明只是出来买个菜而已，为什么弄得跟约会一样？

而且这歌词……不知为何，总听得她莫名心虚啊！

半小时后，在这样微妙的气氛里，总算是到了菜市场。

“需要给你买个口罩吗？”陆霆骁有些不放心地问。为了不被打扰，这次他没有让保镖跟着。

“不需要啦！来这里的劳动人民可没那么多时间关心八卦，再说我今天这么淑女，肯定没人认识我。比起我啊，我看你跟小宝才更需要口罩！”宁夕揶揄道。

虽然这会儿还很早，但菜市场里面已经有不少人，人群熙熙攘攘穿梭其间。

宁夕担心小宝不适应，于是弯腰把他给抱了起来。

小宝第一次来这种地方，一路东张西望，小脑袋从她的左边肩膀换到右边肩膀，看得非常专注。

不过，小包子最近长了点肉，还真有点沉，宁夕抱了会儿就有点吃力了。

一旁的陆霆骁及时从她手里把小宝接了过去：“我来抱吧。”

小包子人已经在陆霆骁手里了，可双手还是死死抱着宁夕的脖子不放。

陆霆骁脸色严肃道：“你知道你很沉吗？”

小包子闻言立即一副大受打击的表情，就跟女孩子被人说胖了一样。

宁夕虽然觉得挺好笑，还是赶紧安慰道：“不要听你爸爸胡说，你一点都不沉，还可以更胖一点。只是爸爸抱着你比较稳一点，而且他比较高，抱着你视野更好哦！”

小宝勉强被哄好了，只是也无心看风景了，一路死死盯着宁夕，生怕她被人群挤开不见似的，一看到她离得稍微远些就要伸手去够她。

“哇，那边的鱼看起来好新鲜！”宁夕跟泥鳅一样钻到了一个摊子跟前。

陆霆骁看了女孩一眼，然后腾出另一只手，牵住了她的手。

宁夕愣了一下，下意识地看向自己被握住的手，掌心一阵发烫。

“小宝很担心你走丢。”陆霆骁面色无奈。

宁夕看了眼小宝，这才发现小家伙一脸焦急。

“夫人，这鱼你还要吗？”这时旁边卖鱼的大婶问。

宁夕急忙道：“要要要，我看了一圈儿了，大婶你这鱼真水灵！”

“夫人你眼光真好，你可以随便去问问，都知道这整个市场里，数我家的鱼最好！”大婶一脸自豪。

宁夕这时才发现不对劲，这大婶叫她“夫人”？

显然是误会他们是一家三口了……

算了，解释起来也麻烦，宁夕也没费那劲解释了：“大婶，给我来一条吧！”

“好嘞！”大婶用秤的方式很实诚，还给她放了斤两。

卖完了鱼，那位大婶满脸赞叹地看着她身旁怀里抱着孩子的男人：“夫人你好福气啊，老公和儿子都这么俊！”

即使是在菜市场这种地方，怀里还抱着个娃，陆霆骁依旧气质卓绝，这实在也是种天赋。

“哈哈，真的吗？可我也很俊啊！”宁夕玩笑道。

“是是是，一家子都俊！尤其你家这小宝贝，真是太招人疼了！完全遗传了你跟你爱人的优点！来，大婶送你一条小的！”

宁夕下意识地摸了摸自己的脸，遗传了她和陆霆骁的优点？貌似已经不是第一次听到这种说法……

接下来，宁夕跟抱着小宝的陆霆骁差不多成了整个菜市场的焦点，不管走到哪儿买什么，人家摊主都要送点东西，葱蒜、鸡蛋、鱼虾，什么都有，宁夕的篮子都快装不下了。

宁夕一副发现发家致富新方法的表情，兴奋地感叹道：“真没想到带着小宝还有这种好处！下次还带小宝来！”

小宝点头。

陆霆骁：“好。”

最后，三人满载而归。

宁夕一路心情都很好，中途突然想起什么，喊了一声：“陆霆骁，我公寓你认识吗？前面路口朝左转！”

“认识，要回去？”陆霆骁轻车熟路地将车开到了她的公寓楼下，即使他只来过一次。

“嗯嗯，我去拿我的超级秘制香料！你们等我一下啊！”

“好。”

宁夕小跑着进了公寓楼，很快便拿了香料下来，路过大堂的时候，前台的小妹急急地叫住了她：“等等，你是宁夕吧？你有两个快递，已经放了好几天了，还要不要了？”

说完以极其八卦的眼神肆意打量着她，心想这个宁夕已经很久没回来住了……

宁夕只当没发现她的打量，直接把一大一小两个盒子拿过来走了。

走到门口，远远就看到对面车子里的小宝趴在窗口望眼欲穿。

宁夕目光温暖，下一秒，视线里却突然闯入三个一看就来者不善的黑衣男人，径直朝着她的方向跑了过来……条件反射的警惕性让宁夕眸光一凛，第一时间放下手里的东西，用力撕开裙摆，然后在其中一人冲上来时瞬间一脚踹了过去。

那人毫无防备之下，整个人都被踹飞了出去，旁边两个男人愣了好半天才回过神来，随即面色更加凶煞地朝着她袭了过来……宁夕今天这身太淑女，导致动作处处受桎梏，一时没能立刻摆平这两人。

正与两人缠斗的时候，身后又冲过来一人，一把抓住了她的胳膊，并且试图用绳子绑住她。

宁夕正要还手，那人的手突然悬空离开了她的胳膊，并且发出一声撕心裂肺的号叫。

她几乎听到了那人手骨断裂的咔嚓声……宁夕顺着那人的手臂看去，只见不知何时下车赶到的陆霆骁面如寒霜，一身骇人的怒气，手掌正稳稳扼着那人的手腕……

陆霆骁的手也不知道怎么拧动了一下，然后只见那人整个横着转了一圈被扔飞了出去，破麻袋一样摔在地上……大概是因为陆霆骁的这一出手太过凶残，以至于其他两人全都面面相觑下意识地朝后退去。

“没事？”转向宁夕时，陆霆骁的眸底依旧残留着些许戾气。

宁夕愣愣地点点头：“我没事……”

她从未看过陆霆骁出手，大部分时候甚至觉得陆霆骁是温润儒雅的，没想到他的身手这么惊人……

这时，一辆黑色的法拉利缓缓停靠过来，然后从车里走下一人。

是穿一身高定西装的宁耀华。

宁耀华一副看垃圾的眼神看看宁夕身旁的男人，又鄙夷地望了一眼公寓楼下停着的那辆车：“宁夕，这就是你这些天厮混得不着家的男人？开一辆几十万的破车！”

宁夕闻言气得差点笑出来：“对你而言，评判一个男人的标准就是看他开多少钱的车？”

敢情照他这么说，他不是在意她，而是在意和她有关系的人是不是够有权有势？

她要是跟个开宾利的在一起，难道就高尚了？

“不看车难道还看脸吗？我还以为你找了何方神圣！居然找个半吊子的小白脸！真是越活越回去了！”宁耀华破口大骂。

这男人虽然长得不错，但开这种车，顶多也就只是个开小破公司的小老板而已。

宁夕心想：宁耀华居然说陆霆骁是小白脸……

宁耀华骂完宁夕，又盛气凌人地看向陆霆骁：“你是什么人！知道她是谁吗？连我宁耀华的女儿也敢碰！信不信我让你在华都混不下去！”

陆霆骁在外人面前都是惜字如金，如今面对宁耀华更是居高临下地睥睨着，连正眼都没给过。

宁耀华本还要继续羞辱对方，但不知为何，心底莫名的一阵阵发寒，突然就说不出话来。

为什么一个小老板，会有这样的气势？哼，他这个不成器的女儿肯定就是被这人的样子给骗了！

“宁夕，我昨晚说的话依旧有效，你现在选择跟我回去还来得及！”宁耀华一副施舍的语气。

宁夕勾了勾唇角，亲昵地搂住身旁陆霆骁的手臂：“不好意思，我选择我家小白脸！您还是哪儿来的回哪儿去吧！”

“宁夕，你会后悔的！”看着两人手挽着手离开，宁耀华暴跳如雷，然后阴沉着脸色叮嘱身旁的保镖，“给我跟上他们！”

今天让他意外的事情太多，一个是宁夕的身手，印象里他这个女儿明明柔弱得手无缚鸡之力。另外，就是这个男人的身份。他总觉得哪里不对劲……

回到车上，宁夕立即挠挠头跟陆霆骁道歉：“不好意思啊！连累你莫名其妙被骂……”

“没事。”虽然被骂了，陆霆骁这会儿却一点都不生气。

原因嘛，自然是因为宁夕最后那一搂，就连“小白脸”这三个字，都因为她在前面加了“我家”这个定语，而变成了甜蜜的昵称。

“宝贝有没有被吓到啊？”宁夕有些担忧地看了眼小宝。

小宝摇摇头，黏着她抱着她的手臂，表情看起来倒不是惊吓，而是有些闷闷不乐。

为什么他才五岁？好想快点长大。这样就可以保护她，而不是只能远远看着。

陆霆骁显然一眼看透儿子的想法，这是你爹的活儿，不用再觊觎了。

“我这地址没几个人知道，谁给我寄的快递啊……”宁夕一边咕哝一边拿起其中一个快递盒子看寄件人，只是上面的字迹磨得太模糊了有些看不清。

陆霆骁刚想问她需不需要小刀，宁夕已经熟练地徒手撕开了快递。

这大概是每个女孩子必备的技能。

打开外面那层快递盒之后，只见一个包装精致的方形礼盒里躺着一瓶造型非常好看的香水，还有一张很简单的字条：生日快乐。

陆霆骁从后视镜里看到宁夕的表情看起来很开心："朋友？"

宁夕小心地把香水放回去，开口道："是我堂姐！我之前不是跟你说过我二叔有一个儿子、三个女儿吗？不过我二婶只生了一个，就是我堂姐宁天心！"

陆霆骁面色微松，原来是堂姐。嗯，堂姐很好。

宁夕露出怀念的表情："在宁家的时候，心姐是唯一一个对我好的人。虽然性子挺冷的，其实外冷内热。

"只可惜一开始我因为她看起来太高冷很少亲近她，她有心提醒过我几次要注意宁雪落，我都没往心里去……说起来，心姐的性格跟你还蛮像的，都是外表看起来很冷，其实人很好！"

陆霆骁被夸了。但不知道该不该高兴，这算是传说中的好人卡吗？

宁夕说完继续拆第二个快递。

这个快递不是字迹模糊，是压根就没写寄件人。

"啊？匿名快递啊……最近我被黑得这么惨，这种时候是不是不该随便拆匿名快递？"宁夕说着摇了摇，里面一点声响都没有，听不出什么。

"我帮你拆。"驾驶座上，陆霆骁伸出手。

"啊？"宁夕刚想说你在开车呢怎么帮我拆，结果就看到陆霆骁的手已经离开方向盘了，但车子依旧在平稳行驶，前面路口的时候甚至自己转了个弯。

宁夕都看呆了："这、这车是怎么回事？"

陆霆骁语气淡然地回答："系统做了点改动。"

宁夕觉得虽然现在无人驾驶已经不稀奇了，但你居然自己改系统？

这时候她才发现，这辆几十万的车，虽然外观是一辆挺普遍的中档品牌，但里面的内饰和构造全都不太一样。

陆霆骁该不会只是借了个壳，把内饰全都换了吧？

屁股下的座椅该不会是真皮的吧？这金属扶手光泽这么好，该不会是什么高科技材料吧？前面挂着的平安玉佩这么晶莹剔透，该不会是极品冰种吧……简直不敢继续往下想……宁夕好不容易才回过神来，然后紧张地提醒前面的陆霆骁："陆霆骁，你小心一点啊！万一快递真……"

话音刚落，"砰"的一声响……

四周蘑菇云似的炸开了无数闪粉亮片，一时间陆霆骁的头上、衣服上、脸上全都被沾满了。

定睛去看会发现，炸开的那些东西里面散落着不少亮晶晶的东西，看起来似乎是钻石……这熟悉的送东西方式，不用问也知道是谁了。

只是这次更加恶趣味，人家是拿钱砸人，他是拿钻石砸人！

虽然钻石都不算大，但这么多一起，一人一个做成戒指也够几百上千个小伙子求婚了吧！

不仅是陆霆骁，后座的宁夕和小宝也被波及了一点，身上都是一闪一闪亮晶晶。

宁夕抹了把脸，又帮小宝擦了擦脸，然后赶紧探过身子去帮陆霆骁摘沾在他身上乱七八糟的东西：“对不起对不起……你还好吧？眼睛里有没有弄到？”

陆霆骁拨了拨头发，抖下一层碎钻，以及一片小纸条。

拈起一看，上面写着：亲爱的，生日快乐，还满意你看到的吗？——YS

“你……”陆霆骁面色微有些复杂地看着她，“你喜欢这种方式？”他开始自我反省，比起其他人的简单直接，他的表达方式会不会太委婉了？

宁夕满脸无语：“你看我像是喜欢的样子吗？一颗还能说是惊喜，漫天洒花雨完全就是惊悚了好吗？陆霆骁，虽然你很有钱，但你以后千万不可以这么追女孩子！你要是想追谁，回头我可以教你！包教包会！”

陆霆骁闻言嘴角微勾，当然求之不得：“好。”

这时，他眼角余光从后视镜里瞥到后面有辆车跟了他们一路。好像是宁耀华的车。

宁夕见陆霆骁神情不对，顺着他的视线看过去，也发现了那辆车：“这家伙还没完了！”

“需要甩开他们吗？”陆霆骁问。

宁夕沉吟着想了想，然后摇头：“算了，不用管他，反正他们也进不去。小宝还在车上呢，开快车太危险了。”

“嗯。”

十分钟后，铂金华府。

陆霆骁那辆与来往进出的豪车极其不相符的黑色小轿车缓缓开到了大门口。

还有几米远的时候，守卫就恭恭敬敬地敬了个礼，然后殷勤地将门打开，一直目送到那辆车看不见为止。

随后，紧跟着开过来的宁耀华的车立刻被拦住了。

“您好，请出示通行证。”守卫一脸公事公办的表情。

宁耀华焦急地遥望着那辆开进拐角看不见的黑色车子，不耐烦道：“什么通行证？”

“没有通行证的话，让里面的住户给我这边打个电话说一声也可以。”守卫说。

宁耀华皱着眉头：“那为什么刚才那辆车可以随便进去？”

“他是我们的住户。”守卫回答。

“什么？”宁耀华瞬间变了脸色。

是不是哪里搞错了？

这可是铂金华府！华都顶级富豪集聚地！有价无市！

那个开破车的小白脸怎么可能是这里的住户？

难道、难道他是哪家的管家或者特助，还是谁家的私生子？

一波三折之后，三人总算是顺利到家了。

大包小包地把东西拎到了厨房，第一件事不是做菜，而是洗澡。

三人身上都不同程度地沾了一层亮片闪粉还有小碎钻，走个路搞不好都能掉下去好几万块钱，害得宁夕一边走路一边要注意脚下，也是作孽。

洗完澡出来，宁夕特意换了一件比较方便行动的衣服，一副要大干一场的架势。

“需要帮忙吗？”陆霆骁跟小宝也下了楼。

宁夕抱着洗得香喷喷的小宝揉了揉：“叫弯弯过来帮我打打下手吧，你们俩去看看电视等着吃就行，刚洗干净，别又弄脏了！”

“弯弯不在，今天他们全都放假。”陆霆骁说。

“放假了？”宁夕想了想，觉得让小宝亲自参与也好，于是开口道，“那你们过来吧。有围裙吗？刚才出去的时候好像忘买了！”

“应该有。”陆霆骁从刚才买的一堆菜里面翻出了一个塑料包装，拆开之后，里面正好三件围裙，同款式同花色，而且是两件大的，一件小的。

“咦？你什么时候买的？”宁夕满脸惊讶地问。

“卖螃蟹的小姑娘送的。”

“好吧……”还真是送什么的都有啊！

宁夕将那件小号的围裙拿了过来，招呼小包子：“小宝过来，我帮你穿！”

小宝无比配合又期待地张开了小手。

宁夕帮他穿上，系好带子，啧啧感叹：“宝贝连穿围裙都这么可爱！”

话音刚落，扭头看到了陆霆骁，休闲装外面套着粉色围裙的陆霆骁……竟然也依旧帅得晃人眼，并且有种意外的反差萌。

“不行不行……又抑制不住拍照的冲动了！”宁夕跑去把手机拿过来开始拍拍拍，还时不时往小包子的手里塞点西红柿大排骨什么的当道具。

萌萌的小包子旁边搭配着一只高冷的大包子，本该是很违和的画面，同框后却无比有爱。

“要给你拍吗？”陆霆骁突然出声问。

“啊？我就不用了吧……”

“我帮你跟小宝拍。”陆霆骁一边说着一边帮她穿上围裙。

小宝已经迫不及待地朝着宁夕扑过去了。

其实宁夕私心里是不希望留下太多痕迹和记忆，可是无奈架不住小宝期盼的眼神。

算了，想那么多做什么呢！今朝有酒今朝醉，明日愁来明日愁！

宁夕跟小包子同框之后画风就一致多了，带着小包子做了不少可爱搞笑的姿势和动作。

比如她让小包子手里拿着一节藕，做出发射冲击波的姿势，宁夕配合着做出被击飞的动作……最后玩得都快忘了做饭的正事了！

“陆霆骁，你简直十项全能！怎么连拍照都这么好看！构图、光线都太完美了！”宁夕翻着手机里的照片，满脸叹为观止。

好想拿来做手机桌面啊……可是却不能。

毕竟小宝身份特殊，平时她都很注意不透露有关小宝的任何信息。

她要是有个这么可爱的儿子，一定会忍不住天天秀到所有人都拉黑她为止！

三人配合之下，很快就做好了一桌子大餐。

椒盐猪蹄，酱香小龙虾，香辣螃蟹，烤羊腿，香煎小牛排……大部分都是大菜，而且荤菜居多，对于需要保持身材的宁夕来说也是拼了！

毕竟小包子还是有点瘦，陆霆骁平时工作那么累，也需要补补。

看着这一桌子色香味俱全的菜，陆霆骁的面色颇有些意外：“现在我相信你说的话了。”

“什么话？”

“当厨子。”

宁夕笑得开怀：“你以为我是夸大其词啊！虽然已经生疏了，好歹练过好多年呢！”

“你一开始想做的是厨子？”陆霆骁不解。

宁夕的笑容略黯淡了些：“说出来你可别笑我，我不是想做厨子，我是想做一个人的妻子。”

陆霆骁双眸微眯，极难察觉地溢出一丝冷意。

“想做一个人的妻子”，这样一句动人的话，那个“人”却不是他。

“那会儿太傻太天真了，以为抓住一个男人的胃，就可以抓住他的心！殊不知……”说到这里，宁夕突然停住，顾忌地瞥到了正在专心盯着汤锅的小宝，然后稍微凑近了陆霆骁，压低声音继续说道，“殊不知，我为他做了那么多年的饭，也抵不过宁雪落陪他睡一觉。是不是挺可悲？”

“可悲的是他，他会后悔。”陆霆骁安慰的语气如同在说真理。

宁夕承认，自己真的有被安慰到，轻笑道：“好啦，今天这么开心，不提那些扫兴的事情了，这个汤炖完，再炒一个青菜就可以了！”

陆霆骁闻言看了眼菜篮子：“我们没买青菜。”

“没买吗？”宁夕傻眼，“那花菜呢？萝卜呢？”

“也没买。”

“敢情我买的全都是荤腥？这怎么吃啊！还不得腻死！倒是有送的茄子，可是也不够炒一盘的啊……”

目前八个荤菜，就两个素菜，一个糖拌藕片，一个凉拌西红柿片……

“没事，我去景礼那儿帮你摘。”

“啥？二少那儿有这种东西？”宁夕惊讶。

“嗯，他院子后面有个蔬菜大棚。”

“那太好了啊！不过还是我去吧！你肯定不会挑！”

“好，那我看着汤。让小宝带你去，否则门卫不认识你。”陆霆骁叮嘱道。

“好！我去去就回啊！”

因为有小包子刷脸，宁夕顺顺当当地进了陆景礼家院子后面的蔬菜大棚。

别说，这棚子里的蔬菜长得真够好的，一棵棵水灵灵的，而且比菜市场的新鲜多了，毕竟是刚采摘下来的。

陆景礼那家伙还挺会吃的……正挎着篮子带着小宝一起摘蔬菜呢，头顶突然响起一阵尖锐的警报声。

宁夕抬起头：“什么情况？”

紧接着，身后传来一声大喝：“哪个小毛贼！居然连小爷的菜也敢偷！呃……小宝……宁夕……”陆景礼穿着睡衣，顶着一头刚从被窝里钻出来的杂毛，看清一大一小两只后瞠目结舌。

宁夕拎着菜篮子，嘴角抽搐：“蔬菜大棚里也要装个警报器……二少，你至于吗？难道你在地里埋了黄金？”

陆景礼一脸痛心疾首地瞪着她：“浑蛋！怎么不至于了！你给我把你手里的萝卜、青菜、花菜、大白菜通通放下！这些菜每一株都是我亲手种的，亲手浇水施肥，每天给它们放音乐、听故事、讲笑话，全都是我的心肝宝贝，比黄金还要珍贵一百倍！你没见它们长得都比别家的水灵吗！那是一般的菜吗！一般的菜有这么标致吗？”

宁夕以为他是为了吃的，万万没想到陆景礼除了追女孩外，居然还有种菜这么个神奇的癖好……

“还不快放下！不然我真要翻脸了！”

宁夕眨了眨眼睛：“可我摘都摘了呀！不然我给你钱？”

“居然敢用钱侮辱我的小宝贝们！宁夕，我跟你拼了！”陆景礼撸着袖子就要冲过来。

宁夕满头黑线，一把拉起小宝：“快跑——”

两人跑得气喘吁吁，宁夕远远地就朝着对面大门喊：“陆霆骁！救命——”

“怎么回事？”

陆霆骁刚从屋里走出来，宁夕立即拉着小宝躲到了他身后。

陆景礼满脸控诉地告状：“哥，你还管不管了，你家俩熊孩子居然去我的菜地里偷菜！”

陆霆骁：“我让他们去的。”

陆景礼心想：果然熊孩子背后都有一个熊家长！

“你们太过分了！我不管，你们把我的小宝贝还给我！”

宁夕从陆霆骁身后探出一颗脑袋：“可你的小宝贝都死了呀！”

“你还敢说！我埋了它们念经给它们超度不行吗？”

“我觉得吃了比较好呢！”

“你你……你这个凶残的女人！我打不过你也要跟你同归于尽！”

不等陆景礼冲过来，突然一只帅气的机器人出现挡住了他的去路。

身后操控机器人的小宝则是一脸冷肃地盯着他，仿佛在警告他不许欺负小夕阿姨。

陆景礼捶胸顿足：“没天理啊！小宝，我可是你亲二叔！你胳膊肘都拐到哪里去了！”

眼见着三个熊孩子外加一只机器人差点要打起来，陆霆骁无奈地捏了捏眉心：“都不许闹了，景礼，过来一起吃饭。”

“我才不……”陆景礼话没说完，突然闻到一股极其诱人的饭菜香，“哥，你今天不是让用人全都放假了吗？谁做的饭？”

“我做的！”宁夕立即举起手。

陆景礼满脸鄙视：“你会做饭？你做的饭能吃吗？”

结果，进了餐厅，看到一桌子堪比大厨水平的菜色后，陆景礼傻眼了：“这些真是你做的？”

宁夕拿着去陆景礼那儿偷来的蔬菜，速度很快地做了三个素炒端了上来。

亲眼看到后的陆景礼不相信也不行了，但因为还没卸下“偷菜之仇”，不屑地哼了一声道：“这都什么年代了，你还相信‘抓住一个男人的胃，就能抓住男人的心’这种蠢话吗？”

宁夕失笑，她跟陆景礼的想法以及三观，在某些方面还真是惊人的一致呢！

不过，她可以自己说自己蠢，可容不得别人说她蠢。

“哦？是吗？”宁夕意味深长地挑了挑眉，然后夹起一块糯米排骨塞到了陆景礼的嘴里。

“你塞了啥！毒药吗……”陆景礼本来还想呸，结果一秒就变了脸色，“哇！好好吃！这啥？外面香脆酥软，咬下去入口即化！太好吃了！怎么可以这么好吃！”

“现在还觉得抓住胃没有用吗？”宁夕抱着手臂好整以暇地问道。

陆景礼点头如捣蒜：“有用有用！我要是有这么个会做饭的媳妇，我肯定天天回家吃饭！”本来还挺同情他哥的，现在看来娶了宁夕的话也不是没好处的嘛！

“现在还要埋了你的小宝贝们吗？”

陆景礼一脸严肃：“不不不，你的锅就是它们最好的归宿！从今往后我那儿的蔬菜随你摘！只要吃饭的时候带上我！这个小龙虾好吃，这个小牛排也好好吃，你放的什么香料？我也算是尝遍美食了，但还真没吃过这么特别的味道！”

“独门秘制的配方怎么能告诉你……喂喂喂，你够了啊，慢着点吃，我们三个忙到现在一口都还没吃呢！”

“咳，不好意思，你们坐啊坐啊！快点开吃！不不不，等等！我要拍个照发朋友圈！太好吃了！小夕夕，真看不出来你还有这么一手！”

陆景礼一边说一边咔嚓咔嚓拍了几张，然后发到了朋友圈，配字：我告诉你们！我未来嫂子做的菜实在是太太好吃了！太嫉妒我哥了！

“你发的什么啊？”宁夕好奇地凑过去看。

陆景礼立即把手机收起来：“你怎么可以随便窥探别人隐私！”

“有个鬼的隐私啊，你都发朋友圈了！哼，我自己看！”宁夕拿出手机打开微信，反正她加了陆景礼好友。

结果，这一刷居然没刷出来。

“陆景礼，你到底写了什么见不得人的东西？居然还设置了对我不可见！”

“你管我写什么！这是我的自由！”

“可你照片里的菜是我做的！”

宁夕跟陆景礼两人吵吵嚷嚷的时候，陆霆骁不动声色地看了眼手机，然后就看到了陆景礼发的那句话，看到了“我未来嫂子”几个字。

难怪他设置了不让宁夕看到。

只见这才几分钟的工夫，下面就已经有一大串评论了。

莫凌天：“我以为你们上次随便说说的，还真有对象了啊？这手艺可以啊！没想到陆霆骁喜欢的是贤妻良母这一类型的！”

秦沐风：“有点意外，她竟然会做饭？根据我专业看人的眼光，她怎么看也不像是贤妻良母这种类型啊！”

陆老爷子：“不错。”

陆老夫人：“哎呀，这女孩真不错呀！这年头会做饭的姑娘可不多了！右下角的是我小宝乖孙的手吗？我瞧着好像胖乎了不少呢！好好好！”

还有些其他的评论都是在说陆霆骁好福气，问什么时候把人带给他们见见，什么时候可以去他们家蹭饭之类的。

“对了小夕夕，你的经纪人已经定下来啦！”陆景礼赶紧扯开话题。

宁夕果然立即被转移了注意力：“真的吗？谁啊谁啊？”

“嘿嘿，不告诉你！你要是许我一顿饭我就告诉你！”陆景礼一脸欠揍地卖关子。

宁夕白了他一眼，转向身旁的陆霆骁：“陆霆骁，是谁呀？”

陆景礼不停地给他哥使眼色，无奈陆霆骁看都没看他一眼，无情地回答道：“林芝芝。”

陆景礼很伤心！不就你媳妇喂了我一块儿排骨嘛，至于立即就报复回来吗！

宁夕闻言愣了一下：“林芝芝？一手将名不见经传又其貌不扬的冷曼云打造成了国际影后的那个林芝芝？我的经纪人是她？BOSS大人，您该不会给我开后门了吧？林芝芝不是只带冷曼云，不带新人的吗？”

陆景礼在心里腹诽，废话，当然开了！

他因为亲哥的命令，昨晚可是连夜飞H市劝了一晚上才说动她的！

“因为冷曼云要隐退。”陆霆骁一副大公无私只是巧合的表情说道，完全不提林芝芝准备休假暂不带新人这茬。

宁夕神色微惊：“传言是真的，冷曼云真准备退圈？”

“嗯，不久前刚定下来。”陆霆骁点头。

宁夕满脸遗憾：“那真是可惜了，正是事业巅峰期，却选择嫁人生子半途而废……她可是最有望打破宋琳前辈的纪录拿到十二个奖杯，完成大满贯影后成就的女演员！”

成为大满贯影后，这也是她的终极目标！

宁夕说完耸耸肩道：“不过，个人有个人的追求，别人也不好多评判！不过，林芝芝也同意带我了吗？听说她的性格非常严苛的呀！”

“同意了，不过接下来你还要通过她的考验，才能确定她对你的定位和培养方向。”陆霆骁回答。

“好的，我一定会努力的！”听陆霆骁说还有下一步的考验，宁夕心里反而安稳一点了。

陆景礼在一旁听两人对话听得啧啧咋舌。

他哥恐怕这辈子的心机都放在宁夕身上了，每次帮她都费尽心机弄成光明正大合情合理的样子，不给她丝毫的压力和任何亏欠他的感觉……真是痴情啊……再看宁夕对他哥日益信赖的态度，他觉得距离光明正大叫她嫂子的那天也不远了。

太好了，以后可以经常吃到这么好吃的饭菜了，嘿嘿嘿！

夜晚。

大概是因为今天玩得太疯，小宝晚上睡得很早，宁夕只哄了不到五分钟就闭上眼睡得香甜。

宁夕在小家伙额头上轻轻落下一吻，然后轻手轻脚地带上房门。

陆霆骁正靠在门口的栏杆上，听到推门声抬起眸子：“小宝睡了？”

“嗯，睡得很香。”

“今天辛苦你了。”

“不辛苦啦，我也很开心！”

“小宝第一次吃两碗饭。”陆霆骁的表情很欣慰。

宁夕笑道：“难得小宝这么捧场！以后只要我不忙，一定经常给小宝做些好吃的。”

陆霆骁闻言眉头轻蹙，拒绝道：“还是不要。”

“为什么？”宁夕不解。

陆霆骁看着她，眉宇间似乎萦绕着一股忧郁的气息：“你现在把他的嘴养刁了，等你离开了，我怎么办？”

等你离开了，我怎么办……这一句看似平常的话，却不仅仅是表面上的意思，如同重锤撞击在她的心里……

昨晚陆霆骁说了那句话之后，宁夕睡得不太好。

一晚上做了很多光怪陆离的梦，甚至还梦到了被朱向成绑到酒店的那一晚，梦到她失去控制扑倒了陆霆骁，场面极其失控……啊啊啊！怎么会做这种梦！

宁夕用力揉了揉头发，打开水龙头用冷水好好冲了一下脸。

打起精神，今天还要去新公司报到呢！

临出门的时候，大包子和小包子一起给她打气。

陆霆骁：“加油。”

小宝举起写字板：Fighting！

小包子旁边的机器人喷着礼花，也机械地说着“加油加油”。

“谢谢谢谢！”宁夕亲了亲小包子，又跟大BOSS鞠了个躬，只不过看着他时的眼神总有些闪躲。

毕竟昨晚的梦里她差点就把他……

终于到了盛世娱乐。

站在宏伟的大厦楼下，面对着新的开始、新的机遇、新的挑战，宁夕胸腔里的热血鼓荡着。

当她走在盛世的大楼里，脑海中只有一个想法——太豪华了！

这金碧辉煌的装潢方式，不用想也知道肯定是陆景礼那个二货的审美。

宁夕按照陆景礼之前给她的地址，直接坐电梯上了十七层，去了尽头那间办公室。

“请进。”里面传来一个公式化的女音。

推门进去后，宁夕感觉自己的眼睛被净化了。

刚才在外面差点被闪瞎眼，而这间办公室的主色调是黑白灰，装饰得十分简约。

只见办公桌前坐着一个戴着黑框眼镜，穿一身香槟色职业套装的女人。

“您好林姐，我是宁夕，过来报到的！”

“你好，宁夕，从今天开始我就是你的经纪人，林芝芝。想必你也听说过了，本来我是不带新人的，不过曼云要隐退了，公司需要有人能顶上她的位置。”林芝芝简单扼要地解释，同时目光如同探照灯一般，虽然有压迫感却不令人讨厌地打量着她。

面前的女孩跟相貌寡淡的冷曼云是完全不同的类型，给人的第一眼感觉就是漂亮，很有辨识度的那种漂亮到嚣张的漂亮。

这样的外貌条件在娱乐圈无疑是爆红的利器，但同时也是把双刃剑，很容易被扣上花瓶的头衔，也更容易跟乱七八糟的桃色新闻挂上钩。

宁夕听完林芝芝的话后有些惊讶，自己是作为接替冷曼云而存在的？这要求，会不会太高了？不过，难度越大，反而让她越兴奋。更何况这本来就是她的目标！

“虽然你是公司准备作为她的接班人培养的，不过，我丑话说在前面，试用期半年，如果到时候你没办法达到我的要求，那么，直接出局。你可以继续留在公司，但我不会再带你。明白？”林芝芝冷着脸开口道。

宁夕立即正色点头：“明白。”

这时，敲门声响起，一个胖乎乎看起来很亲切的小姑娘走了进来。

“这是我给你安排的助理。”

“夕姐好，我是胡桃，你可以叫我桃子！”小姑娘有些腼腆地自我介绍道。

“你好！”宁夕对这个胖乎乎的小助理第一印象挺好。

介绍完小助理，林芝芝又给了她一串钥匙：“这是公司给你安排的公寓，你尽快搬过去。”

宁夕眼角余光瞥到钥匙上刻的小字：珠江华景。

给她一个刚进公司的新人安排珠江华景？

B市最贵的别墅是铂金华府，而最贵的公寓就是珠江华景，两个都是陆氏集团开发的项目。

她记得宁雪落也住在珠江华景……盛世果然财大气粗！

宁夕的表情有些为难：“谢谢林姐，不过我暂时可能还没办法搬过去……”

林芝芝瞥了她一眼：“有男朋友？”

宁夕见她误会成了自己在跟男友同居，急忙解释道：“没有，不是因为男朋友！有点事情需要在朋友那儿住段时间，事情一处理完我就搬过去，保证不会影响到工作，而且我现在住的地方隐私性也很好。”

林芝芝倒是没有多追问，面色严肃道：“你心里有数就行。我不会过分干涉你的私事，但有些原则性的问题还是必须跟你交代一下，头一件就是现阶段内不可以谈恋爱，原因就不用我跟你多说了吧？”

她一手从新人带起来的冷曼云为了一个男人突然要隐退，这件事情多少对她有点打击。这种被共同奋战的队友半途抛下的感觉，甚至一度让她心灰意冷。

“林姐，这点您可以放心，我现在一心只想演好戏。”宁夕语气坚定。

林芝芝闻言目光平淡，没什么特别的表示。

女人一遇到爱情头脑就发昏，就算她现在发一百个毒誓也没用。

接下来林芝芝又跟她交代了一些公司的规章制度，然后递给她一份文件：“今天星辉娱乐会召开新闻发布会，主要内容可能对你不利。”

“我们这边的新闻发布会也准备好了，时间是明天早上九点。这是发布会流程和注意事项，以及记者可能问到的问题，你回去好好看看。”

宁夕接过文件：“林姐放心，我会努力做好！”

虽然林芝芝总是冷着脸特别严厉的模样，但宁夕一点儿也没觉得不舒服，反而觉得特别有安全感。

有公司做后盾处理安排好一切，自己只需要专心致志努力演好戏，比她以前轻松太多了。

看着女孩眸子里真实的感激和满满的斗志，林芝芝对她的好感度增加了几分。算了，姑且一试吧，陆景礼虽然平时有点不太靠谱，至少看人的眼光还是不错的，每次挖过来的人就没有不红的。

“嗯，去吧，还有些细节问题以后再慢慢跟你说，如果有什么不明白的，随时电话联系。”

“好的，那林姐我先走了！”

今天宁夕来盛世开的是陆霆骁给她准备的那辆黑色奥迪，她最近曝光率太高，如果继续坐地铁，被人认出来会很麻烦。

回去的路上，宁夕兴冲冲地试用了一下自动驾驶功能，车子定位导航后开始自动行驶，她靠坐在驾驶座上随便做什么都行。

果然挺爽的！真是科技改变生活啊！

这会儿星辉娱乐的新闻发布会应该结束了，宁夕特意拿起手机打开微博，翻看了一下网上的反应。

# 第六章
# 真相大白

发布会结束后，网友们的愤怒达到了空前的高度。

宁雪落估计是被逼急了，明显是想速战速决一次性把她压到无法翻身。

宁夕刷着刷着发现不对劲，她的微博评论开始疯涨……呃，又发生什么事了？

手机黑屏了好几次，宁夕才终于艰难地重新点开，然后搞明白发生了什么事。

就在刚刚，陆景礼发了一条微博——锦鲤小王子：欢迎宁小夕同学加入我们盛世大家庭！

宁夕忍不住瞪大眼睛，还以为自己看错了。陆景礼这家伙会不会太高调了？

这条微博一出来，整个评论区都炸了，所有网友蜂拥而至——

“我看到了什么？宁夕居然进盛世娱乐了？”

“我不信我不信我不信！我家萌萌小锦鲤一定是被盗号了！一定是！”

“就是就是！盛世娱乐在业界的口碑是出了名的好，怎么可能签约宁夕这种人！”

宁夕扶额，就知道会这样……陆景礼这家伙要不要这么心急？为啥不等新闻发布会之后再公布啊？这不是成心找骂嘛！

眼见着群情激奋，连带着盛世旗下的其他艺人微博下面都开始受牵连遭到谩骂，宁夕正想着自己要不要做些什么，下一秒，不知看到了什么，突然瞠目结舌地呆在了那里。

她她她……她看到了什么……她竟然看到陆霆骁的大号转发了陆景礼的那条微博！

陆霆骁的大号跟个假号一样，发的全是公事的消息，比如集团周年庆、新部门成立、完成了什么重大合作案，或者让人看不懂的专业经济理论……不过，陆霆骁的粉丝却非常多。

毕竟是男神嘛。

现在，一向只关注集团大事件的陆霆骁，居然转发了陆景礼的这条微博，并且还打了不少字：欢迎宁夕的加入。

这下已经不是炸锅这么简单了，微博的流量瞬间爆炸，系统承载不了负荷，甚至崩溃了好几分钟才恢复……

而且网上的舆论也神奇地瞬间发生了逆转——

“天哪！我看到了什么！我要冷静一下！”

“一个可能是盗号，现在连陆霆骁都转发了，还能是假的吗？盛世娱乐居然真的签约宁夕了！并且连陆霆骁都惊动了！我已经看不懂这世界了！”

“陆霆骁既然转发了，那么说明他一定知情，甚至是同意盛世这个决策的。陆景礼可能一时昏了头，但陆霆骁绝对不可能！这件事情有蹊跷！”

“对，一定有蹊跷！盛世接下来可能有大动作！静待反转！”

总之，陆霆骁转发之后，原本一面倒的舆论瞬间被拉了回来，所有网友都开始保持中立，甚至渐渐开始恢复理智。

宁夕刷了一路微博，这一系列变化简直让她叹为观止。

果然大魔王出手就是不同凡响啊！

主要是陆霆骁的形象实在是太完美了，接管陆氏集团以来从未做过错误的决定，五年前的经济危机，多少公司破产倒闭，只有陆氏屹立不倒反而逆流而上，基本上他说的话就跟神谕一样，没人不相信……

与此同时，陆宅楼下的客厅里。

陆景礼正抱着手机在沙发上撒泼打滚："这些浑蛋说的是什么话！什么叫我可能一时昏了头，但是你就绝对不可能！简直冤枉死我了好吗！那个人分明是你！是你是你是你！六月飞雪啊！我冤啊……我比窦娥还冤……"

正号着，宁夕回来了。

"二少，大老远就听到你在里面号了，说什么呢？"

"没什么！"陆景礼瞬间爬坐起来，有冤也难言。

刚才陆景礼滚了几百圈都没有看一眼的陆霆骁立即从书上抬起头："回来了，见过林芝芝了？"

宁夕连连点头："见过啦，林姐人挺好的，完全是我喜欢的类型，冷着脸一副不高兴的模样看起来好有安全感！"

陆霆骁心想：这话貌似没什么问题，但怎么听起来却让他很没安全感呢？

宁夕说完立即瞪了陆景礼一眼："二少，你也太心急了，为什么现在就公布我签约盛世的事情啊？"

陆景礼一副"小爷英明神武"的表情开口道："当然是为了给你的人气再添把火了！你看现在你多火，全民都在讨论你！"

宁夕呵呵了一声，白他一眼道："要不是陆霆骁救场，我们俩都快被骂成奸夫淫妇了好吗？"

陆景礼闻言终于露出几分心虚来，小声咕哝道："骂就骂呗，反正明天就真相大白了嘛！"

他料到网友会骂，但没想到会骂得那么难听，还往那方面想……刚才他哥看到那些评论之后脸都绿了……

"现在你可以发微博通知明天召开新闻发布会的事。"陆霆骁提醒了一句。

"哦哦，我这就发！"

宁夕发布微博后，陆景礼紧跟着转发了，不久后林芝芝也转发了。

这时，手机屏幕一闪，有通电话打了进来，来电显示——江牧野。

"喂，江……"

“宁小夕！你居然签约盛世了！为什么你都不跟我商量一下！你到底有没有看到我给你发的邮件？！”手机那头传来江牧野的咆哮。

“呃，你不是忙吗？我就没打扰你了。再说，这跟你给我发的邮件有什么关系？”江牧野的声音实在是太大了，宁夕尴尬地对陆霆骁笑笑，然后拿着手机去楼上接电话了。

身后，陆景礼摸着下巴给了他哥一个意味深长的眼神：“哥，看来有人要给你使绊子了啊！唉，可怜见的，非跟你喜欢上同一个女人！幸亏我不喜欢小夕夕这一型的……”情敌太可怕了！

手机那头的江牧野差点被气得断气：“你到现在都还没看邮件？”

“不好意思，我忘了嘛！很重要的东西吗？我以为又是什么恶搞视频之类的……”

江牧野深吸一口气，一字一顿道：“你、现在、立刻、马上、这一秒，给我打开邮箱查看我发给你的东西，不要挂我电话，现在就打开！”

“行行行，我这就去看！”

宁夕无奈地打开电脑登录邮箱，翻找到江牧野发给她的邮件，接着下载了邮件里的附件。

附件里是一张图片和一个音频。

她先点开了图片，图片的内容是一段微信聊天记录。

“哎呀，我乖孙好可爱！哎呀，我儿子好帅！霆骁啊，你跟小宝的衣服是谁给选的啊？是不是你喜欢的那位姑娘？”

“嗯。”

“我就知道你不可能选出这种风格的衣服！瞧瞧这颜色多鲜亮，多好看哪！哪像你整天就知道穿得灰扑扑的，把小宝都折腾得灰扑扑的！这家里啊，果然还是需要个女人！”

“照片也是她拍的？”

“嗯。”

“不错。”

“我未来嫂子逆天了啊！居然有本事让你穿上这种颜色的衣服，还乖乖给拍照！我之前送了你一套，颜色跟这个差不多，你那眼神鄙视得跟什么似的，还把我的审美一顿批！”

这段对话里的人一看就是陆霆骁、陆家二老，还有陆景礼。

“在看了吗？”江牧野催促。

“嗯。”宁夕面色复杂地点头，接着点开音频。

一阵沙沙的声响之后，里面传来了江牧野的声音：“舅舅，您对宁夕，到底是什么意思？”

接着传来的是陆霆骁的声音："我对宁夕……"

"是！您不觉得您对宁夕的态度太奇怪太暧昧了吗？"江牧野质问。

陆霆骁的语气慵懒而危险："我认为我已经表现得够明显，既然你还是不明白……"

听到这里，宁夕的心脏陡然提到了嗓子眼，仿佛能够现场感觉到江牧野当时等待陆霆骁回答时的心情。

陆霆骁会说什么？

等了三秒钟，却像是等了三个世纪，音频里终于传来陆霆骁的声音。

他说："明白了？"

宁夕蒙了，啥情况？明白啥了？

就在宁夕以为自己听漏了什么，鼠标点击重新播放的时候，手机那头传来江牧野冷冷的声音："不用重听了，你没听错，他确实只说了三个字。但是，在他说这三个字之前，他当着我的面吻了你。"

"什、什么……"宁夕面色一呆，"为什么我不知道？"

"你那晚喝醉了，就是剧组聚餐给我接风的那一晚。"江牧野提醒。

宁夕终于想起来了，是她走错包厢被朱向成揩油的那晚……后来还是陆霆骁亲自把她送回剧组包厢的，并且让她结束后等他一起回家。

再后来，她刚见到陆霆骁就醉得不省人事，后来的事情都没有印象了，当时江牧野就在她身边，他和陆霆骁的对话应该就发生在那个时候……

见宁夕迟迟没有回音，江牧野本来就没抱什么希望，这会儿更加心灰意冷："还是不信是不是？我知道这两个也不是什么确凿的证据，截图你可以当陆霆骁在敷衍他爸妈，录音我更是连最关键的东西都没录到，空口无凭……"

好半晌后，手机那头传来一声叹息："江牧野，不管我信不信，这并不影响我签约盛世的决定。就算他真对我有什么，也不会公私不分，利用职务之便对我怎样，更不会做勉强我的事。"

宁夕这句话一出来，江牧野就知道，完了。他怎么也没想到宁夕对陆霆骁的信任居然已经到了这种地步，明明才认识短短几个月而已……

宁夕接着说道："谢谢你，我知道你是关心我。明天要召开新闻发布会，我现在需要集中精力准备这最后一战。等这件事完了，我们见面详谈吧！"

等这件事完了，你都进了陆霆骁的坑插翅难逃了！

不对，她现在已经在坑底了……就算知道又能怎样呢？他什么都做不了。

还有，我才不仅仅是关心你……他有什么权利去鄙夷陆霆骁的做法，他自己正在做的事情也高尚不到哪里去……江牧野的心头浮上一股深深的无力感："你忙吧，回头见。"

“嗯，拜。”

宁夕挂了电话，如同全身的力气突然都被抽干了一般，无力地把自己扔到了身后的床上，表情呆呆的，目光没有焦距地看着头顶的天花板。

直到现在她还没从江牧野那句“他当着我的面吻了你”中缓过来。

大概是因为做演员的画面感和脑补能力都比较强，她的脑海中几乎能完全还原当时的那一幕。

心脏一下跳得比一下快，宁夕拿出手机，飞快地给陆霆骁发了一条微信：“老板，我要背发布会的稿子，晚上就不用叫我吃饭了啊，我啃点水果就行，昨晚吃太多肉了，正好减肥。”

努力装成若无其事的语气，应该不会看出来什么吧？

她明明最擅长的就是伪装，在陆霆骁面前却完全没有自信。

楼下客厅，陆霆骁看着宁夕刚刚发来的微信，目光微抬，神色难辨地朝着宁夕房间的方向看了一眼。

陆景礼飞快地凑过去偷看，然后满脸失望：“真是的，今晚嫂子不下厨啊？白期待了……伤心……”说完眼珠子转了转，一把环住亲哥的肩膀，语重心长道，“江牧野那小子是被逼急了吧？这次下的料貌似有点狠啊？”

陆霆骁收回目光，面色如同微风吹过的湖面，虽有涟漪，但很快便恢复了平静。

他知道早晚会有这么一天，也一直都在等这一天。

这段时间虽然如履薄冰，总算是有惊无险地度过，如今已经是他所能预想到的最好的情况。

接下来他要做的，唯有等。

看着亲哥的表情，陆景礼也不禁为他发起了愁。

他哥简直是把这辈子的隐忍克制都用在这几个月上了，万一到时候出了什么差错……他简直不敢想象他哥会怎样……自从遇到宁夕之后，他哥真的改变了不是一星半点，说是脱胎换骨也不为过，真不希望他哥会变回原来的样子，甚至变得更可怕。

说好要背稿子的宁夕至少在床上躺了有两个多小时。

脑子里什么也没想，就是完全放空的状态。

一般她遇到什么极其难以解决的事情时，就会以这样的方式缓解压力，当这样的方式也缓解不了的时候，她就只能选择一些比较极端的方式……不过能让她困扰到这种地步的事情，已经很久没有出现了。

看墙上的挂钟时间已经快十点钟了，宁夕这才爬了起来，花了一个小时把林芝芝给她的资料背熟了。

她的台词功底扎实，背这些东西还是挺简单的。

这时她才突然发现，小包子一整晚都没有过来找她，应该是陆霆骁跟小宝交代过她在忙。

背完资料后，宁夕准备去看看小包子。

走到小包子的房门口，宁夕心想小家伙肯定已经睡了，于是直接轻轻地推开了门。

结果，刚推开一条缝就看到暖黄色的床头灯亮着。

只见小包子正靠坐在床头专心致志地玩着一块魔方，陆霆骁坐在床沿，冷硬的脸上透着一丝无奈的意味。

“现在已经十点五十四分，还有六分钟就是十一点。”陆霆骁说。

言外之意，已经很晚了，你该睡了。

小包子就跟没听到似的，继续埋头转动魔方，不到几秒钟就组装好，每一面的颜色都一致，然后打乱继续重来，如此反复，不知疲倦。

陆霆骁拿起床头柜上之前宁夕买的一本花花绿绿画着小兔子大灰狼的童话书，面无表情地问：“想听哪篇？”

小包子终于抬起头看了他一眼，目光却似乎有些鄙视……

陆霆骁捏了捏眉心，换了一本《君主论》。

小包子不屑一顾。

陆霆骁换《时间简史》。

小包子还是毫无兴致。

陆霆骁终于放弃，看了眼手表，脸色开始变得阴沉：“已经十一点了。”

眼见着陆霆骁似乎要发飙了，宁夕赶紧轻咳一声敲了敲门：“小宝宝贝还没睡啊？”

话音刚落，床上不动如山的小包子跟小旋风一样扔了魔方就跑了过来，极其熟练地一把抱住了她的小腿，仰着小脑袋，大大的眼睛仿佛会放电一般扑闪扑闪地望着她。

宁夕捂着胸口，表示受到了暴击。

见宁夕来了，陆霆骁露出如释重负的表情：“忙完了？”

“嗯，背得差不多了。”宁夕点点头，抱着小包子坐到床上，给小包子盖好了被子。

小包子立即伸着小手拿起床头那本刚才自己还极其鄙视的花花绿绿的童话书，表示要她读。

“接着昨晚的地方读吗？”宁夕问。

小包子小手扒着被沿，乖巧地点点头。

“那好，我们今天读《讲礼貌的小白兔》……”宁夕清了清嗓子，开始给小包子讲故事，“炎热的夏天来了，小鸟在树上叫着，‘热呀，热呀！’美丽的小白兔穿着漂亮的花裙子，哼着歌，蹦蹦跳跳地上了桥，它要到对面去采蘑菇……”

宁夕念故事的时候，陆霆骁就坐在旁边的椅子上，斜支着额头，静静听着这夜晚中女孩甜美软糯的声音。

他似乎有些明白了，为什么这么幼稚的内容，儿子却每天晚上都要听着才能入睡。重要的不是内容，而是念故事的人是谁。

不到五分钟的故事，小包子已经睡眼蒙眬，宁夕再顺着他的背轻轻拍了拍，小家伙很快便睡得香甜。

“麻烦你了。”陆霆骁道谢。

“不麻烦。”宁夕说着，神情有些感慨，“陆霆骁，你知道吗？其实从前我很讨厌小孩子的！”

“讨厌？”

宁夕点头，不过没有说出真实的原因：“反正就是觉得小孩子很烦，看到就想躲……但是，我从来不知道，我居然会这么喜欢小包子。我自己都说不清楚这是一种什么样的感觉，总觉得我们之间好像有一种特别的联系一样，这就是传说中的缘分吧！”

陆霆骁目光深邃地看着她：“这个世界上，没有什么不可能，只有你还未遇到。”

宁夕神色微怔，含糊地回了一句：“大概吧。不早了，我也去洗洗睡了，老板您也早点休息吧！”

“嗯。”陆霆骁点头，然后突然朝着她倾身过来。

宁夕吓了一跳，下意识地往后躲了下，眼见着陆霆骁已经近得快要贴上她脸了，却见他只是越过她，亲了亲她身后的小包子，轻声说了一句“晚安”。

深夜，宁夕睡得迷迷糊糊之间感觉自己做了一个梦，梦到陆霆骁坐在她的床沿，亲吻她的唇，对她说“晚安，我爱你”……唉，又做这种奇奇怪怪的梦了，可明明是梦，为什么却让她感觉这么真实……

与此同时，珠江华景。

已是深夜，宁雪落的公寓楼里依旧灯火通明，气氛压抑到了极致。

常莉和崔彩静坐在沙发角落里，全都大气都不敢出一声。

事情发展到这一步，总不能这次又迁怒她们吧？

谁能想到宁夕刚被扫地出门，一转头就签约了盛世娱乐？

如果她签约的是其他任何公司都好办，星辉针对的人，就算那些公司签了她也绝对捧不起来。

但偏偏是盛世！在盛世面前，星辉娱乐的雪藏令就是一纸空文。

常莉本想安慰宁雪落说，以宁夕现在的名声，就算是盛世也无力回天。

但这话她实在是没底气说出口。

毕竟这次可是连陆霆骁都出面了啊……

他们不仅是低估了宁夕，而且是低估得离谱！

明天早上九点盛世的新闻发布会，对他们而言简直就像是一个定时炸弹，什么情况都有可能发生。

星辉这边的发布会刚结束，盛世那边就有这么大的动作，甚至让人不得不怀疑，这本来就是早有预谋的。

目前已经无法逆转舆论了，铺天盖地都是等待明天的发布会，明天估计全市的媒体都会到场。

一堆砸得乱七八糟的碎片里，宁雪落困兽一般暴走着："盛世那边的新闻发布会具体是什么内容？一点消息都探听不到吗？"

常莉摇摇头："各种方法都试过了，宁夕这件事盛世内部大概只有几个高层知道，其他人一点风声都没听到，都跟我们一样是看到陆景礼那条微博才知道的，根本无从打听！"

"那林芝芝呢？她不是转发了宁夕的微博吗？很显然她就是宁夕的经纪人！她肯定什么都知道！"

常莉见宁雪落明显已经开始乱了方寸，无奈道："之前林芝芝还在带冷曼云的时候，我们就斗得挺狠的，还从她那儿抢过角色，现在想从她那里探听消息，怎么可能？"

宁雪落大发雷霆："这也不行那也不行，难道就这么干坐着等天亮吗？"

常莉很想回一句：目前除了干坐着等还真没别的法子。

宁雪落将茶几上剩下的半杯酒一饮而尽，眸子里闪过狠厉的光："就算宁夕真进了盛世又怎样？有盛世撑腰又怎样！以为进了盛世就高枕无忧了吗？"

崔彩静见状急忙趁机凑上来说好听话："是啊雪落姐，只要这次的污点还在，她在你面前就一辈子都抬不起头来！再说她这次进盛世肯定有内幕，以后有的是机会揪她小辫子！她这种人，盛世迟早有一天会被她连累了……"

第二天早上，明珠酒店宴会厅。

所有的媒体记者全都准备就绪，望眼欲穿地等待着今天的主角出现。

娱乐圈已经好久没有这么大的新闻了，感觉今天随便一个爆点都能是头条。

除了现场的记者之外，所有关注这件事的民众也守在电视、电脑前等着看直播。

九点整，盛世这边的人陆续就座。

最中间的是宁夕，宁夕的左手边坐着林芝芝，右手边是律师陈竞，两侧还有公关部总监梁飞星，以及陆景礼。

光是这个阵容就已经秒杀了现场记者的无数胶卷。

“天哪，宁夕的经纪人居然真的是林芝芝！这是变相宣布冷曼云要隐退的事是真的啊！盛世给宁夕安排林芝芝做经纪人是什么意思？难道是想让她做冷曼云的接班人？”

“宁夕右手边的男人看起来怎么有些眼熟？这不是前段时间那个经济大案的律师陈竞吗？”

“还有梁飞星居然出席新闻发布会了……”

“梁飞星算什么？人家总经理陆景礼都来了好吗！”

“这个阵容！真是绝了！”

“可不是嘛！你看盛世哪个艺人开新闻发布会有这种排场的？”

最先发言的是陆景礼：“首先，在这里，我跟大家正式介绍一下，我们盛世最新加入的成员，宁夕。”

宁夕起身，跟所有的媒体和镜头鞠了个躬，然后坐下。

摄影师一阵此起彼伏的拍摄。

宁夕今天穿了一套黑色套裙，画着稳重的妆容，很适合今天这样的正式场合。

陆景礼接着说道：“接下来，针对广大网友比较关心的关于我们曼云的问题，由其经纪人林芝芝小姐为大家解答。”

这要是放在以前，任何有关冷曼云的事情都绝对是众人关注的焦点，但是现在，居然硬生生成了大家希望快点结束的话题……还好，林芝芝的风格一向干净利落，短短几句话言简意赅地公布了冷曼云的婚讯，以及她日后的工作安排，大意是她今后的工作重心会放在家庭，算是肯定了众人的猜测，宁夕确实是盛世准备作为冷曼云的接班人培养的。

这时，有沉不住气的记者开口催促道：“我们只想知道盛世为什么要签约一个道德品行败坏的艺人，不仅如此，还要让她接替冷曼云的位置！盛世这么做就不怕自毁招牌吗？”

其他记者也纷纷附和——

“自毁招牌都算是好的，简直是一粒老鼠屎带坏一锅粥！”

“我都怀疑盛世高层是不是集体昏头了！”

“我倒想看看盛世今天到底能不能说出花来！”

陆景礼跟陈竞对了个眼神：“接下来的时间交给我们陈律师，请大家保持安静。”

陈律师？刚才他们还奇怪为什么新闻发布会要请个律师呢，这会儿都奇怪地朝着陈竞看过去。

只见陈竞用鼠标点击了一下身前的笔记本电脑，然后众人便听到现场的音响里响起了一个声音——“不是宁夕！根本不是宁夕买通我的！给我钱让我在剑上做手脚的另有其人！但我并不知道对方是谁！我收到了匿名邮件，对方在邮件里让我这么做的，而且还直接往我的账户打了十万定金，说事成之后会再给我十万！”

声音一停，空气静默三秒钟之后，全场哗然。

陆景礼眸光一冷：“请安静。”

记者们强压着震惊屏息凝视。

接着，陈竞身后的大屏幕亮了起来，屏幕中放映了两张图片，一张图片显示匿名邮件的 IP 地址竟是宁雪落所在的珠江华景，另一张显示破解了的匿名账户来自宁雪落的助理崔彩静。

这下，现场的惊呼再也压抑不住了。

然而，这还没完。

陈竞又放出了宁雪落的伤情鉴定书和医生的诊断报告，证明宁夕当时收手速度非常之快，几乎刚一发现不对就立即撤回力道了，所以宁雪落的伤只是非常轻的皮外伤，当天就可以出院。可是，宁雪落却住院了好几天，并且每次在记者面前都是一副受了重伤失血过多很虚弱的样子故意博同情。

放完这些证据之后，陈竞出示了一张律师函，表示就宁雪落对宁夕诬陷诽谤一事，正式提出控告。

相比陆景礼喜欢卖关子的恶趣味，陈竞这一连串举动发生在短短三分钟之内，非常快速高效，一颗接一颗的原子弹直接把现场所有人都轰炸得晕头转向。

一旁的梁飞星突然发现似乎没自己什么事儿了，于是摸摸鼻子说了一句：“行了，下面进入提问环节，大家还有什么问题的，问吧！”

这剧情反转太快简直像龙卷风，记者们都不知道问什么了！

其实他们一开始就猜到了盛世可能准备给宁夕洗清，他们甚至想到了张强是被人收买诬陷宁夕这一点。

但所有人都没想到的是，这收买张强的人竟然就是宁雪落自己，这一切都是宁雪落自己在幕后自导自演！

难道这些日子以来，他们这些自诩正义的记者，还有那么多热心声讨宁夕的网友，都在被宁雪落耍得团团转吗？

他们极难接受这个事实，但铁一般的证据就摆在眼前，是无论如何也抵赖不掉的。

半晌后，人群中终于有一只手弱弱地举了起来。

梁飞星示意他可以提问。

那位举手的记者站了起来，看向陈竞：“我想请问这位律师先生，你们是通过什么渠道弄到这些证据的，是否合法？你们又怎么证明这些证据的真实性？”

直到现在还一句话都没说的陈竞扫了那记者一眼，然后说了一句：“我在这里，就足够证明真实性。”

记者被噎得哑口无言，无法反驳。毕竟陈竞的权威性和专业性摆在这里，他这个问题确实问得有些自取其辱……

“另外，我们获得证据的渠道也是合法的，这件事情警方早已经在暗中介入。”陈竞面不改色地用那张一看就公正无私让人信任的脸说出这句话。

所有记者都点点头，再不怀疑证据的合法性和真实性。

一旁的宁夕略尴尬地拨了下头发，真是佩服陈大律师啊，她自己在一边都听得心虚死了好吗？

什么合法手段啊，口供是她严刑逼供出来的，证据是陆霆骁私下找出来的……难怪当初她打第一眼见到陈竞就总觉得有种似曾相识的感觉呢，现在总算是明白了，陈竞的做事风格跟陆霆骁非常像。果然是物以类聚、人以群分。

接着，记者们陆续从震惊中回过神来，开始争相提问。

记者：“我想问陆总经理，为什么您要花费这么大的时间、精力来帮助宁夕，是否如同外界传言的那样，您跟宁夕私下里有什么特殊的关系？”

陆景礼摸了摸下巴，心想当然有特殊关系了，宁夕是他未来嫂子啊！

“我跟宁夕的关系嘛，一句话形容，伯乐与千里马。

“至于为什么花费这么多的时间、精力，当然是因为我相信自己看人的眼光，相信她值得。

“我今天就把这句话摆在这里，日后你们会知道，这是我做过最不亏本的生意，而星辉将会为失去宁夕后悔莫及！”

陆景礼的这个回答堪称完美，让人找不到一丝破绽。

记者见从陆景礼嘴里套不出话来，终于开始把目光转向了宁夕。

虽然宁夕才是今天的主角，但盛世把她保护得滴水不漏，几乎没有需要她出面的时候。

记者：“宁夕，据我所知，你跟宁雪落平日里的关系很好，她这么做的动机是什么？你们之间是有什么过节吗？”

宁夕：“这个问题，你们似乎问错人了。”

记者：“你所居住的公寓那儿有工作人员反映说，几个月前你就已经不住在那里了，对此你是否有需要解释的？”

宁夕：“没有，我想住在哪里是我的自由。”

记者：“那么这段时间你都是住在哪里，可以透露一下吗？”

宁夕：“朋友那里。”

记者：“你加入盛世的事情江牧野知道吗？听说你们平时在剧组关系很好？这次的事情是否有他从中撮合呢？”

宁夕：“知道。还不错。没有。”

记者觉得宁夕实在是太刁钻了，想从她嘴里套话套八卦，简直不可能。

记者无奈，只能放弃太过敏感的问题，问了另一个问题："这次因祸得福加入盛世，你有什么感想？"

宁夕："想努力工作，帮老板多挣钱，报答知遇之恩，证明他没有看错人。"

记者把老板自动代入了陆景礼，只有陆景礼知道，她说的是他哥呢！啧啧，他哥听到心里肯定美死了！

"好了，今天的新闻发布会就到这里，大家还有什么问题的话，日后可以私下约采访，有关宁夕的一切事宜，今后都将由其经纪人林芝芝小姐负责。"梁飞星起身宣布结束今天的新闻发布会。

所有记者都是满脸意犹未尽的表情，昨天星辉那边的新闻发布会可是开了足足三个小时，各种谴责宁夕，可盛世这边这么大的料，却只开了短短半个小时。这档次，谁高谁低，一眼便知。

记者们正要散场，一旁的陆景礼突然开口："慢着。"

怎么了？又有什么爆料？记者们全都满脸激动地顿住脚步转过身。

陆景礼脸上挂着一如既往的好脾气的笑，好心提醒道："诸位是不是忘了什么？"

忘了什么？记者们面面相觑，皆是一脸茫然。

陆景礼依旧在笑，眸底却没有一丝温度："宁夕这么白白被诸位骂了这么些天，背上无数莫须有的罪名，你们就没什么表示？这似乎说不太过去吧？"

记者们闻言一脸尴尬，纷纷争相开始跟宁夕道歉，同时心里把宁雪落给恨了个遍。

一旁的宁夕颇意外地扬了扬眉，心想这只"小锦鲤"认真起来还挺能唬人的嘛！

不过，刚一回到后台，陆景礼立即恢复原形，满脸兴奋地蹦跶了过来："小夕夕小夕夕亲爱的小夕夕……下午没事儿啦，咱晚上在家里吃吧？我买菜我洗菜我洗碗，你负责做菜就可以啦！"

宁夕彻底收回了刚才那点想法，只想一脚送他上天……他到底知不知道他这句话有多容易惹人误会？

梁飞星震惊得杯子已经倒满了还不知道，水都溢了一地了……他总算是明白了，难怪大BOSS当初深更半夜地亲自过问宁夕的事情呢，原来宁夕跟陆景礼是这种关系啊？

宁夕在心里把陆景礼揍了一百遍，干笑得脸都快僵了："二少，今晚可能不行，我约了朋友有点事情要处理，改天吧！"

说完神色自然地对梁飞星、林芝芝还有陈竞他们开口道："梁总监，林姐，陈律师，大家有空的话记得一起来啊！我之前说了一次我做菜好吃，二少就一直吵着让我做顿饭报答他，不能便宜他一个人了！今天真的非常感谢大家！谢谢！"

说完深深鞠了个躬。

宁夕简单的一番话，把刚才的暧昧全都化解了。

林芝芝颇为赞赏地点了点头，这女孩的突发危机处理能力不错，今天在发布会上的表现也很好，倒确实是个好苗子。

至于她跟陆景礼，看似是很容易让人误会的关系，不过很明显两人并非男女之间的那种气氛，应该只是关系不错的朋友。

珠江华景，宁雪落的公寓楼里。

苏衍一大早就买了补品过来看她，两人腻歪着说了会儿话后，苏衍看了眼手表上的时间，然后打开了电视。

屏幕里，盛世娱乐的新闻发布会刚刚开始，陆景礼正在介绍宁夕的加入。

宁雪落一夜没睡，脸上涂了好几层粉才勉强遮住黑眼圈，本来就等着这会儿看直播了，但没想到苏衍会来。

她预料不到待会儿到底会出现什么情况，但是她知道绝对不能跟苏衍一起看这场发布会！

宁雪落抱着苏衍的胳膊撒娇：“衍哥哥，电视有什么好看的，有我好看吗？我们做点别的吧？”

苏衍拍了拍她的手，目光依旧专注地看着电视屏幕：“雪落，别闹。”

“衍哥哥，你就这么关心宁夕的事情吗？”宁雪落做出不高兴的样子。

“难道你就不关心吗？你不想知道小夕发布会上到底会说什么？”

“我……”宁雪落噎了噎，“我当然也关心小夕啊！可是我不喜欢你把目光全都放在她身上嘛！”

“好了，别小孩子脾气，安静地陪我一会儿。”苏衍这次的态度异常坚决。

宁雪落咬了咬牙，只能如坐针毡地继续看直播。

这会儿电视里正放到林芝芝在公布冷曼云结婚隐退的事情，接着，有记者起身质问盛世为什么要签宁夕。

宁雪落的心提到了嗓子眼，心想闹吧闹吧，最好能闹得不欢而散。

然而这毕竟是盛世的场子，记者们就算闹也不敢太过分，抱怨了几句便没有下文了。

宁雪落小心翼翼地看了眼苏衍的反应，却发现苏衍的目光从头到尾都没离开过宁夕，即使宁夕一句话都没说。

她的心头不由升起一股强烈的危机感，就在这时，那位律师点击了一下鼠标，随即电视里传来一个熟悉的声音……是张强的声音！

宁雪落心跳得飞快，不停安慰自己，宁夕就算搞到了张强的口供，也顶多是借此洗白，没有任何人会知道是她做的。

然而，接下来的事情发展，一步一步将她所有的侥幸都击得粉碎……

宁雪落手里的遥控器掉落在地上，整张脸面无血色，扭曲狰狞。

她所预想的最坏的结果也不过是宁夕能洗刷罪名，但万万没想到，对方居然掌握了这么重要的证据，彻底掀了她所有的老底。

难道是那个发匿名邮件的人两头吃？先是跟她勒索了八百万，转头又把证据卖给了盛世？

电视里，记者正在问宁夕：据我所知，你跟宁雪落平日里的关系很好，她这么做的动机是什么？你们之间是有什么过节吗……

宁雪落抖着手指，迅速关了电视，远远地扔掉遥控器，然后一把抱住身旁的苏衍："衍哥哥，你听我解释……"

等她抱住苏衍之后才发现，苏衍全身都在颤抖，紧紧捏着的拳头发出咯吱咯吱的声响，向来温柔平和的脸色难看到了极致……她从未见过他这么可怕的样子！

宁雪落的心头涌上巨大的惊恐，忍不住将苏衍抱得更紧，急切地解释着："衍哥哥，不是我，真的不是我，我真的完全不知情……我不知道彩静为什么会做出这种事！难道就因为我偶尔压力大心情不好骂了她几句，她就怀恨在心要这么害我吗？"

苏衍任由她抱着，一动不动，语气里没有一丝温度："如果崔彩静只是为了害你，那么她为什么要让张强陷害宁夕？这对她有什么好处？"

宁雪落面色僵了僵，立即开口道："她肯定是为了不被发现找个替罪羊而已！她平时一直跟在我身边，知道私下里宁夕对我态度很不好，跟我有过节，如果嫁祸给宁夕，我根本不会怀疑……"

"就算这个理由勉强可以说过去，那你的伤呢？"苏衍继续问。

宁雪落此刻已经稍稍冷静了下来，满脸委屈地解释道："我一开始就说过我没事的，是爸妈太担心我，才让我一直住在医院里休养。衍哥哥你知道的，那段时间我真的心力交瘁，每天身体都很难受，他们怎么可以这么污蔑我！"

苏衍震惊到几乎麻木的脸上一点点染上深沉的痛楚："雪落……我还能继续相信你吗？"

宁雪落哭得满脸泪痕，死死拉住他的手，看着他的眼神如同看着唯一的救赎："衍哥哥！你相信我！相信我好不好！现在外面肯定所有人都在指责我、怀疑我，如果连你也不相信我，我不知道还有什么坚持下去的勇气。别人不了解我、质疑我，我可以不在意，可是难道你也不了解我吗？你觉得我会对小夕做出这种事吗？衍哥哥，求求你，求你了……不要连你也抛弃我……"

苏衍神情呆滞恍惚，迟迟没有反应。

宁雪落一直紧张地盯着他。

半晌后，苏衍终于深深吸了一口气，然后一点点将她的手臂推开，踉跄着站起身朝着门外走去。

宁雪落惊慌失措地跟了上去：“衍哥哥，你要去哪里？”

“别跟来，让我静静。”

“砰”的一声，苏衍重重地带上了门。

屋内，宁雪落阴沉着脸色，劫后余生般跌落在地上，迅速拿起手机拨打常莉的电话……

苏衍开着车漫无目的地行驶在熙熙攘攘的大街上。

脑海中满是那日宁夕帮雪落捂着伤口呼救，却被自己粗鲁地推开的画面；满是医院里她面对着宁伯父和宁伯母的指责，明明眼底满是伤心难过，却倔强地不肯低头的画面；满是他一字一句给她发去的那些伤人的话语和指责……事情发生之后，他甚至连一秒钟的考虑都没有，便站在了雪落的身边，从没想过听她一句解释。

他曾口口声声说即使分手了也要把她当成亲妹妹一样照顾保护，一直以来却总是在做伤害她的事情。

雪落有他，有疼爱她的父母，有公司，有粉丝……可是宁夕呢，被全世界指责，背负着所有人的谩骂，忍受着一切被冤枉的委屈。

到头来为她伸张正义的，不是他们这些虚伪的自诩关心她的人，而是素不相识的陌生人……

透过车窗玻璃，他看到购物大厦外的大屏幕上，宁夕表情认真，一字一句地回答记者说：想努力工作，帮老板多挣钱，报答知遇之恩，证明他没有看错人。

他知道这不是官方式的回答，而是她的心里话，她就是这样的性子，只要人家对她有一点好，她就恨不得掏心掏肺地对待……他总以为是她变了，其实真正变了的人是他自己。

脑海中疯狂重复回忆着那天在病房窗口看到她一个人孤零零走出院门的那一幕，想着那单薄无助的背影，心如刀绞……

晚上，VIVI 酒吧。

这个酒吧规模不大，位置也很偏僻，不过很有格调，是个娱乐圈的前辈开的，隐私性非常好，是圈子里的人放松聚会常来的地方。

宁夕到包厢的时候，江牧野已经来了，正叉着腿坐在沙发上，茶几上已经有好几个空酒瓶子。

宁夕摘了口罩和墨镜：“喂喂喂，不等我就自己喝上了？”

江牧野鄙视地嗷了一声：“你不是要戒酒吗？等你不也是我自己喝！”

宁夕耸耸肩：“好吧，当我没说，你接着喝！给我点果汁了没？”

“点个鬼！酒吧里哪来的果汁！”江牧野没好气地瞪了她一眼。

于是宁夕按铃叫来服务员。

一个帅气的小哥走了进来，微笑地问：“小姐，请问您需要什么？”

宁夕抽出一张大钞塞到他的口袋，眨了眨眼睛：“小帅哥，帮姐姐去买两瓶果汁呗？”

小哥愣了一下，双颊微红，然后笑道：“愿意为您效劳。”

一旁的江牧野看得眼珠子都快瞪出来了：“宁夕！你能不能消停点，别看到个长得还行的就控制不住自己！”

宁夕伸腿就踹了他一脚：“一边去！我哪有！你心里不正经才看什么都不正经！”

江牧野拍拍裤子上的灰：“别跟我这儿扯些有的没的，说重点！”

“还不是你先扯的！”宁夕白了他一眼，然后仰靠在沙发上，长长地叹了口气，掩饰了一天的疲惫再也压抑不住，全都从眉宇间倾泻出来……

江牧野见她这个样子，有些别扭地问：“怎么这么累？今天的新闻发布会不是很顺利吗？”

一切都被某人打点得妥妥当当的……

“还不是你害的！心累！”宁夕满脸烦躁，然后一骨碌爬起来，目光灼灼地盯着他，“我问你，那天、那天陆霆骁他真的……吻我了？”

江牧野将杯中的酒一饮而尽：“我要是骗你，我就一把火烧了我所有的装备，从今往后再也不玩游戏了！”

宁夕点头：“行，我信你了。”这誓够毒。

江牧野终于忍不住大骂：“你自己数数，我都提醒过你多少遍了！你偏不听！怎么不干脆蠢死你呢！我们认识多久，你认识陆霆骁才多久，你相信他都不相信我？”

看着江牧野满脸受伤的小模样，宁夕叹气道：“实际上，从我跟陆霆骁第一次见面起，他就跟我说过。”

“说什么？”江牧野神色一紧。

宁夕摊手：“说要娶我。”

“噗……咳咳咳……你说什么？”江牧野差点被一口酒呛死，咳得惊天动地。

宁夕大力地在他背上拍了拍：“当时我的反应比你还震惊！”

“后来呢？”江牧野急急地追问。

“后来我自然是问他为什么要娶我啊！这简直太不科学了啊！”

“那他怎么说？”

“他说我救了小宝，所以要以身相许报答我！”

“那你怎么回答的？”

“我说我救了小宝，小宝也救了我，扯平了，不用报，然后就赶紧跑路了啊！”

江牧野唰地站起来，在包厢里来回走了十几圈：“我真想掐死你，陆霆骁一开始就对你心存不轨，并且都已经直接说出口了，你居然还不躲远点？”

宁夕挑眉：“拜托，对着小宝那张脸，你能说出拒绝的话？再说了，我一直认为陆霆骁是为了小宝才说要娶我的好吗？后来我拒绝了，他也没有强求，那我还能怎样？”

“什么为了小宝！简直虚伪！还有你，简直是猪！”江牧野终于停下暴走，盯着她说道，“我就这么跟你说吧，一般情况下，遇到英雄救美这种情况，美女如果对那英雄没意思，她肯定会说，多谢英雄出手搭救，小女子愿做牛做马报答你！现在问题来了，如果美女对那英雄有意思，她会怎么说？宁小夕，请你回答我！”

宁夕摸了摸下巴：“美女会说，小女子愿以身相许？”

“所以，现在你懂‘以身相许’这四个字的意思了没？！就是喜欢你，看上你了，对你有意思！”江牧野在她耳边恨铁不成钢地吼。

宁夕掏了掏被他吼得发麻的耳朵：“说得还挺有道理……”

江牧野：“这就是真理！”

宁夕拍拍屁股站起来，扣着江牧野的肩膀让他冷静点在沙发上坐下，然后悠悠开口道：“行，既然你问了我，我也问你一个问题！”

江牧野警惕地看着她：“你要问啥？”

“我问你，如果你走进一间屋子，看到你喜欢的人穿着睡衣，躺在铺满红色花瓣的大床上，你会怎么做？”

江牧野呆滞了三秒钟，随即耳根子火烧一样，一把推开她：“宁小夕你好不正经！”

“滚！装什么！给我认真一点回答！”

“干吗要问这个问题？”江牧野眼神闪躲。他不敢说，宁夕刚才那句话实在是太有画面感了，并且他一瞬间代入的人就是……

“你先回答我！”宁夕催促。

江牧野别扭了好半天，最后终于支支吾吾地回答道：“当、当然是发生点什么了！这都不上还是男人吗？要么就是那个男人根本就不喜欢那个女人！”

听到意料之中的回答，宁夕似笑非笑地看着他。

“你这么看着我干吗？难道我说得不对吗？”江牧野被她看得发毛。

“你说得很对。”

“那现在总可以说为什么要问这种问题了吧？”

宁夕用手托着下巴，神情有些恍惚地开口道：“你知道，遇到这种情况的时候，陆霆骁是怎么做的吗？”

江牧野顿时变了脸色：“陆霆骁遇到了这种情况？你什么意思！”

宁夕简单解释了一下前因后果，然后开口道：“后来朱向成就把我送给了陆霆骁！”

“陆、陆霆骁是怎么做的？”江牧野紧张得连声音都变调了。

“他什么也没做。”宁夕回忆着那天晚上，“他安慰我别怕，跟我聊天说话分散我的注意力，从头到尾没有任何惊扰我的举动，就那么安静地陪着我度过了这辈子最无助的夜晚。”

江牧野听完，死死咬着唇，一句话也说不出来。

宁夕定定地看着他：“你认为陆霆骁是哪种可能？不是男人？还是不喜欢我？”

江牧野紧紧捏着拳头：“我确定他喜欢你！”

并且陆霆骁这么做，他居然不仅不觉得不男人，反而觉得太男人了……如果是他，他绝对做不到……

宁夕点头：“原来我不确定，也不敢确定，现在，我也确定了他喜欢我。所以，还有第三种可能。”

江牧野立即看向她：“什么？”

“不是因为我蠢，而是因为他的段位太高。我会对他动心，我其实一点都不奇怪，也没有不甘……”宁夕说完这一句，薄雾笼罩的眉宇间有种尘埃落定的妥协。

江牧野颤抖着声音，几乎说不出完整的话：“你对他……动心了？”

宁夕笑了笑：“虽然不想承认，也逃避了这么久，但是，这确实是事实。”

江牧野一拳砸在茶几上，猩红着眼睛目眦欲裂：“宁夕！你了解他多少？知道他多少？你现在只看到了他在你面前伪装的一面！你真以为陆霆骁完全像表面上那么温柔绅士吗？你知道贾青青在荒郊野外出意外了吗？你知道朱向成那个肥猪现在的下场吗？你知道他仅仅为了破坏一场吻戏出动了航空飞机人工降雨吗？甚至我家里突然出事……也全都是他一手策划！”

宁夕沉默了很久，然后轻轻开口：“可是，江牧野，他从来没有做过伤害我的事情，如果我因为那些就害怕他，远离他，唾弃他，这对他不公平。你说我是非不分也好，不知死活也好，我只知道，他对我好，很好。从没人像他这样，对我那么好。”

江牧野满脸颓然，哑着嗓子艰难地开口道：“你要跟他在一起？”

“怎么可能！”宁夕斜了他一眼，“这点自知之明，我还是有的。”

江牧野蹙眉：“我不是那个意思，不是说你哪里不好，我只是说陆霆骁这个人太有心计太危险了，陆家的环境也不适合你……”

“兄弟，谢谢你这么抬举我。我自己什么样子，我自己心里清楚。”宁夕打断他，神色已经完全恢复如常，“放心好了，心动不代表失去理智，我知道我在做什么，该做什么。”

江牧野听到她这么说没有丝毫开心，反而感觉胸口处好像塞着一块浸水的海绵，说不出来的发堵：“你什么样子了？你认真努力上进，看起来玩世不恭没心没肺，其实心细如发爱憎分明，你值得最好的、最适合你的！”

宁夕愣了一下，一脸惊奇：“真没想到啊金毛！我在你心目中的形象居然这么伟岸？你该不会是爱上我了吧？”

江牧野瞬间脊背僵直：“滚！”

“哈哈哈……”宁夕捂着肚子笑了一会儿，然后目光微暗地看着他，“江牧野，套用一句你之前说过的话，你了解我多少？知道我多少？你现在只看到了我在你面前让你看到的一面，你真以为我完全是像我所表现出来的那样吗？”

宁夕看着他的那一瞬间，江牧野几乎以为自己的内心被她看穿了，以为她这番话就是特意说给他听的，提醒他死心……

陆宅，陆霆骁坐在客厅沙发上，手里拿着本德文书专注地翻看着。

反观陆景礼，一晚上就跟屁股上长了针一样，在屋子里到处晃荡，一刻都没消停过。

“哥，今晚小夕夕约的人可是江牧野那小子啊！你就不想知道他们俩聊了什么吗？我有预感，内容肯定会很劲爆！而且对你而言关系重大！”

陆霆骁翻了一页书，头都没抬一下。

“唉，哥，都怪你啦，太老古董了，我说让人去跟着你偏不让！现在只能待在家里干着急！”陆景礼一脸埋怨。

虽然从此刻的情况来看，干着急的只有他自己而已。

最后，终于连陆霆骁这么好的耐性也受不了他的聒噪了：“安静，不然就回去。”

“我不！我不回去！”他还要等小夕夕回来套话呢！不然他今儿晚上可怎么睡啊！

“这都快十一点了，两人怎么还不回来？”陆景礼正急得抓耳挠腮，他的手机响了起来，是一个陌生号码。

“这么晚了，谁给我打电话？”陆景礼拿起手机去院子里接了。

十分钟后，陆景礼就跟打了鸡血一样飞奔进来：“这可真是刚打瞌睡就有人送枕头！哥，你猜我刚刚搞到了什么？居然是小夕夕和江牧野他们那个包厢的窃听录音！是一个八卦公司底下的小狗仔偷偷录的，还好他们老板识时务，收到之后立即拦了下来，还找到我这里，跟我赔罪套近乎！”

陆霆骁闻言眼睛都没眨一下，削薄的唇直接吐出两个冷冰冰的字：“销毁。”

陆景礼当即感觉一盆凉水浇了下来：“啥？老天都在帮你啊！这你都不听？”

陆霆骁面色更冷：“需要我说第二遍？”

见亲哥真的动怒了，陆景礼赶紧小鸡啄米一样连连点头：“行行行……我销毁，我销毁……”唉，真不知道该说他哥什么好了。除了在小夕夕面前的时候，其他时候都原则性太强，一点都不知道变通！

不过，他就不一样了，嘴里应着，心里可没真准备销毁掉。

啧，偷偷留着好了……总有一天会派上用场！

陆景礼正唉声叹气呢，突然一个小小的身影一阵风似的从楼上跑下来，然后朝着外面跑去……

“小夕夕回来了？”陆景礼急忙跟着小宝走了出去。

到了门口一看，果然是宁夕回来了，坐的是江牧野的车。

从两人的表情来看，倒是看不出什么异常，江牧野看起来喝了不少酒，宁夕好像没怎么喝。

宁夕下了车，抱起冲出来迎接她的小宝，一脸无奈和心疼：“心肝啊，这都十一点啦，你怎么又这么晚都不睡？不是说好了不要等我的嘛！”

小宝黏在宁夕怀里，紧紧搂着她的脖子，盯着宁夕身后的江牧野，小脸上满是警惕和排斥。

江牧野嘴角微抽，太不公平了！

陆景礼一眼看出江牧野的想法，走过去同情地拍了拍他的肩膀：“节哀，谁让你没儿子呢！”

江牧野心里咯噔一下：“你什么意思？”

陆景礼凑近到他耳边，轻声道：“别装啦，你喜欢宁夕吧？”

江牧野的脸上闪过一丝惊慌，随即板着脸道：“二舅，你是在开玩笑吗？我怎么可能喜欢她！”

陆景礼摸着下巴，一脸探究。奇怪啊真奇怪，这俩人之间到底发生过什么事，江牧野这小子明明就是喜欢人家，却到这种地步了都还不愿意承认……

宁夕这边正要抱着小宝进屋，包里的手机突然响了起来。

她拿出手机，随手按下接听：“喂，哪位？”

“你好，是宁夕小姐吗？你男朋友出车祸了，正在我们医院抢救！请你立即过来一趟！”

宁夕一脸问号：“啥？我男朋友？”

话音刚落，陆景礼、江牧野、陆霆骁，甚至小宝的目光，一瞬间全都定格在了宁夕身上。

宁夕尴尬地轻咳一声：“咳，你们是不是搞错了？我没男朋友啊！”

“可是病人昏迷之前留的就是你的号码，你还是赶紧过来一趟吧！我们医院的地址是……”手机那头的人说完就匆匆挂了电话。

宁夕拿着手机站在那儿，一脸蒙圈："到底是谁啊？"

江牧野斜靠在车身上，哼哼着斜她一眼："是你哪个前男友吧？车祸都快死了，留的居然还是你的号码，够痴情的啊！"

宁夕踢了他一脚："少说风凉话！"

"那小夕夕，你要不要去啊？"陆景礼双眼发光，虽然是问句，但一脸都是"去吧去吧去吧"！

宁夕头疼地捏了捏眉心："人命关天，还是去一趟吧！万一是我认识的哪个人呢！不过小宝怎么办……"

话还没说出口，小宝已经死死搂住她，小脸埋在她的颈窝里，一副好不容易才等到她回来，绝对不要再跟她分开的小模样。

因为小宝怎么也不让她走，宁夕只能带着他一起去。

小宝要跟着，陆霆骁自然也要一起了。

陆景礼呢，非要主动请缨给他们开车。

江牧野一看陆家这几人居然这么无耻全都跑去了，果断二话不说跟着挤进了车里。

最后的结果就是，所有人都跟着一起去了……宁夕也是无语。

到了医院，只见门口停着好几辆救护车，医护人员来来回回地忙碌着，担架上全是头破血流的病人，看样子是出了什么重大交通事故。

宁夕捂住小宝的眼睛不让他看这些血腥的东西，柔声哄着他："宝贝啊，这会儿医院里很乱，你乖乖在车里等我好吗？"

小宝抱着她的腰，被抛弃一般可怜兮兮地垂着小脑袋，明明都已经困得打瞌睡了，依旧强撑着不肯睡。

宁夕俯身亲了亲他的小脸蛋："小宝乖，听话啊！我很快就回来的！"

被亲了一下的小宝这才恢复了些神采，点了点头。

"那我先过去了啊！"宁夕对众人打招呼。

陆霆骁："我陪你。"

江牧野："我也要去！"

两人几乎是同时出声。

"你一个人不安全。"陆霆骁蹙眉。

江牧野哼了一声，理直气壮道："我就是好奇想看看到底是谁！"

宁夕觉得头更疼了，看看陆霆骁，又看看江牧野，最后目光落在了陆景礼身上。

陆景礼无辜地眨巴着眼睛，嫂子看着他做什么呀？

最后，宁夕开口道："也不知道那边什么情况，我一个人去确实不太妥，那就麻烦二少陪我去一趟吧！陆霆骁，你还是留下陪小宝吧！"

陆霆骁眸底的暗芒一闪而逝："好。"

"至于你，江牧野，你给我消停点，你自己不知道你这张脸多能惹事吗？大晚上的往医院跑！是想闹个大新闻是不是？"

江牧野一脸愤然，凭什么对我这么凶，对陆霆骁就轻声细语的！凭什么！

"走走走！小夕夕，我陪你去！我陪你！"陆景礼欢欣鼓舞，兴奋得差点当街跳一段。

幸福来得太突然！这可真是鹬蚌相争渔翁得利啊！

医院急诊室。

这会儿里面一团乱，宁夕左绕右绕找了好久，才终于找到之前给她打电话的那个医生。

"您好，我是宁夕，您之前说的我那位朋友在哪里？"

"你就是宁夕？他刚做完手术，在十二楼的307病房，你快去认一下人，他身上什么证明身份的东西都没有！"

"好的，谢谢！"

于是宁夕和陆景礼又赶往楼上，电梯人太挤了，只能爬楼梯，整整十二楼，也是作孽！

宁夕都累得不行了，陆景礼却跟个没事儿人一样，依旧兴致勃勃地。

她总算是明白陆景礼为什么能把盛世娱乐经营得这么好了，这家伙对八卦的热情简直无人能比！

终于赶到了307病房，宁夕气喘吁吁地弯着腰，正要推门，陆景礼已经迫不及待地在她前面把门给推开了。

一秒钟之后，宁夕还没看清里面的人是谁呢，陆景礼突然就沉下了脸一把带上门，然后双手握住她的肩膀把她往外推："小夕夕，走走走……什么嘛！小爷期待了这么久，结果居然是他！"

"到底是谁啊，你这个反应？"

"反正走了你不会后悔的！"

"苏衍？"宁夕挑眉问。

陆景礼板着个脸："就是他！现在可以走了吧！"

"是他才不能走呢！"宁夕拂开陆景礼的手，转身又朝着病房走去。

陆景礼急得跺脚："小夕夕你管他干吗！你你你……你难道还对他余情未了？"

宁夕没搭理他，直接走进了病房。

病房内的果然是苏衍，头上裹了一圈纱布，手上打着点滴，正安静地躺在病床上。

宁夕轻轻在床沿坐下，伸手拨了拨他凌乱的头发，面色温柔，语气更温柔："衍哥哥……”

陆景礼看到了什么！听到了什么！宁夕该不会真对这人渣余情未了吧？幸亏他哥没上来，不然知道了还不得疯啊！

陆景礼刚这么想着，突然感觉背后传来一阵寒气，接着一扭头就看到……他哥居然就站在他身后！

“哥、哥……你怎么来了？”

还有他怀里的小宝和江牧野，三人都来了。

以他的脑补能力，立即猜到肯定是小宝等不及要上来，他哥就带小宝过来了，江牧野自然也按捺不住跟上来了。

这、这下可完蛋了啊！

病床上，苏衍面色苍白地皱了皱眉头，接着缓缓睁开眼睛：“小夕……”

“你感觉怎么样了？”宁夕问。

苏衍神情恍惚地看着眼前的女孩：“我是在做梦吗？”

每次见面都是冷嘲热讽地争吵，然后不欢而散，他已经不记得多久没见过她和颜悦色跟自己说话的模样了。

刚刚他醒来的瞬间，还在她的眼中捕捉到了一丝担忧和关切，甚至听到她叫了自己一声“衍哥哥”……

宁夕站在床沿，面色恢复了清冷：“你刚做完手术，医生说已经没有大碍了，只是有些脑震荡，还需要观察一段时间。如果没什么事的话，我就先走了……”

说完刚要转身，手腕却被一把握住：“别走！小夕，别走……”

“还有事吗？”

“我……”苏衍面色挣扎地看着她，一口气说道，“虽然我知道你不屑也不需要，但是，对不起……我还是想跟你说声‘对不起’！是我误会了你！你知道吗？当我以为我会死的时候，那一刻我想到的不是别的，我唯一的遗憾是我还没来得及跟你道歉……”

门外，陆景礼看着宁夕那只被苏衍握住的手腕，吓得哆哆嗦嗦地咽了口唾沫，转身一看亲哥的表情，果然不是一般的可怕……真是要疯了，小夕夕这到底是想干吗呀？

“苏衍，你不必道歉，因为就算再给你一次机会，你还是会选择相信宁雪落。”

苏衍急道：“我不……”

“别说你不会，就拿现在的事情来说，宁雪落是不是跟你说她是无辜的，是不是撇清关系把所有的事情都推到了崔彩静身上？而你，是不是又一次无条件地相信她了？如果我现在告诉你，她是在骗你，你相信我吗？”宁夕一字一句地问。

苏衍下意识地回避了她冷冽的眼神，然后语气坚定道："我会调查清楚！"

宁夕笑着摇了摇头："需要查证的相信，那就不叫相信了。你当初相信她的时候，可是连我半句话都听不进去的。"

"小夕，我……"

"衍哥哥……"

"小夕！"苏衍猛然抬起头，这一次，他听得清清楚楚，她是真的叫了他"衍哥哥"。

宁夕看了眼窗外的夜色，又像是穿过夜色看到了遥远的时空，语气缥缈道："衍哥哥，你还记得吗？我九岁那年，特别想买有我偶像印花的书包，可是家里不让，紧跟着，家里就丢了五十块钱。我奶奶一口咬定是我偷拿的，当时连我爸爸妈妈也是有点怀疑我的，小诺虽然向着我护着我，但当时他也认为是我拿的，因为他知道我真的非常喜欢那个男星……"

宁夕说到一半，苏衍却已经听不下去，身体微颤着红了眼眶。

宁夕自嘲一笑，声音有些沙哑："当时只有你，只有你相信不是我拿的。还带着我跑出去，大半夜一家一家地敲门问那天来过我家玩的小朋友，最后问出了真正偷钱的人……你知道吗？当时我就在想，眼前的这个人，等我长大以后一定要嫁给他！"

"小夕，别说了……"苏衍难堪地闭上了眼睛。

门外，陆景礼也在心里嘶吼，嫂子，别再说了啊！我怕今晚这医院都会被拆了啊！

因为陆霆骁这会儿的气场实在是太可怕了，连江牧野的愤怒都被压制了，轻咳一声离他远了些。

就在所有人的目光都在病房内的时候，站在陆霆骁旁边的小宝突然挣开了陆霆骁的手，飞快地冲进了病房里。

小家伙跟只小狼崽子一样，一把将宁夕的手抢了过来，然后紧紧抱住她的腿，漂亮的大眼睛里燃满了怒火，死死瞪着病床上的苏衍……

"小宝——"陆景礼吓了一跳，正要冲进去，被陆霆骁抬手制止了。

陆景礼这才反应过来，他要是进去了，那就说不清了。

宁夕被突然冲过来的小宝吓了一跳："宝贝……你怎么来了？"她透过门上的玻璃窗往外看去，似乎看到陆霆骁他们也在外面的走廊里。

小宝仰着小脑袋看着她，眼眶通红，没一会儿就变得湿漉漉的，大滴的眼泪啪嗒滚落下来……

宁夕一看立刻急了："唉，别哭啊！到底怎么了这是！乖啊，不哭不哭！阿姨这就带你回去了！"

宁夕抱起小宝正要走，病床上早已瞠目结舌的苏衍终于回过神来叫住她："小夕！这孩子是……是谁？”

宁夕下意识地将小宝的脸按在了自己的肩上，轻拍着他的后背，随口答道：“一个朋友的孩子。我走了，你好好养伤吧！回头我会帮你联系宁雪落过来。”

宁夕离开后，苏衍盯着房门，满脸惊疑未定。

那个孩子到底是怎么回事？为什么有一瞬间他竟然觉得那孩子的眉眼之间跟宁夕有几分神似？

他甚至回忆起五年前那个孩子，如果那个孩子没死，差不多就是这么大……该死的，他到底在胡思乱想些什么！简直疯了！那个孩子五年前就死了！

是的……死了，一定已经死了……那种情况下不可能还有存活的机会……

看着小宝进去之后不到五秒钟就出来的宁夕，陆景礼忍不住打了个响指，小宝，干得漂亮啊！

宁夕一看陆霆骁的表情，立即就知道他要责备小宝了，于是赶忙在他开口前就护住小宝：“你别怪小宝啦，他一个小孩子懂什么！再说也没打扰到我啊！”

陆霆骁脸色无奈：“你太惯着他了。”明明是责备的语气，可面上却没有一丝怒意。

一旁的江牧野眼睁睁看着陆霆骁等宁夕一出来就立即收敛了所有的低气压，甚至一副温情脉脉的表情，简直变脸比翻书还快，内心的震惊无以言表。虚伪，太虚伪！

“谁让你总对小宝这么凶，我这是帮你补回来啊！”宁夕摸了摸小包子的脑袋，眸底不易察觉地划过一丝黯然。

这时候再不对小宝好，以后就没有机会了。

离开了医院，上车后，宁夕将小包子抱在怀里哄了一会儿，小家伙很快就睡着了。

陆景礼憋了老半天终于憋不住了，从后视镜里看了后座的宁夕一眼，急急地追问道：“小夕夕，你这又是衍哥哥又是煽情回忆杀的，到底是在玩什么？你该不会是想跟那个渣男旧情复燃吧？”

副驾驶上的江牧野闻言哼了一声：“复燃个鬼！我刚才也差点被她骗了，她又在扮演小白花呢！不仅如此……还穿插了美人计！”

宁夕托着下巴，意外地挑眉：“金毛你长进了啊，居然这都被你看出来了！”

坐在宁夕身旁的陆霆骁面色微冷。

刚才他一眼就看出了宁夕对苏衍的态度并非出自真心，真正令他生气的是……她居然对除他之外的人用美人计……

“对了，我还得给宁雪落打个电话！”宁夕怀里还抱着小宝，小心挪动了一下，掏出手机。

“我来抱吧。”陆霆骁帮忙把小宝抱了过去。

号码拨通后，手机那头立即传来宁雪落尖厉的声音：“宁夕？呵，打电话给我做什么？耀武扬威吗？看着我身败名裂，你现在开心了，得意了？我告诉你，你未免得意得太早了！你以为衍哥哥和爸爸妈妈会相信你的鬼话吗？”

等宁雪落骂得差不多了，宁夕才悠悠开口：“宁小姐，容我提醒你一句，我现在开了扬声器，并且，苏衍就在我旁边哦……”

手机那头是一串长长的沉默，随后突然就挂断了。

不用想也能知道宁雪落听到这句话后会是什么表情，又是怎样惊慌失措地挂掉电话的。

“噗！小夕夕，你也太坏了吧！那女人估计被你吓惨了！”陆景礼满脸钦佩。

“这就叫坏了？真没见过世面！今儿让你看看还有更坏的！”宁夕勾了勾唇，点了几下手机，下一秒，手机里便传来刚才她跟宁雪落的对话。

没错，她录音了。

本来她还真是打算在苏衍面前给宁雪落打电话，然后开扬声器让苏衍好好听一听的，却因为小宝只能改变计划。

还好最后的结果也不影响。

宁夕将刚才的录音剪辑了一下，然后给苏衍发了过去，遗憾地叹道：“可惜这招只能用一次，以后宁雪落再跟我说话肯定会提防了。不过嘛，用一次也够了！”

早料到宁雪落会死不承认，今天她就要彻底在苏衍的心里埋下一颗怀疑的种子，到时候只要等着看狗咬狗就好……

陆景礼打了个寒噤，哆哆嗦嗦道：“小夕夕，如果以后我有什么得罪你的地方，你直接告诉我，我随便你揍到解气，但是千万别这么对付我啊！我好怕怕……”

宁夕轻笑，干脆道：“放心好了，看在你哥的分上，我不会跟你计较的。”

陆景礼闻言眼睛亮了亮：“我哥的面子这么大？”

宁夕白了他一眼：“废话，他是我BOSS，是我恩人啊！当牛做马都不为过！”

听到这个回答，陆霆骁敛着眸子，眼底的光芒如流星一闪而逝，只余下一片漆黑……虽然她已经做得非常小心翼翼，但是，他还是清楚地察觉到了，她今晚回来后对他的态度变化。

从刚才选择陆景礼陪她进医院，到故意亲近苏衍，甚至一直表现得心机深沉想引起他的排斥，再到状似不经意地提醒他的身份跟他撇清关系……如同他当初用温水煮青蛙、润物细无声的方式让她不知不觉中慢慢接受自己一样，此刻她也有样学样地用了同样的方式，在慢慢远离他……毫无疑问，她真的是个学以致用的好学生。

他算是作茧自缚，困在自己一手创造的牢笼里，明明知道她想做什么，却束手无策。

深夜，陆宅。

宁夕躺在大床上数了很久的羊，依旧没有丝毫睡意，于是拿起手机打开了微信。

刷了会儿朋友圈又发了会儿呆之后，她打下了一行字：我本可以容忍黑暗，如果我不曾见过太阳。可如今，太阳把我的寂寞，照耀得更加荒凉。

这句话出自女诗人狄金森的一首小诗，不知道为什么，这时候想起来竟觉得异常符合她的心境。

第一个回复她的是陆景礼："万物复苏，春暖花开，又到了动物……啊呸！我嗅到了爱情的气息！"

宁夕嘴角抽搐，陆景礼这家伙，也太快了，而且他三更半夜的都不用睡觉的吗？

意外的是江牧野那货这么晚了居然也没睡，给她评论了一句："酸得我牙都要掉了！"

宁夕正准备呛江牧野几句，神情蓦然一紧，她听到了自己的房门"吱呀"一声被人推开的声音……

宁夕下意识地放下手机，屏住呼吸，她不是警惕和防备，而是，紧张。

因为她听出了这是陆霆骁的脚步声。

陆霆骁这个时候过来找她做什么？现在可是凌晨三点钟！

最奇怪的是，以陆霆骁的性格，绝对不会做不敲门就直接进来这种事的……

就在宁夕大脑一片混乱的时候，那个熟悉的身影已经走到了她的床前。

她的屋子里没有开灯，今晚这会儿也没有月亮，以至于整个房间都是黑漆漆的，只能看到一个模糊的影子。

那个影子就这么静静地站在那里，一动不动。

宁夕的心脏都快跳到嗓子眼了，正准备出声打破这煎熬的沉默，脑子里灵光一闪，突然想起一件事。

陆霆骁有梦游症啊！

于是话都快说出口了，又被她赶紧咽了回去，以免吵醒他。

咳，可是……他到底想做啥啊？

大概过了五秒钟后，陆霆骁又上前了一步，在她的床沿坐下，掀开了她的半边被子，然后就这么躺到了她的身边……

而且，这还没完，陆霆骁刚一躺下就长臂一伸将她一骨碌拽过去捞进了自己的怀里，紧紧地抱着，就像是搂着一只抱枕。

宁夕的脸颊被迫密不透风地贴着陆霆骁温热的胸口，头顶就是他平稳的呼吸，腰间是他灼热的手掌，整个鼻息间都是属于他的夹杂着淡淡古龙水的清冽气息……天哪！这简直要疯啊！

宁夕在心里已经仰天长啸着狂奔了八百里，可现实中却只能忍到差点内伤。

想当初陆霆骁第一次梦游的时候，她还在想这肯定是因为"日有所思，夜有所梦”，第二天还提醒陆霆骁需要找个伴侣了……现在，她算是彻底明白了！

明白了那句“日有所思，夜有所梦”真正的含义！

所以，谁能告诉她，她现在到底该怎么办？难道又等陆霆骁自己走吗？

以前什么都不知道的时候也就算了，可是现在，怎么也不妥当吧？

宁夕试探着挪动了一下身体想要挣脱开，最后的结果是气喘吁吁地出了一身汗，某人还是纹丝不动。

她担心弄醒他，又不敢太用力。

没办法，宁夕终于妥协。

唉，算了，睡就睡吧！反正他醒来以后什么都不记得……

窗外，清风拨弄乌云，月亮从云层里探出脑袋，透过窗户洒落一室清辉。

陆霆骁近在咫尺的侧脸就这么猝不及防地出现在了她眼前……宁夕的心跳漏了半拍，随即瞬间如同擂鼓。

她真怕跳得太厉害，会把陆霆骁惊醒了。也不知道是今晚这月色太美，还是因为眼前的人，宁夕情不自禁地伸出手触上了男人的脸颊：“陆霆骁……”

现在是不是不管她做什么，他什么都不知道，也不会有记忆？

那岂不是意味着她可以为所欲为了？

这个念头让她内心深处压抑的猛兽开始蠢蠢欲动……宁夕轻轻碰触着男人的额头、眉眼、鼻子，最后停留在削薄的唇……

随后，宁夕缓缓倾身，在距离男人的唇只有一厘米的距离时堪堪停住了。

亲，还是不亲……这是个问题。

“乘人之危占人家便宜会不会不太好啊？”

“可是谁让你自己跑到我床上来的，不能怪我对吧？”

“再说上次你还咬我了呢！”

“天哪，我这到底是在干吗呀！真是昏了头了我！”

宁夕碎碎念了半天，终于又乖乖躺了回去。

一旁男人僵硬的身体总算是放松下来，与此同时，内心是满满的失落。这种不上不下的感觉简直……

然而，就在下一秒，怀里原本已经放弃，正乖乖躺着的女孩突然挪动了一下，接着猝不及防地压在了他的唇上……饶是冷静如陆霆骁，这会儿也差点失态。

这种被强吻只能干躺着不能拿回主动权的感觉，简直比前者还要悲催！

女孩的吻技实在是有够差的，完全就是一通乱舔乱咬，可是却让他瞬间被点燃……

亲完之后，宁夕抹了下嘴，终于心满意足地躺了回去，自言自语地咕哝道：“昏头就昏头吧！这么好的机会，不亲白不亲！这样至少也算此生无憾了！”

听到这话，陆霆骁真不知道该气还是该笑。仅仅是一个吻就此生无憾了？亲爱的，你的人生目标真的太低了。我想给你的，还有更多……

亲完陆霆骁之后，宁夕更加睡不着了，于是够着手把手机摸了过来，打开网页刷了会儿娱乐新闻。

如她所预料的那样，宁雪落那边第一时间发出声明，把所有的责任都推到了助理崔彩静身上，又把自己放在了受害者的位置上。

不过盛世这边也不是吃素的。

在梁飞星的公关下，目前宁雪落那边的声明起到的效果不大，大部分人都认为宁雪落是在故意推卸责任，一个小助理因为你骂了她几句，就这么费心费力地报复你，未免也太说不过去了。

有人觉得宁雪落是因为跟贾青青关系好为贾青青出气的；也有人认为宁雪落是嫉妒宁夕长得比她好看；甚至有人猜测苏衍经常跑剧组是不是看上宁夕了，所以宁雪落才这么急着要除掉宁夕的……总之，宁雪落平日里营造的温婉大方的形象，这次遭到了严重的打击。

除此之外，粉丝们关注最多的就是《天下》这部剧日后的拍摄情况，这也是宁夕最在意的事情。

公司那边已经在处理了，只是目前还没有确切的答复。

明天打个电话跟林芝芝打听一下吧！

看完娱乐新闻，宁夕又登录了一下微博，意外地发现这次的事情之后，自己微博粉丝大增，多了不少路人粉，评论下面也全都是鼓励她、安慰她的话。

宁夕想了想，编辑了一条微博发了出去："与其在意别人的背叛和不善，不如经营自己的尊严和美好。那些杀不死我们的，终将使我们更加强大！"

微博上夜猫子很多，她的评论、转发和点赞数嗖嗖嗖地往上涨着。

发微博不到五分钟，江牧野也转发了，配了一句中规中矩表示支持的话。

粉丝在下面十分激动，这对戏里的搭档居然现实中进到一家公司了，那岂不是更有机会发生点什么了？

让宁夕意外的是，她这条微博下面的热门评论里，除了关心支持她的和八卦她跟江牧野的，被顶上热门第一的评论居然是："女神女神！上次看到陆霆骁居然转发了跟你有关的微博！你在盛世娱乐有没有见过陆大 BOSS 啊？跟他说过话没有？他帅不帅！求爆照！求发福利！"

宁夕满头黑线。

"我有没有见过陆大 BOSS ？废话，我当然见过了！就躺我旁边呢，你们这些愚蠢的人类！发照片？那还是算了吧！男神当然要留着自己私藏了……"

宁夕一边喃喃一边继续刷，最后的结果就是越刷越来精神。

唉，果然不该在失眠的时候刷微博的。她现在需要的应该是一本高等数学才对！

正发愁呢，手机突然有通电话打了进来，来电显示是江牧野，还好她刚才就开了静音。

宁夕压低声音接通电话：“喂，干吗？”

“我还想问你呢，你大晚上的不睡觉干吗呢？”

宁夕翻了个白眼：“同样的话还给你。”

“你说话声音怎么这么低？”江牧野狐疑地问。

“大晚上的，你让我跟你嚷嚷吗？”

“不对……”江牧野一副福尔摩斯上身的语气，笃定道，“你旁边有人！”

宁夕闻言在心里低咒了一声，然后理直气壮地开口道：“我跟小包子一起睡的怎么了？你要不要这么一惊一乍？”

“真的？”

宁夕突然感觉腰间的手似乎紧了一下，差点恍神，忙答道：“不然呢？难道躺我旁边的还能是陆霆骁？你是不是得臆想症了！”

江牧野撇撇嘴，也觉得自己想多了：“我不就随便问问嘛！”

“对了……”宁夕突然想起一件事，蹙了蹙眉头道，“你家里的事情怎么样了？”

江牧野沉默了一会儿，然后回答：“已经差不多解决了，就在我昨晚跟你见面之后，死不松口的合作商那边突然就松口了，可真是够巧啊！”言外之意，显然是因为陆霆骁猜到了些什么……

“那就好。”宁夕松了口气，“那你明天有空吗？”

江牧野哼了一声：“干吗？我很忙的！”

“哦，那算了。”宁夕说着就要挂电话。

“等等，不过明天正好有空，你有什么事？”江牧野急忙问。

宁夕悠悠道：“明天就立秋了，天气这么好，正好又不用拍戏，要不要出去啊？”

“什么？”江牧野一瞬间差点以为自己出现了幻听，毕竟回国以来，她一直把自己当成洪水猛兽一样避着，“你……你又有什么阴谋？”

“哪儿这么多问题，不去拉倒！”

“去！”

深夜，在女孩绵长的呼吸声中，男人终于缓缓睁开眼睛，深潭一般的眸子里清冷无波。

月光下，他静静看着女孩平静恬淡的睡颜，轻轻亲吻着她的唇。

从见到她的第一眼起，就想将她关在家里，不让任何人多看她一眼，只有他能看，也只可以看着他……连他自己都惊讶，他到底是怎么忍到现在的。

男人吻上了女孩的唇，直到女孩蹙着眉头几乎要因为不能呼吸而醒来……半晌后，他终于离开女孩，触摸着女孩的脸颊，微不可闻地叹息一声："宁夕，不要再考验我的忍耐力。我不能保证，我还可以忍多久，我也无法保证我会做出什么……"

第二天早上。

宁夕也不知道自己昨晚到底是什么时候睡着的，反正等醒来的时候，陆霆骁果然已经不在床上了。

因为睡得太迟，起床的时候都已经快九点了。

手机里一堆江牧野的未接电话，发微信骂她是不是又放他鸽子。

宁夕挠挠头给江牧野回了一条信息让他过来，接着去洗漱了一下，然后下了楼。

陆霆骁上班去了，小宝没有去打扰她睡觉，正乖乖坐在沙发上看书。

"宝贝，过来！"宁夕冲着小宝招了招手。

小宝立即放下书跑了过来。

宁夕将小家伙抱起来："今天阿姨带你出去玩好不好？"

小宝闻言满脸惊喜，用力点了点头。

这时，大门口响起一阵喇叭声。

宁夕牵着小宝出了门。

江牧野看到宁夕时愣了愣，她今天扎着马尾辫，穿着背带裤，内搭一件卡通印花白T恤，斜挎着一个单肩包，看起来就像个学生。

"走吧！"宁夕带着小宝准备上车。

江牧野瞪大眼睛看着她旁边的小宝："不要告诉我，你约会还把这小子带着？"

宁夕白了他一眼："谁跟你约会啊！我是带小宝出去秋游野炊的好吗！"

江牧野瞪大眼睛："那你叫我来做什么？"

"当然是开车啦！我想了一圈，今天只有你比较闲！"

陆氏集团又在谈什么大单子，陆霆骁和陆景礼这段时间都开始忙了。

江牧野无语。

"走不走啊！再不走太阳都要下山了！"宁夕催促。

江牧野认命地上了车："你就不怕我们被人认出来？"

"稍微乔装一下不就成了！"

江牧野神色微怔，有些不自在道："装成什么？一家三口？"

"想得美，我是姐姐，小宝是弟弟，至于你嘛……"

"我是什么？爸爸？"

"我呸！你是司机！"

江牧野一阵无语。

"记得先去超市啊！还要买烧烤架买肉买饮料！"

"知道了。"江牧野满脸乌云地应了一声。这个浑蛋，就知道坑他！

到超市采购完，开车到了目的地后，宁夕找了一处风景很好也没人的小河边，一边哼歌一边开心地教小宝串肉串。

江牧野一边支起鱼竿钓鱼一边也在唱："今天是大晴天，你却带着你弟弟出现，看到他的脸，我的心情马上变阴天，像伤口被撒盐……"

宁夕叉着腰："够了啊！给爷唱首欢快的！"

"今天天气好晴朗，处处好风光，好风光……"

江牧野一直无精打采，等到开吃的时候才来了精神。

至少宁夕那家伙做吃食的技术没话说，同样是烧烤，可是她烤的太好吃了。

估计是看他挺辛苦的，一向除了宁夕之外谁都不理睬的小宝，甚至亲自递了一串羊肉给他。

江牧野简直受宠若惊，并且……他发现宁夕之前说的其实一点都不夸张。

小宝这小子乖起来的时候真的太讨人喜欢了！也难怪宁夕对他这么好……真是的，太不公平了，简直基因突变，为什么陆霆骁会生出这么可爱的儿子？

江牧野一边啃肉一边在心里捣鼓小心思，虽然这次出门是当苦力来的，但是别人又不知道。

之前天天看陆霆骁在群里、朋友圈里秀恩爱，总该轮到他秀一次了吧……江牧野嘿嘿嘿地暗暗笑了几声，躲到一边拿起手机对着宁夕的背影拍了张照，然后嘚瑟地上传到了朋友圈："秋游进行中……"

以陆霆骁的眼力，肯定能认出这个背影是谁！

很快下面的狐朋狗友就开始评论了——

"哇！妹子正点啊！光看背影就知道肯定漂亮！"

"江牧野你小子也太不讲义气了，也不带来给我们看看！"

"来张正面来张正面！别小气！"

"怎么看起来年纪很小啊？成年了没有？江牧野你不会做什么违法的事吧？"

过了一会儿，陆景礼也冒出来了："烤肉看起来好好吃！还有鸡翅，还有烤鱼……小兔崽子，吃好吃的居然不叫上舅舅我！"

陆景礼的关注重点，果然是异于常人……

等了半天，他真正要等的人终于出现了，最新信息上显示陆霆骁刚刚回复了他。

江牧野急忙点开去看他回复了什么，结果刚看清楚后脸就黑了……

陆霆骁回了一句："别让小宝吃太多，他最近有点超重。"

小宝！陆霆骁怎么知道小宝也在的？江牧野反复去看自己发的那张图，最后终于发现了问题出在哪里。

照片里河面的倒影中，出现了小宝的身影……眼力好过头了吧！

江牧野像战败的公鸡一样蔫头耷脑地跑了回来，然后看到宁夕正在打电话。

“跟谁打电话呢？”江牧野随口问了一句。

“芝芝姐呀！”宁夕回答。稍微熟悉了些后，宁夕果断把称呼从“林姐”换成了更亲昵的“芝芝姐”。

江牧野喝了一口果汁：“什么直直弯弯的！”

“我经纪人，林芝芝！是灵芝的芝好吗？”

话音刚落，江牧野刚喝进去的果汁瞬间全都喷了出来：“你说谁？”

“林芝芝啊，冷曼云的经纪人！你没看我那天的新闻发布会啊？反应要不要这么迟钝！”宁夕鄙视地看了他一眼。

“反正都知道结果了，我还看个鬼！林芝芝，为什么偏偏是林芝芝？”

知道宁夕签约盛世后他一直心烦气躁，只随便了解了下情况，根本就没看，谁知道陆霆骁居然还给他埋了这么大一个炸弹！

宁夕不解：“为什么不能是林芝芝？你这么激动干吗？难道是你前女友啊？”

见江牧野沉默得很诡异，宁夕弹了个响指：“哎哟，我这小脑瓜，就是聪明，被我猜中啦？”

“别跟我说话……我需要静静……”

这一局，江牧野完败。

严格来说，是他战争的号角刚吹响，就发现自己一脚踩在了地雷上，一步都无法再继续前行……敌军太凶残！

宁夕一副无法接受的语气：“真没想到啊，芝芝姐这样的人也会有瞎了眼的时候！”

江牧野瞪她：“怎么说话呢你！什么叫瞎了眼？你才瞎了眼呢，连苏衍那种人都能看上！”

宁夕叹气：“唉，都怪我们当年年纪轻，是人是狗看不清！”

“你……”江牧野被气得说不出话来，最后怒道，“现在你知道陆霆骁那家伙有多阴险狡诈了吧？为了防着我，连这么无耻的手段都使出来了！”

说完本来准备看宁夕后悔的表情，结果却看到她托着腮笑得一脸花痴：“BOSS大人真是英明神武运筹帷幄未雨绸缪决胜千里之外……”

江牧野的脸色黑如锅底：“宁夕，你真是没救了！”

宁夕突然猛地凑过去，一脸不怀好意：“喂，你跟芝芝姐之间是怎么回事？看你的表情，似乎不仅仅是前女友这么简单啊！”

江牧野这家伙不可能如此忌惮区区一个前女友的。

“管好你自己吧！”江牧野没好气道，随即迟疑地问，“刚才她打电话跟你说什么？”

宁夕耸耸肩：“没说什么呀，就通知我说编剧正在修改剧本，大约半个月后开机。”

“明哥也跟我说了，修改之后孟长歌和孙涣卿这条线会更突出。至于宁雪落和赵思洲会不会换人还不清楚，不过陆霆骁这么护着你，我估计肯定会换人的！”江牧野语气略酸。

宁夕却摇了摇头：“错，如果陆霆骁真的是出于我的角度考虑，那么他肯定不会换人。因为，在戏里用实力彻底打败宁雪落，让她沦为我的陪衬，对我而言才是最爽的报复方式！”

话音刚落，宁夕的手机上弹出了一条最新娱乐资讯。

一些重要的娱乐资讯她都订阅了，每次有最新消息都会弹出来。

宁夕看完之后，嘴角忍不住微微上扬，看起来简直是个怀春少女……

江牧野被她的表情雷了一下，狐疑地凑过去看了一眼。

接着便看到娱乐新闻上显示盛世刚发布了最新公告，陆氏集团补上了之前宁氏国际和星辉娱乐撤出的资金，《天下》这个项目全面由盛世娱乐接管。出于拍摄进度考虑，剧中原定的角色全都不会改变……

看着宁夕和陆霆骁之间的默契和彼此之间的了解，江牧野心里一阵阵发堵：“我看你是彻底陷进去了还不自知，你这么喜欢陆霆骁……真的能忍住不跟他在一起？”

宁夕仰躺在草地上，随手摘了一根狗尾巴草叼在嘴里：“谁说喜欢就一定要在一起？因为喜欢在一起的人还少吗？有多少人是能走到最后的？这样的状态……已经很好……”

最好的结果是退回朋友和知己，就算是最坏的结果，相忘于江湖也没什么不好，记忆可以永远停留在最美的时候。

半个月的假期可不能浪费，第二天，宁夕继续带着小宝出去玩了。

“夕小姐，要不要等大少爷下班回来你们再一起去？”老管家终于看不下去了，开始试探着当起了媒人。

宁夕挠挠头：“还是算啦，他这么忙！我们自己去就好！”她特意找的陆霆骁不在的时候，怎么可能还等他下班回来……

“那么，就让他们跟着吧，大少爷交代了，孙少爷的安全不能马虎。”老管家指着旁边三个黑衣墨镜的保镖说。

这个要求合情合理，宁夕自然是只能同意了。

这样就不需要再找江牧野做苦力了……她怎么感觉陆霆骁是故意的呢？

今天宁夕的行程安排是带小宝买玩具和衣服，当然，由于她还没开工，暂时没有工资进账，刷的还是陆霆骁的卡。

逛商场的时候，她意外发现了一家新开的所有衣服都很潮很萌的童装店，于是彻底开启了买买买模式。

“宝贝宝贝，这套也好看，快进去试试！”

小宝点点头，乖乖进了试衣间。

宁夕正在外面等小包子换衣服，突然看到店外面路过两个熟悉的身影。

宁雪落亲昵地挽着苏衍的手，两人正一边逛一边说着话。

“哇，这个店里的童装好可爱呀！衍哥哥，我们进去看看吧！下个月是芳琳家儿子的生日，我们买套衣服作为礼物吧？”

“嗯。”苏衍没什么表情地应了一声。

“芳琳的儿子你看过吗？又白又胖的真可爱！衍哥哥，你说我们以后要是有了儿子，会不会也这么可爱？”宁雪落神色娇羞地问。

“大概吧。”苏衍明显兴致不高，回答也有些敷衍。

宁雪落见状满脸失落：“衍哥哥，你还在生我的气吗？我都已经在微博上公开道歉了，你也亲自听到彩静的解释了，至于那通电话……我真的是因为你突然不理我，又喝了点酒，气急攻心之下才口不择言的，我都后悔死了……”

“小夕……”

宁雪落正解释着，突然从苏衍的口中听到宁夕的名字，随即顺着苏衍的目光看过去，竟看到宁夕就站在对面一排衣架旁边。

“姐姐……”宁雪落眼眶一湿，立即激动地冲过去拉住她的手，“姐姐，我总算是见到你了！我一直想要当面跟你道歉，可是这些天你一直不理我又不接我的电话，我又不知道你住在哪里……当初大家问我的时候，我就说过，我根本不相信那件事是你做的，最后果然是个误会，我就知道你不会做那种事的！

“现在虽然都真相大白了，但对你的伤害已经造成，虽然我也是受害者，但这件事毕竟是因我而起，你是被我连累的，所以对不起，真的对不起！你打我骂我都可以，只要你能消消气！”

宁雪落这番话下来，可谓情真意切，行云流水，甚至弄得好像是宁夕得理不饶人在欺负她一样。

宁夕没有跟以往一样犀利地出言讽刺，而是神情略无奈和疲惫地朝着苏衍的方向看了一眼。

那个眼神让苏衍心里如同被蚜虫啃咬了一般微微泛疼，急忙把宁雪落拉了过去：“雪落，你冷静一点。”

宁雪落没有注意到宁夕的小动作，眼泪啪嗒啪嗒往下掉：“衍哥哥，你帮我跟姐姐说一下吧，你最了解这些天我有多痛苦多自责，我真的希望她可以原谅我！否则我真的……”

苏衍看着怀里哭得肝肠寸断的女人，最终还是心软了：“小夕，对不起，这件事情雪落确实也很自责。”

宁雪落闻言嘴角划过一丝得意的笑，表面上哭得更伤心，暗中却在期待着宁夕的爆发。

以往每次她一求原谅，宁夕肯定会表现得特别激动，什么话难听就说什么话，让苏衍一次比一次更讨厌她。这次肯定也……

宁夕疲惫地捏了捏眉心，然后叹了口气：“算了，宁雪落，你的道歉我看到了，也收到了，既然是误会，那就算了，我原谅你了。”

“你、你说什么？”宁雪落瞬间变了脸色，满脸无法置信。

苏衍却是非常欣慰：“雪落，你现在可以放心了？”

宁雪落一句话都说不出来，脸都憋成了猪肝色。

另一边，试衣间的门打开，换好衣服的小宝走了出来。

宁夕虚伪的面具上立即闪过一丝暖意，微笑着走过去将小宝抱起来，然后对店员说道：“刚才试穿的衣服全都要，身上这件直接穿走。”

“好的好的，我马上去帮您开单子！”店员笑靥如花地应着。

宁夕对苏衍略点了下头表示告辞，然后便直接抱着小宝走了。

身后的黑衣保镖付好账，拎着大包小包跟了上去。

这一幕让宁雪落看得瞠目结舌，随后面上浮现一抹极其兴奋的表情：“难道芳琳和萱萱说的是真的？上次她们跟我说在商场看到宁夕在买小孩子的衣服，我还不相信呢！姐姐她、她该不会是真的为了钱走上歧路，未婚生子……”

只可惜刚才宁夕走得太快，她都没看清那孩子的长相，也没来得及偷拍留证据……

“雪落！不许胡说！”苏衍闻言立即面色严肃地打断她，目光复杂地看着宁夕离开的方向，“这个孩子我见过一次，小夕说了，只是朋友的儿子！”

宁雪落急忙道：“衍哥哥，你太天真了，朋友的儿子她能对他这么好？看她有保镖跟着，刷的还是黑卡，这样的人家有多少保姆、保镖，需要她帮忙照顾孩子吗？”

苏衍的眉宇间浮现一丝挣扎和犹豫，接着不知想到了什么，于是还是语气坚定道：“雪落，在我心里，小夕就是我的亲妹妹，你侮辱她，就是侮辱我！以后不要再让我听到这种话！别人可以怀疑她，但是我们不可以，知道吗？”

宁雪落万万没想到这次的事情之后，苏衍对宁夕的态度会有这么大的转变。

该死的，那天在医院里，宁夕到底对他灌了什么迷魂汤？苏衍突然这么相信宁夕，甚至连她的话都听不进去了……

“对不起衍哥哥，我知道错了，以后一定不会了！”宁雪落咬牙说出这句话。

看样子这次的事情激起了苏衍心中的愧疚，让苏衍不再轻易怀疑宁夕了。

不过，那又怎样，既然他不相信别人说的，找机会让他亲眼看见，他总该信了吧！

要找宁夕的破绽实在是太容易了，之前她跟江牧野就不清不楚了，现在又多了个孩子，真是越来越有意思了！

不过最近这段时间还是暂时忍忍，等苏衍对宁夕的愧疚淡化了再说……

商场楼下，宁夕带着小宝正准备回家，突然发现门口等候的车子不见了。

“咦，咱们的车呢？”宁夕一脸迷茫。该不会是被偷了吧？可是怎么可能，车里还有司机呢……

身后跟着的保镖答道：“小姐，我们的车已经开走了，因为刚才老板打电话来说，他下班了过来接。”

“啊？”宁夕一听蒙了，急忙道，“那个什么，我们还是自己走吧，万一他要加班或者被什么事耽……”

话未说完，一辆黑色的迈巴赫平稳地停靠过来，后座的车窗缓缓降了下来，露出一张面无表情的脸：“逛完了？”

宁夕面色僵硬地点点头。

因为这两天她都是晚起早睡，尽量避免与陆霆骁接触，所以虽然同住一个屋檐下，她却已经有整整两天没见到他了。

“回家？”

“嗯嗯！”宁夕认命地拉开车门把小宝抱上车，然后自己去开副驾驶的车门，想坐到前面。

结果，其中一个保镖诚惶诚恐地凑了过来：“小姐，副驾驶不安全，还是我坐吧，您坐后面就好，后面很宽敞。”

“哦……”宁夕再次认命。

上车后，尽管中间隔了一个小包子，宁夕还是尽量靠着车边坐着。

陆霆骁的态度倒是一如往常，膝上放着一个笔记本电脑，正在快速敲击键盘，专注地忙碌着。

宁夕见状稍稍松了口气。

结果，十分钟后，陆霆骁似乎已经处理完了事情，放下电脑，把昏昏欲睡的小宝抱坐到了自己的膝盖上，把电脑放到自己的另一侧，然后自然而然地朝着宁夕的方向移了一个位置。

熟悉的清冽气息突然侵犯到了安全距离，宁夕顿时全身的毛都快炸起来了，下意识地又往门边贴了贴，脸都快贴上窗户了……

“宁夕……”耳边响起陆霆骁的声音。

“啊？怎么了？”宁夕扭过头。

陆霆骁看着她，不紧不慢地开口：“你在躲我？”

“怎、怎么可能！我干吗要躲你！只是窗户外面有火烧云，挺美的，我看看风景……看风景而已……”宁夕说完嗖的一下移了回来。

结果，就在这时候，前面那司机也不知道到底怎么开车的，突然一个急转弯，宁夕的身体被迫整个朝着陆霆骁的方向倾倒过去。

陆霆骁眉头微蹙，伸出一只手臂护住了她的肩膀，然后再也没有放下。

“对不起老板，刚才有辆车突然插过来！”前面开车的助理程锋汇报道。

陆霆骁：“嗯，开慢点。”回去加工资。

程锋：“是！”

宁夕心想：从管家到保镖到助理，为什么她有种所有人都在帮陆霆骁助攻的错觉？

晚上回家后，宁夕继续以减肥为借口，晚饭都没吃，第一时间钻进了屋里。

真是感谢这些天她跟小包子一起飞涨的体重，让她有这么个好理由！

半晌后，“咚咚咚”的敲门声响起，还好听脚步声不是陆霆骁。

宁夕刚洗完澡，一边擦着头发一边走过去打开门。只见弯弯站在门口，手里端着一个放了食物的托盘，看到宁夕刚洗完澡后的样子，被惊艳得明显愣了一下。

眼前的女孩实在是太漂亮了，刚洗完澡后肌肤白里透红的样子更是无比诱人，连她一个女人看了都忍不住心动，也难怪大少爷他……

弯弯赶紧摇摇头回过神来，开口道：“小夕小姐，大少爷让我送点吃的上来，虽然保持身材重要，但也不能饿坏了，这些都是低脂低热量的食物，吃一点没关系的！”

“好的，谢谢你啊弯弯！”看着可爱的小女仆，宁夕紧张的心情缓解了不少，“弯弯你换发型啦，真可爱，很适合你哦！”

“谢谢小夕小姐！”弯弯开心地摸了摸头发，随即犹豫着开口道，“小夕小姐，你人真的好好，其实我觉得你跟大少爷特别般配，你要是可以做我们大少奶奶就好了！否则如果是其他有心计的女人进门，我们肯定很惨！”

宁夕：“呃……”为啥连小女佣都开始助攻了？求放过啊！

随后弯弯又敲了一次门，给她送了杯牛奶。

敲门声第三次响起的时候，宁夕正趴在阳台栏杆上吹风，以为又是弯弯，于是直接说了一声“请进”。结果，等脚步声越来越近她才发现不对劲。一转身，果然看到了陆霆骁近在咫尺的脸。

“陆霆骁……”宁夕下意识地捏紧了栏杆，“有事吗？”

陆霆骁没有说话，只是静静地站在她的身前看着她。

眼前的女孩穿着一件及脚踝的宫廷风长裙睡衣，刚吹干还有些微湿的头发在夜风中轻轻飘动着，双颊还残余着水汽蒸腾后的红晕，灵动的眸子里闪烁着一丝受惊和防备……

就在宁夕被盯得头皮都快发麻的时候，陆霆骁总算是开口了：“宁夕……”

宁夕：“嗯？”

陆霆骁：“我很想你。”

宁夕顿时瞪大眼睛，差点以为自己出现了幻听：“咳咳……什、什么……”

陆霆骁伸出手，轻轻拾起她耳畔的一缕碎发，语气缥缈如寒冰池里升腾的寒气：“好像已经很久很久没有见到你……”

明明才两天好吗？呸，这不是重点！重点是陆霆骁刚才说想她？他直接开口说想她？这发展不对啊！她一定是出现幻觉了吧？一定是！

然而，就在宁夕不停地给陆霆骁的行为找正当借口的时候，陆霆骁上前一步，单手环住她的腰身，轻轻往他的方向一带，就这么把她抱进了怀里，与此同时，他的另一只手也环了上来，倾着身，以一种极其疲惫又眷恋的姿态，将脑袋轻轻埋在了她的颈窝。

妈呀！这什么情况？

宁夕的大脑如同被病毒入侵一般全是乱码，终于从混乱中清醒过来后的第一反应是赶紧推开他。

结果，陆霆骁却收紧了手臂，在她耳边响起的声音听起来竟然有些可怜的意味：“别动好吗？让我抱一会儿……”

这个要求让她如何应答？该死的，陆霆骁到底是怎么回事？这两天她虽然在有意避开他，但一直都小心翼翼，绝对不会打草惊蛇的，为什么他突然就……十秒钟过去了，三十秒钟过去了，一分钟过去了，三分钟过去了……说好的一会儿呢？太言而无信了吧！

就在宁夕忍无可忍的瞬间，陆霆骁松开了她：“抱歉，有些失态。”

宁夕咽了口唾沫：“呵呵，没事没事……”

把她心脏病都快吓出来了，结果一句失态就完了？更悲催的是她还一个“不”字都不能说！

陆霆骁看着女孩一脸憋屈的表情，泛着笑意的眸底不易察觉地划过一抹精光：“早点睡吧，晚安。”

“呵呵，晚安晚安，你也晚安……”

她安个鬼，今儿晚上不用睡了！

第二天早上，果然失眠了一夜的宁夕躲在床上，一直不敢起来。最后，她偷偷摸摸地跟弯弯打了个电话。

“弯弯，你家大少爷去上班了没有？”

“没有啊！不过我看大少爷挺忙的，从起床下楼开始电话就没断过，程助理也匆匆忙忙地过来了一趟，似乎是问大少爷什么时候出发……”

“然后呢？”

“然后大少爷还是没走啊！一直在楼下呢！也不知道在等什么……”

看样子是躲不过了！宁夕深呼吸了好几次，调整好心态，祭出坚不可摧的面具，以淡定又自然的表情下了楼。

只见陆霆骁老神在在地坐在沙发上，一旁的特助程锋手里捧着一大堆文件，满脸焦急却又不敢催促的模样。

宁夕一边下楼梯一边伸了个懒腰，看向楼下的陆霆骁时，故意做了个惊讶的表情：“咦，陆霆骁，都这个时间了，你怎么还没去上班？”

陆霆骁听到女孩的声音，抬眸轻轻望了她一眼，那目光如同毛线一样一圈一圈将她温柔缠绕……

“我在等你。”陆霆骁说。

宁夕呆滞，她突然发现自己没办法跟陆霆骁好好说话了。

就在宁夕一脸发蒙的时候，陆霆骁已经起身朝着她走过去。

宁夕条件反射地想要往后躲，但男人的目光竟如同有着无形的力量一般，硬生生将她定在原地，动弹不得。

片刻间陆霆骁已经走到她身前，宽大的手掌摸了摸她的头发：“要是现在不等你，又要一整天都见不到你。”

宁夕继续呆滞中。

“我去上班了。”陆霆骁说着，倾身在她的额头印下一吻。

宁夕已经彻底死机了。

身后的程锋目瞪口呆，随即红着脸一副非礼勿视的表情避开了目光。

太惨了，大清早的差点急疯掉不说，还被撒狗粮！

直到陆霆骁已经走了好久，宁夕依旧直愣愣地站在原地，手指无意识地摸着自己刚才被亲吻的额头，那火辣辣的感觉持续不退……虽然亲的只是额头，虽然她甚至早就偷亲过他，但这还是第一次双方都清醒的情况下的吻。

此时此刻，宁夕总算是明白了……陆霆骁肯定是早就发现她的策略了，所以他也改变策略了！

要是他跟以前一样继续装还好，可他要是干脆不掩饰化暗为明了，她可怎么办？

完蛋了！果然玩不过他！

如果真被逼到那一步全都挑明了，那么只有一个结果，不欢而散，甚至更糟糕……宁夕正心慌意乱间，突然感觉裤脚被人拽了拽，一低头就看到小宝正仰着小脑袋看着自己。

“小宝……”宁夕看到小宝手里拿着一幅水彩画，惊讶道，“这么快就画好啦？”

小宝腼腆地点点头，然后期待地看着她。

宁夕未来的计划全都是陪小宝，昨天就已经安排好了今天的行程，带小宝去放风筝，而且还要自己动手做风筝。

看清小宝的画之后，宁夕有些惊讶：“你画的这是……”

除了她和小宝自己之外，小宝很少画人像，他的风景里也从来不出现人，可是这一次，宁夕竟发现他的画里出现了三个人。

浩瀚无垠的天空中飘着朵朵白云，云朵上坐着三个人，一男一女，中间还有个小男孩。

依旧是抽象的画法，但从特征上来看，宁夕还是一眼就认出了画里的人是她和陆霆骁还有小宝。

之前小宝一直都挺不待见陆霆骁的，就算画画也都只画她，或者只画他们俩，从来都不带陆霆骁。这还是小宝第一次把陆霆骁也带上了……

宁夕神色微怔，但很快便恢复如常，拉起了小包子的手：“走，咱用它做风筝去！管家爷爷应该已经帮我们准备好做骨架的竹条了！”

小包子点点头，只是表情看起来似乎有些失望。

宁夕陪着小宝放了一天的风筝，并且晚上还亲自下了厨。

前两天她都是带小宝在外面吃，然后很晚才回来，一回来就钻进房里。现在看来，这招显然败了，也没必要再继续了。

她刚做好饭菜，陆景礼那家伙跟有狗鼻子似的，循着味儿就巴巴摇晃着尾巴跑来了。

“哇哦，全是我爱吃的！嫂子……咳咳咳，小夕夕，可等到你再次下厨了！”

宁夕略无语地斜睨了陆景礼一眼，这家伙，刚刚叫漏嘴称呼她“嫂子”了吧？

“去叫你哥下来吃饭。”

“好的！”陆景礼忙不迭地跑了，同时心中满是狐疑，刚才他不小心叫漏嘴了，都惊出了一身冷汗，宁夕居然没有反应？难道是没听清吗？

饭桌上，陆景礼以他敏锐的直觉越看越觉得这两人不对劲……“不对劲啊不对劲啊……”

陆景礼咬着筷子，凑到了他哥耳边，小声道：“哥，你是不是对小夕夕做了什么？她怎么看起来很怕你啊？简直连看都不敢看你一眼！”

“没做什么。”陆霆骁回答，面无表情的脸上看不出一丝异样。

“难道是我的第六感出问题了吗？这不可能啊……”陆景礼一头雾水地挠挠头。

最后，一顿饭总算是结束了。

宁夕感觉自己这饭吃得简直比打仗还要累，时刻要警惕敌袭。

饭后，宁夕立即站起来收拾碗筷：“我去洗碗！”

陆景礼扫掉盘子里最后一块糖醋排骨，鼓着腮帮子唔唔道：“放着我来！”

“没事没事，我来洗我来洗！”宁夕赶紧抢活儿干，再不找点事儿做，她得疯掉。

陆景礼颇为顾忌地看了旁边的陆霆骁一眼，急忙道：“你都这么辛苦做饭了，哪还能让你洗碗呢！我吃得最多，当然是我来洗了！”

陆景礼说完给了亲哥一个邀功的眼神。

结果，陆霆骁漫不经心地瞥了他一眼，然后说：“让宁夕洗吧。”

“啊……”陆景礼闻言大惊。

今天太阳打西边升起来了？护妻狂魔居然让宁夕去洗碗？这不科学啊！

陆景礼正百思不得其解的时候，陆霆骁看着他，悠悠说了一句：“毕竟你是客人。”

陆景礼目瞪口呆地伸出手指着自己的脸：“什么？我是客人？”言外之意是说宁夕跟陆霆骁才是一家人是吗？他就这么成了客人了？

一旁的宁夕双颊涨红，一副生无可恋的表情扶着额头，最后逃上楼了……

小宝一脸迷茫地看着突然跑开的小夕阿姨，虽然不知道小夕阿姨怎么了，但却看出是爸爸欺负了她，于是不高兴地瞪了陆霆骁一眼，然后迈着小短腿跟上去了。

就这么猝不及防被撒了一脸狗粮的陆景礼，呆呆看着宁夕逃窜的背影，满脸无语道：“哥，这就是你所谓的没有做什么？连小夕夕那么彪悍的妹子都被你调戏得掩面而逃了好吗！

“我就知道我第六感不会错！我说你这到底是闹哪样啊！我每天小心翼翼生怕给你弄露馅了，结果你这画风怎么突然就变得如此奔放？你好歹给我通个气，我也好知道以后该怎么做怎么配合你啊……”

陆景礼唐僧似的碎碎念了半天，陆霆骁回了他三个字：“去洗碗。”

说完就高贵冷艳地转身上了楼。

陆景礼被虐得体无完肤差点吐血，最后居然还是他洗碗？

利用他秀完恩爱就扔？人性呢？天理呢？还有没有一点兄弟爱？

静悄悄的夜里，宁夕大睁着眼睛躺在床上。

都已经过去几个小时了，心脏还是扑通扑通以不正常的速度跳动着。

真是见鬼了啊！她好歹也是见过许多大风大浪的，居然因为一个男人的一句话就慌成这样，还小鹿乱撞，简直就像个十几岁毫无恋爱经验的少女……她几乎已经不敢想象未来的日子会是怎样……不行不行，不能再继续这么坐以待毙下去！

这时，“嗒”的一声，墙上的挂钟指在了午夜十二点。

宁夕一骨碌爬起来，开始翻箱倒柜……

翻找一阵后，宁夕换上了一件银色亮片吊带背心，黑色紧身皮裤，十二厘米的高跟鞋，然后给自己画了个亲妈都认不出来她是谁的烟熏妆。

人家灰姑娘是半夜十二点换上华丽的裙子驾着南瓜马车去皇宫泡王子，她呢，三更半夜化妆成小妖精去酒吧刷大魔王的厌恶值……唉……这两天陆霆骁挺忙的，这个时间应该还没睡吧？

宁夕跑到阳台朝着书房的方向看了一下，果然看到陆霆骁书房的灯还亮着。

于是她果断跑去敲门了。

嗯，待会儿力争闪瞎他的眼！

“咚咚咚”敲了三下门，片刻后门内传来一阵沉稳的脚步声，接着，门打开了。

陆霆骁看清门外的人之后，果然神色微怔：“你……”

“我约了朋友出去喝酒，过来跟你说一声！”宁夕说完，满心期待地看着陆霆骁的反应。

陆霆骁的惊讶只是一闪而逝，了然地点点头，就好像没有看到她夸张的打扮似的：“好，玩得开心点。”

说完还问了一句：“需要我让司机送你吗？”

宁夕脸色微黑：“咳，不用了，我骑车去……”

她深吸一口气，刚振作了精神准备离开，陆霆骁突然朝着她靠过来。

他又想干吗？

宁夕下意识地后退一步，却还是没躲开陆霆骁触摸过来的手……他的手指触摸在她的耳垂上，并且轻轻捏了捏，宁夕全身的毛都炸起来了，一把捂住自己的耳朵，以一副看怪叔叔的表情看着陆霆骁。

陆霆骁嘴角不易察觉地弯了弯，指着他刚才触摸的地方说道：“你这里，有一颗黑色的痣。”

“所以？”好端端的说她的痣干吗？宁夕本来就大脑一片混乱，此刻更是无法理解他的逻辑。

“你这身打扮还有妆容，虽然一般人肯定认不出来，但是这颗痣很有标志性，又是完全外露的，最好遮掩一下。”陆霆骁说。

宁夕站在两步开外：“一颗痣而已，不会有人注意的吧？”

“小心为好。”
“好吧，你说得也有道理，回头我会戴个大点的耳钉遮一下！”
“嗯。”
短暂的交锋之后，宁夕总算是骑着车离开了大门。
为啥这一回合才刚刚开始，她就有种自己会输得很惨的错觉？
不行不行不行，清醒一点，一定要打破对大魔王的迷信！

酒吧。
宁夕难得放纵自己一回，点了一瓶酒坐在吧台自斟自酌。
舞池里群魔乱舞，她却没有丝毫兴致，心不在焉地端着酒杯发着呆。
酒吧这种地方，在国外的那些年她早已经玩得一点新鲜感都没有了，再火热的画面看在她眼里也如同一场没有声音滑稽可笑的默剧……一瓶酒下肚，宁夕又点了第二瓶。
酒精没有让她放松，反而让她更加心烦意乱。
这时候，一个男人手里端着杯酒朝她走过来：“小姐，一个人？”
男人三十多岁的模样，衣冠楚楚，看起来是个精英，一副自我感觉良好的样子。
一瓶酒的时间，整个酒吧里已经有不少男人注意到她，但宁夕这样的，一看就是江湖老手，一般人轻易不敢出手。
宁夕眼角的余光瞥了眼男人的左手无名指。
手指上虽然没有戴婚戒，但那里明显有一圈颜色比较浅，一看就是暂时摘下来的。
“是啊！”宁夕斜支着脑袋懒洋洋地回道。
男人的面上浮现一丝亮光：“可以坐下来吗？”
“当然。”宁夕轻轻一笑，眸光流转之间带着明显的暗示。
男人的喜色几乎已经掩饰不住，开始老套的开场白：“心情不好吗？”
宁夕叹气：“是啊！失恋了！”
“你这样的大美人也会失恋？哪个男人这么身在福中不知福？”精英男一副惊讶的表情。
“是我甩他的。”
“咳咳……那一定是他惹你生气了吧！”
“对啊！我不过是来酒吧玩玩而已，他发现以后居然跟我要死要活地闹，你说气不气人？”
“呃……”精英男终于被噎得说不出话来，他怎么觉得这台词这么熟悉呢？好像他刚才跟兄弟抱怨自己老婆整天跟自己闹的时候就是这么说的……但是，他被眼前的女人举手投足间魅惑人心的眼神蛊惑，丝毫没发现自己是被耍了。

酒过三巡之后，两人顺理成章地一起出了酒吧。

“咱们去哪儿？君来还是明珠？”精英男一脸急切地问。

“去什么酒店啊！就在这边吧！”宁夕一把将男人拉扯进了旁边的小巷子里。

精英男激动地粗喘着，一把将人压在墙壁上：“对，你说得没错，在这里比较刺激……”

两人说话的时候，丝毫没有注意到，就在距离他们五步远的地方，一辆黑漆漆没有牌照的车子如同幽灵一般静静地停在那里。

车内，饶是陆霆骁再镇定，这会儿也已经整个人结了一层厚厚的寒霜。

而副驾驶座上，陆景礼已经后悔得肠子都青了。

因为他有强烈的预感今晚会有大事发生，所以一直没睡着，结果果然无意间从窗外看到宁夕和亲哥先后离开，于是他死皮赖脸地跟了过来，但万万没想到事情会大到这种地步！

他已经快扛不住亲哥那张可怕得都能止小儿夜啼的脸了。

眼睁睁看着巷子里那个男人的咸猪手已经碰触到了宁夕的腰，饶是陆霆骁是神仙下凡，这忍功也该破了。

陆景礼看得出，陆霆骁的忍耐力已经只剩下一根头发丝那么细的线：“哥，你还不出手？”

陆霆骁声寒似铁：“再等等。”

陆景礼急得不行：“这都什么时候了，你还在等什么啊？再不出手你都绿了！小夕夕近两年虽然收敛了很多，但她是有不良记录的，这学好不容易，重新变坏可是容易得很……”

陆霆骁：“闭嘴！”

就在陆景礼闭上眼睛都不敢看的时候，对面突然传来一声撕心裂肺的哀号……

“啊？这声音不对啊……”陆景礼唰地睁开眼睛，然后就看到那男人叫得比杀猪还惨。

紧接着，宁夕又是一脚踹了过去，男人摔了一个狗吃屎，刚要爬起来，却被宁夕一脚踩在背上，下巴着地，嘴里鲜血直流……

陆景礼看着都疼，不忍目睹地捂住眼睛：“嫂子好凶残啊……”

宁夕一连串的动作炉火纯青，行云流水，简直就像她经常做这样的事似的……最后，她保持着脚踩着那男人背的姿势，一只手横搭在自己的膝盖上，方才脸上妖精一样的魅惑已经完全变成了流氓一样的痞气和嚣张：“把手机交出来！”

渣男被揍得晕头转向，毫无还手之力，闻言忙不迭地求饶道：“手机在我的口袋里，钱包也在口袋里，包里还有一枚戒指，给你都给你！女侠饶命！”

万万没想到啊，今晚居然遇到抢劫的了！这劫匪还是个大美女！而且这身手一看就是专业的啊！

宁夕也没在意这渣男的误会，直接掏出了他的手机，然后递到他跟前：“手指伸出来，给大爷解锁！”

“解、解锁？你要做什么？”渣男警惕道。

宁夕一言不合就一巴掌扇过去：“让你解你就解，废话这么多！信不信我废了你？”

“我解！马上就解！”渣男吓得面无血色，赶紧帮她解了锁。

宁夕在他的通讯录里翻出他老婆的手机号码，然后拨了一通视频电话。

很快那边就接通了。

手机里出现了一张女人的脸，看得出来女人的底子不错，但是大概是因为长期操持家务和不懂得保养，面色憔悴又蜡黄。

“你、你是谁？”女人看到宁夕那张耀眼的脸之后，瞬间变了脸色，随即疲惫不堪道，“不管你是谁，以后他爱跟谁在一起就跟谁在一起，我已经准备跟他离婚了，而且我一分钱也不会要他的，以后他的事情全都跟我无关！不要再来找我！”

宁夕闻言一副恨铁不成钢的表情摇摇头：“啧，这么便宜就饶了他？这位姐姐，你也太仁慈了！”

女人没料到宁夕不按常理出牌，不由得怔住了，面色警惕地问：“你、你什么意思？”

宁夕嘴角微勾，将手机的摄像头对准被她揍得鼻青脸肿踩在脚下的渣男：“看到了？”

女人看清手机里的男人后完全呆愣住：“你、你们……这是？”

宁夕轻笑：“怎么样？看着爽不爽？”

女人好半天才回过神来，虽然搞不懂到底是怎么回事，但看着被揍的男人，还是下意识地回了一句：“嗯！”

女人说完，嘴角划过一丝苦涩。曾几何时，他就是磕破一小块皮她都紧张得不得了，如今看到他如此狼狈的模样，心中竟然只有快意……

“呵，那就好！我打这电话给你呢，没别的意思，就是独乐乐不如众乐乐，所以发给你也看看，大家一起乐和乐和！”宁夕一副吊儿郎当的语气。

女人依旧表情呆滞，不知道该如何应付这诡异的情况。

至于宁夕脚下的渣男，那张猪头脸正无比扭曲着，他怎么也没想到，这女人不仅肉体上侮辱他，还在精神上侮辱他，让一向崇拜他的老婆看到他这样毫无形象的一面……

这女人不是为钱也不是为财，这么整他到底是图什么啊？他真是倒了血霉了！碰上这么一个怪人！

然而，此刻他不知道的是，更惨的还在后面……

宁夕突然想起什么似的，一拍脑袋，提醒了那女人一句：“啊对了，回头我发一段他跟他那些狐朋狗友说话的录音给你，可以证明他出轨！

“凭什么离婚一分钱都不要他的？你脑子坏掉了吗？该拿的给我一分钱也不许少拿！听到没有？”

“听、听到了！”女人被宁夕的气场震慑，下意识地应了一声。

宁夕这才满意地点点头，语重心长道：“嗯，这就对了，离婚后你想找什么样的男人没有？”

不远处的陆景礼居然觉得嫂子说的好有道理……

手机那头的女人满心疑惑，忍不住追问：“谢谢你！可是，你……你到底是谁？为什么要这么帮我？我们认识吗？”

宁夕对着摄像头勾唇一笑：“你就当我在做好人好事吧，不必谢我！”

说完挂了电话，一脚踹开渣男，然后扬长而去……

陆景礼保持着下巴惊掉的姿势：“哥，有句话虽然不该讲，但我真的忍不住想说，嫂子太帅气了啊，我简直都快……”爱上她了！

陆霆骁没有精力理会亢奋的陆景礼，疲惫地捏了捏眉心，脸上残余着一丝劫后余生般的表情。

陆景礼佩服不已地看着亲哥：“还是哥你厉害，如果不是你忍住了，我们可就看不到这么精彩的一幕了！”

陆景礼说完露出若有所思的表情，激动不已道：“话说我突然想起一件事，想起当年跟宁夕交往过的人，我虽然只找出了一部分人的名单，但那些人无一不是渣男，而且最后都是被宁夕甩的，包括江牧野。再结合江牧野每次提到跟宁夕交往的事情就回避的态度……你说宁夕之所以跟那些渣男交往，是不是跟今天的情况类似，钓鱼执法、替天行道、维护爱与正义……”

听到陆景礼一副重大发现的语气，陆霆骁的面色却没有丝毫波动。

他本来就从未相信过她是那样的人。就算过去真的是，那也无所谓。

收拾完渣男后，宁夕哼着歌骑着车，神清气爽，精神大好。

果然啊，虐渣男才是最有效的减压方式！

宁夕看了眼手机上的时间，现在是凌晨四点，还太早了，她至少也要等到六点钟才回去。因为那个点正好可以在客厅撞上陆霆骁……

于是，宁夕略一思索后便拐了个弯朝着城西的方向开去。

半个小时后，她开到了一处江堤边上。

停好车，走到了软软的草地上坐了下来。

正好吹吹风醒醒酒……这地方还有一点好，那就是蚊子多！

宁夕躺了下来，嘴里神神道道地喃喃自语着：“蚊子啊蚊子，开饭了，快来咬我啊……”

这地方太空旷，陆霆骁他们的车子根本无处藏身，只能停在很远的地方。

还好陆景礼随身带了一个苍蝇大小的微型拍摄器，而且还是带红外功能的，夜间也能拍摄，这会儿正飞到了宁夕的头顶上空。

“哈哈哈……哥，我就说你带着我肯定有用吧！”陆景礼得意得尾巴都快翘上天了。

只见车载屏幕里，宁夕正躺在夜空下的草地上，嘴里反复说着什么“蚊子快来咬我”……

“嫂子这是喝多了吗？特意跑来这里就是为了喂蚊子？”陆景礼无语。

陆霆骁没说话，似乎一点都不觉得奇怪，全副注意力都在屏幕中的女孩身上。

宁夕放松下来后酒劲也上来了，闭上眼睛有些昏昏欲睡，迷迷糊糊之间，身后传来一阵沙沙的脚步声，随后耳边那些蚊子扰人的嗡嗡声渐渐消失了，因为夜风而觉得有些冷的身体被温暖覆盖，熟悉的气息包裹她的瞬间，原本强撑的那一丝清醒烟消云散。

因为总是孤身一人，所以从来不敢完全醉过去。

在她自己都不知道的时候，竟然有一个人，能够让她放心地醉。

陆霆骁帮她赶走蚊子，脱下外套盖在她的身上，然后伸出一只手臂枕在她的脖子下面，以免她的皮肤被草叶扎到。

女孩抓着他的衣服，睡得很香，虽然脸上的妆容厚重，眉宇间的天真却像个稚嫩懵懂的孩子，让人忍不住心疼……

宁夕醒来的时候天际已经泛起了鱼肚白，一看时间，都已经五点半了。

她不过稍微眯了一下，居然睡了这么久？

宁夕拍拍屁股爬起来，看了眼自己身上，意外地发现并没有被蚊子叮咬多少包，不过，正好够用了……她还以为自己睡了这么久，肯定会满身是包呢，如果是那样，就太夸张了，效果反而不好。

还有很奇怪的是，这入秋的时节，又是在江边上，她一觉睡醒，身上居然暖洋洋的，没有一丝冷意……大概是喝了酒的原因？

半个小时后，宁夕回到了陆宅。

时间正好是六点，客厅里，陆霆骁和往常一样，一派老干部作风地在那儿喝茶看报纸。

至此一切顺利。

“陆霆骁，早啊！”宁夕进了屋里，主动打招呼。

“早，回来了。”陆霆骁从报纸间抬起头。

宁夕暗暗观察着陆霆骁的表情，然后发现想观察一个面瘫的表情实在是太难了。因为他大部分时间都是面无表情，此刻也一样。

宁夕没死心，直接一屁股在陆霆骁对面的沙发上坐了下来，还故意摸了摸脖子。

离得这么近，他总该能看到了吧？

果然，陆霆骁的目光徘徊在她脖子上和裸露肌肤上的红点，随后眉头越皱越紧。

宁夕装作没发现的样子，打了个哈欠：“好累啊，困死我了！”

“身上怎么被蚊子叮成这样？”陆霆骁问。

“噗……咳咳咳……”宁夕差点被自己的口水呛死。

有没有搞错？在我打扮成那样去酒吧，并且一大早才回来的情况下，你作为一个正常的成年男人，看到这些痕迹，不是应该第一时间联想到吻痕吗？

蚊子咬的是闹哪样？她去的可是酒吧！酒吧！怎么可能是被蚊子咬的？BOSS大人！您的高智商和逻辑呢？

但是她总不能自己巴巴去告诉他这是吻痕吧？也太奇怪了……计划失败，宁夕一脸痛不欲生。

这时，陆霆骁放下报纸，起身去电视柜下面的抽屉里拿了一个白色的小瓶子走了过来。

宁夕满脸警惕地抬起头，大哥，你又要干啥？

“这个药油对蚊虫叮咬很有效。”陆霆骁说着打开盖子，挖了一些在掌心揉化，随后温热的手掌直接贴上了她的脖子……

被掌心碰触的瞬间，宁夕触电般弹了起来：“我、我自己来吧！”

“别乱动，我手上都是药。”陆霆骁喝止她，略粗糙的手指无比温柔地在她的脖子上涂抹着，帮助她按摩吸收，神情认真严肃，像是在进行一项多么庄严伟大的事情。

因为那药油，被他的手指碰触过的地方，皆是一片沁凉，可皮肤之下却燃起了火……

半晌后，陆霆骁总算给她涂好了药：“怎么样？”

宁夕回过神来，摸着被蚊子咬的地方眨了眨眼睛，然后惊讶不已道：“好神奇！真的一点都不痒了！这什么药啊？怎么这么有效……”

刚一说完，宁夕就恨不得把自己的舌头咬掉。她居然自己说漏嘴了！

看来她之前的预感是无比正确的，她真的败得非常惨……

宁夕如同战败的小猫一样可怜兮兮地耷拉着脑袋，语气不满地咕哝道：“陆霆骁，我喝酒了……”

“偶尔喝一次没关系，我会帮你瞒着小宝。”

“我去酒吧了……”

“嗯，注意安全就行。”

“我还夜不归宿了！陆霆骁，你一点都不生气吗？”宁夕终于怒了。

“你希望我生气？”陆霆骁的语气风轻云淡，目光沉沉地凝望着她。

宁夕瞪大眼睛，她居然被反将一军！

陆霆骁帮她拿掉一根沾在头发上的草叶：“我之前就说过，你可以把这里当成自己的家一样随意。”

说到这里，陆霆骁突然顿了顿，转而说：“其实，我并不希望你深夜孤身一人去酒吧那种地方，我会因为担心彻夜难眠。但是，我还是尊重你的自由。”

宁夕的胸口“噗”的中了一箭，丘比特之箭。

呵呵，这仗没法打了……敌人简直是单方面碾压！

接下来，宁夕连续去了一个星期的酒吧，结果什么用都没有。

唯一的影响是，由于她接连收拾了好几个渣男，全城的酒吧几乎都开始戒严了，遇到美女都要严查。

唉……真是诸事不顺。

宁夕终于稍微消停了一些，当然也没忘了正事，继续专心陪小宝到处玩，几乎把整个华都都玩遍了。

这段时间最大的收获就是，在她的陪伴下，小宝的性格越来越开朗，不再惧怕出门，除了还是不说话，有点内向，几乎已经跟正常的孩子一样了。

太好了……这样等她离开的时候总算能放心了！

某日清晨，宁夕一下楼就看到了许久没见到过的一幕。

小包子和大包子在餐桌前相对而坐，一个冰山脸，一个小冰山脸，气氛剑拔弩张。

什么情况？这父子俩都好久没吵过架了。

“你们俩这是怎么了？”宁夕狐疑地问。

听到宁夕的声音后，小包子立即看到救星一样一把抱住她的腿，然后警惕地盯着陆霆骁，一副好像陆霆骁要把他卖掉的表情……

宁夕抱着小宝安抚了一下，然后看向陆霆骁：“陆霆骁，怎么回事啊？”

陆霆骁抬眼道：“准备送他去我父母那儿住几天，老人家很久没见他了，很想念。”

“原来是这样啊！”宁夕了然地点点头。

小包子一看急了，水汪汪的大眼睛很快便浮上了一层雾气。

于是宁夕立即心软了，挠挠头看向陆霆骁：“这个，没有其他办法吗？”

陆霆骁瞥了她一眼：“有，让我父母过来住几天。”

“呃，还是把小宝送过去吧！”宁夕果断道。

对不起了小包子，阿姨也是迫不得已的……

小宝顿时大受打击，一副爹不疼娘不爱的小表情噔噔噔跑上楼躲进房里了……

“呃……”宁夕干笑一声，“那个，我去劝劝他吧！”

“嗯。”

楼上，宁夕敲了敲小宝的房门。

“宝贝啊，给阿姨开个门好不好？”屋里没反应。

“真不理我了啊？”屋里还是没反应。

看来是真生气了啊！

宁夕叹了口气，没办法，只好又下了楼，然后往门外走去。

陆霆骁见状头也不抬道：“别徒手爬，让管家给你准备梯子。”

宁夕闻言一个踉跄差点摔倒，这家伙是她肚子里的蛔虫吗？怎么知道她准备爬墙翻窗进去？

可恶啊……这些日子以来，她发现陆霆骁是越来越了解她了，很多时候她一个眼神、一个小动作，他就知道她下一秒想做什么。

五分钟后，宁夕爬着梯子顺利翻进了小宝的房间。

小家伙一见到她就泪汪汪地扑了过去，小表情别提多委屈……刚才屋子外面突然没反应了，他还以为宁夕真的不要他了。

宁夕心疼地搂着小包子：“宝贝，阿姨任何时候都是站在你这边的，只是这次的事情，阿姨真的觉得你应该去，你想啊，你爷爷奶奶就你一个宝贝孙子，明明那么喜欢你，可是为了迁就你，都不敢来看你……”

小宝耷拉着脑袋，半晌后拿起写字板写了两个字：一起。

意思是想让宁夕也一起去。

宁夕尴尬地轻咳一声：“这可不行……”她这种时候怎么可能去见陆霆骁的父母！

“因为阿姨就快开工了啊，恐怕没有时间哦！”宁夕找了个好借口，然后急忙哄道，“不过阿姨可以跟你爸爸一起送你过去！你乖啊！小宝都是个五岁的小男子汉了，这段时间又进步这么大，越来越棒，越来越厉害，这点小事情肯定可以做到的对不对？”

宁夕抱着小包子，又亲又哄地柔声说了小半个小时，最后，小家伙终于松口了。

陆家老宅在半山腰上，占地有一大片山林，从大门到住宅开车都走了二十多分钟，两边全是郁郁葱葱的树木，风景非常好。

托小宝的福，宁夕也算长见识了！

透过车窗，宁夕看到陆家二老早早地就等在门口，一脸望眼欲穿，就跟普通人家溺爱孙子的老人一样。

宁夕拍了拍怀里的小包子："快去吧！别忘了阿姨跟你交代的话，加油哦！"

看着宁夕眼中的鼓励和期待，小包子面色坚定地点点头，被陆霆骁牵着一步三回头地下了车。

看到宝贝孙子之后，二老全都是满脸惊喜，赶紧迎了上去。

陆老夫人激动得眼眶都湿了，埋怨地看着一旁的大儿子："臭小子，为了你，我们都忍了几个月没见小宝了！结果你居然还是没搞定我儿媳妇！"

陆霆骁轻咳一声，示意他们身后的车里有人，这个距离，宁夕还是有可能听到的……实际上，宁夕也确实听到了。

仗着这车玻璃外面的人看不到里面的人，宁夕直接把耳朵贴到了车窗上偷听他们在说什么，然后正好就听到陆老夫人的这句话……

陆老夫人一下激动了："哎呀！儿媳妇也来了？让她下车给我们见见啊！"

"妈……"陆霆骁脸色无奈，"她害羞，你别吓着她。"

宁夕连连点头，对对对，我害羞，千万别叫我出来！

还好，这时候陆老爷子的一句话转移了大家的注意力。

"小宝这是在写什么呢？"陆老爷子狐疑地问。

陆老夫人被老伴这么一说，也发现小宝正埋着脑袋不知道在写着什么东西。

片刻后，小宝抬起了写字板，黑珍珠一样的大眼睛清亮地看着爷爷和奶奶。

只见写字板上写着："爷爷，奶奶，小宝很想念你们！"

陆老爷子和陆老夫人看清写字板上的字之后面面相觑，满脸震惊，随后两人一齐红了眼眶。

陆老夫人无法置信地看着老伴："我、我这是看错了吗？小宝叫我奶奶了！"

虽然不是真正意义上的"叫"，但这是小宝第一次称呼她"奶奶"啊！从前都是直接无视他们甚至排斥他们的……

"也叫了爷爷！"陆老爷子严肃又自豪地补充。

"还说很想念我们呢……"陆老夫人再也忍不住，一把抱住小宝哭了起来，"奶奶的心肝啊！你知道奶奶多高兴吗！"

陆老爷子叹了口气，然后看向大儿子，面色严肃道："霆骁，你喜欢的那位，很好。她把小宝教得很好。"

他只知道小宝开朗了很多，愿意出门了，万万没想到小宝的进步居然这么大！实在是太让人惊喜了！

"可不是吗？而且喂得也好，你瞅瞅我孙子现在胖的！比上次在照片里看到的还胖乎！”陆老夫人满心欢喜。

“嗯，她是很好。”陆霆骁看了眼身后车子的方向，目光无比温柔。

陆老爷子拍了拍他的肩膀，语重心长道：“小子，加油吧，最好的自然要多花些工夫，我们会无条件支持配合你！”

截至陆老爷子和陆老夫人，陆霆骁已然完成了“陆家全体成员都在助攻”这个辉煌的成就。

硬覈文化
HARDCORE CULTURE

# 许你万丈光芒好

全三册

第二册

·初遇篇·

囧囧有妖 著

江苏凤凰文艺出版社
JIANGSU PHOENIX LITERATURE AND ART PUBLISHING

# 第七章
# 深情告白

车子里，看到陆霆骁跟父母、小宝告别后朝着车子的方向走来，宁夕赶紧正襟危坐，装成什么都没听到的样子。

回去的路上，陆霆骁突然问了一句："今天准备做什么？"

"今天？"宁夕听到这个问题直接傻了眼。

对了，今天她不用陪小宝了，而且今天是周六，陆霆骁也不用上班……那岂不是意味着一整天都是他们两个人在家里？

发现掉坑里的宁夕直接蒙了。

这简直一步一个坑，一不小心就要掉进去的节奏啊……

这时，她的手机响了起来。

宁夕拿起手机看了一眼，随即双眸微眯。

常莉？她打电话过来做什么？

宁夕接起电话，一副惊奇的语气："哟，常大经纪人日理万机居然有空亲自找我？"

常莉听着"日理万机"这四个字，恨得几乎要把牙龈咬破。

从前宁雪落如日中天，她自然是每天忙得脚不沾地，可自从这件事之后，宁雪落的工作安排骤降，不仅如此，星辉也要求宁雪落休息一段时间。

这意味着未来大半年她也要喝西北风了！

常莉没好气道："我是来通知你一声，立刻搬出去！都背信弃义跟公司解约了，难道还想占着公司的房子？那地段就算租出去一个月好歹也要一千多！"

呵，在华都这种地方，月租一千多而已也值得炫耀？

宁夕也没空跟她多废话，随口道："知道了，没什么其他事的话我就挂了……"

不等她挂电话，常莉又咄咄逼人地指责起来："宁夕，你扪心自问，公司对你还不够好吗？现在哪个公司给员工配住宿？多少人好几个月都接不到工作，你好歹是一直都有活儿干的！

"就算你出了那样的事，公司也没放弃你！你倒好……"

宁夕啧了一声："这么有理，怎么不敢在大众面前对峙啊？"

常莉立即被噎住。

常莉不甘心地哼了一声，冷笑道："盛世娱乐大咖云集，你以为你跳槽过去会有出头之日？真是太可笑了，你被抛弃的时候可别哭着来求我！"说完，"啪"的一声重重挂了电话。

宁夕耸耸肩，看了旁边的陆霆骁一眼："今天有事做了！"

"什么？"

“刚常莉打电话说星辉给我安排的那个房子要收回了，我东西还在那边呢！所以，我得去搬家！”

“嗯，走吧。”陆霆骁点头，说完便朝着她公寓的方向开去。

宁夕还以为躲过一劫，见状急了：“我自己去就好了，我东西比较多，回头我联系搬家公司叫辆货车来搬！”

“不碍事，装得下。”

宁夕心想你这车虽然挺宽敞的，但怎么可能装得下那么多东西啊，当自己叮当猫呢？

但陆霆骁一副笃定的模样，她又不好反驳，只能让他一路开到了公寓楼下。

算了算了，一起搬家算是比较安全的结果了，至少肯定跟暧昧的气氛扯不上任何关系。

到了公寓，宁夕推开门，屋里因为长期没人住，已经落了一层灰，窗户也不知道什么时候被风吹开了，掉了一地的树叶……一阵秋意的凉风穿过窗户吹拂而来，陆霆骁修长的身影站立在玄关，一向清冷的目光带着几分暖意缓缓扫过房间的每一个角落。

“怎么了？”宁夕不解地看向他。

“没什么。”陆霆骁收回了目光。

虽然是星辉给她安排的小破屋，却有着属于他们的宝贵回忆。

嗯，回头让人直接把房子买下来吧……

“有什么需要我做的？”陆霆骁问。

宁夕挠挠头，找了一个大大的空盒子过来，然后指着一排高高的书架道：“你个子高，可以帮我把书架上的书放进去吗？”

“好。”陆霆骁卷了卷袖子，便要开始。

宁夕看着他这一身比这栋公寓都要贵的行头，抚了抚额，急忙道：“你等我一下！”说完不知道从哪儿翻了一件医生穿的那种白大褂出来，站到他跟前，“你把外套脱了，换上这个，防尘。”

陆霆骁依言脱了外套，有些惊奇地看着这件白大褂：“哪来的？”

“戏服啊，之前有个剧组穷得连群演的衣服都买不起，所以我就自己买了件！”宁夕说完给他套上，“还好这衣服比较宽松！”说完之后，就看着陆霆骁愣住了，不由自主地咽了口唾沫，脸上是遮掩不住的惊艳……陆霆骁穿白大褂也太有型了吧！

“怎么了？”

宁夕猛地摇摇头回过神来：“没事没事……咱们开始吧！我去整理衣服了！”

“嗯。”陆霆骁点头，神情了然地看了眼女孩逃窜的背影，开始收拾架子上的书。

陆霆骁做事看似慢条斯理的，实际上速度很快，效率很高，不一会儿架子上就快被他收拾好了。

正忙碌着，一本莎士比亚文集里面不小心掉出来一张照片……陆霆骁随手拾了起来。

只见照片上是一群年轻人，全都是一副很朋克很重金属的打扮，宁夕就在正中间，头发极短，穿着一身黑色的机车服，脸上挂着恣意飞扬的笑，看起来就像个帅气的男孩子。

她的手臂随意地搭在一个男人的肩上，正扭着头跟他说话，姿态看起来非常亲密，应该是非常熟稔的人。

至于那个男人，因为正侧过头点烟，加上光线昏暗，所以看不清楚长相，只能看到一个模糊的侧脸……

直觉告诉他，这人就是宁夕口中明知道他很危险，却依旧相信他绝对不会伤害自己的YS……陆霆骁出神地盯着男人的侧脸看了很久，脑海里飞快地闪过一个念头，但是那个念头闪得太快，以至于他没有抓住。

为什么他觉得这人给他的感觉……有几分熟悉？难道是他认识的人……

“陆霆骁，我这边快结束啦！你好了吗？”宁夕拖着一个很大的行李箱，扭头问道。

“嗯，好了。”陆霆骁不动声色地将照片放了回去。

十分钟后，宁夕大包小包地站在楼下。

然后，终于知道为什么陆霆骁那么肯定地说装得下了。

一辆加长林肯正静静地停在那里……

宁夕赶紧压低了帽檐，用最快的速度小心翼翼地把所有东西放了进去，然后赶紧催促司机开车。

因为事发突然，她也没来得及变装，太招摇了。

陆霆骁似乎看出了她的担忧，开口道：“别担心，记者认识车牌号。”

言外之意是，绝对不敢惹这辆车的主人。

“好吧……”她多虑了。大魔王做事总是这么天衣无缝。

去新公寓的路上，陆霆骁突然开口叫她：“宁夕。”

正在心不在焉想事情的宁夕猛地抬起头：“啊？怎么了？”

陆霆骁支着额头，目光幽深地看着她：“我似乎记得你说过，若是我想追谁，可以教我。”

宁夕脑子里“嗡”的一声，低咒了一声“该死”，然后干笑道：“我、我说过吗？没有吧！呵呵呵……”

“说了。还说包教包会。就在我们去你公寓拿调料的那天，你顺便拿了两个快递，其中一个是你前男友送你的生日礼物，你说他追求女孩的方法太拙劣，让我不要学。”陆霆骁精准地说出所有的细节提醒她。

宁夕闻言简直恨不得抽自己一巴掌，让你嘴快！让你胡说！自掘坟墓了吧！

“那……那你现在是有想追的女孩子了？”宁夕只能硬着头皮问。

“嗯。”陆霆骁点头，缀满了星辰的眸子如同看着全世界般看着她，“所以，教我。”

她教个鬼！你只要用这样的眼神去看着任意一个女孩子，她都会心动，还追啥呀？

没办法，自己说过的话，哭着也要圆回去。宁夕只能轻咳一声，摆出自己啥都不知道的表情教道：“有句话网上不是挺流行的嘛。若她涉世未深，就带她看尽人间繁华；若她心已沧桑，就带她坐旋转木马。大意就是必须得对症下药！不知道你喜欢的女孩子是什么类型？”

“她……”陆霆骁顿了顿，似在思索，半晌后飘浮着冷雾的眸子里如同冰雪初融，嘴角泛着一丝温柔，“她知世故而不世故，桀骜不羁却善良温柔，她经历过很多，但始终保持着一颗赤子之心……她是我见过，最好的女孩子！”

知世故而不世故？桀骜不羁却善良温柔？经历过很多，却始终保持着一颗赤子之心？最好的女孩子？我的少女心啊！宁夕捂着胸口狂跳的心脏差点直接倒地不起。

谁不喜欢别人夸自己？更何况陆霆骁还夸得这么有诚意这么有技术含量字字往她心头最柔软的地方戳。陆霆骁的人设难道不应该是不食人间烟火禁欲又高冷系吗？嘴这么甜简直不科学！

看着还在认真等她出招的大魔王，宁夕真是恨不得给他跪下磕三个响头求放过！

你一个满级神装的大号，还用得着我带？

宁夕轻咳一声，一副过来人的语气语重心长道：“BOSS 大人，恕我直言，其实以你的内外在条件和悟性，根本就不需要我教。如果以你这样的条件，对方居然都还没有动心，那么只有一个可能。”

陆霆骁闻言斜支着额头的手放了下来，双眸微微眯起：“什么可能？”

宁夕深吸一口气，斩钉截铁道：“你不是她喜欢的类型！”

“不是她喜欢的类型？”

伴随着这句话而来的，还有一阵来自北极冰川的冷风……

宁夕咽了口唾沫，强顶着大魔王犀利如冰刃的目光，肯定地点点头道：“对啊，俗话说萝卜青菜各有所爱，喜欢萝卜的人，就算青菜再完美，也不可能去喜欢青菜的啊！”

陆霆骁的手指有规律地一下一下敲击着座椅扶手，沉默三秒钟后，幽幽道：“如果我确定，我是萝卜呢？”

什么叫你确定你是萝卜？你就这么肯定我喜欢你啊！你要不要这么……机智？

“那、那搞不好她已经有其他喜欢的萝卜了呢？一个萝卜一个坑，已经有萝卜进去了，自然其他萝卜再好都容不下了啊！”宁夕为自己的这个比喻抽了抽嘴角，没事干吗用“萝卜”这个奇葩的比喻啊……

“其他喜欢的萝卜……”陆霆骁沉吟着，接着目光一凛，“是谁？”

此刻，冷风已经妥妥进化成龙卷风了！

处在风暴中心的宁夕感觉已经快撑不住了，装着看风景的样子努力往窗户边挪了一下，干笑道：“我又不会算命，这个我哪儿知道啊！反正我认为吧，你还是保持现状比较稳妥，不然万一对方真的有喜欢的人了，你一说开，到时候连朋友都做不成了怎么办？”

陆霆骁薄唇紧抿，面如寒霜，好半天都没有说话，密闭的车厢里，气压低得简直都快下冰雹了……

就在宁夕快被这样的气氛压抑到无法呼吸的时候，陆霆骁终于开口了，他说：“那便……拔了那根萝卜。”

拔……拔了那根萝卜！大哥啊，你用词要不要这么吓人！本来还想找个挡箭牌呢，可是哪个挡箭牌经得住大魔王一招的？还不够塞牙缝的呢！唉，又沟通失败了，难道只能用她的终极大招了吗？希望不会有用到那招的时候……

宁夕的新住处在珠江帝景七楼，三室一厅，装修简约舒适，阳台后面就是一片美丽的江景，与她原来那个又老又旧的小公寓相比简直是天壤之别。

她和陆霆骁两人加上司机，分了三趟把所有的东西都搬了上来。看着一屋子杂物，宁夕抹了把汗：“还有最后一包，我下去拿吧！”

陆霆骁点头：“嗯，我帮你整理。”

“等等，我忘了个东西……”宁夕从其中一个箱子里拿出一个长条状的黑色礼盒。

“这是什么？”陆霆骁问。

宁夕神秘一笑：“用它讨好妹子去！”

楼下，宁夕终于拿完了最后一个行李包，进去大堂的时候，看到前台的小姑娘正探头探脑地打量她，对上她的视线后立即低下头装作忙碌的样子。

饶是珠江帝景的前台见过太多大人物，早就已经淡然了，不过宁夕最近的热度太高，突然看到她还是有些惊讶的，更何况她今天还是跟一个特别帅特别神秘的男人一起来的。

宁夕落落大方地冲着小姑娘笑了笑，然后朝着她走过去。

前台见她朝着自己走过来有些惊讶，大着胆子开口道：“你是宁夕吧？”

宁夕点点头：“是的，今天刚搬过来。”说完拿出刚才带下来的黑色礼盒递给她，“初次见面，一点小礼物，以后还请多多关照。”

“啊……这、这个我可不能收！”

“没事啦，这也是人家送我的，没花钱。你拿着吧！你唇形这么漂亮，用着肯定好看！”

小姑娘摸了摸自己的嘴唇，双颊微红：“那……谢谢！”

“不客气。”

宁夕走远后，小姑娘立即把盒子打开看了看，随后露出惊喜不已的表情。

居然是整整十二支口红，一整套不同的色号。

天哪！她超喜欢这个牌子的口红，可是买不起，男朋友也是榆木脑袋，每次送的都是稀奇古怪的东西，就是不送她一支口红！

真没想到这个宁夕还真挺会做人的。礼物一看就是特别准备的！

大多数人都看不起她这样的工作人员，宁夕还真是与众不同。

电梯门口。

“叮咚”一声，电梯的门打开了。

门外，宁夕看清电梯里的人后，眉头微挑，没想到竟然会这么巧碰到常莉。

“宁夕……”此时常莉正满脸惊讶地盯着她，一副防贼的表情道，“你来这里做什么？”

宁夕翻了翻白眼：“这里是你家的吗？只有你能来？”

常莉双臂环胸，鄙夷地上下打量着她这一身灰扑扑脏兮兮的打扮：“呵，虽然不是我家的，也不是你这种人能来的！”

宁夕越过她，直接进了电梯，按下关闭键：“真不好意思，我住这里！”

常莉闻言呆呆地站在原地，满腹狐疑地看着关门升上去的电梯……宁夕住在这里？怎么可能！可是小区进出都是要刷卡的，她是怎么进来的？

常莉一边走一边喃喃自语，最后还是忍不住走到了前台那里打听。

“小方，刚才进去的女孩子……就是宁夕，她是这里的住户吗？”常莉问。

小方一副客气又为难的表情：“常小姐，这个属于住户的隐私，我们不好透露的呀，你也知道我们这儿管得严！”

常莉不动声色地往她手里塞了一张购物卡：“妹妹，你行个方便！我只是想知道她是不是住在这里，又不打听什么敏感的问题，对你不会有影响的！”

小方不屑地瞅了眼那张购物卡，心想你平时对我呼来喝去趾高气扬的，现在有事求我了，知道好声好气了？她本想推回去，不过又改变了主意，收下卡，开口道：“没错，她是住这里，大概半个月前刚登记的信息。”

常莉一听，眼睛立即亮了：“户主是谁？”

小方一看她的表情就知道她在想什么，如实相告道：“是登记在盛世娱乐名下的，肯定是公司给她安排的住宿吧！”

常莉傻眼：“什么？你确定没搞错？”

小方语气笃定：“怎么会弄错，那个套房可是整个珠江帝景最好的位置呢，正对着珠江，风景特别好，之前一直空着，直到半个月前，盛世的工作人员带工人过来给房子重新做了装修，物业的信息表上填的就是她的信息！”

“我知道了，谢谢……”常莉黑着脸匆匆走了出去。

该死的，盛世娱乐是疯了吗？居然给宁夕这么好的待遇！

想起她不久前跟宁夕说的那些话，说星辉给她安排的宿舍有多好，简直是在打她自己的脸。看来有必要好好盯一盯宁夕，她一定要搞清楚，宁夕背后的人到底是谁！

在陆霆骁的帮助下，宁夕本来要一整天才能忙完的事情半天就搞定了。

看着所有的东西都被收拾得井井有条，她的心情都变得好了起来。

进盛世之后她一直都觉得不真实，这会儿看着自己未来的小窝，总算是有点真实感了。

宁夕拿了条新毛巾给陆霆骁擦汗，感谢道：“今天实在是辛苦你了，我请你吃顿饭吧？”

不管怎样，陆霆骁为了给她搬家忙了一天，至少请一顿饭是必须的。

“可否在家中用餐？”陆霆骁问。

宁夕挠挠头：“啊？可是厨房还没开火呢，什么东西都没有，我恐怕没办法做饭……”

“无碍，你不用动手，今天已经很累了。”陆霆骁说完打了个电话，对手机那头的人说了两个字，“进来。”

下一秒，门铃声就响了起来。

宁夕狐疑地打开门，然后被吓了一跳。

门外井井有条地站了两排人，全都穿着统一制服，手里端着各色佳肴。

站在最前面的小哥手里捧着一大束新鲜的百合花。

陆霆骁身姿挺拔，迈着结实有力的步子走过去，从那位小哥手里接过花，转过身捧到她身前：“送你。”

看着那一大束洁白的百合花，宁夕呆呆地眨巴着眼睛，条件反射地接了过来。

然后，只见那些侍者鱼贯而入，铺桌布，摆烛台，用短短五分钟时间摆了一桌无比精致的烛光晚餐，然后训练有素地鞠了个躬退了出去。

原来，这就是陆霆骁“可否在家中用餐”的意思，她还以为是在家里做饭呢！真是太天真了！

刚才她看到那些侍者的制服上绣着“红馆”的字样，红馆是B市贵族圈子里最有名的私家菜馆。

这家店规矩很多，老板也很任性，不提供外卖服务，陆霆骁居然能说动老板送外卖过来……

宁夕看着这鲜花，又看看这一桌子烛光晚餐……

“这、这些分明是告白的标配啊？”宁夕惊恐地小声嘀咕。

陆霆骁今天刻意支开小宝，又提前安排了这些，之前甚至还问了她怎么追女孩这个很有指向性的问题，难道真的是要……她怎么越想越瘆得慌呢？

下一秒，她的目光“嗖”的一下落在桌旁小架子上的甜点上，蛋糕里该不会藏了求婚戒指什么的吧？咳咳咳，不可能不可能的！以陆霆骁的个性，怎么会是这么容易猜到的方式！

“菜色不喜欢？”陆霆骁见她脸色不好，微微蹙眉，然后拿起手机，“我让他们撤走重上。”

宁夕急忙摆手：“不用不用！都是我喜欢吃的！我的意思是……应该我请你才对，怎么变成你请我了呢！”

“一样。”陆霆骁不在意地说着，然后绅士地替她拉开了椅子。

“咳，谢谢……”宁夕只好坐了下来。

她仔细观察了陆霆骁一眼，然后发现了一个细节。

照理说今天是休息日，他应该穿休闲装，可他今天却穿得很正式，并且破天荒地打了个领结。

坐下来后，宁夕才发现自己心不在焉的，忘了怀里还捧着花呢，于是又匆匆找了个花瓶插了起来。

“喜欢吗？”陆霆骁问。

“什么？”宁夕愣了一下。

“百合。”

“挺喜欢的……”

“嗯，我认为百合更适合你。”

宁夕心想：他到底是指百合代表“纯真”的这个意思，还是指百合代表“百年好合”这层意思？

“吃吧。”陆霆骁给她夹了一筷子菜。

“嗯嗯……我自己来就好！”为了掩饰紧张，宁夕开始埋头苦吃。

吃得小肚子都开始撑的时候，她终于发现哪里不对劲，手里拿着快吃了一半的蛋糕眉头紧蹙地看着对面的男人……

陆霆骁一直都没怎么吃，而是开了一瓶酒，在那儿自斟自酌，并且瓶子几乎都已经空了……

“陆霆骁，你怎么光喝酒，还喝了这么多！饭菜都没见你怎么吃……”

宁夕说话的时候嘴里还含着一口没咽下去的蛋糕，结果说着说着，突然感觉自己咬到了什么坚硬的东西，急忙张嘴将那东西吐出来。

“什么东西啊，我牙都磕麻了……”

“叮咚”一声，一枚亮晶晶的戒指掉在了她面前的白色瓷盘上。

宁夕眼睛瞪得跟灯泡一样，盯着盘子里的那枚戒指，整个人的表情都惊呆了。

宁夕你这个乌鸦嘴！

居然真的被她说中了，她千防万防啊！总下意识地觉得大魔王追女人的方式肯定是一鸣惊人让人防不胜防的，哪里知道居然栽在了这么……老套的方式上！然而，最后的结果倒是一样的，依旧是让人防不胜防。

大魔王这是故意反其道而为之吗？

这一瞬间，宁夕最后悔的居然是刚才为啥没有直接把戒指咽下去毁尸灭迹……

在宁夕呆滞的目光下，陆霆骁饮尽杯中的最后一口酒，放下酒杯，幽邃的目光看向她：“一直喝酒是因为，我在紧张。”

他还紧张？到底应该是谁紧张啊！

陆霆骁面上的冰冷化作微醺的雾气，暗夜般的眸底却是一片清明，清冷的声音如同坠落在寒潭的雨滴：“我从来不做没有把握的事情，可是这次，还是做了。这或许是我这辈子做过最冲动的事情，不过，我别无选择，也没有后悔的余地。如今无论我是进是退，你都已经决定远离我。这不过是迟与早的区别。从认识你的第一天开始，我就在计划这一天，策划了无数种方案。但是，你越来越惧怕我，对于现在的你来说，那些似乎只能给你带来惊吓，所以，我选择了最传统也最和缓的方式。”

宁夕听完最后一句话，满脸的无言以对。

最和缓的方式？真是谢谢您老这么体贴啊！可我还是被吓到了好吗！

陆霆骁顿了顿，抬起头，继续说道：“无论是哪种方式，我都没有自信能够完全打动你，今天的这场策划，虽然已经是我能够想到的最稳妥的方式，但是，我预想中成功的可能性也只有百分之十七。”

宁夕：“啥？”百分之十七是个什么鬼？他到底是怎么算出来这个神奇的数字的？

“咳咳咳……那个什么……”

六神无主之下，宁夕下意识地想摸酒，结果发现酒已经被陆霆骁喝光了，于是给自己倒了满满一杯果汁，咕噜咕噜一饮而尽。

“啪”的一声放下杯子后，宁夕终于找回了自己的声音：“陆霆骁，你是在演习怎么跟你喜欢的妹子表白吧！嗯，挺好的挺好的，传统却经典，低调却不失内涵，台词也够煽情……”

陆霆骁静静地看着对面的女孩，稍稍往后拉了一下椅子，站起身，下一秒，倾身吻住了她的唇。宁夕的声音戛然而止。三秒钟后，她刚反应过来，陆霆骁却用力按住她的后脑勺，更深入地吻了下去……

不知过了多久，这个吻终于结束，陆霆骁缓缓离开她的唇，宽大的手掌却依旧覆在她的后颈，额头轻轻贴着她的额头……

宁夕闭了闭眼睛，睫毛轻轻颤抖，声音有些沙哑：“陆霆骁，你为什么不听老师的话？”

明明就在不久前，她还教他一定要保持现状不要轻举妄动的，结果他一扭头就直接告白求婚了……

“师父领进门，修行在个人。”陆霆骁的语气居然还一副很有理的样子。

“师父没教过你要流氓！”

"可是，只有这个方法能让你知道，我喜欢的人是师父你。"

"那你这是以下犯上！"

"那一定是因为师父太可爱……"陆霆骁额头抵着她的额头，大掌拾起她纤细的手指覆在自己的心脏处，清冷的眸子此刻如同火山岩浆般火热，语气如同在给她下着蛊惑人心的咒语，"师父，跟我在一起，我的一切都是你的……"

"你不要说话了！"宁夕的大脑一片混乱，尤其是他称呼自己师父的时候，更有种异样的羞耻感。她试图捂住耳朵，然而，还是晚了一步。

陆霆骁接着说道："小宝也是你的。"

宁夕的瞳孔骤然收缩。

陆霆骁不动声色地观察着她的反应，见她睁圆了眼睛瞪着自己，嘴角微微勾起："现在百分之多少了？嗯？"

宁夕捂着脸，下意识地回答："一半一半了……"刚说完就恨不得咬掉自己的舌头，"陆霆骁你也太无耻了，居然连小宝都利用！"

"小宝是我天生的优势，怎么可以说是利用？"

"那你对我用美人计又怎么说！"宁夕义愤填膺，想要摆脱现在这个完全在他掌控之下的姿势，可陆霆骁明明没有用力弄疼她，她却无论怎么挣脱也挣脱不掉。

"我用了？"陆霆骁语气无辜。

"行行行，你没用，陆霆骁……"宁夕正怒着，说到一半突然觉得，不对劲。

"嗯？"

宁夕面色发白地捂着肚子："我、我肚子疼……"

"什么？哪里疼？"陆霆骁的表情立即变得严肃起来。

"肚子！不行了！越来越疼了……"宁夕额头的汗都下来了。

"到底怎么回事？好端端的怎么会肚子疼？菜有问题？"

宁夕轻咳一声："应该不是的，我觉得可能是撑的……我刚才喝了一大杯橙汁下去的时候，就觉得胃里不太对劲了……"

陆霆骁这会儿才发现桌上那么多菜居然被她一个人吃得差不多了，更何况她还喝了那么一大杯果汁，当场气怒道："宁夕！你是白痴吗？吃那么多自己不知道撑？"

宁夕比他更怒："还不是因为你！我被你吓得一直在吃东西压惊！你还一个人把酒都喝光了，一滴都不留给我！我不就只能喝橙汁了嘛！你居然还骂我！"说完捂着肚子号得更凄惨了。

陆霆骁顿时什么气都没有了，急忙安抚着她："我的错……我马上送你去医院！”

宁夕闻言脸色为难：“啊？还是不要了吧，大半夜的去医院居然是因为吃撑了，多丢脸啊！”

“面子重要还是身体重要？”陆霆骁二话不说拿了钱包和手机，然后迅速拦腰抱起了她。

宁夕立即摆手：“呕……陆霆骁，不行，换个姿势……你还是扶着我慢慢走吧……这个姿势更难受了……”

“你……”陆霆骁又气又心疼，只能放她下来，小心翼翼地扶着她往外走。

到医院急诊室的时候，宁夕的衣服和头发全都汗湿了。加上宁夕一直捂着肚子，陆霆骁又一副天快要塌的表情，一个护士立即迎了上来扶着宁夕：“是要生了吗？快！快上推车！”

宁夕把口罩往上提了提，以免被人认出来，然后满头黑线地解释道：“不、不是的护士姐姐！我是吃撑了！”

护士无语了一秒钟，低头瞅了眼她的肚子，这才发现只是微凸，确实不像是孕妇：“看胃病请往左走！”

“谢谢！”

大半夜的，一番折腾之后，宁夕的诊断结果终于出来了。短时间内大量暴饮暴食和压力导致的急性胃炎……

陆霆骁摸了摸病床上女孩苍白的脸颊，满脸的心疼：“还疼吗？”

宁夕苦哈哈地点点头：“疼，不过比刚才好一点了……那个，陆霆骁，还有件事……”

“什么事？你说。”

宁夕犹豫了一下，尴尬道：“我牙龈那儿好像有一块被戒指磕破皮了，刚才没感觉，现在好疼呀……”

陆霆骁抚了抚额头，哭笑不得地揉了揉她的头发：“等着，我去给你买药。”

“嗯。”

陆霆骁走后，宁夕长长地呼出一口气，然后摸了摸自己圆滚滚的肚子，没想到关键时刻肚子这么争气啊！就是吃撑的感觉还真够难受的！这辈子再也不想体会第二次了！

之前有段时间，她太忙了长期不按时吃饭，结果有一次大半夜的也是突发急性胃炎，不同的是，那一次，大晚上的打不到车，她自己骑着摩托车一路赶到医院，自己挂号，自己拿药，自己坐在走廊冰凉的长椅上挂点滴……

陆霆骁很快就回来了。他拿着药在床沿坐下，打开了药瓶，神色认真地叮嘱："这个药片是外敷的，张嘴，我帮你贴在伤处。"

宁夕乖乖张开嘴，舌头不小心碰到，然后蹙眉："苦……"

"忍一会儿，别动它。"

"哦。"

给她贴好药后，陆霆骁目光温柔地看着她，轻轻呢喃着唤了一声："师父……"

宁夕神色微怔，愣了一下才反应过来他是在叫自己："啊？"

"对不起……"陆霆骁自责地轻叹一声，然后拾起她的手，在她的手背上轻轻印下一吻，"都怪徒弟学艺不精，才让你受伤。"

宁夕的心跳漏了半拍——糟糕！百分之六十了、六十一了、六十二了、六十三了……噌噌噌持续增长中……哪里学艺不精了！明明是个学霸！

宁夕摇摇头，赶紧结束"师父""徒弟"这个危险又暧昧的话题，然后切换到小员工状态，举起手一板一眼道："老板，我申请一段无干扰的考虑时间！"

陆霆骁略一思索之后便爽快地同意了："可以批准，你要几天？"

宁夕对着手指，弱弱地问："单位可以是年吗？"

"给你七天时间。"陆霆骁无视了她无理的要求，直接拍板决定。

"好吧，七天就七天！那等我明天出院了，我可以暂时住在公寓吗？你刚答应了无干扰的！正好小宝最近也不在家，而且我后天要去公司一趟，住在公寓也近一点！"宁夕努力阐述着正当理由。

"可以。"陆霆骁毫不犹豫地点头。

啊，这么好说话？突然不坑她了，她都有点不习惯了。

宁夕双眸微眯，露出小狐狸一样的表情，她似乎发现了对付大魔王最有效的方式啊！苦肉计？

因为刚才医生说了让她不要压力太大吗？唉，也是因为太在乎，所以苦肉计才能这么有效啊！想到这里，内心的数值竟一下子涨到了百分之八十！

第二天。

还好宁夕的情况不严重，早上顺利出了院。

陆霆骁依照约定把她送到了公寓，路上的时候去了一趟超市，帮她把冰箱填满了，又给她订好了一日三餐的外卖，反复叮嘱了她好几遍最近的饮食注意事项。

宁夕坐在沙发上，见陆霆骁忙前忙后，检查完冰箱还站在那儿想有什么遗漏的，忍不住轻咳一声道："陆霆骁，你不用忙了，我自己可以照顾自己。"

陆霆骁转身走到她跟前：“那我走了。”嘴上说着，却依旧是满脸不放心，就好像她是个完全没有自理能力的三岁小孩。

宁夕努力稳住内心的数值：“嗯。”

“你的身体真的没问题了？”

“没了没了，肚子一点都不疼了！我身体恢复能力很强的！”

“嗯，这点挺好。”陆霆骁满意地点点头。

这话没什么错，但她为什么觉得被调戏了呢？

正失神间，陆霆骁突然朝着她倾身过来，却还没靠近就中途又直起身退了回去，转而伸手揉了揉她的头顶：“不干扰你。”

宁夕心想：你已经干扰了！

她算是明白了，这家伙就算什么都不做，光是他的存在就是一种干扰。

直到把陆霆骁送走之后，宁夕才总算是彻底放松下来，揣着只抱枕躺在沙发上发着呆，回忆着这些日子来发生的一切。终于还是走到了这一步，虽然早有预感，也早有准备，但真到了这个时候还是大脑一片空白，完全乱了阵脚。

这个表现，她给自己打 0 分！

其实她一开始的打算是故意说些决绝的话让陆霆骁死心，可是对着那张脸，竟然一个字都说不出来，反而原本坚定的心越来越动摇，原本以为绝对不可能的事情，也在慢慢考虑去改变。

难怪古代那么多昏君呢！美色误人啊！

第二天早上，林芝芝的办公室。

“芝芝姐，我没迟到吧？”宁夕昨天在公寓休息了一整天，身体已经恢复得差不多，只是脸色还是略有些憔悴，为此她今天穿了一套配色大胆时尚的撞色系大摆连衣裙提亮肤色，看上去青春又有活力。

办公桌前，林芝芝和往常一样一丝不苟地盘着头发，一身冷色系的小西装配一步裙，正在处理一些文件。见宁夕来了，先是打量了她一眼，随即抬起头道：“不用紧张，今天找你来没什么重要的事，就是带你参观一下公司，虽然平时你在公司的时间不会很多，但公司基本的部门结构还是需要了解一下。”

“好的，谢谢芝芝姐！”

“走吧。”

宁夕点点头跟上去，在林芝芝的带领下了解公司各部门，认识了一下新同事。大家不管心里怎么想，表面上对她倒都客客气气的。

公司之前闹的这一出是盛世与星辉两个公司之间的博弈，就算众人对此心照不宣，但宁夕风头正盛也是不争的事实，没人会在这个节骨眼上去找晦气。

“啧，这个宁夕真人比照片里的还好看，难怪二少一眼相中她！”

“我有预感，只要她不是情商太低，以后肯定前途无量！”

“这可不一定！毕竟林芝芝脾气不好，她们能合得来吗？”

公司还挺大的，宁夕跟着林芝芝走了一个多小时才全部参观完。

正准备继续去后面公司的一些工作场地看看的时候，两人在走廊里意外撞到了一个人。

“哟！林芝芝啊，终于出山了？我还以为你一蹶不振准备辞职不干了呢！”说话的女人三十多岁的样子，穿着性感时尚，烫着大波浪，画着精致的妆容，打扮得光鲜亮丽。

宁夕认出她是苏以沫的经纪人赵美馨。

面对赵美馨明显含着挑衅意味的话，林芝芝眉毛都没皱一下，面无表情道：“美馨姐您尚在打拼，我们年轻人自然也不能落后。”

“你……”赵美馨被气得不轻。

一旁的宁夕强忍着才没笑出来，心想林芝芝明明看起来古板又严肃，没想到居然还挺毒舌啊！

赵美馨咬了咬牙，目光扫了宁夕一眼，“我记得你最讨厌的就是这种靠脸的小姑娘吧，怎么，现在也堕落了？”

宁夕听到这话，双眸微微眯起。她已经不是第一次从别人口中听到这样的话了。说完全不在意肯定是不可能的，毕竟这是未来要跟她一起战斗的人，如果一开始就理念不合，那后面要怎么继续合作下去？

林芝芝自然注意到了宁夕眼底一闪而过的担忧，看向赵美馨，不紧不慢地开口道：“美馨姐似乎对我有些误会。长得好看是天赋，是老天爷赏饭吃，是别人求之不得的，我为什么要讨厌？我讨厌的，是空有其表却没有内涵与专业的人而已。爱美之心人皆有之，这点我想美馨姐您是最能理解的吧？”

听到最后这句话，赵美馨当场变了脸色，什么叫她是最能理解的？这分明就是在讽刺她！

该死的林芝芝，平时不怎么说话，可每次说话都往她肉上戳！

“你就认定她不是你讨厌的那种人？”赵美馨冷笑连连。

“是与不是，是用作品说话的，而不是美馨姐这样只看外表就下定论的。”林芝芝说完直接越过她离开。

“你……”赵美馨在后面气得跺脚。

短暂的交锋之后，宁夕心中的郁闷一扫而空，欢快地蹦跶在林芝芝后面。

“芝芝姐，你刚才好帅呀！好有安全感！不过你放心好了，我肯定不是花瓶，就算我是花瓶，那至少也是清乾隆青花海水祥云应龙青花瓷！美貌与实力并存！”

林芝芝看她一眼，不易察觉地微微勾了下唇角：“光会嘴上说可不行，明天就要接新工作了，到时候我会陪你一起过去。而且，明天不仅是我，还会有很多记者过来。

“工作计划之前已经发给你了，你也知道，当天的工作非常考验实力。这是你的第一仗，一定要好好准备！”

其实这段时间她已经研究了宁夕的简历和一些作品，发现这女孩的实力确实不错，只等明天的现场了……

“知道了，我一定好好表现！”宁夕一边说一边暗暗打量着怎么看怎么靠谱的林芝芝，越想越惋惜，芝芝姐这样的女人倒是怎么看上江牧野那只不靠谱的花心金毛的呢？

因为林芝芝还有其他事情要忙，接下来都是小桃陪着宁夕的。

小桃的性子活泼，一路上说个不停，宁夕倒是从她口中听到了不少公司的八卦秘密。

“唉，曼云姐这一走，最得意的就是苏以沫和赵美馨了，这下她们可再没有竞争对手了！明明实力不够还一直觍着脸说自己是盛世第一！”

“为什么没竞争对手？”宁夕问。

“夕姐你不知道吗？”小桃一脸惊讶，然后神秘兮兮地凑到她耳边道，“苏以沫好像认识陆总！”

“陆总？陆景礼吗？”宁夕的第一反应是陆景礼。

小桃猛地摇摇头，用手指朝上指了指，意思是陆景礼上面的人。

这下宁夕倒是有些惊讶了，眉头微挑：“陆霆骁？”

小桃小鸡啄米一样点点头，然后紧张地左右看了看道：“小声点，这事涉及大 Boss。你心里有数就行！”

“这事只有我们公司内部的人知道啦！”小桃解释道。

“原来如此……”

不等宁夕追问更多细节，小桃已经憋不住地直接跟她八卦了起来：“她认识大 BOSS，自然能拿到很多资源，这才乘火箭似的直接平步青云……”

小桃越说越生气，愤愤不平道：“而我们曼云姐，工作这么努力也不如会拍老板马屁的，太不公平了……”

宁夕听小桃说得有鼻子有眼的，肯定是有这回事，就是不知道她跟陆霆骁到底是个什么关系。小桃刚才虽然没有明说，但这话音，似乎很暧昧……不过，以宁夕对陆霆骁的了解，自然也不可能完全相信小桃的八卦。

正滔滔不绝的小桃突然意识到自己这么长他人威风有些不妥，急忙安慰道：“咳，不过，夕姐你别怕，你实力好，又有我们二少撑腰！”

小桃虽然这么说着，其实语气里还是有失望的。

她原本是冷曼云的助理，这次是跟林芝芝一起辅助宁夕。

相比冷曼云，宁夕只是个新人，心里还是有落差的。

宁夕怎么可能没看出小桃脸上的失落，不过，小桃的反应也是人之常情，所以她倒是没怎么往心里去。只是，苏以沫这个问题，她不能就这么揭过去，毕竟在这对她而言至关重要的七天里，任何小细节都可能影响到她的决定。

于是宁夕也没费那个工夫自己瞎猜了，直接拿出手机给陆霆骁发了一条微信：你跟苏以沫是什么关系？

与此同时，陆氏集团。

会议室里，陆霆骁正在开会，这时，旁边的手机突然响了一下。

陆霆骁一边继续听手下的汇报，一边随手点开看了一眼。然后，在座的所有下属便看到了千年难得一遇的一幕——他们那位几乎从未在公司露出过笑容的BOSS大人，居然看着手机，眉目缓缓舒展，随后发出了一声愉悦的低笑……

“会议暂停。”陆霆骁留下四个字，拿着手机走出了会议室。

宁夕本来正在等陆霆骁的回复，结果没想到他居然直接回了个电话过来，吓了她一跳。于是宁夕跟小桃说了一声，然后赶紧找了个没人的角落接电话。

“喂……”

“看到你的信息了。”陆霆骁的语气听起来心情很好。

宁夕用指甲有一下没一下地抠着墙上的瓷砖：“哦。”本来她发那条信息的时候还觉得没什么，但这会儿怎么感觉有点不对劲呢？

“吃醋了？”手机那头传来陆霆骁低沉沙哑的声音。

“咳咳咳……”宁夕被这三个字惊得一阵猛咳，然后怒道，“谁吃醋了！我是觉得搞清楚公司的人际关系很有必要，随口问问罢了！”

难怪她觉得哪里不对劲呢！果然会让人觉得自己是在吃醋啊！

“既然是随口问问，那么，我拒绝回答。”陆霆骁说。

“啥？”宁夕傻眼，万万没想到陆霆骁居然也会有这么幼稚的时候，“那你要怎样才肯告诉我？”

陆霆骁：“回答我的问题。”

哪个问题？吃醋了？其实，在听到小桃那些暧昧的猜测，听到她把陆霆骁跟别的女人扯在一起时，心里，确实是有些不舒服的……但是，怎么可能承认啊！

于是宁夕撇撇嘴无所谓道：“不回答算了，那我就当你跟苏以沫关系匪浅，就这一条能把你直接扣到零分你知道吗！”

陆霆骁叹了口气，无奈妥协：“放心，没有关系，你在公司不用顾忌她。”

“那为什么有人你在给她撑腰？”宁夕不解。

“我只给你一人撑腰。”陆霆骁回答。

宁夕脸一热，立即严肃道：“好好说话！”

陆霆骁轻笑：“呵……”

“也不许笑！”

陆霆骁总算不逗她了，轻咳一声回答道：“我的确让公司好好培养她，但我是清白的。之所以下那个命令，是因为，她算是救过小宝一命。”

“什么？小宝怎么了？”宁夕立即紧张地问。

“之前为了能让小宝多跟人接触，我尝试着送他去学校，结果他情绪失控跑了出来，差点就被避让不及的车子撞到，还好，当时有另一辆车突然冲出来，撞开了那辆车，救了小宝一命。后来查实，那辆车里的人就是苏以沫，她是因为操控失当才突然冲了过来，却阴错阳差地救了小宝……”

宁夕听得一愣一愣的：“我都不知道该说是苏以沫运气好，还是小宝运气好了！所以为了报答，你就下了那个命令？”

她倒是很能理解陆霆骁的报答，就算苏以沫救小宝只是意外，不是出于本意，但她毕竟是救了小宝。

“是的。”

“啧，人家可是货真价实地救了小宝的命啊！当时你怎么没以身相许呢？”

陆霆骁一句秒杀：“你以为我对谁都会以身相许？”秒杀完还不够，陆霆骁又毫不留情地补了一刀，“现在多少分？”

“这哪儿能告诉你！当我傻呢！我挂了！助理还在等我！”宁夕赶紧挂了电话。

唉，果然就不该跟陆霆骁有任何接触的！

那边陆霆骁刚给宁夕打完电话，面上的笑意还未褪尽，斜刺里突然一张大脸凑了过来，语气幽怨的：“哥，老实交代，你是不是有什么事情瞒着我？”

陆霆骁倒是不否认，眉头微挑：“很明显？”

陆景礼一听大受打击，差点躺地上打一个滚：“哇！你果然有事情瞒着我！我可是你弟，你最得力的副手，你的小棉袄！你居然有事情瞒着我不告诉我！”

“你不是很会猜吗？”

“嘿！我猜就猜！”陆景礼在屋里来回踱着步，三分钟后，陡然停住脚步看向他，“前天你故意支开小宝，那时候距离宁夕正式工作只有两天了，为了赶进度到时候她会非常忙，表示你的时间已经不多，所以这两天你肯定会有大动作！大动作……难道是告白？”

陆霆骁：“继续。”

看这意思他是猜对了？

陆景礼眼睛一亮，继续推测道：“那告白的结果呢？八成没成功吧！否则你这会儿怎么可能还在公司……”

最后，陆景礼打了个响指，语气笃定地得出结论：“真相只有一个！你告白了，小夕夕没答应你，但是也没拒绝，她在考虑，而且，目前她给你肯定答复的可能性很大！所以你心情才这么好！”

陆霆骁看着自家弟弟神采奕奕的表情，嘴角挂着一丝不易察觉的柔和。自己天性疏冷，不善与人相处，连跟亲生父母的关系都很淡薄，唯有这个弟弟，别人都躲着自己，惧怕自己，只有他整天围着自己转；自己总是冷着脸，他从不在意也不生气；自己不喜欢说话，他就自己猜，并且对自己的心思一猜一个准……

他以为自己已经够幸运，没想到命运又让他遇到了宁夕。

第二天。

从盛夏到初秋，《天下》总算开工了。

好处就是剧本调整之后，她和宁雪落减少了很多直接碰面的机会，这让宁夕省心不少。

宁夕跟江牧野几乎是同时到地方的。

“江师兄好！”宁夕甜甜地打了个招呼，乖觉地将称呼从“江前辈”换到了“江师兄”。

“嗯，师妹好！”看着宁夕那副乖宝宝的小模样，江牧野哆嗦了一下，鸡皮疙瘩都起来了。随后，他眼角余光不经意地往宁夕身旁的林芝芝身上扫了一眼……

林芝芝正在跟雷明说话，丝毫没有注意到江牧野的视线，说完后，转向宁夕叮嘱道：“宁夕，我跟明哥商量点事情，你跟你师兄好好对下戏。”

“好的芝芝姐，你去忙你的吧！”

乖巧地挥着手送走林芝芝后，宁夕立即恢复到了小魔王状态，阴森森地瞅着江牧野道：“啧啧啧，金毛，你刚才看到了没看到了没？亏我知道芝芝姐是你前女友后还伤心惋惜了这么久，担心你们俩见面后芝芝姐会尴尬，结果人家芝芝姐看都没看你一眼！简直酷！真是越来越喜欢芝芝姐了！”

江牧野磨着牙恶狠狠地瞪了她一眼：“到底谁告诉你说她是我前女友了！”

宁夕眨巴着眼睛：“不是你自己说的吗？”

“滚！我压根一个字都没提过，全是你自己在那儿瞎八卦！”

“谁让你的表现这么容易让人误会啊……”宁夕嘀咕着抱怨，随后更好奇了，“既然不是前女友，那你们到底是什么关系啊？你为什么这么忌惮她？”

“我什么时候忌惮她了？宁小夕你能不能别再发散思维！”江牧野简直快被她折腾得崩溃了。

为了套出话，宁夕放柔了声音安抚：“好啦好啦，那我不乱想了，你自己说嘛！到底是怎么回事？”

“还能是怎么回事？不过是她以前带过我而已！”江牧野手里哗啦啦地翻着剧本，不耐烦道。

宁夕闻言惊讶地瞪大了眼睛：“不会吧，芝芝姐她带过你？她做过你的经纪人？”

江牧野白她一眼：“怎么了，不行吗？”她这是什么表情？

宁夕摇着头，叹息道：“这简直比做你前女友还可怜嘛……”

江牧野性子有多野是业界皆知的事情，他的助理就没有一个能干超过一个星期的。

雷明这个经纪人能这么久不被换，完全是因为雷明虽然身材魁梧健壮看起来五大三粗甚至有点凶的样子，实际上他的性格非常好，非常有耐心，所以才能跟在江牧野身边这么久。

知道林芝芝跟江牧野不是那种关系之后，宁夕倒是松了口气，不然这三角关系一个弄不好还真容易尴尬。

这时，小桃指挥着人搬了一张看起来超级豪华的躺椅过来：“夕姐，你坐这个吧！”

宁夕以前都是蹲角落里坐个小板凳，顶多也就一把椅子，没想到有朝一日也会有这样的待遇……

“谢谢啊，辛苦你了小桃！”宁夕感谢道。

小桃虽然一直惋惜冷曼云的退圈，也不太满意现在的分配，不过工作的时候倒都是挺用心的。

“要对戏吗？”宁夕扬了扬剧本问，坚决执行经纪人大人的命令。

“对个头！我昨晚通宵游戏一夜没睡！补个觉！别吵我！”江牧野说完就用剧本盖着脸呼呼大睡了起来。

宁夕默默为雷明点了根蜡，完了又为林芝芝庆幸，幸亏她已经脱离苦海了！

江牧野连上妆的时候都是闭着眼的，一直睡到了开始拍摄。郭导已经在那儿招呼大家各就各位了，他还在那儿睡，宁夕忍无可忍地朝着他的椅子踢了一脚，江牧野这才慢悠悠地清醒过来。

今天要拍摄的这场戏是一场战场上的打斗戏。

孟长歌的哥哥被昏君贤妃害死后，小霸王孟长歌一夜之间长大，换上铠甲上了沙场，开始了漫长的军旅生涯——将军府遭逢大变，长安城再没了小霸王。

孟长歌离开之后，孙涣卿终于看清了自己的感情，毅然追随着孟长歌一起上了战场，成了一名军医。

一般剧本拍摄时是按照场景，而不是按照剧情来的，所以今天这场戏，是直接跳到了七年后，孟长歌立下赫赫战功，甚至超越了她的父亲和哥哥。

昏君在奸臣和贤妃的挑唆下，开始忌惮孟长歌，并且一再要求她交出军权，并且下嫁给无能的十二皇子，以此制约她。

孟长歌自然是抵死不从。于是，在一次大战中，她遭遇了和她哥哥一样的经历，没被敌人打败，却被自己人坑了——大敌当前却粮草不足，援军也迟迟不到，一时陷入绝境……终于，到了生死存亡的最后一战。

片场中，所有工作人员各就各位，前来探班的记者也全都陆续到场。

最紧张的莫过于导演郭启胜了，这次如果再出问题，他真的要一头撞死了！

宁夕他自然是不担心的，可刚才都快开始了江牧野还在睡觉，看起来状态很不好，实在是让他操心啊！唉！

“好！各部门准备！开始——”

宁夕前一秒还在跟助理小桃讨论中午吃啥，郭启胜喊下“开始”的刹那，眼神瞬间变了。

尸横遍野的战场，友军只剩下不到一百人，孟长歌一身是血，猩红着双眼，满脸杀气，如同一柄行走的凶器，遇神杀神，遇佛杀佛。

就在她体力不支差点被人背后偷袭的时候，突然一个身形单薄的青衣男子冲了过来，大声提醒了一句：“长歌！小心——”

在男子的提醒下，孟长歌这才险险躲开偷袭，但看到来人之后，瞬间勃然大怒，染血的手一把揪住了男子的衣领：“谁准你来这里的？快点滚！”

孙涣卿满脸决然：“我不走！要死一起死！”

孟长歌重重地一把扔开他，满脸嘲讽和不屑：“我让你滚就滚！你一个手无缚鸡之力的小白脸，凭什么跟我一起死！”

孙涣卿满身尘土地站起来，银针一晃，划破一人喉咙，血溅满了他清俊白皙的脸，此刻，他的眸子里没有医者的悲天悯人，只有杀意凛然——

“现在呢？”他问，神情倔强坚决。

孟长歌别开头，脸色挣扎。

这一瞬间，宁夕的脸上演绎出闪过无数种复杂的情绪，最终，她沉重地叹息了一声：“你……算了，你要来便来吧……不过别指望我会分心护你！”

江牧野伸出手，缓缓擦去宁夕脸上的一抹血迹，神色温柔缱绻，在这满是硝烟的血色沙场上，如同一株盛开的白莲：“长歌，我是你的男人，该是我护你。”

“咔！”一条过了！

全场掌声雷动，记者朋友们拍巴掌拍得尤其卖力。

这场戏又有动作戏又有感情戏，可以说非常复杂，大家完全没想过会一条过，所以实在是又惊又喜。

“天哪！江牧野简直太帅了！我还以为他这次演个柔弱大夫会很毁形象呢！结果真是太惊喜了！”

“是啊是啊！颠覆了江牧野以往所有固有的形象！感觉他这次演技进步真的超大！我现在完全不关心男主角是谁了，我只想看我家孙大夫的戏份！”

“尤其是刚才最后那一句‘我是你的男人’，简直太走心了有没有？深情满满哪！”

“我也觉得我也觉得，以往江牧野对女主角说类似这样的煽情台词的时候，我总觉得缺点什么，现在终于知道了，是感情啊！江牧野这次是带着感情在演戏的！”

一旁的郭启胜简直激动得都快哭了，跟副导演抱作了一团。

太感动了！没想到居然会这么顺利！记者们的反响也都特别好！简直开门红啊！

休息区里。

江牧野得意地哼哼：“怎么样？我都说了不会有问题！一个两个的就知道瞎操心！”

宁夕满脸不屑地嘁了一声：“那是因为跟你搭戏的是姐姐我，要是别人，以你今天这样的状态，至少‘咔’二十次你信不信？”

“少往自己脸上贴金！要是别人……我顶多也就‘咔’个十九次呗！”江牧野一副吊儿郎当的语气。

他当然是因为知道对方是宁夕，才这么放心了！当他傻啊！

宁夕这家伙最大的本事不仅是压戏，让你不停“咔”，也能一瞬间把对方带入戏，让你一条过。

“啧，宁小夕，你这技能还真够变态的……”

“你才变态呢！”

两人正你一句我一句地损着，雷明和林芝芝进来了。

雷明也是满脸激动，高兴地给江牧野又是倒饮料又是递吃的：“不错不错，牧野你今天表现得太好了！完全出乎我的意料！一定要继续保持下去！”

看到江牧野被表扬，宁夕不高兴了，讨糖果的小屁孩一样瞅着林芝芝：“芝芝姐，那我呢那我呢？”

林芝芝虽然没有雷明那么激动，神情倒也是挺满意的：“很不错，不过别掉以轻心了，你的重头戏是下一场。”

“知道啦！”得到“很不错”三个字，宁夕已经很满足很开心了。

一旁的江牧野斜睨了林芝芝一眼，撇开头，小声嘀咕了一句：“没想到啊，母老虎几年不见倒是变温柔了嘛！以前可没见你对我这么温柔过！”

这时，林芝芝总算是看了他一眼，面无表情道：“换位思考，如果你是当时的我，你对你自己温柔得起来？”

江牧野噎住了。

当时的他真有那么浑吗？仔细想想，好像是挺浑的……而且现在也依旧挺浑的，如果他是林芝芝，他都想打自己一顿……

这会儿外面的记者已经全都在急着想要采访宁夕和江牧野了，不过都被导演拦了下来，表示拍摄全部结束后会安排充足的采访时间，大家这才安静下来……

休息片刻后，第二场拍摄开始了。

为什么说这场戏是重头戏？因为它是全剧中最虐的一场戏，是全剧的大高潮，是孟长歌进宫复仇前的重要转折点。

这个转折至关重要，直接关系到后半部戏里孟长歌的人物设定和观众们对孟长歌的定位。

由于两军实力太悬殊，这一战，孟长歌还是输了。

她眼睁睁看着出生入死的副手被敌人斩于马下踩断脖子，眼睁睁看着最疼爱的弟弟被敌人砍了头颅挑在剑尖凌辱……

她跟孙涣卿在战斗中失散，等她找过去的时候，看到的正好是孙涣卿被敌军万箭穿心的一幕，他们甚至连最后的道别都来不及……

“涣卿——”

孟长歌心头最后一根弦也彻底断了，她目眦欲裂，连滚带爬地飞奔过去。

她瘫坐在地上，痴痴看着怀里插满了利箭的尸体，发出绝望的嘶吼：“啊——”

两行热泪顺着满是血污的脸颊滚落……

宁夕瞬间的爆发力简直震人心魄，现场所有人都被带入戏里，整颗心都揪了起来。

下一秒，孟长歌提剑而起，疯狂地与剩余的敌军厮杀起来。

因为孟长歌的气势太过阴煞凌厉，敌人虽然人多却也都怯弱起来，结果将近一百人居然一一被她斩杀……

这一段宁夕没有用武术替身，而是亲自上阵，情绪到位的同时，动作也非常漂亮，演绎出了绝美的悲壮感。

战斗终于结束，这茫茫战场，只剩下她最后一个活人。

整个战场全是鲜血，全是层层叠叠的尸体，破败的军旗在猎猎大风中翻滚……

孟长歌摇摇欲坠地捂着胸口，扑通一声半跪下来，精疲力竭地喘息着。

大悲大怒之后，她缓缓将心上人的脑袋枕在自己的双膝上，为他擦干净脸上的污渍，神情无悲无喜。

宁夕这段时间的沉默是为了后期剪辑的时候穿插两人之间的回忆，而宁夕表情的层次感让现场即使在没有回忆的情况下，这段沉默也不突兀，反而让众人跟着她表情细微的变化一同回忆着她与孙涣卿相识以来的点点滴滴……

片刻后，回忆戛然而止。孟长歌空洞洞的目光骤然朝着远方凝望而去——

那一眼，仿佛穿越了沙场，穿越了雪山草地，穿越了茫茫大漠，一直来到繁花似锦的京城，又飞越宫墙，来到了虚与委蛇的朝堂，来到了纸醉金迷的皇宫之内，直勾勾地盯着帐中的昏君与奸妃……

如同有一阵夹杂着血腥的烈风袭来，她扬起下颌，闭上了双眼。

渐渐地，她如血染透般嫣红的唇角一点一点缓缓勾起，如同冬日里绽放的桃花。

诡异，却绝美。

一笑倾城。

这一秒，那个保家卫国的将军已经死去，重生的，是祸国殃民的一代妖妃。

孟家世代忠良，她的父亲、三个哥哥、最小的弟弟，她最爱的人，全都死在战场上，然而她所忠心的圣上、守护的百姓，却一步步把她逼入死境。

这家，这国，这天下，还有什么值得她守护的？

既然如此，那就都毁了吧！

这所有的悠远、深沉、凝重得化不开的悲痛和仇恨，宁夕只用一个黑化的微笑就完全演绎了出来。

这一次，现场鸦雀无声。

直到拍摄结束，大家都迟迟不敢大声呼吸，甚至发出一点声音，生怕惊扰了那抹悲痛绝美的灵魂，甚至不少人红了眼眶流了眼泪都没察觉。

直到导演郭启胜示意拍摄结束散场了，大家才恍然清醒，从悲痛的情绪中恢复过来。

“天哪，我居然看现场看哭了！”

“呜呜呜，我也哭了我也哭了！看得我心情太沉重太压抑了！孙大夫！我的孙大夫居然死了！”

“宁夕这演技简直太牛了！我现在才知道之前放出来的那些花絮不过是九牛一毛！也终于明白郭启胜为什么力排众议一定要用她了！”

“为什么宁夕不是女主角啊？相比那个满嘴仁义道德的女主角上官映蓉，孟长歌这个角色有深度多了！”

后台化妆间，卸完妆后，宁夕面上的沉痛和肃杀之气依旧没有褪尽，以至于一旁想给她送饭的小桃都不敢太靠近她。

这时，江牧野推门走了进来，见怪不怪地开口道：“饭放着吧，别管她，一会儿就好。”

“哦。”小桃这才放下盒饭，惊魂未定地匆匆跑了。宁夕刚才那样子实在有些瘆人，跟被人附身了一样。

大约五分钟后，宁夕解除“附身”状态，一个激灵清醒过来。她伸了个懒腰，扭了扭脖子，抱怨道：“这次入戏太深，差点一时出不来！”

江牧野黑着脸斜她一眼：

“知足吧好吗？人家想演到你这份上的，至少要好几个月都出不来，甚至有直接疯魔的！你不到一个小时就出来了还想怎样？禽兽！”

刚才那场戏因为他一直是“死”的状态，所以不知道宁夕的表现，刚才他特意去看了一遍回放，简直被震撼了！他都快觉得宁夕对他情深似海爱得海枯石烂了！

“咦，我芝芝姐呢？我还没问芝芝姐对我的评价呢！”宁夕急吼吼地问。

话音刚落，林芝芝正好推门进来，看了一眼手表上的时间，神色匆匆地开口道："宁夕，下午我就要回公司了，你一个人没问题吧？"

"啊？你要走啦！"宁夕有些失落。

"因为已经不需要我在这里了。"林芝芝难得露出了一个微笑说。

宁夕闻言当场精神大振，这无疑是对她最大的肯定和信任了！

"那你快去忙吧！我自己会好好的，乖乖听话的！"

"嗯，有什么事随时联系。"

"好啊，我送你出去！"

宁夕送完林芝芝蹦跶着回来后，江牧野一脸鄙视。

"瞅瞅你那副谄媚的样子！"

宁夕也回了他一个鄙视。

"哼哼，你这是嫉妒我跟芝芝姐关系好！说起来我还要感谢你呢，芝芝姐经历了你这样的人渣之后，才会更珍惜我这么听话的宝宝！"

江牧野冷笑一声，一副"你简直太单纯太天真"的表情："你就得意吧！后面有你的苦头吃呢！你以为那女人是好惹的？到时候被折磨得哭爹喊娘可别怪我没提醒你！"

今天本来要一整天才能完成的这两场大戏，因为都是一次过，所以提前半天就完成了。于是，下午的采访时间便非常充裕。

宁夕和江牧野挺配合的，基本上有问必答，记者也很给面子，没有提太敏感的话题。

见现场气氛很好，采访完跟本剧有关的话题之后，记者们开始试探着问一些私人问题。

记者："牧野，有个问题，似乎每次都有人问，这次我不免俗地也想问一次，你喜欢什么类型的女孩子？现实中会喜欢孟长歌这种比较主动比较强势的女孩吗？"

江牧野支着下巴想了想："以前喜欢小鸟依人那种类型的，年纪稍微大点倒是觉得孟长歌这种主动强势的女孩很勇敢也很真实。"

问完江牧野，记者顺理成章地转向宁夕："那宁夕呢，你现实中喜欢什么类型的男人？或者说，你的择偶标准是什么？可以跟大家聊一聊吗？"

宁夕有些头疼，因为这么一个很常规的问题对她来说却很难。她一个不婚主义者，从没想过择偶，哪会有标准啊？只是，记者提问的这一瞬间，她脑海里那一秒闪过的人影居然是……

宁夕摇摇头，集中精神回答记者的问题。

“我的择偶标准啊，应该是跟我年龄相仿，与我趣味相投又志同道合的人吧！”还好对这个问题她早有准备，于是按照准备好的台词中规中矩地回答道。

嗯，这个回答不敷衍也很合理，应该找不出什么错处了。

可是，这时候旁边一个女记者却激动道：“这么一说，我们牧野至少占了两条啊！第一条，牧野与你年龄相仿；第三条，你们都是演员，肯定志同道合！至于第二条，虽然目前不确定你们平时的兴趣爱好是不是一样，但这两条都一样了，那么兴趣爱好一样的可能性也很大吧！”

宁夕嘴角微抽，打着太极给推了回去：“呵呵，其实符合这几条的挺多的呀！关键也要看缘分吧！”

旁边的江牧野也用玩笑带过了这个话题，故意道：“你们别听她解释了，解释就是掩饰，其实她就是在以师兄我作为择偶标准呢！”

宁夕顺着他的话往下说：“师兄，你这么自恋，你家粉丝知道吗？”

两个小时后，采访结束。

虽然今天看到的那两场令人震撼的戏因为不能剧透不能发布，但发一些小片段和花絮还是可以的。

而且，这次的采访非常顺利，内容也很丰富，宁夕和江牧野无论是戏里戏外都配合默契，能写能播的料很多，记者们全都满意而归。

记者们离开后，宁夕伸了个大大的懒腰：“累死我了！今天这一仗总算是顺利打完了！我要回酒店睡会儿！”

江牧野瞥了她一眼：“酒店？你怎么住酒店了？”

宁夕翻着密密麻麻的剧本叹气：“后面我的戏份有多重你又不是不知道，还有不少大夜戏，来回跑太费精力了，所以我跟芝芝姐商量了一下，这段时间直接住剧组了。”

晚上，铂金华府 8 号。

偌大的餐桌前只有陆霆骁和陆景礼两人。

“唉，小宝不在，嫂子也不在，就剩你一个孤家寡人了，看我多体贴，还特意跑来陪你吃饭！”陆景礼叹着气，嫌家里太冷清，于是跑去把电视机给打开了。

当然，开的肯定是娱乐八卦频道。

电视里正在播放苏以沫最新拍摄的电影《星星海》的新片发布会，现场众星云集，场面盛大。

苏以沫一身冰蓝色高级定制系列纱质晚礼裙，仙气四溢，妥妥的女神范儿，无愧国民女神的头衔。

陆景礼作为盛世老板，却是看得眉头紧蹙：“大把的资源，那么多的剧本给她选，结果她选的都是什么玩意儿啊？除了女神就是女神，快成女神专业户了，能不能有点突破……啊，对了，公司不少你的八卦，嫂子很可能也会听到风声，你跟她解释过了没有？别搞出什么误会啊！”

陆霆骁神情淡定：“解释了。”

“咦，这么效率？”陆景礼正猜测是不是昨天那通电话就是说的这事，突然，电视里画面一转，出现了宁夕的脸……“哇！有嫂子！快看快看！”陆景礼立即集中精神。

陆霆骁放下筷子，目光投向电视屏幕，一副专注认真的表情。

“今天上午，我们娱乐第一线的记者来到了最近大家非常关注的《天下》剧组探班，拍摄到了精彩花絮……”

主持人介绍完，画面切换到了她身后的大屏幕。

只见宁夕手持长枪，一身染血的铠甲，正目眦欲裂地瞪着一身青衣的江牧野：“别指望我会分心护你！”

江牧野微微一笑，伸出手，擦去宁夕脸上的一抹血迹，眼中满是深情和爱意：“长歌，我是你的男人，该是我护你。”

“噗，咳咳咳……”没想到一来就是这么劲爆的画面，陆景礼赶紧去安抚他哥，“哥，只是演戏而已，当不得真，当不得真的！”

然而，这还没完。画面迅速切换到了另一幕，宁夕抱着身上插满了利箭的江牧野，那痛失挚爱的绝望眼神让人感同身受……

陆景礼偷偷瞥了眼对面亲哥那讳莫如深的脸，干笑着强调：“呃，嫂子的演技真好啊！演技真好！”

结果，这电视跟他有仇似的，他刚说完这话，里面就开始播放记者对宁夕的采访片段。

“那宁夕呢，你现实中喜欢什么类型的男人？或者说，你的择偶标准是什么？可以跟大家聊一聊吗？”

“我的择偶标准啊，应该是跟我年龄相仿，与我趣味相投又志同道合的人吧！”

陆景礼默默扳着手指头数了一下：年龄相仿，他哥大宁夕八岁，将近三个代沟，怎么也不算年龄相仿吧？趣味相投，那更是相差十万八千里。

志同道合，宁夕当初拒绝他哥最大的理由就是，道不同不相为谋。反观江牧野，倒是三条全都完全符合宁夕的择偶标准……

而此刻，陆霆骁想的是：萝卜。

他想起宁夕那日对他的提醒：

“萝卜青菜，各有所爱，喜欢萝卜的人，就算青菜再完美，也不可能去喜欢青菜。”当时他自信宁夕对他也是有感觉的，只当是她找的借口，所以并未深想这句话，然而现在却不得不开始正视这个问题。或许，他真的是青菜，而并非她的萝卜……

陆景礼见他哥目光冰冷地盯着面前的一盘胡萝卜，脊背有些发寒：“哥，你没事吧？”这么愤怒地盯着一盘萝卜干吗呀？

随后，陆霆骁面无表情地按铃叫来管家，让他把那盘萝卜给撤了，并且交代今后都不许这种蔬菜出现在饭桌上。

陆景礼满头黑线，就算他聪明绝顶，也无法理解恋爱中男人的脑回路了……

与此同时，影视城君来酒店。

宁夕敷了个面膜正准备睡觉呢，门铃被人按响了。宁夕走过去打开门，看着门外的人，惊讶道：“江牧野？你怎么跑这儿来了？”

“我也跟组了，就住你楼上！”

宁夕无语：“我这是戏份太重不得已才跟组，你瞎凑什么热闹啊？”

“我节省时间多玩会儿游戏不行吗？”江牧野一副理所当然的语气。

“好吧！你赢了！”宁夕竖起大拇指，然后问，“所以，你不去打你的游戏，跑我这儿干吗来了？”

说起这个江牧野就一脸晦气：“说起这个就生气！网速慢得要死！害得我连输五把都掉段位了！快陪我去网吧开黑！快快快！”

宁夕扶额：“开什么黑啊，我都准备睡觉了！”

“这才九点多钟睡什么觉啊！你到底去不去？当年凌晨三点你一个电话都舍命陪君子的是谁？现在才九点我都叫不动你了是吧？呵呵呵……”江牧野冷笑着，一副看负心人的表情。

果然，出来混迟早是要还的！

宁夕无奈：“行了行了，我去还不行吗？等我换件衣服！”

十分钟后，两人换了身不显眼的衣服，戴着口罩进了网吧。

因为这里是影视城，网吧经常也有明星过来，所以看到两人大半夜戴口罩老板也见怪不怪，身份证也没仔细对比，直接放人进去了。

包厢已经没有了，两人找了一个隔间坐下，然后开了电脑。

好久没登录游戏，宁夕把密码都给忘了："金毛，我密码多少来着？"

江牧野无语地白了她一眼，越过去直接帮她输入了一串密码。

"谢啦！"宁夕按下键盘登录游戏。

刚一登录游戏，就不停地有系统消息弹出来，宁夕看着那些弹窗满脸发光："哇！你怎么送了我这么多皮肤？还全都是限定版！"

江牧野一听炸毛了："浑蛋，我送你的生日礼物你居然一直没看？这都多少天了！你之前都没登录过吗？难怪连密码都忘了！"

宁夕自知理亏，心虚地挠挠头："这不是忙嘛！"

江牧野冷着脸："全都是借口，你就是不在乎而已！"

"对不起对不起啦，你又不是不知道我忘性大！谢谢你的礼物，我太喜欢了！今晚陪你通宵好不好呀？"

"陪我通宵？这可是你说的！"

"我说的我说的！我帮你把掉的段位全都打回来！"

宁夕舍命陪君子，真的陪江牧野打了一个通宵。

回国之后就一直没玩尽兴的江牧野这次总算过足瘾了，一晚上连赢十把啊！这久违的酸爽！

宁夕好久没放松过，玩得也挺尽兴的，打了个哈欠道："还好上午我们俩的戏不多，可以补个觉！"

就在两人回到房间呼呼大睡的时候，殊不知外面已经闹翻了天，最后，两人是被各自的经纪人给叫起来的，全都叫到了雷明那屋里。

"不是还有一个小时才开工吗？大清早的干吗扰人清梦！"江牧野顶着个鸡窝头睡眼惺忪。

宁夕也好不到哪里去，屁股一沾上椅子就差点又睡过去。

林芝芝双臂环胸，在屋里来回踱了几圈，然后看着两人，语气严肃地问道："你们昨晚干什么去了？"

"没干什么啊！"两人敏锐地察觉到这语气不对，于是非常有默契地一起摇头，异口同声道。

一旁的雷明似乎早就料到了他们会是这个反应，无奈地叹了口气，然后把自己的手机递到他们跟前："那这是什么，你们解释下。"

宁夕揉了揉眼睛："啊……这不是昨晚……"这不是昨晚她跟江牧野一起打游戏的照片吗？

江牧野一下子清醒了："这就是个背影而已！我裹成这样他们都能认出来是我？"

于是，雷明翻到下一张图片，这张不是背影，而是清晰的正面图，虽然宁夕的脸上戴着口罩，但江牧野没有，整张脸清晰地露在外面。

江牧野抓了抓头发："有一会儿玩得太激动，就把口罩摘掉了，可就摘了不到十秒钟啊，这都能被拍到？"

宁夕眨巴着眼睛："那我总没露什么破绽吧？"

林芝芝点点她的耳垂处："你的痣。本来照片里的人身形就跟你很像，这颗痣又太有标志性，让人想不联想到你都不行。"

宁夕："这谁啊，简直火眼金睛……"没有陆霆骁的提醒，这次她还真忘了这个小细节。

江牧野满脸阴鸷："我们去的时候还特意用了工作人员的身份证，没用自己的，到底谁这么无聊拍这些发到网上？居然连宁夕这么小一颗痣都注意到了？"

雷明摊手道："应该不是你们的个人粉丝，而且是你们的组合粉。"

宁夕瞪大眼睛："组合粉是个什么鬼？我跟他还有组合粉？"

此刻，林芝芝的面色异常凝重："宁夕，我想你应该记得，从你来公司第一天起我就跟你说过，你现在的情况绝对不可以谈恋爱。"

这次是她大意了，她早该察觉的，宁夕和江牧野的相处方式，包括他们演戏和面对记者时的默契度，以及深夜一起通宵打游戏这样的事，绝对不是刚认识不久的样子。

尤其是江牧野看宁夕的眼神，很不一般……

"没有没有！绝对没有！芝芝姐你误会了！我们不是在恋爱！"

宁夕急忙摆着手否认，随即瞪了江牧野一眼，浑蛋，咱俩的关系到底能不能跟林芝芝说啊？

江牧野没说话，给了她一个随意的眼神。

林芝芝是宁夕的经纪人，要不要告诉她，由宁夕自己决定。

宁夕思索片刻，只好如实相告道："芝芝姐，是这样的，我跟江师兄在国外上学的时候就认识了，那会儿吧……是交往过一段时间，不过过家家一样没几天就分手了，现在就只是单纯的比较好的朋友关系！我知道这么重要的事情应该提早跟您报备的，但我不是一开始误会了您是江牧野的前女友嘛，怕我说了大家会尴尬，所以这才没说的……"

林芝芝面色一怔，惊讶道："我是江牧野的前女友？谁告诉你的？"说完视线落在了江牧野身上。

江牧野面色微黑：“你看我做什么，又不是我说的，她自己跟那儿瞎猜的。”

宁夕白了他一眼：“还不是因为你的表现太不正常了！能怪我多想吗？”

眼看着两人又要吵起来，林芝芝捏了捏眉心，叹了口气解释道：“宁夕，我跟江牧野只是单纯的艺人与前任经纪人的关系，你不用有所顾虑。”

话音刚落，江牧野的眸子闪过一丝不易察觉的冷光。

“嗯嗯，我现在知道啦！”既然林芝芝都亲口说了，宁夕自然是相信了。

“那么，现在我们就来说说这件事情怎么处理。”解释完误会后，林芝芝开始说正事，“现在舆论风向还是比较支持你们的，我跟明哥商量了一下，跟着风向走，联合宣传。”

宁夕乖巧状点头：“哦哦，行呢，我听芝芝姐的！”

江牧野托着下巴，懒洋洋道：“我没意见！现在我可以回去补觉了吧？”

宁夕一巴掌拍过去：“补个头啊！快清醒清醒！马上要开工了！”

江牧野不耐烦地抓抓头发：“下午要拍的是哪场戏啊？”

宁夕没好气地瞪着他：“吻戏！不要告诉我剧本修改到现在，你一次都没看过！我要是明哥，一天要揍你八百回！”

反正林芝芝已经知道他们俩的关系了，所以宁夕终于可以不用再装着对江牧野小意尊敬了。

江牧野闻言阴阳怪气道：“嘁，亲密戏不是都删光了，哪还有什么吻戏？”

“是删得差不多了，不是还留了一点吗？一场两人的初吻戏，一场在军营里的，吻戏就是之前下冰雹被迫中止的那场，导演说前面的镜头都能用，后面补拍一个亲下去的镜头就行了！”

“哦，知道了……”江牧野咕哝。为什么他的眉心一直在跳，莫名有种不祥的预感呢？

陆氏集团，总裁办公室。

陆霆骁打了个内线电话让陆景礼过来一趟。

陆景礼很快就噔噔噔跑来了：“哥，你叫我。”

“会议资料准备好了吗？”

“好了好了，给你。”

“嗯，通知各部门半小时后开会。”

“哦，好、好……”陆景礼没有立即走，而是面色纠结，有些心不在焉的样子。

陆霆骁抬起头，看了他一眼：“怎么？”

陆景礼吓得差点跳起来：“没什么啊！没什么没什么！”

陆霆骁放下手里的钢笔，用穿透性的目光看着他。

陆景礼如同接受检阅的士兵，站得笔直，努力保持着镇定，其实心虚的表现已经一目了然了。

五秒钟，陆霆骁终于收回了目光。

就在陆景礼终于松了口气的时候，却看到陆霆骁在电脑键盘上快速敲击了几下，然后按下了回车键。

陆景礼清楚地看到陆霆骁敲下的是——宁夕。

完蛋了！他哥自己去搜索了！亲哥呀！你为何要如此机智！

陆霆骁检索了关键字之后，瞬间网上关于宁夕的最新和热门消息全都跳了出来——

“江牧野、宁夕深夜通宵打游戏，举止亲密，疑似因戏生情。”

“年龄相仿、趣味相投、志同道合，江、宁速配指数百分百！”

“双方回应只是好朋友，粉丝大呼在一起！”

“江宁组合被评为年度最速配的组合。”

不用想也知道陆霆骁这会儿该看的不该看的全都看到了，陆景礼闭上眼睛，已经不敢看他哥的表情。

陆霆骁关上电脑，拉开椅子，穿上外套：“景礼，备车。”

“啊？那会议呢？”

“推迟到明天。”

“那你现在这是要去哪儿啊？”陆景礼咽了口唾沫，巴巴跟在后面。

“视察。”

“视察？该不会是……”

与此同时，京郊影视城。

因为花灯节初吻这场戏的场景要耗费大量的人力财力，当时他们做的时候为求完美已经做到了极致，宁夕和江牧野表现得也很好，所以导演决定只补拍后半段，这样可以节省经费和时间。

为了能让演员有更好的状态，他还特意支开了现场所有不相干的人员。

终于，一切准备就绪，郭启胜正要喊开始，制片人王泰和却突然火急火燎地跑了过来，拉着他跟副导演张锐快速说了一通。

郭启胜闻言有些惊讶：“盛世的老板亲自来视察了？怎么这么突然？不过没事，牧野和宁夕的演技都没问题，他来就来吧！”

王泰和急得直拍大腿："哎哟，我的大导演，要只是二少过来我会这么紧张？是大老板！陆氏集团的那位爷！"

郭启胜傻住了："谁？你该不会是说……陆、陆霆骁吧？"

"对！老郭你快跟我一起去迎接一下吧！张锐你赶紧去跟工作人员还有两个演员交代一下！快！"

"知道了，我马上去！"

都准备好了拍摄还迟迟不开始，郭启胜和王泰和也突然跑不见了人。见张锐跑了过来，宁夕立即狐疑地问："怎么了啊副导？"

"什么人来了？"江牧野也忍不住朝着张锐看过去，这会儿他的眉心跳得更厉害了。

张锐急匆匆地跟他们解释道："待会儿陆氏集团总裁陆霆骁要过来视察，导演他们已经去迎接了，这场戏的重要性就不用我跟你们说了吧？所以今天务必要演好知道吗？"

宁夕一呆："陆霆骁？副导，你是不是弄错了呀？应该是陆景礼吧？"

"没弄错！陆景礼也来！快去准备吧！"张锐说完就匆匆去跟其他工作人员交代了。

宁夕掏了掏耳朵："金毛，我刚才是不是听错了？副导说陆霆骁要过来？"

"你没听错，我也听到了！"江牧野脸色不佳道。难怪他一直有种不祥的预感呢！原来在这儿等着他！

张锐紧急清场，非必要人员全部遣散，随后迅速准备好椅子、饮料、遮阳伞……不一会儿，那边的人到了。

为首的是西装革履面若刀削气势迫人的陆霆骁，陆景礼晃悠悠地跟在后面左顾右盼，两人旁边簇拥着导演组的核心成员，王泰和正在滔滔不绝地介绍剧组的规划进展等情况……

郭启胜热情地招呼两人到了最佳观赏点："陆总，二少，两位请坐！二位今天真算来对了，今天这场戏很精彩！"

"是吗？今天要演的是什么戏啊？"陆景礼拿了颗葡萄扔进嘴里，颇感兴趣地问。

郭启胜滔滔不绝地说了半天剧情："剧本改动后只剩下了这一场吻戏，我们力求达到最完美的效果……"

"呃……"陆景礼抹了把脸，居然是吻戏！

一来就赶上了吻戏，而且似乎还是人工降雨那天那一场！这运气！真是啥也不想说了！

陆霆骁从头到尾都没什么表情，他人就坐在这里，却又给人一种旁若无人的感觉，似乎丝毫没有把注意力放在旁人身上。

郭启胜有些尴尬，还好对这位爷的脾气早就有所耳闻，于是也不在意，没话找话地说道：“宁夕和牧野的演技都非常好，最难得的是配合默契，他们俩的戏基本上都是一条过的！”

郭启胜心想，他夸他们公司的艺人总是没错的吧？

陆霆骁端坐在椅上，随手接过旁边陆景礼递过来的茶，语气微凉且幽远地吐出了两个字：“是吗？”

“是啊是啊！不知道您有没有看到网上的花絮，昨天那么难的两场戏都是一条过……”郭启胜说着说着，莫名觉得脊背越来越发寒……

陆景礼轻咳一声，及时止住这个话题：“行了行了，开始吧！”

“好好，我们这就开始！”郭启胜如蒙大赦地去准备了。

“灯光、道具、摄像……各部门准备！演员各就各位！”

工作人员立即一个个战战兢兢地准备好，生怕出什么差错，毕竟这可是大BOSS亲自来视察啊！

陆霆骁日理万机，哪有时间管子公司的事务，更何况还是亲自视察，这可是前所未有的事情！感觉这事儿回头都能发朋友圈吹嘘好久了！

现场准备好后，两位主演也从休息区走了过来。

当一身红黑相间帅气劲装的宁夕出现的一瞬间，郭启胜也不知道是不是自己的错觉，陆霆骁那空无一物、旁若无人的眼神似乎瞬间有了焦距……

宁夕远远地朝着陆景礼和陆霆骁的方向看了一眼，陆景礼立即偷偷给她使了个眼色，指了指自己的手机，意思是他哥全都知道了。

宁夕的视线缓缓移到陆霆骁身上，后者的目光如有实质一般极具侵略性地锁定她，如同旱季来临前野兽狩猎时的眼神。

场记打板声清脆地落下，宁夕猛地回过神来，赶紧调整心态进入到戏里——

孟长歌与孙涣卿争吵后负气跑开，天色越来越暗，迟迟找不到人的孙涣卿也越来越着急。

孟长歌其实早就发现孙涣卿了，可她偏偏不出现，调皮地跟在孙涣卿的后面，看着他为了自己心急如焚的模样，一向彪悍的脸上难得露出了小女儿的情态。

宁夕将恋爱中少女那种懵懂、羞怯、美好演得非常到位。

终于，孟长歌有些舍不得她的孙大夫这么着急了，就在孙涣卿快要崩溃的时候，她脸上戴着小摊子上买的鬼脸面具，猛地蹦到他身后，拍了一下他的肩膀，语气得意又欣喜：“孙大夫，你找我啊？”

江牧野先是一呆，接着满脸狂喜，激动得一把将她搂进了怀里：“长歌……”

陆景礼的第一反应不是继续看戏，而是去看他哥，然后他就吓到了，赶紧去掰他哥的手指：“哥哥，轻点轻点，这杯子是玻璃的，不是钢铁钛合金的。记住，这是演戏，只是演……”

话还没说完呢，“咔嚓”一声，茶杯裂开了一道缝……

陆景礼抬头看去，只见宁夕缓缓摘下脸上的面具，流光溢彩的目光满是爱意地看着江牧野，然后，她倾身过去，缓缓靠近他的唇……

“完了完了完了……这次可是什么准备都没有的啊！”陆景礼惨不忍睹地用手捂住眼睛，但又忍不住撑开了一条缝隙偷偷看着。

一秒钟过去了，两秒钟过去了，三秒钟过去了，四秒钟过去了……什么情况？

五秒钟后，迟迟没有亲下去的宁夕突然扶住额头：“抱歉，状态没调整好，重来一次吧！”

宁夕居然NG了！

现场所有工作人员、两个导演还有制片人等都震惊了！

不过，他们也是可以理解的。果然是大BOSS的气场太强了吧！他们这些旁观的都压力山大，更别说宁夕了。

“没事没事，我们调整好状态再来一次。”郭启胜安抚道。

小桃赶紧迎上去给宁夕递了瓶矿泉水：“夕姐加油啊！”

宁夕咕噜咕噜把一整瓶全都喝光了。

一旁的江牧野斜了她一眼：“想不到你也会有怯场的时候！”

宁夕脸色极差道：“少说风凉话！你舅多可怕你又不是不知道，换你被那样的视线紧盯着试试，我看你还能不能正常发挥！”

很快，第二次拍摄开始了。

孟长歌在背后拍肩：“孙大夫，你找我啊？”

孙涣卿转身拥抱：“长歌……”

郭启胜：“咔！宁夕，注意下你的表情，怎么突然走神了？”

宁夕：“抱歉！”

第三次拍摄开始。

孟长歌：“孙大夫，你找我啊？”

孙涣卿：“长歌……”

郭启胜：“咔！宁夕，你凝视对方时间太长了，最多三秒就要亲下去知道吗？”

宁夕：“好。”

第四次拍摄……

郭启胜：“宁夕，表情太僵硬了！你在看哪里？”

第五次……第六次……

最后，宁夕居然连续NG了六次！

到后来连江牧野也快崩溃了，在休息室里来回暴走道：“哥心脏病都快被你急出来了！你到底亲不亲啊！麻利点行不行？”

宁夕抓着头发：“我才快心脏病呢！你就不能让你舅回去？那眼神跟X射线一样！谁亲得下去！”

江牧野冷嗤一声：“他为你来的，我有什么办法让他回去！”

宁夕一把扔了头上的假发：“我真是气死了！”

“咳……喂喂喂，注意一下你的形象……”眼见着宁夕都已经快失控了，江牧野无语地提醒。

看得出来，宁夕的压力是真的很大。

他还从没见过她这么焦躁的状态。

从另一个角度来看，也可以说陆霆骁对她的影响非常大……比他想象中的还要大得多……

至少曾经没有任何人可以影响到她演戏的状态。

这时，郭启胜满头是汗地跑来了休息室，走到宁夕跟前语重心长道：“宁夕啊，你今天到底是怎么回事啊？是不是陆霆骁在太紧张了？平常心，千万平常心！这时候不能慌啊！”

宁夕满脸抱歉地垂着头：“对不起导演，让你难做了吧！”

“唉，没事没事，演员哪有不NG的，谁知道大老板今天会过来呢，大家一点准备都没有！别说你了，现场谁不紧张啊，生怕出一点差错！那个，要不要叫你经纪人过来？”郭启胜建议道。

宁夕摇摇头：“不用，别麻烦芝芝姐了，我可以的，您准备开始吧！”

“你确定啊？”

“我确定。”

三分钟后，第七次拍摄开始。

宁夕走到镜头下，咬着牙，朝着陆霆骁的方向狠狠瞪了一眼，后者用杯盖轻轻拨着茶叶，一副风轻云淡的惬意表情。

这浑蛋，绝对是故意的！杀伤力比冰雹还凶残！

“长歌……”江牧野一把抱住宁夕。其实他的压力也很大好吗？每次抱宁夕的时候都感觉自己的后背在被万箭穿透！

宁夕摘下脸上的面具，深情凝视对方三秒钟，然后缓缓朝着他凑近过去……至此一切顺利，然而，就在她终于快要成功的时候，身后那扰人心神的视线再次强行将她逼得出戏，让她无论如何也亲不下去。

该死的！

宁夕眸光一凛，突然出乎所有人意料地重新将面具给戴上了。

下一秒，她隔着那层面具，猝然覆上了江牧野的唇……

廊桥下，花灯明暗辉映，清风摇曳，少女隔着面具亲吻着一脸惊愕的少年……这一幕，竟然比直接亲吻还要唯美和令人心动……

“咔！过！”郭启胜及时反应过来，赶紧喊停。

“不错不错，宁夕你这样的处理，犹抱琵琶半遮面，效果更好了！”郭启胜夸道，其他工作人员也全都点头表示赞同。

“导演，你满意就好。”宁夕牵强地露出个微笑。

演个甜蜜蜜的吻戏而已，又不是虐心戏，居然会演得心力交瘁，真是够了！

下一秒，她的目光不由自主地飘到某个方向……对面，制片人正在跟陆霆骁滔滔不绝地说着什么，陆霆骁静静地坐在那里，如同古堡阴暗角落里一幅色彩暗沉的油画，不知道已经与世隔绝地在那里存在了多少年，阴沉孤冷，眸底流淌着令人心脏紧缩的寂寥……

宁夕被那视线灼伤，仓促地转身避开。

“夕姐，你去哪儿啊？”

“洗手间！”

宁夕拿着手机，一边走一边快速地给陆景礼发微信打探情况——“二少，你哥他到底想干吗呀？”

陆景礼很快就回复了她：“我哪儿知道啊！昨晚他看到电视里放花絮还有你们采访报道的时候就不对劲了，今早又看到你们俩一起通宵打游戏的八卦，然后直接把会议都给推掉跑来视察了！”

“他有跟你透露他到底想做什么，或者有什么计划吗？”宁夕赶紧问。毕竟知己知彼百战百胜啊！

“我哥的性子你又不是不知道，这种事情他怎么可能告诉我！”

“那、那他有没有什么不对劲的地方？你仔细回忆一下！”

“不对劲……好像是有一件！昨晚他看完电视后突然冷飕飕地盯着一盘胡萝卜丝，后来还叮嘱管家以后都不要上这道菜了！你说奇不奇怪？连我这么聪明都没想明白他这个诡异的行为代表啥！”

宁夕的脑海中立即冒出了“拔萝卜”三个字。看样子陆霆骁是完全误会她跟江牧野了！

宁夕想了想，又打了一行字：“你哥现在的状态怎么样呀？应该还好吧。”她都已经被逼到用尽她所有的智商想出这么个隔着面具亲的主意了……

“好什么呀，你亲下去的那一瞬间，我感觉我身处北极圈十万米之下的万年寒冰窟你知道吗？”

“呃……”

“哦对了，小夕夕，你人在哪儿呢？小心点啊！我哥目前不在我的视线范围内，也不知道去哪儿了，我估摸着吧，是去逮你了，你小心点哦！”

宁夕看完陆景礼发来的最后那个字的刹那，头顶突然降下了一片阴影，紧接着，迫人的威压铺天盖地而来。

下一秒，腰间一紧，天旋地转之间，她被推进了旁边的洗手间，伴随着“砰”的一声，后背重重地撞在了门板上，还来不及痛呼，刚出口的声音就被灼热疯狂的气息吞噬殆尽……

那一瞬间，宁夕因为缺氧而混混沌沌的脑海中只剩下一个念头——杀千刀的陆景礼！故意的吧！不会直接说重点早点提醒我啊！

一直以来，陆霆骁在她眼中都是绅士严谨、克制有礼的，然而，这个充满着侵略性甚至毁灭性的吻却颠覆了她以往所有的认知。

“唔……陆……”一旦她有丝毫试图反抗的痕迹，对方的镇压就会变本加厉，简直就像个独断专制的暴君。

脖子上突如其来的疼痛让她狠狠皱起了眉头，眼前的男人已经如同看到鲜血的野兽完全失去了理智，陌生得让她心慌……

宁夕用悄悄挣脱的一只手拔下头上的木制发簪，迅速用尖利的一头对准男人毫无防备的脖颈：“陆霆骁，你再不冷静下来，别怪我帮你冷静！”

陆霆骁越来越往下的亲吻定格在了她的锁骨处，但只是片刻，便似挑衅，又似有恃无恐一般重新吻上她的唇，丝毫没有停止的趋势……

“你……”宁夕的内心涌上一股深深的无力感。

这家伙，是不是有读心术？

看准了她不可能伤他分毫，看准了她舍不得是吗？

脑海里突然浮现她之前看过的一个故事，女孩心爱的男子受到诅咒变成了野兽，可即使如此女孩依旧不离不弃，甚至为了让他不去伤害村子里的人以至于被追杀，悄悄用自己的骨血饲养他……当时她看完故事后，觉得那个女孩简直是个傻子。

可是现在，她自己却成了那个傻子。

陆霆骁的吻反复流连在她敏感的耳垂，宁夕终于获得开口的间隙，急急道："陆霆骁，你忘了你答应过我什么？还是你要出尔反尔？"

男人听到她的声音，似乎终于渐渐恢复了清明，略停顿片刻后，声音暗哑地回答："视察。"

宁夕差点被他气笑了："视察？有你这么视察的吗？你往那儿一坐，谁还能不受干扰好好演戏？"

"专业。"男人又说了两个字。

"你的意思是说我不专业？我……好吧！今天我确实不太专业，但是，下次绝对不会了！还有，如果那是视察，那你现在做的又算什么？"宁夕一字一顿地问。

陆霆骁如同抱着刚从别人手中抢回心爱玩具的孩子，紧紧将她揽在怀里，闷不吭声。

此刻，宁夕心乱如麻，脑海里所有被她刻意压制的黑暗情绪，这一刻一股脑地翻涌上来，逼着她不得不去面对，不得不去做决定……

就这样不知道过了多久，就在她差点溺死在男人太阳一般温暖的怀里时，她终于清醒过来，深吸一口气道："陆霆骁，之前你给我七天时间，不用等七天，现在我就可以告诉你了。"

"我不想听。"陆霆骁神色一紧，立即又要去亲吻她，试图阻止她接下来要说的话。

宁夕的眉宇间划过一丝无奈，偏头避开他的唇："陆霆骁，你好好听我说。"

生怕自己会犹豫似的，宁夕闭了闭眼睛，然后看着他，一口气说道："陆霆骁，其实，我一开始就跟你说过，我已经有喜欢的人了，非常非常非常喜欢！

"虽然出于某些原因我没办法跟他在一起，但他这辈子都会在我心里，满满的，没有任何人可以替代，没有丝毫多余的空间。就算那个人再好，再完美，也不可以，你听懂了吗？"

伴随着宁夕的一字一句，陆霆骁的脊背僵成了一条线，眸底的冰雪铺天盖地："撒谎！宁夕，你撒谎！"

宁夕举起两根手指，目光清亮地看着他："那我发誓，如果我撒谎，我这辈子都红不了，我天打五雷轰，出门被车……”

“闭嘴！”陆霆骁终于忍无可忍，失控地推开门冲了出去。

听着男人离开的脚步声，宁夕整个人几乎虚脱。

没错，宁夕你没有做错，早该如此……是你贪心太久，是你当断不断太久……

当宁夕终于缓过来走出去，意外地看到一人靠着墙壁静静地站在那里，手里点着一支已经烧到尽头的烟，也不知道已经在那里待了多久。

“江牧野……”宁夕神色微怔。

江牧野吐出一个长长的烟圈，垂眸轻笑一声道：“刚才你嘴里说的那个非常非常非常……喜欢的人，那个就算别人再好也无可替代的人，就是陆霆骁吧！呵，难得陆霆骁聪明一世，在这件事上居然犯了蠢……”

宁夕沉默着，没有说话。

江牧野偏过头，静静地看了宁夕一眼：“明明是你拒绝他，可你看起来似乎更糟糕……”

他已经好久没有看到过她这个样子，唯一一次，似乎是什么人的祭日，当时她的状态也跟现在差不多，整个人如同被包裹在黑暗的沼泽里，周身没有一点光亮和生机……

江牧野突然不知道该说什么，烦躁地又点燃了一支烟。

刚才他在外面听到宁夕拒绝了陆霆骁之后，不但没有丝毫高兴，反而有种兔死狐悲的凄凉。

他知道，宁夕是彻底爱上陆霆骁了……

可是，连陆霆骁都没有成功，他算个什么东西？一个连一句“喜欢”都不敢说出口的孬种……

江牧野叹息一声，终于开口说出在心里徘徊了很久的那句话：

“宁夕，其实你不必如此。如果真的喜欢，那就在一起吧！”话音刚落，他竟有种解脱的感觉。

宁夕牵出一抹苦笑：“江牧野，之前最反对的貌似也是你吧？”

江牧野挑眉，语气轻松道：“我反对，还不是因为不想你做我的大舅妈！可是，你毕竟是我的铁哥们，我希望你能幸福……”

说到这里，他认真地看向她，“宁夕，之前我不相信陆霆骁会真心，但现在……其实只要他是真的喜欢你，他不会在意你的身份、地位、职业，也有能力护着你让你不受委屈！”

宁夕的面色渐渐沉下来：“江牧野，你不用说了。”

若只是身份、地位、职业该有多好。无论身份、地位还是职业，只要她活着，她就可以去改变。

可是，过去已经发生的事情呢？她要如何去改变？如何改变她五年前……

陆霆骁从剧组回来之后，陆景礼就知道彻底玩完了。

这天要塌了。

他哥的样子甚至比当年刚接手公司时的状态还要可怕。那时候父亲突患重病，好几次生死一线，各路旁支对继承人的位置虎视眈眈，甚至有离间他们兄弟俩的，整个家族一片血雨腥风。

当时的陆霆骁简直就像是个没有情感的煞神，雷厉风行，六亲不认，手段极其严酷，一手平定了那场差点颠覆偌大的陆氏家族的内乱。

现在的陆霆骁如同沉睡中被惊醒的野兽，整个人都笼罩着一层危险的气息。

陆景礼本想去安慰一下，可是陆霆骁一回来就驱走了家里所有的用人，然后把自己一个人关在别墅里，并且设置了最高权限，除了他自己，任何人都进不去。

陆景礼生怕他出什么事，甚至怕他把房子给炸了，一直担心地在门外徘徊着。

这一等就是一夜，陆霆骁也没有出来。并且，更糟糕的事情发生了……

一大清早，陆老爷子就亲自打了一通电话过来，让他立即回老宅一趟，听语气非常不悦。

陆家老宅。

客厅里，陆老爷子和陆老夫人都在，两人坐在沙发上，脸色皆异常难看。

陆景礼脑子里的警报叫得欢快，几乎第一时间就反应过来可能发生了什么。

果然，下一秒，陆老爷子将一沓厚厚的资料扔到他的身上：“混账东西，你给我解释一下这是怎么回事？”

白色的纸和照片散落一地。

陆景礼略扫了一眼，全都是宁夕的照片和资料。

果然，宁夕的身份暴露了。

唉，为什么偏偏是这个时候……真是屋漏偏逢连夜雨！

陆老夫人满脸痛心和愤然地盯着小儿子：“景礼，你实在是太让我失望了！别的事情上你再怎么胡闹都行，但这可是你哥的终身大事，你怎么也能这么不知轻重，竟然帮着你哥瞒着我们！”

“这样的人怎么能做我们陆家的儿媳妇，怎么能做我孙子的母亲！”说到最后一句，陆老爷子重重地一拍桌子。

一想到这些天他居然把小宝交给这种人照顾，他就一身冷汗和后怕。

“那女人到底给你哥灌了什么迷魂汤？居然能让霆骁那样高傲的性子看上她这种人！”

“幸亏我们发现得早，不然你们是不是准备等生米煮成熟饭了再告诉我们？简直太荒唐了！”

二老你一言我一语滔滔不绝地说了足足小半个钟头。

陆景礼一开始还试图解释，到了后面也不说话了，优哉游哉地坐在对面的沙发上，无聊地数着杯子里的茶叶。

陆老夫人瞪了她一眼：“臭小子！你到底有没有在听我们说话？”

陆景礼放下茶杯，眨巴了一下眼睛：“咦？二位说完了？那现在可以让你们被骂得狗血淋头的小儿子说几句了吗？”

陆老爷子冷哼一声：“好！你说！我倒是要看看你能说出什么花儿来！”

陆景礼整了整衣领，起身站了起来：

“第一，职业。宁夕入行以来一直踏踏实实，从未用过什么见不得人的手段。

“第二，学历。宁夕出国之前曾经以C市文科状元的成绩考入华都大学，后来是因为跟家里闹翻了才被迫出国留学。四年间她没有接受家里任何资助，凭自己的能力考入M国南加大电影学院，成绩极其优异，年年拿奖学金。这点你们为什么要选择性忽略？

“第三，私生活。宁夕的每一任男友都是正正当当的交往，到底是哪里混乱了？你们能接受你们的儿子我交了八百任女朋友，却不能接受宁夕交了八任男朋友，这是否太双标了一点？容我提醒你们一句，现在已经是二十一世纪，男女平等！

“第四，出身和家世。宁家这几年确实越来越不靠谱，放着个亲生女儿不要，把外人当宝贝养。但别忘了，宁夕的外祖父是庄宗仁，当年因为庄玲玉执迷不悟非要嫁给宁耀华，那边才跟她断绝了关系。但宁夕是他的外孙女，这是无法磨灭的事实。庄宗仁的外孙女，就算是配我们陆家也是绰绰有余的，这点你们没有异议吧？”

陆老爷子和陆老夫人都在气头上，本来压根就没准备认真听陆景礼的狡辩，结果听完之后，神情却渐渐变了……

说到这里，陆景礼顿了顿：“第五，我忘了告诉你们一件最重要的事情。”

“什么事情？”陆老夫人急忙追问。

陆景礼摊了摊手：“二位担心这么多，完全是在白担心！就在昨天，宁夕已经拒绝我哥了。所以，该干吗干吗去吧，宁夕不会变成你们的儿媳妇，也不会成为你们孙子的妈，今后更不会跟我们陆家有任何关系！”

话音刚落，身后传来“哐啷”一声刺耳的脆响。

陆景礼和二老同时往声音传来的方向看去，然后便看到小宝煞白着一张小脸站在那里，脚下一地杯子的玻璃碎片……

“小宝……”

不等二老紧张地过去安抚，小宝已经冲进屋里，“砰”的一声带上了房门。

陆景礼叹气：“这下好了，又出事一个！我哥被拒绝之后，已经把自己关在屋子里，从昨晚到现在一直都没出来过！”

陆老夫人又是担心儿子，又是担心孙子，心急如焚地瞪向陆景礼骂道：“你这死孩子！说话就不会注意一点吗？现在让小宝听到了，这下可怎么办！小宝那么喜欢那个女人！”

陆景礼一脸无辜：“可是，早晚会有这么一天的啊！宁夕只答应了我哥在这边陪小宝三个月，三个月之期马上就快到了，就算宁夕没跟我哥摊牌，她也迟早是要走的！”

“你刚才说……你哥一直把自己关在屋里？”陆老爷子沉吟。

陆景礼正要说话，手机突然响了起来，是程锋打过来的——“二少，救命！”

“知道啦，我马上来！”

程锋话刚出口，陆景礼就知道是什么情况了，挂了手机对二老耸耸肩道：“我哥助理的电话，他现在已经出关去公司了，我得去支援广大战友了！拜拜！”

看着陆景礼离开的背影，二老坐在那里，面面相觑。

“崇山，这件事……你怎么看？”陆老夫人担忧地问。

陆老爷子寒着脸：“再等等，静观其变，谁知道那女人是不是欲擒故纵？”

陆老夫人欲言又止，心想你家儿子都直接表白了，还有哪个女人会蠢得到手了还欲擒故纵？

“那小宝怎么办呀！”这才是她最关心的问题。

“我看小宝都已经完全恢复了，问题不大，你别瞎操心。他这几天待在我们这里的时候，那女人也不在身边，他不是都好好的吗？”

“可是……”

与此同时，影视城。

宁夕躺在床上，额上冷汗涔涔，身体痉挛着，表情异常痛苦。她做了个美梦——本来确实是个美梦。

她梦到自己穿着洁白的婚纱，被那个给予她希望和光亮的人牵着手，缓缓步入神圣的殿堂。

可是，当牧师宣读誓词的瞬间，她身后的世界突然开始一点点坍塌被黑暗吞噬……男人死死拉着她的手，任由她如何撕心裂肺地喊叫都不肯松……最后，终于被她一起拉入了身后的地狱……

“叮咚”，急促的门铃声将她从噩梦中惊醒。

宁夕猛地弹坐起来，发现自己全身都被汗湿了，头疼得几乎快要炸开。

昨晚上她几乎失眠了一整夜，天快亮的时候好不容易睡了一会儿，结果还不如不睡，充斥的全都是各种噩梦。

“叮咚”，门铃声还在锲而不舍地响着。

宁夕脑袋昏昏沉沉的，深一脚浅一脚地跑去打开了门。

“谁啊……”

“早餐买多了，你要不要吃……”江牧野话没说完就一副见鬼的表情盯着她的脸，“你这脸色也太吓人了吧！要是不小心被记者看到，还以为你怎么了呢！”

宁夕一把抓过他手里的早餐：“大惊小怪，没见过人失恋啊！”

江牧野嘴角微抽：“见过别人失恋，没见过你失恋，你都是让别人失恋的……”

宁夕咬了口蟹黄包：“那你今天就当长长见识吧！”

江牧野叹了口气，担忧地看着她这副故作轻松的模样：“宁夕，你真的没事吗？晚上陪你去喝酒？”

宁夕眯着眼睛摆摆手：“不好意思，不去，姐姐我晚上已经有安排了！”

“刚才还同情你呢！你这都有安排了？”

还好宁夕今天的这场戏是战场戏，脸上抹得跟黑炭一样，脸色不好也看不出来，否则肯定要耽误拍摄进程了。

尽管她已经竭尽所能集中注意力，但最后还是出了好几次错，几个武打动作差点伤到了人，幸亏没出什么大事。

宁夕知道，她的状态出了严重的问题，不能再这么下去，否则她这戏没法继续拍了。

自从小宝不小心听到陆景礼的话之后，二老一直都惴惴不安，不过到中午吃饭的时候却松了口气。

小宝自己打开门乖乖出来了，乖乖地吃了饭，喝了汤，还吃了饭后水果。

一切仿佛都跟往常一样，但以往小家伙的一举一动都是透着灵动和生机的，这会儿却像个按照指令完成动作的机器人。

吃完饭后，小宝就拿着他的画板跑去院子里画画。

二老偷偷摸摸地远远看着，想看小家伙画什么，好推测他的心情。

可是，小家伙呆呆地看着不知道什么地方，一整个下午都没有动一笔。

“我一看就知道，咱们小宝这是不开心！”陆老夫人心疼得不行。

陆老爷子背着手来回走了几圈，沉声道：“彻底断了也就好了，要只是霆骁娶老婆就算了，就因为还有小宝，才绝对不能草率！你放心把小宝交到那样的女人手里？”

“可是，今天景礼说的话也有道理啊，那个女孩子或许没有我们想象的那么坏，再说她把小宝教得也很好啊！你不都说了她很好吗？”

“那是我被那两个臭小子糊弄了！”

陆老爷子一提这个就来气，警告地看了老伴一眼。“你别妇人之仁，这件事情上绝对没得商量！你现在最重要的事情，是赶紧去给霆骁选个合适的媳妇，让他对那女人死了这份心！”

“选什么选！要选你去选！我宝贝孙子都这样了，我哪有心思去做那些有的没的！”

“我去选像什么话！”

“反正我不去！我要陪着我孙子！”

“你……”

深夜，飞龙湾。

一群打扮夸张时尚的青年正三五成群地聚在一起。其中一个黑色短发，造型十分夸张的青年尤其显眼。

黑色短发青年嘴里嚼着口香糖，正跟旁边的白毛青年说着话：“阿卡，我的车准备好了没？”

被叫作阿卡的白毛青年拍了拍旁边一辆擦得锃亮的机车：“备好了，就这辆！你看看成不成！”

短发青年挑剔地瞅了那车几眼，语气勉强道：“还行吧，没我的小黑帅气！”

阿卡翻了个白眼：“得了吧，一天时间我能给你弄到这样的已经算可以了！对了，夕子，我说你的车呢？你家小黑呢？”

“送修了，现在拿不到。”短发青年随口敷衍道。

“他”的车还放陆霆骁那儿呢，以现在的情况实在是不方便去拿，所以只好借了一辆。

阿卡点点头，拍着手示意所有人都看过来：“大家伙儿都到了吧？我来说说规则！不追求速度只追求观赏性！谁的观赏性最强就可以得到咱香香小公主的香吻一枚！”

“哦——”现场一片欢呼起哄声。

这时，人群里一个穿着性感、身材火爆的美女一巴掌拍在阿卡的后脑勺：“我呸！美得你！”

阿卡被打了却依旧开心得很，跟吃了蜜糖一样，大笑道：“大家注意！安全第一！”

阿卡说完笑嘻嘻地凑到香香跟前：“香香，等着吧，今晚你的吻肯定是我的！”

香香满脸嫌弃地白了他一眼，然后扭着腰走到宁夕跟前，蛇一样攀着他的肩膀：“夕哥哥，我讨厌死那些家伙了！人家只喜欢你！”

其实如果对象是唐夕的话，她求之不得呢……

“喂喂喂，香香，你这也太偏心了吧！凭啥就讨厌我们只喜欢夕子啊！”众人开始不依了。

香香叉着腰：“当然因为夕哥最帅！”

人群里有人无语道：“他每次跟我们玩儿脸都遮一大半，你还能知道他帅不帅？”

香香哼了一声：“我就是知道！帅不仅是看脸，也是要看气质的好吗！你们这群大老粗懂什么！”

“行行行，我们不懂！你啊，小心夕子那张脸哪天洗干净了丑哭你！”

“搞不好是个女人呢？哈哈哈！”

“你们……”听着那些家伙的揶揄，香香气得跳脚，扭头转向正在熟悉车子的宁夕，“夕哥哥，虐死他们！”

宁夕嘴角微勾，以手遮眉：“遵命，我的公主！”

香香立即被飒到，闪着星星眼激动得几乎快要晕过去：“哇！我夕哥好帅！”

旁边的阿卡嫉妒得咬牙切齿：“这臭小子，就知道耍帅！！”

一群人闹完之后，这场午夜的活动终于正式开始。

香香拿起发令枪站在起点：“各就各位！预备！开始！”

伴随着“砰”的一声枪响，所有的机车都齐刷刷地启动了。

宁夕认识这群人是因为刚回国的时候误打误撞的参观了一个俱乐部，里面的人都是机车爱好收藏者。

这些人都是一个机车收藏俱乐部的，宁夕并没有加入，只是后来跟他们一起玩过两次。

不过，因为她的工作越来越忙，加上后来遇到了小宝和陆霆骁，时间越来越少，所以，已经很久没跟他们一起出来玩过，直到今晚。

化名唐夕和乔装成男人都是为了方便，尤其是她现在的情况，和不算知根知底的朋友相处更要倍加小心。

“夕子！今天冠军肯定是我！”阿卡的车确实很漂亮。

宁夕嘴角斜斜地上扬了半分，不以为意，依旧保持着自己的节奏。

然后出其不意的来了个危险性很低却极具观赏性的缓慢甩尾，赛车稳稳停下。

现场爆发出雷鸣般的掌声和欢呼声。

毫无疑问，冠军是宁夕的。

终点处，香香跟只小鸟一样欢快地捧着奖杯和奖金扑到了宁夕怀里，噘着红唇送上香吻。

宁夕也不扭捏，轻笑着主动凑近让她亲，不过，在她亲下来的瞬间，略移动了一下位置，于是，香香的吻没有落在她的唇上，而是“吧唧”一声落在了她的脸颊。

香香红着脸，不满地跺着脚：“夕哥哥你讨厌啦！”

旁边的阿卡眼睁睁看着自己的女神亲吻别人，气得眼睛都红了，一把摔了头盔：“对着这张脸你也亲得下去！”

香香没理会他，挽着宁夕的手臂撒娇道：“夕哥哥，明晚我们也有活动，你要不要一起来玩啊？”

“不了，你们玩吧！”宁夕婉拒。

香香一脸失望，随后好奇不已地问出一直以来都很在意的问题：“夕哥哥，我感觉你好神秘啊，你每天都在忙什么？到底是做什么工作的？”

“秘密！”宁夕露出个神秘又邪肆的微笑，然后摆摆手转身离开。

看着那潇洒的背影，身后的香香一脸痴迷……真的好帅呀！这还是第一个对她的美人计不感冒的男人！

凌晨回到酒店，宁夕几乎是倒床就睡。

虽然到早上醒来一共也只睡了三个多小时，但整个人的精神都比昨天要好多了。

今天依旧是比较激烈的战场打斗戏，还有一场大夜戏。

宁夕从头到尾都是完美发挥，零失误。

收工的时候，郭启胜非常满意："不错不错，宁夕你今天的状态比前两天好多了啊！照这样我们的进度一定赶得上了！"

宁夕稍稍松了口气："我会努力保持！"

回到酒店，江牧野跟狗狗一样绕着她看了好几圈。

宁夕没好气地捶了他一拳："神经病啊？都快被你绕晕了！真成金毛了你？"

江牧野眯着双眼："宁小夕，你老实交代，昨晚到底干吗去了？今天怎么跟突然打了鸡血一样！"

"睡觉呗！我能干吗！"

"胡说，昨晚一点多我按了你房间门铃，你压根就不在房间里！"

"你没事一点多按我门铃干吗？"

"你别转移话题！我说宁夕，你不会做了什么违法乱纪的事情吧？"

"你想挨揍吗？"

江牧野不放心，蹲了她两晚，确定她没有再彻夜不归才放下心来。

接下来的两天里，宁夕的状态一直保持得还算稳定。

转眼距离她跟陆霆骁摊牌已经有三天了。

这三天里，陆霆骁没有联系过她，她也刻意忽略了他的一切消息，把所有的精力都放在工作上。

只是，偶尔会莫名想起某天晚上，陆霆骁突然从身后抱住她，对她说，宁夕，我很想你，好像已经很久很久没有见到你……

陆家老宅。

傍晚，天边的晚霞下，小宝一动不动坐在画架前，小小身影看起来尤其孤单可怜。

"小宝啊！快快，过来吃饭啦！奶奶做了你最喜欢的松鼠鳜鱼哦！小宝……小宝？"

陆老夫人叫了五六声，小宝终于有了反应。

小家伙一丝不苟地收拾好画架，对着他下午一直望着的方向又凝望了几眼，然后乖乖进了屋里。

餐桌上，一桌子满满当当的全是菜，各式各样，中餐西餐应有尽有。

"小宝，多吃点啊！这些都是你爱吃的！"

"是啊多吃点！来，爷爷给你夹菜！"

小宝木讷地看了桌上的饭菜一眼，小手拿起筷子就着最近的菜夹了一块，然后低头开始扒饭，完全不用人哄。

见小宝这么乖，二老皆是长长地松了口气。

陆老爷子暗暗看了老伴一眼道：“我就说不会有事的吧！”

当晚，小宝依旧吃得很多，甚至比平时吃得都要多，看起来胃口很好的样子。

安安稳稳地过了三天，什么事情也没有发生，陆老爷子很是高兴，陆老夫人也总算彻底安下心来。

然而，就在这天晚上，小宝的房间里面突然传来用人惊慌失措的喊叫声：“老爷！老夫人！不好了！孙少爷他……你们快来看看哪！”

“瞎嚷嚷什么？出什么事了？”

两人匆匆赶了过去。

然后就看到房间里，小宝弯着腰吐了一地，晚上吃的所有东西全都吐了出来，还在不停地吐酸水……

陆老夫人赶紧轻轻拍他的背：“啊！小宝！小宝这是怎么了呀！怎么突然吐得这么厉害！”

陆老爷子强自镇定道：“小孩子嘛，偶尔吐一下有什么关系，可能只是积食了，你不要大惊小怪的！”

然而话音刚落，小家伙身体一软，晕了过去。

“小宝——”陆老夫人尖叫出声。

这回连陆老爷子也无法镇定了，大惊失色地对用人们吼：“愣着做什么！还不去请医生！”

一时间，整个老宅乱成了一团。

陆老夫人抱着面无血色的小宝，急得都快失了魂儿，不停抱怨着陆崇山：“都怪你说没事没事！现在好了吧！你非要把我孙子折腾死才甘心是不是？霆骁看上那女人怎么了？光是她能让我们小宝高兴，她就算是个大街上讨饭的，我也愿意让她进门！”

“你、你说的这叫什么话！”

“我怎么了！我说错了吗？我只要我宝贝孙子好好的！小宝之前多好！他都恢复了！可现在又变成这样！我心都要碎了！”

“难道我就不难过吗？我还不是为了小宝的未来打算！”

“现在命都没了，还有什么未来！”陆老夫人说着不知想到了什么，急忙对一旁的用人吩咐道，“小榕，你去把孙少爷的画纸拿来给我看看！”

“好的老夫人，我马上去！”

用人很快把小宝下午的画拿了过来。

二老赶紧仔仔细细地看。

只见小宝的画上一片空白，没有画任何东西，但凑近了之后，两人在画布中间看到一行铅笔写的小字——

“小夕阿姨。”

“小宝有乖乖的。”

“为什么你还是不要小宝了？”

刚一看完，陆老夫人的眼泪就再也忍不住了：

“小宝哪里是没事！他是在逼着自己乖乖的，明明吃不下去饭，还逼着自己乖乖吃饭，明明想跟以前一样大闹，却逼着自己乖乖听话……就因为答应过人家要乖！”

夜晚，陆氏集团公司大楼灯火通明。

从三天前开始，陆氏集团全体上下进入了一级警戒模式。这寒冬即将提前来临……

副总办公室。

“知道了知道了，我知道你们委屈，但谁让你们有错在先呢，前段时间我哥心情好，你们就跟着放松，现在惨了吧？”

“如今唯一的办法只有你们不要被我哥抓到小辫子，这样他不就搞不到你身上来了吗？”

“我知道我知道，我知道你们怕他，难道我就不怕？全给我自己送进去！现在最危险的就是我好吗？你们还有脸跟我哭！”

陆景礼正焦头烂额地应付着今天第 N 波员工的哭诉抱怨，私人手机响了起来。

是更棘手的人打来的。

“妈，又怎么了？我保证那个女人没来找我哥，我哥也没去找那个女人，不信你随便问公司里的谁嘛！我哥他这几天二十四小时都在工作，分秒未休！”

手机那头的陆老夫人急急地打断他：“景礼，你快让你哥回来一趟！小宝出事了！”

陆景礼顿时变了脸色：

“你说什么？之前打电话你不是还说小宝好好的，一点事儿都没有，让我们都不用担心吗？怎么一扭头就出事了？到底怎么了？”

"小宝身体不舒服，状态也不太好，你赶紧让你哥回来一趟！快一点！"

看着挂断的电话，陆景礼死鱼一样趴在办公桌上。唉，没嫂子罩着的日子，像根草……以后再也没人求救了。现在只有他自己滚进去了，真是万分不想去送死啊！

陆景礼战战兢兢地走到总裁办公室门前。深吸一口气，刚准备敲门，突然一群人蜂拥而至，下一秒，他的怀里已经被塞满了各种文件资料、计划书……

陆景礼扯着嗓子号："你们这群小兔崽子！给我等着……"

世风日下，人心不古！全都在这儿等着他呢！

"二少拜托了！你是我们唯一的希望！"

"就是啊二少，我们也是不得已！"

"只有二少您进去能活着出来！帮帮忙吧！"

"少给我戴高帽子！全都给我滚滚滚！"陆景礼没好气地把人轰走，然后敲响了办公室的门。

不用他轰，所有人一瞬间跑得连个影子都没有了……

"进来。"办公室里传来男人阴沉沙哑的声音。

"哥，这些……"陆景礼话都没说出来，刚一进去就差点被呛死，连连后退了好几步才缓过来。

这是毒气泄露了吗？他哥到底抽了多少烟？

窗帘不拉，窗户也不开！也不怕真把自己闷死？

陆景礼把怀里的资料放在桌上，赶紧去拉窗帘、开窗户通风。

只见陆霆骁仰靠在椅子上，神情掩藏在阴影里看不清晰，指间的烟已经燃到尽头，几乎要烧到手指……一旁的茶几上还摆放着秘书送来的午饭和晚饭，全都半点没动。

陆景礼放文件的时候悄悄看过去，瞥到陆霆骁的手边放着一沓资料，密密麻麻全都是有关江家的。

陆景礼顿时大惊失色。

妈呀……他哥不是准备搞江家吧？

真六亲不认了？

就算江家跟他们没有血缘关系，可还有江牧野他妈妈的那层关系在那儿摆着呢，二老可是很疼这个故人之女的！

可是，陆景礼仔细想了想，又觉得不对。以他哥的个性，如果真要对江家和江牧野做什么，他早就动手了，不可能都整整三天了还没动静的……到底什么情况？

“有事？”

空气里突然响起冰凌一般的声音，陆景礼打了个寒噤回过神来，急忙开口道：“有的有的，刚爸妈那边打电话过来了，说小宝身体不舒服，让你赶紧回去一趟呢！”

陆霆骁掐了指尖的烟，又重新点燃了一根：“备车。”

“好嘞！”

陆景礼麻溜地钻了出去，心中庆幸不已。还好他哥没六亲不认到连儿子都不认的地步……

# 第八章
# 父子对峙

陆家老宅。

陆老夫人正在门外焦急地踱步，一看到陆霆骁，立即有了主心骨一样迎了上去：“霆骁啊，你可算回来了！快去看看小宝吧！”

陆崇山则是一脸不满：“你还知道回来，小宝都病了，你电话打不通一直联系不到人，你配做小宝的父亲吗？”

陆霆骁苍白得近乎有些病态的脸上没有丝毫感情，语气平静无波道：“你们不是给我找了女人吗，可以让那些女人来照顾。”

陆崇山顿时瞪大了眼睛：“混账东西！你这说的是人话吗！小宝可是你亲儿子，你自己不照顾还指望陌生人来照顾？”

一旁的陆景礼轻咳一声，忍不住嘀咕道：“爸，您讲点理好不好？明明是你们自己非要上赶着找陌生人来照顾小宝的吧！我哥倒是给小宝找了靠谱的姑娘照顾，是你们自己不信任我哥的眼光！现在我哥同意让你们自己去选，你们还是不满意，那您说您到底是想怎样嘛！”

“你……”陆崇山被堵得一个字都说不出来，最后脸色一变道，“臭小子，我差点被你绕进去！明明是他自己没本事追到人家，还怪到我头上来了？”

被发现了……陆景礼摸了摸鼻子，随即眼珠子一转道：“不过，您这意思是只要我哥有本事追到人家，您就不反对了？”

陆崇山哼了一声：“别跟我耍小聪明，快去看看小宝！”

“小宝到底怎么了？哪里不舒服？”陆景礼问。

陆老夫人抹着眼泪：“估计是那个女孩子之前一直教他要乖乖听我们的话，所以他这些天都很乖，正常地吃饭、休息，没有任何异常，直到今天吃完晚饭后不久，小宝突然把吃的东西全都吐出来了，还晕了过去……”

陆老夫人说着拿出一张画纸，眼泪掉得更厉害：“后来我看到了小宝这张画上的字，才知道他这根本就不是没事，而是一直忍耐着呢……”

陆景礼接过画纸看了一眼，一秒钟，两秒钟，三秒钟，然后瞬间泪奔：“我们小宝太可怜了……没妈的孩子像根草……”

“可不是吗！我这心疼得哟！”

母子俩抱着哭成了一团。

陆崇山看着冰雕一样的大儿子，又看看抱着哭成一团的妻子和小儿子，真是焦头烂额：“你们俩别哭了！像什么样子！小宝又没什么大碍！医生不是都说了，只是心情郁结导致的肠胃不消化而已！”

陆老夫人急了：“什么没有大碍啊，都心情郁结了还没大碍？小宝的自闭症刚好，要是又得抑郁症了怎么办！”

“怎么可能这么严重，哪有小孩子得抑郁症的……”

这时，小宝的房门打开，秦沐风从屋里走了出来，轻咳一声道：“陆老先生，从医学角度来说，小孩子也是会得抑郁症的，而且根据小宝这个情况，确实有点前兆。”

“你听吧！医生的话你总信了吧！”

陆崇山面色凝重，沉声道：“那是否可以找个与那女人身形、相貌类似的女孩子过来陪陪小宝？心理学上不也有个词叫移情吗？”

“这个嘛……”秦沐风不好说得太直白，正在斟酌措辞。

陆景礼就没那么多顾忌了，直接回了一句：“爸，小宝只是内向，又不是智障，您这糊弄得也太过分了！”

“臭小子你给我过来！我打死你！”三番两次被噎住的陆崇山被他气了个半死，正要追过去打，陆霆骁抬起手挡了一下。

陆景礼见状感动得差点哭出来，他哥居然护着他了！

“你们兄弟俩一个两个成心是想把我给气死是不是？”

“好了好了，吵什么呀！这么大声！别吓着小宝了！”陆老夫人赶紧出来打圆场，“霆骁啊，你快进去看看小宝，劝劝他吧。”

房间里，小宝的确如同老夫人说的一样乖。

陆霆骁进去的时候，小家伙正捧着杯子自己吃药喝水。

陆霆骁怎么可能是个会劝人的，连清冷表情都没变一下，只机械地说了一句：“每个人都有自己的人生和选择，过度的牵绊只会是拖累，你该学会放手。”

那表情和语气仿佛在说“节哀”似的。

小宝表情呆呆的，似乎是一时没有理解爸爸的话是什么意思，半晌后，大大的眼睛里盈满了悲伤……

陆老夫人顿时急得不行：“我是让你去哄人的，你跟一个才五岁大的孩子说什么大道理啊！”说完扶着额头叹气，“我真是糊涂了，叫你这木头桩子回来有什么用！还不如不回来呢！弄得小宝更难过了！景礼乖啊，你过来试试！”

“啊？我来啊！”陆景礼挠挠头走过去，柔声道，“小宝啊，二叔唱歌给你听好不好啊？咳咳，葫芦娃，葫芦娃，一根藤上七朵花，风吹雨打都不怕，啦啦啦啦啦……”

下一秒，小宝本来呆滞无神的眼眶迅速湿润，眼泪啪嗒啪嗒地滚落下来……

陆老夫人心都碎了，气得去捶陆景礼的背：“你这个浑球！唱的什么歌，把小宝都弄哭了！”

陆景礼冤死了：“这也怪我？我这么欢快的一首歌啊！以前他最喜欢听他小夕阿姨唱的好不好！好吧，貌似是不该唱这首……”一不小心害得小宝触景伤情了……

“走走走！全都给我走！都是没用的东西！要你们有什么用！想不出怎么哄好小宝，你们晚上全都不要吃饭了！”陆老夫人发飙了，把陆霆骁、陆景礼、秦沐风，还有老爷子全都一股脑赶了出去。

接下来的几天，陆家全体总动员也没能哄好小宝，反而眼见着小家伙一天一天地消沉下去。

他还是一样地好好吃饭，但经常吃了就吐，睡觉也都乖乖睡，但总是做噩梦，精神越来越差……陆崇山为此从外国请了一整个心理团队过来，没有半点用处，回复全都是心病还需心药医，否则可能需要长期服药和治疗来控制病情恶化。

陆崇山气得不行，要是他能下那味“心药”，还要请他们来做什么？是药三分毒！那女人至少七分都是毒！他怎么敢下给小宝！

母亲这样的角色对一个人的人生和成长起着多么重大的作用！

如今陆家第三代只有小宝这么一根独苗，若小宝因为他错误的决定出了什么意外，他怎么跟九泉之下的列祖列宗交代？

晚上，百川大酒店。

因为最近的拍摄非常顺利，进度提前了不少，郭启胜为了让大家放松一下，特意请了所有人一起聚餐。

“这段时间大家辛苦了，尤其是宁夕，戏份特别重，等杀青了一定请大家吃顿更好的！来，干杯！”

“大家干杯！”

“干杯！谢谢导演请客！”

角落里，宁雪落听着那句“宁夕戏份特别重”，恨得指甲都掐进了手心的肉里，面上却只能保持着得体的微笑。

那件事之后，所有人都明显对宁雪落有些疏远了，全都在围着宁夕和江牧野说话，两人比男主角和女主角还要风光。

宁雪落被冷落着，有些尴尬，于是去找旁边同病相怜的赵思洲搭话：“思洲，今天这个鱼倒是不错，你尝尝！”

“我不爱吃鱼。”赵思洲态度冷漠。

“哦，那算了。”宁雪落再也端不住脸色，匆匆起身去了洗手间。

洗手间里，宁雪落气得发抖，一把将盥洗台上的东西全都扫落在地上：“宁夕，你等着瞧！”

“成哪，本宫等着呢！”

“啊！你……宁夕……”身后突然传来一个声音，宁雪落吓了一跳，一转身就看到宁夕正好整以暇地站在她身后。

宁雪落很快恢复了镇定，面色鄙夷道：“呵，宁夕，我还以为你有多厉害呢！原来是勾搭上了江牧野。”

这两天宁夕跟江牧野的绯闻传得沸沸扬扬，她自然是第一时间就知道了。

虽然她嘴里说着看不起，但心里清楚地知道，江牧野可不是单纯的艺人。

江牧野的母亲谭静娴是陆家义女，江牧野可是要叫陆家二老一声“外公外婆”，称呼陆霆骁一声“舅舅”的！

这样的关系，即使是没有血缘，也是非常近了。

因为背靠陆家，江家这些年生意越做越大，而江家只有江牧野一个独子，日后家业肯定是江牧野回去继承。不过，以江牧野那性子，能跟宁夕玩几天？她难道还能嫁过去不成？真是痴人说梦！

“这么瞧不起别人，那你是什么？”宁夕挑眉。

“我还是爸妈的女儿，是宁家大小姐！”

想到这里，宁雪落顿时有了底气，趾高气扬道：“为了区区八百万就把自己给卖了，你这种人也配跟我相提并论？”

“嗤……”宁夕闻言突然嗤笑出声。

“你笑什么？”

宁夕神色悠然地看着她：“笑八百万啊！”

宁雪落蹙眉：“宁夕，你少阴阳怪气的，你什么意思？”

宁夕摇头叹气：“宁大小姐，真不好意思，我没想到你会蠢到这种地步，居然到现在都还不知道我这八百万是从哪儿来的！”

宁雪落冷哼道：“不就是江牧野给你的吗！我有什么不知道的！”

宁夕嘴角微扬，蓦然凑到她耳边，低语道：“我那八百万违约金……难道不是你亲自送给我的吗？”

“什么？我给你的！宁夕你疯了吧？我怎么可……”话说到一半，宁雪落说不下去了，蓦然瞪大了双眼，“宁夕……是你，威胁我的人是你！”

“对呀，是我，你咬我啊？”

“你这是勒索！我要告你！”

“我好怕，真是吓死了啊！”

“你、你……”宁雪落差点被气晕过去。

她万万没想到让自己肉疼不已的八百万，居然到了宁夕的口袋里，为她付了违约金。偏偏现在这件事好不容易揭过去，她绝对不能再提起，再说她也没有证据，那些匿名邮件和账户她老早就找人试图破解了，根本一无所获。最后竟只能硬生生吃了这么大个闷亏。

宁夕离开后，宁雪落酝酿了一下情绪，然后给苏衍打了通电话。

“衍哥哥，等聚会结束，你可以来接我吗？”

“抱歉雪落，我今晚有个饭局，可能会弄到很晚，我让司机去接你好吗？喂？”

手机那头迟迟没有声音，而是隐约传来压抑的啜泣，苏衍急忙追问：“雪落，怎么了？你在哭？到底发生了什么事？”

宁雪落哽咽着：“衍哥哥，我好难过……剧组里的人全都排挤我，所有人都在讨好宁夕和江牧野，没有一个人跟我说话……我刚才只是出于关心，才问了宁夕一句她跟江牧野是怎么回事，让她如果需要钱可以跟我提，不要做傻事，结果她说了很多难听的话，还说我不配管她的事……”

苏衍叹息一声：“雪落，小夕跟江牧野最近本来就绯闻比较多，你这么问难免让她以为是质问，所以不高兴啊！你还问她是不是需要钱，这不是摆明了说她的钱是从江牧野那儿要来的吗？”

没想到苏衍是这样轻描淡写的反应，宁雪落死死捏着拳头：“衍哥哥，你变了！就因为那件事，你现在无论发生什么都只相信宁夕了是不是？她跟江牧野在剧组已经亲密得旁若无人，谁不知道他们的关系，还用我说吗？”

“雪落，不是我变了，是你的心态产生了问题，你那么善解人意，为什么不能试着站在小夕这边选择相信她呢？就算她真的跟江牧野有什么，就不能是正常的交往吗？是那样的话，我们也该祝福她！”

“衍哥哥，我……”

“好了，我要忙了！回头有空再跟你说。”

宁夕回到包厢的时候，大家吃完了饭，正在三三两两地唱歌。

“叱咤风云我任意闯万众仰望，叱咤风云我绝不需往后看，翻天覆地我定我写尊自我的法律，这凶悍闪烁眼光的野狼……”

江牧野一首《乱世巨星》博得满堂喝彩，见宁夕回来了，急忙招呼她过去唱歌：“宁小夕，过来唱歌！还是《海阔天空》吗？”

这首是宁夕每次去KTV的必点曲目，每次都要号一遍“原谅我这一生不羁放纵爱自由”。

不过，今天宁夕却摆了摆手：“我自己点！”

“你要点啥啊？”江牧野不放心地凑过去，担心她会点什么太劲爆的歌曲。

宁夕点好歌后靠在沙发上，已经拿起话筒开始唱——

开了灯眼前的模样

偌大的房

寂寞的床

关了灯全都一个样

心里的伤

无法分享……

江牧野满脸惊恐：“宁夕，你风格转换得也太快了吧？那个唱*Animals*、*Flesh*、*Toxic*的你呢？”

宁夕白了他一眼：“这又不是私人聚会，你让我在这种场合唱那种歌？”

宁夕之前说她会的歌很多都尺度很大，不是说着玩的，江牧野说的那三首就是典型。

当年在M国的时候，有一次她喝高了，在酒吧现场唱了一首*Flesh*，那天晚上整个酒吧嗨到出动了三倍保安都控制不住场面……

宁夕继续唱着歌——

生命随年月流去

随白发老去

随着你离去

快乐渺无音讯……

听到这里，江牧野却听出不对味了，他怎么感觉这歌她不是随便选的，而是为了某个人而唱的呢？

我好想你

好想你

却不露痕迹

我还踮着脚思念

我还任记忆盘旋

我还装作无所谓……

我好想你？江牧野的脸一下子绿了。

果然就是为某人而唱的吧！

此刻，所有人都不知道，包厢门口正立着一个修长冷傲的身影。

男人原本只是路过，却在走到这间包厢门口时，突然定格在那里一动不动。

旁边的同伴见他迟迟不走，忍不住出声："陆总，有什么问题吗？张总、汪总他们还在楼上等着我们呢！"

"安静。"

强大的冷气压陡然压下来，同伴瞬间噤声。

此时，包厢里正传来女孩慵懒低迷的声音——

我好想你

好想你

却欺骗自己

我好想你

好想你

就当作秘密

我好想你

好想你

就深藏在心……

直到女孩的歌声停止，男人依旧在原地站了很久才走。

深夜。

陆家老宅。

院子里，青石台阶上，男人手里夹着一支烟，一直到燃尽了都没有抽一口，也不知在想什么。

"哥，都这个时候了，你怎么还没动静呢？"陆景礼急吼吼地蹿过来。

陆霆骁掐了指尖的烟蒂："什么？"

陆景礼斜了一眼过去："少装傻了！你设计了这么大一个圈子调虎离山把老爷子弄去了A市，不就是为了今晚把小夕夕叫过来的吗？老爷子明早就赶回来了，再不呼叫小夕夕，可就来不及了！你瞅瞅我们小宝苦的，你不心疼，我这个做二叔的还心疼呢！别到时候真整抑郁了！"

"你可以试试，不过她答应的可能性基本为零。"陆霆骁说着起身朝屋里走去。

“不可能！凭我的三寸不烂之舌，一定能说服她过来！”陆景礼信心满满地掏出手机。

聚会结束后，剧组成员各自离开。

宁夕刚一回到酒店，手机就突然响了起来。

看着来电显示，宁夕目光微闪。

是陆景礼打来的。

她迟迟没有接，手机一直响到自动挂断。

隔了一会儿，手机又锲而不舍地重新响了起来。

宁夕犹豫片刻，终于按下了接听。

“喂……”

“喂，小夕夕，你睡了吗？”

“没呢，剧组聚会刚结束，二少，这么晚了有事吗？”

陆景礼想说的、想吐槽的事情实在是太多了好吗，立即噼里啪啦地开口道：“小夕夕，你那天到底对我哥说了什么啊？他回来之后一个字都没说，把自己关在房间里一天一夜，出来之后就跟什么都没发生过一样，不眠不休不吃不喝地连续工作了三天三夜，直到我妈那边打电话来说小宝身体不舒服，他才回了老宅，然后这些天……”

“小宝身体不舒服？小宝怎么了？”宁夕立即抓住陆景礼的重点并且打断他。

陆景礼为他哥默哀了三秒钟，果然小夕夕最关心的还是小宝啊！

“秦医生说有点轻微的抑郁。”陆景礼语气沉重道。

“抑郁？好端端的怎么会抑郁呢？现在情况怎么样了？”

这些日子陆家那边一直没有消息，她认为最好的消息就是没有消息，还以为小宝在她的努力下，终于已经完全恢复了，否则以小宝的个性，要真闹起来，陆景礼他们肯定早就过来找她了，结果没想到会是这样……

“现在情况越来越严重，医生都来过一打了，什么用都没有。小夕夕，你赶紧过来看看小宝吧！”

“小宝现在在哪里？”

“在老宅，我爸妈这儿呢！”

手机那头的宁夕沉默了几秒钟，随后蓦然变了语气：“陆景礼，你有事瞒着我。”

“啊？没、没啊！我能有什么事瞒着你？”

“小宝好几天前就已经发现不舒服了，按理说当时你们就会来找我，至少也会打个电话给我，可是你没有。直到现在，而且还是三更半夜才告诉我这件事，催我过去，加上小宝至今还在老宅……”宁夕顿了顿，继续说道，“老先生和老夫人他们，知道我的身份了吧？他们不同意陆霆骁跟我在一起，更不允许我接近小宝，是吗？”

“这个……”陆景礼一向都是猜别人的事情一猜一个准，还是第一次被别人掀得老底都不剩，顿时苦着脸咕哝道，“小夕夕，你怎么突然这么机智了？”

“我一直都是这么机智！”宁夕翻了个白眼，捏了捏眉心，语气疲惫地开口道，“二少，你明知道以我跟陆霆骁现在的情况，我过去本来就不太合适，更何况还加上你父母那边的因素。”

“当初我答应了陆霆骁陪小宝三个月，其实……明天就是约定期限的最后一天，我迟早是要走的。”

“就算我这次去了，那下次、下下次呢……小宝的身边有最权威的医生，有爷爷奶奶，有你们照顾，我相信日子久了，他会忘了我……”

宁夕一口气说完这些，也不知道是在说给陆景礼听，还是在说给自己听。

她当然不放心小宝，但是如果这个时候去见他，她几乎可以肯定自己见到小宝的瞬间就会心软，甚至可能会答应他的一切要求……当断不断，反受其乱，她都已经坚持了这么多天，不能功亏一篑。

“可是嫂子，心病还需心药医，解铃还须系铃人。小宝的病其实就是想你想的，他天天盼着你回来，你真的忍心吗……喂……”

手机那头传来仓促的嘟嘟嘟声，陆景礼瞬间蒙圈。

居然真的失败了！看来小夕夕这次是下了狠心啊！这可咋办呀！我可怜的宝儿！

没办法，陆景礼只能蔫头耷脑地去找他哥汇报情况。

找了一圈，在小宝屋里找到他了。

陆霆骁坐在床头，小宝躺在床上，闭着眼睛，也不知道睡着了没有，小家伙最近的睡眠也不太好。

陆霆骁光看陆景礼的表情也知道结果了，一副意料之中的表情：“她拒绝了？”

陆景礼简直不忍心在小宝面前说这个噩耗，犹豫了好久才艰难地点了点头：“我能说的全都说了，可是她这次真的很坚决，最糟糕的是，她猜出爸妈知道了她的身份和对她的态度了……”

“手机给我。”陆霆骁伸出手。

“啊？要我手机做什么？”陆景礼迟钝地把手机递了过去。

陆霆骁拿起陆景礼的手机，按下密码解锁，对着小宝的房间拍了一张照片，然后点开微信，翻出宁夕，将刚才拍的那张照片发给了宁夕。

“哥，你咋知道我的手机密码！太过分啦！简直一点隐私都没有！”陆景礼不满地一把抢回自己的手机。

话音刚落，“叮”的一声，有新信息来了。

这么快就回复了？

陆景礼急忙点开去看宁夕说了些什么。

结果一眼看到了满满的感叹号——

“陆景礼！你个浑蛋！算你狠！我马上过来！”

“小夕夕你为啥骂我！哥，你到底发啥了！我好冤！明明是你发的，居然让我背锅，怎么可以这样呢……”陆景礼一脸控诉，然后赶紧去点开那张图片，看到底有什么玄机。

看完之后总算是明白了。他哥把小宝那张什么也没画只写了几行小字的画发给宁夕看了。

连他一个大老爷们儿看了都受不了的东西，小夕夕看到会是怎样的反应？

完全可以想象得到了……

他说破了嘴皮子也没用啊！结果他哥一张图片过去，她立即就改口了！既然这样的话，为啥不一开始就发那张画过去呢！

紧接着，宁夕又发来了一条：“你哥他……也在老宅吗？”

陆景礼正要下意识地回一句“在啊”，结果还没来得及打字，手上一空，手机被陆霆骁拿了过去。

陆霆骁发了两个字：“不在。”

宁夕立即回了一句：“那就好，我大约半个小时后到。”

陆景礼第二次为他哥默哀了。

“那就好”这三个字，听着可真是心酸啊！

陆霆骁的脸上看不出什么反应，只面无表情地开口道：“等下我会回避，你去接她进来。”

“哦哦，我知道了！”陆景礼连连点头。

陆霆骁交代完陆景礼后，走到小宝的床边：“小宝，我有几件事情要交代你。”

小宝没有反应。

陆霆骁：“事关你小夕阿姨的安危。你也知道这次她来看你，万一被你爷爷知道会有怎样的后果。”

小宝还是没有睁开眼睛。

陆霆骁知道他在听，继续说道：“接下来我说的话，你要记好，现在唯一能保护她的人，只有你……”

与此同时，君来酒店。

宁夕是泪奔着跑出来的。

当看清了小宝画上的字，她所有绝不能动摇的原则和顾虑，她的九九八十一道防线，在那一瞬间全都见鬼去了！

浑蛋！她真想掐死陆景礼那货！为什么要给她看那张画！她是下了多大的决心才能忍着不去见小宝宝贝啊！现在她只想把小宝宝贝偷回来……

宁夕迅速换了身衣服，匆匆往老宅赶去。

她按照陆景礼交代的骑到了老宅的后门，远远就看到陆景礼早已经等在那里，正在那儿焦急地来回踱步。

“小夕夕，你终于来了！”

“小宝呢？”

“在屋里呢！跟我来！”

“我这样进去真的可以吗？会不会被发现？”

“没事啦，我爸今天去A市了，要明早才能回来，用人那边我也已经全都想办法支开了。其实吧，我妈现在已经不反对了，她只要小宝开心就行，就是我爸，太固执了，怎么都说不通……”陆景礼一边带路一边嘀嘀咕咕地抱怨着。

院子里，宁夕走到一半突然停住脚步，仰起头朝着上方看了一眼。

“小夕夕，走啊！你看什么呢？”陆景礼不解。

“没什么……有种被人盯着的感觉，大概是我最近有点神经质……”宁夕挠挠头，继续朝前走去。

陆景礼则是抹了把汗，下意识地抬头朝着阁楼的方向看了一眼，心想：小夕夕，你这不是神经质，你这是太敏锐了！

他哥就在阁楼里回避着呢。

陆景礼将宁夕带到了小宝的房间：“小宝，你快看谁来啦！”

小宝正坐在床上发呆，听到陆景礼的声音后没有丝毫反应。

陆景礼尴尬地摸了摸鼻子，给宁夕让开了道：“你来吧！”

大概是因为类似近乡情怯的心情。来的时候归心似箭，可真到了小宝面前，宁夕却不知道该做什么说什么了，脑海里反复都是那一句，“小夕阿姨，小宝有乖乖的，为什么你还是不要小宝……”

她太看轻小宝对自己的感情，还残忍地以为不过是小孩子而已，日子久了自然会忘记，却不知道会对他的心灵造成多大的伤害。

“宝贝，对不起……”宁夕轻轻握住小包子的手，才几天没见而已，小包子都瘦一圈了，她好不容易才养起来的肉。

小宝只是睫毛轻轻颤了颤，除此之外再无其他反应。而宁夕说完这一句，也沉默了。

除了一句“对不起”，她不知道还能说什么。因为她无法做任何承诺，无法答应他会一直陪着他，无法不负责任地用这样的话哄他。

但是，她必须想办法让小宝打起精神。

陆景礼看着依旧呆呆的小宝，又看看沉默的宁夕，忍不住急了。

这场景怎么跟他想象中的不一样啊？小宝怎么还是没什么反应啊？该不会是小宝的病情真的太严重，连宁夕都没办法让他好起来了吧？

“二少，我有个不情之请。”宁夕突然开口。

“啊？什么事？你说！”

“今晚我可不可以带走小宝？”

“啥？你要带走小宝？！”陆景礼惊住。

“对，待在这里我要时刻警惕会不会有人过来，没有办法跟小宝好好沟通说话。而且，如果我没猜错的话，小宝已经在这里待很多天了吧？他现在非常需要换个环境散散心！”

陆景礼闻言沉吟道：“这个心理医生也提了，可是小宝根本就不愿意离开老宅半步，我猜他肯定还在等着你来接他回家呢！”

听到这里，宁夕的心脏又揪紧了几分。

“只是，让你带走小宝，这个决定太重大了，我可不敢随便答应你……”陆景礼正为难着，这时，手机突然响了一下。

点开一看，是他哥发来的——“如果她想带小宝走，让她带走。”

他哥咋又猜中小夕夕的心思了！猝不及防就被秀了一脸。

得到圣旨后，陆景礼麻溜地改口：“小夕夕，你带吧带吧！随便带小宝去哪儿玩都行！交给你了！”

看着变脸比翻书还快的陆景礼，宁夕的脸黑了黑：“你刚不还说这个决定太重大不敢随便答应我？”

陆景礼一副理所当然的语气：“我是不敢随便答应，但是我现在已经好好想过了啊，所以不是随便答应，是认真答应你了！”

宁夕无语，开口道：“你放心好了，我会在明早之前把小宝送回来。”

“行是行，不过，这大晚上的，你准备带小宝去哪儿散心啊？”

“晚上怎么了，晚上散心多浪漫！”宁夕一副鄙视他见识短浅的眼神，然后拿出自己随身带的化妆包，开始给自己化妆。

严格来说，是乔装。

熟能生巧，宁夕很快在自己的脸上画了一个很未来科幻风的机器人妆，然后戴上短款假发和耳钉。

宁夕画过后的皮肤就像里面不是血肉，而是各种金属铸造的筋骨一样，看起来非常炫酷。

陆景礼看得惊奇连连：“小夕夕，你干吗把自己的脸画成这样？不过好酷！好像我们家的机器人管家 1 号！”

宁夕弹了个响指：“这是一个想要保持自由灵魂的演员的必备技能！”

“啧，这技能是挺不错的，站大街上绝对没人能认出你！”陆景礼说着，眼角余光发现宁夕在化妆的时候，小宝原本呆滞无神的眼睛终于有了焦距，正一眨不眨地看着宁夕。

宁夕化完自己后，手伸到小宝的腋下，轻轻将他抱起来坐在了自己的腿上，然后拿起化妆工具。

陆景礼挑眉：“连小宝都要画？”

“以防万一嘛！小宝这小脸蛋帅得比我还招眼好吗？再说跟我画一样的多拉风啊！放心好了，这些颜料是食品级的，对皮肤没有危害！”说完开始动手给小宝画了。

小宝坐在宁夕的怀里，乖乖巧巧的，一动不动，真是最配合的小模特了。

所以宁夕画得很快，不到五分钟就画好了。

“哇！太帅了！我也想要！”陆景礼星星眼。

宁夕哼了一声：“一边儿去，别破坏我跟小宝的组合！”

陆景礼蹲在原地画圈圈。

“好啦好啦，看在你这么帮我跟小宝的分上，下次有空给你画啦！现在我要带小宝宝贝出去玩了！”

“这可是你说的啊，不许忽悠我！我万圣节那天的妆就跟你预约了！”

“没问题！”

陆景礼总算满意了，领着小宝和宁夕悄悄出了院子。

老宅后门口。

宁夕一手抱着小宝，一手从机车的储物箱里拿出小号儿童安全帽，接着又掏出了条安全带。

一旁陆景礼看得嘴角抽搐：“准备够充分的啊！一开始就存着拐走小宝的心思了吧？不知道的还以为你是要找人私奔呢！”

“我就私奔了，怎么了！”宁夕帮小宝戴好安全帽，然后用安全带固定在自己的腰后，“宝贝抓紧，出发啦！”

看着宁夕带着小宝乌啦啦地离开，陆景礼无语地嘀咕：“真不知道该说小夕夕弥补了小宝缺失的母爱还是父爱……”

正常情况下，应该都是做爹的带着儿子这么玩才对吧？哪有做妈的大半夜带着儿子出去兜风的……不过，让陆霆骁这么带小宝？怎么可能！所以，他真觉得小夕夕绝了啊，这又能当妈又能当爹啊！

今天晚上皓月当空，凉风徐徐，天气难得的好。

速度七十迈

心情是自由自在

希望终点是爱琴海

全力奔跑梦在彼岸

我们想漫游世界……

随风奔跑自由是方向

追逐雷和闪电的力量

把浩瀚的海洋装进我胸膛

即使再小的帆也能远航……

宁夕哼着小歌，带着小宝，颠儿颠儿地夜游华都……

开了一段路之后，身后突然传来一大片熟悉的“嗡嗡嗡”的机车引擎声。宁夕扭头一看，果然是阿卡那帮子人。

后面阿卡他们也发现了前面的宁夕。

阿卡后座上的香香激动道：“阿卡，降速降速！前面那辆车怎么那么像你借给夕哥的那辆！”

阿卡降下速度，调亮车灯去看前方那辆车的车牌号：“没错，就是那辆！”

“快快！”香香兴奋地催促，一边挥着手大声喊着，“喂，夕哥——”

车一停下，香香立即抱怨道：“夕哥你好过分啊！上次找你跟我们一起玩你不答应，结果一个人在这边嗨！”

因为这会儿恰好有云遮住了月亮，加上小宝跟宁夕一样穿着黑色的外套贴在宁夕后面，所以刚才那些人全都没看到宁夕后面还带着一个小的。

宁夕也没准备让他们打扰小宝，笑了笑，并不回答。

她只是推着车，带着小宝，不紧不慢地在路边走着。

“宝贝，开心吗？”宁夕迎风大喊。

过了一会儿，后背似乎被一颗戴着安全帽的小脑袋轻轻磕了一下。

那轻轻地一磕，让宁夕的一颗心几乎软化掉了：“喜欢这样兜风吗？”

小脑袋毫不犹豫地又磕了一下。

宁夕嘴角飞扬。

等宁夕带着小宝慢悠悠的到达终点时，阿卡那帮人正三五成群地蹲在地上抽烟，甚至有人已经无聊地掏出扑克牌打了几局……

看到宁夕骑着车不紧不慢地溜过来，阿卡掐了烟，撸起袖子就冲上去开始炸毛了：“你这开得也太慢了吧！好端端的有车不骑，非要推着走？你对得起你这辆车吗！”

他好不容易风光一回，结果一点成就感都没有，还被众人嘲讽，简直比输了还憋屈。

“就是啊夕子，你这太过分了啊！哥儿几个都在这儿等了你半个小时了！”

“夕哥哥，你讨厌啦！害得我输了一个吻，不过我才不会兑现，阿卡胜之不武！一定要重新比一场我才服气！”

“重来就重来！谁怕谁啊！”

……

所有人都在七嘴八舌地吵吵嚷嚷，宁夕也没回话，径自摘了安全帽，下了车，把车停靠稳当，然后小心地把后座上的小宝给抱了下来。

“咦？夕哥哥，你后座上放的什么呀？”

“我怎么看着像个小孩？夕子，该不会是你从哪里拐来的吧！这种缺德事咱可不能干啊！”

“就是啊！夕子你平时这么神秘，难道是什么拐卖儿童的团伙？”

宁夕把小宝头上的小号安全帽摘了下来，无语地白了那群人一眼，怒斥道：“放屁！这我儿子！”

“什么！夕哥哥你有儿子！”香香一副世界崩塌的表情，“你居然有个这么大的儿子，这怎么可能！”

“夕子居然结婚了？连儿子都有了？”

一瞬间，所有人都围了过去看宁夕身旁的小男孩。

现场最开心的莫过于阿卡了，这家伙刚才还气急败坏，现在整个人都乐疯了：“夕子，好兄弟！你可以啊！居然连娃儿都有了！有出息！瞧瞧你儿子这粉雕玉琢的，这大眼睛，啧啧，老实交代，你老婆一定是个大美人吧？”

“我老婆嘛……”宁夕摸了摸下巴，脑海里浮现出陆霆骁那张冷若冰霜秀色可餐的脸，“确实是个大美人！”

阿卡顿时大笑：“哈哈哈……我就知道！香香，这下你可以死心了吧！”

香香跺着脚，泫然欲泣地黏到宁夕怀里：“我不信我不信！夕哥哥你老婆有多美，有我美吗？你一点都不喜欢我吗？你明明还让我亲你了呢！”

香香贴近宁夕的一瞬间，陡然感觉脊背一寒，一低头就看到那只明明可爱得不得了的小粉团子正用一双噙着寒气的眸子看着自己，如同一匹捍卫自己领地的小野狼。

宁夕轻咳一声，将小宝抱了起来，安抚地拍了拍。

小家伙被宁夕抱起的一瞬间，就从小野狼又变成了一只萌萌的小包子，小手扒拉着宁夕的脖子，小脑袋乖乖地搭在她的肩膀上。

宁夕一边安抚着小包子，一边抱歉地看向香香道：“对不起啊香香，那只是游戏规则而已，如果有什么让你误会的，我很抱歉。我心里只有我儿子的‘妈’，他是我这辈子最爱和唯一爱的人！”

宁夕顺势趁着这个好机会让香香死心。

“唐夕我最讨厌你了！”香香哭着跑了出去。

宁夕捶了下阿卡的肩膀：“还傻站着干吗，快去追啊！”

阿卡愣了一下才反应过来，跟宁夕击了下拳，然后赶紧追了过去。

跟大家聊了一会儿之后，宁夕给小宝重新戴好安全帽：“各位兄弟，我今天带着儿子不方便，就先走一步了，下次请你们去撸串，烤肉啤酒随便点！”

“夕子这可是你说的啊！”

“就是！不许放我们鸽子！对了，记着把你的美人老婆带上给我看看啊！”

“哈哈，对对对，带上，一定要带上！”

宁夕斜了那群家伙一眼，嗔道：“一边儿去！都说是大美人了，你觉得我舍得带来给你们这群饿狼看吗？”

“咦——”众人一阵唏嘘。

夜色渐渐褪去，天边泛起了鱼肚白，不知不觉间天就快亮了。

宁夕循着马路行驶到了一条僻静的小巷子口。远远就闻到从里面飘来一阵诱人的香味。

宁夕停好车将小宝抱了下来："饿了吧？阿姨带你去吃好吃的！"

宁夕牵着小宝进了一家看起来有些老旧，却打扫得非常清爽的早餐店，点了一笼小笼包、两碗馄饨。

小笼包个个皮薄肉馅大，馄饨料也足，滴上特制的麻油，撒上葱花，宁夕没一会儿就吃了一碗，要了第二碗。

抬头一看小包子，也呼啦啦把满满一大碗吃完了，并且舔着嘴巴一副意犹未尽的小表情。

宁夕失笑："你的小肚子就这么大，好吃也不能一次吃太多，一碗就够啦，再尝个小笼包吧！这个也很好吃！"她说着夹了一个包子，蘸了点醋放到他的小碗里。

这次小包子吃得慢条斯理，好像舍不得吃完一样。

宁夕支着脑袋，出神地看着小包子，越看心里越难受，深吸一口气才努力别开了视线。

小包子吃完了一个小笼包，满脸怅然若失。

"下……"宁夕那句本要脱口而出的"下次再带你过来吃"生生又憋了回去。

吃完早饭后，宁夕看了眼手机上的时间，快六点了。还有两个小时就要送小包子回去，她也要开工了……

这边离珠江帝景很近，宁夕直接带着小宝去了她的公寓那里，给他洗了把脸，为免等会儿回去吓着二老。以那两位对小宝的在意和小心程度，肯定不能接受这样的玩法……

小宝看着镜子里自己恢复原样的小脸，眸色瞬间黯淡下来。

宁夕从化妆台上拿起粉色的油彩笔，给他画了粉粉的鼻头和胡子，看起来就像是一只可爱的小猫咪。随后很快给自己也画了一样的："喵呜，可爱吧？"

小宝摸了摸自己脸颊上的猫咪胡子，脸色这才好了一些。

宁夕抱着情绪低落的小包子坐到床上："宝贝困不困啊？要睡一会儿吗？"

小包子立即摇了摇头，眼睛睁得大大的。

"那我们做些什么好呢……让我想想啊……"

宁夕努力思考着，这仅剩的一个小时，她还能带小包子做什么才能让他特别特别开心。

想着想着，也不知道怎么回事，这一瞬间情绪突然就崩溃了，忍耐已久的眼泪再也忍不住……

可能是因为压抑了太久，尽管知道在小包子面前不应该这样，会吓到他。但是，她真的忍不住了……

小包子坐在床边，呆呆地看着趴在枕头上哭得上气不接下气的宁夕，整个人都蒙掉了，大大的眼睛里满是无措和惊慌。

好半天之后，他试图用小手拍拍小夕阿姨，就像她平时安抚自己一样。可是，他刚轻轻拍了她几下，宁夕瞬间哭得更厉害了。

小包子吓了一跳，再也不敢轻举妄动。漆黑的眸子满是焦急地看着哭得越来越伤心的宁夕，眼眶湿漉漉的，他也想哭了。可是，他不能哭！

小夕阿姨还需要他！

小包子硬生生逼退了眼泪，从口袋里掏出一部小小的手机。

其实他非常讨厌这种冷冰冰的东西，不喜欢只有通过它才可以联系到他的小夕阿姨，所以固执地不肯用。

他想要小夕阿姨可以抱着他，可以摸摸他的脑袋，可以亲亲他的脸蛋……

这还是小包子这些天以来，第一次主动使用这个陆霆骁给他准备的新手机。

小包子飞快地给通讯录里的爸爸发了一条信息："哭。"

陆家老宅，楼上书房里，正坐在书桌前的陆霆骁看到小宝的信息之后瞬间直起身，差点带倒了手边的杯子。

他立即回复过去问："谁哭了？小夕阿姨？"

小宝回了一个"嗯"。

陆霆骁立即知道，宁夕是因为什么而哭。只是，面对儿子的求救，他也是一筹莫展。

对于怎么哄哭泣的女孩子，他实在没有任何经验。

陆霆骁打开电脑，开始各种研究和搜索。

在小宝已经连续催了两次的情况下，陆霆骁仓促地给小宝发了一张图片过去，图片上是一则笑话："用这个给她看试试。"

小宝赶紧把爸爸发来的图片给小夕阿姨看，小脸上忐忑不安。

宁夕泪眼蒙眬地抬起头，依稀看到小宝递过来的手机上有一段文字："从前，苹果跟梨子是一对好朋友，可是后来苹果要搬家了，于是他们相约十年之后回到这个地方相聚。十年之后，苹果再次回到这个地方，可是过了很久，梨子还是没有出现。苹果等啊等，等啊等……结果变成了等离子。”

“噗！”宁夕哭到一半笑出了声，简直是哭笑不得，“宝贝儿，你这笑话……也太冷了吧！”

而且，莫名让她感觉很熟悉，很有某人的风格。

“对不起宝贝，阿姨刚才突然有点失控……我去洗个脸！”宁夕尴尬地吸了吸鼻子，不好意思地去了洗手间。

她真是够了，一心想安抚小宝，结果居然自己在小宝面前哭得稀里哗啦，最后还要小宝反过来安慰自己……

宁夕进了洗手间之后，小宝偷偷给爸爸回了一个“笑”。

手机那头一直在紧张等待的陆霆骁总算是松了口气。随后，他不放心地提醒了儿子一句：“还记得我交代你的话吗？”看到小宝回了一个“嗯”，他才略放下心来。

就在这时，书房的门突然被人一把推开，陆景礼大惊失色地冲了进来，一副世界末日的表情：“哥！完蛋了！老爷子提前回来了！而且这会儿已经到门口了！”

陆霆骁略点了下头：“嗯。”

陆景礼都快哭了：“嗯是什么意思？你到底有没有办法啊？以老爷子那固执的性子，万一受到刺激做出什么事来怎么办？谁劝得住！”

最惨的是，放走宁夕和小宝的可是他啊！他几乎已经能预料到自己悲惨的未来了……

这会儿，楼下一阵脚步声传来，随即响起老爷子和用人对话的声音。

“小宝今天的情况怎么样？”

“回老爷，孙少爷这会儿还没醒。”

“嗯，我去看看他。”

老爷子一心都在宝贝孙子身上，回来后第一件事自然是去看小宝。

陆景礼飞奔下楼，张开双臂拦在老爷子的身前：“爸！您饿不饿！先去吃点早餐吧！我妈一大早就起来在厨房忙活了！”

“等会儿再吃，我先看看小宝。”

“还是先吃了再看吧！不然待会儿凉了！”

“凉了让用人再热就是！”

“那样营养会流失！”

陆崇山总算反应过来不对劲了，沉了脸色不悦地看着他：“臭小子，你是不是又惹什么事了？”

陆景礼干笑着挠着后脑勺：“我、我没有啊！我能惹什么事！”

这时，陆老夫人从厨房走了出来：“早餐做好了，叫小宝起床吃饭吧！睡太多了也不好！”

完蛋……这下真躲不过去了……见陆景礼神色不对，又一直挡在小宝的房门前不让他们进去，二老全都察觉到不对劲了。

陆崇山怒气冲冲地越过他一把推开了门。

屋子里，空空如也。

陆崇山瞬间变了脸色，满脸风雨欲来：“小宝呢！”

负责照顾小宝的女佣小榕也吓得白了脸，惊慌失措道：“怎么会……孙少爷明明一直在屋里睡觉的啊！”

“你们是干什么吃的，这么多人连个孩子都看不好！”

陆景礼见瞒不住了，正准备扛下来，这时，身后传来一个清冷的声音：“小宝不是犯人。”

陆崇山很快就反应过来，勃然大怒：“混账东西！你把小宝弄到哪里去了？是不是送到那个女人那里去了？畜生不如的东西，小宝可是你的亲儿子，你就这么把他交给一个品行不端的女人？！”

这会儿连一直中立的陆老夫人也忍不住了：“霆骁，你这次确实太胡来了！怎么能让小宝就这么跟那女人走？”

见气氛越来越紧张，陆景礼急忙开口：“爸，妈……有些话我已经忍很久了，就算你们要打断我的腿，我今天也要说！

“就像我哥他刚才说的那样，小宝是你们的孙子，又不是犯人，你们这样严防死守的，这里对小宝而言跟监狱有什么区别吗？

“小宝这几天虽然一直乖乖待在这里，但是他有一天是真正开心的吗？

“我们不过是让小宝去他的好朋友，去他喜欢的阿姨那里玩一会儿，你们要不要这么大惊小怪？”

“畜生！你们一个个的全都忘了小宝是怎么变成现在这个样子了？”陆崇山说着就一巴掌扇过去。

陆霆骁扯了陆景礼一把，将他拉到身后。

下一秒，“啪”的一巴掌重重地落在了陆霆骁的脸上……

“哥！”陆景礼吓了一跳，“哥你没事吧！”

陆崇山看着自己的手，有些反应不过来。从小到大，陆景礼他揍了不知道多少次，但还是第一次对这个事事都让他省心的大儿子动手。

陆霆骁随手抹了下嘴角的血迹，面色冰冷：“我宁愿小宝死在那场意外里，也不愿他过现在这样的生活。”

“你、你……”陆老爷子捂着胸口，连连后退几步，差点被刺激得直接晕倒。

陆老夫人赶紧过去扶住他：“霆骁，你这话太过分了！就算我和你父亲做事的方式有什么不对，你也不应该说出这种混账话来！有什么比活着更重要？”

陆崇山好不容易才缓过气来，断断续续地开口命令一旁的心腹手下：“邢武，你去……不管小宝现在在哪里，立即找到他，把他给我带回来！”说完目光冷冷地掠过两个儿子，“你们两个，从今天开始不准再踏入老宅一步！”

陆景礼一听急了：“爸，您这是独裁专制！您这样……”

正要继续抱怨，旁边的陆霆骁以眼神阻止了他继续说下去。没办法，陆景礼只能又憋了回去。

真是皇帝不急太监急，这都什么时候了，他哥到底有没有后招啊？

不用老爷子派人出去找，待会儿宁夕也该自己送小宝回来了，到时候两方撞上，将是怎样一个血雨腥风的场景……他简直不敢想象！

果然，就在邢武领命准备调动所有人手开始出发找人的时候，有用人急色匆匆地飞奔进来，激动地大声喊道：“老爷！老夫人！孙少爷他回来了！就在后院门口呢！”

“什么？小宝回来了？”陆崇山腾地一下站了起来，然后黑着脸问，“孙少爷和谁一起？”

“和、和一个女孩子……长得挺漂亮的……”用人战战兢兢地回答。

“果然是！我倒要看看这女人到底有什么本领，能让你们一个两个全都这么护着她替她说话！”

如今陆崇山对宁夕的印象跌到了谷底，在他心里，宁夕俨然是一个心机深沉的红颜祸水了。

陆老夫人本来还是中立，现在经历过这么一遭被狠狠吓过之后，也彻底跟老爷子站到了同一阵线。

于是，陆老爷子、陆老夫人，加上陆霆骁和陆景礼，后面还有一群管家、用人，一干人等一齐朝着后院门口走去……

与此同时，宁夕正在焦急不已地给陆景礼打电话呢，刚才她好像看到一个小女佣探头探脑的，似乎是发现她和小宝了，会不会出什么问题啊。该死的，陆景礼的手机怎么一直打不通？这家伙到底在干吗呢？

正心急如焚的时候，宁夕眼角余光落在院子内，下一秒，直接愣了。

只见为首的是一位面色黑沉威严一看就特别可怕的老人，旁边扶着他的是一位看起来保养得很好很有气质的老夫人，后面跟着的是陆景礼和陆霆骁，最后面还有呼啦啦一大群用人。这些人正浩浩荡荡地朝着她的方向走来……

宁夕当场傻眼。

陆景礼你个杀千刀的，这到底是个什么情况！

陆崇山的目光第一时间落在宁夕身旁的宝贝孙子身上，确认他完好无恙之后，犀利的目光陡然射向了宁夕。

就算陆崇山退位已久，但毕竟在华都纵横那么多年，那气势一压下来还是非常吓人的。

宁夕因为待会儿要直接去剧组，所以已经换上了平时穿的休闲装，头发也只简单地扎了个马尾，装扮还是很得体的。

只是陆崇山自然不会注意到这些，满心都是眼前的女人用心险恶，竟然勾结他的两个儿子从他家里把他的宝贝孙子拐走一夜！

这简直是胆大包天！挑战他的权威！

陆崇山气势汹汹地径直朝着宁夕的方向走了过去，越来越近，紧绷的气氛一触即发。然而就在这时，变故陡生。

原本站在宁夕身旁一动不动的小包子突然松开了宁夕的手，迈着小短腿，颠儿颠儿地朝着爷爷奶奶小跑过去……

二老一见宝贝孙子朝着自己跑过来，简直心疼得都快碎了，下意识都认为宝贝肯定是受了什么委屈，齐齐蹲下身来准备安抚。

结果，小宝宝贝跑到他们跟前后，一向呆呆的小脸上缓缓绽放了一个大大的笑容。

下一秒，在二老无比错愕的目光中，小宝凑了过去，先是在奶奶的脸颊上亲了一口，然后很公平地在爷爷的脸颊上也亲了一口。

这一刻，所有用人都是一副大跌眼镜的表情，连对面的宁夕都被这一幕震惊到了。

整个现场，唯一淡定的大概只有一切尽在掌控中的陆霆骁。

足足过了十几秒，二老依旧反应不过来。

陆老夫人一副做梦的表情，满脸无法置信："我、我这是在做梦吗？咱们宝贝刚才、刚才亲我了？"

"也亲我了。"陆崇山以一副非常认真严肃的表情补充。

此时此刻，他的熊熊怒火已经灭得连个火星子都不剩。为了维持自己的威严，他先是极力压制着自己激动的表情，然后缓缓站了起来，背过手去，目光重新落在对面的宁夕身上，轻咳一声道：“嗯，这位……宁小姐是吧，感谢你送我们小宝回来，不嫌弃的话，进来坐坐吧！”

陆老夫人立即附和：“是啊是啊！来都来了，快进来坐坐！正好我刚做好早饭，一起吃点吧！”

“我刚才已经吃……”过了啊。

宁夕的话都还没说出来呢，已经被陆老夫人热情地挽着手拉了进去。

从头到尾都是一脸蒙的陆景礼心想：这也行？

宁夕被拖着走到一半，简直进退两难，最后实在是没办法了，只能朝着她一直回避着连看都不敢看一眼的陆霆骁投去求救的目光：BOSS 大人！救命啊！

陆霆骁看着一脸苦相朝自己求救的女孩，嘴角极轻微地上扬了几分，眼底的冰霜一点点融化成柔情似水……

宁夕也不知道怎么回事，陆霆骁只是一个清清浅浅的眼神，她心里哪吒闹海般的巨浪瞬间变成了春风吹拂下缓缓流淌的小溪，瞬间安宁。

“哥！亲哥！你老实告诉我，小宝这招是不是你教的？你是不是从一开始就计划好了只等这一刻？既然你早有计划，好歹也给我通个气啊！害得我刚才吓得魂儿都快飞了！”陆景礼抹着额头上的汗，一脸惊魂未定。

陆霆骁看了身旁确实已经快要吓得虚脱的自家弟弟一眼，难得开口解释：“你脸上藏不住事，如果被父亲看出小宝是在教授之下才这么做，只会对宁夕更加反感。”

“我的脸上真有这么藏不住事吗？”陆景礼泪流满面。

连坑他都坑得这么有道理，完全无法反驳。不过，危机解除之后，陆景礼很快就满血复活了，兴奋不已地吐槽道：“哥你看到刚才咱爸咱妈的表情了没有？简直太搞笑了！老爷子明明都快高兴疯了，还在那儿装淡定！老太太直接上手，拉着宁夕就跑，那架势，简直是强盗啊！小夕夕当时整个人都傻掉了！”

陆景礼回忆着刚才宁夕的表情，心里安慰了很多，好歹还有个跟他一样蒙的。

中式复古风格的客厅里，长条餐桌上已经摆放好了满满一排各式各样的食物。

只是吃个早餐而已，简直比宴会还要夸张。

最后，宁夕就这么稀里糊涂地在餐桌边坐了下来。

对面坐着的是陆老夫人、小宝、陆老爷子。

宁夕这边是陆景礼，还有陆霆骁。

没办法，宁夕只能主动开口自救：“非常感谢夫人盛情邀请，我已经吃过了。”

言外之意，我已经吃过了啊！快放我走吧！

同时面对左手边距离她这么近的大魔王，还有对面大魔王的爸妈，实在是压力巨大啊！

“吃过了啊？那小宝也吃过了？”陆老夫人立即问。

“是的。”宁夕谨慎回答，也不多说一个字。

“小宝早上都吃了些什么？”

“小宝吃了一大碗馄饨，还有几个小笼包。”

“哦哦，那吃得蛮多的了！”陆老夫人点点头，然后关切地问，“那他有没有呕吐啊？”

陆崇山闻言也面色严肃地看了过去。

宁夕摇摇头：“这倒是没有。”

二老同时松了口气。

“那就看看有什么你喜欢吃的，随便尝一点吧！”陆老夫人说着亲自给她端了一小碟柠檬香煎鱼排。

盛情难却，宁夕只能硬着头皮致谢。

这时，陆崇山轻咳了一声，给了旁边的夫人一个眼神。

老夫人立即意会，又开口问道：“宁小姐，听说你昨晚带我们小宝出去玩了？”

终于来了！

宁夕立即绷紧了神经：“抱歉，没……”

宁夕本来要认下自己没有经过他们同意就擅自把小宝带出去这个罪名，但就在这时，她放在膝盖上的左手突然被一只温热的手掌覆盖，并且不重不轻地握了一下，似乎是一种暗示和提醒。

因为太过突然，宁夕吓得如同被踩到尾巴的猫一样，差点当场跳得老高，嗓子也被一口食物呛住，一阵狂咳：“咳咳咳……”

陆霆骁就好像私下里摸人家女孩小手的人不是他，神情无比泰然自若地给她倒了一杯水，然后又动作无比自然地喂到她嘴边。

宁夕哪里敢众目睽睽之下就着大魔王的手直接喝水，赶紧诚惶诚恐地自己端了过来，咕噜咕噜一阵猛喝。

她有个坏习惯，一紧张就会忍不住不停地往自己的胃里灌东西。

看着对面自家儿子和人家女孩之间微妙的互动，陆老夫人这个做亲妈的哪里还能不知道发生了什么。只是有些不敢相信，这个榆木脑袋的大儿子居然也会做出调戏女孩子这种事情来。这种“辛辛苦苦养了多年的猪，终于会拱白菜了”的感觉是怎么回事……

这会儿陆霆骁的手还没有拿开，而是翻开宁夕汗湿的掌心，在她的手心里写了一个“我”字。

辨认出那个字之后，宁夕瞬间就知道了陆霆骁是什么意思。

大魔王这是让她不要认，而是把所有的过错都推到他身上。

可是，这样会不会不太好啊？

宁夕正在犹豫的时候，陆霆骁已经开始用略有些粗糙的指腹痒痒地刮着她手心里最柔软、最敏感的地方……那暧昧的触感，简直就像是直接触摸在她的心上。

宁夕再也不敢犹豫，赶紧按照他的意思一口气说道：“昨晚陆总突然打电话给我说小宝最近的状态很不好，希望我可以陪陪他，带他出去散散心，所以我就连夜赶了过来！”

听到宁夕这么说，二老都面色不满地看了自家大儿子一眼，随后看向宁夕的表情明显缓和多了。

尤其是陆崇山，他一开始认为是这女人仗着大儿子的宠爱，胆大包天故意跟他对着干，得知一切都是大儿子自作主张，而她也不知道他们严禁她见小宝的事情，心里那口权威被侵犯的怒气自然消减了很多。

陆老夫人露出果然如此的表情，随后问出自己最为关心的问题：“不知道宁小姐带小宝去哪里散心了，是怎么散心的？”

居然能让前一天还抑郁中的小宝贝转瞬就笑得这么开心，并且前所未有地主动亲近了他们……要是能知道秘诀，岂不是每天都能得到宝贝孙子的亲亲了？

陆崇山立即放下筷子，一副恨不得掏出本子记下来的虔诚表情。

陆景礼看着自家爸妈这反应，一直在那儿忍着笑，心想就算你们知道也没用，关键点根本就不是人家带着小宝去哪里散心了、怎么散心的好吗？而是“宁夕”这个人！

面对着二老殷切的目光，宁夕轻咳一声答道：“其实也没去哪里，就是开车带着小宝在华都兜了一圈。”

她可没说谎……确实是开车兜风啊。

二老听到这个平淡无奇的回答之后，明显有些失望。

只是出去兜兜风而已，就能让从出生开始就不喜人亲近的小宝主动亲他们这个爷爷奶奶？

不过，这些看似是极其简单的事情，转念一想，光是能让小宝乖乖离开家门，跟着她一起玩，还开心地玩了一晚上这一点……除了宁夕，根本没有其他任何人可以做到。包括研究小宝病情这么多年的心理医生秦沐风，目前能做的也非常有限。

之前他们还以为小宝能恢复到简单的文字交流已经是极致，今天那两个亲吻却给了他们极深的震撼和惊喜。

原来，小宝还有希望继续恢复，甚至有朝一日变得跟普通的孩子一样，开怀地大笑，跟家人亲近撒娇，甚至，可能开口说话……而这一切的关键，就在这个他们所认为的可能会伤害到小宝的女人身上。

于是，二老的态度从一开始的坚决反对，到了如今的进退两难。

陆崇山目光慈爱地看了眼身旁的孙子，小宝方才笑着亲吻自己的小模样，真是让他用什么去交换他都会毫不犹豫。

刚才一直都是陆老夫人在询问，此刻，陆崇山终于忍不住亲自开口了："据我所知，宁小姐现在的职业是演员？"

宁夕点头："是的。"

话题进行到这里，宁夕反而淡然了，陆家势力确实可怕，但她又没准备图陆家的什么，更不可能成为他的儿媳妇，没必要这么怵他。

"不知道宁小姐如今的收入是多少？"陆崇山又问。

听到这个问题，宁夕就有些不解了。老爷子问她这个问题是什么意思？

不过，宁夕身旁的陆景礼和陆霆骁对亲爹的心思就一清二楚了，顿时反应过来老爷子这是打的什么主意。

宁夕虽然摸不清陆崇山的意图，还是如实回答道："如今我的事业刚起步，收入并不高，手头这部戏是我的老东家帮我接的，除去公司的抽成之后，我拿到手的是五万。"

陆崇山点了点头，接着开口问道："那么，不知道宁小姐是否有兴趣转行？"

"转行？"宁夕蹙眉。

"没错，我希望邀请宁小姐来陆家，做小宝的私人家教。至于价钱，绝对会让你满意。"陆崇山说这话时胸有成竹。因为他自信这样的条件，不会有任何人会傻到拒绝。

听到陆崇山这番话，宁夕扯了扯嘴角，眸底浮现一丝不易察觉的桀骜和不屑。

因为对方是陆霆骁和陆景礼的父亲，是小宝的爷爷，她才没有说太难听的话，而是尽量用温和的方式回复了一句："很抱歉陆老先生，人各有志。"

其他多余的话她也不想多说了，因为双方的等级和阶级相差太大，就算跟他多说他也不会理解。

宁夕的回答显然完全出乎他的意料。

陆崇山顿时满脸不悦，沉声道：“宁小姐这是嫌弃陆某开的条件不够高？”

宁夕：“陆老先生，我并不是这个意思，如果您的原意是希望我能多陪伴小宝，其实我可以经常过来陪他，以朋友的身份。”

“所以，你这是在拒绝我？”陆崇山的脸色一瞬间沉到了极点。

也不知道是不是因为陆霆骁在她身边，在陆老爷子这么可怕的威压之下，宁夕居然还是强顶着说出了那句：“是的。”

“你放肆！”陆崇山毕竟是久居上位者，习惯了所有人对他言听计从，哪能容得下一个小小的艺人忤逆他的意思，顿时爆发了。

陆霆骁什么也没说，只不动声色地将手臂搭在了宁夕身后的椅背上，却已经完全表明了自己保护者的姿态。

而陆霆骁的气息靠近过来的一瞬间，宁夕因为紧张而绷直的脊背顿时放松了不少。

气氛僵持间，角落里，“补刀”小王子陆景礼终于忍不住了：“我说爸，您的逻辑呢？小夕夕她只要对我哥说一句‘我愿意’，整个陆家都是她的，她连我的嫂子都不愿意做，会在意您那点钱？”

陆崇山真是差点被气吐血，“啪”的一声重重拍了一下桌子：“臭小子，你是不是非要逼我动用家法！”

“真是的，每次说不过人家就搬家法……”陆景礼弱弱地咕哝。

见俩儿子全都胳膊肘往外拐，陆崇山是真的被气狠了，眼见着就要爆发新一轮怒火，下一秒，突然感觉有什么软乎乎的东西拍在自己的后背上。一扭头，就看到小宝宝贝正用小手轻轻拍着他的后背，似乎在安慰他不要生气，以免气坏了身体。

这神级灭火器一出来，还有什么火是灭不了的？

陆崇山当即就全身舒畅了，简直比吃了灵丹妙药还管用，声音无比柔和慈祥：“乖孩子，心疼爷爷了是不是？”

陆景礼看着自家亲爹对孙子那无比温柔的态度，真是无比心酸：“怎么就从没见您对我温柔过一次？简直太区别对待了！为什么全家我地位最低？我到底是不是您亲儿子啊！”

陆崇山哼了一声，没好气道：“等哪天你结婚了，给我再添个孙女孙子的，再来跟我谈地位！”

陆景礼：“拜拜，我还是继续在最底层待着吧！”这地位提升的代价也太大了。

这时，一阵突兀的手机铃声响起。

宁夕急忙从包里掏出手机，一看是小桃打来的。

这时，她无意间瞄了眼手机上的时间，才发现她已经迟到半个小时了。

宁夕压低了声音接通电话：“喂，小桃……”

“喂，夕姐，你怎么还没到啊？拍摄已经开始了，导演正在催呢！我去了你房间找你，结果也没人开门！你去哪里了？”

“我临时有急事处理耽搁了，人还在东郊，赶过来最快估计也要一个小时，你帮我跟导演道个歉解释一下！”

挂了电话之后，宁夕只能起身告辞：“谢谢您二位的招待，我今天还有工作，就先告辞了。”她说完这句话，满脸不舍地看向了对面的小包子。

眼见着宁夕要走了，陆老夫人着急地看了陆老爷子一眼，而陆老爷子神情阴鸷地沉默着。

陆霆骁站起身，径直走到小宝身边，将他从椅子上抱了下来，然后走到宁夕身边才放下：“去送送你小夕阿姨。”

小宝重重地点点头，拉起了宁夕的手。

宁夕感激地看了陆霆骁一眼，然后跟着小包子一起朝着院外走去。

陆崇山正要起身，被一旁的陆老夫人拉住了，摇了摇头道：“算了，不过是送送而已。”

陆崇山沉着脸，最终还是妥协了。

宁夕牵着小宝，沿着一条并不长的青石小路缓缓走着，足足走了十分钟才走到院门口。

宁夕一路上想了无数种安慰小包子的话，此刻却一个字都说不出来。

小包子低低地垂着小脑袋，不肯抬头。

半晌后，他掏出随身带的写字板，认认真真地开始写字。

写完之后，小包子将写字板抬了起来给宁夕看，只见上面一笔一画地写着一段话：若爱她，就让你的爱像阳光一样包围她，并给她自由——泰戈尔。

看完这句话，宁夕一怔，随即原本悲伤的氛围全都被冲散了，忍俊不禁道：“宝贝，你居然还知道泰戈尔！你是从哪儿知道的这句话啊？”

宁夕说完蹲下来，紧紧地一把抱住小包子，满心都是暖意：“谢谢……真的谢谢宝贝……”

说真的，她完全没想到小宝居然会给她看这样一段话，真的让她无比感动又心疼。

正抱着小包子依依惜别舍不得松开，宁夕眼角余光突然瞥到小宝身后一个熟悉的身影正渐渐朝着他们的方向走来。

宁夕赶紧匆匆亲了小包子两口，跟他说有机会一定想办法过来看他，然后拔腿就跑……

陆霆骁看着宁夕很快就跑不见的背影，眸子里似乎有一丝无奈。

身后，陆景礼噗地笑出了声："哥，小夕夕看到你跑得简直比变异的兔子还快啊！"说完瞅了眼小包子，唉声叹气道，"人比人气死人！我现在算是明白了，就算我说破了嘴皮子也比不上小宝宝贝的一个亲亲，如果有一个亲亲解决不了的事情，那就两个亲亲！所以，哥，你干吗不干脆让小宝用这招直接让爸妈改变主意，解决这个横在你跟小夕夕之间最大的难题啊？"

"这并非我与她之间最大的问题。"陆霆骁语气清冷。

而且，他也清楚，今天那个让宁夕辞职做小宝家教的提议，已经是老爷子目前能妥协的极致。

不过他最终的目的也达到了，亲眼看到她对小宝的影响力之后，老爷子绝对不会再动宁夕。

宁夕离开后不久，陆崇山把两个儿子一起叫到了书房。

"看在你们也是为了小宝的分上，昨晚的事情我就不追究了，但绝对不允许再有下次！"

"爸，您干吗搞这么麻烦啊！干脆让我哥娶了她，什么事情都解决了，多好啊！"

陆崇山难得没有对陆景礼发火，叹了口气道："老二，如果今天这件事的对象是你，我或许就同意你们的婚事了。"

陆景礼吓得一哆嗦："亲爹，别说这么可怕的假设好吗？"

"老二，如果是你的妻子，即使对方是个艺人，牵扯也并不大。但是，你哥哥跟你不一样，他是陆氏集团的首席执行官，是我们陆氏家族的掌舵人，他的妻子人选，关系到我们整个家族。"

老爷子话音刚落，陆景礼看了身旁的哥哥一眼，脸上的玩世不恭顿时消失无踪化为凝重。

从小到大在哥哥的庇护之下，他可以做自己喜欢的事情，有选择自己喜欢的人做妻子的权利，而哥哥却没有。

"哥，我……"陆景礼突然不知道该说什么。

陆霆骁拍了一下他的肩膀，随即看向书桌前的陆崇山，一向冷冷清清的眸底浮现一丝狂傲，薄唇轻启道："父亲，除了您与母亲，没有任何人可以影响我的决定。"

言外之意，什么公司、家族，其他人的想法都无关紧要，他唯一需要在意的，只有最亲的人的看法。

陆崇山听到这话，整个人都愣了一下，虽然这话是对他的忤逆，他却从心底浮现一丝骄傲和欣慰感。

当年他花了二十年才坐稳这个位置，并且每一步都战战兢兢，每一个决定都再三斟酌，却忘了眼前自己的儿子，花了短短五年时间就平定了那么大一场内乱，并且五年里将整个陆家推向一个更高的高度。

陆霆骁刚才这番话虽然有些霸道傲然，却并非轻狂，而是他确实有这个实力。

陆崇山深吸一口气，好半晌后才长叹一声道："霆骁，你不要怪父亲太过小心翼翼，你要知道一句话，得天下容易，守天下难。放这样一个软肋在你身边，绝对不是好事。"

陆霆骁的眸底涟漪般荡漾开一圈温柔的坚毅之色："我会证明，她并非软肋。"说完，转身离开。

看着亲哥离开的背影，陆景礼内心的愧疚全都化为了崇拜："哥，你简直太帅了！"

离开书房后，陆霆骁去看了看小宝。

小家伙正托着腮趴在窗台上发呆，小脸上挂着开心又失落的表情。

陆霆骁走到儿子身后，大掌轻轻揉了揉他的小脑袋："你做得很好。"

小宝转过头，仰着小脑袋呆呆看着爸爸。

"怎么了？"陆霆骁询问。

小宝用小手扯了扯他的衣角，示意他低一点。

陆霆骁顺势弯下了腰。

下一秒，一个软乎乎的亲吻落在了他的脸颊上。

一向运筹帷幄，将所有事情都掌控在手中的陆霆骁，破天荒地彻底愣住了……

过了好几秒钟，陆霆骁才反应过来，但似乎是不知道该如何处理此刻这种情况，最后面色严肃地轻咳一声，说了一句："乖。"

"噗——"一直斜倚在门框上的陆景礼直接喷笑出声，莫名觉得此刻的自家亲哥真是萌爆了。

讨好女孩的时候一套一套的，原来也有他不擅长的事情，比如如何跟儿子相处。

陆霆骁正因为儿子那个突如其来的亲吻蒙着，这时，手机突然响了起来。

是袁管家打来的。

刚一接通，手机里就传来老管家激动的声音：“喂，大少爷，小夕小姐回来了！”

与此同时，铂金华府。

宁夕正跟小女佣弯弯在门口说话。

“最亲爱的最可爱的弯弯，拜托拜托了，就让我进去吧！我保证拿完行李立刻就走！”宁夕双手合十地求着。

刚才离开老宅后，她干脆直接跟剧组请了半天假，顺带来别墅这边拿下行李。

虽然三个月的时间不算长，但是不知不觉间，她发现自己的大多数东西都搬到了这里，所以这段时间很多东西急用却不能过来拿，实在是太不方便了。

当然，最重要的原因是，她知道大魔王这会儿在老宅，肯定不在别墅，所以这才赶紧趁机飞奔过来了。

无奈的是，事情的进展却没她想象中的顺利。

软软的小女佣这次无论如何也不肯松口放她进去。

“小夕小姐，您就别为难我了，不是我故意不放您进去，而是我真的没有那个权限开主宅的门啊！”

宁夕没办法，只能又去求袁管家。

袁管家正在跟不知道什么人打电话，见她走过来，神色匆匆地挂了电话，然后轻咳一声，装作若无其事地转向她：“小夕小姐，您回来了！”

“嗯嗯，我回来拿点东西，管家爷爷，您能帮我开下门吗？”宁夕急忙恳求。

袁管家的面上浮现一丝为难，轻叹一声道：“小夕小姐，虽然作为用人，主人的事情不应该多嘴，但老身这次还是忍不住多嘴一句。前段时间，也不知道发生了什么，大少爷一回来就让我们所有人都离开了主宅，然后将自己关在里面一天一夜，后来主宅的进出权限也被封锁了，至今除了他没有任何人可以进入。”

说到这里，袁管家顿了顿，继续说道：“所以，如果您需要进去，只能联系大少爷过来开门。”

听着袁管家的话，宁夕回忆起之前陆景礼也跟她说过的，只是她一直刻意忽略了有关陆霆骁的一切信息……

宁夕怔忪了片刻，及时回过神来，语速飞快道：“谢谢您，那就算了，我先走了！管家爷爷再见！”

刚才袁管家看到自己后立即挂掉的那通电话，总让她有些惴惴不安。

既然今天终究还是拿不到行李，还是赶紧走吧！

袁管家见宁夕要走，顿时急了，大少爷还在路上呢！

眼见着自家大少爷消沉了这么多天，好不容易才终于等到了宁夕回来，哪能就这么放她走。

于是，袁管家赶紧叫住了她：“小夕小姐，等等！”

“管家爷爷，还有什么事吗？”宁夕顿住脚步。

袁管家做出突然想起来什么事情的表情，开口道：“小夕小姐，我突然想到一个方法，说不定可以帮您开门。”

“真的吗？”宁夕立即惊喜道。

“是的，还请小夕小姐在此处稍作等候。”

“好的好的没问题！实在是麻烦您了！”

此刻的宁夕满心都是“人间自有真情在”，丝毫没有怀疑慈祥的老管家竟然会坑自己。

于是，宁夕满怀希望地等在原地，结果，这一等就是二十多分钟……

宁夕急得抓耳挠腮，无意识地摘着旁边花圃里的树叶子，没一会儿这一片的树叶子都快被她拔秃了。

“小夕小姐，喝杯果汁吧！”弯弯贴心地端了一杯果汁过来，托盘里还有各色精致的点心。

“谢谢！”宁夕咕噜咕噜喝了大半杯，焦急不已地追问，“弯弯，你帮我问了吗？袁管家怎么还没回来？”

弯弯不太会撒谎，但脸上还是努力挂着微笑，强自镇定地安抚道：“小夕小姐，您再等等吧！应该就快了！”

“好吧……”宁夕看了眼手机上的时间，决定再等五分钟，如果袁管家还不来，她一定得走。不知道为什么，她心里越来越不安了……

时间一分一秒地过去，这五分钟对她而言简直度日如年。

终于，五分钟到了。

宁夕立即将手里的杯子递还给弯弯：“抱歉啊弯弯，我还有事得先走了，麻烦你帮我跟袁管家说一下！”

弯弯闻言顿时变了脸色，焦急之下一把拦住了宁夕离开的去路：“小夕小姐，您再等等，再等等吧！马上、马上就好了……就一会儿……”

如果说袁管家的脸上宁夕还看不出破绽的话，那么弯弯这样单纯的小姑娘就太容易露马脚了。

宁夕一看她的表现，顿时便意识到了不对，于是动作敏捷地越过弯弯，埋着头拔腿就跑。然而，刚越过弯弯，没跑出两步，一个修长孤傲的身影便骤然撞入了她的眼帘，果然……

宁夕扶着额头，挡住自己的脸，扭头看向弯弯，痛心疾首无法置信道：“亲爱的弯弯，居然连你也帮着他们一起坑我？”

什么“人间自有真情在”，全都是浮云，她已经无法再相信这个满满都是套路的世界了！

弯弯简直自责得都快哭出来了，一个劲儿地弯腰道着歉：“小夕小姐……我……对不起对不起对不起……”

看着小丫头这个梨花带雨的样子，宁夕什么火也发不出来了，只能硬着头皮转身面对大魔王。

宁夕深吸一口气：“陆总……我、我……来拿行李。”

后面的话还没说完，陆霆骁面如寒霜地丢下一句“进来”，然后径直朝着别墅里走去。

宁夕看着大魔王仿佛结着冰碴的背影，唯一的反应只有跑，可是，陆霆骁就像是丝毫不担心她有胆子跑似的，看也不看她一眼，丢下那两个字就自顾自往前走了。

最后的结果是，宁夕确实不敢，纠结半天后还是乖乖跟了进去。身后，远远躲在角落里功成身退的弯弯和老管家，总算是松了口气。

宁夕战战兢兢地跟在大魔王身后。

她不经意地打量着这个自己已经好久没有来过的地方。

客厅、走廊、楼梯、摆设……明明所有的一切都跟从前一模一样，但不知道为什么，却给她一种如此陌生冰冷的感觉。

陆霆骁迈着沉稳的步伐，径直走到她的房间门口，然后打开了门，随后，便这么站在门口，等着她，似乎是早已经知道她的来意。

这一刻，对上男人漆黑深邃的眸子，宁夕站在原地，满心慌乱和怯意，不敢上前。

直到陆霆骁点燃了一支烟，斜倚着门框，姿态随意了些，气场也没有那么压抑迫人了，宁夕才壮着胆子走了过去。

路过陆霆骁身边的时候，宁夕的速度简直突破了人类极限，嗖的一下就冲了进去，只剩一个残影，堪比电视剧里的轻功高手。

骤然站在屋子中间后，宁夕有些愣神。

她的房间没有一丝一毫的变化，床头是几本乱七八糟的时尚杂志，瑜伽垫随意地扔在一旁，地板上还静静躺着那天她因为走得太匆忙掉到地上却没有捡起来的一支眉笔，连断了的笔芯的位置都没变过……这一切让她有种恍若隔世的感觉，就好像在这里度过的时光已经是上辈子的事情。

直到窗帘因为一阵风突然哗啦啦在眼前扬起，宁夕才骤然回神，开始忙碌着收拾东西。

先是从床底下搬出一个大箱子，然后一样一样开始整理。

衣服、鞋子、化妆品、牙刷、毛巾、PSP 游戏机……箱子里每装进去一样东西，她的心脏仿佛就空了一块，隐隐钝痛。

从头到尾她都不敢看陆霆骁一眼。

这个房间里，除了她自己的东西，其他的她一件都没有带走。

看着那些陆霆骁给她添置的小物件孤零零地待在原地，她有种自己无情抛弃了它们的愧疚感……

终于将所有的东西都收拾好，宁夕再也避无可避，深吸一口气，抬起头看向了一直静静站在门边的男人："陆总，非常感谢您这段时间的关照。至于小宝，只要有需要，可以随时叫我，一定随传随到……"说到这里，居然就完全不知道该说什么了。

挣扎了半天，她最终还是说出了那三个字："那，我走了……"

说完后，宁夕深深地弯腰鞠了一躬，表示尊敬和深深的感激，然后拖着箱子缓缓往门外走去。

这次一别之后，以后恐怕极少会再有见面的可能……毕竟他们之间相差如此悬殊，完全不是一个世界的人，如果不是因为小宝那次意外，他们肯定这辈子都不会有交集。

宁夕面色黯然，正心情沉重地往外走，走到门口的瞬间，突然眼前一晃。

从刚才起就一直默默抽烟，什么反应也没有的陆霆骁夹着烟的那只手的手臂突然随意地横在了对面的门框上，拦住她的去路。

"陆总？"宁夕有些蒙，不知道陆霆骁此举是什么意思。

陆霆骁："宁夕。"

宁夕："在！"

陆霆骁："你胆子挺大。"

"啥？"陆霆骁没头没脑地说了这么一句话，宁夕一脸茫然。什么意思？

陆霆骁吸完最后一口烟，掐了烟蒂，抬眼看着她，风轻云淡道："不怕我将你关在这里吗？"

宁夕内心喊道：冷静啊 BOSS 大人！

大魔王话音落下的瞬间，她当场吓得都快跪了好吗，到底哪里胆子大了？刚才她之所以会进来，明明也是因为胆子太小！

此时此刻，宁夕如同被点了穴一样，保持拉着箱子，一只脚刚要迈出去的姿势，一动不敢动。

她小心翼翼地观察着陆霆骁的表情，可惜大魔王道行太高，完全看不出他到底是开玩笑还是认真的。

宁夕的大脑飞速转动着，随后灵机一动，急忙开口道："那个谁来着……对了，泰戈尔！泰戈尔说过，你若爱一个人，就应该让你的爱像阳光一样包围她，并给她自由！"

陆霆骁闻言，嘴角似乎不易察觉地上扬了几分。

宁夕也摸不准他这似笑非笑的是什么意思，于是挖空心思继续说道："有位名人说过，喜欢是放肆，但爱是克制！名人还说过，爱不是不计后果的片刻挽留，而是帮助他自由地活下去！"

陆霆骁好整以暇地看着她："这些也是那位名人说的？"

"咳，大概吧……"宁夕干笑。其实这会儿她大脑一片混乱，压根就不知道这些话是谁说的……

"还有吗？"陆霆骁继续问。

宁夕小鸡啄米一样点点头："有的有的，那位名人还说，监禁他人是犯法的哦……"

陆霆骁嘴角微扬的笑意缓缓绽放开来："那……那位名人有没有说，你这张嘴不适合胡说八道？"

话音刚落，他覆上了她的唇。

宁夕内心惊呼：分明你才是在胡说八道好吗！

惊吓之下，宁夕手里的箱子"咚"的一声掉在地上，随后耳边又传来"砰"的一声，是房门被重重关上。

下一秒，天旋地转，宁夕看着站在对面的陆霆骁说："陆总，您您您……您千万要冷静一点！不然我教您念清心咒吧，很管用的……"

话音刚落，陆霆骁已经脱下了外套，覆身过来。

眼见着男人覆身过来，宁夕终于忍无可忍了："陆霆骁！你别太过分了！别逼我对你动手！"

听到宁夕语气不善地吼出他的名字之后，男人的面上反而浮现一丝满意的神色。随后，男人完全无视了宁夕的警告，继续靠近过去……

老虎不发威，还真当我是小猫咪了！

宁夕当即猛地往上一提膝盖，然后趁着陆霆骁格挡她的瞬间，挣脱出来，结果，还没来得及下一步动作，手腕上猝不及防地被一条领带绑住了，而领带的另一端在陆霆骁手腕上……

看着那条领带，宁夕顿时出离愤怒，义愤填膺道："陆霆骁，你太过分了！"

陆霆骁看着自己与宁夕绑在一起的手腕，眸底的冰雪一点点融化成心安，心底原本那丝不易察觉的紧绷也渐渐松了下来……最后宁夕没办法了，只能死死瞪着对面的男人，心里打定主意，实在不行的话就干脆一头撞过去，把两人都撞晕算了……眼见着陆霆骁渐渐逼近，只差几厘米的距离了，宁夕咬了咬牙，正准备撞呢，下一秒，陆霆骁突然一头栽倒在她的枕头边上……宁夕顿时傻眼了。

她这还没撞呢，怎么就晕了？

因为大魔王的套路实在是太多了，宁夕完全不敢轻举妄动，直到过了足足三分钟身旁还没有任何动静，甚至传来平稳的呼吸声，宁夕才总算扭头看过去。

于是，便看到陆霆骁闭着眼睛，竟然睡着了……她吓得半死，他居然睡着了？！

宁夕此刻才终于敢仔细去打量男人的脸，只见男人脸色憔悴，眉宇之间满是疲惫和青色的阴影，一边侧脸和嘴角微微有些红肿，看起来好像是被人扇了一耳光……什么人竟然敢打大魔王？

毫无疑问，肯定是大魔王的爸了……之前他让她把所有的责任都推到了他身上，也不知道她离开之后，他爸有没有为难他。

宁夕也是此刻才发现，男人的身形也清减了不少……

造孽！再这么跟陆霆骁一起躺下去，实在不妙啊！在这个男人面前，她的自制力实在是不堪一击……所以之前她才一直回避着他，就怕会出现这样的情况，怕自己会忍不住心软……

就在宁夕心急如焚的时候，突然她的房门"砰"的一声被人推开，然后便看到陆景礼出现在了门口："哥，我找你有十万火急的事……啊……"

"二少！救命！"宁夕赶紧趁机求救。

下一秒，又是"砰"的一声，陆景礼瞬间重新关上门，消失得无影无踪，就像从来没有出现过……

宁夕心想：不是说十万火急的事吗！你就这么跑了？

还好她的手机在身上，宁夕急忙拨通陆景礼的电话——"浑蛋！当初那么多好吃的白给你吃了是不是？居然就这么跑了！你到底有没有把我当朋友？"

宁夕压低声音骂了半天，最后，手机那头传来陆景礼弱弱地反驳："没有啊……

我一直把你当嫂子来着……”

“你……”宁夕差点被他气死。

“小夕夕，不是我不帮你，因为……唉，算了……你打个电话给秦医生你就知道了……”

秦沐风？他跟陆霆骁的关系还不错，又算是非常了解陆霆骁的人，说不定有办法呢？

陆景礼是因为不敢得罪他哥，所以才让她找秦沐风的？

宁夕想着，急忙又拨通秦沐风的电话。

“喂，宁夕？有事吗？”秦沐风的语气有些意外，没想到宁夕会打电话给他。

大概是因为自己那么多年都没做到的事情，结果被一个毫无经验的外行做到了，秦沐风觉得挺没脸的，所以跟宁夕交流并不多，双方联系也很少。

“有件事求你帮忙，你现在方便过来铂金华府一趟吗？”

“怎么回事？”

“那个……我跟陆霆骁的事情……你知道吗？”

“大致知道一点。”

“现在陆霆骁的状态有点不对劲，你能过来看看吗？”

“你说具体一点。”

宁夕扶额，现在这种情况让她怎么说出口？

最后，宁夕还是简单地把事情经过说了一遍：“事情就是这样……现在我正被他绑着……”

手机那头沉默了一会儿，然后传来秦沐风的声音：“宁夕，你觉得他真的会伤害你吗？”

“我……”她自然不担心，但在秦沐风面前肯定不能承认，于是模棱两可道，“我也不知道啊，毕竟他说了那么吓人的话！”

秦沐风轻轻叹息一声：“有件事，陆霆骁一直让我瞒着所有人。陆景礼倒是知道，不过他是自己猜出来的。”

宁夕眉头微蹙：“到底什么事？”

“自从你拒绝他之后，他就患上了严重的失眠症，每天最多只能睡三个小时。”

宁夕顿时变了脸色：“怎么会这样？”

秦沐风组织了一下语言：“根据我的经验，是心理压力太大。这么跟你说吧，陆霆骁这人的本性绝对不像你表面上看起来的那么无害，为达目的他可以不择手段，唯独在对待你的事情上是个例外。

“为了不伤害你，他一直在压制着自己的本性，就像一个人自己在跟自己战斗，可能稍不留神，他就会控制不住自己做出难以挽回的事情，可想而知他的压力有多大，几乎片刻不敢放松……”

说到这里，秦沐风顿了顿：“不管是作为医生，还是作为朋友，我有个不情之请。宁夕，让他睡一会儿吧，再这么下去，就算是铁打的人也撑不住。你放心好了，以他现在的身体状态，根本不可能对你做什么。”

“我知道了……”宁夕挂了电话，嘴角划过一丝苦笑。

果然不该打给跟陆霆骁有关的任何人，现在好了，彻底走不成了。

如同秦沐风所预料的，陆霆骁这一觉睡得非常沉，从白天一直睡到黑夜……

中间陆景礼那家伙偷偷摸摸过来看了好几次，算他还有点良心，给她送了几次吃的，以免她饿死。

直到第二天清晨，陆霆骁才终于醒来。

正在发呆想事情的宁夕感觉到身边的动静后，回过神来：“你醒啦……”

因为刚睡醒，陆霆骁的目光没有焦距，看到女孩之后，才渐渐恢复清明，淡淡说了一句：“为什么不走？”

若她真想走，这条领带根本困不住她。

宁夕定定地看了男人一眼，然后将领带解开了。

男人的目光瞬间暗沉，然而下一秒却盈满了震惊——宁夕脱了外衣，然后开始解衬衣扣子……

解到第三颗时，陆霆骁用力按住她的手，阻止了她继续动作。

宁夕静静地看着他：“陆霆骁，不知道我有没有对你说过，我这人最受不了的，就是别人对我太好，最怕的也是欠人情。这是我唯一可以报答你的。”

陆霆骁的脸色一瞬间变得无比难看：“你认为我想跟你在一起就是为了这个？”

宁夕：“我……”是啊，陆霆骁想要什么样的女人没有，而且还个个都干干净净，她算什么？

陆霆骁：“虽然，我确实是为了这个……”

宁夕顿时愣住：“什么？”

“但是，你以为一次就够？我要的是一辈子。”陆霆骁继续说道。

该死的！大魔王又开始了！

听到这话，宁夕这么彪悍也忍不住红了脸。

陆霆骁的眼底没有丝毫杂念，只有温柔，他替她系好扣子：“宁夕，回答我一个问题，你就可以走。”

宁夕："什么问题？"

陆霆骁："你喜欢的人，是谁？"

听到这个问题，宁夕顿时露出为难的神色。

照如今的情况来看，最合情合理的人就是江牧野了，但之前她就担心了好久陆霆骁会对江牧野做什么，还好陆霆骁没有。

宁夕的大脑飞速转动，如果现在直接告诉他自己喜欢的人就是江牧野，万一陆霆骁没克制住，江牧野岂不是惨了？就算江牧野是大魔王的亲外甥，怕是也遭不住大魔王的一次暴击。所以，到底该说谁呢……

就在这时，脑子里突然闪出一个人来，于是宁夕斟酌了一下措辞，开口道："其实我之前跟你提过的，就是我最后一任前男友，只交往过一天的那个。我之前说虽然我喜欢他，却不能跟他在一起，就是因为他的身份太危险，我在他身边会拖累他……"

陆霆骁双眸微眯，YS，果然……

"你也知道的，他的身份特殊，所以很抱歉，我没办法告诉你太多他的信息。"宁夕说完，无比紧张地等待着陆霆骁的反应。

紧张地等了半天之后，陆霆骁突然说了一句："宁夕，人的口味是会变的。"

宁夕："啊？"什么意思？这跟人的口味有什么关系？

陆霆骁："总有一天你会发现，白菜比萝卜更好吃。"

宁夕心想：能别说这么容易惹人遐想的话吗？

陆霆骁揉了揉女孩呆滞的小脑袋："走吧，刚睡醒的人一般食欲都比较好。"

宁夕闻言一个激灵，飞快地爬下床。

正要走，身后的陆霆骁又叫住了她："等等。"

"还有事？"宁夕僵硬地转过身。

"把你的东西都带走。"陆霆骁说。

"都带了啊！"宁夕不解。

陆霆骁看了眼对面好几排巨大的衣柜，提醒："衣服。"

宁夕为难："这些就不用了吧，太贵重了。"

这些衣服的牌子倒不是多贵的奢侈品牌，问题是她压根就不认识，甚至听都没听过，但就是因为不认识才更可怕好吗？

"朋友自己的牌子，卖不出去送我的，不值钱，如果你不要，我便让袁叔扔了。"陆霆骁说。

宁夕一脸肉疼："扔了多可惜！再说也是你朋友的一片心意啊！其实这些衣

服还真都挺好看的，你朋友很有才，他以后一定会出名的，这些衣服到时候就跟着大涨啦……就算你用不到，也可以留着送你以后的女朋友什么的啊……”

陆霆骁斜睨她一眼：“你认为我会送我日后的女朋友送过别人一次并且被别人拒收的衣服？”

“可这么多我也带不走啊，公寓的空间也不够放！”

“这些你不用管，我会让人送过去。”

宁夕现在一心只想快点离开，只能匆匆答应下来：“那好吧！谢谢陆总！陆总再见！”

终于离开了别墅。

宁夕弯着腰刚缓了口气，手机突然响了起来。

她还以为是剧组打来催她的，结果一看来电显示，吓得她差点把手机都给扔出去。

来电显示上赫然跳动着两个字母：“YS”。

因为刚才还利用了这家伙一把，所以他这么巧突然打电话过来，宁夕难免心虚，平复了好久，确定语气不会露出破绽，才接通电话：“喂……”

“做坏事了？”手机那头喑哑的声音幽幽地说道。

宁夕一阵沉默。

“啧，果然做了。”这回是肯定的语气。

宁夕简直想以头抢地，这家伙到底是怎么猜出来的？她从头到尾分明就只说了一个“喂”字吧？

“亲爱的，我真是低估了你的胆量。”男人的语气危险。

宁夕内心喊道：为什么又一个说她胆子大的？

“看来，若我再不回来，你倒真敢给我戴绿帽子。”

宁夕终于再也忍不住了：“我什么时候给你戴绿帽子了！啊呸，不对，我跟你什么关系都没有，怎么给你戴绿帽子！”

“呵，陆霆骁是吗……”

突然从男人口中听到陆霆骁的名字，宁夕顿时冷了脸色：“你敢动他，我跟你没完！”

“你倒是不担心他动我？”

“他不会。”对陆霆骁她至少还是有把握的，但是眼前这个性格恶劣、喜怒无常的家伙，她可不敢确定。再说陆霆骁也不知道他是谁好吗！

“啧，真是养不熟的小白眼狼……”男人的语气看似随意，实际上宁夕却知道，他这是动真怒了。

宁夕稳了稳心神，然后开口：“第一，我跟你没有任何关系；第二，我跟陆霆骁也没有任何关系。我早就说过我不会跟任何人在一起的！”

“亲爱的，重点是，你爱上了他。”

“我……”该死的家伙！明明在千里之外，为什么却好像什么都知道？

铂金华府。

宁夕走后过了好一会儿，陆景礼才终于敢凑过去，小心翼翼地趴在门框边请示道：“哥，你睡饱了没？现在心情如何？我可以跟你汇报事情了吗？”

“说。”也不知道是不是因为躺在宁夕的床上，陆霆骁的神色还算柔和，只是看起来若有所思，不知道在想什么。

“最近跟我们几个子公司杠起来的幕后势力，我已经查到一点苗头了，来自境外，现在怎么办？”

“引蛇出洞。”

宁夕拖着行李箱回到公寓，放下东西后，正准备赶去剧组，门铃声突然响了起来。打开门，袁管家和弯弯一脸恭敬地站在门口，后面跟着一排用人，每个人手上都小心翼翼地捧着一件衣服。

“小夕小姐，我们是来送东西的。”袁管家态度恭谨。明明刚坑了她，面上却好像什么都没有发生过，果然姜还是老的辣。

相比之下，弯弯这根小嫩葱就不行了，一直都埋着头不敢直视她的眼睛。

宁夕也不想弯弯尴尬，丢了备用钥匙给他们，直接道：“你们随便放吧，我赶时间，就先走了。”

“是，小夕小姐。”

宁夕离开后，一行人鱼贯而入。

宁夕的衣帽间放完她自己的东西之后就已经完全满了，根本放不进去这么多衣服。

只见弯弯走到梳妆台旁边，转动了一下梳妆台上的一个烛台摆设。下一秒，伴随着“咔啦咔啦”的声响，对面的一整面墙突然缓缓朝着两边打开。后面别有洞天，是一个空间巨大的衣帽间。

袁管家抬了下手，用人们有条不紊地将手里的衣服和配套的包包、挂饰等一件件地摆放进去。

影视城。

到了剧组后，宁夕第一时间跑去跟导演道歉。

先是迟到，后来是请半天假，最后直接请了一整天假，对于敬业的宁夕来说，这简直是不可饶恕的。

还好宁夕平时的表现都太好了，郭启胜丝毫没有生气，反而安慰她："宁夕，你就是神经绷得太紧了，敬业是好事，也不用搞得自己压力太大，偶尔有个急事多正常！这部戏已经快要收尾了，进度又提前了这么多，没什么要紧。这样，明后天给你放两天假，去逛逛街休息休息，放松一下！"

"谢谢导演！"宁夕松了口气。以她现在的状态，也确实需要调整一下。

晚上拍摄结束后，因为导演给她放了两天假，宁夕便没去酒店，准备回公寓住两天。

刚要离开，突然有个女演员叫住她："宁夕宁夕，晚上宁雪落在公寓开派对，一起去吧！听说她家里特别漂亮，尤其是衣帽间，特别奢华，里面的衣服、包包全是顶级名牌限量版，简直是每个女人的梦想，上次还上了杂志呢，终于有机会亲眼去看看了！"

宁雪落的衣帽间宁夕确实听不少人说起过，据说是收藏了很多绝版的衣服。

她对奢侈品牌什么的倒是没什么感觉。

其实很多大牌衣服的设计也并不怎么样，她反而经常喜欢去淘一些有创意的个人品牌。

就说陆霆骁他那个朋友设计的衣服，她就非常喜欢，感觉比那些大牌的都好看多了，记得当时她只是随口说了一句"这个牌子的衣服还挺好看的"，结果第二天衣柜里就全都是这个牌子的衣服了……

"宁夕，你去吗？她请了剧组所有演员呢！让我通知大家来着！"

宁夕笑了笑，婉拒道："抱歉，今天实在有些累了，想回去早点休息，你们玩得开心点。"

沉浸在兴奋中的女演员这时才突然想起宁夕跟宁雪落的过节，自然不再勉强了，急忙道："好的，那你快回去休息吧！"

回到公寓后，宁夕踢了鞋子，倒头就睡。

昨晚在陆霆骁那边她几乎没有睡过，白天还演了一整天的戏，这会儿早就撑不住了。

与此同时，楼下宁雪落的公寓里，一场热闹的派对才刚刚开始……

这段时间为了挽回自己的人气以及人脉关系，宁雪落没少下功夫，这次甚至特意请了剧组所有演员来家里玩。

宁雪落住的这间是整个珠江帝景中面积最大的，隔开了一半的空间做衣帽间，里面堆满了名品，确实可以说是每一个女人的梦想。

这次来的大多数是女演员，自然最感兴趣的就是衣服、包包了，于是大家过来之后的第一件事就是兴奋地要求参观衣帽间。

“雪落，你家的衣帽间在哪儿，快带我们看看！”

“对呀对呀！听说好多绝版的衣服有价无市，都炒到天价了！”

“肯定要看啊！来雪落家如果不看她家的衣帽间，简直就是白来了！”

听着众人的恭维，宁雪落面色淡然：“是那些八卦杂志上写得太夸张了，其实也没什么的。”

“什么八卦杂志啊，那可是销量排名第一的《风尚》！”

“就是就是！雪落你就别藏着掖着了！”

宁雪落面色无奈，只能妥协：“你们啊，到时候真看到了别失望就行！”说完领着她们朝衣帽间的方向走去。

走廊尽头，宁雪落打开一扇门：“就是这个了。”

房门被推开的瞬间，所有人都是满脸惊叹：

“全是全球限量版！天哪！”

“我感觉我好像来到了天堂！我都舍不得走了！”

“好羡慕！雪落你真是太幸福了！听说这些全都是你男朋友从世界各地帮你收集的！”

宁雪落看着众人脸上的羡慕和嫉妒，整个人容光焕发，谦虚道：“也没刻意去收集这些，只是不知不觉就有这么多了。”

参观完衣帽间后，大家终于开始开派对，只是全程都对方才的衣帽间念念不忘，依旧在围绕着那个话题讨论着。

玩到将近尾声的时候，所有人都意犹未尽。

这时，演淑妃的女演员方雅突然说了一句：“咦，宁夕今天没来？”

“我问过她了，她说太累了，想回去早点休息。”有人回答。

“说起来……我听说盛世娱乐给宁夕安排的宿舍也在珠江帝景啊？好像就在雪落楼上！不然我们去找她玩吧？”方雅建议道。

宁雪落闻言一喜，参观过她这里后，再去宁夕那儿，对比之下她们才知道宁夕住的那破地方根本不算什么，不过面上却露出为难的神色道：“可是，我们这么多人去合适吗？”

“对啊，宁夕住的地方哪有雪落这里空间这么大啊！”有人为了讨好宁雪落，故意这么说道。

方雅自然看出宁雪落其实巴不得她们去，于是直接起身招呼众人：“去吧去吧！反正就在楼上这么近！只是打个招呼又不要紧！”

门铃声一声接一声响起的时候，宁夕睡得正香。她迷迷糊糊地翻出手机看了一眼，都快深夜十二点了。这个时间会是谁跑来这里找她？不会是有什么急事吧……

宁夕只能赶紧起床去开门。结果，刚一开门就愣了，门外呼啦啦的几十号人，全都是剧组的演员，站在最前面的是一身华丽的宁雪落，身旁亲昵地挽着她手臂的女演员是淑妃的扮演者方雅……

宁夕刚睡醒，愣了好几秒才反应过来，收工的时候有人告诉她宁雪落今晚在家开派对。

所以，这些人不去宁雪落那里，全都跑她门口来是什么情况？

这时，宁雪落一脸抱歉地开口道：“宁夕，你刚刚在睡觉吗？真不好意思吵醒你，我们没想到你这么早就睡了。今晚我们开派对，结果你没来，姐妹们都很惦记你，正好想到你就住在楼上，于是大家伙儿过来跟你打个招呼！”

不等宁夕说话，方雅就抢着开口道：“雪落，宁夕肯定不会介意的啦！对吧宁夕？大家快进去吧！堵在门口多不好！”说完就已经率先挤进了屋子里，其他人也纷纷跟了进去。

宁夕站在门口，嘴角微抽，这人都进来了，还问她做什么？

进屋后，方雅立即一惊一乍地抱怨了一句：“哎呀，宁夕，你这地方怎么这么小啊！我们都站不下去脚了！”

宁夕住的屋子其实并不小，是最适合居住的大小，只是她们人实在太多了，所以一进来整个客厅都快挤满了，空间便显得异常逼仄。

刚一说完，方雅又完全不经过主人同意，直接踱步到衣帽间，一把推开了门，随即一脸震惊的表情：“宁夕，这是你的衣帽间吗？也太小了吧！”

方雅一带头出声，其他企图讨好宁雪落的人也纷纷附和——

“是啊，好小啊！客厅、卧室什么的其他地方也就算了，衣帽间这么小肯定不够用的吧！”

“我还以为盛世娱乐有多财大气粗呢，也就一般般啊！勉强能住而已！”

“哎呀，你们也不能这么说啦，你当谁都能跟雪落家一样啊！”

……

一旁的宁雪落身心舒畅地看着众人对宁夕的住处指指点点，善解人意地开口解围道：“宁夕住的这个位置，风景很好的！”

“风景好有什么用，我们平时在家住得又不多！”方雅一边说一边将宁夕挂在外面的衣服翻来翻去，然后满脸同情道，“天哪！居然连一件像样的衣服都没有，这件Chanel是去年的款吧？还有这件Prada，早就过时了……宁夕，不是我说你啊，你也太不在意这些了！”

宁夕站在衣帽间门口看了半天，总算明白今晚这些人突然跑来她这里的目的是什么了。

敢情是专门来找她麻烦，看她笑话来的？

“小雅说得有道理！”

“我就说吧！”听到有人附和后，方雅得意地扬了扬头，然后故意对身旁的宁雪落说道，“雪落啊，你家里那么多衣服，不然就送宁夕几件吧！随便哪件也肯定比这些好吧！”

宁夕闻言脸色黑了一下：“不必了。”

“哎哟宁夕，你就别推拒了，都是一个组的，互相帮助也是应该的，你不会是还在介意之前跟雪落之间的误会吧？雪落刚还跟我们说她早就一点都不介意了呢！”

听着方雅的奇葩言论，宁夕简直无语，与傻瓜论长短实在是一件很痛苦的事情……

见宁夕不说话，方雅更加嘚瑟：“正好小薇还在楼上，雪落你告诉她在哪里，直接让她送过来吧！”

“好的。”宁雪落点点头，当场给对方打了个电话。

不到三分钟，助理小薇就抱着一堆衣服气喘吁吁地过来了：“雪落姐，你要的衣服拿来了！”

宁雪落满意地看着那些衣服，语气诚恳又关切道：“宁夕，你就收下吧，算是我的一点心意，虽然也不算太好，但毕竟都是今年最新款的！”

方雅一听瞪大了眼睛，激动道：“什么不算太好啊！这些衣服每件都好几万呢！宁夕整部戏的片酬也就只能买一件衣服的好吗！”

“就是啊！这些衣服都好贵的！雪落你也太大方了吧！”

“宁夕你就收下吧！别硬撑了！”

……

宁夕捏了捏眉心，忍耐开始点点告罄，她只是想回来好好休息下睡个觉而已，没想到居然会被宁雪落带着一群白痴围攻，还不如直接在酒店不回来呢……

“宁夕，你就别再客气啦！来，我帮你放进衣柜里吧！这么好的衣服可不能落灰弄脏了！”方雅说着就完全不顾宁夕的意愿和隐私，唰地直接拉开了衣柜的门。

正要将那些衣服放进去，下一秒，却整个人都愣住了。

同时愣住的还有身后的所有人……

只见衣柜中间静静地挂着一件晚礼裙，整套衣服如同北极之光一般如梦似幻珠光宝气，满满镶嵌的宝石如同宇宙星空，尤其是中间领口那颗巨大的红宝石，光彩夺目，简直闪瞎人眼……

甚至连宁夕自己都看愣住了，这不是陆霆骁之前送她的那个牌子的衣服吗？

今天临走前，她直接让袁管家和弯弯把衣服搬进来之后就没管了，刚才还在奇怪那么多衣服放哪儿去了，没想到衣柜里会出现自己当时最喜欢的那套衣服……难道是弯弯他们看她这里确实放不下那么多，所以只留下了这件她最喜欢的？

宁夕越想越有可能！

看着众人震惊的表情，她倒是不意外，当初她自己第一眼看到的时候，也被美哭了，还以为价值连城呢，后来陆霆骁解释了大半天，她才知道这只是相当于模具的初版，上面的材料都是廉价的替代品，不过尽管如此，她还是觉得已经够美了！

过了好半天众人才回过神来。

方雅抱着几件衣服，呆呆地保持着拉开柜门的动作僵在那里，满脸惊愕地喃喃：“怎么会……这不可能……”

其他人也都面面相觑，满脸惊疑不定：“骗……骗人的吧……宁夕怎么会有这种好衣服？”

“开什么玩笑！这种衣服一看就巨贵，上百万都有可能！”

“好漂亮啊！要是能穿一次简直死而无憾了！”有小姑娘架不住喜爱说道。

这时，方雅随手扯了一把那件衣服，满脸嫌弃：“呵呵，第一眼看上去的确挺漂亮，不过仔细看看，你们不觉得庸俗无比吗？”

之前帮忙去邀请宁夕的女演员嘀咕了一句：“不会吧！看起来真的很贵……淘宝上会有这种衣服卖吗？”

方雅白了她一眼，随即看向身边的宁雪落，故意问道：“雪落，你能认出这件衣服的牌子吗？”

宁雪落做沉吟状，然后摇了摇头：“倒是从没见过的，好像没有哪个奢侈品牌是这种风格……”

方雅闻言立即一脸得意：“雪落对各大品牌所有限定版都了如指掌，并且全都有收藏，连她都没见过，不是杂牌子的地摊货是什么？”

其他人为了表示自己懂行，也纷纷附和起方雅的话：“这蕾丝看着确实太土了，上面镶嵌的宝石也好廉价的感觉，肯定是玻璃的吧！”

方雅满脸鄙夷地看向对面的宁夕：“宁夕，过时的款式就算了，好歹是牌子的，连这种地摊货你也穿？我敢打赌，这件衣服绝对不超过两百块！”

方雅说完，竟然就这么将衣服随手往地上一扔。

看到被扔在地上的衣服，宁夕的脸色瞬间冷了下来。

其他衣服被方雅翻来弄去她可以不在意，静静地看着她装，但是陆霆骁送的这一件，却瞬间点燃了她的怒火。

宁夕立即走过去弯腰将衣服捡起来，小心翼翼地拍了拍灰尘，目光如冰刃般朝着方雅射过去。

方雅也不知道怎么回事，对方只不过一个眼神而已，竟让她心底一阵发寒，如同被什么可怕的东西盯上。

她踉跄着退后一步，随即嘲笑道：“宁夕，你要不要这么夸张！两百块的地摊货也值得你紧张成这样？”

看着宁夕终于变了脸色，宁雪落的心情又恢复了愉悦，瞅了方雅一眼道：“小雅，你别这么说，这件衣服乍一看是挺好看的，宁夕肯定很喜欢，比较紧张也是难免！”

“那么多高端的大牌不喜欢，喜欢这种垃圾？就算穷疯了，也不能这么没品位吧！”察觉到宁雪落的亲近之后，方雅更加有恃无恐，说出的话肆无忌惮。

就在这时，人群中突然有人快步走到宁夕跟前：“等等……这件衣服……我怎么越看越眼熟呢……”

说话的人是之前顶替贾青青女三位置的艺人关小七，跟宁夕同一个公司，因为刚进组不久，宁夕只偶尔跟她撞上过一两次，算是点头之交。

关小七说完后，凑过去仔仔细细地打量起那件衣服来。

旁边的方雅见状一脸不屑：“一件破衣服而已，有什么好看的！”

关小七没有搭理方雅，足足看了好一会儿，又看了眼衣领上极其低调简单的标牌“GE”，然后神情郑重地抬头看向宁夕道：“如果我没看错的话，这件衣服是出自有鬼才之称的设计师Gabriel Elvis之手，当年因为影后Joshua Larson

在奥斯卡颁奖晚会上穿过一次他设计的衣服一炮而红，后来炒到整个上流社会所有人都为拥有一件 Elvis 设计的衣服为荣。宁夕这件应该是 Elvis 在五年前的某个慈善拍卖会上捐出去的，是他毕生最得意的作品，当时拍出了天价！宁夕，我没说错吧！”

啥？关小七突然飙出这么一大段来历，宁夕却一个字都没听懂……

方雅先是愣住，随后放声大笑：“哈哈哈……笑死人了！拍出天价的衣服会出现在这里？关小七，你也不能因为跟宁夕一个公司，为了帮她就说出这种瞎话来吧！”

“噗……关小七还真敢说啊……”

“她说的那个 Elvis 是谁？完全没听过！瞎编的吧！”

其他人自然不信，有人听了关小七的话之后，问了她设计师的名字怎么拼写，然后当场上网搜索了一下。最后，没想到还真搜到了这件衣服。

“真的有！这个设计师很牛的，只是因为昙花一现就消失了，所以后来的人很少有知道的，而且你们看相关介绍里的这张图片，图片里的这件衣服跟宁夕的这件一模一样啊！”

方雅用眼角余光扫了一眼，神色微怔，随即毫不在意道：“肯定是仿版的 A 货啦！”

“也对，这件衣服至今一直被私人收藏着，怎么会出现在这儿，想想也不可能啊！”

“就是同一件，我不会认错！”关小七的语气极其笃定和自信，并且求证地看了眼宁夕。

然而宁夕也完全蒙着，根本无法回她的话，这不就是一件不值钱的模具吗？

方雅笑得花枝乱颤：“真是太好笑了！这件衣服要是真的，我今天就爬着出去！”

“这可是你自己说的！”关小七哼了一声，然后转身对众人说道，“其实想要证明真伪也很简单，Elvis 的设计最大的特点就是珠宝的点缀，而这件衣服上的每一颗宝石都是真的。不信你们自己过来辨认辨认吧，哦，对了，不懂装懂的就别来了！”

“关小七，你说谁不懂装懂呢！”方雅气得脸色通红。

“谁应了就说谁咯！”

只要是懂行的，肯定都会对这件衣服感兴趣，所以，听关小七这么说之后，终于有人站了出来。

“不然，我来看看吧？”一个看起来很文静的女孩从后面走了过来。

众人一看到她，眼睛立即亮了：“对对！菲菲，你来看！你最懂了！”

“菲菲可是特级珠宝鉴定师呢！上次我差点被坑了，都是她帮我辨别的！”

“既然是菲菲来看，肯定是没问题的！”方雅也表示没意见，幸灾乐祸地看向关小七和宁夕，“现在有懂行的了！我看你们还怎么装！”

叫菲菲的女孩郑重地打量起那些珠宝来，因为这件衣服上镶嵌的星碎珠宝实在太多了，所以菲菲花了很长时间。

时间一分一秒地过去，所有人都在屏息凝视，包括至今还是一头雾水的宁夕。

刚才她本来想直接开口说明真相，却来不及了，菲菲已经专心开始鉴定，她若这时候开口，反而让人觉得自己是死到临头逼不得已才开口的，于是只能闭了嘴。

好半晌后，菲菲终于深吸一口气，抬起头道：“抱歉大家，衣服上镶嵌的碎宝石太多了，我不能保证一颗都不落地鉴定到，只能尽量全都看了一遍，目前我看到的，全都是真的！”

话音刚落，宁雪落第一个变了脸色，所有人也都满脸意外地傻住了。

“不……不会吧……”

“怎么可能！”

“可菲菲的技术大家都知道的，她的话也不会错，这……”

本来正在巴巴等着宁夕出丑的方雅，脸都涨成了猪肝色：“菲菲！你看错了吧！怎么可能是真的！这明明一看就是玻璃啊！”

其他人自然也不信：“菲菲，你再仔细看看吧！这些宝石看上去真的挺廉价的！”

“对啊，再看看再看看！”

“虽然我们肯定相信你的专业，但这确实不可能啊！”

面对众人的质疑，菲菲眨了眨眼睛，语气肯定地说道：“如果是一颗，我还可能看走眼，这么多颗呢，我总不能每颗都认错吧？这些宝石，确实全都是真的！”

菲菲话都说到这份上了，她们再怎么不相信也不得不信了。

一时间，所有人都再没话说，尤其是刚才跟着方雅各种说人家是地摊货的人，这会儿更是躲到了角落里一声不吭。

宁夕作为这件衣服的主人，却是最震惊的那个。

每一颗都是真的？说好的朋友送的，不值钱呢？

陆霆骁居然骗她！而她竟然还真的信了！

这时，关小七看向方雅，嘲讽地笑道：“呵呵，我记得刚才好像有人说，这件衣服要是真的，今天就爬着出去来着？”

方雅僵着脸，咬牙切齿道：“真的又怎样？这礼服肯定是公司租来给宁夕撑门面的，又不是她自己的，有什么了不起！”

听到方雅这么说，刚才闷不吭声的人里立即有人小声附和——

“宁夕衣品这么差，穿过时款也是事实啊！”

“就是，我们也是实在看不下去了，才好心帮她的嘛！”

方雅顺势一把将手里的衣服塞进宁夕怀里，语重心长道：“所以啊，宁夕，这些衣服你还是收下吧！那件礼服再名贵还不是只能看看而已，你也不一定有那个需要的场合能穿到呢！”

宁雪落似乎是怕她不好意思要一样，善解人意地开口道：“宁夕，你就收下吧，上次的误会毕竟是因为我的助理而起，这些就算是给你的赔罪礼物了！”

“宁夕，雪落都这么说了，你就别再辜负人家的好意了！”

“你该不会是以为雪落给你便宜货看不上吧，你随便查查就知道，这些衣服真的都挺贵的，比你的那些老款好多了！”

“这么好的事情哪里找，快收下吧！”

……

宁夕一直奉行着“只与同好争高下，不与傻瓜论短长”的原则，跟一群傻子置气不是自己给自己找不痛快吗，于是不管她们怎么吵，就这么用看笑话的眼神淡定地斜倚在门框上睨着。最后，反倒是宁雪落那群人被她的眼神看得发虚，怀疑自己是不是哪里说错了。

就在这时，角落里一个靠着梳妆台的女孩突然惊呼一声：“啊——”

宁夕顺着女孩的目光看过去，又怎么了？

“宁夕，你家这东西怎么会动啊！吓死我了都！”女孩受惊地看着腰后在压力的作用下突然转动的装饰烛台。

下一秒，众人耳边突然响起一阵“咔啦咔啦”的奇怪响动。

大家正奇怪这声音是从哪儿来的，紧跟着在所有人瞠目结舌的目光中，衣帽间的其中一整面墙突然缓缓朝两边移开，亮白的灯光透过缝隙一点点流淌出来，那画面就像是电影里才会有的慢动作播放。片刻后，两面墙终于彻底打开。

看清里面的全貌之后，空气中响起一阵此起彼伏地倒抽冷气的声音。

然后，是一阵长长的静默。在场的所有人都没有说话，都呆呆地看着墙后那无比壮观的，堪称巨大的衣帽间。

衣帽间的顶部装饰着流光溢彩的水晶灯，里面摆满了华丽的礼服，晃得人几乎睁不开眼。

方雅手里那堆要塞给宁夕的衣服没拿稳，全部掉在了地上，因为太过震惊，张了张嘴，却说不出一句话来。现场所有人的反应都差不多，直到过了好半天，大家才陆续回过神来。

“我这是在做梦吗？宁夕，你家居然还有暗格！”

“我的眼睛都差点被闪瞎了！这衣帽间也太大太奢华了吧！”

“宁夕，你太不够意思了，家里这么大的衣帽间，也不打开让我们参观一下！”

宁夕心想：她也要先知道有这玩意儿吧。

现在，她总算知道那一大堆衣服全都到哪里去了。若不是今天这个意外，她大概打死都不会知道自己家里居然会有个这么大的暗格。宁夕扶了扶额头，完全不知道该说陆霆骁什么。

那家伙，到底是怎么做到用一副很学术、很权威且无比让人信任的语气，说出那些瞎到不行的话骗她的？

正在不停感叹的众人观察了一下那些礼服的风格，又意外地发现这里面的衣服似乎全都跟刚才衣柜里的那件出自同一个设计师，也就是 Gabriel Elvis。

不少人忍不住偷偷凑近去瞄衣服上的标牌，果然，随便看了几件，清一色全都是 GE 的缩写。

要知道，这已经不是钱的问题，GE 的设计师没出道多久就突然消失了，留下来的作品是很有限的，有钱也不一定能弄到。

现在，这满满一屋子是怎样的震撼？

震惊过后，显然有人不甘心，偷偷跑去询问了菲菲：“菲菲，那里面的……都是正品吗？”

菲菲刚才也是吃惊了好半天，闻言点点头道：“我大致看了一眼，都是真的，稍微懂行的都知道，真品珠宝特有的光芒跟假货一看就不一样的！”

“我的天哪……太吓人了这……”

“难道这也是盛世给宁夕准备的？盛世这也太土豪了吧！宿舍配珠江帝景，还是最好的位置，其实就已经够夸张了，现在一个衣帽间居然比别人整个家都大！”

这个“别人”指的是谁，在场的人都心照不宣。

有些看不惯宁雪落，刚才憋了好久的，这会儿纷纷压低了声音小声议论——

“重点是，宁夕这还土豪得有档次有格调啊！清一色全都是 GE 这种传说中的牌子！不像宁雪落的衣帽间，就像是暴发户的金库，什么牌子名气大、什么牌子贵就往里面塞！”

“亏她刚才还一脸施舍地要送自己的衣服给宁夕呢！宁夕怎么可能稀罕！”

“啧啧，果然是没有对比，就没有伤害啊！”

……

宁雪落怎么也没想到，那句让宁夕收下衣服的话仿佛还在耳边，结果，下一秒就看到了这巨大的衣帽间。

此刻，她僵直着脊背站在宁夕的衣帽间前，听着那些压低了声音的窃窃私语，铁青着的脸上一阵火辣辣的感觉，简直就像是被人重重地扇了一耳光。

该死的！都怪那个方雅！好端端的为什么要提出来宁夕这里！

如果不是因为临时来了这里，今晚她的计划本来该是无比完美！

现在倒好，一切都搞砸了！

她好不容易才挽回一点的形象，又被打击得半点不剩。

方雅脸色异常难看，愤怒地看向宁夕骂道：“既然你不缺衣服，干吗不早说！看我们忙得团团转很好玩吗！真是狗咬吕洞宾，不识好人心！”

宁夕双臂环胸靠在门框上，眉头微挑道：“你确定我没有早说？只是似乎有人听不懂人话而已。”

“你……”方雅被噎得说不出话来，只能恨恨地嘀咕了一句，“再多又不是你的！”

宁雪落深吸了好几口气，才压下所有的情绪，一副大度的表情道：“算了小雅，我们只是为了帮宁夕，又不是为了求回报，她不缺衣服自然最好。宁夕，日后你若是有需要，可以尽管开口！”

对于这个突然出现的衣帽间，现场唯一还算淡定的大概只有关小七。

她只惊讶了片刻，很快就缓了过来，幸灾乐祸地看着宁雪落和方雅等人，仿佛在看着跳梁小丑：“唉，今晚真是没白来啊！看了一场好戏！好困好困！回家睡觉去啦！”说完便一蹦一跳地走了。

关小七这一走，众人纷纷开始告辞。

终于，所有人都走了。

宁夕若有所思地看了眼关小七离开的背影，因为实在太困，无法多想，最后几乎是爬到了床上，刚一沾枕头就立刻睡着了。

深夜，宁雪落的公寓。

常莉大半夜的匆匆赶来，只看到一地狼藉的衣服碎片：“我的小姑奶奶，这又是谁惹到你了？”

宁雪落用剪刀狠狠剪着一堆衣服，面色狰狞地骂道：“还能有谁！”

常莉已经从助理那儿得知了具体情况，无奈地一边收拾东西一边劝：“雪落，不是我说你，这次你真的是太冲动了，都忍这么久了，还差这一时吗？没事你去招惹她做什么？”

“我忍得还不够久吗？今晚这种情况下，我以为……”以为万无一失的！谁知道……

常莉放缓了语气：“我理解你的心情，但这时候逞一时之气，真的没有任何意义，宁夕现在根本就不用你动手，自然会有人出手收拾她！”

宁雪落立即看向她：“你说谁？”

常莉嘴角露出一丝冷笑，提醒道：“你忘了，还有个苏以沫呢！”

宁雪落一听眼睛立即亮了：“苏以沫……我怎么没想到！”

“今晚的事情，肯定很快就会传到她的耳朵里去，到时候你觉得她会怎么想？”

宁雪落凝神思索，嘴角渐渐牵出笑意：“你说得有道理！”

见终于劝动了宁雪落，常莉松了口气，继续分析道：“你别着急，回头我就去探探她的口风，基本上不会有大问题的！”

宁雪落扔了手里的剪刀和衣服，起身来回踱着步，随后站定道：“有什么需要的尽管跟我说，我来想办法！”

“好的，没问题。”常莉立即应下来，随即问道，“对了，我上次跟你说的提议，你考虑得怎么样了？”

“你说订婚的事情？”

“对啊，一直以来大家最羡慕你的点就是苏衍，这个时候订婚是最好的！”常莉有些兴奋地说道。

提到苏衍，宁雪落眉头微蹙：“你知道的，因为上次的事情，苏衍对我的意见很大，我需要一点时间，而且他最近实在是太忙了……”

“没事，不急在一时，工作要紧！你家苏衍真的挺厉害的，这个大单子要是谈下来，苏家就会打开欧洲市场，集团收益整个翻倍呢！最近财经频道和杂志上全都是他！”

宁雪落一脸容光焕发，骄傲地挑眉道：“那是当然，也不看是谁的男人！你放心好了，订婚的事我会搞定的！”

常莉：“那就好！那我们分头行事！”

次日清晨。

因为不用开工，宁夕一觉睡到自然醒。

恍惚回忆起昨晚的事情，几乎以为自己是做了个梦。直到，她趿着拖鞋走到衣帽间。那个暗格她昨晚也没关，此刻就这么打开着，猝不及防地映入了眼帘。

原来不是做梦……原本她是真的以为不值钱才收下的，现在怎么办？

还有这衣帽间……

宁夕正靠在那儿头疼，突然一阵手机铃声响起，是林芝芝的电话。

"喂，芝芝姐？"

"你今天放假吧，现在有空吗？没什么事的话，你来公司一趟。"

"没事的，我马上就过来！"

宁夕收了心神，立即收拾了一下赶往公司。

与此同时，盛世娱乐，林芝芝的办公室。

"最近怎么玩什么都输！"江牧野躺在办公桌对面的沙发上，暴躁地扔了手里的游戏机，"宁夕人呢？到底什么时候来！"

林芝芝埋首于一堆文件之间，头也不抬地回答："已经在路上了。"

江牧野坐起身来，眯着眼睛若有所思地看着办公桌前从头到尾都一脸淡定的女人，心里不知怎么就涌上一股很不爽的感觉："林芝芝！这儿又没有其他人，你跟我装什么不熟？"

林芝芝用眼角余光瞥了他一眼，没有搭理他。

看着她这个态度，江牧野更加窝火，顿时冷笑连连："啧啧，上次你怎么回宁夕的来着？跟我只是单纯的艺人与前任经纪人的关系？装得这么像，你怎么不干脆当演员去呢！"

林芝芝终于抬起头来看了他一眼，不紧不慢地回了四个字："难道不是？"

江牧野正要开口，林芝芝紧跟着又反问了一句："或者，你更希望我跟宁夕说出另一个事实？"

江牧野顿时憋红了脸，"唰"的一下站起来："你……"

门外，"咚咚咚"的敲门声响起。

江牧野只能立即噤声，起身去开了门，暴躁地对门外的人抱怨："慢死了你！我都死了十几把了！"

宁夕一脸鄙夷："你确定你死了十几把，跟我来得快慢有直接关系？"

"少废话，快谈事，谈完了我还得回去签收我的最新装备！"

"就知道玩玩玩，我看你以后跟你的游戏机结婚算了！"宁夕白了他一眼，进去后，立即甜甜地跟林芝芝打了个招呼，"芝芝姐，我来啦——"

这变脸速度之快，江牧野简直满头黑线。

看到宁夕，林芝芝的脸色也柔和不少：“坐吧，今天叫你过来是告诉你一个好消息。”

“好消息？什么好消息？”宁夕立即竖起耳朵。

“我刚刚帮你接了一个代言。”

宁夕顿时满脸兴奋：“真的？！我也可以接代言吗？我一部戏都还没上呢！”

林芝芝解释道：“你的人气已经足够，只是大部分公司都尚在观望，这次也算是机缘巧合。上次你跟江牧野通宵打游戏被网友拍下来的新闻出来后没多久，你们玩的那个游戏公司就开始联系我，跟我接洽了，昨天刚谈下来！”

完全没想到自己的第一个代言竟然是这么来的，宁夕一脸惊讶：“这也行？”

江牧野得意扬扬地哼哼：“怎么不行？快感谢我吧！都是托我的福！”

“是是是，这次还真是托你的福！”

林芝芝继续说着具体细节：“游戏公司要求同时签你跟江牧野，因为你是新人，所以给你开的代言费不算高，一百万，你最后能拿到手的大概有三十万。”

“三十万！这么多？”之前她都没注意合同上自己的分成是多少，因为一般新人都是二八分，现在看来，去掉分成和税收之后，她居然还能拿到三十万，那么她的分成至少是四六，这已经是非常好的待遇了。果然，大魔王绝对不会坑她的。

江牧野哼了一声，一脸鄙视：“没出息！三十万就乐成这样！”

“那你是多少？”宁夕好奇地问。

“不多，三百万。要不是为了你，这么少的代言我压根都不会接！”

宁夕咬牙切齿地捏了捏拳头：“你再这么欠，信不信我揍你？”

林芝芝将合同分别递给两人：“找你只有这件事，这是合约，你们看一下，没问题的话就签个字。”

江牧野看都没看一眼就签上了大名。

宁夕很快地扫了一眼，也签上了名字。

林芝芝看了一眼合同，点点头：“行了，你们可以走了，其他的交给我吧。因为这次你们俩是一起接的同一个代言，所以我跟明哥商量了一下，这个代言的事情就全都由我负责，到时候我会给你们安排后续相关事宜。”

“好的，知道了芝芝姐！”

“知道了！”

离开办公室后，江牧野欲言又止了好几次，最后还是问了一句：“你那天突然请假是不是出什么事了？”

“是出了点事……不过也不算……反正现在已经没事啦！”

“又跟陆霆骁有关吧！”江牧野撇撇嘴，“连我妈都听说了！”

宁夕一愣：“啊？你妈？她听说了什么？”

“说我外婆……就是陆霆骁的妈，去找她商量给陆霆骁相亲的事情，最近似乎一直都在挑着呢！我妈把所有事情都推掉了，正在陪着老太太成天挑媳妇！”

宁夕：“哦……”

江牧野瞪她：“哦，就这样？”

宁夕斜了他一眼：“那我还能怎样？占着茅坑不拉屎吗？”

江牧野满头黑线。

两人正说着话，对面突然有人热情地唤了一声：“小野！”

宁夕和江牧野一起抬起头，看到迎面走来两个女人。

其中一个是穿得花枝招展的赵美馨，唤江牧野的女人一身Chanel秋冬高定最新款淡紫色长裙，高贵优雅，眉宇间透着一丝高高在上的傲气。

苏以沫……这张国民皆知的脸，宁夕自然一眼就认了出来。

说起来她签约盛世这么久，还是第一次遇见她。

“小野，好久没看你来公司了，谈事情的吗？”苏以沫关心地问道，一副长辈的姿态。

江牧野的嘴角似乎微微抽搐了一下，随口应了一句：“嗯。”

宁夕作为后辈，既然看到了苏以沫，肯定要打个招呼，于是开口说了一句：“前辈好！”

结果，苏以沫就跟没看到她一样，连眼角余光都没给她一个，继续看向江牧野道：“小野，听说你接了个游戏代言？”

宁夕只做好自己该做的，现在既然苏以沫都这个态度了，她自然也不再上前。

江牧野：“怎么？”

苏以沫眉头微蹙：“怎么突然想起来代言游戏了？”

江牧野：“带带我小师妹而已。”

苏以沫闻言，面色变得严肃起来：“小野，我不知道你的经纪人是怎么考虑的，但这个不适合你，希望你能重新考虑一下！”

听到这里，江牧野终于忍不下去了，皮笑肉不笑道：“呵呵，苏小姐，您管得未免也太宽了吧？还有，下次麻烦您称呼我江牧野！”

苏以沫的脸色有些挂不住：“小野，我知道你不喜欢别人管你，但我也是为了你好。”

见气氛尴尬，赵美馨急忙适时开口道：“这些事情以沫最有发言权了，我们以沫毕竟代言多，是前辈。”

“小野，我是过来人，这件事上，我认为你该听我的。我先走了，有空再聊。”苏以沫说完，继续无视宁夕，对江牧野略点了下头，便特别高贵冷艳地迈步离开了。

两人刚一走，江牧野立刻就原地炸了：“叫谁小野叫谁小野叫谁小野呢！小野也是你叫的！居然还管到我头上来了！还真把自己当成我大舅妈了！要不是因为她救过小宝一命，我早就直接跟她翻脸了！宁小夕，给我咬死她！”

宁夕满脸无语：“拜托你别一副关门放狗的语气好吗？”

江牧野滔滔不绝地开始吐槽起来：“宁夕，你是不知道，我舅压根没跟苏以沫提过她救了小宝这件事，只随口丢了一句话，下了个命令让人捧她。结果她的自我感觉也太好了，一直以为我舅爱她爱得深沉，默默在背后帮她，甚至都快以准陆夫人自居了！每次她对我说话的那个语气，真能把我恶心死！”

宁夕看了眼苏以沫离开的方向：“人不犯我，我不犯人。只是，看苏以沫这架势，相安无事基本上是不可能的，就算你不说，我们俩之间这一仗，也迟早要打。”

江牧野：“不要尿！就是干！哥是你最坚实的后盾！我宁愿你做我大舅妈，也不愿意她做我大舅妈！”

宁夕：“我真是谢谢你啊！”

保姆车上，赵美馨小心翼翼地从后座上拿出一个包装精美的礼盒：“以沫，这是今早宁雪落的经纪人送来的。”

苏以沫用一根手指挑起礼盒盖，随意地瞥了一眼，眼神嫌弃。

赵美馨自然知道她在想什么，咽了口唾沫劝道：“交个朋友嘛，没坏处。”

苏以沫神色略动摇了一下。

赵美馨见状再接再厉道：“对了，以沫，你听说昨晚发生的事情了没有？”

“什么事？”苏以沫问。

赵美馨立即神秘兮兮地凑到她耳边：“就是昨天晚上，宁雪落在家开派对，正好宁夕不是就住在她楼上吗，所以宁雪落估摸着是想带人上去踩她一脚的，结果……”

赵美馨绘声绘色地说完全程，然后满脸惊叹：“那么大的衣帽间啊！而且全都是 GE 牌子的衣服！”

还有一句话，赵美馨没敢说，在盛世，就算是苏以沫，恐怕也没有这样的待遇。

苏以沫蹙眉：“GE ？”

“对啊，就是那个 Gabriel Elvis 设计的衣服，你不是也很喜欢吗？上次一个开幕式，你不是想穿这个牌子的衣服，结果、结果我没弄到吗……”赵美馨弱弱道。

当时她好不容易找到一件，结果被人中途拦截，高价收走了，后来还被苏以沫大骂了一顿，所以印象很深刻……

听到这里，容不得任何人在任何地方超过自己的苏以沫，果然瞬间变了脸色，横眉冷目道：“她也就风头一时，能翻出什么花来？不过，多个朋友也没什么，宁雪落那边你看着办吧！”

“好的，交给我吧！”

陆家老宅。

小宝和往常一样趴在窗台上发呆。

看了会儿窗外，小家伙掏出手机给爸爸发了条信息：想。

他想小夕阿姨了，虽然不久前才刚见过。

陆氏集团总裁办公室，男人拿起手机看了一眼，目光温柔，然后在手机上输入几个字给儿子回了过去：我也想她。

小宝很快又回了他一个问号，意思是问他怎样才能见到小夕阿姨。

陆霆骁看着窗外，略一思索，然后低头开始给儿子回信息……

片刻后，小宝看完信息，一骨碌从椅子上爬下来，朝着客厅跑去。

客厅里，陆崇山和颜如意正在说话，见小宝过来，立即将茶几上一堆名媛的照片和资料收起来，然后笑盈盈地看向乖孙子。

“小宝，快到奶奶这里来，怎么了？是不是饿了呀？”

“想吃什么？爷爷让厨房去给你做！”

二老的语气一个比一个温柔，一个比一个慈祥，生怕吓到小宝贝。

要知道原来小宝完全没法跟他们同处一个空间的。现在能跟他们住在一起，对他们而言，已经是莫大的幸福了。

小宝摇摇头，脱了鞋子，爬上沙发，然后就伸出小手开始在奶奶的肩膀上卖力地捏了起来。

颜如意简直受宠若惊：“哎呀，奶奶的心肝宝贝！你这是在给奶奶捏肩吗？”

小宝点点头，捏得更卖力。

旁边的陆崇山看得一脸嫉妒，嘴里嘀咕着：“看来小宝更喜欢奶奶啊！”

难道是因为他平时太过严厉吗？好像是的……尤其他对那个女人的态度真的很不好……小宝看在眼里，会不会讨厌他呀？这可怎么办！

陆崇山越想越担心，越想越生气，他还不是为了小宝、为了这个家吗？结果坏人全都让他做了！所有人都埋怨他，最重要的是连小宝也不喜欢他了……

陆崇山正心情低落着，小宝给奶奶捏完之后，立即又挪到了爷爷这边，也给爷爷捏了起来。

那软乎乎的小手，真是让人心都化了！

陆崇山铁血一辈子，却差点当场红了眼眶："乖乖乖……小宝有这份心意就行了，别累着了！"他说完沉默了一会儿，最终还是不忍心，叹了口气问道，"小宝是不是有什么事求爷爷啊？"

小宝诚实地点点头。

陆崇山又问："想见那个小夕阿姨是不是？"

小宝用力地点点头，望着爷爷的眼神期待又不安。

那小眼神，看得陆崇山的心顿时软得一塌糊涂："行了，爷爷答应你，等下我就让人请她来家里玩好吗？"

小宝的眼睛立即亮了，高兴地在爷爷脸颊上亲了一口，然后心满意足地跑回自己屋里去了。

颜如意看着身旁笑得跟个傻子一样的丈夫，满脸无语："之前是谁一直在说我没原则没底线的？现在你的原则呢？你的底线呢？孙子给你捏个肩膀就全都没了？为了骗孙子亲你一下，什么都答应了是不是？"

陆崇山轻咳一声，恢复一脸严肃："胡说什么，我这是为了小宝的身心健康！再说了，让那女人过来陪陪小宝又没什么要紧，我自然会派人好好看着她！"

陆崇山说完打了个电话叫来管家邢武。

"老爷，您有什么吩咐？"

"你现在去打个电话，让那个女人过来陪小宝。"陆崇山想了想，又说道，"就说小宝一个人在家，待会儿我跟夫人会找个借口离开，让她跟小宝单独相处！"

"老爷，您的意思是？"

"家里多放几个监视器！"

"是，我懂了！"邢武领命离开。

颜如意听到丈夫跟管家的对话，眉头微蹙："这样会不会不太好？"

陆崇山不在意道："有什么不好的？我倒要看看她到底有什么不同！你不也想知道那个女人对小宝到底是真心还是假意吗？"

颜如意一开始面色还有些犹豫，最后为了小宝还是点了点头："你别让霆骁知道，不然又要生气了！"

“我看他是被那个女人迷昏头了！等人选出来，立刻就让他去相亲！我就不信了，那么多优秀的女孩子，就没一个能比得上那个女人的！”

离开公司后，宁夕直接回到了公寓，正躺在床上刷娱乐新闻呢，突然接到一通陌生电话。

她狐疑地接了起来：“喂？”

手机那头传来一个一板一眼的男音：“喂，您好，请问是宁夕小姐吗？”

“是的，你是？”宁夕狐疑。

“我是陆先生的管家邢武，今天老先生和老夫人都有事，孙少爷独自在家，不知宁小姐是否有空来家里做客？”

宁夕一个鲤鱼打挺坐起来：“有的！有空！我立刻就过来！”

挂了电话之后，宁夕立即开始一阵翻箱倒柜，几乎把所有的衣服都翻了出来，翻来覆去不知道要穿哪件……

那架势，简直比去见男朋友还要夸张……

最后，还是选了一套自己和小宝都很喜欢的风格的衣服，时尚的款式加上恰到好处的复古元素，虽然设计师并不出名，但宁夕一直是他的忠实粉丝。

她一般穿衣服就是这样，千金难买我喜欢，除了必要的场合，不管牌子，只穿自己喜欢的。

到了老宅后，一位三十多岁管家模样的男人领着她进了主宅。

宁夕刚一进门，立即便有一阵软乎乎的小旋风飞速冲过来，一头撞进她的怀里……

“宝贝！”宁夕立即弯着腰抱了抱小包子，本来要和平时一样亲一口的，考虑到有外人在场，便忍住了。

迟迟没有等到小夕阿姨的亲吻，小包子顿时失落地耷拉下了小脑袋。

小夕阿姨这次没有亲亲他，是因为他哪里做得不好吗？是因为不喜欢他了吗？是因为有了其他更喜欢的小朋友了吗？

“宁小姐，我先离开了，您如果有什么需要，请按铃叫我。”

宁夕点点头：“好的，谢谢您邢管家！”

邢武鞠了个躬，然后离开。

邢武走后，宁夕很快察觉到小家伙的不开心，失笑地刮了一下小包子的鼻子，然后在小包子的两边脸颊上分别亲了一口：“小宝宝贝，阿姨好想你呀！”

小包子的表情立即亮了，抿着唇，小脸微红，头顶好似“噗”的一声开出了一朵小花，小夕阿姨果然还是喜欢我的！

小包子想了想，然后埋着头在写字板上认认真真地写了一句非常完整的话给宁夕：“小宝也很想小夕阿姨！”

宁夕看得心里甜滋滋的，却看到小宝很快又写下了一句：“爸爸也是。”

“呃……”宁夕完全没料到小宝会写这样一句话，不由得愣住了，双颊微微有些发烫。

小宝居然会写这句话，这有点不科学啊？从前小宝跟她聊天的时候从来不会提到任何其他人的……

“乖！”宁夕虽然狐疑，也没有多想，摸了摸小包子的脑袋，牵着他坐到了沙发上。

与此同时，后院的监控室里，陆崇山和颜如意正坐在监控的大屏幕跟前，目不转睛地看着监控中的画面。

当看到宁夕和小宝之前温馨的互动，又看到小宝写的那两句话，颜如意原本因为紧张而紧绷的表情柔和了几分，无奈地笑道：“肯定是霆骁教的！”

陆崇山哼了一声，没说话，继续死死盯着监控，不仅是为了看着她，最重要的是，他一定要知道这个女人能让小宝这么听话的原因是什么！

然而……陆崇山注定要失望了。

因为，宁夕跟小宝的相处方式真是简单得不能再简单了。一句话就是，两人各自做各自的事情。

小宝是个很会独处的孩子，他只需要宁夕在她身边，就足够了。

于是，跟平常一样，小包子在津津有味地玩数独游戏，宁夕窝在沙发上刷娱乐新闻，如同抚摸小猫咪一般，手掌有一搭没一搭地摸着小包子的脑袋，偶尔看得太入神忘了摸摸他，小包子就扬起小脑袋盯着她，求摸摸头，于是宁夕就知道了，赶紧补个摸摸头……

监控跟前，陆崇山和颜如意看了好半天都没看出任何门道来。

两个人都是自娱自乐，几乎没什么互动。

可是，弥漫在一大一小之间的那种温馨和亲昵，却源源不断地透过屏幕缓缓流淌出来……

颜如意感叹道：“虽然这女孩什么都没做，但我总觉得小宝只要在她身边，就特别有烟火气，就像个普通的小孩子！”

陆崇山不是盲人，自然也看出来了，只是不可能承认这点，于是沉声道：“急什么，继续看！我就不信她能一点破绽都不露！小宝这么喜欢她，肯定就是因为她无底线地顺从小宝、讨好小宝而已！要知道，她对小宝的这种溺爱，就是裹着砒霜的蜜糖，绝对不能这么放任下去！回头我一定要让霆骁自己亲眼看看，他选中的到底是什么样的女人！”

宁夕看了会儿新闻便放下手机，托着下巴，眼睛一眨不眨地看着小包子。

比起手机，果然还是小包子更好看……

小包子感觉到小夕阿姨的目光，狐疑地抬起头，眨巴了一下眼睛。

宁夕脑子里灵光一闪：“宝贝，别玩这个了，我来教你一点好玩的东西吧！”

小包子乖巧地点点头，任由宁夕拉着他进了院子。

监控器跟前，看着终于有所行动的宁夕，陆崇山和颜如意顿时紧张得直起了身，看她到底要做什么。

陆崇山黑着脸：“等着吧，马上就要露出狐狸尾巴了！”

颜如意点头，紧张地盯紧了监控。

宁夕牵着小宝来到院子里一块空旷的草地上，满意道：“就在这里吧！”

接着，宁夕俯身柔声对小包子说道：“宝贝，你平时太安静啦，运动也太少了，这样对身体可不好，当然，过度运动也不行，你现在这小身板也不适合，所以呢，阿姨现在教你一套五禽戏，长期坚持下来的话，可以让你的身体棒棒的！要学吗？”

小宝虽然似懂非懂，但毫不犹豫地点了点头。

于是，宁夕清了清嗓子，开始教道：“五禽戏呢，分为熊戏、虎戏、鹿戏、猿戏、鸟戏，每一戏都有不同的功效，我们现在一个个地学，首先是熊戏，这套动作最大的功效是调理脾胃……”

监控室中，陆崇山看到这里，明显愣住了，双眼微亮道：“这小丫头，居然还知道五禽戏？”

“五禽戏？那不是你经常念叨着想教给小宝的那套健身操吗？”颜如意问道。

陆崇山点点头，然后面色不悦道：“那小丫头就算真的会，肯定也是个花花架子，别把小宝给教坏了！这套五禽戏是神医传下来的，自然是极好的，可是动作一定要到位标准才有功效，之前我就想过教小宝，可惜……”

可惜小宝都不搭理他，怎么可能跟着他学。

颜如意看得也有些担心，紧张道：“不然让人去打断一下吧？要是真被这丫头不懂装懂教坏了就糟糕了。”

陆崇山点点头：“我这就让邢武过去！”他说完拿起一旁的通讯器，按下通话键，“喂，邢武……”

“老爷，我在，您有什么吩咐？”

“你现在给我去……”陆崇山话说到一半，突然就噤声了，目光惊讶地落在监控器上。

“老爷……老爷？”

陆崇山依旧盯着监控器，好半天才回过神来：“已经没事了。”他说完切断了通讯。

“怎么了？”颜如意不解。

陆崇山轻咳一声，脸色有些不自然：“让她教吧。”

颜如意愣了下，随后反应过来，意外地问道：“你的意思是她教得不错？”

陆崇山看了眼监控器里女孩的一招一式，含糊答道：“还行。”

颜如意闻言瞋了丈夫一眼，什么还行啊，分明就是很不错吧？否则，以丈夫的个性，就算是有一丝一毫的瑕疵，他也绝对不可能让她去教小宝的。

监控里，宁夕将动作拆开来仔仔细细地教了小宝一遍。

“学会了吗？”

小宝点头。

“好！那我们现在从头到尾来一遍啊！”

小宝开始照着做了一遍，一整套动作行云流水。因为人小，做出那些动物的动作时，看起来特别萌。

宁夕开心地鼓掌夸奖：“小宝宝贝好厉害！这么快就学会了！以后尽量每天都坚持练一遍好不好？”

被夸赞的小宝眼睛亮晶晶的，用力点点头答应了。

“宝贝真乖！”

颜如意看向旁边的丈夫：“你怎么看？”

陆崇山若有所思了半天，沉着脸道：“你别忘了她是个演员，想要在我们面前演戏很容易，说不定早料到了我们会暗中盯着她，这些很可能是提早准备好的！”

颜如意点点头：“那就再观察看看吧？”

时间一点一滴过去，很快就到了傍晚。

宁夕跟小宝手牵着手，坐在秋千上看天边的夕阳。

有件事情，宁夕斟酌了很久，来这里后也想了很久，眼见着她就快走了，终于忍不住对着小宝开口道：“小宝宝贝，阿姨有件事情……想跟你商量……”

陆崇山盯了一下午，脑袋都有些昏沉了，听到宁夕这一句之后，陡然清醒过来。

终于要来了！

“你猜她要跟小宝商量什么？”陆崇山问身旁的夫人。

颜如意蹙着眉想了想：“她已经知道小宝对我们的意义，也知道我们多听小宝的话，难道她是想让小宝……在我们面前帮她说好话？”

陆崇山嘴角浮现一丝冷酷的嘲讽：“何止，怕是直接让小宝跟我们闹，让她进陆家的门也有可能！”

颜如意眉头紧蹙，越想越有可能：“这也太过分了！怎么能利用一个孩子呢！”

陆崇山面色凝重：“你现在知道，要是让一个品行不端的女人进了陆家的家门，对我们陆家而言将是怎样的后果了？到时候闹得家宅不宁是小，就怕内一乱，外也会跟着乱，那关系就大了！”

颜如意连连点头：“你说得对，霆骁在外面那么辛苦，要是家里乱了，可不是要让他分心吗！”

院子里，夕阳下，小宝仰起小脑袋，疑惑地看着小夕阿姨。

宁夕斟酌了一下措辞，目光认真地看着小包子，柔声道：“小宝，我知道你一直都很喜欢小夕阿姨，小夕阿姨也很喜欢你。

“你上次跟我说，爱一个人，就要给那个人自由。现在，小夕阿姨也想告诉你一句话，没有任何一个人，可以是你生命的全部。

“这个世界上，还有太多太多美好的东西，等着你去发掘，等着你去体会，等着你去热爱……

“小夕阿姨很喜欢，很喜欢，很喜欢你，所以也非常希望，你也可以自由自在、快快乐乐地成长！”

说到这里，宁夕终于说到正题：“所以，小夕阿姨想求你答应我一件事情！”

监控器跟前，在二老无比紧绷冷凝的视线下……

宁夕看着小宝说：“小宝，答应小夕阿姨，去上学好吗？”

陆崇山和颜如意两人互看了一眼，久久没有说话。

好半天后，两人才从这完全出乎意料的发展中回过神之后，更加紧张地盯紧了监控器。

小宝的回答会是什么？

面对宁夕的要求，小宝第一次没有立即点头。

此时此刻，宁夕也很紧张，她也完全不能确定小宝会不会答应她。

十秒钟过去了，三十秒钟过去了，一分钟过去了……

宁夕不敢催，只能默默地等待着，越等越心焦。

她不知道的是，此刻还有两个人比她更心焦。

最后，宁夕实在忍不住了，双手合十，可怜兮兮地追问了一句：“小宝宝贝，好不好呀？”

小宝跟小大人一样无奈地叹了口气，然后唰唰唰开始在写字板上写字。

宁夕和监控室里的二老都紧张不已地看着。

片刻后，小宝举起写字板：“小宝不想上学”。

宁夕的眸子瞬间黯淡下去，失望地垂着头，果然还是不行啊……

但很快，小宝又开始唰唰唰地写，接着，第二次举起写字板：“但是，小夕阿姨喜欢，小宝答应”。

宁夕呆呆地盯着那行字，好半天才终于回过神来：“小宝、小宝你答应了……你真的答应了……”

而且还答应得让她这么感动！不愧是大魔王亲生的！

此刻，监控器面前的陆崇山和颜如意已经完全呆在了那里，完全不知道该如何形容自己此刻的心情……

小宝答应了……小宝居然答应去上学了……

这意味着小宝踏出了变回正常小孩子最重要的一步！

颜如意的心情简直激动到无法言喻：“崇山，你看到了吗？咱们小宝答应去上学了！实在是太好了！太好了呀！”

“是啊！咱们宝贝答应上学了！”陆崇山长长地叹了口气，“咱们全家上下劝了这么久，软的硬的，什么方法都用过了，没想到居然还抵不过人家说几句话……”

颜如意也叹道：“以前我还以为是景礼夸张呢，现在看来，小宝是真的非常听她的话！”

陆崇山开心过后更加忧心忡忡：“看来，这个女人不简单啊，而且非常沉得住气！之前是我太低估她了……你发现没有，她现在做的所有事情从表面上来看都是对咱们小宝好的！”

颜如意附和：“之前我也不理解，现在总算是明白了为什么景礼和小宝都这么喜欢她，连咱们霆骁都这么迷她……”

陆崇山摇摇头：“霆骁到底还是太年轻了！”

这时，通讯器里突然传来一个紧张的声音：“老爷！大少爷回来了！”

陆崇山蹙眉：“他回来便回来了，你慌什么！”

陆崇山正准备切换监控器，去看陆霆骁到哪儿了，结果，下一秒，眼前的屏幕一黑，所有的画面都消失在了眼前。

“这个臭小子！”陆崇山气结。

“我就说了肯定瞒不过他的……”

后院的小花园里，小宝答应去上学之后，宁夕简直开心得快要爆炸了！只可惜，此时此刻，这样喜悦的心情却无人分享……

就在这时候，宁夕眼角余光竟看到不远处一个清浅熟悉的身影一步一步朝着她走来……

“陆霆骁！”宁夕的第一反应是拔腿就飞奔了过去，因为跑得太急，差点一头撞在男人的身上，被对方伸出双臂扶住肩膀才稳住，满脸兴奋地说道，“陆霆骁！小宝答应去上学啦！”

“嗯。”看着女孩兴奋得红扑扑的脸蛋，陆霆骁眸底漾着柔情，轻轻揉了揉女孩的头发，“辛苦你了。”

男人的碰触让宁夕陡然回过神来，赶紧立正站直身体，退后一步，尴尬地挠挠头道：“我也没做什么，就劝了一下……”

啥情况啊！她怎么突然就跟归林小鸟一样不受控制地直接朝着陆霆骁扑过去了？这么少女的人是她吗？

“那个什么，既然你回来了，我就先走啦！”宁夕说完正准备和以往一样跑人，突然又想起了什么，面色变了变，俯身跟小包子商量道，“小宝宝贝，我跟你爸爸单独说句话可以吗？”

小宝看看小夕阿姨又看看爸爸，有种他们要说悄悄话不带自己的不开心，不过，最后还是懂事地点点头同意了。

宁夕跟小包子腻歪了好一会儿，道了别之后，立即转向陆霆骁，面色凝重道：“陆总，我有件很重要的事情要跟你说！”

“嗯？什么事？”

陆霆骁的目光如同温暖的潮水，抚平了宁夕这一刻不安的心情……

宁夕的心稍稍定了些，斟酌了下措辞后开口道：“就是你最近尽量小心一点，最好出门多带几个保镖什么的！带一打也不嫌多！”

那天在别墅外突然接到某人的电话后，她就一直很不安，明明知道以陆霆骁的能力，那家伙根本不可能动得了他，但还是百般不放心，就差恨不得自己二十四小时贴身保护他才好了……

陆霆骁闻言双眸微眯，眼角泄露一丝冷光，不过很快便恢复如常，随即不紧不慢地朝着宁夕走近一步。

宁夕下意识地后退，直到背靠到身后爬满藤蔓的墙壁。

陆霆骁单手撑在她身后的墙壁上，突然问了一句："这个叫壁咚是吗？"

被圈在身前的宁夕眨巴了一下眼睛："是……"而且非常标准！可是，为啥话题突然转到这么奇怪的方向了？

"上次听你说喜欢后，我学了一下。"陆霆骁说。

宁夕："呵呵……"

她真的很想对大魔王说，我觉得你不用学的真的……而且，她啥时候说她喜欢了？她是说女孩子们都受不了这招好吗？好吧……现在她也受不了……

宁夕提醒完之后，本来有些担心陆霆骁会不高兴，毕竟自己这似乎是在质疑他的能力，也担心自己给他添麻烦了。

结果，陆霆骁却保持着这个姿势，倾身过来，轻声问了她一句："宁夕，你是在担心我吗？"

宁夕有些傻眼："咳，是啊，毕竟你是我老板嘛！"

"这样……不过，我还是很开心。"陆霆骁眸子里漾着满足的笑意，随即开口道，"那么，我每天发信息给你报平安，好吗？"

"啊？这……当然好啊！"宁夕说完总觉得哪里怪怪的，却一时反应不过来哪里怪。

陆霆骁露出满意的表情，适时直起身，离开侵略的范围："本来想留你下来吃饭，但估计你在这里会不自在，就不多留你了。"

"不用留不用留！那我走啦！拜拜。"

直到回到家之后，宁夕才后知后觉地反应过来到底哪里不对劲。

因为，她刚到家，陆霆骁就发了一条短信过来："到家了吗？我跟小宝在吃饭，一切正常。不用担心。"

她明明只是让他平时小心点而已！为什么最后的结果却演变成了丈夫每天给妻子汇报的模式！她真的要给大魔王跪了……

以后她再也不敢说自己会讨好妹子了！再也不敢说要教他追人了！在大魔王面前，她简直就是个渣渣！

然而，这还没完。紧跟着，陆霆骁又发了一条信息过来："过几天带小宝去报到，这是小宝第一次去学校，希望你能来。"

这样的要求，宁夕拒绝的字，无论如何也打不出去。

“好。”

刚打完这个字，宁夕就一头砸在枕头上。

完蛋了……她这分明是自己给自己挖坑啊……

可是，她转念一想，越想越不对，正好她今天放假有空，正好老宅那边邀请她去陪小宝，正好她劝了小宝去上学，正好紧跟着大魔王就提出请她陪着一起去送小宝上学，她估摸了下，到时候她应该正好杀青，也有空……

这一切简直水到渠成，顺利到不像话！真的……仅仅只是巧合？

休息两天后，宁夕满血复活，回到剧组继续开工。

她看了下后面几天的工作安排，她的主要戏份都已经完成了，剩下的大部分都是补拍之前跟贾青青的戏份。

这部分戏她已经烂熟于心，所以毫无压力。

等她到剧组的时候，还没轮到她的戏份。

小桃一见她就迎了上来：“夕姐，你都来啦！我刚还想发信息跟你说，让你不用来这么早的！”

宁夕挑眉，玩笑道：“怎么了？导演这么好，又要给我放假？”

“不是啦！你看那边……”小桃小声示意她去看前面正在拍摄的关小七和方雅，“是关小七啦，一场戏NG了无数次了，比当初的贾青青还恐怖！”

“关小七……”宁夕托着下巴沉吟了下。

“对啊，就是咱公司力捧的那个新晋歌手，歌唱得不行，又吵着要演戏……”

小桃八卦完之后，特意紧张兮兮地提醒了宁夕一句：“虽然我们跟她是同一个公司的，但这种人咱们还是远着点吧！”

宁夕略点了点下巴，面露思索，上次在公寓的时候，虽然不一定是出于本意，关小七倒算是帮了她一次，不过，在彻底了解一个人之前，她肯定是不会轻举妄动的。

知道这情况之后，宁夕也没提前离开，直接在椅子上坐了下来。她跟关小七的戏份也不少，有必要提前了解下关小七的水平。

只见不远处，关小七和方雅的那场拍摄还在继续……

片中关小七演的是孟长歌的死对头贤妃，方雅演的是昏君的另一位妃子淑妃，两人平时斗来斗去的，对手戏不算少。

宁夕远远地看了一眼，从目前看来，一直都是关小七在出问题，而一旁的郭启胜似乎已经快要崩溃了……

“关小七！你是宠妃！宠妃！要妖娆！要妩媚！动作不要跟个木头桩子一样啊！”

“还有你的台词，我们这部戏可不是用配音，全部是现场收原音，你台词说得跟念书一样毫无起伏怎么行？”

“表情！你的表情呢？”

……

小桃递给宁夕一包瓜子：“夕姐，你现在看到了，我没夸张吧？演技真的是太烂了！唉，你跟江老师的配合这么好这么顺利，本来大家都以为能提前杀青呢，结果中途冒出个关小七！简直 NG 之王！”

宁夕没有说话。

客观来说，这不是演技好坏的问题。因为关小七压根就没有演技，她就是一张白纸。

一般这种情况下，跟她演对手戏的人就非常重要。更糟糕的是，跟她演对手戏的是方雅。

终于，郭启胜受不了了，喊了一声“咔”，精疲力竭道：“休息十分钟……不，二十分钟！关小七，你好好调整一下状态吧！”

宁夕沉吟，二十分钟……这对关小七而言，其实没有任何作用。继续这个模式下去，关小七只会一直 NG 到死……

郭启胜肯定也知道这点。

宁夕朝着郭启胜的方向看了一眼，果然看到他偷偷跑到一边打电话，估计是求救去了。

小桃一边嗑瓜子一边摇摇头道：“郭导估计是想让咱公司换个人过来，不过，这是不可能的！”

果然，不到五分钟，郭启胜就黑着脸从角落里出来了，一看这表情就是求救失败。

郭启胜径直走到宁夕跟前，一脸抱歉道：“宁夕啊，她们那边耽误了一下，你可能要多等一会儿了！”

宁夕笑了笑，不在意道：“没事的导演，你们忙，不用管我。”

宁夕跟导演正说着话，关小七和方雅那边已经吵起来了。

方雅正在幸灾乐祸地跟旁边的人吐槽：“哈哈哈……真是笑死我了！某些人哦，一开始还跟我说什么自己的演技一流，结果一流就这水平啊？”

关小七板着脸，没说话。

方雅看她被说中痛处不吭声了，更加得意："有钱又怎样啊，就你这个演技，就算你家金山银山也砸不出来！真是够浪费！"

关小七那性子本来就没什么忍耐力，听到这里顿时拍案而起："我愿意浪费我乐意，你个穷鬼管得着吗！"

"你、你你……"方雅果然差点被气吐血。

从小被宠到大的大小姐，哪里能受这样的气，也不可能会顾及别人的感受。

眼见着事态发展越来越严重，郭启胜赶紧飞奔过去劝架，弄得焦头烂额。

小桃也在一旁愤愤不平："关小七这话也太气人了吧！真不能怪大家都讨厌她！"

宁夕没有发表意见，拍了拍小桃的肩膀："我去上个洗手间。"

"哦，好的！对了夕姐，你有没有什么想吃的？我去给你买啊！估计这还要等好一会儿呢！"

宁夕摆摆手："不用啦，谢谢，你买点你自己喜欢的吧。"

上完洗手间出来，宁夕正往回走呢，眼角余光突然瞥到旁边不远处的树下面蹲了个人。

关小七？她蹲那儿干什么？

宁夕狐疑地站那儿看了一会儿。

只见关小七手里拿着剧本，不停地在那儿念念有词，表情看上去非常认真，完全不像她在众人面前表现出的那样骄傲自大。

宁夕站那儿看了好一会儿，关小七完全没有发现附近有人，就一遍又一遍地自己在那儿练着……

二十分钟很快就过去了。

宁夕回到了休息区。

关小七和方雅的拍摄继续开始，结果基本是毫无疑问的，惨不忍睹……

宁夕不动声色地走到恨不得用头去撞摄像机的导演跟前："导演，我有点事情跟您商量！"

郭启胜神色疲惫地转过头："哦，宁夕啊，有什么事？你说！"

宁夕想了想，请求道："是这样的导演，我待会儿还有点急事要处理，实在不能再等了，您看可以把我跟关小七的对手戏调整到前面来吗？"

"这……"郭启胜闻言一脸为难，"唉，关小七的演技你也看到了，你跟她的对手戏可是更难啊……"

“没关系的导演，试试看吧！说不定她只是卡这个剧情，换个剧情就会好了呢？”宁夕安慰道。

“怎么可能……”郭启胜苦笑着摇摇头，“算了算了，她那个演技反正演什么都一样，就按照你说的办吧，如果这次再不行，你也不必继续陪她耗着了，先忙你的事情去！”

宁夕急忙感谢道：“谢谢导演！”

郭启胜轻咳一声，打断了关小七机械的台词：“关小七，停一下！方雅，你先去休息吧，因为宁夕待会儿有点急事，先提前拍她的！”

方雅闻言眼睛一亮：“好啊，我没意见！”

而关小七听到导演的话，整个身体都僵住了，放在身侧的双手死死捏成了拳头。

方雅当然没意见，不仅没意见，回到休息区后，还一脸兴奋，激动地跟旁边的人说道：“哈哈哈，关小七死定了！你们知道她跟宁夕的下一场是什么戏吗？”

“该不会是……贾青青 NG 了整整三十多次的那场戏吧？”

“没错！就是那场！”

“天哪！那关小七还真是死定了！”

……

这会儿，关小七的两个助理十一和十二正急得团团转。

“小姐，不然我去跟导演还有宁夕商量商量吧！这场戏太难了呀！你肯定不行的！”

“是啊，当时贾青青跟宁夕对戏的时候可是从头 NG 到尾呢！”

“闭嘴！谁说我不行！”关小七死死捏着拳头，恶狠狠地呵斥两人，“谁都不许去说！这场就这场！难道我连贾青青都不如吗？”

两个小助理互看一眼，有苦难言，心想你要是有贾青青一半，她们做梦都要笑醒了。

“唉，这个宁夕也是的，怎么说也是同公司的啊，她怎么这样啊？不就多等一会儿吗！明知道这场戏那么难！”

“同一个公司又怎样，平时又没什么交情，咱小姐这个性子，把公司所有人都快得罪光了好吗？”

……

片刻后，下一场的拍摄准备就绪。

宁夕和关小七各就各位，宁夕坐在奢华的木椅上，关小七则是一身狼狈地摔在地上。

看着对面宁夕俯视自己的眼神，关小七的脸上浮现一丝屈辱……

这回郭启胜都懒得费那口舌进行拍前指导了，直接摆摆手说了一句：“开始吧开始吧！”

背景：冷宫。

人物：孟长歌，贤妃。

破败不堪的宫殿里，宽大的座椅上，宁夕眼神轻视睥睨，关小七则是一脸愤怒和屈辱。

郭启胜见状眉头微扬，咦？关小七这表情……不错啊！

接着，宁夕如同看着死人一般看着她：“贤妃，你知道本宫为什么这么恨你？为什么一定要置你于死地吗？”

宁夕念完台词之后，郭启胜捏了捏眉心，已经做好了关小七第一句话就NG的准备，摄像师也心不在焉地摆弄着仪器。

围观的其他工作人员和艺人都看不惯关小七平时嚣张跋扈的样子，所以这会儿无一不是在看好戏……

“你就是嫉妒我！嫉妒皇上喜欢我！嫉妒我得宠！”关小七愤怒不已地念出了台词，眼眶甚至微微有些泛红。该死的！方雅，还有这些人，这里所有人，就是嫉妒她，嫉妒她而已！

关小七话音刚落，在场所有人都愣了一下。

咦？！居然准确无误地念出台词了，而且表情和语气也都非常不错……运气吧！

说完台词之后，连关小七自己都愣了下，不过，不等她分神，宁夕立即念出下一段台词：“呵，本宫嫉妒？嫉妒你得那个糟老头的宠？”

关小七顺着宁夕的话自然而然地演出下一段剧情，她满脸无法置信：“德妃！你、你疯了吗？我要告诉皇上！我要告诉皇上你辱骂……”

宁夕立即一个眼神逼退关小七的话，然后阴森森地开口：“贤妃，你可知道本宫是谁？是否还记得……孟长歌这个名字？”

看到这里，所有人都在屏息凝视，现场气氛紧张到了极致，人群压低了声音，不可思议地窃窃私语：“关小七这是走的什么狗屎运，居然到现在还没NG？”

方雅环胸冷笑：“呵呵，马上就要NG了，看着吧！”

“也对哦，贾青青当初就是下面这句台词连续NG三十三次的！”

……

在宁夕阴森森的目光下，关小七一脸呆滞和惊恐："你是孟长歌？你怎么可能是孟长歌！孟长歌分明已经死了！这不可能！不可能！"

宁夕骤然逼近："赵婉柔！你不死，我又怎敢死？就算我死了，也会从地狱里爬出来！拉着你，一起死……"

"啊——你别过来……别过来……"关小七恐惧到极致地尖叫起来。

张锐："导演导演……咔！咔了！"

最后还是副导演在一旁提醒，导演才回过神来，赶紧喊了一声："咔！"

这场戏居然过了，一条就过了……

郭启胜喊下"咔"的瞬间，所有人都没反应过来，好半晌后现场才响起一阵激烈的讨论。

"我的天哪！太阳打西边出来了吗？关小七居然过了？"

"而且是一条过！"

"太惊人了！"

"这是中了什么邪！"

……

方雅的脸色铁青，第一个站出来抗议："她……她刚才演得一点都不好！表情和动作都太浮夸了啊！"

郭启胜不耐烦地看了方雅一眼："小七不像你们科班出身，能表现成这样已经很不错了！"他说完看着方雅的眼神有些不满，"回头你跟小七对戏的时候多少也用心点，你入戏了，她才能入戏，知道吗？"

这时候，周围其他人也开始转变态度。

"导演说得有道理，我一开始还以为全都是关小七的问题呢，现在想想方雅也有问题！"

"肯定是啊！不然为什么关小七一跟宁夕对戏就过了！"

"虽然关小七的演技差，其实方雅的演技也够烂的，还一直在那儿五十步笑百步！"

……

这场结束后，关小七几乎是飘着走回休息区的。

两个小助理一个打扇子一个送水，无比欢喜地迎了上去。

"小姐小姐，你刚才太厉害啦！"

"是啊是啊，居然一次就过！演得太棒了！"

关小七仰着下巴，一脸得意："我早就说过了我的演技没有问题！"

“信了信了！小姐您最棒了！”

……

宁夕扫了眼关小七的方向，然后走到郭启胜那边：“导演，这场怎么样？有问题吗？”

“没问题没问题！很好！”郭启胜满脸春风。

宁夕神情微顿，又状似不经意地说了一句：“导演，我看关小七现在状态挺好的，立即拍下一场效果会不会比较好？”

“嗯，你说得有道理，我这就让她们立刻开始下一场！对了，你有急事就赶紧去忙吧！”

“好的，谢谢导演！”宁夕点头告辞。

小桃一脸狐疑地跟在宁夕后面：“夕姐，关小七是怎么回事啊？居然一次就过了！肯定只是运气好吧？”

宁夕：“大概吧……”

“我就知道！夕姐你有急事吗？需不需要我帮忙？”

“不用了，你可以下班了！”

“那好，谢谢夕姐！”还以为今天一定要加班呢，没想到最后居然还能提前下班，小桃立即欢欢喜喜地跑了。

# 第九章
# 英雄救美

这边宁夕卸了妆换好衣服，正走在通向酒店的走廊上。

这时，斜刺里突然伸过来一只手，一把钩住她的肩膀：“啧啧，宁小夕，可以啊你，英雄救美啊？”

宁夕打开江牧野的手，拍了拍肩膀上不存在的灰尘：“怎么，你有意见？”

江牧野毫不在意地又把爪子搭了过去：“你不是一向不喜欢多管闲事的吗？这次干吗要帮关小七那个讨厌的女人？”

宁夕摸了摸下巴：“关小七之前算是帮了我一次，顺手还回去而已，我不喜欢欠人情。而且……姑且不说这姑娘的为人和性格怎么样，但看得出来，她是真喜欢演戏的……”她对于真正喜欢和热爱演戏的人，都是心存好感的。

江牧野一脸无语：“你倒是够怜香惜玉的啊！”

“你管我怜香还是惜玉！”宁夕白了他一眼，“你今天不是没戏吗？跑来剧组做什么？”

江牧野兴冲冲道：“反正你后面的戏都很轻松了，叫你一起晚上去酒吧喝酒啊！”

宁夕竖起一根手指摇了摇：“不好意思，虽然我今晚确实准备去酒吧放松一下，但是，是我一个人去，不带你！”

江牧野顿时怒了：“凭啥不带我啊！”

宁夕白了他一眼：“你是嫌我们俩上次折腾得还不够是吧？”

“那次不是意外嘛，再说因为那事你还白接了个代言呢！”江牧野理直气壮道。

“谁能保证我每次都那么幸运？江大少爷，您就行行好，饶了我，自个儿玩去吧，我不想再给芝芝姐添麻烦了！”

一个小时后，Carlos 酒吧。

Carlos 酒吧有个特点，来这里的客人几乎都是富一代和富二代，而吸引他们的自然是那些相貌、身材、气质皆上等的女人。

漂亮的容貌是这里最有效的通行证。

宁夕好不容易才摆脱了哀怨的江牧野，等到酒吧的时候，里面都已经快坐满了，于是随便找了个角落坐了下来。

对宁夕而言，这个酒吧最大的好处就是不需要那么麻烦地乔装，因为这里基本不可能有人认识她这样一个名不见经传的小人物，可以完全放松下来。

宁夕这边刚坐下，不远处有几位四处张望的中年男子便立即转动目光，盯着宁夕的方向，眼中浮现一丝深层次的意味——

“长相和气质十分出众，不过穿着并不符合我的品位。”

“先看看吧，今晚酒吧美人不少，也不用着急！”

这几个中年男子坐在较为高档的真皮沙发上，摆出慵懒惬意的姿势，声音不轻不重，刚巧四周人也听得清楚。

话音刚落，旁边的几位青年突然一齐站起身来。

为首的青年穿着一身名贵的衬衫和西裤，一双狭长的小眼睛紧紧盯着宁夕：“呵呵，这妹子气质和相貌都是极品，你们不去，那咱哥几个可要去搭讪了！”

“李公子随意。”沙发上的中年男子们微微一笑，并不在乎。

于是，当下围在李公子身旁的几个公子哥便轻浮地朝着宁夕的方向吹起了口哨：“喂！美女！要不要过来一起坐啊！”

酒吧里放着颇有格调的轻音乐，并不显得刺耳和嘈杂，几个公子哥的声音，宁夕自然也立即听在了耳中。

宁夕微冷的双眼漫不经心地扫过那几个公子哥，并没有给予任何回应。

这种事情，宁夕也遇到过几次，早就习以为常，她来Carlos酒吧只是放松一下，所以选择无视就好。

这个酒吧档次颇高，一般也不会有人闹得太难看。

“小妞，李公子让你过来坐，你没听见？”看宁夕竟丝毫没有理会，李公子身前的几个青年面色都有些难看，语气也瞬间硬了几分。

让几人没想到的是，再次邀请之下，那女人依旧一动不动，自顾自地喝着饮料，仿佛根本没有听见。

“你这臭……”

青年后面的脏话还没骂出来，李公子却伸出手，拍了拍他的肩膀，笑呵呵地说：“妹子可不是这样追的，沟通的过程才是一种享受，明白了吗？”

听李公子发话，那青年满脸堆笑：“李公子教训得是，我这也是太心急了，对付这种姑娘，咱们可不行，还得李公子亲自出手，咱哥几个在一旁观摩学习，以后坚决不给李公子丢脸！”

李公子满意地点了点头，一副前辈的语气：“不能着急，咱们慢慢来！”他说完，意味深长地打量了宁夕几眼，随后带着几个青年回到了贵宾座。

宁夕见那几个公子哥没有继续搭话，也就不再关注，一边喝着饮料，一边悠闲地听着舒缓的音乐。

这种极度放松下不经意间流露出的慵懒，又平添了些许味道……

等单的时候，宁夕登录了一下微博。

她发现自己的微博已经好久没有更新，正好也快杀青了，这时候稍微炒点热度也好，于是想了想，编辑了一条发出去：“夜阑卧听风吹雨，铁马冰河入梦来！杀青倒计时！”

很快评论、点赞数就开始飞涨，不少剧组成员也转发了。

江牧野转发了一下，配上了一句：“十年生死两茫茫，不思量，自难忘。”

正好应景孟长歌和孙涣卿之间悲壮感人的感情。

江牧野刚一转发，网上的粉丝们立即就炸了，纷纷开始讨论孟长歌和孙涣卿这对超高人气的组合。

与此同时，Carlos 酒吧顶楼的 VIP 包厢里。

陆霆骁正自斟自酌，这时，桌上的手机伴随着振动“叮”的一声响了起来。点开一看，微博弹出一条最新消息，正是宁夕刚刚发的那条微博。

他对宁夕设置了特别关注，并且在手机里装了一个小程序，只要宁夕更新，就会自动振动加响铃地提醒他。

一旁的陆景礼眼角余光瞄到后满脸无语：“哥你真是够了！为了及时看到人家动态还特意做了个小程序！真是无法理解你们理科男的浪漫……”

陆霆骁没有搭理自家弟弟，而是一直在反复看着宁夕的这条微博。

“就这么短短的一句话，你难道还能看出花来……”陆景礼小声咕哝。

随后，只见他哥修长的手指不疾不徐地按了几下，然后编辑了一条短信，给宁夕发送过去……

陆景礼不客气地凑过去偷看，下一秒，看清内容之后，捂着眼睛栽回自己的座位上直打滚：“哎哟，我的眼睛，我就不该偷看！”

简直是找虐啊！他还以为他哥现在算是失恋的状态，自己就不会被虐了，万万没想到，会被虐得更狠！

很快，楼下，宁夕的手机上弹出了一条最新信息，来自陆霆骁。

宁夕喝了口服务员刚端上来的鸡尾酒，以为陆霆骁只是跟往常一样例行汇报平安什么的，于是随手点开，结果，只见信息上写着：“夜阑卧听风吹雨，铁马是你，冰河也是你。”

“噗——”宁夕一口喷了嘴里的酒，整张脸都烧了起来！大魔王简直凶残得无法直视！

自从那天大魔王说出那句“总有一天你会发现，白菜比萝卜更好吃”之后，她回到家就想了很久，但是一直没想通大魔王接下来到底会是什么计划，这一瞬间，她终于想明白了……大魔王这分明是准备对她放大招——美人计啊！

宁夕这边正被陆霆骁这句话弄得不知所措，眼角余光突然瞥到一个东西径直朝着她的方向飞速砸来，于是目光一凛，瞬间出手，及时拿起桌上的托盘挡了一下。

下一秒，“砰”的一声，那个差点砸到她头上的酒瓶掉在地上，发出刺耳的声响。

不及宁夕去找对方，对方倒是先找上了门。

一个穿着红色亮片紧身裙的姑娘，在一群人的簇拥之下浩浩荡荡走到她跟前，居高临下地睥睨着她道：“哟，不好意思，刚才也不知道为什么，酒瓶忽然飞了出去，没碰到你吧？”

宁夕神色冰冷地看了那几人一眼，并没有搭理。

她不喜欢惹事，但也不怕事，没有砸到自己也就算了，可如果这酒瓶真伤到了她，她也不介意用她的武力值教她们做人的道理，反正这种地方也没有人认识她，可以尽情放飞自我。

“没事。”宁夕站了起来，并不想和这几人有任何接触，当即准备离开另找安静的座位。

名媛见状，给身前的几个女孩使了个眼色。

几个围在名媛身边的女孩立即会意，走上前去，挡住了宁夕的去路。

“别啊，刚才那酒瓶差一点就砸到你了，我们心里可过意不去，一定是要补偿你的！”

“就是啊，之前是我们不小心，如果就这样算了，心里实在愧疚得很！”

几个女孩一唱一和，好似真的心中有愧疚般，但眼中那赤裸裸的不屑、藐视、鄙视的神色，却没有丝毫掩饰。

此时，酒吧内的音乐更轻了，四周不少目光落在这里，大多盯着宁夕，好像正等着看笑话。

“那红裙姑娘虽然长相一般，但家世可不一般，那小妞怎么得罪了她？”

“八成是那小妞招惹了不该招惹的男人呗，红裙姑娘我认识，王家那位大小姐王若兰嘛，最喜欢吃醋！”

“不会吧，我见那小妞一直没离开座位啊！”

“这里可是 Carlos 酒吧，只需要多看几眼就行，听说过眉目传情吗，别那么俗！”

……

周围一群穿着得体的男男女女议论纷纷。

类似这种事情，在Carlos酒吧里几乎每晚都会出现，旁人见多了，自然也就不会大惊小怪，看个热闹而已。

宁夕斜睨了一眼那几个女孩，面无表情道：“赔偿就不必了，你们的酒瓶没有砸中我。”

“那怎么行，我们答应你，兰姐也不会答应的，对吧兰姐？”其中一个女孩看向身旁的王若兰。

说话间，红裙姑娘走上前，盯着宁夕，满脸冷笑：“你也不容易，这大半夜来Carlos酒吧，置了这一身行头，也得花不少钱吧，总不能让你空手而回，这是赏你的……不，赔偿你的！”

红裙姑娘说完，将爱马仕包包打开，从其中抽出半打耀眼的钞票，直接丢在宁夕的脚边：“五千，够不够？”

“兰姐，你真是太大方了，刚才就是直接砸到她，五千也足够了！”

“就是，咱们兰姐实在大方！”

几个女孩满脸讽意，冷笑着开口。

酒吧里，这一幕的确劲爆，越来越多的人围了过来。

之前的那个李公子嘴角扬起，不紧不慢继续喝着酒，似乎在等待着出手的最佳时机。

此时，宁夕眉头微蹙，这女人哪里是来道歉，显然是故意找事来了。

“怎么，还嫌不够？这么多钱，买你都够了吧。”红裙姑娘满脸恶心地盯着宁夕。

还不等宁夕说什么，“啪”的一声，又是一沓钞票砸在了她的脚下。

“这是一万，加上刚才的五千，一万五够不够？”王若兰冷笑。

“哎呀，兰姐，这太多了，我看三千就可以，她这种女人，看见兰姐这样身份的人，当然是想多讹一些是一些了！”

“兰姐的心就是善，不然多加一万，凑个两万五好了！”

“两万五？这数字我喜欢。”名媛冷傲地笑着，居然真的又抽出一沓砸在宁夕身前。

宁夕挑眉打量着眼前的女人，那目光和看傻子几乎没有任何区别。

这种人，就是钱多闲的，想要找存在感。

只可惜，在她面前实在是没有任何存在感可言，太傻了，她连虐的兴趣都没有，因为虐起来都没有快感。

“美女，这钱你就收了吧！”这时，王若兰身旁一身肌肉、金发碧眼的混血男子蹲下身，将钱捡了起来准备递给宁夕，并给宁夕投递过去一个暧昧的眼神。

“谢谢，我并不认为我需要这些赔偿。”宁夕声音有些冰冷。

这时，王若兰也不知道受了什么刺激，陡然一声怒骂：“我看你可怜才好心赔偿你，你居然不知好歹地看我家承允！”

刚才她就是因为自己的男伴不停地往这边看才气不过跑来的，结果这女人居然在她面前就明目张胆地看起了承允，当她是死的吗？

宁夕虽然不想搭理这种人，但这些人几次纠缠不休，她再好的耐性也没了，当即冷笑一声，扫了那个混血小鲜肉一眼，那眼神仿佛在看一块廉价的猪肉：“我看他？”

“废话！不是你看他，难道是我们承允对你有意思吗？”

“你还看！没看过帅哥是不是！”

“啧啧，肯定是从来没看过这么帅的男人吧？”

名媛抚着修剪精致的指甲，看着宁夕那张漂亮的小脸，脸色阴狠：“现在，你跪下来跟我道个歉，保证以后再也不惦记别人家男人了，再给我爬出这个酒吧，今天这事儿就算完了！不然，今晚你别想走！”

“得罪了我们王大小姐还想走，哪儿这么容易！”

话音刚落，王若兰的打手便围了过来。

宁夕扫了眼那些打手，不动声色地捏了捏手指关节……

“呵呵，兰姐，这位小姐怎么你了，发那么大的火？”

这时，一直在贵宾座喝酒的李公子突然迈步朝这里走来，看着王若兰笑眯眯道。

“哟，李公子啊……”见到来人，王若兰的面色缓了缓，“你不是看不惯这种又穷又假装清高的女人吗？怎么今天突然替这种人说话？”

“兰姐，这位小姐我很喜欢，你就给我个面子，别为难她了。”李公子一副绅士状。

“李公子喜欢？”王若兰一愣，随即回过神来，“那行啊，既然李公子喜欢，就没什么好说的了，真不知道她走的什么狗屎运！”

身旁，几个女子闻言暗笑不已。

被李公子看上，有她受的。

“这位小姐，五万，跟我走吧，不然得罪兰姐，你很难离开Carlos酒吧哦！”李公子一副志在必得的表情，以英雄救美的姿态朝着宁夕走去，想要牵住宁夕的手。

下一秒，“啪”的一声，宁夕身形微动，直接将李公子伸来的手重重打偏。

“你？”被当场驳了面子，李公子的脸色顿时阴沉得好似能滴出水来。

不用李公子说话，他身旁的那群拥护者和他家的打手已经悄无声息地围了上来。

于是，此刻的情况就是，宁夕直接跟两拨人对上了，现场的气氛一触即发。

“今晚这么热闹？”

一片嘈杂混乱的空气中，突然响起一个冰凌般清冷的声音，如同浑浊人世间的一缕梵音，沁人心脾。

刹那间，所有人都看着宁夕身后的方向，瞠目结舌。

宁夕自己也僵住了，这个声音是？大魔王？！

陆霆骁刚一现身，最前方的几个女人立时愣在原地。

这忽然出现的男子，已经不仅仅是用一个“帅”字就能形容，举手投足之间皆是贵气，似乎仅需要一个冷冷的眼神，就足以令人沦陷，无法自拔。

“天哪！这男人是谁啊！好帅啊！”

“重要的已经不仅仅是帅！是气场！太有气场了好吗！好有型啊！”

“我还以为承允那样的已经够男人，在这个男人面前，简直完全不够看啊！”

此刻，中间那位王大小姐正呆呆地盯着陆霆骁，双颊涨得通红。

眼前的男人跟她梦中理想的男人一模一样，只是看他一眼，旁边那些她引以为傲的小鲜肉男伴就全都成了垃圾……

见宁夕也呆呆地看着这个突然出现的男人，王若兰当即一脸嘲讽：“这种男人也是你有资格看的吗？”

宁夕今晚已经快被傻子刷新下限了……

“陆先生，您有什么吩咐吗？”紧跟着，酒吧负责人匆匆赶来，一脸殷勤小心地凑到男人跟前。

这 Carlos 酒吧是陆氏集团旗下经营，对这位神秘的幕后老板，经理也仅见过一次，由于印象实在太深，所以一眼就认了出来。

经理知道这位老板不喜别人知道他的身份，所以只叫了一声“陆先生”。

“今晚，所有客人的单都记在我账上。”陆霆骁淡淡说了一句。

“好的，没有问题！”经理急忙应下。

话音刚落，全酒吧的人都在欢呼。

其实这来人的身份光看经理紧张的态度就知道绝对非富即贵，再看这出手就更加能确定了。

一旁的王若兰从刚才起就一直在贪婪地打量着陆霆骁，此刻看到男人出手如此阔绰后，再也忍不住，心脏剧烈跳动着走上前来："原来是陆先生，我是王氏集团的王若兰，不知道陆先生在哪里高就，是否有幸和陆先生单独聊几句，喝上几杯？"

这样俊美的相貌，令人着迷的气质，加上可怕雄厚的财力，每一样都让人深深着迷。

而且，对方还姓陆，难不成跟华都传说中的陆家有什么关系？

陆霆骁风轻云淡地扫了眼王若兰，神色淡漠道："这个问题，你得问一个人，只要她同意，我没有意见。"

"问谁？"王若兰立即下意识地问道。

陆霆骁微冷的目光柔情似水地落在对面的宁夕身上："她。"

宁夕："啥？"

"什么，问这个女人？"王若兰有些没回过神来。

陆霆骁的眸底闪过一丝寒光："抱歉，这位小姐，请收回你不当的言语并且道歉，她是我最心爱的女人。"说完之后，如同觉得这句话还不够震撼似的，又补充了一句，"只是很可惜，我至今还未能追到她。"

"你、你心爱的女人？"王若兰一声无法置信的尖叫，"这、这怎么可能！"这样的男人，应该匹配她这样的身份才对，居然跑去追求这么一个女人？

"你居然看上这种女人！"王若兰完全无法接受这个现实。

"陆……"

一旁的宁夕见陆霆骁为了自己争吵，正要开口说话，陆霆骁给了她一个安抚的眼神，轻声道："没事，交给我。"

看着陆霆骁对宁夕的温柔，王若兰的脸涨成了猪肝色："陆先生，你不要被这种人骗了！"

说完，她把包里所有的钱和卡都扔到了宁夕的脚下："给我离开这个男人，想要多少钱，你开个价！"

王若兰旁边的几个女人见状纷纷附和："开个价，咱们兰姐全都付得起！"

陆霆骁静静地看着王若兰在那里疯狂地砸钱，随后不急不缓地开口道："另外，她除了是我的心上人之外，还是我的上司、我的老板。今晚，真正请客众人的，是她。所以，你现在正在喝着我老板的酒，却在侮辱她。如果可以的话，还请你将之前喝下去的酒，吐出来。"

说完，也不管王若兰等人不可置信的神色，陆霆骁又看向一旁早已经瞠目结舌的李公子：“当然，还有你。”

刹那间，现场所有人如同风化的雕塑，无一不是呆呆地傻在了那里……

眼前这个气度不凡的男人，光是他的身份，就已经够显赫了。然而，现在这个男人居然说，这个女人是他的上司，是他的老板？那么，这个女人的身份，将是多么恐怖和可怕？他们到底惹到了怎样的大人物？

“疯了吧，这个女人是……是他的上司、老板？我是不是听错了？”

“怎、怎么可能……肯定是骗人的吧！”

“但他干吗要骗我们？也没有这个必要啊！而且看这个姓陆的男人对那女人的态度，除了爱慕之外确实非常恭敬，难道那个女人真的是他的老板？”

“天哪！刚才兰姐居然还一直用钱砸她！简直、简直是在自取其辱啊……”

实际上，这Carlos酒吧向来卧虎藏龙，一个穿着粗布麻衣的都可能是哪位大佬，所以，他们越想越觉得有可能……

一时之间，所有人都吓得面无血色，看向宁夕的表情如同见鬼一样。

“那我们岂不是完蛋了！刚才我还一直对她不客气呢！”

“完了完了！我也是啊！”

“这回真的要被害死了！惹谁不好，惹到这种人物！”

……

其他人满脸惊悚，而宁夕的表情是，因为此刻内心太复杂，想要表现的表情太多，以至于反而面无表情了。然而，这面无表情看起来是如此高深莫测，更是吓得那些人瑟瑟发抖。

吐……还是不吐……不吐，得罪了这样的人物，他们今晚还能全胳膊全腿地离开这个酒吧吗？

最后，也不知道是谁最先开始的，“哇”的一声呕吐了出来……

这一声呕吐就像个信号，现场的呕吐声此起彼伏地响了起来……

陆霆骁虽然只点名了王若兰和那位李公子，但是刚才出言侮辱宁夕的可还有不少人呢，那些人比王若兰和李公子身份地位还低，这会儿全都率先自觉地吐了起来。

不就吐嘛！总比倒大霉好！

看着周围陆续呕吐的人，王大小姐脸色铁青，她缓缓抬起头，看了对面的陆霆骁一眼，似乎是希望男人可以怜香惜玉。

可是，她刚一抬头就看到了对方无比骇人的眼神，竟因为恐惧到极致，当即抑制不住，“哇”的一声吐了出来。

一看所有人都吐了，那位刚才还在为了面子强撑的李公子哪里还撑得住，以手抠着喉咙，硬生生地催吐了出来。他哪里会想到，本来只是想英雄救美，结果英雄不成反而差点死在这里。

刹那间，整个酒吧满是浑浊难闻的酒气，简直惨不忍睹……

陆霆骁面无表情地脱下外套，一把将宁夕罩住，以免她被污渍溅到，随即头也不回地护着她朝门外走去……

与此同时，酒吧二楼。

陆景礼怀里抱着一大袋瓜子，脸上保持着叹为观止的表情。

护妻狂魔发起飙来简直太可怕了……不过，你发飙归发飙，好歹注意下成吗，这好歹是自家酒吧，你搞成这样还要不要做生意了啊！算了算了，这家伙眼里只有老婆，哪儿还有什么自家生意啊……

酒吧外是一条两边种满了银杏树的马路。

夜凉如水，一对男女正沿着安静的马路缓缓散步。

“没事吧？”陆霆骁关心地问。

宁夕摇摇头，到现在心情还没有完全平复：“你怎么会突然出现在那里？”

“在楼上谈事情，刚结束，临走的时候正好看到了你。”陆霆骁解释。

“哦……”宁夕有些不知道该说什么，“谢谢你为我解围。”

陆霆骁神色并不在意：“不用谢。我知道，即使我不出面，你也可以自己解决，只是不想脏了你的手。”

男人的声音低沉地撩拨在耳边，宁夕的心脏扑通扑通地跳动着，轻咳一声转移话题：“对了，你刚才为什么要跟他们说，我是你老板啊？咳，分明你才是我老板……这好像乱套了啊……”

“对你而言，老板是怎样的存在？”陆霆骁没有回答，而是突然问了一句。

“怎样的存在？”宁夕想了想，然后回答，“大概就是他每月给我发钱，然后我替他赚钱，对他唯命是从的存在？”

“嗯。”陆霆骁点头。

宁夕傻眼，“嗯”是什么意思？下一秒，她突然反应过来……照她刚才的理解，老板的定义岂不是跟老婆一模一样？唉，她这辈子走过最长的路，就是大魔王的套路……

“那个，很晚了，那我先回去了？今晚还是要谢谢你！”宁夕提出告辞。

陆霆骁正好走到自己停车的地方，拉开车门道：“我送你。”

宁夕挠挠头：“这个不用了吧，我自己打个车回去就好。”

陆霆骁：“你今晚太美。不安全。”

宁夕决定从现在开始闭嘴，这样是不是就会安全一点……

最后，陆霆骁还是将她送到了公寓楼下。

总算到家了，宁夕松了口气，弯腰鞠躬：“谢谢老板，那我上去啦！”

“宁夕。”陆霆骁突然叫住她。

宁夕：“啊？”

“可以抱你一下吗？”

陆霆骁轻声问，如同害怕惊扰深夜中出没的胆小的精灵。

宁夕还是受惊了。

星光璀璨，清风摇曳，如水的月光下，陆霆骁的目光简直温柔得能把人给溺死……

完蛋了！对方的美人计太猛烈，城门眼看就要守不住了……她明知道他在用美人计，明知道他在有计划有预谋地一步一步蛊惑她，却依旧无法抵抗……被自己喜欢的人这么对待，谁受得了？她能忍到现在简直应该颁发给她一个最佳坐怀不乱奖了好吗？怎么办怎么办怎么办……同意还是不同意……

就在这暧昧的气氛越来越黏稠时，宁夕的手机突然响了一下。

这声音在深夜安静的空气里，显得尤其突兀。

宁夕心神还恍惚着，心不在焉地随手拿起来看了一眼，然而，下一秒，看清之后，整个人吓得仿佛魂儿都飞了出去！

只见手机屏幕上正静静地躺着一行字：“亲爱的，你敢同意试试——YS。”

“陆总现在很晚了今晚的月亮真好啊，你早点回去吧，我也回去睡觉了啊！拜拜拜拜……”

宁夕简直拿出了这辈子最快的速度，一秒钟之内就跑了个没影，她都不知道自己刚才跟陆霆骁到底说了些什么。

陆霆骁待在原地，先是看着女孩惨烈狂奔的背影，随即抬起头，目光缥缈地看了眼黑暗中的某个方向……

直到冲进屋子里，“砰”的一声关上了房门，宁夕的心脏依旧平静不下来，跳得几乎快要疯掉了。

深呼吸好几次之后，她才重新拿出手机，又看了一眼短信：“亲爱的，你敢同意试试——YS。”

就是这句话，她没看错，还有这个某人威胁人时最喜欢用的、标识性的、可恶的笑脸！到底怎么回事！难道那家伙刚才就在附近？

宁夕的手指微微有些颤抖，在屋子里来回暴走了好几十圈，最后终于还是停止胡思乱想，直接拨通了对方的电话。

手机那头的人似乎故意逗她一般，一直不接，直到手机快要自动挂断的时候，才慢悠悠地接通了电话，声音是漫不经心的慵懒：“喂？”

“你现在在哪里？！”宁夕立即开门见山地问。

“拉斯维加斯。”

“你耍我呢！”

“呵，我若真在附近，你以为你这会儿还能好端端地给我打电话？”男人的声音有些阴沉。

“你派人监视我？”

“啧，不要把我想得这么低端。”

“我现在不管你是怎么知道的！我问你，你到底想怎样？”宁夕深吸一口气稳住情绪，咬牙切齿地问。

“秘密。”

“你……”

“亲爱的，乖一点，今晚的事情，我希望不会再有下次，明白吗？”

“喂、喂喂……”手机那头传来“嘟嘟嘟”的挂断的声音，宁夕怒得一拳砸在床上。

那晚之后，宁夕一直过得战战兢兢，生怕那家伙突然就从哪里冒出来，折腾得她都快神经衰弱了。

唯一庆幸的是，还好总算是有惊无险地熬到了杀青这一天。

终于到了最后一场戏了，宁夕从昨晚开始就一直紧绷着，一直在酝酿情绪。

这场戏是孟长歌死前的场景，也是全片的最后一个画面，甚至比孙涣卿死亡那场大高潮还要重要，连宁夕也没有把握能完全掌控住。

这部戏有史以来第一次，让宁夕紧张了。

因为一直沉浸在戏里，所以宁夕并没有发现，她刚一出现在片场，所有人看着她的眼神都怪怪的。

直到方雅嘚瑟地踱步到她跟前找存在感：“宁夕呀，你终于来啦，有你的信哦！好像是你的追求者呢！”

宁夕的脑海中正在回顾孟长歌的生平，琢磨她临死前的情绪，神经正处于高度紧张的状态，所以，虽然她的人在这里，也看到了方雅在她面前，但是她沉浸在另一个世界中，根本就没有听到方雅在说什么。

方雅手里拿着一张粉红色的信纸，信纸的角落上写着两个很容易被忽略的字母“YS”。

方雅将信纸扬了扬，一副体贴的模样道：“哎呀，宁夕，你在看剧本啊，这么忙，我就给你念念吧！”

周围已经有些提早看到了信上内容的人忍不住喷笑了。

方雅当场大声朗读了起来：“啊……我最亲爱的夕，我爱你就像老鼠爱大米、就像小猫爱吃鱼、就像小狗爱骨头……”

方雅的语气实在是太夸张太搞笑了，围观的人越来越多，最后全都忍不住哈哈大笑起来。

“哈哈哈……笑死我了！这情书真是土得掉牙了！那人小学毕业了没有啊？幼儿园毕业的吧？”

“这年头居然还有人写情书？我也是醉了！这到底是谁啊？”

“还用问吗，肯定是宁夕的某个没钱的追求者呗！”

“严肃点！我还没念完呢！”方雅瞋了他们一眼，然后继续念道，“此刻，向你致以我最诚挚的祝福和爱意，明晚的杀青宴，定然送上最尊贵、最诱惑、最让你把持不住、最匹配你美丽智慧与高贵的礼物！”她念到这里，再也忍不住了，“哈哈哈……不行了，我要笑死了，谁来救救我！这个男人不仅没文化，而且还脑子不好吧？好大的口气！还最尊贵、最诱惑、最让人把持不住的礼物！杀青宴他是不是要送一台挖掘机过来啊？真的是好匹配宁夕高贵的身份啊！”

现场哄堂大笑。

“一台拖拉机也有可能哦！”

“搞不好是一车窝窝头呢？”

“你们别瞎猜了，一车窝窝头也是很贵的好吗？啧，没钱还装，真是够了！这种人最恶心了！宁夕怎么会有这种恶心的追求者？”

“呵呵，不是有句话说，你是什么样的人，就吸引什么样的人吗？”

现场的喧闹声越来越大，被围在中间的宁夕始终没有开口说话，这时，突然神色极冷地吐出两个字：“安静。”

那声音犹如冰刃般笔直地横在人最致命的颈边大动脉，方雅刹那间噤声，其他人也撇撇嘴压低了声音。

接着，宁夕拿着剧本站起身，面无表情地拨开人群，径直朝着对面郭启胜的方向走去。

实际上，刚才宁夕只听到一片嘈杂的声音，根本就不知道方雅他们在说什么念什么，甚至没注意到什么情书，只一心避开打扰，专心入戏。

宁夕刚一走，人群的议论声更高了。

“嘁！装什么啊！”方雅嫌恶地扔了手里的那封信，以为宁夕是因为太丢人才突然甩脸走的，于是一脸嘲讽道，“她也知道丢脸啊！之前不是挺得意的吗？什么第一美女，追求者如云！现在什么情况？这追求者的档次是越来越低了啊！”

“一看就是没文化的暴发户作风！怎么能跟苏衍那种贵公子相比？”

听到这里，方雅的眸子里闪过一丝精光，压低声音，无比神秘地对大家说道：“说到苏衍，我要告诉你们一个惊天大秘密！”

“惊天大秘密？什么秘密啊！快说快说！”

“就是，别卖关子了！”

谁都喜欢八卦，更何况还是大八卦，一时之间，几乎是所有人都围到了方雅跟前。

方雅等他们急得差不多了，这才满意，一字一顿道：“明天的杀青宴上，苏衍会跟雪落现场求婚哦！”

话音刚落，所有人都是一副惊呆的表情……

因为这个八卦，真的是太劲爆了！

短暂的静默之后，所有人都开始疯狂地追问起细节。

“天哪！真的假的？！现场求婚啊！这么浪漫？”

“方雅，这种事情你怎么知道的啊？”

方雅一脸得意：“我是雪落最好的朋友，苏衍当然要提前告诉我，让我配合他的一些小细节啦！对了，你们也注意保密，别让雪落知道，不然就没有惊喜了！”

“知道了知道了！我们一定不说！”大家连连点头。

方雅这才趾高气扬地继续开口道：“明天我们的杀青宴，酒店、饭席什么的，苏家全都包了，估计是要搞一个大惊喜！”

“哇！好羡慕宁雪落啊！”

“我的天啊！这绝对是本年度最轰动的大事件！光是想想都幸福死了！这么优秀的男人，还对我女神这么用心！”

这时，有人突然笑了一声：“哈哈哈，我突然想到一件事，明天的杀青宴，宁夕那个奇葩的追求者不会真的也要搞什么惊喜吧？到时候正好跟苏衍撞上，宁夕岂不是更丢脸？”

“哈哈哈……那封情书真是想想都想笑！怎么会有这么奇葩的人？”

“真不知道他会送出什么东西来！”

方雅神情轻蔑地撇撇嘴：“丢脸也是自找的呗！”

大家伙儿八卦完之后，方雅眸子里闪过一丝得逞的精光，随后偷偷摸摸地给常莉发了条短信：“这次老天也在帮我们，宁夕有个特别奇葩的追求者，到时候要给宁夕准备惊喜呢！”

与此同时，F 国，Ledoyen 米其林三星顶级餐厅。

正在紧张运作的后厨，行政总厨 Alain Passa 突然接到了一通来自拉斯维加斯的电话。

Alain 接完电话，当即停下手里的动作，摘下围裙交给旁边的副厨，面色严肃地叮嘱道：“我现在要即刻启程，赶往华国，为一场宴会做副手，接下来的交给你们了。”

几个副厨闻言皆是满脸震惊，面面相觑道：“现在、立刻？您的行程不是向来至少要提前半年预约吗，就算对方身份再尊贵也是一样，这次怎么……”

“而且，我没听错吧，您刚才说是去做副手，是哪位主厨，竟有资格能让您给他做副手？”

“能给那位做副手，是我的荣幸。”Alain 一脸崇敬道。

几个副厨闻言都露出不可思议的表情，能让 Alain 心甘情愿做副手的主厨，他们基本已经能猜到是哪位大师，可是，能让那位大师亲自出马的，到底是谁的宴会？

因为实在是太好奇了，其中一位副厨忍不住问了出来：“不知道您这次参加的是哪位贵人的宴会？”

Alain 面露思索：“我并未多问，只知道对方是一位名叫宁夕的小姐。”

“宁夕？那是谁……”众人面面相觑，其中一人突然想起什么，问道，“对了，您的弟子费威廉先生貌似也是华国人，不知道他是否认识这位尊贵的小姐，这次是否也会一起参加她的宴会？”

“威廉？”Alain 闻言蹙眉，然后直接摇头道，“连我都只能做副手，他怎有资格。”

“哦哦……”众人脸上一片崇敬之意。

目前发生的所有这一切，宁夕完全不知情，她正在全神贯注地跟郭启胜还有编剧叶玲珑讨论下面这场戏。

准备了良久，宁夕才终于有了把握，深吸一口气对郭启胜开口道：“导演，我可以了！”

“好！”郭启胜拍拍她的肩膀，“那我们这就开始！”

“嗯！”

郭启胜立即通知各部门准备，随后拿着喇叭喊：“三、二、一！开始！”

拍摄一开始，所有人都安静了下来。终于到了最后一场戏，天下的大结局。

奸臣死了，贤妃死了，昏君也死了……孟长歌的大仇终于得报。接下来，她要报复的，还有这辜负她孟家满门英魂的天下苍生。然而，最后一刻，血液中世世代代流淌的将军之血，终究还是让她无法下手。最终，她选择纵身跳下了悬崖，成全了大义……

这一段，宁夕之前一直在纠结孟长歌应该以怎样的心情和状态跳崖。孟长歌当时到底应该是悲愤，还是不甘，抑或是绝望？就为了研究这个，宁夕整个人都快疯魔了！

然而，现在，她终于完美地诠释了这一幕。

宁夕扮演的孟长歌穿着一身火红的嫁衣，怀里抱着孙涣卿的灵位，面上既没有悲愤也没有不甘，更没有绝望和留恋，她的脸上，带着少女的娇羞，带着仿佛第一次见到孙涣卿时的心动，闭着眼睛，嘴角挂着满足的微笑，一跃而下……

最后，宁夕选择的演绎方式是返璞归真。

让孟长歌在最后一刻回归了那个无忧无虑的少女。

这一幕跳崖的场景，宁夕拍得非常凄美，明明也没有刻意去催泪，但现场几乎所有人都哭了，满心的怅然若失，心里空洞洞的，好像少了什么重要的东西……

原本的大结局是孟长歌死在了女主角和男主角的手中，这么一处理之后，看似只是自杀与他杀的区别，实际上整个格局都变了。

至此，最后一场戏结束。

《天下》杀青了。

“杀青啦！咱们终于杀青啦——”现场所有人一阵欢呼，甚至有人激动得泪流不止。

宁夕也是感慨万分，她的第一部戏，终于圆满结束了。

回到休息室的时候，宁夕连衣服都没有力气换，整个人都虚脱了，一摊烂泥一样趴在了化妆台上。

这时，小桃火急火燎地“砰”的一声推开门跑了进来：“夕姐，你终于拍完了！”

宁夕有气无力地摆摆手：“怎么啦亲爱的？有什么事儿可以待会儿再跟我说吗？我现在大脑透支，有点转不动哟……”

小桃急得不行：“不可以啊夕姐！你一定要转起来！你知道现在剧组私下里把你传成什么样了吗？”

“啥？我怎么了？”她只是拍了场戏，发生什么了？

小桃急得直跺脚：“方雅都当着你的面念那封情书了，你咋还一脸蒙的呢！”

“方雅刚才好像是在我跟前不知道在碎碎念什么，你说那是啥？情书？”宁夕惊了。她刚才整个人都在剧情里，就知道那群人在她面前吵了半天，但压根不知道发生了什么。

小桃简直要被她打败了，把一团皱巴巴的粉色信纸塞给她：“你自己看好了！”

宁夕强打起精神，挠挠头接过信纸，喃喃自语地念叨：“啊……我最亲爱的夕，我爱你就像老鼠爱大米、就像小猫爱吃鱼、就像小狗爱骨头……咳咳咳……”

宁夕实在是念不下去了，差点被自己的口水给呛死。

没想到有生之年，居然还能见到一次那厮魔性的情书体。中文不好，就不要再秀了好吗？简直是触目惊心、惨不忍睹……辣眼睛……

还有“最尊贵、最诱惑、最让你把持不住、最匹配你美丽智慧与高贵的礼物”又是什么鬼？最尊贵就算了，最诱惑、最让人把持不住是闹哪样？那个浑蛋到底想干吗呀！

小桃越想越着急：“夕姐，你是不知道啊，现在他们所有人都在等着看你的笑话呢！听说明晚杀青宴苏衍要给宁雪落准备一个大惊喜，极有可能是求婚！”

“你这个、这个不知名的追求者也说要给你弄一个大惊喜……这一对比你还不丢脸死啊！”

“夕姐，杀青宴你可千万别让他出现啊，到时候现场肯定全都是媒体，不然、不然真的丢脸丢大了……”

“呵呵……”宁夕苦笑着叹了口气。你以为我就想吗？

可是，她不想有用吗？

宁夕捏着那张信纸，满脸的生无可恋，看来这一劫，终究还是躲不过去了。

如今她也只能安慰自己，那厮折腾她，总比去折腾陆霆骁的好……

转眼到了杀青宴当天。

宁夕因为昨天最后那场戏伤了太多精力，直到现在还有些缓不过来，所以整个人看起来都蔫蔫的。

一般她入戏快，出戏也快，但是，如果是昨天那种情况，她毫无保留全副身心地入戏了，一点自我都不留，再要出戏，难免就需要一点时间。

简单来说就是，此刻的宁夕，还有一半的灵魂是孟长歌。

小桃以为她受到打击一蹶不振了，在一旁急得团团转，偏偏又无计可施，只能按照林芝芝的叮嘱，一切如常，见机行事。

今天的主场和焦点注定是宁雪落，所以林芝芝对宁夕今天唯一的要求只有一个字：“稳。”

于是宁夕画着不出挑又得体的妆容，穿了一身香槟色的Chanel秋冬高定晚礼裙便去了。

杀青宴举办的地点是华都唯一一家六星级酒店。

宁夕到的时候有点早，只见到处都是忙碌的工作人员在布置现场，各种红玫瑰和爱心气球，除非眼瞎才看不出是准备求婚的。

除此之外，酒店里还堆满了各种礼物花篮等，有合作商送的，有粉丝朋友送的，满满当当几乎无处下脚。

宁夕略扫了一眼，在角落里看到一个标着“宁夕全球粉丝后援团”的花篮，顿时眸光一暖。

她也有后援团了啊……虽然相比宁雪落和赵思洲他们收到的礼物不值一提，但她还是已经非常开心。

这时，身后方雅等人也呼啦啦地来了，嘴里此起彼伏地惊叹着。

“哇！现场布置得好漂亮啊！太梦幻了！”

“这得花多少钱啊！光是包下整个酒店就是天价了吧！酒店要赚死了！”

“这你就不懂了，当红女神外加华都身家最高的贵公子浪漫定情，这么轰动的大新闻，人家酒店也是可以借此宣传自己的，巴不得呢！”

众人惊叹完后，看到对面宁夕站在那个粉丝送的小花篮跟前，全都捂着嘴一阵窃笑。

听着那些刺耳的嘲笑，小桃终于忍无可忍，当场气得都快哭了：“这些人真是太过分了！怎么可以这样！”

宁夕叹了口气，摸了摸小桃的脑袋，柔声道：“小桃乖，我们现在只是一时的，我不会让你跟着我一直吃苦的！总有一天，朕会为你打下这江山！”

小桃瞬间被逗得破涕为笑，红着双颊道：“夕姐你讨厌！又逗我！”

看着小丫头笑了，宁夕才终于松了口气。其实，这会儿她的心里不好受，她自己倒是无所谓，因为这点小事对她而言真的不算什么，但是，她最难以忍受的，是让身边的人跟着她一起受委屈，被她连累。

夜幕降临，华灯初上。

剧组所有主创人员、合作商、各路媒体等陆续进场。

偌大的宴会厅内觥筹交错，剧组所有成员都是一副骄傲自豪的表情。

“我天！这档次太高了！你看过哪家杀青宴这么隆重这么拉风的吗？我得多拍几张照片放在朋友圈里！”

“哈哈哈，那我直接开个直播吧！感觉能赚不少打赏！”

“这次咱们全都是托雪落的福！”

“对了，雪落人呢？来了没有？”

“急什么，主角当然要压轴出场啦！”

话刚说完，不远处一身白色鱼尾修身长礼裙的宁雪落风姿绰约地在众媒体的簇拥下进来了，方雅等人立即一起迎了上去。

方雅亲昵地挽着宁雪落的手臂：“雪落，你来啦！你今天实在是太美了！”

宁雪落瞟她一眼，红光满面：“哪有啊，就跟平常一样！”

身旁的其他人也在纷纷恭维：“雪落，你这套衣服好好看啊！太华丽了！而且好衬你身材！”

“哎哟，你们懂什么呀，不是衣服的问题，是爱情的滋润！”有人揶揄。

宁雪落捂了捂脸：“讨厌，你们又笑我！”

方雅故意拿着一根勺子当作话筒耍宝：“宁雪落小姐，现在希望采访你一下，有个这么完美的男朋友，是什么感觉？”

宁雪落一脸甜蜜：“别闹了啦，对了，你们今晚多吃点啊，苏衍这次特意从香城请的米其林三星大厨哦！”

人群里顿时一阵惊呼——

“哇！米其林！还是三星！我的天！这一顿饭得吃多少钱啊？”

“香城请的米其林三星大厨，该不会是费威廉吧？”

宁雪落听着众人的惊叹，状似不经意地朝着宁夕的方向深深看了一眼，然后随口答道：“是他，那天我从杂志上看到后，不过是随口提了一句，没想到苏衍真的把他请来了。”

话音刚落，旁边围着的一群小姑娘更加受不了了……

“求饶过我们，别再秀恩爱了！”

“拜托，有对象的都架不住他们这么秀恩爱的好吗？”

宁雪落瞟了她们一眼：“讨厌，不跟你们说了！你们玩，我去下那边！”

“是是是，不跟我们说，快去找你家苏衍去吧！”

……

正陪着宁夕坐在角落里的小桃气得把勺子都快扳弯了：“可恶可恶可恶！居然是食神费威廉！我最大的愿望就是能吃一顿他亲手做的菜啊！没想到居然是在这种情况下吃到的，搞得我都没胃口了……”

“费威廉……”听到那个名字，宁夕的神色有些恍惚。

“对啊！”小桃抹了把口水，激动道，“你不知道费威廉，总知道 Alain Passa 吧？F 国顶级米其林餐厅行政总厨！费威廉就是他的亲传弟子，名气特别大，特别难请的，就这么一顿饭，普通人能吃到倾家荡产！”

宁夕闻言，没有说话，她当然知道费威廉。

多年前，有段时间她很喜欢看《厨王争霸》，最喜欢的就是里面这位叫费威廉的厨师，每天一放学回来就守在电视机前流口水，当时苏衍揶揄她说……等他们结婚宴的那天，就请费威廉来给他们做饭……

呵，还真是，往事不堪回首……

宴会开始前，先是制片人、导演、男主角、女主角等剧组主要成员陆续上去说话，发表演讲。

所有人都说完之后，主持人重新走上台来：“今天，还有一位先生，想要借我们这个舞台，借今天这个机会，说几句话，大家欢迎！”

“哦——”

意识到肯定是苏衍要求婚了，现场顿时一片欢呼和尖叫，所有媒体都架起了设备，所有人都拿起了手机拍录，气氛热烈到了极点。

宁夕左侧不远处，人群中的宁雪落一脸激动地望着缓缓走上台的男人，随后，不动声色地朝着宁夕的方向露出个嘲讽的笑。

苏衍今天一身白色的西装，与宁雪落今天的这一身白色鱼尾裙呼应，看起来就像是情侣装，别提多般配。

苏衍拿起话筒，略有些腼腆：“咳，抱歉，有些紧张，我缓下情绪。”

现场一阵轻笑，耐心等待着。

静默三秒钟之后，苏衍含情脉脉地看向宁雪落的方向，用春风般温柔的声音，缓缓开口：“雪落，五年前，我第一次见你，在你家花园，你穿一身白裙，美得像个天使，那一刻，我对你，一见钟情；再见，你穿天蓝色的校服，叫我衍哥哥，那一刻，我对你，许下一生。五年间，从相遇、相识，到相知，我们经历过欢笑，也经历过泪水，经历过幸福，也经历过挫折，还好，一路走来，我们还在一起……”

女孩子们最受不了这种画面，现场不少小姑娘都听得眼泪汪汪，小桃虽然对宁雪落不满，但听着苏衍的这番告白，也是满心感动。

这时候，她突然发现旁边的宁夕表情有些不太对劲……

“夕、夕姐……你怎么了？没事吧？脸色好差……是不是哪里不舒服？”

宁夕捏了捏眉心：“没事。”

呵，好一个一见钟情，许下一生。苏衍刚认识宁雪落那会儿，跟她压根没分手，转身又对第二个女人一见钟情，许下一生了……泪水？挫折？看来她就是他们的泪水和挫折，他们真爱路上的绊脚石……

此刻，台上的苏衍正拿着一颗钻戒，单膝下跪：“雪落，嫁给我，让我照顾你，一生一世！好吗？”

“答应他！”

“答应他吧！”

“雪落！快答应啊！”

现场所有人都在帮苏衍喊答应。

宁雪落捂着嘴，泣不成声。

众人全都让开了一条路，宁雪落一步一步走向台上的苏衍，在苏衍紧张的目光中缓缓地点点头：“我答应。”

“哇！亲一个！亲一个！”

“接吻！接吻！”

在众人的欢呼声中，宁雪落居高临下地睥睨了一眼台下淹没在人群里的宁夕，面上满是胜利者的光芒。

宁夕，看到了吗？你最爱的男人，已经完完全全属于我！

而此刻，宁夕的脸上没有丝毫表情，更没有一丝悲伤，宁雪落最惯用的手法就是用她最在意的东西打压她，刺激她。可是，如今宁雪落所依仗的那些东西，在她心里，早就一文不值。

台上，一对天作之合的俊男美女深情拥吻。台下，闪光灯此起彼伏。因为不少人在直播，网络上也早已经炸了……

毫无意外的，未来很长一段时间的头版头条，估计都是这场世纪求婚。

这场盛大的求婚终于落幕，而今晚的宴会，才刚刚开始。

求婚之后，最引人注目的莫过于今晚的菜肴了。

现场不少人是美食爱好者，甚至还有美食专栏的记者和人气博主，都是听说今晚的主厨是费威廉之后特意赶来的，此刻全都在满脸激动地等待着食神的出场。

光是这场盛宴，都足以单独列出来写个头条了。

这时，人群中，方雅突然惊呼一声："哎呀！我突然想起一件事！"

方雅的声音很大，正好让所有人都能听到，于是，一时间，大家都下意识地朝着方雅看去。

见大家都被她吸引了注意力，方雅故意摆出好奇的表情，看向了角落里的宁夕："宁夕啊，昨天给你写情书的那位浪漫的追求者，不是说今天要给你准备惊喜的吗？怎么到这会儿了还没见到啊？"

被方雅这么一提，其他人也纷纷想了起来，兴奋又八卦地附和道：

"对哦，那封情书上还说什么要准备最尊贵、最诱惑、最让人把持不住的礼物呢！"

"弄得我们都好好奇，好期待呀！"

……

"什么惊喜啊？又有人要准备惊喜？"一些不明情况的媒体等立即追问道。

"我昨天捡到一封深情款款的情书哦！"方雅说着，居然当众掏出了一张粉色的信纸。

见到那张信纸，小桃顿时满脸煞白："怎么会！那封情书我明明已经扔了！怎么会在她的手里！"

宁夕也蹙起眉头。

"夕姐，都是我不好，我不应该随手扔了，应该销毁掉的！怎么办怎么办啊……"小桃急得身体都开始颤抖。

宁夕拍了拍她的手背安抚："没事，不过是封情书而已！"

小桃眼眶泛红："可是脸都已经丢了啊……今天这么多人……都怪我……"

现场所有的来宾和媒体几乎全都看到了情书，还有记者逮到了什么大笑话一样，一边喷笑，一边连连拍摄……

苏衍见状眉头微蹙："小夕的那个追求者是不是精神有些问题？不会出什么事吧？"

宁雪落面上不动声色道："看信上的语气，是有些神经兮兮的，八成是个生活潦倒落魄的失败者，这种人其实还挺多的，宁夕也是倒霉，被这种人缠上……"

方雅传阅完了情书，又凑到宁夕跟前，眨着眼睛问道："怎么了宁夕？你怎么不说话呀？你的惊喜还来不来了？我们大家伙儿都等着呢！”

“是啊是啊！赶紧催他上惊喜吧！我们都好期待！”

“噗，话说，那个男的不会真送来一卡车窝窝头吧？”

“我还真的从来没吃过窝窝头呢！今天要长见识了……”

“砰”的一声，宴会厅的大门突然被人从外面推开。

众人下意识地一齐抬头望去，只看到酒店老板一身正装，亲自站在门口，而他的身后，正跟着一位身材高大的混血男子……

“哐啷”一声，人群中，不知道是谁的刀叉掉落在了地上，发出刺耳的声响。

之前那个一直在不停夸赞费威廉的美食记者满脸失态，突然腾地站了起来，呆呆地看着门口酒店老板身后的那位外籍男子，满脸惊喜道：“费威廉……”

以往，他们只是在杂志封面上见过费威廉，今晚却见到了本人。

相比那些杂志封面，费威廉本人更有味道，尤其是一些女演员，见到费威廉之后，身躯挺直，硬是装出一副高贵的姿态，似乎想吸引费威廉的目光。

混血相貌加上他顶尖的名气，浑身上下除了佳肴的香味，还有十足的男人味。

“门口那个好像是酒店老板呢，不过，他后面那个混血儿是谁啊？”有一些未见过费威廉的宾客随口问了一句。

“是费威廉本人！”那个美食记者终于激动地叫出了那人的名字。

“啊？他就是费威廉！居然这么帅？我还以为是哪个大明星呢！”

听说是费威廉本人，不少宾客微微愣神，随后争先恐后地朝费威廉跑去，提出想同费威廉合影。

费威廉脸上挂着淡淡的笑意，一一满足宾客的要求。

小桃的小拳头紧紧握住，不时看向身前的宁夕，满脸委屈不忿，为宁夕鸣不平。

在小桃的心中，凭宁夕的相貌和演技，哪一样不是完爆宁雪落，最重要的就是人品，人品！

“很荣幸，今夜能够为宁雪落小姐亲手献上佳肴，更是为苏衍先生高兴，能够抱得美人归！”费威廉迈着优雅的步伐走上前，看向宁雪落和苏衍，热情地说道。

“我也很荣幸，能够请到费先生。”宁雪落微笑颔首。

“谢谢，我的朋友！”苏衍亲昵地与费威廉拥抱了一下。

此时，全场一片哗然。

费威廉这种层次的食神，影响力极大，像这种杀青宴，想要请他，难如登天，但因为苏衍和费威廉的关系不错，两人也是朋友，费威廉这才会答应出场。

“我的天哪，雪落真的是要幸福死了！”

“如果有人愿意这样为我付出……”

“想得美，你以为费威廉是谁都能请来的啊，苏衍可就只有一个，费威廉也就只有一个呢！”

一群围在宁雪落身边的女演员叽叽喳喳说个不停。

“也是，像费威廉这种顶级食神，真的是非常难请，更何况他还是Alain Passa的亲传弟子，这种身份能够请到他的又有几人！”

“好了，尊贵的各位来宾，接下来，我将为你们准备晚餐，还请稍作等待！”费威廉离开宴会厅，前去准备菜肴。

见费威廉离开，那些美食记者立即紧跟出去，他们可不想放过对费威廉的任何一个拍摄镜头。

美食加上美男的组合，在任何时候都足以引爆眼球！

就在费威廉和那些美食记者离开后不久，宴会厅的大门，又一次被打开。

众人本以为是费威廉终于做好了佳肴，不承想，来人不是费威廉，而是一位年纪稍长的陌生外籍厨师……

“怎么又来一位厨师？”方雅见来人穿着厨师服，有些疑惑，莫名其妙道，“谁认识这个厨师啊？”

闻声，大厅内的众人纷纷摇头，一脸茫然，他们又不是那些美食记者，自然不知道来人是谁。

唯有角落里的宁夕，神色变了又变。

这位外籍厨师，怎么看起来有点像Alain Passa？就是那位食神费威廉的师傅……

但宁夕也不敢确定，所以并未说些什么，应该只是看起来有些相似罢了。

“尊贵的诸位宾客，本人前来为宁小姐准备晚宴！”外籍厨师开口说道。

“准备晚宴？”

“奇怪，是为雪落准备的？可晚宴的主厨不是费威廉吗？”

“这是从哪里来的厨师？”

“难不成是冲着宁夕来的？”

毕竟大家刚刚才看过宁夕收到的情书。

众人这才恍然大悟。

但是很显然，有苏衍的珠玉在前，这一招实在是不怎么高明。

众人都等着看笑话。

那位外籍厨师在嘲笑之中表现得很是平静，自顾自取出随身带着的装备，只要是稍微懂行的都能看出，这是一些极其名贵的刀具。然而，这些刀具虽价值连城，但从外观上，却又很难看出什么与众不同之处。

哪有人自带刀具的，酒店之内，嘲笑声此起彼伏，不绝于耳。

角落里，小桃面色通红，恨不得找个地洞钻进去。

现在也不知道有多少双看好戏的目光落在宁夕身上，不管宁夕在不在乎，她却实在是难以忍受，心中早就对宁夕那追求者痛骂了几百遍，本来就足够丢人了，现在又闹出这样一个天大的笑话！

正当宁雪落想要说些什么时，之前随着费威廉而去的那些美食记者，簇拥着准备好美味佳肴的费威廉又重新回到了宴会厅。

酒店的侍者们小心翼翼地将刚刚做好的那道前菜扇贝白松露一一端给众人。

美食记者们都在忙着记录这一幕。

这时，其中一位美食记者的目光不经意间扫到了对面神色平淡的外籍厨师，刹那间，他的脑中一片空白，好像有惊雷炸开，顿时忘了拍摄，眼中尽是难以置信的神色："天啊！ Alain Passa！不可置信，居然是Alain Passa！ Alain先生怎么会在这里？"

"Alain Passa？那个记者在说谁啊？"

"不知道啊，什么来头？那个记者怎么这么激动……"不明真相的宾客面面相觑。

这时，那些美食记者已经全都看到了那位外籍厨师，大家都已经快激动疯了。

他们回过神来之后，开始兴奋不已地不停跟身旁的人解释着："Alain Passa啊！ F国Ledoyen米其林三星餐厅现任行政总厨，F国公认的第一食神！"

方雅闻言满脸震惊："那个外籍厨师很厉害？能和咱们的费威廉比较吗？"

其中一个美食博主用看傻子的表情看了方雅一眼："那个什么费威廉说自己是食神，但也只能在香城那种地方自称一下，而这位Alain先生，是费威廉的师傅，他才是正宗的食神，懂了吗？"

"什么！费威廉的师傅？！"方雅终于变了脸色。

"F国第一食神？这么牛！"

"那他怎么会突然来这里啊？这种人有钱都请不到，排期至少要大半年吧？"

"没错没错，我想起来了，上次有个天后的生日宴也想请他，说了不管多少钱随便他开，结果愣是没请到呢！理由好像是嫌弃人家档次太低……"

"真的假的？"

……

美食记者们的身后，正大步走来的费威廉无意间一抬头，一眼看到宴会厅内的外籍厨师，顿时露出无比惊讶的表情。

回过神来之后，他赶紧诚惶诚恐地迎了上去，叫了一声：“师傅！”

费威廉这声“师傅”一出来，宾客们全都傻眼了，也再没人怀疑，这老外居然真的是费威廉的师傅……

“嗯。”Alain 神色肃穆地略点了下头。

“您、您怎么来了？”费威廉满脸惊讶。

这时，一位宾客解释道：“Alain 先生也是来负责这场宴会的！说是给宁小姐准备的！”

话音刚落，那些美食记者立即发出一阵惊呼……

有人一脸惊叹道：“我天！刚才 Alain Passa 先生说是给宁小姐准备，我还以为是给咱们宁大美人准备的，原来是给雪落准备的……对了，也怪我脑子笨，雪落也姓宁……”

其他人闻言也纷纷附和：“就是啊！大家都搞错了，真是失礼！”

“这其实也不怪我们，苏衍已经请了费威廉，谁能想到，接下来居然又把费威廉的师傅请来了！”

“雪落，你管管你家男人啊！不带这么秀恩爱的！”

看着众人无比羡慕的目光，宁雪落也是满心惊喜，亲昵地挽着一旁苏衍的手臂，娇羞地送上了一枚香吻：“衍哥哥，谢谢你，我今天真的太惊喜，太高兴，太幸福了！”

苏衍脸色僵了僵：“雪落，这人其实……”

宁雪落轻笑：“衍哥哥，你就不要不好意思啦！你对我的好，我都知道！”

其他人也纷纷打趣揶揄：“哎哟，别害羞啦！宠老婆又不是什么见不得人的事情！”

“只是苏衍这个惊喜真是太大了！把我们所有人都吓了一跳！”

“可不是嘛，看看把那些美食记者给激动的！”

“还害我们弄了个天大的误会！”

苏衍本想解释，可众人一直在夸赞，宁雪落又满脸崇拜的表情，他直到最后也没有机会说出真相，这个人，确实不是他请来的。

那么，到底会是谁呢？难道是酒店老板请来的，为了卖他一个人情？倒是也有可能……

这么一想之后，他倒是安心了，摆着谦虚的神色，不再反驳众人的恭维。

角落里，小桃满脸悲愤：“有钱了不起啊！气死人，居然连师傅都直接请来了，再好吃我也不要吃了……”

宁夕轻叹一声，拍着小桃的背安抚，同时，眸子里闪过一丝狐疑。

F国的那位食神Alain她也有所耳闻，可是，按理说这种规格的小宴会，就算是按照他的规矩提前预约，赶上了他的排期，付够了钱，他也不可能自降档次出席才对，苏衍到底是怎么把他请来的？

既然连师傅都亲自出马了，费威廉自然让出了主位，退居二线，自觉地站到了副厨的位置。

宴会厅内就有开放式的料理台，看样子这是准备当场烹饪了。这简直是一场视觉和味觉的双重盛宴啊！

宴会厅里，所有人都期待不已地盯着Alain，嘴里不自觉地分泌出唾液，期待一场绝无仅有的美食盛宴。

然而，不知为何，Alain却没有如他们料想的那样，走到费威廉让出来的主厨位置，而是走到了费威廉所在的副手处。

“师傅，您这是？”费威廉一脸不解。

Alain面色严肃地看着徒弟：“这场宴会接下来你可以离开了，我会担任副手。”

“什么？！”费威廉满脸震惊，“您……您做副手？您不是今晚的主厨吗？”

“我并不是。”Alain否认。

“那、那今晚的主厨是谁？”费威廉彻底傻眼了。

Alain满脸敬意地开口答道：“待会儿等他来了，你就知道了。”说完顿了顿，看向自家徒弟道，“这也算是一次难得的学习机会，待会儿你在一边好好看着。”

费威廉闻言，脸色有些不太好看，到底是什么人，居然让他连担任副手的资格都没有，只能在一边傻看着？

他年少成名，心高气傲，哪里能受这样的屈辱，但又不敢违逆师傅的命令，只能不甘不愿地退到了角落里：“是，我明白了！”

宾客们先是看到费威廉退到了副厨位，紧接着又看到Alain走到了副厨位，最后，费威廉竟然连位置都没有，被挤到了角落里的地步……

所有人都傻眼了。

“这、这什么情况啊？”

“不知道啊！好像是还有人要来！”

“好像是说 Alain 只是副厨，真正的主厨还没到呢！”

某美食记者一副疯魔的表情：“我的天！我要疯了！连 Alain 这样的水准都只能是副厨？那主厨到底是谁啊？”

另一位美食博主做了个上帝保佑的动作：“此生能看到这位大神我就已经够满足了，难道，难道今天还能有幸看到传说中的那位……”

“到底哪位啊？”有人不解地问。

“能让 Alain 都只能做副厨的，还能有哪位？”美食博主露出个讳莫如深的表情。

其他美食记者和懂行的美食爱好者也同时想到了那个人，都是满脸无法置信，“这、这不可能吧……”

“我也觉得不可能！”

“绝对不可能请到那个人的！否则我把这个酒杯子都吞下去！”

“那我吞勺子！”

……

时间一分一秒过去，大概过了五分钟。

在所有宾客的望眼欲穿中，宴会厅的大门终于再次打开。

为首的是一位穿着整整齐齐的厨师服的外籍老者，身后跟着一看就训练有素的团队，老者迈着沉稳的步伐，正不疾不徐地走进来。

不远处的酒店老板看到来人，急忙小跑着，客客气气地迎了上去，激动不已地伸出手：“Danial 先生，您终于来了！我们这边已经一切准备就绪！就等您了！”

老者略一点头，礼貌地与老板短暂交握，随后径直朝着主厨的方向走去。

副厨位置上的 Alain 弯下腰，虔诚地对着老者鞠了个九十度的躬，然后亲自上前，帮他系上了围裙，为他准备柠檬水净手。

而正在角落的费威廉看到那位老者之后，惊得眼珠子都快瞪出来了，嘴巴好半天都合不上：“Danial 大师……怎么可能？我、我是不是在做梦啊……”说完还夸张地掐了自己一下，露出龇牙咧嘴的表情。

Danial 大师可是他入行开始一直以来的偶像，心中的圣典！别说这么近距离观摩了，就算能远远地看一眼，他也此生无憾了啊！原本的不甘和勉强，此刻全都变成了庆幸！

宴会厅里，刚才那些宣称要吞杯子吞勺子的，这会儿已经全都是一脸蒙。

“谁来掐我一把！掐狠一点！我绝对是在做梦！”

“你还是自己掐吧！我刚才已经自己掐了自己好几把了！大腿都被我掐紫了！不是做梦！”

“这个老头又是谁啊？”方雅好奇地问。

其他不太了解的剧组成员也凑了上去：“对啊，这位又是谁？比费威廉的师傅还厉害吗？”

其中一位资深美食记者一边目不转睛地盯着老者的每一个动作，一边语气崇敬地解释道：“如果说费威廉是年青一代美食从业者里的佼佼者，那么他的师傅Alain Passa就是美食界的中流砥柱，代表着当今美食界的最高水准……”

“那Danial呢？”旁边立即有人追问道。

“Danial Joseph……”另一位美食博主感叹道，“那是每一位美食从业者奉为教科书般的存在，是美食爱好者心目中的圣经，是永恒的经典，是F国瑰宝级大师！”

美食记者叹气，似乎激动得都快落泪了：“大家且吃且珍惜吧！这辈子就这一次了！”

方雅眨了眨眼睛：“说了这么多，反正就是很牛呗？”

其他人也连连感叹：“不知道是什么，但是感觉好厉害啊，总之今晚一定要多吃点！”

“还好我今天一天都没吃，特意留着肚子在！”

方雅笑着凑到宁雪落跟前打趣：“雪落啊，你们家苏衍求个婚，真的是下血本了，我看你啊，以身相许都不够了，还是快点结婚，给人家生个孩子吧！”

“哈哈哈……就是就是！说得有道理！而且要多生几个才够！”

宁雪落羞得直跺脚：“喂，你们真是的，别乱说啦！”

“好了，你们就别打趣她了！”苏衍满眼宠溺地看着身旁的小女人，这会儿他已经完全认定是酒店方为了讨好苏家才请来的那两位大师，对于众人的奉承心安理得。

“哎哟，这就心疼了啊！”

“真是看不下去了！”

“噗……没办法咯，这次苏衍真的是太狠了，老中青三代食神啊，每个都是一个时代的传奇，一次全都请了个遍！”

“不愧是苏家啊！背景太深厚了！”

……

小桃强撑着忍住了眼泪，不想弄得更丢脸：“夕姐，对不起……”

宁夕抱了抱她：“好啦，你已经说了好多声‘对不起’了，而且，就算要说‘对不起’，也应该是我说才对，是我连累了你，我现在还不够强大，不够强大到可以让你不受委屈！”

小桃扁了扁嘴，实在忍不住了，抽噎着扑在宁夕的怀里哭了起来……

虽然突然从冷曼云那里调到宁夕身边的落差，让她心里一直不太甘心，但对于宁夕这个人，她还是非常喜欢的。

冷曼云虽然大牌，但为人太清高，其实并不好相处，哪里像宁夕，相处起来一点架子都没有，还特别会哄人开心，明明这种时候应该是自己安抚她的，可却一直都是她在安慰自己……

还好这会儿 Danial 老先生就要开始烹饪了，大家的注意力都已经在老先生身上，没有注意到宁夕她们这个小角落。

其实今晚目前的情况，对宁夕而言已经是最好的状况了，虽然会受些白眼，但好歹没有出现什么不可挽回的大问题。

只是，她的心里还是有些惴惴不安，以那个家伙的恶趣味，既然在信里说了要整什么“惊喜”，就不可能什么都不做的。

今晚，怕是没那么容易平稳度过……唉，奥斯卡保佑，千万别出什么幺蛾子……否则，那浑蛋要是真敢毁了她的事业，她绝对不会让他好过……

此时，主台上，正志得意满的宁雪落眼珠子一转，也不知想到了什么，嘴角微微上扬，随即看向远处角落里的宁夕，用轻柔的声音说道：“宁夕，你可以过来一下吗？”

听到宁雪落叫宁夕上台，方雅等人有些疑惑，这好端端的叫那个女人上来做什么？不过，既然是雪落的要求，她们当然也不会有不同的意见。

小桃瞥了主台上的宁雪落一眼，实在气不过：“夕姐，去呗！不然其他人还以为我们怕了她呢！众目睽睽之下，她难道还能做什么？”

在这种场合，如果直接拒绝，确实不太好，况且酒店里还有人开着直播……

宁夕双眸微眯，未作犹豫，直接缓缓站起身来，从容不迫地走上主台，站在宁雪落身前。

宁雪落热情地让宁夕坐到自己身边，然后开口道：“宁夕，我听说你对这些美食界的顶尖名家都十分感兴趣，刚才的位置并不好，你在这里，可以看得更清楚一些，那些大师平日里可是看不见的哦！”

宁雪落说完，很是自然地挽住了苏衍的胳膊，并顺势靠在苏衍的身上，看起来亲密极了。

宁夕礼貌性笑了笑，没有多说什么，她心中也清楚，宁雪落让自己上台，无非是为了恶心自己而已。

……

接下来，在所有宾客虔诚的目光下，开始进行晚餐的烹饪之前，Danial 老先生先停顿了一下，突然看向了宾客的方向，随后，用流利的中文道："今晚，我非常荣幸，能够受到邀请，前来负责美丽又尊贵的宁小姐的宴会。为您、您的朋友以及您尊贵的来宾，烹制一顿美味的晚餐！"

话音落下，老先生又非常绅士地朝着宁夕和宁雪落的方向行了个绅士礼："美丽尊贵的宁小姐，愿您有个美好的夜晚！"

宁雪落满脸幸福地笑着，立时朝老先生点了点头。

见状，那老先生眉头一蹙，有些疑惑，这话分明是他和宁夕小姐说的，她旁边的那个女人怎么一直在跟他点头……只不过，老先生倒也没有过多在意，他的任务是准备晚宴，至于别的，就与他无关了。

很快，由 Alain 做副厨，由 Danial 老先生做主厨的第一道餐前甜点便做好了。

"美丽尊贵的宁小姐，这道甜点的中文名字叫作高级冻巧克力冰激凌圣代，虽然名字有些复杂，但味道您可以先试一试！"话音落下，Danial 老先生竟亲自端着甜品朝着主台走去。

那些美食记者简直要疯了，不仅是 Danial 亲手制作，更是亲手送上去，这种荣耀，简直了好吗！

"没想到居然是那种甜点！"

"这是要逆天了吗！那圣代里面可是包含了近三十种可可！其中十四种是世界上最贵最美味的可可，圣代上面还有可以食用的金！这吃的哪里是甜点，全是钱啊！"

一些美食记者仅是听闻过，今夜算是头一遭亲眼看见，并且还是出自 Danial 之手，激动之情可想而知。

女孩子大多喜欢这种精致的食物，宁雪落自然也被 Danial 手中的甜点所吸引，见 Danial 优雅地逐步走来，心跳加剧，并不时看着身旁的宁夕露出别有深意的笑。

"谢谢。"苏衍倒是殷勤，伸出手去，想要接过 Danial 手中的甜点。

只不过，Danial 却不买账，脸色严肃道："先生，很抱歉，这道是专属点心，并不是给你的。"

见苏衍满脸尴尬，宁雪落轻声一笑，拉了拉苏衍的胳膊：“衍哥哥，好啦，就让Danial先生亲自交给我，衍哥哥你就别凑热闹了！”

苏衍无奈地笑了笑，然后自觉地让开，心想这些顶尖大厨都有些古怪，也就随他们去了。

当Danial走到宁雪落身前时，宁雪落立即露出甜美的微笑：“Danial先生，劳烦您了。”说完，宁雪落便要伸手去接那盘看起来无比诱人的冰激凌。

然而，下一秒，Danial先生的举动却是出乎在场所有人的意料——

只见Danial先生满脸的莫名其妙，不悦地盯着宁雪落道：“这位小姐，我手中的点心，也不是为你准备的。”

“不是为我准备的？！”宁雪落满脸惊讶，“那是为谁？您刚才不是说宁小姐？”

“抱歉，我口中的宁小姐，是宁夕，宁小姐！”Danial语气坚定，随即看也不看宁雪落一眼，直接绕过她，在无数双惊诧的目光之下，径直走至宁夕身前，“美丽尊贵的宁小姐，请您品尝！”

老先生大概也不是刻意的，但“美丽”和“尊贵”这两个词此刻听在其他人耳朵里，就像是特意加重了一样，似乎是在说，只有宁夕，才能配得上这两个形容词。

此时，别说宁雪落，就是苏衍和方雅几人也彻底蒙了。

老先生这番话说完后，现场一片死寂。

足足过了好半天，人群里才响起零星的声音。

“骗、骗人的吧？！宁小姐不是宁雪落，是宁夕？”

“不是吧！怎么可能发生这种事情。”

“真是宁夕！有没搞错？Alain和Danial这两位大神，竟然全都是为了宁夕来的？”

惊讶了好半天，还是有很多人不信——

“不可能的！一定是哪里弄错了！”

“就是啊！费威廉只要砸钱就行了，可这两位绝对不是用钱就能请来的人物！”

“宁夕哪里来的能力请到这样的人物？”

就在这时，人群里有人弱弱地开口提醒：“呃，你们是不是忘了一件事……刚才方雅给我们看的那封情书里说，要给宁夕准备惊喜……难道、难道就是这个？”

听到这里，所有人都傻了。

“不、不会吧？”

“那不是个没钱的追求者吗？”

“谁说人家是的，一直都是我们在乱猜的好吗？”

“现在你们仔细想一想情书上是怎么写的，最尊贵、最诱惑、最让你把持不住的礼物！世界顶级美食！完全符合啊！”

被这样一说，众人全都露出恍然大悟的表情：“你别说，还真的是！这样一切就都解释得通了……”

“我现在想想，觉得那封情书其实还挺萌的！”

“写得是挺可爱的啊，不知道为什么那么多人觉得奇葩！”

说到这里，大家开始面面相觑。

“这么一来的话，后来的这两位大神，是宁夕的追求者给宁夕准备的惊喜，不是苏衍准备给宁雪落的？”

“咳，这乌龙闹得有点大了啊！我们还都以为是苏衍准备的呢！”

“哈哈哈……刚才宁雪落开心地以身相许了好几次，最后还邀请宁夕上主座近距离观赏，结果居然是场误会？”

“天！好尴尬啊……”

老先生的话说完之后，宁雪落就一直呆呆地坐在椅子上，指甲死死掐进了手心里，几乎以为自己刚才是出现了幻听。

她僵硬地扭头朝着身旁的苏衍看过去：“衍哥哥，那两个人，真不是你请来的？”

此刻，苏衍的脸色也是异常难看，语气不太好地道：“雪落，我刚才就说过了，不是我！是你们一直不相信！”

……

一时间，所有人的目光，都由宁雪落转向了宁夕，并且看着宁夕的眼神都有些不太一样了。

明明发生了这么令人震惊的事情，宁夕的表情却一如既往，从入场开始到现在，无论是被嘲讽，还是被当众调侃，再到老先生的话，一直都没有变过。

完全是宠辱不惊，甚至有几分高深莫测的意味。

主台上，Danial 先生还在等待着宁夕的点评：“宁夕小姐，请您点评。”

宁夕在无数目光的紧盯下尝了一口，礼貌地回答道：“这是我这辈子，吃过最好吃、最不可思议的冰激凌，感谢您远道而来！”

“感谢您的点评，这是我的荣幸。”Danial 心满意足地退下主台，开始准备晚宴正餐。

耳边那些围绕着自己的议论，宁夕都是一听便过，对于不重要的人，她从不给予多余的注意力。

接受了老先生的好意之后，宁夕便回到了自己的座位。

她托着下巴，好笑地看着完全呆住的小桃，揶揄道：“小桃子，冰激凌要不要吃啊？”

“吃？”小桃猛地回过神来，然后异常坚决地脱口而出，“吃！我要吃的！”

小桃激动地看着宁夕端回来的冰激凌，随后呆呆地盯着宁夕：“夕姐，这、这两位大神，真的是为你来的，而不是那个苏衍请来的？”

宁夕神情无奈：“是是是，不是苏衍请来的，现在可以开心一点，好好吃点东西了吗？你都哭了一晚上了！”

小桃想笑，又想哭，一时之间表情变得哭笑不得：“夕姐，你怎么不早说呀！害得我难受了这么半天！这么多好吃的都没吃上一口！不行，我要赶紧多吃点！不不不，那个费威廉做的我还是不要吃了，我等着吃更好吃的！哼！”说完咽了口唾沫盯着那个冰激凌，“不过，这个冰激凌，我真的可以吃吗？他们都说很贵！”

宁夕直接拿起那只甜点专属配制的纯金打造的调羹，挖了一口冰激凌，喂给小桃。

小桃贪婪地吸着扑鼻的香甜气息，尝了一口：“好吃，真的好好吃！怎么会有这么好吃的冰激凌啊！”

宁夕神色柔和地看着小桃胖乎乎的小脸，随即不知想到了什么，眼底划过一丝不易察觉的冷光。

那个浑蛋……绝对是故意的……先是故弄玄虚吓得她一直提心吊胆，然后在她精神最紧张的时候，又突然给你一块儿糖，让你的心情忽上忽下，就跟坐过山车一样……把她耍得团团转，就这么好玩？什么毛病！

不远处，宁雪落把宁夕和小桃的对话都听在耳中，心中愤恨交加。

这一刻，苏衍的浪漫求婚全成了乌龙笑话！

这一场杀青宴，到底谁才是主角？！

很快，由 Danial 老先生做主厨的第一道前菜做好了。

巧合的是，居然跟刚才费威廉的选择一样，也是一道扇贝白松露。

众人互看一眼，纷纷开始专心享用。

随后，每个人的脸上都露出无比奇妙的表情……

“即使我是个外行，但是我也知道，两位大师做的，那真是太、太好吃了！”

“同样一道菜，但是比刚才的好吃一百倍好吗！”

“太神奇了，到底怎么做到的啊？有没有人来解释一下？我们就只知道好吃，都不懂里面的门道！刚才那位记者老师呢？快说说呀！”

“就是！快跟我们来段专业点评啊！”

众人的催促声中，那位资深美食记者正在认真品尝着，始终不言不语，然后嘘了一声，闭着眼睛道：“别说话，我要记住这个味道！这辈子可就这一次机会！”

这位资深美食记者的表现其实也不算夸张，现场几个同行还有很多人无一不是类似的表现。

角落里，小桃吃得一副幸福得快上天的表情：“啊啊啊！好好吃啊！我也好想知道啊，为什么这么好吃啊？”

宁夕看了眼盘子里的松露，开口道：“首先，是因为烹饪技法的不同。两位大师的合作，几乎将这样一道简单的菜完成到了完美的地步。其次，就是食材的区别了。要知道，巧妇难为无米之炊，所以食材对烹饪而言也是非常重要的。如果我没猜错的话，这次的白松露来自世界上品质最好的白松露出产地Alba，有‘上帝之果’的美称，产量极其稀少，也非常昂贵，并且只取了精华的部位，最后烹饪出来的效果可想而知……”

小桃听得瞪大眼睛：“难怪这么好吃呢！妈呀！我感觉我吃的简直都是金子啊！”她说完一脸崇拜地看着宁夕，“夕姐，你懂得好多啊！”

宁夕笑了笑：“因为我也挺喜欢做饭的，所以有点小研究，以后有空给你做。不过，只怕你吃过大师们的，就看不上我做的了！”

“怎么会怎么会！那可是夕姐你亲手做的，怎么能一样！”

宁夕在说话的时候，身旁的人也在竖着耳朵听，听完之后，都露出恍然大悟的表情，然后求证地看向那个记者。

那个美食记者连连点头：“看来这位宁夕小姐也是个懂行的啊！难怪她那位追求者不惜请来这么重量级的两位大师呢！”

这样一顿饭，除了宁雪落、苏衍还有方雅等人食不下咽，每个人都吃得非常开心。

苏衍下意识地看向宁雪落，此时的宁雪落，神色阴沉得好似能滴出水来。

不过苏衍也能够理解，这不管换成是谁，恐怕心中都会介意，毕竟一生只有一次的求婚，所有精心准备的浪漫都化作了难堪。

很快，苏衍咬了咬牙，像是终于做了什么决定，悄悄走至酒店一处僻静角落，然后拨打了一通电话。

“爸，情况就是这样的，所以，我想请贺信叔帮个忙，否则……我和雪落……”苏衍的表情并不好看，可见电话的另一边语气不善。

主台上，宁雪落盯着苏衍，嘴角微微上扬，已经猜到苏衍拨打这通电话的目的。

这几日，在苏家的确住着一尊大神，华国最负盛名的顶尖高端食府“青莲”的创始人，曾为大不列颠、法兰西、德意志等高官烹饪过佳肴，生在厨神世家，年轻时更在数国镀金，近些年已是销声匿迹，很少抛头露面。

然而，这样一位顶尖食神，却同苏家有着一些不浅的关系，当初也正是因为贺信的关系，苏衍才能够找费威廉来助阵。

原本，凭着贺信的身份，苏衍根本不敢有一丝想法，但现在的情况却不得不让父亲将贺信请出，这不仅仅是因为宁雪落，还有他苏衍的面子，甚至关乎到了苏家的脸面。

半刻之后，苏衍的面上终于堆起了笑意，而远处的宁雪落眸底闪过一丝寒芒，微微松了口气。

看苏衍的表情，应该是将他父亲搞定了，也唯有苏衍的父亲，才能够请动贺信那种人物，这还是因为苏衍之父年轻时在国外留学，与贺信是同学，据说还曾帮过贺信不少忙，只要苏衍的父亲开口，贺信看在他父亲的面子上，也一定会帮这个忙。

只要贺信来到这里，虽说厨艺上不可能将Danial比下去，但身份上，他的影响力，已不仅限于厨艺……

很快，苏衍重新走到宁雪落身旁，柔声笑道：“雪落，不要生气了，等片刻时间，会有更大的惊喜，贺信叔叔会过来，亲自为你制作佳肴！”

宁雪落满脸“惊讶”，连连摇头道：“衍哥哥，你这是做什么，我怎么会生气呢！姐姐今夜难得开心，我并不想和她去比较什么，更不愿和她争夺什么，只要衍哥哥在我身边就好！”

闻声，苏衍一把将宁雪落搂在怀中，声音更加温柔：“雪落，我知道你不喜欢和别人争夺什么，但今夜是属于你的，我不会让任何人抢了你的风头，我想小夕应该也不会的，就算委屈她一些吧！”

苏衍说完，暗暗叹气，前段时间，因为崔彩静那件事情，他确实冷落和委屈雪落太多了，这毕竟是他日后要相守一生的女孩，今夜这么重要的时刻，怎么也该让她开心才是……

最终，宁雪落乖巧地点了点头，眼角余光不动声色地落在还在品尝佳肴的宁夕身上，心中冷笑。

今夜的晚宴热闹非凡，甚至吸引来了大量记者围堵在酒店外，只不过酒店临时增加了大量保安，不让旁人进入。

宁夕此刻正在同 Danial 先生交流，无非是一些食材和烹饪之间的问题，而 Danial 先生也是非常和蔼可亲，如长辈一般不厌其烦地解答宁夕的一些疑惑。

“多谢 Danial 大师，您真是太厉害了！”宁夕满心欢喜。

“若非怕有人不同意，我可能会想收你为我的弟子！”Danial 老先生老顽童一样笑着揶揄，显然也很喜欢这位热爱厨艺的小友。

正当宁夕还想说些什么时，一声突兀至极的冷哼却传遍全场：“哼！一群崇洋媚外之辈！这种东西有什么好吃的？比不上我们老祖宗的一半！我们中华美食的历史博大精深、源远流长，八大菜系，哪一个菜系都足以秒杀他们那些老外了！”

宁夕抬头，只见方雅正站在主台上，冷声笑道。

这话说得太过刺耳，有人忍不住出来反驳：“美女，话也不能这么说吧，我们的美食自然是好的，但F国也是以美食著称的国家，只能说各有各的长处而已！”

“那是你们没有尝过顶级的中华料理，不然看你们还能不能说出这种话来！”方雅一脸不屑地朝着宁夕的方向看了一眼，怒斥道，“就是因为那么多像你们这样崇洋媚外的人，我们老祖宗的东西才渐渐没落！自己国家的不支持，全跑去崇拜别的国家的东西！肤浅！肤浅至极！不只是肤浅，你还丢人现眼！”

角落里，宁夕微微眯了眯双眼，想也不用想，方雅自己是说不出这番话来的，不过，方雅身后却还有个宁雪落……

果然，以宁雪落的性子，怎么可能这么容易甘心。

这会儿 YS 的惊喜到底是什么已经浮出水面，所以宁夕再也不用提心吊胆，也已经完全没有心理压力了，于是悠闲地一边吃东西，一边看着她们折腾……

本来气氛挺好，没想到现场会突然出现一个方雅这样的人，大家的表情一时之间都有些尴尬。

尤其那两位外籍大厨，又都是中文很好的，自然把那方雅的话听在了耳中，一时间，脸色就有些不太好了。

“我们今夜是杀青宴！我们演的是华国古装戏！为什么要请外国厨师！真是笑话！”方雅继续嘲讽。

渐渐地，现场也开始有人对方雅的话表示赞同，沉吟着说道：“其实吧，方雅小姐说得也有道理，咱们国家的顶级厨师确实也很厉害的，完全不亚于那两个老外！就说贺信先生，身为华国顶尖食府‘青莲’的创始人，曾被各国高层领导邀请，足以证明咱们华国厨师才是顶尖，不比西餐弱！”

“不只是贺信，还有华国厨师界的传说级人物蔡奉贤老先生，他的祖上全都是御厨，给皇帝做御膳的，流传到了这一代，厨艺经过祖辈不懈的改良，更是愈加精进，说是出神入化也不为过……甚至曾为英女王烹饪过佳肴，并给予极大的荣耀！”

“那是，蔡奉贤老先生的确为传说级人物，不过根本请不到，压根没有这种可能，说了也是白说，连贺信先生想要请他出山，也难如登天好吗？”

“我不这么认为，西厨的浪漫精致是中厨绝对比不了的！”

“胡说！西厨冰冷花哨，哪有我们中厨有人情味啊！”

说着说着，陆续有支持西餐和支持中餐的代表出来发言，不仅是懂行的，就算不懂行的也都普遍有爱国情结，于是加入这场辩论的人越来越多，最后大家竟然吵得不可开交……

最尴尬的还是费威廉，因为他正好是两国混血，都不知道该帮谁说话。

方雅起身开口道：“谁更厉害，现场 PK 一下不就知道了？宁夕这么有本事，连 Danial 老先生都能请到，再请一个什么贺信大厨肯定也很简单吧？”

“对啊！让宁夕去请嘛！简直一举两得！”

“这样你们也可以不用吵了，事实胜于雄辩嘛！”

一时间，所有人的目光都落在了宁夕的身上。

宁夕则满脸淡漠，没有任何回应。

见宁夕不表态，方雅自然不可能这么轻易放过她，继续追问道：“宁夕，怎么样？这人是你请来的，现在大家为了你请来的人闹起来了，你总不能就这么看着不管吧？”

“就是啊，好端端一场宴会闹成这样，搞得大家都不开心！”

小桃弱弱地扯了扯宁夕的衣角：

“夕姐，那个贺信先生，能想想办法请过来吗？”

闻声，宁夕看了小桃一眼，塞了一颗樱桃给她，淡淡道：“小桃，萝卜白菜各有所爱，有人喜欢吃萝卜，那白菜就是劣质品了吗？旁人喜欢吃，那便让他们去请，我们只要吃得开心就行！”

“哦……”小桃似懂非懂，虽没完全明白宁夕的意思，但还是点了点头，仔细想想，自己刚才的确有些海口了，贺信那是何等人物，在华国厨师界仅次于蔡奉贤老先生的存在，说请就请？一个 Danial 先生还不知道是如何请来的，现在又要去请贺信，这根本不现实。

“好吧，我就随便问问，其实我也觉得不太可能……这些人真过分，托你的福吃到了这么多好吃的，不感激也就算了，到头来居然还倒打一耙为难起你来了！”小桃气恼不已，抱怨完后，又出神地喃喃道，“话说，要想请到贺信先生，做梦吧，就是方雅那些人乱起哄，想要打击夕姐的风头而已……”

“怎么样，宁夕，你的追求者这样有本事，顺便让他将贺信先生请来，也好让我们大家伙开开眼界！”

这会儿听到方雅的提议，不少好事者附和，不过大多数人还是觉得不可思议。

“开什么玩笑，请一个 Danial 都够难了，现在还想请贺信？”

“更何况还是现在立刻就请人家过来，都不带预约的，做梦呢吧！以为是出租车呢，招手就来！宁夕的追求者可能是有点厉害，但也不可能夸张到这种地步啊！”

“其实宁夕也够惨的，好不容易把宁雪落的风头压下去了，居然出了这种意外……”有人小声嘀咕。

方雅幽幽来了一句：“那能怪谁呢？谁让她非要装的……人家苏衍好端端跟雪落求个婚，她也不放过，非要横插一脚，跳出来找存在感！找啊！现在怎么不继续找了？我们都等着呢！”

“怎么样，宁夕大美人，给个话啊，你请是不请？”

“算了。”就在此时，主台上的宁雪落突然开口。

当下，所有人的目光都落在宁雪落身上。

“既然大家这样想尝尝贺信先生的手艺，那就让我和衍哥哥来请吧，大家也就不要为难宁夕了……”宁雪落轻轻说着。

“等等！雪落，你是说，你和苏衍来请贺信？！”忽然，某位美食记者回过神来，惊声道。

“是的，相信大家一会儿就能够见到贺信先生了。”宁雪落满脸自信，之前的不甘和失落已经完全消失不见。

“今晚不仅是杀青宴，还是衍哥哥和我的订婚日，所以我和衍哥哥会尽可能满足大家的要求！”

随着宁雪落话音落下，全场一片哗然，每个人都无比激动和振奋，既然宁雪落说了，那贺信先生应该就会过来！

今夜，不仅尝到了 Danial 先生的顶级西餐美味，更能够目睹贺信先生！这在平日里，根本想都不敢想好吗！

最多几个呼吸的工夫，酒店大门打开，从酒店之外传来无数记者的惊呼声，在这些惊呼声中，一位身穿唐装的中年男子缓步走来。

“贺信，贺信！是贺信先生啊！”

“真是贺信先生！”

“苏衍和雪落真将贺信先生请来了！”

当下，几位美食博主神色激动，见到贺信有些失态。

“贺信叔叔！感谢您能够前来！”

苏衍带着宁雪落大步迎了上去，神色恭敬道。

“嗯。”贺信看向宁雪落和苏衍，点了点头，今夜的事情，他已经听苏衍的父亲说过了。

“首先，祝贺你们，然后我的时间不多，就快些开始吧！”贺信跟苏衍说罢，便径直朝着Danial走去。

“Danial先生，您好，没想到会在这里遇见。”贺信笑道。

“哦，贺信先生，早听说过您的大名，您是中华顶尖厨师，今日能够见您，是我的荣幸。”Danial先生也非常客气。

“不知，这场地我可以借用吗？”贺信笑着问道。

Danial想了想，他的正餐刚刚做完，的确没道理霸占主厨位置，最终点了点头：“好的，我的任务也已经结束，那就将位置让给您。”

言罢，Danial带着团队走至贵宾区，将场地让给了贺信。

见Danial竟将位置让了出去，全场一阵惊呼，以为是Danial服软。

“Danial先生，我们将位置让出去，这不合适吧？那贺信的厨艺并不如您，无论各方面相比，Danial先生都是绝对占据优势的！”Alain皱起眉头。

“我们的正餐已经全部制作结束，没有道理占着场地。”Danial却丝毫不在乎。

既然Danial都这么说了，Alain自然也没有继续多说，毕竟到了Danial这种层次，也不会去在乎太多。

不过半个小时，贺信便已经完成数道中华独有的美食佳肴。浓郁的香味顿时飘散在酒店每一处角落，令不少人流下了哈喇子。

“雪落小姐，我对你和苏衍的祝福，全在菜内。”贺信看向身前的苏衍和宁雪落道。

“谢谢贺信叔叔！”宁雪落满脸笑意，苏衍也是如此。

远处，宁夕勾着嘴角摇了摇头，这样的攀比实在是没有意义，她也不想去跟宁雪落争什么。

“Danial 先生毕竟是外厨，在这儿根本无法和贺信先生相提并论！”

“的确是这样！”

“虽然 Danial 先生的西餐是世界顶尖，但我还是喜欢吃咱们的华夏美食！”

“喜欢吃中华美食，那只能说明你自己的口味，我就喜欢吃西餐，觉得 Danial 先生的西餐出神入化，无人可敌！”

……

正当众人议论纷纷互不相让时，宴会厅的大门悄无声息地从外面推开。

璀璨夺目的水晶灯下，一位年轻男子搀扶着一位老者站在门口，老者着一身粗布麻衣，白发苍苍，看起来精神矍铄，颇有点仙风道骨。

这会儿宾客们有吵架的，有嘲讽宁夕的，有看热闹的……最先发现老者的是一位中年人，他本来正在舌战群雄，突然整个人望着门口的方向说不出话了：“蔡、蔡老……”

刹那间，所有人都顺着中年男人的目光看去，下一秒，无一不呆住，尤其是前一秒还在嘲讽宁夕的方雅，表情简直就跟见了鬼一样：“那……那个人是……”

“那位老者看起来怎么那么眼熟……好像是蔡奉贤啊！我不是在做梦吧？”有人揉了揉眼睛。

“胡说什么呢！你是不是看错了呀？”

“没有！是蔡老！是蔡奉贤老先生！我在电视里看到过的！”有人惊呼。

“他旁边那位年轻人在电视里也看到过，不就是蔡老的大儿子蔡承吗？不信我现在就上网搜索给你们看！”

国家台之前曾经做过一档非常火的美食节目，一度引发了美食热潮，最后一期就是专门讲蔡奉贤老先生的，给国人留下了深刻的印象。

所以，在场的除了那些专业的美食记者之外，认识蔡奉贤的不在少数，包括方雅等人。

那个中年男人难以抑制激动的心情，最先迎上前去：“蔡老！您、您还记得我吗？八年前的庆城，有家小饭店，您曾经亲自指导过我的！”

老者闻言面露思索，沉吟道：“是叫来福饭店吗？你是小来福？”

中年男人眼眶泛红：“对没错！就是来福饭店！我是袁来福！没想到您还记得我！要不是您当初的一番指点，我也不会下定决心走出家乡那个小地方出去学习！也不会有今天的成就！”

听到这里，也有人认出这个中年男子了：“哎呀，这个男人，我想起来了，似乎也颇有名气啊，不就是华都有家高级饭店的主厨吗？据说是从一个小乡村里步步打拼出来的……没想到跟蔡老先生还有这样的渊源……”

听到这里，众人对蔡老也更加崇敬了：“蔡老真是桃李满天下！”

“这就是人格魅力啊！”

感叹完蔡老之后，大家都十分诧异，蔡老怎么会忽然出现在这里……

“蔡老，您、您怎么会来？”愤青男激动道。

“父亲是来为宁夕小姐庆祝的。”蔡老的儿子蔡承回答道。

此话一出，全场陷入死一般的寂静。

等众人回过神来之后，第一个反应便是看向远处的宁夕，一个个仿佛见了鬼般。

方雅和几位剧组演员目光有些呆滞，愣在原地，包括苏衍，而宁雪落的笑意，则直接僵在了脸上。

“这个宁夕！真是绝了啊！先是食神 Alain，然后是西餐教父 Danial 大师，现在连我们美食界的祖师爷蔡奉贤先生都请出来了，我算是服了！”

“这个宁夕简直太彪悍了！”

“好幸福！光是这场宴会，就已经够我未来好几个月的头条了！”

“对了，你们报社不是也有美食版块吗？把你们的美食记者也叫来啊！这么好的机会呢！”

“对对对，我这就给他打电话！我们社那个美食编辑是蔡老爷子的粉丝，连电脑的桌面背景都是老爷子做的菜呢！我之前跟他说费威廉今晚会来，让他一定要过来跑个新闻，他压根就不屑，要是知道老爷子竟然会来，他绝对后悔死，哈哈哈……”

角落里，小桃已经激动得快把宁夕的胳膊都摇断了：“啊啊啊！蔡老蔡老蔡老！真的是蔡老啊！夕姐你真是绝了！跟小叮当一样！想要谁出来就能变出谁来！你到底什么时候打电话的啊？我怎么完全不知道？”

宁夕根本没碰过手机好吗？还有小叮当又是什么鬼……

刚才蔡奉贤出现的时候，她也是惊呆了，还以为自己出现了幻觉……

而且她可以肯定，绝对不会是 YS 请来的，先不说他能不能请到，那家伙只对耍她的事情感兴趣，不可能做为她解围这种事情的。那么，为她解围的到底是谁？难道……

宁夕的心脏微微一动，脑海中浮现某个男人清冷的侧脸。

唯一可能请到蔡奉贤老先生的人，或许只有……

看到门口那两位后，酒店老板迎了上去，无比热情地打着招呼：“蔡老，您来怎么也不说一声，我好派人去接啊！这……这实在是太失礼了！”

蔡奉贤不在意地摆摆手：“不用这么麻烦。”

一旁的蔡承解释道：“父亲也是受人之托，临时决定过来的。”

“原来如此……”酒店老板露出恍然大悟的表情，意味深长地看了眼角落里的宁夕。

众人闻言，也都更加确定人是宁夕刚才托人请来的了，否则哪有这么巧的。

“哼，那又怎么样，我们有贺信先生！贺信先生才是华夏第一神厨好吗！”

“就是就是，贺信先生可是咱们华夏第一食府‘青莲’的创始人！”

当下，一些美食博主和美食记者像看傻子一样看着说话的几个人，什么都不懂还要在这里装大尾巴狼，这才叫真正的丢人现眼！

“蔡大师……”贺信来到蔡奉贤身前，恭敬道。

“嗯，又见面了！”蔡老点了点头。

“没想到蔡大师居然会现身，之前我还有些不情愿来这里，现在看看，却是来对了地方，如果蔡大师有空，还希望指教一二。”贺信笑道。

此时，所有人在见到贺信对蔡老的态度之后，目瞪口呆，再也说不出一个字来，那惊讶和尴尬的神色，实在难用笔墨形容。

另一边，贵宾席的Danial径直朝着蔡奉贤走去。

两位老者隔着几步远的距离，相望了许久。

Danial好半天才终于缓下激动的心情：“老伙计，好久不见！”

蔡奉贤长叹一声，也露出怀念的神色：“确实是好久不见，上次F国一别，已经有十年了吧！”

“是的。”

“我们这岁数，恐怕已经不会再有下一个十年，你也是难得来一次，怎么样，十年之前没有决出胜负，今天要继续吗？”蔡奉贤的眸子里闪过一丝光亮。

“当然！”Danial欣然应下。

听到两位大师这番对话，酒店老板的激动难以言喻。

他原本是打算借苏衍和宁雪落的求婚事件炒作一下酒店的名气，现在这完全出乎意料的发展真是让他欣喜若狂。

一场求婚宴的噱头，哪有“中西餐顶级大师于华都皇爵酒店展开世纪巅峰对决”这个噱头对酒店的宣传有利？这次真是赚大了！回头他一定要好好感谢一下那位宁夕小姐才行！人家不声不响的，但一出手就是大手笔啊！

就在这时，酒店里突然涌进来一大群记者，全都径直朝着宴会厅的方向狂奔而去。

酒店的保安和侍者急忙死死拦住了：“你们是哪里来的？这里是私人宴会，没有邀请函是不可以随便进来的！”

“我是某台美食频道的记者！”

“我是某报的摄影记者！”

“我是某杂志的特约编辑！”

“听说今晚Danial先生和蔡老都在这里，特意大老远赶来的！让我们进去吧！”

……

记者们七嘴八舌地请求着，保安和侍者都是一脸为难：“这个，不行啊！我们有规定的！”

“规定也是人定的啊，通融通融嘛！”

“就是就是！我们都是有资质的，可不是一般小报记者！不信你可以去请示你们经理，你们经理肯定同意的！”

“这……你们等等，我去请示一下吧！”

今夜的记者太多太突然，酒店虽然增加了不少安保，却挡不住那些记者的热情。

其中一个侍者匆匆跑去跟经理请示了。

“这个对酒店来说，倒确实是好事！不过，今晚这两位来头太大，不能马虎！”

经理一时没法做决定，于是又去找老板。

“现在外面全都是记者，吵着要进来呢，老板，您看这……”

酒店老板自然是乐见其成，但也不能擅自做决定，于是找剧组的主办方商量去了。

知道老板的来意后，王泰和与郭启胜等人稍作商议，都觉得这也是个宣传电影的好机会，便当场拍板同意了。

于是，只剩下最重要的当事人的意见了。

酒店老板搓着手，走到两位大师跟前，跟他们解释了一下情况，然后紧张地问道：“这些记者都是为了二位特意赶来，不知道二位是否愿意接受拍摄？”

Danial和蔡奉贤互看了一眼，两人竟一齐看向了角落里的宁夕。

Danial开口道：“我是为美丽的宁夕小姐与她尊贵的客人而来，只要是她的客人，我没有意见！”

言外之意，除非这些记者受到宁夕的邀请，作为她客人的身份，Danial 才同意他们拍摄。

“这……”酒店老板一脸为难，然后看向蔡奉贤，“那蔡老您呢？”

“我与 Danial 意见一致。”蔡老开口道。

好吧！现在看来，只能去问宁夕了啊！

于是，酒店老板又匆匆往宁夕的方向跑去了：“宁小姐，刚才 Danial 先生和蔡老的话您应该也听到了，他们只接受您的宾客的拍摄，现在外面这么多记者等着，您看这……”

宁夕闻言垂眸略一思索，如今各方都乐见其成，如果她这个时候拒绝，得罪的人就太多了，其实卖那些记者一个面子倒无不可，只是……

宁夕斟酌了一下措辞，开口道：“这场宴会是《天下》的杀青宴，并不是我的个人宴会，既然王制片与导演都没意见，我自然也没意见了！”

“不过，冯老板，外面那些记者还要麻烦您甄别一下，确认有资质的才可以进来，另外有一点，绝对不可以影响到宴会的秩序，否则，就只能请他们出去了！”

“两位大师远道而来，大家应该都不希望有什么不愉快，您觉得呢？”

宁夕这番话可谓滴水不漏，冯老板的眸子里不易察觉地流露出一丝赞赏，他是最希望这场宴会顺利进行的人，自然连连应下：“这个是一定的！我这就去跟他们说，而且会加派保安维持秩序，一定不会打扰到今晚的宴会和两位老先生的！”

很快，外面就进来了一大群记者。

那些记者倒是也配合，毕竟都是专业的美食从业者，光是出于对两位大师的崇敬也不敢造次，以眼神对宁夕致谢后，全都安安静静地各自找了个角落架起了摄像机。

一场中西方美食文化的碰撞，正式开始……

冯老板正心急火燎地安排人准备料理台呢，侍者匆匆递过来一张单子：“老板，这是两位大师需要的食材！”

冯老板一看，蒙了：“哎哟，瞧我这脑子，忘了最重要的一件事，之前没有料到这样的情况，我们酒店的食材准备得绝对不够啊！Danial 先生倒是自己准备了食材，但现在要变换菜单，还需要很多其他食材！”

“现在调运恐怕也来不及了！这可怎么办！”经理也一脸着急。

眼见着两位大师都开始做准备了，可他们酒店的食材居然不够，酒店老板简直快着急死了。

看老板那边表情不对，宾客开始交头接耳……

“这老板怎么了啊，脸色这么差？”

“好像是食材不够吧？因为现在要PK，肯定需要双倍的食材啊！而且两位大师对食材的要求都很高的，一般的肯定不行！”

“不会吧！我们这一腔热血等到现在，别告诉我最后要泡汤啊？”

“搞什么啊……”

“而且还来了这么多记者呢，总不能因为这种乌龙让人家全都回去吧？”

“这下可搞笑了！”

……

宁雪落面上强撑着淡定，其实私下里已经绷紧了神经，自然也巴不得泡汤。

只是，今夜恐怕注定不能如她们所愿……

酒店老板正急得差点吐血的时候，门外有个小侍者匆匆朝着他跑来，在他耳边低语了几句。

老板也不知道听到了什么，顿时满脸震惊，赶紧迎了出去。

刚走到门外就看到两排训练有素的侍者，每人手里都端着新鲜的食材，看样子竟是直接空运过来的……

这样大的手笔，对方到底是什么人？难道、难道真的是那位……老板的脑海中只短暂地闪过这个念头，其他也来不及多想，赶紧让他们送了进来。食材要紧！

当一堆堆新鲜冰镇的食材陆续被人送进来，众人再次叹为观止。

宁雪落心中的最后一根弦也崩断了，面如死灰地跌坐在椅子上……完了……剩下的时间对她而言，简直是一种莫大的煎熬，每当有摄影机和手机摄像头对准她，她都浑身紧绷。

今夜，她本该是全场瞩目的焦点，而如今，她也确实很受瞩目，却是被当成笑话的瞩目……

Danial这边的副厨是Alain，蔡老这边的副厨是他的大儿子蔡承，其他助手都是他们各自带来的精英团队，两方的烹饪，紧张有序地开始了……

时间一分一秒地过去，宴会厅渐渐开始飘散出食物的香气，每个人都是一副被诱惑到完全把持不住的表情，嘴里不自觉地分泌出唾液。

最后，两边各做出了十道菜，其中有两道是甜点。

蔡老这边的是芙蓉燕菜卷、金榜题名翅、御苑五味鲍、满汉珍珠圆、御品红顶燕、太极神元鼎、御前一品参、玲珑冰皮蟹、紫薯糕、茯苓榴梿酥。

Danial这边的是哈德逊谷鸭肝酱、香草烤乳鸽、卤水鲜鲍鱼拼海蜇、蜜汁叉烧皇、香醋脆素鳝、海棠龙虾、蒜香牡蛎天妇罗、焗烤蔬菜孔雀蛤、李子香槟泡芙、葛瑞尔起司泡芙。

两边都极具各自的特色，鲜明地诠释和代表了本国的美食文化。

一位正在录直播的小演员将手机镜头对准了自己面前的一桌子美食，不厚道地一直馋正在看直播的粉丝们：“宝贝们，看到了没，看到了没！我要开始吃了！你们就看看过过瘾吧，哈哈哈……”

直播间的粉丝们一片哀号——

“深夜放‘毒’，还是‘剧毒’，真是太不厚道了！”

“气得我掏出了一包辣条！”

“求镜头对准我宁女神！不对，说明白点的好，是夕女神！好想看女神吃东西的样子！”

“同求！女神今晚太帅了！”

“哈哈哈……是啊！我就静静地看着你装，从来都不会打断你……”

下一秒，镜头如众人所愿地对准角落里的宁夕。

只见宁夕正在专心品尝美食，似乎是感觉到了对面有人偷拍，不经意地抬起头，出于礼貌，下意识地对着镜头露出个微笑……

“被迷到！被女神的那个笑迷倒了！”

“美哭了！”

“难怪之前 Danial 老先生总是每次都要强调美丽尊贵的宁小姐！果然只有夕女神才能担得起这两个形容词啊！”

“宁夕的尊贵优雅真的是从骨子里透出来的！我要路人转粉了！”

听着周围那些美食评论员五花八门的点评，正埋头苦吃的小桃吐字不清道：“天哪！都好好吃啊，太难抉择了！夕姐，你呢，你觉得哪个更好吃啊？”

宁夕托着下巴，沉吟道：“确实难分上下，甜点和前菜方面，西餐向来比中餐有优势，Danial 老先生的这几道甜点不仅精致得像艺术品，口感也非常好，但中餐的主菜可能稍胜一筹，就像之前有位美食记者说的，中餐比较有人情味，你光听那些菜名就知道，每一道菜名都是有特别的意义的……”

小桃连连点头：“这么一说还真的是，太难分高下了……”

在热烈祥和的气氛中，在美食带来的极致愉悦中，宴会渐渐进行到了尾声……

宴会结束后，宁夕上了个洗手间，小桃在外面等她。

小桃正埋头刷微博呢，突然有人叫了她一声：“你好，请问你是宁小姐的助理吧？”

小桃抬起头，意外地看到跟自己说话的居然是酒店老板：“是的，冯老板您找我有事？”

“啊，是这样的，这是我对宁小姐的一点心意，不嫌弃的话，还请代为收下！”冯老板说着，殷勤地递上一张卡片。

小桃看了一眼那张烫金卡片：“这是？”

冯老板解释道：“这是我们皇爵酒店的白金卡！我们皇爵酒店一共有三种卡，银卡、金卡、白金卡，白金卡是级别最高的。不仅有低到六折的优惠，还能享受最尊贵的待遇，酒店会专门为白金卡的持有者保留一间VIP房间和包厢，这样无论你什么时候来，都一定会有位子！”

小桃闻言面露惊讶，不过矜持地没有露出过多惊喜的神色，毕竟跟在冷曼云身边时，这种事也见得多了，知道若表现得太激动，会让人看轻了宁夕去。她现在代表的不仅是自己，还是宁夕本人。

于是，小桃面色淡然地开口道：“可是，无功不受禄……”

“助理小姐太客气了，这次托宁小姐的福，我们酒店才有幸接待到Danial和蔡老这样两位大师，再多的感谢都不为过！”冯老板说完眸子里闪过一丝精光，压低了声音，又补充了一句，“还请你们宁小姐，代我也向那位大人致谢！”

小桃眨巴了一下眼睛，满脸迷茫，那位大人？哪位啊？

小桃没想明白，于是直接略过了这个问题：“既然如此，就多谢冯老板的好意了！”

见小桃没有给明确的答复，冯老板有些不甘，但这种问题终究不好多问，于是便只能点头离开了。

临走前，冯老板又扭头朝着小助理的方向看了一眼，心中狐疑更甚：啧，居然还是没有试探出来……宁夕背后的这个人物，到底是不是他心里所猜想的那位大人啊？算了，不管怎样，客气点总没错！

宁夕刚从洗手间里出来，小桃立即收回故意装出来的矜持，开心地蹦跶了过去：“夕姐，给你看样东西！”

“什么啊？”宁夕狐疑地问。

“皇爵的白金卡！刚才冯老板送的！”

“冯老板？他干吗要送我们这个？”

“托你的福，这次他们酒店免费蹭了这么大的热门，可是省下了一大笔广告费呢！不过是送一张白金卡而已，根本没什么！”

宁夕叹气，今晚的事情还真没法跟任何人解释，自然也只能默认了：“行，那你就收着吧！”

“啊？我收着啊？”小桃一脸惊讶。

“当然啦，以后我这方面的事情还不都是你这个小管家婆安排呀，交给你比较方便！”

小桃小脸微红地揣进了包里：“那、那我就帮你收着了！”

珠江帝景。

宁夕回到公寓后，啥也没做，第一件事就是把自己扔到了床上。

今天一晚上实在是太累了，心累。从昨天开始就一直提心吊胆到现在，中间各种突发状况此起彼伏……反正她这会儿全身上下是一点力气都没有了。

她正躺在床上昏昏欲睡呢，外面的门铃声突然响了起来。

宁夕顿时一脸崩溃，这么晚了，谁啊！她都快对门铃声有阴影了！

不管！

宁夕躺在床上一动不动，结果门铃锲而不舍地一直响，简直就跟催命一样。

没办法，她只能一脸阴沉地去开门。

刚走到客厅里，就听到外面传来一个贱兮兮的声音：“小夕夕！开门！小夕夕！快开门啊！小夕夕！快把门儿开开啊！”

宁夕一把拉开门，额头青筋暴跳地看着门外的陆景礼：“二少！别号啦！大晚上的，你干吗呢？”

陆景礼立即毫不客气地挤进来，一进来就激动道：“小夕夕！你炸了！”

宁夕无语地白了他一眼：“你才炸了呢！”

陆景礼发神经一样在客厅里来回暴走，嘴里飞快地碎碎念道：“真是悔死我了悔死我了，悔得我肠子都青了！”

宁夕捏了捏眉心：“别转悠了！你到底想说什么啊？”

陆景礼一脸痛心疾首：“我想说，我今晚为什么要去参加那个无聊的商业酒会！结果错过了这么劲爆的现场！现在只能苦哈哈地在网上搜视频看！”

宁夕满头黑线：“当然是因为无聊的商业酒会可以赚很多小钱钱啊！八卦哪有小钱钱重要！”

陆景礼当场义正词严地反驳：“小钱钱哪有八卦重要！”

宁夕：“好吧，我忘了你是土豪！钱对你就是个数字！对你来说，确实是八卦比较重要！”

陆景礼捂着胸口：“而且！而且！今晚还有Danial！还有蔡奉贤！想吃顿这俩大神的饭有多难你知道吗？我居然错过了！错过了！错过了！还一错就错过了俩！我心碎得都不想活了！”

宁夕嘴角微抽：“那你应该拍马赶去皇爵酒店啊，说不定还能吃到一些残羹剩饭呢！跑我这里来干吗？”

陆景礼不说话，就无比哀怨地盯着她。

宁夕无奈地捏了捏眉心：“行啦行啦！我的老板！知道你没来，又知道你好这一口，特意给你留了啦！”

宁夕说着从冰箱里拿出一盒精致的点心：“其他东西不好带，只能给你带了盒紫薯糕！”

陆景礼飞扑过去：“嫂子，你是我亲嫂子！”

宁夕脸色微黑：“你再胡说就还给我！”

陆景礼立即抱着点心躲得老远：“我才没有胡说呢！”说完直接用手抓着开始吃了起来，一边吃一边还不忘跟宁夕说话，“小夕夕你学一下是怎么做的啊！这样我以后就能经常吃到了！”

“这东西又不难，我倒是会做呢，但是怎么可能跟人家蔡老做的比！别想了你！”宁夕泼他冷水。

陆景礼一边吃一边满脸愤然：“我哥真是过分死了……”

宁夕无语：“怎么又扯到你哥身上去了？”

陆景礼意味深长地盯了宁夕一眼，然后拉长了声音回答道：“那位Danial我是不知道到底是谁请的啦，但是蔡奉贤，那是我亲眼看着我哥酒会进行到一半就跑了出去，然后亲自打电话请人家过去的！之前我求了他好几次，他都不肯帮我去请呢！”

蔡奉贤是陆霆骁请过去的？虽然她有一瞬间确实怀疑过，但完全没想到竟然真的是他！那后来那些救急的食材也是他安排的？果然这滴水不漏的办事风格，也与大魔王完全一致……

看着宁夕那个明显被他哥讨好到的小表情，陆景礼一脸心满意足，最后，当然还有更重要的问题……

吃完了紫薯糕，陆景礼又凑到了宁夕跟前：“小夕夕啊！有件事情我很好奇！蔡奉贤老先生是我哥请的，那么，Danial到底是谁请去的啊？”

宁夕终于忍无可忍：“二少，你再这么八卦会娶不到老婆的！”

“我本来也没想娶啊！”陆景礼一副理所当然的语气回道。

宁夕扶额。

“说嘛说嘛！告诉我嘛！我保证不告诉任何人！”陆景礼锲而不舍。

宁夕白了他一眼，相信他才有鬼！

就在宁夕被陆景礼烦得不行的时候，手机突然叮咚叮咚地响了起来。

随手拿起来一看，居然一下子同时来了两条最新信息。解锁，点开微信。下一秒，看清那两条信息后，宁夕整个人都傻眼了……

只见微信里静静躺着两条最新信息：

YS：“好吃吗？”

陆霆骁：“好吃吗？”

什么情况！居然连发送的时间都一模一样，分秒不差！

宁夕脸上的震惊尚未退去，紧跟着手机又连续响了两声——

YS：“哪道最好吃？这一道是必答题哦。”

陆霆骁：“更喜欢哪道菜？”

而且，又是同时发的，要不要这么有默契啊？！

一旁陆景礼见宁夕神色不对劲，关切状凑过来问：“小夕夕，你怎么了呀？这么晚了，谁给你发信息啊？”

“咳，没事没事……”宁夕吓了一跳，赶紧收回手机。

好险，差点让陆景礼看到。

为了以防万一，她还是把这两人的备注换一下吧……

宁夕摸着下巴想了想，避开陆景礼，埋头开始打字换备注。

YS改成了“云萝卜”，陆霆骁改成了“陆白菜”……

陆景礼那是什么眼神，八卦的时候那就是火眼金睛啊，所以刚才那一眼，他其实就已经把信息内容瞥了个大概，当即意味深长地摸了摸下巴！

YS……果然是那家伙啊！啧，很好，今晚的目的已达成！

当然，还可以完成得更圆满一点！

于是陆景礼又开始蹦跶：“小夕夕，那两位大师的菜，你觉得哪个更好吃啊？”

第三次被问到这个问题，宁夕简直要崩溃了！不要再问我“哪个更好吃”这种如此一语双关的问题了好吗！

这哪里是必答题，这是送命题啊……

宁夕恶狠狠地瞪了一眼过去：“闭嘴！不许再问了！很晚了！你吃也吃了，八卦也八卦了！快回去吧！不然我要跟你哥告状了，就说你大晚上的还一直赖在我这里不走！”

陆景礼立即满脸惊恐地退后了好几步：“小夕夕你怎么可以这样！你变坏了！”

“所以你到底走不走？我这就打了！”宁夕举起手机威胁。

陆景礼眼泪汪汪，为了生命安全，赶紧狂奔而去！

看着陆景礼终于走了，宁夕才总算松了口气。

本来她还昏昏欲睡呢，现在被陆景礼还有那几条信息一折腾，看样子今晚是没法睡了……

今夜无法入眠的，注定还有很多人……

# 第十章 跟我回家

铂金华府。

陆景礼一把推开书房的门，扶着门框气喘吁吁道：“哥！我回来了！为了给你打探一点消息，我九死一生地回来了！”

陆霆骁从一堆文件里抬起头，目光在他嘴角的点心残渣上扫了一眼。

陆景礼随手抬起袖子擦了擦嘴巴：“哎哟是我嫂子啦，这么客气还给我带了盒点心，其实我不想吃的，她非要给我吃！嘿嘿嘿，哥，我打听到了很重要的消息！你想听不？”陆景礼说完，一肚子坏水地转了转眼珠子，“你要是也请蔡老爷子帮我做顿饭，我立马就告诉你哦！”

陆霆骁该干吗干吗，看都没看他一眼。

“哥你真不想知道啊？真不想？那我不说了！”

一秒钟、两秒钟、三秒钟……

“好吧！看在兄弟之情的分上，我就直接告诉你吧！”其实是他自己憋不住想说，而且连三秒钟都没憋住……

陆景礼迫不及待地开始说了起来：“哥，我告诉你啊，写了那封肉麻死人的情书，给小夕夕准备惊喜，请来了 Danial 的人，果然就是那个不敢见人的 YS！”

“哦，对了，还有，你刚才是不是给小夕夕发微信了？那家伙居然差不多也是同一时间给嫂子发了信息过去，连内容都跟你差不多，简直了！你们俩这也太心有灵犀了吧！”

陆霆骁终于抬头看了碎碎念的陆景礼一眼，眸底是一片讳莫如深的暗涌……

陆景礼叹了口气，喃喃道：“既然那家伙已经开始出手了，那么有一就有二，这次是请厨师，搞不好下次就是直接大变活人了呢？哥啊，你未来的追妻之路恐怕不是那么好走哦！”陆景礼说着，嘴角露出个狡黠的微笑，“不过，你有两样东西可以直接秒杀他！第一，近水楼台，那家伙想回国可没那么容易；第二，肯定就是咱们小宝啦！”

陆霆骁的手指关节缓缓敲击着座椅扶手：“小宝的入学手续办得怎么样了？”

“我办事你放心好了，随时可以入学！”

宁家别墅。

“哎呀，雪落回来啦！今晚开心吗？跟妈妈说说啊！”庄玲玉知道今晚苏衍要求婚的事情，所以特意在等着女儿回来。

看着一脸期待的庄玲玉，宁雪落牵强地露出个微笑：“妈，回头再跟您说吧，我有点累，先回屋休息了……”

“啊？累？”眼见着女儿直接进了屋里，关上房门，庄玲玉一脸莫名地看向身旁的丈夫，“雪落这是怎么了？”

宁耀华放下手里的报纸，直觉不对劲，于是叫来了平时照顾宁雪落的小女佣。

“老爷，您找我？”

“小玲，你去打听一下今晚出了什么事，小姐怎么一回来就把自己关进了屋子里？”宁耀华沉声叮嘱道。

庄玲玉连连附和：“是啊，而且脸色看起来也不太好，今天苏衍不是要求婚吗？照理说她应该高兴才是啊？难道是害羞了？”

这时，小女佣急忙开口道：“老爷，夫人，才不是呢！是大小姐今晚受了委屈！”

宁耀华闻言立即变了脸色：“什么！受了委屈？谁敢给我宝贝女儿委屈受？是苏衍那臭小子吗？”

小女佣连连摇头：“怎么可能是苏少爷呢！苏少爷疼大小姐还来不及呢！”

“那到底是怎么一回事，你快给我们说清楚啊！”庄玲玉急道。

“老爷，夫人，今晚的事情太复杂了，一时半会儿的我也没法说清楚，你们……你们直接看就知道了！”小女佣说完拿出手机，点出一段视频。

宁耀华和庄玲玉面面相觑，赶紧接过手机开始看了起来。

两人快速浏览了一遍那个视频，脸色越来越难看……

小女佣站在一旁气愤地开口道：“老爷，夫人，你们看到了吧！今晚明明是苏少爷对我们大小姐的求婚宴，精心准备了好久呢！结果，宁夕三番两次出来捣乱，也亏得我们大小姐性子好，才一忍再忍，一直撑到回家才终于忍不住了！”

“大小姐当时该有多伤心啊！明明应该是最幸福的时候，却全被破坏了！最后被现场那么多人嘲笑，还被传播到网上！现在这段视频已经传得网上到处都是了，所以我才会看到的……”

实际上，这段视频虽然是从网上下载下来的，却是经过剪辑，故意剪掉了方雅三番两次挑衅的部分……

就在小玲告状的时候，身后传来了宁雪落严厉的声音：“小玲！谁让你在这儿胡说的！”

小玲暗中跟宁雪落对了个眼色，然后做出可怜兮兮的表情：“大小姐！我……对、对不起！可我说的都是实话啊！我也是气不过……”

“雪落，你怪她做什么，小玲又没说错！”庄玲玉拉过女儿的手，看着她苍白的小脸，满脸心疼，“没想到居然会发生这种事，你确实受委屈了！”

宁雪落满脸隐忍的脆弱："妈，我不委屈，今晚的事情，我其实完全不在意，只要衍哥哥真心对我好，其他人的态度怎样、怎么看我，我都无所谓！我是真心喜欢衍哥哥，又不是把他当成炫耀的工具！只是姐姐、姐姐今晚的做法真的太让我伤心了，我真的不知道她为什么要这么对我……"

一旁的小玲急忙插了一句："大小姐，那还用问吗？今晚可是苏少爷跟您求婚呢！她不搞破坏才奇怪了好吗？她就是见不得你好！"

宁耀华闻言立即沉了脸色："那丫头实在是太不像话了！现在是人家不知道你们俩是姐妹的事，要是知道了，看着两姐妹在外人面前这么争风吃醋、斗来斗去的，像什么样子！"

宁雪落强忍着眼泪："上次彩静的事情误会姐姐确实是我不对，但我该做的都已经做了，也已经竭尽所能地想要帮她，可是每一次都被她拒之门外，现在姐姐对我的误会越来越深，我真的不知道该怎么办了……"

庄玲玉叹气："唉，傻孩子，妈都跟你说过很多次了，你这么在意她的看法做什么？她那个性子你还不清楚吗？你就别去搭理她最好！"

宁雪落立即严肃道："我当然要在意，因为她也是爸妈的女儿，我有多在意爸爸妈妈，就有多在意她啊！我不希望你们因为我有丝毫的矛盾！"

宁耀华满脸动容："雪落，爸爸真的不知道该怎么说你，要是宁夕有你一半懂事，我……唉……"

宁雪落露出几分惨淡的表情："有时候我真的在想，我还是回唐家吧！"

庄玲玉闻言立即紧张地拉住她的手："雪落！你怎么可以说出这种话！难道你要抛下妈妈吗？"

"但是，只有我走了，姐姐才肯回来，我觉得我就是灾星，让你们没办法一家团聚……"宁雪落说着，终于忍不住自责不已地哭了出来。

庄玲玉急忙抱着她连连安抚："雪落！你怎么可以说出这种话！你是妈妈最疼的乖女儿，是我们宁家的小福星，自从你出生以来，我们宁家的生意就越做越好，家宅也越来越旺，上次那个王老板，也是你介绍才谈成的你忘了吗？"

宁耀华一听宁雪落说想回唐家，也顿时紧张了："以后可不许再这么说自己！你是我们宁家的福星！谁都不能赶你走！"

庄玲玉帮她擦着眼泪："雪落，爸爸妈妈都知道你今天受委屈了，别难过了，今晚不过是求个婚而已，那算个什么事儿啊？等到你们正式的订婚宴，那才是真正的风光呢！"

"对，到时候绝对让谁都不可能把你比了去！回头我就亲自去跟苏家商量！"

听着宁耀华和庄玲玉信誓旦旦地保证，宁雪落的眼底划过一丝不易察觉的笑意。

宁耀华和庄玲玉这边还不算什么，最重要的是，还有那个相传很被器重的苏以沫呢……

《天下》杀青之后，宁夕在家休息了三天，过了三天猪一样的日子，除了例行的锻炼和吃饭就是睡觉。

一直到了第三天，她才终于感觉自己遗留在孟长歌身上的那一半灵魂回来了，被某只吓掉的那一半也回来了……

不过，下一秒，“叮咚”一声，因为一条短信，她的三魂七魄又全都给吓没了。

“宁夕，明天有空吗？小宝的入学手续办好了——陆白菜。”

宁夕呆呆地看着“陆白菜”三个字，迟迟没有回复。

虽然杀青宴是有惊无险地过去了，但这并不代表危机就解除，反而给她敲响了的警钟……

那家伙不仅是为了捉弄她，更多是为了威胁和警告她。警告她就算在千里之外，他的手也完全伸得过来……

宁夕捏了捏眉心，拿出手机，从电话簿里翻出一个尘封已久的号码——

手机只响了一下就立即被接通，宁夕愣了愣才反应过来，仓促开口道：“喂，安妮……”

“喂！夕哥！真的是你啊！你都多久没联系我了！”

“乖。”听着那头少女激动不已的声音，宁夕眉目温软。

“夕哥，我好想你呀！可是，你临走前说要跟过去道别，过崭新的生活……所以我一直都不敢打扰你，也不敢主动联系你……”手机那头少女的声音别提多哀怨。

宁夕轻笑一声：“傻孩子，我那是在故意装呢！你还真信了啊？”

“什么！”安妮一副大受打击的语气，“那我憋了这么久不敢联系你白憋了啊？”

宁夕乐不可支：“哈哈哈……逗你的！你怎么还是这么好骗？”

“又逗我！夕哥你太过分了！”

“好了好了，不玩了，跟你说正事儿啊！这次打电话给你，是想跟你打听一件事！”宁夕的语气严肃起来。

安妮急忙也认真道：“什么事啊夕哥？我知道的一定全都告诉你！”

宁夕挠了挠头，问道："那个什么……是有关你家老大的，他最近有没有什么诡异的行为啊？"

安妮一听就愣了，语气支支吾吾的："呃……这、这个……"

宁夕这个急性子哪里等得了，急忙催促道："到底这个啥啊？有或者没有，多简单的问题！"

安妮只好立即回答："夕哥，有的。"

"有？！"宁夕顿时直起脊背，"哪里诡异了，快跟我说说！"

安妮轻咳一声，语气似乎有些尴尬："老大他……前几天大半夜的，坐在甲板上……"

"坐在甲板上干吗？你这死孩子不能一口气说完吗？想急死我是不是啊？"宁夕一口气提不上来，快要崩溃了。

"坐在甲板上写了一晚上的情书！"安妮终于一口气说完了。不用想都能知道手机那头，她小脸通红的模样……

宁夕满头黑线："我还以为是多诡异的事情，就这个，你支支吾吾这么大半天？"

安妮嗫嚅着："夕哥，老大的情书是写给你的吧？"

"啊……"这回轮到宁夕支吾了。

安妮斟酌了一下措辞，艰难地吐槽道："老大的文字水平，真的不太好……一晚上甲板上全都是他扔的纸团子，有几个兄弟看了，实在是看不下去提出要帮他写，结果全都被大哥揍了一顿，大哥坚持要自己写……"

就那几句话，居然写了一晚上……

宁夕扶了扶额头："呵呵，希望他以后把这种自强不息的精神发扬在别的方面……"别再来祸害她了……

宁夕顿了顿，继续追问："除了这件事情之外呢？有没有其他行为异常的地方？"

"没有了夕哥！"安妮肯定地回答，接着又沉吟片刻，补充了一句，"要说我们最近的行动，倒是有些异常！"

"什么异常？"宁夕立即问。

"就是在华国的动作似乎越来越多了……还有就是，大哥前几天似乎是想回国一趟的，结果有一笔很重要的货物突然出了问题，这几天都在处理这件事呢！"

"这样……"宁夕眉头深锁。在国内的动作越来越多了？不知道是不是跟陆霆骁有关……

宁夕点点头：“好了，先就这样吧，如果有什么异常记得及时跟我汇报！”

安妮语气为难：“夕哥，这样会不会不太好啊？我不想做内奸啊！”

宁夕嘴角微抽：“安妮啊，现在你眼里只有你大哥，没有你夕哥了是吧？当初是谁救了你的小命的？”

安妮急了：“夕哥，我没有忘的，是你救了我！”

宁夕满意地点点头：“那就好！所以，你这不是内奸而是卧底！懂了吗？”

安妮：“哦，懂了……”

宁夕：“嗯乖，好了，我挂了啊，爱你哦！”

安妮：“等等，夕哥……”

宁夕：“还有什么事？”

“夕哥，你真的不可能再回来了吗？”安妮说着，语气哀伤。

宁夕听着手机那头的海风声，缓缓闭上双眼，喃喃道：“过去的日子，确实肆意潇洒，但是心却像无根的浮萍，我找不到我存在的意义……现在的日子虽然有很多束缚也有很多艰难，但我喜欢这种挑战，喜欢这种有目标的感觉……懂吗？”

“夕哥，你是认真的吗？还是在装？”手机那头传来安妮软弱的不确定的声音。

宁夕心想：好吧她错了，不该乱逗单纯的小丫头，终于把自己给坑了……

挂了电话后，宁夕又躺回床上。

这通电话也没打探到多少太有用的消息，不过那家伙最近在国内动作频繁却是能肯定的，甚至若不是货物出了意外，他是真的准备回国的……

深吸一口气后，宁夕终于给陆霆骁回了一条短信……

宁夕：“抱歉陆总，我明天有工作，应该去不了了，帮我跟小宝说声对不起。”

回复之后就把手机扔到了一旁，不敢去看陆霆骁的回复……

次日清晨。

某私立幼儿园门前，一片小孩子的哭嚷，全都是不想上学、不想家长走的小朋友们。

一开始只是一个小朋友哭了，结果所有的小朋友都受到感染跟着哭了起来。

老师家长们劝的劝，哄的哄，忙得团团转，好不容易劝好了一个，旁边的一哭，又前功尽弃。

在这一片混乱里，最醒目的莫过于背着小书包，一脸面无表情的小包子。

小家伙牵着爸爸的手，看都没有看那边的混乱一眼，只是目不转睛地看着通往学校的那条路的方向。

“小朋友们，都别哭啦！你们看那位小朋友多乖！一点都没哭！”有老师指着小宝的方向给小朋友们看。

小朋友们一齐朝着小宝的方向看去，结果，看到了小宝旁边一身冷意看起来非常可怕的男人。

下一秒，所有小朋友“哇”的一声全都哭得更厉害了……

“哇！那个小朋友被大魔王抓住了！”

“哇！妈妈我怕……”

“哇！爸爸你不要走，我怕……”

眼见着场面越来越失控，老师出于职责，只能战战兢兢地走到陆霆骁跟前：“这、这位家长，小朋友们有点怕您，您、您能先离开吗？”

话音刚落，陆霆骁周身的气场更加吓人了。

女老师猛地一个瑟缩，再不敢多说，赶紧跑远了，呜呜呜，老师也怕啊，老师也快被吓哭了好吗！

陆霆骁垂下眸子，看了眼儿子的小脑袋，开口道：“别等了，她不会来了。”

小宝抬起头，生气地瞪了爸爸一眼，然后坚定地继续站在原地。

时间一分一秒地过去，眼见着距离上课的时间越来越近，小朋友们的爸爸妈妈已经狠着心开始催宝宝们快进去上课……宁夕依旧没有来……

“进去吧。”陆霆骁只能再次开口。

这一次，小包子埋着头写了几个字，举起来给爸爸看：“小宝不要上学！”

陆霆骁双眸微眯，脸色立即沉了下来：“你已经不是三岁小孩，作为一个男人，你要出尔反尔？”

小包子埋着头继续写字：“小宝是小孩子！五岁也是小孩子！小宝不是男人！”写完后，板着小脸，一副“爸爸你别想再用这招坑我”的表情！好一句铿锵有力的“小宝不是男人”……

陆霆骁心想：唉，孩子大了，越来越不好骗了啊……

与此同时，距离学校不远处的角落里，正静静地停着一辆黑色的车子。

陆崇山尚且还能为了形象装淡定，颜如意已经忍不住开始催促前面正拿着望远镜的邢武了：“邢武啊，到底看清楚了没有啊？小宝现在是个什么情况？我看其他小朋友已经开始进去上课了，咱们小宝怎么还是一动不动啊？”

“是不是出了什么问题？”陆崇山脸色凝重。

邢武看了一会儿，急忙扭头跟二老解释道：“孙少爷目前确实出了点问题，我看到孙少爷刚才写了一句话，说不要去上学了！大少爷劝了几句，还是没用！”

陆崇山当即变了脸色：“看吧！我就知道，那个女人的话哪有这么管用的！临了，小宝还不是不愿意上学吗！”

“这、这可怎么办啊！昨晚不是还好好的吗？今早也乖乖来了！这人都到校门口了，怎么说不去就不去了呢？”颜如意急得不行。

邢武听着二老的对话，轻咳一声道：“孙少爷之所以突然不愿意上学了，似乎是因为那位宁夕小姐今天没有来。孙少爷估计是希望那位宁小姐今天也能来送他的，应该是闹情绪呢……”

陆崇山一听立即怒了：“那她为什么不来？难道还准备让我亲自去请她来吗？真是岂有此理！”

“不然我们就去请请吧？小宝上学要紧啊！”颜如意急忙开口道。

陆崇山一口否定：“绝对不行！你别瞎出主意！这种事情有一就有二！这次开了口子，下次更不得了了！她会指着这个提出更多过分的要求！”

“这……那你说怎么办？”颜如意被说得也不知道该怎么办了，原本满心希望，现在满满的都是失落。

“就算我们亲自去请，她恐怕也不会来的，因为她心里很清楚，小宝如果彻底恢复，她就没有价值了。她不可能希望小宝这么快就好起来！”陆崇山语气笃定。

被陆崇山这么一说，颜如意也总算想明白了……

不远处，父子两人间的气氛也正胶着着。

陆霆骁：“你确定不去上学了？”

小宝无比肯定地点点头。不上了！没爱了！

陆霆骁无奈地看了眼儿子无比坚决的小脸，他了解儿子的性格，小家伙打定主意的事情，是无论如何也劝不动的，于是只能拉着儿子准备回去：“那回家吧。”

小包子捏了捏拳头，却依旧站在原地不愿意动。

直到，上课的钟声响起……

小夕阿姨真的不会来了……小家伙大大的眼睛里满是黯然，耷拉着小脑袋，机械地跟着爸爸一步一步往回走去……

就在这时，远方道路的尽头突然传来一个清脆的声音：“小宝宝贝！”

这个声音是……是小夕阿姨！

小宝的小脸蛋骤然迸发出异样的光彩，身子一扭，一把挣脱开爸爸的手，撒丫子朝着声音传来的方向飞奔而去。

伴随着一阵急促的脚步声，陆霆骁抬眼望去，只见女孩穿着小宝最喜欢的粉嫩嫩的连衣裙，戴着粉色水晶发夹，正一路小跑着朝着学校的方向而来……

宁夕气喘吁吁地冲过来，蹲下一把抱住小包子，并且塞了一个东西给他："累死我了，还好赶上了！宝贝拿着，正好昨晚跟大师学了几手，所以特意一大早起来给你做了爱心便当，你第一天上学，好吃的可以给你鼓励打气哦！"

实际上是……她本来昨晚都已经发了那条短信下定决心不来了，但身体就跟不受大脑控制一样，一大清早就自己醒了，然后开始在厨房里一番捣鼓。

等反应过来的时候，她已经做好了一个非常可爱精致的小便当！唉，满心都是小包子，简直完全控制不住啊！尤其是一想到小包子眼巴巴盼望着自己，最后却没等到自己时失望的小模样，魂儿都直接飞过去了！

于是，最后身体还是狂奔过来了……

"对不起啊宝贝！是不是等很久了？"宁夕一脸抱歉。

小包子紧紧抱着怀里的爱心便当，立即摇了摇头，表示自己一点儿都不生气。

宁夕顿时放心了，摸了摸小包子的小脑袋："好好学习，乖乖听老师的话哦！"

小包子用力点点头。

嗯，上学真好！他要上学！

一旁的陆霆骁看着儿子这比翻书还快的变脸，忍不住微微勾起嘴角，故意开口揭穿："你刚才不是还说不要上学了？"

小宝一听，立即绷紧了脊背，愤愤地瞪了爸爸一眼。

爸爸太坏了！怎么可以跟小夕阿姨告状！告状是小人行径！

宁夕一听眨了眨眼睛，急忙问："啊？为什么啊？怎么突然又不要上学了？"

陆霆骁从不纵容儿子的小脾气，于是直接在儿子紧张的目光中，无情地开口道："他太任性了。"

小包子一脸晴天霹雳，他再也不要理爸爸了！

小包子紧张地盯着宁夕，急得都快哭了，生怕小夕阿姨因此生气，不喜欢自己了。

宁夕闻言了然地点点头，随后完全不在意道："那有什么啊！小宝还小呢！任性是小孩子的专利好不好！没关系，宝贝儿可以尽情任性！"

小宝一听，小脸立即金光闪闪，然后，无比得意地看了身旁的爸爸一眼。

果然小夕阿姨最爱的是我！

陆霆骁看看儿子，又看向宁夕，垂眸低笑一声："嗯，你说得有道理。"一副"我老婆说什么都对"的表情，即使被儿子挑衅了也完全不在意！

陆霆骁的笑容简直太晃眼，宁夕轻咳一声回避了那光芒，赶紧催促小宝道：“这时间，已经到上课的点了吧？宝贝快进去吧！别迟到了！”

小宝朝着学校里看了眼，抱着宁夕的小手紧了紧，明显舍不得。

此刻，校门口还有一些迟迟不愿意进去的小朋友和他们的家长，这会儿他们都是满脸惊叹的表情……

他们眼睁睁看着当那个女孩出现的瞬间，方才还一脸可怕吓哭所有小朋友的男人，周身的气息瞬间变得柔和起来，冷硬的侧脸也缓缓融化，看起来居然……似乎也没那么可怕的样子，甚至还有丝丝暖意……

这时，对面有个小朋友突然呆呆地盯着宁夕，开口惊呼了一声：“那个小朋友的妈妈好漂亮！”

其他小朋友也发现了，纷纷附和——

“好像公主！”

“像花仙子！”

“像小魔仙！”

“我也想她做我妈妈！”有个小朋友脱口而出。

那个小朋友的爸爸哭笑不得：“不可以乱说哦，妈妈会生气的！”

听着周围小朋友的对话，小包子立即把宁夕抱得更紧了，一副无比防备，生怕她被抢走的姿态。

宁夕哭笑不得地摸了摸小包子的脑袋表示安抚：“他们开玩笑呢！”

听着那些什么公主啊，花仙子啊，小魔仙啊，她真是无比羞耻啊……

因为小包子喜欢她穿粉色，所以她今天不仅戴了小包子送的粉色发夹，还穿了一身非常少女非常公主的裙子，也是拼了！不过，只要小包子喜欢就好！

最后，剩下的那些小朋友被宁夕的出现分散注意力，渐渐停止了哭泣，老师们赶紧趁机把他们领进了学校。

于是，校门口就只剩下小宝了。

宁夕不舍地最后抱了一下小包子：“快去吧！”

小包子怀里揣着小便当，一步三回头地进去了……本来他还很不理解那些小朋友为什么要哭，小夕阿姨来了之后，他才明白。他也舍不得离开小夕阿姨，也很想哭。

宁夕看着小包子背着小书包的小小背影，想起终有一日小包子会越长越大，越来越独立，终于彻底离开他们的庇护，再也不需要她，眼眶瞬间便忍不住有些发酸……

见鬼，这种做妈一般的心情是怎么一回事啊？

这时，身旁一只温暖的手掌拍了拍她的肩膀：“别难过，是好事。”

宁夕尴尬地点点头：“嗯！”

不远处，黑色的车子里，颜如意已经直接激动得哭出来了。

“菩萨保佑！菩萨保佑！无论如何，小宝总算是顺利去上学了！”

大概是因为自己的预言三番两次失误，陆崇山这会儿脸色微僵，冷哼道：“算这女人识相，知道适可而止！”

颜如意抚着胸口，长叹一声道：“唉！我这心口的一块大石头啊，总算是落下来了！”

陆崇山看了她一眼：“你现在总算能把精力多放些在老大的终身大事上了吧？”

颜如意擦擦眼泪：“知道了知道了！人已经选得差不多了，前些日子不都给你看过了吗？就差送去给族中长辈过目了！”

这是陆家的习俗，家中的子孙结婚这样的大事，一定要拿双方的资料给族中德高望重的长辈过目，让族中长辈判断一下是否适合成亲。陆家家大业大，盘根错节，长辈众多，每个长辈都有自己的判断标准，不一定都能得到好的祝福，而这个过程对陆家人而言又很重要，所以必须要谨慎对待。

“不要再拖了，就这几天内，这件事一定要办好！”陆崇山催促道。

“可是，我这还没想好，到底是找哪位长辈呢？祖宅新上任的族长怎么样？声望很高，也比较有保障！”颜如意询问道。

陆崇山闻言却摇了摇头，沉声道：“不可！新族长确实是有几分本事，但为人心术不正，万一有谁买通了他作假，那关系就大了。这种事情以往也不是没有发生过。所以，还是不要找他了。”

“这样，你去一趟老家找隐居的老族长，虽然麻烦一点，但稳妥得多。你亲自过去，老族长应该会卖这个面子！”

颜如意点点头道：“行，那我还是去找老族长吧！这可不是小事，再麻烦都无所谓，还是稳妥些的好！”

这时，车子前座突然发出“啪”的一声，是邢武手里的望远镜不慎从手里滑了下去。

“老爷，夫人！大少爷好像又发现我们了！还要继续盯吗？”邢武抖着声音，苦着脸问。

三番两次跟大少爷对着干，还被当场发现，他感觉自己够死一百次了！

陆崇山最关心的事情已经知道了，又远远看了一眼，见宁夕似乎已经在跟陆霆骁告别，两人准备分开了，没什么好继续看下去的，于是自然也没准备多留：“行了，回去吧！”

“是！”邢武松了口气，立即发动车子离开。

另一边，宁夕目送小包子进去学校之后的第一件事：果断地拔腿就跑！

“那……陆总，没什么其他事情的话，我就先走了啊！我今天要给一个游戏公司拍广告，待会儿还要赶去跟芝芝姐他们会合呢！”宁夕飞快地说完之后，也不等陆霆骁回话，直接准备跑人！

然而，刚跑出去两步而已……

手腕一紧，突然无法前进了，并且整个人被用力拽进了一个温热的怀里……

陆霆骁环着女孩纤细的腰身，严丝合缝地紧拥着她，声音低哑地响起在她的耳畔：“先别走。”

宁夕无法思考了，大魔王技能又升级了！上次好歹还知道问一下她的意见呢，这次居然直接就抱了！

陆霆骁无奈似的叹了口气，将她又抱紧了些：“本来想好好跟你说话，可你一直在躲我，现在似乎只能这样了……”

宁夕内心喊道：所以呢，难道还是我的错了？

“宁夕，还记得吗？上次你跟我说，让我最近小心一点，出门多带几个保镖……”陆霆骁突然开口说道。

一提到这个，宁夕立即浑身的神经都紧张起来：“当然记得啊！怎么了？是出了什么事吗？”

陆霆骁安抚地拍了拍她的后背：“别紧张，没什么，我只是想告诉你一件事。”

“什么事啊？”宁夕一头雾水。而且她真的很想说，大魔王饶命，我不跑了，你松开我，我们好好说话行吗？

“宁夕，之前你对我说那些话的时候，我为了让你担心我，也为了有机会亲近你，故意用了一点……咳……”陆霆骁轻咳一声，“苦肉计。”

其实不用解释的，她还没傻到连这个都看不出来的地步。所以，他到底想说什么？

陆霆骁继续说着，语气变得严肃起来：“所以，宁夕，别把我想得太弱了，别因此而远离我。我保证，没有任何人可以伤害我，没有任何人可以用这个来威胁你离开我！”

听到这里，宁夕终于明白了他的意思。

陆霆骁稍稍松开她，扶着她的肩膀，让她看着自己，一字一顿仿佛要刻在她的心里般说道："宁夕，我说了这么多，只想告诉你，没有任何人、任何事可以影响到你的决定，你需要考虑的只有一件事，那就是，你是否喜欢我。如果是因为你无法爱上我，那我认了，我也只认这一个理由。还有一点，也是最重要的一点，宁夕，我已经是个成年人，我可以为我自己的一切行为负责，无论我做什么，都是出于本心，也都是心甘情愿。虽然我喜欢的是你，但其实也可以说与你完全无关，所以，你完全不必有任何压力。我会等你，等你爱上我的那一天。明白了吗？"

听到这里，宁夕苦笑着抚了抚额头，谁说陆霆骁不善言辞的，这家伙的口才都可以去参加全国辩论大赛了，真是句句往她心口最柔软的地方戳。

她心里，有一个声音、一个回答在回荡着：陆霆骁，其实不用等的，我早就爱上了你啊！

只是，她还没有强大到可以战胜当年的那一切，直接告诉他所有的真相，告诉她自己的过去。不过是一句话，这很简单。但无法承受的，是他知道之后她将要面对的。

即使她相信陆霆骁大方到连这种事都不介意，谁愿意将自己最肮脏不堪的一面硬生生撕开展示在最爱的人面前？光是想象，她便已经无法承受……宁愿自己在他眼里，永远是最好的模样……眼前的这个男人太好太好了，他应该拥有最好的女孩子做妻子……

然而，当她想到这里，就在这一刻，宁夕的内心深处突然涌上来一股之前从未有过的想法和冲动！

是的，眼前的男人应该拥有最好的！那么，为什么她不可以成为最好的呢？好到有朝一日，可以战胜过去，战胜内心的自卑，好到足以与他并肩而立！不仅是他的软肋，更要是他的铠甲！

"宁夕？宁夕？"陆霆骁有些担忧地看着迟迟没有说话的女孩。

耳边温柔的声音让宁夕猛地从心潮起伏之中回过神来，双眸中迸发出从未有过的光芒："是，陆霆骁，我明白了！"

陆霆骁神色微怔地看着女孩眸底流光溢彩的光芒，心头微动，虽然不知道她此刻心中所想，但还是被她的情绪所感染："好。"

想通之后，宁夕感觉自己像得到了新生一般，她的生命里，除了她的梦想，又多了一件无比美好的、值得她为之努力的事情！

在大脑反应之前，宁夕的身体已经迅速上前主动拥抱了陆霆骁一下，虽然无比短暂，只是轻轻一拥，只有仓促的半秒钟……

抱完，大脑混乱地随便找了几个理由："谢谢 BOSS 大人抬爱，谢谢知遇之恩，谢谢为我解围，总之谢谢谢谢！我去公司好好工作天天向上啦！"说完一阵粉色的风似的，飞奔而去……

陆霆骁似乎还没反应过来发生了什么，怔怔地呆在原地。好半天之后，他才反应过来，宁夕刚刚似乎是主动抱了他一下？认识这么长时间以来，第一次，也是唯一一次的主动……真有种跋山涉水、翻越冰河，终于闻到一丝花香的感觉……

"为什么！为什么每次这样具有巨大杀伤力的画面都要被小爷我撞见啊！我这到底是什么体质啊！受虐体质吗？"一旁传来一声煞风景的哀号……

陆景礼也不知道到底是从哪里冒出来的，看着亲哥脸上春风荡漾的表情，捂着眼睛做痛不欲生状。

"你怎么来了？"陆霆骁微笑着看向身旁的弟弟问。

陆景礼嘴角抽搐，搓着手臂上的鸡皮疙瘩："亲哥，你别笑着跟我说话，瘆得慌，我好不习惯……"

"找我有事？"陆霆骁似乎也意识到自己此刻的情绪有些不太受控制，于是轻咳一声收敛了些，问道。

"没啥事啦！就是我看邢武开着车偷偷摸摸地跟着你跟小宝呢，于是、于是我也偷偷摸摸跟着他出来了……"

"嗯，做得很好。"陆霆骁毫不吝啬地夸奖了一句。

陆景礼喜得更是尾巴都快翘上天了："我还听到，爸妈准备去找老族长看那些帮你挑的名媛资料呢！哥，你说，我们要不要做些什么啊？比如让那些名媛全都跟你不合，然后给小夕夕弄个跟你无比登对的资料！说不定这样爸妈就能改变主意呢？老人家似乎都比较信这个！"

"不必。"陆霆骁毫不犹豫地否决了，"这是对老族长的侮辱。"

老族长看人入微，做这种虚假的事情瞒不过他。

虽然也有新族长之流，但他很清楚，以父亲的谨慎，是绝对不会相信这种人的话的，到时候反而适得其反。

陆景礼摸着下巴点点头："好吧……如果是老族长的话，这事儿还真不好办！再说了，搞不好你和小夕夕真的是天作之合呢。"

"嗯。"陆霆骁居然直接点头了，而且表情还挺笃定的样子。

陆景礼捂着胸口，表示受到了一万点伤害！

"行了行了，哥我不想再跟你说话了，未来一段日子，我也不想再被虐了，我要轻轻地走了，我要去找个小岛疗伤了……看你现在的状态，我终于可以放心去休我的假了。”

想到那三个月的大长假，陆景礼又原地满血复活了。

啊！远离这片无情的土地吧！沙滩！大海！美人！我来了……

盛世娱乐。

楼下大厅里，苏以沫一身白色长裙，裙摆上沾染了一丝污渍，正满脸嫌恶不悦的表情。

此时，她身旁一个长相普通穿着讲究的女人，正声音尖厉地怒骂跟前的一个看起来年纪有些大的女艺人：“白露！你会不会做事呀！”

那个叫白露的女艺人脸色煞白，不停地道着歉：“对不起对不起对不起……我知道错了！都是我不小心！”

看着周围人的冷眼和麻木旁观，白露只能心凉地捧起沾染了污渍的裙摆，继续哀求着：“这点污渍，我保证真的可以洗掉的……”

梁碧琴双臂环胸，毫不客气：“拿开你的脏手！洗？你在开玩笑吗？你怎么洗？”

骂完后，梁碧琴眼珠子转了转，挽着苏以沫的手撒娇道：“表姐，这损失可不是她能赔得起的，直接让她走人算了！”

白露一听更急了，紧紧抓着苏以沫的衣服哀求：“以沫姐！求你了！别赶我走！”

白露正哀求不止，这时，大门的方向，一个粉色的人影正好从外面跑进来。

因为白露跪着突兀地挡在路中间，宁夕完全避之不及，便不小心撞到了她……

“啊——”白露身子一歪，随即惊呼一声。正被她抓在手里的苏以沫的衣服，被不小心扯了一下……

白露吓得面色发白，顾不得自己被撞到，爬起来后第一件事是赶紧检查衣服，生怕刚才不小心把衣服扯坏了。

这时，梁碧琴一把伸出手，拎起裙摆，扫了眼裙摆上扯坏的地方后，顿时转向宁夕，破口大骂：“没长眼睛吗你？怎么走路的！你知道你闯了多大的祸吗？这件衣服把你卖了你都赔不起！”

宁夕的出现，让旁边本来正专注白露事件发展的围观人群，顿时更加亢奋了……

“那、那不是宁夕吗？她今天穿得这么……这么粉嫩！完全不是她的风格！

我差点没认出来！”

“啧啧，这下可有好戏看了！”

“对不起，撞到你了，你没事吧？”

这一边，宁夕正跟白露道歉呢，结果就突然被梁碧琴劈头盖脸地一番骂。

她眉头微蹙，听了下周围的议论声，又看了眼白露手里沾染了污渍的裙摆，大致了解了现在的情况。

本来是白露不小心弄脏了苏以沫的衣服，现在好像是因为自己不小心撞到白露，让她不小心把苏以沫的衣服扯坏了……

这时，一开始没认出宁夕的梁碧琴在赵美馨的提醒下，知道了宁夕是谁。

梁碧琴仔细打量了一眼宁夕那身粉嫩嫩的公主裙和头上的水钻发夹，满脸好笑：“她就是宁夕？我还以为是个多不得了的人物呢！”

至于苏以沫，果真与往常一样，看都没有多看宁夕一眼。

既然知道了这个女人就是宁夕，梁碧琴自然更不可能放过她了，正好两个一起收拾。于是，她当即对着二人厉声开口道：“白露！还有你，宁夕是吧！现在可别再说我故意为难人了啊，大家伙儿都看到了，这衣服都已经被你们俩撕成这样了，难道还想洗洗就完了？”

白露的双手不停地颤抖着，满脸惊恐地看着苏以沫：“我、我是不小心……我……以沫姐，都是我不好，您说个法子吧，只要是我能办到的，我一定办！”

苏以沫自然不屑于跟她说话，只轻飘飘地看了眼旁边的经纪人。

于是，赵美馨上前一步，随手扯了扯裙摆检查了一下，语气夸张地开口道：“这口子撕得这么大，裙子肯定是废了！这样吧，只要你们俩原样赔一件，这件事就算完了！”

梁碧琴闻言一脸得意，也故作大方道：“你们两个听到了，以一赔一，这个要求总不过分吧？”

白露闻言抖着唇，当场流下两行泪来。

梁碧琴明知道，就算她所有的积蓄加在一起，也不可能买得起这种档次的衣服啊！还有旁边这个宁夕，再怎样也不过是个小新人，可能都还没开始赚钱呢，怎么可能赔得起……

这时，宁夕走到苏以沫跟前，拾起那片华丽的裙摆，仔细看了一眼。

只见那片裙摆上，除了污渍比较明显之外，刚才白露扯的那一下，其实压根没有造成太大的破坏，肉眼几乎看不出来有痕迹，甚至补都不用补的……

于是，宁夕喃喃着沉吟道：“先不说污渍，这个痕迹几乎看不出来，应该不会有什么影响……”

梁碧琴闻言当即满脸不悦，尖声打断她道：“你这是什么意思？难道我还能坑你们俩不成？这么高端的衣服，就算有一丝一毫的瑕疵，衣服都等于毁了，更何况是这么大范围的拉丝，你哪个穷乡僻壤来的，不懂就别在这里丢人现眼了！”

赵美馨看了旁边百无聊赖的苏以沫一眼，也跟着冷笑一声道：“呵，怕是只想逃脱责任吧！可惜，众目睽睽，这么多人都看着呢，要不是她突然疯子一样跑过来撞到人，这衣服会坏吗？现在你还倒打一耙了？”

赵美馨说完，状似漫不经心地朝着旁边一些围观的人扫了一眼，然后立即有人跟着说了起来——

“没错没错！美馨姐的提议不过分的！”

“弄坏人家衣服就要赔偿，天经地义的事啊！”

“不过是让她赔一件而已，她还推三阻四，太不知好歹了！什么人啊这是！品行太差！”

“以沫姐这衣服刚拿到手就坏了，多糟心的事情啊，都好脾气地一直没生气！”

……

有人趁机拍马屁：“可不是吗，这可是限量版高定，都还没上市呢！我看着都心疼！说起来，这还没上市的衣服，就算她们凑齐了钱，怕是也买不到吧？不如就让她们赔一件差不多档次的衣服算了！”

“这哪行啊！限量版没一件就少一件！”

听到这里，苏以沫的脸色这才好了些，神色不耐地开口道：“那就这样吧，同档次的，也不是不可以。”

梁碧琴立即跳出来，一脸不平：“表姐！你就是太心善了！这样只会让某些小人更猖狂的！”

周围人听到这话，自然全都一片附和声——

“你们俩，愣着干什么？还不过来谢谢以沫姐！”

“走大运了你们！”

“也就以沫姐好说话，才没有多为难你们！”

白露跪坐在地上，表情呆呆的，一句话都说不出来。

呵，什么同档次的衣服，对她来说还不都是一样，绝对赔不出来的……难道今天只能被赶出公司了吗？虽然早就有了最坏的打算，但真到了这一刻，还是完全无法接受。她坚持了整整十年啊，眼见着就要有一点起色了，就因为弄脏了一件裙子，全都完了……

围观的人看着白露惨淡的表情，全都是一副心有戚戚然的表情。

至于宁夕，今天恐怕也没什么好下场了。

这会儿，宁夕正眯着眼睛不知道想什么，听着周围的一声声催促，还有白露的啜泣声，她的眸底闪过一丝精光，随即开口道：“赔偿一件同档次的衣服是吗？等我几分钟吧，我回家去拿。”

还好公寓距离公司很近。

此言一出，所有人都露出面面相觑的表情……

“说得可真轻巧！回家去拿？宁夕会有这种档次的衣服？”

“骗人的吧？她这种爱出风头的人，要真是有，早就穿出来显摆了，会一次都没看她穿过？肯定是死要面子，死撑吧！拖延时间呢！”

“再拖延也不能凭空变出一件来啊？同档次是什么意思？就是各方面至少都要差不多才行！以沫那件是什么档次？别说还没上市了，就算上市后，全球限量，也不会超过十件的！”

……

梁碧琴一声嗤笑：“呵呵，行啊，我们等着！不过，你可别一去不回啊！你要是不回来，表姐又不可能真为这种小事追你到天涯海角，到时候，那可只能是白露一个人赔了……”

这话分明是要给宁夕扣上一个无耻小人的名头，只要她敢不回来，这个名头她就背定了。她要是回来了，到时候空手而归，肯定更丢脸……至于宁夕会不会弄到衣服，她丝毫不担心。这么短的时间里，她就算是去找人求救，那也来不及，哪一个顶级名牌的高定不是要提前预订好久才能买到的？

“宁夕，你……”白露欲言又止，想问她是不是真的有办法，但是又不敢问，怕问了最后一丝希望也没了。

“等我，很快。”宁夕匆匆跟白露交代了一句，随后似笑非笑地朝着梁碧琴她们看了一眼，也没跟她们多废话，径直跑出了公司大门……

白露回忆着女孩离去前的最后那个眼神，虽然知道不该，却还是不由自主地想要相信她……

宁夕刚走没多久，看着宁夕离开的方向，赵美馨总觉得自己似乎是忘了什么事情，但一时之间又想不起来到底忘了什么。

时间一分一秒地过去……

所有人都在探着脑袋往外看，白露的眼睛更是从未离开过门口，毕竟她已经完全无计可施，宁夕是她唯一的希望了。

“啧，白露啊，还看呢！你该不会真相信她会回来吧？”梁碧琴无比快意地看着白露这副凄惨的样子，不忘落井下石。

白露脸色晦暗，一言不发，其实她自己也知道，希望很渺茫。

“所有人都看到了，我们机会也给了，并且一而再、再而三地降低标准，这你要是还赔不出来，那可就真不能怪我们了！”梁碧琴说到这里顿了顿，话锋一转，故意说道，“你要怪啊，就去怪宁夕吧！你说，要不是她，以沫姐这衣服能坏吗？”

赵美馨也摆出一脸遗憾的表情：“本来就是衣服脏了点，没什么大事的，洗洗不就行了，谁知道……唉……”

白露自然知道梁碧琴和赵美馨是在故意挑拨，扯了扯嘴角，什么也没说。

又等了一会儿，苏以沫的面上已经渐渐有些不耐了。

梁碧琴见苏以沫表情不好，立即怒道：“不是说就几分钟吗？怎么还不来？”

赵美馨也是一脸不悦：“真够过分的，赔不出来就直说啊，害得我们以沫等这么久！我们以沫的时间有多宝贵她知道吗？”

身边的其他人连连点头：“早就知道她拿不出来，不该白等的！”

“我们倒是无所谓啦，让以沫姐也这么等着，她真是好大的脸面呢！”

“这人真是太好意思了！我看啊，以沫姐，她要是真敢跑路，你可千万别这么轻易放过她！”

“就是，不然也太便宜她了！”

……

一时间，那些见风使舵的人全都一齐朝着宁夕发难起来。

见大局已定，白露眸子里的最后一点希望也终于熄灭了……好不甘心！可是，再不甘心又能怎样？

就在这时，大门口突然传来一个清越的声音：“我回来了。”

女孩依旧穿着那一身粉色，气息微喘，正逆着光站在那里。

“宁、宁夕……”

“有意思！她还真敢回来啊！”

“呃，她手里好像拿着什么东西……难道是衣服？”

……

宁夕手里确实拎着个东西，一个那种超市用的塑料袋，里面装着一团灰色的不明物体。

当宁夕走近之后，渐渐有人看清了她手里的那个塑料袋。

刹那间，现场的喷笑声此起彼伏——

“哎哟真是笑死我！宁夕手里拿的什么东西？难道是去超市买了一件？”

“哈哈哈……我的天哪！不会吧？”

“简直服了，什么智商啊？”

赵美馨看着宁夕手里皱巴巴的塑料袋，还有袋子里灰扑扑的布料，顿时有了结论。

这个宁夕，无计可施之下，居然连滥竽充数这种烂计都使出来了！

“呵，宁夕啊，你就算拿不出来，也不能随便买一件来糊弄人吧？当我们都是瞎的吗？”赵美馨的最后一句加重了语气。

梁碧琴则是捧腹大笑：“我看她今天这身巨蠢无比的打扮，就有点怀疑她的智商了，结果没想到啊，果然是脑子有问题！这种人到底是怎么来我们盛世的？这好歹还是在自家公司里，要是放出去，真能把公司的脸都丢尽了！”

宁夕缓缓从塑料袋里拿出一件布料看起来很通透的灰色衣服，不紧不慢道：“哦，原来装在超市塑料袋里的东西，就一定是从超市买来的东西。嗯，这个逻辑，果然很有智商！”

“你……”梁碧琴嘲笑得正欢，顿时被噎得黑了脸，随即咬牙切齿道，“你这件不是超市买的，能是哪儿买的，谁会随随便便用这种袋子装名贵的衣服？”

宁夕眨了下眼睛，一副理所当然的表情：“我啊，有问题？有谁规定不可以这么装？”

“你、你还在这里死鸭子嘴硬！我看你是不见棺材不掉泪！”在这个公司还没有人敢跟她呛声，梁碧琴两次被噎怎么能忍，当即朝着围观的人群里瞪了一眼。

人群中，有人接收到梁碧琴的眼神后，立即跑过去，一把抢过宁夕手里的衣服，然后发出夸张至极的惊呼：“这什么颜色啊？这么土，这么庸俗的衣服，到底是谁给你勇气拿出来的？”

“啧啧，这软趴趴的质地，简直连块抹布都不如！”

“就算想滥竽充数，你也好歹有点诚意吧！我们这里这么多人，你当我们都是盲人呢！你当我们是盲人不要紧！难道当以沫姐也是盲人吗？”

……

宁夕冷眼看着那些人将那件灰色的衣服传来传去地扯着，眸子里闪过一丝寒光：“你们小心点，弄坏了，赔不起。”

话音刚落，现场更是爆发出一阵更大的哄笑声……

“哈哈哈……她还真装上了！”

“以前有人说她演技好，我还不信，现在终于信了！”

“这演技，都可以拿奥斯卡了啊！”

这时，一旁的白露悄悄凑到宁夕身边，抖着唇小声道：“宁夕，算了……她们都是懂行的，你骗不过去的……”

“她们都是懂行的？你确定？”宁夕挑眉，反问。

也不知道是不是宁夕的演技太好了，其中几人看到宁夕那副笃定的模样，心里渐渐有些犯怵。

其中一个正拿着衣服的女艺人，不自觉地放松了手里的动作，嘴里咕哝：“这件破衣服，我就算看出花来，也看不出到底哪里档次高！她到底哪里来的自信？”

“你还看什么呀，肯定是骗人的啦，就算我们认错了，美馨姐和以沫姐她们能认错吗？”

“也对……差点真被她骗过去了！”那个女艺人说着，见旁边有个垃圾桶，冷笑一声，随手就要扔进去。

可是……

在扔衣服之前，对面的宁夕却突然无比冰冷地看了她一眼，吓得她一个哆嗦，停止了手上的动作……

女艺人咬了咬唇，再次低头检查了一遍那件衣服。

“这块烂抹布，你还看上瘾了啊！”身旁有人说着就要去拽她手里的衣服。

女艺人正检查那件衣服的衣领处，也不知道看到了什么，顿时面色煞白，露出极其惊慌的表情：“你别动！小心点！”

“你、你干吗？一惊一乍的！”

女艺人又低头看了一遍，然后咽了口唾沫，把衣服往身旁的人手里一塞，压低声音道：“这好像是GE的衣服……”

“什么GE？”

“就是以沫姐最喜欢的那个牌子啊！GE！”

在场的不少都是苏以沫的马屁精，所以对她的喜好一清二楚，身旁的人听到这话之后，顿时青了脸，激动之下，声音都不自觉地大了起来：“什么？这是以沫姐最喜欢的那个牌子，GE？”

话音刚落，嘈杂的人群顿时一片死寂。

身旁那人说完也看到了衣服上小小的标识，立即惊恐地把衣服又塞还给了她：“那你还塞给我！”

刚才也不知道有没有被那些人传来传去地扯坏，万一真弄坏了，算谁的啊！

女艺人抱着那块薄薄的布料，如同抱着烫手山芋，一副快要哭出来的表情看向了苏以沫她们的方向："以沫姐，这衣服……"

苏以沫眉头微蹙，看了赵美馨一眼。

"怎么回事？"赵美馨见情况不对，疾步走过去，拿起那件衣服。

"美馨姐，这衣服好像是 GE 的……"

"胡说什么！瞎了眼吧！ GE 的衣服以华丽著称，这块破布哪里……"话未说完，赵美馨已经看到了衣领上那个 GE 独有的，用金丝线绣着的低调又奢华的标志。

"这、这不可能！"

梁碧琴也急忙凑了过来，看了眼那个标识道："怕不是假的吧？仿造的？这个宁夕胆子也太大了！什么牌子都敢仿造！就算仿造也好歹造得像一点啊！这种粗布衣服，怎么看也不可能是以沫姐最喜欢的那个牌子的吧？"

赵美馨捏了捏眉心，走到苏以沫身旁："以沫，你看，这衣服……"

苏以沫用一根手指随意挑起来看了看，下一秒，直接变了脸色。

这件看起来非常不显眼的衣服……竟然真的是 GE 的款式！而且，不仅是 GE 的款式，还是其中最特别的一件，也是唯一一件的睡衣款，所以风格才会跟其他的不同。

布料柔软薄透，是为了舒适，其实材质是一种很难培育的天蚕丝，非常名贵……

苏以沫又仔细看了一遍，还好这种材质还算结实，衣服没有被弄坏，心里竟然松了口气。

虽然她喜欢这个牌子的衣服，可手里的衣服是宁夕那个下贱之人的啊！意识到自己居然为了宁夕的衣服松了口气，苏以沫顿时更加觉得耻辱了，重重地把衣服扔给了赵美馨……

赵美馨看到苏以沫难看的脸色之后，当即便知道，不会有错了，这件衣服竟然真的是 GE 的！

而围观的那些人看到赵美馨和苏以沫她们的脸色之后，都已经发现不对劲了……

"完、完蛋了！该不会真的是 GE 的吧？刚才我还用力扯了一下！不会弄坏了让我赔吧？"

"我还以为宁夕骗人的呢！"

"见鬼了！宁夕到底哪里来的这种衣服？"

"啊！我突然想起来一件事，之前有段时间，有个传言说……"

……

此时，听着周围的窃窃私语，苏以沫也已经回忆起赵美馨曾经跟她说过的事情，说宁夕的公寓里，有满满一衣帽间的这个牌子的衣服。

所以这件衣服，已经可以肯定，绝对是真的。

苏以沫当即狠狠瞪了赵美馨一眼，这种事情，她居然给忘了？

赵美馨抹了把汗，急忙压低声音道：“以沫，其实我之前就想到了这茬的，但是我没想到的是……她居然胆子这么大……居然敢拿公司的衣服来赔给你……”

“我不需要知道理由，这件事你给我解决！”苏以沫极其不悦地把衣服扔给赵美馨。

该死的，居然害得她当着这么多人的面，间接被认为“眼瞎”，连 GE 的衣服都没认出来！

赵美馨连连点头：“是是是……我一定解决！以沫你别急！”

赵美馨说完，当即勃然大怒地瞪向宁夕怒斥起来：“宁夕！你好大的胆子！居然敢私自盗用公司财物！”

宁夕挑眉：“哦，我盗用公司财物？不知道此话怎讲？”

赵美馨冷笑连连，一副胸有成竹的表情开口道：“你当我们不知道吗？你那公寓里确实是有不少 GE 的衣服，但那都是公司的东西，你那里，充其量不过是公司的一个仓库而已！难道你还天真地以为这些衣服放在你那里，就是你自己的了，可以随便拿出来送人？”

梁碧琴嗤笑：“看吧，就说她是白痴了，之前说她脑子有问题，她还非要跟我呛声！”

旁边的人听到这里都露出恍然大悟的表情，原来如此……

“这个宁夕，胆子可真够大的啊！”

……

白露这会儿已经吓得瑟瑟发抖了，不由得朝着宁夕投去担忧的眼神，完了，事情越闹越大了！本来只是一件衣服的事情，大不了被赶出公司，现在居然扯到了盗用公司财物，弄不好是要蹲牢房的……

宁夕递给白露一个安抚的眼神，等周围的议论声差不多了，才开口道：“苏前辈，美馨姐，无论这件衣服是否是公司的财物，也无论我脑子是否有问题，我已经按照你们的要求，拿出了一件同档次的衣服，你们只需要履行你们的承诺，这件事，就算完了。至于接下来的所有事情、所有责任，都是我的事情，由我一人承担，与你们，没有任何关系！”

苏以沫闻言，目光立即冷了下来。

赵美馨本想反驳，却愣是没能找出反驳的话来，顿时脸色都僵住了。

梁碧琴气不过道：“一派谬论！简直荒唐！”

宁夕耸耸肩：“刚才那么多人见证呢，话是你们亲口说出来的，我可没有乱说一个字。”说完顿了顿，拉长了声音继续说道，“还是，那些话只是上一秒作数，这一秒就不作数了？当然，如果是这样，我一个小小的新人自然也无话可说！”

被宁夕这话一激，赵美馨和苏以沫对视了一眼，随后开口道：“我们以沫亲口说过的话，自然会算数！宁夕，既然你自己要找死，那就怨不得我们了！”

赵美馨说完随意扫了白露一眼：“既然你们两人已经照着我们的要求拿出了同档次的衣服，那么，这件事到此为止！”

说到“同档次”的时候，赵美馨的语气明显有些心虚。毕竟，明眼人全都知道，宁夕拿来的这件衣服，即使只是一件睡衣，也比苏以沫身上的这件高出了好几个档次。

听到这里，白露完全没有松下一口气，而是焦急不已地看向宁夕。

这样虽然她是没事了，但是宁夕可就惨了！今天这件事怎么说也是因她而起，宁夕也是无辜……

梁碧琴挽住苏以沫的手臂，恨恨地瞪了宁夕一眼：“表姐，我们走！为了这点破事耽误了这么多时间，真是晦气！”

苏以沫冷眼斜睨了宁夕一眼，头也不回地朝前走去。

围观的那些窃窃私语的人群，也都准备散去了……

“没想到最后是这么个结果……”

“白露虽然脱身了，可宁夕就惨了吧？”

“那还用说嘛！这么大的罪名呢！不过是早死和晚死的区别！”

就在苏以沫等人迈步离开的瞬间，身后，突然传来宁夕的声音：“苏前辈请留步！”

苏以沫的脸色顿时更差了。

梁碧琴立即厉声呵斥：“宁夕！你还没完了是不是？”

赵美馨则是一副了然的表情，满脸嘲讽地看着身后的宁夕：“呵，怎么？知道怕了，后悔了？不过，话都说出去了，现场这么多人作证呢，现在反悔可来不及了哦！”

宁夕的嘴角不易察觉地勾了勾：“美馨姐多虑了，我怎么会后悔呢！”

“那你叫我表姐留步干吗！神经病吗？”

宁夕看向正以一副蔑视的表情俯瞰着自己的苏以沫：“我不过是想提醒苏前辈一件事而已……还请苏前辈把衣服脱了。”

话音刚落，现场响起一片惊恐地倒抽冷气的声音……

梁碧琴瞪大了双眼：“宁夕！你……你你简直大胆！”

连一直不屑跟宁夕说话的苏以沫也铁青了脸低斥一声：“放肆！”

赵美馨气得脸都扭曲了：“宁夕，你疯了吗？大庭广众之下，居然说出这种话来羞辱以沫！”

白露已经吓得连话都不敢说了，周遭也是一片见鬼的眼神看着宁夕……

“这个宁夕，可真敢说啊……”

“她今天的行为一直都有些诡异，怎么一直在作死？”

听着苏以沫等人的怒斥，宁夕的脸色从头到尾都没有变一下，反而摆出了一副无辜的表情：“不知道我说错了什么，为什么苏前辈你们要如此生气……我已经按照你们的要求，赔偿了弄坏的衣服了，所以，苏前辈身上的这件衣服，难道不应该是属于我的了吗？”

周围一片噤声。

连苏以沫三人都顿时说不出话来了……

最后还是梁碧琴先出声：“宁夕！你是不是穷疯了？一件破衣服你也要？”

宁夕一脸为难，目光直勾勾地在苏以沫身上扫着：“梁小姐此言实在差矣！苏前辈身上的这件衣服如此贵重，你怎么可以说是破衣服呢？这可是Chanel最新季度高级定制全球限量版的裙子，甚至都还没有上市，就算上市了，全球也只有十件！没一件就少一件！这种档次的衣服，就算是装衣服的袋子，都够买我这一身行头了！怎么能说是破衣服？”

宁夕的记忆力也是够绝，把刚才她们所有人对这件衣服的夸赞全都原封不动地重复了一遍。

“你你你……”梁碧琴差点被她噎死，“你别偷换概念！我的意思是说衣服脏了坏了，不是说这是破衣服！”

宁夕了然地点点头：“脏了不要紧啊，美馨姐都说了，洗洗就行了，坏了更是没关系，我刚才就看过，那个小瑕疵，入不了苏前辈的眼，但是我眼神反正不太好，比较瞎，完全不在乎的！”

看到现在，围观的人群都已经惊呆了，剧情逆转太快就像龙卷风……

说完这些还不算，宁夕突然以一副无比紧张的表情看向梁碧琴：“梁小姐，你的手！离苏前辈远一点！千万注意你指甲上的水钻，别钩到我的衣服了！这件衣服这么贵，卖了我都买不起的！”

话音刚落，周围已经有人忍不住差点笑出来……

梁碧琴似乎已经快要被气晕过去，赵美馨站了出来，一脸肃穆地怒斥：“宁夕，你到底要不要脸！你简直是泼皮无赖！”

宁夕面露委屈：“泼皮无赖都是不讲理的……不知道我刚才的话，哪一句泼皮无赖？”

“你……”

宁夕的话最气死人不偿命的地方，偏偏就是她句句在理，让人无法反驳。

战完了梁碧琴和赵美馨，宁夕又转向苏以沫，可怜兮兮道：“苏前辈，我知道这件衣服是您的心爱之物，我也是鼓起很大的勇气才让您脱下来给我的……其实我刚说完就后悔了！君子不夺人所爱，苏前辈身上的这件衣服……也送给苏前辈吧！我就不要了！”

“宁夕！你……”苏以沫自成名后，哪里受过这样的气？一口气没提上来，差点气吐血。什么叫送给她了？这个宁夕居然还一副施舍的语气！

“表姐！表姐你没事吧！”梁碧琴当即激动地大喊大叫道，“宁夕，你还说你不是泼皮无赖！难道你要让我表姐当着这么多人的面把衣服脱下来给你吗？你是不是不想活了！”

梁碧琴激动之下已经快有些口不择言。

宁夕当即一脸惊恐：“怎么可能呢！当然是苏前辈去找个洗手间或者什么地方换好，我在这里等着了！让我等多久都可以的！”

赵美馨一边安抚苏以沫，一边看着手里那件灰色的衣服：“你拿来的这件可是睡衣！你让以沫换了这件睡衣出来？”

宁夕急忙道：“怎么会！美馨姐，你们真是太冤枉我了！那……那如果你们保姆车里没有其他备用的衣服的话，我、我多等几天也是可以的！”

这会儿，苏以沫总算是缓了过来，嘴唇发白地对一旁的赵美馨厉声道：“还给她！把这件衣服，还给她！”

赵美馨面露为难：“这……以沫，要是还给她的话……”就没有她私自盗用公司财物的证据了啊……

话没说完，苏以沫已经一眼瞪过去：“我跟你说话你没听见吗？”

还嫌她今天不够丢脸吗？她已经受够了！

赵美馨再不敢违逆她的意思，只能赶紧跑到宁夕跟前，把手里那件 GE 的睡衣塞给她："行了行了！这件衣服还给你！不过是一件衣服而已，看把你急得！一副没见过世面的样！"

为了找回场子，梁碧琴赶紧附和："都说了她穷疯了！一件坏了的衣服也看得跟什么似的，就差从我表姐身上直接扒下来了！"她说完恶狠狠地瞪着周围的人，催她们赶紧一起骂宁夕……

围观的那些人从宁夕突然叫住苏以沫开始，就已经看傻眼了，所以全都无比安静地忘了说话，这会儿见梁碧琴催促，才有零星几个心不在焉地随便敷衍了几句……

"就是！瞧她那穷疯了的丑态！"

"以沫姐太大方了，这么贵的衣服，最后居然说不要赔就不要赔了……"

"以沫姐不过是教她们做人的规矩而已，哪里是真在意一件衣服了，偏她急成那样！"

……

苏以沫深吸一口气，恢复高贵冷艳的表情，头也不回地大步离开了……

身后，宁夕嘴角微勾，小心翼翼地拍着手里那件衣服上的灰尘，啧，回去好好洗洗，都被这些人的脏手弄脏了……

这衣服可是BOSS大人送给她的呢！她怎么可能真的拿来赔给苏以沫？拿走了，也得给我吐出来！

直到苏以沫已经离开了好久，周围那些刚才憋了好久的人才终于敢开口说话了，一个个都是神情恍惚的样子……

"这就完了？"

"我猜到了开头……却没猜到结局……"

"而且，你们发现了没有，宁夕从头到尾不过是往家里跑了一趟，随口说了几句话，到最后，什么代价都没付出，就直接没事了……"

"还真是！"

……

人群渐渐散去后，白露也终于回过神来，忐忑难安地走到了宁夕身旁："宁夕……"

"嗯？白露姐！"宁夕小心地把衣服叠好放进包包里。

白露蹙眉道："宁夕，这件事情虽然解决了，可是，也算是把她们得罪惨了，万一日后她们找你麻烦怎么办？"

宁夕不在意地笑了笑："白露姐，你认为我不得罪她们，她们日后就不会找我的麻烦吗？"

白露面色微怔，下意识地摇了摇头。

"而且，白露姐你放心好了，短期内你是安全的！"

白露一脸感动地弯腰致谢："宁夕，今天真的谢谢你！不然我就只能被赶出公司了！"

"白露姐太客气了！我也没帮你什么，同是天涯沦落人嘛！"宁夕说着，眼角余光注意到白露膝盖上刚跪出的青紫，"白露姐，你没事吧？要不要去医院看看？"

白露急忙摇头："不用的，小伤而已！"说完神情有些赧然，"宁夕，你叫我名字就好，别叫我姐了，我哪里够资格担得上一声姐……"

宁夕轻笑："你年纪比我长，我叫你一声姐不是天经地义？再说了，白露姐的作品我很喜欢的，你的《红河》《青芒》《风吹过的地方》……我全都看过的！演技可赞了！"

白露闻言满脸愕然："你……你看过我的片子？"

这几部都是她戏份比较多的作品，但是因为太文艺了，也没翻出什么水花，加上运气不好，也没获过奖。

宁夕笃定地点头："看过呀！白露姐的演技很有自己的特色，尤其是对细节的处理非常厉害，我特意学习过，只可惜，你的片子太少……不过没关系，你刚上映的那部《聆听》我看了，感觉拿奖的可能性很大！到时候你就可以演更多的好片子造福观众了！"

白露怔怔看着宁夕说出这么长一番话，好半天都回不过神。

她现在相信，宁夕是真的看过她的作品了，不然不会对她的演技风格这么了解。

刹那间，十多年来所有的委屈竟然都涌了出来，心中感慨万千……她一直以为自己做的全都是无用功，再多努力都没人看到，却没想到，竟然还会有一个人曾经关注过她。

白露的语气有些激动，颤声道："谢谢……宁夕，真的谢谢你！不过，得奖我想都不敢想的！只要能继续留在公司，混口饭吃，不至于饿死就行……"说着苦笑了下，"其实我也想过转行，只可惜最后发现，十年太长，演戏已经成了我身体无法割舍的一部分，除了演戏，我已经什么都不会了……"

白露的感觉，宁夕很能理解，当即开口道："白露姐，我有预感，你会红的！

我的预感很灵的哦！”

白露忍不住被她逗笑，即使知道她是安慰自己，心里还是暖暖的：“承你吉言！”

“啊！都这个点了！我快来不及了！下次有空聊啊！白露姐再见！”宁夕一看时间，都迟到大半个小时了，赶紧告别了白露往楼上跑去。

“再见……”

宁夕气喘吁吁地赶到了林芝芝的办公室。

江牧野等得脸已经臭得不行了，见了她，当即把手里的游戏机一扔：“宁夕！你是不是故意的！每次都让我等这么久！你知道哥最近多忙，时间多宝贵吗？”

宁夕闻言，却一副比他还有理的表情：“金毛，你还有没有一点绅士风度啊！我一个女孩子家，你等我一会儿怎么了？”

江牧野差点吐血：“女孩子？你现在倒是想起来你是女孩子了！”揍人的时候，怎么不想想她是个女孩子？

“我想什么时候是，就什么时候是！”宁夕哼了一声，径直蹦跶到林芝芝跟前，“芝芝姐，对不起对不起！有点事情耽搁了，所以迟到了一会儿！对不起让你等我！”

江牧野心想：好吧，这区别对待，他已经麻木了！

林芝芝已经习惯了宁夕跟江牧野这种一见面就吵的相处方式，淡定地从电脑屏幕前抬起头来，看了她一眼：“跟苏以沫起冲突了？”

完蛋！被芝芝姐知道了！

宁夕眉心一跳，眼珠子转了转，当即把林芝芝一顿夸：“芝芝姐！你这都知道了啊！就前一秒刚发生的事情而已！你简直诸葛孔明再世！足不出户就能知天下大事，运筹千里之外啊！”

林芝芝沉默了几秒钟，无奈地看了她一眼，开口道：“公司群里已经传遍了。”

“呃……”宁夕傻眼了。马屁拍到马腿上去了！

“咳咳，原来是公司群里传的啊！呵呵呵……大家也太八卦了吧！”

“什么？跟苏以沫起冲突了？出什么事了？”江牧野不满自己被忽略，直接走到林芝芝的办公桌前，抢过了她手里的鼠标。

因为江牧野的突然凑近，林芝芝一向淡定的脸上闪过一丝不易察觉的异样，不过很快便恢复了。

宁夕见江牧野去看，也跟着去看了，没有注意到林芝芝这细微的变化。

江牧野拖着群里的聊天记录，看得叹为观止，眼睛闪闪发光，最后，一巴掌拍在宁夕的肩膀上：“宁小夕！你可以啊！干得漂亮！太解气了！我很欣慰，看来我上次说的话你听进去了！不错不错，很好，保持这个节奏！”

宁夕白了他一眼，有些忐忑地看向林芝芝：“芝芝姐，我这个处理，你会不会觉得太高调了？”

林芝芝沉吟了片刻：“当时那种情况下，你的处理已经算很完美。不过，确实有些太露锋芒……”

也不能怪林芝芝担心，她最怕的就是宁夕羽翼还未丰满就被折断了。这段时间相处以来，她是真的很看重这个女孩子，想要好好带她……

江牧野垂眸看了林芝芝一眼，立即便看出她在担心什么，当即撇撇嘴毫不在意道：“你瞎操心什么呢！宁夕这家伙……”

江牧野话未说完，被宁夕抄起一旁的苹果堵住嘴巴：“吃你的苹果，女人说话男人别插嘴，一边儿待着去！”

江牧野拿开苹果：“宁小夕，你是不是想打架！”

宁夕扭了扭手腕：“我是不想的，但我看你好像很想，既然如此，满足你吧！”

江牧野果断开口：“我去吃苹果了！”

宁夕满意地点点头，随即转向失笑的林芝芝：“芝芝姐，你以前带这家伙的时候，他是不是特别浑球，特别能折腾人啊？”

林芝芝敛着眸子，似是回忆，委婉地答道：“有点。”

宁夕哼了一声：“那就是有很多咯！放心好了，我给你出气，帮你全都虐回来！”

江牧野在后面听得咬牙切齿，又不敢说话，只能愤愤地咬苹果！果然，出来混，迟早是要还的……

“哦哦对啦！芝芝姐！差点忘了！我要跟你说一件很重要很重要的事情！”宁夕突然无比激动地开口道。

“什么事情？”林芝芝问。

“芝芝姐，给我接戏吧！给我接戏吧！我要工作！”宁夕神情亢奋地要求。

林芝芝面露狐疑：“这么快？你上部戏的强度很大，我给你预留了一个月的假期。”

宁夕毫不在意地摆手：“不用不用！我已经完全休息够啦！我要拍戏！我要赚钱！赚很多很多的小钱钱！然后开豪车住豪宅开大公司做慈善，走上人生巅峰！”

一旁的江牧野嘴角抽搐：“呵呵，走上人生巅峰，然后迎娶白富美吗？宁小夕，你打鸡血了？”突然这么亢奋，总觉得哪里有些诡异……

林芝芝轻笑，其实她非常喜欢女孩这种时刻都很有活力的性格，不过，还是理智地劝道：“精神可嘉，但是，不可以！一个月后《天下》的后期制作完成，你就要开始各个城市飞，进行电影的宣传了，到时候会很累的，所以现在必须养精蓄锐！”

“哦……”宁夕当即失望地耷拉下脑袋。

林芝芝继续说道：“不过，你也不用愁这一个月你会闲着，毕竟你现在的时间都很宝贵，这个月除了游戏代言的拍摄，我正在帮你筛选剧本，现在已经看得差不多了。回头等今天的代言拍摄结束，我把剧本拿给你，这段时间你在家好好看看，看喜欢哪一个，选一部出来。真人秀之类的通告我也会继续帮你留意！”

一听到有剧本看，宁夕立即恢复了精神：“知道了！谢谢芝芝姐！芝芝姐你对我真好！”

江牧野搓了搓鸡皮疙瘩：“马屁拍完了没有？现在可以出发了吧？”

“出发！去赚小钱钱！”

片刻后，游戏公司摄影棚。

“对对对……近一点！再近一点！宁小姐，你要娇柔一点，摆出小鸟依人的模样！不不不，不是这个表情……娇羞一点……”

“江影帝，您的表情太僵硬了！温柔一点！对！要深情款款，再深情一点，再温柔一点……”

听着摄影师喋喋不休地要求，穿着一身华丽的古装，正努力蜷缩在江牧野怀里的宁夕一脸痛不欲生：“这赚小钱钱的代价太大了！”

一身帅气剑客装束的江牧野嘴角抽搐：“你以为我想啊，还不如让你揍我一顿呢！”

彼此伤害，折腾了整整一天之后，游戏宣传照的拍摄总算结束了。不过，这还没完，接下来还有宣传视频，还要做几晚的游戏直播……唉，果然钱不是那么好赚的！

“宁小夕，跟你拍个广告，比我拍一场打戏还累！回去睡觉了！拜拜！”江牧野死狗一样爬上了保姆车。

宁夕也折腾得够呛，不过，一想到剧本就又有精神了：“芝芝姐，剧本剧本！”

林芝芝从包里拿出一沓剧本给她，露出几分头疼的神色：“看你太闲了才先给你看的，其实这些剧本应该先跟上面申请的，只是因为二少突然休假了，而且似乎是在哪个小岛上，连人都联系不到！”

宁夕闻言有些意外：“我拍的剧本难道全都要先经过陆景礼过目？”

林芝芝点头：“二少是这么说的，他当时说，似乎还要给陆氏集团那边的什么负责人过目，总之对你很重视，是好事！”

宁夕摸了摸下巴，陆氏集团那边的负责人？该不会是BOSS大人吧？越想越有可能……毕竟陆霆骁才是真正挖她过来的人，可能是要对她的拍摄题材把关。

“那二少要休假多久啊？”宁夕随口问道。

林芝芝叹了口气：“三个月。”

“什么？”宁夕惊呼出声，“三个月这么久！黄花菜都凉了！有他这么不负责任的老板吗？那他要是一天不回来，我就不能拍戏了？”

林芝芝无奈地点头道：“流程上来说是这样的，所以我也在头疼。目前我已经找了所有方法，都联系不上他人！”

简直惊天噩耗！那怎么行！她要拍戏！她要赚钱啊！

宁夕急得不行，突然想到了什么，神色一怔，迟疑地开口道：“芝芝姐……既然陆景礼联系不到，那直接联系陆景礼上头的那位，行不行？”

“陆景礼上头的那位？”林芝芝闻言当即摇了摇头，“这是越级，这么做的话，只怕二少会不高兴。而且，陆氏集团那边，也不是我们这种等级的人能联系上的。”

宁夕一听笑道：“芝芝姐，越级确实是职场大忌，这要是别人，我肯定也不敢提，但如果是二少的话，你觉得他那个性子会在意这种事情吗？”

林芝芝闻言迟疑了：“这……”

宁夕也理解，林芝芝做事比较谨慎，这点其实挺好的，正好跟她互补，于是想了想开口道：“芝芝姐，如果你是在意二少，那我可以保证，肯定没问题！至于怎么联系上集团那边的人，二少那边我正好认识一个……一个他的助理，到时候我让他帮我私下里往上面递个话，说明一下情况，应该不会有什么问题的，再说我们这也确实是特殊情况啊！”

真让她等三个月的话，她怕自己能直接扛把菜刀游到陆景礼那小岛上去砍他！

林芝芝闻言思索了一下，确定没什么问题，便点头道：“可以，那你试试看吧！”

“好的！”宁夕欢快地应了，戴上口罩和墨镜，“那我回去看剧本了！赶紧先把片子定下来！”

“好，去吧，路上小心点。”林芝芝说着沉吟道，“你这没有车实在是有点不方便，稍微忍耐几天，等《天下》上映，我就可以帮你跟公司申请配车了！”

“谢谢芝芝姐，爱你哦！”

回到家后，宁夕盘腿坐在床上，大致看了一眼那些剧本。

林芝芝给她挑的全都是非常好的本子，重要的是都很适合她。

不同于走高冷文艺风的冷曼云，林芝芝对她未来的计划是走商业和口碑双赢的路线，所以选的本子都是既有品质保证，也比较容易大卖的。

宁夕翻着那些剧本，不知不觉间就到了深夜……

片子基本各种种类都有，爱情片、喜剧片、奇幻片、惊悚片，也有《天下》那样的古装剧，本子也都很赞，但不知道为什么，宁夕却始终有点兴致缺缺。没有那种跟《天下》一样让她一眼看到就非常有激情非常想演的片子。

宁夕把几个本子翻来覆去看了好几遍，最后目光无意间落在一个被她扔在床尾的本子上。

那个剧本的名字是《我只喜欢你》，一看就是没什么意思的青春偶像剧，所以一开始就被宁夕不感兴趣地扔到一边了。可是，从她刚看过的这几个本子来看，每一个本子都有其特殊和创新之处，有让人眼前一亮的地方，所以，这个本子难道也有什么特别的地方？

宁夕想着，重新把那个剧本拿了起来，结果，刚一看到内容梗概整张脸都放光了！这个本子刺激啊！她刚才居然嫌弃它把它扔了！

简直了！这个剧本确实是那种谈情说爱并且很容易火的偶像剧，而且还是现下最流行却也最受吐槽的霸道总裁题材。

不同的是，这次的霸道总裁不是男主角，而是女扮男装的女主角！简单来说就是，女主角家里非常非常有钱，是当地的豪门，她爷爷生了两个儿子，可是，这两个儿子也不知道是怎么回事，子嗣都很艰难，就是生不出娃，更别说生个儿子继承家业了。最后，女主角的母亲终于怀孕了，并且检查出来是个儿子！全家大喜！

后来的事情基本就能猜到了，十月怀胎之后，一生下来，竟然是个女娃！简直是晴天霹雳。

女主角的母亲承受不了自责和压力，加上女主角的父亲想要继承权，两人一拍板，决定让女儿女扮男装。

这一扮就是二十多年！女主角这么多年到底是怎么不被发现的且不用管，偶像剧本来就不用管什么逻辑性。总之，这个题材，彻底激起了宁夕的兴趣。不仅是女扮男装，剧中的女主角性格也很带感，玩世不恭，喜欢刺激……

细看下来，简直是为她量身打造的嘛！

男主角的设置也不错，是女主角的助理管家，被女主角的爷爷派到她身边来管束她的。女主角一开始非常讨厌他，各种捉弄为难他，两人在相处中渐渐擦出火花……

《我只喜欢你》！就这个了！

决定好之后，宁夕激动得觉都睡不着，第二天一大早就跑去公司跟林芝芝商量了。

“芝芝姐！我选好了！”

林芝芝意外地看着她：“这么快？看上了哪个？”

“这个这个！”宁夕宝贝一样把选中的本子递给林芝芝。

林芝芝拿起本子，看了一眼：“《我只喜欢你》是个很热的IP，当红热门小说改编的作品……”

“对对！就是它！”

林芝芝支着脑袋，思索了一下，开口分析道：“你确定要选这个？这个本子的投资并不大，只有一千万，当然，对现代剧来说，这个投资也不算少了。我当初选它的时候，是因为你这个阶段和你的外貌条件，非常适合演偶像剧，但一般的偶像剧我又不敢给你选，因为容易被扣上花瓶的头衔，白白消耗了你《天下》积累下来的好口碑，而这部不同，这部戏的女主角非常考验演技！”

宁夕听得连连点头：“芝芝姐你说得有道理！”

林芝芝抬头仔仔细细地打量了她一眼：“说实话，我有些意外你会选这个……以你的长相，女扮男装，你确定能胜任？如果一个处理不好，就会显得剧情很假，会被观众吐槽的，一不小心就会演成雷剧。以前也不是没有这样的例子。”

“我确定，我有信心！不然，我这就回家换身男装给你看看？”宁夕说着就准备往家跑了。

林芝芝轻笑：“不用了，你有信心就行，我信你。”

其实在《天下》这部剧里，从宁夕作为女将军的那一小段剧情来看，她演出来还是很有英气的，气场上不输于男子，如果真的女扮男装的话，虽然难度很大，倒也不是没有可能……

宁夕闻言感动得眼泪汪汪：“芝芝姐我太爱你了！那我这就去联系集团那边的人了？”

“嗯，去吧。”

宁夕欢快地离开公司，一边走路一边给陆霆骁发短信。

糖小夕：“BOSS 大人，您现在有空吗？我有点事情可能要麻烦您……”

与此同时，陆氏集团某工厂车间。

一群高层领导正诚惶诚恐地簇拥着黑色西装面容冰冷的 BOSS 大人，在前面引路的厂长唾沫横飞滔滔不绝地介绍着厂里的高科技设备，吹嘘自己的功勋……

话说到一半，“叮”的一声，似乎是手机信息的提示音。

陆霆骁低头看了眼信息，下一秒，立即抬了下手示意噤声。

厂长本来还在滔滔不绝，被身旁的副厂长提醒了一下才反应过来，赶紧战战兢兢地闭了嘴。

只见他们的 BOSS 大人在收到一条信息之后，竟然立即就回了一个电话过去。

众人面面相觑，难道是有什么急事？

另一边，宁夕正忐忑着呢，也不知道陆霆骁这会儿忙不忙，会不会打扰到他……

结果，刚过几秒钟，那边陆霆骁的电话就打过来了。

宁夕急忙接了起来：“BOSS 大人！”

“嗯，找我有事？”

手机那头，陆霆骁身旁的领导们听到老板开口，身体都不由自主地抖了一抖，老板跟谁打电话呢？声音居然这么温柔？

“是的，有一点，你现在方便接电话吗？”宁夕问。

陆霆骁：“方便，你说。”

此刻，陆霆骁身边环绕着的一大群眼巴巴等着他的大大小小的领导……

宁夕：“哦，是这样的，我下一部剧的剧本选好了，可是没人给我审核，二少去度假了，怎么都联系不到人，据说三个月后才能回来……”

陆霆骁一听便明白了，直接开口道：“我现在在车间视察，快结束了，你直接去我公司等我，我很快就回来。”

众领导惊呆：老板居然一口气说了这么长的一句话……

尤其刚才滔滔不绝做汇报的厂长，更是满脸呆滞，心想我嘴皮子都说破了，结果老板从头到尾也只说了一个字！那个字是“嗯”。而且，快结束了是什么意思？他还有好多内容没有汇报呢！

宁夕：“啊……你在视察啊……”那还说方便接电话？

宁夕急忙长话短说：“那好的，我这就去你公司等你！”

“嗯。”陆霆骁挂了电话，看了眼旁边的特助程锋，叮嘱道，“你去打个电话安排一下，让小方直接带她去我办公室。”

“是，我马上去！”程锋跟在陆霆骁身边这么久了，自然知道老板一旦说话变成那个语气，一准就是在跟那位宁夕小姐通话，于是立即了然地应了一声去旁边打电话了。

“喂，方秘书，我是程锋！”

“程助理啊，您有事吗？”

“是这样的，待会儿有一位姓宁的小姐会过来找我们陆总，你直接带她去陆总的办公室等。”

“直接带她去陆总的办公室，这合适吗？程助理，您确定不是会客室？”方秘书有些怀疑是程锋说错了，毕竟陆总办公室这么机密的地方，怎么能没有主人在场的情况下，随便带人进去……

“确定，你照做就行。另外，客气一点，好好招待。”程锋好意提醒了一句。

“是，我知道了！”小秘书紧张地应下。

程锋办好事回来的时候，正看到自家老板扫了眼身旁的厂长，随后薄唇轻启道：“长话短说，给你三分钟。”

厂长傻眼：三、三分钟能说啥？没办法，他只能咽了口唾沫，硬生生憋回了正在心里酝酿的长篇大论，开始汗流浃背地思考怎么把三十分钟的内容压缩成三分钟……

程锋回到陆霆骁身边，不动声色地扫了眼厂长那满脸苦闷的表情，不由得在心里摇头嗟叹：三分钟，知足吧！佳人有约，老板不说三十秒就不错了！

最后，厂长只能飞快地阐述了一下盈利和成本之类最重点部分，因为临时压缩，老板的表情又太可怕，所以说得有些磕磕巴巴，说完之后，一副死定了的目光……

好不容易有机会在大老板面前表现，结果话都说不利索，可不死定了吗……

陆霆骁看了眼手表：“嗯。”

老板心想：又是“嗯”？这意思是……他过关了吗？居然这么容易？

陆霆骁：“回公司。”

集团的一干高层领导们愣了片刻，顿时呼啦啦跟着陆霆骁往外走去……

陆氏集团公司大楼。

宁夕拿着剧本走到了前台：“你好，麻烦你一下，我找陆总。”

以免被认出来麻烦，宁夕戴了一只白色的口罩。

“有预约吗？”小秘书头也不抬地问。

宁夕：“没有，不过我……”

话没说完，小秘书就已经直接打断了她，娴熟地拒绝道：“不好意思，没有预约的话，还是先预约吧！不过，就算预约了也不可能马上见到，陆总的排期目前已经到了三个月后。”

每天各种借口来找陆总的人太多了，还有人等在大门口几天几夜不走的，小秘书见得太多了，于是随口就要把人打发走。

“可是，我已经跟陆总说过了。”宁夕开口说。

呵呵，跟陆总说过了？你谁啊！能跟陆总直接说话？

小秘书正要开口，却猛地想起刚才程锋打来的那通电话：“等等……这位小姐，请问您贵姓？”

“我姓宁。”

小秘书一听立即一脸热情，笑靥如花道：“啊，原来是宁小姐！程助理已经跟我交代过了，您跟我来，我这就带您上去！”

宁夕有些无语地看着小秘书突然的转变：“咳，谢谢！”

小秘书一边领路，一边小心翼翼地打量着眼前的女人。

戴着口罩……这么神秘……还这么漂亮，感觉大有来头。再结合前段时间公司传闻……说那个女人是当红女艺人苏以沫来着，该不会就是眼前这个吧？

难不成是苏以沫用了化名，害怕被大家发现，所以化名连姓氏都改了？

可是，看这一身如此低调的打扮，明显也不太像苏以沫的风格啊？

“宁小姐，就是这里，您请进，我去给您倒杯茶！”

“谢谢！”

宁夕道了声谢，走进陆霆骁的办公室。她站在屋子中央，好奇地环视了一圈。这还是她第一次来陆霆骁的办公室。

这屋子果然是它主人的风格，全部是冷色调，金属和玻璃质地，冷冰冰的，没有一点烟火气。

宁夕看着看着，不由得想起盛世娱乐金光灿灿的装修风格，心下忍不住吐槽，这兄弟俩的审美未免也相差太多了……

正出神，小秘书进来了：“宁小姐，茶好了，您坐下等吧！”

小秘书不仅端来了茶水，还有一堆精致的点心。

“谢谢，太麻烦你了！”

“不客气不客气的……”小秘书摆着手，一时却没有走。

宁夕端起茶杯，见小秘书没走，有些狐疑："秘书小姐，您还有事吗？"

"没有没有！您请用茶！"小秘书回过神来，急忙退了出去。

唉！可惜！本来想等她摘口罩看看长什么样子的！

宁夕反应过来小秘书的意图，失笑，原来陆霆骁的手下也是会八卦的。

宁夕在沙发上坐了下来，摘了口罩，抿了口茶，这时，眼角余光无意间瞥到茶几上放着一个厚厚的册子……这是什么？不太像是文件资料之类的东西啊。

与此同时，陆霆骁和一干高层已经风风火火地到了公司门口。

所有人都无比好奇，老板到底是有什么事情啊，急成这样？

陆霆骁下了车，正要进楼，刚走没几步，突然想到了什么，顿时整个人的脸色都变了。刚才他虽然急切，但脸上是晴天，现在却是乌云密布，狂风大作，一副天都要塌下来的感觉……

一干高层看到这个表情，全都吓得魂儿都没了！公司要倒了吗？

陆霆骁低咒一声，顿时加快脚步，大步流星地朝着前台走去……

"陆总好！"见到来人，方秘书赶紧打了个招呼。

"她人到了吗？"陆霆骁厉声问道。

"人？"小秘书被老板可怕的表情吓了一跳，愣了一下才反应过来，"陆总，您是说宁小姐吗？是的！她已经在您办公室等您了！"

"什么？"陆霆骁的脸色刹那间更可怕了。

小秘书快被当场吓哭了："陆、陆总……有什么问题吗？程助理跟我说，让我带那位小姐去您办公室等的啊！"

看着陆霆骁的表情，一旁的程锋也慌神了，心想明明是老板您自己叮嘱我让她在您办公室等的啊！

陆霆骁捏了捏眉心，沉声问："她上去多久了？"

小秘书颤抖着看了眼时间："有七八分钟。"

陆霆骁没再说话，黑着脸，快步朝着电梯的方向走去……

身后，小秘书急得叫住陆霆骁身后的程锋："程助理程助理！到底出了什么事啊？我是不是做错什么了？明明是您让我带人上去的啊！我不确定还特意多问了您一次呢！"

程锋这会儿也是满脸菜色："你问我，我问谁去！别太紧张了，我看看情况，回头告诉你！"

"那您快点啊……"小秘书哭唧唧地应了，多等一秒都是煎熬啊！

从电梯里出来之后，陆霆骁用力扯了扯领带，最后几乎是一路跑去自己办公室的，看得沿路正在办公的员工全都一副见鬼的表情……刚才飞奔过去的人影怎么有点像是自家老板啊？

终于到了办公室门前。

“砰”的一声，陆霆骁用力推开门。

只见办公室里，宁夕静静地坐在沙发上，手里正捧着那本显眼的大红色封面的厚册子……

看着女孩手里的册子，陆霆骁一向平静无波的眸底刹那间翻起波澜，甚至连声音都有些抖了：“宁夕……”

宁夕眨了下眼睛，有些惊讶地看着突然推门进来的陆霆骁，只见陆霆骁面色凝重，气息微喘，连领带和衣服都乱了几分……

“呃，BOSS 大人……您、您这是怎么了？”宁夕呆呆地问。

陆霆骁一步一步走到她跟前，目光冰冷地落在她手里的册子上……

宁夕见状急忙抱歉道：“啊！这个……对不起……我看它放在这里，应该不是什么私密的资料，就无意识地拿起来看了一眼……”她说完赶紧把册子摆放好，不敢乱动了。

“宁夕，这个东西是我母亲让人放在这里的，我并没有看过。”陆霆骁脊背紧绷着，语气里透着一丝不易察觉的紧张。

“哦……”宁夕挠挠头。

“你不信我？”

“啥？我当然信啊！”

“你……”陆霆骁似乎不太擅长解释，好半晌后才板着脸，一字一顿道，“你别生气，这些都是我父母自作主张，我个人完全没有相亲的意图，就算他们安排了，我也不会去。”

之前他满心都是他的女孩主动给他发短信了，结果他却失误忘了这么重要的事情。

走到公司门口的时候，他才想起来这个相亲册还放在他的办公室里，宁夕已经进去好一会儿了，很有可能已经看到了……

宁夕闻言，终于什么都明白了，一下子愣在那里，满脸惊讶。

陆霆骁就是为了这个匆匆赶来，还急成这样？刹那间，心里有种说不出的感觉……

她确实想过只要有一丝一毫的可能性都要为之努力，但也从不自私地奢望陆霆骁能等她到最后。如果他中途遇到了更喜欢的人，她肯定会祝福他！大不了到时买醉三千场……

宁夕抬起头，目光温软地看着眼前一脸阴沉的男人："陆霆骁，其实，你不用这样的，有句话怎么说的来着？世界那么大，你可以去看看，说不定就遇到更喜欢的女孩子了呢！"

陆霆骁几乎是在她话音落下的瞬间就脱口而出："宁夕，没有其他人，你就是我的全世界。"

宁夕被一句秒杀，大魔王现在已经可以想都不用想，情话信口就来了……

"咳，不说这个了，BOSS 大人您时间宝贵，您看下这个剧本吧！"宁夕及时把剧本拿了出来。

陆霆骁仔细打量了一下宁夕的表情，确定她没有生气，才终于缓了口气："稍等。"说完扯下领带，脱了外套挂在衣架上。

她没有生气，他本该松口气的，但心底却又有一丝深深的失落……不生气，无非是因为不爱、不在意……

在陆霆骁没注意的时候，宁夕自言自语地念了几句清心咒，避开不去看陆霆骁脱衣服的动作！

脱了外套，陆霆骁整了整袖口，开口道："我可能要看一会儿，你可以先去里面的休息室睡一下，看你脸色，似乎睡眠不太好？"

宁夕摸了摸眼睛下面的黑眼圈："昨晚太亢奋了，看了一晚上的剧本……"

陆霆骁："去睡会儿吧，我好了叫你。"

"老板在工作，我却去睡觉，这不太好吧？"宁夕觉得不妥。

陆霆骁瞥了她一眼："你不睡觉也帮不到我，睡觉却可以让我安心。"

宁夕："哦，知道了，马上去！"还是赶紧避开跟大魔王同处一个空间吧……

话音刚落，宁夕一溜烟钻进了休息室。虽然休息室里也是简约冷硬的风格，但是，可能因为是大魔王睡过的地方，倒是透着几分温暖……

等等！大魔王睡过的地方？她就这么直接睡在这里？

正纠结着，手机叮的响了一声，有条新信息——

陆白菜："床单被罩刚换过新的。"

大魔王是有上帝视角吗？可怕……

休息室外，陆霆骁想象着宁夕看到短信后的表情，嘴角不由自主地勾起。

接下来，陆霆骁专心地看起了剧本，宁夕昨晚确实亢奋得一夜没睡，刚沾枕头没多久就香甜地进入了梦乡……

办公室里面祥和而安静，然而，此刻的办公室外，却完全已然是凄风楚雨的地狱了。

从目睹陆霆骁跑回来开始，所有的员工都处在惊恐之中……

“完蛋了，我看这次事情绝对大条了！”

“我们老板是什么人物？泰山压顶不形于色，这次居然直接不顾形象地在公司里跑了起来！”

“据说在楼下公司门口的那会儿，那个脸色可怕的哟！前台那个方秘书都被吓哭了！”

一时之间所有人都转向了程锋……

“程助理，你要是知道什么内幕，就别瞒着我们了啊！心脏病都快急出来了！”

“就是啊！你就直接告诉我们吧！公司是不是出了什么大危机？我们该不会是要失业了吧？”

“告诉我们，给我们一个心理准备吧？”

“刚才有个女人，手里好像拿着什么资料进了陆总的办公室，是不是来汇报什么噩耗的？”

……

程锋被一群人围着，简直焦头烂额：“我拜托诸位，不要再问了，我真的什么都不知道！安静等着吧！”其实他可以肯定，绝对不是公司的问题。但不是公司的问题，也完全无法让他安心。就因为事关那位宁小姐，那事情才更大呢！

时间慢慢过去，太阳渐渐落下，很快就到了下班的时间，每个坐在办公桌前的员工都是一副等死的表情，没有一个人敢起身离开。

总裁办公室。

陆霆骁的目光落在休息室的方向，似乎已经看了良久，半晌后，倏忽回神，看了眼时间，合上早就已经看完的剧本。

他起身走到休息室的门前，敲了敲门。

里面安安静静，没有丝毫声音。

陆霆骁放轻动作，推开了休息室的门。

柔软的大床上，女孩正香甜地沉睡着，脸颊红扑扑的，乌黑的发丝铺满了身下纯白的枕头……

陆霆骁的心情不由自主变得无比平和，轻轻在床沿坐下，有种什么都不想做，就这么一直看着她的冲动……

嗯，什么都不做？此情此景，似乎又有些不太可能……自从她离开铂金华府，已经好久好久好久没有这么近地看着她……

即使知道不应该，但这样的诱惑实在是在他的理智之外，自制力也完全不起作用。

陆霆骁拾起女孩的一缕发丝，轻轻亲吻……

原本只想一触即离，然而，忍不住贪婪地汲取更多……

“嗯……”女孩呼吸不畅，不适地低吟一声。

陆霆骁脊背一僵，本该离开才对，身体却完全不听使唤，更加深入地吻了下去……

“陆……”

听她似乎呢喃着自己的名字，陆霆骁更加用力地吻着……

因为唇上的疼痛，宁夕蹙着眉，不太高兴地挥了一下手：“陆白菜……”

听到那三个字，陆霆骁整个人都愣住了，反应过来之后，一时有些哭笑不得……

陆白菜？这个称呼……好吧，似乎还不错，很特别，是她的专属。

眼见着夜幕都开始降临，陆霆骁终于不舍地轻唤了一声女孩的名字：“宁夕……醒醒……”

宁夕迷迷糊糊地睁开眼睛，刚一清醒，就看到了头顶男人完美的脸和星辰一样温柔的眸子。

“啊……”她是在做梦吗？不对！她这是在大魔王办公室里的休息室呢！

宁夕急忙一骨碌爬起来：“BOSS 大人！我睡了很久吗？现在几点了？”

“不久，两个小时，正好。”

“我是猪吗！我居然睡了整整两个小时！”宁夕赶紧翻身下床，然后把被子整理好。

“别忙，待会儿会有人收拾。”

“哦……”

“走吧，很晚了，该吃饭了。”

宁夕清醒过来之后，第一时间问正事：“对了，老板，您剧本看完了吗？怎么样怎么样？我可以拍吗？”

其实她非常担心，担心那个本子的题材以陆霆骁这样严谨古板的性子，可能会不接受……

“看了一半。”陆霆骁回答。

“看了一半？”大魔王看东西的速度……似乎不太快的样子？不科学啊！大概是因为比较谨慎，看得比较细吧！

唉，难道还要等一天啊？好着急！

宁夕那个急性子，简直连一分钟都等不了的，别说一整天了，于是苦着脸道：“那怎么办？我等你看完，明天再来找你？”

陆霆骁从衣架上拿起外套，一边穿衣服，一边说道：“恐怕不行，我明天一早要去国外出差。”

“什么！”宁夕大惊。

简直又是一个晴天霹雳！为什么大魔王也要走人了啊？

陆霆骁想了想，开口道：“所以，现在有两个方案。”

“哪两个方案？”宁夕急忙问。

陆霆骁：“方案一，等我一个星期后出差回来！”

“一个星期啊！”虽然不算长，但也不短了啊！“那第二个方案呢？”

陆霆骁看了她一眼：“方案二，跟我回家。”

“啥？”宁夕一呆，“什、什么意思？”

“意思就是，晚上你可以在我那里吃个饭，晚饭后，我开始看剩下的一半，看完之后，跟你讨论意见，应该能在今天之内解决。”陆霆骁解释。

宁夕眨了眨眼睛，毫不犹豫道：“我选二！”

这还用选吗，肯定选二啊！可是，选完之后，她为什么有种自己又掉坑里的感觉……

陆霆骁的眸子里漾起一丝笑意：“嗯，走吧。”

宁夕殷勤地走在前面，帮陆霆骁推开办公室的门。结果，下一秒，一推开门就傻住了……

原本这个时间，大家应该都下班了才对，可是她看到的却是满满当当的员工，一个都没下班，都伏案在办公桌前一副认真工作的模样，除了时不时偷偷往他们这里瞟的眼神……

宁夕忍不住感叹：“BOSS大人，你家员工……都好勤奋啊！”

陆霆骁扫了自家员工一眼，又看了眼办公室门外也不知道等了多久的程锋。

程锋肩负着所有人的希望，所以再怎么怕，也只能战战兢兢地走上前来，他当然不可能说大家是被吓得不敢走，只能打着哈哈道：“为了感恩公司栽培，大家今天是主动加班的……”

陆霆骁冷着脸：“我一向主张有效率地工作，而不是一味加班。”

程锋心想：完了。

紧接着，陆霆骁又说了一句：“不过，精神可嘉，所有人这个月工资加三成作为奖金。”

陆霆骁自然清楚他们心里在想什么，不过，今天他确实有点失态，估计是吓到他们了。就当是……精神损失费吧……而且，老婆刚也夸他们勤奋了！显然，这才是重点。

听到陆霆骁的话，所有人不敢相信自己的耳朵。他们是幻听了吗？担心了一下午，还以为公司要倒闭了！结果……老板居然发奖金了！这幸福来得简直太突然啊！

然而，还来不及震惊奖金的事情，更震惊的事情还在后面……

“走吧。”陆霆骁侧身对宁夕说了一句。然后，一边径直穿过员工区，一边柔声问身旁的女孩，“晚上想吃什么？看你朋友圈说要减肥，我让厨房准备些低脂食物？”

“嗯嗯，行呢！其实我都可以的！不用太管我！大不了我少吃点！”

“减肥可以，但也要注意身体，上次秦沐风推荐的营养师你觉得怎么样？如果可以，我让她给你准备一份合理的饮食表！”

“啊？会不会太麻烦人家了？”

“不会，晚上我帮你打个电话说一声。”

身后，全公司所有员工一脸不可置信：他们看到了什么？他们听到了什么？这突如其来被秀了一脸的恩爱！刹那间，所有人又集体转向了程锋，那状态，简直快要疯狂了……

“咱们快要有老板娘了？！”

“程助理，你也太不够义气了！这么大的事情都瞒得死死的！一点风都不透！”

“害得我们全都吓死了！”

“刚才老板突然给我们发奖金，是因为老板娘夸了一句我们勤奋吧？老板从来都不喜欢我们加班的！”

“肯定是！”

程锋翻了个白眼，他自己也快吓死了好吗？

好在这两人没事，看老板又是发奖金，又是轻声细语的，一准是危机解除，雨过天晴了。

从某种意义上来说，这位宁小姐才是决定他们生死的人啊！

稍稍冷静下来后，有个女员工不高兴地咕哝道：“你们别在这里瞎激动了，谁知道是不是老板娘啊！”

公司不少女员工都偷偷爱慕陆霆骁，一心觉得BOSS大人是大家的，这会儿突然有主了，自然不好受，纷纷附和道：“说不定只是玩玩呢！”

有男员工一脸“你太愚蠢”的表情反驳道：“从我作为男人的眼光来看，老板这次绝对是认真的！如果老板真的是那种想玩玩的人，这么多年了，他身边会没女人吗？你们看过老板这么失态的样子吗？你们看过老板这么温柔的样子吗？你们看过老板对谁说话时主谓宾定状补齐全的吗？”

“何止啊！从我进公司开始，就没听老板说过这么多话，我差点以为咱们老板有语言功能障碍呢！结果，追求女生的时候简直毫无障碍嘛……”

“这算什么，我们都以为老板讨厌女人好不好？”

……

那些不甘心的女员工全都是一副憋屈的表现，却无法反驳。

反驳不了，难免开始从别的地方找回场子。

“那个女人到底是谁啊？还戴着口罩！长得不能见人吗？”

“就算戴着口罩也看得出是个大美人，你们这群觊觎老板的女人啊，还是别再想了！”

“浑蛋，你说谁觊觎老板呢！我们只是看不惯有人对我们老板耍手段！”

“该不会真是那个苏以沫吧？其实苏以沫形象还挺好的！很女神！跟我们老板……也算般配！”

“瞎了眼吧！苏以沫那个假到死的女人跟我们老板般配？”

“别吵啦别吵啦！”

铂金华府。

下了车，宁夕有些恍惚地看着眼前的别墅。

说实话，当初离开的时候，她还真没想过有一天还会回到这里来。

陆霆骁见她发呆：“怎么了？”

“没事。”宁夕摇摇头，跟着进了住宅。

走到一半，手机响了，是江牧野的电话。

“喂，干吗？”

“不干吗，就提醒你一句，晚上别迟到！再让我等你，我真的要翻脸了！”江牧野在电话那头威胁。

宁夕一脸迷茫：“晚上？晚上什么别迟到？”

“宁小夕！你找死是不是？”

“哦哦，我想起来了，晚上要录游戏直播是不是？知道了知道了！我刚跟你开玩笑呢，绝对没忘！绝对不会迟到的！挂了！”宁夕飞快地挂了电话，脸上难免有些心虚。

实际上，在BOSS大人的美色下，她早就把这事忘到九霄云外去了！

宁夕苦着脸看向陆霆骁：“BOSS大人，我不是代言了一个游戏嘛，为了配合游戏宣传，晚上要开个游戏直播……怎么办……”

“你可以用我的电脑。”

宁夕愣了一下：“用你的电脑？”

陆霆骁轻轻揉了揉她的头发：“放心，我那台电脑的配置足够高，家里网速也很快，不会有问题。”

“哦哦哦！”看着大魔王靠谱的表情和语气，宁夕眨着星星眼，连连点头。

大魔王的电脑，配置高是肯定的，至于网速，她也是亲身体会过的。之前住在这边的时候，最爱的就是这里的网速，非常快，刷网页、看视频、玩游戏都特别爽。

“我带你上去，你可以先试用一下。”

“嗯嗯，好！”

两人边说话边进屋，不远处，袁管家看到两人竟然一起回来，满脸惊讶，于是垂着眸子，恭敬道：“大少爷回来了！”

“嗯。”

“小夕小姐好，您今天是来做客？”接着，老管家看向宁夕，试探着问，语气里带着一丝激动。

“管家爷爷好！我过来有点事情！”宁夕回答。

“这样……”老管家明显有些失望，不过转念一想，能心平气和地相处，这也算往好的方向发展，瞧着大少爷的心情也不错。上次闹得那么厉害，真把他吓得不轻。

这时，弯弯激动地小跑过来：“小夕小姐，你回来啦！”

一句无心的“你回来啦”，让宁夕本来还挺平静的心情变得感慨万千起来，唉，大魔王的手下，个个都不是省油的灯啊！

宁夕轻笑：“弯弯，是不是想我了啊？”

“想的……”弯弯红着脸喃喃，这时才发现陆霆骁也在呢，赶紧弯腰打招呼，

“大少爷您回来了！”

小丫头脸上藏不住表情，这番表现，明显宁夕要比他受欢迎多了……

还好陆霆骁已经习惯了，也乐见其成，只要不过多占用他老婆的注意力就行。

陆霆骁和宁夕进屋后，弯弯激动地看着老管家：“袁叔，小夕小姐怎么突然过来了？她跟大少爷是不是……”

袁管家摇摇头：“别乱猜，小夕小姐只是找大少爷有事情，不过，我看两人之间的气氛倒是不错。”还有一句他没有说，也不知道是不是他的错觉，他总觉得小夕小姐看着大少爷的眼神，其实很不一般……

跟弯弯他们打过招呼后，宁夕随着陆霆骁直接进了楼上书房。

陆霆骁按下开机键，帮宁夕拉开椅子，示意她坐下，然后当着她的面直接输入了开机密码。

宁夕也没来得及回避，于是直接看到了陆霆骁的密码，因为心下好奇，下意识地喃喃出声：“lucky712？”

lucky是“幸运”，712是什么意思？貌似既不是陆霆骁的生日，也不是小宝的生日，当然，也不是她的生日。

陆霆骁一只手臂搭在她身后的椅子上，一只手环过她操作着鼠标，听到她的低喃，语气随意地开口道：“密码上的数字是我的幸运日，我们第一次相遇的日子。”

“咳咳咳……”呆滞片刻后，宁夕惊得一阵剧烈地咳嗽。

仔细一想，还真是！刚才完全没反应过来！

陆霆骁好像刚才自己说的是一句很普通的话，神色如常地打开了浏览器：“你下载游戏吧。”

“哦哦……马上……”宁夕急忙去握鼠标。

结果，陆霆骁的手还没来得及拿开，她不小心直接握住了陆霆骁的手，又赶紧松开：“对不起对不起……”

正直起身道着歉呢，又一脑袋撞进了陆霆骁的怀里……

陆霆骁揉了揉她的后脑勺，似乎看出了她的窘迫，语气温柔道：“不打扰你了，我去楼下厨房看看，你有问题就叫我。”

宁夕忙不迭地点头：“好的好的！”

看到大魔王带上门离开，宁夕总算松了口气，捂着脸趴在了办公桌上，陆霆骁……你再这样，再这样……我会忍不住的你知不知道？

宁夕好不容易才缓过来，打开游戏网页，开始下载游戏客户端。

这边网速还是一如既往的彪悍，不到十分钟游戏就下好了。输入账号密码，登录游戏，扫了眼好友，江牧野已经在线了。

几乎她刚一进游戏，江牧野就发起了语音邀请。

宁夕点了接通："你这么早就上了？"

语音那头的江牧野哼了一声："你以为我跟你似的！"说完狐疑道，"你今天怎么这么积极？"

"积极你也要说我？快组队！先打两局热热身！"

"马上！"江牧野一听开始打游戏，立即来了精神，什么都忘在了脑后。

只是，两人刚开始打就悲剧了……

语音那头江牧野声嘶力竭地吼："宁夕！上啊！发什么呆呢！不要上，有埋伏……你挂了！宁小夕！你今天是不是忘吃药了！"

"滚蛋！你才忘吃药了！反应速度这么慢，不会早提醒我吗？你一个剑客，保护不好奶妈还有理吼我！"宁夕虽然心虚，但嘴里绝对不虚。

江牧野气得不行："你也太会颠倒黑白了！宁小夕，你摸摸你自己的良心，你今天是不是不在状态？"

听到江牧野的揭穿，宁夕噎住了："我……"大魔王今天大招连开，她现在这个水平已经是超常发挥了好吗？她咬了咬牙，"少废话！再来！"

第二局开始，还是死得很惨……

死得太惨，宁夕也怒了，开始跟江牧野对骂："江牧野，你被狗咬了啊！冲这么前，找死呢！我是华佗转世也救不了你啊！换回来，我不要玩奶妈了，我要换剑客！"

"浑蛋，这是游戏公司的要求，又不是我乐意的！而且，这根本不是玩什么的问题，虽然你更擅长攻击类，但也不至于把奶妈玩得这么烂！老实交代，你到底什么情况？"江牧野越想越不对劲。

"江金毛，你少给我找理由！明明是你自己菜还怪我……"宁夕怎么可能承认自己魂不守舍，坚决把屎盆子往江牧野头上扣。

那头的江牧野差点被她气得吐血……

宁夕正骂江牧野骂得痛快呢，一抬头，竟然看到陆霆骁正斜倚着门框看着她，也不知道到底什么时候来的。

宁夕顿时满脸尴尬，匆匆关了耳麦："咳咳咳，你什么时候来的？"该不会把她刚才骂人的样子全都看进去了吧！作孽！

"其实吧，我平时玩游戏的时候没这么暴躁，也不会乱骂人的，主要是江牧野今天玩得太烂了……"宁夕继续推锅。

陆霆骁嘴角微勾：“很可爱。”

他突然冒出来这三个字，宁夕有些迷茫：“啊？什么可爱？”

陆霆骁：“你骂人的样子。”

大魔王，你还有人性吗？我都已经重伤残血了，你还不放过我……

“晚饭已经做好了，先下去吃饭？”陆霆骁问。

“嗯，吃饭吃饭！”她想吃白菜！

下了楼。

宁夕看到桌上摆放着三素一荤，还有一个汤，都是家常小菜，看着很清爽，也很有食欲，而且，居然真的有一盘大白菜。大魔王是不是故意的呀？

“这些够吗？”陆霆骁不放心地问。

“够的够的，肯定够了！”为免一开口就有危险，宁夕飞快地夹了几个菜，开始埋头扒饭。

“慢点吃。”陆霆骁看着她，眸底似乎有一丝不易察觉的紧张。

宁夕也没发现，继续吃饭，可是，吃着吃着，她发现不对劲了……

“陆霆骁……”

“怎么了？”陆霆骁立即放下筷子问。

宁夕咬了一口茄子，斟酌了一下措辞：“你们家今天做菜的大厨，是不是心情不太好啊？”

陆霆骁想了想，很肯定地回答：“没有，他今天心情很好。”

宁夕眨了眨眼睛：“那他今天的厨艺发挥……怎么有点失常啊？”

陆霆骁闻言脊背立即僵了，不过面上依旧是面无表情的淡定：“怎么说？”

宁夕指着一盘红烧茄子：“这个茄子，明显盐放多了啊……”然后又夹了一筷子冬瓜肉片，“这道菜火候过了，肉片都烧焦了。西红柿炒蛋全都是西红柿，蛋几乎都看不到……最重要的是，汤里似乎忘了放盐……”说完抬头看了陆霆骁一眼，本来准备继续吐槽呢，结果却发现他的表情很不对劲。

宁夕心里咯噔一下，脑子里顿时闪过一个念头，露出不可思议的表情。

半晌后，她咽了口唾沫，弱弱地问道：“陆霆骁……这些菜该不会是……你做的吧？”

陆霆骁的表情沉重，似乎有些不太想承认，但是又不想撒谎，片刻后，还是僵硬地点了点头：“嗯。”

“噗……”宁夕满脸震惊，“还真的是你做的啊！”

完蛋了完蛋了！怎么不早说呢！她刚才居然把大魔王亲手做的菜全部批得一

无是处！

宁夕抚了抚额头，赶紧补救："哎呀，我还以为是你家大厨做的呢，以大厨的水准看，自然要求比较高了，没想到是BOSS大人你亲手做的，冒昧问一句，这该不会是你……第一次做菜吧？"

"不是，之前练过几次。"陆霆骁的脸色还是很难看，作为一个完美主义者，第一次失败，显然是真的被打击到了。

"哦哦，练过几次，那也还是个新手嘛！不是我故意夸你啊，新手能做到这个水平已经非常厉害了！你看这个茄子，做得就特别香，虽然稍微放多了一点盐，但绝对是瑕不掩瑜，还有这个冬瓜肉片，肉片……略老而已，其实我就喜欢吃老一点的，还有这个西红柿炒蛋……"

"因为发现蛋里有蛋壳，所以只能把大部分蛋去掉了。"陆霆骁说。

宁夕噎了噎，艰难地继续夸："哦哦，难怪呢，这说明你做菜态度严谨嘛！其实一点蛋壳完全不碍事的，我刚做菜的时候，只要有蛋，那绝对带壳！还有这个汤啊，汤本来就要清淡点比较好，最最重要的是，这道大白菜做得实在是太好了，比我自己做的都好吃呢！"

宁夕夸得口水都快干了，陆霆骁的脸色总算缓和了一些："嗯，这道我练了很久。"

如果宁夕现在去厨房，就会看到满满一垃圾桶做失败的大白菜……她眼前这盘的成功，是建立在无数大白菜上的……

"真的很不错了，多多练习一定会更好的！"见陆霆骁的神色缓和了，宁夕再接再厉地哄着。

陆霆骁神色认真地看着她："我会的，直到你完全满意为止。"

"啊？我……我不是这个意思啊……"啥叫直到她满意为止啊？而且，其实她真的很想说，一个家里，有一个会做菜的就行了，他完全不用学的嘛！

不过，陆霆骁这样的人，居然真的为了她洗手做羹汤，这杀伤力，简直爆表了。

残血的宁夕，血条果断在这一瞬间被清空……

但即便被虐得血条都空了，她居然还是不忍心看大魔王失望，本来要减肥的她，最后果断把所有的菜都扫掉了，还吃了两大碗饭。

看着全部吃完的饭菜，陆霆骁从晚饭开始就闷闷不乐的脸上，终于浮现了一丝笑意。

宁夕摸着滚圆的肚子，默默叹了口气，能博美人一笑，撑死也值了……

"你的直播什么时候开始？"陆霆骁问。

宁夕看了眼时间："还有一个小时，我准备开始前先练几盘，毕竟换了电脑，怕手感不适应。"

"嗯，那我去看剧本。"

"好，BOSS 大人辛苦了！"

于是两人分头行事。

宁夕又回到了电脑跟前，也不知道是不是因为免疫反而淡定了，接下来的几局，宁夕总算恢复了正常水平。

"你总算恢复状态了，不然待会儿我们正式开始还不被粉丝骂死啊！我说宁小夕，你刚才是不是没吃饭饿的啊？"

"你就当我是饿的吧……"

很快一个小时过去了，八点整，直播正式开始。

宁夕正跟游戏玩家和粉丝打招呼呢，手机响了一下，一看是江牧野那家伙发来的信息。

连着麦呢，他有啥事非要发信息说？

宁夕点开一看……

巫妖王："宁夕，你怎么在我舅那里？"

"呃……"宁夕愣了愣，跟粉丝说了一声自己回下短信，然后很快给他回了一条过去。

糖小夕："你怎么知道？"

巫妖王："废话，我舅的书房我能认不出来吗？"

糖小夕："问题是，我身后的背景就一面墙而已好吗？"

巫妖王："你就说是不是吧！"

糖小夕："是！但说来话长，回头再说，你给我专心一点，马上开始了！"

宁夕收了手机，专心准备直播。

跟江牧野发了一会儿短信的工夫，直播间已经有无数粉丝留言了。

"宁夕好美！今天是素颜吗？"

"夕夕你的水平怎么样？打得好吗？我也在玩这个游戏呢！太高兴了！"

"我还以为女神的房间是粉色的，居然是金属色……炫酷！"

……

宁夕扫了一眼，然后一边操控游戏，一边回复他们："是的，没出门，就懒得化妆了。我的水平啊，你们待会儿看就知道了。至于房间……这不是我的房间啦！今天有点事，没能及时赶回家，所以借用的工作人员的地方！”

宁夕没说是朋友的地方，因为这个房间背景一看就是男性住的地方，如果说是朋友，肯定会被追问。

果然，听她说是工作人员的地方之后，就没有人再纠结这个问题了。

等了一会儿，终于进入游戏。

宁夕的状态已经恢复得差不多了，本来准备大展拳脚，结果，万万没想到啊，江牧野又出幺蛾子了……

这回轮到他状态失常了，不仅如此，简直比刚才她失常的那几局打得还烂。

宁夕差点破口大骂，还好及时想起来这是在直播，只能憋到差点内伤，嘴里轻声细语着：“江前辈，您慢点啦，我跟不上，加不上血了！”江牧野！你赶着投胎呢！给我站住！

“江前辈，您要保护我，奶妈死了的话，大家就危险了！”死金毛！你是猪吗？听不懂人话？

“啊，江前辈，小心，前面来了三个人，我们打不过的，快走吧！”死金毛！快跑啊！你要送死别拉上我！

……

一局下来，宁夕心力交瘁。

这局如同意料之中的一样输了，直播上面一片吐槽之声，之前游戏方看过她跟江牧野的战绩之后把他们夸得很厉害，现在落差这么大，也难怪玩家会骂。

还好也有其他支持江牧野的，很快就把骂声压下去了。

为免自己被气死，宁夕还是趁着中场休息偷偷给江牧野打了个电话。

“大哥，你玩我呢？我这好不容易状态上线了，你又给我下线了？”

手机那头的江牧野好半晌都没有说话，憋了半天才终于说了一句：“我是不是应该改口叫你大舅妈了？”

“大舅妈你个头！江牧野，你是不是得了大舅妈妄想症了？我是公事好吗？我等你舅给我审核剧本呢！陆景礼不在，他明天也要去国外出差，只有今晚有时间！”

“真的？”

“我骗你有意思？不是……你刚才打成那个鬼样子就是在想这些乱七八糟的？”

“我这不是沉浸在被你压……了一个辈分的惨剧之中吗……行了行了！挂

了！下把看哥带你飞！”江牧野啪地挂了电话。

宁夕一脸无语。

接下来江牧野真的恢复了正常水平，两人配合默契，各种套路连赢了三把，还打了一把非常漂亮的逆风翻盘局，后面进来的观众越来越多，一不小心破了那个直播平台的纪录。

“美女厉害了！！我还以为广告里是在瞎吹呢！没想到一个女孩子游戏也可以打得这么好！”

“人不可貌相啊！”

“这位美女一看就是行家好吗？你们也不瞅瞅人家那套鼠键，一套下来都够我好几个月工资了！”

……

看到这里，宁夕愣了愣，下意识地瞥了眼自己正在用的鼠标和键盘。

这玩意儿黑乎乎的其貌不扬，居然这么贵？还好她没弄坏了……

正跟观众互动呢，书房的门敲了三声，然后被人推开，陆霆骁手里拿着剧本站在门口，以眼神示意她结束了没有。

宁夕看了下，游戏商要求的时间已经达到了，于是跟大家打了声招呼便下了线。

“怎么样？顺利吗？”陆霆骁问。

“一开始有点小状况，不过后来都挺顺利的！刚有观众说你的鼠键贼贵，难怪用着这么顺手呢！”

“那就好。”

“你剧本看完了？”宁夕看到他手里的剧本，急忙问。

“嗯。”陆霆骁走进屋里，在沙发上坐下，眉宇间看起来有几分凝重。

看着陆霆骁的表情，宁夕突然有些紧张：“是剧本有什么问题吗？”

“题材上并没有什么问题……”

宁夕刚松了口气，就听到陆霆骁接着说道：“但我不建议你拍摄。”

“啊？为什么啊？”宁夕顿时愣了。

陆霆骁眉头紧蹙地开口道：“太多危险的镜头。”

“危险的镜头？哪里？”宁夕仔细回忆了一下，想起来剧中女主角比较热爱刺激的运动。

“你是说飞车、蹦极、击剑之类的？其实那些全都是我玩烂的东西，而且到时候拍摄肯定大多数也不会真的玩，不会有什么危险的！”宁夕努力说服道。

然而，陆霆骁却似乎已经打定了主意："宁夕，另选一个吧。如果林芝芝给你挑的那些里没有喜欢的，我可以再给你准备。"

宁夕顿时一颗心都沉了下去，脸色也变了："我不要！我就看中了这个！非它不可！"

陆霆骁捏了捏眉心："听话。"

宁夕有些委屈："陆霆骁，你为什么就不能相信我呢？"

"宁夕，我不是不相信你，你是我挖进来的，我要对你的生命安全负责，这点是我的底线。"陆霆骁的语气没有丝毫的转圜余地。

居然都上升到底线这么严重了……难道这个剧本注定与她无缘了吗？

宁夕万万没想到，忙活了大半天，最后居然会是这个结局……

其实那些镜头对她而言真的完全没问题，可是看陆霆骁的样子却绝对不可能松口了，怎么办……

想着那个点燃了她热情的本子，宁夕怎么也不能甘心，还是决定拼一次。总被大魔王用美人计，怎么也得轮到她用一次了吧！

宁夕深吸一口气，一个呼吸之间，面上的表情和周身的状态瞬间全都变了。

她垂着眸子，耷拉着脑袋，站在陆霆骁跟前，一动不动，也不说话，却在心里倒数了十秒钟。

这期间，陆霆骁看着女孩情绪低落的样子心中已经有所不忍，但还是保持着冷硬的表情，坚决不动摇。

下一秒，宁夕再次抬起头的时候，眼眶已经红了，双眸里湿漉漉的，泪花颤巍巍地滚动着，但就是不落下来。同时，女孩的声音也变得沙哑起来，并且异常软糯，小心翼翼地踱步到一副郎心似铁表情的陆霆骁跟前，凑近了些，伸出两根手指，轻轻扯了扯他的袖子："陆霆骁……真的不可以吗？"

陆霆骁冰冻的表情几乎在一瞬间就裂开了一道大口子，不过嘴里那关还是死守着不动摇："不行，宁夕，任何事情我都可以答应你，但这件事不行。"

下一秒，宁夕的眼泪吧嗒一声就坠落下来，语气更加可怜："陆霆骁，求求你了，我真的很喜欢这个剧本，我保证绝对会保证自己的安全，好不好？我……"

陆霆骁："好。"

好？毕竟要对付的是大魔王，所以她后面还设计了一连串连环剧情，这才刚使出一成功力，美人计还没开始用呢！这就好了？这好比是用初始技能就干倒了大 BOSS！简直是系统出问题了啊！

宁夕愣了好半天才反应过来，当即兴奋得差点跳起来："BOSS 大人！你同意了？你真的同意了？”

陆霆骁面色一僵，似乎也是刚反应过来自己说了什么，随即捏了捏眉心，面色无奈：“我可以收回吗？”

宁夕急了：“当然不可以！君子一言，驷马难追！你你你……你要是收回，我就哭晕在你这里！”

陆霆骁叹了口气：“好了，不收回。”

其实，在她的眼泪落下来的一瞬间，他就已经知道自己注定会妥协了，何必再挣扎。甚至，明知道她可能是装的，还是丝毫抵抗力都没有，清醒地看着自己的理智溃不成军。

宁夕此刻唯一遗憾的，大概就是不能冲上去给陆霆骁一个吻。她兴奋不已地欢呼道：“万岁！BOSS 大人你真是太好了！有你这样的领导，我简直是上辈子，不，十辈子修来的福气！我对你的敬仰犹如高山犹如江河犹如……”

陆霆骁嘴角微扬，无奈地打断她：“好了，不用给我拍马屁，现在只是我这关过了，到时候若是你试镜失败，我不会给你开后门的，明白吗？”

“试镜失败？！怎么可能！只要你同意就行啦！大 BOSS 我都刷过了，还会打不过那些小怪吗？”宁夕一脸自信。

看着女孩神采飞扬的表情，陆霆骁内心的最后一丝顾虑也消散了。

算了，大不了回头剧组那边他派人盯紧一点，她本来就不是金丝笼里的小鸟，何必以爱为名去束缚她……

次日清晨。

铂金华府住宅门口。

一辆黑色的迈巴赫跟前，程锋和四个保镖正严阵以待。

其中一个身材最高大，看起来比较憨厚的保镖忍不住跟程锋打听：“程助理，老板这次干吗要跑去 X 国，而且还是费城那种混乱的地方视察？派其他人去不行啊？那个加工厂真的那么重要？”

想起这次的目的，程锋的眸子里闪过一丝精芒，随即看了大个子一眼：“脑子不够就别整天瞎想了，老板的心思是你能猜中的吗？服从命令便可。”

大个子挠挠头，觉得程锋说得很有道理：“哦，知道了，谢谢程助理！”

两人正说着话，车前一个身材精瘦的保镖突然低咒了一声，忍无可忍似的走到了程锋跟前：“不行！我忍不了了！我要去找老板让他收回命令！”

程锋蹙眉看着说话的青年：“什么命令？”

说话的青年叫石道，在保镖里身手最好，地位最高，可以说是陆霆骁很信任的人之一。

如果是对他下达的命令，那么肯定是最重要的事情。

石道对陆霆骁一向言听计从，这次到底是什么命令，竟然让他生了直接抗命的念头？

石道点了根烟，神色不豫："昨天大半夜，我突然接到老板的电话，还以为是什么大事，结果居然是让我过段时间去一个剧组负责一个女人的安全！我这九死一生的，做了十几年特训，难道是为了保护一个女人的？"

"石道！闭嘴，你不想活了？"程锋紧张不已地看了眼大门的方向，"被老板听到你就等死吧！"

石道一副愤愤不平的表情："我真的搞不懂，那个女人除了长得漂亮一点，到底哪里特别了，把老板迷成这样！"

程锋知道，这些人整天舞刀弄枪的，脑子比较梗，只能耐着性子道："石道，听我一句劝，这些话不许再说，然后乖乖听命！"

石道一副受辱的表情，不耐烦地一摆手："别的命令可以，但这个我做不到！我不管！反正我绝对不要去保护一个女人！"

话音刚落，一袭黑色正装神色凛然的陆霆骁缓缓从住宅里走出来。

石道立即冲了上去："头儿，我有事跟您请示！"

程锋拦都来不及，只能扶了扶额头，希望他自求多福。

陆霆骁面色清冷地瞥了手下一眼："说。"

那一瞬间，陆霆骁冰冷的眼神让石道有些打退堂鼓，但心中的屈辱还是让他开口道："您昨晚的命令，我没办法听从！"

话音刚落，所有人都为石道捏了一把汗。

就在他们以为老板会发飙的时候，没想到，陆霆骁却什么也没说，只是将目光转向了石道身后的大个子，开口道："熊志，你代替石道。"

熊志愣了一下，挠挠头，言听计从："是，老板！"

见事情解决了，程锋赶紧过去帮陆霆骁打开车门。

陆霆骁上车后，程锋拍了拍那个大个子保镖的肩膀，忍不住感慨："唉，果然是傻人有傻福啊！"

石道那小子，要是有天知道老板把保护老板娘这么重要的任务交给他，而他却自己推掉了，也不知道会不会悔到吐血……

小隐园。

那天跟陆崇山聊过之后，颜如意抽了个空，一大早就赶到了老族长隐居的小隐园。

隐园作为老族长隐居的地方，因为设计别致轻巧，吸引了不少人来围观，老族长又是个豁达不藏私的人，见大家喜欢便挑时间对外开放，所以一大清早外面就挤满了人。

只不过，因为人太多，想见老族长一眼就更麻烦了。

颜如意站在偏院里等候，很快，有个小少年走了过来，鞠躬道歉："让您久等了！"

颜如意回了个礼，紧张地询问："小哥，不知道老族长怎么说？"

"老族长已在内厅等候多时，请随我来。"小少年言道。

"啊！老族长同意了！太好了！谢谢谢谢！"颜如意揣着一沓名媛的资料，欢喜地跟着小少年朝着后院的休息室走去。

庭院里铺着青石小路，尽头是一片红色的枫叶林，屋前的荷塘里，几只白鹭正在梳理羽毛，看着眼前幽静的小院，让人的心情不由自主地平静下来。

到了老族长的茶房门口，小少年神色肃穆地站定："老族长，陆夫人到了。"

片刻后，从屋内走出一个拄着拐杖的老人，老人一身灰色长袍，气质出尘，如同世外之人。

"陆夫人，失礼了！"

"老族长您言重了，这次真是麻烦您了，居然因为这点小事占用您休息的时间！"看着老人周身的气度，颜如意顿生信任，心想幸亏找的是老族长。

那个新族长她曾见过一次，当时以为很有气势，但现在见过老族长之后才知道，新族长太过浮躁。

"陆夫人言重了，事关族中儿孙，这也是我应该做的！"

寒暄几句后，进入正题。

颜如意将包里的一沓资料全都拿了出来，放在矮几上，又单独拿出一张陆霆骁的资料："老族长，都在这里了，麻烦老族长过目！"

老族长点点头，拿起资料开始阅览。

颜如意不敢打扰，安安静静地立在一旁等待着。

老族长每看一张，就在背面批注下寥寥几句，片刻后，终于看完了所有的资料。

见老族长的表情从头到尾都没有什么变化，颜如意有些着急，追问道："老族长，这些女孩里，有跟我家霆骁尤其契合的吗？”

老族长摇摇头：“并无。”

活到老族长这个年纪，看人看事都很通透了，他能从面相和经历判断年轻男女是否相合。这是颜如意他们望尘莫及的本事。

老族长这意思是，这么多女孩全都一般般，虽然没有特别不适合的，但也一个契合的都没有了？

颜如意闻言，难免有些失望，不甘心地仔细看了眼老族长的批语，果然都是差不多的话，连一个稍微出挑一点的都没有。

颜如意翻来覆去地看了好几遍，终于认命地收起那些资料，心不在焉地点点头：“麻烦老族长了！”

“陆夫人不必客气。”

“那老族长，我就不多做打扰，告辞了！”

颜如意正准备离开，脚步倏忽顿住，她突然想起包里还有一人的资料——那个叫宁夕的女孩，她也不知道自己是怎么想的，临走前居然让人把那女孩的资料也弄了过来。现在，到底要不要顺便也让老族长看一眼呢？可是，若是被陆崇山知道她拿了这女孩的资料来测，肯定又要大发雷霆了……

颜如意很是纠结，翻出那张资料看了一眼，一时之间不知道该做何决定。

见她神色不对，老族长问了一句：“陆夫人可还有事未了？”

颜如意回过神来，慌里慌张地把那张资料又往回揣，最终还是担心陆崇山发火，又觉得测那个女孩实在是没有必要，于是匆匆告辞道：“没有了没有了！老族长您忙吧！”她说完转身就走。

然而，因为动作太过匆忙，一张纸飘飘荡荡地从她的包里落在了地上……

颜如意没察觉，自顾自地往前走着，身后，老族长见了，弯腰拾起：“陆夫人请留步，您有东西落……”

正说着，老族长盯着那张纸上的资料，面上显出一丝惊异：“这个人……”

颜如意听到身后老族长的声音，急忙转过身来，就看到老族长手里正拿着宁夕的资料，并且从刚才起就从未变过的神色明显发生了变化。

颜如意一见，顿时心里咯噔一下：“老族长，这女孩怎么样？”

不同于刚才看其他资料时的胸有成竹，老族长将宁夕的资料看了许久，随即沉吟道：“陆夫人，可否将您孩子的资料再与我一观。”

“当然可以！”颜如意说着，急忙把陆霆骁的资料拿出来，双手递给老族长，同时心里更加忐忑了。

老族长拿着两人的资料，平铺在矮几上，然后仔细地斟酌起来。

颜如意战战兢兢地站在一旁等候着，心急如焚。

老族长的脸色这么凝重，难道是因为这女人有问题？

等了好半天后，老族长才终于沉吟着开口："此女子瞧着是个个性刚强之人……"

老族长说个性刚强，那可就不单单只是个性的原因，上一个被老族长这么说的女孩子，丈夫早夭，孩子也……

颜如意闻言当场大惊失色："这、这不就是个天煞孤星嘛！天哪！霆骁……小宝……"

颜如意正沉浸在巨大的惊恐之中，老族长突然问了一句："不知陆夫人可记得，多年前我与您儿子的话。"

"记得，当然记得！"颜如意闻言满脸心有余悸。当年老族长看霆骁的资料也说过，他是人中龙凤，但多坎坷。

老族长开口道："凡是成大事者，有得必有失。霆骁这样的性子，注定婚姻不会顺遂。"

"但是老族长，五年前有了小宝之后，您不是说我们霆骁的姻缘没问题了吗？"颜如意焦急地问。

老族长点点头："五年前开始，确实已经好转。"

"那……霆骁跟这个女人又有什么关系？"

老族长的脸上露出一种非常玄妙的表情："你难道没发现吗，资料上显示，您的儿子和这个女子，都是五年前开始突然转变。"

"变了？"颜如意心慌得不行，忍不住催促，"老族长您就直接跟我说吧！这个女人到底适不适合我家霆骁？"

颜如意显然已经做好了最坏的打算，急切地询问道。

老族长摇摇头，安抚道："如果我没看错，这女子是最适合霆骁之人。"

听着老族长这一连串的话，颜如意直接惊呆了，几乎不敢相信自己的耳朵："老族长，您……您刚才说什么？"

前一秒还是天煞孤星呢，后一秒怎么就成了最适合之人了？

老族长摸着花白的胡子，叹道："从个人经历和面相来看，这两人结合，百利而无一害。"

颜如意总算反应过来了，结结巴巴道："就……就是说，这女孩和我儿子非常契合？"

“确实如此。”老族长点点头，随即不忘提醒一句，“这也是我的一家之言，感情还是要看孩子自己的。”

“我明白了，多谢老族长指点！”颜如意表情呆呆的，收起矮桌上的两张资料，与老族长告辞离开。

直到已经离开了小隐园，颜如意还有些不敢相信……

她千挑万选了这么多的名媛，家世人品无一不是上佳，都没有合适的，到头来，竟然是这个宁夕的资料如此出挑……

方才老族长的那一番话，可谓字字都是好话啊！

陆家老宅。

陆崇山正坐在客厅沙发上看报纸，见颜如意回来了，抬眼问道：“结果怎么样？”

颜如意的神色有些疲惫，除却宁夕的，将其他人的资料都递给了他：“老族长都有批语，你自己看吧，大致就是脾气禀性虽然没有不适合的，但也没一个契合。”

陆崇山一副意料之中的表情，不在意地拿着看了起来：“脾气禀性过得去就行了。”

见陆崇山在看着那些名媛的资料，颜如意好几次欲言又止。

到底要不要跟他说宁夕的资料呢？虽然从老族长的话来看，这个宁夕与霆骁简直是天作之合，但是老族长不也说了，万事无绝对？以陆崇山的性子，要是知道她偷偷拿了宁夕的资料，骂她一顿不说，估计也不会尽信。

颜如意这么想着，心下有了决定。

算了，她还是再观察一段时间再说不迟……

早上，宁夕醒来后的第一件事就是去盛世娱乐找林芝芝汇报好消息，剧本定下来了。

很巧的，林芝芝那儿也有一个好消息——发钱了！

“这么快就发钱？”宁夕有些惊讶。

“嗯，因为昨晚你跟江牧野的直播效果非常好，游戏商很满意，提前打款了。”林芝芝解释道。

宁夕当即大喜：“太棒了！”她决定不揍江牧野了。

“应该已经打过去了，回头你查一下账户。”林芝芝说。

“好的！”宁夕正应着呢，收到一条新短信，正是银行汇款信息，“芝芝姐，收到了！”

林芝芝轻笑：“收到就好，今天你也没工作，出去放松放松吧！”

从前冷曼云性子太冷，尤其是成名之后，有种无论什么事情都提不起兴趣和热情的消极感，如今看着宁夕充满活力的模样，林芝芝这么多年沧桑的心，一时间竟也重新跳动起来。

宁夕连连点头：“谢谢芝芝姐，谢谢公司！”

离开公司后，宁夕先回了一趟公寓。

第一件事是翻出两个银行账号，往其中一个账户里打了十万，另一个账户打了五万。

很快，有个电话打了过来。

宁夕开心地接了起来：“喂，陶院长，最近还好吗？”

手机那头传来一个略上年纪的女人的声音：“好的好的，我们这边一切都好！宁小姐啊，您又往院里打钱了？”

宁夕点头：“是啊，我发工资了！”

手机那头的声音很是着急：“可这次也太多了啊，十万块呢！知道你心疼孩子们，可你自己也要过活啊！”

“放心好了院长，我这儿还有很多，没有全都捐的！你安心用，马上入冬了，给孩子们买点衣服棉被！”

“那我就收下了，我替孩子们谢谢你！你自己也千万保重身体，不要太累太拼了！”

“知道了，谢谢院长！”

挂了电话，宁夕心里暖暖的。

这家孤儿院是她五年前就开始资助的，只可惜她过去存余不多，现在总算能多尽一点力了。

另外五万块钱，她汇给了养父母，这些年一直都没回去过，总归心里还是亏欠。没汇太多是因为知道太多了他们肯定不会收。

这么一算下来，她的代言费还剩下一半，有十五万，足够她出去玩一圈。

她的理财观念一向是及时行乐，从不留存款，一般钱拿到手，除了留些吃饭的钱，其他的很快就花光了。

只是，她无意间看了眼日历，发现很快就是爷爷的生辰了……算了，还是忍段时间再玩吧，先去买生日礼物。

宁家毕竟是豪门，老爷子不会像普通人家的爷爷一样和孙女非常亲近，但也是很关心她的。

宁耀华和庄玲玉对于她不懂礼节等丢脸的行为只知道一味地指责和嫌恶，只有老爷子会私下里把她叫过去一一改正，虽然态度严厉，但绝对是真正为她好的。

后来她离家之后，老爷子也好几次试图劝她回去，只可惜，她终究没办法遂老人家的心愿了……

华都市中心最繁华的购物中心。

宁夕逛了一圈，最后还是决定去买点玉饰。

老爷子好玉，买串玉手串应该挺合适。

说到买玉，华都最好的地方自然是陆氏集团旗下的连锁玉器品牌宝玉轩。

作为大魔王的忠实粉丝，出于对BOSS大人盲目的信任，宁夕也没去看其他家了，径直奔向了宝玉轩。

见到宁夕后，一位穿着复古马甲，长相胖乎乎，一双小眼睛透着精明的老板立即热情地迎了上来："这位美女，想买些什么？"

宁夕今天穿得很休闲很随意，一般走在大街上都不会有人注意的那种，只是近看之后，那张出水芙蓉一样的脸蛋立即便能吸引所有的视线。

老板虽然不认识眼前的人，但以他看人的眼光，看这长相就知道是比较有钱的那种，所以立即亲自上来招呼了。

宁夕看着柜台里琳琅满目的玉饰，有些眼花："我爷爷七十大寿，想给他买串玉手串，老板您有合适的推荐吗？"

"有！当然有了！"老板立即拿着钥匙打开柜子，小心翼翼地从里面拿出好几串手链，"美女您真是来得巧了，我们这儿刚到了一批新货，您瞧瞧这水头这成色，全都是极品，送人绝对有面子！"

宁夕虽然不太懂玉饰，不过光听老板这话也知道挺贵的，便迟疑地问道："一串大概多少钱？"

"价位不等，在一两百万左右，当然，也有更好的，您要是对这些不满意，我这就去给您拿其他的好货！"老板双眼放光道。

见老板一直在给她推荐那么贵的玉饰，宁夕嘴角微抽，难道她长得很像非常有钱的样子吗？

"咳，不用了老板，有便宜一些的吗？"宁夕只能轻咳一声打断了老板的介绍。

“便宜一些的？”老板愣了一下，又上下打量了宁夕一眼，随即有些讪讪地收回了那些手串，不过依旧摆着笑脸开口道，“便宜点的也有，美女您来这边看！这边的成色稍差，不过也是不错的，价格也合理，只要七八十万就够！我再给您打个折，六十万就能拿下！”

宁夕捏了捏眉心，只能直接说道：“更便宜一点的呢？十五万以内的有没有？”

“十、十五万？”老板一听，笑眯眯的圆脸立即垮了下来，语调也降了好几个度，“美女啊，十五万虽然看起来也不算少了，但也就唬一唬那些不懂行的，这点钱可买不到什么好成色！你既然是送老人家的寿礼，合该更尽心一些才是，尤其又是玉，这种钱可不能省！”

宁夕不在意地笑了笑：“老板言之有理。不过，礼物在心不在价，我尽我最大所能，也就是尽了我全部的心意了。”

老板呵呵一笑，似是嘲讽，不过面上自然也不会显露得太明显，关上柜子，甩了甩衣袖开口道：“那美女您慢慢挑吧，这一排都是十五万以下的，那排更便宜，万把块左右，要是……呵呵，要是再便宜的话……我建议您还是换一家吧，我们宝玉轩可不做那种下等货！”

老板说完这一句，便不再招呼，径自走了。

十五万对别人来说可能是大单子，可是，开玩笑，他可是宝玉轩的老板，这块地界来的富人又多，经常能接到百万以上的大单子，这小小的十几万哪里有资格让他亲自服务。

这类老板和店家的态度都是这样，宁夕选择宝玉轩之前就有所准备了，见怪不怪，于是也并未在意，继续专心地挑起手链。

宝玉轩毕竟品质有保证，就算是十几万的货，肯定也比别家的好。

这时，身后突然传来一个略有些耳熟的声音：“啧啧，笑死人了，没钱买就直说好了，说那么多漂亮话给谁听啊！当人家老板是傻子呢？”

宁夕顺着声音传来的方向看过去，眉头微挑——真是冤家路窄！

对面说话的人是一身香奈儿高定的梁碧琴，旁边挽着的人是一如既往女神长裙的苏以沫，两人旁边还跟着几个看起来有些眼熟的女孩，都是平日里跟她关系比较近的艺人。

“哟！我的苏大女神！什么风把您给吹过来了！我说今天怎么老听喜鹊在我阳台上叫个不停呢，原来是有贵人到啊！”那个小眼睛的老板一看到来人，顿时跟打了鸡血一样迎了上去，嘴里的客套话一套接一套的不带重样。

“苏大女神，您快里边请！小玉，去后面把店里最好的货色都拿上来！小翠，快去泡茶，用我上次买的那个上好的铁观音！”老板连声吩咐着。

店里的店员们端茶倒水说好话，全都围着苏以沫忙得团团转。

饶是苏以沫装得再高冷，此刻也被老板这番密不透风的讨好逗得露出了几分微笑：“老板不必太过客气，我只是随便看看。”

老板立即信誓旦旦道：“苏小姐，能为您服务，那是我的荣幸啊，怎么能说客气呢，再客气都不为过！”

一旁的梁碧琴得意扬扬地朝着孤零零站在对面柜台无人搭理的宁夕瞟一眼，嘴里笑着嗔道：“老板啊，你这嘴里是不是抹了蜜啊！真是越来越会说话了！”

“梁小姐，瞧您这话说的，我这说的可都是掏心窝子的话！”老板说着，从店员手里接过从后面拿过来的货，小心地一溜儿摆放在苏以沫跟前。

苏以沫随手拿起一只晶莹剔透的玉镯：“新货？上次来好像没看到过。”

“苏小姐您好眼力，确实是新到的一批货，每样都是好东西！当然了，再好的东西想要匹配苏大女神的身份都还是差了一点！您不嫌弃的话，就随便挑些！”老板激动地搓着手道。

梁碧琴兴奋地挨个抚摸把玩着，不禁赞道：“表姐，这些玉饰可真好看呀！难怪你喜欢玉呢！只有玉能配得上你超凡脱俗的气质！”

“没错，其他金银首饰之类的都太俗了！”

旁边几个女艺人七嘴八舌地附和，纷纷双眼放光地盯着苏以沫跟前那些水头非常好的玉饰，其中一个撇撇嘴道：“老板啊，我们平时过来的时候，可从没见过你拿出这样的好货！”

“老板太偏心了！”

“不过也是难怪了，好玉配美人，也只有以沫配得起这些好玉，我们还是不自取其辱了吧！”

……

听着耳边的奉承，苏以沫勾着嘴角，神色矜傲，似乎是看中了那只手镯，正在手里细细把玩。

一旁的梁碧琴也不知想到了什么，突然朝旁边宁夕的方向瞥了一眼，然后拉长了声音对老板说道：“老板啊！你这做事情有些不妥吧？”

老板一听急了：“哪里不妥？可是我有什么服务不周的地方？还请梁小姐指正！我马上改！立即改！”

梁碧琴直接放肆地盯着宁夕，意有所指道：“倒不是老板你服务不周，而是太周到了，所有人都在我们这儿呢，都没人看着店了，万一被哪个穷鬼瞅准了时机，随便顺走你一块玉，那老板你这损失可就大了！”

老板一听这话，立即下意识地将目光落在了宁夕身上。

毕竟目前店里除了苏以沫她们，就只有在选玉手串的宁夕。

老板闻言立即脸色严肃地连连点头：“梁小姐言之有理，受教了！”

说完立即吩咐店员：“小玉，你去盯着点！”

“啊？我去啊！”小玉指着自己的鼻子。

“就是你，愣着做什么，还不快去！要是丢了东西，唯你是问！”

“是，老板……”叫小玉的店员不情不愿地挪到了宁夕那边的柜台前。

见宁夕正在专注地看着一块玉佛手链，小玉嘴上说得客气，脸上已经是掩饰不住的不耐烦：“这位客人，您已经挑了这么久，不知道您挑好了没有呢？”

现在她一心只想着这女人赶紧买好走人。

宁夕正垂着眸子专注于手里的玉手串，没有看到店员不耐烦的表情，闻言随口问了一句：“这串手串，可有什么寓意？”宁夕想着，到时送给爷爷的时候，也好有个吉利的说法。

话音刚落，对面传来梁碧琴满是讽刺的夸张笑声：“噗——这种价位的玉饰还能有什么寓意啊！随便买买不就行了！没有钱买，还学人家讲究什么寓意！”

旁边的同伴也是一声冷笑：“这就是典型的没钱还要装呗！”

梁碧琴一脸得意：“我之前说得没错吧？有些人丢脸都丢到外面来了！”

“啧，真不想承认我竟然跟这种人待在同一个公司！”

“二少之前眼光那么好，挖过来的人都挺不错的，这次也太看走眼了吧？”

“更可笑的是还总有人拿她来跟以沫相比！”

与此同时，宝玉轩对面的一家奢侈品专卖店里。

“莫少、莫少……这衣服，您还要吗？”店长正小心翼翼地询问。

被他询问的男人长相俊美，看起来有几分痞气，一身休闲装，一只手随意地插在口袋里，正津津有味地盯着对面看着，闻言随意地摆摆手道：“除了我挑出来的几件不要，其他的全都给我包起来！”

“好嘞！莫少，我这就帮您开单子，还是直接送到您的住处吗？”店长乐得脸上都快要开花了。

“嗯，送吧！”莫凌天不耐烦地敷衍，随后继续饶有趣味地看着对面宝玉轩的方向。一边看，一边掏出手机，开始给人打电话。

“喂。”手机那头传来男人一如既往冷冰冰的声音。

“喂，陆霆骁，听说你去费城出差了啊？没事跑去那个鸟不拉屎的地方做什么？不如跟兄弟一起出海耍耍啊！”

“啪”的一声，手机那头的人居然把电话直接给挂了……

莫凌天一副无法置信的表情盯着自己被挂掉的手机！居然挂我电话！

莫凌天恨恨地又拨了一遍，刚拨通就开始破口大骂：“陆霆骁！你跟我说几句话就这么耽误你工夫吗？居然直接就给我挂了！”

“或许你想被挂第二次？”手机那头的声音毫无开玩笑的意思。

要是他继续说废话，真的会再次被挂掉。莫凌天咬了咬牙，看了对面的几个女人一眼，愤愤开口道：“我好心好意打电话通知你，你女人正在被欺负，你居然这么对我！还有没有良心了！”

手机那头停顿了一下，然后说了一个字：“谁？”

莫凌天得意地哼了一声：“你瞒我瞒得这么死，你以为你们瞒着我，我就不知道了吗？不就是那个小女人吗？叫什么来着……哦，对，宁夕！昨晚我无意间点进一个很热门的直播，结果你猜我看到了什么，我居然看到那个女人在你的书房做直播！简直了！我跟你说啊，我……”

陆霆骁声音冷硬地打断他：“详细情况。”

莫凌天噎了噎：“哟！还真是她啊！紧张得说了四个字这么多呢！”

“莫凌天！”这已经是明显带了威胁的语气。

莫凌天听他语气不对了，估计他那边也确实有紧急的事情处理，于是也不敢再卖关子，撇撇嘴道：“地点，你家的玉器店宝玉轩。人物，宁夕与你的绯闻女友苏以沫以及龙套若干！够清楚了没？还要再清楚一点吗？”

“啪！”手机再次挂断了。

莫凌天低骂了一声！过河拆桥呢这是！

这时，店长满脸笑意地凑过来：“莫少，您要的衣服已经全都打包好了！”

“嗯。”莫凌天点了下头，却没有立即走，而是挑着眉吩咐道，“给本少爷搬一把椅子过来！”

“啊？椅子？”店长一头雾水。

“啊什么啊！还不快去！这里风景好，本少爷坐这儿看会儿风景你有意见？”

“没有没有！我这就去搬！这就去！”店长抹了把汗，赶紧去搬椅子了。这些有钱人虽然出手大方，但是一个两个全都不好伺候啊！

梁碧琴等人当着老板和店员的面，一句接一句地嘲讽着，一句比一句难听，就是想要逼得宁夕当场失态丢脸，以报那天在公司的仇。

宁夕本来瞧着那些人全都讨好苏以沫去了，正在乐得清净，自顾自地挑选着，却听着那些人突然全都将矛头转向了自己，于是，眸光微转，露出一脸惊讶的表情看着对方道：“哎呀，这不是梁大美女和苏前辈，还有诸位同僚，你们也来买玉啊？你们刚才是在跟我说话？”

宁夕此言一出，正等着她跳脚的梁碧琴差点吐血：“你眼瞎啊！我们都来这么久了你才看到！”

敢情刚才骂了这半天都白骂了，还演了一场独角戏？

“噗……”对面不远处，正端着杯茶看好戏的男人不由得喷了，啧啧，还以为这小丫头是小白兔呢，看来也是个有爪子的啊！而且还阴得很！

旁边的女艺人急忙解围：“碧琴，算了，你跟这种有毛病的人有什么好说的呀！”

梁碧琴咬牙：“你说得没错，不仅脑子有问题，眼神还不好！”

“买个玉都不得清净……”一直没开口的苏以沫神色略显不悦地喃喃了一句，随手拿了刚才第一眼看上的玉镯，价钱都没问一句便道，“老板，就这个吧，帮我包起来。”

老板一见苏以沫似乎生气了，急得火烧火燎，百般小心地开口道：“苏大女神就是有眼光，这随手挑出来的，可不就是我们店里最好的一块玉镯子！得，我这就给您包好！”

说完麻溜地给弄了一个特别精致的包装。

苏以沫让梁碧琴拿了玉镯，然后给老板递了一张卡。

老板见了笑呵呵道：“苏小姐，不必付账了。”

苏以沫眉头轻挑：“老板这是何意？”

老板殷勤地搓着手：“苏小姐，今日多有怠慢，心里实在过意不去，这个玉镯子，就当是小的给您的赔罪之礼了，还请您千万要收下！您要是不收，小的可要愁得夜里觉都睡不着了！”

“送、送我表姐了？”梁碧琴一脸惊讶，说话都结巴了，这么贵的玉镯子啊，说送就送？

陆氏集团果然是财大气粗，连一个玉器店分店的小老板也这么豪气！

梁碧琴被苏以沫瞪了一眼才收回遐思，恢复了淡定的表情：“老板，算你会做事，我们也不为难你了，这玉镯，我就代我表姐收下了！”

苏以沫闻言没说话，算是默许了。

“多谢梁小姐！多谢苏小姐！多谢多谢！”老板见状立即松了口气，随后暗搓搓地上前一步，压低了声音道，“还望苏小姐日后帮我在陆总那里美言几句……”

苏以沫听到这话却是全身舒畅：“你倒是乖觉，这点小东西就想打发我给你递话？”

老板赶紧擦汗：“我这哪儿敢啊！小的绝对不是那个意思……”

见他这么紧张惊慌，苏以沫更有一种快感，放缓了神色道：“我虽不会刻意为谁说话，不过老板你也确实兢兢业业，好好努力，陆总自然会看在眼里。”

老板一听，知道有戏，当即喜笑颜开，连连道谢，想要继续刷点存在感：“谢谢苏小姐！其实咱这店里还有好多好货呢，您若不赶时间的话，就再看看呗？”

不及苏以沫开口，梁碧琴便冷笑一声：“好心情都被破坏了，还看什么呀！”

老板会意，立刻朝着宁夕的方向横了一眼，语气冷冷地开口道：“那边的那位小姐，你已经挑这么久了，要是不买就赶紧走吧，别耽误我做生意！没见我这儿还有贵客要招待吗？”

苏以沫闻言，慢悠悠道：“老板，人家毕竟是客人，这样赶人家走，不太好吧？不知道的，还以为我容不得人呢！”

老板一听急了：“苏小姐，不是这样的，跟您怎么会有关系呢，主要是我们这店里最近不少积压的低档玉饰在特价处理，平时万万是没有这种情况出现的。苏小姐您也知道，我们这里的档次高，平时来这儿的哪个不是上百万的大单子？不然，不然……我这就下架？保证以后绝对不会有类似的情况出现，您看，这么处理可以吗？”

宁夕摸着下巴，颇为叹为观止地看着那个口若悬河上蹿下跳不停蹦跶的老板，心想：大魔王手下的果然都是人才，这拍马屁的水准，简直绝了……

老板说得嘴皮子发干，终于见到苏以沫开口道：“你是老板，自然由你做决定了。”

听苏以沫的语气是认可的，老板松了口气，转向宁夕，态度更加恶劣：“说你呢，我刚才的话你听到了吗？这些便宜的低档玉饰我们店里不卖了，你要买就去别家吧！”

果然，这话一出来，苏以沫的心情似乎更好了。

老板正卖力地赶着人呢，那双小眼睛的余光突然瞥到不远处，三个西装革履的男人正径直朝着店里的方向走过来……

老板略扫了一眼，顿时大惊，尤其是看清领头那位剃着平头的中年男子后。

怎么会？这位主儿好端端的怎么突然来这里了，上面完全没有给他通知啊！难道是微服私访？不对不对……该不会是听说苏以沫在这里，所以特意亲自过来的吧？啧啧，果然大家全都得到消息了啊，还好他拍马屁拍得早，现在就算人家再来，也只是拍他剩下的了！

这么一想，老板顿时想通了，也放心了，急忙挤出殷勤的笑容，眼巴巴小跑着朝着为首的中年男子迎了上去："余、余……"

谁知道，这刚说出一个字，为首那位中年男人领着身后两人看都不看他一眼，径直大步流星地走向刚才那个得罪了苏以沫的女人的方向……

老板顿时傻眼："您、您这……这是？"

彼时，宝玉轩的老板已经叫来了保安，准备如果宁夕还是不走，就直接硬赶了。

本来今天可以更完美一点的，都怪这个女人一直在搅局，差点得罪了他的大贵人，简直敬酒不吃吃罚酒。

宁夕漫不经心地斜睨了眼那个都不够她一脚踹的小保安，正要开口，这时，身后突然传来一个非常客气有礼的声音："这位小姐，您可是要买玉？"

宁夕回首抬头，看了眼说话的中年男人："是要买玉，怎么？"

中年男子微微颔首，神态恭敬："不知道是否有这个荣幸为您服务？"

宁夕闻言又打量了一眼眼前的男人，看这说话的语气和小心谨慎的态度，应该是个店员，于是开口道："应该不需要了，你们老板刚说了，人手不够，太低端太便宜的玉饰下架不卖了。"

听到这话，中年男子略侧过身，朝着老板的方向看了一眼。

接收到中年男子严厉的眼神，老板顿时腿肚子有些发抖，擦着额头上的冷汗，一个字都不敢说。

刚才那个保安此时也早已经躲到了一边，尽量降低存在感。

中年男子很快又重新转向宁夕，斟酌了一下措辞后开口道："虽说如此，也还是有其他选择余地的，宝玉轩虽然走中高端路线，同时也非常亲民，刚才那些玉饰之所以下架，是因为玉饰本身有瑕疵才不售卖，还请小姐谅解。"

不是老板为了讨好苏以沫才故意下架的吗？但是这个店员的说法似乎也全无破绽。

宁夕还赶着去挑寿礼，也没多想，随意地点了点头："哦，这样，那我去别家买吧！"她说完便要转身离开。

中年男子见状急忙叫住宁夕："等等！这位小姐，我的意思是，除了那些瑕疵品之外，本店有更适合小姐的玉饰！"

说完对身后的两个青年使了个眼色。

两个青年各自提了一个黑色的手提箱，得到命令后，一齐将手提箱打开，用手捧着，展开放在了宁夕跟前。

中年男子示意宁夕去看箱子里的货，解释道：“这是我们刚刚紧急补上来的货品，小姐您看看，有没有喜欢的！”

“这么巧？”宁夕有些惊讶。

“倾尽全力为每一位顾客服务，是我们的最高宗旨！”中年男子神色无比认真地回答。

宁夕走过去看了一眼，虽然她对玉饰不太懂，但光从审美上来看，也确实比较好，于是沉吟道：“好像是比我刚才看的那些好……”

中年男子原本紧绷的身体因为这句话放松了几分：“小姐您满意便好，不知道您想要买什么样的款式，自己用，还是送人？我可以给您一些意见作为参考。”

不远处，见中年男子正无比殷勤地给宁夕服务，梁碧琴一脸阴沉，不高兴地对老板开口道：“老板，你家店员是怎么回事啊？”

旁边的其他人也是一副看不过眼的表情：“老板你也不管管你家店员啊！这专业素质也太差了！”

“难怪呢，我看他年纪也不小，应该也做了不少年，到现在居然还是个小店员！”

“肯定是因为没眼力见，太不会做事了，这种人还留在店里干吗呀？”

……

听着梁碧琴和那些围观者的对话，老板那张满是肥肉的脸都涨成了猪肝色，只能强撑着笑脸对她们说道：“诸位大美女，你们就别管那边了，反正现在那边也影响不到我们，你们再挑挑，再看看，别被影响了心情……”

另一边，宁夕见这个店员说话的语气态度还挺靠谱的样子，于是便也打消了再去别家的念头，回答道：“过段时间是我爷爷七十大寿，我想挑选一串玉手串送他。”

中年男子闻言立即轻车熟路地从一堆玉饰里挑选出了一串手串：“小姐，您看这串如何？这条玉手串由二十九颗翠绿色泽的老坑玻璃种珠颗粒组成的，所有珠子全部取自一块石料，色泽匀称完整……”

宁夕接过中年男子替她挑选的手链，眸子里闪过一丝亮光：“你说的那些我其实也不太懂，只是，莫名就觉得这串挺好，刚才也看了很多，但没有一串让我有想要买下来的冲动……”

中年男子轻笑：“那说明这串玉手串与您有缘，这是尤为难得的，当然您也放心，这串的质量绝对有保障的！”

宁夕抚摸着那串玉手串，沉吟道：“这串我看着是蛮喜欢的，不过它的价位是多少？我的心理价位是十五万以内，要是高了，那还是换别的看看吧……”

中年男子闻言立即道：“巧了，这串正正好就是十五万。”

“正好十五万？”宁夕闻言一喜。

中年男子点点头：“并且，因为最近店里正在做活动，还可以给您打个八折。”

宁夕一听更开心了，本来她还担心剩下的钱全都用来买玉了，回头会没钱吃饭，打八折以后正好能余一点，吃饭的事情也解决了。

这么一想，宁夕直接点头道：“那就给我拿这条吧！”

中年男子闻言，眉宇间的紧张之色终于完全消散：“好的，我这就给您装起来。”

“好的，谢谢你了！”

“小姐您太客气了，能为您服务是我的荣幸。”

中年男子说着，亲自接过宁夕的卡，为她开单子，打包好，然后双手递到她跟前，鞠了个躬：“欢迎您下次再来！”

一旁的那个宝玉轩老板从头到尾一句话都没敢说，只是瞪大了眼睛，以一副无法置信的表情盯着那串被宁夕以不到十五万的价格就买走的玉手串……

宁夕离开之后，苏以沫等人还在继续看玉。

梁碧琴见宁夕走了，依旧是一脸不高兴，于是就把火发在了那个中年店员身上：“喂，你！说你呢！你是怎么回事？老板都说了这些拉低宝玉轩档次的玉饰已经下架了，谁准许你自作主张的？”

宝玉轩老板听到梁碧琴的话，吓得肝儿都颤了，想阻止，可惜她话已经说出口，来不及了……

中年男子的目光在梁碧琴的身上略扫了一眼，如同在扫一个无关紧要的物件，随后，他的目光落在了宝玉轩老板的身上，不同于方才在宁夕面前的恭敬小心，神色立即凌厉起来，整个人的气场一变，看着老板开口问道：“这些玉饰全都下架了，我怎么不知道？”

老板再也撑不住，满脸惊慌地跑到中年男子跟前：“余经理，我我……事情不是你想的那样，我原本不是这个意思……”

老板话音刚落，苏以沫、梁碧琴等人全都面色一变。

刚才还在斥责中年男子的梁碧琴满脸惊愕：“余经理？”

苏以沫也微微变了脸色，姓余……难道这人是……

众人压低了声音窃窃私语。

“不会吧……这个店员，不……这人是个经理？”

“哪个经理啊？”

“不知道啊！该不会、该不会是宝玉轩连锁的总经理余万年吧？”

“怎么可能！”

……

听到余万年这个名字，梁碧琴脸色铁青：“不可能的！”

此时，老板正绞尽脑汁地解释：“余经理，我不是说要把这些玉下架，只是因为今天人手不够，我才出此下策！”

“人手不够？”中年男子扫了眼那几个战战兢兢的小店员。

老板见解释不过去，咽了口唾沫，凑到中年男子跟前，压低了声音提醒道：“余经理，这位苏小姐可是个非常重要的客人，自然要万分小心地招待！”

说完给了中年男子一个“你懂的”眼神。

身旁的梁碧琴等人听到老板的这几句话，都露出了傲气的表情。

“哼，就算真的是总经理又怎样？总经理也要看我表姐的面子！”

苏以沫看了梁碧琴一眼：“不许胡说。”她虽然嘴里这么说着，面上却没有丝毫不悦的神情。

想到这一层，梁碧琴顿时无所顾忌了，大声对着中年男子的方向呼喝道：“喂，你是那个叫什么余万年的总经理是吧！虽然你职责所在，不过差不多也就行了，老板不过是为了招待我们和我表姐，我表姐你肯定认识吧！”

“就是啊，多大点儿事啊！”老板听到梁碧琴等人开口，顿时燃起了一丝希望，求救地看向了苏以沫。

看到老板求救的表情，苏以沫抿了口茶，不经意地开口说了句：“老板也是好心，这件事便算了吧。下不为例便是。”

“我表姐都说了，你听到没有啊？”

中年男子看向苏以沫等人的目光没有丝毫改变，接着，又将目光转向了梁碧琴手里装着玉镯的袋子，开口问道：“这位小姐，不知道你手中的玉饰是否已经付款？”

梁碧琴想也不想地脱口而出：“付什么款啊！这是老板送我表姐的！”

中年男子闻言看向老板，面色更加阴沉，语气严厉到了极致：“无视规章制度，私自下架店内商品！无视宝玉轩宗旨，竟然让保安驱逐客人！无视职业道德，将两百万的玉镯随意送人！冯茅才，你好大的胆子！这都是谁给你的权力？我宝玉轩百年声誉，差点就毁在你的手里！”

冯茅才一听余万年这语气，就知道完蛋了，腿一软，差点直接跪到地上。

余万年连苏以沫的面子都不卖，如今他已再无依仗，只能拼死认错：“我……

余经理，是我一时糊涂！是我猪油蒙了心！我这是第一次，真的是第一次！您就饶了我吧！”

余万年冷冷地看了他一眼：“是不是第一次，我自然会彻查，这次你数罪并罚，也不用求我了，我也保不住你，直接去财务部结算工资走人！如果彻查结果出来，证明仍有类似的事情，你给店内造成的任何损失，到时候宝玉轩自会依法办理！”

冯茅才一听，瞪大了眼睛，面如死灰。这次是真的完蛋了，如果之前那些也被查出来……

说完这些还不算，余万年又转向了那些躲在角落里不敢出声企图躲过一劫的店员：“你们也算是店里的老员工，这次表现却太令我失望，做了这么多年，连最基本的素质都不懂了吗？竟如此怠慢客人！从今天开始，你们也不必再来了！”

“余经理、余经理……我们知道错了……”

“再给我们一次机会吧！”

“是老板让我们这么做的啊！”

梁碧琴等人本来都等着那个经理服软，万万没想到会是这么个结果，听着那些店员的哀求，不由得全都脸色青白地僵在那里。

尤其是苏以沫，余万年的话虽然是在斥责老板，却每一句都像是直接打在她的脸上。

余万年处理完老板之后，略缓了下情绪，走到苏以沫等人跟前，也并不称呼她苏小姐，就如同完全不认识她一般，语气客气道：“这位小姐，方才处理了一下公务，让您见笑了。这次的事情，是我们工作人员的失误。所以，您的这块玉镯，很抱歉，您恐怕不能带走！”

“什么！送人的东西你居然还要回去！”梁碧琴尖声道，还不甘心地加了一句，“你知道我表姐是谁吗？”

“无论什么身份地位，来我们宝玉轩的，只有一个名字，那就是客人。”余万年一脸淡漠之色，“当然，如果这位小姐难以割爱，只要原价付款便可，为了表示歉意，我可以做主，给您打九五折。”

梁碧琴满脸无法置信的表情：“九五折？”他刚才给宁夕都打了八折，居然给她表姐打九五折，什么意思这是！

此刻，苏以沫的脸色已经难看到了极致。

如今这个玉手镯，她无论是要还是不要，这个脸都已经丢定了！

最后，她强撑着深吸一口气，拿出自己的银行卡递了过去，冷声道：“不必给我打折了。”

“小姐您太客气了，这个还是一定要的！”余万年把银行卡交给身后的青年，最终还是给苏以沫打了个九五折。

最后，苏以沫连东西都没接，直接铁青着脸离开。

梁碧琴拿起玉镯，慌慌张张地跟了上去：“表姐！表姐！你别生气啊！”

“是啊以沫，那个余万年一看就是不会变通的直肠子，跟这种人计较不是自己气自己吗！”

“这次我们也是倒霉，正好遇到余万年过来突击检查……”

# 第十一章

# 一起回家

宁夕松了口气，直接进了屋里。进屋之后，她给陆霆骁发了条短信，跟他说不用这么麻烦派人来保护他了。

信息发过去之后，那头静悄悄的，一直都没有回复。以往她给陆霆骁发短信的时候，每次都是秒回的，这还是唯一一次这么久不回……

大概是出差很忙吧。

宁夕并没有太在意，把刚买的玉手串拿出来细细地看了又看。也不知道是不是因为这玉手串是用她第一笔代言费买来的，她越看越喜欢，越看越满意，瞅了好半天才小心翼翼地收起来了。

刷了会儿娱乐新闻，又看了会儿剧本，很快就到了晚上……

手机没有一点声音，陆霆骁依旧没有回复她。

宁夕眉头微蹙，照理说这个时间也该结束工作吃饭了啊，是没看到吗？还是看到了没回复？也不知道为什么，心里总隐约觉得有些不安……不就是半天没回短信，不至于……

宁夕摇摇头，赶紧扔了手机去吃饭，不再胡思乱想……

第二天早上。

今天没什么工作，宁夕出门晨跑了一会儿，然后去买早餐。正走着，她突然变了脸色，身后好像有人跟着她……

宁夕也不着急，优哉游哉不紧不慢地继续往前走，只是不停地往那些弯弯绕绕的巷子里钻，直到确定甩掉了对方，她便迅速找了个地方隐匿起来。

很快，一个高大的身影出现在了巷子口，宁夕抓紧时机，猝不及防地冲过去，迅速出现在那人背后，锁住那人的肩膀："你是谁！"

男人一转身，宁夕愣了："怎么又是你？"

这不是昨晚那个叫熊志的吗？还以为他走了呢，原来是换了一种方法进行所谓的保护……

宁夕长叹一声："我不是说了吗？近期内，至少一两个月内，我都不会开机的！你大可以放心！"

"小姐，我只是严格执行老板的命令。"熊志丝毫不动摇。

宁夕无奈扶额，陆霆骁怎么会有个这么实在的手下……

宁夕正愁着要怎么说服他，熊志突然摸出怀里的手机看了眼，也不知道他看到了什么，脸色微变地沉吟着："老板让我去那里做什么？"

"老板？什么老板？你说陆霆骁吗？"宁夕从昨晚等到现在都没有等到陆霆

骁回复短信，心里一直隐隐有些不安，这会儿突然有跟陆霆骁有关的信息，忍不住凑过去，跳起来偷瞄了一眼。

只见手机上是一条短信："BOSS有命，所有人，无论身在何地，立刻去此处集合：X国，费城，坐标如下……"

发件人是"豪哥"，可能是陆霆骁的某个手下。

宁夕看到那条短信之后，倏忽变了脸色……

X国，费城！陆霆骁出差X国去的竟然是费城！费城不是YS那个浑蛋的所在地之一吗？而且短信中还提到了所有人集合！好端端的陆霆骁怎么会集合他所有的手下呢？难道这件事真的跟那个家伙有关？如果是这样的话，问题真的大了……

熊志收了手机，匆匆对宁夕说道："小姐，我现在要立即赶去费城，请您尽量等我回来再进剧组。"

宁夕越想越不安，烦躁道："进什么进，都说了这段时间不拍戏！陆霆骁是怎么回事，他不是去X国出差的吗？好端端的怎么会要你们集合？"

见宁夕知道了短信内容，熊志眉头微蹙，板着脸道："小姐，这些我无法告诉您，我现在已经没有时间与您多说，希望谅解。"

熊志说完就风一样跑远了。

这家伙看着跟熊一样挺笨重，跑起来倒是挺快的……

此时此刻，宁夕已经心急如焚，该死的，陆霆骁到底出什么事了？不管了！与其在这里担惊受怕，不如跟上去看看！没事最好，大不了她再偷偷回来，要是真有事……

最后，宁夕看了眼熊志离开的方向，做了决定，飞快地上楼翻找出自己的护照，然后一刻都不耽误地朝着机场赶去……

到了机场后，宁夕查了一下熊志的航班信息，果然看到他上了最近一班去费城的飞机，于是果断也买了一张票，悄悄跟了上去。

下了飞机，顿时一阵冷空气袭来。

费城今天的天气不好，天空中飘着丝丝小雨，空气中萦绕着一股让她不安的气息。

下飞机之后，宁夕隐藏了行迹，加上熊志大概比较着急，她跟了熊志一路他都没有发现……

X国，费城。

来到这里，熊志心中莫名生出一丝不祥的预感，这些年，他经历过太多惊险任务，对于危险气息，有着几乎野兽般敏锐的本能嗅觉。

后方，宁夕躲在不易被发现的角落里，黛眉微蹙，隐约觉得哪里不太对劲……

在宁夕的注视下，熊志深深吸了一口气，随后转身进入前方漆黑一片的废弃仓库内……

“奇怪，老板怎么会约我们来这里见面？见鬼！”

熊志这边刚刚进入那废弃的仓库不久，远处一辆小轿车疾速驶来，轿车靠边后，副驾驶的车门打开，率先走出来的是陆霆骁的心腹之一石逍。

很快，另外两位流里流气、满脸痞相的男子也从车中下来，跟在石逍身后。

“老大，您说BOSS让您在这里见面做什么？这里可不太安全……”

两位男子面色均带着疑惑地看着石逍。

石逍有些不解，眼前的这两个男人在费城还算有些小势力，否则石逍也不会将他们收到手下做事，对于费城的一些势力分布，他们应该不算陌生。

石逍喃喃着，面色一紧，随后看向那两位男子：“都小心着点，看我眼色行事！”

几乎是本能地，石逍心中觉得有些不安。

很快，石逍带着那两个男子大步走进仓库。

某一处角落里，宁夕也没闲着，跟在石逍三人身后，也偷偷溜了进去……

仓库里十分阴暗潮湿，空气中有着一丝霉味，还夹杂着十分难闻的啤酒味，外界的光亮很难照射进来，不管是宁夕还是石逍等人，很难看清楚仓库里的情况。

“小心点！”石逍尽量压低了声音，朝着紧跟在身边的两位男子说道。

在石逍身后的两名男子也瞬间紧张了起来，难道不是大BOSS约石逍老大在这里见面？

“手机呢！看看什么情况！”石逍说道。

“对对对！”其中一个男子立刻掏出手机，开启了“手电筒”模式。

当手机的亮光将阴暗处照亮时，石逍面色顿变，只见十数米外，熊志鼻青脸肿地倒在地上，好不狼狈。

“熊志！”石逍来不及去想其他，立即朝着熊志的方向跑去，随之将熊志从地上扶起身来。

“有内奸……内奸！”看清眼前的石逍后，熊志大声怒喝。

“内奸？！”石逍心一凉，手握得更紧了几分。

之前他就觉得有些古怪，老大怎么会约他在这种鬼地方见面……

“石逍，走！快走，有埋伏！老大不在这里，不在！”熊志口中发出近乎野兽般的嘶吼，额头青筋凸显。

还不等石逍开口说些什么，这废弃仓库中巨大的照明灯被打开，一瞬间，宛若从漆黑的深夜变成刺眼晨日。

强烈的灯光照射让石逍和熊志等人下意识闭上了双眼，随后便听见仓库门狠狠撞击的声音。

等石逍彻底适应了强光后，转身一看，仓库的铁门居然已经关上，并且被锁死。

“哈哈哈，你们这些蠢货！”

在仓库深处杂乱脚步声响起的同时，石逍几人还听见有人用着蹩脚的中文在笑骂。

最多几个呼吸的工夫，四位身穿紧身T恤的外国壮汉已经走了出来，身后还跟着一位长发散乱的黑衣外国女人。

其中一个光头壮汉，手臂、脖子，乃至脑袋上皆有夸张的文身，看向石逍和熊志，眼中还有一丝讽意。

直至此时，石逍才彻底明白过来，老大陆霆骁根本就不在这里，或者说，从来没有约过他们，是洪震豪出卖了他们，将自己和熊志骗到此地！

“洪震豪，你还是人吗？”石逍满脸通红，开口便骂。

对于洪震豪，石逍和熊志没有任何怀疑，之前洪震豪发短信，告诉他们陆霆骁在这里等待时，两人都没有任何想法，谁承想，到头来居然中了圈套，洪震豪是个内奸！

“哈哈哈，你们这群白痴！”那文身密布的光头壮汉大声嘲笑。

一旁，外国女人眼神凌厉地盯着他们。

“你们、你们究竟是谁，知不知道陆霆骁！我们是陆霆骁的人，你们敢乱来？！”被石逍带来的其中一位男子满头大汗地说道。

石逍瞥了那男子一眼，都到了这种时候，还有什么好说的。不管这些外国人是谁，将他们骗到这废弃的仓库，目的已经很明显了，就是想搞他们！

“今天，你们这群人谁也别想走！”光头壮汉目光阴鸷，凶狠无比。

听闻此言，那男子忽然一声怒喝，对准了那光头壮汉扑了上去：“我就是死也要拉着你一起！”

“爱丽丝，干掉他！”光头壮汉冷声道。

随着话音落下，只见外国女人迅速抬手，对着男子就是一脚。

巨大的冲击力，让男子身子踉跄着后退数步，险些一头摔倒在地。

见状，石逍和熊志两人的面色更加难看，那位外国女人的身手实在太快了！

后发制人，不给旁人丝毫机会。

“哦，爱丽丝，我的宝贝儿，你刚才为什么不下手重点！”光头壮汉不理解地看向外国女人。

“对付他，一只手就够了。”外国女人满脸冰冷，身着黑色的紧身服，干脆利索地朝着男子大步走去。

那名外国女子的步伐稳健，行动十分迅敏，穿着紧身服，显得无比洒脱。

石逍带来的其中一名男子咒骂一声，此刻他已是满头大汗。

外国女人朝他勾了勾中指，并未言语。

此刻，男子满脸疯狂之色，这些外国人显然不会放过他们，既然如此，不如和对方拼一拼……想到这里，男子一声怒吼，朝着外国女人跑去，举起拳头，作势朝着外国女人脑袋上砸去。

然而，还不等男子近身，他眼前忽然闪过一道黑影，耳边还伴随着呼呼的风声，甚至还不清楚发生了什么，下巴就一阵钻心的剧痛，整个人好像是断了线的风筝，横飞了出去，“砰”的一声巨响，撞在远处那铁柱子上。

男子想要从地面上爬起身来，试了几次却没能成功。此刻，他满脸鲜血，门牙也被摔碎了两颗，以至于男子说话时漏风，外人根本听不清他说些什么。

外国女人面无表情，将高抬的脚缓缓放了下来。

那男子没看清，可熊志和石逍几人却看得真切，还未等男子近身，那外国女人又快又狠的一记前踢，正踢中了男子下巴，这一记前踢力量极大，绝对是受过高强度的专业训练！

“刚才应该是跆拳道前踢腿法……不过一个女人将力量和准确度训练到如此地步……真是少见！”石逍口中喃喃，眸内寒光闪烁。

石逍这些年所学已经是陆霆骁保镖里的翘楚了，这女子身手的确了不得，如果让他上，也不一定能将她拿下，而且此刻对面人数众多，如果轻举妄动，后果不堪设想！

外国女人面色冷漠，直接走到男子身后，不给男子继续开口说话的机会，又是一击。

见状，另外一位被石逍带来的男子，面色惨白，不敢说半个字，生怕引起那外国女人的注意。

“哈哈哈，猪就是猪，爱丽丝的跆拳道，已经达到红带！白痴，蠢猪！”光头壮汉大笑不已。

“菲罗，是红黑带，不是红带！”外国女人瞥了光头壮汉一眼。

“哦……亲爱的爱丽丝，是红黑带，比红带更厉害，马上就要接近黑带了！你是对的！”光头壮汉歉意地笑着。

“你们到底想怎么样！”熊志再也忍受不了，近乎咆哮。

“哈哈哈，不要着急，我想和你们这些蠢猪玩一个非常有趣的游戏。”光头壮汉给身前两人使了个眼色。

“什么意思？”石逍眉头紧皱。

“很简单，只要你们有人在十招之内打赢爱丽丝，或者能接下爱丽丝十招，就可以全部离开，不然打输一个，留下一个人在这里，很公平。”光头壮汉想了想说道。

听闻此言，石逍和熊志已经彻底明白，这几个外国人完全是把他们当作了某种乐趣，就像猫和老鼠之间的游戏。

“我想，你们不会有人打赢她的，哈哈哈！”光头壮汉满脸得意地继续说。

此刻，石逍和熊志强忍着心中怒火，不配合，也没办法走，不管怎么说，先拖延时间。

可是，当熊志和石逍对上爱丽丝后，彻底傻了眼，对方的实力完全在他们之上……

“怎么，打不过？哈哈哈，既然这样，我们就需要遵守游戏规则，来人……”光头大汉说道。

就在此时，一道极为突兀的声音在仓库中响了起来。

“我来。”宁夕从暗处走了出来。

见到宁夕，几个外国人都是一愣，之前他们根本没注意到宁夕的存在，谁都不知道她是怎么突然出现在这里的……

不只是那几个外国人，就连熊志和石逍都傻在了原地，这个女人什么时候跟进来的？

“你？”石逍回过神后，上下打量着宁夕，怒火再也压制不住，厉声喝道，“谁让你来的！”

只不过，不管石逍的嗓门多大，宁夕却根本不理他，只目光专注地盯着爱丽丝。

“熊志！这个女人到底怎么回事！这个时候，你居然还带女人来？你脑子有病？”石逍近乎是用吼的。

熊志也有些蒙了，他根本不知道宁夕在这里。

“她以为是在演戏吗！告诉我，她是不是以为在演戏！”石逍面色阴沉得能滴出水来。

“我不知道……她是偷偷跟来的！”熊志只能解释。

“浑蛋！”石逍破口大骂，随后恶狠狠地看着宁夕，“你一个女人，会什么，给我滚！”

“你……是想留在这里吗？”宁夕转过身，冰冷的眸子落在石逍身上。

“哈哈哈，内斗吗？精彩，我喜欢，继续啊！”光头壮汉满脸兴奋。

“可怜，是恐惧让他们丧失了理智。”外国女人冷声道。

“她打不算，我来！”到了这个时候，石逍只能硬着头皮上，怎么能将几人的去留交给这个女人，说不定，她还真的以为是在演戏！

光头壮汉顿时摇头：“不行不行，既然她要上，就必须她上，换人就当作弃权，你们都得留在这里。”

闻声，石逍面如死灰，看着宁夕，眼神愈发凶狠，恨不得将这个蠢货千刀万剐才能解心头之恨！他完全想不明白，陆霆骁那种让他愿意誓死追随的老大，为什么会看中这种女人！

宁夕闻言，看也不看石逍半眼，直接冲向了爱丽丝。

不只是石逍，连熊志和石逍带来的那位男子也是满脸死灰，她只是个手无缚鸡之力的女人，会打架？开什么国际玩笑！

“哪来的臭女人？！你想害死我们！”石逍带来的男子怒不可遏。

然而，宁夕仿佛没听见一般，完全不顾石逍和熊志几人忐忑不安，已经和爱丽丝过了一招了，出招速度完全不输于对方。

爱丽丝竟只是堪堪躲过。

此刻，光头壮汉嘴角微微抽动，目光流露出些许赞赏：“这个女人不简单啊！”

听闻光头壮汉此言，熊志和石逍几人都微微愣神，甚至还有些弄不清情况，听外国人的意思，那女人还不错？

石逍带来的男子满头大汗，旋即像是想起了什么：“对了，她是个演员，或许在演戏中学过武术，肯定因为剧情需要，这会儿才能和爱丽丝对上一招！”

石逍和熊志若有所思，男子说的的确有些道理，宁夕毕竟是个演员，难免也会接触到一些打戏，或许正是以往碰巧接触过，掌握了一些技巧，所以才能够勉强过招。

“真是好险……”熊志深深吸了口气，如果宁夕刚才没碰到爱丽丝……

“我们要求换人！”石逍忽然说道。

宁夕这次必然是运气使然，继续下去，他们很有可能会输！

“对对对，换人，一定要换人！”石逍带来的男子也连声附和，让他们来打，总比让一个三四流的演员来打好，就算没打过，命运也是由自己来决定，没必要将自己的安全交给一个演员。

“不不不，如果换人，就当弃权，你们真的确定吗？”光头壮汉嘴角上扬，勾勒出一丝嘲意，满脸皆是玩味的神色，这就是一个猫和耗子的游戏，等他玩腻了，所有人都逃不过。

这场游戏，他是主导者，一切由他说了算。

石逍带来的那位男子愤愤地瞪了宁夕一眼，恶狠狠道：“如果……这次我们能够离开……等出去之后，我一定要剥掉你那一身皮！”

“哈哈哈，我最喜欢看你们这群蠢猪内斗，不过，能不能离开，你们这些蠢猪说的不算！好了，现在继续！”光头壮汉冷笑道。

石逍和熊志双拳紧握，但在目前这种形势之下，却又无可奈何，心中只能祈祷会有援兵尽快赶到，如果老大陆霆骁对这一切毫不知晓的话，他们这些人，肯定都不会好过！

宁夕一脸平淡，似乎并没有被石逍等人和那位光头壮汉所影响，继续对上爱丽丝。

如今，石逍和熊志几人已经完全没了念想，只能听天由命，心中祈祷着宁夕演戏时多学了几招，就像之前那般好运气。

自然，他们心中也已经做好了鱼死网破的准备，实在不行，他们一起上，和那些外国人拼了。

宁夕对着爱丽丝就是一拳，速度快得对方竟没反应过来。

许久后，光头壮汉看着生生打了爱丽丝一拳的宁夕，冷冷地说道：“我刚才听他们说，你是一个演员？”

“不错。”宁夕没有否认，不管以前如何，她现在就是一个演员，脚踏实地，凭着自己的天赋和努力，朝着目标去奋斗的演员。

“那也难怪了，你是个演员，应该演过不少打戏吧，所以能和爱丽丝对上几招。”光头壮汉理所当然。

“演员，真是个废物，没用的东西……”外国女人爱丽丝用凌厉的眸子瞥了一眼宁夕，对于演员，爱丽丝有着本能的厌恶。

“嘿嘿，我亲爱的爱丽丝，这个游戏我似乎是玩腻了，不如，咱们换一个玩法，你说，有什么更有意思的呢？”光头壮汉看向爱丽丝，投去一个极为暧昧的眼神。

“你不是喜欢看他们窝里斗吗，那就让他们自相残杀，这样，更加好玩。”外国女人爱丽丝想了想，说道。

“这你倒是提醒了我。”光头壮汉站起身来，满脸微笑，盯着石道带来的男子，“蠢猪，你刚才不是想打那个女人吗？现在机会来了，你去把她打趴下，我就考虑给你离开的机会，怎么样？这样珍贵的机会，可并不多。”

听闻光头壮汉此言，石道带来的白衫男子神色顿时一振，惊道：“你……你说的可是真话！如果是真的……”

白衫男子话还没说完，光头壮汉笑道：“当然！伙计，你要知道，我是一个很注重游戏规则的人，只要你遵照我的规则，那就有机会离开。”

“好！一言为定！”白衫男子眼中闪过一丝凶狠之色，只要能够离开这里，什么都好说！不过是一个女人而已，打她和碾死一只蚂蚱，几乎没有区别。

“你敢！”忽然，熊志怒声一吼，像是发怒的野兽。

不管如何，陆霆骁给他下过命令，让他保护好那个女演员。

“蠢猪，不要轻举妄动，给我乖乖地看戏，否则，下一个受伤的就是你。”光头男威胁道。

熊志双拳紧握，青筋毕露，老板给他的指令……如果他不能完成，就算能离开这里，以后又如何有脸去面对老大陆霆骁啊！

“乖乖的，不要轻举妄动，现在，还轮不到你们死。不过，如果你们不听话，不愿意配合的话……那一切都难说了。几个蠢猪，我们有的是大把时间，游戏才刚刚开始，哈哈！”光头壮汉一副吃定了几人的神色。

“石道，那是你带来的人，BOSS说了，要保护宁小姐的安全，你就算不作为，也不能纵容手用人胡来！”熊志没有理会那光头壮汉，反而盯着石道怒喝。

石道眉头深蹙，虽说他并不待见那个蠢女人，却也不至于想让她在这里受伤。

“不准出手！”石道看向白衫男子喝道。

白衫男子眼中神色凶狠，朝着地面啐了一口：“都别烦我！石道老大，是你带着我们来到这破仓库，说什么BOSS在这里，你自己看看，这里有什么！都是埋伏！马上连我也交待在这里了！不过是一个女人而已！她能换我离开，那是她的荣幸！”

此时，莫要说让白衫男子去对上宁夕，只要能够离开，就算去对上熊志，乃至是石道，他也会毫不犹豫地下手！

“不必着急，你有你的游戏规则，我也有我的游戏规则。”宁夕嘴角上扬，露出谜一样的微笑。

宁夕的话音还未完全落下，不远处，白衫男子就好似一阵风般朝着她扑了过来。

白衫男子疯狂大吼地扑向宁夕。

与此同时，在一瞬间，宁夕整个人近乎弹跳而起，在众人惊诧和不可置信的目光下，膝盖狠狠撞在那白衫男子的腹部。

“哇！”白衫男子面部痉挛，嘴角不停抽搐着，被宁夕膝盖猛烈撞击，整个人踉跄着朝后方逆行倒退。

然而，在白衫男子朝后方退去的同时，却又被满脸冷酷若冰山般的宁夕一把抓住右肩。

“轰！”白衫男子甚至还不知到底发生了什么，又被宁夕狠狠摔在地面。

白衫男子抱头哀号，宁夕那强悍到可怕的格斗技巧远远超乎他的意料，甚至于让他根本没有任何的还手之力！

打那个女演员？开什么国际玩笑！如此柔美的相貌，竟有如此可怕的身手！这是为什么？！

石逍和熊志两人目瞪口呆，宁夕那一套动作实在惊艳，那柔弱的外表下，谁又能够想到，竟隐藏着如此可怕的爆发力！

在瞬息间，宁夕已然到了那位光头壮汉的背后。

“蠢猪，蠢猪！”光头壮汉怒不可遏，他居然被一个女人威胁了！

在光头大汉说话的同时，他迅速转身朝着宁夕攻击，想先下手为强，对于自身的实力，光头壮汉有着强烈的自信。

只不过，令他没想到的是，还没能对上宁夕，宁夕已在须臾间洞悉了他的招式并成功给了他致命一击。

光头壮汉应声倒地，疼得在地上抽搐。

直至此时，宁夕连看也没看那光头壮汉半眼，目光只是落在石逍和抱头哀号的白衫男子身上。

“那是什么身手？”熊志神色震撼，忍不住倒吸一口冷气。

不只熊志，连石逍也满脸呆滞，他的大脑一片空白，所有的一切，都超乎他原本的预料和计算，这个叫宁夕的女人，她真的仅仅是个演员？！

“刚才，你们说什么来着？”宁夕像是一座冰山，冷得让人全身寒毛乍起。

在宁夕说话时，另外几位外国人也彻底回过神来，意识到发生了什么，纷纷准备攻击宁夕……

随之而来的又是几人倒地的声音。

“快，太快了！宁小姐……她的速度实在太快了！”熊志忍不住惊叹，又补充道，“这个距离，宁小姐的极限速度加上极限的计算能力……不可能只是一个演员！她、她到底是干什么的！”

一个演员，能有这种本事？就算能打过熊志，他也绝对不会相信。

此刻，熊志忽然莫名苦笑，他真是不知道BOSS到底是怎么想的，这种女人，需要他来保护？她需要别人的保护吗？她去保护别人还说得过去！

石道嘴巴微启，似乎想要说些什么，但最终什么话都没说出口。

自始至终，宁夕看都没看那些外国人半眼，不过是眨眼工夫，一众外国人竟纷纷躺在地上哀号。

“啊！”白衫男子此时依然在抱头哀号，像是杀猪声。

“碍眼……滚！”宁夕一腿甩出，硬是将那白衫男子踢出数米开外。

石道和熊志两人大气也不敢出……

“你很幸运，如果换作几年前，敢这样跟我说话，你早就和他们一样趴在地上了。”宁夕瞥了石道一眼，“我的意思，你可明白？”

“我、我知道了。”石道咬了咬牙，最终点头服软，本能的直觉告诉他，这个女人，自己招惹不起。

“宁夕小姐，快打那个女人！”熊志见爱丽丝竟然起身了，急忙道。

宁夕看向爱丽丝：“你刚才说我什么……废物？”

闻声，爱丽丝眉头一紧，冷道：“在我眼里，你什么都不是，你这只蠢猪！”

言罢，爱丽丝迅速出招，然而，宁夕的招式也并未落下。

爱丽丝一声惊呼堪堪躲过，宁夕的速度太快。

“厉害！打她！”熊志满脸兴奋。

爱丽丝怒瞪双眼，飞奔如风，同样敏捷地朝着宁夕一拳打去。

“红黑段……如今也这样嚣张了吗？”宁夕摇了摇头，神色淡漠，压根没将爱丽丝放在眼里。

“小心点，那女人很厉害！”熊志忍不住开口提醒。

话音刚落，只见宁夕的右腿猛然扬起，无比灵逸，之后迅猛劈下，形成两段折线。

那外国女人爱丽丝刚刚近身宁夕，宁夕的下劈腿已是落下，沉猛而迅速，这一腿，竟是直接劈中爱丽丝的头顶！

几乎在同一时间，爱丽丝整个身子仿佛失去了知觉，如烂泥一样摔在地面。

“晕……晕了？”熊志愕然，宁夕一击将那外国女人击倒的劈腿实在惊艳！

“忘了告诉你……我是黑带。”宁夕瞥了陷入昏迷的爱丽丝一眼，淡淡道。

看着眼前的一幕，石道和熊志两人面面相觑，满脸呆滞，他们都已经快震惊到麻木了……

“宁夕——”

就在这时，身后突然传来一个熟悉的声音。

这个声音……陆霆骁？！

“BOSS大人！”宁夕撒腿飞奔过去，走到男人跟前，上上下下把他看了一遍，确定完好无损，终于松了口气，“你没事啊！太好了！”

“你……”此时此刻，陆霆骁的脸色极其难看，整个身体犹如在烈火中焚烧，简直急火攻心，“谁准你来这里的？”

宁夕还是第一次看到陆霆骁这么生气这么吓人的样子，被吼得一下子瑟缩了肩膀：“BOSS大人，你好、好可怕……”

陆霆骁简直咬牙切齿：“你还知道怕？”

宁夕对着手指，一副可怜兮兮的表情，弱弱道：“怎么可能不怕嘛，人家毕竟也是一个女孩子啊，刚才差点怕死了，小腿肚子还在发抖呢！BOSS大人，你就不要吼我了啊，求安慰嘛！”

身后。

石道和熊志嘴角抽搐着，满头黑线，这女人是不是精神分裂，刚才明明嚣张得都快上天了，到底哪里有一丁点害怕的样子？BOSS会相信她才有鬼！

“你……”陆霆骁看着女孩一脸惊慌的样子，纵是烈焰焚身也只能硬生生忍着，不敢累及她分毫了，僵冷着一张脸，深吸一口气才终于压下了心内的怒火，伸出宽大的手掌摸了摸女孩的脑袋，“别怕，我在这里。”

宁夕长长地舒了口气，暗暗拍了拍胸口，总算是躲过一劫了，BOSS大人发火实在是太可怕了。

随后，她继续眨巴着眼睛弱弱道：“嗯嗯嗯……我一看到BOSS大人就不怕了！只要……只要你不吼我……”

陆霆骁面露抱歉：“对不起，我一时失态，下次不会。”

石逍和熊志一脸的不可置信：这人谁？这是他们的大BOSS陆霆骁？你逗我呢？难道这人不是他们的BOSS，而是敌人另外的一个陷阱？

现场唯一淡定的，只有跟在陆霆骁后面的程锋，他推了推鼻梁上不存在的眼镜，一副“尔等还是见识太短浅，所以才如此不淡定”的表情。

离开废弃仓库的车上。

知道陆霆骁没事之后，宁夕总算放松下来，面色怔怔地看着车窗外的风景。

费城，上次来的时候，这里还是一座繁华的都市，现在却只剩满目疮痍……

在宁夕看着窗外的时候，陆霆骁讳莫如深的目光正落在她的身上。饶是他将一切计划得再天衣无缝，也万万没想到，当他带人赶来，打开仓库的一瞬间，竟然会看到远在国内的宁夕出现在这里，出现在如此危险的地方！

不及他心神俱裂，又被另一幕所震惊。女孩瞬间出手，顷刻间所有敌人都制服了，还有她制服那个外国女子的凌厉一击……

那一刻，眼前的女孩冰冷的眼神和周身的气息是那么陌生，身上丝毫没有他所熟悉的影子，就如同是另一个陌生人。

他知道那个女孩依旧是宁夕，那是过去的她……不过，当她惊喜地朝着自己飞奔而来，又可怜兮兮地说着害怕，他便知道，她还是他的女孩。

宁夕无意间一扭头，正对上陆霆骁幽深的目光，不由得紧张地咽了口唾沫："呃，BOSS 大人……你看我干啥？该不会是准备秋后算账吧？你说好不生气了的！"

陆霆骁收回思绪："我在费城还有些事情需要处理，你是先回国，还是跟我一起走？"

宁夕想了想，立即答道："我跟你一起回去！"她说完又解释了一句，"反正这些天我也没什么工作，好不容易来一趟，四处逛逛就当旅游了！"

陆霆骁闻言目光清冷地看着她，语气也冷了几分："若你跟我一起走，这几天你不许离开我的视线范围之内。"

"什么？"宁夕苦着脸，"那我岂不是要闷死啊？"

陆霆骁瞬间黑脸。

宁夕见状赶紧改口："没有没有！跟 BOSS 大人在一起怎么会闷呢！能陪伴圣驾那简直是我天大的荣幸……"

车后座上，熊志轻咳一声，压低了声音道："宁夕小姐她……她真的不是精神分裂吗？"

石道白了他一眼："分裂个头！你到现在还没看出来吗？她这分明是扮猪吃老虎！"

"老虎……老虎指的是 BOSS？"熊志还是一头雾水，"那 BOSS 对宁夕小姐的态度又怎么解释？"

这一次，石道没话说了，噎了噎咕哝道："我哪知道，我都吓死了！"之前他还差点以为 BOSS 是别人假冒的呢！

一旁正在埋头处理文件的程锋终于听不下去了，抬头瞥了两人一眼："你们两个懂什么，这都是爱情的力量！"

车子一路开到了安全区。

到了酒店，陆霆骁直接将她带到了自己的套间。先是领着她在沙发上坐下，然后去阳台打了个电话。

片刻后，程锋送来了PSP游戏机、时尚杂志，还有一堆点心零食。

把宁夕安顿好之后，陆霆骁便开始召集属下开会，开会的房间正中有一扇窗户，正好能清楚地看到对面客厅内的宁夕。还真是做到了完全不离开他的视线范围……

宁夕坐在一堆游戏机、杂志和零食中间，有种自己是只正在等待主人的宠物的既视感。

过了一会儿，程锋、石道、熊志还有另外几人鱼贯而入。

另外几个没有见过宁夕的下属，看到陆霆骁这里竟然坐着一个俏生生的小姑娘，全都是一副惊讶的表情，石道和熊志看着规规矩矩抱着杂志坐在沙发上的宁夕，嘴角微微抽搐……

宁夕这会儿哪有心思吃喝玩乐，偷偷瞅了陆霆骁一眼，趁着他正在专注工作，迅速给某个浑蛋发了一条短信——“姓云的，你个浑蛋！”

为了表示愤怒，后面打了许多个感叹号。

很快，对面回复了——云萝卜：“你再说一遍！”

还敢威胁她？他还有理了！

宁夕啪啪啪打着字：“如你所愿！浑蛋！”

云萝卜：“宁夕！你找揍！”

宁夕看着这行字，火了：“你自己做的缺德事还不许人说了！明着打不过人家就暗地里偷袭！这种卑鄙无耻又没种的行为，说你是乌龟都是侮辱乌龟了！”

大概隔了十几秒，对面才回复了她：“我偷袭？”

宁夕继续飞快地编辑信息发过去：“不是你是谁？！别告诉我菲罗和爱丽丝不是你的人！”

这次那边几乎是秒回：“你们对上了？”

宁夕哼了一声：“废话！要不是我机智又勇猛，小命都没了！当然，这不是重点，你别转移话题！”

云萝卜：“亲爱的，这当然是重点。”

与此同时，拉斯维加斯，某酒吧。

炫目的灯光，震耳欲聋的音乐，舞池里的男男女女醉生梦死着。

酒吧中间，巨大的球形水晶灯下，宽大奢华的一处卡座内，中间坐着一个金发碧眼的意大利男人，男人长相俊美，眼神却有些邪肆。

此刻，他的身边正围绕着一大群身材火辣的美女，肆意地饮酒作乐……

而仅仅距离他几步远的对面，坐着一名有着一张东方面孔的黑发男子。男子单独一人坐在宽大的沙发上，戴着一副斯文的金丝边眼镜，耳朵上戴着蓝牙耳机，身前的茶几上摆放着一台笔记本电脑，周身散发着一股生人勿近的气息。

酒吧内无论怎样狂欢，没有一个人敢靠近他的范围，与对面那意大利男人形成诡异而鲜明的对比。

片刻后，黑发男子对着电脑的方向，神色恭谨地点了下头，随即起身，走到对面的意大利男人跟前，语气平静无波地问："奥古斯丁先生，菲罗的行动是您的命令？"

金发碧眼的意大利男人抬起醉醺醺的脸："菲罗……哦没错，是我的命令！怎么了我亲爱的伙伴？"

黑发男子面无表情地开口："您动了不该动的人。"

"不该动的人？"意大利男人一脸不在状态的迷茫，随即突然想起什么似的，露出恍然大悟的表情，"你是说那个女人……"意大利男人说着，无辜摊手，"亲爱的伙计，这可不能怪我，我要对付的人是陆霆骁，她是自己送上门来的，还破坏了我所有的计划！"

说到这里，意大利男人的眸底闪过一丝阴鸷的冷光，吓得刚才那些还黏着他的美女这会儿全都不敢再靠近。

黑发男子却恍若未觉，面无表情道："奥古斯丁先生，您违背了我们的盟约。"

意大利男人摇摇晃晃地站起身，毫不在意地笑着，要去拍他的肩膀："嘿伙计，放轻松点，Satan 迟迟不动手，我不过是帮他一把！"

黑发男子在奥古斯丁接触到他的身体之前闪电般迅捷地避开，依旧是一张毫无表情的脸："奥古斯丁先生，由于您的擅自行动，我恐怕要正式通知您，从今日开始，我们的同盟关系，到此为止。"

那意大利男人闻言先是一愣，随即瞬间变了脸色，语气阴沉道："你知道你在说什么吗？这是谁的命令！"

"Satan。"

意大利男人一把推开旁边的一个美女，面色极其阴冷："那就让他亲自跟我对话！你算个什么东西！"

下一秒，黑发男子将茶几上的笔记本电脑调转到那意大利男人的方向。

只见电脑屏幕上是一间光线昏暗的屋子，宽大的座椅上正坐着一个男子……

“Satan，你要撕毁盟约！就为了一个女人？”意大利男人对着电脑屏幕露出愤怒的表情，如同一头发怒的狮子。

相比意大利男人的勃然大怒，屏幕中的男人声音就好似是刚睡醒一般，慵懒而随意地开口：“就为了一个女人。”

“你耍我！”意大利男人只当他是随意找的借口，一脚踹翻旁边的桌子，那张俊美的脸此刻无比狰狞，“撕毁盟约，你考虑清楚后果！”

屏幕中的男子似乎轻笑了一声：“后果？唐夜，你来告诉奥古斯丁。”

“是。”黑发男子点头，随即看向意大利男人，冰冷的眸底不带丝毫人类感情，“从此刻开始，我们之间所有的交易，也一并终止。”

话音刚落，奥古斯丁脸上的醉意终于散去，猩红着双眼，俊美的面容无比扭曲。

所有的交易终止，也就意味着，他们失去了百分之九十的生意……

“好，既然如此，我现在就让你们知道，背叛盟友的后果！”

随着奥古斯丁话音落下，酒吧内的音乐骤然停止，七八位壮汉拍案而起，现在只需要奥古斯丁一声令下，他们就会对上唐夜。

然而，唐夜忽然缓缓摘下鼻梁上泛着冷光的金丝边眼镜，接着，站起身，略整了下袖口，再次抬起头看向奥古斯丁时，眸底原本的冷漠化作一丝近乎变态的诡谲和疯狂，甚至连语气也邪肆了几分：“奥古斯丁先生，我想，您弄错了一件事。”

“我弄错了什么？”奥古斯丁恶狠狠道。

这时，电脑中突然传来一声极其愉悦的低笑：“呵呵，唐夜，祝你有个愉快的夜晚。”

说完电脑整个黑了下去，听到电脑中的男人方才说的话，奥古斯丁莫名有种不安的感觉……

眼前的黑发男人唐夜，是Satan的二把手，对数字极其敏感，掌管着Satan最核心的账目，身边一干高手保护，自己却手无缚鸡之力。这种人，此刻落单在他的地盘能有什么危险……不过，虽然从未看过唐夜出手，但似乎也不代表他完全没有身手？哼，就算他有几分本事，这里全是他的人，他还能翻天了不成！

奥古斯丁的神色愈发凶狠，下令让手下围攻上去，然而，摘下眼镜的唐夜竟像突然变了一个人般，化作一道黑色的影子，速度像是超越了普通人类的极限，几乎是在一眨眼间，便已经从人群中逃离。

那一瞬间，奥古斯丁只觉得全身发寒，像是某种说不清道不明的阴邪，侵占了他的身子。

下一秒，脖子上的大动脉已经被一把彻骨冰寒的匕首抵住，疼痛感让奥古斯丁更加清醒。

“奥古斯丁先生，您究竟是瞧不起唐某人，还是太高估了自己！”没有了眼镜的遮挡后，唐夜那一双漆黑无比的眸内泛着一丝病态的疯狂。

“你你你……唐夜，你可想清楚了！与我们作对，后果是什么！”奥古斯丁身子一颤，无论如何也没想到唐夜的身手居然已经到了这种地步。

“奥古斯丁先生，容我提醒您一句，这里是拉斯维加斯……方才唐某说了，所谓的后果，是只有您需要考虑的东西……”

唐夜言罢，手中的匕首寒光一闪，伴随着奥古斯丁的惨叫，他的一只耳竟生生被划破了，飞溅出的鲜血，将地面染成鲜红色。

唐夜邪肆地舔了舔嘴角，满眼嗜血的快感，幽幽道：“你该感谢上帝，我亲爱的小师妹毫发无损，否则……”

不等奥古斯丁开口，从酒吧外若浪潮般涌出数十号身着一身黑衣的男子，那些男子对着奥古斯丁的手下便是一顿乱揍。

至多几个呼吸的工夫，奥古斯丁那些手下纷纷躺在地上哀号。

此时此刻，奥古斯丁已经面如死灰。

果然，对Satan身边的人，绝对不应该掉以轻心，这次，他犯了致命的错误……

唐夜戴上眼镜，接过一个黑衣男子递过来的白色方巾擦了擦手，又恢复了温文尔雅的神态：“奥古斯丁先生，今天算是给您一个教训，希望您能谨记。”

闻声，奥古斯丁连连点头，眼神惊恐到了极致：“我、我明白，我马上就离开拉斯维加斯，永远不再回来！”

“感谢您的配合。”唐夜言罢，带着那些黑衣男子径直朝着酒吧外走去。

奥古斯丁满脸惊惧，同时心中也愤怒到了极致，这笔账，他会算得清清楚楚，连本带利地要回来！

“一群低劣的人！总有一天，我要让你们统统下地狱！”

奥古斯丁话音落下的一瞬间，唐夜身形微动，手中的匕首如箭一般疾射而出——

“啊！”奥古斯丁还不知道发生了什么，他的左耳竟也受了伤。

“奥古斯丁先生，看来，耳朵对您而言，只是多余的装饰品。”唐夜言罢，终于心满意足地迈步离开。酒吧内，只剩下凄惨的哀号声。

费城，酒店内。

发完短信后，宁夕气闷不已地扔了手机。

对方回了那一句“这当然是重点”之后，就再无回音了。

这种如同牵线木偶一般随时被人操控着、时刻提心吊胆的感觉，实在是太糟糕了！这次是她侥幸，若是下次遇到更棘手的对手呢？

宁夕怔怔看着对面玻璃窗后面色清冷的陆霆骁，眸子里闪过一丝幽光，不行……她不能再继续坐以待毙下去……

正出神地想着事情，正在认真听属下汇报的陆霆骁突然抬起头，朝着宁夕的方向看了过去。

宁夕立即正襟危坐，一副乖宝宝的表情，想了想，又找了一张白纸和笔，粗粗地写了一行字：“BOSS大人，我可不可以去下洗手间，可以您就拿一下钢笔。”

埋头写完后，举起来在陆霆骁眼前晃了晃。

陆霆骁注意到女孩手里的白纸，看清上面的字后，一直冷冷绷着的嘴角微微弯起。

正在说话的手下见状顿了一下，有些犯傻。

陆霆骁不动声色地拿起桌上的钢笔，换了姿势，开口提醒下属：“继续。”

得到肯定的回答之后，宁夕这才一溜烟跑了，感觉自己像是回到了小学生年代，上个厕所也要举手跟老师请示……

夜幕降临，会议终于结束。

石逍边走边跟程锋说话，至今还有些回不过神来：“所以说，BOSS早就知道洪震豪有问题了，是故意放纵他，这次深入费城也是故意的，目的就是想引出他背后的人到底是谁……”

程锋点点头：“是的。只是，最后的结果跟我们的预计出现了一点偏差，对方虽然如我们所料在费城出现了，但并不是我们预想中的人，而是另一拨人马，我们的计划也被打乱了……这次，若不是宁夕小姐意外出现，你们拖延不到我们的人马赶到，搞不好真的会出事……”

石逍闻言脸色涨红，闷声道：“就算是，也是我咎由自取技不如人……这次，确实是那女人救了我，我无话可说，心服口服！”虽然这次的事情是在BOSS计划之中的，但他却更加挫败。

BOSS三番两次交代他行事不可莽撞，万事三思而后行，他还是头脑一热就轻易相信了洪震豪。熊志没什么心眼也就算了，这种事情发生在他的身上，简直是巨大的失误。然而，连他的失误居然也在BOSS的预料之中，看来，自己在BOSS

心里还不够被完全信任吧……

一向自信的石逍第一次尝到了挫败的滋味，颓丧道：“程助理，听说我们这些人只是BOSS明面上的保镖，实际上，BOSS还有一批厉害到我们无法想象的追随者，那些人才是BOSS真正的心腹……是这样吗？”

BOSS身边连一个小小的弱女子的实力都到了他难以置信的地步，更何况他背后……呵，他居然质疑BOSS看人的眼光，并且三番两次出言侮辱，最后的事实证明，他才是那个无知愚蠢又狂傲自大的人！

“别胡思乱想了，你们对BOSS而言的意义都是一样的，而且你还年轻，完全还有更多成长的空间，不必心急。”程锋拍了拍石逍的肩膀安抚，无奈地叹了口气。

石逍这人其实天赋极高，可最大的缺点就是性情太过浮躁，导致他一直停步不前，这次的教训之后，他若真的能改掉这个坏毛病，倒也不失为一件好事。

回想当时跟着BOSS到达仓库的时候，他只看到宁夕小姐制服那些人的那一幕，之前发生的事情并不太清楚，但仅仅从她竟然能让石逍这样狂傲的性格也说出“心服口服”四个字，这个女人，恐怕比他想象中的还要可怕……

一旁的熊志挠挠头：“程助理，那位宁夕小姐到底是什么来头？看身手绝对不仅仅是个演员这么简单吧！BOSS居然还让我去保护她，这不是开玩笑吗？她哪里像是需要人保护的样子……我实在是想不通！”

程锋沉吟道：“有关宁夕小姐，我知道的也并不多，今天我的震惊也不比你们少。对于这件事情，你们就当不知道吧，千万别在BOSS面前瞎打听。至于BOSS的命令，我还是那句话，听从就好。”

石逍和熊志闻言都应了一声，对程锋的话没有任何异议。

见陆霆骁终于开完会了，正窝在沙发上打盹的宁夕一骨碌爬起来：“BOSS大人，您忙完啦？”

陆霆骁疲惫地捏了捏眉心：“嗯，你自己玩会儿，我去洗个澡。”

“哦哦……”宁夕眼珠子转了转，随后一脸天真地眨了眨眼睛，开口道，“BOSS大人，需要我在您的视线范围之内吗？”

陆霆骁闻言身形似乎踉跄了一下，随即转过身，墨色的双眸幽邃：“如果你要继续配合的话，我没有意见。”

宁夕心想：哼！可恶！果然玩不过大魔王！

看着女孩憋屈的小表情，陆霆骁忍不住走过去，大掌揉了揉她的头发，转身进了浴室。

陆霆骁进入浴室后，宁夕的脑海中莫名又浮现出之前陆霆骁怒斥自己时的表情，明明生气成那样，却还是因为不想吓到自己而生生忍耐住。而且……当时有很大的可能性陆霆骁是看到了她和那群人……可是，他却什么也没说，什么也没问，依旧一如既往温柔地安慰她……

宁夕抱着膝盖，面上情不自禁地浮现一抹温柔，清了清嗓子，开始缓缓唱着歌——

爱上你的时候还不懂感情

发现遇见了你

是生命最好的事情

是谁风里雨里一直默默守护在原地

原来你是我最想留住的幸运

原来我们和爱情曾经靠得那么近……

虽然不能在他的视线范围内，能听到声音也能安心吧？

浴室内，陆霆骁的耳边突然传来女孩甜美动听的声音，一颗北极的心脏顿时暖得如同赤道的暖阳……

三天后，华国，华都机场。

终于处理完后续的一些事情，回到了国内。

下了飞机，陆霆骁正要说先送宁夕回家，宁夕却抢先开口道：“老板，我送您回家吧！”

陆霆骁闻言眉峰微扬：“你送我？这种事似乎应该是男人送女人吧？”

“那不一样，除了男人女人这一层关系之外，您还是我的老板，我是您最忠实的员工，当然应该是我送您回家！”只有亲眼看着他安全到家，她才能放心。

看着女孩在那儿一本正经地讲歪理，陆霆骁唇角微勾：“似乎也有道理。”

宁夕连连点头：“当然了！所以肯定应该是我送您！”

“好，你送我。”能跟她多待一会儿，他自然乐意之至，无论是以哪种方式。

上了车后，陆霆骁随手拿出手机，修长的手指敲击了几下，给儿子发了一条短信——“一个小时后，打开你房间的窗户。”

手机那头静悄悄的，没有任何回应。

不过，陆霆骁倒是也不着急。

大概过了三分钟后，手机响了一下，小家伙发了三个感叹号过来。

陆霆骁嘴角微勾，知道儿子已经猜到了他的意思。

一小时后，车子开到了院门外。

陆霆骁抬眸望了一眼，果然在窗口看到一颗望眼欲穿的小脑袋，很快，小脑袋“嗖”的一下不见了，片刻后，一只小小的身影朝着他们的方向飞奔而来……

随后，小家伙毫不停顿地越过多日未见的爸爸，径直朝着他身后的方向扑过去……

被彻底无视的陆霆骁：好吧，已经习惯了……

看到小包子，宁夕顿时满脸惊喜，弯腰将他接住，心肝宝贝地抱进了怀里：“小宝宝贝儿——”

抱住小宝的一瞬间，她有种从腥风血雨里回到人间的感觉，温暖柔软得不想松手……

小包子黏在小夕阿姨的怀里，就跟小船进了港湾，小鸟进了树林一样，全身上下都洋溢着满足、喜悦和安心。

宁夕正跟小包子腻歪呢，突然眼角余光瞥到前方孤零零的陆霆骁，于是扶着小包子的肩膀，柔声开口道：“小宝啊，这么多天没见到爸爸，你都不想他吗？”

小包子看向陆霆骁，面露思考：想还是不想，这是个问题……在小夕阿姨面前，他还是说实话吧……

眼见着小包子就要给出让陆霆骁更心碎的回答，宁夕急忙在悲剧发生之前开口：“咳，小宝，爸爸每天上班赚钱养家多辛苦啊，去给爸爸一个抱抱好不好啊？”

小包子点点头，噔噔噔跑到陆霆骁跟前，仰着小脑袋，伸出一双小短手，示意要抱。

陆霆骁哭笑不得地看了眼这个要来的拥抱，俯身抱起儿子，揉了揉他的小脑袋：“乖。”

儿子很给面子地在他怀里坚持了三秒钟。

第四秒，果断扭头朝着宁夕的方向伸出双臂，要小夕阿姨抱了。

陆霆骁只能把小家伙又还给了宁夕：唉，儿大不中留……

离开陆家老宅后，宁夕本来准备回公寓，途中接到了林芝芝的电话，于是又转道去了一趟公司。

到了盛世娱乐大厦楼下，宁夕无意间一抬头，便看到头顶巨大的LED大屏幕中，出现了苏以沫的身影。

正在播放的是苏以沫代言Chanel的最新广告。广告中，苏以沫一共换了十二套百年来香奈儿最经典的衣服款式，规格非常高。

LED 屏下，几个苏以沫一派的女艺人正围绕着苏以沫，一边抬着头看广告，一边兴奋地议论着：“以沫，你这个广告拍得也太高端大气上档次了吧！”

“也难怪 Chanel 要找以沫做区代言人，不仅是因为我们以沫人气高，更是因为以沫能体现出 Chanel 高贵优雅的气质。”

这时，正好有人看到宁夕从旁边经过，便故意大声说道：“不像某些人，接个垃圾游戏代言，尾巴就要翘到天上去了，上次我们居然还撞见她去宝玉轩那种地方买玉呢！”

“你是说宁夕？”

“不是她还有谁！”

“噗，她那点代言费，居然还去宝玉轩！”

“可不是嘛，八成是看以沫姐喜欢玉，自己也要去买来装，最后却只买了一块十几万的小破烂！整了一个东施效颦，真是笑死人了！”

苏以沫听闻那些人谈论宁夕，语气微微有些不耐：“以后，别在我面前提起那个名字。”

旁边的那些女艺人听到这话，急忙全都打住，小心翼翼地应声道：“知道了以沫姐，她哪里配跟以沫姐您的名字出现在这里啊！”

“不提不提，省得每次都让她蹭以沫姐的热度！太不要脸了！”

林芝芝的办公室。

宁夕敲门走了进去：“芝芝姐，找我有事吗？”

“坐下说。”林芝芝示意她坐下，然后问道，“知道 Noble 这个牌子吗？”

宁夕想了想：“那个专门做香水的品牌？”

林芝芝：“没错。”

宁夕也不知道林芝芝为什么问这个问题，思索了一会儿，说出自己知道的信息：“据我所知，是个挺有个性的牌子，就是相比那些知名度比较高的奢侈品牌，比较偏小众，知道的人似乎不多……”

林芝芝点点头：“是的，这个牌子很小众，很多人对它很陌生。实际上，Noble 是年龄超过两个世纪的知名沙龙香水品牌，一直是上流社会的最爱，至今已有二百四十多款私人定制和公开发售的香型，可以说，每一款都是一个传奇。

“之前 Noble 从未在国内公开发售，所以才在国内的知名度不高。不过，前段时间我得到消息，Noble 准备开拓华国市场，正在包括香城、台州、澳市的全国范围内海选代言人。”

宁夕眨了眨眼睛："芝芝姐是要帮我报名吗？"

"已经报过了，我给对方发送了一段你在《天下》中的片花。本来只是随便一试，没想到，刚刚收到对方的通知，你过了初选！"林芝芝说。

听到林芝芝的回答，宁夕立即眼前一亮："什么？我入初选了？可是，像这类品牌，一般找的不应该是那种当红女星吗？"

"确实如此，所以，你能入选其实我也很惊讶。不可否认，你的竞争压力会非常大。所以，虽然机会难得，你也不必紧张，这次本来就是意外之喜，能得到当然最好，得不到也没什么。"林芝芝安慰道。

即使入了初选，她也并未抱太大的希望，不过是想让宁夕多去长长见识。

这样的高端品牌，对宁夕一个小新人来说，就算只是入了初选，也已经是一种资历。

"嗯嗯，我知道啦！芝芝姐，我会保持平常心的，就当去刷经验了！"宁夕谦虚地开口。

实际上，她心里却是野心不小，即使是再不利的环境，不到最后一秒，一切皆有可能！

"对了芝芝姐，不知道这次香水代言的主题是什么呢？"宁夕问。

"只有两个字，高贵。准备时间是三天，三天后，在M国洛城进行最后的试镜。"林芝芝回答。

宁夕喃喃道："三天……足够了，这几天我会好好想一想要怎么表达这个主题！"

至于M国，她更是熟悉，完全无压力。

"这次的主题是高贵，肯定会用到一身行头，如果有什么需要，我会尽量帮你跟公司申请。"林芝芝开口道。

"好的，到时候我会跟你说的，谢谢芝芝姐，我回去准备啦！"

三天后，M国，洛城机场，宁夕摘下面上的墨镜，看着陌生又熟悉的环境，目光流转，嘴角微微上扬。

相隔一年，她又回到了这里。

一年前，她还在居无定所地浪荡。一年后，她的梦想已经开始起航……

这次，林芝芝虽说没有抱太大的希望，还是亲自陪同她过来了。毕竟到时候到场的全都是国内的大腕，她担心宁夕应付不来。

"宁夕，你真的什么都不需要？"林芝芝有些不放心地问。

宁夕笃定地点点头："什么都不需要，需要的东西很简单，我自己都已经准备好了！"

次日清晨，Nobel 公司大楼，乘坐电梯上到顶层，穿越一片摆放着各种经典款香水的玻璃展柜，便到了今天试镜的地点。

宁夕跟在林芝芝身后，刚一进去，差点被闪瞎了双眼。

只见里面巨星云集，每一个都是耳熟能详的大腕，只有零星几个比较脸生的新人，而且，为了配合今日"高贵"这个主题，所有人都穿得非常闪耀夺目。

大多数人都是互相认识的，这会儿都在客气地寒暄，联络感情，里面很是热闹。

当宁夕出现在门口的瞬间，所有人都愣住了，整个等候室里针落可闻。

当然，不可能是因为宁夕这种小新人太出名惊到了大家，而是因为，相比那些成熟模特的衣香鬓影、珠光宝气，宁夕的穿着实在是太突兀了，说是疯狂也不为过。

宁夕素面朝天，穿着一件颜色看起来脏兮兮的泥土色连衣裙，略旧的棕色小皮鞋，身上没有任何配饰，甚至连造型都没有做，微微凌乱的头发就这么随意地披散在身后。

片刻后，所有人都是一副异样的目光，因为屋子里的大部分人都是大牌，说话也无所顾忌，也不压低声音，直接当着宁夕的面就开始议论起来。

"这谁啊！穿得跟个乞丐一样……是不是走错地方了？"

"应该不会吧！没看她是林芝芝带过来的人吗！"

这些人虽然不认识宁夕，但带出了冷曼云的金牌经纪人林芝芝，在圈子里还是没人不知道的。

看到林芝芝之后，那些人全都露出无法置信的表情："啊！我想起来了！这穿得破破烂烂的女人该不会就是林芝芝新带的那个小艺人吧？"

"就算冷曼云走了，林芝芝的资历摆在那里，也不至于带个这样的人啊？"

"盛世娱乐已经穷到这种地步了？连个像样的造型师也没有？"

"说到底不过是不重视而已呗！"

……

这时，有个星辉娱乐的女星踱步到林芝芝跟前，一脸关切的表情，但眸底却明显满是嘲讽之色："林姐，带艺人过来参加试镜啊？"

林芝芝略一点头："随手给她报了个名，没想到入了初选，带她来积累积累经验。”

星辉女星一脸遗憾的表情，一边打量着她身后的宁夕，一边摇头咋舌：“林姐啊，不是我说你，就算是来陪跑的，那也不能自暴自弃啊！还是……冷曼云走了，你就落魄到这种地步了？既然这样，不如别留在盛世做什么经纪人了，来做我的助理吧？虽然工资不高，也比你带个没出息的小新人要好啊！”

星辉跟盛世向来是死对头，说话的这个女人叫李乐菱，好几次输给冷曼云，难得看到林芝芝落魄，自然不会放过这么好的奚落机会。

看着两方掐起来，旁边的人都是一副看好戏的态度。

还有人故意调笑：“说起来，我正好也缺个助理呢！不知道林姐有没有兴趣？”

李乐菱一副快意的表情：“呵呵，没想到林姐这么吃香，到时候就算手头这个小新人起不来，也不用担心没有后路了！”

宁夕看着林芝芝被一群圈子里的大腕围攻，眸子里闪过一丝森冷的幽光。不过，她谨记林芝芝的交代，无论发生什么事情，能不开口尽量不开口。宁夕找了个安静的角落坐下，微微闭上眼睛，不受外界干扰，专心酝酿情绪。

没过多久，试镜开始了。

宁夕抽到的顺序倒是不错，一共三十个人，她抽到了中间的号。

李乐菱抽到了十四号，看着宁夕手里写着十五的号牌，摇头叹着：“啧，这么好的号，真是可惜了……”

很快，第一个面试者进去了。

第一个面试者的实力就已经够可怕，虽然家世和学历不高，也不是科班出身，却是凭借着自身实力一路拼到了金棕影后的位置。

看到方晓雯第一个进去，不少试镜的女人都露出紧张的神色，李乐菱却是满脸不屑：“她这种人怎么可能理解高贵的定义？”

李乐菱虽然没有什么特别耀眼的头衔，但是，她人气不低的同时，最大的优势是家境非常优渥，从小受贵族式教育，琴棋书画样样精通。

在场的所有女人中，可能有人气比她高的，但几乎没有家境高过她的。

今天光是李乐菱这一身行头，恐怕就要比 Nobel 的代言费贵了，也难怪她底气这么足。

大概不到一分钟的时间，方晓雯便出来了。

她的经纪人立即迎上去问她情况，方晓雯脸色黯淡地摇摇头，经纪人有些失望，但还是在旁边安慰着她。

李乐菱双臂环胸，一副预料中的表情：“嗤，我就知道，一个乡下丫头，还高贵呢……”

除了李乐菱之外，其他还有些家境不错的女人显然也挺看不上方晓雯的，这会儿的表情都有些嘲讽。

看着众人奚落和嘲笑她不自量力的目光，方晓雯难以忍受地夺门而出。

角落里，宁夕睁开眼睛，看了眼方晓雯离开的背影，眸底浮现一丝遗憾。

方晓雯有些可惜了，凭借她的演技和人气，这个代言原本轻而易举……

第二个进去面试的女人有个很有钱的老爸，却依旧是不到一分钟就出来了。

第三个女人的父母很有名，自己也够努力，典型的实力派，坚持了三分钟，最后依旧是失败……

看着试镜的女人一个个进去又出来，接下来的人难免压力越来越大。尤其，当试镜厅里还不停传来Nobel广告片导演库克难听之极的怒骂。

库克的中文很是不错，骂出来的话，外面所有人都听得清清楚楚……

“她们真的听懂了我的话吗？我怀疑她们的智商有问题！我要的是高贵！是优雅！而不是一个在音乐盒上跳舞的，没有灵魂的木偶娃娃！”

“方晓雯？不不不，她不行！她的表演很好，但是，她的眼神出卖了她卑微的灵魂！”

“许娇娇？你在开玩笑吗？她简直就像一个行走的饰品架！庸俗至极！”

“孟诗意？她可以是一个优秀的演员，但绝对不是我心目中那位高贵如同皎月般的女神！”

“上一个？你说十三号！哦上帝！她简直是在恶意欺骗我！她对古琴一窍不通！”

听着库克无比苛刻和露骨的挑剔，外面那些原本满脸高傲的女人脸色都有些不太好。

“这个人到底懂不懂行啊？他简直把所有人都批了一遍！”

“我看他是单纯地有偏见吧！”

“呵，只有没有实力的人，才会从别人身上找借口。”

很快轮到了十四号，李乐菱丢下这句话，迈着自信的步伐走进了试镜厅。

当李乐菱推门而入，原本满脸怒火的库克顿时愣了一下。

只见李乐菱穿着一身复古奢华的旗袍，脖子上戴着一串价值不菲的珍珠项链，头发绾了一个发髻，插着一支水头通透的碧玉簪子，不仅体现了高贵优雅，还很好地展示了华国的特色。

看到李乐菱后，库克立即眼前一亮，连态度都柔和了不少：“哦，我亲爱的宝贝，快过来，过来我这里！让我好好看！”

李乐菱毫无怯意地任由库克打量，她从小受贵族教育，一言一行、一颦一笑都自然流露出高贵的气质，根本就不需要演戏。

库克打量她一番之后，非常满意：“李小姐，现在你可以开始你的表演了！”

试镜厅里很大，里面摆放了很多五花八门的道具，有古筝，有钢琴，有毛笔，有象棋，有针线，有扇子，有手绢……

李乐菱随意扫了一眼，素手触摸上一把古琴：“这个吧！”

相比古筝，古琴更难，它的音域为四个八度零两个音，有散音七个，泛音九十一个，按音一百四十七个，演奏技法非常繁多。

如果你想要随便装个样骗骗库克，那是不可能的，库克在华国生活了二十年，又深爱华国文化，完全是个华国通，之前有个女人抱着这样的侥幸，就被库克毫不留情地羞辱了……

看到李乐菱也选择了古琴，库克的目光有些审视，可是，当她开始弹奏，库克的目光渐渐变了……

李乐菱的表演结束后，库克第一次露出挣扎犹豫的表情，要知道，之前那几个试镜的女人他都是当场就告诉人家试镜失败，让人滚蛋的。

库克跟助理在一旁商量了很久，最后，助理走到了李乐菱的跟前，态度和气地通知道：“李乐菱小姐，我们的试镜将会继续，可否请您在外面稍等片刻？”

这话的意思是，你的表现我们已经很满意了，但是还想再看看后面有没有更好的……

李乐菱微微颔首：“当然。”呵，后面怎么可能会有比她更好的？这个代言，肯定是她的！

在剩下的所有人急切的目光中，李乐菱终于出来了。

她居然进去了足足十分钟，而且里面只有古琴弹奏的声音，没有库克怒吼的声音。

李乐菱面上挂着势在必得的神色，没有跟之前的淘汰者一样离开，而是找了个位子坐了下来，继续等待。

这一切的表现已经很明显，李乐菱等于是进入终选，甚至很可能已经是库克心目中的人选了，后面那些人，如果不能有超越李乐菱的，就全都只能成为她的陪衬。

一时之间，其他女人都有些动摇了，尤其是一些地位颇高的，明显不太想去丢这个脸，只是又实在舍不得这么高端的代言。

“下一位，十五号准备！”助理对着门外通知了一声。

此时此刻，宁夕依旧沉浸在自己的世界中，一旁的林芝芝也不打扰她，只安静陪伴着。

李乐菱看着宁夕缩在角落里一副见不得人的模样，更是得意：“林姐，真不是我说你，你选谁不好，非要选个我们星辉踢出去不要的！你该不会是到这个时候了，还坚持让她进去试镜吧？到时候丢的可不仅是你的脸，而是整个盛世的脸！”

伴随着李乐菱的话，一时间，所有人的目光都落在了宁夕的身上。

对啊，还有这个垫底的呢，有她在前面，她们应该也不会被李乐菱衬托得太惨吧？

除了那些等待看好戏的女人，也有几个一直抱着观望的态度，心想难道这个宁夕是故意穿成这样的，实际上有什么绝招不想她们知道，待会儿她搞不好会换装……

“芝芝姐，我可以了。”角落里，宁夕睁开眼睛。

林芝芝点点头：“加油。”

“十五号开始试镜！”助理开始叫人。

宁夕站起身，在所有人神色各异的反应中整了整裙摆和衣领，面无表情地推门走进了试镜厅。

宁夕刚一进去，外面就炸锅了……

“我的天哪，她还真敢穿成这个鬼样子就进去啊？”

“我还以为她最后有什么绝招呢，没想真的就这么穿得乞丐一样就进去了！”

“库克那么可怕，她就不怕被骂到死？”

“啧啧，无知者无畏啊……”

果然，众人刚这么想着，里面就传来了库克愤怒的咆哮：“哦我的上帝！你你……你这是在侮辱我！是在侮辱 Noble！请你立刻出去！”

李乐菱抿了口助理端过来的果饮，简直乐不可支：“啧，比我想象中的还精彩呢！既然明知道会失败，何必还非要逞这个能？难道还以为会出现奇迹吗？”

李乐菱说完，拿起手机，神色悠闲地拨了一通电话：“喂，雪落。”

“乐菱，你试镜结束了吗？结果怎么样？”手机那头传来一个温婉的声音。

“嗯，刚结束。结果？自然是不负你所望了！”前面十三个里面倒是有几个她比较忌惮的对手，可后面那些，根本就没有一个竞争对手了，她完全是胜券在握。

“我就知道你一定没问题的！”

“呵呵，还要多谢你让我呢，否则，这个代言，肯定是你的才对！”

“瞧你说的，都是姐妹，说这些做什么！再说你也帮了我不少啊，上次我父亲公司的那个大单子，多亏了你把我引荐给你母亲！”

“小事情而已！对了，你知道我刚才看到谁了吗？”

“谁啊？”

“你家那个乡下来的养女，宁夕！”

“她怎么会跑去试镜？”

“谁知道她走的什么运，居然通过了初试。不过，也幸亏她走运，我才能看到一场好戏。你知道吗？我们这个广告片的主题是高贵，结果她蓬头垢面穿得跟乞丐一样就过来了！”

“什么？她是不是疯了！”

“我看也差不多了！这种人亏你还那么忌惮，她自己就能作死自己了！好了，不跟你说了，等我凯旋吧！”

与此同时，试镜厅里。

面对着库克不可思议的目光和嘲笑，宁夕静静地站在那里，面色未有一丝变化，眸光澄澈而干净。

反倒是库克，面对着那样一双清澈的眼睛，莫名竟生出一种心虚的错觉……

其实女孩今天的打扮并没有什么太过分的问题，只是相比外面那些一个比一个奢华夺目的女人，就显得太敷衍和随意了。她身上的连衣裙虽然看起来颜色很脏很旧，实际上干干净净的也很整齐，那张完全没有化妆的小脸，让他想到华国一句诗词“清水出芙蓉，天然去雕饰”。

但是，面对这样一个完全没有用心准备的试镜者，库克还是感觉受到了侮辱，他还是坚定地要直接淘汰她。

“你！我跟你说话，你听不懂中文吗？你已经被淘汰了，请你立刻离开这里，不要影响后面的人！”他甚至连她的名字都已经没有心情去多看。

在库克大声呵斥的时候，宁夕已经走到了刚才李乐菱演奏过的古琴边上，手指看似随意地拨弄了几下琴弦。

库克见状更加生气：“请不要随意碰触道……”他话未说完，一串无比流畅娴熟的琴音萦绕在耳边……

“这、这是……你居然会《广陵散》！”库克面色微惊。这可是古琴曲中超高难度的曲目之一，方才那位李乐菱也只是选了一首《梧叶舞秋风》而已。

宁夕不言，缓缓坐到古琴跟前，开始继续弹奏。

库克被那越来越激荡的琴声吸引，一时竟忘了言语……

《广陵散》是华国音乐史上著名的十大古琴曲之一，它的旋律激昂、慷慨，是华国现存古琴曲中唯一具有戈矛杀伐战斗气氛的乐曲，表达了为父报仇的精神，具有很高的思想性和艺术性。

听着女孩手下的那曲《广陵散》，库克的表情越来越震惊。这是所有古琴曲中他最喜欢的一首，因为它不是靡靡之音，它表达了一种反抗精神与战斗意志。更让他震惊的是，他怎么也没想到，作为一个女孩子，居然不仅技法娴熟，并且还能精准地弹奏出《广陵散》的气势……

库克已经完全沉浸在了琴声之中，他怔怔地看着眼前的女孩，她的衣着并不光鲜，她素面朝天未施粉黛，她甚至看起来像是一个落魄的乞丐，可是，当她坐在那把古琴跟前，当她开始弹奏乐曲……尽管她穿得像个乞丐，却没有任何人会认为她真的是个乞丐，她的身上一定有故事……

一曲弹完，库克久久回不过神来。

好半晌后，他才压抑了激动开口道："这位小姐，你的这曲《广陵散》超乎我的想象！"

"谢谢。"宁夕微微颔首致谢，面上古井无波。

眼前的女孩无论是被训斥，还是被夸奖，始终宠辱不惊，竟让他觉得这女孩的身上，从骨子里透着一丝高贵……对！就是高贵！而且是那种只有真正的贵族才会有的高贵！即使落魄了，骨子里的高贵气息却是永远不变的！

真是神奇！方才所有人都无法给他这种感觉，连李乐菱的表现他也无法给满分，觉得太过刻意和雕琢。为什么眼前这个穿得跟乞丐一样的女孩，竟会给他一种高贵的感觉？

库克深深地打量了一眼女孩，心下激动难当，好不容易才缓下心神，继续试镜："请问，你是如何理解'高贵'这个词的含义？"

方才那些艺人的回答大致相同，认为高贵就是学识修养，是内外兼修，这个回答他自然也认可。

此刻，他无比期待着眼前这个女孩的回答。

听到库克的这个问题后，宁夕就知道，库克已经认可了自己刚才的表现，现在，她只剩下最后一步了。

斟酌了一下措辞后，她开始叙述："我认为，真正的优雅高贵不是字里行间带出奢侈品牌的名字，不是转动手腕上名贵的饰物，不是炫耀展示自己的美貌、学识、修养，真正的高贵，是即使衣着褴褛，蓬头垢面，高贵的气息也无法掩饰。”

听到这里，库克眼睛一亮，整张脸都开始放光。

宁夕接着说道：“闻香识女人，香水比任何其他奢侈品都更能体现一个人的品位，我认为，对于女人而言，香水比衣服更重要，就像是气质比外在更重要。

“香水作为经典的时尚要素之一，与其他时尚元素，如服饰、彩妆与发型不同，香水是最为经典持久的。美好的味道永远都不会过时。”

库克听得控制不住惊喜之情，连连点头附和：“没错没错！你说得很好！”

这个女孩的诠释，真是完美契合了他们的主题！

试镜厅门外。

等候的众人先是听到里面传来库克的怒斥，随后突然安静下来，紧接着就传来了一阵激昂的琴音……

有人冷笑出声：“我还以为林芝芝给她准备了什么撒手锏呢，居然跟李乐菱一样也是弹琴！有李乐菱珠玉在前，这不是活生生自取其辱吗？林芝芝这专业水平果然是越来越不堪了，如今就算是个小助理，我还不放心让她来做呢！”

有稍微懂行一点的蹙眉道：“这首曲子似乎比李乐菱弹的那首更难……不过，我感觉就算这样也没什么用……”

李乐菱对古琴更懂，听到里面传来的技巧娴熟的高难度琴声之后，确实紧张了一秒钟，不过，很快便嗤之以鼻了：“林姐，你家那个乡下来的小艺人不懂也就算了，难道你也不懂吗？古琴这样高雅的乐器，古人演奏之前，那都是要焚香净手的，衣着更是要与之相配，她以那副尊荣，简直就是去侮辱历史……呵，等着被库克骂死吧！”

其他人听着李乐菱的话，都深以为然。

林芝芝依旧是风轻云淡的表情，专心等待着宁夕的结果。宁夕在弹奏的瞬间没有被库克赶出来，这已经表示她踏出了成功的第一步。只是宁夕的法子还是太冒险了些，最终的结果如何，她也完全没有把握……

片刻后，直到一曲弹完，里面都没有传来库克的怒吼。

众人面面相觑，只能继续等着，然而，这一等，居然比刚才等李乐菱的时间还长……

开始有人耐不住焦急地来回踱步：“里面到底在搞什么？怎么还不出来？”

“谁知道呢，大概是那导演气狠了，骂一两句都不足以解恨吧！”

“库克可是全球排行前十的广告导演，脾气大也是难免，我看这次，连盛世估计也要被连累了！”

与此同时，试镜厅里。

宁夕阐述完自己对高贵的理解后，连连附和表示赞同的库克终于想起来去问宁夕的身份。

他从助理手中抢过试镜人员的资料，随后看到了一个令他惊喜的名字：“宁夕？哦上帝！你就是孟长歌！”

“孟长歌？是的，那是我参演的一部电影中的角色。”林芝芝说过她寄送的是《天下》里的片花，所以宁夕并不惊讶他会知道这个名字，只是奇怪库克的表现是不是有些太激动了？

“亲爱的宁小姐，当我第一眼看到孟长歌，就被深深吸引，我已经迫不及待地想要去看这部电影，能否告诉我它到底什么时候上映？”

库克一副后悔自己知道太晚的表情，因为她的古装和日常装扮相差太大，他竟然没有第一时间认出来，还差点一开始就把她赶出去。

对于一个演员来说，最值得高兴的事情莫过于自己演绎的角色受到肯定，宁夕礼貌地回答道：“电影目前还在剪辑制作中，具体上映日期我也不清楚，大概还有一个月！库克导演，非常感谢您的厚爱！”

“不不不，她值得我的赞美……”

片花中的孟长歌虽然是个反派角色，但由内而外散发着一种高高在上睥睨众生的高贵气质，这是他从一众面试者里挑中宁夕这样一个小新人的原因。

最后，没想到她今天的表现竟然如此出色，实在是意外之喜。

库克一脸抱歉：“宁小姐，我很抱歉，因为我的愚昧和肤浅，差点错过了你……你是对的，真正的高贵是气质而不是外在！”

库克说完直接带着宁夕参观起试镜厅展示柜里的那些香水：“Noble 两个世纪来，由家族世代相传，坚守古老的香薰、蒸馏技术，所选材料均产自世界公认的顶级区域，无愧贵族之香的美誉！”

“我非常荣幸能够为这样一个品牌拍摄广告，为了完全体现出 Noble 的魅力，我对代言人的要求非常严苛，还好上帝让我遇见了你，我有信心，这将是一次无比美妙的合作……”

眼见着库克跟宁夕聊得停不下来，一旁的助理只能走过去小声提醒：“导演，外面还有很多人在等候！是否需要通知下一位试镜者？”

库克这才腾出空，匆匆交代一句：“不必了，我要的代言人已经选定为宁小姐，其他人你可以让她们离开了。”

试镜厅门外。

在众人的望眼欲穿之下，门终于被打开，库克的助理走了出来。

“尊敬的各位女士，Noble的代言人已经选定，今天的试镜到此结束。为了感谢你们远道而来，稍后Noble集团将会为诸位安排一场为期三日的豪华旅行，祝大家有个愉快的回忆！”

助理话音刚落，所有人都愣住了，尤其是那些甚至都还没进去试镜的面试者。

“什么？已经选定了？”

“可我们都还没试镜呢！”

虽然还是有些难以接受，不过也算是意料之中。

不少人甚至因为不用进去丢脸而松了口气，客气地走到了李乐菱跟前寒暄道：“乐菱，恭喜你了！”

“如果是乐菱拿到这个代言，我也是服气的！”

李乐菱矜持地起身，对于众人的恭维一一致谢，随即走到了助理跟前：“感谢库克导演的认可，我不会让他失望的！”

助理的中文虽然没有库克那么好，但是听到这里也察觉不对了：“不不不！诸位美丽的女士，我想你们弄错了！”

“弄错了？什么弄错了？”众人不解。

“库克导演选定的Noble代言人并非李乐菱小姐，而是宁夕小姐。”助理放缓了语速，用中文吐字清晰地回答。

“什么？宁夕？！就是那个穿得跟乞丐一样的女人？”

“您是在开玩笑吗？”

李乐菱听到这话，脸色青紫交加：“助理先生，是否是哪里弄错了？你确定库克先生说的是宁夕？”

她都已经跟宁雪落汇报好消息了，结果现在却告诉她，代言人不是她，甚至不是别人，而是那个她嗤之以鼻的宁夕？

助理语气笃定地点了点头：“不会有错，确实是方才进去的十五号宁夕小姐。”

李乐菱深吸一口气，神色严肃道：“助理先生，这个结果实在是无法令人信服！我需要一个合理的解释！”

助理表情无奈：“李小姐，这是库克导演的决定，我也无法左右！”

“那就让我见见库克导演，我要当面跟他说！”李乐菱坚持道。

这会儿其他人也全都炸锅了，都在怀疑是助理搞错了，甚至连林芝芝也有些惊讶这样的结果……

助理没办法，只能道：“好吧，我帮您传达。”

在众人焦急的等待中，助理很快又出来了，对众人开口说道：“李小姐，库克导演让我转告您以及在场的女士，等Noble的广告片出来，大家自然会知道宁夕小姐当之无愧。”

说完绅士地鞠了个躬，不再多说，而是看向了角落里的方向：“请问您是宁小姐的经纪人林芝芝女士吗？库克导演请您进去商议合作的具体细节。”

“好的，谢谢。”林芝芝愣了一下，随后起身，随着助理进入试镜厅。

身后，只剩下脸色涨红的李乐菱，以及目瞪口呆的众人……

“见鬼了！真的是宁夕？我们居然输给了这种人？这简直是个笑话！”

“其实吧，我刚才就想说了，且不说宁夕到底怎样，她可是林芝芝手下的艺人，怎么可能那么简单。林芝芝再怎么也不可能犯这种低级错误啊，结果，果然是有备而来！我们还是太掉以轻心了！”

“啧啧，看来日后圈子里又要多一匹黑马了！”

“噗，李乐菱这次丢脸可是丢大了，以前被冷曼云压着也就算了，好不容易冷曼云走了，又要被林芝芝手下的艺人压着！”

……

谈完合作的事情之后。

回去的路上，林芝芝若有所思地看着身旁的女孩，越是相处，竟越是有种她深不可测的感觉……

宁夕之前一直在“入定”的状态，中午饭都没吃，这会儿正抱着一个热狗在啃，见林芝芝一直看着自己，鼓着腮帮子含糊不清地问道：“芝芝姐，你看着我干啥？是不是觉得有我这样机智的小伙伴实在太幸福了？”

林芝芝轻笑：“之前我一直觉得这个方法很冒险，因为库克是个华国通，我担心你的演技会被看出破绽，结果没想到，你的古琴弹得这么好，有这样的水平，至少也要十年以上的功力，但之前在你的资料里，好像没看到你有写这项特长……”

宁夕闻言差点喷了：“芝芝姐，你也太抬举我了，我像是那种会花那么长的时间陶冶情操的人吗？”说完竖起一根手指，“实话告诉你吧，我只学过一个月，而且，我只会这一首曲子！还好我记忆力还算不错，完全是死记硬背，当初学的时候，唯一的想法就是用来唬人！”

听到宁夕的回答，林芝芝愣了一下，实在是哭笑不得：“竟然是这样……”

宁夕点点头：“是啊，我啥都喜欢学一点，学的东西又多又杂，但其实什么都不精通，能速成的还好，但那种需要长年累月的技能都只会一点皮毛而已！”

她可没有那个时间去陶冶情操……唯一的目的，只有生存。

从前在宁家的那段经历，让她只有疯狂地学习所有她不了解的领域和知识，才会有安全感。

因为接下来的香水广告拍摄，宁夕需要在洛城逗留一段时间。

正好趁着这个机会，她还有件很重要的事情要做……

她要去拜访一个人。

硬핵文化
HARDCORE CULTURE

# 许你万丈光芒好

全三册

第三册

·初遇篇·

囧囧有妖 著

江苏凤凰文艺出版社
JIANGSU PHOENIX LITERATURE AND ART PUBLISHING

# 第十二章

## 一起走吧

午夜，宁夕动身去往洛城邻近的圣伯纳丁市。

因为这种地方没人会认识她，并不需要伪装，所以宁夕也没化妆，只换了一身简单舒服的白T恤衫和牛仔裤。

圣伯纳丁市三教九流，什么人都有。

宁夕给了双倍的价钱，司机才肯去那里，并且只开到两市的临界线就不敢再继续向前，等宁夕一下车，立即绝尘而去。

这里就如同是被抛弃的废墟，大都是低矮发霉的破旧楼房和废弃的垃圾场……

不过，这里的娱乐业倒是很发达，即使已经是深夜，依旧很热闹，到处是喝酒划拳的声音。

街边路口的行人，男人大多肌肉发达，文着狰狞的文身，看起来凶神恶煞，女人则穿着清凉火辣，脸上画着浓浓的哥特式烟熏妆。

所以，当穿得跟个小女生一样的宁夕步入深夜中的圣伯纳丁，简直就如同一只行走在狼群里的小白兔。

街边，一双双探究的眸子带着森寒的冷意，打量着这个突然踏入他们领地的陌生人。

宁夕嘴里叼着一根棒棒糖，耳朵里塞着耳机，轻松惬意地穿街越巷，如同行走在普通的大街上。

因为她这副吊儿郎当，好像只是回家一趟的模样，那些眼睛都只是打量，倒是没有一个人主动上前找碴。

毕竟，敢在深夜这样出现在圣伯纳丁，别说是一个成年人，就算只是一个几岁的小孩子，也绝对不可能是普通人，背后八成有着不小的力量，稍微有点心眼的都不会随便上去给自己找麻烦。

穿越了一片鱼龙混杂的城市集群，视野渐渐开阔，不远处已近市区，越往中心地带，越是繁华。

相隔一年，这里的变化倒是不大，宁夕根据记忆，轻车熟路地来到一个独栋的小楼门前。

这栋小楼被密林环绕，看起来阴森森的，有点像是童话世界里巫婆的古堡。

小楼黑漆漆的没有点灯，是睡了，还是主人不在？

宁夕推开院门走到了小楼门口，按了一下门铃，门铃声在空旷的夜里显得异常突兀。

等了一会儿，里面没有任何反应。

又按了两次，里面静悄悄的，还是没人开门。

宁夕挠挠头，看了眼门口窗台下面的一排花盆，数到第三盆，然后从花盆底下摸出了一串钥匙。

唉……这藏钥匙的水平真是万年不变……

拿到钥匙后，宁夕直接开门进了屋里。

摸索着打开了屋里的灯，楼上楼下找了一圈，果然是不在家。

宁夕看了眼手机上的时间，在楼下客厅的沙发上坐了下来，决定干脆在这里等主人回来。

冰冷的房屋中，宁夕等了许久，主人却迟迟没有归来。

片刻之后，宁夕起身，被桌上的一些卡通手办所吸引。

好奇的眸子在卡通手办上打量了许久，嘴角微微上扬，勾出一丝笑意，那个人还是没有任何变化，好像活在童话中。

“不过……还真是精美。”宁夕上前随便拿起一个手办，把玩片刻，也算在这无聊等待中的消遣。

这只手办很是精致，每一处都仿佛经过仔细打磨，手办人物的造型很是独特，一副高傲慵懒的姿态，双手各握着一把逼真的武器。

当宁夕不小心触动手办上的开关时，这卡通人物忽然开口说话。

猝不及防之下，便是宁夕也吓了一跳，下意识地直接将卡通手办丢了出去。

看着被丢至楼梯旁的卡通手办依然在叫个不停，宁夕回过神来，不由得摇了摇头。她忽然想起，那个人曾疯狂迷恋一款电子竞技类对战游戏，而这些卡通手办，似乎就是那款游戏中的主流人物，连游戏人物的台词都一模一样。

若是让旁人知晓令圣伯纳丁市人闻风丧胆的人物，竟然还有如此可爱的一面，不知会作何感想。

等卡通手办的台词全部说完之后，屋子里再次陷入死寂。

宁夕撇了撇嘴，缓缓走上前去，准备将卡通手办捡起。等会儿如果让那人看见自己如此对待她心爱的手办，后果……宁夕打了个寒噤，不敢深想。

刚将手办取回，宁夕目光不经意扫过窗外，发现内门的把手竟在缓缓转动着。

宁夕面色一喜，然而，不过数秒时间，笑意便僵在了脸上，很快散去。

原本以为，应该是自己等的人回来了，但仔细一看，却并非如此，门把不停地转动，不像是主人回家，更像是被不怀好意的人光顾。

在圣伯纳丁这样的地方，青天白日之下，明目张胆的入室十分常见，尤其像这种高层人物居住的地方，更成为一些人的目标。

宁夕没有丝毫犹豫，立即返回屋内，将卡通手办重新摆在桌上。

随之而来的是外面传来“吱呀”的声响，宁夕黛眉一蹙，看向门口。

只见六位黑衣男子缓缓朝着屋内走来，步伐无比轻盈，状态似乎受过专业训练，这群人并不简单。

宁夕神色更加疑惑。

再看那几人的穿着，也极其规范，有这样训练有素，穿着名贵华衣……

那六位黑衣男子，不停打着各种专业手势，目光若鹰般犀利，打量整栋楼层。

很快，屋外被那六人寻了个遍，应该是没有发现他们要找的东西，转而，为首男子食指上扬，朝着屋内的方向轻轻勾动。

见状，后方五位黑衣男子点头示意，跟在为首男子身后，朝着屋内缓步前进，似乎是怕惊扰到屋子里的主人。

只是，这几人却并不知晓，他们自进来开始，一切行动都已被某人看在眼中。

此时此刻，宁夕已经彻底明白过来，这六位训练有素的黑衣男子，定然是那个人的仇家，不为财，不为色，显然是为了寻仇。

只不过，这一幕还真是眼熟，那个人不在家中，反而是她无辜中招。

“可恶，怎么每次都这样！”宁夕咬了咬牙。诸如此类的事情，她以往也遭遇过两次，加上今日，算是第三次了，那个人的仇家，当真是多啊，寻仇这样的事情，对于那个人来说，似乎每隔一段时间都要经历几次……

宁夕思绪飞快运转，旋即，迅速从桌上拿起一个精美的卡通人物的手办，启动开关后，朝着屋外丢去。

为首黑衣男子几乎下意识地做出了攻击动作。

随着黑衣男子的动作，卡通手办的下半身已经被踩烂了，摔在了几位黑衣男子中间。

“哦……你那一动作，伤到我的感情了！”卡通手办的声音响起。

几位黑衣男子目带疑色，盯着那被踩成半截的卡通手办。

此刻，卡通手办依然在喋喋不休：“兄弟，你是在卖烧烤的火葬场里长大的吗？”

“这……将会是一场恶战！先来次魔术戏法，咋样？”

“该死！”为首男子眉头一紧，随后狠狠将那不停说着游戏台词的卡通手办给踩了个粉碎。

与此同时，宁夕的身形一闪而过，在虚空中划过一道弧度。

宁夕眼神犀利，若冰一般寒冷，现在的她，无论是状态还是神色，都好似变成了另外一个人。

如果有极为熟悉宁夕的人在场，必会惊讶，当下的宁夕，就如同几年前的她，一双冰冷彻骨的眸内，已经没有丝毫惧色和复杂情感，只剩下精密的计算。

随着宁夕靠近黑衣男子，随之便传来那为首男子的一声惨呼。

为首男子呼吸急促，身子踉跄着朝后方逆行，不过几个呼吸的工夫，便瘫倒在地，宁夕那一动作正中他的要害。

见状，另外五位黑衣男子神色大骇，根本不管为首的男子，各自散开，寻找掩护阵地。

然而，就在此时，又是三道劲风随之而来。

紧接着，又有三位黑衣男子瘫倒在地。

此时，屋内只剩下最后两位黑衣男子，并且各自找好了掩护。

两人从最初猝不及防的惊慌，逐渐恢复平静，毕竟训练有素，即便到最后只剩一人站着，也不会像无头苍蝇一般。

宁夕趁机选择躲进房内。

“呼……居然还不回来！”宁夕深吸一口气，她已经脱离这种事许久，突如其来地重新面对，一时间还真不那么适应。

不过还好，方才的行动，也都在她的精密计算之中，暂时成功放倒了四人。

其实宁夕自己心里也清楚，这还要多亏之前那精美的卡通人物手办，否则，她根本难以察觉那些训练有素的人破门而入，如果真是那样，后果不堪设想。

如今，只剩下两位，对于宁夕而言，倒也不会太过难办。

很快，宁夕在屋内找到控制整栋楼层的电路总闸，选择关闭。

顷刻间，屋内一片漆黑，像是在黑夜中最阴暗的角落，整个世界都仿佛陷入一片死寂之中，再无半点声音。屋外两位黑衣男子也十分谨慎，并没有在第一时间选择行动，而是静静等待时机。

早在前几日，他们接到这次任务时，便已经做好了准备。毕竟目标对象在他们这个圈子中，名气实在太大。奈何金钱的诱惑令他们冲昏了头脑，可谓是明知山有虎，偏向虎山行。

此时后悔已经毫无用处，已经被那个人发现，现在只有搏一搏，或许才能有一线希望。

冷汗已经浸湿两位黑衣男子全身，可他们没有丝毫焦急和恐惧之色。

眼下，屋内的宁夕也没有轻易行动，之前是一部分运气使然，那四人才会被她击倒，剩下的那两人早有警觉。

片刻之后，宁夕再一次将桌上那精美的卡通人物手办拿起，启动开关后，直接朝屋内丢去。

不得不说，那个人的游戏卡通手办，似乎都是特别定制的，质量非常好，就算丢出去，也没有轻易摔坏。

“啊哈哈哈……我觉得你是个小娘子！”

忽然，满屋死寂被一声突兀的声音彻底打破，游戏卡通人物手办的嘲笑声，不停回荡在整栋楼内。

“你们真是玻璃制品，一碰就碎！”

随着游戏卡通手办的嘲笑声响起，两位黑衣人本能地愣了愣神，但还是忍住没有出手。

“蠢货们，这儿连神都不敢踏入，你们却来自寻死路！”

卡通人物手办的音效，时男时女，时而低沉嘶吼，时而通彻明亮。

卡通人物手办的游戏台词不停响起，宁夕的嘴角微微抽动，虽说这些台词的确是来自那个人所玩的电子竞技类游戏，但如果这样连起来或单独听着，总感觉哪里有些怪怪的……

卡通人物手办喋喋不休地嚷了几分钟后，其中一位黑衣人再也忍受不住，那些来自玩具的大呼小叫，吵得他注意力根本无法高度集中，也不能专注去思考有效对策。

黑衣男子原本想给另外一位男子打个手势，奈何这楼屋之中一片漆黑，除了那个发散着微弱光芒的卡通人物手办，根本就没有任何可以用肉眼看见的人或物。

“该死的，早知道就应该带上夜视镜！”黑衣男子心中暗骂，旋即，很是小心地伸出右脚，欲踩碎那卡通手办。

宁夕的攻击再次袭来，伴随着黑衣男子的惨叫。

“他们的叫声，好奇怪！”卡通人物手办的台词依然在继续。

屋内的宁夕，戴着从屋内找出的夜视镜，不得不说，那个人的装备的确齐全。

此时，黑衣男子摔倒在地，身子直接滑出半截，戴着夜视镜的宁夕，毫无黑夜视觉的阻碍。

随着卡通人物手办的台词再次响起，宁夕又是精准无误地将那惨号不已的黑衣人击晕，惨呼声也戛然而止。

“还有你……少年，需要接几招吗？”

卡通手办的方向，正是朝着最后那位黑衣人，好似此刻之言，也是对他所说般。

最后一位黑衣人，眼中闪过凶狠之色，一阵挥拳，然而没有夜视镜，对于宁夕而言，没有任何威胁。

“手法不错，但想打中她，你还得等到下一次！”卡通人物手办很是巧合地发出一记强力无形嘲讽。

“你让我想起了我老家最棒的奶牛，我想把那头母牛介绍给你！”

“可恶，这是在戏弄我！”最后一位黑衣人面上终于浮现怒色，愤怒和恐惧让他丧失理智。

而宁夕早已经做好准备，她眼疾手快，看准最佳时机，对其致命一击。

“像我这么帅的，在别的游戏里，一般都是主角哦！”

伴随着卡通人物最后一句台词响起，黑衣人“砰”地摔倒在地。

宁夕并没有打开灯光，她并不知道这些人还有没有增援，她戴着夜视镜，较为谨慎地走出屋子。走至那几位晕倒在地的黑衣人旁，在他们身上搜出一些关于身份信息的物品。

“B级……”宁夕微微一愣，这几人，居然是B级。

“呵呵，B级来对付那个人……”宁夕摇了摇头，根本就是飞蛾扑火。

“像我这么帅的，在别的游戏里，一般都是主角哦！”

这时，之前被宁夕丢落一楼的卡通人物手办，正竖着大拇指，露出洁白的虎牙，哈哈大笑着。

宁夕面露笑意，将这卡通人物手办捡起：“你还真是我的幸运物，这次谢谢啦！”

“我超级超级帅！”

宁夕：“嗯……没看出来。”

“是时候展现真正的技术了！”

宁夕：“你瞎吗，刚才不是展现过了？”

“少年，我们得快点结束，我还有一些宝藏没挖呢！”

最终，宁夕关上了这卡通人物的开关键，话痨般的卡通人物，这才停止喋喋不休。

将卡通人物手办装在身上，还不等宁夕有何举动，屋外传来一阵阵不规律的脚步声。

当下，宁夕迅速躲至窗口处，打量屋外的情况。

只见数位外国男子，徘徊在门外，听着屋内的打斗动静，时不时看向楼内，似乎在等待什么。

忽然，为首黑衣男子口袋中响起手机铃声。

宁夕迅速上前，将手机翻出。

这是一条信息，发件人为“杰弗里”，信息内容：“搞定了吗？”

宁夕沉思片刻，用男子的手机直接回复：“搞定，不过这次差点要了我们的命！”

片刻后，手机铃声再一次响起：“哈哈，真是辛苦你们了！至于酬劳，我会另外给你们加上一些，现在，我就让我的人先撤，他们还有事要办。”

宁夕将手机关上，若有所思，门外那些人，应该便是“杰弗里”所说的手下。

眼见那些人离开，宁夕沉思许久，最终选择离开楼屋，并且跟了上去。

她要等的人还不知何时才能回来，不如先跟上，看看那个所谓的“杰弗里”究竟是何人……

很快，宁夕整理一番，带上幸运物手办，悄悄跟在那几位外国人身后。

大约半个小时之后，宁夕跟着几人来到一处较为偏僻的别墅外。

在别墅四周，还有几位男子把守。

“那个杰弗里，莫非是这个别墅的主人？”宁夕喃喃自语，若此处真为大本营，她还是先不要轻举妄动。

正当宁夕准备先行离开时，一位四五十岁的中年男子，被几人押着从别墅内赶出，粗鲁地推倒在地。

“你们……你们这些混账，这个地方是我的家！你们不能将我赶出来！绝对不能！”中年男子悲愤地怒吼着，眼中仿佛在冒着火焰。

“嘿，你以为现在的你是谁？或许，你已经见不到明天清晨的阳光！你这个笨蛋！”

“哦！亲爱的洛夫，这几天都是阴雨天气，哪里有什么阳光！”

“蠢货，我这是幽默！我的幽默你不懂！”

“你们滚出我的家，马上！”中年男子挣扎着起身，指着那些人怒声喝道。

在他们争吵的时候，宁夕已经悄然潜入别墅之中，最终却发现，这仅是一个普通的别墅，里面也没有杰弗里。

搜寻完毕之后，宁夕直接从别墅正门离开。

门口，一群人还在赶那个中年男人。

“浑蛋，你是电影看多了，故意找事吗？”名叫洛夫的青年男子笑骂道。

“哈哈哈！”

此时，几人目光不经意中朝别墅瞥过，正看到某位女子缓缓从别墅中走出。

见状，洛夫等人有些疑惑，这女人是谁，怎么会在别墅中？

“你！小妞！不错，我说的就是你，别东张西望，看着我！”洛夫停止对中年男子的拳打脚踢，拦住宁夕的去路。

宁夕面无表情，站在原地。

“你是什么人，怎么会从别墅中走出？”洛夫上下打量宁夕，看着宁夕那无比精致绝美的面容，别有深意地笑着。

“这是你的家吗？”宁夕不答反问。

“你说什么？！”听闻宁夕的话，洛夫面色一变，还从来没有人敢跟他用这样的语气说话！

“小妞，我是杰弗里的亲弟弟洛夫，你知道我的身份吗！你不知道我可以告诉你，还有，你今天别想离开这里了！”洛夫恶狠狠道。

听闻年轻男子的话，宁夕微微一愣，这人居然就是那个“杰弗里”的亲弟弟……

洛夫满心不悦，话刚说完，却见眼前女人的胳膊一闪，手肘狠狠撞在他的脸上。

“你说什么？刚才没听清。”宁夕盯着哀号叫骂的洛夫，淡淡问道。

“你……你这个死女人，居然敢打我！”洛夫摸着肿痛的脸，恶狠狠盯着宁夕，朝着身后的数人疯狂大喊，“打她，给我打她，今晚一定不能让她离开这里！”

被洛夫这般一吼，几人终于回过神来，方才宁夕那一记漂亮的肘击，竟然将身体壮实的洛夫打翻在地，一时间几人都呆愣住了。

“洛夫，你到底是要打她，还是不让她走？”其中一个光头壮汉下意识问道。

“还不给我上！”洛夫怒骂。

随着洛夫的话音落下，光头壮汉等人迅速朝着宁夕围去。

“等一下。”宁夕摇了摇头。

“小妞，你要求饶吗？！”光头壮汉冷喝。

宁夕大步朝前方走去，到一旁取来几根铁棍，并将铁棍挨个发给对面的几个人。

宁夕的举动，让这几人面面相觑，似乎有些难以理解。

“好了，现在你们可以来了。”宁夕拍了拍手，满意地点点头道。太弱了玩起来多没意思，这样就好多了！

“你是活腻了吗？”

“敢看不起我们，找打是吗？！”

宁夕的举动，在几人眼中，显然被看成了绝对的挑衅和不屑，他们哪里受得了！

以光头壮汉为首，几人手持铁棍，朝着宁夕狠狠地劈去。

“你们慢点打，别打残了，还有，别打她的脸！”洛夫在后方守着那中年男子，开口喝道。

然而，几个呼吸后，为首的光头壮汉首先被宁夕一脚踹飞，狠狠摔在洛夫的身旁，口中哀号声不绝于耳。

像是连锁反应，一个、两个、三个、四个，那几人没过多久，也都被宁夕干脆利落地击退，之前宁夕发给他们的铁棒也都脱手飞了出去，丢落在地。

“这个女人是什么来头，太、太厉害了！”光头壮汉满脸惊恐。

“打他！巴迪，打她！”此时，洛夫才察觉事有不对，让巴迪动手。

在他们这个小组，虽说洛夫是“杰弗里”亲弟弟，但是巴迪实力更强一些。

闻声，巴迪立即做出攻势，对准宁夕。

宁夕面色不变，她有自信，会在巴迪出击的一瞬间，先将其击倒！

“动手啊，打她，巴迪你这个蠢货！”见巴迪迟迟不动手，洛夫怒骂道。

此时，巴迪满脸尴尬，嘿声笑道：“这次完了，我打不过……”

此话一出，洛夫等人彻底蒙在了原地，而宁夕则险些笑出声来。

洛夫气得破口大骂，还没动手，先尿了。

“洛夫，我毕竟是咱们小队的队长，身为队长，我需要有一些尊严，老是骂我，影响不好！”巴迪盯着洛夫。

“去你的尊严！”洛夫一脚朝着巴迪踹去。

而巴迪朝后退了半步，旋即做出拳击的姿态，还不等洛夫回过神来，一记勾拳打中了洛夫的下巴：“洛夫！我忍你很久了，让你尝尝我的厉害！”

见巴迪反水，这时，一旁的中年男子也迅速爬起身来，跟在巴迪身后，狠狠教训着洛夫。

其他人原本想要支援洛夫，可宁夕却忽然出手，用掌刀将几人打晕在地。

“嘿！洛夫，来看我的组合拳击！”巴迪摇头晃脑，拳头如雨点般打在洛夫的脸上。

不一会儿，洛夫就已经鼻青脸肿。

巴迪大喝一声，将洛夫打晕，旋即像是拳王般，高举双臂，摇头晃脑，口中“欧耶欧耶”怪叫个不停。

趁着巴迪万分得意，宁夕快速移动到巴迪身旁。

巴迪感受到宁夕的靠近，之前嚣张得意的神色迅速蔫了。

“真打不过我？”宁夕哑然失笑，这巴迪，的确是个活宝。

“尊敬的女士！我叫宙斯，感谢您救了我！”中年男子满脸激动道，“我是他们的首领，被杰弗里篡了位，如果不是您的话，恐怕我今天就要被赶走了！”

“嘿，史上最废物的首领，刚刚已经过了午夜十二点，就算没有她，你也没在今天被赶走。”巴迪认真道。

宁夕听到中年男子的话有些无语，没想到自己无意间居然还救了一个首领……

大概是因为眼前的人都太废柴了，宁夕以为他们是个闹着玩的小组织。很久之后她才知道他们这个组织的可怕。

此刻，宁夕一心只在那人的安危上，于是直接对着二人催促道：“你们，带我去找杰弗里！”

“杰弗里心狠手辣！”巴迪摇头。

接收到宁夕威胁的眼神，巴迪立即咧嘴笑道：“我感觉你是正确的，我带你去！”

宙斯想了想，开口道：“我知道一条小道，可以直接找到杰弗里！跟我来！”

半小时后，郊区一处庄园外，根据二人所说，杰弗里就在此处。

“奇怪，居然没有人把守，难道有阴谋？”宙斯诧异。

宁夕也来不及多想，头也不回，直接翻入庄园中。

那个杰弗里雇人去找那人，也不知道那人此刻身在何处，会不会有危险……

偌大的庄园内，有十三四个壮汉四处巡查。

正当宁夕思考对策时，虚空上方突然传来阵阵异响。

一架直升机出现在庄园正上方。

此情此景，立即惊动了庄园里的壮汉。

宁夕远远望去，只见直升机的绳索上攀立着一个身材非常火辣的大美女，穿着一身黑色的紧身衣，一头亚麻色的大波浪，胸前的起伏呼之欲出。此刻，女子攀着绳索，潇洒地从直升机上一跃而下。

见到那名女子，宁夕顿时愣住，没想到她等了一晚上的人，最后居然是以这样的方式登场。

“三……”宁夕正要朝着女子跑去，却猛然看到她身后的直升机上又陆续下来几个身材健壮的男人。

宁夕见状，赶紧拉着巴迪和废柴老大宙斯离开。

当宁夕带着两人刚藏好的瞬间，那里已经站了一群人，对着地上的洛夫等人一阵拳打脚踢……

宁夕躲在阴影里，抹了把汗，她要是反应晚一秒钟，就要被自己人误伤了！

大约过了十分钟之后，外面回归一片死寂。

旁边的巴迪跟废柴首领都快吓傻了，要不是这个女人突然提醒他们，这会儿他们也会被人打了。

外面的动静结束之后，宁夕再也抑制不住激动的心情，立即跳出来，朝着女子的方向飞奔而去。

还来不及给对方一个熊抱，下一秒，一阵凌厉的拳风径直朝着她的面门袭来。

宁夕猛地一个往后下腰，避开了那可怕的一拳。

刚避开这一击，更猛烈的攻击便如同狂风暴雨一般袭来，不给她丝毫喘息的空隙。

转瞬间双方就对上了二十多招，从头到尾宁夕甚至完全没有反击的余地，只能防守和躲避。

这时，对面似乎传来一声惊奇的声音，紧接着，攻势比方才还要可怕起来。

方才对方还只是试探，如今却每一招都是大招。

宁夕简直苦不堪言，应付得更加捉襟见肘，好几次想要开口说话，却完全没有机会，因为这时候只要一分心，后果就是被一招致命……

终于，一百招过后，宁夕的体力到了极限，肩膀被对方的拳风擦到，一阵火辣辣的疼痛。

只是须臾间的一分神，对方的手已经扼住了她的咽喉。

生死之间，宁夕大喊一声：“三师姐！”

对方的五指已经用了三分力，听到宁夕的声音后，硬生生收住力道。

“你是谁？”对面传来女子夹杂着狐疑和警惕的声音。

“是我啊，我是小夕！”

“小夕？”女子扼在她脖子上的手蓦然收回。

宁夕总算是松了口气，弯着腰，一阵猛咳：“三师姐，你也太凶残了吧！那么久不见，一见面就揍我！”

女子惊疑不定地盯了宁夕好半天，最后，面上冰冷麻木的表情一下子变成了激动和狂喜，骤然一个虎扑过去，把宁夕一把按在自己的胸前一阵揉搓：“小夕！你是小夕？你竟然是小夕！你突然穿女装，我压根没认出来！我家小夕穿女装居然这么可爱，好萌好萌，姐姐抱抱！”

“咳咳咳……姐，我要窒息了……”

“臭小子，讨厌死了你！”美女娇嗔着松开她，又改口道，“不对，应该是死丫头！我刚还在想呢，这哪个胆大包天的，居然敢从背后偷袭我！没想到竟然是你！”

“三师姐啊，就算你没认出我，难道我刚才的套路你就不熟悉吗？”宁夕无语。

“你躲我的那些招式是挺熟悉的啊，但我哪里会想到竟然是我的同门，我的同门里可没有身手这么不好的！”女子一副理所当然的语气。

宁夕一副想要吐血的表情：“师姐，你可以委婉一点吗？”

“死丫头，我还没骂你呢，你搞什么鬼，以前虽然身手烂，好歹还能跟我对上几招，现在居然连一招都对不上了，身体绵软无力，脚步虚浮，一看这一年就压根没有训练！要是被师傅知道，还不打断你的腿！”风潇潇一顿臭骂。

宁夕摸了摸鼻子：“人家忙死了，哪有那个时间啊……”

这时，风潇潇的一个身材高大、面容俊朗的同伴走了过来，满眼兴味地盯着宁夕：“嗨，潇潇，这只小白兔是谁？”

风潇潇一脚踹过去：“滚开！你才小白兔呢！这我小师妹！敢打歪主意，我打断你的腿！”

男人飞快地跑远了。

风潇潇又警告地看了那些人一眼，随后直接跟宁夕亲昵地聊起天来：“怎么样？做演员好玩吗？”

“挺好玩的，三师姐有兴趣的话，下次可以过来跑个龙套啊！”宁夕轻笑。

风潇潇揉了揉她的头发：“你这家伙，无论对什么东西的兴趣都维持不了几天，一会儿玩这个，一会儿玩那个，压根没个定性。当初你说要去演戏的时候，我还当你跟以往一样只是一时新奇，玩几天就回来了，哪知道，这一去居然就是一年多……”

“我这不是怕看到师姐就舍不得走了吗！”宁夕谄媚地笑道。

风潇潇白了她一眼，随即狐疑地问道：“对了，我还没问你呢，你怎么会出现在这里？”

宁夕叹气：“说来话长，我本来是在你家里等你的，谁知道正好碰到有人来你家找你麻烦。我担心你有危险，解决了那些人后，又跟着一群小喽啰一路找到了这里，好不容易看到你了，还差点被你揍……”

风潇潇立即给了她一个爱的抱抱，一边摸头一边问道：“你突然找我是有什么急事吗？”

宁夕闻言，挽着风潇潇走到一个僻静的角落：“三师姐，我找你确实有事，有个小忙，想求师姐帮我！”

“什么忙？师姐一定帮！”

“师姐，你能帮我查一个人吗？”

“查人？这个简单啊，不管是谁，我帮你把他祖宗十八代都翻出来。”

“Satan.”

“你说谁？！”

“我说，我想拜托你，帮我查 Satan！”

刚才还信誓旦旦的风潇潇顿时毫不犹豫地改口：“我拒绝！”

宁夕拉着她的手摇晃：“三师姐，拜托你了！只有你能帮我了！”

风潇潇脸色黑沉：“你没事去查那家伙做什么？”

“我有用嘛！”宁夕继续摇。

风潇潇扶额：“不是师姐不帮你，是这人我真的没法查。你要真想知道，不如自己当面去问他啊？”

“我要能问他，还用找你帮忙吗？”

“那你去问大师兄？”风潇潇开始甩锅。

“大师兄怎么可能告诉我！三师姐，求求你了！帮帮我吧！我就知道你最疼我了！”宁夕可劲地黏人。

风潇潇一副受不了的表情：“你哪里学来的这种招数？怎么一换女装，连性格都变了？难怪以前让你换个女装看看，你死活不换呢！这要是被那群家伙看到，还不跟狼看到肉一样啊！”

“哪有啦，三师姐，我只对你这样的！”

风潇潇无奈：“行了行了，败给你了，我可以帮你查，但你也别抱太大希望，你也知道那人背景有多深。另外，查可以，你总要给我一个方向吧？”

宁夕想了想，用手指在她的掌心里写了三个字。

风潇潇蹙眉：“陆霆骁……陆氏集团的陆霆骁？”

宁夕点头：“对，我想知道 Satan 跟这个人有没有关系。”

“这两人怎么会扯到一起？还有，你跟这个陆霆骁是什么关系？”风潇潇不解。

宁夕顾左右而言他：“没什么关系啊，我现在待的娱乐公司是陆氏集团旗下的子公司，他是我老板！”

“仅仅是这样？”风潇潇眯着眼睛，一副压根不信的表情。

这时，不远处传来一个喊声：“潇潇，走了！快跟你的小白兔道别！我们还有任务！”

风潇潇一脸遗憾：“抱歉亲爱的，我得走了！”

宁夕也是满脸不舍：“你小心点！”

“哦哦，对了，还有件非常重要的事情，等等！”风潇潇刚要进飞机，又探头出来，拿出手机，“咔嚓”一声给宁夕拍了一张照，“哈哈哈……小师妹的女装哦，我要拿去给师兄们看！”

宁夕一脸无语，不过穿个女装而已，至于吗？

风潇潇等人走后，队长巴迪和所罗门的废柴老大宙斯才终于战战兢兢地走出来。

“您、您认识那个女人？”巴迪一脸惊恐。

宙斯也是惊讶不已：“您居然称呼她三师姐！如果我没看错的话，那女人可是……”

目的已达成，宁夕没心情再多留，今晚她真是折腾够了。也没搭理那两人，她直接抬腿走人。

宙斯急忙追了上去，一声吼：“首领！首领您去哪里？”

宁夕一个踉跄，差点摔倒：“你叫谁首领呢？”

“当然是您！”

“啥？”

宙斯顿时单膝跪下，语气郑重道：“您救了我，还打击了杰弗里。强者为尊，只有您有资格做我们的新任首领！”

强者为尊？你到底是怎么好意思说出这句话的？

宁夕打了个哈欠：“不好意思，我拒绝。”她说完也不管宙斯在后面怎么游说，摆摆手，直接走人了……

回到入住的酒店，宁夕洗了个澡，躺在床上，明明身体累极了，却丝毫没有睡意，脑子里全都是混战画面，甚至有种自己从未离开过那种生活的恐惧感……

宁夕揉了揉头发，翻身爬起来，看了眼手机上的时间，这会儿国内应该是白天。于是点开微信，翻出陆白菜，发了一条短信过去：“BOSS大人，我拿到Noble香水的代言了！”

发完之后，正要放下手机，“嗡”的一声，那头立即秒回了一条：“恭喜。”

看着那两个字，宁夕瞬间觉得自己回到了人间。

很快那头又发了一条过来：“是没睡，还是起得早？”

宁夕自然不敢说自己一夜没睡，回道：“起得早，等下要去广告摄影棚跟导演商量具体细节。”

“什么时候回来？”

宁夕认认真真地汇报：“顺利的话两天就能拍完，拍完以后我要逛下街买点东西，所以大概三天后回来，芝芝姐公司有事，大后天先走。”

“好，知道了，加油。”

跟陆霆骁发了会儿短信，宁夕总算是有了点睡意，趁着开工之前，抓紧时间睡了一会儿……

洛城某五星级酒店。

李乐菱一大早就在暴跳如雷："我不管，你是我的经纪人，你必须帮我想办法，否则你难道让我就这么丢脸地回国吗？我都已经告诉雪落我拿到这个角色了！"

经纪人一脸无奈："乐菱，从结果出来开始，我就已经想尽办法了，但是，你要知道，库克不仅是这支广告片的导演，还被聘为了 Noble 的艺术总监，代言人完全是他一个人说了算！"

"你为什么不直接找库克？"

经纪人急忙劝道："乐菱，你千万别冲动，你以为我没想到吗？库克这种自诩把艺术当成生命，完全没用。我探了下他助理的口风，库克现在完全被那个宁夕给迷住了，甚至把她当成了自己的缪斯女神！想让他改变主意……除非……"

"除非什么？"李乐菱急忙问。

"除非你有办法能比宁夕更打动他。"

经纪人说的是实话，不过却一下子拂到了李乐菱的逆鳞，李乐菱当场爆发："我要是有办法还要你做什么！废物！蠢死了！这点小事都办不好！活该你一辈子被林芝芝压着！"

经纪人被骂得脸色一阵青白，心想我被林芝芝压着，还不是因为你自己实力不够。

这时，门铃声突然响了起来。

经纪人走过去，打开了门，看着门外的人，有些惊讶："宁小姐？您怎么来了？"

"什么？雪落来了？"李乐菱急忙起身走到门口，结果看到门口站着的正是风尘仆仆的宁雪落，满脸惊讶道，"雪落，你怎么会来这里？快进来！"

宁雪落在沙发上坐了下来，看向李乐菱，开门见山道："Noble 代言的事情，我已经听说了。"

李乐菱脸色僵了僵："雪落，对不起，你把这么好的机会让给我，可是，却被我搞砸了……"

宁雪落拉着她坐到自己旁边，满脸体贴地安慰："乐菱，别自责了，这种事情怎么能怪你呢！你也不想的啊！"

李乐菱看着宁雪落，突然眼睛一亮，兴奋地建议道："雪落，不然你去找库克导演吧？你是为了我才放弃报名的，但现在事情都已经这样了，怎么都不能便宜那个宁夕啊！凭你的实力，一定可以打败她的！"

宁雪落闻言脸色微僵："她很多花招的。都怪我，没有提前打听到宁夕也得到了试镜名额，不然也好早点提醒你小心些！"

实际上，宁雪落连初选都没有进，只是为了保全面子才故意跟李乐菱说自己没有报名，正好又能顺便卖一个人情，一举两得。

所以，早在第一轮就被淘汰的她，如果去找库克，肯定立即就被揭穿了。

李乐菱丝毫没有发现宁雪落的异样，闻言恨恨地抱怨道：“我就知道她一定使了什么龌龊的手段，亏我还以为自己真的输给了她呢！雪落，那你说我现在怎么办呀……我还有什么脸回国！”

宁雪落思索片刻，开口道：“Noble那边已经当众宣布了人选，现在想逆转是不可能了，但是，我们可以把这件事的影响尽量降低到最小。”

“试镜的事情发生在国外，知道的也就那几个人，她们也不会到处乱说的！”

李乐菱闻言神色稍缓：“说得也是……”

“所以，放心好了，你跟她们都是同一阵线的，正好History刚在洛城开了旗舰店，明天我带着你邀请她们过去逛逛，送她们几件高级定制，交流交流感情。”

一旁的经纪人闻言忍不住开口道：“这个主意好，History最近在圈子里特别火，不少女星都以能穿一件History首席设计师戴威亲自设计的衣服为荣呢！”

李乐菱挽着宁雪落的胳膊，姿态亲昵：“那是当然了，雪落的眼光好，一眼挑中那个设计师，为他创立服装品牌，最后一炮而红！”

“我也只是运气好而已。”宁雪落谦虚道。

宁夕来洛城的第三天。

Noble广告片的拍摄顺利结束，明天她就要回国了。

代言费宁夕拿到手有三百万，是上一个片酬的十倍。

一夜暴富的感觉果然爽！终于可以尽情地买买买了。

宁夕之前最喜欢的那个不知名的衣服牌子“霓裳”前段时间被人收购了，现在改名为History，据说发展得很是不错，无论是在哪个圈子里都很受追捧。

这种原本只有自己一个人知道的宝贝突然尽人皆知的感觉，难免让人有些失落，不过，更多的当然是高兴。

这个品牌日后的发展越来越好，自然也会创造出更多经典的作品。

正好History最近在洛城也开了分店，有许多国内没有的款式，宁夕准备去逛逛。

刚一进店里，宁夕便觉得眼前一亮。

果然有很多她在国内没看到的款式，几乎每一件都让她有购买的欲望。

唯一令她遗憾的是，衣服的价格也是水涨船高，现在买一件这个牌子的衣服，至少要花相比之前十倍的价钱。

“小姐，有喜欢的吗？可以试试哦！衣服要穿上身才知道效果的！”导购客气地招呼道。

“嗯，我先看看，都挺好看的，有点挑花眼了！”

导购轻笑着问道：“小姐，您是华国人吧？”

“是的。”

“虽然咱们的牌子在国外也很受欢迎，但其实华国人设计的衣服还是华国人穿更有韵味，小姐您底子好，气质很有古韵，我们家的衣服应该都挺适合您的！”

“我一直是这个牌子的忠实粉丝，在它还不是History的时候就已经喜欢它了！”

宁夕一口气选了十套衣服，试穿之后，每一套都爱不释手。最后，她直接大手一挥，全都买下来了。

果然，对付选择困难症最好的办法就是，有钱！全都买下来，就不用选了！

其中有一套以华国复古工笔画中的花鸟鱼虫为主题的连衣裙，宁夕最喜欢，于是让导购把她自己的衣服装了起来，然后将这套直接穿在了身上。

对于这个大客户，导购小姐满脸笑意：“感谢您的惠顾，欢迎下次再来！”

宁夕拎着大包小包正要出门，迎面撞上以李乐菱为首的一大群女星正朝着店里走来，而李乐菱旁边的那个一身淡绿色长裙的女人，居然是宁雪落……

那天在Noble试镜的地方似乎并没有看到宁雪落，她怎么也来洛城了？

一时间，店里所有的导购员和店长全都诚惶诚恐地迎了上去，对着宁雪落的方向，弯着腰恭恭敬敬道：“大小姐！您来了！”

宁夕闻言眉头微蹙：大小姐？

因为宁夕正准备出去，就站在门口，所以，那些人一进来，瞬间全都看到了她。

李乐菱看了眼宁夕手里提着的大包小包，似笑非笑：“看不出来，你也喜欢History啊？”

宁雪落迈着优雅的步伐走到宁夕跟前：“宁夕，没想到你会过来，怎么不提前知会我一声，我好让店员给你打折！”

宁夕眉头微蹙：收购“霓裳”的人居然是宁雪落？

据她所知，宁雪落喜欢的服装风格偏欧美，对于“霓裳”这种衣服一向很是鄙视，觉得太俗气，怎么会突然心血来潮投资霓裳？

宁夕随便应付了一句，然后离开了店里。

宁夕离开后，李乐菱满脸鄙夷地嗤了一声：“就算穿上龙袍，也掩饰不了身上的土气！”

“这话怎么说？”有女星追问道。

李乐菱挑眉：“你们还不知道吗？宁夕跟方晓雯一样，也是从山沟沟里出来的。”

众女星闻言均是满脸惊讶：“不会吧？库克导演是不是疯了？找这种人来代言向来以高贵著称的Noble！”

“呵呵，我看库克不是疯了，是被某人迷昏了！”

宁雪落做着和事佬：“好了，今天我们是来买衣服的，别说公事了！”

“对了雪落，真的可以让设计师给我们每人设计一套礼服吗？”有个女人兴奋地问。

李乐菱立即得意道："那是自然了，雪落可是History的老板，不过是一句话的事情！"

在场的大部分都是圈子里有头有脸的人，就算History再火，对她们而言也不过是锦上添花。宁雪落适时开口道："诸位大美女肯给面子穿我们History的衣服，那是History的荣幸，我还要感谢你们帮我省了广告费呢！"

这话一出，果然那些女星的脸色更好了，其中一个地位较高的说道："雪落，你太客气了，也是你的牌子确实有实力！"

离开History后，宁夕沿街逛了一圈，准备买些礼物带回去。中途走得实在累了，她便买了点吃的和饮料，然后找了张长椅坐下来准备休息片刻。

正吃东西呢，宁夕忽然察觉似乎有道目光落在自己身上。她抬起头，只见对面一个蓬头垢面的行乞者正直勾勾地盯着自己……

被人盯着吃东西的感觉，实在是不怎么好，宁夕便从装食物的袋子里拿出一个三明治，上前几步，递给了那行乞者。

那行乞者看了她一眼，接过三明治，狼吞虎咽地吃了起来。

片刻后，宁夕又有种自己被盯着的感觉，一抬头，果然还是那个行乞者……

而且，这一次，宁夕发现，他虽然盯着自己，但盯着的似乎并不是她手里的食物，而是以一种类似挑剔和不悦的目光，上下打量着她……

宁夕觉得有些莫名其妙，我招你惹你了？刚还给你东西吃了呢，用这种眼神看着我是什么意思？

宁夕也不吃东西了，直接起身踱步过去："喂，为什么一直盯着我？"

"我没有盯着你。"让宁夕意外的是，对方回复她的居然是一句熟悉的母语。没想到这个行乞者居然还是同个国家的……

于是宁夕也换了语言："还说没有，你都盯着我半天了！并且现在还在盯着！"

行乞者上下打量着她，回了一句："我看的是你身上的衣服。"

宁夕闻言挑眉，低头看了眼自己身上的裙子："我的衣服怎么了？"

行乞者想也不想道："难看。"

宁夕闻言无语，就算是完全没有时尚审美的人，也不可能觉得这件衣服难看好吗？

"那你倒是说说，这件衣服哪里难看了？"

宁夕本来只是随口一问，心想这人可能会说太花哨之类的话，没想到，那行乞者开口道："你衣服上刺绣的那幅画出自花鸟画《憩息》，画是好画，底色却不该用这么暗沉的颜色，最合适的是天青色，材质也不应该用丝绸，而应该用更轻薄的面料，腰身的设计则是最大的败笔，并不是说腰身收得越紧就越显身材，此处如果能稍微放两分，你再看看效果，绝对是天壤之别……”

宁夕听得一愣一愣的，盯着那个正在滔滔不绝点评她身上这件衣服的行乞者，眸子里闪过一丝兴味。

还真别说，她按照那个行乞者的建议重新审视了一下这件衣服，觉得他说得还挺有道理的。

宁夕索性直接顿住脚步，细细听了起来：“继续说呀！”

行乞者冷哼了一声：“最重要的一点是，你身上这件衣服根本就是一件半成品的设计稿！居然将这种残次的衣服做出来售卖，简直是欺骗消费者！”

宁夕眼珠子转了转，打量起眼前的行乞者：“你怎么知道得这么清楚？”

这行乞者因为蓬头垢面，头发又长又乱糟糟的，几乎看不清本来的面目，但从声音判断，应该是个二十多岁的年轻男子。

宁夕此时才发觉有些不对劲，这年轻力壮的年纪，看起来又没有残疾，怎么会跑到这国外大街上乞讨来了？

听到宁夕的问题，行乞者身体僵了僵，刚才还滔滔不绝，这会儿却突然成了锯嘴葫芦，闭口不言，并且躺回了地上，一副回避的姿态。

宁夕摸了摸下巴，转身离开。

听到离开的脚步声后，行乞者睁开眼睛，目光依旧盯着她身上的衣服和她手里拎着的那些有History商标的袋子……

片刻后，行乞者听到耳边传来一阵脚步声，并且在他跟前停住，他随意地抖了抖装零钱的碗，却听到耳边传来“咚”的一声。

睁开眼睛，只见一罐啤酒出现在他的眼前。

行乞者立即一骨碌爬起来，抢过那罐啤酒，一抬头，却发现竟然是刚才那个女孩去而复返，并且买了一打啤酒放在了他的脚边。

“什么意思？”行乞者语气带着狐疑。

“请你，我有酒，你有故事！”宁夕找了块报纸垫了一下，然后直接席地而坐。

行乞者打开拉环，灌了一口酒，语气沉闷：“我没什么故事……”

宁夕笑了笑，也不着急，十罐下肚，我看你还有没有故事！

她这个人吧，基本上从不多管闲事，但如果是引起她兴趣的事情，她就一定要打破砂锅问到底，弄个清楚为止！

结果，不用十罐，才三罐，那个行乞者便已经醉醺醺地开始自说自话了。

宁夕晃了晃手里的啤酒，趁机问道：“现在我再问你一次啊，为什么你会对我身上的这件衣服这么了解？连它是一件半成品都知道？”

“我知道……我当然知道，它、它是我的孩子……”乞丐断断续续地说道。

“啥？你的孩子？”

“他们偷了……偷了我的孩子……”

“啥意思啊？谁偷了你的孩子？”

“History 偷了我的‘霓裳’！”

“咦，你还知道‘霓裳’？你到底是什么人？你说 History 偷了你的‘霓裳’，难道你是‘霓裳’的设计师？但‘霓裳’的设计师不是戴威吗？”宁夕更有兴趣了，可劲地继续灌他酒，“来来来，多喝一点！”

那个行乞者又干掉了两罐，继续说道：“我才是‘霓裳’的设计师……唯一的设计师……”

宁夕挑眉：“你说我就信你啊？那我还说我是上帝呢！”

乞丐面色阴沉：“随便你信不信！”

宁夕眼珠子转了转，掏出手机，翻出一个相册，里面全都是她穿着“霓裳”的买家秀：“喏，既然你说你才是‘霓裳’唯一的设计师，现在我来考考你！我相册里的这些衣服，都是什么时候上市的，是属于什么系列的，这个对你来说应该很简单吧？”

行乞者瞥了眼宁夕手机相册里的衣服，麻木无神的眸子陡然爆发出一阵夺目的光亮，不过很快便如同流星般转瞬即逝，嘴里喃喃着：“好看，真好看……它们找到了适合它的主人……”

宁夕闻言，满意地点点头，这家伙总算是说了几句好听的了。

看到那些照片之后，那行乞者终于提起了一些精神，点击其中一张，面色激动：“你连这一款都有？这、这是‘霓裳’工作室成立初发布的第一款春装，主题是‘春色满园关不住’！”

行乞者说的那件衣服以花朵为主题，衣服上纯手工制作的花朵栩栩如生，如同下一秒就要从衣服上绽放出来一般，生机勃勃，不愧是“春色满园关不住”。

“那是当然，我可是‘霓裳’的忠实粉丝！”宁夕得意地说道，同时心里已经有七八分相信那个行乞者的话了。

光是看他看着那些照片的眼神，那确实是一个母亲看着孩子一般的眼神。如果不是倾尽心血的设计者，不可能会有这样的眼神。

果然，接下来那乞丐如数家珍一般开始诉说起每一套衣服的发布时间和主题，甚至设计背后的初心和小故事……

说到最后，他竟捧着宁夕的手机趴在地上泪流满面：“我的‘霓裳’，我的‘霓裳’……”

宁夕蹲在行乞者身边，拍了拍他肩膀：“兄弟，到底是怎么回事？明明是你的设计，为什么最后设计师却变成了那个戴威？”

大概是因为压抑了太久，那人终于断断续续地开始说了起来：“戴威是我的合作伙伴，是我大学开始就认识的同学，我们的关系一直很铁，我一直把他当成最好的兄弟，最值得信任的合作伙伴！

“从上大学开始我们就一起创业，成立了自己的工作室。我比较擅长设计，而他更擅长运营，所以，我们分工合作，我专心设计作品，他负责产品的一切运营……

“因为我相信他，所以从不过问工作室的情况，谁知道，到头来，他偷走了我电脑里所有的设计稿，卷跑了工作室全部钱财，直接把我踢了出去，找了投资者，成立了新的品牌……”

听到这里，宁夕总算是明白了：“那个品牌，就是‘History’？”

“是的……”

“你没想过告他吗？”

“呵，告他？怎么告？衣服上又不会刻设计师的名字，唯一知道我是‘霓裳’设计师的人，只有他，而他本身也是设计专业出身，并且风格与我很接近，他销毁了电脑里的一切资料，没有任何证据可以证明那些设计稿是我完成的……”男子一脸绝望。

宁夕想了想，然后问道：“他盗走了你多少设计稿？”

男子揪着胸口，满脸痛不欲生，眼睛猩红道：“所有！我所有的设计稿！甚至包括半成品！”

宁夕闻言，用手指点了点自己的太阳穴：“那这里的呢？”

“什么？”男子不解。

“你脑子里的设计稿，他也能盗走吗？”

男子愣了一下，随即苦笑道：“你是想说我可以东山再起？呵，不可能的……从他背叛我开始，从我亲眼看到‘霓裳’变成‘History’开始，我的脑子里就再也没有灵感了……我再也没办法做一个设计师了，我知道我这辈子都完了……”

“可你还有热情，你敢说，你对设计一点兴趣都没有了？你看到那些设计美妙的衣服，已经完全没有感觉了？别否认！否则你看到我身上的衣服不会这么激动，不会有半分瑕疵都无法忍受！”宁夕开口道。

男子摇着头：“呵，光有热情有用吗？如今，有热情只会让我更痛苦！”

“你说得没错，光有热情确实没用，这是很现实的问题，你还需要一样很重要的东西，钱！”

“你是在开玩笑吗？我现在这个样子，去哪里弄钱？”

宁夕眨了眨眼睛，拍着胸口道：“我有啊！”

“你？”男子狐疑地看着她。

宁夕一把将那男子提起来，拍着他的肩膀道：“奋斗吧少年！你的人生才刚刚开始！并且，你的命运即将从这一秒开始改变！”

男子用看白痴一样的眼神看了眼宁夕，然后又重新躺了回去……

宁夕叉着腰，瞪大了眼睛："干吗？你还不信啊！好吧，我认真跟你说，我很喜欢你的设计，看到那些买家秀你也应该知道我所说不假，所以呢，我现在正式向你提出合作的邀请，怎么样，有兴趣吗？"

男子的脊背僵了僵："合作？跟一个乞丐？"

宁夕轻笑："对啊，你就当我有钱任性呗，怎么样？这样的冤大头摆在你面前，你到底要不要宰？"

男子怔怔地看着眼前的女孩，虽然她在说着玩笑的话，但眸子里却丝毫没有玩笑之意。她是认真的。

"为什么？"

"都说了我是你的粉丝啊！不过，这事也是赶巧了，正好我最近赚了点小钱，并且也有投资做点生意的打算，结果就遇到你了。不过，我要先说明一点，目前我的资金也并不充裕，只有三百万，我可以全都投给你！"

"三百万……"男子喃喃，"三百万怎么会少，当初我们成立工作室的时候只有五万块的启动资金……"

"你不嫌少就行啦，当然，最重要的一点是，你必须要振作起来，必须要有信心。我的职业是一个演员，我的主要精力肯定还是会放在我的主职上，再说服装设计这方面我也不专业，所以，你才是我们工作室的灵魂和核心，工作室的选址、人员招聘、日后的发展计划……还是得由你来定！"宁夕一一分析道。

"我、我……"听着宁夕对未来的那些计划，男子爬了起来，局促地坐直了身体，开口道，"虽然我之前大部分时间都在埋头做设计，但是对工作室的运作也不是完全一窍不通的。开头可能会有些困难，但我觉得……如果再给我一次机会，我可以！"

宁夕满意地点点头："有你这句话，我就放心啦！"

"你、你真的是认真的？只是因为跟我聊了几句，喝了几罐啤酒，就把那么多钱砸在我的身上？"男子依旧是一副完全无法置信的表情，几乎以为自己在做梦，或者喝多了产生了幻觉。

宁夕挑了挑眉，面上满是肆意和张扬："钱这种东西，花了再赚呗，有什么大不了？我就喜欢做有挑战有危险的事情！"

宁夕是个雷厉风行的性子，聊完之后，直接拽着男子去服装店买了身衣服，去理发店剪了个头发，然后把他带到酒店洗了个澡。

"喂，你洗好了没有啊？记得把我给你买的衣服换上啊！你那身破烂我已经给你扔了！对了，还有，记得刮胡子！"

宁夕在外面等得都快不耐烦了，男子终于慢腾腾地走了出来。

宁夕正拿着手机埋着头玩游戏呢，听到脚步声，无意间一抬头，傻眼了……

手机里的游戏人物发出一声惨叫，游戏结束！

眼前的青年穿着白色衬衫、浅蓝色的牛仔裤、白色运动鞋，头发剪短了，露出光洁的额头，皮肤很白，脸上是腼腆局促的表情。

之前听他说他已经大学毕业一年多了，可长得倒是挺嫩的，加上这身打扮，干净得看起来就像是一个还没出校门的大学生。

宁夕直勾勾地盯了人家好半天，然后“嗖”的一声站起来，围着青年转了好几圈，脸上满是无法置信的表情：“完全没想到啊！还以为你是个猥琐大叔呢，没想到居然是个高颜值的‘小鲜肉’！以后我们的工作室都不用请代言人了，你直接上好了！”

随便在路边捡了一个人回来，没想到居然是个美少年！这手气也太好了！

青年被她说得有些不好意思，脸更红了：“老板，还不知道您叫什么名字。”

听到“老板”这个称呼，宁夕失笑：“不用叫我‘老板’这么见外啦，我们是平等的合作伙伴的关系！我叫宁夕，你叫我小夕好了！”

“我叫宫尚泽。老板，我还是想叫您‘老板’，您永远不知道您的出现对我而言意味着什么！如果不是您，我就是一具行尸走肉！”

“好吧，随便你了！”宁夕本来也不在意这些小事，便随他去了。不过，第一次被人叫“老板”，感觉还挺爽的。毕竟这意味着她开始走出通向人生巅峰这个目标的第一步了啊！

“对了，工作室你是准备开在国内，还是开在国外？”宁夕问道。

“国内吧，我们刚起步，现在还不适合开在国外。”宫尚泽回答。

宁夕点点头：“行，那你明天跟我一起回国吧！”

宫尚泽：“好。”

顿了顿，宫尚泽问道：“老板，我们工作室的名字是什么？”

宁夕挠挠头：“我起名无能，你有什么好主意吗？”

“老板，还是您来起吧！我希望是由您来取的名字，不管是什么都可以。”宫尚泽一脸虔诚。

宁夕眨了眨眼睛，呃，她怎么有种自己收了一只忠犬的既视感？

“我来起啊，那我想想啊！”因为宫尚泽坚持，宁夕只能在屋子里踱步了几圈，努力思考起来，“嗯……‘则灵’怎么样？‘规则’的‘则’，‘灵气’的‘灵’！‘山不在高，有仙则名。水不在深，有龙则灵’。山不在于高，有了神仙就出名。水不在于深，有了龙就显得有了灵气。寓意就是，你呢，就是我请来的真龙，我们的镇宅之宝，所以一定可以打败那条小土蛇的！”

宫尚泽听到宁夕这番话，瞬间红了眼眶：“老板，谢谢您！谢谢这个名字……”

宁夕一看急了，赶紧抽了纸巾递过去：“大老爷们的，别动不动就抹眼泪好不好？我最受不了看人哭了！”尤其眼前这家伙还长得跟女孩子一样好看……

宫尚泽满脸认真道：“老板，我不会让您失望的！我就算是榨干了自己，也一定要把‘则灵’这个牌子打出来！”

宁夕轻咳一声：“咳咳，榨干就不必了，咱们要走长久安稳发展的道路！”

“是，老板！”

刚聊完，宁夕的电话响了起来，是她的老板陆霆骁打来的。

“喂，BOSS大人！”

“嗯，广告拍摄还顺利吗？”手机那头传来男人温柔的声音。

“放心好啦，一切顺利！明天下午的飞机回国！”

“明天下午的飞机……到的时候都已经是深夜了，你一个人，林芝芝也不在，明天我去机场接你。”

“啊？不用了吧，我叫个专车就好！而且……”

“我要开会，先挂了，你路上小心，明晚见。”

宁夕刚想说“而且自己不是一个人，不用担心”，陆霆骁就已经挂了电话，于是只能作罢。

第二天，宁夕带着宫尚泽踏上了回国的旅途。

飞机上，宫尚泽怔怔看着窗外：“我还以为我这辈子都回不去了……”

宁夕支着脑袋，抖了抖腿：“哼哼，现在我们就杀回去！那家伙就算偷了你再多的设计稿，也总有用完的一天，而我们拥有的，可是无穷无尽的宝库！”

宫尚泽看着身旁的女孩神采飞扬的表情，本来悲观的情绪轻易被感染，重重地点了点头：“嗯！”

那件事情之后，他憎恨整个世界，憎恨命运的不公，甚至憎恨自己，带着这样的负面情绪，别说继续设计，他整个人都已经废了。他怎么也没想到，在一个平凡的午后，自己竟然会遇到这样一个人，遇到一个奇迹。

因为遇到了她，他突然对一切苦难和不公都释然了。沉寂多时的大脑，一瞬间活跃了起来……

宫尚泽迅速掏出速写本，开始快速描画，记录下灵感……

宁夕惊讶：“咦，这么快就有灵感了？”

“我突然想到了一个主题！”宫尚泽兴奋道。

看着旁边的大男孩双眼发光，与之前判若两人的样子，宁夕愣了一下，随即笑着问道：“什么主题？”

飞机上，宁夕和宫尚泽聊了一路设计灵感和工作室的运作，大致确定了未来的蓝图。

飞机到达国内的时候已经是深夜，华都最近大概是阴雨天，晚上气温很低。

宁夕刚走出机场大门，迎面吹来一阵冷风，冻得她打了个喷嚏。

身旁的宫尚泽见状，赶紧脱下身上的外套，披到宁夕的肩上：“老板，小心别感冒了！”

“谢谢！”宁夕感激道。

“老板，要叫车吗？这个点应该不好等出租车。”

“不用了，有人过来接，你等我打个电话啊！”宁夕边说边从包里掏手机。

不知道BOSS大人到了没有……

不远处，一辆正缓缓行驶过来的黑色迈巴赫里，程锋握着方向盘的手正在不停发抖，有、有没有搞错！本来是欢欢喜喜陪着老板来机场接老板娘的，为什么老板娘旁边却跟着一个陌生男人？这不是要命吗！

他小心翼翼地透过后视镜往后座看了一眼，结果，才半眼就不敢继续看，赶紧将视线收了回来！老板那脸色差得哟！

不过，也不能怪老板这么生气，从三天前的下午开始，老板就已经开始期待老板娘回国的这一天了，并且早早地叮嘱他老板娘回国的时间，说怕老板娘吃不惯飞机餐，让他准备好夜宵，又怕华都天气冷，让他在车里备好毯子，那叫一个无微不至……

这几天，只要是BOSS的电话，他就知道，一定是叮嘱有关老板娘的事情的。

不过是几天不见而已，这紧张的，不知道的还以为几年没见呢！害得他一个有女朋友的都被虐得不行！可是现在……

程锋眼睁睁看着老板娘身旁的那个男人殷勤地脱了外套帮老板娘披到肩上，惊恐得瞪大眼睛，差点吐血三升！

他开始认真考虑要不要现在弃车而逃了……

“那、那个BOSS……还要继续往前吗？”程锋小心翼翼地问了一句。

结果，不问还好，一问，仇恨顿时转移到他身上来了。

陆霆骁的目光如冰刃般射了过来。

程锋顿时闭嘴，不再问这种傻兮兮的问题，继续往前开去……

“尚泽啊，待会儿接我的朋友过来之后，你就别叫我‘老板’了，直接叫我名字就行！”宁夕特意跟宫尚泽叮嘱了一句。毕竟在BOSS大人面前被人叫“老板”实在是太有羞耻感了！

“好的，我知道了！”宫尚泽乖乖应道。

因为宁夕正埋着头从包包里翻找手机，所以没注意到有辆黑色的车子悄无声息地停在她的身边。

车门打开，程锋最先下车，小跑着打开了后座的车门，接着，从里面踏出一双修长的腿。

当男人从车内下来，周遭的空气仿佛都更冷了几分。

宫尚泽看着对面面若寒霜的男人，本能地察觉到了危险的信号，出于护主的心理，他下意识地将尚且一无所觉的宁夕往自己这边带了带……

然而，他的这个动作却令男人身上的气息陡然一变，眼神瞬间变得凌厉起来。

宫尚泽莫名有些胆寒，连手掌心都渗出汗来，这个男人是怎么回事？

宁夕终于摸出手机，开机之后，翻出陆霆骁的号码立即拨了出去，结果，这边刚一拨通电话，她的对面居然立即响起了一阵熟悉的手机铃声。

宁夕吓了一跳，条件反射地抬起头，结果，一眼就看到了身前寒着脸的陆霆骁……

“陆、陆霆骁……”宁夕无意识地喃喃，然后用力揉了揉眼睛，以为自己看花眼了。

此时，陆霆骁的身后，程锋战战兢兢地埋着头，一副生死由命的表情。

确定眼前的人真的是陆霆骁之后，宁夕的小脸上顿时满是惊喜，欢快地蹦上前去：“BOSS 大人！真的是您啊！我还以为我看花眼了！我这刚给您打电话呢！”

一旁的宫尚泽没想到宁夕居然跟这个一看就不好惹的危险人物认识，不免有些吃惊：“老……小夕，你们认识？”

程锋敏锐地察觉到了男人的那个“老”字，嗯？老什么？该不会是“老婆”吧……

老板娘出了一趟国而已，就偷偷恋爱了？晴天霹雳……

连程锋都注意到的事情，陆霆骁显然也注意到了，那脸色，瞬间黑云压城城欲摧……

对于陆霆骁和程锋居然想歪到十万八千里，宁夕还一无所觉，兴奋地拉着宫尚泽给他介绍道：“尚泽，这位是我上司的上司的上司陆霆骁……总之是我最上头的大老板，是我的朋友、恩师、伯乐！”

陆霆骁的脸色没有丝毫改变，反而更沉了几分。

虽然宁夕的介绍里，对他的每一个定位都无比重视，但显然每一个都不是他想要的。

宫尚泽闻言有些纠结，老板的老板……他要怎么称呼呢？

“陆先生好。”最后，宫尚泽客气地打了声招呼。

“嗯。”陆霆骁强忍着才让自己保持了绅士风度，略点了下头，算是打招呼。

宫尚泽也不知道是不是自己的错觉，总觉得眼前的这个男人似乎对自己存着强烈的敌意？并且，从这个男人出现开始，他就感觉到了一股越来越慑人的压迫感……

宁夕继续给陆霆骁介绍道：“BOSS 大人，我给您介绍一下，这位是宫尚泽，是我……”

此时，宁夕终于意识到陆霆骁的脸色不对，但又不知道到底哪里不对，便迟疑着继续说道："是我在洛城的时候认识的一个朋友，一位很有才华的设计师……"

什么情况？不仅是陆霆骁脸色不对，好像连程锋的脸色也怪怪的？难道是她说错了什么？

宁夕立即换了个话题："BOSS 大人，这么晚了还来接我，真是太麻烦您了！"

"不麻烦，顺路。"

"顺路……"机场也能顺路？

宁夕正无语，发现陆霆骁的目光一直落在自己的肩上……又怎么了？

陆霆骁伸出手，动作自然地将她身上的外套拿了下来，随后脱下自己的外套，重新披在她的肩上："这件厚点。"

"哦，谢谢……"宁夕愣愣地点点头。

陆霆骁看了她一眼，终究还是忍住了没有多问，帮她拉开车门："上车吧，外面冷。"

一旁的程锋适时拉开了副驾驶的门，当了一把助攻："宫先生，你坐这边吧，后座上有东西，可能坐不下。"

"好的。"宫尚泽也是个没心眼的，完全没多想，直接坐到了副驾驶上。

车子开始缓缓发动，一时间谁都没有说话。

陆霆骁不动声色地看了眼副驾驶上的青年，长相干净俊秀，年龄看起来跟宁夕差不多，方才看着两人站在一起时的模样，虽然他不想承认，但，很般配……

想要知道他们的关系到底是什么，其实也不过是一句话的问题，但是，他却无论如何都问不出口，无名无分的，他有什么资格过问她的私事？

宁夕再怎么迟钝也察觉到陆霆骁今晚的心情不好了，所以也不敢再贸然开口说话。

于是，车厢内便是一阵骇人的沉默，气氛那叫一个诡异。

此时此刻，程锋的内心深处只有一句哀号在回荡：二少，你快回来，我一人承受不来……

"阿嚏……"宁夕大概是刚才在外面吹了风，打了个喷嚏。

陆霆骁捏了捏眉心，略调整了下情绪，终于打破了沉默："程锋，空调温度调高一些。"说完，拿了条毯子，给宁夕盖住穿着裙子的双腿，随后把早就准备好的夜宵拿给她。

宁夕被陆霆骁这一连串的动作弄得有点蒙："BOSS 大人，您这准备得也太充分了吧！微臣简直受宠若惊！"

"不用惊，你是功臣，这次做得很好。"

宁夕接过餐盒，偷偷瞄了眼陆霆骁那张面无表情、实在没啥说服力的脸："真的吗？可是我怎么觉得您不太高兴啊？"从刚才见到他起，就觉得他的状态不对劲了。

陆霆骁深吸一口气，企图控制自己幼稚到他自己都自我厌弃的情绪："没有不高兴。"

"骗人……明明就是不高兴啊……"宁夕咬着筷子，小声嘀咕。

话音刚落，她的眼角余光无意间落在了副驾驶的宫尚泽身上……啊，宫尚泽……

她突然想到一个她压根就没有往那方面想过的可能！BOSS 大人他……该不会是在吃醋吧？这应该不可能吧？她都介绍了只是个刚认识的朋友啊？算了，与其自己在这儿瞎猜，不如试探下就知道了！

宁夕眼珠子转了转，然后找了一个话题："BOSS 大人，您猜我跟尚泽是怎么认识的？"

宁夕一边说，一边趁机偷偷看了眼陆霆骁的表情，居然真的是在吃醋！

看着陆霆骁那张黑到几乎都快要掩饰不住的脸，宁夕抚了抚额头，实在是有些哭笑不得。

在她的心里，陆霆骁的形象一直都是无比高大伟岸的，又威武霸气，又成熟稳重，居然会吃一个乞丐的醋，她实在是想都没想过。

好吧好吧，也是她的错，忘了宫尚泽捯饬一下之后，形象还是挺招小姑娘的。

"怎么？"陆霆骁一副既想知道又不想知道的表情，脸色非常之复杂。

宁夕托着下巴，看着大魔王的表情，越看越可爱，简直想亲一口："他啊……是我在大街上捡到的！"

"捡的？"听到这个回答，陆霆骁的神色明显很错愕。

"对啊！嘿嘿，想不到吧！"

前面的副驾驶上，宫尚泽听到他们的谈话，笑着说道："如果不是小夕，我现在应该还在洛城的大街上乞讨！"

听到这里，陆霆骁和程锋都有些意外。

尤其是程锋，本来脑子里满是什么异国他乡浪漫的邂逅，擦出爱的火花，最后双双把家回之类的遐想，完全没想到会是这么个神奇的情况。果然不能用正常的人类思维来推断老板娘啊……

见陆霆骁终于转移了注意力，宁夕开始解释起自己跟宫尚泽认识的过程："广告拍摄结束之后，那天我本来是准备去逛逛街、买买东西的，结果，穿着刚买的新衣服正嘚瑟呢，对面一个乞丐居然跟我来了一句'难看'，气得我哟……"

宁夕绘声绘色无比详细地把故事跟陆霆骁都说了一遍，而陆霆骁没有丝毫不耐，全程都是一副专注的表情当着一个合格的听众，适时给予回应和提问，偶尔也引导宫尚泽说几句。

车内的气氛一下子从冬天变成了春天。

程锋舒了口气，危机解除，老板的理智终于上线了……

“事情就是这样！所以呢，尚泽不仅是我新认识的朋友，也是我未来的合作伙伴，我们决定成立一个服装设计工作室，我出钱，他出力！”

听到这里，陆霆骁紧绷了一晚上的神经终于放松下来，难怪两人是一起回国的……

“怎么突然想起来开工作室了？”陆霆骁问。

“呃……”当然是为了你啊！除了演戏之外，她突然还有了其他的雄心壮志，可不就是拜他所赐吗！

宁夕想了想，然后回答：“也不是突然……之前就有这个打算了！正好这次拍香水广告代言费发下来了，然后更巧的是，逛个街而已，居然捡到我喜欢了很久的设计师，这简直就是天意啊！”她自己都觉得自己的运气实在是太爆表！

宁夕眼睛亮晶晶地瞅着陆霆骁：“好神奇！BOSS大人，我发现我自从遇到您和小宝开始，运气就一直好好，做什么都好顺利！你们俩一定是我的福星！一个小福星，一个大福星！”

陆霆骁忍俊不禁：“是吗？”

程锋泪流满面！老板娘威武！老板居然被逗笑了！

因为宫尚泽在华都还没有落脚的地方，宁夕在陆霆骁的陪同下，在珠江华景附近找了个酒店先把他安顿了下来。

宁夕站在门口，挥了挥手：“尚泽，那我先走啦！晚上好好休息，明天我过来找你！带你去买衣服、买包包、买手机，还有其他什么缺的，到时候再看……”

宫尚泽满脸感动：“其实不用这么麻烦的，我只要有个落脚的地方就可以……”

宁夕当即做不满状：“那怎么行，你现在可是我的人！”

宫尚泽眼眶微红：“谢谢老板！”

宫尚泽这个样子实在是太容易激起人的保护欲了，宁夕的语气都温柔了好几分：“乖了，快去睡吧！”

走出酒店，宁夕一脸感慨道：“BOSS大人，我现在才知道，原来做老板的感觉这么好啊！”

“做你的员工也挺好……”陆霆骁下意识地喃喃着接了一句。

“什么？”宁夕没听清。

“咳，没什么……工作室的地址选好了吗？”陆霆骁问。

宁夕挠挠头：“还没呢！这个不是小事，我得好好琢磨琢磨！”

“回头你说下你的要求和预算，我帮你列几个合适的地址备选。”陆霆骁说。

宁夕一听自然是过意不去：“啊？这不太好吧？太麻烦您了！”

陆霆骁日理万机的，哪能麻烦他帮自己做这种小事！

陆霆骁却看了她一眼，不紧不慢道："不麻烦，你是我的人。"

宁夕："咳咳咳……"好吧，大魔王，你赢了！

车子很快开到了珠江华景楼下。

宁夕刚要跟陆霆骁道别下车，这时，陆霆骁的手机突然响了起来。

陆霆骁示意宁夕稍等一下，然后接通手机："嗯，我还在外面……什么？什么时候的事情？好，我马上回来！"

听陆霆骁语气不对，宁夕立即不安地追问："怎么了？"

陆霆骁神色如常，摸了摸她的脑袋开口道："没事，回去休息吧！"

宁夕却没有下车，一动不动，定定地看着他。

陆霆骁失笑："真的没事，公司那边出了点小问题，我过去看一下就好，不骗你，快去吧！"

宁夕却还是没有动，反而目光更加犀利："是不是小宝出事了？"

陆霆骁的神色明显有些意外，似乎没料到她会猜到。

看到陆霆骁的表情，宁夕就知道自己猜对了，其实她也不知道自己为什么会一口咬定，但她就是有预感。

"小宝怎么了？"一时间，宁夕的心都提到了嗓子眼。

陆霆骁柔声安慰道："小毛病，有点发烧而已。你也知道，小孩子发个烧很正常，医生都已经过去了，我马上也回去看看，没什么大问题。"

虽然陆霆骁说得很轻松，宁夕却丝毫没有放心，捂着扑通扑通跳得越来越快的胸口，莫名有种不祥的预感："陆霆骁，你带我一起去吧，我不会让你为难的，我不进去，就在外面等着，如果没事，我就回来！不然，你就算这会儿让我回去，我肯定也是睡不着的！"

看着女孩无比坚定的态度，陆霆骁却还是没有松口，似乎是有什么难言之隐。

"行吗？"宁夕牵着陆霆骁的袖口，近乎哀求地摇了摇。

陆霆骁捏了捏眉心，面色渐渐变得严肃起来，最后看向她，斟酌了好一番措辞，才终于开口道："好吧，宁夕，你听我说，小宝他不仅仅是发烧这么简单，可能有点严重！我带你去可以，你千万不要太激动！"

陆霆骁话音刚落下来呢，宁夕的眼泪就已经"吧嗒吧嗒"止不住地掉下来了："小宝很严重？到底是怎么回事？好好的怎么就很严重了呢？你不是说只是发烧而已吗？为什么发烧会很严重？你还说不骗我呢，却还是骗我了！你是不是还有别的事情在骗我？"

陆霆骁完全没料到宁夕这眼泪说下来就下来，一时间竟手足无措，一边叮嘱程锋立刻开车赶去老宅，一边手忙脚乱地抽出纸巾给女孩擦着眼泪，语气极其无奈道："就因为害怕你会这样，所以才不敢带你去，你看，这还没去，你都已经这样了，待会儿见到小宝，你怎么办？"

"呜呜呜……"宁夕哭得更凶，连话都说不利索了，呜呜呜的，也不知道到底在说什么。

陆霆骁简直被她哭得心都要碎了，偏偏又不会哄人，只能将她揽在怀里，一下一下抚着她哭得直抽搐的后背："早知道就不告诉你了……"

万万没想到，宁夕这反应比他预想中的还要大，简直要命！

前面正在开车的程锋也是震惊到难以言喻，不仅是震惊宁夕这大大咧咧的性格居然也会有这么脆弱的一面，更多是震惊BOSS居然有这么柔情似水的一面……今天他真是被刷新了太多次认知记录了！最让他惊讶的，还是两人之间的感觉，真的好像一对担心宝贝儿子的夫妇，毫无违和感……

宁夕这会儿已经悔得肠子都快青了，为什么上次送陆霆骁去老宅的时候只匆匆见了小宝一面，那么快就走了呢，为什么没有多多关心小宝呢？为什么因为顾忌二老的态度就不敢跟小宝有太多接触呢？为什么不脸皮厚一点呢？

哭了好半天，宁夕才终于稍稍平复了情绪："陆霆骁，你不要瞒着我，我要知道！"

陆霆骁："那你保证别哭了。"

宁夕："我……不保证！"

陆霆骁扶了扶额头，最后还是只能妥协，尽量用委婉的语气解释道："其实是老毛病了，从小宝出事之后开始，隔段时间就会发作一次，症状就是高烧，但跟一般的发烧情况不同的是，高烧不止，无论用什么办法都没法退烧……"

宁夕满脸惶然："怎么会这样……"

陆霆骁急忙安抚："距离上一次出现这种情况，小宝已经有大半年没有发作了，这次也可能只是普通的发烧而已，你不要太紧张！"

宁夕知道，肯定不仅仅是普通的发烧这么简单，否则刚才陆霆骁的语气不会是那样……

"程锋！停车！"宁夕突然对着前面正在开车的程锋喊了一嗓子。

程锋深知，就算不听老板的话，也一定要听老板娘的话，于是下意识地乖乖将车停到路边："宁小姐，怎么了？"

宁夕没说话，拉开后座的车门，下了车，然后又走到前面，拉开驾驶座的车门："你下来，去后面坐！"

"啊？"程锋一脸蒙。

然而，宁夕已经等不及了，直接揪着他的后衣领把他塞进了后座，然后自己坐进驾驶座，一脚油门——"轰！"一声引擎声后，车子如同离弦的箭一样冲了出去……

程锋一下没反应过来，一脸惊恐地牢牢抓住车顶的扶手，看着前面驾驶座上的女孩。明明前一秒还是哭哭啼啼的柔弱小白兔，怎么瞬间就切换到神情冷肃的女王了……稍微给点缓冲好吗？

陆霆骁看了正在开车的老婆一眼，本想开口说话，最后，还是什么也没说，算了算了，让她发泄也好！

程锋都快要吐了，满脸求救地看了眼旁边的BOSS大人，指望他能开口劝一下，谁知道，却看到了BOSS大人宠溺纵容的眼神……

片刻后，都已经到老宅大门口了，眼见着车子就要直直地撞在大门上，程锋惨不忍睹地闭上了眼睛……

下一秒，宁夕一个紧急刹车，车子在距离老宅的大门前方半米处稳稳地停住。

刚停好车，宁夕立即扭头催促："陆霆骁，你快去！"

"好，你在这儿等我。"陆霆骁下了车，疾步朝着灯火通明的宅院里走去。

后座上，程锋几乎是爬下车的，刚一下车就扶着一棵大树，吐得昏天暗地……

客厅里，所有人都是一副战战兢兢的表情，陆崇山满脸焦急，颜如意已经哭得眼睛都肿了。

看到陆霆骁回来之后，颜如意就像是看到了主心骨，赶紧迎了上去："霆骁，你可回来了！你快去看看小宝！"

陆霆骁径直走进小宝的屋里，只见床上的小家伙面色苍白如纸，嘴唇干裂，小小的身体不停抽搐着，旁边一圈医生围着，每个人的表情都惶恐不安。

陆霆骁的脸色瞬间沉了下来，小宝的情况，比他想象中还要严重……

"怎么会这样？"陆霆骁的语气无比森冷。

颜如意的眼神有些闪躲："我……我们也不清楚，小宝从下午开始精神就有点不太好，我们找医生来看了，说只是有点低烧，不碍事，谁知道，半夜里突然就烧到了快四十摄氏度，身体也开始痉挛，温度怎么也降不下来！跟之前的情况一模一样！"

"用药了吗？"陆霆骁问。

正在给小宝用酒精降温的秦沐风擦了把额上的汗，直起身来，面色凝重道："用了，跟以往一样，当场有用，但很快温度就又上来了。小宝的身体太虚弱了，不适合这样频繁高强度地用药，镇静剂也绝对不能再用了，否则伤敌一百自损八千！"

看着床上一直发抖抽搐的宝贝孙子，颜如意泪如雨下："那也不能就看着小宝这么一直烧下去啊！你们这些医生，一个个的不是都很厉害吗？为什么连一个小小的感冒发烧都治不了？"

秦沐风头疼道："很多事情，医学也是没办法解释的，之前我们就已经给小宝做过无数次检查了，他的身体没有任何其他病变，没有病变，医生也无从下手啊！"

“小宝都病成这样了怎么会没病？明明就是你们医术不精！”颜如意明显已经听不下去任何解释。

陆崇山扶着妻子的肩膀，沉声道：“如意，你冷静一点！”

“小宝都这样了，你让我怎么冷静？早就该听我的去请人来驱邪了！这些医生根本就没有任何用处！小宝这样的情况，我越看越像是撞邪了！”颜如意激动道。

陆崇山一听就变了脸色，怒斥道：“你胡说什么！小宝今天放假，又没去上学，也没出门，一直在家里……”

颜如意还是不死心：“那你倒是跟我解释解释，到底是什么原因？宁可信其有，不可信其无！”

陆崇山黑着脸，忍不住提醒她：“小宝现在病情这么严重，你你……你现在居然还想些乱七八糟的，是想害死小宝吗？”

“那……那你倒是说说到底怎么办！”

趁着二老正在争吵，秦沐风将陆霆骁拉到了角落里，压低声音道：“其实，我还是认为是心理方面的原因，偷偷告诉你吧，你家小宝突然这样不是没有原因的，只是他们怕你发火，都不敢告诉你。

“这段时间你爸妈不是忙活着帮你相亲吗？今天庄夫人来你家做客了，带着她家那位大女儿庄可儿一起，估计不小心被小宝撞上了，小宝受了什么刺激……”

陆霆骁的脸色一瞬间冷到了极致，偏偏那两位都是他的至亲，这件事也不算是他们直接导致的，如今二老也吓得快要支撑不住，随时也可能病倒，他一句重话都不能说。

“小宝要紧，别管太多了，叫宁夕过来试试吧！”秦沐风说出自己的最终看法。

陆霆骁捏了捏眉心，语气有些暴躁：“我怕她来了，到时候病的是两个！”

仅仅是听他说就受不了了，要是真的看到小宝变成这样，她会难过成什么样……

秦沐风被吼得摸了摸鼻子：“可现在也没其他更好的办法了啊……”

唉，其实，他提出这个方法也是很为难，很难以启齿，经过了激烈思想斗争的好吗？

他自己作为一个心理医生，到头来居然还是要靠宁夕一个外行，也是实在没脸……

眼见着小宝越来越严重，颜如意已经哭得快要晕过去，陆崇山也摇摇晃晃地快要撑不住了。

陆霆骁低咒了一声，最终还是拨通了宁夕的电话：“小夕……”

“陆霆骁！小宝怎么样？还好吗？是不是没什么大事？”宁夕迫不及待地一口气追问。

陆霆骁有些难以开口："你、你进来吧！等下，我去外面接你！"

挂了电话后，陆霆骁立即往门外走去。

颜如意见陆霆骁居然往外走，急了："霆骁，小宝都这样了，你还要去哪儿？！"

陆霆骁没有回话，大步流星，头也不回地往外走去。

院门口，宁夕已经下了车，此时正站在大门外来回踱着步，时不时往院子里张望，急得望眼欲穿。

下一秒，终于看到了陆霆骁的身影……

"陆……"还不及宁夕说话，陆霆骁打开院门后，二话不说，拉起她的手就往院子里走去。

宁夕看了眼陆霆骁紧紧握着自己的手掌，莫名就知道了里面大概是什么情况。

小宝，估计比她想象中的更严重……一股前所未有的恐惧从脚底开始一点点渗入心底……

此时此刻，小宝的房间内正一片混乱。

这时，身后突然传来一阵脚步声。所有人下意识地转过身去，然后便看到了陆霆骁身旁牵着的女孩。

陆崇山瞬间变了脸色："你把这个女人带来做什么？还嫌小宝不够严重吗？"

颜如意的态度虽然有些不悦，倒是没有陆崇山那么激烈地排斥，现在她已经完全六神无主了。

陆崇山剧烈喘息着，怒吼道："给我立刻让她滚出去！"

陆霆骁捏紧了宁夕的手，正要开口，宁夕却突然对着他摇了摇头，然后挣开了他的手掌。

不同于陆霆骁所预料的那样，宁夕会当场崩溃。

让他意外的是，看到床上病得奄奄一息的小宝，宁夕的神情无比淡定冷静，她甚至连陆崇山的咆哮和怒斥也丝毫没在意，挣开陆霆骁的手之后，径直朝着小宝的床前走去……

明明是个看起来柔柔弱弱的女孩子，此刻的眼神却透着可怕冰冷，以至于听了陆崇山的命令想要去阻拦宁夕的医生和用人，全都不自觉地给她让开了道。

陆崇山见状，简直怒不可遏："站住！你想做什么！我说话你们全都没有听见吗？谁准你们让她进来的！"

陆霆骁伸出手臂，挡了一下企图亲自冲上前去的父亲。

此刻，宁夕已经坐到了小宝的床沿，她先是迅速脱掉了自己身上带着外面寒气的外套，然后揭开小宝身上厚厚的被子，最后，小心翼翼地将皮肤滚烫、身体软绵绵的小家伙轻轻抱进了怀里……

看到这个胆大包天的女人无视他的警告，居然还敢用脏手擅自碰触小宝，陆崇山简直愤怒到了极致，正要怒斥，却不知为何，突然噤声了……

小包子虽然早就已经烧得迷迷糊糊，但被宁夕抱在怀里之后，像是潜意识里就知道抱着他的是谁似的，立即用热乎乎的小手揪紧了宁夕的衣角，滚烫的小脸也往宁夕的怀里蹭了蹭。

宁夕本来就是在强自镇定，因为小宝这下意识地亲近自己的小动作，伪装瞬间决堤，又因为现场还有太多其他人，她才勉力忍住了，只是眼眶有些泛红……

此时此刻，宁夕早已经完全不在意周围所有的眼光，不管是医生，还是怒视她的老爷子和老夫人，她满眼满心都只有怀里虚弱难受的小包子。

宁夕将小包子抱得更紧，俯身亲了亲小包子的额头，又亲了亲他的小脸蛋，语气无比温柔："宝贝，阿姨在这里呢，不怕不怕……"

那声音如同有特殊的安定人心的能力，在场的人听了都感觉心头的燥热慌乱都被驱散了。

陆崇山依旧呆呆地站在那里，一时间都忘了愤怒……

小包子无比依恋地蜷缩在宁夕的怀里，小小的身体虽然依旧在不停颤抖，但是，小脸上的神色却明显不像刚才那样如同一直在被噩梦折磨般痛楚了，而是安心和满足……

宁夕调整了下姿势，站起身，让小包子的小脑袋搭在自己的肩膀上。

陆霆骁帮着宁夕给小包子调整了一个舒服的姿势，随后拿起床上的小毯子，给儿子披上。

然后，宁夕在屋里开始走动起来，一边走动，一边用无比软糯轻柔的嗓音哼唱着——

睡吧睡吧
我亲爱的宝贝
妈妈的双手轻轻摇着你……
睡吧睡吧
我亲爱的宝贝
妈妈的手臂永远保护你……
睡吧睡吧
我亲爱的宝贝
妈妈爱你妈妈喜欢你……

这个女人！竟然敢自称是小宝的妈妈，如此不知廉耻！陆崇山本该暴怒，但不知为何，看着女孩抱着小宝一边走动一边哼唱哄睡的样子，心里的那股子火气竟愣是没有发作出来，反而有种不想去破坏打扰的感觉。

而旁边的医生和用人们，尤其是女性，看到小小的小包子小脑袋搭在女孩的肩膀上，一脸安心眷恋的样子，全都忍不住有些眼眶泛红。

唉，孙少爷也真是够可怜的，从小就没有妈妈疼爱，其实，这种时候，妈妈的一个拥抱、一个亲吻、一首温柔的摇篮曲，比任何灵丹妙药都管用吧。

他们甚至想，要是这个女孩子真的是孙少爷的妈妈就好了！

现场神情最为古怪的，要数颜如意。

她看着依偎在宁夕的肩膀上渐渐趋于平静，甚至身体都不再颤抖痉挛的宝贝孙子，脑海中莫名回想起那日老族长的话……

十分相合……十分相合……

宁夕不是医生，自然不可能知道怎么治病，她只是完全凭着本能在安抚小包子。

除此之外，还有一丝连她自己都感到难以理解的心有灵犀。

小包子稍微动一下或者哼一哼，甚至眉头皱一下、呼吸的频率不对，她都会自然而然地知道小包子是哪里不舒服，或者换一下姿势，或者让陆霆骁给小包子盖个毯子，或是在小包子耳边呢喃表示自己一直都在这里。

在宁夕来之前，小包子躺在床上，整个人都是躁动不安的，无论多少人在照顾他，在围着他团团转，他始终安定不下来，这会儿被宁夕抱在怀里，小脑袋搭着她的肩膀，看起来无比安逸舒适，甚至渐渐陷入香甜的睡眠……

身旁的医生和用人们见状面面相觑，全都松了口气，同时也全都安安静静的，丝毫声音都不敢发出，生怕又把小家伙给惊醒了。

要是今晚这小太子真有什么三长两短，他们这一屋子的人就都完蛋了！

小宝的情况最严重的不是发烧，而是他的情绪让他的身体在极度虚弱极度需要休息的情况下，依旧始终保持着高度紧张，无法睡眠，这样他的病怎么可能好得起来。

而宁夕的到来，无疑解决了目前最关键的问题。

宁夕已经抱着小包子哄了好半天，陆霆骁细心地察觉到她有些不舒服地动了动胳膊。

这么久了，胳膊怎么可能不酸。

陆霆骁把小宝的小床铺好，示意宁夕把小宝抱到床上去睡。

宁夕看了眼怀里的小包子，见小家伙的呼吸平稳，已经完全睡着了，于是缓缓走到床边，弯下腰，小心翼翼地将小包子放到了床上……

陆崇山和颜如意见状也终于缓下心神。然而，宁夕刚把小包子放到床上，小家伙原本香甜安宁的小脸立即皱成了一团，身体也开始细细地颤抖起来。

眼见小宝又要犯病，二老吓得不轻，一口气还没缓下去，又提到了嗓子眼。

宁夕自然是最先发现的，立即将小包子抱了回去，又是拍又是唱又是哄，虽然神色有些无奈，却没有丝毫的不耐烦。

陆霆骁虽然担心儿子，但也心疼老婆，当即走过去，扶着宁夕在床边坐了下来。

“怎么了？”宁夕抱着小包子，投去一个狐疑的眼神，下一秒，却惊愕地瞪大了眼睛。

陆霆骁蹲下身，居然在亲自帮她脱鞋子。

当然，比宁夕更惊讶的，是屋子里正安静地站在角落里的其他人，以及大魔王的亲爹亲妈……

只有秦沐风摸摸鼻子，一副虽然被闪瞎了眼，却早已经习惯的表情。

陆霆骁帮宁夕脱了鞋子之后，轻轻把她的双腿放到床上，随后在她的身后垫了两个柔软的枕头，让她靠在床头，帮她调整了一个舒服的姿势，随后给她盖上被子，脸色严肃，语气完全不容反驳：“你也睡会儿，刚下飞机就赶过来，一直都没休息过。”

“哦……”宁夕把小包子放在自己腿上搂着，背后靠着软绵绵的枕头，果然舒服多了。只是，周围那些炙热的目光，实在有些吃不消……

陆霆骁神色微冷地挥了下手，所有人立即从震惊里回过神来，战战兢兢地退了出去。

用人们只能在心里暗自猜测，大少爷带回来的这个女人，到底是什么来头？不仅一来就哄好了孙少爷，竟还让向来不近女色甚至冰冷得几乎没有人类感情的大少爷如此温柔以待！

“难不成……难不成这女人就是咱们孙少爷的亲生母亲？”有个小女佣一脸恍然大悟的表情。

“不太可能吧？不是说孙少爷的亲妈早就死了吗？否则哪个女人会这么狠心，舍得丢下亲生骨肉啊！”

“而且还是我们大少爷这么优秀的男人！”

“说不定是有什么难言之隐？”

“你们几个活腻了吗？居然敢议论这种事情，被老爷、老夫人知道，等着被赶出去吧！”有个地位较高的用人厉声呵斥了一句，顿时所有人都惶惶噤声了。

在陆家，有关孙少爷的母亲这个话题，一直是个不可言说的禁忌。

屋内，宁夕旅途奔波，加上今晚因为小包子受到的惊吓不小，这会儿确实也有些累了。不过，屋里还有陆崇山和颜如意这两位大佬在呢，他们站着，而她躺在床上，就已经够不自在了，更别说当着他们的面睡觉……

“爸，妈，你们也去休息吧，我会在这边看着。”陆霆骁对两人说了一句。

陆崇山看着被宁夕抱在怀里，已经完全熟睡的宝贝孙子，一副无比纠结的表情。眉头紧蹙着正要开口，一旁的颜如意拉了他一把：“那我们先出去了，小宝有什么情况，一定要立刻跟我们说。”

“嗯。”

客厅里，被拉出来的陆崇山一脸不悦："你拉我做什么？"

颜如意一副欲言又止的表情："崇山，你没觉得那个女孩子很特别吗？"

"有什么特别的？不过是会哄人罢了！不然小宝和霆骁能全都被她迷成那样吗？"陆崇山此刻最气闷的就是眼睁睁看着儿子、孙子都已经完全被那个女人拿捏住，偏偏自己一点办法都没有。

"小宝之前难受成那样，她一来就好，这是随便哄哄就有用的？"颜如意露出不赞同的表情。

陆崇山知道自己确实存着一丝偏见，只不过绝对不可能承认这一点，便瓮声瓮气道："那你说能是为什么？"

颜如意试探着开口道："或许是这女孩子人好，能庇佑我们小宝呢。"

陆崇山一听这套言辞就黑了脸："你又在胡说八道些什么！"

"我哪里胡说八道了，这可是老族长亲口说的！"颜如意激动之下，脱口而出。

"你说什么？老族长怎么会说这种话？"陆崇山立即满脸严肃地质问。

颜如意眼神闪烁，无奈之下开口道："实话告诉你吧，那天去拜托老族长看资料的时候，我顺带着把这女孩的资料也带过去了……"

"你、你……"陆崇山一听当即怒不可遏，"你没事把那女人的资料带过去做什么？难道你还想让她进门？"

颜如意缩了缩肩膀，随即扬声道："怎么可能！我、我不过是担心这个女人会害到我们霆骁和小宝，才想让老族长测一下的好吗？"

陆崇山终究还是有些好奇，生了会儿闷气，然后瞥了她一眼，问道："那结果呢？"

颜如意的神色有些激动，回忆着开口道："结果……我们挑了那么久的女孩家没有一个资料出挑的，偏偏这个宁夕，老族长说，她和我们儿子是天造地设的一对！"

饶是陆崇山已经有心理准备，听到这样的话，还是满脸惊讶："怎么可能？这真是老族长亲口说的？"

"我骗你做什么？这是老族长的原话，一字不差！老族长还说，这女孩跟我们霆骁非常契合呢！本来我也是不相信的，又怕你怪我，所以才一直没跟你说，直到今天小宝的事情，我才又联想起来。我们所有人，什么方法都试过了，一点用都没有，可是这女孩一来，我们小宝的病立刻好了大半，就算是小宝再喜欢这个女孩，也不可能影响这么大吧……"颜如意一点点分析道。

陆崇山闻言，面色凝重地在客厅里来回踱着步，半晌，终于下了决定，沉声道："老族长那边不过是个形式，怎么可能完全当真。这件事，日后不许再提了。再说小宝到底好没好还是未知数，万一待会儿又……"

"呸！有你这么咒自己孙子的吗！"颜如意立即一脸不满地骂着丈夫。

"我不过是担心小宝……"陆崇山也意识到自己失言了，神色讪讪。

陆崇山一面思索，一面想着颜如意方才的话，神色几经挣扎犹豫，最后认真地盯着自己的夫人，神色严厉地开口道：“老族长虽然的确看人的经验比我们丰富一些，但是，一个人的品质是可以真真切切从各方面体现出来的，你别忘了两年前小宝是怎么变成这样的，就是因为我们轻信了那种人……”

其实颜如意也知道，就算陆崇山知道了老族长那日的话，态度也不会有太大的改变，听到这话后，微微白了脸，点头道：“刚才我只是这么一说，自然还是会小心谨慎的……”

小宝的房间内。

陆崇山和颜如意离开之后，宁夕的困意立即袭来，只是因为担心小包子，还是不敢睡觉。

陆霆骁坐在床沿，替她理了理被角：“睡吧，我在呢，有什么事我会叫你。”说完，在女孩的额头轻轻印下一吻。

宁夕顿时瞪大了眼睛，被陆霆骁的这个动作惊得睡意去了大半，你这确定是真心想让我睡觉吗？

看着女孩瞪大的双眼，陆霆骁幽深的眸子里闪过一丝暗色：“抱歉。”他虽然嘴里说着抱歉，做着的却是完全相反的动作。他倾身过去，在她的嘴角又印下一吻，久久后，才终于离开……

而宁夕，已经完全清醒了：你是仗着我抱着小宝不敢动吗？

“宁夕，总有一天，你会成为小宝的母亲，我的妻子。”

睡梦中，宁夕的脑海中依旧是陆霆骁的那句话：总有一天，你会成为小宝的母亲……

成为小宝宝贝的妈妈啊……如果她真的是，该多好，她好喜欢，好喜欢小宝……

毕竟还是担心小宝，宁夕睡得不熟。

宁夕没睡多久就醒了，醒来后第一时间便是去看怀里的小包子。

还好，小家伙依旧窝在她怀里睡得香甜，软乎乎的手指下意识地揪着她的衣角，颈窝和背后都出了一层细密的汗珠。

太好了，能出汗是好事，有利于散热……宁夕想着，立即去摸了摸小包子的额头，好像降温了不少？

陆霆骁本来站在宽大的落地窗前看着渐渐泛白的天色，听到床上的动静后，立即迈步走了过来：“醒了？”

宁夕一边摸着小包子的额头，一边轻声催促道：“陆霆骁，你看看宝贝的烧有没有退一点？我感觉小宝的身体好像没有刚才那么烫了？”

陆霆骁点头，宽大的手掌摸了摸儿子的额头，面色微缓："是降温了，别急，我叫医生进来看看。"

"嗯。"宁夕连连点头。

陆霆骁出去了一下，再次进来的时候，身后跟着秦沐风和另外两个医生。

秦沐风殷勤地递了温度计过来。

陆霆骁接过温度计，小心放在了小宝的腋下。

片刻后，测量结果出来，温度计显示三十七点八摄氏度。

虽然还是有一点点发烧，但是比之前四十摄氏度已经要好不知道多少了，而且还是在完全没有用什么药物的情况下降温的，这实在是太不容易了。

接着，另外两个医生又给小宝做了一下详细检查。

检查完后，医生的脸色也好了不少："目前孙少爷的情况已经稳定下来了，不过还是要继续观察一下，至少要等到明天，过了二十四小时。"

此时，陆崇山和颜如意得到消息也急忙走了进来，赶紧凑过去看温度计，一看温度降下来了，总算是稍稍松了口气，但依旧丝毫不敢掉以轻心。

"是的是的，还是要继续观察，小心一点好，也不知道会不会又烧起来，先前也是起起伏伏的……"颜如意满脸担忧。

陆崇山也点头表示同意，紧绷了一晚上的神经，总算是稍稍松懈了一些，万一小宝真出了什么事，他简直不敢想象……

这时，床上抱着小包子的宁夕不知为何突然蹙着眉头发出一声惊呼："啊……"

一时间，所有人的目光都无比紧张地落在了她身上。

颜如意："怎么了？小宝怎么了？"

陆崇山："怎么回事？"

医生们的心脏也全都提到了嗓子眼，这位小祖宗可别又出什么事啊……

在所有人无比紧张的目光下，宁夕欲言又止，一脸尴尬，惹得大家更加担心地追问起来。

最后，只有陆霆骁一言不发地走了过去，先是把衣服袖子稍稍卷上去，随后，掀开宁夕的被子，动作无比自然地给她的双腿按摩起来，语气平静无波道："是不是腿麻了？"

医生和等待伺候的用人们纷纷愣在原地。

眼前这个撸起袖子亲自在给一个女人按摩双腿的男人，真的是他们认识的那个不近人情的大少爷，那个可怕的陆氏集团总裁陆霆骁吗？

从昨夜开始，他们就一次又一次地被刷新陆霆骁在他们心目中的固有形象。

就连陆崇山和颜如意都是一副完全无法置信的表情，不敢相信眼前的男人真的是他们的亲儿子，更别提其他人了。

之前他们只知道“儿子被这个女人迷住了”这个空泛的概念，但从未亲眼看到过什么细节。现在，这亲眼看到的震撼，绝对要比从别人口中听说和想象强烈千百倍！

他们自己生的儿子，却都已经快要不认识了……

其实，比周围的旁观者们更震惊的，是宁夕自己。

此时此刻的宁夕：大魔王大人，您能收敛点吗？这所有人都在呢！

无奈，陆霆骁完全没有感应到她内心的咆哮和无数眼神提示，依旧专心致志地给她按摩着因为担心弄醒小宝长时间不敢动而麻痹刺痛的双腿。

按着按着，宁夕差不多自暴自弃，已经对周围的目光麻木了，而且，大魔王的手艺真的好好，按得好舒服……

“好些了吗？”半晌后，陆霆骁抬起头，柔声问。

宁夕忙不迭地点头：“好了好了！”你亲爹看着我的眼神，都已经如同看着祸国殃民、惑乱君心的褒姒、妲己了！

陆霆骁这才重新帮她盖上被子，温柔地理了理她微乱的碎发，依旧丝毫不遮掩对她的宠溺。

此时此刻，老宅内所有的用人都已经有了一个清楚的结论，眼前的这个女人，绝对不可以得罪！

毕竟现在有求于人，陆崇山就算火气再大也只能为了小宝忍着，哼了一声，满脸怒火地转身离开，干脆眼不见为净。

一走到外面，陆崇山就憋不住了，对着颜如意怒道：“岂有此理，你看看他那个样子，一个大男人居然为个女人做这种事情，低声下气的，还在这么多双眼睛下面，成何体统？他还有半分理智记得自己的身份吗？”

作为母亲，颜如意虽然也不高兴，但从女人的角度来说，陆霆骁的行为其实并没有什么不妥。真的喜欢一个人，自然是会百般体贴……

颜如意想着，有些心不在焉地看了陆崇山一眼。她跟陆崇山的婚姻门当户对，当年也是郎才女貌，被传为一段佳话，然而，她却清楚地知道，这个男人娶她，只是因为她是最合适的人选，却从没有真正爱过她……

第二天。

医生中午和傍晚分别又给小宝做了一次检查，到了晚上，小宝的烧退了，情况也终于完全稳定下来。折腾了一天一夜的众人总算是彻底松了口气。

既然小宝已经没事了，早就已经忍无可忍的陆崇山自然不再忍耐了。

他踱步到了小宝的屋内，对着宁夕开口道：“宁小姐，这次小宝麻烦你了，待会儿我会派司机送你回去。”

陆崇山说完，又叮嘱一旁的管家：“邢武，你去准备一份厚礼。”

这一番话，不仅是要逐客，还要完全撇清关系，表示互不相欠。这过河拆桥，利用完了就扔，做得也太明显了吧？

宁夕对于陆崇山对自己的态度如何，倒是完全不在意，只是，一想到要跟小包子分开了，就有种深入骨髓的疼痛，她下意识地将小包子拥得更紧了。

真的不想，不想跟小包子分开……

甚至，这一刹那，内心深处产生了一股强烈的戾气，有种强制带走小包子的疯狂想法！

宁夕周身的气息顿时变得冰冷起来，微凉的目光不动声色地一一扫过在场的众人，出于本能估算了一下所有人的武力值，如果她真的想，这里的人，除了陆霆骁，没有任何人可以阻止她带走小宝。

大概是感觉到了宁夕的情绪波动和身上的森冷气息，怀里原本安安稳稳的小包子不太舒服地蹙了蹙眉头。

宁夕猛然惊觉，这才懊恼不已地强制压下了心头的那股戾气，拍了拍小包子的背安抚。

“如意，你去抱小宝吧！”陆崇山见这女人一动不动，实在不识相，不由得动了真火。

颜如意点点头，便要上前去从宁夕怀里接过小宝。这时，陆霆骁却率先一步走到了宁夕跟前，示意宁夕将小宝给他抱：“宁夕，我来抱吧。”

宁夕见状无比警惕地看了陆霆骁一眼，就算是陆霆骁，她也不情愿把小包子给他。不给！不要给！小宝宝贝是我的！

看着宁夕那防备的模样，陆霆骁的眸子里闪过一丝宠溺，目光如同温暖的潮水将她包裹，温柔的语气莫名有着安定人心的能力：“小夕乖，相信我，好吗？”

宁夕死死盯着陆霆骁，眼眶一阵泛红。她不信！谁也不信！为什么？为什么连你也要抢走小宝？

陆霆骁不忍再伤害宁夕，转头对陆崇山和颜如意释解道：“她对小宝，只有爱护，小宝从认识她后开始的变化，你们也很清楚。”

然而，老人们的思想终究还是太固执了，尤其是提起当年那件事，所以，听到陆霆骁的话之后，他们只是稍微动摇了几秒钟，又恢复了原样，无论陆霆骁此刻说什么，都听不进去，就是不允许陆霆骁将人带走。

听到陆霆骁为她解释，宁夕也逐渐放松，将自己怀里的小宝递给了他。

而陆霆骁的脸色越来越阴鸷，虽然不忍，但他深知长痛不如短痛，还是说出了那句可能会伤到他们的话：“最可怕的，不是小宝被外人伤害，而是伤害来自至亲之人，毁在爱的名义下！”

“你……”陆崇山闻言顿时面色僵硬，全身颤抖。

儿子的话像是一块巨石压在他的心上，虽然他一直都是出于为了小宝好的立场，但小宝自从被他强制圈禁在老宅以来，受到的却只有伤害，昨晚还差点……

伴随着陆霆骁这句话，场面一时陷入僵持……

这会儿立场最尴尬的莫过于宁夕，她知道，有自己在这里，他们有很多话都不好说，所以，尽管很不想离开小包子，但还是不得不考虑，自己是不是应该先离开，让他们一家三口好好谈谈。

大概是大家争吵的声音太大了，趴在陆霆骁肩头的小包子眉头紧蹙着，睫毛颤了颤，缓缓睁开了眼睛……

宁夕就站在陆霆骁的身后，所以，小包子睁开眼睛之后，一眼就看到她了。

小家伙刚醒来睡眼惺忪的样子简直可爱极了，他轻轻眨了眨眼睛，看到宁夕之后，目光就再也没有移开过。

可能是以为自己看错了，小家伙用软乎乎的小手揉了揉眼睛，然后，毫不犹豫地朝着宁夕的方向张开小手。

下一秒，静谧空气里响起一个软软糯糯并有些沙哑的声音："抱……"

这硝烟弥漫、气氛一触即发的客厅里，毫无征兆地响起一个迷迷瞪瞪、奶声奶气、让人一听心都要化掉的童音，简直如同一声惊雷炸响在所有人的耳边。

陆崇山那张阴云密布的脸上刹那间只剩下一片空白，正要开口劝话的颜如意一下子瞪大了眼睛……

就连一向镇定自若的陆霆骁脸上的表情都呆住了，怀里抱着儿子，僵立在原地一动不敢动，方才那个声音就响在他耳边，如果不是耳畔还残留着小家伙说话时的气息，他甚至以为自己方才是出现了幻觉。

那个他已经记不清多久没有听到过的声音，与记忆之中的相差无几，还以为这辈子都无法再听到这个声音……

因为在场的人实在是太过震惊了，一时间，竟然谁都没有开口说话，只是一双双眼睛全都无比炙热地落在小宝的身上，目光中满满都是欲言又止。

比小宝的爷爷奶奶和亲爹更震惊的，大概就是宁夕了，她就站在小宝的对面，不仅亲耳听到，还亲眼看到了小包子开口的瞬间。

小包子对于自己做了什么、造成了多大的影响一无所觉，只是专心致志地保持着求抱抱的姿势，见宁夕不理睬他，扁了扁嘴，露出泫然欲泣的伤心表情。

呆滞的宁夕这才恍然惊醒，赶紧手忙脚乱地上前去，从陆霆骁的怀里把小包子抱了过来。

宁夕的动作像是一个开关，其他人也全都从惊愕中回过神来。

"霆骁，小宝、小宝他刚才……刚才是不是……"

"刚才是不是小宝在说话？是小宝吗？啊？"

颜如意和陆崇山相继开口追问，激动得连声音都是颤抖的。

周围的医生和用人们也纷纷开始窃窃私语——

“你们刚才听到了吗？孙少爷开口说话了！”

“听到了听到了，孙少爷说‘抱’呢！”

“我还以为我听错了，孙少爷都两年没开口说话了！”

“太神奇了！刚才到底发生了什么？”

“不知道！突然就开口说话了！我都蒙了！”

……

小包子回到小夕阿姨的怀里之后，总算是心满意足了，连周围嘈杂的声音都影响不到他，秀气地打了个哈欠，然后趴在小夕阿姨香香的肩膀上，无比安心地又睡着了，丢下了一屋子被他无心的一个字惊呆的所有人……

“那、那个宁小姐，你刚才看到了，是小宝在说话吗？你跟小宝说说，让小宝再多说些？”颜如意小心翼翼地请求。

陆崇山也完全忘了刚才吹胡子瞪眼睛的人是谁似的，在一旁连连附和：“对对！”

看着目光一个比一个殷切的颜如意和陆崇山，宁夕抚了抚小包子的背心，略尴尬地轻咳一声：“可是，小宝睡着了……”

又睡了？这不是要成心急死他们吗！可是又不可能这时候去叫醒宝贝孙子，这可怎么办！于是，一时间所有人的目光都落在了陆霆骁的身上。

陆霆骁目光复杂地看着儿子，温热的大掌轻轻摸了摸儿子的小脑袋，轻声开口道：“小宝方才确实说话了，不用急，等他醒来再看。”

不急……等了两年，本来以为这辈子都再没可能，结果居然等到了小宝开口的这一天，他们怎么可能不急？

但此刻，除了等待，别无他法。

因为小包子这横来一声被中断了任务的邢武，此刻终于找到机会开口：“老爷，那……还要备车吗……”

话音刚落，陆崇山立即极其不悦地横了一眼过去：“备什么车！还不让厨房去准备晚饭！”说完轻咳一声，神色有些不太自然地转向宁夕，“宁小姐，留下吃个晚饭吧。”

他怎么可能乐意留下这个女人，可谁让宝贝孙子第一次开口说话，不是跟爷爷奶奶，也不是跟爸爸、医生，偏偏是跟眼前这个女人说的。

“是啊，留下吃个晚饭，不，多住几天再走吧！你看小宝这会儿也离不开你不是？”颜如意也开口道。

面对二老这突如其来的态度转变，宁夕下意识地看向陆霆骁。

陆霆骁眉头微蹙，没有松口，这次，小宝他是肯定要带走的。

毕竟是自己生的亲儿子，陆崇山哪里不知道陆霆骁在想什么，便沉声道：“你就算要接小宝走，也至少等他身体恢复一些，我们也好放心让你带他走。你现在带走小宝，是成心要急死我们吗？”

听这话音，固执如陆崇山竟然妥协了……

陆霆骁的眸子里闪过一丝诧异，随即看向宁夕道：“先回房间吧，等小宝醒来再说。”

小宝这刚开口说话，他要这时候把小宝带走了，陆崇山怕是真要跟他断绝父子关系。

这种情况下，宁夕自然也理解，点点头，抱着小包子回房间去了。

宁夕刚带着小包子回房，外面的颜如意和陆崇山便再也控制不住情绪。

“崇山！崇山！你听到了吗？听到了没有！咱们小宝开口说话了！小宝真的说话了！我还以为等我死的那天都等不到了！”颜如意泪如雨下。

“胡说什么，小宝不是开口了吗？我就说我们陆家祖宗庇佑，小宝肯定会好起来的！”

看着父母激动的样子，陆霆骁欲言又止，终究还是没去泼冷水。

小宝不过是说了一个字而已，而且还是完全无意识的情况下说的，不过，尽管如此，这也已经是一个巨大的突破了。

房间里，宁夕亲了亲小包子软乎乎的脸颊，开心得都快上天了。

我家包子说话了！我家包子让我抱抱呢。我家包子的声音好萌，好可爱，心都要化了！怎么可以连说话的声音都这么萌！

此时此刻，所有人都在无比紧张焦急地等待着。

还好，小包子睡了一天一夜已经睡饱了，刚才醒来后只是睡了一会儿回笼觉，很快就醒了过来。

宁夕见小包子睁开了眼睛，立即满脸惊喜，同时还有些忐忑，生怕惊到他似的，轻声道：“宝贝，你醒啦？”

小包子眨了眨眼睛，看着宁夕，看了一会儿，又眨了眨眼睛，最后，终于确定了眼前的人就是小夕阿姨，黑葡萄一样的大眼睛里顿时亮晶晶的如同缀满了星辰……

小包子无比依恋地在宁夕的怀里蹭了蹭，眼睛眨都不敢眨地看着她，好像生怕一眨眼睛人就不见了。

宁夕看得一阵心疼，在小包子的两边脸颊分别亲了一口：“小夕阿姨是真的，不是做梦，是爸爸带小夕阿姨过来看你的，因为你生病了！”

被亲了两口的小包子双颊红扑扑的，心里的不安全感都被打消了，害羞地抿了抿唇，也回了宁夕一个亲吻。

宁夕捂着脸，幸福得觉得自己就算得了奥斯卡奖恐怕也就这个感觉了。

看着小包子那双仿佛会说话的眼睛，宁夕有心想跟小包子多腻歪一会儿，但知道此刻外面还有很多人在焦急等待，于是开口道：“宝贝，饿了吧？阿姨带你去吃点东西好吗？”

小包子乖巧地点点头。

“等下啊，阿姨帮你穿衣服！”宁夕抱着小包子走到衣柜跟前，开始给小包子挑衣服。

“想穿哪件？”

小包子朝着衣柜里看了一眼，小手一指，选了一套之前宁夕给他买的卡通卫衣。

“跟我想的一样哦。”

帮小包子穿好衣服后，宁夕便抱着小包子走了出去。

他们刚出门，便受到了所有人的注目礼。

昨天晚上还躺在床上奄奄一息的小家伙，此刻换了一身颜色鲜亮的衣服，被宁夕抱在怀里，眼睛也滴溜溜地灵动了不少，简直跟换了一个人似的。

一旁伺候的用人们心里不由自主地同时浮现一句话：果然是，有妈的孩子像个宝……

看着宝贝孙子醒来，又帅气又惹人爱的小模样，颜如意眼眶一阵泛红：“小、小宝醒啦！快，快过来吃饭！这么久没吃东西，肯定饿了吧！”

陆崇山也招呼：“别愣着了，都坐下吃饭吧！”

饭桌上，陆崇山坐在首席，陆霆骁在陆崇山的左手边，陆崇山本来要让小宝坐到他另一边，无奈小家伙头一扭，抱着宁夕的脖子不放。最后，还是陆霆骁拉开自己身旁的位子，让宁夕坐在了自己身旁，颜如意和秦沐风坐在了对面。

饭桌上，除了宁夕在专心喂小宝吃东西，其他人都各怀心思。

当然，大家最关注的事情肯定是小宝到底是不是真的愿意说话了。

最后，陆崇山和颜如意终于按捺不住了。

“小宝啊，身体还难受吗？”颜如意慈爱地问。

小宝正在专心被宁夕喂粥，没有回答。

颜如意自然也不在意，继续关切地试探道：“小宝，粥是不是不好喝？你病了，不能吃太油腻的，回头奶奶再给你做好吃的好不好？”

“你身体不好，爷爷帮你请了假，这几天学校就不用去了！”

颜如意和陆崇山连续跟小宝说了好半天的话，可是，对于外界的提问，小宝的反应似乎有些迟钝，只给予了非常淡漠的回应，甚至好像压根没有听到。

这样的状态，就好像是一夜之间又回到了从前……

这可急坏了颜如意，小宝好不容易开口说了一个字，还没确定到底是不是真的愿意说话，怎么又变成原来的样子了？

“霆骁，你看小宝这是怎么了？怎么看起来呆呆的？”颜如意急道。

本来满心期待地想逗小宝说话，结果，小宝一个字没说，连反应都没有了，她能不急吗！

一旁的陆崇山闻言，不悦道：“什么呆呆的，小宝大病初愈，反应迟钝点是正常的！”

其实，陆崇山的眉宇间也是掩饰不住的忧色，他担心小宝烧了这么久，万一脑子烧出什么问题……

对面的秦沐风眉头微蹙，也有些担心，小宝的状态确实不太对劲。

宁夕刚才在屋里跟小包子都腻歪一会儿了，清楚地知道小包子没有任何问题，可是，在陆崇山和颜如意面前，她身份尴尬，说错一个字都会给自己带来麻烦，能不说话还是不说话吧。于是，她从头到尾都保持透明人的状态，只专心喂小包子。

陆霆骁虽然什么都不知道，不过神色倒是淡定得很，丝毫不着急的样子。他瞥了在宁夕怀里乖乖喝粥的儿子一眼，随后，状似不经意地说了一句：“小宝，你小夕阿姨头发上有个脏东西。”

正埋头吃粥的小宝立即一个激灵抬起头来，盯着小夕阿姨的头发，软乎乎的小手一阵翻找。找了半天，还是没找到，于是有些着急地看向爸爸，大大的眼睛里满是着急：在哪里？

陆霆骁给宁夕夹了一筷子剔了刺的鱼，悠悠道：“我看错了。”

宁夕心想：大魔王好奸诈。

陆崇山、颜如意：有你这么骗孩子的吗？

秦沐风：“咳……”

不过，被陆霆骁这么一提醒，他们也总算是明白了，小宝就算病着，身体虚弱，脑袋和反应也完全没问题，机灵着呢！只是，他只对自己在意的事情有反应……

陆崇山和颜如意互看一眼，面色都有些不太好。

果然，他们强制把小宝留在身边并且限制他见宁夕的事情，还是让小宝对他们产生排斥心理了吧！

见饭桌上气氛凝重，秦沐风觉得自己这个心理医生应该发挥一些作用了。于是，秦沐风轻咳一声，掏出纸笔，在纸上写了一个字，随后，放到小宝跟前，柔声诱哄道：“小宝，你知道这个字怎么念吗？”

秦沐风在纸上写的是一个“夕”字。宁夕的夕。

居然这么引诱小宝说话……陆崇山和颜如意露出几分钦佩的表情，果然还是专业的心理医生有办法。

陆霆骁轻飘飘地看了眼那个字，斜支着脑袋，什么也没说。

小宝盯着那个字，所有人都盯着小宝。

在一桌人紧张的目光下，小宝先是用非常微妙的眼神看了秦沐风一眼，随即拿起笔，在纸上写下：“XI”。然后，扔了笔，仰着小脑袋看着宁夕，示意要继续喂。

“噗——”沉默了一晚上的宁夕实在忍不住了，一下子笑出了声。

小宝宝贝太坏了！可是，更可爱了怎么办！

秦沐风恨不得以头撞地，他这辈子的英明，都毁在这小子的手里了……

虽然秦沐风被小包子狠狠摆了一道，不过，陆崇山和颜如意的脸色倒是好多了，对于诸如小宝烧坏脑子的担心也全都烟消云散。

他们就知道，小宝聪明着呢！

小家伙刚才看秦沐风时的那小眼神，分明就是故意的。

这孩子真是越看越跟霆骁小时候一模一样，虽然不喜欢说话，可蔫坏蔫坏的！

二老看着小宝的眼神满满都是慈爱和自豪，秦沐风只能在一旁默默吐血，算了算了，他的牺牲也总算是做了贡献，衬托了小祖宗的智商不是？

最后，一顿饭在还算和谐的气氛中吃完了，但毫无疑问，所有人都是有些遗憾的，因为，从头到尾，无论大家怎么试探，小宝一个字都没说。

晚饭后，宁夕知道他们肯定有话要商量，于是先带着小宝回到房间。

“现在怎么办？咱们小宝还是不愿意说话啊！”颜如意唉声叹气，陆崇山的脸色也很是凝重。

秦沐风为了挽回面子，用自己的专业知识解释道：“其实很好理解，小宝不愿意说话，是因为心里始终有阴影，潜意识让他一直处于自我保护和警惕的状态中。然而，当他处于完全放松的状态下，并且在一个能让他完全信任的人面前，各种条件满足之后，他自然而然就会开口说话了，甚至不需要任何引导。这一点，跟我之前的判断方向其实也是一致的。”

“你的意思是，让小宝开口说话，还是要靠那……”陆崇山轻咳一声，总算不再用“那个女人”这样的称呼，“还是要靠宁夕了？”

秦沐风点头：“可以这么理解，宁夕是非常关键的因素，甚至可以说，是决定性的因素。”

其实类似这样的话，秦沐风都已经说过不知道多少遍，只可惜陆崇山太固执了，从来都听不进去。

从满心希望到现在这个结果，陆崇山和颜如意难免都有些失望。

颜如意叹了口气，自我安慰道：“之前那么多医生看了，都表示情况不乐观，说像咱们小宝这样的情况，有很大的可能性这辈子都没办法再开口说话，现在至少证明了，让小宝开口说话，是完全有可能的事情！”

陆崇山点点头：“是的，这是好事！”

说完后，陆崇山看了一旁的大儿子一眼：“你跟我来。”

书房里。

陆崇山沉默了一会儿，似乎在做什么重要的决定，半晌，终于开口道："小宝你带走吧。"

陆崇山的决定陆霆骁并不意外，不过，父亲最后能自己改变主意，还是比他预想中的结果要好多了，小宝竟然会突然开口，他也是完全没料到的。

"这段时间小宝在我这里，我确实没有照顾好他，这是我的责任。但是，我现在把小宝交给你，也并不代表我就对你完全放心了。要是小宝在你那儿出了什么问题，我还是会立即接小宝回来，到时候你也不许有任何异议。这一点，你同意吗？"陆崇山脸色严肃道。

陆霆骁点头："可以。"

陆崇山别开脸，不耐烦地挥了下手，似乎是怕自己后悔："去吧。"

小宝的卧室里。

宁夕怀里抱着小包子，脑子里又不受控制地开始酝酿"偷包子大计"。

虽然暂时拖延了一点时间，她迟早还是要跟小包子天各一方，要不，干脆带着小包子浪迹天涯算了！

正胡思乱想呢，耳边传来一个低沉的声音："在想什么？"

"偷包子！"宁夕脱口而出。

"呵……"男人轻笑。

宁夕这才发现过来说话的人是大魔王，惊悚地抬起头来：完蛋！居然直接把偷太子这么大逆不道的想法说出来了！

"一起吗？"陆霆骁突然问了一句看似毫无关联的话。

宁夕呆了呆，反应过来他的意思后，顿时双颊发烫：大魔王居然问她要不要大小包子两个一起偷！太犯规了！咳，其实，还真挺想的……

陆霆骁终于不逗她了，开口道："走吧。"

"走？"宁夕的脸色顿时灰暗下来，终于还是到了离开的时候……

小包子也察觉到了什么，死死搂着宁夕不放，一脸警惕地盯着爸爸。

一大一小凄凄切切的目光下，陆霆骁的目光温柔似水："一起走。"

直到已经坐在车上了，宁夕还有些不敢相信，她居然真的怀里揣着小包子一起离开老宅了……

简直跟做梦一样！幸福来得太突然！看样子陆霆骁跟他父母终于谈判成功了……

宁夕重重地松了口气，日后小包子住回铂金华府后，她再去看小包子要方便多了。
然而，没想到的是，最后的结果比她想象中的还要让她惊讶。
陆霆骁直接让程锋把车开到了她的公寓楼下，然后拉开车门，让她和小包子下车。
“这是……”宁夕一脸蒙。
陆霆骁看着面前一头雾水的女孩，又看了眼依旧一脸防备紧紧黏着宁夕的儿子，风轻云淡地开口道：“不用偷，我可以送给你。”
宁夕：“什么？！”这次宁夕是真的蒙了。
大魔王啥意思啊？他他他……他要把小包子直接送给她？这可是他儿子啊，咋说送就送呢！是不是亲儿子啊这！虽然……这是她梦寐以求的……如今居然不用偷，主人直接送她了？
听到要被爸爸送人的小包子呆了一呆，脸上没有丝毫被亲爹抛弃的悲伤，反而大大的眼睛里刹那间闪闪发光，小表情那叫一个欢天喜地！太好了！爸爸要把我送人了！
看着儿子那个欢喜到毫不掩饰的小表情，丝毫没有离开他这个亲爹的不舍，陆霆骁颇有些哭笑不得。
“咳咳……BOSS 大人，您您您……您刚才开玩笑的吧？”宁夕干笑着问。
陆霆骁抱起儿子直接往公寓里走去，用行动证明，他是认真的。
到了门口，陆霆骁提醒依旧愣愣的宁夕：“开门。”
“哦哦……”宁夕赶紧掏出钥匙，把门打开。
进了屋后，陆霆骁把儿子放了下来，开口道：“你最近应该没什么工作安排，就让小宝在你这儿住段时间，如果临时有事，打电话给我，我会让袁叔过来照顾小宝。”
陆霆骁的一句话，算是打消了宁夕的所有顾虑。
大魔王简直太贴心！太温柔了！好想以身相许！
小包子天真地以为爸爸真的要把自己送给小夕阿姨呢，这会儿一听居然只是住段时间，顿时就有些不高兴了，一脸被欺骗的表情：说好的把我送人呢？爸爸大骗子！
陆霆骁眉梢微扬，给了儿子一个暗示的眼神，意思是，机会我已经给你了，能不能一辈子留在小夕阿姨身边，就要看你自己的表现了。
小包子抿了抿唇，一脸郑重，他一定可以的！靠爸爸是没用的，命运要掌握在自己的手里！
看着儿子斗志满满的表情，陆霆骁满意地点点头，丝毫没有自己正在利用亲儿子的罪恶感。很好，这张王牌，总算是顺利送到了“老婆”的身边。
宁夕哪里知道自己已经掉进大魔王的陷阱里了，此刻满心都是未来可以跟小包子住在一起的喜悦。
“很晚了，我先走了，你们早点休息。”陆霆骁看了眼手表上的时间，尽管不舍，还是不得不提出告辞。

宁夕一听，脸色微变了下。

陆霆骁说着，弯下腰叮嘱儿子："小宝，我走了，要听小夕阿姨的话！"

眼见着陆霆骁跟小包子交代了几句之后就要走了，宁夕急忙叫住他："等等！"

"还有事？"陆霆骁顿住脚步问。

"有有有！那个……"宁夕挠挠头，有些为难地开口道，"陆霆骁，你、你今晚可以留下来吗？"

陆霆骁淡定的脸色顿时化为错愕，清冷的眸子里也燃起了火光，看着女孩的目光瞬间炙热起来。

若不是小宝也在的话，宁夕这句话，已经算得上某种暧昧的邀请了……尽管知道她不是那个意思，还是轻易将他点燃……

宁夕自然也意识到了自己这句话有些不妥，急忙解释道："小包子的病刚好，虽然医生已经检查说没事了，但也说了不是没有反复的可能性，我担心万一……"

毕竟事关小包子的身体，她丝毫不敢马虎，加上第一次一个人照顾孩子，心里还真有些慌。

陆霆骁明白宁夕的担忧，看着女孩依赖的眼神，眸子里的火光化为心底温暖的温度："好。"

宁夕松了口气，心里的不安顿时烟消云散了："那我去给你收拾床铺。客房没人住过，东西都是新的，可以直接住，只是换洗的衣服……"

陆霆骁："我会让人送过来。"

"哦哦，那就行！"

爸爸就这么留下来了，期盼的二人世界就这么被打破了，小包子幼小的心灵再次受到了会心一击。

陆霆骁大掌揉了揉儿子的小脑袋，嘴角微勾，然后一本正经地认真提醒道："别忘了，我们是同盟。所谓同盟，不仅要合作，利益也是要共同分享的。"所以，不可以独占哦！

小包子闻言一脸愤愤，偏偏又无法反驳，只好扭头噔噔噔地跑去客房，找小夕阿姨求安慰去了。爸爸又欺负我！

安顿好大包子后，宁夕开始哄小包子睡觉。

小包子表示要听宁夕唱歌。

结果，宁夕唱了好几首平时小包子挺喜欢的歌，小家伙依旧双眼炯炯有神地盯着她，丝毫没有要睡的意思。

"宝贝不困吗？那阿姨给你讲故事？"宁夕试探着问。

结果，小包子用力摇了摇头。

宁夕摸了摸下巴：“还是想阿姨唱歌？”

小包子点头。

“刚才唱的那些不喜欢？”宁夕又问。

小包子点头。

宁夕似乎有些明白了：“那……阿姨给你换一首？”

小包子继续点头，眼神期待，又害怕失望的样子。

宁夕想了想，然后唱道：

“睡吧睡吧，我亲爱的宝贝，妈妈的双手轻轻摇着你……”

换了这首歌之后，小包子立即小脸放光，蹭了蹭宁夕，黏在她的怀里，乖乖闭上了眼睛。

宁夕失笑地摸了摸小包子的脑袋，原来是想听这首啊……

之前在老宅给小包子唱的时候，小家伙烧得神志不清，但大概潜意识里是听到了的，所以这会儿一直想要听这首歌，却因为当时迷迷糊糊的不知道宁夕唱的到底是哪首，直到宁夕再次唱出来，才终于心满意足了。

温柔的歌声中，小包子很快便香甜地睡着了。

宁夕不放心，特意摸了摸小包子的额头，确定温度正常，才终于放下心来。她在小包子的额头亲了一下，然后轻轻挪下床，准备去看下大包子。

宁夕敲了下门，里面没有反应，难道这么早就睡了？这不符合陆霆骁的作息啊？

宁夕狐疑地推开门，发现床头的灯没关，笔记本电脑依旧打开着，陆霆骁半靠在床上，就这么睡着了。

宁夕看着男人眼睛下重重的阴影，不禁蹙眉。

之前陆霆骁还说什么最近公司不忙，其实压根就是说谎吧，陆景礼那家伙在外面玩了这么久，必然陆霆骁的工作就要加倍，就这样……他昨晚大半夜的还去机场接她了，后来小宝发烧，她倒是陪着小宝一起睡了会儿，而他肯定是一天一夜都没睡……

宁夕放轻脚步，小心翼翼地走过去，将陆霆骁扶起来，调整了一下枕头，给他脱了身上的外套，然后让他躺下睡好。帮陆霆骁盖上被子，合上笔记本电脑，关上灯，宁夕这才准备离开。可是，起身的瞬间，她却没有动，借着窗外的月光，静静看着男人那张备受上帝宠爱的完美的脸，看着男人睡着时依旧清冷疏离的表情。明明是一张虽然完美极了却冷酷无情拒人千里之外的脸，不知为何，看着看着，却如同被一股极其巨大的引力所吸引，完全无法移开视线，甚至，情不自禁地想要靠近……

这么想着的时候，宁夕已经不受控制地回到床沿，倾身过去，等反应过来的时候，墨色的发丝垂在男人的肩头，距离男人薄薄的唇只有呼吸相闻的距离……

差点亲上去的瞬间，宁夕猛地回过神来，然后，身后有猛兽追赶似的，匆匆忙忙地逃开。

宁夕并不知道的是，身后，就在她离开的瞬间，床上的男人猛然睁开了眼睛，幽深的眸子里一片清明，没有丝毫睡意……

方才，他靠在床上只是闭目养神小憩一会儿而已。

宁夕敲门的时候，他在浅睡中，的确没有听到，但宁夕推开门进来的时候，他就已经醒了，也不知道是出于什么心理，他却没有立即睁开眼睛。

后来，便是宁夕小心翼翼地扶着他躺好，给他盖被子。

尽管知道她不过是把他当成老板和上司来关心和尊敬，但是，感受着女孩子对自己默默的关心，陆霆骁依旧感觉如同冰冷的血液被注入了暖流，连疲惫都一扫而空。

他以为女孩做完这些准备出去了，让他奇怪的是，女孩的脚步挪动了一下，却突然没了声音。

她没有走，也没有动，甚至，他似乎感受到女孩的视线正落在他的身上……

她在做什么？在看什么？

可惜这会儿他不好睁开眼睛，只能继续装作什么都不知道，一动不动地躺在床上，凝神注意着耳边每一个细微的声音。

女孩站在他的床沿，安静了许久，安静到光是被这样的视线注视着，终于，他听到了一阵极其细微的声音。

宁夕似乎是在靠近他？

就在他狐疑的时候，他竟然感觉到有什么轻轻地落在他的双肩，接着，是他极其熟悉的，女孩香甜的气息。

脑海里一道灵光闪过，他终于知道了，那痒痒的是女孩的发丝，而她此刻距离自己极近……

这一瞬间，陆霆骁的心脏都差点静止，全身的血液近乎逆流，一阵电流自脊背窜过，爆炸在中枢神经。

她在做什么？

陆霆骁僵硬地躺在那里，大气都不敢出一声。

女孩越来越近……更近了……

下一秒，他几乎以为他期待已久的柔软甜美就要降落，女孩的气息却陡然远离，然后就是一阵匆匆离开的脚步声。

陆霆骁睁开眼睛，差点以为刚才只是他的一场梦。但是，不是，那不是梦，都是真的。

宁夕刚才确实做了一些很奇怪，很让他难以理解的举动……

毕竟他刚才是闭着眼睛的，无法确定她到底在做什么，只是凭直觉判断，她是想要亲他，到最后一秒却改变主意了？还是一切只是他的自作多情？搞不好只是他头发上有个脏东西，她凑过来找了一会儿，帮他拿掉而已？

“呵……”陆霆骁扶着额头，苦笑一声，感觉自己简直快要疯了。

怎么可能呢？她怎么会想要吻他？这种事情，明明只有他才有可能做。

从客房出来之后，宁夕一路逃到了阳台。吹了好一会儿冷风，才总算清醒了一些。

她刚才居然差点趁着大魔王睡着想偷偷占他便宜！简直丧心病狂！还好最后一刻清醒过来，停止了罪恶的行为。

果然，放着一棵如此水灵灵、如此诱人，却只能看不能啃的大白菜在自己身边，实在是太危险了……

宁夕正趴在阳台上自我忏悔呢，兜里的手机响了一下。

有一条最新信息，来自安妮。

宁夕眸光一凛，立即彻底清醒，点开了那条信息。

安妮：“夕哥，在吗？”

宁夕立即回了一条：“在，有情况？”

安妮：“有的，大哥这几天的情绪非常恶劣！”

宁夕眉头紧蹙：“怎么回事？”到底是有多恶劣，让安妮用了“非常”？

安妮：“我觉得，大哥肯定是又跟夕哥你吵架了！”

宁夕还以为能得到什么重要信息呢，看到这条信息后，顿时嘴角微抽：“你想太多了，我都没跟他联系过，怎么可能跟他吵架？”

这条信息发过去之后，宁夕突然觉得不对……

不对，前段时间她貌似跟那家伙吵了一架？因为在费城的事情，怒极之下，她当时发短信骂他是浑蛋来着？不会是因为这个事吧？

宁夕越想越有可能……

安妮：“夕哥，你别瞒我了，我都知道了。你是因为费城那件事情才生气的吗？大哥不是有意要动你，大哥知道之后也非常生气。那件事情根本就不是大哥下的命令，是底下的人私自行动！大哥为此大发雷霆，已经让他们付出代价了。”

宁夕看到这条信息，面色微怔，原来如此……

难怪她总觉得那件事情有些蹊跷，不太像那家伙的行事作风，只是当时气急了，没有多想，再说那货的性格变幻莫测的，比女人还善变，谁知道他什么时候就改性了？实在是一切皆有可能，无法用常理推测。

不过，这件事不是重点，重点是，那件事之后，她隐约察觉到了一个她从未想过的可能。

那人跟陆霆骁之间，恐怕不仅仅是因为她，还有些什么其他的联系，每次那人提起陆霆骁的时候，那态度，太微妙了！就跟有什么血海深仇一样？

这样的直觉越来越强烈，所以她才忍不住冒险回了一趟圣伯纳丁，找三师姐风潇潇帮忙查证这件事。

“行了，我知道了。还有其他事吗？”宁夕发了一条过去问。

安妮：“另外就是，夕哥你不是让我……让我做探子吗？我有帮你留意的。最近外面一直有人找大哥的麻烦，所以大哥这段时间一直在海上，没有异样的。只是，我刚刚得知了一个消息，有点担心。”

宁夕立即绷紧了神经：“什么消息？”

安妮：“我刚刚看到，大哥给夜哥发布了一个任务。”

宁夕：“什么级别？”

安妮：“S级。”

宁夕看着手机上的“S级”两个字，顿时白了脸色。

果然，如果不是S级的任务，安妮也不会紧张到冒险来通知她。该死的！那家伙，布置的到底是什么任务？不仅仅是S级，还让唐夜亲自出马！

会跟陆霆骁有关吗？

# 第十三章

# 搞定麻烦

与此同时，拉斯维加斯，某奢华包厢内。

茶几上堆放着小山一样的账簿，真皮沙发上，坐着一名戴着金丝边眼镜，看起来斯文儒雅的男子。

突然，茶几上原本关闭着的电脑突然自动启动，随即画面上出现了一个字母“S”，并发出尖锐的警报声。

当看到这个标志，包厢内的所有人都露出惊恐的表情。S 级任务！上头是出了什么大事吗？就连唐夜的神色也变得凝重起来，抬了抬手，示意所有人离开。

顿时，所有人全都以最快的速度退了出去，包厢里只剩下了唐夜一人。

唐夜在键盘上按下某个键，下一秒，电脑屏幕上闪出一个画面。

音响里传来海浪的声音，视频中是布满繁星的夜幕，月光下，木质的甲板上，依稀可以看见一个模糊的人影。

唐夜的神色异常凝重，立即看向视频里的人问道：“Satan，出了什么事？”

他们的任务按照重要程度分为 ABCD 四个等级，而 A 级之上还有更重要、更棘手的任务，就是 S 级任务。

他上一次接 S 级任务还是三年多前的事情，所以，不能怪唐夜如此紧张。

视频中，昏暗中的那个人影仰面躺在甲板上看着满天繁星，一只膝盖屈起，一只手臂随意地横在头顶上方，好半晌后，才在唐夜无比紧张的目光下，幽幽开口道：“夜，我是不是真的很不会追女人？”

唐夜等了半天，做了半天心理准备，以为是什么惊天噩耗，结果居然等到了这么一句风马牛不相及的话，唐夜的脸上出现了蜘蛛网一样的裂缝：“您找我，就是为了问这个？”

“当然不。”男人一副“怎么可能，我会如此昏庸吗”的语气，随后提醒，“夜，你还没回答我的问题。”

虽然早就习惯了眼前的男人从来不按常理出牌的个性，唐夜还是有些吃不消，深吸一口气才压下胸腔内翻涌的情绪，耐着性子回答道：“是的。”

男人叹了口气，随即开口问道：“你说，我要不要跟她求个婚？”

“什么？”唐夜眼镜下的眼神几近崩溃。求婚？这家伙思维要不要这么跳跃？

“嗯，我真是个天才！”不等唐夜说话，男人已经开始自说自话。

视频那头，唐夜捏了捏眉心，忍无可忍道：“Satan，我必须要提醒您一句，外面风声很紧，至少在一个月之内，您绝对不可以离开这片海域。”

“我当然知道。所以，你帮我去啊！”男人一副理所当然的语气，非常欠揍。

唐夜脸上的平静淡定终于彻底崩裂，咬着牙，一字一顿道：“所以，您所谓的 S 级任务，就是让我帮您去跟小师妹求婚？”

“没错。”男人给予肯定的回复。

唐夜捏了捏眉心，深吸一口气，似乎在压制情绪。半晌后，他冷着脸，毫不留情地对着视频中的人开口道：“对不起，这个任务我拒接。”

视频中的人被断然拒绝后，丝毫没有生气，还一副好脾气的语气道：“那我只好自己去了！”

“绝对不行！”唐夜在心里把某人骂了一百遍之后，才终于妥协，“好，我去！”

甲板上，男人翻身而起，修长的手指抚着额前凌乱的碎发，黑暗中，露出个无比恶劣的微笑：“只许成功，不许失败哦！”

唐夜：“你还是直接去死吧！”他宁愿去接真正的S级任务！

“哈哈哈……”终于把唐夜气得爆炸了，某人很有成就感似的，快活地大笑起来，等笑够了，才终于眯起双眼，阴森森地开口道，“如果成功，把她带回来；如果失败，帮我带一句话。”

唐夜心想：呵呵，他到底哪里来的自信，竟然觉得有成功的可能性？

他不仅是不会追女孩子，他在男女之事上，简直就是一场灾难！

但是唐夜知道，只要是他决定的事情，那是绝对不会改变的，如果不遂他的愿，他绝对敢直接跑出去，到时候的后果，不堪设想……

阳台上，宁夕胡思乱想了一会儿，很快就冷静下来了。干吗啥事都往陆霆骁身上想，那可是S级任务啊，肯定是内部的事情……

总算躺到了床上，宁夕刚闭上眼睛准备睡觉，右眼就一直在跳个不停。

右眼跳灾？刚这么想着，右眼跳完，左眼又开始跳了！

左眼跳财……可她这左眼右眼一起跳是闹哪样？到底是财还是灾？

第二天早上。

宁夕特意起了个早，亲自下厨做了早餐，简单的海鲜粥，做成心形的荷包蛋，搭配着她自己腌制的一些开胃小菜，看起来非常勾人食欲。

正摆盘呢，小腿上猛然传来一个软乎乎的冲力，她低头一看，果然是小包子起来了。

“宝贝醒啦，快去洗脸刷牙！”洗漱用品还有衣物等昨晚管家已经全都送过来了，完全不用她操心。

小包子摇头，仰着小脑袋张着小手，示意要先抱抱。宁夕自然不会拒绝，笑着满足了小家伙的要求。

她正跟小包子腻歪呢，身后传来一阵脚步声，扭头一看，是陆霆骁起来了。

宁夕不是第一次看陆霆骁刚睡醒的样子，但今天总觉得有哪里不同，好像是眼神不太一样……

从前陆霆骁看着她的眼神都是温柔似水如沐春风的，或者说是那种治愈的眼神，而这会儿，那眼神却给她一种之前的一切都是表象，大魔王的封印正在慢慢解除的感觉。

宁夕毕竟昨晚差点做了亏心事，有些心虚，也不敢多看，轻咳一声道：“BOSS 大人，您醒啦，洗漱一下，可以吃饭了！”

陆霆骁敛了心神，收回探究的眼神，神情恢复一贯的清冷：“嗯。”

吃饭前，宁夕照例给小包子量了下体温，见温度一切正常，总算是彻底放心了。至于小包子说了一个字之后就再也没开口，她倒是一点都不急。

对她而言，小包子身体健健康康是最重要的，虽然她也很希望小包子能早日开口说话，但是她绝对不会勉强他做不喜欢做的事情，等他真的愿意开口的时候，自然会开口。

吃完早饭，宁夕突然想起一件事：“啊，对了！差点忘了，我给你们带了礼物！”

礼物！小包子眼睛亮了亮。

宁夕回屋里拿了一大一小两个天蓝色的礼袋出来，分别递给小包子和大包子。

陆霆骁接过袋子，略有些意外：“我也有？”

“当然啦！”

而且大魔王的礼物是最贵的！

陆霆骁打开袋子，里面是一套西装，再一看儿子的，果然也是一套与自己这套同款的童装。

宁夕最大的爱好大概就是看父子俩穿亲子装。

不过，除了衣服之外，也有不同的，宁夕还给小包子买了一只可以挂在书包上的毛绒小熊，给陆霆骁买了一枚领带夹。

“怎么样怎么样？可以吗？喜欢吗？”宁夕紧张地问。

小包子的回答是一溜烟跑进屋里把小书包拿了出来，然后交给宁夕，要她帮忙把小熊挂上去。

陆霆骁则是开口道：“穿给你看？”

宁夕一听，顿时心花怒放，点头如捣蒜：“好啊好啊，想看！”

小包子不甘心地鼓了鼓腮帮子，也抱着衣服进屋去换了。

宁夕托着下巴，无比期待地等待着。

期待之外，更多的是紧张，因为，这次她选的颜色，有点挑战大魔王的极限。上次是宝蓝色，这次她选的是红色！她敢打赌，大魔王搞不好这辈子都没穿过红色的衣服……

当然，她选的不可能是太夸张的亮红、大红，而是很显气质的枣红色。

刚才大魔王看到衣服之后居然毫不犹豫地说要试试，她都震惊了好久，生怕大魔王不愿意穿呢！

忐忑等待中，父子两人几乎是同时换好衣服推门出来的。

看着并肩站在一起的大小包子，宁夕脸上的表情一下子呆住了：好帅啊！怎么可以这么帅！完全没想到连这种颜色大魔王也可以穿得帅破天际，丝毫没有违和感，果然就没有大魔王驾驭不了的颜色！而且，因为从来没有看过大魔王穿这样的颜色，所以乍一看到更加激动了。

“怎么样？”陆霆骁眉峰微微上扬，其实，从女孩的表情就能看出来她的想法了。

这种颜色，他还真是这辈子都没穿过，但因为是她送的，他几乎毫不犹豫就穿上了，甚至甘之如饴。嗯，只要是老婆选的，就算是绿的，他恐怕也会穿……

“太帅气了！”看到父子俩试穿效果之后，宁夕满足地欣赏了许久。

陆霆骁是衬衫、马甲加外套的款式，小包子是同色系的背带裤加领结，两人站在一起，真是不管看多少次都还是赏心悦目！

直到时间不早了，宁夕才终于回过神来：“啊，陆霆骁，你上班快迟到了吧？”

“不会，时间还早。你今天是不是要带宫尚泽去看房子？这些是我帮你挑的几个合适的地段，给你做参考。”陆霆骁说着，递给她一个文件夹。

“这么快就弄好了？”宁夕惊讶于大魔王的办事效率。

“花不了多少时间。”因为她的事情一定排在第一位，自然快了。

“太感谢了！”看着陆霆骁给她的资料中对每一个地段的详细分析和对比，宁夕顿时觉得心里安定多了。

随后，她的目光落在小包子身上，突然犯了难：“啊……我今天要去看房子，那小包子怎么办？要是别的事就算了，今天肯定要跑来跑去，太奔波了，肯定不好带他一起！”

小包子一听，顿时满脸即将被抛弃的小表情。

“我打电话让袁叔过来。”陆霆骁开口道。

小包子瞪着爸爸，把宁夕的衣服抓得更紧，不要！

宁夕面色犹豫，把小包子一个人丢在这边，就算有人照顾他，她还是有些舍不得。

陆霆骁看出她的顾虑，于是放下手机，转而开口道：“或者，我带他去公司，你忙完过来接他。”

“呃……”让小包子跟着他爹的话，她还是放心些的！

宁夕沉吟片刻后，弯下腰柔声对小包子道：“小宝，实在对不起，阿姨今天确实是有事情要忙，你看，你是在这里等阿姨回来，还是先跟爸爸去公司？”

小包子一个都不想选，他只想跟小夕阿姨在一起！他不怕累！可是……他怕拖累小夕阿姨……怕小夕阿姨累……

小包子纠结了好一会儿，最后，不情不愿地看了身旁的爸爸一眼，这意思是选择跟陆霆骁去公司。

因为，这样可以替爸爸和小夕阿姨多制造一些相处的机会。虽然他一点都不想这么做，但是，算了，谁让他跟爸爸是同盟，想要能够一直跟小夕阿姨在一起，还是得靠爸爸。

陆霆骁看着儿子的选择，露出满意的神色，果然还是亲儿子！

宁夕当然没察觉到父子俩之间的眼神交流，心疼不已地搂着小包子：“宝贝真乖，阿姨一忙完立刻就过来接你！”

安抚好小包子后，宁夕跟陆霆骁开始分头行动。

陆氏集团公司大楼。

当陆霆骁牵着小包子的手从车里下来，所到之处皆是一片轰动。

几乎所有的目光都落在陆霆骁手里牵着的小男孩身上。

完全不用多想，光看这一个模子里刻出来的小脸蛋，绝对是他们传说中的那位金光闪闪的小太子爷啊！

尤其今天陆霆骁跟小宝穿的还是宁夕给他们买的亲子装，一大一小这么站在一起，简直集中了所有的视线，连清晨的阳光仿佛都备受偏爱，尽数落在这父子俩的身上，否则两人怎么自带闪光特效呢？

前台的小秘书按捺不住激动的心情，兴奋不已地在公司群里发了一句话，提前高能预警——

“天哪！特大新闻！陆总带小太子来公司了！小太子好帅好萌好可爱！”

这句话一出来，公司群就如同油锅里溅入了冷水，彻底炸了，新信息一条接着一条，高速跳转着……

“小太子？！我读书少，你不要骗我！陆总怎么可能带小太子来公司？”

“你不会是看错了吧？你怎么知道是小太子？”

“我来公司五年了，都没见过小太子一根头发好吗？”

“还真有小太子啊？我还以为只是传闻呢！”

“就算有，也不可能真的是小太子啦，陆总这么低调的人，怎么可能把儿子带来公司？”

……

小秘书自然不服气了，实力反驳道：“就是小太子！跟我们陆总长得一模一样，我怎么可能认错！而且他们还穿的亲子装啊亲子装！我从没看到陆总穿过这么鲜亮的颜色！你们知道陆总今天穿的啥颜色吗？红色啊红色！为了配合儿子，居然连这种颜色也穿了！重点是依旧帅得不要不要的！感觉比平时还要帅！”

听小秘书说得有鼻子有眼的，渐渐开始有人信了：“求照片啊！一个人享受也太不厚道了吧！”

“当时我都看傻了，哪还想得起来拍照片！陆总已经牵着小太子坐电梯上楼了，你们待会儿自己看就知道了！”

因为有小秘书提前告诉了他们，所以，一时之间，几乎所有人都暂时放下了手头的工作，视线牢牢地锁定电梯口。

焦急的等待之后，终于“叮”的一声，电梯的门打开了。

陆霆骁手里牵着一只粉雕玉琢的小团子，径直从电梯里走了出来。

他们从来只穿黑色的BOSS大人，今天穿的，居然真的是红色！而且，BOSS大人手里真的牵着一个五岁左右的小男孩，小男孩穿着同色系的衣服，那张粉雕玉琢的小脸简直就是陆霆骁的迷你版，甚至连小脸上又酷又高冷的表情也跟陆霆骁如出一辙。

看到这一大一小之后，所有员工都惊呆了，直到角落里终于有人反应过来，急急地打了声招呼：“陆总早！小少爷早！”

然后就是此起彼伏的“陆总早、小少爷早”。

虽然这齐刷刷起身打招呼的场景还挺壮观的，然而，才五岁大的小包子却非常之淡定，脸上的表情一点都没变。

实际上，那是因为小家伙还沉浸在与小夕阿姨分别的失落里，哪里会注意到周围发生了什么。

两人刚进总裁办公室，外面的议论声就再也压抑不住……

“我的天哪！真的是小少爷！”

“小少爷的基因也太好了吧！越来越好奇小少爷的亲妈到底是谁了！”

“陆总居然真的穿红色了！从前我一直以为陆总最适合的颜色就是黑色！现在证明，我还是见识太少了！”

“其实我最好奇的是，陆总和小少爷的这身衣服，到底是谁给买的？又是谁让他们穿上的？”

“对哦！以陆总的个性，是绝对不会买，更不会穿这种颜色款式的衣服的！要是二少还差不多！”

“这还用问吗？自然是未来的老板娘！”

宁夕按下酒店房间的门铃。

几乎是刚按下的瞬间，房门就被一把拉开了。

青年局促又紧张地站在门口，面上难掩激动：“老板！您来了！”

看到宁夕后，宫尚泽的面上除了激动之外，似乎还有些松了口气的表情。

毕竟在洛城时，宁夕的出现对他而言太过突然了，他这几晚都没睡好，生怕这一切只是一个梦，一直在等宁夕过来找他，总害怕她不会来，害怕自己哪里做得不好她会后悔改变主意，害怕自己又会坠入另一个绝望里……还好，她来了。

宁夕看着穿戴整齐的宫尚泽："都好了吗，直接走？"

"嗯，走吧！"

"你吃过早饭没有啊？"

"吃过了，酒店早上有提供的。"

"行！那咱们出发，先去看房子吧？等房子看好了，回头就可以直接去置办需要的东西了！"

"好。"

宁夕后来细看的时候才发现，陆霆骁帮她准备的资料里，连去看房的顺序和最佳交通路线都规划好了，简直让她叹为观止，同时心里也满满的都是暖意。

一上午，她带着宫尚泽接连看了好几个地方，不愧是大魔王的推荐，每个地段都非常合适，连房东都非常客气。

最后，两人看中城南的一个高级写字楼。

工作室的面积不大，却足够用，装修简约，办公用品都是现成的，可以直接入住，非常符合她的需求，最好的一点是，这周围的公司大都是艺术类的，服装设计公司也有不少，氛围很不错。

宁夕跟宫尚泽商量了一下，直接敲定了这里。

跟房东签完合约之后，两人便准备去采购东西。

"这两天我们主要就是采购，然后再去人才市场招几个人……"

宁夕正跟宫尚泽说话呢，迎面走来一大群年轻的男男女女。

那些人穿着时尚前卫，走在最中间的男人被众人簇拥着，面上挂着得意骄傲的表情。

"戴老师，您实在是太厉害了！这次洛城的时装周上，国内所有设计师的风头可都被您压下去了！连CL的首席设计师史密斯先生都对您称赞有加呢！"

"这算什么？这次回来之后，圈里的大腕、影后有一半身上穿的都是戴老师设计的衣服！"

"听说戴老师准备报名参加金顶奖，这届的金顶奖得主肯定非戴老师莫属了！"

……

宁夕本来只随便看一眼，也没注意，结果却发现，身旁的宫尚泽在看到那群人之后，脸色瞬间变了。准确来说，是当他看到那群人中间的那个男人之后。

刚才听那些人称呼中间那个男人为"戴老师"，难道……

“尚泽，这人你认识？”宁夕状似不经意地问了一句。

宫尚泽捏紧了拳头，冷着脸点了点头：“认识。”

宁夕心下了然：“他就是那个卷走你设计稿的渣滓戴威？”

“是的。”宫尚泽死死盯着对面的男人，直到与那些人擦肩而过……

宁夕突然想到了什么，有些奇怪：“咦，尚泽，刚才你们俩离得这么近，甚至那个戴威还往我们这边看了一眼，他怎么没认出来你啊？”

此刻，宫尚泽面上的阴郁已经渐渐退去，听到宁夕的问题，有些赧然道：“其实，虽然我自己是服装设计师，但因为每天都是埋头画图，交际之类的都是戴威在应付，所以我不怎么在意自己的装束打扮，所以……就算我没沦落到变成乞丐的时候，形象也好不到哪里去……”

“噗，难怪呢！你也真算是设计圈子里的一股‘泥石流’了！”宁夕失笑。做设计师的，哪个不是极其在意自己的形象？这家伙居然能把自己折腾成乞丐……

宁夕轻咳一声，收回放飞的思绪，她细细打量了身旁的小鲜肉一眼，叮嘱道：“不过，以后可不许再这样了，好的精神面貌更有利于你的创作知道吗？最重要的是，这么好的底子，简直是块活招牌啊，你也太暴殄天物了！你看那个戴威，穿得那么考究，妆画得比女人还浓，还戴了美瞳，头发上的发蜡打得都发光了，也没你半分帅好吗？”

宫尚泽被她说得有些不好意思：“老板，您太夸张了！”

宁夕挑眉道：“我可没，现在我说你还不信，回头等你拥有一众疯狂支持者的时候，你就信了！”

这可是能让大魔王都吃醋的颜值，她一点都没夸张的好吗？要不是因为他的设计才能，她都想拉他进圈了。

“对了，金顶奖是什么啊？很厉害吗？”宁夕好奇地问。

“嗯，应该算是国内最权威的服装设计奖项了。现在距离报名还有半个月，时间很紧，可是，老板，我想要试试！”宫尚泽目光坚毅地请求道。

“你要参加吗？当然好啊！有什么需要我帮忙的，我全力支持你！”宁夕拍着宫尚泽的肩膀道。

“谢谢老板！有您这句话就够了！”

以往对设计，他只是纯粹的爱好，除了设计，其他什么都不感兴趣，而这一次，他是把它当成一项事业，当成信念和目标。

最重要的是，他想要跟眼前这个人证明，她没有看错人！

陆氏集团，总裁办公室。

小包子从进来之后，就抱着个望远镜没离开过窗台，连午饭都是趴在窗台上吃的，整个一块红彤彤的小“望夕石”。

陆霆骁从一堆文件里抬起头，发现儿子竟然依旧没离开窗台，面露不悦道：“小宝，去休息室睡一会儿。”

小包子趴在那里一动不动，不去！

陆霆骁看了儿子一眼：“你小夕阿姨前几天在这边休息过。”

小包子一听，一骨碌滑下窗台，跑去休息室了。

总算是哄着儿子去睡了会儿，陆霆骁略松了口气，继续工作。

不过，没一会儿，小家伙就醒了，并且换了一种折腾方式。

显然光是趴在窗台上瞭望已经不能满足他，小包子掏出自己的写字板，开始唰唰唰地写字。

小包子飞快地写完后，就噔噔噔地跑过去给爸爸看：“小夕阿姨为什么还不来接我？”

陆霆骁瞥了写字板一眼：“她在忙。”

小包子：“小夕阿姨是不是又不要我了？”

陆霆骁：“你想太多了。”

小包子：“那她为什么还不来接我？”

陆霆骁：“因为还没忙完。”

小包子：“小夕阿姨什么时候忙完？”

陆霆骁：“不知道，你可以给她发短信问她。”

小包子：“不要！会打扰小夕阿姨！小夕阿姨真的喜欢我吗？”

陆霆骁嘴角微抽，无奈地从一堆工作中抬起头。担心打扰小夕阿姨，就不担心会打扰到你亲爹是不是？

不安的小包子自然完全不担心打扰到亲爹，还在继续十万个为什么……

小包子：“小夕阿姨会不会突然不喜欢我了？”

小包子：“小夕阿姨还没来接我，会不会是喜欢上了别的小朋友？”

小包子：“小夕阿姨会永远都喜欢我吗？”

小包子：“我是不是小夕阿姨最喜欢的宝宝？”

……

陆霆骁在内心喊道：老婆，你怎么还不回来？他生平第一次感觉到，带孩子好难……

此刻，总裁办公室门外。

安静的员工区突然传来一个无比亢奋的声音：“我亲爱的宝贝儿们，小爷回来啦！”

电梯门口，这都快冬天了，陆景礼却穿着短袖花衬衫，腰上围着草裙，脚上踩着夹趾拖鞋，一头被海风吹得无比凌乱的杂毛，无比惹眼。

然而，就算他穿成这个样，依旧帅得让所有女员工都发出激动的尖叫。

“二、二少！”

“二少回来了！”

“二少您回来啦！不是说要休三个月的假吗？”

陆景礼潇洒地抚了把头顶的杂毛：“哈哈，当然是因为想你们啦！”

“啊！二少，我们也想您！”

“二少，您穿成这样好帅啊！”

“好帅！二少，我们可以拍照吗？”

今天到底是什么日子，实在是太幸运了，不仅看到了小太子，连度假多日的二少也回来了。

“哈哈，随便拍。对了，宝贝儿们，我给你们带了礼物！每人都有份！”陆景礼说着，得意地拍了拍手。

身后，几个手下抬着几个大大的箱子走了进来。

众人定睛一看，箱子里面居然全都是一个又一个的大椰子……

陆景礼抖着腿，一脸骄傲道：“哈哈，这些可全都是小爷亲手从树上摇下来的，脑袋都差点被砸开瓢！”

“啊啊啊，二少您太贴心了！”

“好特别的礼物啊！好喜欢！谢谢二少！”

“二少，可以帮我在椰子上签个名吗？”

“我也要！直接签在我手上可以吗？”

看着那些蜂拥而上亢奋不已的女员工，男员工们的表情全都是惨不忍睹，唉，人长得帅，就算穿得像个二缺，随便送个椰子，也能得到一大片美女的芳心……

跟员工们联络完感情之后，陆景礼一把推开亲哥办公室的门：“哥！我回来啦！一日不见如隔三秋，何况已经过了这么多个三秋，你是不是想我想得……呃……”

下一秒，看清坐在办公桌后的亲哥之后，陆景礼呆滞了一秒钟，随即捂着眼睛，发出一声无法置信的哀号：“天哪！我看到了什么！”他哥穿的那是啥？是啥？他还以为上次的宝蓝色已经是奇迹了，今天居然看到了穿红色的亲哥！红色啊红色！他敢发誓，他哥这辈子都没穿过这种颜色！不用问也知道这审美来自谁了！

刚震惊完，他又看到了趴在窗台上同色系亲子装的小宝……

“还能不能行，能不能行了！我这刚回来你们就这么虐我！那个谁，给我备飞机，我要回我那孤单北半球的小海岛……”

终于冷静下来之后，陆景礼果断开始八卦了。他凑过去，贱兮兮地摸了摸亲哥的衣服："我嫂子送的？看来我不在的这段时间，你们俩发展得不错啊？对了对了，我听说小宝宝贝开口说话了，所以第一时间飞了回来！小宝是不是真的会说话了？"

说完也不等亲哥回答，直接飞扑到小宝跟前，一脸谄媚："宝贝儿，快叫二叔！快快快，为了你这声'二叔'，我可是连辣妹们都丢下了。"

小宝用看白痴的眼神看了陆景礼一眼，埋着头，唰唰唰写了几个字。

陆景礼凑过去一看，只见写字板上写着："我是不是小夕阿姨最喜欢的宝宝？"

"呃？"陆景礼被这句话弄得一头雾水，因为嘴甜，所以下意识地就回答道，"这还用问吗？你当然是啊！"

小宝宝贝眼睛亮了亮，继续写："那小夕阿姨为什么还不过来接我？"

办公桌前的陆霆骁看了亲弟和亲儿子一眼，竟然难得好心地跟陆景礼解释了一下情况："接下来这段时间小宝会跟宁夕一起住，不过今天宁夕有事要忙，我暂时带他一会儿。"

陆景礼一听明白了，回答道："小宝，不要着急，你小夕阿姨为了早点过来接你，肯定已经在马不停蹄地工作了！"

小包子："工作重要还是我重要？"

陆景礼："当然是你重要啊！"

小包子："那为什么小夕阿姨还不来接我？"

陆景礼觉得好像有哪里不对，咋又绕回去了？

看着小宝缠上了陆景礼，陆霆骁不易察觉地露出松了口气的表情，终于可以安心工作了。

半晌后，被小宝举着写字板在后面追的陆景礼抱头鼠窜，发出一声凄厉的哀号："小宝，你饶了我吧！不要再问了！"

饶是会哄人如陆景礼，也受不了小宝的精神攻击了。

陆景礼瞅了眼在淡定工作的亲哥，一副恍然大悟的表情，难怪这么好心跟他解释情况呢，原来在这儿等着他。天哪！为啥一回来就坑他！

最后，原本穿着花衬衫、草裙、凉拖神气活现的陆景礼，目光无神地趴在沙发上，奄奄一息地伸着手："嫂子，你快回来……"

与此同时，正在跟宫尚泽一起采购的宁夕突然连打了好几个喷嚏，谁在想她呢？

尽管今天所有的事情都非常顺利，等终于忙完的时候也已经到傍晚了。

宫尚泽从宁夕手里接过几个袋子："老板，您快回去休息吧，剩下的事情我自己来就好！"

宁夕看了眼手机上的时间，也怕小包子等急了，于是点点头："你有事千万记得给我打电话，不许自己硬撑。"

"嗯，我知道了！"

“那我走了，你路上小心！”宁夕一边摆手一边不放心地叮嘱，“哦对了，你晚上睡觉记得反锁房门哈，窗户也检查好。”

宫尚泽闻言哭笑不得，总感觉宁夕在把他当成女孩子照顾了……

跟宫尚泽告别之后，宁夕直接赶往陆氏集团公司去接小包子。

一想到马上就可以见到小包子了，宁夕心情倍儿棒，连一天的疲惫都消失不见了。

对比宁夕的好心情，此刻，总裁办公室里，陆霆骁和陆景礼都已经被摧残得快要神经衰弱了……

陆景礼死鱼一样趴在沙发上，旁边的小包子正坚决地举着牌子逼他回答问题：“天哪！我竟然突然觉得小宝不会说话也挺好的……”这不说话就已经把他们折腾惨了，等会说话了还得了？

陆霆骁捏了捏眉心，也是满脸疲惫，偏偏还不能打不能骂，连句重话都不能说，否则老婆肯定第一个发飙。

今天也幸亏陆景礼回来得及时，否则他一个人，还真是应付不了……

陆景礼也不知道从哪儿掏出了一面镜子，神情郑重地对小宝开口道：“宝贝儿啊，别再问我了，我给你一块镜子，对，就是这面，告诉你吧，这是一面魔镜，你去问它小夕阿姨到底是不是真的喜欢你，不要再问我了，拜托！”

小包子看了眼陆景礼手里的镜子，毫不留情地一把扔开，然后继续举着牌子：“小夕阿姨为什么还不来接我？”

陆景礼已经快哭了，捂着耳朵，不对，捂着眼睛道：“啊！宝贝儿，你再去窗台看看，说不定她已经过来了！”

小包子眨了眨眼睛，犹豫了一下，放下写字板，噔噔噔地跑去窗台瞭望了。

陆景礼偷偷瞥了一眼小家伙的背影，准备趁机偷溜。

然而，他却看到小宝突然一把扔了手里的望远镜以及写字板，小火箭一样噔噔噔地朝着门外跑去……

陆景礼挑了下眉，踱步走往窗台的方向，朝着楼下看了一眼，果然，隐约看到了一个女人的身影：“我的亲嫂子，您可总算是来了！”

总裁办公室门外，正在忙碌的员工们眼见着总裁办公室的门突然被人从里面推开，旋即便看到他们萌萌的小太子迈着小短腿飞奔出来，径直朝着电梯的方向跑去……

小太子出来了！

不少早上来得迟没能亲眼看到小太子的员工，这会儿全都瞪大了双眼，看似还在认真工作，其实注意力已经全都在那只小糯米团子身上了。

见小宝焦急地站在电梯口，立即有位漂亮的女员工殷勤地走了过去，语气无比温柔道：“小少爷，您要上楼还是下去？我帮您按电梯！”

小宝皱着眉头想了想，小夕阿姨已经在楼下了，搞不好也在等电梯，要是他这时候坐电梯，跟小夕阿姨走岔了怎么办？虽然很着急，但是，他还是在这里等吧！

于是，小家伙一言不发，安静地站在电梯口等着。

至于旁边的女员工，他这会儿一心都在小夕阿姨身上，压根就没有注意到她的存在，更别说听到她说话。

那名漂亮的女员工见小太子没有理睬自己，神色有些讪讪，虽然不甘心，但又不敢惹怒小太子，于是只能轻咳一声退到了一边，不敢再打扰。

对面有几个女员工见状小声嗤笑：“真搞笑，拍马屁拍到小太子身上去了！”

“有几分姿色就以为了不起了，陆总从来都不多看她一眼，结果居然打起小太子的主意！要知道，小太子可是比陆总还难讨好的存在好吗？”

“可不是吗，之前就听说了多少女人企图从小太子下手，结果哪个不是灰溜溜地回来了！不仅如此，还被陆家直接警告了！”

“话说回来，不知道我们传说中的那位未来老板娘跟小太子关系怎么样啊？”

“我看悬，会讨好男人，可不代表会受小孩子喜欢！”

“也对，小孩子一般对后妈这种存在都很排斥的，我看这位是不是未来老板娘还且有得看呢！”

小包子一动不动，面无表情地站在电梯门口，不上去也不下去。

刚才已经有人吃了冷脸，所以大家也都不敢上去询问，只能眼巴巴地偷偷瞅着，越瞅越暗暗好奇。

“小太子到底在干吗呀？都在电梯口站半天了！”

“不知道啊，完全想不通！”

“啧啧啧，原本只知道咱们陆总心沉似海，没想到小太子连这点都遗传了亲爹，完全难以捉摸啊！”

……

这时，“叮”的一声，电梯门开了。

一人从电梯里走了出来。

小包子面无表情的小脸陡然放光，结果，下一秒，在看清走出来的人后，立即变得无比暗沉。

“小少爷？您、您有什么需要的吗？”从电梯里走出来的一个男员工因为小太子犀利的眼神满脸惶恐，他是哪里得罪到这个小家伙了？

小包子抿着唇不说话，一张小脸无比难看，那冷幽幽的气场，简直都不亚于他亲爹了。

那男员工一脸惴惴不安，见小太子不说话，走也不是，不走也不是，额头上的冷汗都下来了……

时间一分一秒地过去，眼见着小太子的脸色越来越差，所有人都面面相觑，心里都慌慌的，生怕小太子心情不好他们会倒霉。

就在气氛越来越紧张的时候，“叮”的一声，电梯的门再次打开。

电梯里没有其他人，只有一个穿着嫩黄色线衫，戴着白色口罩的长发女人走了出来……

当那个戴着口罩的女人走出电梯的瞬间，他们那位前一秒还面沉如水简直可比小阎王的小太子爷，那张冷漠的小脸上陡然如同春回大地般开满了粉色的花朵，并且张开了双臂，一脸软萌地仰着小脑袋，一副求抱抱的姿态……

看着突然从可怕的小阎王变成了一只小萌物的小太子，几乎所有员工都是蒙的。

宁夕迈出电梯正准备往前走，没想到一低头就看到萌死人不偿命的小包子在电梯口等着，自然是完全没有抵抗力，立即弯下腰，一把将小包子抱在了怀里，隔着一层口罩在小包子的脸颊上亲了一口：“宝贝儿，你在等我啊？”

小包子环着小夕阿姨的脖子，闻着小夕阿姨身上香喷喷的让人安心的气息，粉嘟嘟的脸颊红红的，抿着唇，无比乖巧可爱地点点头。

现场大脑空白继续蒙的所有员工：这剧情反转太快，简直完全跟不上节奏。

宁夕抱起了小包子：“你爸爸忙完了吗？我们去看看他好不好？”

她来都来了，不可能抱着小包子直接就跑，还是要跟他亲爹打声招呼的。

小包子虽然恨不得小夕阿姨立即带他去浪迹天涯再也不回来，但是自然不会拒绝小夕阿姨的话，继续乖巧状点点头。小夕阿姨说什么都是对的！

宁夕微笑着摸了摸小包子的脑袋，朝着总裁办公室走去。

一路上，她自然察觉到了周围无数道炙热的目光，心里庆幸着，还好事先戴了口罩……

两人刚一进去，身后的众人就炸锅了……

“啊啊啊！我的天哪！小太子好萌好可爱啊！”

“我还以为小太子跟陆总一样是高冷型的！完全没想到居然可以这么萌！刚才他笑起来张着小手要抱抱的时候，我的心脏都要化掉了！”

“我要有个这么萌的儿子，就算他要天上的星星，我也给他摘下来！”

“得了吧，你想得美！照照镜子看看你那张糙脸，有这么好的基因给你家娃吗！”

“真是好奇死我了，那戴着口罩的女人到底是谁啊？跟上次来公司的那个应该是同一个吧？”

“看身材、发型确实是同一个，到底是谁就不知道了！”

“好伤心，看来真的是板上钉钉的老板娘了，连小太子都搞定了！简直是太不可思议了！”

这时，角落里突然有个看起来年纪比较轻的女孩子弱弱地举起手："那个……我突然有个大胆的想法，这个女人该不会是小太子的亲妈吧？否则，小太子居然这么黏她，不太科学啊？"

女孩的推测无疑给所有人打开了新世界的大门，大家顿时又是一阵激烈的讨论……

……

另一边，宁夕抱着小包子进了办公室之后，傻眼了。

看着沙发上穿着花衬衫、短草裙的陆景礼，她的惊讶与陆景礼刚才看到亲哥穿红色如出一辙——"二少！你回来了！你啥时候回来的？我的天！你这身……我的眼睛都快要瞎了！就算仗着自己长得好看，也不能这么挑战审美极限吧？"宁夕说这话的时候，为免带坏小包子，是捂着小包子的耳朵问的。

看到宁夕来了，陆景礼一骨碌爬起来，死死盯着小宝，满脸愤然地控诉："你还好意思问我，你去问问你家熊孩子，问问他刚才是怎么折磨我的！"

某包子眨巴着天真无邪的大眼睛，一脸无辜。

宁夕看看陆景礼，又看看小包子，自然是相信小包子了："少胡说！关我家宝贝什么事？"

陆景礼看着某只小魔王一脸无辜跟小天使似的小模样，气得不行："嘿，臭小子，你装！你还装！看我怎么揭穿你的真面目！"

陆景礼说完，阴笑着从身后拿出刚才被小宝随手扔在地上的写字板，一把塞进宁夕的手里："你自己看！你自己瞅瞅！看完要是还不信就去问问我哥，这一下午的，我跟我哥都快被他折腾疯了！"

宁夕看了眼办公桌前看上去似乎面色挺疲惫的陆霆骁，然后狐疑地拿起陆景礼塞给她的写字板看了起来……

小包子看到宁夕拿着他的写字板，急得都快要哭了，可惜想阻止的时候已经来不及，宁夕随手翻翻就已经看到了写字板上写的全都是什么……

"小夕阿姨是不是又不要我了？"

"那她为什么还不来接我？"

"小夕阿姨什么时候忙完？"

"不要！会打扰小夕阿姨！小夕阿姨真的喜欢我吗？"

"小夕阿姨会不会突然不喜欢我了？"

"小夕阿姨还没来接我，会不会是喜欢上了别的小朋友？"

"小夕阿姨会永远都喜欢我吗？"

"我是不是小夕阿姨最喜欢的宝宝？"

宁夕怎么也没有想到竟然会看到这些，她完全看傻眼了，手里拿着小宝的写字板，在那里一动不动。

毕竟小包子以前就算写字也是非常简洁明了的，说实话，她还是第一次看到小包子写了这么多这么多的字，而且满满当当的一本子，全都是“小夕阿姨”，全都是她……

想象着陆霆骁和陆景礼被他问到崩溃的样子，宁夕感到一阵好笑，然而，更多的是心底翻滚不止的、温暖了她整个灵魂的、难以言喻的感动。

宁夕蹲下身来，紧紧地抱住了小宝：“呜呜呜……包子……我家包子怎么这么可爱！小夕阿姨真是爱死你了！小夕阿姨绝对不会突然不喜欢你，小夕阿姨绝对不可能喜欢上别的小朋友，小夕阿姨永远都会喜欢你，你是小夕阿姨最最喜欢的宝宝！小夕阿姨绝对不会不要你的！”

原本还在伤心绝望的小宝，背后耷拉的小翅膀仿佛顿时扑腾扑腾挥舞了起来。

再次被儿子虐到的陆霆骁：儿子再次听到了他求之不得的甜言蜜语，还是一次这么多！

偷鸡不成蚀把米的陆景礼泪流满面，连腰上的草裙都枯萎着失去了生机：“这个无情的世界啊！你们还有没有人性了！”

大的虐他也就算了，现在连小的也来一起虐他！唯一安慰的是……好吧，这次大的那只也被虐到了。

“对了二少，你怎么这么早就回来了？我还以为你真准备玩三个月呢！”宁夕挑眉问道。

陆景礼托着下巴抖着腿，哼了一声：“我还不是不放心你们嘛，所以才千里迢迢赶回来，结果你们呢，一回来就没良心地轮流虐我！”

宁夕皮笑肉不笑：“呵呵。”会信他才有鬼。

陆景礼见她不信，表情撑不住了，头顶的呆毛虚弱地迎风飘了飘：“好吧，小岛上太无聊了，待几天是享受，待久了得疯，小爷我那放纵不羁的灵魂还是属于咱们热闹的现代大都市和祖国的辣妹们。”

宁夕无语，就知道是这样。

陆景礼很快又亢奋起来，双眼闪闪发光道：“对了对了，晚上朋友们要给我接风洗尘，你跟我哥要不要一起过来玩？”

宁夕抱着小包子，毫不犹豫地拒绝：“不要，我还得带孩子呢！”

陆景礼立即道：“孩子一起带来呗！”

宁夕瞪了他一眼，终于忍无可忍了：“陆景礼，你又开始作死了是不是？”也不知道谁上次把小宝带去酒吧结果弄丢了的！

陆景礼被吼得缩了缩脖子，弱弱道：“小夕夕，你这语气，你这吼我的语气……

越来越像我嫂子了啊！”

“你……”她还不是被他给气的！

见宁夕真生气了，陆景礼才急忙解释道：“这次又不在酒吧，就在我自己别墅里啦！而且都是非常熟悉的朋友，不会玩得太过火的！”

宁夕神色稍缓，不过也没松口：“你不要问我，问你哥，我听他的。”

陆景礼一听不高兴了：“为啥！为啥你听他的不听我的？”

宁夕：“废话，他是我老板啊！”

陆景礼：“我也是你老板啊！”

宁夕：“那他还是你老板呢！”

陆景礼心想：又虐我又虐我又虐我！

最后，陆景礼愤愤地转向了一直没有说话的陆霆骁：“哥，那你说吧！”

陆霆骁抬起头，看了宁夕一眼：“我没意见，你决定。”这意思明显是，我听我老婆的！

陆景礼只好又看向了宁夕。

宁夕闻言挠挠头：“那我问问小宝吧！小宝，你想去玩吗？”宁夕表示听小包子的！

这食物链……真是无比清晰啊！

小宝当然不想去，他想跟小夕阿姨两个人在一起！但是……对上爸爸的眼神，想到未来的大计，为了长远的未来……

小宝艰难地点了点头，表示想去玩。

继续忍泪给爸爸和小夕阿姨创造相处机会，呜呜呜……

见小包子想去，宁夕立即道：“那好吧，我们也去。”

“嗯。”陆霆骁点头，自然也会去了。

陆景礼虚弱地站起身：“找一个最爱的深爱的相爱的亲爱的人，来告别单身，一个多情的痴情的绝情的无情的人，来给我伤痕……”

陆景礼一边唱一边离开了这个让他伤心的地方！临走前还不忘以德报怨地给她和小宝一人塞了一个大椰子，说是纪念品……

宁夕怀里抱着个椰子，嘴角直抽抽：“BOSS大人，那我先带小宝回公寓一下，我要换下衣服，回头在二少那儿跟您会合？”

陆霆骁点头：“好，去吧。”

如果陆霆骁知道她回去换了啥，估摸着这会儿绝对不会继续老婆至上言听计从的……

珠江华景。

回到公寓之后，宁夕有些发愁。

陆景礼的派对，来的都是他们圈子里的熟人，八成也是陆霆骁的熟人，作为盛世娱乐的老板，到时候圈里的人肯定也不会少……

要是她一个人，过去也就过去了，在外界看来，她是陆景礼亲自挖过去的嫡系，过去捧场是正常的，但是，现在她还带着小宝，并且陆霆骁也会去，到时候三人一同框，这就怎么也不妥当了吧？

怎么感觉好像被陆景礼坑了？好像真的被坑了……陆景礼那个智商，她居然被他给坑了……

那当然是，不可能的！

宁夕眸子里闪过一丝精光，顿时有了主意：“小宝啊，阿姨要化个妆换身衣服，可能有点久，稍等我一会儿哦！”

小宝毫无怨言地点点头，乖乖去客厅等了。

半晌后，宁夕推开了卧室的门。

此刻，宁夕穿着黑色机车服外套，水洗破洞牛仔裤，镶铆钉的黑色马丁靴，一头微微凌乱不羁的短发，嘴角一勾，简直就是女孩子们最受不了的那种又痞又坏的帅哥。

正安安静静坐在沙发上等人的小包子听到房门打开的声音，立即扭过头去，然后眨巴了一下眼睛，又眨巴了一下眼睛。

虽然小夕阿姨打扮得完全看不出她本人的样子了，但是小包子还是一眼就认出了她，并且一脸新奇，走过去兴奋地绕着宁夕走了好几圈，最后拿起写字板，犹犹豫豫地写了几个字——“小夕叔叔？”

看到小包子写字板上的字，宁夕脸色微黑：“不对，是小夕哥哥！”

其实她想吐槽很久了，当初也不知道谁教小宝叫她“阿姨”的，都把她叫老了，她分明是姐姐好吗？

如果叫姐姐的话，好像哪里不对……是不是跟陆霆骁差辈分了？看来不用问也知道到底是谁让小宝一定要叫她阿姨的了。不过，现在都换装了，还是让她过一把装嫩的瘾吧！

“包子，哥这身帅不帅气？”宁夕撩了下头发，摆了个潇洒的姿势。

小包子果断点点头，非常捧场地在写字板上写了一个大写加粗的“帅”字。

夜幕降临，铂金华府 7 号。

陆景礼的别墅就在他哥的隔壁，这会儿别墅门口已经停了一整排豪车，简直都能开一场豪车展了，陆续有年轻漂亮的男男女女从车里下来，说笑着走进去。别墅内音乐涌动、灯火通明，已经热闹了起来。

陆景礼之前倒是没说谎，这次来的都是熟人，还有不少情侣和小夫妻，甚至带着娃一起的也有几个，说是派对，也就是个朋友聚会，所以自然不会玩得太夸张。

当然了，这么好的机会，抱着其他心思的自然也大有人在！

很快就有几个美女黏着陆景礼。

“二少，几天不见怎么又帅了！”

听着耳边的夸奖，陆景礼总算被顺好了毛，然而，俊脸上刚要扬起几分得意扬扬的笑呢，突然，从门口开始，一阵阵尖叫声此起彼伏地蔓延而来。

“啊！是陆总！”

“骁哥！骁哥哥真的来了！”

“我的天哪！骁爷今天穿的居然是红色！谁来扶我一下，我要晕了！”

……

陆景礼瞬间被冷落了。

这个无情的世界啊！既生瑜何生亮！难道是因为他总是这么帅，所以大家才审美疲劳了吗？看来以后要转变一下套路了？先高冷个十天半月，再冷不丁出其不意一下，那效果肯定震撼！

正这么想着，看了眼对面一脸冷漠仿佛步步生冰走路都自带寒风般朝着自己走来的亲哥，陆景礼顿时蔫了，算了，他还是不要挑战这么高难度的事情了。

无视周遭的一片目光如火，陆霆骁径直走到了陆景礼跟前，在他身旁的高脚凳上坐下：“宁夕呢？”

陆景礼无语，一来就知道问你老婆。

“还没到呢！”陆景礼回答。

因为来人是只可远观不可亵玩的陆霆骁，所以旁边的美女们就算再激动也不敢贸然迎上来，只敢远远看着窃窃私语。当然，也不乏胆大的和足够有底气的。

人群里，一个穿着枣红色连衣裙的女孩子落落大方地迎了上来：“陆先生，好久不见！”

陆霆骁看着端着酒杯俏生生站在自己跟前的女孩，眉头微蹙，深邃的眸底闪过一丝冷意，森寒如雪的目光陡然落在了自家亲弟弟的身上。

因为亲哥突如其来的眼刀，莫名躺枪的陆景礼差点被酒呛到，定睛一看，也傻眼了。

要命了！这女人怎么来了！这、这不是庄可儿吗？他爸妈非常满意的儿媳妇人选之一，也是圈子里盛传最有可能成为陆霆骁妻子的女人……

陆景礼完全没想到今晚庄可儿居然会来，顿时一副大难临头的表情，不关我的事，人不是我邀请的啊！然而，刚这么想着，陆景礼无意间扫了眼人群，更加蒙了……

什么情况啊这是？他突然发现今晚来的美女里，竟然有一大半都是明里暗里觊觎他哥的，他爸妈折腾的那本相亲名录上的也来了好些个。虽然这些人他是没有邀请，但是他也管不住别人带女伴带朋友啊，都那么熟了，带个朋友来玩，他总不能还拒绝吧？

所以，这事儿可真不能怪他，要怪只能怪他哥太招蜂引蝶了……

陆霆骁和陆景礼的眼神交锋也只是瞬息之间，在外人看来，陆霆骁的脸色没有丝毫变化，只略看了眼跟前的女孩后，开口道："庄小姐。"然后便再无他话。

不过，没有被直接无视，就足以惹得所有人眼红了。庄可儿也已经心满意足，松开略紧张的手指，展颜微笑，顺势在旁边的座位上坐下，跟陆霆骁攀谈起来："上次的事情实在是抱歉，我爸妈说只是带我去见见几个熟悉的叔叔阿姨，没想到……陆先生，您不会介意吧？"

陆霆骁有次去旗下新开的一个度假山庄视察，当时陆崇山和颜如意以跟朋友一起去度假的名义，正赶着他去视察的时候去了那个度假山庄，当时与他们同行的人就是庄家二老以及庄可儿。

陆霆骁作为东道主和晚辈，自然要招待一下，也就是那个时候跟庄可儿见过一面。

很显然，陆崇山和颜如意度假是假，安排相亲是真，甚至计划得还挺好，想让两个孩子见过面之后就直接在度假山庄逛逛玩玩培养培养感情。

谁知道，当天陆霆骁只是陪着他们吃了不到半小时的饭，就因为公司有急事走了……

陆霆骁随口道："无碍。"如果不是今天再次见到，他早就已经忘了有这件事，自然不可能有什么好介意的。

庄可儿一副如释重负的表情笑道："那就好，我还一直担心您会为难，毕竟这种事情，确实挺尴尬的，当时我也并不知情，所以很理解您的心情……"

庄可儿完全不提相亲的事情，不把话题往暧昧的方向引，更不表现出对陆霆骁有丝毫意思，反而以同是天涯沦落人的身份跟陆霆骁聊了起来，这样陆霆骁就算只是出于绅士风度，也不可能让她太难堪，并且很容易刷好感度……

眼见着庄可儿跟陆霆骁相谈甚欢，派对上其他冲着陆霆骁而来的女人难免都有些愤愤不平。

"有没有搞错啊，骁哥哥好不容易参加一次这种派对，她一个人就把他给完全霸占了！"

"唉，家世好就是这点好，因为有底气，搭起讪来也完全不用怯场，一举一动间都是大方优雅。"

"当着这么多人的面呢，就直接上去贴男人了！不就是跟人吃过一顿饭嘛，搞得好像陆家已经承认了她似的！"

这边陆景礼一想到待会儿小夕夕就要来了，想到万一让她看到什么不该看的，顿时愁得连和女生搭讪的心情都没有了，小心翼翼地凑到了他哥旁边，试探着开口道：“哥，嫂子那边，不然我随便找个借口让她别来了？”

陆霆骁修长的手指一下一下有规律地敲击着扶手，最后开口道：“她这会儿应该已经在路上，我待会儿给她发条信息，让她去我那儿。”

这种事情上，他不能冒任何风险。说完便已经站起身，看样子是准备直接离开了。

庄可儿只看到陆霆骁和陆景礼两人不知道小声说了些什么，刚说完就要走人了，脸色再是从容，这会儿也难免流露出一丝失落和难堪：“陆先生，这么快就走？不多玩一会儿？是有什么急事吗？”

听到这话，周围所有人都竖起了耳朵！什么？陆霆骁要走了？这么快？这……这还没待五分钟吧？

亲哥才来五分钟就要走，陆景礼也实在是挺没面子的，但是，谁让今天这事儿确实是他没办好呢！

听着耳边的议论声，庄可儿的脸色有些挂不住，胡说什么，陆霆骁才不是因为烦她才走的！

上次一见，惊为天人，她早就已经认定了眼前的这个男人，如今好不容易才能见到他一次，她怎么可能就这么轻易放弃！

她可是庄家大小姐，就算跟陆家放在一起，不管是谁也得说一句门当户对，这整个华都，她敢说，没人比她跟陆霆骁更般配。

除了陆霆骁，她也看不上别的男人！

从小到大，只要是她想要的东西，就绝对没有得不到的，这一次，自然也是一样！

而且，他们之间肯定是有缘分的，今晚她刚从国外回来，就从一个朋友那里得知陆景礼也回国了，要开派对，据说陆霆骁也会来。

来了之后，果然见到了陆霆骁，不仅如此，从来只穿冷色调的陆霆骁，今天居然破天荒地穿了一身枣红色的西装，与她今天裙子的颜色一模一样，无比登对。

看到他的瞬间，她激动得一颗心都要化了，甚至比第一次见到他时还要惊艳……这个男人，她绝对要得到！想到这里，庄可儿顿时又恢复了底气，踏着十二厘米的高跟鞋，身姿摇曳地朝着陆霆骁的方向追去。

“陆先生，请稍等……我……啊……”

因为庄可儿今天穿的高跟鞋实在是太高了，加上游泳池边上有些潮湿，她快步之下，脚下一滑，下一秒，整个人便失去了平衡，眼见着就要无比狼狈地摔进旁边的泳池里……

那一瞬间，庄可儿的脸上满是惊恐和绝望，她仿佛已经看到了周围一双双嘲笑奚落和无比期盼她出丑的眼睛……

不、不要……

就在庄可儿颤抖着闭上眼睛，面如死灰的时候，下一秒，突然一道黑色的人影闪电般蹿了过来，一只虽然略纤瘦却沉稳有力的手臂稳稳地托住了她的腰身，手臂一捞一收，将她搂进怀里，带着她整个人翻转了大半圈，在她落水之前，成功将她救了回去……

不远处，陆景礼呆呆看着如同言情小说里的男主角天神般降临，无比帅气地救了庄可儿的年轻“男人”，手里的酒杯哐当一声滚落在吧台上：“嫂、嫂子？”

只见那个搂着庄可儿将她救离岸边的“男人”穿着黑色夹克，短发随意凌乱，一张精致魅惑到雌雄莫辨的脸，最勾人的，是那琉璃似的眼睛，看似慵懒轻浮，透着一股子游戏人间的潇洒不羁，实际上却漫不经心得好似没有任何事情能够入得了“他”的心……

但，纵是无情也动人……这、这个“男人”简直是个魅惑众生的妖精！

庄可儿以为自己这次死定了，以她骄傲的个性，简直难以想象自己今天如果真的落了水将是怎样的后果，没想到，自己竟然会绝处逢生。

那双有力的手臂托着她的腰身，一股清爽安心的气息铺天盖地地将她包围，她下意识地仰起头，对上一双美得夺魂摄魄的眼睛……

“没事吧？”

这个“男人”不同于那些就算没有意外也要故意制造意外占她便宜的男人，等她稳住身体之后，一秒都不耽搁地松开了她的身体，保持了一定的距离，而且，非常细心地让她远离岸边，而自己站在泳池的方向。

看着眼前的人，庄可儿心头一阵狂跳：“谢、谢谢……”

“男人”嘴角微勾，荡漾起一阵阵惑人的涟漪：“我的荣幸。”

庄可儿的鞋子刚才因为扭到，鞋扣散了，“男人”说完，非常自然地弯下腰，帮她扣好鞋扣，然后朝着女孩伸出一只手。

庄可儿手指微颤，犹豫了一下，缓缓将手掌递了过去，刚碰触到“男人”的手指，双颊立即不受控制地红了。

除了手掌扶着她，“男人”对她没有任何其他的身体接触，缓步扶着她在一旁的椅子上坐了下来……

原本一旁围观的所有人都在期待着看庄可儿这个不可一世的女人追男人追得当众落水将是怎样一种丑态，万万没想到的是，这时候，居然凭空冲出来了一个人，而且这人速度极快，谁都没有发现“他”到底是什么时候出现的……

原本那些在抱怨到底是哪个臭男人出来坏事的女孩子，这会儿已经全都激动得双颊通红晕晕乎乎，连话都说不利索了……

“好、好帅啊！那个人是谁啊？圈子里的人吗？怎么从来没见过？”有人满脸羞红地到处打听。

“不知道，我也不认识！身手好好啊！刚才那动作，太快了！简直跟电视里的轻功一样！”

“都见过二少和陆总这样的人间绝色了，我还以为我已经对帅哥免疫了！可是，怎么回事怎么回事！为什么我的心脏跳得这么快啊！要命！”

“我也是我也是啊！我好像一见钟情了怎么办！”

“那人到底是什么身份？二少什么时候交了这样一个朋友？”

……

宁夕的乔装术一流，熟人绝对不可能认出她来。

当然，也有例外，当她出现的瞬间，陆霆骁只一眼便认出了她。

至于陆景礼，他自然没那本事，他是因为看到了跟在宁夕身后的小宝宝贝，才联想到了宁夕身上……

这会儿，看着眼前这完全不受控制的事态发展，看着庄可儿盯着宁夕时越来越不对劲的眼神，看着一群小姑娘在对着宁夕犯花痴，甚至缠着他打听宁夕的身份，陆景礼已经大脑宕机，彻底蒙了……

厉害了我的哥……啊呸！是嫂子！

将庄可儿扶到椅子上坐下后，宁夕没有立即离开，而是让侍应生帮忙送来了一双平底鞋和治疗扭伤的药油，仔细教了一下庄可儿使用方法，然后才起身离开。

宁夕对于渣男永远是如同秋风扫落叶般无情，但对于可爱柔弱的女孩子，绝对是温柔得不要不要的，对她而言，女孩子天生就是用来被疼爱的。

从某种意义上来说，江牧野的说法倒是完全没错，宁夕最大的隐藏属性之一就是，怜香惜玉。

庄可儿恍恍惚惚地听着跟前的人在对她说着什么，实际上却一个字都没有听进去，见“男人”要走了才反应过来，下意识地抓紧了“他”的衣角：“等等！”

宁夕顿住脚步，投去狐疑的眼神，眉眼上扬时的弧度简直跟小钩子一样直往人心上钩。

庄可儿声音微颤：“我、我还是没听太明白，你可以、可以帮我一下吗？”

宁夕眉峰继续微微上扬了几分，那目光似乎看透了人心。

庄可儿刚说完就露出无比懊悔的神色，该死的，她到底在做什么，怎么可以提出这种要求！

可是，她控制不住自己，只是下意识地不想眼前的人离开……

“当然。”宁夕不可能当众让女孩子难堪，单膝蹲下来，轻轻握住女孩白皙的脚踝，“可能有点疼。”

“啊……”

“忍一下，如果不用力，瘀血化不了，回去自己擦的时候，注意按住这两个穴位，按照我的手法，一组五次，做三组，直到感觉开始发热……记住了吗？”

“嗯，记住了。”一向高傲的庄可儿乖乖点头，连声音都娇柔了不少。

无论是如同骄阳般耀眼夺目的陆景礼，还是中世纪国王般矜傲孤冷的陆霆骁，他们都是处在尔虞我诈的权力巅峰，如同古代矜贵的王孙贵族。而眼前的“男人”，气质却完全不一样，“他”就像是苍茫无边的草原上的一匹孤狼，不受世俗的桎梏，不受任何束缚，不被任何人驯服，虽然身处在这热闹喧嚣的大都市，却依旧桀骜不驯，自由得像一阵风，谁也抓不住，“他”可以对你无限温柔，却绝对不会为你停留……

这是庄可儿这样的深闺名媛们从未见过，也从未经历过的，一下子掉进去，几乎是必然的……

不远处，陆景礼已经完全惊呆了：“太、太厉害了！嫂子这也太会讨好妹子了吧！大招一放，简直天地失色日月无光，连我都甘拜下风自愧不如了……难道是因为女人更了解女人吗？这、这简直无敌了啊！我要是女人，我都受不了！”他话音刚落，一股几乎要浸入骨髓的冷气陡然从身旁侵袭过来。

陆景礼打了个哆嗦，小心翼翼地瞥了亲哥一样，顿时噤声。

本来已经准备离开的陆霆骁静静看着眼前的一幕，寒气自眸底缓缓溢出，大理石雕刻般的脸一点点结冰，头顶仿佛顶着一个代表怒气值的长条，此刻数值正缓缓攀升着……

时刻小心谨慎，就怕老婆误会，万万没想到，所有的醋都被他自己喝了……

另一边，宁夕的英雄救美和善后终于结束，她牵起一旁的小包子，朝着陆霆骁和陆景礼的方向走去。

美色的力量太强大，直到此时，大家才察觉宁夕的身边还跟着一只小糯米团子。

因为来的都是熟人，所以这会儿不少人都认出了小包子的身份。

“啊！那、那小男孩……不是陆总的儿子吗？”

“是陆总的儿子没错，我之前在陆老爷子的寿宴上见到过一次的！”

“陆家小少爷怎么跟这人这么亲？难道这人是陆家的亲戚？”

“不一定是亲戚啊，反正肯定跟陆霆骁还有陆景礼他们关系很好就是了！”

“既然关系这么好，那为什么之前从来没见过这人呢？实在是太奇怪了！”

……

这样一个桀骜不羁型的帅哥，手里牵着一只软软萌萌的小团子，那样的反差萌，简直是一箭穿心，成功地引起了又一轮的尖叫……

宁夕换了男装之后，连行为模式也自然而然地切换到了男人的状态，走过去之后，直接哥俩好地钩住陆霆骁的肩膀搂了下，算是打招呼，随后把小包子塞进他怀里：“来这么早？”

陆霆骁面色微黑，削薄的唇微启，似乎想要说些什么，最后，还是什么都没说，一副无可奈何的表情。

最后，还是陆景礼实在忍不住了开始吐槽："小夕夕，你搞成这样跑来是闹哪样啊？"

宁夕第一件事是给小包子叫了果汁和甜点，把小包子照顾好，听到陆景礼这话，嘴角微微上扬，琉璃般的眸底荡漾着几丝漫不经心的揶揄，眼尾一挑，一副理所当然的语气道："当然是迷倒妹子了！"

陆景礼满头黑线："拜托！你这是要砸场子吗？给我们一点活路好不好？"

陆景礼坑人不成反被坑，简直想死的心都有了。

宁夕趁着小包子专心吃东西不注意，压低声音道："呵呵，二少，容我提醒你一句，你的魅力也不小！"

陆景礼噎了噎，随即小声咕哝道："那是当然，小爷的美貌没有人能抵挡！但是，现在都被你抢走了！"

刚才来跟他打听宁夕的漂亮的妹子们，就差直接以身相许了……

对于陆霆骁，除了庄可儿底气足，其他女孩子都不敢过来，但是，宁夕就不一样了。

这边宁夕刚坐下跟陆景礼闲聊没多久，就有女孩子主动走过来搭讪了。

而且，这一来还就是重量级的美女，现场最惹人注意的一对双胞胎……

两个如同粘贴、复制般长得一模一样的漂亮女孩，穿着同款式的紧身裙，一个白色，一个黑色。

黑裙女孩手里端着一杯红酒，媚眼如丝地看了宁夕一眼，随即略带撒娇地凑到陆景礼跟前："景礼哥哥，有新朋友，也不给我们介绍一下吗？"

看着俩双胞胎瞅着宁夕时那露骨的眼神，陆景礼的嘴角抽搐得欢快，他介绍个鬼，怎么介绍，介绍这人是他嫂子吗？心好累……

陆景礼抚了抚额头，掩饰着自己痛不欲生的表情："你们自己问吧！"

两个女孩对视一眼，直接走到了宁夕的跟前。

白裙女孩嫣然一笑："嗨，我是乔嫣。"

黑裙女孩举了举酒杯："我是乔然，认识一下？"

陆景礼咬着牙，压低了嗓音在宁夕耳边道："小夕夕，艳福不浅啊！大乔、小乔眼界高着呢，还是第一次主动跟男人搭讪！"

宁夕瞥了陆景礼一眼，随即看向两个女孩，嘴角似笑非笑："你们好。"

妹妹乔然直接在宁夕身旁的沙发上坐了下来，靠得极近，就差直接贴上去了："帅哥贵姓啊？"

宁夕一边帮小包子将蛋糕切成小块，一边回答："我姓唐。"

看着宁夕虽然神态漫不经心，却细心照顾孩子的动作，原本只是过来猎艳的乔然心脏莫名扑通乱了半拍的节奏，半晌后才缓过来，恢复甜美的微笑："原来是唐哥哥！”

“唐哥哥身手这么好，练家子？”姐姐乔嫣感兴趣地问道。

宁夕笑了，一手揉着小包子细软的头发，一手斜支着额头：“谈不上，花架子而已。”

聊着聊着，小乔就直接不动声色地将身体贴上了宁夕的手臂：“唐哥哥真谦虚，我们姐妹俩从小就对这些很感兴趣，可惜家里不让我们学，唐哥哥可以教教我们吗？”

宁夕用眼角余光瞥了眼女孩贴上的身体，不动声色道：“这些不太适合你们女孩子。”

一旁的陆景礼：“呵呵……”不太适合你们女孩子？你不是女孩子吗！入戏太深了吧！

被拒绝后，小乔立即一副委屈的表情：“唐哥哥是讨厌我们才这么说的吗？”

“是怕伤了你们。不过，倒是可以教你们几招简单的防身术。”

“好啊好啊！唐哥哥你真好！”

这时，另外几个女孩也见缝插针地凑了过来：“那个可以带我们一起吗？我们也想学！”

陆景礼被一群涌过来的女孩子挤得都没地儿坐了，只能走到唯一的一块女孩子不敢染指的净土——他亲哥的旁边，苦着脸道：“哥啊，那个……还用跟嫂子说让她离开吗？”

陆景礼刚问完就后悔了：走个什么，宁夕在这儿简直混得如鱼得水，他们压根是白担心了！现在他要担心的应该是他亲哥才对！很明显，陆霆骁的怒气值……正在持续积累中……有句话说得好，不在沉默中爆发，就在沉默中灭亡啊！

陆景礼莫名有种不祥的预感，眼皮子一直跳个不停，总觉得今晚可能会发生什么惊天地泣鬼神的事情……再这么继续下去可不行，必须要想想办法！

陆景礼急得抓耳挠腮，最后，眼睛一亮，一把将小包子拉过来，握着他的小肩膀，脸色无比严肃道：“小宝啊，你怎么还只顾着吃呢！快点燃烧你的小宇宙战斗啊！你的小夕阿姨都要被抢走了！”

小包子怀里抱着一杯果汁，嘴角沾着一点奶油，眨巴了一下眼睛，毫无危机感。

她们都是女孩子呀，为什么要战斗？

小包子埋着头，唰唰唰在写字板上写了“女孩子”三个字。

“女、女孩子……她们是女孩子没错……但是女孩子更可怕好吗？”陆景礼彻底没辙了，不知道该怎么跟小包子解释好。

完了，连小宝也靠不住了！

事情进展到这里，终于有人看不下去了。

那就是现场的单身青年们。

圈子里谁不知道，陆景礼撺掇的派对，那美女绝对是最多的，质量也是最高的，所以一得到消息，空窗期的人们全都蜂拥而至了。

一个陆景礼已经够抢风头了，再来一个陆霆骁，那完全就没有他们的戏了。

好不容易方才陆霆骁就要走了，谁知道不仅陆霆骁没走成，还来了一个重型原子弹。

这个不知道从哪里冒出来的臭小子，救了他们的女神庄可儿不说，还抢走了所有女人的注意力，他们怎么能不恨！

羡慕嫉妒恨之下，自然就要搞事情。

一个染着亚麻色头发的公子哥走了过来，递给宁夕一支烟，眯着眼睛，面色不善：“兄弟，以前没见过啊！”

“谢谢，在戒烟。”宁夕没有接那支烟，而是从小宝的口袋里掏出一根棒棒糖，叼在了嘴里。

宁夕确实在戒烟，可这样的行为显然被看成了不给面子。那公子哥面色微沉，眸子里闪烁着一丝不怀好意的光芒，皮笑肉不笑道：“兄弟，过来一起玩玩？”

宁夕自然知道这些公子哥想做什么，她对女孩子是温柔，但对男人就不一样了，这会儿有人送上门来找虐，她自然不会心慈手软，当即爽快道：“好啊！”

说完她揉了揉小包子的脑袋，柔声道：“小宝，去你爸爸那里待会儿，我很快过去找你。”

小宝点点头，非常乖巧听话地找亲爹去了……

不远处，陆霆骁看着噔噔噔朝着自己跑来的儿子，莫名有种老婆在外面潇洒，自己被留在家里带孩子的既视感……

不一会儿，宁夕那边已经玩开了。

桌上满满一排全是“深水炸弹”，输了就喝酒。

那些公子哥都是游戏场上混惯了的，又都是同仇敌忾一伙儿的，打定了主意要让宁夕出丑，想灌醉她呢。

一开始，陆霆骁还有些担心宁夕会吃亏，但很快就发现，他实在是想太多了。

无论是玩牌还是玩骰子，宁夕一把都没输过，反而是那几个过来挑衅的公子哥，被虐得体无完肤，趴在桌上喝得都要吐了。

而一口酒都没喝的宁夕，漫不经心地坐在沙发中央，成功收获了现场所有女孩子的芳心。

“玩这些好没意思啊！你们也太没劲了，一直在输！不如我们来玩真心话大冒险吧？”这时，小乔兴奋地提议道。

短暂的接触后，她已经对眼前的“男人”越来越感兴趣了。

最重要的是，她一眼看出了庄可儿也对这“男人”有意思，只是因为太自持身份了，又追陆霆骁在先，所以这会儿才不好出手，只能在角落里看着。

小乔生平最大的喜好就是打击庄可儿，当即跟姐姐对了个眼神，准备动手了。

这样的场合玩真心话大冒险，最容易擦出火花了。而且大乔最擅长的就是玩真心话大冒险，基本上是想让谁抽到就让谁抽到。

当然，前提是宁夕不出手。

于是，小乔抱着宁夕的手臂，撒着娇道：“唐哥哥，你跟他们玩也就算了，待会儿你跟我们玩，可不许太厉害了欺负我们哦！”

宁夕跟女孩子玩的时候，本来就不会动手脚，都是全凭运气，于是不在意道：“当然不会。”

小乔这才满意，跟大乔使了个眼色。游戏开始。

没动手脚的情况下，宁夕今晚的运气实在是不太好，一连被抽到了好几次，虽然看出了这对双胞胎对牌暗中动了手脚，但她不会跟女孩子介意这种小事，完全是纵容的态度。

第一次。

“唐哥哥，真心话还是大冒险？”小乔笑嘻嘻地问。

宁夕想了想：“真心话吧。”一般这种情况下，第一个问题都只是试探性的，不会太过火，所以很安全。

果然，小乔问了一个很关键，但回答起来却没什么压力的问题：“唐哥哥，你有女朋友吗？”

显然，这个问题很多人都想知道，小乔自己也略有些紧张地绷紧了神经。

“没有。”宁夕直接回答。

“真的？唐哥哥，你可别骗我啊！”

宁夕轻笑：“呵，不会，真心话。”虽然她的态度看上去很随意，但目光却能让人感受到，她说的确实是真话。

听到宁夕的回答之后，众人更加兴奋了，玩得也更起劲，即使知道这场游戏被这对双胞胎掌控着，也忍不住激动起来。

第二次，宁夕毫不意外地再次被抽中。

小乔抛了个媚眼过去：“唐哥哥，这次呢？真心话还是大冒险？”

宁夕：“真心话。”第二次的问题相比第一次，肯定会有点刺激，但应该在能接受的范围之内。

小乔故意思索了好半天，然后才拉长了声音问道：“唐哥哥，你交过多少女朋友？”

这个问题，宁夕并不意外，只是略挑了下眉，然后便如实回答道：“这个问题……抱歉，记不清了。”她确实不记得自己当年虐过多少渣男了，如今唯一还有联系的大概只有一个江牧野。

回答这个问题的时候，宁夕有些顾忌地看了眼身影隐匿在角落里看不清晰表情的大魔王。

“哼，唐哥哥讨厌，就知道你交过很多女朋友！”小乔有些生气地嗔着。不过，这样的男人，交过很多女朋友，也完全是在她的意料之中，她只是不甘心，还是问了一句。

第三次被抽中的时候，宁夕终于不再选择真心话了：“大冒险吧。”

因为，这一次如果继续选真心话，小乔绝对不会轻易放过她，还不知道会问出什么过火的问题来。

要是大魔王不在，就算再过火，她也无所谓。

但是，这会儿大魔王可是坐镇着呢，她哪里敢玩得太过火。

虽然陆霆骁坐在角落里，看似毫无存在感，但是，对宁夕而言，他的气息是如影随形的，并且，那存在感还越来越强烈……某人连宫尚泽的醋都吃，这次该不会是吃女孩子的醋了吧？

听到宁夕说“大冒险”之后，小乔虽然很失望准备好的劲爆问题用不上了，但是没关系，她还有方案二呢！

于是，小乔轻咳一声，当即说出早就准备好的冒险方式：“唐哥哥，我的要求很简单，今晚在场的所有女孩子，你任意挑选一个，做你半天的女朋友！”

说到最后几个字时，小乔有些害羞地低下了头。

只要是个男人，肯定就能看懂她的暗示。只要“他”选择的是自己，就算只是游戏，到时候她也可以顺水推舟假戏真做，半天变为无限延期……其实，一开始她的打算是要一个吻的，后来，她改变了主意，仅仅是一个吻，不够，她还想要更多，想要彻底拥有眼前这个“男人”。

听到小乔的要求之后，现场众人哪能还不明白她的意思，其他女孩子虽然嫉妒，但自知比不上这对姐妹花联手，只能暗暗生恨，男人们全都被宁夕虐了一遍，更是毫无战斗力，只能眼巴巴看着这个后来的臭小子反而抱得美人归。

“我的小乔女神啊！气死我了！”

“没事没事，小乔没了，还有大乔呢！”

“放屁，小乔都没了，大乔还会远吗？”

“可恶！这臭小子到底是哪里冒出来的！凭空把所有美女都抢走了！”

“二少，你搞什么啊！说好的单身派对呢，说好的大把美女包我们脱单呢？你就是这么让我们脱单的？”

……

莫名被对准矛头骂了一顿的陆景礼满头黑线，无语地默默吐槽着：“你们这么多人加起来都比不上人家一个，被人家虐成了渣渣，能怪得了我吗？”他都不忍心告诉他们，他们输给了一个女孩子啊女孩子！

这会儿，小乔一点都不急，势在必得地等待着“男人”的回答，并且还抽空无比得意地朝着庄可儿的方向看了一眼。

角落里，接收到小乔的挑衅，庄可儿用力咬了咬唇，已经不想再继续看下去，但是，偏偏又不愿意离开，只能不停地告诉自己，她的目标是陆霆骁。

正好今晚陆霆骁的宝贝儿子也在，她现在应该趁着所有人的注意力都在宁夕身上，去跟陆霆骁还有他儿子打好关系才对。

可是，庄可儿心里这么想着，她的眼睛和心却完全不听使唤，全副身心都在宁夕和小乔那边。这会儿，心更是提到了嗓子眼，那个“男人”……他真的会选择小乔吗？怎么可以！这个“男人”，分明是她先认识的！极度的愤怒之下，庄可儿甚至已经开始动摇，她不想再继续坐以待毙下去……

一时之间，在场所有人的目光，都落在了宁夕的身上。

宁夕没想到小乔居然会提出这样的要求，别说，还真有点为难。

先不说她已经察觉大魔王可能吃醋了，就算大魔王不在，她也是有分寸的。如果只是玩玩，甚至小乔让她亲一下，那都不是什么问题。但是，女朋友这种有名分的事情，不是真心，就不能轻易答应。她可以虐渣男，但绝对不想伤女孩子的心。没有可能的事情，就不要随便给人家希望。

宁夕一开始看得出，这个小乔也只是个玩玩的，但玩到后来，宁夕竟然敏锐地从她的眼睛里看到了一丝认真。

所以，宁夕果断收手了。

“抱歉，我罚酒三杯吧。”最后，宁夕终于开口道。

话音刚落，所有人都愣住了。

因为所有人都以为宁夕跟小乔今晚算是板上钉钉，完全没想到最后关头，宁夕居然会认罚。

尤其是小乔，满脸无法置信的表情：“唐哥哥为什么……”

宁夕神态轻松地笑了笑，以玩笑的语气开口道：“今晚美女太多，乱花渐欲迷人眼，所以，还是算了。”

虽然知道宁夕是在给她台阶下，但是小乔却倔了起来，不顾姐姐的提醒和阻拦，也不顾会丢脸，不依不饶地开口道：“唐哥哥，你别糊弄我，我要知道理由！为什么？”

众目睽睽之下，女孩的眼睛里已经带泪了。

宁夕头疼了！完蛋，玩脱了……

熟悉宁夕的人都知道，她最怕的就是女孩子哭了。

看着小乔泪眼汪汪的样子，宁夕捏了捏眉心，内心挣扎：“小乔，你别哭，我……”

她在考虑，怎么把伤害减到最小的情况下收场，不然，就先答应了小乔，别让人家女孩子家当众下不了台？

毕竟今晚的事情，她也有错……

不远处，陆景礼抹了把脸，做好了高能预警的准备，他已经基本上摸清了宁夕怜香惜玉的脾气，完全有理由相信，在小乔的眼泪攻势下，宁夕恐怕真的会答应那个女孩子的要求。

因为包括陆景礼在内的所有人，注意力都在宁夕和小乔那边，所以，完全没人注意到，角落里，某只沉睡已久的大魔王，封印解除了……

没有人发现，陆霆骁不知何时已经站起了身，一步一步朝着宁夕的方向走去……

直到宁夕就要心软松口的瞬间，一只手腕突然被人拉起来，腰身被带进一个冰天雪地的怀抱，下一秒，一个与男人冰冷的表情完全相反的炙热亲吻，准确无误地落在她的唇上……

刹那间，现场一片杯盘刀叉丁零哐啷的碰撞声和男男女女此起彼伏倒抽冷气的声音……

陆景礼一口酒狂喷而出，咳得惊天动地，庄可儿紧紧攥在手里的药油当场掉在地上摔得粉碎，大乔花容失色，小乔看样子已经完全被吓傻了……

当然，现场还有一个人，比小乔还要受惊，那就是——宁夕本人，大魔王在做什么！

在宁夕的眼珠子都快瞪出来的惊悚表情之下，陆霆骁终于缓缓离开她的唇，不过，搂在她腰间，代表着宣示主权的手却丝毫未松，只略抬了下那双冰火两重天无比慑人的眸子，看向对面早已吓傻的小乔，声音低哑阴沉，说了一句：“还有问题吗？”

方才还一直在追问宁夕到底为什么不选择自己的小乔呆滞了一秒，然后立即猛烈地一阵摇头。

陆景礼抚了抚额头，一脸惨不忍睹，他感觉这可怜的丫头，脑袋都要从脖子上摇掉下去了。唉，傻孩子啊，勾搭谁不好，偏要从虎口夺食……

宁夕试图挣脱，挣了一下，没挣开，急得差点直接挠人：“陆霆骁……你疯了？你知不知道你自己在干吗？”

陆霆骁的面上丝毫没有悔过之心，反而一副理所当然的表情，语气平静无波：“解决麻烦。”

宁夕想死……就算他是想为她解围，可是，她现在可是以男人的身份啊，他到底有没有意识到这一点啊！

她易了容倒是无所谓，反正也没人认识她，但是他不一样啊，他是嫌之前的传闻还不够夸张是不是？这家伙也太任性妄为了！

宁夕一阵气恼：“松手！”

陆霆骁没松，不仅如此，看着女孩那双愤怒之中隐含着关切和担忧，美得流光溢彩的眸子，反而情不自禁地倾过身，再次吻了下去……

感受着唇上猝不及防再次传来的火热温度，宁夕已经傻了：什么情况？大魔王中病毒了？

“扑通”一声，也不知道是哪个倒霉蛋没站稳，受惊过度之下，一下子栽进了泳池里……

看着眼前的这一幕，现场第二次受到惊吓的众人，此时全都捂着胸口一阵阵咳嗽……妈妈呀！太可怕了！

下巴被略粗糙的手指捏着，唇上一阵略带疼痛的酥麻，宁夕都被吓死了。

早知道就不玩了，压抑后爆发的大魔王实在是太可怕，他这完全就是不管不顾了！

可是，她是真的没想到大魔王连女孩子的醋都吃，还吃得这么惊天动地啊！

这一次，陆霆骁细细品尝地吻了许久，不过还是捏着分寸的，适时在宁夕炸毛之前松开了她。

宁夕心脏剧烈地跳动，咬了咬牙，缓缓抬起一只手——想要摘掉自己的假发。事情都演变成这样了，她总不能让陆霆骁真被人误会吧？

然而，陆霆骁却看出她想做什么似的，扣住她的手指握紧，阻止了她的动作。

跳跃着火光的眸子专注地凝视着眼前的人，如同整个世界就只有她一人，压低了声音，风轻云淡地开口道：“不必。这样不好吗？以后我的身边，再也不会有其他女人。”

宁夕闻言猛地一怔，心脏处传来一阵阵不受控制的悸动……大魔王太过分了啊！这大招放得！她都忍不住想当场扑过去强吻了！

“我、我去洗手间！”最后，宁夕挣开陆霆骁的手，火箭似的尿遁了。

陆霆骁看着宁夕狼狈逃离的背影，眸子里耀眼的光芒晃了晃，随即扫了在场的所有人一眼，温柔宠溺瞬间变成冰天雪地……

小乔抱着大乔，瑟瑟发抖：“啊！姐啊！我做了什么！我都做了什么！骁哥不会放过我吧！我刚才居然在跟骁哥抢人啊！”

大乔显然也很紧张，强自镇定地安慰道：“冷静点，不会有事的。不知者无罪，毕竟他们谁也没说，我们完全不知情啊！”

“难怪‘他’跟骁哥还有景礼哥哥都这么熟，连小宝跟‘他’都那么亲！我怎么这么傻！”

站在洗手间门口，宁夕因为心神不宁，差点直接进了女厕，最后愣了下才反应过来，冲进反方向。

洗了把脸后，总算冷静了一些，结果，刚一出来，就在外面走廊里看到了……

庄可儿。

刚才跟大乔、小乔她们玩的时候，姐妹俩已经跟她八卦了好多事情，说得最多的就是庄可儿，当然，也说了庄可儿跟陆霆骁的事情。

所以，这会儿她还真不知道该以何种态度面对庄可儿，最后，她决定以不变应万变。

果然，见她不语，庄可儿忍不住先开口了："我知道我没什么立场多问……但是是真的吗？你跟陆霆骁是真的吗？"

宁夕闻言眉头微挑，看这样子，果然是兴师问罪自己抢走她的心上人来了？

华都庄家，虽然在商场上肯定是比不上陆家，但是庄家上面的背景，那是就算陆家这样的顶级世家豪门也无法小觑，并且最为需要的。

陆崇山之所以最看好的儿媳人选是庄可儿，显然是抱着想借用庄可儿背后的庄家给陆家保驾护航，让陆家势力更稳。

说起庄家，跟宁夕倒是有些非常微妙的渊源……

庄家老爷子庄宗仁育有一子三女，而宁夕的亲生母亲庄玲玉，是庄宗仁最小的女儿，当年因为执意要嫁给宁耀华而跟庄宗仁断绝了父女关系，二十多年来再无往来，所以除了一些知道内情的老一辈，外界大部分人都以为庄宗仁只有两个女儿，连庄家的小辈们都不知道。

宁夕会知道，还是因为有次意外听到了庄玲玉跟宁耀华的谈话……

宁耀华当时似乎是遇到了什么困难，希望庄玲玉能回去求下庄老爷子，后来庄玲玉拒绝了，说了些什么类似一辈子都不会回去的话……

庄可儿是庄宗仁的孙女，宁夕是庄宗仁的外孙女，所以，从血缘关系上来说，她们俩还是表姐妹的关系来着。这可实在是有够乱的……

不过，宁夕也就随便想想，心里倒是完全无所谓的，她连庄玲玉都不认了，还会在意那个什么十万八千里的外公和表亲吗？

"真的怎样，假的又怎样？"宁夕没有回答，而是反问了一句。

"假的……"庄可儿的声音颤了颤，她多希望是假的……可是，不可能的吧……他们都已经当场……她不过是自欺欺人而已……

最后，庄可儿深吸一口气，恢复了淡然自若的表情，开口道："如果是真的，那我放弃。"

"啥？"因为完全没料到庄可儿会是这个回答，完全不符合她争强好胜的性格，所以宁夕难免呆住了。

庄可儿捏着拳头，目光灼灼地盯着她，一字一顿地开口道："本来，陆霆骁，我势在必得。因为是你，所以我才放弃的……我、我不跟你抢……"

庄可儿说完，生怕情绪失控似的，踩着高跟鞋快步离开。

宁夕看着庄可儿高傲又卑微地离开的背影，再次傻眼了：好像哪里不对……是她会错意了吗？她怎么有种庄可儿爱的是她，而不是陆霆骁的错觉？

外面，派对还在继续，只是，显然所有人的心思都已经在吃喝玩乐上了。

陆景礼看了眼几个陆续悄悄离开的女人，全都是今晚原本特意为了接近陆霆骁来的名媛，这会儿纷纷打退堂鼓了。

“哥，你这招实在是太绝了！觊觎你的女人都解决了啊！”陆景礼满脸钦佩地看向亲哥道。

此时此刻，陆景礼还没意识到，他亲哥是没后顾之忧了，但是不久后他就要倒大霉了……

宁夕从洗手间出来之后，除了一道道炙热的注目礼，最先冲过来的就是小包子。

小包子的脸上非常明显地写着五个大字：宝宝生气了！

要抱抱！要亲亲！才能治愈受伤的心灵！

小夕阿姨居然跟爸爸亲亲了，还是两次！两次！

宁夕一眼看出小家伙在想什么，非常大方地给了两个亲亲，然后抱着小家伙朝着陆霆骁走去。

宁夕刚一落座，有个侍者端着个托盘走了过来，托盘上放着两杯牛奶。

陆霆骁将其中一杯端给了儿子，另一杯递给宁夕，随后便姿态随意地靠在沙发上，只是手臂却横在宁夕身后的沙发背上，占有欲十足的姿态。全身的气场都在散发这样一个信息——私有物品，禁止搭讪，看也不行。

果然，这一招很有效，大家瞬间眼观鼻鼻观心，喝酒聊天，再也不敢乱看了。

大魔王方才当众亲吻那一招可谓釜底抽薪，确实解决了所有的麻烦，这会儿宁夕真是清静多了。只是担心还是难免：“喂，陆霆骁，你这样让他们误会，真的没事吗？”

陆霆骁点头：“嗯，不急，等你成为我的妻子那天，谣言自然会解除。”

宁夕：“咳咳……”要是没有那一天，他岂不是要被误会一辈子……

陆景礼：“呵呵……‘狗粮’慢点撒好吗？我快被你们撑死了！”

待了一会儿，小包子有些犯困了，他一般晚上十点左右睡觉，喝完牛奶之后睡意更足。

陆霆骁看着儿子睡眼迷蒙的样子，伸手将他抱过来，想让他睡得舒服一点。

结果，小家伙完全不买账，无比嫌弃地一骨碌爬下去，然后黏到宁夕那边去了，还用小手死死搂着宁夕的脖子，一脸防备地盯着亲爹，一副“你休想分开我和小夕阿姨，我已经看清你的计谋”的小表情……

自从陆霆骁亲了宁夕之后，小家伙就一直是这种无比防备的状态，大有连父子联盟都开始摇摇欲坠之意。

一旁的陆景礼看得幸灾乐祸，差点笑出声。

真是智者千虑，必有一失啊，他哥就算搞定了所有人，却忘了他亲儿子。

宁夕心疼小宝，于是直接将小家伙抱了起来，跟陆景礼告辞道："二少，你们玩吧，小宝困了，我就带他先回去睡觉了！小宝正是长身体的时候，可不能熬夜！"

陆景礼看着宁夕这副贤妻良母的模样，满头黑线，真是完全没办法把她跟刚才那个人联系到一起……

儿子困了，"老婆"要带儿子回家了，陆霆骁自然也不可能再留。

宁夕怀里抱着小宝，陆霆骁则是直接脱了身上枣红色的西装外套，披在宁夕的肩上，随后揽着她的肩膀，一起往外走去……

啧啧啧，这一家三口把家回的既视感……

即使是被陆霆骁警告过，所有人还是忍不住把目光都投了过去，越看越惊奇，那个姓唐的"小子"，怀里抱着陆霆骁儿子的时候居然那么温柔，原本眉宇间的桀骜和犀利，此刻如同温暖的泉水一般，毫无攻击力，反而看得人心头一阵阵柔软……

不好！赶紧别看了！这可是连陆霆骁都能搞定的可怕人物啊！

偷偷围观的男人们努力稳着心神，满腹警惕，而女孩子们则是彻底陷落一颗芳心，"他"抱着孩子的样子更迷人了……好温柔……

小乔趴在姐姐的怀里，难过得都快晕过去了："呜呜呜……好伤心啊，我居然一晚上失恋了两次！"

大乔："呃……"这个说法，好像没什么问题，还真是失恋了两次……

小乔捂着胸口，痛心疾首："我的心好痛！"

大乔只能安慰道："没事没事，还有景礼哥哥呢！"

小乔抽了抽鼻子，愤愤道："不要！陆景礼太花了！不是我喜欢的类型！再帅我也不要！"

这时，陆景礼正好从小乔身旁经过，闻言一个踉跄差点摔了一跤。

小爷花？好吧，小爷是花没错！但有你的"唐哥哥"花吗？

你们这群愚蠢的妹子！

陆景礼把三人送到了门口，都已经被虐得体无完肤了，还不忘给两人助攻："都这么晚了，跑来跑去多麻烦，不然你就直接在我哥这儿住一晚呗！"

唉，他简直是太无私了！如果世上有最佳弟弟奖，他绝对当之无愧！

宁夕想了想，也觉得小包子他爹就在隔壁，她却要带小包子大老远赶回公寓，似乎是有点麻烦……

"也行，我没啥问题。"宁夕说。

说完都已经跟陆霆骁往别墅的方向走了，快走到大门口的时候，怀里睡眼惺忪的小包子看着面前熟悉的建筑，脸色一变，突然就发飙了！

小家伙抓着宁夕的衣服，摇着头，死活不愿意进去！不要！不要离开小夕阿姨！

显然小包子是以为宁夕要把他送回家了。

宁夕只好柔声安慰："宝贝，不是丢下你，小夕阿姨也陪你一起住的，明天早上我们一起走，还是回小夕阿姨那里的，好不好？"

小包子睡得迷迷糊糊的，也不知道到底有没有听进去，反正就是一个劲地摇着头，急得都快要哭出来了，就是不要进去，跟即将要进的是什么大魔窟似的。

宁夕无奈地看向陆霆骁："怎么办？"

陆霆骁叹了口气："没事，我送你们回去。"儿子，你不能叛变啊……大不了，以后不当着你的面亲了还不行吗？

# 第十四章
# 无价之宝

第二天早上，陆景礼正在被子里做抱得美人归的大美梦呢，突然，“砰”的一声，他的房门居然被人一把推开了。

谁？他是裸睡的啊！

陆景礼的第一反应是赶紧盖好被子，然后，就看到了比噩梦还可怕的一幕，他的亲爹亲妈双双站在他的床前，跟他小时候贪玩捅了马蜂窝后要把他暴打一顿的表情如出一辙。

陆景礼惊悚不已，瞬间清醒：“爸？妈？这大清早的……你们俩跑我这儿来干吗呀？”

“臭小子！我打死你！”颜如意二话不说就上手，陆崇山也一拐杖抽了上来。

陆景礼抱着被子一骨碌滚了一圈，躲过爹妈的混合双打：“爸，妈！不带你们这样的，怎么二话不说就动手呢！别打脸！我到底是不是你们亲儿子！啊，别扯我被子，我没穿衣服……有什么话你们等我穿个衣服再说啊……”

“给你两分钟时间，快点出来！”颜如意带上房门，气势汹汹地跟陆崇山出去在客厅里等着了。

陆景礼迅速穿好衣服，然后眼珠子转了转，立即跑到窗台边打开了窗户……傻子才乖乖出去呢！这俩人居然大清早的一起跑来找他麻烦，这次肯定凶多吉少！

结果，姜还是老的辣，陆崇山早就知道他会有这一手，正在窗外守着呢：“臭小子，就知道你要跑！给我过来！”

最后，陆景礼还是落入了魔爪。

陆景礼坐在沙发上，抓着鸡窝头，苦着脸道：“爸，妈，到底什么事啊？”

“你居然还敢问！昨晚发生了什么事情，你自己说！别告诉我你不知道！”陆崇山一副风雨欲来的表情。

陆景礼满脸无辜：“昨晚、昨晚发生什么了？昨晚我不就开了个派对吗？”

“你还跟我装傻！有人跟我说昨晚你哥……真是岂有此理！岂有此理！”陆崇山气得直拍桌子。

“就这啊……我还以为什么事呢！”

“你这是什么态度！这事还不够大？！”

陆景礼被吼得更无辜了：“拜托啊爸妈，是我哥又不是我，我哥就住在隔壁呢，你们不去折腾他，干吗来打我呀！我这也太冤枉了吧！”

陆崇山的脸色瞬间黑了：“你敢说这个馊主意不是你给你哥出的？我不打你打谁！我打的就是你！”

陆景礼一听不乐意了：“凭啥啊？！凭啥就是我出的主意啊！这次明明是我哥自学成才！我当时也被吓到了好吗？我也是受害者！”

看着陆景礼的表情不像是作假，陆崇山和颜如意有些迟疑了。

陆景礼见状急忙趁机继续说道："还有啊，你们为啥就认定是假的，搞不好是真的呢？"

陆崇山一听立即暴怒："你放屁！再敢胡说八道，我打死你！你哥不久前还迷那个女人迷得要死要活的呢，这分明就是他的诡计！"

听到这里，陆景礼反而淡定了，挑眉道："这可说不定……反正这个主意不是我出的，我什么都不知道。

"我哥以前的事，你们又不是不知道，五年前那次还是被我挖的坑，后来差点闹得跟我们所有人都断绝关系。

"这回好不容易遇到一个宁夕，你们却百般阻挠，非逼我哥娶不喜欢的人。

"情路如此坎坷，我哥要是最后落下什么心理阴影，那也是完全有可能的事情好不好！"

陆景礼这番话，真是把陆崇山和颜如意实打实地吓到了。

要知道，他们最担心的就是这个，所以即使猜测这件事极有可能是儿子的计谋，还是紧张地跑来要问清楚。

陆崇山的脸色极其难看，最后，终于看向陆景礼开口道："你帮我给你哥带一句话，他想娶那个女人，可以。"

陆景礼一听，眼睛亮了，但很快就恢复了平静，他爹肯定还有下文。

果然，陆崇山继续开口道："只要他答应我几个条件。"

"什么条件？"

"第一，也是最重要的一点，让那个女人退圈；第二，隐姓埋名，我们会帮她换个合适的身份；第三，过门之前，把她交给我和你母亲学礼仪……"

听到这里，陆景礼掏了掏耳朵，直接打断了他："爸，你也别这么麻烦让我去问我哥了，我直接帮我哥回答你好了！"

"你想说什么？"陆崇山沉声问。

"我想说，爸，你这也太没诚意了，还不如直接棒打鸳鸯呢！"

陆崇山顿时变了脸色："你这是什么意思？"他深思熟虑了一晚上才想出了这么个法子，他绝对不可能接受那个女人，最后却为了儿子妥协了，还费尽心思让她有资格进陆家的门，这还不够有诚意吗？

陆景礼叹了口气，开口道："爸，我就这么跟你说吧，我哥喜欢的是一只狼，而你们却要把这只狼从大草原带到动物园里，拿笼子关起来，刷上一层白漆，拔掉爪子和牙齿，戴上铁项圈，然后交给我哥，对我哥说，喏，你最喜欢的小狼崽，拿着吧！你们觉得我哥会怎么想？你们这不是为了我哥好，你们这是亲手毁了他的心中所爱！"

颜如意眉头紧蹙："景礼，你这个比喻不恰当，我们只是想让那个女孩更适合做霆骁的妻子和小宝的母亲！”

“好，那我换个比方。你们记得小时候我很喜欢一只兔子吗？后来它生病死了，我难过得几天几夜不吃饭，你们就从外面抱来了一只一模一样的兔子想让我开心，还记得当时我的反应吗？”

颜如意眉头微蹙，点点头：“你没有要，让我送走了。”

“对，即使是一模一样的，我都知道它已经不是我之前最喜爱的那只了，更何况你们这是活生生把一只狼变成了一只狗，连人家的物种都变了！适合我哥的人那么多，他和小宝不喜欢有什么用？”

下午到公司后，陆景礼跟亲哥汇报了早上自己被爹妈围堵的事情，当然，着重描述了自己是怎样舌灿莲花、扭转乾坤的。

“虽然跟他们说了半天还是不欢而散，不过，这已经算是非常好的征兆了，爸妈之前完全不松口的，这次至少松口了！哥，我看你这计策其实可以有后续，再来几次搞不好他们真的会什么都答应……”陆景礼说着，一副“小爷实在是太聪明了”的表情。

陆霆骁看了得意扬扬的弟弟一眼，实在是不忍心提醒陆景礼一点，万一爸妈对他绝望了，陆家不是只有他一个儿子，到时候被逼着结婚的，肯定就是陆景礼这个老二了。

兄弟俩正说着话，办公室的门被敲响。

进来的是小宝，身后跟着的不是宁夕，而是宫尚泽。

看着来人，陆霆骁眉头微蹙：“宁夕呢？”

宫尚泽也不知道是怎么回事，每次面对这个男人总觉得瘆得慌，略有些紧张地回答道：“陆总，夕姐突然想起来有急事，就没上来了，说大概两个小时之后会过来接小宝，让我跟您说一声。”

“急事？”陆霆骁随意地扫了眼日历上的时间，随即了然，今天是宁夕爷爷的寿辰，估计是赶去宁家了。

想到这里，陆霆骁面色微凝，有些不放心她一个人去宁家，不过，既然是两个小时这么短，应该也没打算参加寿宴，顶多去跟老爷子打个招呼拜个寿就回来，应该不会有什么问题……

这时，一旁的陆景礼突然来了精神，上上下下打量着宫尚泽：“几天不见，发生了什么我不知道的事情？你是谁？怎么跟小夕夕很熟的样子？”

宫尚泽猜到了面前的人应该就是盛世娱乐的老板，宁夕的顶头上司陆景礼，便极客气小心地回答了他的问题：“您好，我是……”

陆景礼听完后直奔亲哥身侧，压低声音道：“哥，你也太心大了，放着这么一块小鲜肉在嫂子身边都不防备，也不怕她哪天饿了就随口叼了啊！”

陆霆骁风轻云淡地瞥了眼火急火燎的陆景礼，然后回了三个字：“有小宝。”

他哥真是绝了……难怪当时他明明可以把小宝接回别墅，让宁夕想见小宝的时候就去别墅，这样也可以制造很多相处机会，结果，他居然直接把儿子送宁夕那儿住了，这分明就是在宁夕身边埋了一枚高级情敌干扰器啊！

把亲儿子用得这么彻底，小宝和宁夕估计还对他感激万分……

宁家别苑。

今日是宁家老太爷宁致远的七十大寿，老爷子的别苑门前宾客络绎不绝。

因为是七十整寿，加上近两年宁氏国际在大儿子宁耀华的手里发展得很好，马上又要跟华都势头最猛的苏家联姻成为儿女亲家，所以这次来的宾客异常多。

用人和侍者们全都忙得脚不沾地，不过一个个都是喜气洋洋的，主人家有权有势，他们也跟着长脸，不管走到哪儿，只要说是在宁家做事的，谁不羡慕。

宴会厅内衣香鬓影，觥筹交错，所有的宾客、亲戚都在热情地跟老爷子贺寿，说着吉利话。

而今晚最受瞩目的，无疑是目前掌权的宁耀华一家。

外面的宾客一个接一个，一个比一个来头大，除了宁耀华生意上的伙伴，就是宁雪落的闺中密友和圈子里有权有势的朋友，旁边宁家的一堆亲戚们看得无比眼红，为了以后的利益，纷纷上去巴结讨好。

“玲玉，你真是好福气啊，老公这么有本事，女儿又争气！”

“最羡慕的就是你有个好女儿了，越长越漂亮不说，还越来越能干了！不仅戏演得好，还能自己开公司！”

“可不是嘛，那个衣服牌子都红到国外去了，最近圈子里好多太太跟我打听能不能帮她们内部预订一件呢！”

……

宁雪落被夸得有些羞赧：“叔叔阿姨，你们太客气了，不过是闲来无事，小打小闹而已。”

“不仅有真才实学，性子又好，瞧瞧多谦虚，哪像我家那个啊，整天就知道给我瞎惹事！宁夫人，你到底是怎么培养出这么优秀的女儿，也教教我们啊！”一群人跟庄玲玉打听起育儿经。

庄玲玉看着身旁自己视为毕生骄傲的女儿，满脸光彩，轻笑一声道：“这方面，我还真没什么经验，雪落从小到大从来都不用我操心的。”

“哎哟，真是羡慕死人了！”

一片称赞声中，不知道谁小声嘀咕了一句：“说起来……也不知道你们家老爷子到底是怎么想的啊，都有雪落这么好的孙女儿了，当初还非要从乡下收养一个小丫头回来，寄养在你的名下，后来闹出这么多荒唐事……这不是成心给自己找不自在吗？”

提到宁夕，庄玲玉顿时变了脸色，神情略显不自在道：“老爷子看她可怜，做善事罢了……我们做晚辈的，自然顺着老人家的意思。”

这话分明是完全撇清了宁夕跟自己的关系。

宁夕跟宁雪落身份互换的事情，圈子里至今无人知道，所有人都以为宁夕只是宁家从乡下领养回来的一个养女。

当初宁老爷子把宁夕接回来之后，肯定是准备公布她的身份的，毕竟这个是亲生骨肉，宁耀华和庄玲玉当时也同意了。

只是后来，在宁雪落的暗中挑拨下，从宁夕当众喝下洗手用的柠檬水到各种人前失仪，宁耀华和庄玲玉对宁夕越来越不满。

直到他们本来准备宣布宁夕身份的那一天，宁夕居然穿了一件仿版的假礼裙，被人发现后，让他们丢尽了脸面。

所以，当时两人果断改变主意，没有宣布宁夕的身份，之后也一直拖着这件事，直到五年前，宁夕出了那种败坏门风的事情，彻底打消他们公开她身份的念头，直接把她给悄悄送到了国外自生自灭……

“你们也确实是心善，还费那么大心思送她出国留学，不过，这都五年了，应该已经毕业回来了吧？不知道现在在做什么？在宁氏国际上班吗？”有个远房亲戚试探着问道。

宁耀华有两个女儿，一个真千金，一个假小姐。

宁雪落身份高贵，早就许给了苏家，他们肯定是攀不上了，也不敢打那个主意。宁夕虽然出身低下了些，但毕竟顶着个养女的名头，要是能跟这个联姻，多少也能捞点油水的吧？

被那个亲戚一提醒，不少人也开始蠢蠢欲动，打听起宁夕的近况。

“好像不是吧，我听说在跑龙套来着？”

“什么？跑龙套？她好好的班不上，怎么跑去做那种事情？”

“大概是看雪落功成名就，自己也想试试吧！”

“这、这也太不自量力吧？玲玉，你也不管管啊？”

听着这些议论，庄玲玉原本容光焕发的脸色立即沉了下来。

宁雪落见状适时握住庄玲玉的手，善解人意地开口道：“爸妈早就想让姐姐来家里公司上班了，位置也是早早安排好的，只是、只是姐姐她不愿意，叔叔阿姨，你们也知道的，这毕竟有隔阂，很多话，爸妈也不好说得太过，只能尊重她自己的意愿！”

旁边的人一听，立即纷纷点头表示理解：“唉，这怎么能怪玲玉呢，玲玉给她好吃好穿还送她出国给她最好的教育，怎么也够了好不好？”

“这乡下来的，眼皮子就是浅，再怎么教都不行！让她跟雪落比，怎么可能呢！”

“是这个理没错！玲玉和耀华也是仁至义尽了！”

听着这些话，庄玲玉暗暗松了口气，反正没有任何人知道那个不堪又丢脸的存在是她的亲生女儿。她的女儿，她的骄傲，只有雪落一个而已！有了“养母难为”这个理由，以后不管宁夕再怎么丢脸，都跟她没有任何关系！

宁家大门外。

宁夕到了之后，远远看了一眼，如果从大门口进去，必须要请柬，而她没有任何人通知，更别说请柬这种东西了。

于是，她想了想，最后拨了一通电话给堂姐宁天心。

“心姐。”

手机那头的声音有些激动：“小夕，你在哪里呢？我刚想打给你，今天是爷爷的寿辰，你回来吗？”

“那个，我已经到门口了，能不能麻烦你出来下，帮我把礼物带给爷爷？”宁夕请求道。

“你已经到了？你就算不想见其他人，可是来都来了，爷爷他老人家你总要见一面吧？爷爷昨天晚上还跟我聊起你，问你什么时候回来，我还安慰他说你今天肯定会来的，结果……”宁天心有些不忍心说下去。

听到宁天心这么说，宁夕也有些为难。

最后，还是宁天心叹了口气开口道：“不然这样吧，你过来后门，待会儿我找机会带爷爷过去，你跟爷爷道个寿，亲自把礼物给他吧！”

“这样最好了，谢谢你心姐！”宁夕感激不已。

成功搞定，宁夕松了口气，带着上次给爷爷买的玉手串朝着后门走去。

当她隔着院门看到被宁天心搀扶着的白发老人，顿时红了眼眶。

五年时间，对她这样的年轻人来说或许不算什么，但对于爷爷这样的老人，却太长太长，爷爷的头发已经完全白了，从前挺直的脊背也佝偻了下去，正颤巍巍地从口袋里掏眼镜，想要看清楚她……

看到爷爷的一瞬间，宁夕尘封已久的回忆顿时翻涌上来。

那年冬天，她还是个不谙世事的少女，独自来到陌生的地方，看着亲生父母和宁雪落亲密无间的欢声笑语，自己偷偷躲在墙角想家想得哭，后来，爷爷发现了她，牵着她的手，去厨房给她煮了碗热腾腾的面，说不要哭，这里是她的家……

那时候，宁夕被庄玲玉越骂越慌，要求的事情她怎么都做不好，老人就从忙碌中腾出时间，晚上回来后把她叫到书房给她开小灶，耐着性子一遍又一遍地教导……

当年她离开宁家后就再也没有回来，爷爷对当时发生的事情并不知情，他身体不好，宁夕怕他受刺激，也从没跟他说起过，曾经爷爷亲自去过一趟M国找她，要带她回来，可是，她拒绝了。至今她还记得当时老人失望的眼神……

近乡情怯，此刻，宁夕竟不知道该怎么面对老人家。

宁致远大概还在介意她不肯回家的事情，脸色也不太好，一直板着个脸。

最后，还是宁天心主动出来打破僵局，跑过来牵着宁夕的手，把她拉到了爷爷跟前。

"小夕，愣着干什么？快说话呀！"宁天心无奈地提醒。

宁夕毕竟已经不是当年羞怯胆小的小女孩，短暂失神之后，很快便回过神来，当即扑过去，给了老爷子一个大大的拥抱："爷爷！人家好想您啊！"

宁致远被孙女这个热情的拥抱弄得有些发愣，随即哼了一声道："没看出来你哪里想我！想我会这么多年一次都不回来？"

虽然语气还是很不好，表情却明显已经软化了。

宁夕笑嘻嘻地打着哈哈："爷爷，人家在努力念书嘛！不是您教育我知识改变命运的吗？这些年我一直谨遵教诲，在拼命学习呢！"

"你啊……"宁致远闻言一脸无奈，浑浊的眼睛细细打量着面前他已经快要认不出来的女孩，嘴里喃喃道，"变了……变了……"

不仅是外貌，还有性格、气质……只是短暂的一面，他却发现，这个孙女这些年的变化让他惊讶又惊喜。

宁夕歪了歪脑袋，故意问："哪里变了？是不是变漂亮了？"

老爷子被她逗笑了："是变漂亮了，也开朗了不少，这很好！看来国外的环境对你还是有帮助的！"这算是宁致远唯一安慰的地方了，这些年他最愧疚的，就是这个孙女。

聊了几句之后，宁致远转到了正题："小夕啊，爷爷当年是教了你要好好学习，但是，爷爷是不是也教了你在正确的时间做正确的事？还有你，天心，爷爷的话，你也好好听着！

"你们俩算算，你们都多大年纪了，这个年纪最应该做的事情，是赶紧找个好人家嫁了，然后生个大胖小子，我理解你们年轻人忙，孩子要是没时间带，爷爷完全可以帮你们带，不让你们操一点心！"

宁夕跟宁天心对视了一个无奈的眼神，宁天心不善言辞，只能由宁夕开口道："爷爷！您打住！不带您这样的啊！这么多年不见，我一回来您就催婚！您知不知道最不可爱的爷爷是什么样的？就是催婚的爷爷哦！"

宁老爷子看了她一眼："那你知不知道最不可爱的孙女是什么样的？就是你这

样的！整天在外面不着家，也不让我抱孙子！爷爷今天都七十岁了，还有几年好活？”

宁夕：“呃……”自掘坟墓了！

宁致远朝着宴会厅的方向看了一眼，也不知道想到了什么，语重心长地看着两个孙女道：“你们两个啊，不是爷爷逼你们，爷爷也是没有办法。”

“我们宁家到了你们这一代，一个男孙都没有，这偌大的家业，以后要交给谁？难道你们让我交给没有血缘关系的宁雪落和你二叔在外面的女儿吗？”

听到爷爷的话，宁夕和宁天心的脸色都有些凝重。

宁夕是绝对的不婚主义，这辈子都不可能结婚，更别说替爷爷生个孙子继承宁家的家业了。

宁天心早就心有所属，只是两人错过了，这么多年她一直放不下，没办法接受其他人，也无法满足爷爷的心愿。

宁天心的父亲，也就是宁夕的二叔宁耀邦，本来还想逼宁天心嫁人，早点生下继承人，但是，外表柔弱的宁天心性子实在是太倔了，坚决不从，甚至以死相逼，所以，这两年宁耀邦不仅自己在外面不停地开枝散叶，也在撺掇两个女儿，想让她们赶紧生下继承人来……

至于宁雪落那边，虽然她不是亲生的，但是据说他们已经跟苏家商量好了，日后宁雪落生下的第一个儿子姓宁。

宁耀华和宁耀邦兄弟两个这些年一直在暗中较劲斗得不可开交。宁耀华最大的砝码是宁雪落的影响力和苏家的联姻，宁耀邦最大的砝码是他虽然也没儿子，但三个女儿至少都是他亲生的，不管是谁生出来一个儿子，那都是有宁家血脉的继承人！

谈到这个问题，一时间气氛有些僵持，宁夕和宁天心都不知道该怎么回答爷爷，不可能答应，又不忍直接伤老人家的心。

这时，身后传来一个熟悉的声音……

“爸，一群人在里面等着您呢，您怎么跑后院来了？宁夕？”庄玲玉正说着话，竟看到宁致远和宁天心的身边还站着一个人。

看清那人居然是宁夕之后，庄玲玉当场变了脸色，厉声呵斥道：“你来这里做什么？今天家里这么多客人，冲撞了贵客怎么办，还不快给我出去！”

不等宁夕说话，老爷子最先怒了：“放肆，小夕是我的亲孙女，谁准你赶她走的！”

庄玲玉一听急了，顾忌地朝后面看了一眼：“爸、爸您小声点！”

“小声点做什么？难道我说错了吗？小夕不是你的女儿？”看她这副躲躲闪闪的样子，宁致远更加生气。

被怒斥的庄玲玉暗暗瞪了宁夕一眼，随即软声跟宁致远解释道：“爸，我不是这个意思……您也知道的，现在别人都还不知道小夕她是我的……”

“我早就跟你说了，尽快公布小夕的身份，之前是小夕在国外念书，现在小夕回来了，正好今天大家也都在，你马上就给我告诉所有人，小夕是我们宁家的人！”

庄玲玉满脸惊恐：“什么？爸，这绝对不可以！我不同意！”

那表情，就好像宁夕是什么极其可怕的令人恶心的毒蛇猛兽……

若是以往，甚至是刚回国那会儿，宁夕看到亲生母亲这样的表情，一定会心痛不已，但是，还好，她对他们最后的那点期待早已经消失殆尽。

宁天心却不知道这些年宁夕的心态变化，心疼不已地握住了她的手。

感觉着掌心细腻柔软的触感，宁夕心头微暖，垂眸对着宁天心展颜一笑。

这个笑容，如同阳光般温柔灿烂，美得令人惊艳……这完全出乎宁天心意料的反应，竟让她一时之间愣住了。

宁致远和庄玲玉没说几句，身后走来了几个人，是宁耀华、宁雪落、宁耀邦，还有宁耀邦那两个女儿。

除了宁耀邦的妻子最近跟他关系紧张没有来，宁家的人算是都到齐了。

“这是怎么了？好端端的怎么吵起来了？”宁耀华蹙着眉头问，一看到对面的宁夕，立即沉了脸色，“你怎么来了？”

他就说怎么好端端的妻子竟然会跟父亲争吵，果然，每次这丫头出现就不会有好事！

庄玲玉一看到丈夫，立即紧张不已地迎了上去，急急地开口道：“耀华，你快劝劝啊，爸要在今天公布小夕的身份！”

宁耀华一听顿时大惊失色：“这怎么行？！爸，你是不是糊涂了？该死的，是不是这丫头跟你说了什么？”

宁耀华的目光如利箭般朝着宁夕射过去。

宁致远用力撞击着拐杖：“你别往小夕身上泼脏水，这是我自己的主意，你倒是跟我说说，哪里不行？”

“就是啊，哪里不行啊，难道宁夕不是你的孩子吗？”身后，宁耀邦唯恐天下不乱地悠悠说道。

宁耀邦阴阳怪气的语气惹得宁耀华大怒：“你给我闭嘴！这里没你的事！”

宁耀华嚣张的态度刺激到了宁耀邦，他当即阴沉着脸道：“大哥，你这话说得我就不爱听了，我也是宁家的一员，怎么就没我的事了？”

不过是管个公司而已，有什么了不起的，又不是拿到股份了，居然当着这么多人的面对他大呼小叫！

可是，谁让宁耀华有个好女儿呢！为他拉来了那么多资源不说，还找了个好女婿！

该死的，这宁耀华到底是走的什么运，抱错女儿还抱回一个金疙瘩了。

还好宁耀华的亲生女儿是个不成器的，宁耀邦巴不得宁夕回来，把宁耀华搅得一团乱才好呢！五年前他可是看了不少好戏啊，真是想想就兴奋！

宁耀华不再搭理宁耀邦，当务之急是安抚好老爷子：“爸，不是我不公布，是这事太仓促了，一开始都对外说的养女，现在突然养女变亲生了，这总要有个合理的理由吧！一个弄不好，岂不是让人看我们宁家的笑话？今天您寿宴这样的大日子，要是闹出什么事儿，就太难看了！”

“仓促？都五年了！你根本就没把这件事情放在心上过！”

“我怎么没放心上，小夕一回来我就找过她，要给她安排工作，准备循序渐进一步一步地让她融入宁家，然后再顺其自然地公布她的身份，是她自己一意孤行非要进那一行，现在弄了一身绯闻不说，还好几次连累了雪落……”其实，他压根就没想过要公开宁夕的身份。当年宁夕的丑闻，就像是一个定时炸弹，时时刻刻悬在他的头顶。万一有朝一日这件事曝光了……他绝对不能让别人知道宁夕是他的亲生女儿！

宁致远这次没有那么轻易相信儿子的话：“找工作？你倒是说说，你给小夕安排的什么工作？”

“新、新加坡分公司……”

“你这个混账东西，小夕刚回来你又要把她往那么远的地方送！那二十几个人的小破公司，你让小夕去那里做什么？”

“我这不是让她历练吗？总不能一来就直接把她放在总公司啊！”

“小夕是我的亲孙女，为什么不能？小夕，你明天就进总公司，去财务部！”

身后一直沉默不语的宁雪落听到这句话，终于变了脸色。

从一开始她最想进的就是宁氏总公司，但是她身份太特殊，如果进总公司太容易惹人猜忌，所以她就反其道而为之，即使宁耀华他们主动提了，她也总是婉拒，表示自己丝毫不觊觎宁家的东西，最后果然让宁耀华和庄玲玉对她更加疼爱，连老爷子对她也无话可说。

宁耀邦那边的两个女儿，老爷子厌烦得很，根本不足为惧。宁天心虽然是婚生子，但被一个男人迷得神魂颠倒，心思根本不在家里，也不用担心。所以，她根本就不急，等她嫁进苏家，有了足够的资本，宁家的一切迟早都是她的。

但是现在她苦心经营那么多年的一切，却因为宁夕的突然出现而摇摇欲坠！她怎么能容忍！

老爷子这话一出来，不仅是宁耀华、庄玲玉、宁雪落三人变了脸色，连宁耀邦也不干了。

“爸，您这不是开玩笑吗？她一个三流大学毕业的，什么工作经验都没有，怎么能让她进财务部！要进也该是天心进啊！不然小茹和小艾也行！”

“老二，你说这话也不怕风大闪了舌头，天心是华都大学毕业没错，但她学的是艺术专业，跟财务部八竿子都打不着，你那俩女儿除了打扮得花枝招展还会什么？放进财务部是想闹得公司鸡犬不宁吗？爸上次都说了，等雪落结婚了，就让雪落进财务部！”

宁耀华自然希望是自己的女儿进总公司，但他希望的是宁雪落进公司，而不是宁夕。

对他而言，宁夕进公司简直就是一场灾难，在家里丢脸也就算了，到时候丢脸丢到全公司了，他还怎么见人。再说他上次都信誓旦旦跟苏家说了，以后一定是雪落继承家业的！

趁着他们父子三人在争吵，庄玲玉走到宁夕跟前，用力扯了她一下，咬牙道：“你还愣在这里做什么？还不快走！家里本来好好的，你一来就吵成这样，是想今天你爷爷寿辰这样的日子，也被你闹得不可开交吗？”

虽然宁夕表情淡淡，但是宁天心却听不下去了，就算不善言辞，也忍不住开口道：“大伯母，您这话有失偏颇，小夕不过是来看看爷爷，为了不惊动你们，甚至是让我带爷爷来后院见了一面，从头到尾一句话都没说，什么也没做，怎么能是她的错？”

“她是什么都没做，她光是出现在这里就已经够了！还有，我们家的事情不用你一个外人来管！”

与此同时，陆氏集团总裁办公室。

已经过了两个小时，可是宁夕还没回来。

小宝一如既往地趴在窗口望眼欲穿，连陆霆骁也开始频频看手机。

看着父子两人这样，陆景礼一副受不了的表情：“喂喂喂，我说你们俩啊，能不能淡定一点？这才两个小时不见而已好吗？”

又过了五分钟，人还是没来。

陆霆骁拿起手机，直接给宁夕拨了一通电话，结果，无人接听。

宁家别苑。

宁夕包里的手机突然响了起来，一看来电显示，是陆霆骁打来的，再一看时间，已经过去两个多小时了。

大概是来问她什么时候回去的。

这会儿宁家一群人吵得不可开交，宁夕不方便接电话，于是直接走到大发雷霆的爷爷跟前，柔声道：“爷爷，其他事情改天再说吧，我今天就是来看看您，待会儿还有急事，得赶回去了，祝您生辰快乐！”

“什么急事啊，这么快就走？”老爷子一听，顿时急了，“你别在意这些混账东西！有爷爷在，没人可以赶你走！”

宁夕轻轻顺着老爷子因为太过激动而起伏不定的后背："爷爷，瞧您说的，我最近确实是比较忙，不然也不会这么匆忙地跑来见您了！"

"小夕，是爷爷对不起你，让你受委屈了……"宁致远只当她是在安慰自己，是因为宁耀华和庄玲玉的态度太伤心了才急着走的，顿时满心愧疚。

一旁的宁雪落一看老爷子这表情，就知道要糟。

如今的宁家虽然是宁耀华掌权，但股份还是被老爷子牢牢捏在掌心里，要是他偏向宁夕，那就不好办了。

她最怕的就是老爷子对宁夕的愧疚，毕竟宁夕是他的亲生骨肉，就算宁夕再不堪，再肮脏，却能一句软话就摧毁她多年经营的一切。就因为那该死的血脉吗？就因为她身上没有流着宁家的血，宁夕轻易就能得到的，她却要付出千百倍的努力才能得到吗？万一宁夕得到了继承权，那么她的下场……

光是想象一下回到那个穷乡僻壤，每天过着贫穷的生活，她都无法接受！即使到时候宁家不赶她走，她也无法忍受日后对宁夕做小伏低！

明明她才是宁家大小姐，她一生下来就是，凭什么好端端的全被宁夕抢走？没错，她才是宁家大小姐，唯一的大小姐！就算是血脉也无法改变！

宁雪落深吸一口气，恢复了冷静，做出泫然欲泣的样子，走过去挽住宁夕的手臂，声音颤抖，满脸着急："姐姐，你别走好不好？求你别生爸爸妈妈的气！爸妈一早就在安排公开你身份的事情了，只是你一直不愿意回来，也不愿意来公司……

"你要怪就怪我吧，都是我不好，你打我骂我都可以，你要是实在不想见到我，我现在就离开！但是，姐姐，求你不要走！

"你就算不愿意见我们，也想想爷爷啊！爷爷真的很想念你！你至少也要吃块爷爷的生日蛋糕再走吧？再急的事情能有爷爷的生日重要吗？"

宁雪落这番话说得太有技巧，不管是不公开身份还是不进总公司，把原因都推到了宁夕身上，同时也表明了自己因为身份尴尬在宁家有多委屈多不容易，最重要的是表现了她对爷爷的孝顺……

庄玲玉一听就心疼得不行："雪落，你胡说什么，你要往哪儿走！该走的不是你！"

见宁雪落挽留宁夕，连宁老爷子的脸色也明显缓和了不少，他自然不可能真的让宁雪落走，只是顺着宁雪落的话再次挽留宁夕："小夕，难得回来一次，多待一会儿吧，啊？"

看着老人家满怀希冀的眼神，宁夕沉默了一会儿，最终还是点了点头："好。"

生孩子这件事上她是肯定没办法满足老人家了，爷爷方才的一切期待和好意，她也注定要辜负。

她不可能做回宁家大小姐，不可能进公司，不可能再回到宁家，所以此刻，她不忍心在爷爷生日这天拒绝他这样简单的要求。

“太好了！快进屋里吧！大冬天的，外面冷！”老爷子顿时展颜，在宁天心和宁夕的搀扶下高高兴兴地进了屋里。

宁雪落独自站在后面，看着被宁天心和宁夕搀扶着的宁致远，眸底闪过一丝森寒的冷光。

见老爷子终于被哄好，庄玲玉总算是松了口气，满脸慈爱地走到了宁雪落跟前，拉住她的手：“雪落，你受委屈了！”不管家里发生什么事，她总是这么懂事，总是能考虑大局。

宁耀华也是满脸心疼，叹了口气道：“雪落，刚才的事情你别往心里去，老爷子只是太久没见到小夕了，一时有些激动，那些话也是随口说说，现在公司还是爸爸说了算，你尽管放宽心！”

“谢谢爸妈……我都理解的！”

哄好爷爷后，宁夕抽空给陆霆骁回了一条短信：“我这边要多陪我爷爷一会儿，可能会回来比较迟，你先带小宝回家，回头我去铂金华府接小宝。”

办公室里，陆霆骁看到这条信息，脸色顿时阴沉下来。

陆霆骁心里很清楚，不管宁夕的外表看起来多强悍，也有鲜血淋漓无法碰触的地方，那就是宁家。当年她在宁家的时候曾经遭受过什么，他也略有了解……虽然宁夕的短信里说得轻松，但是他怎么能放心她一个人身处那种地方？

当宁夕跟着老爷子进入宴会厅，立即响起了一阵不小的议论。

宁夕今天带着宫尚泽和小宝一起跑了下家具城买东西布置工作室，所以穿得比较休闲方便，直接牛仔裤加皮衣就出门了，长发则是扎成了一个马尾，随意地甩在脑后，很是干净利落。

只是，在今天这样所有女士都穿着长裙礼服和高跟鞋的场合，确实是格格不入。

老爷子一心沉浸在孙女终于回家的喜悦里，哪里会注意到宁夕穿的什么，一直在拉着宁夕叙家常，直到庄玲玉提醒有很多贵客等着，他才让宁天心陪宁夕去吃点东西，自己去招呼客人了。

老爷子一走，庄玲玉立即变了脸色，忍无可忍地看向宁夕道：“你看看你穿得像什么样子，不知道今天是什么日子吗？”

宁雪落见状急忙打着圆场：“妈，您别怪姐姐了，姐姐肯定是来得匆忙没来得及换！”说完一副小心翼翼生怕宁夕生气的表情走到她跟前，“姐姐，我带你去楼上换身衣服吧？”

“愣着做什么？还不快去跟雪落换衣服！忙忙忙，正事不干一件，也不知道你一天到晚在瞎忙些什么！”对于庄玲玉而言，宁夕就是她这辈子的耻辱，简直多看一眼都受不了。

如果以前被庄玲玉这样训责，宁夕肯定会觉得无地自容，这会儿只是轻飘飘地看了她一眼：“呵，我换不换也都不会丢您的脸，宁夫人会不会管得太宽了？”

说完便挽着宁天心的手臂，朝着甜点区走去。

“你、你……”庄玲玉简直气结，“雪落，你看看她，眼里还有我这个妈吗？简直半点规矩都没有！”

宁雪落心里一阵幸灾乐祸，面上却体贴地一直安慰着庄玲玉，替宁夕说好话。然而，她越是替宁夕说话，庄玲玉只能越厌恶宁夕……

另一边，宁夕挽着宁天心找了个地方坐了下来，然后自顾自地给自己倒了杯酒，丝毫没有自己闯入了不该来的地方的感觉，反而如同这里就是自己的后花园，而面前的一切都是一场滑稽的表演，无比轻松自在。

宁天心看着对面姿态慵懒随意的女孩，终于忍不住内心的惊奇开口道：“小夕，这么多年不见，你真的变了好多！”

宁夕挑眉：“是吗？”

五年前她穿了假礼裙被发现的那一次，整个人就如同没穿衣服站在众人面前一样手足无措，在那些嘲笑的话语和鄙夷的眼神之下，她感觉自己的整个世界都快要崩塌了……

可是如今……这么对比起来，似乎确实变化有些大？

实际上，在来这里之前，想到要见很多曾经宁家那个圈子里的人，宁夕的心里还是有一丝紧张和排斥的。

毕竟当年的阴影太深，至今仍然会出现在她的噩梦里。

但是，当她真的出现在了这里，当她面对着那些人甚至是亲生父母的嘲讽，以及宁雪落一如既往的虚伪，她竟然完全没有预想中担心的不安和紧张，甚至连愤怒、怨气都没有……

原来，时间真的可以改变一个人。

在她自己都没有发现的时候，曾经让她最在意的事情，她早已经能够坦然面对了。

“嗯，不仅漂亮了，最重要的是自信，你的眼神特别动人，怎么说呢，有一股说不出的力量，甚至给我一种凤凰涅槃一样的感觉……”宁天心有些激动地说着，随即又有些心疼。

一个人的改变不可能是无缘无故的，也不知道她到底遭受了什么才会变成今天这样。五年前宁夕突然出国，她总觉得有蹊跷，却又不好多问。

宁夕闻言失笑，托着下巴道：“堂姐，你连夸人都这么文艺范儿！”

“我是说真的！”宁天心嗔道。

宁夕抿了口酒，长叹一声道：“唉，由爱故生忧，由爱故生怖，若离于爱者，无忧亦无怖。大概是因为不在乎了，所以自然而然就这样了吧，无欲则刚嘛……”

宁天心一听这话，脸色顿时白了几分：“小夕，你可别想不开啊！我怎么听着你的话音有几分四大皆空的意思？”

“咳咳……”宁夕不过嘴贫几句，没想到把宁天心给吓着了，急忙安抚道，“心姐，我就是开个玩笑，别紧张啦！”她这边正被大魔王的美色迷得团团转呢，怎么可能四大皆空呢，她要真能四大皆空就好了！

宁夕轻松自在地跟宁天心聊着天，周围那些本来还在对宁夕的装束议论纷纷的人，见宁夕完全不在乎的模样，渐渐也都自觉无趣地不开口了。

他们今天的主要任务是讨好宁耀华这边和宁老爷子，可不是来关注一个无关紧要的养女的。

夜幕降临，宾客络绎不绝，越来越多，宴会厅里更加热闹起来。

宁耀华因为刚才惹了老爷子不高兴，这会儿正各种献殷勤，当场让人把他早就准备好的寿礼搬出来。

他准备的礼物是一个做工精致的红珊瑚八宝屏风，价值不菲，看得众人啧啧称赞，纷纷夸宁耀华有眼光有孝心。

老爷子看了一眼，只说了些客气的场面话，并没有太高兴的样子，显然还在生气。

宁雪落先是给了父亲一个安抚的眼光，随即不易察觉地朝着宁夕的方向看了一眼，之后，她手里捧着一个镂空雕刻的木质小盒子，走到了老爷子跟前：“爷爷，祝您生辰快乐，孙女给您拜寿了，这是我亲手给您挑的生日礼物，希望爷爷能喜欢！”

庄玲玉见状立即从旁开口道：“爸，快打开看看吧！雪落开的公司最近赚了点钱，这都是她用自己赚的钱给您买的呢！我之前说要帮她买，她偏要自己准备，说这样才有诚意！”

老爷子看了宁雪落一眼，接过她手里的盒子，缓缓打开，看清盒子里的礼物之后，脸色渐渐有些动容。

盒子里的，是一串玉手串。

宁耀华的礼物完全就是在瞎砸钱，而宁雪落的这份礼物却能看出来，那是确实用了心的。

这孩子知道他爱玉，所以特意为他选了一串玉手串。

宁致远细细打量那串手串的时候，宁雪落就安安静静地站在他跟前。

那隐隐透露着忐忑和不安的眼神，看得老爷子一阵心软。

宁雪落也是他从小疼到大的，即使后来被发现不是宁家的骨肉，他也从未亏待过，仍旧当成亲孙女一样疼，他只是看不惯大儿子和儿媳对宁夕的态度。

宁致远长长地叹了口气，语气软化了很多：“好孩子，你有心了，这份礼物，爷爷很喜欢！”

宁雪落闻言顿时露出如释重负的表情，因为爷爷的夸奖，甚至眼眶都有些微微泛红，激动道：“爷爷您喜欢就好！”

女孩这样的真情流露，看得老爷子更是心酸，不忍心因为儿子儿媳牵累她，说了几句关心勉励的话：“事业重要，但也要注意身体，尤其是你一个女孩子家家的，别太拼了！”

宁雪落重重地点点头，一脸感动：“我知道了爷爷！”

看着父亲的脸色已经彻底缓和下来，庄玲玉和宁耀华对视一眼，看着宁雪落的表情都满是骄傲和自豪。

旁边的一众亲戚宾客为了巴结，也纷纷奉承起来……

“哎呀，这串玉手串的成色真不错，起码要两三百万以上吧？”

“这算什么啊，雪落的服装品牌History光是这个季度的纯盈利就至少有上千万了，更何况人家还是红人呢！”

“老爷子您真是太有福了，儿孙都这么争气！又这么孝顺！”

……

角落里，正在跟宁天心聊天的宁夕看到宁雪落送给爷爷的礼物，眉头微微蹙了一下。这么巧？宁雪落选的礼物竟然跟她的一样，也是一串玉手串？

正在狐疑，突然对上了宁雪落暗中看过来的眼神。

宁雪落的目光故意落在她放在桌面的礼物上，那眼神……分明是早就知道她送给爷爷的是什么，所以故意选了跟她一样的！

很显然，宁雪落买的那串至少比她那串贵十几倍都不止。

这是想让她在所有人面前出丑……

果然，宁雪落暗暗露出个诡异的微笑，随即乖巧地看向老爷子开口道：“爷爷，我听说姐姐也给您准备了礼物呢！”

宁雪落说这话的时候一派天真无邪的表情，似乎完全是为了让爷爷开心才这么说的。

如今宁夕的身份未公开，一个养女，就算出丑也跟宁耀华和庄玲玉无关，不仅如此，还能让爷爷对她产生恶感，简直是一举两得。

果然，老爷子丝毫没有察觉到宁雪落的真实用心，满脸开怀地看向了一旁的宁夕：“是吗小夕？”

宁天心看看宁雪落，又看看宁夕，敏锐地察觉到了哪里不对：“小夕，等等……”

虽然她不知道宁雪落到底想做什么，但是她很清楚，宁雪落不可能这么好去故意撮合宁夕和爷爷的关系，更不可能突然开口让宁夕在这样的场合有露脸的机会。

“检查一下你的礼物，我怀疑被宁雪落动了什么手脚！”宁天心警惕道。

事出反常必有妖。

宁夕轻笑一声，凑近宁天心开口道：“堂姐真聪明，礼物确实有问题，但我一直贴身放着呢，不是被动了手脚。”

“那是？”宁天心更加狐疑。

“也不清楚宁雪落怎么知道了我送爷爷的是什么，她送的东西，跟我要送的一模一样，哦，当然了，肯定比我送的贵得多！”

宁天心顿时想通了其中关节：“那怎么办？这样一来，就算爷爷不在意，但架不住周围人的那些嘴……小夕，我帮你换一样东西吧？”

“不用，爷爷不在意，那就够了。”宁夕拿着礼物，走到了老爷子的跟前，“爷爷，生辰快乐。”

宁天心本来还很担心，但不知道想到了什么，突然就懂了，也安下心来。

她真是糊涂了，宁夕一不想做回宁家大小姐，二不觊觎宁家的家产，周围人再怎么说对宁夕也没有影响，宁夕需要在意的，确实只有爷爷的态度而已。

看着终于回到家的孙女，老爷子就算没见到礼物也已经很开心，笑着说道：“你能回来爷爷已经很开心了，还准备什么礼物！你在外面工作打拼也不容易！”

“不管怎样也是姐姐的一片心意啊，爷爷，您快打开看看吧！”宁雪落按捺着眸底的一丝急切开口道。

“好好好……”老爷子非常珍视地一点点将礼盒打开，打开盒子的刹那，老爷子明显神色一怔，但很快就恢复如常，一脸慈爱地看向宁夕，“都说女孩贴心，看来果然如此，想到一块儿去了，送的都是爷爷喜欢的！”

宁雪落闻言目光一冷，心中嘲讽道，呵，果然啊，因为是亲孙女送的，就算是劣质品也喜欢是吗？

其他人也都看到了宁夕送的是什么，一时间都有些惊讶，这么巧，居然送的是一样的？

这时，身旁宁雪落的闺蜜团适时说话了……

应芳琳瞥了眼那串玉手串，神色异常轻蔑：“那可不一样吧，刚才雪落那条的成色、水头都是极品，这条简直就是不值钱的边角料啊！哪里能一样？”

金萱萱也义正词严地发难：“宁夕，你不是刚被盛世娱乐挖角吗？肯定没少赚吧！就给你爷爷买这种残次品？这好歹也是你爷爷的七十大寿，送这种掉价的东西，到底安的什么心？你不知道玉这种东西是有灵气的，可以养人，也可以害人的吗？”

这最后一句话，可谓诛心了！

一时之间，宁夕成了众矢之的。

“你们也别这么说啊，说不定人家确实混得很惨呢！”旁边有人似笑非笑地说了一句。

“那送不起就送别的，干吗非要送玉这种东西？”

“哎哟，你不知道，打肿脸充胖子，而且还不懂装懂，他们哪里懂玉的禁忌啊！”

宁致远听着那些议论，越听脸色越差，很是有些不高兴，正要开口，这时，人群中一位戴着眼镜的老者突然语气严肃地出声道："几位小朋友，容老朽说一句，玉的好坏不在于玉的价值。而且，一块玉的好坏，衡量的标准很多，就算是一块普通质地的玉，如果温养得当，或者经过了名家雕琢，那也可能是无价之宝！"

老者说着顿了一顿，双眼放光地盯着宁夕送老爷子的那串玉手串："而这一串，就可以说是无价之宝！"

"什、什么？还无价之宝？开什么玩笑啊！"应芳琳一脸不可思议地尖叫出声。

这时，金萱萱脸色变了变，拉了她一把道："别乱说话，说话的这位可是席老！"

"哪个席老？"应芳琳愣了一下。

"玉石世家那个！席博义！"金萱萱提醒。

"啊，竟然是他？可、可这不可能啊！上次我们跟雪落还有那些女人喝下午茶八卦的时候，她们分明说宁夕在宝玉轩买了一串不到十五万的玉给老爷子做寿礼啊！难道我上次听错了？"

"没有，上次她们确实是这么说的……但是，席老也不可能看错啊！真是奇怪了！"

听到席博义的话还有应芳琳和金萱萱的议论，宁雪落微微变了脸色，但暂时还是镇定的，她打听得非常清楚，宁夕这串玉手串最多绝对只有十五万块，这点肯定不会有错的！

席博义虽然德高望重，在玉石里摸爬滚打了一辈子，但说不定也有看走眼的时候呢？

其实，在场懂玉的都不多，所以刚才看到宁夕那条玉手串的时候，一直都是宁雪落那些闺密在说，其他人看她们信誓旦旦的，也只是跟着附和。

这会儿见席老居然出来说话了，还一开口就说是"无价之宝"，所以，一时之间，众人都疑惑了，不知道该听谁的。

连宁致远自己都有些狐疑。他虽然只是爱好者，懂得不可能有席博义那么透彻，多少也是会看一点的，宁夕这块玉是不错，但怎么也不可能是无价之宝这么夸张啊？

宁致远满腹不解："老席，你这话是什么意思？什么无价之宝？"

席博义沉吟了一下，似乎也不敢随便妄下定论，迟疑着开口道："致远，你这串玉手串，可否给我细观一下？"

宁致远只能把玉交给了他。

席博义细细打量了好半天，最后还从怀里掏出了一个放大镜，对着其中一颗珠子盯着瞅了半天，越瞅还越激动……

"你到底看出什么门道来了？"宁致远有些焦急地追问。

围观的其他人这会儿也都在无比好奇地看着热闹，一边看一边交头接耳，大部分人都不相信这玉是什么无价之宝，觉得肯定是席博义年纪大了看走眼了……

“宁夕，你确定这玉没问题吗？”宁天心还是有些担忧宁雪落会做手脚。

宁夕一脸无辜地耸耸肩：“我只能保证我买来之后这段时间是没问题的。”

总不能是宝玉轩坑了她，给了她有问题的玉吧？后来招待她的那个店员，分明看起来人还蛮不错的啊，总不会是被苏以沫收买了吧？

宁夕不由得开始有些阴谋论了……

最后，席博义终于看完了，看完后，他突然从自己手上褪下了一条玉手串，拿到了宁致远的跟前，问道：“致远，你看我这串玉手串怎么样？”

宁致远一见他那串手串就红了眼，气恼不已道：“你这老家伙，够了啊，不就是你孙子送你的陆老族长手工雕琢的玉手串吗？都炫耀八百回了还不够！”

宁致远这一开口，周围几个老伙计全都纷纷附和着调笑起来。

“老席不厚道，逢人就说！孙子送的，陆老族长纯手工雕琢的，几年才做一个，孙子求了人好几个月才拿到的，那孝心哟……我们耳朵都听出茧了！”

“明知道老宁也喜欢陆老族长的雕琢的玉饰，求了好多次都没求到，还可着劲地在他跟前炫耀！”

“哈哈哈……今天好歹是老宁的寿辰，你就别再刺激他了吧！”

……

“这个玉手串很难得吗？”听着那群老先生的议论，人群里有个不知情的狐疑地嘀咕道。

席博义一听立即严肃道：“那是当然了，陆老族长可不轻易出手，就算你再有钱都不行，最重要的是必须得是有缘人！这玉珠子一串难求！可不就是无价之宝吗！”

虽然陆老族长低调，知道他的人也不多，但在场有点年纪和阅历的还是知晓的，听到这话都是满脸敬畏。

“心诚不说，最难的是有缘人这一点，这虚无缥缈的，谁知道到底怎么才算是有缘人啊？”

“就是太难了，所以才更难得啊！不然老席能嘚瑟这么久吗？都准备拿来做传家之宝了！”

“咦，不对，老席突然提这茬做什么？不是在看老宁那串珠子的吗？”

……

一片小声议论之中，席博义盯着宁夕送的那串珠子看了好半天，才终于还给了宁致远，随后意味深长地看向宁夕道：“小丫头，为了这串玉珠子，你没少费心思吧？”

听席博义这意思，宁夕送宁老爷子的这串，居然也是陆老族长亲手雕琢的？这、这怎么可能？既然这么难求，那宁夕一个乡下来的野丫头，到底有什么本事能弄到？

宁夕听了这么多，一句都没听懂。

这位老先生，他确定他夸上天的是她这串珠子吗？她说她就是花了十五万不到在宝玉轩买的，而且根本就不知道什么陆老族长纯手工雕琢，他会信吗？

应芳琳一脸不屑地跟身旁脸色不太好的宁雪落小声嘀咕：“不过是一串玉珠子而已，有什么好大惊小怪的，还无价之宝？”

宁雪落咬着唇，神色黯然地摇了摇头：“芳琳，别这么说，爷爷很喜欢陆老族长的手工玉饰……”

见宁雪落居然息事宁人，应芳琳看不下去了：“雪落，你怎么这么好欺负啊？看我帮你讨回公道！”

应芳琳要为她打抱不平，宁雪落的眸子里闪过一丝得逞的光，做出更加难过的表情，应芳琳这个人最没脑子，非常好利用。

比如今天这个场合，无论是庄玲玉还是宁耀华出来说话都不合适，很多话由应芳琳这样的局外人来说，最好不过了……

果然，应芳琳立即开口道：“就算是那位老手艺人手工做的，就不能买点好的玉石吗？这么廉价的东西给老爷子戴在身上，多不符合老爷子的身份啊！”

这时，席博义终于听不下去了，本来还不想跟小辈计较，这会儿直接开口道：“呵呵，小丫头，这串珠子还不够好？你一定要跟我说价钱的话，那我可以告诉你，这串比雪落丫头的那串，价格可还要高出不少！”

“什么？雪落这串花了两百万呢！”应芳琳瞪大了眼睛，脱口而出。

连宁雪落和金萱萱等人也都露出了无比讶异的神色，更别提一旁的庄玲玉和宁耀华了，第一反应就是，这不可能吧！宁夕哪儿来的这么多钱？

席博义神色笃定地解释：“夕丫头的这串也是极品的老坑玻璃种，更难得的是这么多珠子全部取自一块石料，色泽都非常均匀完整，比之那串价格自然要更高些！”

应芳琳蹙眉：“席老，您是不是眼花看错了呀？”

不等席博义变脸色，宁致远已经忍不住了，神情不悦地开口道：“小丫头不许胡说，席老怎么可能看错？小夕的这串，确实要贵些。”

他刚才不过是不想宁雪落难堪，才没有说出来的，谁知道这些不懂事的小丫头一直在胡说八道，他也不得不开口解释了。

居然连宁老爷子也开口说话了，这下，所有人再不信也要信了！

这下，宁雪落的脸色是彻底变了。

宁夕这串不仅是陆老族长纯手工雕琢的，竟然、竟然连价格都比她的贵？这怎么可能！上次聊天的那几个女艺人不是亲眼看到宁夕买了一串十几万的玉手串吗？到底是哪里出了问题？该死的，她费尽心思设计了这一场，最后出丑的居然全都是她自己？！不管是心意，还是价值，她全都输得彻彻底底，还让宁夕狠狠出了一把风头！

席博义拍了拍宁致远，叹道：“唉，致远啊，你确实是好福气！也难怪你要收养这丫头，确实是个好孩子，有孝心！对了，致远，你家这个孙女儿多大年纪了？属什么的？应该跟我孙子差不多大吧？”

宁致远正爱不释手地抚摸着那串玉手串，一听这话，立即露出警惕的表情：“老家伙，你想做什么？还打起我孙女的主意了？”什么收养的！这可是他亲孙女！

“你这老家伙，那怎么叫打主意呢，我孙子仪表堂堂，人又孝顺，要不是看这小丫头长得标致，又跟我孙子一样有缘，我还不乐意呢！”

“哼，你也知道我孙女儿标致！一般小子能配得上吗？你先把你孙子照片给我看看！”席博义的孙子他倒是见过的，不过已经是好几年前的事情了，谁知道现在长歪了没有。

“发就发！就怕你看了该打我孙子主意了！”

宁夕：“呃……”为什么话题会突然歪了？老人家的脑回路都这么跳跃吗？

大概不是，而是老人家一聚在一起，最后八成都会扯到这个话题上去……

不对，这不是重点，重点是，她好端端的一串十五万还打了个八折的玉手串怎么就成了无价之宝了呢？

宝玉轩……陆老族长……

后来突然态度大变的店员，她似乎明白了什么……难道是……

“怎么样老宁？我家世卿是不是一表人才？”席博义一脸得意。

宁致远看着照片里长相周正、气质儒雅的男人，眼睛亮了亮，不过还是没松口：“这年头照片都能修，信不得！”

席博义气得不行，干脆道：“嘿，你这老家伙，既然你不相信，那下次我把人叫出来，带给你们当面看总行了吧？”

“这还差不多！”

就在宁夕稍微恍个神的工夫，就这么莫名其妙地被定了一场相亲。

“这是什么情况？爷爷、爷爷您冷静点……那个什么……我……”

无奈两个老人家已经聊到见面时候的细节，聊得热火朝天，完全听不到她的话了。

瞧着宁夕这瞠目结舌的模样，旁边的宁天心一阵失笑：“其实席老那位孙子人挺不错的，你倒是可以见见。”

宁夕扶额道：“我现在哪有这个心思啊！”

宁天心闻言，眉宇间萦绕着一丝忧色：“小夕，你是不是还放不下苏衍？”

说曹操，曹操就到。这时，外面突然有个用人喜气洋洋地跑进来通报：“大老爷，大太太……姑爷来了！”

众人的目光顿时全都朝着门口看去……

“姑爷？谁啊！”

“还能有谁，宁家定亲的小姐只有宁雪落一个，自然是苏家大少爷苏衍！”

说话间，众人只见一个穿着一身黑色正装翩然如玉的男子径直从门口走了进来，男人身后跟着一个助理模样的人，手里捧着一个长方形的盒子。

看到来人，应芳琳一脸激动地推着身旁的人：“雪落，你老公来了，还不快去！”

“别胡说，还不是呢！”看到面前英俊迷人惹得所有人钦羡的男人，宁雪落一阵心跳加速，方才因为礼物的那点不愉快顿时被抛到了九霄云外。

金萱萱也跟着揶揄道：“你都答应人家的求婚了还不是？”

应芳琳看得眼睛都不眨一下：“天哪，你家苏衍真是越来越帅了！”

宁雪落面色红润，嗔了两人几句，然后迈着优雅的步伐朝着苏衍走去：“衍哥哥，你来了！”

“嗯！”苏衍温柔地牵起女孩纤细的手。

两人相视一笑，眸子里满满都是对对方的情意，随即一起朝着宁致远走去。

两人一个黑色西装，一个白色长裙，真是无比登对，顿时成了全场瞩目的焦点。

庄玲玉和宁耀华皆露出无比欣慰的表情。

宁老爷子对苏衍这个孙女婿自然也是很满意的，面色慈祥道：“苏衍来了！”

当年，由于宁夕一开始的身份，苏家不同意她跟苏衍交往，后来虽然回宁家了，宁家又一直没有公布她的身份，所以宁夕跟苏衍一直都是偷偷交往，直到她怀孕了，实在瞒不下去了，才跟家里说了自己跟苏衍的关系。

当时苏衍在国外失去了联系，庄玲玉没有轻易相信宁夕的话，勒令她待在家里，哪儿都不许去，在苏衍回来之前不准让任何人发现她未婚先孕的事情，所以，连老爷子也不知道宁夕怀过一个孩子。

当时宁氏国际不太稳定，老爷子待在家里的时间本来就不多，只知道宁夕生了一场大病后去了国外念书，而经常来家里玩的苏衍开始跟宁雪落交往……

“爷爷，生辰快乐！”苏衍从助理手中接过礼盒双手递了上去。

老爷子笑着点头：“乖！”

苏衍送了老爷子一幅名家字画，价值连城，别说宁夕那串玉手串了，全场的礼物都被他给比了下去，看得一屋子宾客都是啧啧咋舌。

“苏家出手可真够阔绰的！随便一个寿礼送的都是古董！”

“以苏家如今的势力，完全可以找到家世更好的千金小姐，怎么偏偏就认定宁雪落了呢？”

“这你就有所不知了吧，宁大小姐早早就认识了苏公子……”

“天啊，还有这种事……”

……

看到苏衍出现，宁天心顿时满脸紧张，她心思细腻，当年就发现了宁夕跟苏衍的关系，这会儿难免担心宁夕看到苏衍会受刺激。

正想安慰宁夕几句，苏衍和宁雪落已经朝着他们的方向走来。

苏衍看着宁夕，露出一丝微笑：“小夕，你也来了！爷爷一定很高兴！”

“嗯。”宁夕略点了下头，脸上的表情完全看不出情绪。

“最近还好吗？”苏衍关心了一句。

“还行吧。”

“小夕，你什么时候有时间，大家聚一聚吧，我……”

苏衍正想继续说些什么，庄玲玉匆匆朝他们这边走来，见宁夕在跟苏衍说话，一副防贼的表情，催促道：“雪落，苏衍，到处都在找你们呢，怎么跑这里来了，快去招呼客人！”

“知道了，妈，那姐姐，我们先失陪了！”宁雪落用眼角余光看了宁夕一眼，因为庄玲玉的维护，露出个无比得意的眼神。

这会儿宴会厅里更加热闹，确实来了不少贵客，有些还是宁夕认识的。

正跟宁雪落亲密聊天的是上次在洛城试镜时见过的李乐菱，旁边的应该是她的母亲菱天服饰董事长郭慧，宁耀华和庄玲玉正热情地招待着她。

随着进来的客人越来越多，几乎每一个都跟宁雪落交谈甚欢，宾客们看着宁雪落的目光越来越不一般了。

“这宁家大小姐可真是有本事，年纪轻轻的人脉就这么广！”

“唉，人比人气死人啊，我家那个不成器的也总吵着要进这一行，结果那么多钱砸进去了连个影子都没有！哪像人家啊，又是谈生意又是开公司的！”

……

门外一个迎宾的用人突然跌跌撞撞地跑了过来：“大老爷，大太太……外面、外面……”

宁耀华顿时板着脸：“外面怎么了？你这慌慌张张的像什么样子！”

用人满脸焦急：“不是，大老爷！外面有、有贵客！贵客！”

宁耀华依旧一脸不悦：“什么贵客，你慌成这个样子？”以他们宁家如今的地位，就算是再有身份的客人，也不用这么紧张，平白掉了身份。

角落里，看着用人那见鬼一样的表情，宁夕都有些好奇了，宁雪落又搭上了哪架龙梯？

用人语无伦次地解释道：“刚才、刚才门口突然停过来一辆车……但是车子里的人却没有立刻下来，一直就那么停在那里，本来我也没多注意，可是，那辆车子一看就非常贵，我就下意识地看了眼牌照，结果发现，那好像是、是陆家的车子！”

话音刚落，宁耀华和庄玲玉一齐变了脸色：“什么？陆家？哪个陆家？”

用人哆哆嗦嗦道："陆、陆氏集团……"

"噗——"角落里，宁夕一口果汁喷了出来。

陆氏集团？该不会是陆霆骁吧？不会的不会的！大魔王怎么可能跑这儿来？

"那个……心姐，我出去打个电话！"

宁夕想来想去有些不放心，最后还是出去悄悄给陆霆骁打了个电话。

手机只响了一声就被接了起来，随即传来男人低沉的声音："喂。"

手机那头很安静，听不出背景是在哪里。

宁夕咽了口唾沫，问道："陆霆骁，你现在在哪儿啊？"

陆霆骁："宁家，门口。"

宁夕顿时满头黑线："咳咳咳……真是你啊！你怎么跑这儿来了？"

陆霆骁："你一直没回来，小宝吵着要你。"

一听到小宝宝贝，宁夕顿时心软得一塌糊涂："对不起对不起，我也没料到会耽搁这么久，不过我这边应该快结束了，我会尽快回去的！"

陆霆骁："嗯，我们等你。"

宁夕的意思是让他带小宝先回去啊，万一又有什么事耽搁了，她没那么快脱身呢？

正想着怎么劝他们不要等自己了，手机那头"哗啦"一阵声响之后，似乎是换了人，然后就传来一个奄奄一息的声音："嫂子，我等你等得都快被俩制冷机冻成冰块儿了！你到底什么时候结束啊？快点好不好嘛！"

陆景礼也在？

宁夕彻底无语了，为什么一个两个三个全都跑来了啊！

就在宁夕跟陆霆骁打电话的时候，宁耀华和庄玲玉，加上宁耀邦，已经一起去大门口接待去了。

因为动静有些大，难免有些宾客注意到了，一边往外面张望，一边狐疑道："到底是谁来了啊，这么大阵仗？宁耀华都亲自出门去接了！宁耀邦也巴巴抢着跑了去！"

"刚才我听到一些，说是陆家的人呢……"

"陆家？呵，你开玩笑呢！"这不是天方夜谭吗？

"我当然也觉得不可能，但我刚才听宁家的用人是这么说的啊，说有一辆陆家牌照的车停在外面。"

"看错了吧？"

"我倒是觉得说不定，虽然是陆家的车，又没说那几位当家的亲自来，就算天大的脸面也不可能啊！说不定是宁家真的跟陆家搭上了什么线，人家上面的人知会人来老爷子的寿宴送个礼走动走动而已，这也不是没可能啊。"

“被你这么一说……这倒确实有可能！如果搭上了陆家，这宁家还真是不得了啊！见鬼了，宁家这几年到底是走的什么运？”

……

宁家大门口。

“人呢？”宁耀华面色紧张地问迎宾。

“在车里呢！”迎宾抹了把汗，抖着声音回答。

“怎么还没下车？”

“我、我也不知道啊！停那儿之后一点儿动静都没有！”

宁耀华沉吟片刻，开口道：“算了，陆家派来的人，有点架子也是难免，我亲自去请！老二，你待会儿给我注意点，别乱说话！”

宁耀邦立即不满：“什么乱说话，我连话都不能说了吗？”

“现在都什么时候了？我没心思跟你吵，你给我老实一点，否则得罪了贵客，你我都没好果子吃！”宁耀华冷声呵斥。

宁耀邦也知道这件事关系重大，神色讪讪道：“知道了，我不开口总行了吧？”

于是，宁耀华身后带着庄玲玉、宁耀邦和几个用人，挺直着脊背，径直走到了那辆黑色的迈巴赫跟前。

那辆车子后面的车窗是开了一道缝的，所以肯定能听到外面的人说话。

宁耀华热情地开口道：“贵客上门，宁某有失远迎，还望海涵！”

一秒钟过去了，两秒钟过去了，三秒钟过去了……

宁耀华的脸都快笑僵了，里面却丝毫没有动静。难道是没听到？

宁耀华轻咳一声，继续开口道：“舟车劳顿辛苦了，还请进里面喝杯酒！”还是半点声音都没有。

宁耀华脸色微沉，压低声音问身后的一个用人：“你确定车里面有人？”

“肯定有的啊，这车子开过来之后就没下来过人，人肯定就在里面的！”用人语气笃定地回答。

宁耀华闻言，脸色异常凝重。

那到底是怎么回事？为什么人来了却不下来？他这都亲自来迎接了，还有什么地方做得不周到的吗？

这时，庄玲玉也不知想到了什么，急忙把宁耀华拉了过去：“耀华，你过来！”

“怎么了？”

“你说，这陆家的人……是不是冲着我们雪落来的啊？”庄玲玉试探着开口道。

“雪落？”

“对啊！今天好多客人不都是冲着雪落来的吗？还有几个说是我们雪落的粉丝呢！最近雪落的工作室又发展得这么好！所以……”

宁耀华听得脸色放光：“你说得有道理。可是，雪落怎么从来没跟我说过呢？”

“待会儿问下她不就知道了，我这就去把雪落叫过来！”

“好好好，你快去！”宁耀华催促。

几人暂时退到门口。

很快，宁雪落就出来了。

“爸，妈，怎么了？你们这么急着叫我出来？”

宁耀华一脸严肃地看着她：“雪落啊，你老实告诉我，你跟陆氏集团的人是不是认识？”

宁雪落垂眸思索：“陆氏集团？”

“对！”宁耀华的目光有些紧张。

“没什么交集吧……”宁雪落想也不想地回道。她倒是希望认识呢，但她再有本事也很难跟陆氏集团攀上什么关系啊！

宁耀华颇为忌惮地朝着那辆车子的方向看了一眼，沉声道：“雪落啊，你仔细想想，现在陆家的车都停在我们家门外了！”

“什么？”宁雪落闻言一惊，也朝着那辆车看了过去，随即，她仔细回忆了起来。

“想到了没有啊雪落？你最近有跟陆氏的什么人见过面联系过吗？”庄玲玉焦急地提醒。

半晌后，宁雪落的眸子终于亮了亮，急急开口道：“妈，您这么一说，我好像想起来了，前几天的一次酒会上，我遇到了陆霆骁的特助程锋，他跟我打听了一些History的情况……”

庄玲玉闻言顿时大喜：“哎呀！你这孩子！这么大的事情，怎么不早点跟我们说呢？”

宁雪落羞赧道：“当时他就随便问了几句，也没说其他的，这、这我怎么说啊？”

宁耀华又是惊又是喜：“雪落，你还是太单纯了，人家特助都亲自过来跟你探消息了，显然是上面对你的工作室感兴趣，很有可能是想跟你合作呢！难怪老爷子的寿宴居然会派人过来呢！走吧，快跟我过去迎接贵客！”

被这么一说，宁雪落越听也越觉得有可能，当即一阵心潮澎湃，压抑着快速跳动的心跳：“好的，父亲！”

于是，宁耀华几人再次走到了那辆车跟前。

因为车窗开的缝隙不大，看不太清里面的情况，只能依稀看到里面确实是坐着人的。

宁雪落深吸一口气，落落大方地开口道：“是程先生吗？先前不知道是您来了，招待不周，实在是不好意思！感谢您特意跑这一趟……”

宁雪落侃侃而谈地继续说着好听的场面话。

然而，那辆车就真的好像没人在里面一样，一片安静。

三人面面相觑，这叫什么意思？把他家门口当停车场吗？好端端的特意跑过来就为了停个车？还是这里风景好？这些人的心思也太诡异了吧？

另一边，因为陆霆骁和小包子他们的到来，宁夕吃完蛋糕之后，就去跟老爷子告辞了。

“爷爷，时间不早了，我就先回去了！”

这回，老爷子也实在是没什么借口留她了，满脸不舍地拉着她的手：“记得经常回来看看爷爷！”

“一定的！”宁夕连连点头。

“你啊，就知道哄我，下次回来还不知道会是什么时候！去吧去吧，天色这么晚了，我找个司机送你！”

“爷爷，不用了，我有个朋友顺路过来接我了。”

“好吧，那你们路上小心点！”

“嗯嗯，爷爷再见！”

宁夕跟爷爷还有宁天心分别告辞之后，朝着门外飞奔而去！去揉包子啦，当然，是小包子！

结果，刚走到门口，就撞上了宁耀华、庄玲玉还有宁雪落三人。

宁雪落见到她，立即一脸关切地迎了上去：“姐姐，你要走了吗？”

“嗯。”宁夕应了一句，脸色有些不耐，小包子就在眼前，却被人堵住了，能高兴吗。

“姐姐，这边晚上打不到车的，不然你稍微再等一会儿，等宴会结束，我让衍哥哥送你吧！”宁雪落会这么说，自然是因为知道就算她这么说了，有人也是绝对不允许的。

果然，庄玲玉立即扯了宁雪落一把，低声道：“雪落，你这傻孩子，怎么这么没心眼？”

“妈，现在太晚了，这边又打不到车，姐姐一个人太危险了！”

庄玲玉示意宁雪落不许再说话，然后走到宁夕跟前，面色不善地盯着她，二话不说就是一通质问：“宁夕，你到底想做什么？”

这会儿，宁夕倒是不急着走了，双臂环胸，扯了扯嘴角，不紧不慢地反问道：“宁夫人认为，我想做什么？”

庄玲玉冷哼一声，一副早就看清她的表情：“你不就是想要家产，想要钱吗？我还真当你多有骨气，原来不是不想进，是野心太大，竟然肖想着进总公司！”

宁夕挑眉：“我想进总公司？”

“别跟我说你没想，你没想今天这么千方百计地讨好你爷爷做什么？好的不学，净学些乱七八糟旁门左道的东西！现在知道外面不好混，要回来了是不是？我告诉你，晚了！”

就在这时，不远处那辆安安静静的迈巴赫，车门突然缓缓打开。

本来还在斥责宁夕的庄玲玉，第一时间注意到打开的车门，顿时把宁夕忘在脑后，甚至怕宁夕丢脸碍事似的，一下子把她推到后面，然后拉着宁雪落上前道：“好像是程助理下车了，雪落，你快去！”

宁耀华的面上也满是激动之色，而且，更让他激动的还在后面，下车的人不是程峰……竟然、竟然是陆家二少陆景礼！

不同于神龙见首不见尾的陆霆骁，陆景礼平日里很高调，这张脸实在是太有名了，所以他绝对不会认错！

陆二少竟然亲自上门了，这是怎样的殊荣！

想到待会儿里面的宾客们看到陆景礼后将是怎样的歆羡，想到父亲的震惊，想到宁耀邦的憋屈，他激动得心脏都在颤抖……

宁雪落这会儿完全都是蒙的，她以为就算陆氏集团那边来人了，充其量也就是个助理。

如果不是因为这辆车是陆霆骁的座驾，甚至连陆霆骁的助理她其实也是不太敢想的。

毕竟程锋是陆霆骁最信任的心腹之一，在陆氏集团的地位非常高，一般的事情轻易都不会由他亲自出面，随便派个手下的人去跑腿就好了。

所以，她怎么也没想到，竟然是陆霆骁的亲弟弟陆景礼亲自上门的！

看着宁耀华和庄玲玉看向自己时眼中那满满的赞赏，宁雪落的胸腔鼓胀着，虚荣心得到了前所未有的满足，激动地朝着陆景礼走去：“二少……”

宁耀华也是好不容易才终于镇定下来，摆出公司董事长的派头，脚步沉稳地朝着陆景礼走过去：“陆二公子远道而来，有失远迎……”

宁耀华的话说到一半，手也还悬在半空中，穿着一身粉蓝色西装的陆景礼，就跟压根没看到这三个人似的，径直越过他们，朝着他们身后的方向蹿去，那张帅气的脸上满是泫然欲泣：“嫂——”

刚说出一个字，宁夕神色一凛，目光跟小飞刀一样嗖嗖嗖三刀连发射了过去，硬生生吓得陆景礼憋回了差点脱口而出的那声“嫂子”。

陆景礼缩了缩脖子，那小表情更加委屈了，弱弱道：“小夕夕，你可出来了，我等你等得肚子好饿，快快上车，居然让老板等这么久，你是不是不想干了！”

陆景礼紧急切换到了上司的状态，虽然这切换得实在是一点威严都没有。

宁夕惊魂未定地松了口气，这个口无遮拦的浑蛋，差点心脏病都被他吓出来，怎么不管场合就乱喊呢！

偏偏这人还顶着她上司的名头，打不能打，骂不能骂，一口火憋在心里。

陆景礼却丝毫不在意，笑嘻嘻地迎了上去："哎呀，是不是老板亲自来接你受宠若惊了啊！没事啦，反正顺路，快上车！"

正说着，陆景礼仿佛已经感觉到了身后两道犀利的视线在抽打他的灵魂催促他，于是飞快地说完，然后就跟强盗一样直接拉着宁夕，把她塞进车里，"砰"的一声关上车门，一气呵成。

很好！搞定！任务终于完成了！终于把镇压大小魔王的镇魔之宝给塞进去了！也不管身后那三人是怎样的瞠目结舌，陆景礼整了整领口，打开驾驶座的车门，一脚油门下去，黑色的车子顿时绝尘而去……

身后，宁耀华、庄玲玉和宁雪落脸上的激动甚至还未褪去，呆滞地盯着那辆车离开的方向，满脸无法置信。

他们轮流请了半天都没请下来的人，陆氏集团二公子陆景礼亲自上门……居然、居然是来接宁夕的？这怎么可能呢！

而且，刚才陆景礼的话虽然看似是在责备，但那语气分明就是非常熟稔，朋友间开玩笑的语气，可见两人的关系非常好。

现场脸色最难看的莫过于庄玲玉，刚刚她还在呵斥宁夕，说她混得不好就打公司的主意，结果转身宁夕居然就攀上了这样的人物……

宁耀华的震惊也完全不比妻子少，更多是懊悔和觊觎，他费尽千辛万苦也没办法跟陆氏搭上半条线，谁知道这个不成器的女儿居然跟陆景礼是朋友？该死的，真是失误！他怎么忘了呢？现在宁夕签约了盛世娱乐，而且据说还是陆景礼亲自挖过去的，对她很是重视。

只是他一直以为那不过是场商业博弈，宁夕就是颗小小的棋子，哪里知道他们有这样的私交。

"雪落，宁夕跟这位陆二少的关系很好？"宁耀华沉声问道。

宁雪落的指甲都已经掐进了掌心的肉里，一直死死盯着宁夕离开的方向，宁耀华开口问话，她才反应过来："这个，我不太清楚。爸，陆二少这人的性子您也知道，不像陆霆骁那么难接近，跟他们公司的员工向来都是打成一片，宁夕是他亲自挖过去的，当时帮他打击了星辉，也算是功臣了，他们有点私交，倒是可以理解的！"

宁耀华点点头："原来如此！唉，要是能牵上陆景礼这根线，那比程锋一个小小助理可有用多了……"

宁雪落的脸色僵了僵，有些为难道："能牵上自然最好了，可是，爸您也知道，姐姐她现在对家里误会太深了，不然我去求求姐姐？"

一旁的庄玲玉听不下去了："求什么求！陆景礼本来就是朋友满天下，今天一个明天一个，能记着她几天？公司签的新人那么多，说不定哪天就把她忘到脑后了！不就是顺路过来接她一趟吗？”

这时，宁耀华眸子里突然闪过一丝精光：“雪落，你说陆景礼他会不会对宁夕……”

宁雪落自然知道宁耀华在想什么，其实她也想到了，但是立即就被她自己否定了：“爸，这个似乎不太可能，行业里的人都知道，陆景礼从不招惹自家公司的女艺人。”

宁耀华叹了口气，也知道刚才两人的气场不像是那种关系，不过，多少还是有些不死心。

只要是跟陆家沾上一点边，那都是巨大的资源，更何况是陆氏集团的二把手陆景礼……

这个一直当作累赘的女儿，或许还是有那么点利用价值？

三人回到宴会厅后，立即有不少人追问他们是不是陆家的人来了，搞得他们脸色都不太好看。只好说是弄错了，为了面子，还编了个借口说是一个姓陆的亲戚过来拜访，而不是陆氏集团的那个陆家。

车上。

宁夕抱着困得眼睛都快撑不开了还强撑着的小包子，别提多心疼，一边哄着他睡觉，一边开口道：“我都说了会很晚的啊，为什么不在家里等我呢？”

陆景礼一脸苦大仇深，瞥了亲哥一眼，然后探着头小声跟宁夕吐槽：“呵呵，我倒是想，你觉得他俩等得了吗？两个小时刚过五分钟那俩魔头就已经坐立难安了！

“我哥给你打了个电话，结果你没回，那脸色可怕的哟！后来你发短信说要晚些回来，我哥就更坐不住了，生怕你在那里被欺负，小宝也开始对我进行惨无人道的摧残！

“没办法，我只能开车把他们全都带出来了在这里等着！

“好嘛，好不容易距离你近点了，这俩安生一点了，结果眼见着你人都出来了，居然还被堵住，我只好亲自下去抢人了！”

听到这话，宁夕看了眼怀里乖巧安睡的小包子，又看了眼身旁正在办公的大魔王。

大魔王垂眸翻看着手里的文件，一副无比淡定的表情，好像只是陪小包子才来的而已，小包子会着急还能理解，但大魔王居然也为这点小事就如此不淡定……实在是难以想象啊，陆景礼是不是太夸张了啊？

陆霆骁察觉女孩的视线落在自己身上，从一堆文件中抬起头：“还好吗？”

宁夕回过神来，急忙道：“没事啦，我只是回趟家而已啊！”

陆霆骁看着宁夕轻松的表情，显然并不相信，不过也没说什么。

“哦对了，陆霆骁，我有事情问你！”宁夕突然想起来一件事。

“嗯？”

宁夕眉头紧蹙道：“是这样的，之前我在你们宝玉轩买了一串玉手串作为礼物送给我爷爷，我当时买的时候打了八折只花了十二万，为什么今天送礼的时候，却有人说这串珠子是无价之宝呢？”

宁夕说了这么长一串，陆霆骁只风轻云淡地给了她两个字：“是吗？”

宁夕闻言双眸微眯，鼓了鼓腮帮子，这是不承认是他做的了？居然还跟她装！

“这件事不是你让店员做的？”宁夕直接问道。

陆霆骁面无表情地回道：“我当时在国外，出差。”

宁夕闻言一愣，眨了下眼睛，又眨了下眼睛，傻了：“对、对哦，当时你在费城出差来着！”既然在国外，那怎么可能知道当时的事情，还让人为她解围呢？

“真是奇了怪了，那是怎么回事啊？那个老爷爷似乎挺厉害的，不像是看错了啊！喂，陆霆骁，你家店员好像卖错东西了，你作为老板也不管的吗？”宁夕小声咕哝。

陆霆骁点点头：“嗯，回头我会嘉奖他。”

宁夕吐血。

陆景礼：“我突然不饿了……”被喂饱了，呵呵。

宁夕是彻底放弃跟陆霆骁争辩了，这会儿她还有一件更烦心的事情，头疼不已道：“话说回来，就因为这串玉，还害得我莫名其妙被安排了一场相亲！”

“什么？什么什么？”陆景礼顿时绷紧了神经，如果他身后有尾巴，此刻一定激动地摇得欢快，八卦不已地追问道，“小夕夕，什么相亲啊？”

“相亲……”陆霆骁风轻云淡的脸，果断开始风雨飘摇。

宁夕托着下巴，无比惆怅地叹了口气：“就是当时有个挺厉害的老爷爷认出了我这串玉的来历，因为他自己也有一串，是他孙子送的，说什么我跟他孙子挺有缘分什么的……跟我爷爷聊了半天之后，莫名其妙就要把他孙子介绍给我，然后我爷爷看了他孙子照片，估计觉得长得还不错，就同意了，俩人连见面时间都约好了……我临走前我爷爷还在跟我说这事呢！”

一旁的陆景礼听得一愣一愣的：“这也行？小夕夕你真的要去吗？”这话怎么说，嫂子不过出门一趟而已，怎么一回来就让他哥多了个情敌呢？

陆景礼一脸惊悚，紧张不已地从后视镜里看着宁夕：“小夕夕，你肯定不会做相亲这种有违你天性的事情的对不对？”

宁夕嘴角抽搐：“那是我爷爷给我安排的好吗？这次回去，我发现他身体比以前差多了，头发也全白了……”

陆景礼心里咯噔一下，完蛋了，听这话音，他哥凶多吉少啊！

“小夕夕，表达孝心有很多种方式的，你别想不开啊，你该不会真要去吧？”陆景礼急吼吼地追问道。

陆景礼问完后，下意识地从后视镜里看了眼亲哥，本来还以为他肯定要千里冰封万里雪飘，却没想到他竟然安安静静的，一点反应都没有。

看到他这个反应，陆景礼反而更害怕了……

此刻，陆霆骁确实安静得不像话，但这不是真正意义上的冷静，反而像是压抑到了极致后的死寂。

他想光明正大地出现在她的面前；想亲自护着她；想在所有人面前亲吻她，即使她是男装的时候；想告诉所有人这个人是他的；想禁止任何人碰触……可是，如今他却连光明正大地追求她的权利都没有，更别说宣示主权。

他的身份特殊，而如今宁夕正在事业上升的关键期，如果跟他扯上关系，她的一切努力都会化为乌有，到时候就算她再怎么努力，她的一切成功也都会被认为是因为有他撑腰才得到的。

他喜欢她为了梦想努力奋斗充满活力的样子，不想因为自己的自私毁了她的一切。

宁夕正纠结怎么用两全的方式处理好这件事，无意间对上了陆霆骁的眸子。

那是怎样一双眼睛……

明明清冷疏离，如同世间万物都无法进入他的世界，可她却一眼看到了那暗藏深处的，几乎要将她燃烧殆尽的火山岩浆般炙热的温度……

车厢里突然安静下来。

陆景礼看看亲哥，又看看宁夕，俊脸顿时黑了下来："喂，你们俩深情凝视的时候稍微注意下车子里还有其他人的好吗？"

片刻后，陆景礼："好吧，我错了，我不是人，继续无视我吧，汪汪汪……"

## 第十五章

## 情急之下

珠江华景。

把宁夕和小包子送到公寓楼下后，陆景礼没有离开，而是可怜巴巴地看着宁夕：“嫂子，我好饿哦，想吃你做的火锅了……”

宁夕抱着小包子，双眸微微眯起，泄露一丝冷光，阴森森道：“你叫我什么？”

“夕哥！”陆景礼瞬间改口。

宁夕这才满意：“你们晚上没吃啊？”

“一下班就直奔你那儿了，就在车上随便吃了点零食！我哥连零食都没吃！”陆景礼继续卖惨，他还没套出宁夕到底准备怎么解决那个相亲对象呢，他不能走，不然今晚肯定睡不着了。

宁夕一脸无奈，幸亏她送小宝过去之前带他吃过饭了，不然还不跟着一起挨饿啊，就知道男人带孩子靠不住……

大概刚才的那一眼太过震撼了，宁夕这会儿有些不敢去看陆霆骁的眼睛，直接开口道：“行了行了，一起上去吧，正好我也有些饿了！”

路过前台的时候，宁夕一脸苦大仇深，愤愤不平地嘀咕了一句：“真是讨厌……”

“怎么了啊？”陆景礼随口问了一句。

宁夕一副痛心疾首的表情：“我们这公寓的前台本来是一个超级萌的萌妹子，来这儿的第一天我还送了她一盒子口红呢，后来跟我关系处得可好了，还经常跟我聊八卦。也不知道哪个神经病领导，居然把前台换成了一个糙大叔！气死我了，还我的萌妹子！”

陆景礼的第一反应就是偏过头去，看了眼神色无比淡定自若，好像压根没有做坏事的自家亲哥。

呵呵，谁做的，这还用问吗？

上了楼，出了电梯，宁夕正往自家门的方向走呢，刚走到拐弯处，突然顿住脚步，一个紧急刹车，并且抱着小宝往后退了一步。

“小夕夕，你咋了这是？一副见鬼的表情……”身后的陆景礼不解。

而陆霆骁眼角余光已经看到了宁夕门口有人，不由得微微蹙起眉头。

宁夕头疼不已地叹了口气：“苏衍。”

“啥？苏衍？你那初恋？他怎么了？”

“就在我门口呢！”

陆景礼一听，立即瞪大了眼睛：“他大半夜的跑你家门口想干吗？小夕夕，我去帮你揍他！”

宁夕白了陆景礼一眼，转身对陆霆骁道：“帮我抱下小宝，我去处理下，很快就好。”

陆霆骁点点头：“嗯。”

陆景礼看着亲哥脸上温柔似水贤良淑德的表情，嘴角抽搐，可真能在你老婆面前装小白兔，实际上心里早就血雨腥风了吧……

苏衍的指间夹着一支烟，正靠在宁夕的门口，表情看起来正在出神，也不知道在想什么。

直到宁夕已经走到他的面前了，他才发现，一下子抬起头来：“小夕，你回来了！”

宁夕略点了下头：“那边宴会结束了？”

“嗯，我送雪落过来，顺便来看看你，我还以为你早就到家了，是路上出了什么问题吗？”苏衍关切地问，他还并不知道宁夕是被陆景礼接走的。

“没，有个路段堵车，你找我有事？”宁夕随意敷衍了一句。

还不是因为陆景礼一路上只顾着跟她八卦了，开车简直慢死了……

“刚才在别苑太忙了，都没来得及跟你好好说话。”苏衍看着她，欲言又止的样子。

“太晚了，也不方便请你进去，你有什么话就直说吧！”宁夕说。

苏衍犹豫了一会儿，最后还是开口道：“有件事情，想来想去还是想提醒你。小夕，你现在若想回宁家，身份恐怕有些尴尬……”

“哦？哪里尴尬？”宁夕闻言，眉头微微上挑，一副虚心求教的表情。

女孩目光流转之间，昏暗的光线下，那双琉璃般发亮的眼睛实在是漂亮得不像话，苏衍呼吸一滞，心神差点都被摄去，一时间竟忘了要说什么，恍惚了好半晌才回过神来……

察觉到自己的失态，苏衍的神情略有些尴尬，轻咳一声，继续开口道：“这五年时间，宁氏国际的格局和势力划分都已经固定了，这种情况下如果再多一个继承人的竞争者，后果很难预想……”

宁夕玩味地看了面前的男人一眼，一副毫不在意的表情，幽幽开口道：“如果……我就是要宁氏国际呢？”

苏衍闻言，温润的脸色微微沉下，语气严肃地开口道：“小夕，不要胡闹，这牵扯太大了，你若执意要蹚这浑水，只会自己受伤！你影响到了那些人的利益，他们怎么会让你好过？”

宁夕轻嗤一声：“呵……那些人的利益？谁的利益？”

总是一副假惺惺对不起她、要照顾她的样子，可是只要涉及自己的利益，瞬间就变了一副嘴脸。

苏衍看着宁夕嘲弄的眼神，顿时心中一刺，急忙道：“小夕，你误会我了，我不是为了自己，也不在意宁家这点家产，我只是怕到时候在你和雪落之间，我会很难做！”

宁夕伸了个懒腰，轻轻地扫了他一眼：“有什么好难做的？在我和宁雪落之间，除了宁雪落，你难道有过第二种选择吗？”

看着女孩微微上扬的嘴角和眸底的不屑，苏衍放在双侧的拳头陡然捏紧，目光渐渐转深……半晌后，眸底酝酿的暗涌才终于平静下来，他轻轻叹了口气，有些不敢去看女孩的眼睛。

以前确实没有，即使是五年前那样的情况下，他也会毫不犹豫地选择雪落，因为他爱的是雪落，爱情是自私的，即使知道是雪落做错了事，他还是选择了护着她。

但是现在……他也不知道自己到底是怎么回事，自从宁夕回国开始，他的目光就总是不由自主地追随着她，并且最近这种冲动越来越难以控制……

他向来清楚地知道自己想要的是什么，宁雪落那样的女人才是他理想中的完美伴侣。

可是为什么，他根深蒂固的认知，却在一点点瓦解沦陷……甚至今晚，就算是为了避嫌，他也不该这么晚过来的，但是，他还是来了。因为想见她，哪怕是听她的冷嘲热讽也好！

苏衍缓和了自己的情绪，放软口气道："小夕，我说的话都是为你好，希望你能好好想想。如果有什么需要帮助的，随时联系我。"

他还想说些什么，却发现两人之间似乎已经无话可说，只好脸色黯淡道："太晚了，就不打扰你了，晚安。"

与此同时，角落里，陆景礼的双眼正闪闪发光，忍不住压低声音道："啊啊啊，小爷的第六感捕捉到了一丝不同寻常的气息！这个苏衍看小夕夕的眼神不太对劲啊！"

话音刚落，陆霆骁压抑了一整晚的低气压，顿时一下子迸发开来。

陆景礼吓得毛都奓起来了，抹了把汗自言自语："什么情况啊这是？哥你最近咋这么倒霉呢，情敌一个接着一个……而且，而且我最近也不知道怎么回事，心里总是不踏实，老觉得有大事要发生啊！好怕怕……"

进了屋，宁夕先把小宝抱到了卧室睡觉，然后打开冰箱找食材和底料。

托小宝的福，小宝来了之后，她特意买了很多食物，冰箱里满满的各种食材和调料，应有尽有，做个火锅完全不在话下。

陆霆骁动作自然地接过宁夕手里的蔬菜帮忙清洗，宁夕看了他一眼，帮他把袖子卷了一下。

陆景礼感觉自己太亮了，乖乖地待在了客厅看电视。

很快菜就准备好了，火锅底料咕嘟作响散发出诱人的香气，令人食指大动。

陆景礼再也按捺不住，一个箭步飞扑过去，看着桌上半边清汤半边红汤的锅底愣了愣："咦，小夕夕，你弄的鸳鸯锅啊？"

"你哥不能吃辣。"宁夕一边摆放碗筷一边随口答道。

"哦，"陆景礼咬了咬筷子，眼珠子滴溜溜打转，"我说小夕夕啊，你是不是喜欢我哥啊？”

“咳……”宁夕顿时被一口口水呛到，差点咬到自己的舌头，略显慌张地朝着陆霆骁看了一眼，“你胡说啥呢！”

“谁让你对我哥这么好！”陆景礼咕哝。

“有不讨好老板的属下吗？收一收你的脑洞好不好？下次再污蔑我觊觎BOSS大人，小心我揍你！”宁夕立即表明清白，然后谄媚地给陆霆骁递了一双筷子，“BOSS大人，您别听他胡说！我对您的忠心天地可鉴、日月可表，绝对没有不良企图。”

陆霆骁接过筷子，看了她一眼：“可以有。”

陆景礼：“噗……”

宁夕埋头狂吃了一会儿，陆景礼心满意足地摸了摸半饱的肚子，终于又有了八卦的力气：“小夕夕啊，可不可以问你一个问题啊？”

“你要问啥？”

“那个……你对苏衍什么感觉？”

陆霆骁正在给宁夕布菜的手微微顿了一下。

“什么什么感觉？”

“就是你对他是不是还余情未了啦！非要人家说得这么清楚干吗！”

宁夕白了他一眼：“你觉得可能吗？”

陆景礼咬了咬筷子：“为什么不可能？初恋不都是最难忘、最刻骨铭心的吗？”他说完意味深长地看了他哥一眼。宁夕不就是他哥的初恋吗！

咋一个两个的全都觉得她对苏衍余情未了呢？宁天心是这样，陆景礼也是这样！

宁夕咬了口土豆，不满道：“世界那么大，外面的帅哥那么多，我又不是当年没见过世面的小女孩，至于一直吊在那一棵树上吗？我早就有喜欢的人了好不好！”

话音刚落，不仅是陆景礼，连陆霆骁都僵直了脊背。

陆景礼自然不会放过这个打听情况的好机会，立即顺着这个话题追问道：“之前好像就听你说过了，你说的那人到底是谁啊？那家伙长得什么样，帅吗？比小爷还帅吗？到底是什么样的男人居然能让夕哥你看上？快说说啊！”

看着陆景礼那副亢奋的小模样，宁夕满头黑线：“容我想一想……”

“快想快想！”

陆霆骁沉默着坐在那里，突然不想再继续听下去，可是却无法离开，即使明知道答案是一把利刃。

宁夕摸着下巴，眼角余光朝着陆霆骁的方向瞄了一眼，很是认真地思考了一下，然后才回答道：“他啊……他威武霸气、才高八斗、文武双全、温柔浪漫、机智勇猛、成熟稳重、气吞山河、空前绝后、雷霆万钧、千年难遇、运筹帷幄、出神入化、闭月羞花、沉鱼落雁、倾国倾城、惊为天人、脚踏七彩祥云！”

好半晌陆景礼才回过神来，嘴角抽搐个不停：“你确定你说的是人类吗？连脚踏七彩祥云都出来了……要不要这么夸张？”

陆霆骁有些无法形容此刻自己的心情，宁夕的形容是夸张了一点，但能知道，那人在她心里是怎样完美的存在。

“哼，你要是知道他是谁，肯定不会觉得我夸张！”宁夕咕哝。

陆景礼：“那他到底是谁啊？”

宁夕双眸微眯，拿了只奶油小馒头塞进陆景礼的嘴里：“想套我话啊？省省吧！”

陆景礼一口把馒头吞了：“真小气……那既然你都有喜欢的人了，你还要去相亲吗？”这件事探听不出来，眼前这件当务之急的总要搞清楚！

宁夕叹了口气：“去还是要去一趟的，总要跟人家解释清楚吧，不然直接放人鸽子不是让我爷爷难堪吗？”

陆霆骁闻言神色稍缓，其实这个回答也是在他意料之中，只是，骨髓里的占有欲却凌驾于理智之上，即使知道，心里也终归是意难平。谁能接受自家老婆去相亲这种事啊！

第二天。

白天宁夕带着小宝去工作室溜达了一圈，傍晚的时候，因为约了席老那位孙子，所以去了趟陆氏集团把小宝送过去。

虽然这已经不是她第一次去公司了，但每次过去，还是一堆视线，一个个都是恨不得把她的口罩扒下来看看到底是谁的表情。

上了楼，刚出电梯，突然有个小姑娘鼓起勇气冲到了她跟前：“苏小姐，我特别喜欢你的电影，可以给我签个名吗？”

宁夕眉头微挑，苏小姐？谁？难道……她很快就反应过来，这是把她当成苏以沫了？

看着小姑娘那忐忑难安又满脸期待的表情，宁夕还真有些不忍心拒绝。

其实她知道，这小姑娘哪里是真的想要她的签名，这是故意试探她的身份来了，她要是签了，那就默认自己就是苏以沫了，她要是不签，那显然就不是。

正站在那儿想着怎么办呢，对面陆霆骁径直朝着她走来。

那小姑娘一见陆霆骁来了，简直闪得比兔子还快，宁夕完全没看清人是怎么消失的，反正一眨眼的工夫人就没影了。

也不能怪那小姑娘蹿得快，因为，今天BOSS的心情很不好，早上开会的时候吓哭了好几个部门主管，她一个小小的秘书，为免被抓到开刀，自然要赶紧有多远躲多远了！

陆霆骁见小宝被宁夕抱着，脸色微沉：“这么大人了还要抱？”

小宝的小脑袋埋在宁夕肩膀上，一脸委屈：小夕阿姨，爸爸吼我。

宁夕立即摸摸小宝的脑袋，据理力争："哪有多大，不就五岁嘛！现在小宝需要的不是长大，他需要的是怎么一点点回到四岁、三岁、两岁……学会怎么做一个小朋友！"

陆霆骁轻叹一声，放软了语气："我是怕你手酸。"说完顿了顿，语气略显低沉，"你现在就过去吗？"

宁夕看了眼手机上的时间："嗯，约的时间快到了。"

陆霆骁眸色深处风云变幻了好几次，才终于归于平静："去吧，注意安全。"

"知道啦。"宁夕把小包子放下来，跟往常一样给了他一个亲亲。

总裁办公室门外。

一个主管怀里抱着一沓文件，一边抖着腿，一边掏速效救心丸，在为进去前做准备。

身后，陆景礼一把搭上那人的肩膀，摇头叹道："别掏了，速效救心丸也救不了你，以我哥今天的状态，你现在进去就是一个死！"

主管扭过头去看着来人，如丧考妣："二少救我……"

"活该，趁着我哥那几天心情好就偷懒，现在倒霉了吧！"陆景礼毫不留情地吐槽道，丝毫不去想他自己就是偷懒的老手，只是这次幸运没被抓到小辫子而已。

"二少，我上有老下有小，我老婆快生二胎了……"主管就差给他跪下了。

"你这是刺激我吗！"陆景礼奓毛。

"我哪儿敢啊！我绝对不是这个意思……"主管一脸痛苦。为啥今天连二少都跟吃了枪药一样啊？

陆景礼哼了几声，看他那个倒霉样，好心开口道："今天就别进去作死了，我哥这会儿哪有心思管你这破事，赶紧回去把你的方案再好好倒腾倒腾去！"

"是是是，马上去，谢二少提醒！"主管感恩戴德地走了。

陆景礼推门进了办公室。

只见办公室里多了一个摆放在窗边的榻榻米，显然是为了方便小宝眺望他小夕阿姨的身影的。

陆景礼嘴角微抽，现在都每天能见到了，咋还是一副千里盼君归的小模样呢？

再一看亲哥，一本正经地坐在办公桌前，右手拿着一支钢笔，左手捏着几张资料，一副认真工作的大好模样，但一看他的表情，早就神游到不知道几重天去了！

陆景礼轻咳一声："哥，你确定你还要继续装贤惠吗？再装老婆都没了！我说你也是的，随便使个小计谋让席家那小子去不了就是了！"

陆霆骁瞥了他一眼："你认为宁夕会想不到是我做的？"而且这么做根本就治

标不治本。

“不然、不然我帮你找个女人装作那小子的前女友什么的去闹场子？这样小夕夕不是就能顺理成章地走人了吗？”陆景礼继续帮他出着主意。

“不行。”被现场揭穿的可能性很大，谨慎如陆霆骁，自然不可能用任何有破绽的计策。

“这也不行那也不行，那怎么办啊？哥，不是我危言耸听啊，虽然小夕夕说只是去解释清楚的，但万一对方恰好就是小夕夕喜欢的类型呢？一切皆有可能啊！”陆景礼语重心长道。

陆霆骁放下手里的钢笔，手指一下一下轻点着桌面，目光不紧不慢地落在了对面榻榻米上的儿子身上……

陆景礼顺着陆霆骁的目光看过去：“哥，你想干啥？”

陆霆骁起身，朝着儿子走过去，开口道：“小宝，带你出去吃饭。”

陆景礼：“哥，你该不会是想……”刚才给他想了那么多主意他都不满意，结果他自己的主意就是带着核武器小宝亲自上阵？很好，这很大魔王！只是，某只核武器似乎配合度不高……

小宝听到爸爸的话，完全无动于衷，埋头在写字板上写了一个字：饱。

小夕阿姨早就把他喂饱了才走的，而且是亲自下厨做的菜。

陆霆骁捏了捏眉心，换了个说法：“带你去见小夕阿姨。”

三秒钟之内，小宝放下托着下巴瞭望窗外的小手，一骨碌爬下榻榻米，自己穿好小鞋子，飞奔到爸爸跟前，张开小手……

陆景礼心想：核武器也太好控制了吧！

眼见着父子俩收拾了一下就准备出发了，陆景礼果断跟了上去：“我也要吃饭！”

半个小时后，某间颇有格调的日式餐厅。

日式餐厅吃饭都是摆放着矮几，客人脱鞋后进入，然后席地而坐，朦胧的光线给人一种舒缓放松的感觉。

这边宁夕等的人还没到，就先点了一杯度数不高的清酒，一边等人一边自斟自酌。

她丝毫没有察觉到，就在她身后的斜对面，大小魔王外加陆景礼已经全部杀到。

进了包厢之后，小宝光凭一个背影就认出了小夕阿姨，顿时就要跑过去。

陆霆骁拉住儿子，制止：“不可以。”

小宝小脸紧绷，满脸都写着：“为什么不可以？说好带我来看小夕阿姨的呢！”

陆霆骁垂眸瞥了儿子一眼：“是带你来看小夕阿姨，只能看。”

小宝：被骗了！

被带到小夕阿姨后面的位置之后，小宝满脸闷闷不乐，不过，因为对面就是小夕阿姨，一抬头就能看到，心情还是瞬间变好了很多。

坐下后，陆景礼眼珠子滴溜溜地看着对面独自一人坐着的宁夕：“啧啧，小夕夕不是说约好了七点吗？这都七点十分了！第一次约会居然就迟到，扣分！虽然我是没见过那个席世卿啦，但是估计不是什么厉害的竞争对手！应该不会有咱小宝出手的机会！”

大约又等了十分钟，宁夕一壶酒喝得都快差不多了，人还没有到。

身后的陆景礼突然有些意兴阑珊：“该不会直接不来了吧？亏我们还紧张那么久！”

话音刚落，前方的门帘被一只白皙修长的手撩开，紧接着，一身素色西装的男人走了进来。

男人一头如墨般的短发，身材颀长，长相并不是那种惊艳的类型，但气质温润儒雅，很容易让人产生好感和心生信任，最特别的是，他的身上有一种脱离世俗的出尘感，一眼就让人安静下来，身处于一种安宁祥和的境界里……

“极品啊……”看到那个男人的瞬间，陆景礼的内心突然有种不祥的预感……

“老天保佑，这人不会是……”

陆景礼刚想说希望这人不要是席世卿，结果，就听到陆霆骁淡淡说了三个字：“席世卿。”

陆景礼傻眼：“不会吧！他真是席世卿？他就是席世卿？”

正震惊着，就眼见着那个男人脱了鞋子，客气地对侍应说了句自己有预约，然后就跟着侍应径直朝着宁夕的方向走去……

“你好，宁小姐吗？”

宁夕这会儿已经喝完了第一壶，在喝第二壶这个餐厅的特色樱花酒，听到有人跟自己说话，并且声音让人非常舒服，于是下意识地抬起头来。

看到眼前的男人之后，宁夕的神情明显怔忪了一下，随后才反应过来，站起身道：“是，我是宁夕。席先生？”

男人点点头：“你好，席世卿，很抱歉让你久等了。”

“没事，坐吧，我也没等多久。”宁夕不在意地重新坐了下来。

席世卿脱下西装外套放在一旁的衣架上，随即也席地而坐。

席世卿的坐姿非常规范，反观宁夕，女孩子家一般都应该是规规矩矩地跪坐，她却不，坐得金刀大马，相当豪放，一只腿屈起，同侧的那只手便随意地搭在膝盖上，简直比男人还男人。

不过尽管如此，她这样坐着，却丝毫不给人粗鲁的感觉，她穿着阔腿裤，和她最爱的刺绣机车外套，往那儿一坐，就是给人一种洒脱自在的感觉，完全没有和风餐厅给人的拘束感……

宁夕听爷爷说了席家是玉石世家、书香门第，所以席家的子孙应该都比较喜欢知书达理、温柔可人的女人，所以为了避免不必要的麻烦，她便反其道而行之，今天特意穿了这么一身。

然而，她的计划却似乎不怎么奏效，席世卿看到她之后，不仅没有嫌恶和鄙夷，反而眸子里闪过一丝不易察觉的赞赏。

身后，陆景礼已经急地叫起来了："完蛋了！这俩人该不会是看对眼了吧？刚才小夕夕起身看到席世卿的时候有一个眼神你注意到了吗？她明显愣了一下，这显然是被惊艳到了啊！

"而且席世卿看小夕夕的眼神也是欣赏的！他不是应该喜欢那种小家碧玉的类型吗？咱小夕夕今天穿得这么酷！"

陆霆骁抿了口茶，神情还算冷静，如果不去看他紧绷的嘴角，和捏着茶杯时渐渐泛白的手指力度的话……

陆景礼还在抓耳挠腮地分析："这个席世卿是有些棘手啊，虽然长得确实没有小爷这么帅啦，但是那气质……可真是特别！就算是从我这个男人的眼光来看，也非常有吸引力，让人情不自禁地想要认识和结交！更可怕的是像小夕夕这种比较不羁的性格，有极大的可能会喜欢上席世卿这种与她性格完全相反的人！"

"咔嚓"一声，陆霆骁手里的茶杯，碎了……

陆景礼咽了口唾沫："没……哥我就是乱猜的！肯定不可能的！小夕夕不是说她已经有喜欢的人了吗，不会喜欢上席世卿的！"他话音刚落，亲哥的脸色，明显更难看了……

陆景礼闭了嘴，已经不敢再说话了。这种情况下，真是说什么都好危险……

另一边，宁夕和席世卿已经开始交谈，虽然有段距离，不过餐厅里还算安静，仔细听的话，可以听到他们交谈的内容。

因为自己的迟到，席世卿认为出于基本的礼貌，都应该跟对方解释一下原因，于是开口道："真的很抱歉，因为路上看到有位老人家摔倒，送他去医院，所以费了些时间。"

宁夕闻言忍俊不禁："嗯……这话若是其他男人跟我说，我一定会觉得他智商有问题，连找借口都这么没诚意。不过，席先生您的话，我信。您确实像是会扶老奶奶过马路、送迷路小朋友回家的那类人！"

席世卿闻言也是一阵失笑："宁小姐的意思是我长得很像好人？"

宁夕一阵点头："何止啊！"

席世卿被她有趣的形容说得哭笑不得，眸色微深："宁小姐，你很有趣。"

宁夕闻言心里"咯噔"一下，完蛋，第一次看到这么特别的人一时没忍住，居然随口说了几句。

陆景礼还在不停吐槽，陆霆骁的脸色也不太好，一旁正在欣赏小夕阿姨背影的小宝终于发现有哪里不对劲了……

小夕阿姨为什么在跟另外一个不认识的叔叔吃饭……小宝抿了抿唇，想了想，然后在写字板上写了两个字：“约会？”果断不懂就虚心求教，小夕阿姨这是在跟别人约会吗？

陆霆骁和陆景礼同时看了眼小宝写字板上的问题。

陆景礼叹了口气，看着小宝的表情，如同在看着一个即将被亲妈抛弃的小可怜：“宝贝啊，这比约会还可怕，这叫相亲，相亲知道是什么意思吗？”

小宝诚实地摇摇头。

“相亲是传统婚礼礼节之一，也称相门户、面试、对演法、见面，多由婚姻介绍或人力资源部门、家族、媒人联系牵线，双方长亲见面议亲……”

陆景礼解释了半天，小宝还是一脸天真无邪，似懂非懂，于是，陆景礼只好放炸弹：“相亲就是，你小夕阿姨要被别的男人抢走了！要跟别的男人生别的宝宝了！”

陆景礼话音落下的一瞬间，小宝的小脸天崩地裂……

小夕阿姨要跟别的男人生别的宝宝了……别的宝宝了……可怜的小包子脑海已经完全被这句话占满了，并且一点征兆都没有，一秒钟之内哗啦啦就开始泪如雨下，根本停不下来。

陆景礼本来只是为了逗逗他，哪里知道一不小心玩大了，见小宝哭成这样，顿时乱了手脚：“啊，宝贝儿你别哭啊！”

陆霆骁目光如刃般扫了陆景礼一眼，随即把小宝拉到自己身边：“相亲只是男女之间的一种认识方式而已，距离婚姻还有很远，更何况她刚才已经拒绝了，现在只是在跟人家吃顿饭。”

陆霆骁耐着性子解释。

然而，小包子刚才被伤得太深，这会儿已经完全听不进去任何话了，眼泪蔓延成河，哭得气都快喘不上来了。

陆霆骁和陆景礼两个完全不会哄小孩子的大男人，看着哭得肝肠寸断的小包子，两脸蒙中……

另一边，宁夕还完全不知道身后发生了怎样惊天动地的事情。

刚才喝了两壶酒，虽然度数不高，也有些微醺了，加上席世卿这人的气质实在是太犯规了，太容易让人不设防，所以不由自主地整个人都放松了下来，一边喝点小酒吃点刺身，一边跟对方有一搭没一搭地闲聊几句安全话题。

“啊，你是做珠宝生意的？正好我最近在弄一个服装工作室，肯定会用到珠宝之类的佩饰，到时候就厚着脸皮去找你帮忙啦！”宁夕突然有了作为老板的责任，趁机拉起生意来。

“宁小姐言重了，有需要可以随时联系我。”

聊了几句后，席世卿似乎是迟疑地开口问了一句：“宁小姐，不知道你还记不记得了，其实，多年前，我们曾见过一面。”

宁夕听到这话，稍稍清醒了些：“是吗？没道理我见过你，但一点印象都没有啊？”

毕竟席世卿这人实在挺特别的。

席世卿闻言抿了口清酒，眸光微晃地开口道：“当时你的目光都在另一个人身上，自然不会注意到任何人。”

就算再耀眼，在她眼里，恐怕也都是透明的，更何况当时的他也不过是个还在上大学的毛头小子……

宁夕眨了眨眼睛，听这话音，倒像是五年前她迷恋苏衍的那时候了？

不过，她还确实是想不起来自己有见过席世卿，所以倒是有些好奇，他是在什么情况下见到自己的，居然都五年了还记得。

“是吗？什么时候？”宁夕随口问道。

“五年前，你的十八岁生日宴。”席世卿回答。

宁夕握着酒杯的手晃了晃。毕竟，那是她最不堪的一天。

席世卿露出回忆的神色，缓缓开口道：“你也知道的，我爷爷跟你爷爷的关系很好，所以，那次生日宴，我也去了。我记得，当时你穿了一件白色连衣裙，看到你第一眼的感觉，非常惊艳，你就像是天生的公主……”

宁夕听到席世卿的形容，实在有些不知道该说什么：“呵，公主……很显然席先生的记忆不太完整，那件裙子是A货，后来被人当众揭穿……”

席世卿轻轻打断她：“真货假货，很重要吗？丑小鸭就算出生在鸭群，依旧是一只天鹅，不会因为任何事情而改变。”

那是他这辈子记忆最深刻的一天，因为第一次对一个女孩子一见钟情，然后眼睁睁看着那个女孩受尽欺负，而自己却无能为力……大概是从那次之后，他就再也没去过宁家了。

宁夕闻言心头一动，眸色渐渐转深：“席先生你似乎知道的比我想象中的还多？”

席世卿这才意识到自己似乎有些失态了，说了太多不该说的事情：“抱歉，我是当时无心听到的。”

因为目光始终追随着她，无意中便听到了一些不该听的。知道之后，更加心疼她的遭遇，也更痛恨自己的无能……

五年后，他功成名就，却对当年的那件事始终不能释怀，直到爷爷突然跟他说帮他安排了一场相亲。本来他是想直接拒绝的，却没想到爷爷说，对方是宁家的小姐。宁家的小姐，宁雪落已经快订婚了，那还能有谁？

他完全不敢想，又问是不是宁天心。而爷爷的口中，偏偏就说出了那个他根本不敢想的名字：宁夕。

她已经消失了五年，终于回来了吗？因为他从来不关注八卦，也很少看影视，几乎是个作古的人，所以完全不知道她早在一年前就回来了，还成了一名演员。

为了与她有共同话题，他看了她所有的作品，还有跟她有关的新闻和头条。

这些年他一直过着清心寡欲的生活，家里人一直担心他不会对家人以外的人产生感情，没想到这个时候，宁夕出现了。

宁夕和席世卿这边在回忆往昔，而身后，小魔王已经彻底魔化，水漫金山。

陆景礼和陆霆骁轮流换了无数种方式，愣是一点功效都没有，完全哄不好！

陆景礼都快要给他跪下了，只要小祖宗别哭！

“也没什么，知道了便知道了吧。”宁夕不在意地耸耸肩。

只是，因为席世卿的这番话，内心多少还是有些波动的。

她没想到，在她以为自己最悲催的一天，在她以为被全世界剥离的那天，却有一个人，在不知道的时候，是站在她这边的。

这让她心里有种说不出来的感觉，好像是类似被救赎的感觉，原来这个世界，也没有那么不堪，没有那么不可救药……

席世卿听到她这么说，松了口气：“当年，我一直很遗憾也很愧疚，没能帮你……如果你现在有什么需要，请务必告诉我，赴汤蹈火在所不辞。”

这个席世卿，未免也太好人了吧？她都快忍不住给他发好人卡了！

宁夕笑了笑，举杯与他碰了一下：“席先生，你不是圣人，不可能帮助所有人。”

“我没有想帮所有人，只想帮你！”席世卿脱口而出道，神色有些急切。

话刚说完，那张气质出尘的脸上竟浮现一抹红晕。

宁夕微怔，心里“咯噔”一下：这……不太对劲啊……

身后。

“小宝，别哭了好不好！二叔知道错了！二叔再也不乱说话了！求你了，你再哭我也要哭了，呜呜呜……”

陆景礼正焦头烂额，就注意到对面宁夕那边席世卿说了一句“我没有想帮所有人，只想帮你！”这样一句近乎表白的话，顿时傻眼了：“人不可貌相，这个席世卿情话技能怎么这么强！”

看着哭泣的儿子，看着对面的两个人，陆霆骁只感觉一股熟悉的被强自压制的戾气在五脏六腑内萦绕不去，有种想要将接近她的一切都毁灭的冲动……

席世卿说完后，下意识地想要解释他不是这个意思，但不知为何又改变了主意，什么都没说，只是静静等着对面女孩的反应。

解释？为什么要解释……他已经等了五年，才等到这一天，还要再等多久？

宁夕这边正因为席世卿的态度而惊疑不定，身后似乎传来一阵脚步声，紧跟着便是一片阴影落在她跟前的矮桌上，随后，她看到席世卿盯着她的身后，露出惊讶的表情。

宁夕心头微跳，下意识地扭过头去。

然后就看到一脸阴沉的大魔王，以及他怀里抱着的哭得双眼通红的小包子……

宁夕震惊，为什么陆霆骁和小宝会出现在这里！一大一小两人，大的沉默不语，小的哭得肝肠寸断，正张着小手努力探着身子想要她抱……

而她坐在这里，对面还有一个男人。这一副丈夫带着孩子一起来捉奸的既视感是闹哪样啊！

因为宁夕太过震惊了，所以一时愣住了没动弹，也没去抱小宝。

小包子见小夕阿姨居然不抱他，小脸那叫一个伤心欲绝，眼泪简直跟水闸泄洪一样滚滚而下，哭得一抽一抽，小嘴很努力地开启着，似乎想要说话，可是，却一个字都说不出来。

在旁人看来，小包子只是哭得太厉害了，所以才说不出话来，但是能看清楚他的口型。

他是在一次次无声地唤着“妈妈”？

看清小包子的口型之后，“哐啷”一声，席世卿手边的酒杯被不小心推翻在地。

这孩子在叫宁夕妈妈？怎么可能？不可能的……一定不可能！这小男孩看起来都四五岁大了，宁夕怎么可能有个这么大的儿子！还有这个面无表情，气场极具压迫感的男人，总觉得看起来有些面熟，似乎在哪里见过？

宁夕的表现好像也很惊讶，难道是对方认错人了？

席世卿正这么想着，却见宁夕唰地一下站起来，赶紧从陆霆骁怀里把那个小男孩抱了过去，心肝宝贝似的哄着：“宝贝不哭不哭，对不起对不起，都是我不好，不哭了好不好……”

席世卿的脸色，唰地白了。

下一秒，他对上了对面的男人幽邃冷冽的眸子。

那个眼神，分明是所有物被陌生人侵犯的眼神，带着极其强烈的攻击性。

不过，当他收回目光落在宁夕身上，冰一样的视线立即就化成了温和的水流……

这个男人跟宁夕到底是什么关系？难道宁夕早在五年前就已经结婚生子？不，不可能……五年前宁夕年纪那么小……那到底是怎么回事？席世卿已经彻底混乱了！

此刻宁夕的全副身心都在哭泣的小包子身上，不管是陆霆骁还是席世卿都没工夫搭理，自然不会注意到席世卿变幻莫测的表情。

因为宁夕这边的这一幕实在太惹人注目，两个男人、一个女人，还有一个孩子，外形又都是这么突出，很快就有越来越多的视线投射过来。

“抱歉席先生，我得先离开了。”宁夕抱着小包子，匆匆离开了餐厅，因为被小包子哭得心慌意乱，连包和手机都忘了拿。

陆霆骁细心地一一帮她收好，然后跟了上去，并且顺手把这桌的账也付了。

席世卿在原地呆了几秒钟，迅速跟了出去。

只见门外，宁夕抱着小男孩站在路边，晚上外面有些冷，男人脱下了身上的西装外套披在了她的肩上。

三个人看起来竟是如此和谐，没有任何人可以插足的余地……

宁夕真是把吃奶的力气都快用出来了，小包子才总算是被哄好了一些，因为刚才哭得太厉害了，正一下一下地打着嗝，宁夕就缓缓给他顺着背，时不时亲亲他的小脸，温柔地安抚着……

“你跟小宝怎么会在这里？”等小宝好些了，宁夕才想起来问陆霆骁。

“小宝想你，我带他来看你。”陆霆骁面不改色地说着瞎话，事实分明是他把小宝忽悠过来的。

宁夕一听心里更加愧疚了，所以小宝一直都没有出现，就在后面，只是默默看着她而已吗？哭得这么伤心，是因为看到她跟别的男人吃饭，以为她要被抢走了吗？

宁夕自然而然地就这么想着。

陆霆骁看着宁夕的表情，知道她信了，不由得松了口气。

不然，要是被她知道小宝是他私自带出来，又是被陆景礼乱说话惹哭的，那后果……

虽然小宝是个必杀技，但是不确定因素太多了，比如今天这个情况。

原本只是想带着小宝过来以防不时之需的，哪里知道因为陆景礼的一句话，小宝彻底失控。还好，最后没有造成太大的影响，基本都在他的计划之中……

宁夕问完陆霆骁之后，眼角余光无意间落在了他的身后。

然后，她便看到席世卿不知道什么时候跟出来了，正静静地站在距离他们几步远的地方，也不知道到底在那里站了多久。

看着孤零零地呆呆站在那里的席世卿，单薄得如同一片白纸，宁夕的心脏微微紧缩了一下，脑子里渐渐有种不太好的预感。

虽然刚才吃饭的时候，她已经隐约猜到了席世卿可能对自己有点意思，但似乎有些低估了他的执念和用情。那个表情不像仅仅只是见到一个曾经动过心的故人，反倒像是喜欢了很多年……真是完全想不通啊，不过是五年前的匆匆一面而已，照理说，席世卿不至于对她有这么深的感情啊？但是，无论怎样，目前事实似乎已经摆在了眼前。

这样的话，可就真是麻烦了！虽然只是短暂的相处，但看得出来席世卿确实是个好男人，加上又是爷爷好友的孙子，如果日后一个处理不好，实在是会很棘手。所以，最好能在今天快刀斩乱麻，彻底断了他的念头。

想到这里，宁夕收回目光，下定了决心。

“稍微等一会儿，景礼去开车了。”陆霆骁站在上风口，高大的身影替宁夕和小宝挡着风。

宁夕双眸微眯，突然深深地看向陆霆骁的眼睛：“陆霆骁……”

“嗯？”女孩这一瞬间的眼神太过动人，以至于陆霆骁的心脏颤抖了一下，“怎么？”

宁夕眼睛一眨不眨地盯着他，那目光似乎能穿透人心：“其实，今晚不是小宝要来的吧？是不是你带小宝过来的？”

陆霆骁刚才还庆幸没有出岔子，这就要被揭穿了吗？他的大脑迅速转动着，想着应对的计策。

然而，他怎么也没想到的是，就在这时，刚刚还在质问他的宁夕突然踮起脚尖，吻上他的唇……

陆霆骁只感觉自己脑子里“轰”的一声，然后一片白光，什么都不知道了……宁夕她在做什么？

他眼角余光甚至能够看到女孩长长的睫毛，来自唇上的柔软伴随着一阵清新的酒香，一切都虚幻得好像是一场梦。不，即使是梦里，他也不敢想会有这么一天、这么一刻……

“啊——”陆景礼不知道什么时候已经把车子开了过来，结果刚降下车窗就看到了这一幕，一个激动之下差点把油门当成了刹车。

什么情况？！为什么他只是去开个车，离开了短短几分钟的时间而已，就已经看不懂这个世界了？

为什么小夕夕跟亲哥会在接吻啊！不对不对！这不是重点！重点是，这状态，一看就是小夕夕主动的！如果说是他哥醋意大发实在忍不住了强吻的还算有可能，但现在这种情况，简直太不科学了吧！

宁夕离开了陆霆骁的唇，眼角余光朝着席世卿的方向看了一眼，随后，她看着陆霆骁，明亮的眸子里荡漾着一丝笑意，闪耀得如同缀满了天空的星辰，她歪了歪脑袋，揶揄地问：“吃醋了？”完全是女友逗男朋友的揶揄语气……

在陆霆骁怔愣的目光中，宁夕微笑着，继续说道：“早就说过了，我喜欢的人是你啊！”

话音刚落，一旁车里的陆景礼已经彻底被这样的剧情发展给弄蒙了。

陆霆骁听着那悦耳的话语，看着女孩眸子里的情意，长臂一伸，紧紧将女孩拥进了怀里，重新覆上她的唇，加深了这个吻。此时此刻，即使明知道前方是悬崖，他也愿意毫不犹豫地跳下去……

直到宁夕差点窒息，这个吻才终于结束。她偷偷探过陆霆骁的肩膀，朝着他身后看了一眼，那里已经没有了席世卿的身影。

宁夕暗暗地叹息了一声，虽然很抱歉，但这已经是她能够想到对彼此最好的方式。

现在席世卿这边终于已经搞定了，当然，接下来还有一件很重要的事情，她还得跟大魔王解释清楚……

两人正拥抱在一起，两人中间突然有个软乎乎的东西拱了拱，又拱了拱。

“噗”的一下，一个小脑袋拱了出来，是小宝。

宁夕这才发现自己怀里还抱着小宝呢，赶紧挣了一下：“咳咳，那个，陆霆骁……你挤到小宝了！”要死了！刚才一心想着怎么让席世卿死心，居然忘了小宝还在，当着小宝的面就做了少儿不宜的事情！

听到宁夕的话，看着怀里的儿子，陆霆骁这才从梦里清醒过来。

小包子鼓着腮帮子看着爸爸，一脸气愤，太过分了，不仅得到了小夕阿姨的亲亲，还得到了小夕阿姨的抱抱！不过，虽然很气愤，但似乎也没有那么气愤！因为小夕阿姨如果喜欢爸爸的话，就可以一直做他的小夕阿姨啦！不对，是小夕妈妈！这么想着，小宝决定暂时原谅爸爸了。

陆霆骁松开她之后，宁夕暂时先把小宝放了下来，然后立即立正站定，一个九十度的大鞠躬：“BOSS 大人对不起！刚刚我不是有意冒犯您的！为了避免日后会有什么不必要的麻烦，我想让席世卿死心，情急之下才会亲了您，还说了那些话，对不起！”

车子里，陆景礼已经彻底傻眼了。这情节！简直是跌宕起伏啊！他突然好心疼亲哥那颗小心脏，前一秒还以为小夕夕喜欢自己，后一秒就被真相击碎成了渣渣……

此刻，陆霆骁静静地看着宁夕，什么也没说。

宁夕见陆霆骁不说话，突然有些犯怵了，大魔王不会生气吧？

其实她之所以敢这么做，也是因为相信陆霆骁的智商，肯定会第一时间知道她的用意，并且配合她的。

结果大魔王果然非常地配合，这场戏天衣无缝……可是，现在看陆霆骁的反应，难道是哪里出了问题？悲剧！陆霆骁该不会是当真了吧？这不符合大魔王的智商啊！

实际上，陆霆骁在短暂的惊愕之后，确实立即就明白了宁夕想做什么，只是，当时情感战胜了理智，即使知道是假的，也硬是压下了真相，放纵自己沉迷在了她营造的梦里……

等了半晌之后，终于，陆霆骁轻轻揉了揉宁夕的脑袋，开口说：“没事，你做得很好。”

刚才的沉默，哪里是因为生气，他不过是想安静地记住，记住当时她的吻、她的话，还有自己那一刻的心情。

宁夕闻言，总算是松了口气，只是“你做得很好”，这话乍听起来怪怪的呢？

这时，一旁被晾了好久的陆景礼终于忍不住出声了：“那个……拜托哥哥嫂子看我一下，小弟我已经等很久了，你们还要上车吗？”

宁夕无语地白了陆景礼一眼，然后抱着小包子上了车。

刚上车，陆景礼就开始嘿嘿嘿地笑：“小夕夕，我刚才都看到了哦！可怜我的小宝宝贝，都快被挤成夹心饼干了！”

“陆景礼！我还没问你呢，今天的事情我越想越奇怪，就算小宝看到我跟席世卿在一块吃饭会不高兴，但也不至于哭成那样啊，是不是你嘴上没门跟小宝说了什么不该说的？”宁夕骤然发难。

陆景礼顿时吓到了，为了小命誓死否认：“我没有！我啥都没说！小夕夕你冤枉我！”

宁夕磨着牙，显然已经认定了是他：“我冤枉你？那我直接问小宝！看看到底是不是冤枉了你！”

陆景礼一听傻眼了，紧急朝着亲哥投去求救的眼神：哥，救我！被嫂子知道她会打我的！她有多疼小宝就会把我打得多疼！

陆霆骁瞥了眼陆景礼一脸害怕的模样，看在他往日功劳的分上，还是开口了：“宁夕，你刚才说让席世卿死心，意思是席世卿对你有感觉？”

宁夕成功被陆霆骁的这句话转移了注意力，挠挠头，神色有些为难道：“说实话，我自己也蒙着呢，完全不知道席世卿是怎么看上我的。之前我们俩聊了一下，只知道五年前我们见过一次面，不过也就那一面而已，再没有其他的交集了。当然，也有可能是我太敏感想太多了吧，不管怎样，反正现在已经没问题了！多亏了BOSS大人，再次感谢！”

陆霆骁：“不客气。”

危机解除，陆景礼劫后余生地抹了把汗。看着亲哥一本正经的模样，他这会儿突然有些回过劲儿来了。仔细想想，他哥倒是不亏啊，啥也不做就秒掉了一个情敌不说，还平白捞到了一个吻，简直不要太赚！这样的好事，再来几次都不嫌多的！

无论如何，这件事总算是顺利解决了。车上，宁夕准备给爷爷打个电话汇报情况，不过，打之前还是有些为难。唉，虽然她跟席世卿已经商量好了各自回家的说法，但是，万一爷爷还是不死心怎么办啊？

“喂，爷爷！”

“小夕啊！跟席家那小子见过面了吗？怎么样啊？人还不错吧？”

“咳，爷爷，人是挺不错的，不过，人家没看上我呢！”宁夕回答。

“你说什么，那小子没看上你？”老爷子立即激动道。

“不是爷爷，我的意思是，我俩互相都没看上，您就别再撮合了！”宁夕按照之前跟席世卿商量好的说法跟爷爷解释道。

手机那头，老爷子的语气无比失望：“这怎么可能？爷爷还特意先见了一下席家那小子，没有长残，也是一表人才，这才放心让你去跟他相亲的，这样的你也不喜欢？那你告诉爷爷，你喜欢什么样的，爷爷再帮你找！我还有一位老友，他家孙子……”完了，完了，果然……

宁夕扶额：“爷爷，别啊！爷爷，我现在真的不想找对象！”

“小夕啊，你相信爷爷，爷爷是过来人，你现在是最好的年纪，趁着这个时候才能找到最优秀的男人，而且……”

宁夕正头疼呢，身旁突然传来一阵热源，陆霆骁不知道什么时候凑到了她的耳边，轻声对她说道：“跟你爷爷说，你们老板不允许你谈恋爱。”

宁夕愣了一下，捂住手机，问陆霆骁：“啥？”

“林芝芝没跟你说吗？你现在的情况，不可以交男朋友。”陆霆骁面不改色地说道。

宁夕闻言眼前一亮：“对哦！这倒是个好理由！”

前面正在开车的陆景礼嘴角抽搐着嘀咕：“是哦，老板不允许你谈恋爱，只允许你跟老板本人谈恋爱……”

“爷爷，我现在一心只想好好工作，而且我正在事业上升期，我们公司不让我谈恋爱的！”

老爷子一听怒了：“什么？不让谈恋爱？怎么会有这样的公司？你们老板懂不懂人权？”

宁夕瞥了眼为她挡了一枪的陆霆骁：“爷爷，我现在还开了一个自己的工作室，每天忙得团团转。下个月就要开始新片的宣传了，全国各地到处跑，跑完紧跟着就要拍新片，真的没有时间！”

宁致远本来还想提让她来公司的事情，听她这话音，就知道也没有可能了，虽然很遗憾，但是听到孙女如今有自己的事业，过得也很充实，心里终究还是欣慰的。

“那爷爷的曾孙子怎么办？什么时候能抱上啊……”

听着老爷子哀伤叹气的声音，宁夕摸着小包子的脑袋，心中叹气，唉，要是小包子是我儿子就好了，这样什么都解决了。

“不然，爷爷，我给您弄个试管婴儿？”

“胡闹！”老爷子毕竟年纪大了，思想比较传统，不可能接受这种东西。他也怕宁夕被逼得紧了做出什么傻事来，急忙放软了话音，“算了算了，其实你现在年纪也还小，你先忙工作吧，爷爷也不为难你了，但是有一点，你得经常回来看看爷爷，这个要求总不过分吧？”

宁夕闻言大喜：“不过分不过分！我一定经常回去看您！”

挂了电话之后，宁夕一阵轻松，总算是了了一件心事。

前面，陆景礼还沉浸在“试管婴儿”四个字的震撼里：“夕哥，你厉害，连试管婴儿都出来了！”

宁夕白了他一眼：“我爷爷想抱曾孙子，我又不能找男人，不然你让我咋办？”

“那你哪儿去弄精子啊？”陆景礼问。

“精子库啊！”

陆景礼从后视镜里看了眼亲哥：“其实你旁边就有现成的，而且基因超优质哦……”

宁夕自然知道陆景礼说的是谁，无语道：“打住，停止这个少儿不宜的话题！”跟大魔王生孩子什么的……

宁夕：“我刚就是随口一说……别讨论得这么深入好吗……小宝还在呢！”

低头一看，还好，小宝已经哭累了睡着了。

珠江华景。

陆霆骁和陆景礼把宁夕和小宝送到了楼上门口。

陆霆骁摸了摸儿子的小脑袋，抬头对宁夕道：“我走了，最近降温，夜里注意保暖。”

宁夕点头：“嗯嗯，知道了！BOSS大人晚安！”

陆霆骁深深看了女孩一眼：“晚安。”

陆景礼打了个哈欠：“夕哥晚安，如果席世卿那边还有什么八卦，千万要记得跟小弟分享啊！”

宁夕无语地看着眼前这个靠着八卦而活的男人：“什么都少不了你！”

道完别，两人便准备离开了。

可是，陆霆骁这边刚转身，突然感觉自己的衣服被一个小小的力道拉扯住。

一回头，竟看到小宝不知道什么时候醒了，睡眼惺忪地看着他，一只小手攥着他的衣角不放。

陆霆骁一时怔住。

毕竟，小宝还从没对他有过如此亲昵的举动，哪次他从宁夕这儿离开，小家伙不是欢欣鼓舞巴不得他快点走的……

不仅是陆霆骁，陆景礼和宁夕也愣住了。

“小宝，怎么了？”宁夕柔声问。

小宝眨巴着眼睛看着陆霆骁，然后小手在怀里摸索着什么。

宁夕知道他是在找写字板，急忙帮他从随身背着的小包里拿了出来。

小包子一只手还揪着陆霆骁的衣服没放，另一只小手揉了揉眼睛，然后在写字板上写了几个字：“爸爸别走。”

四个字……陆霆骁这边还没来得及有反应，陆景礼已经号了一声，感动得快要哭出来：“小宝好暖！我也想有儿子了！我想去做试管婴儿了！”

此刻，陆霆骁看着儿子牵着自己衣服的小手，还有写字板上的四个字，心里百感交集。

宁夕都已经眼泪汪汪了，小包子跟陆霆骁的关系变好，她比谁都想看到：“陆霆骁，不然你今晚就在我这边住吧？多陪陪小宝！”

陆景礼简直想出去狂奔一圈！好羡慕！有儿子真好！这神一样的助攻！

大概是因为幸福来得太突然，陆霆骁一时竟有些没反应过来。

虽然小宝对他而言一直都是他最大的底牌，但这还是第一次小宝真正意义上主动帮助他。

是因为今晚的事情吗？那还真是因祸得福了！

最后，陆霆骁留下了，陆景礼泪奔着一个人回了家。

卧室里。

宁夕陪着小宝躺在床上，给他唱歌哄他睡觉，陆霆骁坐在另一边床沿，一只衣袖还被小家伙揪在掌心里。

把小宝哄睡之后，宁夕问：“不然你今晚陪小宝睡吧？我去客房。”

“可以一起。”陆霆骁说。

宁夕闻言一愣，神色有些尴尬，挠挠头道：“啊？这会不会不太好？”

陆霆骁：“不会，我不介意。”

宁夕心想：大魔王……越来越坏了！BOSS 大人都说不介意被占便宜了，她难道还能说自己介意吗？还好床挺大的，中间还有小包子，其实也真没什么。

宁夕洗完澡再进屋的时候，陆霆骁已经躺在了床上，头发带着刚沐浴后的微潮和凌乱，身上穿着睡衣，垂眸看着身旁的小宝，目光温柔，就像一个寻常人家的父亲，看得宁夕的小心脏一阵扑通扑通跳。

听到脚步声，陆霆骁抬起头来：“把牛奶喝了再睡。”

“哦……”咋感觉陆霆骁是养了俩孩子。

宁夕喝完牛奶后，躺到了小宝的另一边。

陆霆骁关了屋里的大灯，只留下了一盏昏暗的小夜灯，俯身在儿子的额头亲吻了一下。

见宁夕看着自己，陆霆骁微微扬了扬眉：“也想要晚安吻？”

宁夕瞪大了眼睛，一阵猛摇头。她就是觉得大魔王温柔照顾小宝的样子很迷人，所以多看了几眼而已好不好！哪有这种不轨的企图！

陆霆骁的眸底荡漾着一丝笑意，突然越过小宝，倾身过去，在宁夕瞪圆的目光下，在她的唇上落下一吻。

宁夕在心里狂喊：大魔王你在干啥！说好的只是陪小宝睡觉呢？

陆霆骁双眸微眯，掩去眸底的一丝暗芒："这是今天帮你挡箭的报酬。"

宁夕竟无言以对……

第二天早上。

宁夕迷迷糊糊地醒来，感觉自己从来没有睡得这么香过，一夜无梦，而且全身上下都暖乎乎的，热气熏得人完全不想起来。

不行，还要起来给小包子做营养早餐呢！

宁夕总算是让自己睁开了眼睛。

结果，刚一睁开眼睛，入眼的竟然是一片胸膛……

五雷轰顶！什么情况？为什么她会睡成这样？！

她不知道怎么跑到了陆霆骁这边，并且整个人都趴在他的身上，以至于他的睡衣都被她蹭散了，而她的手，就按在他的胸口。

宁夕一个激灵，鲤鱼打挺似的爬了起来，本来想要偷偷挪到另一边去，没想到手下没个轻重，不小心按到了陆霆骁……

男人闷哼一声，缓缓睁开眼睛，眸子里点点星芒一点一点泄露出来，倒映着她惊慌失措一脸蒙的脸……

宁夕咽了口唾沫，眼珠子转了又转，想着要怎么解释这一情况。此情此景，太难解释了吧！

宁夕的脑子都快要炸掉了，然而，下一秒，她便知道，这点刺激根本不算什么，因为，陆霆骁用那双明显还未清醒的眸子定定地看了她几秒钟之后，突然猛地一个翻身……

宁夕只感觉一阵天旋地转，下一秒，一片阴影越来越近地落下来，随即唇上便是一阵刺痛，男人无比激烈地吻了上来……

宁夕完全被陆霆骁这一突如其来的行为弄蒙了，加上胸腔里的空气越来越稀薄，大脑根本无法集中注意力思考。

甚至，内心压抑已久的感情，差点被这个世界末日般不管不顾的吻给勾了出来，差点忍不住回应起他来。

宁夕！清醒！小宝宝贝还在旁边睡觉呢！

无奈，她是清醒过来了，陆霆骁却没有。

宁夕没办法，只好用力咬了下去，瞬间口腔里弥漫起血腥的气息。

陆霆骁眉头紧蹙，动作稍缓。

宁夕趁着这一秒的工夫，赶紧一把将他推开："喂，陆霆骁！你、你这是在梦游吗？"如果是在梦游，问了也是白问啊！也不对，梦游不应该都是晚上吗？这天都亮了啊！

正一头雾水，头顶稍稍清醒了些的男人声音沙哑地开口："不是。"

宁夕眨了眨眼睛，心里"咯噔"一下：不是？

陆霆骁修长的手指插入凌乱的发间："抱歉，刚才不清醒，以为是在梦里。"

这个回答……宁夕能说什么？呃，难道大魔王的梦里居然想对她做这样的事情？

而且，刚才的陆霆骁，真的跟平时陆霆骁在她面前时的性格一点都不一样，刚才那个吻，简直太霸道了！霸道得甚至让人有一丝心慌……

"你刚才在做什么？"不及宁夕说话，陆霆骁突然发问，并且一句话就把自己的立场从犯错者变成了受害者。

听到这个问题，宁夕还真是心虚了："那个、那个……我说我自己也不知道，你信吗？"

陆霆骁目光幽深地看着她，那表情，显然是不信。

宁夕的神色无比真诚："BOSS 大人，我对天发誓，我真的不知道怎么一觉醒来我就睡成这样了！其实我平时睡相还不错的……总之，这是个意外！"

宁夕说完小声嘀咕："再说你刚还对我这样那样了，怎么说也算扯平了吧？"

陆霆骁似乎略思索了下，然后才点头道："好，扯平了。"

宁夕总算是松了口气。

然而，刚松完气就觉得哪里不对劲，这不对啊……哪里是扯平了，分明是她比较吃亏吧？

算了，谁让她先滚去了那边呢，不然陆霆骁也不会做后来的事情……

"那个……BOSS 大人，可以起来一下吗？我要去做早饭了！"宁夕弱弱地问。

陆霆骁却没有立即离开，而是一动不动地看了她一眼，眸光越来越幽暗。

宁夕还完全不知道此刻她的样子有多迷人。

陆霆骁都忍不住问自己，他到底是怎么忍住的？

"陆霆骁？"宁夕被盯得有些犯怵。

陆霆骁回过神来，起身下床，宁夕立即跟兔子一样跑了个没影……

宁夕很快熟练地做好了一桌子色香味俱全又有营养的早餐，然后去叫陆霆骁和小包子来吃。

小包子今天似乎格外高兴，粉雕玉琢的小脸比平时都要放光，早饭也吃得比平时多。

宁夕本来还觉得昨晚留陆霆骁在这儿过夜的主意实在是太不合适了，但是现在，看着小宝幸福的小脸，又开始庆幸留下陆霆骁。

在她心里，小包子永远是第一位的，只要小包子高兴就好，其他都是浮云。

吃完早餐后，时间还很早，陆霆骁便坐在沙发上看着报纸，小包子难得黏到了陆霆骁身边，拿了一本宁夕看不懂的书用写字板在跟陆霆骁交流着。

阳光下，一大一小就像是一幅温暖的油画，莫名让人生出岁月静好、现世安稳的感觉。

直到，宁夕的手机突然响了起来。

宁夕低头一看，心里顿时“咯噔”一下，是她爷爷！

宁夕眉头紧蹙，昨晚不是已经说好了吗？难道爷爷又改变主意了？

宁夕挠挠头，有些担忧地接通了电话：“喂，爷爷啊……”

“小夕！我问你，你是不是有什么事情瞒着我？”手机那头，老爷子二话不说直接问了这么一句，并且语气异常严肃。

宁夕愣了下：“啊？没有啊！爷爷您是指什么事？”

“席世卿的事！”

听到这个名字，宁夕顿时有种不好的预感，难道席世卿在爷爷面前说了什么？他没有按照他们约定好的跟家里说？不会吧？席世卿不像是那种人啊！

“爷爷，席先生怎么了？我真不知道您说的是什么事！”

手机那头，老爷子的语气很是激动：“你不知道？那你告诉我，为什么人家昨天跟你见了一面之后，今天就要去陆老族长的小隐圆隐居了！”

爷爷刚才说什么？宁夕整个人都被老爷子的这句话给震惊傻了：“爷爷，您……咳咳，您说什么？席世卿要隐居？爷爷您确定？爷爷，您是不是骗我玩呢？”宁夕完全无法相信老爷子的话。

听到宁夕跟她爷爷的对话，一旁的陆霆骁也露出微有些诧异的神情，随即便是眉头紧蹙……本以为昨晚之后席世卿已经彻底解决了，谁知道居然出了这样的变故。

手机那头，老爷子生气道：“你这孩子，我骗你做什么，席家那小子这会儿人都已经在小隐园了，千真万确的事情，这还能是骗你？”

听到这话，宁夕彻底凌乱了，苦着脸道：“这、这不能吧？是不是有什么其他原因啊？为什么一定要说是因为我？”

“还能是什么其他原因，人家临走前都还好好的，跟你吃了顿饭回来之后，突然就跟家里谈话，说要隐居！你的嫌疑最大！”老爷子语重心长道，“小夕，你一定要好好想想，昨晚你们俩吃饭的时候到底发生了什么事情！隐居，这可不是一件小事！如果是跟你有关，你让我怎么跟你席爷爷交代？”

这会儿宁夕越想越有些心虚……实际上，昨晚确实是发生了不少事情，难道、难道她昨晚为了让席世卿死心的时候用力过猛了？可是就算用力再猛他也不至于隐居吧？

“爷爷，您现在在哪里？”她好像听到手机那头有模糊的诵经声。

“我已经在小隐园了，世卿的爷爷还有父母都在。小夕，无论如何，你先过来一趟吧，电话里说不清。”

“好，我知道了，爷爷您别着急，我马上就来！”

挂了电话后，宁夕目光复杂地看了陆霆骁一眼，唉，大魔王一出手，杀伤力这么大？

“席世卿要隐居？”陆霆骁问。

宁夕点点头：“是的，而且貌似是因为我，我现在得过去一趟。”

“我陪你。”

“还是算了，万一人家看到你，被刺激得更想不开咋办呀？”宁夕苦着脸道。

“我只送你到门口。”

“可是，你快上班了呀！”

“上午没什么事，有一场会议，可以让景礼代我主持。”陆霆骁说完就已经给陆景礼拨了一通电话。

手机那头传来陆景礼欢快的声音：“喂，哥，怎么这么早给我打电话？啧啧，有情况哦……”

“早上的会议我到不了，你主持一下。”陆霆骁的语气平静无波道。

陆景礼一听立即亢奋了：“啊……到不了？昨晚发生了什么？难道你跟小夕夕……”

“席世卿要避世而居，我陪宁夕去一趟山里。”陆霆骁一句话，打断陆景礼收不住的脑洞。

“噗——”手机那头的陆景礼一时没忍住，“避世？哥你逗我呢？”

挂了电话之后，陆景礼都还有些反应不过来，这剧情的发展真是太玄幻了……

最重要的是，这么重要的时刻，他怎么能不在场呢？

陆景礼果断给某部门主管打了个电话，让他去主持会议，随后悄悄地也跑去了山里。

小隐园。

陆霆骁带着小宝在车内等着，宁夕迅速下了车赶去找爷爷他们。

宁夕穿过一片竹林，在一个庭院里看到了熟悉的身影，除此之外还有席博义和一男一女两个中年人，应该是席世卿的父母。

“爷爷……”

“小夕啊，你来了！快过来！”宁致远看到孙女来了，急忙起身把她牵过去。

“席爷爷，叔叔，阿姨……”宁夕一一打过招呼，心情有些不安。

席家的三人看到宁夕，也是一脸激动地迎了过去，席妈妈看到救星一样一把拉住她的手：“你就是小夕？果然是个好孩子，难怪我们卿卿回来之后一直夸你优秀！”

宁夕本来还以为席妈妈会把她一顿指责，没想到却是夸她，不由得有些愣住了。

“好孩子，你别紧张，你爷爷刚才在电话里说得太严重了，我们都知道这件事跟你无关的，昨晚卿卿其实已经跟我们说了，你们俩觉得彼此的性格更适合做朋友……”

听到这里，宁夕又是松了口气，又是愧疚。

之前她竟然还怀疑席世卿，没想到他回去之后什么都没说，还一直帮她说好话。作孽……她现在真希望席世卿是个不学无术的纨绔子弟，这样她还好处理一点，可是偏偏……

席妈妈拉着她，眼眶泛红地继续说道：“叫你过来没有别的意思，只是我们能想的全都想过，就是不知道卿卿好端端的为什么突然要隐居，所以才抱着最后一线希望把你叫了出来！昨晚我听卿卿的语气，是非常欣赏你的，你们这么聊得来，说不定他能听你的劝，好孩子，你可以帮阿姨去劝劝卿卿吗？”

席老爷子在一旁开口道：“什么非常欣赏啊，我看这小子八成就是看上小夕了，喜欢这丫头！那天我说给他安排了相亲的时候，本来他是一口回绝的，结果我一说是宁家的小姐，他立即就开始问我是哪一位，我说是小夕，他马上就同意了……”

“那他回来以后为什么说小夕不是他喜欢的类型，说更适合做朋友什么的？”席妈妈满脸不解。

这时，席爸爸开口了：“你家儿子的性格你又不是不知道，那么被动，什么都不争，年纪轻轻的就性子寡淡了……我看八成是小夕先表现出了对他没有感觉，他直接隐藏自己的真实想法了！”

不等宁夕为难着怎么跟他们解释，几个长辈已经自己脑补出了大致过程。虽然还是跟实际有出入，不过，让他们这样误会也好，省得她不知道怎么说了。

席妈妈听着席爸爸的分析，也觉得有可能：“难道卿卿真是因为这件事想不开？这也不太可能啊？”

席爸爸一脸凝重：“之前对什么事都不争的时候我就担心有这一天了，果然……”

宁夕从席爸爸、席妈妈还有席爷爷的对话中就知道，席世卿为什么人这么好了。

这几位长辈都是非常温和体贴的人，一来就是先安慰她，即使到现在也没有一句怀疑和指责，都是从自己身上找原因。

正因为这样，宁夕才更愧疚了。人家辛辛苦苦养大的儿子，结果因为她要隐居，这实在是太作孽了！

本来她还有些不确定的，但是听他们刚才的对话，既然他们找遍了都找不到其他原因，那就只可能是昨晚那件事了，当时席世卿的神态确实是不对劲……

“这样吧，反正我来都来了，虽然我也没有把握，不过，我尽量试试好吗？”宁夕开口道。

席妈妈闻言立即一脸感激：“太好了！小夕，真是太感谢你了！”

席爸爸的神情也缓了几分：“你也不用有压力，这件事本来就跟你没有多大关系，姑且一试吧！”

两人虽然安慰着宁夕，但明显内心还是非常紧张忐忑的，毕竟，此刻宁夕已经是他们唯一的希望了。

宁夕深吸一口气，朝着席妈妈告诉她的小隐园方向走去。

身后，宁致远沉声叹道：“希望小夕能劝动世卿吧……”

其实，他也是几乎没有抱什么希望的，因为那孩子这次看起来非常坚决，就算真的是与小夕有关，估计也是劝不回头了。

宁夕七拐八拐的，终于找到了席世卿所在地。

顺着一条青石台阶走到尽头，只见一个环境清幽的小院子，院子里正开着几株梅花，发出清幽的香气，沁人心脾，让人瞬间放松下来。

草屋的门开着，只有一道草帘子，在微风中轻轻晃动，发出嗒嗒嗒的声响，除此之外，空气中一片静谧，没有任何声音，跟外面相比如同是两个世界。

宁夕拾级而上，缓缓走到门口，略犹豫了一下，然后伸出手，撩开了那道帘子。

撩开帘子后，首先映入眼帘的是一扇窗户，窗外是一大片竹林，窗内放着一扇屏风，屏风之后，席世卿就那么静静地坐着，手里捧着一卷书，神色专注。

即使此刻他身上穿着的还是一身西装，但身上的气质完全脱离世俗了。

这样的席世卿，看得宁夕一阵阵心惊。仅仅是一晚上的时间而已，他怎么突然就变了一个人似的？

之前他身上的气质虽然也很淡然，但至少还是很有烟火气的，可是现在，竟然没有一点烟火气了！

宁夕顿时头疼起来，席世卿的情况，比她想象中的更棘手啊！

不行，不能打退堂鼓，自己作的孽必须自己负责，更何况外面席爸爸、席妈妈和席老爷子还都在等着她的消息呢。

宁夕稳了稳心神，然后迈步进去。

大概是因为听到了脚步声，席世卿握着书的手顿了顿，随即缓缓抬起头来。

看清来人之后，席世卿的目光古井无波，没有一点波澜：“宁女士……”

听到这三个字，宁夕差点直接吐血，连称呼都变了！

宁夕捏了捏眉心，索性一屁股在席世卿的对面坐了下来，然后长长地叹了口气道：“我说……大哥啊，你是闹哪样啊？”

席世卿：“这是我深思熟虑的结果，如果宁女士是来劝我的，那么，您可以走了。”

“是因为我吗？”宁夕直接开门见山地问。

席世卿：“一切皆出自本心，与他人无关。”

宁夕深吸一口气：“那我能问问你这么做的理由吗？到底为什么？就算是因为昨晚的事情，就算你喜欢我，结果发现我已经有喜欢的人了，但也不至于这么想不开啊，这太不科学了……”

席世卿：“一切不过一念之间。”

宁夕简直快哭了：“大神，您能说点人话吗？”她好怕怕啊！

“宁女士，如果您是因为愧疚，那么大可不必，这是我自己的决定。”席世卿说。

“那你爸妈还有你爷爷呢？你也不管了？他们养了你那么多年，结果你就这么一声不响地跑到这里？”

“一切都已注定，我与他们的缘分已尽，他们还有世轩。”

宁夕想起来了，席世卿跟她说过，他还有个弟弟。他什么都想好了，真是铁了心啊，不是闹着玩啊！

“大神，席先生，卿卿？拜托你再好好考虑一下成不成，这真的不是小事情啊！三天，你再等三天，考虑清楚了再做决定不迟！”宁夕企图用拖延计。

“我意已决，宁女士请回吧。”席世卿开始送客了。

“席世卿！你这是打定主意不改了是不是？”宁夕的眸子里光火攒动，这家伙明明看起来那么好说话的样子，咋这么油盐不进呢！真把她逼急了，直接把他打晕了带回去算了！

席世卿的表情纹丝不动，如同一块经年累月的磐石。

宁夕说了大半天，嘴皮子都快说破了，最后还是没把人说动，直到她爷爷的电话打了过来。

宁夕走了出去，接通电话：“喂，爷爷……”

“小夕，怎么去了这么久啊？你们聊得怎么样了？”

宁夕的脸色一阵阴沉：“对不起爷爷，能劝的都劝了，但是……似乎没用……”

手机那头的老爷子长叹一声：“算了，早就料到是这个结果了，小夕，你回来吧！”

宁夕咬了咬牙：“不急，爷爷，麻烦你们稍等一下，去找个地方休息休息吃点东西，我想再试试。”

“唉，你这孩子……好吧，不要太勉强了！等等，你席叔叔要跟你说话。”

手机那头换了席爸爸：“小夕啊，你回来吧，你不了解我家世卿，他性子只是看着软，其实只要是他做了决定的事情，就绝对不会改变，你再怎么劝也没用的。”

“是啊小夕，别为难自己了，我们都没有怪你的意思，这事情跟你没关系。”

席妈妈也劝了一句，生怕人家女孩子误把责任揽到自己的身上。

“叔叔阿姨，我明白，我这人吧，不撞南墙不回头，你们就让我再试试吧！”

……

片刻后，宁夕挂了电话，脸上的神情飞快地变幻着。

打晕带走，这是下下之策，席世卿要是自己不改变主意，带回去了他也会再跑出来。

所以，到底该怎么办呢！

与此同时，隐园前不远处的一棵大树下，一辆黑色的车子静静地停靠着。

车内，陆霆骁看了眼手机上的时间，眉头微微蹙起。

“都这么久了，嫂子怎么还不出来啊？”陆景礼这会儿已经跑来跟他哥会合了。

陆霆骁打开车门走了出去，点了一支烟，显然心情也有些烦躁。

陆景礼挠挠头，也跟了出去：“干等着也不是个事啊，不然我们进去看看情况？”

“我不能去。”

“好吧，你似乎是不太适合去……别小夕夕刚把人劝回来又被你刺激了……”陆景礼咕哝着，然后开口道，“那我去呗！我偷偷去打探打探情况好了！万一席家那边给了嫂子压力，嫂子逼不得已做出什么妥协，说出昨晚的真相，比如给席世卿机会，答应跟他交往试试什么的，那可就糟糕了啊！”

陆霆骁眸光微暗，这也是他最担心的。而且，以宁夕的性格，如果席家的人来软的，她八成会不惜一切也要把席世卿给劝回来。

“哥，那我去了，有情况第一时间通知你！关键时刻我会拦住嫂子的！”见陆霆骁不说话，算是默认了，陆景礼立即麻利地跑了过去。

车子里，小宝从车窗冒出小脑袋，举起了写字板：“爸爸，需要小宝帮忙吗？”

看样子，小家伙经过昨晚之后，是已经彻彻底底地自愿配合了。

陆霆骁目光柔和地看了眼儿子：“谢谢，不过，这件事情你帮不了。”

小包子失望地耷拉下了脑袋。

隐园外，宁夕再次走了进去。

与此同时，陆景礼也已经打听到了席世卿住的地方，迅速赶了过去。

席世卿看到宁夕去而复返，脸上依旧没有任何表情，好像他的世界里只剩下了面前的这卷书了。

宁夕径直走到席世卿跟前，一把抽走他手里的书。

被夺走书的席世卿也不生气，平静依旧。

宁夕随手扔了手里的书，然后，猛然靠近了席世卿，单膝压在他的身侧，另一只手撑在他身旁的茶几上，脸贴得极近，几乎是呼吸相闻的距离……

席世卿淡薄的眉宇，不易察觉地蹙了一下。

刚想开口说什么，宁夕却没有给他说话的机会，直接按着他的肩膀，将他压在了身下，同时身体也覆了上去……

草屋外，陆景礼刚凑在窗户边上往里面偷瞄，就看到这样一幅劲爆的画面。

嫂子居然把席世卿……刹那间，陆景礼吓得魂儿都快没了！

他还说有情况第一时间跟他哥汇报呢，这情况让他要怎么跟他哥说啊！这是要人命的节奏啊！怎么办怎么办，他现在要冲进去阻止吗？

清心寡欲的席世卿，加上狂野不羁的宁夕，他咋突然觉得有种诡异的般配感呢？

要死要死！如果被他哥知道他有这种想法，一准死无葬身之地！

宁夕扑了席世卿还不算，温热细腻的手指自他的眉心一点点划过，缓慢而磨人地凑近他……

席世卿此刻就如同一潭死水突然遭遇了暴风雨，整个身体紧绷得如同一把拉到极致的弓，修长的手指死死捏着，呼吸也完全乱了节奏，眼见着宁夕的唇就要落下来，受惊似的死死闭上了眼睛，微微偏开了头，耳根子几乎红得滴血……

然而，就在他心神剧震的时候，却听到耳边传来一个无比清冷的声音：“席世卿，你心都不净，隐的什么居？避的什么世？”

话音刚落，席世卿体内滚烫的血液一下子冷了下来，脸色苍白如纸。

窗外，陆景礼满脸星星眼，嫂子帅爆了啊！真是完全没有想到的神转折！幸亏他没有冲动地直接冲进去，不然就坏了嫂子的计划了……

席世卿张了张嘴，想要说什么，最终，却一句话都没有说出来。

即使与辩论高手辩论的时候，他也从未输过……可是，此刻，他却哑口无言。因为他控制不住自己的心，控制不住自己的情……

见席世卿不说话，宁夕双眸微眯：“怎么？还不承认？要我继续吗？”

“不、不必……”席世卿的眸子里闪过一丝惊慌，面上满是苦涩，“你说得对，我确实心不净……”

宁夕这才起身，然后朝着席世卿伸出一只手，把他拉了起来。虽然知道自己这招可能有些残忍，但是对付席世卿这样的情况，只能下猛药。

此时此刻，席世卿的脸上已经完全没有了之前平静如水的表情，他完全不知道该如何形容自己此刻的心情。

所有人都不理解，甚至包括宁夕，不理解他为什么要做这样一个决定。

他等了整整五年，突然有一个这样的机会摆在他面前，却还未好好体会，就顿时碎成了泡沫。如果从未有过希望，他或许还不会如此绝望。至今还记得当时看到他们拥吻的那一幕时，心脏那撕裂般的疼痛。

那时候，他已经想起来了，那个男人是陆氏集团总裁陆霆骁。

虽然他只在宝玉轩的剪彩典礼上见过一次，但他不会认错的。

如果是其他任何人，他或许还有竞争的可能性，但是，陆霆骁，偏偏是陆霆骁……

这场战役里，他还没开始，就已经输得一败涂地。

他家境优渥，从小到大一帆风顺没有任何波折，也没什么特别想要的东西，因为只要是他想要的，都轻而易举就能得到，以至于养成了他对任何事情都无争无求的性子，生活对他而言似乎是可有可无的。

他存在这世间，却好像是以一个局外人的身份。直到宁夕的出现，和五年后的再次出现，彻底打破了他与世界之间的那层隔膜，让他第一次有了想要的东西。

正是因为太珍贵了，所以失去的时候，才会那么绝望。他想，这辈子，他再也无所求了。

当他来这里时，一心只想避世。因为那时候他觉得自己无欲无求了，但是现在，只因为她一个小小的举动，就一把将他拉回来了……或许，她真的是他命定的劫数吧！

席世卿的脸上，有了一丝认命的妥协。

看着席世卿的表情，宁夕暗暗松了口气，知道自己这是成功了。

“回家吗？”宁夕看着他。

“我需要去和陆老族长说一声。”

宁夕一听，心中立即警铃大作：“那我陪你去！”

听说那个陆老族长已经隐居许久了，她这好不容易把人给拉回来，万一他跟陆老族长聊几句又被弄回去了她找谁哭去！

席世卿本来想说不必，但是，看着她炯炯有神的眼睛，知道她在担心什么，也只能随她去了。

隐园区另一间屋子内。

陆老族长对于席世卿的到来似乎丝毫不惊讶，只是，在看向他身后的宁夕时，目光微微有些变化。

“抱歉，陆老族长，我心境不定，自觉此时并没有资格住在这里。”

这会儿在陆老族长面前，宁夕其实是有些心虚的，毕竟这件事上她要了些小聪明。

还好，对方并未深究，也没做任何勉强：“一切皆有因果，你去吧。”

这会儿宁夕看着眼前的陆老族长，颇有些好奇。

这位就是传说中几年才雕琢一件玉饰的陆老族长？只卖给有缘人的那个？我要不要上去搭个话，还是算了……

就在这时，陆老族长居然主动开口了：“女士可是有事？”

“我吗？”既然老师傅都主动问了，宁夕也就厚着脸皮开口了，大不了被拒绝呗，“您真是明察秋毫，确实有点……是这样的，我最近总有些心神不宁，不知道您可否提点几句？”

陆老族长闻言，澄亮的目光意味不明地打量了她几眼，随后，与身旁的人低语了几句。

须臾，那人拿来了纸笔。

然后便见陆老族长拿着毛笔在纸上写画起来……写完后，宁夕拿起那张纸一看，神色愣住。

陆老族长刚才不是在写字，而是……画了一朵花！这是几个意思？

宁夕本来想问清楚，可这时有人跑过来，提醒陆老族长有人找。

陆老族长似乎也没有要解释的意思，直接跟她和席世卿告辞之后便离开了。

宁夕只能满脸蒙地转向席世卿：“席先生，你比较了解陆老族长，你看他给我画一朵花是什么意思啊？”

席世卿拿起那张纸，细细端详了一会儿，也是毫无头绪：“陆老族长的心思，我也无法揣测。”

席世卿说完，略有些意外地看着她：“找陆老族长问问题的人很多，每次他最多说一句‘一切都是因果’，没想到这次竟然会给你画。”

宁夕嘴角微抽，小声嘀咕道：“听你这么说，我还挺荣幸的，可是这花，未免也太玄了吧……算了，回去再慢慢想！”

离开时，席世卿转过身，对着草屋看了许久。

宁夕一把搭着他的肩膀把他转了过来不许他再看：“别看啦，隐居有什么好的？整天大门不出二门不迈的！改天我带你出去玩，保管你再也不想隐居了！你说啊，这样的人生，跟一条咸鱼有什么区别……”

宁夕在绞尽脑汁滔滔不绝地诉说着不避世的好处，席世卿终于不再看隐园了，而是看向了她，澄澈的眸底空无一物，除了她的倒影……

折腾了这大半日之后，宁夕总算是不负所托，把席世卿给带回来了。

彼时席妈妈正在亭子里默默垂泪，已经对儿子改变主意不抱任何希望了。

席爸爸也是一脸愁容。

席老爷子虽然不说话，但是压力最大。

“怎么这么久……”宁老爷子探着脑袋不安地看了半天。

席老爷子叹了口气：“老宁，叫小夕回来吧，我们再想办法。”

“这么短的时间内，能想到什么办法？”席妈妈说完眼泪落得更凶，“要是我的卿卿真的不回来了，我就跟着去……”

席爸爸一听急了，满脸惊慌道：“你……你这说的是什么胡话！简直是胡闹！”

“我哪里胡闹了？儿子都不回家了，我还有什么好留恋的！”

“那你就不管世轩，不管我了？”

一家人正愁云惨淡，突然看到走廊尽头走过来一个人——是宁夕回来了。

席妈妈正想安慰宁夕几句，让她不用在意，不想，下一秒就看到宁夕身后紧跟着又走出来一个熟悉的人影，竟然是她的宝贝儿子！

席妈妈顿时神色一怔，随即满脸惊喜，颤声道："卿卿……"

"世卿……"席妈妈、席爷爷和宁老爷子看到席世卿都是又惊又喜。

不过，心中难免还是忐忑，难道他这是在隐居前来跟他们见最后一面的？

直到，席世卿走到他们面前，一一唤道："爸、妈，爷爷，宁爷爷……"

席妈妈眼眶一红，再也忍不住，一把抱住儿子大哭了起来："卿卿啊，你吓死妈妈了！"

席爸爸也是一脸庆幸："小夕，谢谢你！谢谢！"要不是宁夕，他差点就见不到儿子了！

"夕丫头啊！你是怎么把世卿劝动的？"席老爷子也是满脸激动。

"是啊小夕，阿姨真是不知道该怎么谢你才好！"

宁夕自然不可能直接告诉他们自己是怎么劝的了，急忙摆手道："咳，叔叔阿姨，席爷爷，其实我也没做什么，我去的时候席先生已经被你们劝得差不多了，我就是捡了个现成的功劳而已！"

"你这孩子，太谦虚了！"席妈妈看着眼前的女孩，明眸皓齿，目光清澈干净，穿着也简单大方，真是越看越喜欢。

而且，儿子谁去劝都不行，这姑娘一去就说动了，她更加能确定儿子对这姑娘的心思肯定不一般。

要是能把这小两口撮合成，那就再也不用担心儿子会隐居了。

"小夕啊，晚上来家里一起吃个饭吧！无论如何这次都要好好感谢你！"

席老爷子也连连点头："这是肯定要的！"

一旁的宁老爷子看席家人的这个态度，当然知道他们在想什么，自然也是乐见其成的。

与此同时，黑色车辆里。

"哥，我回来啦！你放心好了，嫂子威武霸气已经全部搞定了！而且全身而退！"陆景礼故意用一副轻松自如毫无异样的语气跟亲哥汇报道。

然而，陆霆骁是什么人，那深潭一样深不见底的眸子一掠过去，陆景礼莫名打了个寒噤："怎么了哥？"

真是强撑着才没结巴。

陆霆骁双眸微眯，目光如同能穿透灵魂，幽幽道："全身而退？"

“是啊！怎么了？”陆景礼一脸无辜的表情。

“说实话。”陆霆骁周身的气息陡然沉了下去。

陆景礼眨巴着桃花眼，神情无比真诚道：“哥，我说的是实话啊！嫂子完全没有答应席世卿什么过分的要求，也没说出昨晚的真相，可不就是全身而退吗！”呵呵，他怎么可能作死说实话。

宁夕的那个法子在外人来看可能很机智帅气，但对于陆霆骁来说，那绝对就是可灭一座城池级别的九天神雷啊！

最惨的是，当时他因为看呆了没有及时制止！光这一条他就足以死一百次了！

“别让我说第二遍。”陆霆骁的话音落下的瞬间，周遭如同龙卷风降临的瞬间，气压一下子低到了极致。

本来他并不想多深究，但是他太了解陆景礼了，他表现得越是淡定，就越是有事，而且，事情不小。

陆霆骁这样的状态，陆景礼多年前见过一次，那是陆霆骁整治家族内部，审问内奸的时候，那气场，吓得那个内奸都当场失禁了！

陆景礼一边抖着小心肝一边在心里想，小爷是你亲弟弟啊，你用逼迫内奸那招对付我！人性呢！

算了，自从嫂子出现之后，陆霆骁就没有这玩意儿了。

就在陆景礼默默吐槽的时候，陆霆骁不动声色之间，那个威压已经铺天盖地。并且，神奇地只针对陆景礼，避开了在那儿埋头画画的小宝。面对着亲哥万里冰封的眼神，陆景礼的头皮一阵阵发麻，小腿肚子抖得越来越欢快……不行了！撑不住了！

“嫂子其实也没做什么，也就调戏了一下席世卿，那席世卿自然把持不住了，当时脸都红得滴血，然后嫂子就果断趁机用激将法说他心不净……”陆景礼语速飞快地坦白从宽。

如果陆魔王真的会魔法的话，恐怕这会儿车窗玻璃都震碎了，方圆百里寸草不生。

陆景礼吓得心脏都快停止了，默默地抱住唯一在暴风圈之外的小宝寻求庇护。

小宝刚才在专心画画呢，也没听到陆景礼说什么，见二叔突然抱住自己，小脸皱了皱，埋头唰唰唰在写字板上写了一行字：“小夕阿姨专属。”意思是……本宝宝是小夕阿姨专属的，你不可以随便乱抱。

陆景礼瞅着那行字，无语泪千行……为什么全世界都在伤害我！

宁夕那边，因为陆霆骁他们还在等着，于是她便婉拒了席家那边晚饭的邀请，只是，因为盛情难却，她答应了下次有时间的话会过去。

“我回来啦！已经全都搞定了！走吧！”

宁夕刚一拉开车门，被亲哥威胁，被小宝嫌弃的陆景礼立即哀号着扑了上去："嫂子，他们俩欺负我！"

"呵呵，嫂子？看来不打你一顿，你是永远不长记性了！"宁夕阴森森地活动着手指关节。

陆景礼顿时大受打击，满脸万念俱灰状："这个无情的世界，我也去隐居算了……"

宁夕没搭理他，掏出之前陆老族长给她画的那朵花看了起来。

陆景礼立即被宁夕手里的东西吸引了注意力，满脸警惕道："嫂……夕哥，这是什么？一朵花！难道是席世卿送给你的？"

"瞎说啥呢，这是陆老族长给我的！"

"啥？可分明是朵花啊！"陆景礼表示自己的眼神很好。

宁夕把那朵花翻来覆去看了好几遍也没看出什么门道："唉，高人就是高人啊，完全不知道是啥意思！"

说完眼睛一亮，急忙探着脑袋凑到前面的驾驶座跟前："BOSS 大人，您这么博学多识，一定知道，您帮我看看吧？"

女孩的脑袋一骨碌冒到他的耳边，温热的气息就萦绕在咫尺之间，陆霆骁周遭的寒气略减，接过宁夕递过来的纸张看了一眼，半晌后，眉头轻蹙："他为何给你画？"

宁夕挠挠头道："我就随口问了一句，说我最近总是心神不宁的，然后他就画了朵花给我，也没说什么意思，总不能是夸我美吧？"

这朵花确实是太难猜其中的含义，陆霆骁一时之间也想不到是什么意思。

这时，陆景礼探了脑袋过去，一副奇怪的表情道："这很难理解吗？他的意思都这么明显了啊！"

"明显？哪里明显了？"宁夕有些无语，果然陆景礼的脑回路跟正常人不太一样。

陆景礼眨巴着眼睛："他画的是一朵桃花，这很明显是在提醒你，你最近有桃花劫嘛！"

宁夕："桃花劫？"

陆景礼一脸无辜："我说错什么了？"

宁夕脸色微黑："你说得很有道理！"她竟然无法反驳！并且，越想越觉得有道理，她最近真的有桃花劫的迹象啊！

不仅是宁夕，这次连陆霆骁都觉得挺有道理的。

宁夕满脸痛苦地抓着头发："不会吧！那我怎么办啊？我要不要再回去问一问？"

"这还用问人吗？你问我就好啦！找个人结婚，这样不就没桃花了！"陆景礼一副理所当然的表情，并且盯着亲哥那张冷冽的侧脸意味深长地开口道，"这就是传说中的我花开后百花杀！"

宁夕脸色更差："结婚……那岂不是无解了？啊呸，陆景礼，我居然在听你胡扯！

谁说一定是桃花劫的！”

“这都明摆着画的桃花，不是桃花劫是什么？”

宁夕没好气地瞪了他一眼：“就不能是桃花运吗？”

“呵呵……”陆景礼干笑着嘀咕，“如果是你的桃花运，那就是我哥的劫了！还是生死劫！”

这时，“叮咚”一声，宁夕的手机响了一下，提示有最新信息。

宁夕还在想那花儿到底啥意思呢，心不在焉地随手拿起手机看了一眼，结果，一眼之后……魂飞魄散！

# 第十六章

# 搞定老板

“小夕夕啊，你咋了这是？看到啥了啊，吓成这样？”陆景礼弱弱地问。

这会儿宁夕的脸色实在是太吓人了，小脸煞白煞白的，见鬼了似的。

陆霆骁也眉头紧蹙地看了过去。

宁夕扶着因为刺激太大而略有些眩晕的额头，简直想一头撞死陆景礼：这个乌鸦嘴！我恐怕真是桃花劫了！

半晌后，宁夕勉强恢复了镇定，转向陆霆骁开口道：“BOSS 大人，我有点急事需要处理一下，今晚可能回不来，今天晚上您带下小宝可以吗？”

“什么时候回来？”陆霆骁问。

宁夕神色微怔：“我不确定，快的话明天早上，迟的话可能要后天吧，总之等事情完了我会立刻打电话告诉您的！”

说完宁夕一把将小宝搂在了怀里，紧紧抱了抱：“宝贝儿，阿姨有事要离开一下，你乖乖听爸爸的话哦！”

陆霆骁看着宁夕，眸底闪过一丝森冷的暗芒：“我送你。”

“不用不用！我自己去就好！”宁夕明显不愿意多说，匆匆下了车，神情透着一股从未有过的惊慌。

陆霆骁看着宁夕匆匆离开的背影，目光越来越沉。

“那条短信到底说的什么啊？从来没见嫂子这么怕过什么！该不会是有什么危险吧？”陆景礼扼腕叹息，“可惜我刚才没去偷看一下！”

话音一落，身旁的小包子立即竖起了耳朵，然后在写字板上写：“危险？”

陆景礼眼珠子转了转：“小宝，刚刚你看到小夕阿姨收到的那条短信上写什么了吗？要是知道的话，一定要告诉爸爸和二叔，因为真的很重要！我怕你小夕阿姨真的会有危险！”

小宝不确定地看了眼陆霆骁。

陆霆骁点了点头。

这次倒不是陆景礼在乱说，刚才宁夕离开的时候，神情确实很不对劲。

一想到小夕阿姨可能有危险，小宝立即埋着头开始写字。

陆霆骁和陆景礼都紧张地看了过去。

只见小宝很快就完全还原了那条短信的内容：“今夜，楼顶见——大师兄。”

看清小宝写字板上的内容后，陆霆骁和陆景礼同时变了脸色。

“大师兄什么鬼！还约人家大晚上的在楼顶见面！不会真的是桃花劫什么的吧？也不对，如果是这样，宁夕大可以不去啊！为什么这么急着赶过去？”陆景礼越想越不对劲，简直毫无头绪。

正狐疑地嘀咕呢，一抬头就看到了倒映在后视镜里他哥的脸，简直恐怖到了极致。比方才听到宁夕对席世卿用美人计的时候还要可怕千百倍，完全不是一个等级！

“哥……怎么了？哪里不对吗？”看着陆霆骁的表情，陆景礼也有些犯怵了。

陆霆骁没有说话，而是拨了一通电话。

陆景礼看到那个号码，心里吃了一惊。

他哥联系“亲信”做什么？难道宁夕真的有什么危险？看来只有一种可能了，那个大师兄的身份不简单！难道跟他们最近一直在查的人有关？

之后陆霆骁又拨了第二通电话，很快管家赶了过来，接走了小宝。

小宝刚被接走，陆霆骁立即一脚油门，车子离弦的箭一样飞快地开了出去。

陆景礼坐在后面差点吐出来：“呕……哥，你弟弟，你亲弟弟还在车上呢……”

彼时，宁夕已经以最快的速度赶回了珠江华景。

到了之后，连家都没回一趟，直接坐着电梯直达顶楼，然后顺着梯子爬上去，推开落灰的天窗，上了楼顶。

唐夜的短信里只给了一个模糊的时间，今夜，也不知道到底是几点。

保险起见，宁夕早早地赶了过来，然后一屁股坐在地上开始绞尽脑汁地思索，越想越不安。

大师兄居然来找她了，极少出门的大师兄居然亲自来国内找她了……光是这一点就足够让宁夕惊悚。

上次大师兄来国内是做什么来着？对了，貌似是来执行一个S级任务的！那么，这次呢？他千里迢迢赶来，到底是为了什么？

宁夕这一等，就从夕阳西下一直等到华灯初上。

天台上静悄悄的，一点动静都没有。

宁夕都快要怀疑这是一个恶作剧了！只可惜，如果这条短信是二师兄发的，还有可能是恶作剧，但是大师兄，不可能！他是真的会来。

与此同时，宁夕楼下某个视野开阔的角落里。

一辆黑色的迈巴赫静静地停靠着，附近不远处，隐匿着一小股装备齐全的力量，随时等候差遣。

夜色渐渐降临，空气如同凝固了一般，每个人的心脏都紧绷着。

暗处，程锋的手机突然响了起来，他正在执行重要任务，本来并不想接，但一看打来的人，还是接了起来。

“喂，有事？”

“锋哥，为什么有任务却不叫我？”说话的人是石道。

紧跟着手机那头又传来了熊志的声音：“还有我还有我！”

显然这会儿两人在一起，程锋捏了捏眉心：“这次的任务跟宁小姐有关，你们确定想参加？”

手机那头沉默良久。

“想。”片刻后，石逍和熊志异口同声道。

程锋略挑了下眉头：“你们能想明白自然很好，只可惜鉴于你们上次的表现，BOSS 是不可能再让你们参与这类任务的。”

“那、那怎么办？”石逍的语气一阵紧张。保护老板娘啊！还有比这更重要的任务吗？结果他们居然被排除在外了，这跟被打入冷宫有什么区别？

程锋闻言叹了口气，当初他就知道这小子有朝一日肯定会后悔的，这不……

“锋哥，你帮我们跟老板求求情吧！”熊志开口道。

程锋神色无奈道：“我可没有那个本事，不过我倒是可以给你们指一条明路，你们要找人求情的话……那还是去找宁小姐帮忙吧！”

石逍闻言犹豫了：“那能行吗？她不可能帮我们的吧？熊志倒是还好，尤其是我……”上次他可是把老板娘得罪狠了……

“宁小姐其实人不错，心很软，你们好好跟她说，她会答应的。我这边还有事，不能多说，就这样吧！”程锋生怕分心影响到今晚的任务，匆匆挂了电话。他可不想步石逍和熊志的后尘。也不知道今晚到底是出了什么大事，会让 BOSS 大人这么紧张……

此刻，陆霆骁的车内。

中间的屏幕上正实时显示着顶楼的状况。

因为是红外线监控，所以能够夜视，除了光线略昏暗些，可以看到宁夕正神色紧绷地趴在天台上，长发在夜风中凌乱地飞舞着，脸上的表情是前所未有的凌厉，一时间竟给人一种陌生的感觉。

又是两个小时过去，眼见着还有半个小时就是午夜十二点了。短信上的内容是“今夜”，所以，他们等的人，应该快来了吧？如果对方真的会来的话……

楼顶上，宁夕等得都已经快骂人了。这简直是要人命啊！就不能说个具体的时间点吗？不知道让女孩子等是多没风度的事情吗？好吧，对这些家伙而言，从来就没有把她当成过女人……

最惨的是，虽然大师兄可以联系她，但是她联系不到他，连追问他一下都没办法。

大师兄的号码比某只禽兽还要神秘，永远都是只能单向联系，电话打不过去，短信发了他也是收不到的。

时间一分一秒地过去，宁夕已经不知道自己是第几次看时间，低头一看，23 点 59 分 53 秒……不会是被放鸽子了吧？！现在距离明天只剩下七秒钟的时间了，他就算现在一路狂奔上来，那也绝对是来不及到的！

大师兄分明是最守时的人啊？

“嘀嗒嘀嗒”，七、六、五、四、三、二……

就在秒针要跳到 00:00 的瞬间，头顶突然传来一阵轰隆隆的响声，与此同时，还有卷起漫天尘土的旋风。

宁夕的第一反应是：我今天穿的可是裙子！她一边伸手挡住随着狂风肆意翻动的裙子，一边眯着眼睛抬起头看向头顶上空。

只见一架直升机突然从天而降，然后径直落在对面距离她约十步远的地方。

宁夕心想：不愧是大师兄，还真够准时的！

楼下，黑色的迈巴赫内，陆景礼瞪大了眼睛："亏我还一直盯着楼下瞅呢，居然直接从天上来了！"

陆霆骁不动声色地拿起无线对讲机，下了个指令，让周围的人做好准备。

楼顶上，直升机的机翼旋转了一会儿终于渐渐停下，空气重新沉寂，尘埃落定，宁夕也放下了压着裙子的手。

对面的直升机上亮着一盏大灯，晃得人几乎睁不开眼，她只能逆着光依稀看到一个挺拔的人影下了直升机，然后一步一步朝着自己的方向走来……

虽然只有仅仅十步远的距离，但每一步都如同碾压在她的心脏上，令她胆战心惊。她完全猜不到大师兄的意图，正因为未知，所以才恐惧。

她只需要知道一点，只要是唐夜亲自出手，那么绝对代表着极其严重和棘手的情况！

宁夕的目光越来越凌厉，努力做好迎接一切的准备，甚至已经做好了最坏的打算。

当初她离开的时候，其实算是偷跑的，而擅自离开的下场……

终于，男人距离自己只有五步远的距离了。

因为离得近了，宁夕终于看清了男人的脸，男人的脸上戴着那副标志性的金丝边眼镜，看起来一派斯文，文质彬彬，但是，如果你被这样的假象所蒙蔽，认为他是个手无缚鸡之力的书生，那么，代价绝对是惨重的。

宁夕光是看到那副眼镜就已经吓得小腿肚子发抖了，这回真的完蛋了……大师兄他不会是来清理门户的吧？

这一年她一直忙着拍戏，压根就没有好好练过身手，上次在三师姐风潇潇手下只过了一百招。

也不对，师门中她的身手本来就是最烂的，就算练了也比不上大师兄一根手指头。

武力值相差太多了……五步、四步、三步……

宁夕已经在考虑立即逃跑和直接跪地求饶哪种活命的可能性比较大了！

终于，在她犹豫的瞬间，唐夜已经站在了她的跟前，她失去了逃跑的机会，只剩下跪地求饶这一条路了。

对面，唐夜的镜片在灯光下反射着一片白光："小师妹，好久不见。"

久违的，珍珠落玉盘一般清润好听的声音。

宁夕却如同听到了地狱之音。

最终，宁夕深吸一口气，选择了面对，内心无法镇定，就用演技武装自己，摆出了一副镇定自若的表情：“确实好久不见，不知道大师兄此番亲自到来所为何事？”

对面，唐夜听到宁夕的问题，不知想到什么，脸色明显阴沉了几分。

察觉到唐夜面上细微的表情变化，宁夕已经更加肯定自己心中的猜测。

短暂的沉默后，唐夜一字一顿地说了四个字：“S 级任务。”

宁夕的脸色瞬间白了几分，果然啊……她今天恐怕真的要小命不保了吧……

如果是一年前，生死对她来说真的无所谓，就算前一刻还美女环绕，后一刻就让她死去，她也毫无遗憾。但是现在，她有梦想，她有事业，她有朋友，她有小宝，还有……陆霆骁……

尤其是当她想到还在乖乖等着她回家的小宝，心头更是升起一股强烈的求生欲。

“大师兄，同门一场，你真的要赶尽杀绝？”宁夕试图以情动人。

唐夜闻言，眉梢微不可察地上扬了几分，不过很快又回归冷寂，他没有说话，而是抬了抬手。

宁夕全身的神经都紧绷了起来，只见唐夜抬手之后，他的身后有两个人陆续从直升机上走了下来。

宁夕的眉头越皱越紧，什么情况？某禽兽会不会太高估她了？处理她一个废柴而已，派来大师兄出马不说，居然还给大师兄派了帮手？

宁夕的额上冷汗涔涔，已经知道跟唐夜谈往日情分是没用了，下一秒，她心中已经有了计较。

就算这个距离，失败的可能性极大，但至少也要一试。

趁着唐夜偏头去看身后两人，宁夕的身子迅速动了，闪电一般朝着离开的出口方向蹿去。

然而，刚蹿出三步不到，腰间陡然一紧，居然是一条绳子“嗖”的一声勒住了她的腰，随后一个用力，她整个人又被原路扯了回去，并且身体在绳子的力道下迅速转了几圈，被捆了个严严实实。

大师兄绑人的手法，真是越来越熟练了啊！

与此同时，楼下，陆霆骁盯着监控中的画面，看着被捆绑住的宁夕，手指已经按在通讯器的开关上，眼见着下一秒便要下令动手。

身旁的陆景礼也是一脸冷意，这个男人，来者不善！

虽然戴着眼镜，看起来斯斯文文的，但绝对不是什么善茬！

而宁夕盯着唐夜手里的绳子，满脸自嘲：“呵，大师兄，你们未免也太看得起我了吧？对付我而已，居然布下S级任务，还让你亲自出马，是不是太浪费资源了？”

唐夜依旧没有搭理她，只是看着她的眼神更加意味不明，直看得人心里发毛。

他身旁的两个人，一个手里捧着一个长方形的大盒子，另一个手里捧着一个正方形巴掌大的小盒子。

唐夜理了理袖口，然后一一打开那两个盒子，似乎是检查了一番。

因为他们背后的光实在是太强烈了，宁夕看不太清那俩盒子里装的是什么，总之脑子里都是危险的猜测。

终于，唐夜检查了一会儿之后，先是拿起那个小盒子，随后又从大盒子里双手捧出了什么，最后，朝着她走来。

宁夕的身手虽然不行，但是逃跑的技能还是蛮高的，唐夜朝着她走来的时候，她背在后面的双手已经在飞快地解绳子。

眼见着就差一点点了，宁夕却突然呆住了。

因为，她突然看清了，唐夜的手里捧着的竟然是一大束火热的红玫瑰……

那些玫瑰朵朵娇艳欲滴沾着露珠，如同刚从枝头摘下来。

宁夕眨了眨眼睛，又眨了眨眼睛，还以为自己被那强光闪得眼花了，难道这是大师兄最新的武器？

“大、大大师兄……什么时候你的武功已经练到可以飞花走叶的地步了？”此时此刻，宁夕的心已经被绝望充斥，彻底放弃了抵抗的念头。

在绝对的强者面前，一切技巧都是浮云。

此刻，她只剩下，等死。

终于，唐夜动了，他缓缓地弯下腰，俯下身体。然后，单膝下跪。

看着突然半跪在她面前的唐夜，尤其是他手里还捧着一束红玫瑰，这场景，怎么看怎么诡异。

宁夕的脸上是密密麻麻的问号：“大师兄……这是你悟的新招式？挺、挺清奇的！大师兄，你冷静一点，咱们打个商量好不好？你到底要怎样才肯饶我一命？师傅、二师兄、三师姐都那么疼我，他们要是知道你对我下手，肯定不会放过你的……”

宁夕已经有些语无伦次了。

唐夜抬眸扫了她一眼，在她的喋喋不休中，修长的手指打开了那只小盒子。

顿时，盒子里面出现了一颗巨大的钻戒，在灯光照射之下，差点把她的眼睛给闪瞎了。

宁夕闭了闭眼睛：“这又是什么新型武器？”

唐夜：“嫁给我。”

这一秒，仿佛连空气都停止了流动。

宁夕的内心世界因为受到了毁灭性的冲击而一片摇晃，支离破碎……她的三观，快要碎掉了……

当然，她不是一个人。楼下，陆霆骁通讯器的按钮都已经按下去了，下一秒，却陡然看到画面里那个男人单膝跪在宁夕的跟前，然后口型很清晰地能看出来他说了三个字：嫁给我。

陆景礼久久不能平静，表情一片呆滞：“自从认识嫂子之后，我感觉，我的世界观，每一天都在被刷新重塑……好刺激……”

“BOSS，请指示！ BOSS！ BOSS？”通讯器里传来手下紧张的声音。

然而，那一头的BOSS大人也不知道发生了什么事，迟迟没有回应……

宁夕满脸蒙地看着单膝跪在她跟前的唐夜：“大师兄……你是不是练功练得走火入魔了？”

虽然她全身上下每一根毛发、每一个细胞都无法置信，但是，事实摆在眼前：大师兄在跟她，求婚！

对她而言，这简直比大师兄要对她动手还要惊悚！

唐夜却如同压根没有看到宁夕惊悚的表情似的，依旧是一张面无表情的脸。

说完那吓死人不偿命的三个字后，他又从怀里摸出了一张粉粉的纸，用他那清润的声音，毫无感情、毫无波动地念道：“我的心灵和我的一切，我都愿你拿去，只求你给我留一双眼睛，让我能看到你。在我的身上，没有不曾被你征服的东西，你夺去了它的生命，也就将它的死亡携去。如果我还需失掉什么，但愿你将我带去，只求你给我留一双眼睛，让我能看到你……”

似乎哪里不对！这熟悉的旋律，这熟悉的风格，是因为近墨者黑吗？大师兄似乎被某人带歪了？

宁夕的脑子里闪过一丝隐约的念头，但一时没有抓住：“大师兄，请问一下，你这是在跟我求婚？”

唐夜：“是。”紧接着唐夜又补充了一句，“代替Satan。”

宁夕就知道！她深吸一口气，一字一顿咬牙切齿道：“不要告诉我，你口中所谓的S级任务，就是帮那厮跑来跟我求婚？”

唐夜：“是。”

宁夕内心崩溃：我的刀呢！我的青龙偃月刀呢！我要砍他！

唐夜：“你的答复。”

她都快被吓死了，居然还敢问她答复？！

宁夕忍无可忍道：“大师兄，你确定你是在求婚，而不是在对我进行惨无人道的酷刑？还有，到底是谁告诉你们求婚可以由别人代替的？”

“你的答复。”唐夜依旧是这四个字，如同一个按部就班完成任务的机器人。

“我拒绝！”话音落下的同时，宁夕的双手猛地用力，终于挣开了绳子。

“理由？”唐夜问。

宁夕憋了一整晚，此刻终于彻底爆发：“让我等了一整个晚上，吓得我魂飞魄散，还把我绑起来……求婚？我这辈子都没见过如此别开生面的求婚！你居然还问我理由？”

宁夕说完，才发现唐夜手里拿着一支笔，在她说完之后，他按了一下笔上的某个部位。

居然还带了录音笔……宁夕嘴角抽搐，伸出手一把从唐夜手里将那支录音笔抢过来，按下录音键，对着笔吼了一句：“你的情商基本就告别妹子了，一辈子单身去吧，浑蛋！”

吼完之后，总算是解了点气。然而，这边刚吼完，她突然又看到了更为惊悚的一幕！

唐夜把手里的花束和钻戒都交给了那两个手下，随后，他抬起手，缓缓摘下了面上的金丝边眼镜……

宁夕这回是真真切切地吓死了：“大、大师兄你想干吗……有话咱好好说，别一言不合就摘眼镜啊！”

所有熟悉唐夜的人都知道，唐夜一旦摘下眼镜，进入战斗的状态，就如同变成了另外一个人。

一个极端危险的存在！说是变态也不为过！

“什么情况？难道你是准备软的不行就来硬的吗？大师兄你听我一句劝，强扭的瓜不甜！”宁夕赶紧劝道。

唐夜就如同一柄行走的人形兵器，而摘下眼镜后的唐夜，就如同出了鞘的利剑，瞬间锋芒毕露，甚至连说话的语气都变了：“亲爱的小师妹，别紧张，一年不见，试试你的身手。”

“我不！我不要！”宁夕断然拒绝，头摇得像拨浪鼓。真是一波未平一波又起！好端端的为什么要找她打架啦！

唐夜显然容不得她拒绝，二话不说就已经攻了上去。

“你来真的！”这可是唐夜！不是三师姐风潇潇！她能在他手里过十招就不错了，而一年不练的她，大概只能过四五招吧……

宁夕一边捉襟见肘地应对，一边急得大喊：“大师兄冷静！冷静一点啊！什么情况！你怎么跟八辈子没打架了一样，难道二师兄没满足你吗？”

听到“二师兄”三个字，唐夜的气息顿时更加狂躁，整个人就如同一头憋了几百年刚被放出牢笼的野兽。

宁夕终于察觉不对劲了：“大师兄，到底怎么了？大师兄停停停……我不行了！真的不行了！我最多跟你对五招！”

话音刚落，唐夜的手已经扼住她的咽喉，只要一个用力，她的小命就没了。

此时此刻，唐夜的状态是真的非常不正常，几乎在失控的边缘，手里的力道甚至差点没有收住。

然而，就在这时候，他却敏锐地察觉了什么，目光一凛，朝着楼下的方向看了眼，然后迅速收手，在宁夕惊魂未定的目光中，缓缓戴上了眼镜。

终于安全了！宁夕累得弯着腰大口喘息：“大师兄，到底怎么回事？是二师兄出什么事了吗？”

“失踪了。”唐夜说了三个字。

戴上眼镜之后，他眸底的狂躁退去，又变成了一张没有任何情绪的扑克脸，不过在说这三个字的时候，却很明显有一丝阴郁的情绪。

“什么？失踪了？”宁夕闻言大惊。

她二师兄的天赋极高，无论学什么速度都飞快。而大师兄却完全相反，属于勤能补拙型，他的练法，是常人无法想象的可怕强度！

同门中，唯一实力能与大师兄不相上下的，只有二师兄。

所以，大师兄这个打架狂魔，每次练招都是找他，加上二师兄这个明明天赋异禀却从来都吊儿郎当不好好学，而且不好好学还都能比得上人家苦练的成绩，这就导致，唐夜每次跟他打起架来都是天地失色、日月无光！

这两人的关系，如果一定要给一个定义的话，大概是相爱相杀吧！

如果二师兄不在，那么其他师弟师妹就会遭殃被拎过去对招了，比如今天这样的情况。

“好端端的怎么会失踪呢？”宁夕眉头微蹙。难怪大师兄如此迫不及待地找她打架，即使她技术差，打起来没有丝毫爽感，原来是太久没对手了。

“不过，二师兄那个性子，三天两头跑没影也很正常啊？十天半个月不见也是常有的吧？”宁夕想了想开口道。

当年，在师门里和她关系最好的就是二师兄，什么吃喝玩乐还有那些刺激玩命的极限运动，全都是被他带的。哪天他要是不疯了才奇怪呢！

从这点来看，她觉得师傅他老人家实在是太有先见之明了，当初收养二师兄的时候给他起的名字就是——唐浪……

“半年。”唐夜回答，脸色看起来很不好。

“什么？！失踪半年？这么久？”宁夕吃了一惊，“这次貌似也浪得太久了，中间一点消息都没有吗？”

“没有。”

唐夜原本还想问宁夕跟唐浪是否有联系，但看到她这反应，显然是没有了。

“不会是出了什么事吧？”宁夕嘀咕着，不由得有些担心了。

毕竟唐浪这家伙太嚣张太欠了，生平最大的爱好就是惹是生非，仇家满天下，出门倒个垃圾搞不好都能遇到仇家，随便遛弯遇到一条狗，说不定都曾经被他踢过。

“死在外面最好。”唐夜冷着脸说了一句。

宁夕闻言偷偷瞥了唐夜一眼，这话简直一点可信度都没有：“最舍不得二师兄死的就是大师兄你了吧……”

不久前，楼下，黑色的车内。

陆霆骁的面上看不出任何起伏，如同一切情绪都被冰封在了深不见底的冰眸深处。

“哥……你没事吧？”陆景礼有些不安地问。

陆霆骁的面容笼罩在车内监控屏幕的白光下，看不太清晰：“景礼，你回避一下。”

“为什么啊？我不，哥你居然跟我有小秘密了！”陆景礼帅气的眉头紧蹙，一脸“宝宝不开心”的表情。

陆霆骁看了身旁的弟弟一眼：“乖。”

陆景礼成功被亲哥的一个字就安抚好，喜滋滋地下车去了。不过，却在下车的瞬间，面上划过一丝不易察觉的忧色，不安地回头看了车内的哥哥一眼……

陆景礼离开之后，陆霆骁拿出手机，拨了一个号码。

手机那头响了很久才被慢悠悠地接起来：“哈喽！”

陆霆骁：“现在动手。”

手机那头安静了好半晌，然后那头的人才一副痛不欲生的语气开口：“BOSS大人，就算是按照我们原定的时间都已经够赶了，现在您却要立即动手？您这样我很为难啊……”

“唐夜不在。”陆霆骁说了四个字。

手机那头又是一愣，随后语气肯定地开口道：“唐夜不可能离开。”

陆霆骁开启视频通话功能，将镜头对准了车内的监控屏幕。

屏幕里，正好是唐夜捧着一大束玫瑰单膝跪在宁夕跟前的一幕……

看清监控中的那一幕之后，男人的语气如同见鬼：“唐夜这变态……走火入魔了？不对，这不是重点！这杀千刀的，居然敢背着我勾搭小姑娘！”

“根据来回路程，你至少有六个小时的时间。”

陆霆骁提醒了一句，便要关闭视频，结果，那头的人急急阻止道：“等一等……这姑娘看起来有些眼熟……怎么这么像我小师妹？好像真的是小师妹！小师妹居然穿女装了？！BOSS，求高清版现场直播！”

下一秒，陆霆骁毫不犹豫地直接把视频给掐了……挂了电话之后，陆霆骁继续紧盯着屏幕。

监控因为距离得很远，所以是没有声音的，无法知道两人在交谈什么，只是，从宁夕的神态来看，似乎是拒绝了。

紧接着便是两人突然对了几招，然后停下谈话……

“如果他联系你，第一时间告诉我。”终究，唐夜还是开口说了一句。

啧，就知道大师兄对二师兄是真爱……

“好。”宁夕点头，随后无语道，“不过，我要怎么联系你？你那号码，我没法打电话也没法发信息！”

唐夜：“我会给你权限，不过每天只能发一条信息。”

宁夕简直对他无语，联系他比登天都难。

说完后，唐夜抬了下手，身后的直升机机翼重新开始转动起来。

风中，宁夕下意识地捂住裙子。

唐夜站在对面，镜片后的眸子定定地打量了她好半天，如同在看什么神奇的生物。

宁夕被他看得心里发毛：“大师兄，你瞅啥呢？”

“小师妹真的是女人？”唐夜看着她，那语气如同遇到了什么千古难题。

宁夕的脸色顿时黑如锅底：“大师兄，你不觉得你这话有语病吗？都小师妹了还能是男人？”

眼前的女孩子唇红齿白，一身淡粉色的连衣裙，长发微扬，绝对是个女人得不能再女人的女人，而且，美得非常惊艳。

若不是来之前某人给他看了小师妹女装的照片，方才他根本不会认出眼前的女孩就是唐夕。

终于，唐夜收回目光：“走了。”

说完刚迈出一步，不知想到什么，又转过了身：“不再考虑一下？”

大概是终于想起来这是S级任务，自己似乎该更尽心一些。

宁夕还以为他要说什么呢，结果居然是这一句，一个踉跄差点摔倒，极其无语道：“不用了，谢谢，我还想多活几年！”

唐夜点头，似乎是觉得她说的挺有道理。

见唐夜终于要走了，宁夕总算是松了口气。谁知道，唐夜又开口道：“Satan让我给你带一句话。”

宁夕的心脏立即提到了嗓子眼，毛都快炸起来了：“什么？”

“一个月后，费城，老地方见。”唐夜说完，也不等宁夕说话，直接上了身后的直升机。

直升机缓缓升起，扬起巨大的旋风……

宁夕站在一片风沙里，满脸痛苦！还以为逃过一劫了呢！结果居然还有更作孽的在后面等着……这桃花劫，这么厉害？

唐夜走后，那一个月之约如同一座大山般压在宁夕的身上。

就好像是一个得了绝症被医生宣判只剩下一个月寿命的病人，每一天都是生命的倒计时。

唐夜要见她，跟那人要亲自见她，这简直是两个概念的事情。

此行有太多未知数。而且这个约，她不能不赴。

从唐夜离开那天开始，宁夕一边带着小宝到处玩到处吃，一边把全部的精力都放在了自己的则灵工作室和《天下》的宣传上，还要抽空多去看爷爷几次。

《天下》的后期制作已经完成，她开始天南海北地飞到各个城市宣传。

众所周知，宣传是比拍戏还要累一百倍的事情。

宁雪落和赵思洲两个主角是大忙人，还有不少其他事情，宣传的时候只去了几个主要的大城市，而宁夕跟着剧组飞遍了所有城市，一个不落，宣传的间隙就争分夺秒地跟宫尚泽商量即将开始的金顶奖参赛事宜。

至于新戏，目前她暂时没有去准备，她怕万一到时候一去不回……

现在她简直恨不得把所有的时间都分成两半用，每天的睡眠时间都压缩到了四五个小时。

这一个月里，她要做的事情太多太多了……

陆景礼的电话打来的时候，宁夕刚结束一个城市的宣传飞回华都。

“小夕夕，你电话怎么打不通啊？”陆景礼火急火燎地问。

“刚才在飞机上，什么事？给你十秒钟的时间！”宁夕的语气无比冷硬。

“小夕夕，你被我哥附体了？”陆景礼惊呆。

宁夕：“你还有七秒！”

“五秒。”

“夕哥救命！我知道你最近很忙，但如果不是十万火急，我不可能打电话给你的！”陆景礼一口气说道。

“怎么回事？”宁夕问。

“我哥暴走了！”陆景礼在手机那头号道。

“好端端的为什么会暴走？”宁夕眉头微蹙。

“不是好端端的，实际上，他的暴走状态已经持续了大半个月了，从那天你去劝席世卿开始！”陆景礼说。

宁夕最近太忙了，以至于陆景礼突然提起席世卿，她一时有些恍惚没反应过来，感觉那已经是很遥远很遥远的事情了。

“是的！对不起夕哥，我……那个有些事情瞒着你……”陆景礼支支吾吾道。

“什么事？速度！我还要赶去工作室那边跟宫尚泽商量事情，明天就是金顶奖大赛了！”宁夕催促。

“你那天在小隐园里对席世卿做的事情，我哥已经知道了！”陆景礼飞快地说道。

片刻后，手机那头传来宁夕气急败坏的吼声：“为什么你哥会知道！”

“这个……”

“是不是你说的？你又偷跑去八卦了是不是？”宁夕简直想掐死这货。

陆景礼急道：“我是去打探情况了，但是，是我哥自己猜到你用了美人计的，后来我自然只能说实话了！结果、结果就悲剧了！我哥从那天开始，直到现在都一直开启着地狱模式！不仅如此，还有一件事……”

宁夕额头青筋暴跳地磨着牙：“陆景礼你个傻子！你就不知道抵死不认吗？”

说完深吸一口气，强自稳住情绪：“还有什么事？”

“还有那天半夜，珠江华景楼顶，有人跟你求婚的一幕，我哥也看到了……”

宁夕已经什么都不想说了，最近的倒霉事还可以更多点吗？这渡劫渡得简直是要九九八十一道天雷的节奏啊！每一道都能劈得她皮开肉绽！

“夕哥，解铃还须系铃人，现在我只能靠你了！”陆景礼哀求。

“叫我爷爷也没用！我能有什么办法？”宁夕没好气道。

“别啊夕哥，我哥最近的状态真的有点奇怪，实在不行你跟他聊聊也好啊，我倒是想替他分担，可是他什么都不跟我说……”陆景礼的语气失落又挫败。

陆霆骁看似冷漠，其实是个非常重情和护短的人。

作为唯一的弟弟，一直以来他都在陆霆骁的羽翼之下被保护得严严实实，看似对他严格，但只要稍微有危险的事情，陆霆骁都绝对不会让他碰触。

陆氏的欣欣向荣之下藏着无数暗涌，那一切都被陆霆骁挡在身后，而他所面对的，却只有阳光和辉煌……

机场，宁夕深吸一口气，看了眼手机上的时间，一边等出租车，一边问：“你哥现在在哪儿？”

陆景礼立即道：“在公司呢！小宝也在！”

“知道了，半小时后到。”宁夕说完，给宫尚泽发了条短信，通知他自己要迟些才到，然后迅速叫了辆车赶往陆氏集团。

这段时间她忙得团团转，算起来已经有大半个月没有见陆霆骁了。

如果她的生命只剩下一个月的时间，她最想的当然是跟最爱的人在一起……

但是，她要做的事情实在是太多太多了，而且，她也有些不敢在这个时候去面对陆霆骁，担心自己会失控做出什么事来。

最近陆氏集团的股票飙升，业绩一项一项地刷新数据，她还以为陆霆骁很好……

到了公司后，宁夕一扫员工区，发现所有人眼下都是重重的黑眼圈，果然那业绩之下都是要付出代价的……看到宁夕后，陆景礼立即一把将她拉到了无人的角落里：“夕哥，你想到办法了吗？”

宁夕面无表情地看了他一眼：“没有！”

陆景礼万念俱灰。

宁夕狠狠瞪了他一眼，一脚踹了过去：“滚去给我找瓶酒来！”真能给她找事！

陆景礼闻言立即眼前一亮：“夕哥你有办法了？”

宁夕捏了捏因为坐了太长时间飞机而无比酸痛的肩膀：“快去！”

“好好好，马上！”

陆景礼很快就拿了一瓶好酒过来：“夕哥，酒拿来了！”

宁夕接过陆景礼那瓶酒，打开之后，就开始在陆景礼满脸蒙中往自己身上泼，泼完之后喝了一口，然后把酒瓶塞给他。

“夕哥呀……你、你到底想干啥啊？”陆景礼弱弱地问。

总觉得这会儿宁夕的表情让他觉得怕怕的。

喝完酒，宁夕重新戴上口罩，看了他一眼，回答：“去找你哥。”说完她径自朝着总裁办公室的方向走去。

眼见着宁夕进了总裁办公室，陆景礼终于从震惊中回过神来，飞奔着追上去，焦急不安地在门外等着。

宁夕前脚刚进去，小宝就飞扑了过来。

这次宁夕连续飞了一个星期，跟小宝也有好些天没见了。

抱着小家伙亲了又亲，差点都舍不得放下，最后终于想到了正事，柔声道：“宝贝，去你二叔那儿玩会儿，给小夕阿姨十分钟时间可以吗？”

小宝乖巧地点点头，然后出去找陆景礼了。

门外，陆景礼正急得抓心挠肺。

听到宁夕对小宝说的那句话之后，他的第一反应是，十分钟够吗?

小宝出去后，陆霆骁看着面前的女孩，目光浓得如同化不开的迷雾，遮掩了真实的情绪，语气也因为刻意压制着而平静无波：“回来了？”

多日未见，女孩清减了很多，气质似乎也变了不少，变得干练冷肃了些，甚至眼神，似乎也多了很多复杂而晦暗不明的东西。唯一没有改变的是，让他想要拥入怀中的冲动……

这段时间里，他无数次想要飞去看她，哪怕只看一眼，却不敢。

因为此时此刻，他暗中所做的事情，让他无法面对她。

明知道那人是她可望而不可即的心中所爱，他却还是做了可能会伤害到她的事……

“嗯。”宁夕随手放下包包和行李，然后脱了外面的大衣，随即朝着陆霆骁的方向走去。

宁夕刚走近陆霆骁的办公桌，陆霆骁冷峻的眉头便微微蹙起，语气也有了不悦的起伏：“喝酒了？”

“喝了。”

“你答应了小宝会少喝酒。”她这一身浓烈的酒气，显然是喝了不少。

宁夕的双手撑着办公桌，嘴角微勾：“怎么？要跟小宝告状？”

她无所谓的态度让陆霆骁的眉头皱得更紧：“如果你继续不爱惜自己的身体，我可能会考虑暂停你的工作。”

看着男人特殊的关心方式，宁夕的内心一阵阵苦涩。她都快小命不保了，还保重身体做什么？还有什么好顾虑的，还有什么好压抑的……

陆霆骁看样子是真的动了怒，拿起手边的座机话筒，已经准备直接打电话给林芝芝：“喂……”

陆霆骁开口的瞬间，宁夕突然伸手过去按下了挂断键，然后，在陆霆骁冷怒的目光中，倾身过去，突然贴上了他的唇……

陆霆骁的手里依旧保持着拿着话筒的姿势，脸上的表情有些无法形容，甚至一动都不敢动。

大概三秒钟后，宁夕才缓缓离开，然后目光潋滟地看着他，脸上带着微醺的红晕：“老板，接受贿赂吗？”

“你醉了。”陆霆骁失神的眸子很快恢复焦距，面色也恢复了一贯的清冷。

“老板，你还没回答我的问题！”宁夕自然不可能这么容易就放弃，眸子因为微怒而更加生动。

今天她还穿了一身黑色的一字领小礼裙，漂亮极了。

陆霆骁喉结滚动了一下，避开视线看着桌面上的文件，语气微冷地命令道：“等你清醒时我们再谈这件事，去休息室睡一下。”

此时此刻，宁夕的内心几乎是崩溃的。我这多不容易才下定的决心啊？大魔王，你再不上道，这辈子基本就告别这件事了知道吗？！

宁夕咬了咬牙，算了，彻底舍了老脸了：“陆霆骁，我走不动，你抱我去嘛！”这次连称呼也换了！

陆霆骁听着女孩软软糯糯撒着娇的声音，拿着钢笔的手一个没拿稳在纸上划了一道穿透纸背的痕迹，不过依旧没抬头，镇定道：“自己去。”

宁夕这下是真的生气了，她很赶时间的好不好？知道她现在的时间有多宝贵吗？都不知道给她点好脸色！这么久没见面，结果刚一见面居然就对她冷得如同秋风扫落叶！

宁夕当即随手翻出一个号码，鼓着腮帮子愤愤道：“不抱算了！有什么了不起！我找别人来！”

陆霆骁终于抬起头，眼角余光在她的手机屏幕上看到了“席世卿”三个字。

下一秒，宁夕的手指还没来得及拨通那个号码，突然身体一轻，整个人便悬空了。

宁夕下意识地环住陆霆骁的脖子保持平衡，眸子里闪过一丝狡黠的光。

陆霆骁的脸色更冷，大步流星地抱着她朝休息室走去。

不过，虽然那张脸臭得可以，但是把她放到床上的动作还是无比轻柔的。

陆霆骁把她放好之后，给她脱了鞋子，然后又帮她把被子盖好，严严实实，的一直盖到下巴下面，只露出一张巴掌大的小脸，语带警告道：“睡觉。”

宁夕眨巴着眼睛，点点头，一副乖宝宝的表情，不过，实际上所做的事情，却是完全相反的。

陆霆骁帮她盖好被子起身离开的瞬间，宁夕拉住他的手，猛地一用力——

陆霆骁猝不及防之下被拉得摔在了床上，正躺在她的身边。

为免他跑，宁夕直接一个扑倒，大半边身子都压在了他的身上：“我睡不着，你陪我睡嘛！”

陆霆骁额头青筋跳动：“到底谁给你喝酒的？”他要去宰了那人！

会客室里，正在带小宝的陆景礼突然连打了好几个喷嚏：“是谁在背后骂我？”嘀咕完后，他看了眼手表上的时间。

时间已经过去一半了，现在还剩下五分钟的时间，也不知道里面到底发生了什么。

只是，为了自己的小命，这次他无论多好奇，也不敢再去瞎掺和了，只能硬生生忍着，暗自胡思乱想，也不知道嫂子到底是准备怎么给他哥顺毛的，万一顺毛失败可怎么办呀……

宁夕定定地看着眼前的男人，似乎要将这样一张脸深深记在心里……

“好不好？”陪陪我好不好？即使只是一分一秒。

即使知道此刻她并不清醒，陆霆骁还是抵挡不住这样的请求：“好。”

宁夕终于露出心满意足的表情，安心地闭上了眼睛。

只是，没安生几秒钟，又探出脑袋，眼睛晶亮：“还是睡不着，可以亲亲我吗？”

“睡觉！”陆霆骁黑着脸，把被子往上拉了一些。

“哦……”宁夕顿时满脸失望。

那可怜兮兮的眼神，看得陆霆骁的心脏顿时软了，反正她喝醉了，什么都不知道，不知道自己在做什么……

陆霆骁想着，略侧了下脸，在她盈满失望的眼睛上亲了亲，随即便准备离开，可是，在他离开的瞬间，女孩却突然钩住他的脖子，吻上他的唇……

这不是他第一次与她亲吻，为了与她有片刻的亲近，他曾费尽心机，可是，这一次，却是她第一次主动吻他。

陆霆骁感受着唇上的柔软和甜美，心中的滋味难以形容……情感让他沦陷其中，理智在问他，她现在吻的是谁，又是把他当成了谁……悬在女孩双侧的双手紧握成拳，理智越来越接近崩溃的边缘，最终，回抱住她的身体，正准备夺回主动权，女孩却突然一头栽在他的胸口……

陆霆骁神色一紧，急忙扶住她，下一秒，看到了一张无比香甜的睡脸……

这丫头，耍了一番酒疯，最后自己却睡着了？！

宁夕这些天真的是累惨了，又坐了那么长时间的飞机，连在飞机上也一直在忙工作室的事情，现在居然睡着了，这实在是连她自己都没料到的情况……

迷迷糊糊之间，她感觉自己的额头似乎落下了一片羽毛，随后那微凉的羽毛又辗转落在了她的唇上，先是有些刺痛，但很快又无比温柔……

这一觉，宁夕睡得特别沉，等睁开眼睛的时候，窗外天都已经黑透了。

宁夕一个激灵爬坐起来，摸索着打开床头柜上的台灯，一看旁边摆放的闹钟，她竟然睡了整整两个小时！陆景礼到底给她喝的什么玩意儿，只一口就这么上头！

“我怎么会睡这么久……”她本来只准备待十分钟，接下来还有很多事情要去做的，也不知道工作室那边有没有给她打电话……

宁夕赶紧拿起手机，一看，手机竟然关机了。

“谁把我手机给关了！”之前她手机刚充满电，不可能是自动关机的。

“我关的，有意见？”这时，对面的沙发上突然传来一个冷冽的声音。

宁夕被那声音冻得一个哆嗦，僵硬地抬起头朝着男人的方向看去：“没……您随便关随便关……”

“现在清醒了吗？”陆霆骁合上手里的文件，看着她。

宁夕：“清醒了……”看样子是要秋后算账了。

陆霆骁：“那我们来谈谈你的工作问题。”

果然，宁夕这会儿已经想起来自己贿赂大魔王贿赂到一半睡着的矬事了，现在继续贿赂还来得及吗？

“看看。”陆霆骁将手里的文件递给她。

“这是什么？”宁夕狐疑地接了过去，“工作条例？第一条，每天工作时间不得超过六小时？这会不会太少了啊？法定工作时间还是八小时呢！”

正嘀咕着，陆霆骁一道冷眼睨过来，宁夕顿时不说话了，行行行！

“第二条，不得过量饮酒；第三条，按时一日三餐；第四条……”

终于，宁夕念到了最后一条：“第十条，不得贿赂老板？呃……”

“背下来。”

“哦……”

宁夕在陆霆骁的督促下，把这十条一字不落地都背下来之后，才终于被放行。而且，是被赶出去的，好像生怕她又发酒疯似的……她有这么可怕吗？其实之前她也不完全是装的，而是陆景礼那破酒真的后劲挺大。

大魔王不是在意她对席世卿做的事吗？本来她只准备也对大魔王做一下，让他心理平衡的，谁知道最后事情的发展似乎有些脱离她的控制，玩得有点过头了，其实要是趁着这个机会假戏真做了也不错，结果又是一个神转折……

好在经过这个事，宁夕的心情好了很多，跟吃了灵丹妙药一样，一下子从疲惫和紧绷的情绪中满血复活，脚步都轻快起来。

与其说是她顺了陆霆骁的毛，不如说是陆霆骁安抚了她。

这段时间她过于给自己压力了，实际上情况没有她想的那么严重，如果对方想要对她动手，这一年间可以有无数机会，甚至上次唐夜来的时候，就可以顺便把她解决了。

从她走了一年那边都没动静就知道，她也不过是个无关紧要的小角色。

趁着这次过去见面，把一些事情说清楚了也好。

她只是一面对过去的人和事，就会想起曾经那个荒唐不堪的自己，她无法面对的，不是唐夜，不是那人……而是她的过去……

去工作室的路上，宁夕正准备给宫尚泽那边打电话呢，有一通电话打了进来。

那头陆景礼的声音极其亢奋：“夕哥夕哥夕哥夕哥夕哥！”

“你复读机吗？”

“我哥终于恢复正常了！你是对我哥献身了吗？”陆景礼想来想去也只想到了这一个可能，并且越想越有可能！

宁夕黑着脸道：“别胡说！”

陆景礼一时语塞。

“还有，你给我的到底是什么破酒？”宁夕吼道。

“怎么会是破酒！那酒好几万一瓶呢！号称一口倒！”陆景礼激动道。

“你给我一瓶一口倒是什么居心？”

“我冤枉，我以为你要酒是去讨好贿赂我哥的呢，当然给你找好的了，谁知道你这么浪费，喝了一口就全泼身上了！”

没有错，我确实是去贿赂你哥的，但不是用酒……

跟陆景礼通了电话，又跟小宝说了几句之后，紧接着工作室那边的电话就打了过来。

“喂，茉茉……”

“夕姐，不、不好了！宫总监出事了！您快过来看看吧！”手机那头，工作室的小助理语气焦急。

“宫尚泽出事了？他怎么了？”

“宫总监突然晕倒了！”

宁夕脸色微变：“好端端的怎么会晕倒？别急，我已经在路上了，马上过来！”这死孩子！八成是活生生累晕的！

# 第十七章

## 最佳设计

则灵工作室。

宁夕刚一推门进去就看到宫尚泽面色苍白地倒在一堆白色的纸团子中间，旁边的小助理韩茉茉趴在旁边哭得眼睛通红。

“夕姐！你终于来了！”韩茉茉一看到她，就像看到了主心骨，抽抽噎噎道，“我叫了救护车，可是医院那边说太忙了这会儿调不到车子，我一个人又搬不动他……”

宁夕把手里的包和手机扔给小助理，然后弯下腰，直接将昏倒在地的宫尚泽拦腰抱起，放到了里面卧室的床上……

韩茉茉看着被公主抱的宫尚泽，嘴巴张成了“O”形：“夕姐，你男友力简直爆表了！”

“是你家总监太轻了！不是让你好好照顾他的吗？怎么几天不见又瘦了！”宁夕眉头紧蹙。

小助理闻言一脸委屈：“夕姐……我劝不住啊……你是不知道，宫总监平时看起来温温和和的，但一旦工作起来状态完全就变了，可吓人了，简直金毛变藏獒，我就是发出一点声音，他都会很凶地吼我，我连走路都不敢大声，别说去催他吃饭休息了……夕姐，还是你来跟宫总监说说吧，他只听你的话……”

金毛变藏獒……对于小助理的形容，宁夕满头黑线：“行了，回头我会跟他说的。”

说着摸了下宫尚泽的额头，果然一片滚烫：“有点发烧……茉茉，你去楼下药店买点退烧药上来！”

“好的，我这就去！”小助理赶紧噔噔噔去买药了。

宁夕和小助理两人照顾了大半夜，宫尚泽总算是醒了。

“老板……”

“躺着别动！”宁夕把他按了回去，脸色冷凝，“我当初是怎么跟你说的，身体是革命的本钱，小命都没了，还要其他的有什么用，不知道的还以为我是压榨员工的黑心老板呢！”真是一报还一报啊，现在她总算有些理解陆霆骁的心情了，当老板好难……

“没有，我是自愿的！”宫尚泽急急道。

“自愿也不行！我是老板，你要听我的！不然你就另谋高就去好了！”宁夕加重了语气。

宫尚泽一听立即变了脸色，慌道：“老板，我以后不会了！”

看着青年一脸憔悴的样子，宁夕叹了口气：“你这个样子，明天还能去赛场吗？反正流程我们已经商量过很多遍了，我跟茉茉过去吧，你在家好好休息！”

“老板，我必须过去，都已经是最后关头了！我没关系的，到时候我不需要做多少事，只要盯着模特上场的时候不要出错就行。”

宫尚泽说完，神色微黯：“虽然我已经竭尽全力了，但是，我们这次得奖的可能性恐怕不大，这次的奖项这么重要，戴威肯定会选择我最得意的作品……”

宁夕脸色微沉，对于宫尚泽而言，这场战役，确实很难打。因为他的对手不是别人，而是他自己。

“没关系，竭尽全力就够了，就算这次不行，还有下次、下下次，总有一天你会战胜过去的自己。你有无限可能，而对方却只有一堆随时可能用完的设计稿而已，没什么好怕的！”

宫尚泽看着女孩明亮的眸子，虚弱的身体仿佛被注入了一股力量，用力点了点头：“嗯嗯！”

“好了，安心休息吧，明天还有一场硬仗要打！”

第二天，金顶奖比赛会场。

作为服装设计最高奖项，今天的会场布置奢华得无与伦比，且极具魔幻感。

座席是悬空的，离地一米左右，灯光被切割成了五彩斑斓的碎片，闪烁在被改造成了一艘挪亚方舟的T台上。

比赛现场的席位一座难求，到场的全都是时尚行业里的名人，宁夕是作为入选作品方工作室老板的身份才得到的邀请。

宁夕带着宫尚泽和小助理，刚进赛场没几步，就发现前面的路被堵住了。

这边比赛还没开始，摄影记者已经疯狂地围住了本次得奖的大热门设计师——戴威。

“David，这次的比赛你有信心吗？大家都说这次的金顶奖非你莫属！”

“听说连上届的金顶奖得主李铭老师也预测你会摘得大奖！是真的吗？”

“这次来了很多圈里的前辈，她们很多都是你的粉丝，甚至穿着您的作品来到了现场为您打气，对此您有什么想说的吗？”

……

戴威满脸意气风发，身上已经完全看不到过去的影子，面对记者的围追堵截，神色淡定沉稳地回答道：“每一张设计图都是我的心血之作，我对它们自然有信心，不过比赛，当然还是要看评委老师们的判断！至于李铭老师，也是我很尊敬的一位前辈，很感谢他的赞赏，以及诸位美女的抬爱！”

听到这话，宁夕和宫尚泽还没什么，一旁的小助理已经沉不住气炸了：“这人也太无耻了吧！还心血之作？到底是谁的心血之作啊！”

当初被招聘进来的时候，韩茉茉一开始并不知道宫尚泽是谁，只是看到他的作品之后，越看越眼熟。

因为做设计的人最讨厌的就是抄袭，所以她就忍不住嘀咕了一句宫尚泽抄袭戴威的设计风格，这样不好之类的话，反正就是挺看不起宫尚泽的。

当时宫尚泽一句都没有反驳，依旧每天画稿子画得天昏地暗。

等相处得久了，她才渐渐觉得哪里不对，宫尚泽简直是用生命在做设计，这哪里是一个投机倒把的小偷会有的状态？

后来还是她缠着夕姐追问了好久，才知道了里面可怕的内情……

门口堵了十几分钟，记者们才终于散去采访其他参赛者。

宫尚泽是完全陌生的脸孔，今天因为生病还戴了一副口罩，自然是完全没人关注。

不过他们也乐得清静，即刻赶往后台去做准备。

宫尚泽经过的时候，戴威似乎狐疑地朝着他的背影看了一眼，不过很快就收回了目光，继续跟周围巴结讨好他的设计师们畅谈着。

到了后台，只见里面全都是正在准备的模特，有些只穿了内衣晃来晃去，现场不少是男设计师和助理，不过她们显然早已经习惯了，完全没把他们当成男人。

宫尚泽估计没怎么见过这样的场面，眸子里有几分窘迫，不过，当他开始检查模特身上的衣服时，眼神立即变得专注起来。

“哇……好多名模啊！身材好好！我一个女人都要看得流口水了！”韩茉茉咽了口口水。

这时，有个踩着高跟鞋气势凌人的模特大步流星地朝着他们的方向走了过来：“让让！别挡道！”

宫尚泽身前正在换衣服的模特一个不察之下被她推了一把，眼见着就要踩到裙摆……

还好宁夕眼疾手快地扶住模特的腰，险险地将她稳住，否则不仅人要摔，连衣服也不保了。

“喂！你这人怎么回事啊？我们的衣服都差点被你弄坏了！”韩茉茉急了，一把拦住那个横冲直撞的模特。

那人扫了他们模特身上的衣服一眼，一看风格竟然跟戴威的很接近，顿时满脸鄙夷：“抄袭的破烂而已！还想讹钱？信不信我让上面取消你们的参赛资格！让开！”

韩茉茉本想反驳，但认出了对方是世界名模安琪，在行业里非常出名，和主办方也关系匪浅，今天这样的场合得罪了绝对没好处，只能强忍了怒气。

“安琪，亲爱的，快过来，换衣服了！”不远处有人招呼。

安琪立即露出微笑，朝着对面走去：“哇，戴总监，这件好美！”

“美吧！我就说了你肯定会喜欢的！”戴威一脸得色。

“嗯，太好看了！不愧是戴总监，每次都能给我惊喜！难怪连李老师也说这次的金顶奖非你莫属！”安琪说完，朝着宫尚泽他们的方向扫了一眼，“不过，这金顶奖真是越办越回去了，怎么什么货色都能入选啊！刚才那个想讹我的，明显就是在模仿你的风格！太可笑了！”

戴威一副过来人的态度，大方笑道：“呵呵，这一行就是这样的，习惯就好！”

安琪摆弄着手里那件衣服，越看越喜欢：“还是戴老师厉害，每一件都那么与众不同！你简直就是为设计而生的！不愧李老师对你的评价，一直被模仿，从未被超越！”

看到戴威手中那件衣服的瞬间，宫尚泽顿时脸色煞白。

“怎么了宫总监？”见宫尚泽脸色不对，韩茉茉立即不安地问。

宁夕蹙起了眉头：“这个戴威，够狠啊，居然选了这一套……”

这件衣服，宫尚泽跟她提过，她至今还记得他提起这个设计稿时眉飞色舞的自豪表情。

宫尚泽干涩的声音微微有些颤抖：“那是我灵感巅峰期最满意也最完美的作品，主题是生命，同系列的一共有六套，这次比赛，戴威正好够用……”

宁夕本想安慰几句，宫尚泽深吸一口气，已经镇定下来，反而安抚宁夕道：“老板，比赛快开始了，你先去前面吧，我随后就到！”

宁夕看他的状态还算稳定，拍了拍他的肩膀：“好，有事叫我！茉茉，你看好他，要是他身体哪里不舒服，立即通知我！”

“知道了，夕姐！就算是总监咬我，我也会坚决打小报告的！”

“乖，尽管打，夕姐给你撑腰！”

听着两人的对话，宫尚泽面上一阵无奈，冰冷彻骨的血液里涌上一丝丝暖意。他小心翼翼地拿出这次参赛的衣服，眸子里晦暗不明……

大赛即将开始，会场里热闹非凡。

记者们采访完参赛者后，正争先恐后地采访起此次到场的圈内名人们。

最近《天下》就快要上映了，各种宣传狂轰滥炸，宁雪落作为女主角，关注度自然很高，加上戴威是得奖的大热门，而宁雪落就是History的老板，所以几乎大半的记者都围在了她身边。

“宁小姐，当初你是怎么发现David的？可以跟我们分享一下你们的故事吗？”记者们纷纷问着众人最感兴趣的问题。

宁雪落也不知想到了什么，露出温柔的神色，柔声开口道：“真要说伯乐的话，其实也不算是我，是我男朋友最先发现David的，我后来看了下也觉得不错，跟他商量之后，这才决定投资……”

“竟然还有这么一段佳话！两位真是心有灵犀，连眼光都一样好！”

“《天下》还未上映关注度就已经这么高，雪落你今年真是个丰收年啊！”有相熟的记者恭维道。

“哈哈哈，是啊，你太厉害了！”

……

直到台上主持人宣布比赛开始，记者们才终于散去，回到各自的席位。

宁夕的位置比较偏僻，在挺靠后的一个角落里，正趁着主持人说开场词的时间闭目养神，耳边突然传来一个令人不悦的声音：“唉……这不是宁夕宁大红人吗？你也来看比赛？你不知道今天进来是需要入场券的吗？随便闯进来小心被人轰走啊！”说话的是正挽着宁雪落手臂的李乐菱。

宁夕慵懒的眸子里闪过一丝被人打扰的不悦，不紧不慢地抬眸瞥了李乐菱一眼，一副讶异的表情开口道：“李小姐转行当保安了？”

李乐菱一愣，随即大怒：“你才保安！”

宁夕恍然大悟地点点头：“哦抱歉，原来只是多管闲事，是我误会了。”

“你……”李乐菱气得半死。

一旁的宁雪落打着圆场，好心提醒道：“宁夕，乐菱只是好意，这里所有的位子都是有名额的，不可以乱坐……”

宁夕直接闭上了眼睛，懒得在这些人身上浪费哪怕一秒钟时间。

李乐菱一把将宁雪落拉走，朝着VIP座席走去：“别管她了，反正到时候丢脸的又不是我们！别的也就算了，居然好意思来这种地方，她懂什么是时尚吗？”

宁雪落迟疑道：“或许她确实是受到了邀请？”

李乐菱立即表情笃定道：“怎么可能！今天的席位一座难求，连我妈也是托了好多人才弄到，差点就不能陪你一起来了！”

“她跟陆景礼的关系似乎不错……”宁雪落故意说道。

李乐菱闻言脸色僵了僵：“我看也没多好吧，不然以陆景礼的能力，完全可以搞个前排的VIP，哪能坐在那种旮旯里！”

李乐菱说完哼了一声，兴冲冲道：“算了，不说她了。对了雪落，待会儿颁奖典礼结束了我们直接去皇爵大酒店啊，我已经订好包厢给你们庆功了！”

宁雪落看了她一眼：“还不知道能不能得奖呢！”

“怎么不知道？我早就打听过了，这次入选的参赛作品里，属你们实力最强，大奖非你们莫属！”说完神秘兮兮地凑到宁雪落的耳边，小声道，“我让我妈帮忙打听过了，这次的金顶奖就是戴威，放心好了！”

宁雪落闻言眸子亮了亮，不过嘴里还是谦虚道：“还是等结果出来再说吧！”

正说着，戴威也落座了，李乐菱看到他立即揶揄：“哟，咱们的大才子来了！这次得了奖，挖你的人肯定更多吧？”

“李大美女，瞧您说的，老板就是我的再生父母！我就是飞上天也不可能离开老板啊！”戴威向来是个会投机的，巴结的功夫更是一流，当场把两人都哄得心花怒放。

另一边，宫尚泽和小助理陆续走到宁夕旁边的位子坐下。

“都弄好了吗？”

“嗯。”宫尚泽点点头，他能做的全都做了，现在只有等待结果。

很快，主持人的开幕词结束，比赛正式开始。

T台上，灯光一阵炫目的闪烁之后，第一个参赛者的作品亮相了。

这头一个设计师便实力不俗，光看大屏幕上的介绍词就老长的一大段：柳生，第17届华国时装设计“金顶奖”获奖者。现任柳生服装有限公司艺术总监。华国服装设计师协会理事、时装艺术委员会委员，曾被授予“优秀服装设计师”“十佳服装设计师”称号……

柳生的设计主题是生肖，利用了十二生肖元素图腾，令人眼前一亮。

不过，短暂的惊艳之后，所有人的第一感觉就是，似曾相识。

“啧，连柳生也江郎才尽了吗？这明显就是戴威的风格嘛！”

“自从戴威的华国风流行起来，所有人都开始走华国元素，这都快烂大街了！”

“关键是那些人的设计好刻意，只要细看就会发现不伦不类的，完全没有戴威那种浑然天成的流畅感！”

……

韩茉茉听着周围的议论，心里捏了一把冷汗，光是被模仿就已经被骂成这样了，等到时候宫总监的作品出来，那得被骂成什么样啊？

三人耐心观看着其他参赛作品，终于该轮到他们的作品上场了。

可是，下一个出来的竟然不是他们的模特，而是别的参赛者！

“怎么回事？”宁夕脸色微变。

韩茉茉急忙道：“我去后台问问！”

很快，韩茉茉回来了，红着眼睛气喘吁吁道：“主办方说我们的顺序被调到最后一位了，我问他们为什么，他们居然还好意思说最后一个更好。可是，倒数第二个上场的是戴威的作品啊，本来我们的设计风格就跟他们接近了，现在还故意把我们安排在他后面，到时候别说得奖了，肯定会被骂死……”

不用问了，这小动作八成是刚才那个名模安琪动的手脚，那女人是出了名的蛮横，一言不合就会整你。

最后，倒是宫尚泽开口安慰她们，不在意道：“不碍事，如果我的作品真的会被认为是抄袭，那么顺序在哪里都一样。”

此次参赛采取的是现场打分的模式，六位评委，取平均分，目前出场的作品，已经有五位被打了九分以上的高分，竞争还是很激烈的。

之前那个柳生的得分，就算他再花心思，也只有七点几分，可见评委对跟风这种行为也都是很不喜的。

这时，现场突然响起一阵阵激烈的惊呼和“咔嚓咔嚓”的拍照声——轮到戴威的作品上场了。

不仅是其他人，宁夕、韩茉茉和宫尚泽本人也完全被台上的模特吸引了注意力。

最惹眼的就是安琪身上那套主打作品，爬满了花朵的长裙如同春回大地，瞬间给人生机勃勃的感觉。

原始古朴的羌绣技法，结合了现代立体剪裁工艺，可谓“融汇古今，贯通中西”，实现了传统文化与现代服饰的完美结合，也充分契合了“生命”这个主题。

模特是国际名模安琪，材质是“寸锦寸金”的云锦、“织中之圣”的缂丝，珠宝赞助商是宁氏国际旗下奢侈品牌，戴威的这一套作品，只有两个字可以形容——完美！

简直每一件都华丽得让人有当场就买下来的冲动，这会儿下面的女星和名媛们甚至已经跃跃欲试到处找关系想要弄到这个系列的高定。

虽然这是宫尚泽的作品，但是宁夕知道，它被夸得越厉害，宫尚泽就会越难受。

正准备安慰他几句，结果，眼角余光却在他的手上看到了一大块可怕的烧伤，顿时脸色一变：“你的手怎么回事？”

宫尚泽立即下意识地一缩手：“没事的，我不小心……”

“你好端端的检查个衣服，手怎么会不小心烧成这样？茉茉，怎么回事？”宁夕转向韩茉茉问道。

韩茉茉一脸迷茫：“我也不知道啊！宫总监刚才说只剩下最后一点收尾，就让我先过来找你了，后来我也不知道发生了什么……”

“老板，真的没事！”

三人说话间，戴威的分数已经出来了。

看到那个分数，韩茉茉的小脸上顿时满是绝望：“九……九点九分！宫总监，我应该夸你吗？你要不要这么厉害啊！这么多届了，也从没出现过这么高的分好吗？最高也就九点六分！你这……简直了！”

宁夕也有些哭笑不得，看来自己太厉害了也是种烦恼啊！

宫尚泽的这个作品不仅主题寓意好，又涉及文化传承，简直是为这类大奖量身定制的，加上团队力量雄厚，所有的资源都是最好的，也难怪这么受评委们的青睐。

现场的掌声越来越热烈，大半的人都站了起来对戴威和宁雪落恭喜道贺，记者们也全都将镜头对准了戴威，准备拍摄他上台领奖的画面。

戴威春风得意地站起身，一一对众人回以感谢，嘴里说着一套套谦逊得体的官话：“诸位太抬举我了，这是我们整个团队的功劳！尤其是我的老板宁雪落小姐，如果没有她，就没有今天的戴威！”

宁雪落闻言笑道：“别谦虚了，你才是我们工作室的灵魂和核心。”

现在戴威拿了这么大的奖项，宁雪落为了留住他，让他更加死心塌地，对他的态度自然更好。

就在戴威整了整衣襟，迈步出去准备领奖的时候，主持人却突然开口道：“大家少安毋躁，我们还有最后一个参赛者！”

“什么？还有一个？搞什么啊？”

“直接颁奖算了啊！这不是浪费时间吗？”

“没办法，比赛就是这样，也不急在这一时，等流程走完吧！反正结果已经定了，正好趁这个时间准备一下待会儿的采访内容！”

……

听到主持人的话，戴威的脚步顿住，面色有些尴尬，随即突然想起来之前安琪偷偷跟他说了把那个抄袭者放到了最后一个上场的事情，顿时回过味来，一副好脾气的表情，重新回到了位子上坐下。

等那个参赛者上场，不仅能将他衬托得更高一筹，还能借着这个机会，对最近那些疯狂的跟风者杀鸡儆猴，一举两得。

宁雪落也是丝毫不着急，毕竟已经是囊中之物，今天的参赛者里有竞争力的几个对手刚才都已经上过场了，剩下来的这个无非就是个打酱油的，锦上添花的事情。

于是，会场的女星名媛们都在跟宁雪落攀关系，设计师们都围着戴威，记者的镜头也全都在戴威那边，评委们都已经开始收拾东西准备走人了。

以至于，当最后一个参赛者的作品上场的时候，几乎没有人去关注……

宫尚泽这会儿的状态有些不太好，好像烧得更厉害了，呼吸越来越急促，手上的烧伤也还没处理，估计刚才一直强忍着。

宁夕扶着他：“再坚持一下，很快就能回家了！”她本来是想让茉茉直接带他回去的，可是心里也清楚，他肯定想要看到最后的结果。

宫尚泽的参赛作品她看过，非常棒，如果没有“生命”，他肯定是第一，但有了“生命”在前，很可能不仅没奖，还会落得最坏的可能……

“砰”的一声，赛场上先前为了配合“生命”这个主题而明媚闪耀的灯光一下子暗了下来，音乐也换了低沉浑厚的风格，微微有些压抑，让人听了心里很不舒服。

短暂的前奏之后，音乐声陡然高亢起来，灯光也开始一点点由明到暗。

紧接着，第一个模特出场了。

一身正红色经典大摆礼裙，风格华丽耀眼，如同穿在身上的不是裙子，而是天边的晚霞，细节处依旧运用了宫尚泽最擅长的类似刺绣和祥云这样的华国元素。

虽然已经非常夺目，但在刚才戴威奢华到极致的衬托下，顿时就没有那么惊艳了，甚至会让人觉得审美疲劳。

然而，就是这样一件裙子，原本场内的众人全都只是随意地扫了一眼便嗤之以鼻，但当裙子从暗处到了明处，展现出全貌之后，便让人再也无法挪开目光！

连宁夕自己都惊呆了："怎么会这样？！"

宫尚泽参赛的六套作品依旧还是他之前的那个设计没有变，分别以"晚霞""极光""樱花""海浪""雪林""星空"六种自然元素为主色调，辅以传统华国技法。

但是，特别的是，每一件裙子都有不同程度的烧毁……

那样的燃烧的痕迹，不仅没有残缺感，反而意外地展现出一种极其特别的颓废的华丽，一瞬间便夺走了所有的目光！

好半晌后，现场才终于有人回过神来，随后那些呆愣的摄影师几乎完全是凭借敏锐的本能，第一时间将镜头对准了台上。

"啊……我的审美有问题了吗？为什么我觉得那件大红色的裙子烧焦了好漂亮呢！有一种公主落寞但是依然高贵的感觉！"

"那件海蓝色的鱼尾裙也好美！尾巴都被烧没了，却好凄美！想到了人鱼公主！"

"好特别啊！到底怎么想到的？"

……

越来越多的人都朝着台上看去，每个人的目光中都是惊艳。

片刻后，大屏幕上缓缓出现了这套参赛作品的主题——涅槃。

"妙啊！实在是太妙了！"其中一个评委激动地直接站起了身。

"确实是很棒的创意，好像已经很久没有看到过这么有灵气的作品了！"

"呵呵，这个小新人，胆子很大嘛！不过，我喜欢！"

……

因为这样的处理，所有人都将目光集中在了这个主题的精妙创意上，反而没人去注意华国元素了。

宁夕有些难以形容内心的震动，难怪宫尚泽的手会被烧伤，他竟然……要有多大的决心才能亲手烧了自己殚精竭虑大半个月的心血？这样置之死地而后生，不愧他给这个作品定义的新主题：涅槃重生。

主持人之前也是设计师出身，盯着最后一套作品看了半天才回过神来，想起自己的工作，轻咳一声道："接下来，请看评委打分！"

唰唰唰，评委陆续举起打分牌。

第一个评委：10分！

第二个评委：10 分！

第三个评委：10 分！

……

……

连续五个十分！

还有最后一个评委，以挑剔著称的华国设计师第一人——曲观阳。

刚才戴威的作品，给最低分的就是他，他担任了八届评委，以苛刻严厉出名，就没有一次给过满分的！

此时此刻，所有人的目光都盯住了曲观阳的手。

煎熬的等待后，他终于慢悠悠地亮出了打分牌——10 分！

“十分！我们最后一位参赛者最终得分是……满分十分！天哪！真的是十分！这实在是太惊人了！连我们的曲老师竟然也给了满分！没想到，在我们赛程的尾声居然蹿出来一匹强劲的黑马！”主持人已经激动得似乎快要晕过去了。

座位上，韩茉茉失声尖叫起来，抱着宫尚泽一阵摇：“十分！十分啊！逆天了！宫总监，你太厉害太厉害了！以后我就是你的忠实粉丝了！”

宁夕拍了拍宫尚泽的肩膀，一副叹为观止的表情：“厉害了我的泽宝宝！”

“经过激烈的角逐，我们的金顶奖得主终于产生，下面，有请我们最后一位参赛者，X 先生上台领奖！没错，这位参赛者报名的时候用的是匿名，真是太好奇了，我们这位神秘的金顶奖得主到底是何方神圣呢！”主持人控场能力不错，很快从这一突发状况中回过神来，开始制造噱头。

尘埃落定，现场呆愣一片的众人此刻已经全都回过神来。

“这什么情况？”

“X 是谁？哪里冒出来的？”

“谁知道啊，大屏幕上写的什么则灵工作室设计总监，其他什么也没写，连真名都没有！”

“什么则灵工作室？老板是谁？完全没听过！”

……

大赛是允许匿名参加的，所以用代号的人也很多。

当初宫尚泽跟宁夕说希望用匿名的时候，宁夕也没多过问，直接让他自己决定了，心想他应该是想功成名就之后再公布真实身份，这也可以理解。

“X？”韩茉茉眼珠子转了转，随即恍然大悟状，激动得一拍脑袋道，“哇！X！夕姐，这是你名字‘夕’字的缩写吧？”

“啊？我名字的缩写？”宁夕完全没往这方面想。

“嗯。”宫尚泽点点头，表情看上去有些害羞。

“哎呀，我家小藏獒真是太暖心了！”别说，宁夕还真挺感动的。

……

看到那个分数的瞬间，戴威唰地一下站了起来，脸色无比难看，额角的青筋都鼓了出来。

此时此刻，他正死死盯着那六套衣服，盯着那六套衣服上的每一个微小的细节，眸子里隐匿着一丝不易察觉的惊恐。

那些衣服的设计，尤其是细微处的处理和习惯，为什么那么熟悉……X？难道是……不！不可能的！

宫尚泽那家伙除了埋头设计，没有丝毫生存能力，他走的时候连一毛钱都没留下，宫尚泽现在估计已经被房东赶出去在大街上乞讨才对，怎么可能回到国内，还参加了金顶奖？

而且，那家伙是科班出身，风格比较正统稳定，绝对不会做这种剑走偏锋的事情。

“怎么会这样！戴威居然输了！”李乐菱大惊失色。

“不过是哗众取宠之作！”戴威咬牙道。

宁雪落可不管什么设计不设计，她只知道煮熟的鸭子居然还飞了，自己的脸面也全都被踩在了脚下，看着戴威的眼神顿时冷了几分：“你不是说万无一失吗？怎么会输给一个名不见经传的新人？”

戴威咬着牙忍下心慌：“宁小姐，您别急，我来处理！”他说完对着人群中的几个人使了个眼色。几个依附戴威资源的小设计师会意，立即纷纷提出抗议……

“我反对，不过是抄袭的设计用把火烧了一下而已就能得奖？这奖未免也太好得了吧！”

“就是啊！我们谁都能烧啊！那岂不是我们大家都能得奖！”

“这是投机倒把哗众取宠！”

……

有人起头之后，其他设计师也坐不住了，同行相轻，如果输给戴威他们还算心服口服，但输给这不知道从哪里冒出来的小新人就实在是难以接受了，激动之下，甚至开始怀疑比赛的公平性。

“评委到底什么眼光，该不会是被买通了吧？”

“太失望了，没想到这次连曲观阳都这么没底线！”

“我们要求重新比过！”

……

主持人见群情激奋，面色有些尴尬，不停地打着圆场。无奈，在戴威和宁雪落等人的撺掇之下，现场早就已经乱成了一团，连几个裁判也有些慌了，不由自主地看向中间的曲观阳。

“曲老师，您看这怎么办？要不要重新评分？”

“方才我们确实是被惊艳了一下，不过，综合看过之后，给十分似乎确实有些不妥！”

“是啊，这件事处理不好的话，可能会影响到我们这个奖项的名誉！”

……

曲观阳冷哼了一声：“你们几个，是越活越回去了吗？到底我们是裁判，还是他们是？一个个的这么懂，还要我们这些裁判做什么？还有你们，坐在这里是做什么的？随便几句话就改变自己的判断，你们就是这么做裁判的？”

几个裁判被批得摸摸鼻子，一句话都说不出口。

喷完了裁判，曲观阳拿起话筒：“呵呵，看来有人质疑我的评判啊！”

“那是因为这次您的评分实在是让大家没法服气！这人明明就是抄袭的！就算烧了一把火也掩饰不了这个事实！这是欲盖弥彰！”人群里有人怒道，引起一片附和。

曲观阳眸光一冷，一一扫过场中众人，面无表情地开口道：“第一，你们一直在嚷嚷着抄袭，但是，抄袭的定义是什么？华国风，传统元素，谁都可以做，这是公共题材，并非谁所独有的，能不能做出彩来，那才是个人本事；第二，呵呵，你们也能烧？那你们谁想到了去烧？谁想到了？早干吗去了？怎么不一开始也去烧呢？”

曲观阳的问题让刚才那些信誓旦旦的设计师全都哑口无言。

这一点上，他们确实有些强词夺理了，烧衣服这确实谁都会，但难的是想到这个点子，所以在场的人才会那么惊艳。

“就算是这样，论综合实力，那个什么X也完全跟David没法比啊！”还是有人不甘心。

曲观阳的语气更严厉，目光冰冷地盯着那人道：“呵，作为一个设计师，我看你们还完全搞不清楚自己在做的是什么，我们这次的奖项是什么？”

曲观阳的气势实在是太凌厉，人群中有人弱弱地回答：“服装设计……”

“对，是服装设计奖！这个奖项，最重要的，不是模特，不是材质，不是服装技艺，而是设计，是创意！

“金顶奖选的是最佳设计师，不是最佳模特、最贵材料、最佳人缘！

“如果是那些，那谁都能做设计了，还要你们这些设计师做什么？当摆设吗？”

曲观阳不愧是个毒舌的，怼起人来毫不客气，简直让人头都抬不起来。

说完，他目光凌厉地径直落在戴威的方向：“金顶奖至今已经举办了二十三届，赛程公开透明，不受任何个人与机构的干扰，过去是，将来也是，任何想要耍心机操控比赛结果的行为，我们都将坚决抵制，也欢迎大家监督！”

一时之间，场上的观赛者和摄影记者们都有些回过味来了，看着戴威的神情颇有些讽刺……

“曲观阳说得有道理，刚才那些闹事的设计师完全是在故意找碴嘛！连我们这些外行都被惊艳到了，怎么能说人家的设计不好？”

“其实我之前就觉得戴威有些太过霸道了，做华国风怎么了？就算最近是因为他才火起来的，他又不是第一个做的，就像曲老师说的，这谁都可以做啊！现在弄得好像这是他发明的一样，只要谁做就是抄袭他，就要喊打喊杀！”

“到手的大奖就这么被抢走了，他能不急吗？”

“也是，现在国内也就一个金顶奖比较权威了！”

……

曲观阳开口之后，其他方才被现场的骚动弄得有些慌乱的裁判也都镇定了下来，五人分别发言详细阐述了自己打出十分的理由，最后几人一致得出结论——“所以，我们认为，这届的金顶奖，则灵工作室的设计师X，当之无愧！”

话音刚落，现场响起一片激烈的掌声。

那些受邀观赛的女星名媛全都是一副打了鸡血的表情，时尚圈里本来就是喜新厌旧，更新换代飞快，这会儿有新鲜设计出现，又这么有个性，自然瞬间俘获了她们的芳心。

刚才还在围着宁雪落要名额的人，这会儿已经如狼似虎地盯住了这位神秘的设计师。

主持人清了清嗓子，再次开口道：“下面，有请我们的设计师X上台领奖！”

主持人身旁，美女司仪正面带微笑地捧着奖杯，心里期待着，会不会是个大帅哥呢？一时间，所有人的目光都在台下巡视，好奇不已地去看这次的黑马到底是谁。尤其是戴威，目光里的阴鸷几乎已经压抑不住。是谁……到底是谁……行业里有这样的角色，他不可能不知道才对！

所有人都在望眼欲穿的时候，宁夕这边惨了。

因为，宫尚泽晕过去了。

这家伙本来就发着烧身体虚弱，之前估计是一直在强撑着，直到这会儿结果出来，终于再也撑不住了。

上面主持人已经在催，角落里，韩茉茉急得不行：“夕姐，这可怎么办啊？”

宁夕眉头紧蹙地摸着宫尚泽滚烫的额头，将他扶到了自己的肩膀上：“我送他去医院，你去代他领奖。”

“啊？我？”韩茉茉傻眼。

最后，在所有人的望眼欲穿中，韩茉茉跟小兔子似的噔噔噔赶紧跑上台去了，因为太紧张，上台的时候还差点摔了一跤。

最悲剧的是，韩茉茉今天的装扮……她穿了一身洛丽塔风格的蓬蓬裙，看上去就像是一个洋娃娃。

“什么？涅槃的设计师居然是个‘小萝莉’？这不科学吧！”

“这么霸气的风格，就算不是个男的，好歹也是个御姐吧！这女孩成年了没有？”

……

“您就是……涅槃的设计师，X？”主持人都有些惊到了。

曲观阳挑了挑眉，随即摸了摸下巴道：“你是代人来领奖的？”

毕竟入行这么多年，多少还是有些直觉的，直觉告诉他，眼前的人不是“涅槃”的设计师。

韩茉茉立即连连点头，随即礼貌地给众人鞠了个躬，开口道：“诸位同行、来宾、评委老师，非常抱歉，X因病无法亲自来领奖，我是他的助理，是代替他来领奖的！”

原来如此……众人纷纷松了口气，同时，对这个X更加好奇了！

比赛终于结束。

韩茉茉小心翼翼地揣着奖杯，不等记者们围上来就偷溜了个没影。

于是，最受关注的就成了戴威和宁雪落。

“宁小姐，这次History比赛失利，你有没有什么想说的？”

“戴总监，在自己最擅长的华国风上输给了新人，您有什么感想？”

……

戴威的脸色极其难看，回应不是，不回应也不是。

宁雪落的手机从比赛结果出来开始就一直响个不停，短短几分钟的时间里，他们就吹了好几个大单子，损失了上百万。

这还不是最可怕的，那个实力不明的则灵工作室，很可能成为他们最大的竞争对手。

戴威看着宁雪落的脸色就知道不妙：“宁小姐，不过是个国内的奖项而已，根本不算什么！”

“不算什么？刚才的短短几分钟，我们就已经损失了五百多万！”

最重要的是，她的脸往哪儿放？

戴威闻言在心里低咒一声，五百万怎么了，你也不看看我之前给你挣了多少！

不过人在屋檐下，不得不低头。戴威还是只能小心翼翼道：“宁小姐，您相信我，影响只是暂时的，那小子跟我风格类似，但我们早就先一步占领了市场，他现在过来根本就抢不走多少顾客群！”

“最好是这样！”

第二天一大早，所有时尚报纸的头条全都是有关金顶奖黑马得主的报道，并且着重笔墨描写了戴威的窘状，刻意将他以为自己得奖起身准备上台领奖的画面放大贴了出来，其间还各种神转折，一条时尚新闻简直比圈里的八卦还要精彩。

“新晋天才设计师，金顶奖得主 X，竟是‘小萝莉’？”

“David 痛失金顶奖，是否江郎才尽？”

“金顶奖蹿出黑马，惊艳上演颓废的华丽。”

“则灵工作室背后到底何许人也？”

……

铂金华府。

今天是周末，陆霆骁休息，宁夕答应了小宝今天会过来带他去游乐园玩，所以小宝大清早就起来了，这会儿正在自己屋里收拾东西。

陆景礼身上还穿着睡衣呢，直接就抱着报纸跑来找他哥八卦了：“哥！你快看啊！宫尚泽那小子居然得金顶奖了！而且以十分的高分力压戴威！嫂子也太逆天了！随便捡捡就捡了个宝啊！”

陆霆骁反应平淡地喝着茶，看样子应该是早就知道了。

“不过，X 这个代号是什么意思？有什么特别的寓意吗？宫尚泽没哪个字的缩写是 X 啊……”陆景礼说着说着，突然呆了一呆，“宁夕……XI……呃……”

陆景礼小心翼翼地瞥了眼昨天刚被哄好的亲哥，急忙语气轻松道：“用老板的名字命名，看不出这小子还挺忠心的嘛！”

正说着话，袁管家领着宁夕进来了。

一见到宁夕，陆景礼立即一副异样的眼光打量着她，随即捂着脸道：“小夕夕，你来啦！你好不正经啊！”

宁夕脸色一黑：“你发什么神经？我哪里不正经了？”

陆景礼指着报纸上的六套裙子：“你这个设计主题还不够不正经吗？”

宁夕没好气道：“你瞎吗？浴火重生，明明这么正能量！”

陆景礼一副意味深长的表情：“可是，我只想到了一句话……”

“你想到啥了？”宁夕莫名觉得听不到什么好话。

果然，陆景礼一本正经地开口道：“女人，你这是在玩火！”

宁夕满头黑线，忍无可忍道：“不正经的人明明是你！”她说完不再搭理他，跑去找陆霆骁了，“BOSS 大人，小宝呢？”

话音刚落，听到宁夕声音的小宝已经一阵风似的跑了出来。

宁夕抱起小家伙：“准备好了吗？”

小宝拍了拍背后的小书包，表示自己都准备好了。

“好，那咱们出发！”

宁夕明天开始就要飞国外宣传，到时候正好其中一个宣传站在 X 国，她准备趁着那个时候去一趟费城见 YS。

离开之前，她想带着小宝好好玩一趟。

“今天周末人多，小心一点。”沙发上，陆霆骁叮嘱。

宁夕抱起了小宝，眨巴了一下眼睛：“BOSS 大人，您不跟我们一起去吗？”

陆霆骁闻言神色明显一怔，从文件中抬起头：“你想让我一起？”

一般都是宁夕带着小宝到处玩，他不会去打扰他们，毕竟有他在的地方，他们可能会玩得不开心，所以，没想到这次宁夕居然会叫他一起……

宁夕诚实地点点头：“想啊！”说完迟疑道，“就是那种地方人太多了，而且挺幼稚的，BOSS 大人您要是不喜欢，那……”

“喜欢。”陆霆骁放下手里的文件，站起身，拿起了衣帽架上的风衣外套。

宁夕见状眼睛立即亮了，她还怕陆霆骁会不去呢，没想到这么容易就答应了。

小宝现在已经渐渐不排斥陆霆骁了，知道爸爸要一起去，也挺开心的，大大的眼睛里满是兴奋。这还是他第一次跟爸爸还有小夕阿姨一起出去玩呢……

看着一家三口，某锦鲤死鱼状生无可恋地躺在沙发上，满脸都是哀怨：“又把我丢下了啊！”

宁夕摸了一下他的头：“乖乖在家看家啊，回来给你带糖葫芦！”

“哼！你当我三岁小孩子吗？我才不要糖葫芦！”陆景礼一脸愤然，“我要棉花糖！要彩色的做成花的那种！”

三人很快开车到了游乐园。

因为今天晚上游乐园会有一场盛大的烟火大会，所以来的人格外多，只见现场人头攒动热闹非常，大部分都是一家人一起，或者小情侣们成双成对。

“小宝我来抱吧！”陆霆骁说。

宁夕也怕自己力气不够让小宝被人挤到，于是便将小宝给陆霆骁抱着：“好。”

陆霆骁一手抱着小宝，一手揽着她的肩膀护着她，稳稳地朝着前面一个热门的项目走去，其间丝毫没有让他们被人碰到挤到。

陆霆骁喜静，最不喜欢的就是这类人多的场合，但是这会儿一点不耐烦都没有，一整天都耐心地陪着宁夕和小宝玩遍了园里的所有项目，还无比配合地拍了好多张大头贴，并且当场将其中一张设置成了手机桌面。

夜幕降临，陆霆骁手臂上挂着小宝的小书包，脖子上挂着几个生肖面具和一些小玩意儿，手里拎着好几袋小吃零食，另一只手里是给陆景礼带的一个大大的彩色棉花糖，任劳任怨地走在前面的老婆、孩子后面，拎东西付钱……

“快！陆霆骁，我们快去看台！烟火大会马上就开始了！”宁夕兴奋地牵着小宝的手往前跑去，想了想，又折返回去，挽起陆霆骁的手臂。

陆霆骁看了眼被挽着的手臂，有一瞬间的恍惚，好像他们真的是一家三口。

终于，烟火大会开始了。

一簇明亮的火光从地平线升起，然后在半空中骤然炸开，伴随着“砰”的一声，照亮了整片天空。

不多时，“砰砰”的烟花声此起彼伏，漫天火树银花之中，宁夕偏过头，怔怔地看着身旁男人在火光映衬下明亮的侧脸。

陆霆骁似乎察觉到了女孩的视线，转过头看着她。

宁夕张了张嘴，突然对他说了几个字。

这会儿烟火的声音实在是太响了，陆霆骁听不清她说什么，投去狐疑的眼神。

宁夕的眸底倒映着漫天花火，倾身过去，又说了一遍那一句明知道此刻他不会听到的话：“陆霆骁，我喜欢你！”

夜晚。

将宁夕和小宝送到珠江华景后，陆霆骁没有立即回别墅，而是打了个电话，约了陆景礼去酒吧。

“哥，你居然约我来酒吧！我还以为我幻听了呢！”

明灭的灯光下，陆霆骁的面容隐藏在阴影里，不知沉默了多久，突然开口道：“有没有一种可能？”

“什么可能？”这个有些莫名的问题让陆景礼一头雾水。

“宁夕移情别恋了。”陆霆骁说。

陆景礼闻言顿时瞪大了眼睛：“啥？她移情谁了？”

陆霆骁：“我。”

“噗——”陆景礼差点把嘴里的酒给喷了，“咳咳，你为什么会这么想？”

陆霆骁：“感觉。”

陆景礼挠挠头：“哥，是不是今天出什么事了啊？”

陆霆骁的眉宇间如同萦绕着化不开的浓雾：“她好像……说了喜欢我。”

“啥？小夕夕说了喜欢你？”陆景礼激动到一半，冷静了一下，“不对，你为什么要加个‘好像’？”

“在游乐园，烟火大会时，她似乎对我说了什么，但当时很嘈杂，我没有听到。”陆霆骁眉头微蹙。

陆景礼一阵激动：“但你懂唇语啊！所以你看懂了？”

“唇语并不是百分之百准确，何况当时环境混乱。”

最重要的是，确实太不可能了。第一遍的时候，他是压根没想起来去注意看，第二遍的时候，她倾身靠近了，他没有看到，只是匆匆一眼的判断，怎么敢肯定。

所以，最让他怀疑的，倒不是她到底说了什么，而是，当时她说话时的眼神。

当时她看着他时的眼神，太动人，简直会说话，无声胜有声。从那双眼睛里，他看到了自己想都不敢想的东西……

“哥，我看这样吧，等小夕夕这次回来之后，你试探一下她呗！”

陆霆骁难得同意了陆景礼的建议：“嗯。”他也确实太想知道答案。

从游乐园回来的第二天，宁夕一大早就坐上了飞往国外的航班。

接连几日的奔波之后，剧组终于前往了宣传的最后一站，X国首都，迪布市。

因为并非重点城市，大家折腾了这么多天也都太累了，所以愿意去的人不多，戏份比较多的演员里只有宁夕主动请缨，把郭启胜感动得不行。

从头到尾任劳任怨配合宣传，也不刻意抢风头，这样的演员哪个导演不喜欢，他甚至已经准备明年为宁夕量身打造一部新戏，女主角非她不可。

江牧野也不知道是不是良心发现了，野了那么多天，整个宣传期都没来几次，这最后一次，总算是跟着来了。

一觉睡到下飞机，江牧野摘下眼罩，一扭头就看到宁夕正在灯光下看剧本，当即无语道：“宁小夕，你是打了鸡血吗？这么拼！”

宁夕看快到站了，合上剧本，瞅了江牧野一眼，挑眉道：“不拼将来怎么娶陆霆骁？”

江牧野：娶陆霆骁……这目标是不是有点太大了？

江牧野忽略了心头的压抑，咕哝道：“那我舅岂不是要等到天荒地老？”

“呸！少咒我！”

“本来就是啊，你要说娶我还有那么一点点可能……”

宁夕哼了一声：“我就喜欢挑战不可能！”

江牧野看着女孩的表情，心脏忍不住一阵抽痛，他知道，这一次，她是认真的。

他还以为她已经放弃了，没想到却还是低估了她，从一开始卑微退却，到现在决心与那人并肩而立……从前他一直在想，这个女人是不是压根就没有心？现在才知道，她有，只是给的人不是他而已……

江牧野收回心里的酸涩，搭着她的肩膀，语气轻松道：“晚上结束要不要一起去喝酒？全球最棒的酒吧可都在迪布市！”

X国这个地方，两极分化严重，有迪布这样挥金如土夜夜笙歌的城市，也有费城那样的鬼城。

“我说你怎么好端端地跟来这里了呢……”宁夕一脸鄙视，“不去，我要补觉！”明天就是约定见面的时间了，她得养精蓄锐。

剧组明天是下午走，她今晚好好休息一下，明天一大早赶去费城跟那人见一面，然后再赶回来，时间正好。

“宁小夕，你有没有搞错！还没跟他在一起呢，就开始为他守身如玉了？”

宁夕抖着腿：“你这样没心上人的家伙是不会懂的！”

“谁说我没有！”

“你有？谁啊？”

“一个浑蛋！”

“啧，对付你这样的人渣，果然只有够浑才能压得住啊！这叫以毒攻毒！”

“你……”

宣传结束之后，整个剧组全都出去玩了，宁夕婉拒了大家的邀请，一回到酒店就倒头呼呼大睡。

凌晨五点，闹钟准时响起。

宁夕一下子睁开眼睛，背上昨晚收拾好的双肩包，走出酒店，朝着费城赶去。

到了费城的边界处，她进了一家早餐店吃了点东西，然后在洗手间换了一身行头。

等从洗手间出来的时候，她已经是一身男装。

之前大师兄告诉她约见的老地方是他们的据点之一。

费城她曾经待了整整一年，对这里很熟悉，但悲催的是，这里变化太大，她已经完全分不清哪儿是哪儿了，好半天才辨认出了几个标志性建筑。

此时，宁夕并不知道，从她踏入X国的地界开始，就已经被人盯上了……

“老大，那女人来费城了！”

“真的？”真皮沙发上，金发碧眼的男人神经质地摸着自己长发下耳朵的位置，那里空空如也，两只耳朵全受伤了。

“千真万确，本来我还在头疼在迪布不好动手，没想到派过去盯着的兄弟亲眼看到她从酒店出来，然后自己来了费城，中间还特意换了一身男装，我们差点没认出来！不过，正好证明了一件事！”

手下说着，将两张照片放在桌上：“宁夕，唐夕，这两个，果然是一个人！只是，为什么她不在Satan那里，而是换了个身份跑去了国内，还出现在陆霆骁的身边？”

“呵呵，有意思……”奥古斯丁摸着下巴，满脸兴味。

“需要我去查一查吗？”手下请示道。

奥古斯丁不耐烦地摆了摆手：“不必，结果不重要，反正今天，她要……留在这里！”

手下闻言大惊失色：“老大，你、你要……可她毕竟是Satan的人，上次Satan为了她，还让唐夜……”

“闭嘴！”奥古斯丁感觉自己的耳朵一阵火烧似的疼痛，内心满是耻辱，恼羞成怒地怒斥道，“你敢质疑我的命令？”

“不、不敢！”

“抓活口！我要让他们亲眼看看，这个女人……是怎么被我折磨的！”男人阴鸷的眸子里满是嗜血之意。

他们不是在乎这个女人吗？他现在就让他们看看，那么对待他的代价！

那名手下想来想去，还是觉得不放心，强顶着怒火劝道：“万一被Satan知道……”

奥古斯丁闻言轻嗤一声：“那个窝囊废，现在被人追得堵在海峡一步都不敢出去！等他知道？等他知道，那女人已经凉透了！再说明天上面就会来人接应我们离开这鬼地方，你怕什么？你不想给菲罗和爱丽丝报仇了？”

手下咬了咬牙：“好！我这就多带些人过去，那女人恐怕不好对付！”

奥古斯丁推开怀里身材火辣的美女：“等等，我亲自去！”

宁夕搞清楚方向之后，没有立即去那个接头地点，而是七拐八拐地进了一个隐秘的小店，打算买点东西防身。

“老板，来生意了。”

店里，一个胖乎乎的老板头也不抬道：“小店不做生人生意。”

“老板，你确定我是生人？”宁夕笑眯眯地看着他。

那老板闻言不耐烦地抬起头来，看清趴在柜台上的人之后，脸上的肥肉猛地抖了一下，手里的东西掉了一地，随后，一骨碌钻到了桌子底下，动作是与他的身材完全不相符的敏捷：“你你你……你不是走了吗？怎么又回来了？”说完还战战兢兢地往她后面看了一眼，似乎在看有没有其他人。

宁夕顺着他的视线看了一眼，当然知道他在看谁，这个看似平淡无奇的小店里面有很多稀奇古怪的小玩意儿，以前她经常跟着二师兄过来，老板看到他们俩就头疼。

“随便你想要什么……你自己拿！自己拿！”老板急慌慌地催促，只想赶紧把人送走。

宁夕走过去，自己挑了一个东西：“多少钱啊？”

“不、不要！不要钱！你快走快走吧！”

宁夕一听不高兴了：“那怎么行？哥现在可是正经人！”

老板已经快要哭了：“小祖宗，你到底想怎样？”

宁夕一脸无辜：“我想付钱！”

老板哪里敢要她的钱：“我不要！我真的不要！”

宁夕有些窝火了：“都说我要付钱了！信不信我揍你！”这不是破坏她做人的原则！

折腾了大半天，老板总算是报了个价，宁夕付了钱，满意地离开。

老板战战兢兢地看着桌上的钱，一脸见鬼的表情……

出了小店之后，宁夕很幸运地看到了一辆出租车，于是直接招手让司机载着自己去往目的地。

正闭目养神，伴随着巨大的声响，车身突然一阵猛烈的摇晃，似乎是被什么用力撞击了一下。

前面那司机的反应速度飞快，一察觉不对就一骨碌滚出去，弃了车直接逃了。

宁夕咒骂了一声，紧跟着推门下车。

一下车，她就发现不对劲，前面刚才撞过来的那辆车里，陆续下来了四个人，来势汹汹地呈扇形围在她跟前。

宁夕心里当即咯噔一下，手下意识地覆在了腰间刚买的防身武器上。

怎么回事？冲着她来的？！这些人明显是生面孔，她刚到这里，没道理会惹上什么不该惹的麻烦。以前的什么仇家？那更不可能，如果是以前认识她的人，还没有敢光天化日之下直接对她动手的。

“别动。”为首的一个穿着黑色背心的男人满脸阴鸷地看着她，如同跟她有什么深仇大恨，“快点！”

男人似乎是知道她身手不错，对她有些许忌惮。

旁边其他三人则是眼睛一眨不眨地盯着她，防止她突然动手。

那几人盯得太紧，宁夕自知这种情况下绝对没有还击的可能，无奈之下，咬了咬牙，将腰部的东西远远地扔了出去。

为首的男人见状松了口气，脸上露出狰狞的神色：“你居然敢动我兄弟！今天我就要为他们报仇！”

“我动你兄弟？你兄弟谁啊？我说，你们是不是搞错了？”宁夕一头雾水，一边故意跟他们说话，一边迅速打量周围的情况。

男人怒斥：“少废话！把手举起来，慢慢走过来！”

这时，宁夕眼角余光突然看到附近有一队巡逻车经过，顿时大喜。

这些人就算是再猖狂，见到巡逻的人也还是会有所顾忌的！

正准备呼救，那巡逻车居然直接朝着他们的方向过来了，穿着队长制服的人一副哥俩好的表情跟为首的男人勾肩搭背起来。

“干吗呢这是？”

“没事，处理点私事，麻烦大人帮忙巡视一下附近，别让人过来打扰，否则，误伤了人可就不好了！”

“小事，没问题！”

然后，宁夕便眼睁睁看着那巡逻车走了。不仅没得救，还被封了退路。糟糕，看样子对方来头还不小！

为首的男人终于没了耐心，心想反正她现在已经没有反击之力了，于是直接对旁边的手下使了个眼色，让他上去抓人。

然而，就在那人迈步的瞬间，宁夕瞬间动作，四个男人倒下了三个！

为首的男人面色剧变。

"你……"男人瞠目结舌。

宁夕翻了翻白眼，一副看白痴的表情。

男人气得半死："狡诈的女人！"

"分明是你太蠢！"宁夕轻嗤一声，随后似笑非笑地看着他，幽幽道，"你猜，是你快，还是我快？"

男人有些发抖，额上的冷汗一层层滚落下来。

眼前这人，若只是普通的女人，他自然不惧，可现在他已经知道，这人是唐夕！传闻是 Satan 的女人……

趁着对方在巨大的心理压力下心神不宁之时，宁夕果断抓住机会，对着对方就是一击。

可惜，那男人反应不错，躲开了攻击，只有手臂受了伤。

不过，这已经足够她逃脱。

宁夕不想在这个是非之地多留，当即便想迅速离开。

就在这时，周围突然传来一阵凌乱的脚步声。

下一秒，她的四周起码围上了上百号人，并且各个凶神恶煞。

那个手臂受伤的男人顿时放松下来，神色恭敬地走到一个金发碧眼的男人跟前："首领！"

那看起来像是那些人头头的金发碧眼男，扫了眼地上的三个人，以及捂着手臂的手下，脸上没有一丝表情。

男人白皮肤高鼻梁，绿色的眼睛，一头金色的头发长至肩膀，耳朵处有明显的伤口。

接着，那人抬起头，看向被围在中间的宁夕，露出一个阴森森的表情，拉长的声音配合着扭曲的表情，怎么看怎么诡异："跑啊，怎么不继续跑了？呵呵，你们华国有一句话是怎么说的来着？哦，对了，天堂有路你不走，地狱无门你闯进来！"

看着周围黑压压的人群，宁夕暗暗低咒一声，有没搞错？抓她一个小姑娘而已，居然如此兴师动众当打 BOSS 呢？

费城虽然曾经是他们的老巢，但是他们的主力早就已经转移到了别的城市，看样子这里已经被这个金发碧眼的男人控制了。

她现在就是瓮中之鳖，死路一条。真是见鬼了，她跟这人到底什么仇什么怨？

正满心狐疑，那个金发碧眼的男人缓步走到她的跟前，用如同要扒光她衣服一般的目光肆意地上下打量着她：“你就是Satan的女人？”

听到这句话的瞬间，宁夕的内心怒骂，她就说，她一个小虾米而已，怎么可能有这么大的仇恨值，原来源头在这里！

“不是！”宁夕斩钉截铁毫不犹豫地回答。

男人冷冷一笑，冰凉的手指用力捏住她的下巴：“呵，不是？他为了你，可是直接跟我断绝了同盟关系，我这两个耳朵，就是拜他手下的唐夜所赐！”

宁夕眉心跳了跳。这男人的耳朵是大师兄的手笔？

听了男人的话之后，宁夕的大脑迅速转动，终于有点眉目了。

她想起自己上次在费城那个废弃仓库找陆霆骁时打伤的那批人……后来安妮的短信中透露，这些人之前跟师门是同盟，因为这件事决裂了……

宁夕理清了思路后，神情更加凝重。

如果是这样的话，那今天还真的是死定了，现在就算是她否认跟Satan的关系也没用了，她伤了这人的手下，坏了他的事，这人今天绝对不会放过她！

“呵，那家伙的女人……”

那无耳男的手指一下一下在宁夕的脖子上暧昧地刮擦着，恶心得她起了一层鸡皮疙瘩。

说话间，白光一闪，那男人手里锋利的匕首自宁夕的领口起，一刀划下，宁夕的皮衣外套连带着里面的衬衣一起破开了一道长长的口子，露出里面白皙得晃眼的肌肤……

光是看着男人的表情，宁夕便知道他想做什么，当即一阵反胃。

无奈被一群亡命之徒包围，毫无反抗的余地。反正怎么都躲不过，不如拼了！

趁着男人在猥琐地打量她，宁夕猛地一个抬脚，狠狠地撞上了男人最脆弱的地方。

下一秒，半截断掉的木棍硬生生地戳在了她的腿上，一阵钻心的疼痛传来。

男人狼狈地捂着被撞的部位，满脸阴鸷：“你找死……”

刹那间，上百个人都盯上了她，只等男人一声令下。

宁夕目光冷漠，没错，她就是找死！

男人似乎看穿了她的意图，一把揪住她的头发：“想死？没那么容易！”

现在，他就是王。

别说Satan现在火烧眉毛自顾不暇，便是真的来了，也别妄想从他手中救走这个女人。

这个男人的目光让宁夕感到全身都不舒服，别有深意的目光，配上那对浑浊的眸子，令人直犯恶心。

这一段时间，也有不少车辆经过，个别几位司机见路被人海堵住，从车窗探出头，本以为出了交通事故，仔细打量之后，顿时脸色煞白，对于宁夕求救的目光完全无视，一踩油门，绕开原路，飞速驶离。

连续数次之后，宁夕终是放弃了心中最后一丝期待。

“怎么，还指望谁能来救你？”男人的眸子上下打量宁夕，嘴角勾起，神色满是戏谑，仿佛在打量一只猎物。

“你还是最好不要抱任何期待和希望，这希望，最终只能加剧你的绝望。”男人盯着宁夕，冷声笑道。

此时，宁夕面无表情，既然不能求生，求死还不容易吗？

然而，男人却不徐不疾，如同是猫和老鼠的游戏，宁夕只不过是他的猎物罢了，猫对老鼠，只有玩腻了，将老鼠活活累死之后，再将老鼠一口吞掉。

“小丫头，你可以暂时放心，我不会给你痛快的，咱们之间的游戏，不过才刚刚开始。”男人咧嘴大笑。

从始至终，宁夕的神色没有露出一丝惧怕，反而异常平静，这让男人十分不爽，他要看看这个女人跪在他的脚下求饶。

忽然间，宁夕不知哪里来的力气，一把挣脱了男人的束缚，用尽全身的力量，将男人推了个踉跄，随后，宁夕头也不回，一瘸一拐朝着前方跑去。

宁夕腿部受伤，速度很慢，鲜血一滴一滴落在地面，看起来无比狼狈。

看着那女人身形不稳地朝着前方逃走，男人倒也不急，反而耐心十足，眼中满是兴味：“小丫头，逃快些吧，这样，才有足够的乐趣，才会让我更加兴奋，哈哈哈……”

男人刺耳的笑声如同一道追命符，回荡在阴沉沉的城市上空……

不知过了多久，宁夕右腿痛到已经有些麻木，速度更加缓慢，回头打量，那些人已经消失在她的视线之中。

夜凉如水，繁星点点，月光透过云层，将光辉洒落大地。

宁夕被木棍刺伤的腿部已经简单包扎过，虽还是疼痛难忍，但比起之前，已经好了太多，起码，这条腿不会就这么废了。

想到这里，宁夕自嘲一笑，到如今还在想着腿会不会废掉。连能不能离开费城，都还是未知之数。更加确切地说，她早已经知晓自己的下场，只是心中还不愿意承认罢了。

来之前就有过不好的预感，但怎么也没想到会比她预想中的还要惨上一百倍。

这哪里是桃花劫？分明就是死劫啊……只有无欲无求的人才会不畏惧死亡，但是现在，她怕，很怕自己会死。她好想小宝，好想 BOSS 大人……

宁夕深吸一口气，双臂缓缓护住自己的身躯。

费城冬季的夜晚，凉得彻骨，宁夕的背影有些孤独和无助，而她的表情，却依然坚定。

那个男人，将自己当成了费城的主宰，认为一切都逃不脱他的手掌心，将她当成老鼠，自己当成了猫，甚至故意把她放走……

她知道，此刻自己虽然暂时逃离，但实际上每一分钟都踩在死亡线上。

她不能停下。宁夕忍住身体的痛苦劳累和饥寒交迫，继续朝着前方走去。

不管自己是否为真正意义上的老鼠，可能拖一秒她便要拖住一秒，谁也无法确定，下一刻，又到底是不是会有奇迹出现。

夜很凉，费城的街道上竟没有一个行人，偶尔有车辆经过，也不知是巧合或为刻意，只要宁夕前往求助，那些车辆的速度则会瞬间提升，从宁夕身旁一驶而过，眨眼工夫便没了踪迹。

宁夕漫无目的地朝着前方走去，下一秒，突然看到，不远处有着一丝光亮。

如同黑暗中的人看到光芒，宁夕下意识地朝着光亮的地方走去……

片刻之后，宁夕走入一处极为广阔的街道广场之中。

刚进入广场，宁夕便微微一愣，这广场内的，竟是那个男人。

男人见到宁夕，似乎也有些诧异，随后放声大笑："小丫头，本想让你更深层次地感受到绝望，不承想你已经等不及了，我刚准备出去找你，你却自己主动送上门来了！"

这个男人又如何会放任宁夕逃离，早已安排了数位手下跟在暗处，本想再迟一些去寻她，没想到宁夕竟走到了这里。

大悲大喜之后，宁夕倒是突然淡定了，脸上是尘埃落定之色。

那男人大步流星地走上前，一把抓住宁夕的长发，将她带出了广场。

此刻，深夜的费城，一片死寂，仿佛没有一个不相干的人。

"小丫头……"男人的目光，像沾满黏液的毒蛇，在宁夕身上不断打量。

周遭那些手下一个个露出暧昧的表情，不约而同地大笑了起来。

"宝贝儿，给你一个机会，如果你乖乖听话，或许，我还能留你一条生路，你看怎么样？"男人舔了舔干燥的嘴唇，缓缓朝着宁夕靠近过去……

不等宁夕开口，突然，一阵阵轰鸣刺耳的马达声，若浪潮般，铺天盖地地涌来。

下一秒，一排疾驰的黑色轿车出现在了众人的视线中。

"不是我们的人。"某位手下看向男人，神色警惕地说道。

男人点了点头，并未太在意，只是几辆车罢了，他还不会放在眼中。

很快，一排黑色轿车停在人群四周，车门打开，数十位黑衣人从轿车里走出。

为首之人，是一位穿着得体的中年男子，男子一眼扫过全场，随后目光落在奥古斯丁的身上。

"奥古斯丁先生，我想，你是抓了不该抓的人，做了不该做的事。"中年男子先是朝着奥古斯丁点头示意，随后冷冷开口。

“老大，是 Satan 的人。”奥古斯丁身前一位男子附耳说道，神色无比紧张。

不必旁人提醒，奥古斯丁心中也清楚，这中年男子以往跟在 Satan 身边过，所以他有些印象，好像是个专门负责谈判的。

“哦……我记得，你叫封晋。”奥古斯丁打量中年男子数眼，收回目光后，冷笑道。

“奥古斯丁先生，你没有记错。”中年男子面无表情。

“哈哈哈，有趣，怎么，Satan 自己不敢来费城，所以让身边的一只狗来跟我聊天？”奥古斯丁饶有兴致地说道，挑衅般地撕扯着宁夕的头发。

“奥古斯丁先生，我想你是弄错了，封某并非是来同你聊天，只是来劝你，如果现在将唐夕放了，一切都好谈，否则的话，你的后果，可能不堪设想。”封晋说道。

听闻封晋的话，奥古斯丁却是大笑不已，整个费城都是他的天下，别说 Satan 身前的一条狗，这区区十几人，就算是 Satan 亲自来了，也得留在费城！

转瞬间，奥古斯丁的神色无比阴沉，仿佛能够滴出水来：“你没资格和我在这里废话，不过，既然来了，我也会好好尽地主之谊，你也留在这里好了……”

随着奥古斯丁的话音落下，上百人转头对上了封晋。

这一刻，封晋神色无惧，依然平淡无比，他缓缓开口说道：“既然奥古斯丁先生不听劝告，那封某之前所言，想来也是白费了口舌，既然如此，那一切的后果，就请奥古斯丁先生一人承担。”

封晋说完，不知为何，主动朝着后方退去，直接无视了那群人。

下一秒，数十辆黑色的车子从四面八方涌来，将街道堵死。

奥古斯丁见状面色微变，眉头轻蹙，然而，眨眼的工夫，奥古斯丁便冷静下来，一声冷笑道：“怎么，Satan 现在就这点本事了？这几个人，就想和我对抗？！”

当下，奥古斯丁拨通电话，只说了两个字：“动手。”

深夜，在这死寂的费城，车子的轰鸣声此起彼伏，比起封晋带来的车辆，还要多出一倍。

“哈哈哈，你们可是肥羊，这费城也有人对你们十分感兴趣，我早说过，别说是你们，就算 Satan 亲自来了，也得留在这里。”眼见近百人将封晋众人团团围住，奥古斯丁狂笑不已，面目颇显狰狞。

一连数十辆呼啸而来的车将封晋众人团团围住。

奥古斯丁的脸上浮现出一丝疯狂，他早就说过，此时，自己便是费城的王，莫要说 Satan 的那些狗腿子，就算 Satan 亲自现身，只怕也得留在费城！

封晋看向将己方围住的车，这些车的车门被打开，将所有的退路彻底堵死，欲将封晋这些人一网打尽。

“哈哈哈，这些都是 Satan 的人，不会投降的，不如全部留在这里吧！”

奥古斯丁给身后的壮汉使了个眼色。那壮汉会意，当即想对人群中的封晋动手。

然而，让所有人震惊的是，原本应该受伤的封晋毫发无损，反而是奥古斯丁身后的那位壮汉，晕倒在地。

奥古斯丁和后来的这批人的领头人面色都微变。

“你们在暗处还有埋伏……”奥古斯丁神色阴沉，没想到封晋之前安排了人潜伏在暗处，难怪这般有恃无恐。

那领头人张了张口，似乎想要说些什么。

然而，就在此时，头顶上方像是响起了割草机般的刺耳声响。

“怎么回事？！”

奥古斯丁和领头人下意识抬头朝着上方打量，忍不住倒抽一口凉气。

只见数架直升机在众人头顶盘旋，不过一会儿工夫，一身黑装的唐夜从上方迅速落下。

“唐夜！”奥古斯丁忍不住破口大骂，怎么也没想到唐夜竟然会亲自过来！

然而，还不等奥古斯丁骂完，紧跟在唐夜身后出现的竟然是风潇潇！

接下来，不仅是奥古斯丁，旁边的领头人也已经全身发颤，他早就觉得那个Satan不好惹，果不其然，今夜算是印证了心中的猜想，那唐夜、风潇潇，哪一个不是谈之色变的人物？！

而现在，这些人竟然一起出现了！奥古斯丁抓的这个……到底是什么人？

这时，一辆极为普通的银色小轿车吭哧吭哧地驶来。

这小车看起来很是破旧，造型甚至有点像老爷车，车身上还有不少灰尘，看起来脏兮兮的，开入这样的阵容中，显得格格不入。

在全场目光的注视下，唐夜一步一步走到那银色小车跟前，亲自拉开了车门，封晋、风潇潇等人也恭敬地候在了车旁。

就在所有人一头雾水的时候，只见下一秒，一名男子从那破破烂烂的小车里缓步迈出。

只见男子一头银色碎发，如有生命般在夜空中轻轻飘动，微长的刘海遮住了半边眸子，另一只浅褐色的眼睛仿佛沉在一汪深潭之中，泛着丝丝缕缕的冷气。

宁夕身形不稳地看着不远处的银发男人，神情有些恍惚，几乎以为自己产生了幻觉……

竟然是……怎么可能……

“S……Satan！”看到男子的一瞬间，奥古斯丁的表情如同见了鬼。

极少有人见过Satan真人，但都知道他那头标志性的银发……疯了疯了！全都疯了！就为了一个女人，在这种情况下他竟然敢离开海峡来到费城，还闹出这么大的动静，此举也未免太嚣张了！

“Satan，你……你想做什么？你可别忘了，我是谁的人……”奥古斯丁如同看到了魔鬼撒旦，整张脸上都是惊恐，伴随着男人一步一步朝着他走来，额上的冷汗如瀑布般滚落下来，“打他！打他！给我打他！”

奥古斯丁疯狂地对手下嘶吼。

然而，面对着黑压压的人群，银发男子却如入无人之境，慵懒的眸子里空洞洞的，什么都没有，也没将任何东西放在眼里。

至于奥古斯丁这边，当这个银发男人出现的瞬间，那边所有的人心便都已经涣散了，因为别说动手了，他们连看都不敢多看一眼……

一时之间，整个现场，气氛剑拔弩张。

他们毫不怀疑，下一秒，这个男人就会让奥古斯丁付出代价。

然而，让所有人都没想到的是，银发男子如同没有看到奥古斯丁似的，面无表情地越过他，径直走到了他身后的女孩跟前。

他稍稍站定，接着，缓缓将下巴搭在了女孩的肩膀上，一手揽住了她的腰身，语气如同撒娇：“亲爱的，想我吗？”

现场所有本来神经紧绷准备开战的众人们：大哥，这都硝烟弥漫了，谈情说爱能看下场合吗？

宁夕只感觉跟前先是落下一片高大的阴影，随即耳边便传来了无比熟悉的声音，眼角余光还能看到一缕银色的发丝轻轻在夜风中晃动……

不过，宁夕并没有恍惚多久。

因为这家伙如同一只大型犬般突然毫不客气地把整个身体的重量都架过来，宁夕受伤的大腿拉扯之下，立即一阵撕心裂肺的疼痛，原本混沌的大脑也一下子清醒过来，咬着牙，一字一顿道：“我……想你个头！”

男人眉头微挑，声音低哑：“嗯？亲爱的，你是不是多说了两个字？”

“多说你个头！”

“宝贝儿真聪明，就是多说了‘个头’。”

宁夕没空教他中文的博大精深，忍无可忍道：“起开！我腿受伤了！”

男人闻言，总算是稍稍直起身，冰冷的目光在她大腿骇人的伤口上掠了一眼，沉声道：“真没用。”

“你……”宁夕的体力本来就已经到了极致，这会儿又被这家伙一气，身子一晃，差点直接晕倒。

男人一只手臂稳稳接住女孩软软的身体，随后将她拦腰抱起，浅褐色的眸子看向唐夜：“陪他们好好玩玩。”

见男人抱着宁夕要往那辆小破车的方向走，风潇潇摸了摸鼻子跟上去提醒：“那个啥……小师妹身上有伤呢，这车太破了，还是坐直升机吧！”

“没那么娇弱。”男人说着，直接将人塞进了小破车里。

身后，风潇潇嘴角抽搐着吐槽：“啧，这情商……活该小师妹跟别人跑了……”

唐夜闻言，偏头看了风潇潇一眼。

风潇潇被他看得发毛：“干吗，难道我说错了？”

唐夜：“没错，很准确。”

风潇潇看了眼奥古斯丁等人：“现在这些人怎么办？玩玩是什么意思？”

封晋的面色有些凝重：“毕竟是那边的人，别下手太重。”

唐夜点头，表示没有意见。

而且，今天这场，闹得实在是太大了，后果不堪设想，必须速战速决……

# 第十八章

# 我的妻子

银色的小破车内。

宁夕虚弱地歪靠在座椅上，感觉自己随时都有可能晕死过去，但是，她不敢，只能用最后一丝力气强撑着让自己清醒。

身旁，男人正在用英文与无线对讲机里的人对话。

宁夕迷迷糊糊之间，依稀听到了几个单词，一下子清醒了过来："你们要全部转移？"

男人挂断了对讲机，正注视着她的浅褐色眸子泛着冷冷的幽光，接着，他伸出修长的手指，轻轻扯下她头上歪歪斜斜已经快要掉下来的假发，轻声道："亲爱的，不是'你们'，而是，我们。"

假发被拿掉的瞬间，宁夕一头瀑布般乌黑的长发立即洒落下来，衬着巴掌大苍白的小脸，有一种动人心魄的病态美。

"我？"宁夕闻言，立即变了脸色，眸子里闪过一丝惊慌，有种落入陷阱的感觉，"关我什么事！我不走！我过来就是跟你说清楚的，我们之间早就已经两清了，从此以后，你走你的阳关道，我过我的独木桥，请你不要再干涉我的私事！"

男人支着脑袋，似笑非笑地看着她："呵，两清？亲爱的，你人都是我的，要如何与我两清？"

宁夕气得半死："放屁！谁是你的人了！"

"哦？不是我的，那是谁的？陆霆骁？"男人周遭的气息一下子沉了下来。

"我谁的也不是！我是我自己的不行？"

男人显然没有被这句话说服，手指有一下没一下地绕着她的发丝，语气危险地幽幽道："亲爱的，我可以放你出去玩玩，但是，不包括给我戴绿帽子，所以现在，我收回你的自由。"

"戴个鬼！我们俩又不是情侣关系，你到底知不知道什么是恋爱啊？"

"不知道，你教我？"

"教你大爷！"

"我没有大爷。"

宁夕干脆闭了嘴，省点力气。

歪着脑袋靠在车窗上，看着黑沉沉的夜色，琉璃色的眸底滑过了一丝绝望。如果现在跟他走了，她很可能，再也回不来了……

迪布市，酒店。

昨晚，剧组的人狂欢了一个通宵，一个个的全都睡到了大中午才起来。

中午一群人吃饭的时候，却突然发现少了个人。

"咦？宁夕怎么没来？她吃过了吗？"

“不知道啊，打个电话问一下吧！”

江牧野掏出手机，给宁夕拨了一通电话，结果没打通，眉头微蹙道：“关机了。”

“她昨晚不是没跟我们一起去酒吧吗？不会到现在还没起来吧？”编剧叶玲珑问。

江牧野站起身：“我上去看看。”

江牧野上了楼，走到宁夕的房间前，按了半天门铃里面都没有反应。

“搞什么？不跟我们一起去，难不成是自己一个人去玩了？太没义气了吧！”

江牧野一阵气闷，没有再管，径自下去吃饭了。

午饭后，眼见着距离回国航班的时间越来越近，宁夕还是连个人影都没有，本来还在生闷气的江牧野不由得感觉有些不对劲了。

宁夕虽然玩起来挺疯，但绝对不会耽误正事，怎么可能玩到现在还不回来？

“怎么？还是没联系到宁夕吗？”郭启胜走了过来问。

“嗯。”江牧野心不在焉地看着手机。

郭启胜看了眼手表上的时间：“再不去机场就来不及了。”

江牧野没有要动身的意思：“你们先回去吧，我在这里等她。”

郭启胜蹙了蹙眉：“我也一起等吧！让其他人先走。”毕竟这次带队的人是他，组里的成员他要负责到底的。

于是，剧组的其他成员先回国，郭启胜和江牧野两人留了下来等宁夕。

其间，郭启胜和江牧野又拨了几通电话，宁夕的手机始终是关机状态。

两人这才终于急了，开始跟前台打听有没有看到宁夕，得知全都没注意之后，又要求查监控录像。

酒店这边调取监控的流程有点复杂，等他们看到录像的时候已经是晚上。

监控显示宁夕昨晚确实一到酒店就睡觉了，其间夜里也完全没有出去过，直到第二天早上才出的门。

而从她早上出门之后，直到现在，都一直没有回来……

“什么情况？到底跑去哪里了，到现在还没回来！”江牧野眉头紧蹙。

看她监控里的穿着打扮，也不像是出去玩的啊？再说她出门的时候还是大早上……

郭启胜来回踱着步，面露忧色：“虽然迪布市治安还不错，但周边几个地方却不怎么太平，宁夕该不会是离开迪布市了吧？她昨天没跟你说今天会去哪里吗？”

江牧野摇摇头：“什么也没说，拉她去酒吧都没去，说要回来补觉！”

两人从中午开始找人，然而，一直到深夜，宁夕依旧音讯全无……

与此同时，华都，某商业酒会。

陆霆骁一身黑色西装，站在偌大的落地窗前，神色看起来有几分心不在焉。

身后，莫凌天走过去，一只手搭在他的肩膀上，一副看不下去的表情：“喂喂喂，你又想什么呢，最近怎么老看你心不在焉的？来酒会不喝酒也就算了，你现在连魂儿都不带来了？”

话音刚落，莫凌天注意到陆霆骁屏幕尚且亮着的手机，下一秒，换上一副受不了的表情：“辣！辣眼睛！这啥玩意儿？陆霆骁你是不是吃错药了？”

陆霆骁瞥了身旁的好友一眼，面色冰冷，似乎是觉得莫凌天的话侮辱到了他的手机桌面。

陆霆骁的手机待机画面是一张大头贴，里面是宁夕、小宝还有他，一家三口的全家福。

照片里，三个人一起做了一个双手抵着脸颊的包子脸卖萌姿势，小宝呆萌可爱，宁夕笑得特别灿烂，陆霆骁则是格格不入的面无表情，不过眸子里却是掩饰不住的温柔和宠溺……

三人的脸上被贴了很多乱七八糟的小贴纸，每人的头顶还都有一对粉色的猫耳朵，如果只有小宝和宁夕的话，这照片还挺可爱的，一加上面瘫陆霆骁之后，整个画风就显得无比诡异了。

所以，也难怪莫凌天一副辣眼睛的表情：“你居然拍这种玩意儿！真服了你了！不知道的还以为你被什么附体了！”

陆霆骁完全不理会好友的吐槽，点开了宁夕的微信，给她发了一条信息：“下飞机了吗？”

如果没晚点的话，宁夕的航班应该是这个时间到机场，因为有应酬，他才没能亲自去接。

陆霆骁发完信息后，手机那头迟迟没有回应。

过了一会儿，他的手机突然响了起来，原本以为是宁夕，没想到来电显示：江牧野。

“喂，舅舅！”江牧野的声音听起来异常激动。

“有事？”手机那头传来男人低沉的声音，那头有些嘈杂，似乎是在什么商业酒会上。

江牧野这会儿也不敢瞒着了，毕竟国外他人生地不熟，如果由陆霆骁出面，以他的人脉关系，会方便很多，于是直接开口道：“舅舅，宁夕不见了！已经失踪了一整天！我报了警，警方那边的监控只查到她进了费城，我担心宁夕……”

奢华的宴会厅，闪耀的水晶灯下，男人一身黑色西装，手中握着手机，整个人一瞬间如同裹挟着寒冰，偌大的落地窗外的夜色映衬下，遍布寒霜的侧脸风云变色：“你说什么？”

费城……宁夕不是去迪布宣传影片吗，为什么会去费城？

身旁，莫凌天哆嗦了一下，搓了搓手臂："陆霆骁，怎么了你？脸色这么难看？"

"明天之前我要知道那人的身份。"

陆霆骁丢下这句话，然后染满冰霜的身影头也不回地离开了宴会厅……

"明天……我玩命给你查时间也不够啊！"身后，莫凌天嘴上骂骂咧咧。但是，看刚才陆霆骁的态度，似乎是出了什么大事，于是也不敢再耽搁，立即打道回府，奉命办事去了。

十分钟后。夜空中，一架直升机上。

陆霆骁的膝上摆放着一台黑色的笔记本电脑，满脸风雨欲来之色。

果然，费城的整个网络都瘫痪了，就好像是有人为了掩饰什么，故意为之。

过了大半个小时，他才终于查到一些断断续续的片段……虽然只是几个短暂的画面，已然令他魂飞魄散！他看到宁夕竟然正被一伙人围住追……最后一秒钟，是宁夕腿受伤的画面……

陆霆骁的语气甚至都开始有些轻颤："去费城。"

一旁的程锋看到电脑上的监控画面之后，也是满脸惊恐之色，听到陆霆骁这话才猛然清醒过来，急急道："BOSS，现在过去费城太危险了。"

话音刚落，陆霆骁一个极其骇人的眼神袭了过来，程锋只能闭了嘴。

完蛋了完蛋了……老板娘可千万不要有事啊……

陆霆骁完全不知道自己看到最后那几秒的画面时，他是怎么度过的，简直就如同在地狱里走了一遭。

他闭了闭眼睛，三秒后再次睁开，已经深邃得如同万年深潭，不见一丝波澜。

他拿出手机，拨了一通电话："纳卡先生，抱歉深夜叨扰。"

"啊！陆先生，我尊贵的客人，深夜来电，是有什么急事吗？"手机那头的语气颇为友好。

"确实有一事相求。"

"哦？陆先生尽管开口！"

"想与您借一批人。"

"什么？这、这……"

他的人可是一个能打十个的猛汉。

没想到陆霆骁一开口就是借人这么吓人的要求，对方顿时睡意都被吓没了："陆先生，到底出了什么事？"

"我需要去一趟费城。"

"阁下万万不可！费城这段时间不太稳定……就算你有十分火急之事，也请等局势稳定再……"

“我的妻子在那些人手中。”

听到陆霆骁的话，手机那头的人顿时大惊：“什么？！这些人简直胆大包天！”

陆霆骁是X国纳卡安保集团的重要投资商之一，现在他的妻子居然在X国地界被绑架了，万一出了什么事，那么后果……

可是，费城那边情况复杂，牵一发而动全身，最重要的是，距离纳卡集团董事换届只有半年时间了，他只想安安稳稳地做完这半年，不想争什么功，但也不想出差错。哪知道竟然会出了这种事情。

陆霆骁自然明白他心中顾虑：“先生放心，我会用和平方式解决问题。”

纳卡一头冷汗。但是，这人也必须得救啊！

X国边界，深夜被照亮，巨大的隆隆声响起。

虚空上方，一架直升机缓缓落下。

舱门打开，一身黑色西装的陆霆骁从直升机中走出，身后仅跟着程锋，因为事发突然，在接到电话的第一时间他就上了飞机，身边没有带任何人。

X国是一个紧靠着大洋的边陲小国，国家虽然不大，但是民风彪悍，以拳头说话。

所以这里的人个个骁勇善战，盛产拳王、武士。

正因为如此，X国的纳卡安保集团，是能让全球都敬畏的存在。因为纳卡集团的人，全都是真正的勇士。

在这偏僻之地，某位满头白发的老者早已等候多时。

见陆霆骁出现，老者面带笑意，上前同陆霆骁握了握手，说道：“陆先生，没想到会发生这种事情，先容我表示歉意。”

陆霆骁也还算客气：“纳卡先生，深夜打扰，十分过意不去。”

若是平常，他绝对不会轻易麻烦这位人物。

可是现在，宁夕生死未卜，事出紧急，他管不了太多。

老者叹了口气：“万万没想到，陆先生的妻子会忽然出现在费城，甚至出了这种事……”

陆霆骁是华国商业巨鳄，同时也是纳卡集团的重要投资商，这位老者，也是他的合作者之一，纳卡集团的分公司就在费城，所以听说陆霆骁要人，立马就赶过来了。

若是陆霆骁的爱妻在费城出了事，他这个东道主脸上也挂不住，如果因为此事导致陆霆骁心生怨恨，撤去投资，甚至引发其他争端……这件事，的确很难办。

程锋安静地跟在陆霆骁身后，手中未停，继续搜索着宁夕的行迹。

“纳卡先生，客套免了，目前我妻子在费城中生死不明，我需要找您借点人。”陆霆骁看似神色平淡，但仔细观察却会发现那眸底骇人的暗涌。

“这……陆先生，想来您也知晓，我们公司最近比较艰难，借人的话……”纳卡先生一副欲言又止的神色。

“纳卡先生的意思是？”陆霆骁别有深意地看向身前老者。

“是这样的，陆先生，我司目前还有一些关于安保设施方面的较为重要的投资项目，如果陆先生愿意投资的话，我想，马上为陆先生调用一支实力最强的教练，并没有太大问题，就是不知陆先生意下如何？”纳卡先生暗中打量陆霆骁的态度。

程锋眉头微微蹙起，这纳卡先生，明显是趁火打劫啊！

陆霆骁看向纳卡先生，语气陡然一凛：“纳卡先生，我现在没心思和您谈生意。”

“那……可不太好办，为您调动人马，可能需要一些时间啊……”纳卡先生又道，故意一副为难的表情。

“好。”陆霆骁点了点头。

听得陆霆骁此言，纳卡先生心中顿喜，只不过，陆霆骁接下来的话，却是让纳卡先生一下子变了脸色。

“既然如此，那就将陆某之前在贵公司所有投资撤去，之后，陆某或许会去寻找愿意提供帮助的公司进行投资。”陆霆骁说完，看也不看纳卡先生，带着程锋，转身便朝直升机走去。

“阁下请留步——”当即，纳卡先生快步追上前去，火急火燎地将陆霆骁给拦了下来。

原本想着，陆霆骁心中着急，应该会答应进一步的投资，但没料到，这陆霆骁居然完全不买自己的账。

如果陆霆骁真撤掉了项目投资，只怕股东会怪罪下来，他自己更是讨不到任何好处。

“陆先生，之前我说的，不过是之后的事情，咱们当务之急，还是需要将陆先生的妻子从费城中解救出来，不是这样吗？”纳卡先生拦住陆霆骁之后，急忙开口说道。

“那保安的事？”陆霆骁看向纳卡先生，眸色冰冷。

“那就这样……给陆先生调派一支三百人的队伍，不知如何？”纳卡先生似乎是在征求陆霆骁的意见。

“三百人……”陆霆骁双眸微眯。

费城目前是什么情况，他根本就不清楚，鱼龙混杂之地，三百人完全不够，如果三百人就能够解决问题，他何必大费周章，自己带人来就好，找他做什么？

“那四百人？”见陆霆骁神色不豫，纳卡先生又问。

然而，陆霆骁依旧盯着他，一字未言。

纳卡有些急了，搓了搓手道：“陆先生，那按照您的意思，到底如何？”

“除去驾驶人员，再配一千人。”陆霆骁淡淡说道。

当陆霆骁说完的这一刻，纳卡先生一脸呆滞。

这陆霆骁的口气真是太大了一些，他怎么不去抢？！

他们公司待命的员工，根本没有这么多人，就算是有，那也不能随便出动！

“不行！绝对不行！这必然是不行的！”纳卡先生显得有些激动，一口一个“不行”。

“既然不行，那陆某也无话可说，告辞。”陆霆骁摇了摇头。

“陆先生！”纳卡先生道，“陆先生，您的要求太过分了一些！这最近的分公司，就只有八百人而已！就算是要调动，也只能调动这些了！”

“成交。”陆霆骁点头道。

“什么……”纳卡先生还有些没反应过来，自己好像着了陆霆骁的道了？

堂堂纳卡先生，在商界混了半生，最后被一位年轻人给摆了一道……

显然陆霆骁深谙谈判心理学，先是摆出一个对方完全不可能答应的要求，再提出自己真正想要的，那就容易多了。

当下，纳卡先生有些无奈：“这些人足以扫平费城了，陆先生，没问题吧？”

“可以。”陆霆骁道。

看着纳卡先生那哀怨的神色，陆霆骁道：“纳卡先生也不必担心，如果造成一切损失，由我来承担补偿，而且，正如我之前所说，会用和平的方式来解决。”

“有陆先生的承诺，我也就放心了，那请吧。”纳卡先生让人将舱门打开，同陆霆骁坐入直升机中，朝着最近的分公司飞去。

费城，奥古斯丁此时正被几位壮汉架着，朝着费城外的方向走去。

一百多人的队伍，现在就只剩下二十几人，身上的衣服被扒了个精光。

那风潇潇和唐夜，还算有些顾虑，抓了他七八十位手下，让奥古斯丁带着足够的钱来赎人，尤其是那风潇潇，竟叫人将他们的衣服给扒了一个精光！

奥古斯丁裤子被鲜血染成血红，腿也一瘸一拐的。

“Satan，唐夜……我要让你们不得好死！”奥古斯丁面如死灰，眼中泛着惊人的暴戾气息，如果目光能杀人，Satan 和唐夜等人，早已不知死了多少次，只可惜，目光并不能杀人。

“老大，我们现在怎么办……费城那群人见到Satan像见鬼一样，跑得比谁都快，把我们给害惨了！”某位架着奥古斯丁的壮汉小心翼翼地说道。

其实大家心中都清楚，害惨他们的不是别人，正是奥古斯丁，如果不是他执意要动 Satan 的女人，大家怎么会沦落到这种地步。

“我会让他们，付出惨烈千万倍的代价！我要让Satan和唐夜那些人，不得好死，不得好死！”奥古斯丁近乎是咆哮出声。

闻声，二十多位手下都是摇了摇头，那Satan是什么人物，别说Satan，就算唐夜，都能轻易将奥古斯丁给捏死，奥古斯丁要报仇，凭什么？凭嘴巴吗？

此刻，奥古斯丁心中已经是做好了打算，先将此事告知上层，上层一定不会善罢甘休！到时候……

“轰隆隆”，就在这时，忽然之间，附近响起阵阵轰鸣之音，虚空上方也随之亮起。

只见两架直升机，竟是在费城的上空盘旋，巨灯照射在每一个角落，似乎是在搜寻着什么。

“哪里又来了直升机？”

“直升机……奇怪？那是战斗机！”

不知是谁叫了一声，在场二十多人仔细打量，不由面色发白，那的确是战斗机，并且是X国最大的安保集团纳卡集团所用的战斗机！

“什么情况，纳卡集团的战斗机，怎么会出现在费城？！”某位手下额头渗出一丝冷汗。

可是，他们这股力量，绝对不可能引起这么大的安保集团的注意才对。再说这段时间，纳卡集团都自顾不暇了，怎么可能会动用力量浪费在一个费城上？

可……那的确是知名的纳卡集团的战斗机，没错！

空中是两架战斗机，而地上有数十辆大卡……

奥古斯丁等人彻底蒙在了原地，他们只想知道，究竟发生了什么事……

这些人忽然出现在费城中，让奥古斯丁等人都愣在了原地，甚至于奥古斯丁之前对Satan和唐夜的恨意，也瞬间消失。

不久后，一辆白色的大卡停在奥古斯丁等人的最前方。

车门打开，首先走出一位男子，从他身上的腱子肉来看，不是个好惹的。

“站住！”队长看着奥古斯丁等人，一声厉喝。

下一秒，自车上浩浩荡荡涌出数百位全副武装的黑衣人。

此时此刻，奥古斯丁的全身被冷汗所浸湿，这些人，可是最强的安保集团的精锐！

如今，奥古斯丁还抱有一丝幻想，觉得纳卡集团动用这么大的人力物力来到费城，应该不是针对他们，或许是为了Satan而来！

“叫什么名字？”领队的黑衣小队长走到奥古斯丁身前，厉声喝道。

“奥古斯丁·卡文迪什！”奥古斯丁满头大汗，面色无比紧张，立即报出全名。

“浑蛋！”小队长冷喝，一拳打在了奥古斯丁的脸上。

奥古斯丁被这突如其来的猛烈撞击给砸翻在地，两位壮汉看着奥古斯丁倒在地面，却也不敢有任何动作，这二十多人，没有一个敢发出声音。

“人，交出来！”小队长怒喝，对着哀号不已的奥古斯丁喊道。

“人？什么人啊？哪里的人啊？”奥古斯丁被方才那一击给彻底打蒙，现在这小队长又莫名其妙问他要人，他哪里知道是什么人。

“浑蛋，不交就抓你！”小队长抬起脚，狠狠踹在奥古斯丁的腹部。

奥古斯丁连续受到两次重击，险些昏过去。

“陆先生，是这个人吗？”

车门打开，看陆霆骁从车上走下，队长询问道。

陆霆骁点了点头，从传回去的监控视频上来看，的确是这个奥古斯丁。

但现在，这奥古斯丁和他的手下，全身赤裸在费城中，尤其这奥古斯丁的腿上满是血迹，肯定是遭遇了什么，宁夕此刻……应该不在他的手上。

“我妻子呢？”陆霆骁先是让小队长停止对奥古斯丁的暴打，随后蹲下身来，那一双眸子，如冰凌般打量着奥古斯丁。

“你妻子？你妻子是谁啊！”奥古斯丁挪着身子朝后退去，男人身上可怕的戾气竟逼得他几乎不敢直视。

“宁夕，你白天抓的女人，还打伤了她的腿。”陆霆骁的语气虽然平淡，但眸内不停闪烁的寒光，让人不寒而栗。

“宁夕……我、我不认识她啊，你是不是找错人了？”

奥古斯丁心中骇然，那女人，究竟是什么来头？

先是Satan，现在居然又来个X国最厉害的安保集团，而且看那个队长，似乎对这男人很客气，难不成是纳卡集团老板？！

奥古斯丁原本以为纳卡集团是为了Satan前来，这搞了半天，居然还是因为那个宁夕！

眼前这个男人说宁夕是他的妻子，那Satan呢，难道宁夕不是Satan的女人吗？

当下，奥古斯丁已经没心思去想这些，他更不可能承认自己对宁夕下过手。

于是，奥古斯丁一口咬定自己并不认识宁夕，也没有劫过眼前这个男人的妻子。

“不说？”陆霆骁站起身，睥睨的目光带着铺天盖地的压迫感，“有很多办法可以让你开口，如果，你想试试。”

奥古斯丁额上冷汗涔涔，他打量着眼前这个来历不明的男人，心中暗自思索，既然这人能够一口咬定是自己所为，那么肯定有足够的证据，他如何狡辩也已经没有任何意义，只能是多吃一些苦头罢了。

“那女人，刚才被人抢走了！”斟酌片刻后，奥古斯丁决定实话实说。

“浑蛋，为什么要劫持陆夫人！说！”一旁的小队长狠狠撞向奥古斯丁。这些见惯了生死的人，脾气可都不太好。

顿时，伴随杀猪似的哀号，奥古斯丁的脸上被来了一下。

“快说，陆夫人被谁抢走了！”小队长神色凶狠，宛若一头野兽。

不等奥古斯丁开口，队长走至陆霆骁身前，轻声说道：“陆先生，刚才从勘察的监控片段得知，您的妻子，的确是被另外一伙人劫持，那些人目前还在费城中。”

“另外一伙人……”陆霆骁眉头紧皱。

宁夕在费城究竟做了什么，又招惹了哪些人？

“不过，陆先生，那伙人恐怕并不普通。”队长神情凝重道。

听了队长的描述，陆霆骁若有所思，旋即毫不犹豫道：“去救我的妻子。”

“那这些人怎么办？”队长看向奥古斯丁和一干手下。

陆霆骁闻言摇了摇头，脑海中浮现这人对宁夕屡次出言侮辱甚至划破她的衣服的画面，面色冰冷道：“我记得，你们有个拷问系统。”

队长瞬间会意：“陆先生，我明白您的意思了，就将这些人交给我，绝对不会让陆先生失望的。”

“有劳。”陆霆骁略点了下头。

“先将这些人押到车上，结束之后带走！”队长一声令下，奥古斯丁和一众手下纷纷被押上卡车，完全没有反抗的余地。

此时此刻，奥古斯丁已经完全面如死灰，他以为被唐夜动手是最绝望的结果，万万没想到，还有更可怕的事情等在后面……纳卡集团的拷问系统，那个地方绝对是修罗地狱……

半小时后，费城某处。

两架战斗机突然出现在城市上空，下方则陆陆续续开来数辆大卡车停在了原地。

“纳卡集团？”封晋见状，不由一愣。

莫非今晚动静太大，惊动了纳卡集团？

此时此刻，两方势力对峙，充满了火药味，只是目前谁也不敢轻举妄动。

“怎么回事？”因为队伍忽然停住，后面一辆银色的小车里，传来男人询问的声音。

车子里，男人一旁的宁夕神情蔫蔫的，因为失血过多，一张小脸惨白，她完全没有心力去关注外界发生了什么，听到动静后，也只是略抬了下眼皮子，便又重新闭上了眼睛。

唐夜从一辆车里走了下来，行至银色小车旁：“是纳卡集团的人。”

车内，银发男人闻言眸光微冷：“哦？”

“有意思。”男人嘴角微勾，推门下车。

对面一辆车上，队长看到下车的银发男子，顿时嘴角抽搐了一下，之前看监控的时候就有种不好的预感了，没想到居然真的是这家伙回来了……

回来就回来了吧，你关着门闹你的，大家互不相干就是。这次他却偏偏惹上棘手的人物，弄得纳卡集团夹在中间，两边为难。

“维蒙队长，幸会啊！今天怎么有空来我这儿喝茶？”男人的语气堪称嚣张。

一旁，封晋因为男人嚣张的语气捏了把冷汗：唉，这男人真是永远都不知道收敛，本来他们的情况就很危险了，现在还惹上了纳卡集团的人，一个弄不好今天恐怕无法全身而退。

队长闻言面色凌厉，却又不能发作，沉声道：“把你刚才抓的人交出来吧，大家都省事！”他谨记着上头的指令，和平解决。

若仅仅是一个奥古斯丁那还好办，现在对上的这位……若是双方交了手，影响太大了！

银发男人闻言眉头微挑，他抓的人？

“不知我抓了谁？”男人一副很感兴趣的语气反问。

队长只当他是狡辩，正要开口劝说，这时身后的一辆车内，走下一个人。

男人身上依旧是那一身刚从酒会上下来的挺括的黑色西装，周身若裹挟着寒冰之气，深邃的眸子没有一丝温度，站定后，他削薄的唇轻轻开启，语气清冷道：“我妻子。”

男人出现的那一瞬间，银发男子的目光陡变，原本的漫不经心瞬间变得尖锐犀利起来，几乎是咬着牙吐出了三个字：“陆霆骁……”

两个男人，隔着十几步远的距离，一个邪肆，一个冰冷。

空气中仿佛燃着看不见的硝烟和火花。不远处的银色小车里，宁夕猛地一个激灵被惊醒过来。

怎么回事？她刚才、刚才怎么好像听到陆霆骁的声音了？不对，怎么可能……陆霆骁怎么会出现在这种鬼地方？一定是幻觉……

宁夕眸子里的光芒刚起来又退了下去，不过，终究还是存着一点希冀，虚弱地朝着车窗边挪去。

下一秒，当她看清窗外的情景，整个人都呆在了那里。

一个颀长的身影如同一座冰山般屹立在那里，散发着森森寒气，没有一丝温柔，却，让她温暖得想哭……

陆霆骁……竟然真的是他……

令人窒息的沉默之后，陆霆骁的对面，银发男子率先开口：“呵，真是可笑，谁是你的妻子？”

不及陆霆骁开口说话，那辆银色的小车里钻出一颗小脑袋，一边挥手一边号道：“我是！”BOSS 大人，救命！

看到女孩的瞬间，陆霆骁冰封的脸瞬间裂开了一道缝：“宁夕……”

从接到江牧野的电话到现在，短短几个小时，却如同过了几辈子那么长，现在终于见到她了！

听到宁夕的话，银发男子脸上的表情彻底挂不住了，当即扭过身去破口大骂：“是个鬼！给我滚进去！唐夜，把她给我带走！”看着就心烦！居然当着他的面就敢给他戴绿帽子！反了天了她！

封晋轻咳一声，风潇潇摸了摸鼻子无语望天，唐夜一副预料之中的表情，领命走过去，上车启动了引擎。

眼见着窗外的景物飞速倒退，陆霆骁的身影距离自己越来越远，宁夕一下子急了，扒着车窗伤心得不行：“呜呜呜……我不走……我不走……”BOSS大人救我……救我……

看着女孩可怜兮兮的小脸，陆霆骁的心脏猛地缩成一团，更多的是说不清道不明的狂喜。

这个银发男人不是她喜欢的人吗？为什么她刚才居然承认是他的妻子？难道是他们闹矛盾了？还是……

这时，银发男子已经压制住了快要失控的怒气，满脸不屑地轻嗤一声道：“呵，我家宝贝遇到危险的时候，你在哪里？我救了她，你现在来当马后炮？”

我家宝贝？听到这四个字，陆霆骁的面色立即染上寒意，面无表情地开口：“内人的危险，是拜谁所赐？”

“你……”男人竟被堵得没话说。确实奥古斯丁是因为他才迁怒宁夕，如果不是他约宁夕来这里，宁夕也不会遇险。

随后，男人不知想到了什么，微微露出几分狐疑的神色，偏头看向一旁的风潇潇：“死丫头什么时候改名叫内人了？”

风潇潇额上滑下一滴冷汗：“咳，老大，内人不是名字，是对自家妻子的称呼，大致就是……就是，我老婆的意思……”

银发男子当即骂出声：“内个鬼！领证了吗，你就内人！”

见陆夫人尚且安全，队长总算是暂时松了口气，继续劝道：“放了陆夫人，我们一切好说，言尽于此，否则，你若再执迷不悟，就别怪我动用手段了！”

“呵，求之不得。”银发男子不仅没有犯怵，反而更加兴奋的样子，浅褐色的眸子野兽般死死盯着陆霆骁的方向。

一旁封晋见状眉头紧蹙：“Satan，不可！船只快到了，我们马上就能离开，没必要在这种时候跟他们起冲突！”

他显然非常反对为了一个女人破坏所有的计划，之前这么大阵仗对上奥古斯丁的时候他就不同意了，怕会出什么意外，结果情况比他想象中的还糟糕！

“Satan，忍一时风平浪静，先把人交给他们吧？我们可以以后再……”

“闭嘴！”

无奈之下，封晋朝着风潇潇投去求助的眼神。

风潇潇耸耸肩，一副爱莫能助的表情，也不知道为什么这家伙每次遇到跟陆霆骁有关的事情就跟打了鸡血一样，更何况这次还牵扯到小师妹，这个时候，谁去劝都没用。

另一边，队长也在满脸凝重地劝陆霆骁：“陆先生，情况不乐观，我也只能威胁吓吓他们，但真的动武这绝对不行！”

“为何不行？”陆霆骁的眸子怒气大盛，竟也是准备不管不顾了。

大不了答应纳卡先生所有趁火打劫的条件，这一战，开了又怎样！

原本在看到银发男子的一瞬间，他是有所顾忌的，因为他认出了这就是宁夕曾经说过的，她真正喜欢的人。原来她冒着重重危险偷偷跑来费城，就是为了与这人见面的吗？她是心甘情愿跟着这人走的……这样的事实如同利箭般扎入他的心里，令他心神俱灭。

然而，就在他绝望的瞬间，宁夕却突然出现，她竟承认是他的妻子！她分明就不想跟这人走！她在跟自己求救！

一瞬死，一瞬生。陆霆骁顿时从地狱回到人间：无论如何，今天，他一定要把她带回去！

而此刻，银发男子的想法难得与陆霆骁如出一辙：死丫头！不想跟我走？那我偏要把你带走！

“大师兄，你就放我走吧！求你了好不好？”

“大师兄，你今天放了我，我下辈子一定做牛做马报答你！”

“大师兄，你真的一点都不顾同门情谊了吗？我还是不是你最心爱的小师妹了？”

……

车上，无论宁夕怎么求，嘴皮子都快说破了，唐夜还是丝毫不为所动。

终于，宁夕放弃了，生无可恋地靠在椅背上，回想着方才与陆霆骁的匆匆一面，越想心里越难受。

要是一直没有希望还好，偏偏这种时候，竟然让她看到了陆霆骁一面……

这辆小破车虽然看着破，性能倒是不错，开得挺快。

眼见着就快到码头了，只见他们的道路前方突然出现了一个人。

一个她与唐夜全都想不到竟然会在此刻出现在这里的人……

唐夜一个急刹车，险险停在了距离男人只有半米远的地方。

只见挡着他们去路的那人，一头自然卷的棕色头发，皮肤晒成了小麦色，眉梢间自有一股子浪荡不羁的风情，竟然是……

宁夕惊得都结巴了：“二二二……”

“二什么二？”男人眉梢一挑，刹那间如同千树万树的桃花盛开。

“二师兄！二师兄！二师兄！二师兄二师兄二师兄……”宁夕那表情，简直激动得如同看到了偶像的粉丝，那叫一个欢呼雀跃。她甚至连腿上的伤都忘了，一骨碌爬下了车，飞扑过去，“二师兄！真的是你！”

男人开怀大笑：“哈哈哈！小师妹，想我不？”

“想想想想想……二师兄我好想你啊！”宁夕眼泪汪汪，这么久没见，她是真的很想他。

当年的人里，她惧怕的居多，唐浪算是最让她想见和喜欢亲近的人了。

男人揉了揉女孩微乱的长发：“乖啦乖啦！二师兄也想你！哎呀呀，小师妹头发都这么长了！长发真好看！原来小师妹真是个漂亮的女孩子呢！”

“那是当然了！我穿女装更漂亮！对了二师兄，你最近到哪里去了？大师兄说你大半年都没见人！而且你也没跟我联系过！”宁夕语气哀怨。

唐浪挑眉看着她：“彼此彼此！”

两人叙旧了好半天，直到一旁的唐夜开口：“唐浪。”

唐夜叫了一声男人的名字，面上没有任何表情，眸子里闪烁着一丝探究。

“啊！师兄，好久不见啊！有没有想我啊？”唐浪没骨头似的黏了过去，整个身体都趴在了他的肩膀上。

唐夜面无表情地伸出一只手将人挥开：“师傅一直在找你。”

唐浪锲而不舍地又黏了过去：“只有师傅吗？那你呢？”

一旁，宁夕一把捂住自己的眼睛：“哎哟哎哟……没眼看了！这里还有个孩子呢！祖国的花骨朵都要被你们教坏了！”

唐浪在她的脑门上弹了一下：“就你还花朵？霸王花吗？”

宁夕：“滚！我是小白花！”她现在都惨成这样了，可不是苦命的小白花吗！

谁知，唐浪却像是听到了什么天大的笑话一样，当场捂着肚子爆笑起来：“你……小白花？哈哈哈……”

宁夕的脸黑了：“我怎么就不能小白花了？你至于笑成这样吗？”

“哈哈哈……”唐浪捂着肚子，笑得说不出话来。

下一秒，宁夕完全看不清唐浪是怎么动手的，只看到眼前一花，本来还在大笑的唐浪，手臂一下子挥在唐夜的后颈处，一支注射器插了进去，迅速给他注射了一管透明的液体……

唐夜甚至连反应时间都没有，便晕了过去。

“二师兄！你……你干吗？为什么要扎大师兄？”宁夕直接惊呆了。

“小笨蛋！当然是救你！”唐浪说着，接住唐夜软倒的身体，然后将他小心放到了路边。

宁夕还是满脸蒙："救我？"

"没时间多说了，快跟我走！"

唐浪一边催促一边迅速扶着宁夕上了车，然后自己坐进了驾驶座。

唐浪一坐进去，傻眼了："Satan 又从哪儿倒腾的老古董？这破车怎么开？"

"我会！可是我腿伤了没法动！"

"快教我！"

"好好好，我跟你说……"

两人正倒腾着这辆车，一只手臂骤然从车窗里横插进来，一把将驾驶座上的唐浪给硬生生拖了出去。

只见方才分明已经晕倒的唐夜微微有些摇晃地站在那里，揪着他的衣服，脸色无比阴沉可怕："唐浪！"

唐浪一个反身脱掉自己的外套才得以脱身，满脸无法置信地看着眼前的男人："唐夜你个变态！我都用双倍剂量了，你居然这么快就醒了？"

唐夜一动不动地看着他，一双墨色的眼睛如同一把染血的利刃："解释。"

唐浪眉头微蹙，语气略有些不耐烦："没什么好解释的，事实就是你看到的这样。"

唐夜的面色如同寒冰："你背叛了师门。"

唐浪嗤了一声，目光流转，嘴角微勾："呵，是啊。怎样？你要清理门户啊？"

看着对方一脸无所谓的神色，唐夜身侧的双手紧捏成拳，连手指关节都开始泛白发出咯吱咯吱的声响，镜片后一贯淡漠的眸子里，是滔天的怒火和一丝隐隐的痛色："你……"

看着唐夜受伤的眼神，唐浪面色微动，旋即避开了他的视线，闭了闭眼睛，开口道："师兄，打一架吧，谁赢了，谁带走小师妹，怎么样？"

片刻死寂的沉默后，唐夜终于开口："好。"

旁边，尚且在状况外的宁夕彻底蒙了：什、什么情况……二师兄背叛了师门？那他投靠了谁？不对，刚才二师兄好端端的突然弄晕了大师兄要救她……难道他投靠的是大魔王？不会吧？这不科学！二师兄怎么可能跟大魔王扯上关系？

但目前似乎也只有这个可能解释得通了，否则二师兄为什么会偏偏这个时候出现，还胆敢跟 Satan 对着干，跑来救她？

就在宁夕失神的瞬间，前方两人已经对了几十招。

但是，悲惨的是，唐浪每一招都被压得死死的，一直在防守，毫无进攻的余地。

宁夕心中刚升起的希望的小火苗又一点点灭了，扯着嗓子急道："二师兄！你到底行不行啊？！"

唐浪一边应对着唐夜近乎疯狂的攻击，一边咬牙切齿："别问这种问题！"

话音刚落，唐浪的气势瞬间变了。

宁夕顿时眼睛一亮，唐浪终于认真了。

果然，现场局面立即有了变化。

唐浪开始回击，两人打得不相上下，唐浪这家伙就算是认真也没多认真的，一边打一边还在嘴贱：“哟，师傅老人家够偏心啊，新教了你不少东西嘛！”

宁夕嘴角抽搐，真好意思说，你失踪了大半年，师傅当然只能教大师兄了。

更贱的是，唐浪这家伙的天赋真的是太变态了，现场就把唐夜的那几招新招式给学会了，并且，原样奉还。

宁夕简直看得叹为观止，只恨这会儿没有瓜子果盘，不然欣赏起来更带劲！

被唐浪现场学会的几招击中之后，唐夜就如同被踩中了什么禁忌似的……一击之下，突然后退几步，然后稳住身形。

定定地看着唐浪，站了一会儿之后，他抬起手，缓缓摘下了面上的眼镜。

宁夕见状，心里顿时咯噔一下：坏了！大意了，她居然到现在才发现，这两人打了半天大师兄都没有摘下眼镜。这表示，刚才大师兄他压根就还没有尽全力啊！

不仅是宁夕，对面的唐浪也难得露出紧张和警惕的神色。

宁夕的担心果然应验了……

摘下眼镜的唐夜就如同解除封印的凶兽，那武力值简直了！并且，宁夕看得出来，二师兄这次也被逼得使出了全力。总之，这一架两人打得是天昏地暗。

此刻，唐浪已经不知道在心里暗骂了多少次“死变态”。本来他以为唐夜已经到瓶颈了，以唐夜的悟性，这短短半年时间，绝对不可能再有突破，所以他以为这次自己肯定能赢，谁知道，却还是低估了唐夜。

这家伙明明天资平庸，却能到这种地步，简直不是人！

再继续打下去已经没有意义，撑死和以前一样，依旧是个平手。

但时间不等人，接应Satan他们的人就快来了，他不能再拖了，得赶紧把小师妹带走！

必须要想办法……想办法……想个鬼！唐夜这家伙太严谨了，招式根本毫无破绽！他不过是一个短暂的分神，就被对方一拳砸在脸上，嘴角一阵火辣辣的疼痛：“唐夜！你谋杀啊！”下手这么重！

“再分心，我不会给你第二次机会！”唐夜目光极冷。

唐浪则是脸色铁青，我就不信你没有分心的时候！

又是上百招过去，唐夜一个擒拿手欲取对方命门，唐浪却不退反进，唐夜丝毫不惧，唐浪这个时候靠近根本无法攻击他，反而是自寻死路。

唐浪越靠越近，同时，嘴角有些诡异地缓缓勾起，等唐夜察觉不对劲的时候，已经来不及了，唐浪居然耍阴招………

趁着唐夜分神的瞬间，唐浪抢先一步扼住他的命脉，一把将他推压在车门上：

"师兄，你输了。"

身旁，宁夕呆若木鸡，露出惨不忍睹的表情："二师兄！你的节操呢！"

"这叫兵不厌诈。"唐浪一副不以为耻反以为荣的表情，笑嘻嘻地转向脸色铁青的唐夜，悠悠道，"师兄，你该不会不认吧？"

唐夜的脸色跟走马灯一样转换了好几遍，才强忍着把这家伙揍得他亲妈都不认识的冲动，深吸一口气，履行了诺言："滚。"

唐浪："喳！"

然后生怕唐夜后悔似的，一把将宁夕扛到自己的肩膀上，马不停蹄地跑了个没影，与此同时，迅速掏出手机发了一条信息出去："撤！"

另一边，两方局势胶着，依旧在紧张对峙。

那名队长劝得口干舌燥，对方还是完全不为所动。

时间一点一滴过去，天际泛起了一丝白光，天就快亮了，然而，两边谁都没有要退步的意思。

银发男子打了个哈欠，神色略显不耐："啰里啰唆的，到底打不打？"

对面，正要开口的陆霆骁掏出手机，神色看似很随意地扫了一眼，看清手机上的那条短信后，目光微不可察地顿了顿，不过很快便恢复如常，没有让任何人看出异样。接着，他重新看向对面的男人："如你所愿。"

银发男子闻言，眸子里顿时闪过嗜血之意。

封晋一心期盼着就算自家主子失去理智了，好歹对面的人是陆霆骁，他应该能稳住的，哪里知道，陆霆骁也靠不住，顿时满脸苦色。

更为难的是陆霆骁这边的队长："陆先生，不能打啊！"倒不是输赢的问题，问题是现在X国战局混乱，这么主力的力量，不能损失在这里，否则他国绝对会乘虚而入。

就在这时，陆霆骁身后，一辆越野车疾驰而来。

随后，车门打开，纳卡先生在几个属下的陪同下匆匆赶来。

显然，队长眼见着情况失控自己已经无法控制，赶紧通知了自己的上司。

纳卡先生赶到陆霆骁跟前，满脸紧张："陆先生，您答应过我和平解决的啊！"

"我说的是尽量。"陆霆骁面无表情道。

"陆先生，我知道您救妻心切，但其实也不是没有别的办法，没必要这时候硬碰硬不是？"纳卡先生苦口婆心地劝。

陆霆骁闻言，神色开始浮现一丝动摇。

纳卡一见有戏，立即再接再厉地动之以情，晓之以理。

劝说了好半天，终于，陆霆骁面色黑沉地松口了："撤。"

对面，银发男人一脸嘲讽："唉……怎么就撤了？我答应了吗？"他早就知道，以陆霆骁的性子，绝对不会为了一个女人做出这么不理智的事情，这一仗，绝对打不起来。

可是，封晋却不知道啊，赶紧上去劝他见好就收，别又刺激得对方改变主意了，同时吩咐身后众人也立即撤退。

银发男人这才懒洋洋地打了个哈欠，反正那丫头已经在他这里，想再抢回去？做梦！

看着对面乌压压的人撤退离开，纳卡先生总算是松了口气，但同时，更多的是担忧。

陆霆骁对他妻子这么在意，怎么可能善罢甘休啊！

最惨的是，其实纳卡先生对于营救陆夫人一点把握都没有。

“陆先生，现在我们先回迪布市，商量一下具体对策，从长计议……”

纳卡先生正想安抚一下陆霆骁的情绪，陆霆骁却突然面色凌厉地开口道：“回费城边界！”

纳卡先生一头雾水，不懂陆霆骁这时候去边界做什么，但因为心虚，还是让人全都依言赶去了费城的边界处。

距离边界还有几百米的时候，陆霆骁突然中途跳下了车，疾步朝着前方走去。

“喂，BOSS，这边这边——”不远处的界碑旁，一人扯着嗓子喊道。

那边似乎是一个棕色头发的男人站在那里，身旁半扶着一个身形纤瘦的长发女孩，那女孩看起来竟有些像是……

看清两人之后，陆霆骁眸光一紧，脚步更快。

棕发男人的身旁，女孩受了重伤，失血过多，又一夜神经高度紧张，这会儿神志已经完全模糊了，只能隐约看到前方一个有些熟悉的身影正朝着自己走来，下意识地喃喃着：“陆霆骁……”

失去意识的前一秒，她感觉自己骤然被一个温暖的怀抱包裹，耳边传来微微有些颤抖的声音：“是我！对不起！来迟了！”

费城，码头。

海面上，雾气渐渐散去，太阳正在缓缓升起，海面洒满了明媚的金光，但是，有人的脸上却是阴雨连绵。

“人呢？”男人带着众人一赶到，却只看到一辆空荡荡的小破车。

唐夜难得地没有戴眼镜，正背对着海面站在那里，神色怔忪，不知道在想什么，见了来人，略抬了下眸子，语气阴郁：“被陆霆骁的人带走了。”

“有人能在你的手中把人带走？”男人的脸色顿时无比难看，眸子里火光跳跃。

“来的是唐浪。”唐夜的神情明显也不太好。

男人的双眸一下眯起，冷光乍现：“唐浪……”

难怪……难怪方才陆霆骁竟然会妥协，装得可真像啊！故意跟那老头讨价还价说那么多废话拖延时间，就是为了让唐浪有足够的时间去暗中救人……该死的！他竟然中计了！

他特意派了唐夜带走宁夕，却没料到居然会有唐浪这样的变故……

听到这话，一旁的风潇潇和封晋也都露出无比震惊的表情。

谁能想到，失踪了大半年的唐浪，竟然会成了陆霆骁的人！

“怎么可能！这不可能的！”风潇潇满脸无法置信，“二师兄不可能背叛我们！”

她和唐夜还有唐浪三人，很小的时候就被师傅领养了，三人算是从小一起长大的，感情比亲兄弟姐妹还要亲，自然难以接受这一事实。

但是，事实摆在眼前，唐夜不可能说谎。

而且，很显然刚才亲自跟唐浪对上的唐夜，此刻情绪更加糟糕。

风潇潇怕他难受，甚至不敢多追问细节……她知道，两人平日里虽然总是打来打去，唐夜也总是很不待见唐浪的样子，但是实际上两人感情很好，出任务的时候配合也总是最默契的。现在，最难受的，莫过于唐夜了。

“以你的实力，会这么轻易输给他？”男人的眸子里闪过一丝疑虑，显然并不怎么相信。

就算唐夜赢不了，也不可能输，还输得这么快。这两人哪次打架不是打个大半天，连续打个一天一夜都分不出上下的时候也经常有。

风潇潇也觉得挺奇怪的，只是没好问，其实，她私心里有点怀疑是大师兄心软放水了……当然，这种事情她可不敢说出来！

唐夜神色微僵，没有做任何解释：“输了就是输了。”

这时，一旁的封晋看了眼时间，焦急催促道：“上船吧！该启程了！”

男人未再追问，而是转过身，定定地望着身后尚在沉睡中的城市。

修长的手指将海风中翻动的银发轻轻拨起，露出被刘海遮住，从未展示人前的那只眼睛。

比女人还要漂亮的凤眼，却赫然印着一道横贯了眼睛的刀疤，虽然疤痕的印记已经很浅，但还是破坏了那只眼睛的完美，不过，却给男人平添了一丝狂野危险的气息……

“呵，陆霆骁，我们很快就会再见面的……”到时候，我会拿回属于我的一切。

“这……陆夫人怎么会在这里？”纳卡看到竟然出现在这里的女人，全都是一副惊愕的表情。

陆霆骁并未多言，脱下身上的外套将女孩整个裹在其中，然后小心翼翼地拦腰抱起。

纳卡这会儿哪里还能不明白！

陆霆骁这是压根就没有完全相信他们，他自己早有后招，自己在前面转移注意力，实际早已经暗中派人过去把人救了。

纳卡的老脸颇有些挂不住，说到底，这件事，他办得确实是太不地道了。

想跟人家玩心眼，结果从头到尾人家都看得一清二楚。

于是，他急忙殷勤上前，企图补救一下："陆先生，请这边走，陆夫人现在的情况恐怕需要立即救治，我们已经准备好了最好的医疗队伍！医院环境嘈杂，您可以带夫人直接去老夫的府邸养伤！"

陆霆骁此刻最想做的就是带宁夕回国，但是，他瞥了眼宁夕腿上触目惊心的伤，可能还有很多他所不知道的地方也受了伤。

她现在的情况确实不适宜长途劳顿，而需要立即就医。

最终，陆霆骁选择了暂且留下："有劳。"也算是卖纳卡一个面子。

纳卡闻言，紧绷的神经总算是稍稍缓了下来，赶紧让医疗队过来。

医疗队是一早就跟在队伍后面的，所以来得很快，立即便有人抬着担架匆匆赶来，旁边是一干训练有素的医务人员："请陆先生将夫人小心放至担架平躺。"

陆霆骁略点了下头，轻轻将宁夕放了上去。

然而，刚将人放下，原本安安稳稳沉睡的女孩便陡然惊醒，下意识地紧紧搂住了陆霆骁的脖子，眉头紧紧皱着，露出无比痛苦的神色："不、不要……"

女孩的嗓音因为太久没有喝水几乎已经沙哑得不成声了，声音小得跟小猫咪一样，听起来别提多可怜。

陆霆骁顿时心软得一塌糊涂，立即又重新将女孩抱了起来，轻轻拍了拍："别怕，我在。"

"咳咳咳……"一旁，唐浪瞠目结舌地瞪大了眼，他还是第一次看到这么柔弱的小白花版小师妹，以及这么温柔的陆霆骁！简直是见鬼一样的震惊！

"陆先生，您跟夫人的感情真好！那陆先生……您就先抱着吧，不要扯到夫人的伤口就行。"一旁的医疗人员笑着说道。

"嗯。"陆霆骁本来也没打算放下去了，哪里舍得。

唐浪突然想起来正事，急忙插了一句："BOSS，我要的东西，您答应过三天后给我的，您没忘了吧？"

陆霆骁的眼睛一秒都没从女孩的身上离开："嗯。"

"那功成身退，我就先闪人了啊！"唐浪告辞道。

"有水吗？"陆霆骁问医生。

被无视的唐浪：算了！他还是赶紧闪人吧！BOSS 眼里现在只有小师妹，其他人对他而言都跟隐身状态差不多。没想到啊没想到……是命中注定吗？绕了一大圈，小师妹居然还是成了他的老板娘！厉害了，我的小师妹！

纳卡的别墅。

陆霆骁坐在床边握着宁夕的手，一群医生忙碌着在宁夕身上接管子抽血，给她做全身检查，以免她有其他伤病，或者被注射了什么药物。

陆霆骁的眉峰始终紧锁着，神经一刻都没放松下来。

“陆先生还请稍等，检查结果最快要两小时才能出来。”

“她烧得很厉害。”

“因为伤口感染了，这是正常现象。还好陆夫人自己做了一些处理，否则这条腿都可能保不住。”

此刻，陆霆骁的脸色一片阴霾。他放在手掌心里小心翼翼护着的珍宝，不过是出来一趟，短短一天时间就变成了这样，怎么可能不心疼！

两个小时之后，检查结果总算是出来了。

“陆先生，结果出来了，陆夫人的身体一切正常，除了腿上的伤，并没有其他问题。”

听到结果，不仅是陆霆骁，一旁的纳卡也是终于松了口气，当即交代所有人小心照看，并且给他们安排了最好的房间。

因为以为陆霆骁和宁夕是夫妻，给他们安排的自然是一间房。

宁夕这次元气大伤，睡了一天一夜都没醒，不过好在烧已经退了。

纳卡为了讨好陆霆骁，特意在前厅弄了一个饭局，请了不少高级官员和本国的商业大亨。

饭局上，对陆霆骁都是一片恭维关切之声。

“好在这次陆夫人没事，否则我们真是难辞其咎！”

“是啊是啊！陆夫人吉人自有天相！”

……

对于宁夕是他妻子的事情，陆霆骁始终没有解释。

在这件事上，妻子和情人的差别，还是很大的，随随便便一个女人，就让X国出动纳卡集团力量，显然太说不过去，所以当初他才直接说了宁夕是他的妻子。

这些人也不可能真的去查他到底有没有结婚。

虽然陆霆骁对这些场面早已经轻车熟路，不过这会儿显然有些不太走心。他的心都在还没醒来的那个人身上。也不知道她醒来之后发现自己在陌生的地方会不会害怕，会不会突然哪里不舒服……

饭桌上还在把酒言欢，陆霆骁一只手斜支着脑袋，另一只手端着一只酒杯，手指关节有节奏地敲击着玻璃杯面。

这姿态，明显是开始不耐了。看了眼时间，他已经准备告辞。

就在他准备起身的瞬间，宴客厅里突然跑进来一人……严格来说，是跳进来一人。

只见宁夕单脚站在那里，身上穿着宽松暖和的白色天鹅绒睡衣，长发有些凌乱地披散在肩头，额上渗满了豆大的汗珠，面上满是惊恐之色，如同是在经历什么极其可怕的事情……

直到她的目光穿越长长的餐桌，看到尽头正端着酒杯的男人，才终于稍稍安定下来。

她做梦了，做了一个非常可怕的噩梦，梦到陆霆骁为了救她死在了炮火之下：“BO……”

看到陆霆骁好端端地坐在那里之后，宁夕总算是安下心来，然而，与此同时，她的眼里也终于有了其他人。

这一桌子衣冠楚楚，一看身份就不一般的皇亲贵胄们……

宁夕迷迷糊糊的大脑中猛地出现一丝清明，差点脱口而出的“BOSS”，顿时改成了：“老公……”

宴客厅里，针落可闻的寂静。

然而，因为“老公”这两个字，陆霆骁的耳中却是一阵震耳欲聋的轰鸣。

“这位是陆夫人？”片刻后，饭桌上终于有人迟疑地问。

陆霆骁此刻已经站起身，挺拔修长的身形大步流星地朝着女孩走去，目光如同冰凌般落在女孩的双脚上：“怎么不穿鞋？”

宁夕被那严厉的目光刺得缩了缩脚趾：“穿了……路上蹦掉了……”

陆霆骁板着脸，将她抱了起来。

宁夕下意识地环住他的脖子稳住身体，然后悄悄瞥了眼宴客厅里的那群大佬，弱弱道：“那个……我是不是闯祸了？老公，老公你怎么不说话？”她很怕呀！她真的是睡迷糊了才会乱跑的，不是故意的！

别说宁夕这适应能力一流，已经一口一个“老公”叫得麻利了。却完全不知道，她这随口的两个字，对陆霆骁造成了怎样山摇地动的影响。

陆霆骁脊背僵直，好几秒后沸腾的血液才冷静下来，转向众人道：“抱歉诸位，内人身体不适，陆某先行一步。”

众人闻言纷纷笑着开口：“陆总客气了！您快去吧！不用管我们！”

“应该的应该的！自然是夫人要紧！”

“都说疼老婆的男人靠谱，果不其然！”

……

等陆霆骁抱着宁夕离开了，厅里又是一阵唏嘘："本来我还不相信陆霆骁会为了一个女人这么大动干戈，现在看来，确实是宠得很啊！这幸亏是没事，要是出了什么事，啧啧……"

"奇怪，陆霆骁不是单身吗，哪里来的夫人？其实我刚才就想问了！"

"也没什么好奇怪的，偷偷结婚的人多了去了！更何况是陆霆骁这样的身份……"

"唉，我家女儿上次见了陆先生一面之后天天惦记着，本来我还想打探打探，没想到已经有主了！"

"你得了吧，能轮到你？"

……

卧室里。

"啊！陆夫人！陆夫人您去哪里了？吓死我了！"原本看护宁夕的护士，只是出去了一趟而已，谁知道回来这人就不见了，到处找都找不到，吓得魂儿都快没了。

"没事了，交给我吧。"

"哦哦，好的好的！"小护士害羞地看了眼陆霆骁，然后退了出去。

陆霆骁掀开被子，小心将宁夕放到了床上。

宁夕立即邀功："BOSS 大人，我刚才机不机智？"

陆霆骁瞥了她一眼："功不抵过。"

宁夕立即耷拉下脑袋："我真不是故意闯进去的……"

"身体还没好，为什么乱跑？"陆霆骁简直是对这丫头无语了，腿都伤成这样，还有本事四处蹦跶，一只脚也照样蹦得欢快。

"我做噩梦了……"

陆霆骁叹了口气，神色略有些不自然地解释道："这次是为了方便救你，我才跟他们说你是我的妻子。所以这段时间，你可能要配合演一下。不过不会多久，等你身体好一些，我们就回国。"

"没问题啊！演戏我擅长！"宁夕一听，立即拍着胸脯保证，"而且你想要什么类型的我就可以给你什么类型的！"

宁夕说完眼珠子转了转："BOSS 大人，你喜欢什么类型的妻子？贤惠的？泼辣的？有趣的？可爱的？呆萌的？"

陆霆骁瞥了她一眼："都喜欢。"

宁夕嘴角微抽："BOSS 大人你也太博爱了吧……"

陆霆骁："因为是你。"因为是你，所以才都喜欢。

宁夕心想：我现在还很虚弱，经不起你的情话啊，小心脏受不了……

迪布市某五星酒店。

已经第三天了，宁夕还没有消息，郭启胜已经急得快要上火了："牧野啊，你昨晚找的人是谁？到底靠不靠谱啊？"

江牧野黑着脸，没说话。不靠谱？要是这个不靠谱，那就没靠谱的了。

其实，给陆霆骁打电话的那一刻，他是真的很挣扎，第一次这么痛恨自己的没用和无能为力。自己喜欢的女人自己护不了，还要求助别人，哪个男人能忍受……现在他是真的信因果报应这回事了，当年年轻不懂事，伤害了那么多女孩子还不以为然，现在作的孽全都还了个遍……

之前他打了一通电话给程锋询问情况，结果得知问题很棘手，所以也不敢贸然打电话去催了。

不过，现在都过去这么久了，说不定已经有消息了呢？

江牧野想着，拨了一通电话。

如果上天再给他一次机会的话，他可能绝对不会打这通虐得他肝疼的电话！

"喂，舅舅，人找到了吗？"

"嗯。"手机那头传来男人沉稳的声音。

"宁夕她怎么样？没事吧？我可以跟她说句话吗？"

陆霆骁眉头微蹙，并不想宁夕这个时候被打扰。好吧，就是不想自家老婆跟别的男人说话而已！尤其这个男人明显还是一直惦记他老婆的。因为太在乎了，就算别人碰一下，都觉得是在抢。

彼时，宁夕正在量体温，耳尖听到似乎是江牧野的声音，顿时大惊失色："啊！完蛋！我突然失踪，剧组那边肯定急死了！老公，快把电话给我！"

嗯，从各个方面来说，宁夕都是个不可多得的好演员……这入戏速度以及专业程度……绝对不会穿帮！

陆霆骁："嗯。"立即把手机递过去了。

宁夕赶紧接了过来："喂，江牧野！"

"宁小夕！你到底搞什么！我都快被你吓死了！你没事跑费城干什么啊！还有……我刚才怎么听到一声'老公'……你在叫谁？"江牧野迟疑道。

"你幻听听错了！"宁夕脸不红心不跳地说道，然后随便编了一个理由搪塞过去，"你也知道，这边治安不太好，我是被一伙人绑架了，不过还好你舅及时赶到，已经没事了！"

"你人怎么样？没事吧？受伤了吗？"江牧野立即紧张地问。

"一点小伤，不碍事。对了对了……别说这些了，我现在有一件非常重要的事情要跟你商量！"宁夕语气严肃而郑重道。

“什么事啊？”江牧野狐疑地问。

宁夕偷偷扫了眼屋内，见陆霆骁去找医生了不在，这才急忙开口道：“教我一下，怎么跟人告白！”

手机那头起码沉默了有足足十秒钟。

最后还是宁夕等不及了：“喂……喂？江牧野！江金毛！你还在吗？啥破信号！关键时刻给我掉链子！喂喂喂？”

宁夕火急火燎的，正准备挂了电话重拨，手机那头却传来江牧野气若游丝的声音：“我在……”

“啊！你还在啊！快快快！快教我一下！”宁夕催道。

“我……教你大爷！我又没跟人告白过，我怎么知道怎么跟人告白！”江牧野气急败坏道。

“谁说你没有，我当时听说你……”宁夕实力反驳。

江牧野深吸一口气骂道：“跟人告白这种事你还用来找我？问你自己不就行了！谁还能比你有经验！”

宁夕挑眉：“话不是这么说啊……前边那些渣男都太没难度了，压根不需要告白这一步骤的好不好！连苏衍也是他先主动的！这是我第一次！我真不会啊！”

这话，江牧野竟然无法反驳，当初她对自己的时候……确实也没表白！交往一场，他发现自己啥都没捞着，光被虐了，并且被虐至今！

“等等，我还没问你呢，你刚才说的人，指的是谁？你又准备祸害谁家少年了？”江牧野警惕地问道。

“你舅啊。”

江牧野觉得自己已经完全跟不上她的节奏了……

“你怎么又改变主意了？”

“这有什么好奇怪的，这次你舅他救了我，救命之恩，以身相许啊！”宁夕一副理所当然的语气。

听到这句话，江牧野完全无法形容自己此刻到底是什么心情，沉默良久才问道：“就因为这个？”如果当初去救她的人……是自己，而不是陆霆骁呢？那她是不是也会……他竟然就这么拱手把机会让出去了！让给了陆霆骁！

宁夕：“不然呢？”

这个念头在江牧野的脑海里不停转动，最终，他还是忍不住问出了口：“如果当时救你的人是我呢？你也要对我以身相许？”

手机那头，宁夕毫不犹豫地回道：“怎么可能！我又不傻！”

江牧野：“宁小夕！你去死吧！你爱问谁问谁！反正我不知道！”

“咋还翻脸了呢！你怎么这么暴躁？”

“滚蛋！”

“拜托啦！帮我想想呗！我身边能商量的人，也只有你一个了！我这多不容易动次心啊！”宁夕一副哀愁的语气。

江牧野咬牙切齿：“这话你敢去跟那些前男友说吗？”

“你不就是吗？”

江牧野已经完全不想再跟她说话找虐了，只想赶紧把她打发走：“你白痴吗？我舅本来就喜欢你，你还告什么白？直接跟他说明你的心意不就行了！”

“你个没情趣的，那怎么能一样！我当然要给我心爱的人一个浪漫又难忘的体验了！告白这个步骤绝对不能少！”

“拜拜！”江牧野“啪”的一声挂了电话，您的好友金毛已身受重伤。

陆霆骁刚问完医生回来，见宁夕跟江牧野聊了这么久，脸色微凝：“该吃药了。”

“哦哦……马上！”宁夕挂了手机。

正准备把手机还给陆霆骁，却一下子瞪大了眼睛。

这这这……陆霆骁的手机桌面，居然是他们上次在游乐园照的大头贴！那么恶搞的照片，她还以为陆霆骁完全是为了配合他们，自己不喜欢呢，没想到……大魔王怎么可以这么可爱……

她也好想把这些照片设置成手机桌面啊，可惜她的职业不允许，太高调肯定会闹出不必要的绯闻。

不过，现在的手机桌面她也挺喜欢的，并且非常有意义，是小宝第一次给她画的画像。

至今已经有好多次，人家看到之后问她是请哪位大师画的肖像了，还求她介绍来着。

不过，她当然不可能把小宝大师介绍出去啦！

陆霆骁见她看着自己的手机桌面，面上难得浮现一丝不自然的神色，顺手拿开手机，然后将药丸递给她。

宁夕看着那十几粒大大小小的药丸，头都大了：“怎么这么多啊？这全都得吃吗？”

一旁端着托盘的小护士急忙解释：“陆夫人，是要全都吃的，您还有些低烧，而且伤口发炎了很严重，除此之外，您的……”

小护士巴拉巴拉说了半天，中心思想就是一颗都不能少。

宁夕只能求助地看向陆霆骁。

可是，陆霆骁的脸色毫无商量的余地，反而极其严厉：“不想吃药，下次就不要胡闹。”

宁夕眨了眨眼睛：“老公……”

陆霆骁："吃完带你出去玩，花园里养了梅花鹿。"

宁夕眼睛一亮，立即乖乖把药吃了。虽然她挺怕吃药的，但哪有到耍性子不想吃的地步，只是她太贪恋陆霆骁身上的温暖……只有在他的面前，她才会完全放任自己的软弱和任性……

旁边的小护士看着这两人，羡慕得泪流满面，这也太宠了吧！完全是当女儿哄啊！陆先生平时这么冷的人……简直太不可思议了！

那通电话之后，宁夕就开始撺掇着到底怎么告白了。

枉她还自认是情感达人，结果没想到告个白这种小事居然就把她给难住了！

其实也不是说这事情多难，主要对象是大魔王，又为了她做了这么多，她想着这个告白怎么也不能太寒碜了不是，所以难免谨慎又谨慎。

于是，当天晚上，宁夕自己苦想无果之下，又开始寻求外援了。

这次的外援等级显然比江牧野要高。

"喂……谁啊……"手机那头的人似乎是睡梦中被吵醒了。

"喂，二少，是我！"

"小夕夕！你没事了吧？听我哥说你被绑架了，还受伤了？你怎么这么晚给我打电话，是出了什么事吗？"

"是！十万火急的大事！二少，求紧急支援！怎么告白才能让对方印象深刻一生铭记刻骨铭心至死不渝呢？"宁夕一口气问道。

手机那头，陆景礼静默了好久才磕磕巴巴地开口："告、告白……小夕夕你要跟人告白？"

宁夕眼珠子转了转，回道："不是我啦，是我一个朋友！"如果说是她自己，以他对他哥的维护，是肯定不会教她的。

然而，没想到陆景礼还挺机智的，当即义愤填膺道："你骗人，肯定就是你自己！你要跟哪个杀千刀的告白！我要去砍了他！"

宁夕闻言挑眉："你确定？"

"当然确定！"

宁夕失笑，他果然对他哥忠心耿耿啊！既然被陆景礼知道了，他肯定是不会帮她的，那么，她只好用一些特殊方法。

于是，宁夕故意一副威胁的语气开口道："你甭管是谁，反正回头你就知道了！怎么样？到底教不教啊？你要是不教我，我就去让你哥教我了！"

宁夕准备给陆霆骁惊喜，当然不可能直接告诉陆景礼是谁，不然以这货的个性，铁定会忍不住，一转头就告诉陆霆骁去了。那她还搞个鬼的惊喜啊！

"小夕夕！你怎么可以这样！让我哥教你，我哥还不伤心死！小夕夕，从今天开始，我决定不喜欢你了！你太让我失望了！"护哥狂魔陆景礼的小宇宙爆发了。

宁夕强忍着笑意，一副大反派的语气：“哼哼，所以，小金鱼，你到底教是不教啊？不教我真的要去问你哥了哦！”

“你……”陆景礼一副悲痛欲绝的语气，“好，我教！还有，我不是金鱼！我是锦鲤！”这么悲痛了都不忘这个问题……我明明是锦鲤来着，为啥会这么悲催呢？好伤心啊！

“那就快说啊！”宁夕一边催促，一边压低声音，小心翼翼地朝着浴室的方向看了一眼，陆霆骁正在洗澡，应该快洗完了。

陆景礼心不在焉道：“你在脸上糊点泥巴，画个小丑，骑个独轮车，手里牵头驴……”

宁夕满头黑线地打断他，怒道：“陆景礼！你再不认真点我真要去问你哥了啊！”

陆景礼抽噎了一下，哭哭啼啼地开口：“若他情窦初开，你就宽衣解带；若他阅人无数，你就灶边炉台嘛！我能教你的就这么多！这是我毕生所学的精华了！具体你自己去领会！爱信不信！我挂了，拜拜！”您的好友陆锦鲤已身负重伤……

陆景礼心里想着，从他不多的了解来看，至少可以确定宁夕喜欢的那家伙肯定是老奸巨猾阅人无数的，所以，他就让宁夕给他做顿饭然后告个白吧！

这已经是他所能想到最安全，又不会让宁夕找他麻烦的方法了……

宁夕看着挂断的手机，一脸无语。

不过，仔细斟酌了陆景礼的这句话后，还确实挺有道理的。这道理她也懂，只是一时被自己的思维给限定住了。她总想搞个大场面！

其实……换个思路也不错！

情窦初开就用美人计……阅人无数就用美食计……

陆霆骁过去几十年都没谈过恋爱，肯定算是情窦初开啊！

啧啧，陆景礼这家伙，在完全不知道实情的情况下都能神助攻，也是绝了！

“还不睡？”陆霆骁洗完澡出来就看到宁夕手里拿着手机，一边说话还一边拿着小本子在记着什么，一副兴奋的小模样，不由得眉头微蹙。

“马上！”宁夕赶紧把小本子宝贝一样塞进了枕头底下，然后，心里暗自策划着待会儿的告白大计。

陆霆骁眼角余光瞥了眼枕头，似乎有几分狐疑，不过并没有太在意：“药吃了吗？”

宁夕连连点头，目光在陆霆骁穿着睡衣裸露着一片蜜色胸口的身上不停打量：“吃了吃了！牛奶也喝了！”

唉，这种告白方式……真的够让人刻骨铭心永生难忘吗？

真的不用在八千米海拔搞个什么十里花海，然后跟全世界的人宣布之类的？感觉这样才符合大魔王的逼格啊！

好吧，后者她也没那个本事……

陆霆骁用毛巾擦干微湿的头发，然后走近，温热带着湿气的大掌摸了摸她的额头：“还好，没发烧了。”

宁夕正准备开始实施计划呢，室内突然响起一阵大煞风景的手机铃声，不由得黑着脸鼓了鼓腮帮子。谁啊这是！

陆霆骁走到桌旁，拿起手机看了一眼，然后接了起来。

“喂？”

“喂！哥！”陆景礼的声音带着哭音，而且刻意压低了，似乎是在防着什么。

“怎么了？”陆霆骁还从来没听到陆景礼声音这么悲痛过，不由得蹙起了眉头。难道是家里出了什么事？

“哥，小夕夕在不在你旁边？”陆景礼问。

“在。”

“那你走远一点接电话，别让她听到，我要跟你通风报信！”陆景礼紧张兮兮道。

陆霆骁不解，不过还是依言走到了阳台：“说吧。”

手机那头，陆景礼似乎是做了激烈的挣扎，然后才开口道：“哥……我本来是不想告诉你的……但是我觉得现在告诉你，总比你完全没有心理准备的时候知道要好……所以我还是觉得现在就告诉你算了，也省得你到时候知道的时候更难过……”

“到底什么事？”陆霆骁蹙眉，隐约有种不太好的预感。

陆景礼深吸一口气，一字一顿道：“小夕夕要跟那个人告白了。”

陆霆骁的脸上有一瞬间的空白：“你说什么？”

陆景礼悲愤不已：“小夕夕要跟她喜欢的那个男人告白了！刚才她打电话亲口告诉我的！还让我帮她出谋划策！”

死一样的寂静，不知过了多久，陆景礼紧张得心脏病都要出来了，那头才终于传来陆霆骁的声音：“是吗？”

“哥……你没事吧？”陆景礼满腹不安地问。

“没事。”陆霆骁的语气听不出丝毫异常。

然而，陆景礼却更担心了，只能无措地安慰着：“不过哥你也不用太紧张，小夕夕只是说告白而已，也不一定能成呢！”

但是，这话说出来，连他自己都不太相信。他觉得吧，以小夕夕的功力，而且还是动了真心，态度认真的前提下，那成功率实在太高了……甚至几乎没有失败的可能。

真是越想越悲惨，不久前还怀疑小夕夕可能对他哥有那么一点意思，准备试探一下来着呢，谁知道，好不容易等见了人，还没来得及试探，却得到了如此惊天噩耗……

陆景礼干脆事无巨细地全都告诉了陆霆骁：“因为她威胁我，要是不教她，她就直接问你，所以我只好随便教了她一点。让她如果对方阅人无数就亲手下厨给对方做饭，如果对方情窦初开，那就用美人计。我估摸着她肯定是准备下厨了。完蛋，万一她把我的方法结合了，先下厨再美人计可怎么办呀……哥我对不起你……”

陆景礼还在耳边喋喋不休，陆霆骁却觉得他的声音越来越远，甚至整个世界也渐渐在身边远去。

在听到陆景礼说宁夕要跟那个男人告白的一瞬间，他看似平静表面，实则内心如同世界被行星撞击过，碎成了灰烬。

所有负面情绪，在血液里逆流，撞上不舍伤害她的理智，一次次在身体里横冲直冲，几乎要将他整个身体撕扯成碎片……心脏，疼得几乎要炸开……

宁夕在床上滚了好半天，陆霆骁总算是打完电话进屋了。

只是，他似乎看起来哪里不对……怎么说呢？就像是日食状态中的太阳，所有的光芒都在一瞬间失去了，所有的情绪和生机也在一瞬间收敛起来。

宁夕眉心一跳，敏锐地察觉到了什么。

随即顿时在心中破口大骂！刚才那个电话该不会是陆景礼打来的吧？他全都跟陆霆骁说了？不用再想，肯定是……否则陆霆骁不可能是这种表情。她还以为为免陆霆骁伤心，陆景礼肯定不会多嘴的呢，没想到，还是直接告诉了他。该死的！本来她还想多酝酿一下的！

可是现在，看着大魔王的表情……显然是不在沉默中爆发，就在沉默中灭亡啊！她一秒都舍不得耽搁了好不好！必须要速战速决了！

宁夕叹息一声，捏了捏眉心，随即一股脑埋着头钻进被子里。

几秒钟之后，她钻出一颗脑袋，看向男人道：“BOSS 大人……”

陆霆骁抬起头，空无一物的眸子看向她。

“可以过来一下吗？”宁夕问，声音异常轻柔，似乎生怕惊扰到了什么。

陆霆骁修长的身形挺直僵硬，条件反射似的，机械地走到床边。

宁夕定定地看着床前的男人：“BOSS 大人，那个什么……提前跟你说一下，等一下我可能要做些以下犯上的事情……”

说完，不及男人反应过来她话中的深意，女孩先是“啪”的一声关了灯，然后突然从床上起身，双臂钩住他的脖子，往下一拉，毫不犹豫地吻了上去。

与此同时，因为动作，原本盖在她身上的被子全部滑落了下来。

宁夕摸索着，拉起男人放置在身侧僵冷如铁的手掌，覆在了自己的腰上。

男人还未从这个突如其来的吻里回过神来，手指又在触及女孩温热的肌肤时，明显猛地一颤。

就在这时，紧跟着耳边传来女孩软糯清澈的声音：“陆霆骁……我喜欢你……很喜欢……很喜欢……”

## 第十九章
## 患得患失

夜色深沉，窗外没有月亮，只有三三两两的星子挂在墨色的幕布中。

关了灯的窗内，黑漆漆的没有一丝光亮，只能看到一个模模糊糊的剪影。

如果说刚才陆霆骁是被陆景礼的那个噩耗轰炸得整个世界灰飞烟灭，大脑因为内心的挣扎而一片空白，那么此刻，他大概已经连自己是谁都不知道了。

太安静了。

对方简直就跟被雷劈中了一样一动不动。

到最后，宁夕心里都有些打鼓了，啥情况啊这是？不管是好的还是坏的，多少总要给点反应吧？亏她准备了这么久，死了这么多脑细胞，还这么豁出去……

宁夕的语气难免有些委屈："喂，陆霆骁，我在跟你告白，你不能给点反应吗？就算是拒绝……"

陆霆骁总算是有反应了，不过身体还是雕塑一样一动没动，只有传来的温热气息表明他正在说话："你刚才说什么？"

"我说我在跟你告白啊！"

"跟我？"

"废话，不然你以为是谁？"

短暂的对话之后，又变成了一片死寂。

直到，空气中响起一声细若蚊吟的"阿嚏"，这个仿佛被凝固的瞬间才终于被惊醒。

下一秒，陆霆骁的身体已经在大脑反应过来之前，动作迅速地抄起旁边的被子一把将女孩裹得跟蚕蛹一样严严实实："胡闹！嫌自己病得还不够严重吗？"

宁夕被吼得缩了缩脖子，抽了抽鼻子小声嘀咕："真没情趣……亏人家想得脑袋都快破了，还撇下脸面到处找人求教，才想出这个主意，想给你一个刻骨铭心终生难忘的告白体验！阿嚏……"

"把衣服穿上！你的衣服呢？"陆霆骁感觉自己简直快要疯了。

"我不，你还没给我答复呢！"宁夕不依地咕哝。她的衣服还在被子里，因为刚才实在是太赶时间了。

陆霆骁闻言，满脸难以形容的神色："还需要我给你答复吗？"

宁夕眼睛亮了亮，又继续追问："那你有没有很惊喜，很难忘？我总觉得这个告白方式太普通了，还不够刺激！都怪陆景礼那家伙，这么大嘴巴！本来我是准备酝酿一下，至少等明天再跟你说的，结果看你误会了，怕你胡思乱想，只好临时改到现在了，弄得我这么匆忙这么赶！"

听着女孩碎碎念的抱怨，陆霆骁简直不知道该说什么。

修长的手指满是无奈地扶了扶额头，最后，抓起她的手，覆在自己的左胸处，语气艰涩沙哑，如同刚从地狱深处回到人间："不够刺激？我的心脏……都快要被你吓得停止了，你还想怎样？”

“啊……这么严重？”宁夕眨了眨眼睛。她只怕不够刺激不够特别，却没想到自己会用力过猛了……

然而，事实摆在眼前。

手心下面，陆霆骁的心脏跳动频率乱得就跟中了病毒一样，好几次还漏了半拍。

宁夕这才不得不相信，她确实用力过猛了。

于是，她开始甩锅……

“这不能怪我……要怪就怪你弟，这主意是他教我的……都怪他……”其实，这还真不能怪陆景礼，陆景礼完全是把她往纯洁和安全的方向引的，哪里知道会阴错阳差……

此刻，国内，陆景礼的别墅里。

某只小锦鲤正在抱着枕头默默垂泪，好日子到头了，以后还不知道将是怎样水深火热的生活呢！

不然他离家出走算了，不，还是直接遁入空门吧，带着小宝宝贝一起……

这会儿打死他大概也不会想到，原本以为宁夕是要对别的男人灶边炉台，结果变成了对他哥宽衣解带……

此刻，陆霆骁正目光如炬地盯着她，那目光简直如同X射线一般要穿透她的身体。

宁夕被看得有些发毛：“怎么了？”

陆霆骁伸出手，摸了摸她的额头。过了一会儿，又摸了摸。几秒钟后，又摸了摸。

陆霆骁第四次摸过来的时候，宁夕终于忍无可忍了，一把将他的手按住：“别摸啦！额头都要被你摸出茧了！我没发烧，也没喝酒，没梦游，很清醒……”

陆霆骁看着她，面色异常严肃：“你确定是我？”

宁夕：“确定肯定以及一定！”

陆霆骁：“为什么？”不能怪陆霆骁会有这样的反应和质疑，甚至到现在他都觉得自己在做梦。实在是，今晚的事情，绝对是他此生当中最大的变故和意外，说是颠覆了他的一切逻辑常识判断也不为过。

宁夕跟他告白了，她竟然说喜欢他……她告白的人不是别人，而是自己……完全不可能的事情，但就是发生了。为什么？听到这个问题，宁夕一时之间有些恍惚。

陆霆骁问的是为什么是他。

她却是在问自己，为什么最后还是开口了，为什么还是开口告诉了他……

在这样突然的、意外的，她自己都没有想过的情况下。

一开始她想过将对他的心意埋藏一辈子，后来是想要等待时机成熟，等待自己能够与他并肩而立的那天，但最后，计划却一变再变。

只能说是情之所至，身不由己。

从大师兄告诉她 Satan 约她在费城见面开始，直到前天的生死存亡一线，她的思想几乎发生了翻天覆地的改变。

以为自己必死无疑前的那一刻，她最后悔的，是那日在游乐园里烟火大会时，对陆霆骁说的那句话没有让他听到。

我们永远都不知道明天和意外哪一个会先到来。如果可以，不要等明天，不要等未来，能够做到的，就在当下，就在这一刻，去说，去做。这就是原因。

所以，虽然跟陆霆骁告白这件事，她终究还是有些冲动了，但是此刻，她却一点都不后悔。

再抬起头时，宁夕的眸子里已经只剩下耀眼的光芒，她看着明显神色紧绷的男人，吻上他的嘴角，回答道："因为……我发现我果然更喜欢吃白菜啊……"

话音刚落，不等她离开，陆霆骁冰封的目光蓦然燃起火光，瞬息间反扣住她的后脑勺，用力加深了这个吻……

"该死……"陆霆骁的面上划过一丝崩溃的痕迹，吻得更凶狠。

宁夕的大脑一片昏沉，陌生的感觉让她有些不适应，却没有以往那种极度的排斥和恶心的感觉……

即使清楚此刻对方几乎在失控的危险边缘，她却依旧是安心的……

只因为这个人，是他。

下一秒，男人眉头紧皱："穿衣服。"

宁夕闻言呆了一呆："啊？"

稍稍清醒后，宁夕眨巴了一下眼睛，开口问："你确定是让我穿吗？我怎么觉着这后续发展不太对劲没按照剧本来啊？"

"剧本是什么？"男人看着她，声音异常喑哑。

宁夕挺认真地想了想："反正肯定不是穿衣服！难道不应该是互诉衷肠之后干柴烈火之类的……"

陆霆骁咬了咬牙，在她的唇上惩罚似的咬了一口："你确定？"

这危险的语气让宁夕立即抖了一抖，头摇得像拨浪鼓。就算她身上没伤活蹦乱跳，她都觉得够呛……

"等等！这说明你真的是有考虑过按剧本来咯？"宁夕想着，然后幽幽道，"我记得刚认识的时候，某人就跟我说过，只接受婚姻为前提的性关系来着？"

陆霆骁双眸微眯，露出一丝冷光："你难道不准备对我负责？"

宁夕又是一呆，打住他道："哪里不对？这剧本还是不对……难道不应该是男人对女人负责吗？"

陆霆骁略一点头："也可以。"

宁夕掉坑里了，跟大魔王说话真是丝毫都不能分神……

于是，这一晚，宁夕不得不开始考虑另外一个问题……

告白只是出于一腔热血，那么，告白之后的事情呢？要怎么处理？

现在的她与陆霆骁……又算是怎样一种关系？

窗外，夜凉如水。

室内女孩呼吸绵长平稳，睡得正香甜。

陆霆骁坐在床上，指尖缠绕着女孩的发丝，静静看着女孩的睡颜，一夜未眠。

脑子里反复都是她的一字一句一颦一笑。

她说，陆霆骁，我喜欢你，很喜欢，很喜欢……

她说，因为我发现，我果然更喜欢吃白菜……

前一秒他还因为陆景礼的那通电话坠入深渊，后一秒，竟是被救赎……

他向来喜欢掌控一切，不喜欢事情脱离自己掌控的感觉，眼前的女孩却是一个完完全全的不确定因素，随时可能给他的生命带来无法预料的状况。

如同他命中的劫数，在劫难逃，却也不想逃。

虽然一夜没睡，陆霆骁却丝毫没有困意，反而精神格外好。

接近凌晨的时候，他敏锐地察觉屋外似乎有人。

于是给宁夕掖了掖被角，然后推门出去。

果然，门外的廊檐下正立着一个男人，脚下一堆烟蒂，也不知道已经在那里待了多久。

看到陆霆骁出来，男人抬起头，声音有些嘶哑："BOSS……"

此刻，一向吊儿郎当意气风发的唐浪，面容苍白，胡子拉碴，眼睛下面一层重重的阴影，看上去异常憔悴。

对于唐浪这样的状态，陆霆骁似乎并不意外，只面色清冷地开口："看过了？"

唐浪艰难地点了点头，迟疑半天后问："你给我看的那些东西……都是真的？"

"我一个朋友查到的。华都莫家你该听说过。"陆霆骁回答。

唐浪的脸色顿时沉寂下来，一片灰败，陆霆骁的话无疑是压垮骆驼的最后一根稻草……

华都莫家他当然知道。

唐浪神色极其痛苦地闭了闭眼睛，身体微颤，微不可闻地喃喃着："我后悔了……早知道不如糊涂……何必去查什么真相……"

"半年期限已到，我的承诺也已经兑现，接下来，你可自行决定去留。"陆霆骁说。

唐浪摸了摸下巴："这么说你岂不是太亏了？我在你这儿浪了大半年啥也没做啊！"

“你救了她。”养兵千日，用兵一时，所以，一点都不亏。并且，这是他最正确的决定。

“好吧……”唐浪说着，叹了口气，“唉，我现在还能去哪里……这次为了救小师妹，我可是彻底曝光了，BOSS 求收留啊！你要是不罩着我，我可就死定了！”

“莫家那边有意招你，不知道你有没有这个意愿？”陆霆骁说。

唐浪闻言神色微怔，沉默了半天，最后还是拒绝道：“算了吧，那鬼地方有什么好去的，一点儿自由都没有！BOSS，能给我安排个普通的活儿不？唉，有点羡慕小师妹了，突然想过一过正常人的生活……”

“可以。你去找程锋，他会帮你安排。”

“那就谢谢 BOSS 大人啦！”唐浪感激道，随即，眼角余光无意间掠过陆霆骁肩膀处裸露的地方，尾音顿时一挑，“哟……”

陆霆骁略低头看了一眼，肩膀上那几道红痕，是被宁夕无意间抓的。

“什么时候喝你们的喜酒啊？”唐浪揶揄。

陆霆骁冰眸微融：“看她。”

察觉陆霆骁提起宁夕时明显变得柔和的轮廓和面上纵容宠溺的表情，唐浪原本泛着笑意的眼底不由得浮现一抹担忧。

看她？要是看小师妹的话，那这杯酒岂不是一辈子都喝不到了？据他所知，小师妹可是个坚定的不婚主义者啊！他实在不相信谁有本事能把她拐进婚姻这座坟墓里，就算那人是陆霆骁也一样。对这两人，他其实都是不太看好的，因为他们无论是性格、职业还是生活背景，甚至是价值观，都差距太大了。

小师妹那个风风火火又跳脱不羁的性子，跟陆霆骁这样矜傲孤冷的万年冰山，这神一样的组合简直是太玄幻和不可思议了。

完全无法想象这两人在一起时到底是怎样的相处模式……

清晨，宁夕迷迷糊糊地睁开眼睛。

视线下意识地环视了一圈，只见对面沙发上，陆霆骁已经醒了，膝上放着笔记本电脑，正神情专注地看着屏幕上密密麻麻的数字图表，阳光透过窗棂洒落，跳跃在他的发丝、肩头，仿佛给他镀了一层金色的光，美好得不可思议。

让她莫名想起一句话，这世界上最美好的事情，莫过于清晨醒来，身边有阳光有你。

似乎是察觉到了注视在自己身上的视线，陆霆骁从屏幕上抬起头，目光微微抬起，与女孩的目光交汇。

“醒了。”

“嗯。”宁夕迷迷瞪瞪地点点头，打了个哈欠。

陆霆骁放下电脑，站起身，修长的双腿迈步走到床前，倾下身去，吻住女孩的唇。

宁夕："唔……"

刚睡醒就是一阵铺天盖地的吻，宁夕被吻得晕头转向，虽然意识还未清醒，但身体却已经醒了。

当男人的脑袋越埋越深，宁夕终于开始心慌，伸手推了推他："喂，大清早的……"

"你先诱惑我。"男人声音喑哑。

宁夕满头黑线："我诱惑你……我啥时候诱惑你了啊？我这刚睡醒，除了睁开眼睛什么也没做好不好！"

"你用那种眼神看我。"陆霆骁的目光黑沉沉地锁着她。

"哪种眼神？"宁夕眨了眨眼睛，回忆了一下。她刚才看着陆霆骁时的眼神，貌似是有点问题……

因为昨晚跟陆霆骁表明了心意，卸下了心防，放松下来不再掩饰之后，难免会泄露自己的真实感情。

宁夕捧着男人的脸，忍不住失笑："BOSS 大人，您也太好被诱惑了吧？说好的禁欲系男神呢？"

男人的回应，是再次吻住她……

"宁夕……"

"嗯？"

"我们回国吧。医生说你的伤势已经稳定，可以动身了。"

"好啊！我早就想回去了！"

两人在床上又腻歪了好半晌，才终于起来。

宁夕穿衣服的时候一看，脖子上密密麻麻的都是吻痕……还好这是冬天，可以穿高领遮一遮。只是，在跟小护士要高领毛衣的时候，难免略有些尴尬。

小护士看着年纪不大，不过已经结过婚了，一听宁夕的要求就知道为什么，当即开口道："哎呀，陆先生真是的，夫人您身上还有伤呢，怎么也不知道控制一点！"小护士担心得不行，一直在那儿念叨。

宁夕扶了扶额头，只好直接开口道："护士小姐，不用担心，我们没有。"

尴尬，没想到护士还提醒了陆霆骁……真是太敬业了……

"啊……没有啊，没有就好！陆先生真的很疼您呢！"

"在聊什么？"这时，陆霆骁迈步进来。

宁夕急忙摆出纯洁的表情："没什么！"

"走吧，机票订好了。"

"嗯。"宁夕自然而然地伸出双手。

陆霆骁走过去，俯身将她抱了起来。

两人离开的时候，纳卡带着一大帮子人全去送机，场面搞得异常宏大，弄得宁夕演技这么好都难免有些心虚了。

回去的时候，陆霆骁订的是国际航班，没有用直升机，因为客机比较平稳。

头等舱内的空间很大很舒适，陆霆骁帮她将躺椅的靠背调整了一下，盖上羊绒毯子："睡会儿吧。"

"睡不着……"宁夕摇摇头，有些担心道，"陆霆骁……你说，要是纳卡先生他们发现你骗他们怎么办啊？不会引起什么国际争端吧？"

陆霆骁轻笑："那就只好麻烦夫人救我了。"

"呃？"宁夕顿时一愣。陆霆骁的意思难道是假戏真做？

不想她为难，陆霆骁及时打住这个话题，揉了揉她的脑袋："开玩笑的，放心好了，他们已经得到了想要的，所以，就算知道了也没什么。"

宁夕点点头，这才放下心来。

陆霆骁说完，突然定定地看着她："宁夕，我可以问你一个问题吗？"

"什么？"

"为什么最后你的选择是我？"

"这个问题嘛……我想想……"宁夕沉吟了好半天，然后答道，"有百分之一的原因当然是你成熟稳重靠谱颜值高对我又好……"

陆霆骁眉头微挑："还有百分之九十九呢？"

宁夕眨了眨眼："还有百分之九十九，当然是因为小宝了！"

陆霆骁心想：小宝这个加分项……会不会太逆天了，一下子就加了九十九分……真不知道该开心，还是该难过……

看着女孩小狐狸一样偷笑的表情，陆霆骁一脸无奈："你啊……"

宁夕和陆霆骁下飞机的时候已经是傍晚，来接机的只有司机一人。

"景礼呢？"上车后，陆霆骁随口问了一句。

司机表情略显尴尬地回答道："二少他在忙，所以没能亲自过来。"

听到这话，宁夕立即眉头微挑，拉长了声音，悠悠道："忙？我看他是不想见到我吧！"

司机心想：别说，宁夕小姐猜得还真是一点不错。

二少的原话就是：我不去！我再也不想见到那个女人，以后有我没她，有她没我！

陆霆骁自然也猜到了陆景礼没来的原因："要跟他解释一下吗？"

宁夕摇了摇头，哼了一声道："不要！到时候让他亲眼看到，我要吓他！让他嘴巴那么快……"

司机看着后座的两个人，越看越觉得诡异，大少爷跟夕小姐的状态和两人之间的气氛，怎么哪里不对劲啊？他下意识地朝着身旁的程助理投去狐疑的眼神，什么情况啊？

程锋眼观鼻鼻观心，一声不吭，以眼神回答，你问我，我问谁去？

反正这两人自从宁夕小姐受伤被救回来开始，气氛就不对了，他怀疑有可能是患难见真情了。

不过，到底是不是，他还需要观察观察……毕竟在迪布的时候，两人正在假装夫妻，那些暧昧的状态和恩爱的表现，谁知道到底是真的还是装的。

程锋正这么想着，后座上，陆霆骁突然朝着身旁倾身过去，吻住了宁夕……

正在开车的司机透过后视镜看到后座的那一幕，手掌一个打滑，差点没把方向盘给直接扳断。

老板！我这开车呢！您不要突然吓人啊！

程锋则是双眼发直目瞪口呆，脑子里只剩下一个念头：很好，不需要再观察了……

这是板上钉钉地在一起了啊！以老板的沉稳，如果不是对方已经倾心于他的情况下，是决计不会做这么贸然的举动的！天哪！他有没有看错？是不是在做梦？老板终于守得云开见月明了啊！他怎么感觉比自己谈恋爱了还要开心呢？

后座上，突然被亲的宁夕，震惊程度完全不亚于前面的司机和程锋，急忙一把将男人推开，就算她再淡定，这会儿脸也忍不住有些泛红：“喂，干吗呢你！光天化日朗朗乾坤的！”最重要的是，这前面还有其他人呢！

陆霆骁看着她，一副风轻云淡的表情，语气平稳地回答道：“你刚才很可爱，一时情难自禁。”

又是我的错？她不就说了一句要吓陆景礼？到底哪里可爱、哪里让人情不自禁了？真是完全理解不到大魔王的点……

前面，司机为了行车安全，很自觉地合上了后座的遮板，非礼勿视。

宁夕鼓了鼓腮帮子，表情气呼呼的，她完全有理由怀疑陆霆骁是因为飞机上她说百分之九十九为了小宝才故意报复的……

看着女孩生动的表情，陆霆骁的目光又开始渐渐转深，如同一个深不见底的漩涡，摄人心神……总是忍不住看着她，忍不住亲近她，无非是因为没有安全感。

下车后，陆霆骁将她送到了公寓门口。

“这几天在家好好休息，不许乱跑。”陆霆骁面色严肃地叮嘱。

宁夕乖乖点头：“肯定的，我这腿，就算我想跑也跑不了啊！”

陆霆骁对此投以怀疑的眼神，他敢肯定，就算是两条腿都受伤了，也拦不住她蹦跶的步伐……

宁夕也知道自己前科太多，轻咳一声道：“真的，保证不乱跑！保证！”

再三保证之后，陆霆骁才勉强相信：“那我走了。”

“这么快就走啊！时间还挺早的，不进来坐坐喝杯茶再走吗？”宁夕下意识地开口道。

然而，男人的神色却瞬间变得危险起来：“你知道这句话对一个男人而言，意味着什么？”

宁夕顿时满头黑线，嘴角抽搐道：“想什么呢！就是让你进来喝杯茶！字面上的意思而已！又不是邀请你那啥！陆霆骁，你现在怎么这么不正经？”

陆霆骁大掌扣着她的腰身，用力地亲吻她的唇，似乎要将自己所有深埋的情绪都通过这个吻传递给她：“被你传染。”

宁夕心想：怎么又是我的错……还有，为什么现在大魔王一言不合就开始亲……

离开珠江帝景之后，陆霆骁没有立刻回家，而是去了江边。

“BOSS，您不回家？”程锋迟疑地上前问了一句。明明都修成正果了，为什么感觉 BOSS 还是满腹心事呢？

“嗯。”冰冷的江风下，陆霆骁点了一支烟，语气没什么起伏。

程锋也不好多问，只能先离开。

陆霆骁明显想一个人待一会儿，这点眼力见他还是有的。

于是，程锋和司机两人直接打车先走了。

走到一半的时候，司机的手机响了起来，是陆景礼打来的。

“喂，二少！”

“我哥呢？接到了吗？”手机那头，陆景礼的语气似乎有些别扭。

“是的，已经接到了。二少，您有什么事吗？”

“那他怎么还没回来？”看样子陆景礼是已经在家等着了。

“哦，大少爷还没回家呢，他先是把宁夕小姐送回了家，然后自己一个人去了江边。”司机如实回答。

“什么？我哥要跳江！”不等司机继续说话，陆景礼狂吼一声挂了电话。

司机被吼得耳膜发颤，一脸蒙：“我、我什么时候说大少爷要跳江了？我没说吧？我说的是去江边啊！”他到底是怎么理解的，可以理解成那样子？

程锋嘴角抽搐：“二少的思维一向异于常人。”

跟司机打完电话之后，陆景礼八百里加急开着超跑一路狂奔到了陆霆骁心情不好的时候常去的那个江岸边上。

“哥，等等，你别想不开啊！你还有我呢！”看到岸边那个熟悉的身影之后，陆景礼直接撒丫子飞奔过去，一下子从身后朝着陆霆骁扑过去，想把他扑倒。

陆霆骁敏锐地察觉到身后有人，于是下意识地往旁边避了避。

结果，中途眼角余光看到了熟悉的身影，于是急忙在陆景礼扑了个空一头栽进江里之前，伸手勾住他的后衣领，用力把他拉了回来。

陆霆骁匆匆掐了手里的烟，眉头微蹙：“你在做什么？”

陆景礼差点自己跳了江，惊魂未定地拍了拍胸口，火急火燎道：“当然是阻止你跳江啊！”

陆霆骁默了好几秒钟，才一字一顿道：“谁告诉你，我要跳江？”

“司机说的啊！说你要跳江！别管是谁说的了！反正哥你可千万别想不开啊！”

陆霆骁神色无奈地叹了口气，怎么可能是司机说的，一准又是他脑补过度的毛病犯了。

“世界那么大，妹子那么多，总有一款适合你！你不能因为失恋一次就对人生失去希望啊！”陆景礼劝得口干舌燥。

“谁告诉你，我失恋了？”陆霆骁不紧不慢地又问道。

“小夕夕都已经跟那个谁告白了！她肯定已经告白成功了吧！”陆景礼满脸悲愤。

陆霆骁看了他一眼，点头道：“嗯。”

“果然果然！我就知道！哥，你们谁也别拦着我，我要去把那个野男人给剁了大卸八块丢到江里喂鱼……”

话音未落，耳边传来陆霆骁幽幽的声音：“她告白的对象，是我。”

陆景礼被一口口水噎住，咳得惊天动地：“什么？”

“那个野男人是你？啊呸！不对，小夕夕告白的对象是你？哥你是不是受的刺激太大以至于精神错乱了？还是你在开玩笑？”

陆霆骁目光清冷地瞥了他一眼，显然不是在开玩笑，精神更没错乱。

倒是陆景礼自己，感觉已经距离错乱不远了。

陆景礼顿时炸锅了，起码原地转悠了七七四十九圈儿：“哥！你是说真的，小夕夕的告白对象真的是你？这简直天方夜谭，完全不科学啊！这不可能不可能不可能……为什么我已经看不懂这个世界了，我是谁我在哪儿我在干什么……”

陆霆骁立在江风中，又点了一支烟。

说实话，看到陆景礼的反应之后，他倒是安慰了不少，因为原来他已经算淡定的。

无论是方才司机和程锋的反应，还是陆景礼的反应，全都是一模一样：不可能。

陆景礼起码碎碎念了好几分钟才终于缓过劲来，略恢复了一些思考能力：“不对不对，既然小夕夕的告白对象是你，为什么你还一副失恋的表情，为什么还要来这里吹冷风？”

陆霆骁：“太激动了，冷静一下。”

看着陆景礼被噎住的样子，陆霆骁的嘴角微不可察地勾了勾，原本凝重的心情，似乎缓和了一些。他确实需要清醒一下。这一切来得太突然了，让他至今都没有真实感。

怕一觉醒来就发现这是个梦，更怕她不过是一时感动才说出那番话，怕她转身就会后悔，怕昙花一现终究还是敌不过她心头的白月光……

最残忍和痛苦的，不是从未拥有，而是，拥有过之后再失去。

现在越是快乐甜蜜，心里就越是如同烈火在煎熬。

她曾经跟宫尚泽介绍说，他是我的老板、朋友、恩师、伯乐……那么他现在算是她的什么人？她可能只是经历过生死之后不想让自己有遗憾，所以才冲动地说出了那些话，当时那种情况下，她对自己的感情也很可能在危机之下被刻意放大了……

而说完之后，后面要怎样，还有他们的未来，她可能完全都没有想过……

所以这个问题，在心头转了一遍又一遍，最终还是没有问出口。

如同潘多拉的魔盒，就算是再想知道里面是什么，也不敢去打开。

“所以……你这不是失恋了，而是恋爱了？”陆景礼再三跟他确认道。

陆霆骁望着远处江面渐渐下沉的夕阳：“可能吧。”

“为啥要说可能？既然是两情相悦，不是理所当然就步入恋爱这一步了吗？也不对哦……互相看对眼之后的关系其实还蛮多的，不是只有恋爱这一种……比如短暂的、论次数的……”

陆景礼显然对此很有研究，分析起来一套一套的。

直到发现亲哥的脸色比江风还冷，这家伙才急忙打住自己的口无遮拦：“咳咳咳……其实这也很好判断嘛！小夕夕跟你告白之后到现在这段时间，你们有那个啥吗？”

“没有。”陆霆骁回答。

不过，那是因为她身上有伤，如果当时她身上没伤，他也不确定……到底是怎样的发展……

虽然是意料之中，陆景礼还是一副扼腕叹息的表情，随即安慰道：“没有那就基本能排除其他可能了，肯定是纯洁得不能再纯洁的恋爱关系了！”

话刚说完，陆景礼又不知道大脑发散地想到了什么，脸色一呆，满脸完蛋的表情：“完蛋完蛋……恋爱关系貌似更可怕啊，我怎么把那一茬给忘了……”

陆景礼急得抓耳挠腮团团转悠：“根据我当时的调查，小夕夕的前男友……就没有一个撑过一个星期的！大部分是三四天！连一天的都有！撑的时间最长的好像就是江牧野，一个星期整！最最最可怕的是，小夕夕从来不玩旧情复燃那一套，对前男友都是秋风扫落叶般残忍，绝无再复合的可能！啊啊啊！那家伙这次该不会又是跟以前一样吧？”

陆景礼抱着脑袋号完急忙问：“哥，你们现在第几天了？”

陆霆骁面色微沉：“第一天。”照理说，依照宁夕对他的态度，应该是默认跟他在一起了，所以陆霆骁一直不知道自己这纷乱不安的情绪，源头来自哪里。

被陆景礼这么乱七八糟一通瞎分析后，反而明白了过来……他和宁夕之间的关系，就算是确定了，也像是没有根的浮萍，风一吹就散，实在是太脆弱了。所以，他才会如此患得患失……

听到陆霆骁的回答之后，陆景礼也不知道从哪儿摸出了一个小本子，唰唰唰记了几笔，似乎是记下了日期和天数，然后安慰道："哥，没事的，熬过这七天，你就成功一大半，打败了以往所有的情敌了！哦不对……不是所有，还有一个苏衍，苏衍时间太长了……这个太长远了，咱先不想！先度过这几天再说！"他说完，无比郑重地拍了拍陆霆骁的肩膀，"哥！我会帮你的！一定用尽我毕生功力帮你渡过难关！绝对不会让你变成前男友！"

前男友这三个字简直像是三座大山一样劈头盖脸地朝着他压下来，陆霆骁的脸，瞬间黑了个彻底。他看了眼陆景礼手里的那只黑皮小本子，有种那上面记录着自己死期的既视感……

珠江华景。

彼时，正窝在沙发上双目发光地刷着八卦的宁夕并不知道……有辆黑色的车子去而复返，又从江边开回了公寓，一直静静地停在她家楼下。

回到公寓之后，宁夕因为在飞机上已经睡饱了，精神抖擞，于是第一时间打开已经好几天没有看的娱乐新闻，查看最近的头条。

结果，没想到，这一看之下，便是吓了一大跳。

她不过是短短几天没关注而已，如今铺天盖地都是八卦。

这件事情的起因是，在整个剧组不懈的努力下，《天下》未播先火，关注度一向挺高的，不过，一开始众人的目光理所当然地全都集中在剧中的男主角和女主角身上。

可是，渐渐地，女二孟长歌和男二孙涣卿的人气却一点点赶超上来。

于是官方为了满足公众的要求，发布的第二版预告，增加了男二女二的镜头。

这当然导致支持宁雪落的人不服气了。

于是大家在网络上就官方这算不算偏心争论起来。

讨论之热烈，宁夕看得鸡皮疙瘩都起来了。

宁夕一边继续刷新闻，一边给江牧野打了个电话。

手机那头响了十几下，都快自动挂断了，江牧野才慢悠悠地接了起来，不等宁夕开口就噼里啪啦地喊道："不要告诉我你告白的后续，我不想听，一点都不想听。好了，就这样了，没其他事的话，我挂了，拜拜……您所拨打的用户已死机……"

宁夕满头黑线："你神经病啊！谁要跟你说我告白后续了！"

手机那头静了一秒，然后传来江牧野依旧有些警惕的声音："那你打电话给我干吗？"

宁夕一边滑动鼠标津津有味地看网页，一边开口道："我准备夸你呢！"

"夸我？"江牧野更警惕了，"你会这么好心？"

"是啊，我刚到家，正在看八卦呢！"宁夕回答。

听到这话，江牧野立即知道了她说的是什么事，当即满血复活，得意扬扬："怎么样？"

"有这么多人支持你！多有安全感！不要太开心啊！"宁夕的语气里满满都是向往。

"你还差得远呢！"江牧野一副前辈的语气，下一秒，话题突转，"对了，你跟我舅告白的后续怎么样了？"

宁夕闻言满脸无语，吐槽道："你刚不是还说不想知道的吗？女人都没你这么善变的！"

"你管我！宁小夕，到底说不说啊你！你告白了没？结果如何？现在什么情况？"江牧野急促地一连串追问。

宁夕故意哼哼了好半天，才慢悠悠地开口道："现在的情况就是……江小野同学，以后请别没大没小地对长辈直呼其名，请叫我大舅妈！"

前女友变大舅妈……江牧野深吸一口气，劈头盖脸地对着手机那头吼道："舅妈个鬼！宁小夕这可是你逼我的，你不仁别怪我不义，我要去找林芝芝告状，就说你背着她偷偷谈恋爱了！"

宁夕一听顿时炸了："江牧野你还可以再无耻一点！有你这么做兄弟吗？"

"什么兄弟！你不是我大舅妈吗？"

"你敢去我打断你的腿！喂？喂？"

"嘟嘟嘟"，手机那头传来一阵忙音，居然被挂断了。

这家伙该不会真跑去跟芝芝姐告状吧？到底是不是男人啊，居然来打小报告这一套！唉……冲动是魔鬼啊！

她居然把林芝芝这茬给忘了！亏她当初还信誓旦旦跟林芝芝说自己现在一心只想演好戏，绝对不会交男朋友，现在这不是自己打自己的脸？！

美色误人！美色误人啊！

宁夕正准备赶紧给江牧野打通电话，手机屏幕一闪，来电显示居然是林芝芝！

死金毛真的跑去打小报告了？

手机一直锲而不舍地响着，宁夕跟那儿愁得抓耳挠腮，最后只能认命地接通电话，抖着嗓子道："喂，芝芝姐……"

"宁夕，我有件事情要问你，你必须老实回答我。"手机那头，林芝芝的声音异常严肃急促。

宁夕顿时心里“咯噔”一下，心想：完了完了！

“咳，什么事啊芝芝姐？”宁夕硬着头皮装不懂。

林芝芝问：“你跟胡宏达是什么关系？”

“我们俩的关系……等等……”宁夕呆了一呆，“芝芝姐，你刚说谁？”

“胡宏达。”

“胡宏达谁啊？”宁夕一脸蒙，不是陆霆骁吗？

手机那头的林芝芝似乎是松了口气：“你不认识就好。”

“到底什么情况？”宁夕开始反应过来，事情似乎不是她想的那样。吓她一跳，她还以为江牧野那家伙真跑去告状了呢！

“最近网上有传言你是他婚内出轨的对象。”

“公关部那边让我务必跟你确认一下，跟对方到底有没有关系，但是你这几天在休假，我一直联系不到你人……”林芝芝简单解释了一下情况。

上次宁夕被绑架的事情，为了不引起不必要的麻烦，宁夕让江牧野瞒着林芝芝和剧组那边，对外就说她去休假了。

林芝芝好几天联系不到她人，正好这段时间网上又出现了这么敏感的绯闻，也难怪她会这么着急了。

就算林芝芝相信她，那么公关部呢？不知道的还以为她做贼心虚躲起来了呢！

所以，林芝芝这段时间压力肯定很大……

宁夕顿时满心愧疚：“芝芝姐，实在抱歉，下次我再也不会随便失联了。这个胡宏达我确实不认识，跟他也没有任何关系，你放心好了！”

“那就好。”林芝芝叹了口气，随即满腹担忧道，“不过，宁夕，我还是要多说一句，我不会过度干涉你的私事，但是你自己心里必须要有数，什么事该做，什么事不该做！”

以前带冷曼云的时候，冷曼云的私生活方面，林芝芝倒是从来没怎么操心过。

自从带了宁夕之后，林芝芝也算是操碎了心，就怕她在个人问题上犯糊涂，宁夕这张脸是她最大的利器，同时也是最危险的地方，实在是太容易招惹绯闻了。

宁夕被林芝芝这番话说得心里一阵心虚，急忙应道：“我知道了芝芝姐！”

挂完林芝芝的电话之后，宁夕松了口气的同时，不由得蹙起了眉头，胡宏达？什么鬼？

她检索了一下关键字，然后确实搜出了一些相关八卦。

这些帖子不多，仅存的那些关注度也不高，应该是林芝芝那边公关的结果。

宁夕一边看着一边摸了摸下巴，觉得事情哪里不对劲，这类捕风捉影的事情行业里很多，无凭无据的基本没人会信，掀不起什么大风浪，但是，有一点却让她有些在意。

为什么偏偏是指名道姓胡宏达这个人呢？

与此同时，星辉娱乐，常莉的办公室。

“现在戏还没上映宁夕就这么受关注了！”常莉说着，脸色异常难看。

“她不是在传绯闻吗？”宁雪落问了一句，神色看上去倒是挺镇定。

“被林芝芝那边公关掉了！”

宁雪落冷笑一声，修剪精致的指甲在电脑屏幕上宁夕的照片上划了一道：“急什么！”

常莉闻言面露担忧：“雪落，你又想做什么？咱们还是小心一点吧！上次咱们……”

“闭嘴！”宁雪落如同被踩中了痛脚一般，顿时变了脸色。

一提起上次的事情她就恨，苏衍原本对她几乎是言听计从，就因为那件事，害得她如今在苏衍面前不得不倍加小心。

“不用你多嘴，我自有分寸！”吸取上次的教训后，她自然会更谨慎，就算他们去查，也绝对查不到她的身上！

宁雪落说完，不紧不慢地拨了一通电话：“喂，小雅，最近怎么样？明天一起去逛街？”

手机那头，方雅的声音听起来有气无力的：“我哪有这个心情！”

“还是因为上次的事情吗？”宁雪落关切地询问。

“雪落，怎么办，我这次可能真的要完了……”

宁雪落眸子里闪过一丝精光：“不见得……其实，我倒是有个好主意，绝对可以让你安全脱身！”

“真的？那你快说啊！我现在真的是走投无路了！”方雅急切地问道。

“还是算了吧，这个主意好像有点不太好，会连累不相干的人……”宁雪落的声音听起来有些为难。

“雪落！我现在都快身败名裂了，哪里还管得了别人！求你快告诉我吧！我们不是最好的姐妹吗？”

“那好吧……”

宁夕见那件事情并没有太大的影响之后，就没有多注意了，林芝芝也安慰了她只要她跟胡宏达没关系，林芝芝那边会处理的。

结果，没想到的是，第二天凌晨，事情急转直下，这件事突然在网上爆了！

“宁夕！快上线！出事了！看热门第一条！”

宁夕接到林芝芝电话的时候睡得正香，一个激灵清醒过来，赶紧打开了笔记本电脑。

然后，就看到了热门第一条——胡宏达：“千错万错都是我的错，在此，我郑重跟我的家人道歉，并且保证回归家庭，再也不会犯同样的错误！欢迎大家监督！”

这条文字下面，全都是在问小三到底是谁的。

一个自称知情人的博主，爆料宁夕就是那个女人。

宁夕一下子就站到了风口浪尖。

“真是躺着也中枪！”宁夕有些暴躁道。

“我已经在尽力联系胡宏达那边，希望他能出面澄清一下，不过现在太晚肯定已经睡了，暂时联系不上。如果是误会，只要澄清就好，但是，这件事实在是太巧合了，前脚你刚跟他闹绯闻，后脚他就发了这么一条让人误会的消息，怕就怕……”林芝芝沉吟。

“有人要故意挑事？”宁夕蹙眉，“也不对啊……胡宏达这个身份、地位的老总，谁有本事能操控他来故意污蔑我？”

林芝芝：“所以我还是认为误会的可能性比较大，明天一早我就亲自去一趟宏达地产，希望不会有什么变故。”

宁夕点点头：“也只能等明天了。”

“你暂时不要动。”

“好，我知道了。”

挂了电话之后，宁夕显然是睡不着了，时刻关注着网上的动向。

此刻已经是凌晨一点，宁夕依旧在守着网页，以免中间又出现什么变故。

正准备去泡杯咖啡提提神，手机突然响了起来，有一条新信息——陆白菜：“还没睡？”

宁夕正要回复，突然意识到了什么，于是急忙走到窗边，探着脑袋往下看了一眼。她的腿已经可以慢慢走路，只要小心一点就好。

果然，楼下似乎停着一辆熟悉的车子，车窗边亮着一颗忽明忽暗的小红点，似乎是点着烟。

糖小夕：“你在我家楼下？”

宁夕一边发信息，一边用亮着光的手机朝下面挥了挥。

很快，宁夕看到楼下那辆车子的车门打开，从车内走下一人。

昏暗的灯光下，依稀可见一个颀长的身影，正微微仰着头。

虽然看不清他的面容，却能感觉到，他在看着她。

宁夕的心头微微跳了跳，直接打了个电话过去：“喂……”

“嗯。”

“你怎么、怎么会在我家楼下？”宁夕问。

“不知道。”手机那头传来男人似乎带着夜风凉气的声音，听上去竟仿佛有几分寂寥。

不知道？这算啥回答？

不过，宁夕的心脏却蓦地柔软了一下：“我要是没发现，你不会准备在那儿待一夜吧？”

“大概。”

“陆霆骁，你上来吧。”宁夕说。

陆霆骁顿了顿，然后开口：“还是算了。”

“上来！”

“好。”

片刻后，敲门声响起。

宁夕急忙去打开了门。

见陆霆骁站在门口不动，宁夕嘴角抽了抽，伸手一把将他拉了进来：“我还能把你吃了啊！”

陆霆骁的面上浮现一丝无奈：哪里是怕她，他是怕自己。

“你在做什么？”

见她这么晚还没睡，床上还放着笔记本电脑，陆霆骁不禁眉头紧蹙。

宁夕挠挠头，走到床边坐下，重新抱起了电脑：“出了点事情，不过没大碍。”

陆霆骁微微变了脸色，迈步走过去，略扫了一眼，便已经明白了大致的情况，下一秒，便掏出了手机。

宁夕及时发现，眼疾手快地按住他的手：“你干吗？”

“打给胡宏达。”

宁夕嘴角微抽：“杀鸡焉用宰牛刀！不对，您老是青龙偃月刀！芝芝姐已经准备明早亲自去一趟宏达地产了！”

宁夕说完之后，面色微凝，她觉得有些事情，必须要跟陆霆骁谈谈了。

“陆霆骁，我们谈谈吧！”宁夕面色严肃地看向了他。

听到这句话，陆霆骁莫名绷紧了脊背：“好。”

看着陆霆骁的反应，宁夕一脸莫名：他这么紧张干吗？这表情，搞得好像她下一秒就要始乱终弃一样……

宁夕斟酌了一下措辞，开口道：“你也知道的，芝芝姐早就跟我约法三章了，我现在是不可以谈恋爱的，结果我居然顶风作案了……”

宁夕长叹一口气，摸了摸陆霆骁那张帅出天际的脸：“美人儿，为了你，我可是豁出去了！”

陆霆骁抓住她作乱的小手，有些失笑：“所以？”

宁夕说出那句有些不好开口的话：“所以，我们俩的事情，得秘密进行！”

“就这样？”

“就这样啊，不然你以为我要说什么？”

宁夕也知道这样对陆霆骁实在有些不公平，于是更加小心地哄道：“我知道这样有些委屈你了，但是，我的职业摆在这里，实在是不得已！”

“放心，我会配合，也不会干涉和插手你的工作。”

宁夕顿时感动得星星眼：“BOSS 你真好……”

话未说完，陆霆骁又补充了一句：“但是，我也有要求。”

“你说你说，只要我能办到的！”宁夕急忙道。

“如果你这边有处理不了的事情，即使你反对，我也还是会插手。我是你的老板，但也是你的男人，没办法看着自己女人被欺负还坐视不理。”说到这里，陆霆骁的目光蓦然一凛，“或许你有特殊的方式解决问题，但是，从今往后，不允许你再用。这个世界有这个世界的规则，懂吗？”

宁夕明白过来，陆霆骁应该是指上次她逼那个道具师录口供的事情。

那件事情她确实太冲动了，万一当时没有陆霆骁收拾残局，那个道具师把她威胁他的事情公开出去，那么后果……

当初回国的时候，她就发过誓，会跟过去的一切撇清关系。

陆霆骁说得没错，这个世界有这个世界的规则。

宁夕当即做乖巧状：“知道啦 BOSS！逼急了我就抱大腿！”

看着女孩卖乖的样子，陆霆骁的神色这才略缓了下来：“嗯。”

说完看了一眼她床头柜上拆开到一半的咖啡，露出不赞同的神色：“你的身体还没完全恢复，不许熬夜了，早点睡。”

“啊？可刚才那么一闹，我大脑都亢奋了，一时也睡不着啊！”宁夕托着下巴，满脸愁容地咕哝。

随即，她不知想到什么，眼睛一亮：“哎呀！这月黑风高三更半夜的，不如我们来做些有意义的事啊？”

陆霆骁的目光微微转深，声音微微有些喑哑道：“做什么？”

片刻后——

“啊啊啊……不要……”卧室里传来宁夕一阵阵尖叫声……

而陆霆骁面无表情地听着电脑里的鬼哭狼嚎和刻意做作的恐怖背景音乐，满脸黑沉。

她所谓的有意义的事情，就是看鬼片？

宁夕整只缩在被子里，只露出一颗小脑袋，吓得脸都白了，还时不时跟着尖叫几声：“柜子里、柜子里有鬼啊……不要打开……”

陆霆骁的表情似乎有些无语：“这么怕为什么还要看？”

“这才刺激！我涉猎群片，就差鬼片了！因为、因为我怕鬼……呜呜呜……”宁夕一脸痛苦地道。

陆霆骁闻言眉头微挑，明显有些讶异，难得她居然也有怕的事情。

“所以啊，我一个人的时候是绝对不敢看的，今天正好你在，当然要把握这大好时机了！”宁夕兴奋道。

陆霆骁摸了摸她的脑袋：“以后我陪你。”

宁夕点头如捣蒜，看着陆霆骁，神色略有些怔忪。本来她还以为单身久了，身边若突然多出一个人肯定会各种不习惯呢……但现在，她窝在被子里看鬼片，陆霆骁静静地坐在旁边陪着她，让她觉得，似乎两个人也挺好的……大概是因为大魔王的气场实在是太强大了，导致鬼片的恐怖值极度降低，以至于她居然看鬼片都能看得中途睡着了……

见女孩睡得香甜，陆霆骁关了电影，轻手轻脚地帮女孩掖好了被角。

刚一起身，身上的手机突然振动了一下。

来电显示：莫凌天。

陆霆骁柔和的目光陡然转为冷冽，拿起手机，走到阳台接通了电话。

“喂。”

“喂，陆霆骁啊……”手机那头的莫凌天，声音气若游丝，如同受到了什么凌虐似的。

“查得怎么样？”陆霆骁问。

“唐浪那小子的事情我已经是费尽千辛万苦了！但是那个男人……抱歉……我棋差一着，功亏一篑！本来我已经顺藤摸瓜就差一点点就能查到他的身份了，可是那边的人也不知道怎么提前收到了消息，把所有的线索全都斩断了！我真的已经春蚕到死丝方尽，蜡炬成灰泪始干了！别再凌虐我了！我再也不干了！”

“城东那块地。”

“我这就去继续查！就算是耗尽我生命最后一点烛火也一定帮你把那小子的尾巴给揪出来！”莫凌天改口改得飞快。

“嗯。”

陆霆骁正要挂断电话，手机那头的莫凌天突然叫住他：“等一等……虽然这件事没查到，不过我得到了一些别的消息。”

“什么？”

“那个 Satan 这次估计被你逼急了，已经开始破釜沉舟了，搞不好不久后，就会回国，你小心点……”

第二天早上。

刚到上班时间，林芝芝就给宏达地产那边打了个电话，想跟胡宏达通个电话，这种事情其实还是有些尴尬的，如果能在电话里解决自然是最好。

目前胡宏达的手机已经完全关机了，所以她只能打到公司那边。

“喂，您好，我是盛世娱乐的经纪人林芝芝，可否帮我转接胡总……”

不料，不等她话说完，那边的前台就直接道：“抱歉，胡总说了，这几天谁也不见，谁的电话也不接，尤其是你们这些人！”

对方语气非常不客气，说完便“啪”的一声挂了电话。

林芝芝没办法，只能直接去公司堵人。这件事越快解决越好，绝对不能拖。也是凑巧，她刚到宏达地产楼下，就看到胡宏达正从车里下来，于是急忙小跑着赶了过去。

“胡总请留步！”

胡宏达今年四十岁出头，因为常年混迹声色酒场，身材臃肿，挺着大肚子，发际线也距离秃不远了，已经完全看不出当年他刚娶明芳芳时意气风发的样子。

见了林芝芝，胡宏达神情稍显不悦地上下打量着她：“你是谁？”

“我是盛世娱乐的经纪人林芝芝！”

胡宏达一听，立即变了脸色……

林芝芝见状急忙语速更快地继续说道：“胡总，知道您时间宝贵，我就直接开门见山了，您昨夜发布的消息引起了很大的误会，希望您能帮忙澄清一下。”

胡宏达扫了她一眼，不紧不慢地反问道：“误会？什么误会？”

“我公司旗下女艺人宁夕被误会成了是您出轨的那位女士。”

“哦……那又怎样？”胡宏达闻言完全是一副无所谓的态度。

听着胡宏达的语气，林芝芝有种不太好的预感，但还是再接再厉地开口道：“希望胡先生能解释一下。”

“他们自己爱误会，跟我有关吗？我为什么要去解释？”胡宏达一脸不耐道。

林芝芝只能耐着性子，放低姿态请求：“不会花您太多时间，只要您……”只要他解释一句，一切问题就全都解决了。

然而，胡宏达却显然不准备配合，反而脸色更差，当即怒吼道：“不花我太多时间，你知道我一分钟进账多少吗？我懒得管你们这些破事，还嫌我不够事多是不是？保安呢？”

就在胡宏达准备让保安赶人的时候，一辆红色的宝马停了过来。

下车的女人一身香槟色 Prada 高级定制套裙，长相美艳，气场也很足。

正是胡宏达的妻子明芳芳。

看到林芝芝竟然出现在这里，明芳芳的脸色顿时变得很难看：“林芝芝……”

“老婆大人，你来了！”胡宏达看到明芳芳，立即满脸殷勤地迎了上去。

明芳芳家庭背景很硬，父亲是知名商人，进圈完全是玩票性质。所以胡宏达才会这么怕她，甚至公开道歉这种事情都做了。

“这女人过来做什么？”明芳芳扫了林芝芝一眼，满脸不悦地问。

胡宏达解释道：“这女人非逼着我做什么澄清……”

明芳芳闻言当即冷笑连连：“澄清？澄清什么？若要人不知，除非己莫为！林芝芝，当年你带冷曼云的时候，我至少还敬你是个人物，现在带的都是什么垃圾艺人？跑去破坏人家家庭，还敢跑来我这里耀武扬威逼我老公澄清？”

林芝芝眉头微蹙，态度不卑不亢地开口解释道：“胡太太，我想您误会了，您老公出轨的对象并不是宁夕。但现在大家全都被之前的谣言误导了，所以我才会特意上门请求胡总澄清这一点。

“您应该知道这样的污水泼下去，对一个女艺人来说意味着什么。而且，胡太太，您想看到的，应该是真正该受惩罚的人受惩罚不是吗？”

林芝芝知道跟他们说别的没用，只有涉及他们自己的利益他们才会在乎，所以加重了最后一句话。

听到林芝芝的话，明芳芳满脸狐疑地看向胡宏达：“怎么回事？你不是说，宁夕就是那个狐狸精吗？”

胡宏达毫不犹豫地开口道：“对啊！就是她没错！”

听到这里，林芝芝瞬间变了脸色：“不可能！胡总，宁夕说她根本就不认识您！而且您刚才也没说是……”

明芳芳当即打断了她的话：“呵，林芝芝，我真不知道该说你傻，还是该说你可悲！她说不认识你就信了吗？有空在这里跟我胡搅蛮缠，不如回去好好问问你家的艺人！做了丑事还不敢认！”

明芳芳明显已经认定是宁夕了。她自恃容貌气质过人，若是别人，她倒不相信有那个本事能抢走她老公，偏偏是宁夕。所以，胡宏达一跟她交代，她便深信不疑，压根没有怀疑过。

此时此刻，林芝芝的脸色异常难看。她本来还以为是场误会，谁知道……这个胡宏达压根就是故意栽赃的！若不是明芳芳紧跟着出现，自己一开始跟他对峙的时候，她还真以为他只是单纯的嫌麻烦不想解释……

“保安呢！送客！别脏了我的地界！”明芳芳双臂环胸居高临下地看着她，满脸鄙夷。

话音刚落，就上来了两个保安，其中一个用力推了林芝芝一把，林芝芝扭到了脚踝，脚下立即传来一阵钻心的疼痛。

从胡宏达说出那句话的时候，林芝芝便知道，没有再待下去的必要了。于是当即不再多留，直接回了公司。

珠江华景。

宁夕一不留神发现自己睡过了头，睁开眼睛的时候都九点多了。

醒来后第一件事就是赶紧跟林芝芝打电话询问情况："喂，芝芝姐，事情怎么样了？那个胡什么的同意了吗？"

手机那头，林芝芝语气凝重："没有，而且，他一口咬定人就是你。"

宁夕一听，当即炸了："那家伙是不是得了幻想症！我就算找男人，那也得找陆霆骁那种级别的，我会找这种货色？"话音刚落，宁夕反应过来好像哪里不对，陆霆骁会不会还没走？

探头一看，果然看到陆霆骁手里拿着晨报坐在客厅沙发上，此刻，正意味深长地看着她……

林芝芝听得又好笑又无奈："这种话私下里说说就算了，平时千万注意，别让有心之人听到。"

"哦……"宁夕一边点头，一边朝着陆霆骁的方向偷偷瞄了一眼。已经被当事人听到了怎么办！

"还好此行也有收获，至少已经确定对方就是故意栽赃。先礼后兵，能由当事人出面澄清自然最好，如今既然是这样的情况，后面我们也不用再有所顾忌。"

宁夕摸了摸下巴："只是……我跟胡宏达根本不认识，更别提仇怨，他为什么要做这种事？"

"我这边已经在查胡宏达的详细情况，今天中午之前应该就能有结果。"

"好的，芝芝姐辛苦了！"

跟林芝芝打完电话之后，宁夕立即蹦跶到了客厅里："BOSS 大人！你还没走啊……嘿嘿嘿，我刚才那个是在夸你呢！"

陆霆骁唇角微勾："谢谢夸奖。"他说着，扶她在身旁坐下，"需要帮忙吗？"

"暂时还不需要，先看芝芝姐那边的调查结果，放心，要是解决不了，我肯定会跟你说的。啊！都这个点了，你快去上班吧！你要是为了我荒废，我可就成千古罪人了！"宁夕急忙催促道。

陆霆骁深深地看了她一眼，目光不经意地升温，然后，不紧不慢道："放心，目前还不至于，不过，期待你让我'日日不早朝'的那天。"

"呃……"听懂陆霆骁的话外之音后，宁夕的老脸顿时炸了。

她刚才压根就不是这个意思啊！还说什么是被她传染的，大魔王明明是自己不正经！

就在林芝芝离开的短短几分钟内，胡宏达大概是因为已经彻底撕破脸了，更加无所顾忌，干脆直接点名道姓地把脏水往宁夕身上泼了。

先是明芳芳发了一条消息：“这年头出来做小三的都这么嚣张了吗？”

然后胡宏达为了讨好老婆，紧跟着就发了一条：“请某些人自重，不要再打扰我和我的家人！林芝芝、宁夕。”

这样一来，算是彻底坐实了宁夕当小三的罪名，事件进入了白热化。

还好，与此同时，林芝芝那边查到了最关键的信息，立即给宁夕打了个电话。

“查到了，胡宏达果然不是为了栽赃你才这么做，他是真的出轨了，想要维护背后那个真正的小三，你只是顺水推舟推出来挡枪的。”林芝芝简单解释了一下情况。

“那真正的小三是谁？”宁夕立即问。

“你也认识，方雅。”

“方雅？”宁夕一听立即皱眉，“何止认识，还有不少过节呢……”如果是别人，她还会自认倒霉，但如果是方雅的话，她就不得不深想了，这件事，该不会又有宁雪落从中捣鬼吧？

“而且，方雅怀孕了。”林芝芝说。

“真的假的？难怪胡宏达那个渣男要这么维护她呢！”

宁夕这段时间也有去关注一下胡宏达和明芳芳的事情，看到有传闻说明芳芳嫁过去七年都没有怀上孩子，似乎身体有问题不能生。

如果是真的话，也难怪胡宏达会这么紧张方雅了，否则像这种男人，哪里会管别人死活，即使是跟他同床共枕过的女人，被发现后直接推出去就是了，何必大费周章地为她开脱。

因为他知道，以明芳芳强硬的性子和她娘家的力量，若是方雅被发现，这个孩子肯定就保不住了。

“胡宏达行事谨慎，不过还好最后查出来了，等我编辑好文案发出去，到时候再跟你说怎么发声明。”

“好。”

与此同时，某西餐厅包厢，宁雪落和方雅正在就餐。

宁雪落拿着手机，心情前所未有地舒畅。

不过，她自然没有表现出来，反而一副愧疚不安的表情：“这么做会不会太过了？”

对面，方雅因为危机终于解除，原本焦躁紧张的心情也放松了下来，正在悠闲地吃着顶级牛排。

听到宁雪落的话，她一副无所谓的表情抬起头来说道：“这女人三番两次找你麻烦，我也算替你报仇了！”

方雅生怕宁雪落中途改变主意。

宁雪落叹了口气道："事情已经这样了，我自然不会心软，否则不是害了你。"

方雅这才松了口气，一脸幸福地摸了摸自己的肚子："哼，我跟小三可不一样，我跟宏达是真心相爱的，现在我们还有了爱的结晶！这个孩子，我一定要生下来！"

宁雪落心中冷笑，这种鬼话你也信？她敢肯定，胡宏达打的主意是等方雅把孩子生下来就抱回去给明芳芳养。

听到方雅的话，宁雪落故意做出忧心忡忡的表情，轻轻叹着气："我自然也希望你好好的，但是……"

方雅见状不解："雪落，你叹什么气啊？现在不是一切顺利吗？"

宁雪落迟疑着提醒道："小雅，你恐怕还不能完全松懈，毕竟那个林芝芝也不是好对付的，现在她肯定在想方设法为宁夕洗脱……"

"那又怎样？只要宏达他不松口！"

"可万一她查出了你……"

方雅闻言顿时愣住，惊得差点被一口牛排呛到："应该不会那么容易被查到吧？"

宁雪落摇了摇头："这种事情，是她的强项，所以我也不敢保证！"

方雅一听顿时慌了："那、那可怎么办？雪落，你快帮我想想办法啊！"

"这……"宁雪落一副为难的表情。

方雅更急了："雪落求你了！你不能见死不救！我现在可是两条命呢！我肚子里的孩子生出来以后，可是要叫你干妈的！你快救救我们母子俩啊！"

宁雪落似乎心软了，这才神色无奈道："林芝芝就算再有能耐，也不过是个小小的经纪人，不管她目前到底查没查到什么，你赶紧打个电话给胡总，让他警告一下林芝芝就是了！"

"雪落，还是你聪明！如果没有你，我都不知道该怎么办才好了！我这就打！"方雅满脸感激地掏出手机，拨通了胡宏达的电话。

对面，宁雪落抿了口咖啡，唇角微勾，满脸嘲讽。

盛世娱乐。

林芝芝用最快的速度编辑好了公关的文案，又仔细检查了一遍，确定没问题之后，便准备发布出去。

然而，覆在鼠标上的手指刚准备按下发送键，手机突然响了起来。她略扫了一眼，发现竟然是胡宏达的电话。

她犹豫了一下，还是接通了："喂，胡总。"

之前想跟他通个电话比登天都难，没想到他会主动打过来。不知道会是什么事……林芝芝有种不太好的预感。

果然，手机那头的胡宏达一副阴森森的语气：“林小姐，你都已经知道了吧？”

这是在探她的话？林芝芝警惕道：“不知胡总指的是什么？”

胡宏达冷笑一声：“林芝芝，我不管你有没有去查一些不该查的事情，我警告你，这件事，你最好别再继续管了，大不了就是换个艺人带而已，对你而言又没什么损失，何必自讨苦吃呢？”

“胡总这是威胁我？”

“呵呵，你明白就好。林芝芝，别太自作聪明，你可以查，我也可以查……你猜，我查到了什么？”胡宏达故意顿了顿，然后才继续说道，“还以为林小姐你多清高呢，没想到私生活也很丰富嘛，对外一直声称单身，没想到女儿都已经五岁了！那小丫头，长得可真水灵啊，不知道是谁的野种呢？”

林芝芝顿时变了脸色：“你……”

“林小姐，言尽于此，你最好识相一点，否则，我可不保证你那宝贝女儿会发生什么！”胡宏达说完，“啪”的一声挂了电话。

林芝芝拿着被挂断的手机，一张脸惨白如纸。

接着，她抖着手赶紧往学校拨了一通电话：“喂，王老师！灵灵在吗？”

“灵灵妈啊，灵灵她在呢！”

林芝芝的心顿时安定下来，语气也软和了：“她在做什么？”

“在跟小朋友一起玩积木呢，我让她跟你说话啊！灵灵快过来……”

很快，手机那头响起一个又甜又软又非常有活力的声音：“妈咪妈咪！”

“宝贝乖！”

“妈妈，你什么时候回来看灵灵啊？”

“妈妈……工作太忙了……一忙完就去看你好吗？你乖乖听姥姥姥爷的话，还有，记得妈妈教你的，绝对不可以跟陌生人说话知道吗？”

林芝芝给女儿打完电话后还是不放心，又跟父母打了一通电话仔细交代了一遍。

随后，她怔怔看着电脑屏幕上还没来得及发出去的文案，陷入了挣扎……

华都郊外某别墅。

胡宏达挂了电话，怀里抱着方雅，一副高枕无忧的表情：“宝贝啊，放心吧，事情已经搞定了，绝对不会有问题的，你尽管安心养胎，好好照顾我儿子！”

“太好了！应该不会有什么意外吧？”也不知道是不是孕妇都喜欢多想，方雅还是有些不安。

“能有什么意外？”

“可是，她毕竟是盛世娱乐的人，若是上面的人插手……”

“盛世娱乐那么多员工，上面的人会管这种小事？就算是盛世的老板陆景礼亲自来找我，我也不怕！”

方雅闻言总算是放宽了心，看着胡宏达的目光满是崇拜：“嗯嗯，我就知道老公你最棒了！”

另一边，宁夕一直在等着林芝芝通知，却迟迟没有等到。

难道又出了什么意外？宁夕蹙眉，急忙打了一通电话过去询问情况：“喂，芝芝姐！”

手机响了好几声才被接起来：“喂，宁夕……”

“芝芝姐，你怎么了？声音不太对，是出什么事了吗？”

“出了一些变故，原来的计划要中止了……”林芝芝语气有些艰难地开口。

宁夕顿时敏锐地察觉到了些什么：“芝芝姐，是不是对方威胁你了？”

手机那头是一阵压抑的沉默。

宁夕知道，她是猜对了，之前就有些隐隐的担忧，没想到还是应验了。

“抱歉宁夕……”

“芝芝姐，你说什么胡话，该说抱歉的人是我才对，你本来完全可以放弃我的，可是却一次都没有，一直以来也都是我在不停地给你添麻烦……芝芝姐，这件事交给我吧！我来想办法！”居然敢欺负她女人！既然对方不仁，那就不能怪她“开挂”了！

宁夕挂了林芝芝的电话之后，紧跟着又拨了一通：“喂！BOSS 大人！”

“嗯？”手机那头传来男人大提琴般低沉好听的声音。

“求救——”

## 第二十章
## 仗势欺人

陆氏集团，会议室。

正在说话的陆霆骁突然中止，接了一通电话。

随后，也不知道那头的人到底说了什么，他们的冰山 BOSS 居然瞬间冰雪消融，低低地笑了一声：“嗯？”

接着只听到 BOSS 大人语气极其温柔地开口道：“我在开会，你约他见面，我随后就到。”

会议室里，所有人你看我，我看你，面面相觑。

怎么感觉 BOSS 状态哪里不对呢？这浓浓的春天来了既视感……

陆霆骁的左手边，陆景礼神情麻木，满脸生无可恋。

呵呵，不然还是继续计划下隐居的事情吧？他哥失恋他会被虐，他哥恋爱，他照样是被虐啊……

另一边，宁夕依照陆霆骁的意思，给胡宏达打了个电话。

陆霆骁相当贴心，怕她自己联系不到胡宏达，还把胡宏达的私人手机号码发给了她。

“喂……”

胡宏达接到电话之后正在跟方雅腻歪，本来有些不耐烦接，不过，手机那头的女人声音意外地好听，于是不由得就随口多问了一句：“喂，哪位啊？”

“您好胡总，我是宁夕。”

“宁夕？哪个宁……啊！宁夕啊！呵呵……”胡宏达反应过来，顿时更没挂手机的打算了。

这个宁夕，可是个十足的大美人！比他老婆明芳芳还要美上几分！所以，当初方雅让他推到这个女人身上的时候，他心里其实还挺愿意的。毕竟男人嘛，都有几分虚荣心，跟这样姿色的女人闹绯闻，也是一种炫耀的资本。

一旁，方雅一听竟然是宁夕打来的，顿时满脸警惕：“宏达，她给你打电话做什么？”

胡宏达示意她先别说话，然后继续跟宁夕说道：“怎么，找我有事？呵呵，还是跟你的经纪人一样，想让我发声明澄清？”

“电话里说不清，胡总，不如见面说？”宁夕建议道。

话音刚落，胡宏达浑浊的眼珠子立即转了转，不由得有些兴奋。

“行啊！当然可以。”胡宏达答应得爽快。

“那好，一个小时后，普罗旺斯餐厅，18 号包厢，不见不散。”那头的宁夕跟他约了时间地点，然后挂了电话。

胡宏达挂了电话之后，方雅顿时急眼了：“那个狐狸精居然约你见面，她想干什么？老公，你干吗要答应她啊！”

“哎呀，不过是见一面，姑且看看她到底想做什么，又没什么大碍！你乖啊，乖乖在家等我回来！”胡宏达说着就进了卧室，居然开始挑起了衣服。

“老公，别去好不好，那个狐狸精绝对是不怀好意！”

“我难道还怕她一个小丫头片子不成？”

“我不是说你怕她，我是说万一她诱惑你！老公你不知道，那个女人风评特别差，你可千万别被她给骗了！”

“你看我像是那么容易被骗的人吗？好了好了，你在家好好休息，这些事，你就不要操心了。”胡宏达的语气已经有些强硬了。

看样子，是打定了主意非去不可了。

方雅恨得差点没把嘴唇都咬破，急忙躲到后面小花园里，赶紧给宁雪落打了个电话：“雪落……”

手机那头，宁雪落正在美容院，听到方雅这求助的语气，神色满是不耐，不过，还是强忍着耐心关切地问道：“怎么了小雅？”

“雪落！我快被那个宁夕给气死了！那个女人怎么可以这样！”方雅的语气异常激动。

“你说谁？宁夕？她怎么了？”宁雪落顿时打起精神，警惕地问道。眼见着计划就要成功了，可不能功亏一篑。

“她刚才居然给我家宏达打电话，约他单独见面！宏达现在已经出门了！我怎么劝都劝不住！她这种时候约他见面到底什么意思那还用说吗？你说我要不要偷偷跟上去？万一宏达真被她缠上了怎么办？”方雅越想越急。

宁雪落听到这话，不仅没担忧，反而露出兴奋的神色：“不，你别去！她若真这么做岂不是更好？”

“哪里好了啊？我男人都要被抢走了！更何况我现在怀着孕，他万一真动了那个心思……”

“你肚子里有孩子呢你怕什么？你不正愁没有确切的证据怕宁夕日后翻身吗，现在她自己送上门来了，不是正合你的心意？所以，你完全不用自己去啊！你啊……现在匿名给明芳芳发条短信，让明芳芳去当场抓奸！”宁雪落教道。

方雅顿时激动得不行：“对啊！我怎么没想到呢！雪落你实在是太聪明了！这样她就算是想赖也赖不掉了！明芳芳那女人可不是好惹的，到时候，有她受的……”

挂了电话后，方雅果然马上就给明芳芳发了条短信：“普罗旺斯餐厅，18 号包厢，你老公正跟狐狸精幽会！”

宁夕，这下我看你还怎么翻身！

另一边，程锋领命将老板娘送到了餐厅，并且尽职尽责地一直送到了包厢里，就差恨不得弄台轮椅过来了，生怕有丝毫照顾不周到的地方。

“程助理，麻烦你了，你去忙你的吧！”

“这万一先来的是胡宏达怎么办？我还是在这里陪您，等BOSS来了再离开吧！”程锋谨慎道。

“没事啦！胡宏达先来才好玩呢，你在这里就不好玩了！再说了，你担心的应该是胡宏达才对吧？”

程助理回忆了一下宁夕的种种彪悍事迹，无法反驳……

程锋离开之后，宁夕没等几分钟就有人来了。

先到的，还真是胡宏达！

宁夕今天穿了一件玫瑰红的高领毛衣，衬得肤色嫩白如雪，一张精致的小脸更显靡丽，正双手捧着杯冒着热气的龙井小口抿着。

胡宏达刚一看到对面座上的女人就呆住了。

之前他只看过照片，一般照片都是精修过的，比较失真和夸张，但完全没想到，这女人，真人居然比照片漂亮多了，竟然比他老婆年轻的时候还要美。

严格来说，两人应该是不同的类型，明芳芳是那种人间富贵花般的雍容美艳，宁夕的美却带着一股子野性难驯，如同带刺的玫瑰，令人更加心潮澎湃，几乎瞬间激起了他的征服欲。

“宁小姐久等了。”胡宏达不经意地绅士起来。

看着胡宏达头发上发光的蜡油，宁夕眸光微闪：“我也刚到，胡总请坐。”

胡宏达在宁夕对面坐下，一双眼睛毫不遮掩地放肆地在她身上扫视着，明知故问道：“宁小姐找我有事？”

宁夕转动着手里的茶杯，眉眼微抬：“我的目的……胡总您应该很清楚吧？您随便两条发言，可是把我给害惨了，现在我是人人喊打喊杀，连门都不敢出……”

“哦？是吗？”胡宏达看着宁夕的目光如同看着囊中的猎物。

“明人不说暗话，胡总，您要怎样才肯澄清事实？”

胡宏达只当宁夕是在欲擒故纵，也乐得陪她周旋，呵呵笑道：“宁小姐，何必澄清事实呢？”

宁夕挑眉：“胡总什么意思？”

胡宏达朝着宁夕伸出手去，有些急不可待，干脆直接挑明道：“不如将错就错，干脆跟了我，后半辈子衣食无忧穿金戴银，岂不是比你拼死拼活地演戏要好？”

宁夕往后靠了靠，不动声色地避开对方摸过来的手，拉长了声音道：“胡总您这是用钱砸我？”

胡宏达挺着微凸的啤酒肚，一副豪气万丈的表情：“宁小姐，你可以开个价。”

宁夕托着下巴："胡总，您就不怕我录音了吗？"

胡宏达如同早就知道一般，神色毫无畏惧，反而一副"你太天真"的表情笑道："小丫头，你这点小把戏还敢跟我斗？你应该知道你那经纪人为什么突然就不管你了吧？你也想试试？我想你是个聪明人，应该不会像你那个经纪人一样不知好歹吧？"

亲眼见到宁夕之后，胡宏达已经打定了主意，就算她拒绝，这个女人他也要定了。

"胡总，您这是准备……仗势欺人了？"这个胡宏达，简直是个无赖……

胡宏达毫无顾忌地扬声大笑："我就是仗势欺人又怎样？我有这个资本！"

宁夕眉头微挑，没有说话，只是看了眼手机上的时间。

胡宏达打了一棒子又给一颗枣，放软了声音劝道："小丫头，跟了我有什么不好？你最后的目的不就是找个有钱的后台？这华都，有几个比我有权有势？"

两人正说着话，这时，身后包厢的门突然被人从外面推开。

"胡宏达，你这个骗子！浑蛋！居然还敢背着我跟那个狐狸精偷情！"一个女人歇斯底里地冲了进来。

宁夕原本还以为是陆霆骁来了，没想到竟然是明芳芳……

胡宏达一看到明芳芳，顿时有些惊慌："老、老婆……你怎么会来？"

明芳芳满脸怒火："有人发短信告诉我，说你在跟野女人幽会！我本来还不相信！没想到……好啊你个姓胡的！刚和我保证完又跟这个女人混到一起了！"

"什么？有人给你发短信？"胡宏达黑了脸。

他来找宁夕的事情，只有一个人知道，所以，给明芳芳发短信的人，只可能是方雅……这个该死的女人，口口声声不会破坏他的家庭，什么也不要，结果居然在背后搞这种小动作！女人可真是麻烦！

胡宏达面色极其不耐，但也只能强忍着去哄："老婆，你这次真的是冤枉我了，你对我这么好，我怎么可能会又跟这种女人混到一起？

"这次是她不要脸地死活缠着我，说我要是不来见她的话，她就去直接找你，我怎么可能让她去骚扰你呢！

"所以，我这才被逼得只好过来了！那条短信肯定也是这个女人发给你的，目的就是离间我们的关系，老婆你可千万别上她的当啊……"

对面，宁夕端着茶杯，听得满头黑线，嘴角微抽：有句话怎么说来着？宁愿相信世上有鬼，也不要相信男人那张嘴……她今儿算是见识到了。这胡宏达，睁眼说瞎话的本事也太厉害了吧？

然而，偏偏还是有人会信。

明芳芳听了胡宏达的解释后，神色明显缓和了不少，顿时把炮火转到了对面的宁夕身上："你先是指使你的经纪人，现在居然不惜自己亲自出来了！你到底要不要脸？居然都到现在了还缠着宏达不放！人家老公就这么好吗？"

宁夕轻轻放下茶杯，略抬了下眸子，不紧不慢地开口道："不好意思，你家这位，我还真看不上。"

明芳芳闻言顿时变了脸色，连胡宏达的脸色也有些不太好。

明芳芳当即冷笑连连："真是笑死人了，好大的口气！我老公你看不上？那你看上谁了？"

话音刚落，身后"吱呀"一声，包厢的门再次被人推开。

门打开的瞬间，一人走了进来。

来人一身铁灰色西装，外面套着纯黑色的大衣，屋外似乎下了雪，男人的头发上和肩头落着白色的雪花，一张面无表情的脸仿佛比这雪花还冷，令人不寒而栗。

看到进来的人，胡宏达差点被自己的口水呛住："陆、陆总？！"他还以为自己看花眼了，来人竟然是他约了好几个月都没见到人的陆氏集团总裁陆霆骁……这怎么可能？可陆霆骁这张脸，他是怎么也不可能认错的。

不仅是胡宏达，明芳芳也是满脸错愕，当年她在盛世娱乐待过一年，对这位大老板还迷恋过好一阵子。

她曾在盛世娱乐的剪彩上看过一次，没想到多年后竟然还会有机会一睹真人，还是这么近距离……

上帝似乎对这个男人格外偏爱，时间不仅没有在他的脸上留下任何痕迹，反而让他更加迷人，气场比当年还要强大。

明芳芳压抑着激动，开口搭话道："陆总，您怎么会来这里？我们这是18号包厢，您是不是走错地方了？"

无论是什么原因，机不可失啊！

胡宏达顿时把所有事情都忘在了脑后，急忙摆出笑脸，伸出手迎上前去："真的是陆总，没想到竟然会在这里看到您，之前一直想约您谈谈城东那块地的合作开发……"

然而，话说到一半，陆霆骁却如同没有看到他一般，径自越过他朝着他身后的方向走去。

胡宏达和明芳芳都是一愣："您这是……"

陆霆骁径直走到宁夕跟前，见她穿了件单薄的红毛衣坐在那里，眉头蹙起，清冷的脸上满是不悦，宽大的手掌覆上女孩的手背："怎么穿这么少？"

宁夕一脸惊喜地摸了摸陆霆骁发梢尚未融化的雪花："哎呀，外面下雪啦？我刚才来的时候还没下呢！"

"嗯。"陆霆骁点头，感觉手掌心下的小手热乎乎的，神色才稍微缓了下来。

此时此刻，对面的胡宏达和明芳芳已经完全傻眼了……这是什么情况？陆霆骁跟这个十八线小女星，两个完全不相干的人，怎么会扯上关系？而且看起来关系还非常不一般！

一时之间，胡宏达胆战心惊，而明芳芳则是满腹狐疑，似乎察觉到了哪里不对。

不等两人从震惊里缓过神来，宁夕突然想起什么似的，挽着陆霆骁的手臂，转向胡宏达开口道："对了，亲爱的，忘了给你介绍了，这位先生是宏达地产的胡总，就是说我是他小三的那位……"

陆霆骁此刻如同一尊冰雕，字字如冰："你说我女朋友是你的小三？"

这句话话音落下的瞬间，胡宏达差点扑通一声直接给跪到地上！陆霆骁的女朋友？这女人竟然是陆霆骁的女朋友？他疯了吗去招惹陆霆骁的女人！最重要的是，陆霆骁的女朋友还需要找男人？这话说出去人家估计会以为他是神经病！

明芳芳这会儿也完全知道到底是哪里不对劲了，她怎么也没想到，宁夕跟陆霆骁居然是这种关系！难怪、难怪宁夕刚才说她看不上胡宏达呢……

既然如此，宁夕就不可能和胡宏达有关系了，那么，胡宏达他为什么要撒谎？

此刻，胡宏达才终于反应过来自己到底得罪了什么样的人，也顾不得明芳芳还在了，当即脸色煞白，火急火燎地解释道："这这这……误会！天大的误会啊！"

宁夕开口道："怎么会呢，您都承认了啊，还点我名了呢！"

"那、那是失误失误！是我说错了！宁小姐，您快跟陆总解释一下，我没……我怎么和您有关系啊！"

宁夕眨了眨眼睛："解释什么？"

胡宏达被噎得一个字都说不出来，他总算知道，什么是搬起石头砸自己的脚，有嘴也说不清了……

胡宏达这会儿满心都是懊悔，他怎么会这么倒霉，随便找个女人背锅而已，结果这女人居然是陆霆骁的女朋友……陆霆骁不是一直单身吗？怎么不声不响地就有了女朋友！真是坑死他了啊！

他在华都就算是再有权有势，往陆霆骁面前一放，那就什么都不是。

胡宏达就算再不甘心，也只能自认倒霉，低声下气道："宁小姐，这件事是我的错，我之前不知道您是陆总的女朋友，所以才多有得罪。我这就去把事情解释清楚，就说是我手误，皆大欢喜，您看这个处理可以吗？"

皆大欢喜？他想得还真够美的！不仅把自己择得干干干净，而且居然到现在还想维护背后那个真正的小三。

宁夕冷笑一声，朝着明芳芳的方向看了一眼，然后回答道："连自己的出轨对象都能弄错，胡总觉得这个说法有人会信吗？"

胡宏达略有些不满道："我亲自说的话谁敢不信！您就放心好了！"

宁夕没耐心继续听胡宏达在这里玩花样，直接开口道："公布那个真正的第三者，并且承认是你故意污蔑栽赃我，这件事，就算完了。"

“宁小姐，我劝你别欺人太甚！”胡宏达顿时变了脸色，同时惊慌地看了眼旁边的明芳芳。要是公布了，那方雅肚子里的孩子肯定就保不住了！该死的，不就是陆霆骁的女朋友吗？谁知道她这个女朋友能当几天？真把自己当根葱了！更何况，他在华都虽然跟陆家没法比，但好歹也是个人物！

胡宏达这么想着，顿时有了底气，当即不再理会宁夕，而是转向陆霆骁道：“女人家家的不懂事，陆总还是您来说吧，我这个法子岂不是两全其美？对你我都好！”接着，他故意顿了顿，然后看向宁夕道，“否则，真要把我逼到那份上，呵呵……”

这最后一句，竟是有几分警告的意味了。

他混到今天可不是白混的，就算是陆霆骁，也要对他有所顾忌。

看着胡宏达阴鸷的表情，陆霆骁的面上风轻云淡，一字未言。

而这时候，明芳芳总算是从一团混乱里回过神来，当即气得浑身发抖：“胡宏达！你这个杀千刀的！你居然骗我！你又骗我！那个女人到底是谁？居然让你如此费尽心机地护着她！”

“老婆……老婆你冷静点！这件事我们回家再说好吗？别让外人看了笑话！”胡宏达心里打算着，既然宁夕他惹不起，大不了他回头再换个女人栽赃就是了，总之绝对不能让方雅暴露。

胡宏达正这么想着，手机突然跟催命一样响了起来，一看是公司副总打来的，神色不耐道：“喂，有什么事等我回来再说……你说什么？公司的股票突然暴跌？好端端的怎么可……”

胡宏达说到这里，突然一脸惊悚地看向对面沙发上神色清冷淡漠的男人，身体里陡然冒出一股寒气……是陆霆骁，该死的！这个男人竟然……

早就听闻对方庞大到几乎可怕的权势、财力以及人脉，但怎么也没想到竟然会可怕到这种地步，短短几分钟内，就能决定一个公司的生死……

宁夕听到胡宏达那通电话之后，一时也是有些惊讶。

陆霆骁到底是什么时候动手的……就算是他昨夜知道这件事的时候就已经动手了，那也太快了吧！一言不合就让你破产……大魔王真是给她上了生动的一课，让她知道了，什么才是真正的仗势欺人！

胡宏达听着手机那头副总火急火燎的各种汇报，不是股票暴跌，就是单子被撤了，不过是一夕之间，整个公司竟然到了分崩离析的边缘，如果再不想办法，只有破产这么一条路了！

若是一般人，他或许还能拼一拼，但是，在绝对的强大面前，他甚至根本生不起一丝反抗之心。

胡宏达已经来不及多想，多耽误一秒，公司的损失就更大一分：“我、我知道了！我马上就按照宁小姐的话去做！陆总您大人有大量，放我一马！”

此刻，胡宏达哪里还有半分嚣张，瑟瑟发抖着飞快地编辑了一条消息发送出去：“我出轨的女人是方雅，不是宁夕！之前是我一时鬼迷心窍，为了包庇方雅才污蔑了她，在此我郑重向宁小姐以及她的经纪人林芝芝小姐道歉！”

“可、可以了吗？”胡宏达战战兢兢地看向宁夕问。

宁夕想了想，觉得应该差不多了，回头再让芝芝姐把他跟方雅偷情的证据发出来，这件事就算彻底澄清了。

正要点头，一旁一直没说话的陆霆骁突然开口：“召开记者发布会，公开澄清。”

宁夕心想：好狠……这是要让他在所有人面前公开丢脸……

而且，她发现陆霆骁的方法确实也谨慎多了。

“没问题没问题！我一回去就召开！”胡宏达哪里还敢有半点怨言，只能咬着牙全部应下。这会儿他已经在心里把方雅骂了不知多少遍。那个该死的蠢女人！让他栽赃给什么人不好，偏偏选中了陆霆骁的女人，这不是把他往死里害吗！差点把他的一切都毁了！

明芳芳呆呆地看着这一系列突如其来的变故，失神道：“方雅？”

这人她略有些印象，不过是个姿色平平又演技烂到家的三线小艺人……她居然输给了这种货色？她的老公居然还为了这女人，从头到尾把她骗得团团转？

胡宏达这才发现后面还有更棘手的事情，现在公司受到重创，要是这时候明芳芳跟他离婚，那么后果……

胡宏达越想越心慌，赶紧焦头烂额地哄道：“老婆、老婆你再原谅我一次好不好？我保证以后再也不骗你了！”此时，他不由得想起了明芳芳的好。除了结婚多年没有给他生育一儿半女之外，长得漂亮，性格又大方得体，这么些年一直任劳任怨地陪在他身边，照顾他的生活起居，最重要的是，还是他事业上的强大助力……不行！他现在绝对不可以跟明芳芳离婚！

“老婆，真的，我可以发誓！”

然而，这一次，明芳芳却再也没有跟之前一样信任他，只要他说什么就信，反而目光冷得吓人。

“呵，不骗我？好啊，那你告诉我，你为什么要这么千方百计地护着那个女人？”明芳芳一字一顿地逼问。

“我……”胡宏达被明芳芳的眼神看得有些心慌，“我就是被那个女人给蛊惑了，一时糊涂！”

明芳芳眸底最后一丝对眼前这个男人的希望终于也破灭了：“骗我……你还在骗我！那个女人怀孕了！她怀孕了是不是！”

明芳芳几乎是嘶吼出了这句话！除了这个理由，她想不到别的原因能让这个利益至上的男人如此维护那个女人。

“我……”胡宏达知道瞒不下去了，“芳芳，我是个男人啊！哪个男人能忍受自己无后？你一直生不出来，爸妈又天天催，你让我怎么办……”

“所以你就出轨？所以你就背叛我？所以你就和那个狐狸精把我当傻子一样耍得团团转？胡宏达！我这些年是怎么对你的？就因为没给你生个孩子？你到底有没有良心！”

“我……”

“既然这么想要孩子，你为什么不直接跟我提离婚去找一个可以跟你生孩子的女人？你若是直接跟我提，我保证二话不说就在离婚协议书上签字，为什么还口口声声说爱我，说不在乎孩子？！”

“老婆，我……你听我说……”

“说什么？说你因为怕跟我离婚了就失去了明家的庇护，所以才假惺惺地装作爱我吗？说你从头到尾就是个人渣吗！”明芳芳的情绪彻底失控，一把将桌上的东西全都拂在了地上。

对面，陆霆骁身形微侧，用身体将宁夕挡住，以免她被碎片伤到。

明芳芳看着陆霆骁保护宁夕时这细微的小动作，心里更是一阵无法言喻的酸涩……

见两人要离开，明芳芳深吸一口气，艰难地开口道：“宁夕，对不起，误会你了。”

宁夕回过头，看了眼那么不可一世的明芳芳此刻单薄的身影，心里五味杂陈……

出了餐厅，宁夕的心情还有些沉重，忍不住愤愤地咕哝了一句：“男人果然没一个好东西！”

她忽然想起大魔王还在旁边呢，急忙扭过头去笑道：“BOSS大人除外！BOSS大人最好了！”

陆霆骁看着女孩的小脸，伸出手去，将她搂在怀里：“我不会。”

宁夕：“嗯？”不会啥？

陆霆骁：“不会逼你生儿子。”

宁夕汗了汗：“你当然不会了，你都有儿子了……”

陆霆骁：“也不会背叛你。”

雪花纷纷扬扬地落着，宁夕仰头看着他：“嗯，我信。”

宁夕身上披着陆霆骁的风衣外套，被捂得严严实实，正要问陆霆骁待会儿还要不要去公司，衣服上突然传来一阵振动感。

“陆霆骁，好像是你的手机响了。”

陆霆骁从外套口袋里拿出手机，看了一眼，眉头微蹙。

“怎么了？谁的电话？”宁夕忍不住问。

谁的电话，陆霆骁会是这种一脸“我应付不来”的表情？真是稀奇……

“小宝的老师。”陆霆骁回答。

“啊？现在不是上课时间吗？老师这个点打电话过来做什么？”宁夕狐疑道。

陆霆骁想了想，直接将手机递到宁夕跟前：“你接。”

显然，对于儿子的老师这种生物，陆霆骁确实是不怎么会应付。

“啊？我接？”宁夕挠挠头，“呃，好吧……我也觉得我接比较好……”

难以想象陆霆骁跟小宝的老师交流的画面，搞不好老师嘴皮子都说破了，他就回一个“嗯”。

当然，更大的可能是老师可能刚开一个头想说什么，就被陆霆骁吓得什么都不敢说了……

于是，宁夕也不推辞了，直接拿起陆霆骁的手机接通了电话，为了让陆霆骁也知道内容，所以开了扬声器。

“喂，请问是陆擎宇同学的父亲吗？”手机那头传来女老师询问的声音。

“王老师，您好，我是陆擎宇的母亲。”为了方便沟通，宁夕完全没多想，直接就说出了这句话。

却不知道这一句听在一旁陆霆骁的心里，是怎样翻涌起伏的情绪。

“是孩子在学校出了什么问题吗？”宁夕有些紧张地问。

“不是的，陆太太您别紧张，今天找您是想跟您和陆先生确认一下，二位下午确定抽不出时间吗？哪怕是一位过来也行啊！要是一个都不来，那孩子孤零零的未免太可怜了！”老师的语气隐含着几分不满。

为了让小宝跟正常的孩子一样上学，学校里除了校长，没有任何人知道小宝的真实身份，包括老师。

所以，老师所知道的信息只有这孩子家境不错，有点自闭，不喜欢说话，孩子的父母很忙，而且似乎感情也不怎么好的样子，因为除了开学第一天，从没见两人一起来接过孩子。

宁夕听得一头雾水，迟疑地问道：“今天下午？今天学校是有什么活动吗？”

“您不知道吗？”老师语气惊讶。

宁夕朝着陆霆骁投去狐疑的眼神，陆霆骁略摇了摇头，表示他也不知晓。

于是宁夕回道：“我和我先生都不清楚，小宝回来好像没有跟我们说过。”

“没有说？这怎么会……我还特意跟他确认了好几次呢……”

老师语气狐疑，随即开口解释道：“是这样的，今天下午学校安排了一个亲子活动，准备搞一场化装舞会。

“好几天前我就已经让小朋友们回家通知各自的家长了，还有一封致家长书。怕他们忘了，中间还提醒过好几次。

“昨天统计的名单，全班只有陆擎宇小朋友的家长一个都不能来，其他小朋友至少也来了一个。”

宁夕眉头紧蹙：“这件事，孩子确实没有跟我们提过。”

老师闻言叹了口气：“那估计是孩子不想给你们添麻烦才故意没说的……昨天我本来就要给你们打电话问一下情况的，结果那孩子真的是太懂事了，还主动请求我不要说，怕打扰到你们……

“唉，哪怕再忙，一个下午的时间总能抽出来吧？我想来想去，还是给你们打了这通电话，希望你们能再考虑一下。这毕竟也是陆擎宇同学来咱们学校之后的第一次亲子活动！”

听老师说了这么半天，宁夕的眼睛都快红了。

前段时间她确实是太忙了，小宝也知道，所以一直乖乖的，都没跟以前一样黏她。

然而，陆霆骁听完老师那些话的感受，却跟宁夕完全不一样……

宁夕这段时间是很忙没错，但是，他记得自己这几天也不算很忙，为什么小宝也没跟他说？好吧……估计小家伙是觉得，如果小夕阿姨不能来……亲爹来不来都没啥区别……

“老师，我知道了，这件事是我们的错，这段时间我们太疏忽跟孩子的交流了，今天下午我会过去的，至于我先生，待会儿我问一下他，尽量也一起过去。”宁夕说道。

“那最好不过了，虽然我们的要求是自己准备和制作服装道具，不过你们要是实在来不及，学校这边也有一些现成的。”老师叮嘱了几句。

“好的，谢谢王老师！”

一旁，陆霆骁静静听着宁夕口中“陆擎宇的母亲”“我先生”，觉得让宁夕接这通电话的决定，非常正确。

跟老师打完电话后，宁夕急忙问一旁的陆霆骁：“陆霆骁，你下午有空吗？”

“有个部门会议，不过可以让景礼代我主持。”老婆都开口了，他怎么可能没空。

“那太好了！那我们俩一起去吧？”宁夕说着，又有些迟疑，“那个……我可以去吗？”

刚才因为太紧张小宝了，她直接就以小宝母亲的身份应下了，现在冷静下来之后，难免觉得有些不太妥当。

毕竟就算是现在，她跟陆霆骁也不过是男女朋友关系而已。

陆霆骁看着她：“你当然可以。”

宁夕仿佛被那视线灼烧，轻咳了一声：“对了，去学校之前我要先去下公寓拿东西，要是别的我还没把握，但是化装舞会什么的，完全就是我的主场啊！我家里好多服装道具呢，都是现成的！”

珠江华景。

宁夕在屋子里一通翻箱倒柜。

她这里玩变装的东西多的是，但是，要适合一家三口的，还真有些不好找。

他们三人每个人都化装成不一样的角色当然也可以，但是没什么特色，她准备弄一个有趣点的主题。

趁着宁夕在找东西，陆霆骁给陆景礼打了一通电话。

手机刚一接通就传来陆景礼急吼吼的声音：“喂，哥啊，还有十分钟就开会了，你不会不回来了吧？”

陆霆骁：“不回，会议你来主持。”

陆景礼顿时一噎。

“好吧好吧……我就知道，你事情处理完了吧？”陆景礼语气肯定。光看宏达地产的股票跌得那么惨就知道了，他哥都亲自护妻去了，还有啥不能解决的？

“嗯。”

“哼，小夕夕是不是特别感动？你们俩现在是热恋期，肯定要去过二人世界了吧？”陆景礼酸溜溜地哼哼。

陆霆骁：“不是。”

“不是？居然不是二人世界？那你干吗不回来开会啊？”听到否定的回答，陆景礼惊讶不已。他还真有点不习惯。

结果，下一秒就听到他哥开口道：“小宝学校有亲子活动。”

陆景礼哀号：这三人世界比二人世界还虐好吗？！

这才交往的第二天啊，就一起去学校参加孩子的亲子活动了……果然亲哥还是那个亲哥，一样的配方，一样的味道……

“啊！找到了！这个肯定棒！”屋子里传来宁夕惊喜的声音。

陆霆骁挂了电话，抬眼看去，然后就看到宁夕怀里捧着一块红色的布料，另外还有两坨灰扑扑毛茸茸的不明物体……

“准备的什么？”陆霆骁问。

“先保密，到时候你就知道了嘿嘿……”宁夕笑得一脸神秘，随即有些忐忑地沉吟道，“就是有点担心到时候你会不愿意穿啊……”

“愿意。”

“真的？这可是你说的啊，不管我准备的什么你都愿意穿？”

“嗯。”

“好！BOSS 大人你都这么豁出去了，咱们争取拿个第一！刚王老师给我发了活动细则，说第一名有超级大奖呢！好期待！”

宁夕跟陆霆骁赶到学校的时候，发现其他小朋友的家长基本都已经到了。

整个活动会场化装成什么的都有，有狮子、老虎、恐龙，有公主、王子、灰姑娘，有超人、蜘蛛侠、冰雪女皇……

宁夕在花花绿绿的人群里找了又找，结果，找了半天都没发现小宝人在哪里……

宁夕踮起脚，希望能看得清楚些："咦，咱们小宝呢？陆霆骁你看到了吗？"

陆霆骁借着身高优势扫了一眼，开口道："小宝不在这里。"

"啊？不在？那小宝去哪儿了？"

这时，不远处王老师看到站在门口的两人，急忙走了过来："陆先生，陆夫人，你们来了！"

虽然这两人她只在孩子第一天来学校的时候见过一次，不过两人实在是太显眼，于是一眼就认出来了。

"王老师，不好意思，我们来迟了，陆擎宇他人呢？"宁夕急切地问。

"他在教室看书呢！我还没跟他说你们会来，孩子看到你们肯定很高兴！"王老师笑道。

"谢谢王老师，我们这就去！"

离开了会场，宁夕忍不住越走越快。

陆霆骁无奈地提醒："慢点，腿上还有伤。"

"可是我等不及了！"她这会儿哪里还听得进去劝，一想到小宝宝贝正孤零零地一个人待在没人的教室里，她都恨不得插上翅膀飞过去。可是她知道自己的腿，再走快伤口确实受不住了……

于是，她一扭头，果断朝着陆霆骁张开双手："BOSS 大人，抱我！"

陆霆骁神色一怔，明显是被突如其来的福利砸中有点没反应过来。

宁夕也顾不得害羞了，急得催促："快点快点，小宝还在等我们呢！"

陆霆骁这才俯下身轻轻将她抱了起来。

果然，这个决定是对的。

尽管陆霆骁步伐平稳也没见走多快，但架不住人家两条大长腿，随便走走都比她快多了。

好在这会儿教学区没什么人会看到，不然她也不敢这么明目张胆。

宁夕探着脑袋望着，不一会儿就看到了教室门口……

刚走近些，就看到门口站着一个陌生的小男孩，还有一个老师，两人正在争执着什么。

老师是个二十多岁的年轻女孩子，正严肃地训斥着："孙壮壮！你怎么可以锁门呢！陆擎宇同学还在里面呢！"

“报告老师！陆擎宇他没有化妆没有换衣服！”那个小男孩脸上胖乎乎的，肉挤得眼睛都快看不见了，穿着一身大黑熊的衣服，装扮的是动画片里的熊大熊二。

“老师知道，因为陆擎宇的爸爸妈妈还没有来！”老师耐心说道。

“他没有化妆，不可以跟我们一起玩，我就要把他锁起来！”小男孩大喊大叫。

“就算是这样，那你也不能把人家锁在里面啊！好孩子不可以对同学这么不友好哦……”

老师正和蔼地劝着，谁知道，那熊孩子居然一脚踹在了她的小腿上：“死女人！你居然敢不听我的话！我要让我爸爸打你！”

那孩子虽然年纪不大，但看得出来体型非常胖，比一般的孩子都壮实好多，这一脚下去，那力气绝对不小。

老师的小腿顿时一阵钻心的疼痛：“孙壮壮！你怎么可以随便踢人……”

话音未落，一个身材高大魁梧的光头男急匆匆地跑了过来：“儿子，你怎么跑这里来了！爸爸找了你半天！”

一见到父亲，那孩子立即扯着嗓子，杀猪似的号了起来：“爸啊！老师打我！老师打我！”

“什么？谁敢打你！老爸帮你揍他！”男人块头很大，横眉冷目的样子非常凶悍。

年轻的女老师被吓得瑟瑟发抖，慌慌张张地解释道：“孙先生，我不是，我怎么可能打孩子！是您儿子非要把其他同学关在教室里，我劝了几句，他不仅不听，还踢了我一脚……”

那父亲一听，不仅不责备，反而当场大笑：“好！踢得好！这才是咱们孙家的好儿子！只能咱们欺负别人，绝对不可以别人欺负咱们！”

女老师脸色惨白，却敢怒不敢言，只能双眼通红地忍着委屈……

“什么玩意儿！一个大男人欺负一个弱女子居然还振振有词？”不远处，宁夕看得差点拔腿就冲过去把那个欺负小姑娘的男人给暴揍一顿。

最重要的是，那熊孩子刚才居然企图把小宝宝贝锁在教室里！

不过，她这会儿还被陆霆骁抱着呢，自然是拔腿失败了……

“陆霆骁，你拦着我干吗呀！我要去给我儿子报仇！”

“不许胡闹。”

“没胡闹！陆霆骁我跟你说，我单腿照样揍得他满地找牙！”

陆霆骁极其无奈地叹息一声：唉，真是操碎了心，来学校参加个亲子活动都不能大意，一不留神这丫头就要跟脱缰的野马一样撒丫子奔出去了……

说话的工夫，前面那对熊孩子和熊家长已经走了，只剩下老师一个人留在原地委屈地抹眼泪。

“老师，您没事吧！”宁夕走了过去，递上了一片纸巾，神色还是有些愤然。

“啊！你们、你们是陆擎宇的家长吧？小朋友等你们很久了！唉，我没事，你们刚才都看到了？”

老师生怕家长对学校留下不好的印象，急忙解释道：“你们千万别介意，这样的家长只是个别，我们学校的家长大部分还是很有素质的！”

这老师刚才一直敬业地护着小宝，宁夕自然也不忍心怪她，忙道：“没事没事，老师我们理解的，到哪儿都有这种人……”

不过，通过刚才的事情，宁夕难免忧心忡忡，担心小宝平时在学校是不是也受欺负了？以这孩子的个性，就算被欺负了，估计也不会跟他们说的……

老师也看出了宁夕的担忧，忙开口道：“陆擎宇同学在学校这段时间适应得也很好，虽然不说话，但小朋友们都挺喜欢他，尤其很受女孩子的欢迎呢！”

宁夕闻言眼睛一亮：嗯哼，小宝很受女孩子的欢迎？还真是看不出来啊！不过也对，她儿子这么帅！受欢迎也是再正常不过的！

“这个孙壮壮是个出了名的调皮鬼，就喜欢找麻烦，主要是他的家长也不管，都快成校园一霸了，老师们都对他很头疼，唉……不过，我们老师一直对他盯得很紧，您可以放心……”

因为后面活动厅的化装舞会快开始了，老师跟两人聊了一会儿就急急忙忙地走了。

跟老师寒暄过后，宁夕来不及多想，立即迫不及待地推开了教室的门。

只见第一组中间靠窗边的位置，正坐着一个小小的身影。

窗外的雪花纷纷扬扬，映衬着小家伙与他父亲如出一辙的冰山小脸。

小家伙手里捧着一本大部头，此刻正完全沉浸在自己的世界里，方才教室外面发生的一切纷扰都没有进入他小小的、纯净的世界。

“小宝……”

伴随着一声轻唤，如同隔绝外界的一层透明结界被骤然打破，小家伙那双澄澈如琉璃般的眸子，瞬间由沉淀的眸底深处迸发出夺目的光亮来……

小宝陡然一惊，脊背微僵，瞬间从厚厚的书本间抬起头，顺着声音传来的方向朝着门口看去。

小夕阿姨……至于一旁的亲爹，明显被自动无视了……

小家伙眨了眨眼睛，一时间没有动，等了两三秒钟，大概是确定不是幻觉了，这才立即丢下书，飞快地朝着她跑去……

“小宝……对不起……”终于将小宝抱在了怀里，宁夕一颗七上八下的心总算是安定了下来。

“小宝，阿姨知道你是不想给我们添麻烦才瞒着我们的，但是，下次不可以了知道吗？”

小宝乖乖点头。

"好了，时间快来不及了，我们先换衣服！"

宁夕还是有些担心那个孙壮壮的事情，想问问小宝平时有没有被欺负，不过，化装舞会已经快开始了，只能暂时按捺下来。

不过，这件事情却始终被她放在心里，她必须得想个办法，一劳永逸，让小宝以后在学校里再也没人敢欺负才行……

终于换好了装，进会场之后，宁夕突然想起什么，低头看向牵在手里的小包子开口叮嘱道："宝贝，我是不是忘了跟你说一件事了？"

小包子眨巴着眼睛，露出狐疑的神色。

宁夕轻咳一声，朝着陆霆骁看了一眼，开口道："那个什么……我想下怎么说啊……"

正犹豫着怎么措辞，一旁的陆霆骁来了一句："你小夕阿姨已经是我的女朋友。"

小宝闻言，歪了歪头，似乎有些迷惑。

对于"女朋友"这三个字，他的理解并不深，他只知道如果小夕阿姨是爸爸的妻子，那就意味着小夕阿姨是他的妈妈。

于是，陆霆骁解释道："女朋友的意思就是，小夕阿姨算你半个妈妈。"

宁夕心想：你这么解释真的没问题吗？

不过，这个解释对小包子而言却非常有效果。

小家伙一向没什么表情的小脸竟陡然亮了起来，甚至急切地看向了宁夕，投去求证的目光，很明显信不过亲爹。

宁夕自然不忍心让小包子失望，轻咳一声道："你爹解释得……大体没错，差不多就是这个意思吧！而且呢，为了方便跟老师沟通，也为了让你能跟其他小朋友一样，平时在学校的时候呢，我就是你的一整个妈妈了！"

"一整个妈妈"这个说法，她也是醉了。还好，小包子聪明绝顶，立即就点点头表示明白了。

"好了，接下来咱们就愉快地玩耍吧！"宁夕一手一个，牵起一左一右，一大一小，两只毛茸茸的爪子。

当三人走进活动厅，原本熙熙攘攘的厅内瞬间诡异地安静了下来。

所有人都有些出神地看着门口的方向……

只见宁夕身上穿着一身洛丽塔风格的蓬蓬裙，外面罩着大红的连帽斗篷，手里还提着一只小篮子，一眼就能看出是童话故事里经典的小红帽形象。

至于她旁边的小包子和大包子，一大一小全都穿着毛茸茸的灰色外套，外套上面连着大大的尾巴还有尖尖的耳朵，连眉头都严谨地画成了灰色……

小灰狼呆萌可爱，大灰狼又帅又酷，小红帽无比娇艳甜美，这一家三口，瞬间吸引了活动厅里所有人的目光。

那些家长毕竟都是外行，说是化妆，也都是随便画画，甚至有人就随便在外面套一件纸糊的衣服。

哪里像宁夕，专业变装一百年，对道具和妆容的要求都异常严苛，连大灰狼衣服上的每一根毛发看上去都栩栩如生。

宁夕看着一屋子惊叹的目光，嘴角微抽，偏头对一旁的陆霆骁开口道："我是不是有点用力过猛了啊？有种满级大号屠杀新手村的感觉……"

陆霆骁："老婆很棒。"

宁夕："咳咳咳……"这家伙，入戏也很快嘛！小宝的一整个妈妈，可不就是他老婆！

"老公也很棒！好配合呀！我真没想到你会肯穿……"宁夕强忍着笑，伸手捏了捏陆霆骁的狼耳朵，"真是太可爱了！要是被你公司的人看到你穿成这样，你会不会再也没办法管他们了？"BOSS 大人威严尽失啊……

陆霆骁无奈地看她一眼："你以为我还会让别人看到我这个样子？"

"好啦好啦！知道你牺牲很大……"

正跟陆霆骁说着话，宁夕察觉一旁的小宝扯了扯她的裙摆，并且正仰着小脑袋，大大的眼睛有些失落地看着她。

"怎么了宝贝？"宁夕急忙问。

陆霆骁瞥了儿子一眼，然后提醒道："耳朵。"

"啊？耳朵怎么了？"宁夕愣了下，然后很快反应过来，哭笑不得地弯腰摸了摸小包子的小狼耳朵，"小宝宝贝也好可爱！"

小包子眯着眼睛感受着小夕阿姨，哦不，小夕妈妈的抚摸，总算是满足了。

"宝贝饿不饿？那边有甜点，等等，我去给你拿一点啊！"

小红帽宁夕开心地走到甜点区，正要伸手去拿一块布朗尼蛋糕，身后突然一个什么东西大力地撞了过来，把她整个人撞到一边。然后只见刚才那个欺负小宝的熊孩子孙壮壮一把抢过她刚才准备拿的蛋糕，三两下塞进嘴里。

不仅如此，他的手里还拿着一个大大的袋子，把那一片所有的蛋糕都扒拉进了自己的袋子里……

那边已经有家长在不满了："喂，这谁家的孩子啊？家长管管啊！把吃的全拿走了我们吃什么？"

"我家的孩子，怎么了？"一个身形微胖的女人走了过去，一脸宠溺地看着那熊孩子，"东西放在这里不就是给人吃的吗？又没规定谁吃多少！我家孩子长得壮，自然吃得比较多！"

“那也不能拿这么多啊，十几块呢，他能吃得完吗？”

“你管我吃不吃得完，你一个大人，跟小孩子计较什么？几块蛋糕而已，至于吗？”

“这不是几块蛋糕的问题，你家孩子……”

其他家长本来还想辩驳几句，那熊爸爸凶神恶煞地往旁边一站，大家顿时抱着多一事不如少一事的心态不再多言了……

这个短暂的插曲很快过去，接下来老师安排了很多唱歌跳舞做游戏的互动，大家玩得都非常开心。

最后一个环节就是评选出今晚化装舞会最受欢迎的大奖了！

几乎是毫无悬念的，宁夕他们成了今晚的大赢家，票数也完全是碾压式的。

陆霆骁都做如此牺牲了，如果还不拿下这个大奖，那也太说不过去了！

“恭喜我们的陆擎宇小朋友和他的爸爸妈妈！今天三位的装扮真的是非常可爱！让我们觉得童话世界的大灰狼也变得可爱起来！我们的奖品也非常可爱哦，是什么呢？等老师给你们打开啊！”

舞台中央放着一个巨大的礼盒箱，老师拉开了箱子上的蝴蝶结。

台下，宁夕比小朋友们还要激动，踮着脚尖翘首以盼。

最后，盒子打开，是一只巨大的毛绒熊，比宁夕整个人都要大上很多。

宁夕顿时星星眼：“哇！好可爱呀！”

小宝看着那只巨大的熊，又看看妈妈开心的表情，也是满脸开心。

看着老婆、儿子开心的表情，陆霆骁摸了摸衣服上的毛，觉得还是挺值得的。

领完奖后，老师微笑着开口道：“好了，今天我们的亲子活动就到此结束了，其他的小朋友也都可以在老师这里领一份小礼物哦！”

小朋友们一片欢呼，陆续过去领礼物……

因为停车的地方比较远，外面又冷，陆霆骁便让宁夕和小宝先在活动厅里等着，然后自己先去把车开过来。

“我很快就回来，你乖一点，不要乱跑。”毫无疑问，陆霆骁这话不是对小宝说的，而是对宁夕说的。

被当成了小朋友叮嘱的宁夕不满地撇了撇嘴：“知道啦，就这几分钟时间我还能上天啊？”

陆霆骁心想：不仅有可能，而且可能性还挺大的。

“小宝，照顾好妈妈。”小宝严肃地点点头，表示一定会照顾好妈妈的。

宁夕看着父子俩，满脸无语。

又不放心地交代了好几遍，陆霆骁才终于走了。

宁夕抱着大熊，跟小宝一起找了张椅子坐了下来，乖乖等陆霆骁。

“小宝，今天开心吗？”

小宝眼睛亮晶晶地点点头，开心！今天是他最开心的一天！小夕阿姨是他半个妈妈了，他们还赢了一只超大的熊。

家里的玩具无数，小家伙从来都没有什么感觉，不过这会儿却伸着小手对那只巨大的毛绒熊左摸摸右摸摸，爱不释手。

宁夕趁机发挥了一点母亲的作用：“宝贝知道吗？通过自己的努力得到的东西，才是最好的哦！”

母子俩正说着话，原本欢声笑语的活动厅里突然传来一声刺耳的哭号：“我不要这个！我要熊我要熊我要熊我要熊！”

只见那个熊孩子又开始闹幺蛾子了，一把扔了老师发给他的小礼物，然后哭嚷着看着宁夕他们那边的大熊，不管旁边的人怎么哄都不行。

不远处，宁夕看得一阵无语，要什么熊，我看你自己就挺熊的……

虽然对那个熊孩子挺看不惯的，不过实在不想今天那么好的心情被破坏，加上答应了陆霆骁不许乱来，于是她继续跟小宝说话，也就没有搭理那边的情况。

结果，她不去找麻烦，那熊孩子的妈妈却自己找上门了。

那女人走到了她跟小宝跟前，二话不说，张嘴就是：“那个谁的家长，我们换一下，你们把熊让给我儿子吧！”

宁夕差点被气笑了：“凭什么？”他们这可是一等奖的奖品！

“你们没看我儿子都哭成这样了吗？”女人一副理所当然的语气。

“你儿子哭，关我们什么事？”

“你这人怎么这么没素质，小孩子哭成这样，你就一点同情心都没有吗？”女人大声呵斥道。

“同情？刚才这小子还使坏想把我儿子锁在教室里呢！你让我同情他？”因为小宝在身边，宁夕强忍了怒气，并且摸了摸小宝的脑袋安抚他。

“不过是小孩子闹着玩而已，你一个大人，至于跟小孩子计较这么巴掌大点的小事吗？”

宁夕冷笑：“是不是将来你儿子犯法，你也来一句‘小孩子闹着玩而已’？”

就在宁夕跟那女人说话的时候，不留神那个熊孩子突然一头撞过来，宁夕的身后就是一排书架，因为站立不稳，撞到了后面，顿时，整排书架都摇摇欲坠……

眼见着书架就要倒了，宁夕大惊失色，一把抱起小宝往旁边躲去，同时用那只大熊挡住了掉落下来的书本，这才险险地没被伤到……

下一秒，“砰”的一声巨响，书架坍塌下来。

现场一片哗然，所有人都是惊魂未定。

宁夕怀里抱着小宝，强忍着才没让自己在学校爆粗口，目光如冰刃般朝着那个熊孩子和那个女人看去。

见宁夕面露不善，那女人急忙一把将熊孩子拉到了身后：“干什么干什么……你还想跟一个小孩子动手啊！大家都来看看啊！这恶毒的女人居然连个孩子都不放过！”

这边的动静太大，所有家长都看到了，大家都满脸愤慨。

“怎么又是这家人！真没素质！”

“可不是吗，上次那个孙壮壮把我老公给孩子新买的变形金刚借过去玩，结果借了就不还了，我去找他妈妈理论，她就扔给我一句‘弄丢了’，也没说要赔，还说我小题大做！”

“刚才要不是那个女人躲得快，这么大架子砸下来绝对是重伤！况且还有个小孩子在呢！那熊孩子现在这么小都这样了，长大了可搞不好就要犯法！”

“太无法无天了！学校也不管管吗？”

“怎么管啊？管起来人家就说，小孩子嘛，调皮点那不是很正常吗？学校总不能因为这点小事把人家赶走吧？”

……

面对着家长和老师们的指责，那个熊孩子的母亲没有丝毫悔过的意思：“小孩子能有多大力气，不过是轻轻推了她一把，是她自己站不稳撞过去的！再说他们不是没事吗？你们瞎嚷嚷什么！欺负我们孤儿寡母是不是？”

正说着，刚才离开的熊孩子父亲回来了，一见一群人围着，二话不说就是一声吼：“你们干什么？”

“老公，你总算来了，这些人欺负我和儿子！那个女人因为一点小事怀恨在心，自己摔倒了却非要推到我们儿子头上！这些人一个个的还都帮着她说话！”熊孩子的母亲一阵颠倒是非，把所有人都气得够呛。

“爸！熊！我要熊！我要！”熊孩子一看到爸爸来了，气焰更加嚣张，甚至直接上手抢了。

宁夕一把拍开了那孩子摸过来的手，她那一下压根没用什么力气，那个孩子却跟她虐待了他一样嘶喊起来。

熊孩子的妈妈“心肝宝贝”地哄着，嚷嚷着要上医院。

熊孩子父亲当场作势要动手：“臭女人！你居然敢打我儿子！你活腻了是不是！”

现场所有人都在为宁夕担心，老师已经赶紧去叫保安了。

“妈！我要！我要！我就要那个熊！”熊孩子从头到尾号个不停，吵得人脑子都快炸了。

“不然你把这个熊让给我儿子，这件事就算完了！”女人一副很吃亏的表情说道。

旁边有家长在好心劝着宁夕：“唉，算了，不然就把这个熊给他们吧，跟这些人争辩不出结果的，别最后自己吃了亏……”

宁夕感激地看了劝自己的家长一眼，然后看向那个恶狠狠瞪着自己的熊孩子父亲，目光极其平静：“想要这只熊，可以啊，打一架吧，赢了就给你。”

熊孩子的父亲先是一愣，接着大笑起来：“你说什么？打架？你可想清楚了，你老公的小身板，怕是都不够我一个拳头的！”

宁夕脸色微黑，陆霆骁属于典型的穿衣显瘦脱衣有肉的好身材好不好？哪像他一身打了激素一样暴胀过头的肌肉恶心死了！

熊孩子的母亲也是一脸幸灾乐祸：“你老公也是够倒霉的，娶了你这么个没脑子的败家娘们，我看还是早点离了好！”

宁夕看了下时间，面色不耐：“别废话了，打不打一个字！”再不打陆霆骁就要回来了！

那个熊孩子父亲当即道：“打！当然打！不过，你能替你男人做决定吗？万一他不敢跟我打呢？”

宁夕挑眉：“我说了我男人要跟你打吗？”

“你不是说了要打吗！耍我玩呢！”熊孩子父亲暴怒。

宁夕把大熊靠在一边，然后牵着小宝在角落的椅子上坐下：“宝贝，闭上眼睛，数一百下再睁开。”

小宝虽然很担心妈妈，但更相信妈妈，于是乖乖闭上了眼睛。

宁夕在小宝的脸蛋上亲了亲，然后转过身，看着那个熊孩子父亲，一字一顿道：“我说的是我跟你打。”

“你？哈哈哈……”熊孩子父亲如同听到了什么天大的笑话。

周围的家长、老师们也是一脸蒙……

“这、这位夫人是不是疯了啊？”

“谁知道啊！她想干吗呀？”

“保安呢？保安怎么还不来！再这么下去要出事了啊！”

……

宁夕已经没时间耽搁了，故意嘲讽道：“不怕告诉你，我功夫可是很好的，从小就练过！孙先生啊，你不是怕了我，不敢吧？要是不敢打，就给我跟我儿子道个歉，然后赶紧给我滚，别跟我这儿耽误时间！”

“怕你不成？行，大家可都看到了啊，不是我要欺负女人，是这女人自己挑衅我！”那男人的怒火彻底被点燃了。

围观的众人这会儿看着宁夕的表情也跟看傻子差不多了，本来还挺同情她担心她的，没想到是个脑子不正常的……什么从小练过？就她那娇滴滴的样子，练的别是女子防身术吧？

男人脱了外套，只剩下一件黑色的背心，露出全身可怕的肌肉，恶狠狠道：“闲杂人全部靠后，误伤了你们我可不负责！”

顿时，所有人都下意识地退后三步。

接着，那男人摆了一个气沉丹田的姿势，然后一边左右晃动一边不停地变换姿势，看起来是个练家子。

“陆夫人您冷静点！不可以！不可以啊！您快回来！万一伤了哪里可怎么办啊！我怎么跟您先生交代！孙先生，您也别计较了好吗？我们再送您一个大熊！”

老师劝了半天，见劝不动，已经在一边催保安，一边赶紧打陆霆骁的电话。

“爸爸加油！打她打她！”熊孩子在一旁吵死人地大喊大叫。

“啊打——”男人吼了一声，准备出招。

所有人的心提到了嗓子眼……

宁夕动都没动一下，在男人出手的瞬间，以受伤的那只脚的脚尖为支点，另一只脚如同拉满了弓弦的箭，“唰”的一下踢了出去——

下一秒，“砰”的一声巨响，所有人都没反应过来发生了什么，男人的壮硕身体已经重重地摔在了地上……

一招制胜，现场所有人纷纷震惊。

就在宁夕一个回旋踢踹飞那个熊爹的瞬间，陆霆骁接到老师的电话，车开到一半就赶了回来。

然后，就看到了自家前脚刚答应了会乖乖等他的老婆，下一秒就一脚把一个大男人给踢飞了……

宁夕收回脚，然后转身回到小宝身边，告诉小宝可以睁开眼睛了。

她的身手确实挺差，甚至现在退化到连三师姐的五招都应付不过来，但对付这种空有其表的花花架子还是易如反掌的。

她早就看出来那个男人脚步虚浮，肌肉也是短时间内催出来的，就是看着吓人而已。

只是，老师、家长们不知道啊，这会儿所有人都是满脸震惊。

“啊啊啊……小红帽好厉害！”

“小红帽打败了光头强！”

……

直到一旁小朋友们突然欢呼起来，大家才总算是从震惊中回过了神。

“我、我的天哪！这位夫人好厉害啊！居然一脚把一个大男人踹飞出去了！”

“你没听人家说是从小就练过的吗？当然厉害了！”

“我以为说着玩的呢！哪里知道这么夸张！”

“噗，我以为这个姓孙的多厉害呢！原来就是个花架子，居然被一个女人一脚揍趴下了！”

“哈哈哈……是啊！简直大快人心！我看这下他以后还有什么脸来学校！”

……

“老公！老公你没事吧！你这个女人，居然把我老公打成这样！”熊孩子的母亲大吵大闹了起来。

“哎呀，我只是一个弱女子，能有多大的力气！不过是大家闹着玩而已，至于这么大惊小怪吗？”宁夕一脸无辜，故意学着她之前的语气。

“你、你别跑！你跟我去警局！我要告你！我要告你故意伤人！”

“哦，那你到时候怎么跟警察叔叔说？说我一个女孩子一脚把你满身肌肉的老公一脚踢倒了吗？你看警察是相信你，还是相信我？”

“你你你……”

看着那家人憋屈的模样，老师们还不敢表现得太高兴，家长们就肆无忌惮了，好多人围到了宁夕身边问东问西。

“陆太太啊，你真是太厉害了，到底怎么练的啊？”

“陆太太打得好！刚才看得真是太爽了！这种人就应该这么对付他！”

“就是就是！不过我们刚才都吓了一跳，为你捏了把汗呢！”

“陆太太你这么厉害，你老公在家是不是特别听你的话啊？”

……

听着耳边那些夸赞，宁夕挺得意的，有种自己是为民除害的女侠的既视感。

她早就说了，一只脚照样揍得那浑蛋满地找牙！

正得意着，下一秒，突然发现哪里不对，怎么冷飕飕的……

果然，一抬头就透过人群看到活动厅门口，陆霆骁正脸色黑如锅底一般站在那里。

完蛋了！看这表情！绝对是看到了！

电光石火之间，宁夕毫不犹豫地提着裙摆，梨花带雨地一头扑到了陆霆骁的怀里：“老公，你总算来了，人家好怕啊……有坏人欺负我……”

现场所有人：说好的女侠呢？

陆霆骁看着在自己怀里蹭啊蹭的一副可怜兮兮模样的女孩，真是不知道该说什么：“你……”

“我错了我错了！可是我真的听话乖乖等你，我都已经很努力在忍着了，是他们非要找我麻烦的，不信你问小宝……”

众人：说好的老公特别听话呢……为什么反过来了……

小宝立即点点头，为妈妈作证。

陆霆骁瞥了眼明明答应了要看住宁夕，这会儿完全倒向宁夕那边的小宝，总算认命地看清又一个事实，儿子也是个靠不住的……

准备回去的时候，看着那个巨大的熊，宁夕愣住了。

“学校老师用这只熊做奖品的时候，就没考虑过我们要怎么带回去吗？”

看这个大小，车里肯定塞不下，连后备厢也不够放……

最后，还是陆霆骁想到办法：“绑车顶吧。”

于是，一家三口开着车，车顶躺着只熊，就这么无比拉风地出发了……

车里。

“以后不许再冲动，这种事情应该是男人来解决，知道吗？”陆霆骁苦口婆心地教育。

说轻了怕她左耳进右耳出，说重了自己又舍不得，真是感觉比教育儿子还累。

“我知道你肯定有办法解决啦，只是，我想来想去还是太担心咱们小宝在学校里被人欺负，你杜绝了一次，不可能每次都杜绝啊，所以这次我的这一脚也算是杀鸡儆猴了，而且还为大家除了一害！多好啊！”宁夕越说越觉得自己揍得对。

陆霆骁开着车，从后视镜里看了她一眼：“不是自己想打架？”

“怎么可能！”宁夕猛摇头，不过，摇得明显有些心虚……

这些天因为腿伤，她确实有点憋得慌了，这么好的打架机会，怎么可能憋得住！

见小宝担心地频频往外面看，宁夕好笑地安慰道：“放心好了，绑得很严实，不会掉下去的！”

因为小宝舍不得把身上的衣服脱下来，宁夕和陆霆骁便也没有换衣服，纵容着小家伙多开心一会儿。

所以，宁夕看着前面认真开车的大灰狼版陆霆骁，好几次忍不住想笑。

“对了，陆霆骁，我们要不要教小宝一些拳脚功夫啊？我们就算把他保护得再好，也不可能时时刻刻在他身边啊！”宁夕斟酌了一下，提出自己从刚才起就在考虑的想法。

这一点，陆霆骁倒是早就想过，只是，那时候他想得挺多，但没一样实现的，小宝不配合，一切都是白搭。

陆霆骁：“你教？”

宁夕立马摇头：“我哪行！我顶多教小宝一些五禽戏啊之类的强身健体的健身操，其他我就是个半吊子，小宝如果要学，那就好好学，别被我教坏了，所以，一定要找个好师傅才行！就是一时想不到合适的人选！”

陆霆骁略一思索，说出一个名字：“唐浪。”

突然听到这个名字，宁夕差点被自己的口水呛到：“唐、唐浪？”

这段时间发生的事情太多了，她差点忘了问一个非常重要的问题，二师兄到底是怎么到陆霆骁身边的……既然唐浪已经是他的人了，那么，陆霆骁对于她的一些事情是不是都已经知晓了？

“嗯。”陆霆骁点头。

“他现在还在你身边做事吗？其实我一直想问……你到底是怎么把他挖过去的，实在是太神奇了……”至今想起来她还有些震惊，没想到自己和二师兄会在那种情况下相逢。

“这些事到时候你可以去问他，他目前就在陆氏集团做事。”陆霆骁说。

宁夕顿时震惊了：“啥？他进陆氏集团了？那他、他什么职位啊？”

“程锋帮他安排的，应该是保全部。”

“真是难以想象啊……”她的二师兄当小保安朝九晚五上班的样子……

不过，给小宝请师傅不是小事，还是好好考虑一下再做决定吧。

既然二师兄现在人就在华都，这么方便，到时候约他出来聊聊好了。

除了小宝的事情，她还有太多的事情要问……

到了公寓楼下。

三人下了车，宁夕眼角余光突然看到有个熟悉的人影正往公寓里走，于是急忙朝着那人喊道：“喂！陆景礼！”

前面陆景礼正一边上下抛着车钥匙一边哼着歌准备进门，听到有人叫自己，于是下意识地顿住脚步，转过身去……

下一秒，手里的车钥匙啪一声掉在地上，然后他一把捂住了自己的眼睛：“我看到了什么！”

只见一只无比可爱又萝莉的小红帽正朝着他挥手，小红帽的身边是一只小灰狼，以及，一只大灰狼……

小红帽是小夕夕，小灰狼是小宝，大灰狼居然是他亲哥！而三人身后那辆车的车顶上，正绑着一只巨大的熊……这到底是怎样一幅神奇的画面，简直无法用言语形容！

“你们是疯了吗？”陆景礼还是难以相信自己的眼睛，尤其是当他看到一身毛茸茸，头顶长耳朵，屁股后面还有尾巴的亲哥。

宁夕摘下头顶的小红帽，白了他一眼：“大惊小怪，小宝学校举行化装舞会而已好吗？”

“化、化装舞会……这就是我哥说的亲子活动？就算是化装舞会，你也弄得太夸张了吧？随便糊点纸画点胡子不就行了？”

宁夕一脸鄙视：“你懂什么！小宝宝贝的第一次亲子活动怎么可以随便？”

陆景礼嘴角抽搐地看了眼亲哥：“我算是服了，这你也穿？万一她玩疯了让你穿女装怎么办？”

宁夕顿时眼睛一亮：嗯哼！大魔王的女装？还真有点小期待呢！

“那这只熊又是什么鬼？”

宁夕一脸得意地拍了拍熊脑袋：“我们得了最受欢迎奖，这是奖品！帅不帅？”

陆景礼痛哭：“你们秀恩爱的方式……真是越来越惨无人道了！求放过好吗？”

“谁秀了啊！分明是你自己送上门的好吗？你过来干吗？找我？”宁夕问。

陆景礼把手里的文件递给陆霆骁，开口道：“我找我哥，有份资料需要他立刻签字，就知道他肯定在你这里。刚才他手机一直占线打不通，所以我就直接过来了。”

手机占线打不通？不用问了……肯定是因为之前老师一直在疯狂打陆霆骁的电话让他过去救场的……

陆霆骁伸出爪子，示意陆景礼给他笔。

陆景礼看着那只毛茸茸的爪子，再看看亲哥头顶的狼耳朵以及身后的狼尾巴，然后，突然号了一声一把扑过去将陆霆骁抱住：“哥你好可爱！我的哥哥怎么可能这么可爱！这不科学！”

陆霆骁的脸色乌黑，本来准备一回来就赶紧换衣服的，谁知道居然会被陆景礼撞上了……

上了楼之后，陆霆骁和小宝去换衣服了，宁夕等不及先打开了电脑，看胡宏达那件事后续的发展情况。

只见胡宏达的最新一条消息是三个小时前，也就是她跟陆霆骁离开餐厅后不久。

内容是通知记者们在某酒店召开记者发布会。

效率够高的啊！估计这次是被大魔王吓惨了……

目前网上已经有记者发布会的现场视频，并且被顶到了热门。

宁夕急忙点开看了一下。

记者：“胡总，您之前那条消息说的事情是真的吗？”

胡宏达：“是真的。”

记者：“那后来您为什么又要澄清真相呢？”

胡宏达：“因为我突然不想再欺骗我的妻子，也不想再连累无辜的人！这一次，我是真心向我的妻子悔过，也向所有人道歉！”

胡宏达自然没那个胆子说出陆霆骁威胁他的事情，于是装模作样地给自己找了个冠冕堂皇的理由……

只可惜，这一次大众却没那么容易原谅他了。

因为这次莫名其妙的背锅，大家反而都开始同情宁夕。

宁夕一边看一边苦笑，她这算不算是因祸得福了？

万一以后谁再想给她泼这样的脏水，那么公众们总没那么容易就相信了吧？

与此同时。

就在宁夕楼下，宁雪落的公寓里。

“雪落……救我……求你救救我啊……”方雅已经只剩下这一句。

宁雪落的电脑上正播放着胡宏达记者发布会的视频，面容抽搐着，差点没忍住当场发作！

怎么可能！眼见着宁夕这次绝对死定了！为什么事情的发展会变成这样？

“小雅，你到底做了什么？为什么胡宏达竟然会做出这种事情？这完全说不通！”宁雪落激动道。

“我不知道！我真的不知道！我从头到尾都是按照你教我的方法做的，之前我给明芳芳发了短信，然后就在家等消息了！我以为他们这次肯定要闹得离婚了，谁知道却看到他发了那条消息，直接把我给捅了出来！后来我跟他的事情也被林芝芝直接爆料到了网上！我给他打电话，可是直到现在都打不通！”

宁雪落的脸色异常阴沉，沉吟道：“一定是宁夕约他见面的那段时间发生了什么！”

“会不会是宁夕让他这么做的……”

宁雪落语气不耐道：“你知道这件事的影响多大吗？而且还是公开召开记者发布会，胡宏达的脸都丢尽了！宁夕就是有天大的本事也不可能让胡宏达这么做！”

“那还能是为什么？”方雅六神无主道。

“难道是明芳芳发现了真相恼羞成怒逼他这么做的？”宁雪落思索道，虽然这个理由也很牵强，但是，她实在是想不到别的原因了。

“那、那我现在可怎么办啊？雪落，你不能不管我啊！我现在是彻底完了！”

宁雪落的眸子里闪过一丝嫌恶，此刻一心只想把她打发走，又怕她逼急了会乱咬人，咬上自己，于是，直接开口道：“反正你都已经被逼到这种地步了，既然联系不到他，那就直接去他家里闹好了，他不管你，他父母还能不管你？”

“对啊！我怎么没想到！我就算什么都没了，还有肚子里的孩子呢！他妈想抱孙子都想疯了！”方雅的眼睛里顿时又生出希望。

傍晚，胡宅，大门口。

“少奶奶，少奶奶你不能走啊！”

“芳芳，你这是做什么？有什么话好好说！闹成这样像什么样子？”

“老婆，你别走，求你了！你就原谅我这一次吧，你让我做什么都行！”

……

明芳芳面容惨淡地看着自己曾经深爱的老公和一直当成亲妈一样孝顺的婆婆：“妈，我不是闹，我是真的累了，很抱歉，离婚的事情我已经决定了！”

“芳芳，你是要让我跟你跪下才肯改变主意吗？”胡老夫人说着竟然真要给她跪下来。

明芳芳吓得赶紧去扶：“妈，您别这样！我受不起！”

胡老夫人一巴掌扇在胡宏达的脸上：“畜生，还不快给芳芳跪下！”

胡宏达二话不说，扑通一声跪在了地上：“老婆，你要是不原谅我，我就跪一辈子不起来！老婆，我真的知道错了，我不能没有你！”

“芳芳啊！你就给宏达一次机会吧！他日后要是敢再犯，妈第一个不放过他！”

尽管内心深处知道他们如此挽留自己是因为公司目前情况危急，迫切需要明家的帮助，但是，毕竟夫妻这么多年了，内心终归还是不舍的……

此刻，明芳芳的眼中闪过一丝挣扎：“妈，我……”

或许，经过这次的大难之后，他真的会改过？毕竟是自己爱了这么多年的男人……

这时，身后突然传来一个女人的声音：“宏达！”

明芳芳转身一看，脸顿时白了，方雅……

眼见着明芳芳就要改变主意了，结果方雅这个时候居然跑过来，胡宏达简直恨不得掐死她，怒气冲冲地跑过去，一把扬起了手：“谁准你来这里的！”

方雅丝毫不畏惧，反而往前凑了凑：“打啊！你打啊！连带着我肚子里的孩子一起打死好了！反正我被你逼得走投无路，也不想活了！只可怜我的孩子，还没出生就被抛弃了！被他的亲爹抛弃！”

胡宏达看了眼方雅微凸的小腹，脸色一瞬间动摇了几分。

这时，身后的胡老夫人更是一个箭步冲上前去，一把护住了方雅，无比紧张道：“使不得！这……这就是你外面那个女人？”

胡宏达脸色灰败，闷哼着点点头。

胡老夫人死死盯着方雅的肚子，伸手摸了摸：“哟，肚子尖尖的，这肯定是男孩啊！”

方雅一脸得意：“阿姨，您眼神真好，我已经在私人医院查过了，医生说就是男孩！这是医院检查的单子，你看！”

“男孩好！男孩好啊！”胡老夫人接过单子看了又看，满面红光，“几个月了啊？”

“好像四个多月了吧？”胡宏达说。

“什么好像啊，就是！你自己做的事情你不知道吗？”方雅嗔道。

一旁，完全被冷落的明芳芳静静地看着前面那三人，此刻的脸上，没有任何表情。

胡老夫人终于想起明芳芳还在呢，赶紧迎上去道：“芳芳啊，你放心，你是妈唯一的儿媳妇，这个女人我是绝对不会让她进门的！”

方雅一听到这话便要闹，但强忍了下来，刚才老太太的态度已经很明显了，她就不信老太太舍得这个孩子。

果然，接着，胡老夫人话音一转：“但是，她肚子里的孩子毕竟是宏达的骨肉，不孝有三，无后为大，你进门这么多年都没给宏达生下一儿半女，妈也是实在没办法啊，妈死后怎么去跟宏达九泉之下的父亲和祖宗们交代？

“所以，你看这样好不好？这个孩子呢，是一定得生下来的！生下来以后，就抱到你跟前养！至于这个女人，到时候咱们给她一笔钱就是了，也算她为我们胡家生下儿子有功……”

明芳芳提着行李箱的手指关节一阵阵泛白……呵，把这个小三生的孩子给她养？这个小三为胡家生下儿子有功？

方雅眼珠子转了转，给她钱？能进门自然最好，但是现在这种情况，胡家要靠着明家，离婚基本是不可能了，能搞到一大笔钱，那也行啊！

不过，胡家现在据说都快破产了，拿得出钱来吗？

没事……反正明芳芳有钱！她可是白给明芳芳生了一个儿子呢！而且，明芳芳又生不出孩子，以后这胡家的家产，还不都是她儿子的！

明芳芳面色平静地抬起头看向胡宏达：“宏达，你的意见呢？”

胡宏达见明芳芳的脸色平静，觉得她可能是接受了，迟疑着开口道：“我、我跟妈的意见一致……之前你不是也提过试管婴儿吗？现在多好，省得麻烦了！我也舍不得你生孩子辛苦啊老婆！”

方雅趁机一脸委屈地开口道：“虽然我也很舍不得孩子，舍不得宏达，但是，我不想让宏达为难，等生完了孩子，我会走的。”

明芳芳闻言，点了点头：“很好。”

胡宏达、胡老夫人和方雅听到这话都是神色一喜：“芳芳，你答应了？”

下一秒，一辆白色的车子行驶到了胡宅大门口，一个司机模样的人打开车门，匆匆走了下来，接过明芳芳手里的行李：“大小姐！”

明芳芳将行李交给他，然后打开车门，头也不回地坐进了车里。

胡宏达一见傻眼了：“老婆……老婆你这是做什么？”

明芳芳的目光静静地扫过他和方雅：“不用这么委屈地迁就我了，我成全你们。老张，开车。”

“是，大小姐！”

宁夕一边看网上的舆论走向，一边给林芝芝打了个电话。

因为之前要赶着去学校，所以她只匆匆给林芝芝发了一条短信告诉她事情已经搞定，查到的那些东西已经可以发了。

“喂，芝芝姐！”

“宁夕，忙完了？记者发布会的视频看到了吗？”

“都看到了！这件事情现在应该算彻底解决了吧？还有没有其他问题？”

“是的，放心。”林芝芝说着，语气有些迟疑，欲言又止，“宁夕……你……”她显然想问宁夕到底是怎么做到让胡宏达亲自出面澄清的。

“芝芝姐，你放心好了，我没用什么违法的手段，也没做违背原则的事情，其实是陆景礼出面搞定的，至于他到底是怎么跟对方谈的，我就不太清楚了。”宁夕果断把陆景礼拉出来背锅。这种时候，这家伙还是挺好用的。

林芝芝听着宁夕的回答，虽然料到她可能找了陆景礼，但其实还是有些疑虑的。

毕竟这么大的丑闻，对胡宏达的影响实在是太大了，即使是陆景礼出面，也不可能让他做到这种地步。

这一次，胡宏达的脸算是丢尽了，不仅如此，公司股票也是一路暴跌。

而且记者发布会的时候，胡宏达的态度有些奇怪，极力澄清跟宁夕没有任何关系，并且一直在镜头面前拼命跟宁夕道歉。

也不知道陆景礼到底是怎么做的，想到这里，林芝芝之前心里的那个隐忧又冒出了头……

宁夕跟陆景礼就算私下关系不错，但会不会还是走得太近了？陆景礼之前也亲自挖过不少人，可从没见过对谁这么上心过，万一这两人要是发展成那种关系……

“啊！”宁夕正跟林芝芝说着话呢，突然整个身体悬空了，顿时吓了她一跳。

“宁夕，怎么了？”手机那头，林芝芝急忙问。

宁夕怒视着好端端的突然把她抱起来的陆霆骁，急忙对林芝芝回道：“没事没事，刚差点把杯子摔了！”

“没事就好，那我先忙了，其他事情，改天你来公司我们再详细说。”

“嗯嗯好，芝芝姐再见！”

宁夕匆匆挂了电话：“陆霆骁，你干吗呀？”

陆霆骁没说话，抱着她，径直朝着床的方向走去。

不等宁夕阻止，陆霆骁已经将宁夕腿上的伤口暴露在空气中，而包扎伤口的纱布上明显地渗出了殷红的血迹……

宁夕顿时捂脸哀号：完蛋了！该死的！这家伙到底是怎么发现的啊？她之前踹人的时候明明是用单脚踹的好吗？难不成他还能有透视眼吗？失误了失误了！早知道刚才一回来就应该第一时间先把伤口处理一下的，结果却留下了如此明显的罪证……

“那个……这个……伤口怎么流血了啊！我都没发现！我今天明明那么小心没有乱动的呀！揍人都只用了一只脚呢，难道是因为之前在雪地里不小心滑了一下？”宁夕决定装傻到底。

但是，一对上陆霆骁的表情，就知道，他绝对已经知道了……

于是，她果断放弃了无谓的挣扎：“我错了。”

陆霆骁看着纱布上的鲜红，眉头皱得都快能夹死一只苍蝇：“医药箱呢？”

宁夕大气都不敢出一声，嗫嚅道：“柜子里。”

陆霆骁起身，从柜子里将医药箱拿了过来，小心翼翼地撕开纱布，果然，伤口裂了。

虽然她踹人的时候是用单脚踹的，但是这并不意味着另一只脚不用受力，相反，那一只脚踹出去的力气越大，另一只脚为了稳住下盘，肌肉必须紧绷，所要用的力气也会越大，这样的情况下，伤口很有可能也被会扯到。

之前陆霆骁看她踹完人之后还活蹦乱跳的神色如常，还以为她没事，加上当时的情况下总不能撩开她的裙子检查，所以只能一直等到回家。

结果，这一突击检查，果然如他所料，伤口还是裂开了！

此刻，宁夕险险压着裙根，以免走光。

“嘶……”药水沾上伤口的刹那，宁夕疼得一个激灵，不过却硬忍着没敢出声，哪敢吭声啊！

陆霆骁虽然没说话，不过，动作却明显更轻了，手指偶尔无意间碰触到她的肌肤，脊背看上去有几分僵硬。

终于重新上好药后，陆霆骁微不可察地松了口气，准备缠纱布：“抬高一点。”

“哦。”宁夕乖乖配合地屈膝抬起大腿部位。

陆霆骁一丝不苟地一圈圈缠好纱布，从头到尾面如寒霜。

宁夕有些怵得慌，弱弱地对着手指：“BOSS 大人，你在想什么啊？别不说话呀……”

陆霆骁一边收拾医药箱一边瞥了她一眼，面无表情道：“想干脆把你另一条腿也打断，或许养起伤来反而快些。”彻底不能跑了，她总该消停了吧？省得一条腿还能四处蹦跶！

宁夕当即傻眼，哭丧着脸道：“我觉得你这个主意不太好，太凶残了……”不愧是大魔王想出来的主意啊……

这时，换好了自己衣服的小宝跑了过来，宁夕立即抱着小包子诉苦：“包子啊！我被你爸爸骂了！”

小宝一听，立即一脸严肃地看向陆霆骁。

陆霆骁：“她今天打架的时候受伤了。”

小宝立即一脸严肃地转回宁夕。

宁夕蔫了：“好吧……我的错……”

小宝耷拉着脑袋，觉得自己也有错。小家伙第一次知道，原来，有时候是不可以听妈妈的话的……

陆霆骁看着儿子的表情，知道他终于在反思了，不容易。

今天是下雪天，吃火锅再合适不过。

只可惜宁夕身上有伤，不能吃辣，于是只能弄了个清汤的锅底，并且从洗菜到弄锅底都是陆霆骁在忙，宁夕乖乖坐在那里，一步都没敢动。

陆霆骁看着女孩小学生一样规规矩矩的坐姿，以及脸上我“下次绝对不会再犯”的诚恳表情，显然已经没有那么好糊弄。

这丫头每次认错的时候都非常干净利落且态度异常端正良好，但是下一次该犯的还是犯，毫不含糊！

“对了小宝，妈妈给你找个师傅教你打架……啊不对，教你功夫好不好呀？”趁着吃饭的时候，宁夕征求小宝的意见道。

小宝歪了歪脑袋表示询问：功夫？

“对啊对啊！这样如果以后你碰到有人欺负你，就可以保护自己了！还可以保护妈妈哦！”宁夕解释道。

听到最后一句，小宝果断点了点头。

“真乖！”宁夕开心地摸了摸小宝的脑袋，“不过，可能会很苦很累，而且不可以半途而废哦！”

小宝一脸认真地点点头，他不怕吃苦！

得到小宝的同意后，宁夕看向陆霆骁：“那等我有空，我去找唐浪谈谈吧？”

“好。”

这件事算是定了下来。

还好这段时间小宝的身体已经被她养得好多了，否则她还真舍不得让他去受这份罪。

不过，为了小宝的未来，她还是要狠下心来的。

晚饭后，尽管很舍不得，不过宁夕还是让陆霆骁带小宝回家了。

因为她最近越来越忙，明天一大早就要去公司，小宝继续住在她这里的话肯定不太方便，还好现在要见小宝还是很容易的。

看着一大一小上了车，宁夕总算是松了口气，终于把大灰狼送走，躲过这一劫了。

正庆幸着，驾驶座那边的车门不知为何又打开了。

陆霆骁下车朝着她走了过来。

“BOSS 大人，怎么了？是忘了什么东西吗？”

“嗯。”陆霆骁点头，然后猝不及防地伸出手臂搂住她的腰，俯身吻住她的唇。

“疼疼疼……”紧接着，唇上便传来一阵刺痛，宁夕一脸控诉地捂住嘴巴，“为啥咬我？”

陆霆骁的指尖点她的下唇，目光暗沉地看着她：“这是惩罚。”

宁夕就知道没那么容易躲过这劫的……

她眯了眯眼睛，突然一把拉下陆霆骁的脖子，主动吻了上去，随后，在男人微有些讶异的目光中，轻声道：“如果这是惩罚，那你不是逼我犯错吗？”

话音刚落，陆霆骁语气极其危险道：“别惹火。”

宁夕乖觉得很，顿时“嗖”的一声退后好几步，一副“刚才我啥也没做”的无辜表情挥着小手：“咳，开玩笑啦！我真的不敢了，你快去快去吧！别让小宝等急了！”

“宁夕，快点好起来。”陆霆骁定定地看着她，留下这一句才终于走了。

宁夕看着离开的黑色车子，品味着大魔王最后的这句话，总觉得……哪里不对劲啊……